Jacob Klein-Haparash

… der vor dem Löwen flieht

Jacob Klein-Haparash

... der vor dem Löwen flieht

Roman

ULLSTEIN
BERLIN

Die Originalausgabe erschien 1961, Frankfurt am Main
Die vorliegende Ausgabe bietet die vom Autor in Zusammenarbeit mit Otto F. Best revidierte Fassung.

Der Ullstein Berlin Verlag ist ein Unternehmen der
Econ Ullstein List Verlag GmbH & Co KG

Gesetzt aus der Sabon von MPM-Wasserburg
Druck und Verarbeitung: Bercker Graphischer Betrieb, Kevelaer

ISBN 3-89834-037-6
Printed in Germany

Für
Albrecht Knaus
dankbar

Wie wenn einer vor dem Löwen
flieht,
und ein Bär begegnet ihm, und er
kommt ins Haus
und stützt die Hand an die Wand,
und es beißt ihn eine Schlange.
Amos V, 19

Inhalt

Prolog

Vergebens hatten die Polen gehofft, die überraschende Kündigung des deutsch-polnischen Nichtangriffspakts am 25. April 1939 durch ein polnisch-britisches Beistandsabkommen ausbalancieren zu können. Am 1. September 1939 überfiel die deutsche Wehrmacht ihr Land. Gegen sie und die seit dem 17. September 1939 von Osten her einrückende Rote Armee vermochte sich das polnische Heer nicht zu behaupten. Entsprechend der Geheimklausel im deutsch-sowjetischen Nichtangriffspakt vom 23. August 1939 und der deutsch-sowjetischen Vereinbarung vom 28. September 1939 wurde Polen am Bug aufgeteilt. Galizien, und mit ihm die Stadt Lemberg (Lwow), fiel an die Ukrainische SSR. Für weit über eine Million Polen bedeutete dies in der Folge die Zwangsdeportation nach Zentralasien oder Sibirien.

Trotz dieser bedrohlichen Entwicklung verblieb Rumänien außenpolitisch zunächst bei der Anlehnung an Frankreich. Erst dessen Niederlage und Kapitulation am 22. Juni 1940 veranlaßten König Karl II., den Anschluß an die Achse Rom-Berlin zu suchen. Durch diese Umorientierung konnte Rumänien zwar einer Besetzung entgehen, seine Regierung fand jedoch nirgendwo Unterstützung, als die Sowjetunion am 26. Juni 1940 ultimativ auf der Abtretung Bessarabiens und der nördlichen Bukowina bestand. Am 23. November 1940 wurde Rumänien Mitglied des Dreimächtepakts, und am 22. Juni 1941 folgte es dem Deutschen Reich in den Krieg gegen den übermächtigen östlichen Nachbarn.

Der Brand, den Hitler gelegt hatte, wurde zum alles verschlingenden Feuersturm. Millionen und Abermillionen Menschen überrollte er, machte sie, sozusagen über Nacht, zum Spielball von Willkür und Mordplanung. Leben hieß von Stunde an nur mehr Überleben. Nicht länger genügte Mut allein, es zu erhalten; die Fähigkeit zu Mimikry und eine mit allen Wassern gewaschene Klugheit mußten hinzukommen. Nur wer über beides verfügte, sich ihrer mit List zu bedienen wußte, hatte neben den Mächtigen, Gewalttätigen noch eine Chance. Überall Menschen *on the run* – Männer begegneten Frauen, Frauen entdeckten Männer, von deren Existenz sie sonst wohl nie erfahren hätten. Arme wie Reiche, Starke wie Schwache, Bürgerliche wie Adlige, Christen wie Juden wurden füreinander zu Schutzschild oder Last. Den Tod vor Augen lernten nicht wenige von ihnen, einander zu vertrauen, zu helfen und in einer Welt, die den Wahnsinn mit Methode zu betreiben schien, einander in verzweifelter Rückhaltlosigkeit zu lieben.

Wie ein Vergrößerungsglas, das beziehungsreiche Wörter auf den Inventurlisten des Lebens ins Erkennen hebt, rückt der Scharfblick des Erzählers von der »Flucht vor dem Löwen« einige der Millionen von Schicksalen in den Brennpunkt. Zwei Menschen, vor allem, eine Frau und ein Mann, gefangen im Netzwerk von Kriegsgewalt und mitmenschlicher Verantwortung, läßt er den hautnahen Beweis liefern dafür, daß Risikobereitschaft und Überlebenswille noch in widrigster Lage ihre Chance haben und Rettung selbst dann bedeuten können, wenn das Bewußtsein der Unentrinnbarkeit die Glieder lähmt. Das südliche Polen und das nördliche Rumänien sind die (Haupt-) Schauplätze des Geschehens, das zu einer Zeit sich entfaltet, da das wahre Ausmaß des Flächenbrands zwar noch ungeahnt ist, doch manch eines der als »nebensächlich« eingestuften Ereignisse bereits auf weltbewegende Folgen schließen läßt.

Grüne Mutter
Bukowina
Schmetterlinge im Haar

Trink
sagt die Sonne
rote Melonenmilch
weiße Kukuruzmilch
ich mach sie süß

Violette Föhrenzapfen
Luftflügel Vögel und Laub

. . .

Vier Sprachen
Viersprachenkinder

Menschen
die sich verstehn

Rose Ausländer

I

»Sie sind mein Mann, Alda!«

Gleich würde die altersgebeugte Pendeluhr die achte Stunde verkünden. Wie immer war die Halle des ›Union‹ um diese Zeit von verschlafener Leere. Die beiden Herren, von denen der eine in der Ecke hinter einer Zeitung saß, während der andere nicht weit davon gelangweilt und müde vor sich hin zu starren schien, waren die einzigen Gäste.

Seit einer Woche hatte der Informant sich nicht im Büro des Chefs blicken lassen, und wenn er auch heute nichts brachte, brauchte er nie wieder dort anzuklopfen. Von Neid und Vorwurf erfüllt griff sein Blick nach dem Herrn in der Ecke. Gerade verbeugte sich ein Page und flüsterte mit ihm. Der Herr nickte Dank und begab sich zur Telefonzelle.

Sofort erhob sich der Informant und schlenderte gähnend auf die Drehtür zu. Vor der Portiersloge verlangsamte er seinen Schritt. Nachdem er sich kurz umgeblickt hatte, hielt er dem Portier seine Marke hin.

Keines Blickes würdigte ihn Georges; weder die Marke noch den Mann beachtete er. Auf dem Anmeldeformular, das er stumm hervorkramte, stand zu lesen: »Ludovic Alda, Gutsbesitzer, geboren 1898 in Aldeni, Bukowina«.

»Rumäne?« fragte der Informant. Als die Antwort seines Gegenübers auf sich warten ließ, verschärfte er den Ton: »Sie wissen, wer der Mann ist?«

»Sie etwa nicht?«

»Ich frage, Sie antworten!« In dem grauen Gesicht schwammen rote Flecken.

Dürfte ich nur, wie ich möchte, du Mistkerl, dachte Georges. Es kränkte ihn, daß fast täglich die Weisung wiederholt wurde, den Organen der Sigurantza – der Geheimen Politischen Polizei, diskret zur Hand zu gehen und jede gewünschte Auskunft zu erteilen. Der Krieg war noch fern, heute, am 17. November 1939, aber Bukarest wimmelte von Fremden – Flüchtlingen, Händlern, Spionen. »Herr Alda«, sagte er deshalb, um Freundlichkeit bemüht, »ist ein Bojer und bekannter Sportsmann. Seit fünfzehn Jahren schon steigt er im ›Union‹ ab.«

»Schön.«

Was nun, dachte der Informant, während er zurückging zur Halle und sich wieder in seinen Sessel setzte. Was berichte ich dem Chef? Vielleicht sollte ich ihm von Herrn Alda erzählen. Seltsam, er ist ein Rumäne und sieht aus wie ein Engländer. Ich könnte sagen, er hat sich verdächtig gemacht – irgendwie läßt sich das schon drehen.

Da trat dieser Alda aus der Telefonzelle und ging zur Portiersloge. »Meine Rechnung, Georges, und lassen Sie mir, bitte, ein Schlafwagenabteil im Nachtexpreß reservieren.«

»Danke, Herr Alda« – das Trinkgeld war, wie immer, reichlich bemessen gewesen –, »und – einen Moment noch, bitte.« Der Portier griff hinter sich und zog aus einem Fach einen Zettel. Er legte ihn auf die Theke und hielt ihn wie unabsichtlich fest. »Diese Nummer sollen Sie noch heute Vormittag anrufen.« Alda begriff, neigte den Kopf, und sein Ohr war nahe an Georges' Mund: »Der Mann dahinten – Sigurantza – hat sich nach Ihnen erkundigt.«

»Danke, Georges.« Alda nahm den Zettel mit der Telefonnummer an sich und schritt zum Lift. Gerade öffnete der Boy die Fahrstuhltür, als der Ruf: »Hallo, Lutz!« ihn veranlaßte, sich umzudrehen.

Ein Offizier in der Uniform des Husaren-Regiments ›Königin Maria‹ trat auf ihn zu. Alda streckte ihm die Hand hin: »Wie geht's, Alecu?«

»Gut, wie du siehst.«

»Oh! Ich gratuliere zum Oberstleutnant. – Seit wann?«

»Seit dem ersten November. Du weißt doch, ich bin jetzt beim Informationsdienst.«

»Du – beim Zweiten Büro? Nicht mehr beim Regiment? Und die Pferde? Wie schaffst du's ohne sie?« An einem der Tische nahmen sie Platz.

»Du weißt ja – wenn das Vaterland ruft. Zudem« – er lachte – »warum ständig Galopp?«

»Du siehst noch immer aus wie ein Hengst, Alecu – Vollblut natürlich.« Alecu Rananu wieherte leise. Wegen seiner Passion für Pferde und der Angewohnheit, beim Anblick oder auch nur bei der Erwähnung von Frauen, die ihm gefielen, mit dem Fuß zu scharren und zu wiehern, nannten seine Freunde ihn »Hengst«. Alda spähte umher: »Es ist doch keine Frau in der Nähe – oder?«

»Habe ich bereits festgestellt. Das war nur zur Übung, *dry run,* sozusagen.« Sie brachen fast gleichzeitig in Gelächter aus.

»So anstrengend ist dein Dienst?«

»Lach nicht, von morgens um acht bis spät am Abend und manchmal noch länger.«

»Du Armer! Und was machst du die ganze Zeit?«

»Das bleibt natürlich Dienstgeheimnis. Du kannst mir aber glauben, kolossal interessant!« Er sah auf die Uhr und erhob sich. »Übrigens, Lutz – ich soll dich dem Alten vorführen. Hol bitte deinen Mantel und komm mit!«

»Was soll das heißen, mich vorführen? Und – wer ist überhaupt dieser Alte?« Alda war sitzengeblieben und sah den Offizier belustigt an. Dabei erblickte er den Informant, der sich, etliche Tische entfernt, rasch, doch Sekunden zu spät, hinter eine Zeitung duckte.

Rananu setzte sich wieder. Seinen Sessel schob er ganz nahe an den Aldas heran. »Aber Lutz! Du weißt so gut wie ich, daß du dich nicht einfach taub stellen kannst, wenn Baderescu ruft!«

»Und wenn ich es dennoch täte?« Alda schüttelte den Kopf. »Was sind das für Manieren? Wer ist denn – bei allem Respekt – der General Baderescu für mich? Bin ich sein Untergebener? Vorführen – aber Alecu!« Er lachte.

»Immerhin bist du Offizier, Lutz«, sagte Rananu ernst, »und Baderescu ist nicht irgendein General.«

»Was will er denn von mir?«

»Sich mit dir unterhalten, selbstverständlich. – Seine eigenen Worte übrigens, *parole d'honneur!*«

»Wie kommt er gerade auf mich? Und woher weiß er, daß ich hier bin? Vier Monate bin ich nicht in Bukarest gewesen.«

»Von mir – wenn du es genau wissen willst.«

»Von dir?«

»Ist doch ganz einfach. *Mon général,* sage ich gestern abend, ich bitte für morgen nachmittag um Urlaub. Zum Essen bin ich eingeladen. – Wer ist denn alles dabei, hänselt er, ich möchte nicht, daß du in schlechte Gesellschaft gerätst. – Da nenne ich ihm auch deinen Namen. – Ach, sagt er – Alda? Alda ist in Bukarest? Du stehst dich also gut mit ihm? Sieh zu, daß du ihn herbringst. Ich will mit ihm reden, am besten gleich morgen um neun Uhr früh.« Rananus Ton wurde eindringlich. »Versteh doch, ein General, und dazu noch Baderescu, bittet dich! Jetzt ist es bald neun, und wir sitzen noch immer hier.«

»Moment mal, Alecu. Wieso erzählst du dem General, daß wir heute zusammen eingeladen sind?«

»Sind wir doch. Bei Margarita. Daß du in Bukarest bist, hab ich von ihr erfahren.«

»Margarita?« Alda holte den Zettel, den der Portier ihm gegeben hatte, aus der Tasche. »Tatsächlich, es ist ihre Nummer. Und woher weiß sie, daß ich hier bin?«

»Der kleine Sulica hat dich in der Bar vom ›Athenée‹ gesehen.«

»Stimmt. – Ich muß sie auf jeden Fall anrufen.«

»Kannst du auch später. – Lutz, mach mir keine Schwierigkeiten. Bitte!«

»Also dir zuliebe, Alecu.«

Der Informant saß nicht mehr an seinem Platz. Ihm genügte, was er gehört hatte.

Das einstöckige Haus mit dem gepflegten Vorgarten unterschied sich kaum von den anderen Häusern in der stillen Gasse. Kein Posten, keine Tafel verriet seine Bestimmung. In der geräumigen, mit schweren alten Möbeln und einem inzwischen verblichenen Teppich ausgestatteten Halle kam den Eintretenden ein Wachtmeister entgegen. Vor dem Oberstleutnant verbeugte er sich. »*Bon jour,* Fanica. Bitte, melde mich dem General«, sagte Rananu.

»Dieser Wachtmeister«, erklärte Rananu, als sie sich gesetzt hatten, »ist Doktor Stefan Rozescu.«

»Von den Spinnereien?«

»Der einzige Sohn. Unser Ordonnanzoffizier. Durch seine Hände geht die ganze Korrespondenz. Aus dem Deutschen übersetzt er, kann Englisch und Italienisch.«

»Wirklich interessant!«

»Alle, die hier arbeiten, sind ziemlich gut gestellt.«

»Du selbst bist auch nicht gerade arm, Alecu.«

Bevor Alecu ihm widersprechen konnte, tauchte der Wachtmeister aus dem Korridor wieder auf. »Der General Baderescu erwartet die Herren.«

Rananu sprang auf. »Verzeih, wenn ich vorangehe, ich kenne mich hier aus.« Der niedrigen Tapetentür, die in den saalartigen Raum führte, wurde Alda erst gewahr, als Rananu sie öffnete.

In einer Nische unmittelbar gegenüber der Tür saß an einem mit Akten überladenen Tisch der Chef des Zweiten Büros, General Baderescu. Er trug keine Uniform. Ein nicht eben eleganter blauer Anzug umhüllte seinen dürftigen Körper, und die Füße, die er unter dem Tisch gekreuzt hielt, steckten in derben schwarzen Schnürstiefeln; zu einem schmalen steifen Umlegekragen trug er einen billigen Schlips von weinroter Farbe. Wie ein Dorfschullehrer sah er aus, nicht wie der General einer Armee, deren Offiziere in ganz Europa für ihre Eleganz bekannt waren. Rananu stand stramm und grüßte mit dem obligaten »Sie sollen leben, Herr General«. Alda verbeugte sich stumm. Der General streckte ihm eine schmale geäderte Hand hin. Dann wies er auf den Stuhl links vom Tisch. »Sie verzeihen, Herr Alda, ich muß nur Rananu hier ...« Er brach ab und gab Aldas Begleiter einen Zettel: »Bitte, suchen Sie den Mann auf.« Rananu schlug die Sporen zusammen und ließ sie allein.

In seinen leicht zugekniffenen Augen lag Wohlwollen, als der General sich dem Besucher zuwandte. »Was haben Sie sich gedacht, Herr Alda – eine Einladung von mir? Ich danke Ihnen natürlich sehr, daß Sie gekommen sind.« Alda deutete eine Verbeugung an, blieb die Antwort aber schuldig. Mit seiner Frage war ihm der General zuvorgekommen. Wie ließ sich verhindern, daß Baderescu seine Verlegenheit bemerkte? Alda griff in die Tasche und angelte nach seinem Zigarettenetui. Doch der General hatte bereits eine Schublade aufgezogen und zwei angebrochene Päckchen auf den Tisch gelegt. Amerikanische ›Camel‹ das eine, ›Nationale‹, eine der billigen rumänischen Marken, das andere. »Bitte, bedienen Sie sich. Ich weiß, ihr liebt alle diese ›Camel‹. Ich bleibe bei der ›Nationale‹, obwohl sie, gelinde gesagt, eine Zumutung ist.«

Alda nahm sich eine ›Camel‹ und dankte. »Ich war überrascht, Herr General«, sagte er nach dem ersten Zug.

»Ihre Klugheit hat sich offenbar bewährt.«

»Meine Klugheit?«

»Wissen Sie, was geschehen wäre, wenn Sie meine Einladung in den Wind geschlagen hätten?«

»Sie hätten Rananu Vorwürfe gemacht.«

»Aber nein! Wir wollten Sie nur wissen lassen, daß es um mehr geht als eine belanglose Unterhaltung. Nun, Sie haben begriffen. Wären Sie nicht gekommen, hätte ich nie wieder von mir hören lassen. Brauchen kann ich nur einen – verzeihen Sie – klugen Alda.«

Alter Fuchs, dachte Alda und sah den General fragend an. »Ihr Lob ehrt mich, Herr General, ich glaube nicht, daß ich es verdiene. – Ich hatte übrigens vor vielen Jahren die Ehre, Ihnen vorgestellt zu werden. Es war –.«

»1937«, fiel ihm der General ins Wort, »*Calul de arme* – Distanz- und Hindernisrennen für Offiziere. Bei den Sechsern machten Sie Ihre Waffenübung und ritten *hors concours*. Ein überaus nobler Goldfuchs, ich erinnere mich.«

»Belami«, ergänzte Alda, »ein feines Pferd.«

»Sie ritten so weich, und ihre Hilfen waren so berechnet, daß ich über Ihrer Kaltblütigkeit völlig Ihre Reitkunst vergaß, Sie verzeihen.«

»In unserem Land fehlt es nicht an guten Reitern.«

»Ich bilde mir ein, sie alle zu kennen, auch wenn ich nicht den Vorzug habe, der Elitewaffe anzugehören. An keinem von ihnen habe ich diese – geradezu beängstigende Selbstbeherrschung und, wie gesagt, Kaltblütigkeit beobachtet.« Eine Handbewegung Aldas sollte dem General bedeuten, daß er Nebensächliches zu wichtig nehme.

»Nein, nein«, sagte Baderescu lebhaft, »das läßt sich nicht einfach so abtun.« Er hielt inne und wartete. Alda zog es vor zu schweigen. »Ich habe«, begann er von neuem, »einiges von Ihnen gelesen. Was Sie über das Dorf der Leprakranken schrieben, zum Beispiel. Hätte ich Sie nicht reiten sehen, wäre die Sache für mich Sensationsmacherei gewesen; so aber las ich Ihren Bericht mit anderen Augen. Ich wußte, was dahintersteckt. Den Ausschlag gegeben hat bei mir allerdings Ihr Stück.«

»Mein Stück? Sie meinen doch nicht *Toma Alimos 38* – diese Jugendsünde? Immerhin die achtunddreißigste Version der alten Ballade vom tapferen Toma aus dem Unterland. Einen Haufen Geld hat sie mir eingebracht, das gebe ich zu. Von Ruhm kann nicht die Rede sein. Außerdem, was heißt Ruhm anderes als Morgendunst der Leichtgläubigkeit. – Sie haben mich bestimmt nicht herbestellt, um mir Nettigkeiten sagen zu können.«

»Bitte, lassen Sie mich ausreden. Jugendsünde, nennen Sie es – ein Geniestreich, würde ich sagen. Was Sie aus dem Stoff gemacht haben. Jeder kennt ihn doch. Genial der Einfall, ein Pferd auf die Bühne zu bringen – ein richtiges Pferd. Der Beifall wollte kein Ende nehmen. Nie werde ich vergessen, wie der Held, ermordet vom bösen Manca, seinen Braunen bittet, ihm unter den Ulmen das Grab zu bereiten. Vielleicht, wenn ich das Stück heute zu sehen bekäme? Der Kampf zwischen Gut und Böse kennt inzwischen andere Dimensionen. Aber, wie gesagt, ein Wurf: Sie haben gewagt und gewonnen. Sie sind mein Mann –« Baderescu blickte Alda voll an. Ein Lächeln der Zuneigung erhellte sein Gesicht.

»Ihr Mann, Herr General? Das freut mich, obwohl ...«

»Sie haben mich nicht verstanden? Ich dachte, Sie wüßten, was ich von Ihnen will.«

»Aber, Herr General, wie käme ich dazu, wie könnte ich ... Glauben Sie mir, was in meinen Kräften steht ...«

Über das Gesicht des Generals war ein Schatten gehuscht. Der junge Mann gefiel sich offenbar darin, Katz und Maus zu spielen. Gut, es gab noch andere Register. »Sind Sie reich, Herr Alda?« fragte Baderescu unvermittelt.

Alda senkte den Blick. »Reich?« fragte er gedehnt. »Ich weiß wirklich nicht, was Sie damit meinen. Und überhaupt, weshalb sollte es Sie interessieren, ob ich reich bin. Nun, wenn Sie es wünschen, Herr General –« Als Baderescu abwartend schwieg: »An unbeweglichem Vermögen besitze ich genau vierhundertzehn Hektar guten Boden, siebzehn Hektar Obstgarten, zwei Fischteiche und zirka vierhundertachtzig Hektar Wald, alte Buche. Das alles ist verpachtet. Außerdem gehören mir ein gut erhaltenes altes Landhaus und eine kleine Stadtvilla. Auch ein paar wertvolle Bilder und Teppiche habe ich, ererbte und erworbene, und eine von Kennern geschätzte Sammlung Schnupftabaksdosen. Ja, und noch die Hälfte eines Mietshauses – es reicht zum Leben, Herr General.« Als ob der General sich diese Angaben nicht auch auf anderem Wege beschaffen hätte können!

Falls Aldas Litanei Gereiztheit signalisieren sollte, so schien der General sie zu überhören. »Wer könnte Ihnen da widersprechen«, sagte er ohne sonderliche Betonung.

Alda setzte sich gerade und blickte sein Gegenüber forschend an. »Was wollen Sie damit sagen, Herr General?«

»Eigentlich nichts, was Sie nicht schon wüßten, Herr Alda. Sie sind ein Spieler, Sie haben oft auf einen Sitz mehr verspielt, als Sie in einem ganzen Jahr einnehmen.« Sätze, die weder vorwurfsvoll noch anklagend klangen. Dennoch fühlte Alda sich bedroht. Was wollte der Mann, der ihm gegenüber saß?

»Gewiß bin ich ein Spieler«, lachte Alda, »oh, ich fröne eigentlich allen Lastern. Pferde, Karten, Zigeuner – das kostet Geld und nochmals Geld, Herr General.«

»Wenn Sie für all diese Dinge, die viel Geld kosten, ein Faible haben – so müssen Sie auch das Geld lieben.«

»Um Gottes willen! Seit wann liebt ein Verschwender Geld?«

»Je länger ich mit Ihnen spreche, desto mehr bestätigt sich meine Theorie.«

»Ihre Theorie?« fragte Alda mit offenem Spott.

»Ja, gewiß doch. Und deswegen will ich Ihnen jetzt klar und ohne Umschweife sagen, worum es geht: Ich stelle Ihnen jede beliebige Summe zur Verfügung – arbeiten Sie für uns.«

»Für das Zweite Büro?« fragte Alda kühl. »Niemals, nicht um alle Schätze der Welt.«

»Und warum nicht?« fragte der General leise.

Alda zwang sich zu einer ruhigen Antwort. »Ich fühle nicht

die leiseste Neigung für diesen Beruf. Es tut mir leid, daß ich Sie enttäuschen muß.«

»Wer sagt Ihnen denn, daß ich enttäuscht bin? Glauben Sie wirklich, ich hätte mir eingebildet, Sie würden auf mein Angebot fliegen?« Alda schwieg. »Jedenfalls hätte dies nicht in das Bild gepaßt, das ich mir von Ihnen gemacht habe. – Alda, der Aristokrat, der Enkel des großen Neagoe, Alda, der Sportsmann, der Gentleman – ein bezahlter Spion?!«

»Sie wollten mich wohl nur in Versuchung führen, Herr General?«

»Nicht doch«, wehrte Baderescu ab. »Hätten Sie auf Anhieb ja gesagt, wäre schon eine Aufgabe für Sie dagewesen. Meine Meinung über den Menschen Alda hätte ich dann eben geändert. So aber freut es mich, ja wirklich, es freut mich, daß Sie nicht käuflich sind. Meine Theorie braucht keineswegs revidiert zu werden.«

Alda griff erleichtert nach dem Rettungsanker. »Sie hätten mir keine größere Freude bereiten können, Herr General. Säße ein anderer an Ihrer Stelle ...«

»Säße ein anderer an meiner Stelle?« Baderescu lehnte sich in seinem Stuhl zurück und musterte die Zimmerdecke. »Dann hätten Sie, wie viele Reserveoffiziere jetzt, einen Gestellungsbefehl erhalten. Acht Tage wäre unser Rittmeister der Reserve Ludovic Alda beim Regiment geblieben und anschließend dem Zweiten Büro zugeteilt worden. Ein General hätte dem Rittmeister die Befehle erteilt. Wollen Sie nicht zugeben, daß dies der einfachste und sicherste Weg gewesen wäre?«

»Nun, Sie werden Ihre Gründe gehabt haben, Herr General, ihn nicht einzuschlagen«, sagte Alda.

»Gewiß, ganz gewiß.« Und nach einer kleinen Pause, viel bestimmter: »In jeder Armee gehen Offiziere und Soldaten auf Befehl in den Tod; so muß es sein, sonst ist die Armee keine Armee. Disziplin und Gehorsam sind wichtiger als persönlicher Mut oder – von mir aus – Heroismus. Unsere Aufgaben verlangen Schneid, aber nicht den Schneid des Soldaten, zu ihrer Lösung bedarf es der Intelligenz, der Kaltblütigkeit, Anpassungsfähigkeit und, nicht zuletzt, der – Vaterlandsliebe. Lieben Sie eigentlich Ihr Land, Herr Alda? Oder sind auch Sie bloß einer von den vielen Herren aus den neuen Gebieten, die nach mehr als zwei Jahrzehnten, im Herzen noch Österreicher, der alten Monarchie nachtrauern und für die kulturlosen Walachen kaum mehr empfinden als Verachtung?«

»Hätten Sie, Herr General, sich mit der Geschichte unseres Hauses so gründlich befaßt wie mit mir, solche Gedanken wären Ihnen niemals gekommen«, sagte Alda.

»Ihr Großvater war ein Patriot, das weiß ich. Ich genoß den Vorzug seiner Bekanntschaft, ich habe ihn verehrt und bewundert.«

»Auch wenn der Boden, auf dem er geboren wurde, für fast zwei Jahrhunderte österreichisch war?« Ohne dem General Gelegenheit zur Antwort zu geben, fuhr Alda fort: »Ich verlor meine Eltern, als ich kaum drei Jahre alt war. Mein Großvater hat mich in seinem Sinn erzogen. Ich bin Rumäne. Daran ändert auch die Tatsache nichts, daß ich Zögling des Theresianums war und im Krieg als österreichischer Offizier, Reserveoffizier, Herr General, gekämpft habe.«

»Macht das einen so großen Unterschied, aktiv oder in der Reserve? Im Krieg ...«

»Ja, im Krieg, da müssen Männer zu den Waffen, ob sie wollen oder nicht. Ist der Krieg aber zu Ende, kehrt der Mann ins bürgerliche Leben zurück, zu seinem Beruf.«

»Es herrscht Krieg in Europa, Herr Alda. *Hannibal ante portas.*«

»Ja, es herrscht Krieg und darum ...« Aldas Gesicht hatte den kühlen und beherrschten Ausdruck verloren. »Darum, Herr General! Im Land macht sich eine gefährliche Tendenz bemerkbar. Diesen größenwahnsinnigen Mörder bewundert man, zeigt offen die Neigung, sich mit ihm zusammenzutun. Wenn wir nicht auf der Hut sind, wird er uns auf seine Seite ziehen und uns dazu bringen, ihn bei seinem gottverfluchten Beginnen zu unterstützen. Über Nacht kann das geschehen, kann dieses wunderbare Land mit seinen frommen Bauern und Hirten sich in eine blutgetränkte Wüste verwandeln. Und das alles, weil ein paar Konjunkturritter ihre Zeit für gekommen halten. Verbrecher, die nur ihre eigenen Ziele, ihren eigenen Vorteil kennen. Sie sollten Ihre Theorie – so nannten Sie es doch – noch ein wenig erweitern: Ich werde immer auf der Seite derer sein, die gegen Mörder und Unterdrücker kämpfen. Immer!«

»Sie liegen richtig«, sagte der General mit einem trüben Lächeln. »Die Herren haben den Fuß in den Startlöchern: die neue Ordnung ruft – das Chaos.«

Sorgfältig zerdrückte Alda seine Zigarette im Aschenbecher. Wozu dieses ganze Frage-und-Antwort-Spiel wohl diente, fragte er sich, wenn wir am Schluß doch eines Sinnes sind?

»Kann es Ihrem Wesen entsprechen«, begann zögernd wieder der General, »den Dingen ihren Lauf zu lassen, nichts zu unternehmen und die schlechte Sache siegen zu lassen? Würden Sie an meiner Stelle den neuen Männern erlauben, einfach zu machen, was sie wollen?«

»Könnten Sie denn etwas dagegen unternehmen?« fragte Alda lauernd.

»Oh«, sagte der General wegwerfend, »allerhand.« Er machte eine Pause, als müßte er Kraft schöpfen. »Von meinem Posten werde ich mich jedenfalls nicht vertreiben lassen. Wenn einer auf den Gedanken käme, ihn mir wegzunehmen – vergessen Sie nicht, ich habe *plein pouvoir* in Geldangelegenheiten. So kurzsichtig werden die schon nicht sein, gerade mir, einem der populärsten Generäle der Armee, Grund zur Verärgerung zu geben. Sie dürfen auch nicht außer acht lassen, daß ich ihrer schmutzigen Sache als Feigenblatt dienen kann. Seht, werden die Leute sagen, eine Sache, für die Baderescu eintritt, muß ihre Meriten haben.«

Alda nickte zustimmend. »Gefährlich«, war alles, was er sagte.

»Gefährlich? Für mich? Mein Gott, ich bin bald fünfundsechzig –.«

»Ob wir nicht doch zu schwarz sehen? Krieg ist ein großes Wort.«

»Das glaube ich kaum. Noch geht es um die strategische Bedeutung von Petroleum, Vieh und Getreide. Aber wie bald werden das Land und die Menschen an der Reihe sein.«

»Sind Sie davon wirklich überzeugt, Herr General?« fragte Alda leise.

Der General sah ihn groß an. »Sie fragen? Wenn dieser Krieg

irgendeinen Sinn haben soll, so muß er gegen Rußland geführt werden.«

»Und der Pakt? Den Russen haben die Deutschen polnische Gebiete überlassen. Es herrscht bestes Einvernehmen.« Er glaubte nicht an das, was er sagte. Sein Ton war herausfordernd, zugleich zögernd, unsicher.

Der General schien mit seinen eigenen Gedanken beschäftigt. »Der Pakt?« sagte er schließlich, »nichts beweist er. Ich weiß, was die Deutschen von ihm halten, ganz genau sogar – nichts, absolut nichts! – Die Russen hingegen, ja die Russen, die sind wichtig für uns. Wichtiger als die Deutschen und da – sehen Sie, da tappe ich im Dunkel. Alles nur Taktieren, Fassade. Was ist in diesen zweiundzwanzig Jahren aus dem russischen Muschik geworden? Sind die Söhne noch so, wie die Väter waren? Wie stehen sie wirklich zu Stalin? Und welche Rolle spielt die Partei, wie mächtig ist sie?«

Baderescus Worte begannen sich zu überstürzen. »Verstehen Sie, der große Trumpf der Konjunkturritter wäre die Niederlage des Sowjetregimes. Sollten wirklich vierzehn Tage dessen, was jetzt ›Blitzkrieg‹ genannt wird, ausreichen, sie herbeizuführen? Die Sowjetunion – ein Koloß auf tönernen Füßen? Ich kann es mir nicht vorstellen. Glauben Sie mir, nicht Tanks oder Sturzbomber werden den Ausgang dieses Kriegs entscheiden, das letzte Wort behält der Infanterist, der Bauer, der Muschik. Von ihm, seinem Willen, seinem Kampfgeist hängt alles ab.« Der General blickte Alda ins Gesicht, forschte in seinen Zügen, als wollte er aus ihnen lesen, wie er die Worte aufnehmen würde, die er nun sprechen mußte. »Alda«, setzte er an, langsam und beschwörend, »ich bitte Sie, nach Rußland zu gehen.« Als Alda schwieg, fuhr er fort: »keinen anderen kann ich hinschicken. Sie verstehen, um was es geht. Nicht, damit sie dort spionieren, schicke ich Sie, nichts will ich erfahren über Truppenstärke, Waffengattungen und Aufmarschpläne. – Was über den Pakt gedacht, gesprochen wird, muß ich wissen, was die Parteileute dazu sagen und wie das Volk es aufnimmt, die Arbeiter, Bauern und Soldaten. Wie werden sie sich verhalten, wenn es zum Krieg kommt? Werden sie die Deutschen wirklich als Befreier begrüßen? Wie gesagt, ich weigere mich, dies zu glauben. –

Keine Spionage«, wiederholte er, »obwohl ich – vorausgesetzt, Sie gehen – bei dem Gedanken, man könnte Sie fassen und erfahren, wer Sie sind ...« Er schwieg.

Alda sah den General kaum an, als er wie beiläufig sagte: »Ich werde gehen, Herr General. Aber ob ich es schaffe ...«

Falls Baderescu überrascht war, ließ er es sich nicht anmerken. »Alda, von allen, die für diesen Auftrag in Frage kommen, sind Sie der einzige, der es schaffen kann. – Waren Sie schon einmal in Rußland? Daß Sie die Sprache beherrschen, weiß ich.«

»Auch in Rußland bin ich gewesen, Herr General, vor mehr als zweiundzwanzig Jahren, noch als blutjunger österreichischer Offizier. Was zählt das schon. Die Russen von heute sprechen eine andere Sprache. Nicht um Reden zu halten, gehe ich. Ich werde mich auf die Rolle des Zuhörers beschränken, soweit das möglich ist. Und« – er machte eine Pause – »um die Russen kennenzulernen, brauche ich mich nicht nach Moskau durchzuschlagen. Schon dreißig Kilometer hinter Czernowitz gibt es genug Russen: Arbeiter, Soldaten, Kommissare – Sowjetrußland beginnt jetzt in Snijatyn. Ein Sprung über den Czeremosch, und mittendrin ist man. Das, was wir wissen wollen, läßt sich überall erfahren, wo Russen sind. Ich spreche Ukrainisch, vielmehr Ruthenisch wie unsere Bukowiner Bauern und ihre Vettern von jenseits des Czeremosch. Ich traue mir zu, in der Gegend zwischen Snijatyn und Lemberg unterzutauchen, ohne irgendwie aufzufallen. Ich könnte arbeiten –.«

»Sie werden es schaffen, Alda!«

»Nur, Herr General, eine einzige Bedingung muß ich stellen: Ich bin keine Nummer in Ihrem Archiv – nicht als ihr Agent gehe ich. In meinen Entschlüssen und Entscheidungen bleibe ich frei, ein freier Mann. Komme ich zurück – wer weiß, ob das möglich sein wird, der Teufel schläft nie –, dann bin ich wieder der Privatmann Alda, kein Werkzeug des Zweiten Büros und – damit gleich alles klar ist zwischen uns –: Geld will ich nicht.«

»Anders habe ich mir das nicht vorgestellt«, sagte der General. »Vergessen Sie nicht, über die Grenze müssen Sie zweimal, und jeder Meter ist bewacht. Auf der russischen Seite, da muß Gott Ihnen helfen, aber bei uns ist die Sache ein Kinderspiel.

Ein Wisch, auf dem nicht einmal Ihr Name steht, und Sie passieren ungehindert. Wozu die Sache komplizieren, sich der Gefahr aussetzen, verhaftet oder gar erschossen zu werden?«

»Ich weiß, daß ich keine Landpartie unternehme. Wie ich es anstelle und was ich dabei riskieren will, das muß meine Privatsache bleiben, Herr General.«

»Wann gedenken Sie aufzubrechen?« fragte Baderescu sachlich.

»Ich fahre noch heute nach Hause. Für die Regelung meiner persönlichen Angelegenheiten genügen zwei, höchstens drei Tage. Außerdem muß ich mir einen Plan, eine Marschroute zurechtlegen.«

»Gehen Sie mit Gott!« Der General erhob sich und trat auf Alda zu, der ebenfalls aufgestanden war. »Alda«, sagte er kaum hörbar, »bitte, glauben Sie mir, es freut mich wirklich, daß ich Sie dazu überreden konnte, uns zu helfen. Hätte ich einen Sohn, der sich für diese Aufgabe so eignete wie Sie, wäre es mir Ehrensache gewesen, ihn zu schicken, und« – er räusperte sich – »ich werde mich um Sie nicht weniger sorgen. Übrigens, falls Sie Bedenken oder Hemmungen haben – Ihr Großvater wäre einverstanden gewesen, bestimmt wäre er das.« Er ging zum Tisch, griff nach dem Päckchen mit den amerikanischen Zigaretten und reichte es Alda. »Nehmen Sie.«

»Sie haben recht, Herr General. Ich danke Ihnen.«

Der General drückte auf einen Knopf. »Jetzt werden Sie zu Margarita Luceanu gehen, gut essen und trinken, vergnügt sein. Sie fahren mit dem Nachtzug?«

»So ist es geplant, Herr General.« Rozescu war ins Zimmer getreten.

»Ist der Herr Oberstleutnant schon zurück?«

Nach einem Blick auf die Uhr sagte der gelehrte Wachtmeister mit verhaltener Stimme: »Seit einer halben Stunde, Herr General.«

»Schicken Sie ihn herein. – Setz dich«, sagte der General zu Rananu, als er ins Zimmer getreten war, und wies auf den Stuhl rechts vom Tisch. »Ist alles in Ordnung?«

»Jawohl, Herr General«, antwortete Rananu. »Für vier Uhr habe ich ihn zu Ihnen bestellt.«

»Gut. – Du hast Urlaub bis morgen früh um zehn. Bis dahin bist du deinen Rausch wieder los. Du hast doch deinen Wagen, Alecu? Bitte, bring Herrn Alda Mantel und Hut und fahr zur Passage. Warte dort auf ihn.«

»Zu Befehl, Herr General!«

Baderescu erhob sich. »Kommen Sie, ich werde Sie begleiten.« Der lange Korridor endete an einer Tür. »Gehen Sie durch den Garten bis zum Pförtchen in der Mauer; es wird offen sein. Und nun, mit Gott!« Er hatte Aldas Hand ergriffen und drückte sie. Ehe er hastig die Tür öffnete und den Besucher ins Freie drängte, küßte er ihn auf die Stirn und schlug das Kreuz über ihn.

Die hauptstädtische Sigurantza füllte viele Büros. Ein Teil von ihnen war in einer fünfstöckigen Mietskaserne untergebracht. Wo früher der Laden eines Uhrmachers gewesen war, saß jetzt an einem Tisch mit Telefonapparat und Kontrollbuch ein Beamter und neben ihm ein Polizeisergeant. Eugeniu Popovici, im Freundeskreis ›Jenica Cartofor‹ – der Spieler, näherte seinen Mund demonstrativ dem Ohr des Mannes in Zivil und bat, dem Abteilungsleiter Zernescu gemeldet zu werden.

Die ersten drei Stockwerke waren dem Parteiverkehr vorbehalten, den Büros der Fremdenkontrolle mit Registratur, Archiv und allem, was zum Betrieb der Überwachung gehört. Im vierten und fünften Stock saßen die ›Chefs‹, praktisch die Herren über Freiheit und Leben unzähliger Menschen, der Fremden und jener, die als Fremde galten. Vor einer Tür im vierten Stock blieb Jenica stehen. Eine Tafel untersagte hier ›Unbefugten‹ den Zutritt.

Der Mann, der in dem kahlen Raum an der Schreibmaschine saß, blickte nicht einmal auf, als Jenica grüßend eintrat. Mit einer angedeuteten Wendung des Kopfes zur hinteren Tür hin beantwortete er die Frage, ob der Chef da sei.

Jenica trat nicht bis vor den Schreibtisch. Seinen Gruß »Sie sollen leben, Herr Inspektor!« hatte Zernescu nicht erwidert. Völlig in Anspruch war er davon genommen, sich mit einem winzigen Löffel im Ohr zu bohren. Als er ein Weilchen innehielt, schien er in sich hineinzuhorchen, ob das Jucken auch wirklich Ruhe gebe. Jenica wagte nicht zu stören. Er stand da wie ein Schüler, der seine Lektion gelernt hat, sich aber fragt, in welcher Laune er seinen Lehrer bei der Prüfung antreffen wird. Schließlich nahm der Inspektor das Zelluloidlöffelchen aus dem Ohr, wischte es mit Daumen und Zeigefinger ab und schob es in die obere Westentasche. An einem riesigen blau-rot gemusterten Taschentuch säuberte er sich umständlich die Finger. Erst dann wandte er sein Gesicht Popovici zu. Als der Informant gelähmt schwieg, kniff er die Augen zusammen und gab ein völlig interesseloses »Hm?« von sich. Jenicas schöner Elan war dahin. Wie die Maus vor der Schlange stand er da. Der Chef fühlte, was in dem Mann vorging und genoß es. »Was stehst du wie das Kind beim Dreck? Los, erzähl schon deine Lügen. Du stiehlst mir die Zeit.«

»Keine Lügen, Herr Inspektor, bei Gott, keine Lügen«, stammelte Jenica. »Es hat mit dem Serviciul de Informatiune zu tun.«

»Mit dem Zweiten Büro? Wer heißt dich, deine Nase in die Angelegenheiten des Zweiten Büros zu stecken?«

»Herr Chef«, stotterte der Informant, »im ›Union‹ wohnt einer, der sieht aus wie ein Engländer, aber ich hab herausgefunden, er ist ein Rumäne. Mit Rananu hat er sich getroffen, Sie wissen, dem Oberst vom Zweiten Büro. Ewig haben sie miteinander gesprochen, immerzu vom Alten, vom General Badescu. Dann sind sie weggefahren, bestimmt zum Zweiten Büro. Das ist sicher ganz wichtig.«

»So – wichtig? Wie willst du das wissen?«

»Herr Chef«, Popovici hatte Tränen in den Augen, »dieser Mann, wissen Sie, das kann kein Rumäne sein. Sie selbst, Herr Chef, würden schwören, daß er ein Lord ist oder ein Graf – vielleicht auch ein Deutscher.«

»Na und?« fragte Zernescu. »Was weißt du von ihm, wie heißt er?«

»Ludovic Alda.«

Zernescu brach in Lachen aus, grob und höhnisch klang es. »Du dummer Kerl! Wärst du nicht ein gottverdammter Peschte, der sich ständig in Spelunken und Bordellen herumtreibt, so wüßtest du, wer Alda ist. Dreck hast du wieder in den Ohren gehabt. Wahrscheinlich hat es sich um ein Pferd gehandelt. Über was sonst können die beiden gesprochen haben. Hau ab – sofort!«

Geknickt machte sich der Besucher davon. Nicht einmal im Traum wäre ihm eingefallen zu widersprechen, nur zu gut kannte er die Faust Zernescus. Alles aus, Schluß mit der Anwartschaft auf eine feste Anstellung bei der Sigurantza. War nicht jetzt sogar sein kümmerlicher Verdienst als Informant in Frage gestellt? Da legte sich ihm eine Hand auf die Schulter. Erschrocken drehte er sich um und blickte in das verwitterte Gesicht des Beamten, der im Vorzimmer Zernescus an der Schreibmaschine gesessen hatte. »Komm zurück«, sagte der Mann kurz. Jenica folgte ihm und setzte sich auf die Kante des Holzstuhls, der ihm mit einer Kopfbewegung angewiesen worden war. Ihm dämmerte, daß der Chef es sich anders überlegt hatte.

Währenddessen saß Zernescu in seinem Zimmer und brütete. Seine Gedanken kreisten um zwei Bilder. Immer wieder tauchten sie auf, verschwanden, verschwammen ineinander. Hier der Trubel eines mondänen Reiterfestes, hohe Beamte, Offiziere in großer Uniform, elegante Frauen, Pferde, Musik – dort ein sonnendurchglühter Gefängnishof in einem bessarabischen Städtchen unweit des Dnjestr. Hunderte von Gefangenen, Russen, Ukrainer, Juden – Bolschewiki sie alle. Was das Entscheidende war, den beiden Bildern eignete etwas Gemeinsames: ein Gesicht, eine Gestalt. Seltsam nur: der beim Turnier war ein Herr gewesen, ein Bojer, der im Gefängnis ein abgerissener Bolschewik.

Wie hatte doch der Mann im Beltzer Gefängnis geheißen? Zernescu streckte die Hand nach dem Hörer aus, ließ sie wieder sinken. Was sollte es: Hier wußte keiner Genaueres, niemand konnte ihm helfen. Draufkommen mußte er selber. Ludovic Alda und – wie hieß der Mann im Beltzer Gefängnis? Der Name lag ihm auf der Zunge, ein einfacher Name. Wie war das nur damals gewesen? War nicht zur Inspektion der Königliche Kommissar erschienen? Einige Beamte aus Chisinau sollten ihm beim Verhör zur Hand gehen. Zernescu, damals noch am Anfang seiner Karriere, war einer von ihnen gewesen. Untersuchungshäftlinge, Verurteilte, Verdächtige, Flüchtlinge von jenseits des Dnjestr, alle waren sie im Hof angetreten. Der Königliche Kommissar schritt die Reihen der Gefangenen ab. Neben ihm der Procuror und hinter den beiden die Sigurantzabeamten. Sie notierten die Namen derjenigen Gefangenen, die ihnen der Kommissar bezeichnete. Das hieß: Verhör in der Nacht, Folter, Schläge. Ganz hinten am linken Flügel hatte der Mann gestanden. Bei Oknitza war er aufgegriffen, genauer gesagt: aus dem Dnjestr gezogen worden. In einem Bündel hatte er seine Kleider auf dem Kopf getragen, und obwohl Soldaten auf ihn geschossen hatten, war er unverletzt geblieben. Nach einer ersten Vernehmung steckten sie ihn ins Gefängnis. Personaldokumente hatte er keine gehabt, aber beharrlich behauptet, Korrespondent ausländischer Zeitungen zu sein. Zernescu erinnerte sich genau, daß er Rumänisch, Französisch und Deutsch sprach und abstritt, von der anderen Seite zu kommen. Alles hatte dafür gesprochen, daß der Mann ein Bolschewik war. Wie er bloß geheißen hatte?

Brutal waren die Verhöre gewesen. Die Verantwortlichen wollten Geständnisse hören. Schließlich war das Protokoll fertig, nur die Unterschrift fehlte noch. Aber der Mann war weg – abgehauen. Wie hieß er nur? Großer Gott. Ohne sich dessen bewußt zu sein, hatte Zernescu Deutsch gesprochen. Und nun wußte er den Namen: Groß, Oskar Groß aus Wien. Konnte das sein? Wie Oskar Groß wohl im roten Rock ausgesehen hätte? Und Ludovic Alda in Lumpen? Ob er den Bojer erkennen würde, wenn er barfüßig, im zerrissenen Hemd, schmutzig und mit wildem Haarschopf vor ihm stünde? Schwer, sich das vorzustellen. Wenn sie nun ein und dieselbe Person wären – Oskar Groß und Ludovic Alda? Beweise, woher Beweise nehmen? Das lag alles so weit zurück. Und warum es gerade jetzt wieder ausgraben? Bloß weil dieser dreckige Informant einem Flöhe ins Ohr gesetzt hat?

Wut fühlte der Chef in sich aufsteigen. Ich bin genauso ein Idiot wie Popovici, sagte er sich. Weil er gesehen hat, wie dieser Alda sich mit Rananu vom Zweiten Büro unterhält, soll gleich Gott weiß was los sein. Jeder weiß, daß diese feinen Herrchen keine anderen Sorgen kennen als Weiber, Karten und Pferde. Worüber hätten sie sonst sprechen sollen?

Zernescu griff zum Telefon und verlangte ein Blitzgespräch mit der Sigurantza Cernauti. Erleichtert, weil er einen Entschluß gefaßt hatte, legte er den Hörer zurück auf die Gabel. Czernowitz meldete sich. Stanescu, der Chef, war selbst am Apparat. »Haben Sie eine Akte Ludovic Alda?« – »Alda, der Reiter? Ich glaube, nicht. Aber ich will gern nachsehen lassen.« – »Ich warte – nein, bitte, sagen Sie, haben Sie einen verläßlichen Beamten, einen Bukowiner, der Näheres über ihn weiß?« – »Eine Akte Alda liegt uns nicht vor. Dafür arbeitet hier Natsächlich ein Mann, der fast alle Leute kennt, die einen Namen haben. Unterhalten Sie sich mit ihm, Herr Zernescu.« Ein Klicken, und eine Stimme sagte: »Hier Kommissar Ciobotariu.«

»Eine Frage, bitte. Kennen Sie Ludovic Alda?«

»Jawohl, Herr Inspektor.«

»Was wissen Sie über ihn?«

»Er ist ein Lebemann.«

»Hat er Freunde, Bekannte?«

»Viele – alles Gutsbesitzer. Manchmal sieht man ihn mit einer Dame.«

»Politisch aktiv?«

»Nicht daß ich wüßte.«

»Danke.«

Zernescu legte auf. Dabei nickte er dem Telefon zu, als wollte er sagen: Hab ich es nicht gewußt? Trotzdem konnte er von dem Gedanken nicht loskommen, daß dieses blinde Huhn Jenica ein Korn gefunden hatte. Nun galt es, einen kühlen Kopf zu bewahren und scharf nachzudenken.

Alda war Alda, nicht Oskar Groß, der Bolschewik. Rananu hatte ihn aufgesucht, weil es sich um ein Pferd, eine Sauferei, eine Kartenpartie handelte. Daß man bei so einem Gespräch vom Hundertsten ins Tausendste kommt und – vorausgesetzt, dieser Popovici hatte nichts dazuerfunden – dabei auch der Name Baderescu fällt, ist gut möglich. Wenn aber Alda und Oskar Groß ein und dieselbe Person sind und Rananu nichts davon ahnt, dann könnte das gefährlich werden. Wirklich nicht auszudenken! Kann Alda anderes wollen als spionieren? – Möglich ist aber auch, Rananu, vielmehr der Alte, weiß genau, wer Alda ist und hat ihn holen lassen. Weshalb? Um ihn unter

Druck zu setzen? Wofür? Ob uns das Zweite Büro wieder einmal zuvorgekommen ist?

Nervös lief Zernescu auf und ab. Er wußte, daß sein Einfluß nicht weiter reichte als bis an die Schwelle des Zweiten Büros. »Das müssen andere in die Hand nehmen«, sagte er laut, »andere, Stärkere.« Er ergriff den Telefonhörer und bat, mit dem Generalinspektor verbunden zu werden. »Ja«, brüllte er in die Muschel, »dem Herrn Generalinspektor persönlich!«

»Was wünschen Sie«, hörte er gleich darauf die Stimme des Allgewaltigen. »Sie sollen leben, Herr Generalinspektor, hier Zernescu, Abteilung Vier.« – »Ich weiß schon – sagen Sie, was Sie wünschen.« – »Ich möchte den Herrn Generalinspektor unter vier Augen sprechen.« – »Dringend?« – »Ich glaube schon.« – »Wenn Sie gleich herüberkommen würden –.«

Kaum hatte Zernescu Hut und Mantel vom Haken gerissen, als bereits die Tür des Vorraums hinter ihm ins Schloß fiel. Jenica blickte den Mann an der Schreibmaschine forschend an, doch der tippte wortlos weiter.

In dem großen Raum mit den wuchtigen Ledermöbeln brannte elektrisches Licht. Die Portieren an den Fenstern waren zugezogen. Mit einer lässigen Handbewegung wies der Generalinspektor Dumitriu, den Gruß des Besuchers mit einem flüchtigen Nicken erwidernd, auf einen der Sessel. Der sorgfältig gekleidete Mann mochte Mitte der Fünfzig sein und wirkte müde, gelangweilt. Wie man wußte, lebte er streng nach Diät und vermied alles, was ihn an sein kranke Leber erinnert hätte. Er setzte sich Zernescu gegenüber und studierte aufmerksam die Risse in der Zimmerdecke: »Sie sagten, es ist dringend, Inspektor.«

»Herr Generalinspektor«, begann Zernescu zögernd, »einer meiner Leute hat mir vor gut einer Stunde eine Nachricht gebracht. Unter anderen Umständen hätte ich sie ... Aber da ist etwas – vielleicht irre ich mich –, am besten, ich erzähle Ihnen von Anfang an. Der Oberstleutnant Rananu – Sie wissen, er war früher beim Roschiori-Regiment ›Königin Maria‹, jetzt gehört er dem Zweiten Büro an – hatte heute mit Alda, Ludovic Alda, in der Halle vom ›Union‹ eine Unterredung. Anschließend sind beide weggefahren. Zum Zweiten Büro, wie ich weiß.«

»Na und?«

Zernescu gab sich einen Ruck. »Bitte, hören Sie mich zu Ende an. Das ist nicht alles: Ich bin nämlich Alda im Jahr 1920 im Gefängnis des Kreisgerichts von Beltz begegnet. Damals hieß er nicht Alda, sondern Groß und ging uns durch die Lappen, wenige Stunden, bevor wir ihn aburteilen konnten. Ich bin sicher, es war dasselbe Gesicht, das bereits 1936 in Brasov beim *Concours Hippique* meine Aufmerksamkeit erregt hat. Noch nie im Leben hab ich ein Gesicht vergessen.«

»Und erst heute ist Ihnen das alles eingefallen?«

»Ja – nein«, sagte Zernescu verlegen. Nach kurzem Nachdenken setzte er hinzu: »Ich wollte es damals nicht glauben, es kam mir so ...«

»Ihr Eifer verdient Anerkennung, aber Ähnlichkeiten besagen oft gar nichts. Nehmen wir an, dieser – wie hieß er?«

»Groß«, warf Zernescu ein, »er hat sich als Journalist ausgegeben –.«

»Nehmen wir an, dieser Groß und Alda wären ein und dieselbe Person. Was dann? Ich kenne Alda nur flüchtig. Mein Eindruck von ihm? Ein intelligenter guterzogener, aber leichtlebiger Mann, der kostspielige Neigungen hat. Wahrscheinlich kann er sich's leisten. Doch sonst, politisch ...« Kein Mensch, nicht einmal Zernescu, hätte gemerkt, daß der Generalinspektor intensiv nachdachte.

Tatsächlich hatte Dumitriu nämlich auf Baderescus Ansuchen einen Mann freilassen müssen, der vor zwei Tagen aus der Bukowina überstellt worden war. Einen Juden, von dem man wußte, daß er zweimal in der Woche über den Czeremosch ging und für die Russen arbeitete. Das Zweite Büro hatte ihn als Agenten reklamiert. Der Generalinspektor mochte den Alten nicht. Menschen, denen nichts vorzuwerfen ist, waren ihm verdächtig. Es würde schwer sein, ihn aus dem Sattel zu werfen, gewiß – aber ihm in die Karten gucken, warum nicht? Hatte nicht die Sigurantza ein Recht darauf zu erfahren, was im eigenen Hause vorgeht? Zernescu räusperte sich.

»Haben Sie noch weitere Informationen?« fragte der Generalinspektor, nicht ohne Jovialität. »Was Sie mir berichtet haben, klingt nicht uninteressant. Es ist gut, von diesen Dingen zu wissen, auch wenn sich im Augenblick nur wenig damit anfangen läßt.«

»Ich möchte noch an den Fall Mariniu erinnern, Herr Generalinspektor«, sagte Zernescu, mutiger geworden.

»Was soll das heißen?«

»Die Artikel, die damals im Ausland über ihn erschienen sind, über den Prozeß, meine ich.«

»Ach, das ist doch fast schon nicht mehr wahr.«

»Sechzehn Jahre. Der Prozeß fand im Winter 1923 statt.«

»Spät genug, fast drei Jahre nach der Tat. Ja, aber was soll das jetzt?«

»Die Artikel, Herr Generalinspektor, die Artikel!«

»Aber es hat doch alles gestimmt, was in den ausländischen Zeitungen stand. Ein Raubmörder war er, dieser Oberleutnant Mariniu.« Dumitriu gefiel sich bisweilen darin, seine Untergebenen zu verblüffen.

»Ja, ich weiß, Herr Generalinspektor – aber waren die Opfer nicht Bolschewiki?« stotterte Zernescu.

»Wie Sie und ich. Armselige ukrainische Juden. Vor Petljuras Pogromen waren sie über den Dnjestr geflohen. Mariniu hat sie am rumänischen Ufer abgefangen, bis auf die Haut ausgeplündert, erschlagen und ihre Leichen in den Fluß geworfen.« Zernescu starrte ihn an. So spricht ein Mann der Sigurantza? Dumitriu schien nicht zu bemerken, daß es seinem Untergebenen die Sprache verschlagen hatte. »Aber das ist nicht wichtig – Mariniu ist jedenfalls freigesprochen worden. Er hat heute eine gute Stellung inne, ich glaube beim Finanzministerium, Advokat oder so.«

»Ja«, sagte Zernescu, »das stimmt. Herr Generalinspektor haben recht, das ist jetzt nicht wichtig. Ich glaube noch immer, was ich schon damals gesagt habe. Dieser Groß kannte sich als einziger aus. Der Artikelschreiber war er.«

»Ihrer Theorie nach also Alda?« Hilflos zuckte der Besucher die Achseln. »Gut, Herr Zernescu, das alles ist, wie ich schon andeutete, keineswegs uninteressant. Ich danke Ihnen.« Nach einer Pause des Überlegens fügte er hinzu: »Schicken Sie mir gleich den Mann, der das Gespräch zwischen Rananu und Alda beobachtet hat.«

»Zu Befehl, Herr Generalinspektor.« Zernescu verbeugte sich tief und ging. Vor dem Portal blieb er zunächst unschlüssig stehen, dann trat er in den nächsten Tabakladen und rief sein Büro an. Jenica solle sich ein Taxi nehmen und sofort in die Sigurantza Generala kommen; er erwarte ihn am Tor. Wenige Minuten später sprang der Informant aus dem Auto. »Sechzig Lei, Herr Chef«, sagte er. Zernescu reichte ihm wortlos einen Hundert-Lei-Schein.

»Kauf dir Gift für den Rest – nach Möglichkeit eins, das schnell wirkt.« In milderem Ton fuhr er fort: »Paß auf, der Herr Generalinspektor hat ein paar Fragen an dich. Geh da hinein und melde dich beim Sekretär.« Er winkte dem Schutzmann, den Glückspilz passieren zu lassen. »Und daß du mir ja keine Schande machst!«

Am liebsten hätte Zernescu auf Jenica gewartet. Plötzlich hatte er alle Lust verloren, in sein Büro zurückzukehren. Ohne recht auf den Weg zu achten, schlenderte er der inneren Stadt zu. Inzwischen stand der Informant gewiß vor dem Generalinspektor und erzählte ihm, was er erlebt oder sich zurechtgelegt hatte.

Jenica indessen hätte viel dafür gegeben, dem Generalinspektor ins Gesicht blicken zu können. Der war mit dem Rücken zu ihm hinter dem Schreibtisch sitzen geblieben und hatte dem Besucher nicht einmal einen Stuhl angeboten.

Als der Informant geendet hatte, wandte der Gewaltige sich um und musterte ihn nachdenklich. »Na gut, hier« – er zog einen Geldschein aus der Jackentasche –, »ein Tausender. Du weißt, was aufpassen heißt. Wenn du wieder was zu berichten hast, kommst du direkt zu mir. Ich werde dem Herrn Inspektor Zernescu die nötigen Anweisungen geben.«

Das Auto hielt vor einem Blumenladen. Rananu entschied sich für blaßrosa Nelken, Alda wählte Chrysanthemen, Margaritas Lieblingsblumen. »Ich habe mich noch gar nicht angemeldet bei Margarita«, sagte er und bat darum, telefonieren zu dürfen. »Hier bei Luceanu.« Es war nicht Margaritas nervöse Stimme. »Alda. Ich möchte Frau Luceanu sprechen.« – »Im Moment außer Haus. Kann ich ihr etwas bestellen?« – »Nur so viel, daß

Oberst Rananu und ich zum Essen kommen.« – »Lutz Alda?« – »Ja, genau der. – Mit wem habe ich die Ehre?« – »Mit Margaritas jüngerer Schwester.« – »Margarita hat eine Schwester? Die hat sie mir bis jetzt vorenthalten.« – »Wir haben uns so lange nicht gesehen, daß die Tatsache wohl Ihrem Gedächtnis entfallen ist ... Jedenfalls werde ich alles ausrichten, Herr Alda. Und kommen Sie, bitte, nicht viel später als halb drei.« – »Bestimmt nicht. *Au revoir.*«

Alda legte auf und blickte zu Rananu hinüber. Der war noch mit den Blumen beschäftigt. Rasch wählte Alda eine Nummer. »Hören Sie«, sagte er, »ich war gestern bei Ihnen.« – »Ja, ich habe Ihre Stimme erkannt. Es gibt Neuigkeiten: Der Mann ist entlassen. Irgendeine Dienststelle hat interveniert.« – »Wenn das keine Überraschung ist! Danke.«

Was er gehört hatte, wollte ihm nicht gefallen. Welches Amt mochte da seine Hand im Spiel haben? Auf dem Weg zum Auto ließ Alda einfließen, daß er sich für halb drei angesagt habe. Und natürlich vergaß er nicht, sich nach Margaritas Schwester zu erkundigen.

»Du kannst sie nicht kennen«, sagte Rananu. »Sie hat Jahre im Ausland verbracht, dort studiert. Ganz aus der Art geschlagen ist sie, gar nicht wie die Schwester. Eine gebildete Frau, beschäftigt sich mit Philosophie und ist viel jünger als Margarita – erst vier-, fünfundzwanzig, schätze ich. Ein schönes Mädchen übrigens. Ich weiß nie, worüber ich mit ihr sprechen soll.« Während sie im Auto Platz nahmen, sagte Rananu, nach einem Blick auf die Uhr: »Was sagst du? Um halb drei erwartet uns Margarita? Dann bleibt uns noch Zeit. Komm, fahren wir zum Stall, zu den Pferden, anschließend gehen wir auf einen Sprung zu mir.« – »Gemacht.« Pferde sehen, den scharfen Stallgeruch atmen, nichts konnte Alda in diesem Augenblick lieber sein.

Bei Rananu servierte der Diener sogleich Zuica, den typischen Pflaumenschnaps, Lachs und Oliven. Während der Hausherr sich umkleidete, rief Alda das ›Union‹ an. Er bat, seine Koffer packen zu lassen und in Rananus Wohnung zu schicken. Während er noch eine von Baderescus Camel rauchte, versuchte er zu überdenken, was in diesen letzten Stunden geschehen war. Aus Rananus Verhalten wurde er nicht klug. Keine Frage, keine Anspielung. Standen sie nicht auf vertrautem Fuß miteinander? Ob man sich so rasch den Gepflogenheiten des Geheimdienstes anpaßte?

Die ›*Casa bojereasca*‹, das Bojerenstadthaus an der Piazza Amze, war einstöckig, weitläufig und trotz der Nähe zum Zentrum umgeben von einem parkartigen Garten. Weil seine Frau in Haus und Garten vernarrt sei, müsse Joan Luceanu Millionen brachliegen lassen, hieß es.

Zwei Diener in Nationaltracht – sie trugen zu schweren schwarzen Tuchhosen den breiten dreifarbigen Wollgürtel, das weiße buntgestickte weitärmelige Hemd aus Bauernleinen und darüber die pelzgefütterte, mit Kreide geweißte Lederweste – nahmen den Besuchern die Überkleider ab. Einer lief sogleich, die Hausfrau zu verständigen, und der andere öffnete die Tür zur Halle, deren Wände mit englischen Jagdstichen, Grigorescuschen Genrebildern und guten Kopien französischer Impressionisten geschmückt waren. Auf dem Boden lagen inmitten alter handgewebter Bauernteppiche ein nicht unansehnlicher Anatolier und ein grellfarbener Warenhausteppich. In den Vitrinen – sie standen da, wo man sie am wenigsten vermutet hätte – spreizte sich ein Sammelsurium von billigen Nippes. Ehe die beiden Männer Zeit fanden, zum xten Male nach dem Woher und Wieso zu fragen, betrat eine Frau den Raum. »Lutz«, rief sie und schlang beide Arme Alda um den Hals. Sie küßte den Gast auf Mund, Nase, Wangen und Augen, so stürmisch und zugleich so zärtlich, daß er kaum zu Atem kam. Ehe er sich versah, hatte sie ihn bereits wieder von sich gestoßen. »Bin ich nicht ein gottverlassenes Frauenzimmer, ohne eine Spur von Stolz? Ich, Margarita Luceanu, geborene Odanowici, ich küsse dich, freue mich, daß ich dich sehe. Dabei bist du schon eine Ewigkeit in der Stadt und meldest dich nicht. Was seid ihr doch für ein schamloses Gesindel, ihr Männer!«

»Du hast recht, Margarita.« Alda betrachtete fast gerührt die schwarzhaarige zarte Frau mit den sprühenden grünen Augen. Vor Jahren war er ihr Geliebter gewesen; so rasch, wie sie für einander entflammt waren, hatte die Leidenschaft sich jedoch verflüchtigt. Was blieb, war eine gute Freundschaft. Margarita bot Rananu die Wange zum Kuß. »Grüß dich, Hengst, du wirst heute aus dem Wiehern nicht herauskommen.« Sie hängte sich bei beiden ein und geleitete sie in den Salon. Mit dunkelrotem Samt bespannte Wände, ein großer Teppich und darauf Dutzende von Kissen in allen Farben und Formen. Kein Stuhl, kein Tisch. Gläser und Aschenschalen, alles am Boden. Aus der überlauten Begrüßung konnten die neuen Gäste schließen, daß bereits Cocktails gereicht worden waren. »Aja«, schrie Margarita in den rauchgeschwängerten Lärm, »die Männer wollen trinken.« Darauf lief sie zurück in die Halle.

Aus einer Ecke tauchte eine schlanke Frau auf. »Nehmt Gläser und setzt euch«, sagte sie, den stattlichen Shaker schwingend.

»Das ist Margaritas Schwester Aja«, stellte Rananu vor.

Sie reichte Alda die Linke. »Von Herzen«, sagte sie und schenkte ein.

»Und Sie?« fragte Alda und küßte ihr die Hand.

»Ich habe schon, mehr als sonst.«

»Es wird Ihnen bestimmt nichts schaden, wenn Sie sich einmal einen antrinken«, sagte Rananu, der sich inzwischen im Kreis umgesehen hatte und befriedigt nickte: Wirklich, reichlich Grund zum Wiehern.

Ein Diener erschien und meldete, es sei angerichtet. Margarita sprang auf. »Zu Tisch«, rief sie und griff nach dem Arm des ihr Nächststehenden.

Jeder, der den Speisesaal zum ersten Mal betrat, blieb zunächst erstaunt stehen. Selbst die mit dem Anblick bereits Vertrauten mußten eine gewisse Beklemmung überwinden, wenn sie den Fuß über die Schwelle setzten. Ja, vom Sublimen zum Grotesken ist es bisweilen nur ein kleiner Schritt.

Wie viele junge Rumänen aus reichem Haus war auch Joan Luceanus Urgroßvater erst einmal nach Paris gepilgert, als er sein Erbe angetreten hatte. Es war die Zeit, als Napoleon Bonaparte sich noch auf dem Gipfel seiner Macht befand und die Welt an eine schnellere Gangart zu gewöhnen suchte. Waren es die neuen Ideen gewesen, die den Alten Luceanu dazu bewogen hatten, einen seiner Leibeigenen mitzunehmen in die Stadt an der Seine, um ihn dort ›die Kunst des Malens‹ studieren zu lassen? Nach knapp einem Jahr war Roman jedenfalls soweit gewesen, daß er mit dem Ausmalen des herrschaftlichen Speisesaals beginnen und sein Meisterstück liefern konnte. Nichts Geringeres als eine Darstellung des Abendmahls sollte es sein. Nur, als die Sache fertig war, wiesen der Herr und seine Jünger eine in die Augen springende Ähnlichkeit auf mit Napoleon, Kaiser Franz, Fürst Metternich und Zar Alexander, sowie mit Fürsten, Heerführern und selbst weniger bekannten Staatsmännern. Sie alle, Sieger und Besiegte, Herrscher und Beherrschte saßen in biblischen Gewändern friedlich an einer bunten Tafel. Joan Luceanu – alle Erstgeborenen in der Familie hießen ›Joan‹ – war damals von seinen Gütern in die Stadt gekommen, hatte sich das Werk lange besehen. Obwohl er nicht anstand, einen Ochsenziemer auf dem Rücken des Künstlers zu zerbrechen, hatte er, sparsam, wie er war, das geschichtsfreudige Gemälde verschont. Nachfolgende Generationen fanden Spaß an der ›Geschmacksverirrung‹ und führten die Arbeit fort, so daß sich schließlich an Wänden und Decke des Speisesaals nichts als Gastmahl befand, besucht von Persönlichkeiten, die in Politik oder öffentlichem Leben eine Rolle gespielt hatten, ganz gleich, welchem Lager sie angehörten. Als hätte selbst darin eine Generation die andere zu übertreffen gesucht, ließ sich der Aufwand an grellster Farbe nur als ›ungeheuer‹ charakterisieren. Das monumentale Werk, dessen Vollendung fast anderthalb Jahrhunderte gedauert hatte, tat den Augen weh und verwirrte den Geist.

Die meisten Gäste kannten den Saal und die Anekdoten, die sich an seine Schätze knüpften. Sogleich traten sie an die große Anrichte, tranken, um den Appetit anzuregen, Zuica, weiße oder hellgelbe, duftend wie reife Pflaumen, und nahmen von den *hors d'œuvres,* die in ihrer Vielfalt und Quantität genügt hätten, die dreifache Anzahl von Gästen zu versorgen. Niemand kam jedoch dazu, sich gründlicher mit den delikaten Sachen zu befassen, denn schon wurden die Schüsseln mit Sarmale aufgetragen, feingehacktes, mit Reis und gewürztem Gemüse vermischtes Schweine- und Hühnerfleisch, das in Weinblätter gewickelt und in Rahm gesotten wird. Die Gesellschaft setzte sich zu Tisch, jeder, wie es ihm paßte. Alda, der mit der Schwester der Gastgeberin den Raum betreten hatte, blieb auch deren Tischherr. Mit Recht und wie es der Brauch verlangt, wurde die Sarmale überschwenglich gelobt; wunderbar süffig war der hellgelbe, mit Mineralwasser versetzte Wein. In Rumänien labt sich jedermann an ›Spritz‹, der Bojer nicht weniger als der Lastträger. Nur allmählich stellt die Wirkung sich ein, und niemals führt sie zu richtiggehendem Rausch. Alda aß mit Appetit, der Wein schmeckte ihm, kurz, er fühlte sich wohl. Auch wenn seine Nachbarin nicht recht auftauen wollte. »Ich finde Sie viel hübscher, wenn Sie lächeln«, sagte er zu ihr. Und als sie sich ein Lächeln abquälte, fügte er hinzu, »nicht so: Nehmen Sie Ihr Glas in die Hand, stoßen Sie mit mir an. Sie können mir dabei in die Augen sehen, und bitte lächeln Sie! Ich finde, Sie haben allen Grund dazu.«

Sie griff nach ihrem Glas, blieb jedoch ernst: »Sie sollen leben, Lutz Alda!«

»Glückauf!« tat er ihr Bescheid.

»Bitte, ich möchte nicht, daß Sie sich verpflichtet fühlen, mit mir Konversation zu machen.«

»Ist schon gut. Ich rede gern.«

»Was hindert Sie daran?«

Die schöne junge Frau mit der dunklen, warmen Stimme gefiel ihm. »Sie machen es mir nicht leicht. Stellen Sie sich vor, ich wäre ein Onkel vom Land, der in die Stadt gekommen ist, um sich zu amüsieren. Erzählen Sie mir, was immer Sie wollen.«

»Vielleicht sollten wir über Pferde reden?«

Verbarg sich hinter ihrer höflichen Bereitwilligkeit spöttische Überlegenheit? »Ich kann mir nicht vorstellen, daß Ihre Studien Ihnen Zeit gelassen haben ...«

»Doch«, widersprach sie lebhaft. »Ich habe immer Zeit gefunden, immer. Und Sie werden sich wundern, die Bekanntschaft mit Ihnen verdanke ich einem Pferd. Ich kenne Sie schon lange, Herr Alda. Ob dies freilich auch umgekehrt gilt, wage ich zu bezweifeln. Die Polka – erinnern Sie sich noch?«

»Und ob ich mich erinnere! Ich habe sie Ihrem Vater abgekauft. Lange ist das her ...«

»Mein Vater hätte sie nie hergegeben, sie war mein Lieblingspferd. Er lag damals bereits unter der Erde. Mein Onkel – ich hätte euch beide umbringen mögen.«

»Und noch immer ist der Haß da?« lachte er ungläubig.

»Zwei Jahre hat er jedenfalls angehalten.«

»Und nachher?«

»Nachher? – Ach, Backfischgefühle.« Sie schwieg. Dann sagte sie: »Ja, ich habe Sie beim Concours in Konstanza reiten sehen – auf der Polka.«

»Reiten Sie oft?« versuchte er abzulenken.

»Hier? Bis jetzt noch kein einziges Mal. Rananu hat mir versprochen, mich mitzunehmen; daraus wird wohl nichts. Und daß eine junge Dame nicht allein ausreiten sollte, denken nicht bloß meine Verwandten.«

»Es gibt ja nicht nur Rananu.«

»Ich weiß, ich weiß«, wehrte sie ab, »doch ich mag sie nicht, diese Kavaliere. Lieber verzichte ich aufs Reiten, als daß ich mich ihnen verpflichte. Wenn so gar kein Zweifel besteht über den Preis, der für jede Gefälligkeit zu zahlen ist.«

»Sie werden genügend junge Leute finden, denen es Freude macht, Sie zu begleiten. Weshalb sollten Sie den Preis zahlen, wenn Sie keine Lust dazu verspüren?« Er war verstimmt, und sie merkte es.

»Jetzt haben Sie mich gründlich mißverstanden«, sagte sie traurig. »Wissen Sie, viele Jahre habe ich im Ausland gelebt – allein, ungebunden, unbeaufsichtigt. Dieses Käfigdasein, fürchte ich, stumpft mich ab.« Und als wollte sie den Eindruck, den diese Worte auf ihn gemacht haben mußten, verwischen, setzte sie hinzu: »Ich will nicht vergleichen müssen, ich bin gegen allzu blutige Kompromisse. Allerdings ...« Sie hielt inne.

Alda fragte sich, ob das Gefühl ihr wohl sage, daß er sie verstand. Was erwartete sie von ihm? Im Grunde war er schon nicht mehr hier. Rasch suchte er nach einer Antwort, einer banalen, nichtssagenden, die ihr bedeuten könnte, daß er nicht der Mann sei, den man zum Vertrauten seiner Gedanken macht. Er sah ihr in die Augen, in die großen, fragenden Augen, und legte mit einem leichten Lächeln seine Hand auf die ihre.

In einer ersten Regung wollte sie ihm ihre Hand entziehen. »Ich trage mein Herz sonst nicht auf der Zunge.« Sie schüttelte, wie über sich selbst erstaunt, den Kopf. »Sie sollen leben, Lutz. Ich heiße Aglaia.«

»Glückauf, Aglaia.«

Da betraten zwei Gäste den Saal. Ein Mann mit aufgeschwemmtem Gesicht, Anfang Fünfzig, salopp, aber nicht ohne Geschmack gekleidet. Es war Hilaire Hold, ein Amerikaner, der in Rumänien einen Autokonzern vertrat. Die Aufmerksamkeit zog allerdings der andere auf sich. Offenbar legte er es darauf an. Ein schöner Mann, wenn auch nicht von der Schönheit, die Wohlgefallen erregt. Die Blässe seines Gesichts, auf dem der zartgelbe Schimmer von Elfenbein lag, wirkte nicht weniger künstlich als die Glätte der ovalen Wangen und der runden Stirn. Der Eindruck maskenhafter Starre ging von ihm aus. Durch sein schwarzes seidiges Haar, das er länger als üblich trug, zog sich von der Mitte der Stirn bis zum linken Ohr eine weiße Strähne. Ein grau-weiß gestreifter Anzug kündete von einer Eleganz, die entweder gewollt auffallend oder schlicht mißverstanden war. Zu lang das Jackett, in den Hüften zu knapp; eingelegte Wattepolster ließen die Schultern athletisch breit erscheinen. Und erst die Ärmel! Sie waren eng und so kurz, daß die Manschetten des beigefarbenen Seidenhemds fast ganz offen lagen. Um das linke Handgelenk trug er einen breiten ziselierten Goldreif, in den eine ovale Uhr eingebettet war, und um das rechte war eine dicke schwere Goldkette gewunden.

Der verhinderte Beau hieß Orest Danghu, wurde allgemein aber ›Dunga‹ oder ›Dungatu‹ genannt, was soviel heißt wie ›Streifen‹ oder ›Gestreifter‹. Den Beinamen verdankte er der weißen Haarsträhne. Er gehörte zu den Beamten im Innenministerium, über deren Tätigkeit man nur in Andeutungen spricht. Alle wußten, daß er ein Mann war, mit dem man rechnen mußte. Der Protektion höchster Stellen erfreue er sich, hieß es.

Nach der Andeutung einer Verbeugung und einem »Hello« hatte sich Hold zu dem Tisch mit den Aperitifs begeben und ein großes Glas Zuica hinuntergestürzt. Dann war er zur Tafel zurückgekehrt und hatte die Wirtin in seinem grausamen Französisch gebeten, ihm nachservieren zu lassen. Niemand schien auf ihn zu achten. Aller Augen waren auf Danghu gerichtet, der sich vor Margarita verbeugt hatte und ihre Hand noch immer festhielt, obwohl er sie längst geküßt hatte. Offenbar war es kein Geheimnis, daß der Gestreifte jetzt Margaritas Favorit war. Alda erriet die Zusammenhänge an der Aufmerksamkeit, mit der die beiden beobachtet wurden. Wie Margarita, eine Frau von Geschmack, dazu Danghu an Jahren voraus, Neigung empfinden konnte für diese Art von Mann, war ihm ein Rätsel. Als sich sein Blick mit dem Aglaias traf, gab er sich keine Mühe, seine Verwunderung zu verhehlen.

Inzwischen hatte der Gestreifte neben der Dame des Hauses Platz genommen, sich ein Häppchen Truthahn und einen Löffel Gemüse auf den Teller gelegt und zu essen begonnen. Den Diener, der ihm Wein einschenkte, bat er um Zurückhaltung. Offenbar sollte niemandem verborgen bleiben, über welch gute Tischmanieren er verfügte. Bald schon legte er sein Besteck sorgfältig auf den Teller zurück, nahm behutsam ein Schlückchen und begann zu reden. Alda, dem seit Erscheinen des Gestreiften unbehaglich zumute war – der Mann erregte seinen Widerwillen –, horchte auf. Ja, die Stimme paßte zu ihm, eine lackierte Stimme, im Grunde grob, ungehobelt, aber eben mit Lack überzogen.

Hitler und der Krieg erwiesen sich auch hier als das alles beherrschende Thema. Alda hatte sich bis auf die wenigen Worte mit Aglaia nicht an der Unterhaltung beteiligt. Nicht allein, daß die leichtfertige Art, mit der die Probleme berührt wurden, ihn abstieß, er wollte auch vermeiden, mit dem Gestreiften in ein Gespräch zu geraten. Ekel empfand er, dasselbe Gefühl, das einen davon abhält, Unsauberes zu berühren. »Mein Gott«, hörte er die lackierte Stimme, »von unseren Landsleuten haben zu viele noch immer nicht die richtige Einstellung zu dem, was sich in Europa vollzieht. Und dabei bleibt uns gar nichts anderes übrig, als mitzumachen. Das letzte Wort hat der Starke, ihm müssen wir uns anschließen. Stark sind die Deutschen, nur sie. Politik, die reale Ziele verfolgt, wird nicht mit Sentiments gemacht. Unser Platz ist an der Seite des Stärkeren, des Siegers. Zudem, wer wagt abzustreiten, daß Hitlers Weltanschauung auch ihre Vorzüge hat. Soll er ruhig mit den Juden kurzen Prozeß machen. Nur weg mit diesem Geschmeiß!«

»So?« Eine tiefe, von Alkohol und Nikotin zersetzte Frauenstimme fuhr dazwischen. Ein einziges Wort hatte sie gesagt, es sorgte dafür, daß die Aufmerksamkeit aller sich der Sprecherin zuwandte. Von Lida Haimovici, der ›Prinzessin‹, war es gekommen. Aus einem graublassen verwüsteten Gesicht blickten glänzende schwarze Augen auf Danghu. In diesem Blick, im Hochziehen der Augenbrauen, im Kräuseln der Lippen lag ein Unmaß von Verachtung. »So«, wiederholte sie, »weg mit diesem Geschmeiß? Und wovon wirst du dann leben? Sind Auschnit und Scharaga, denen du in den Arsch kriechst, auch mit einbegriffen? Hitler macht keine Ausnahmen, er bringt es um, das ganze Geschmeiß.« Geschmeiß – mit der Lust der Selbstzerfleischung genoß sie das schneidende Wort.

Alda fiel es schwer, die Spannung zu verbergen, mit der er Danghus Reaktion entgegensah. »Aber Lida«, sagte der Gestreifte sanft. »Was fällt dir ein? Wie kannst du Worte wie diese ernst nehmen. Was sind schon politische Gespräche. Und dann noch mit Namen zu kommen! Du weißt, für mich persönlich gibt es keine Unterschiede.« Das starre Lächeln war nicht aus seinem Gesicht gewichen.

»Gut hast du das gesagt, Tsatza«, höhnte Lida.

Das Lächeln blieb, obwohl jeder in der Runde zu erstarren schien. Denn ›Tsatza‹ kann genauso ›Puppe‹ heißen wie ›Tante‹, Schwuler. »In Gesellschaft wird man nicht zärtlich, Lidutza. Selbst wenn man ein bißchen zuviel getrunken hat. Aber was soll's – wir sind ja gut miteinander, du und ich.«

»Wir sind ja gut miteinander, du und ich«, äffte sie ihn nach. »Du und gut mit jemandem? Du bist gut, wenn man dich bezahlt. Was tust du nicht alles für Geld. Die Nazis morden im Namen ihrer verrückten Ideen – aber du? Dir geht es um Parfum und Krawatten, um Pyjamas, du mordest, damit du deine Kundschaft würdig empfangen kannst. Mir machst du nichts vor, mir nicht. Ausgerechnet du sagst Geschmeiß! Du Geschmeiß von einem Geschmeiß.« Sie umklammerte das schwere Whiskyglas, das vor ihr stand, als wollte sie es ihm an den Kopf werfen.

Margarita war aufgesprungen und legte der ›Prinzessin‹ die Hand auf den Arm. »Nicht doch, Lida. Bitte, reg dich nicht auf!« Sie winkte Alda herbei, der sogleich fragte, ob Lida nicht

Lust auf einen kleinen Spaziergang habe. Folgsam stand Lida auf und ließ sich von Alda hinausführen. Aglaia schloß sich ihnen an und lotste sie schließlich in ein kleines Zimmer. Außer einem breiten Diwan und etlichen Ledersesseln enthielt es nichts als deckenhohe verglaste Kästen mit Büchern. »Hier bin ich schon lange nicht gewesen«, sagte Alda. »Schön ruhig.«

Sofort legte Lida sich nieder, und Aglaia schob ihr ein Kissen unter den Kopf. »Danke, Aja. – Ja, ab und zu braucht man's. Entschuldige, bitte! Und jetzt einen Whisky – das einzige anständige Getränk. Sei so gut, Aja, Liebling.«

»Ich gehe schon –.«

Aglaia brachte Whisky, Eis und einen Siphon, das Einschenken übernahm Alda. »Die letzten Stunden vor Weltuntergang. Froh bin ich nur, daß mein Vater das nicht mehr erlebt hat. Sein Enkel, mein Sohn, ist schon heute ein Judenfresser.« Lida sagte das ohne Bitterkeit und leerte ihr Glas. Alda goß es ihr wieder halbvoll. Auch Aglaia und er bedienten sich. Amüsieren wollte ich mich, dachte Alda, lustig sein und mich mit Frauen unterhalten. Was ist bloß los? Jetzt sitze ich da und besaufe mich. Entschlossen zog er die amerikanischen Zigaretten aus der Tasche.

»Oh, Camel!« rief Aglaia erfreut. Als er auch Lida eine anbieten wollte, merkte er, daß sie eingeschlafen war. Behutsam nahm er ihr das Glas aus der Hand. »Lassen wir sie ...« Aglaia holte ein Plaid und breitete es über die Schlafende.

»Kommen Sie, Lutz, ich möchte mit Ihnen durch den Garten gehen. Es wird uns beiden guttun«, sagte die junge Frau, als sie auf der glasgedeckten Veranda standen.

»Sollten wir nicht lieber zu den anderen zurückkehren?«

»Dazu verspüre ich nicht die geringste Lust. – Aber wenn Sie es wünschen?«

»Aglaia, was soll das heißen?«

Sie blickte ihm in die Augen. »Als wir dort drinnen saßen, habe ich eine glückliche Minute lang geglaubt, wir könnten wirkliche Freunde werden.« Sie schob ihre Hand leicht unter seinen Arm. »Kommen Sie mit in den Garten. Ich möchte Ihnen etwas erzählen – ich muß mich beeilen.« Erstaunt sah er sie an. »Ich habe das Gefühl«, fuhr sie fort, »daß Sie sich irgendwie auf dem Sprung befinden. – Übrigens sind Sie ganz anders, als man Sie mir geschildert hat, auch nicht so wie in meiner Erinnerung. Als ich heute Ihre Stimme am Telefon hörte – doch was rede ich? Gehen wir endlich!«

Sie liefen nebeneinander und schwiegen. Ein dünner Nebel hing in der lauen, feuchten Luft, zwischen den Ästen der kahlen Bäume. Im gelben Mondlicht flossen ihre Schatten über das faulende Laub, das unter den Schritten leise raschelte. Immer düsterer wurde das Schweigen, immer beklemmender und immer drängender Aldas Wunsch, es zu brechen. – Nicht gut, dieses Schweigen, es verspricht zuviel, fühlte er. Er räusperte sich. »Genau das Richtige, der Spaziergang. Die frische Luft vertreibt den Alkohol«, sagte er leichthin.

»Das sollte er doch auch – oder?« Wieder Schweigen. Er sträubte sich dagegen, die Ironie, die Wehmut wahrzunehmen, die in diesen Worten lagen. Er durfte sich nicht gefangennehmen lassen von dieser Begegnung, von einer Frau, deren Schicksal sich in einer Welt erfüllen mußte, die nicht die seine war. »Lutz«, begann sie wieder. Ihre klare warme Stimme war ruhig, gefaßt. »Fürchten Sie nichts.«

»Fürchten?« fragte Alda lahm und dachte: Sie hat recht, ich bin feige.

»Ich weiß, Sie sind heute nicht so, wie Sie – sein können.«

Sie standen vor einer Tür. Nichts zeigte an, wohin sie führte. Als Alda die Hand auf die Klinke legte, machte Aglaia eine Bewegung, wie wenn sie ihn daran hindern wollte, sie hinunterzudrücken. Doch Alda ließ sich nicht beirren, und sie traten ein. Die kleine Lampe vor dem Spiegel verbreitete kärgliches Licht. Es zeigte Alda ein grünlich-blasses marmornes Gesicht, in dem nur die von Tränen feuchten Augen lebendig waren. Und wie er ihr Gesicht im Spiegel musterte, sah er auch das seine, sah es mit ihren Augen. Es war ein fremdes Gesicht, starr – Abwesenheit sprach aus ihm. Er griff nach ihrem Handgelenk, zog sie vom Spiegel fort. »Aglaia«, sagte er, »Aglaia«, und ließ ihre Hand los. Sie schmiegte sich an ihn, ihre Arme schlossen sich um seinen Nacken. Der Kuß, in dem ihre Lippen sich fanden, war von verzweifelter Wildheit, so entschlossen wie kurz.

»Kommen Sie, Aglaia.« Alda nahm sie an der Hand und

führte sie zurück zu dem Zimmer, wo Lida schlief. Leise schloß Aglaia die Tür. »Gut, daß sie schläft.« Sie schob eine Portiere zur Seite, ging voran und knipste das Licht an. Es erhellte eine Art Wintergarten mit Topfpflanzen und Aquarien. Aglaia ließ sich auf eine Bank nieder und lud Alda zum Sitzen ein. »Ich mag sie nicht«, sagte sie, »aber ihr Schicksal berührt mich. Wer weiß, wo's hingeht mit ihr – sie hat, bei Gott, ein reiches Leben gelebt.«

»Für jede gute Minute im Leben muß man bezahlen.«

»Es gibt Minuten, für die kein Preis zu hoch ist.«

Er nickte. »Lida hat bezahlt – und sie zahlt noch immer.«

»Sie hat alles gehabt – Erfolg, Liebe …«

»Was wissen sie über ihr Leben?«

»Erzählen Sie mir, Lutz. Bitte.«

»Ein Groschenroman, anders kann ich es nicht nennen. Die kleine Jüdin – trotz Anfeindung und Mißgunst, trotz jeglicher Art von Vorurteil geht sie ihren Weg. Und warum schafft sie es? Weil sie schön, geistreich, charmant und eine wirkliche Künstlerin ist.«

»Und berechnend.«

»Lida? Wie kommen Sie darauf?« fragte er erstaunt.

»Ihre Ehe mit Prinz Robert Calenare.«

»Aber Aglaia! Nur eine einzige Leidenschaft hatte Lida – das Theater. Ihr ganzes Glück. Jahrelang hat sie gelebt wie eine Vestalin, und als Robert Calenare in ihr Leben trat, lernte sie eben die Liebe kennen. Nicht sie – er hat auf Heirat gedrängt. Wie die meisten Männer hat er geglaubt, daß ›Ehe‹ Endgültiges meint, daß die geliebte Frau für einen allein dasein wird.«

»Kam dann nicht ein anderer?«

»Nicht eigentlich. Es kam nur, was immer schon dagewesen war – das Theater. Es war stärker als Liebe, Ehe, sogar zwingender als Mutterliebe. Robert hat das nicht verstehen wollen – nein, nicht können. Er hat's nicht verwunden und …«

»Warum ist sie nicht ins Ausland gegangen? Sie spricht doch Französisch und Deutsch so gut wie Rumänisch.«

»Und wenn sie gegangen wäre? Als Jüdin? Nein, sie hat versucht, das Publikum, das sie früher vergötterte, von neuem zu erobern. Den Kabalen ist sie erlegen – an ihnen zerbrochen.«

»Zerbrochen. Nicht Mann, nicht Sohn, nicht Heim und auch nicht die Kunst. Nur Alkohol und Kokain und ...« Sie brach ab.

»Männer. Auch ein Narkotikum. Helfen kann es ihr genauso wenig wie Whisky und Kokain.«

»Ich verstehe – trotzdem fühle ich mich abgestoßen. Vielleicht bin ich nicht großherzig genug. Margarita ist ganz anders. Manchmal bewundere ich sie. Es liegt gar nicht in ihrer Art, dieses Verständnis – diese Geduld. Wenn Sie wüßten, ganze Nächte ist sie auf der Suche nach ihr; sie bringt sie zurück, pflegt sie, redet mit ihr, nur um sie von ihren Lastern fernzuhalten.«

»Ja, Margarita ist wunderbar. – Nur, haben Sie nicht gerade selbst gesagt: Egal, wie alles ausgeht, sie hat ein schönes Leben gehabt? Für jede schöne Minute muß man bezahlen.« Er horchte auf. Von irgendwoher kam Musik. »Radio?« fragte er.

»Nein – Margarita hat Zigeuner bestellt.«

»Zigeuner!« Gespannt lauschte er. »Banica – ja, er ist es. – Kommen Sie, Aglaia.« Sie liefen durch Zimmer und Gänge, erreichten atemlos und lachend den Saal.

In einer Ecke stand ein Zymbal. Ein faungesichtiger Zigeuner bearbeitete es. Ein anderer, von dem großen Instrument beinahe versteckt, strich den Kontrabaß, und ein dritter blies die Klarinette. Niemand schien sie zu beachten, denn Banica spielte. Als Alda den Raum betrat, blickte der Geiger ihn strahlend an. Ohne die Fiedel abzusetzen, machte er eine tiefe Verbeugung. Das war sein Bojer, der verstand ihn, den liebte er. Gern hätte er einen Schritt auf ihn zu gemacht, er beherrschte sich und litt, weil er es nicht durfte. Das Lied für Jonel Ghika mußte zu Ende gespielt werden.

Alda zog Aglaia mit sich an den Tisch. Der Diener schenkte Champagner ein, auf Aldas Wunsch brachte er Rotwein. »Wissen Sie, was wir trinken, Aglaia?«

»Türkenblut – heißt es nicht so?«

»Ja, und worauf trinken wir?«

»Darauf«, ihr Mund lächelte, aber ihre Augen blieben ernst, »daß kein Preis zu hoch sei!«

Er sah sie an, hob sein Glas gegen das ihre und leerte es bis zur Neige. Als der Diener von neuem einschenkte, stand Banica schon da. »Unsere Lieder, nicht, *coane?*«

»Unsere Lieder, Banica.«

Banica spielte wie ein Zigeuner, der sich von einem freigebigen Bojer verstanden fühlt, eben spielt. Er spielte, daß alle Anwesenden zu sprechen aufhörten. Sie lächelten, hatten Tränen in den Augen, manchem zitterten die Lippen. Banicas Geige sang alte Hirtenlieder, die sehnsüchtige Doina, die feierliche Hora, die jubelnde Ciocorlia. Und wieder Hora, so lange, bis es sie nicht länger auf den Stühlen hielt. Fast alle standen auf, faßten sich an den Händen, bildeten den Kreis und tanzten den Reigen. – »Nach rechts!« kommandierte Rananu. »Nach links! Zur Mitte die Hora! Die Hora stehe!« – Immer langsamer wurde die Musik, und mit ihr verebbten die Bewegungen. Die Töne verklangen, verhauchten; es wurde ganz still – für kaum einen Atemzug. Ein Geigenton zerriß die Stille, der Zigeuner mit dem Faunsgesicht schlug mit aller Kraft und wirbelnder Schnelligkeit in die Saiten des Zymbals, die Klarinette kreischte und der Baß stöhnte, die Beine flogen, rasend drehte sich der Kreis. Alles an den von der Musik verrückt gewordenen Menschen tanzte. Selbst das schwere Büfett, der riesige Tisch, die Sessel, die Gläser schienen mit Leben erfüllt.

Margarita, Alda und Rananu sprangen in die Mitte des Kreises. Margarita legte die Arme um die Nacken der beiden Männer, und sie tanzten zu dritt. Immer rascher und wilder spielten die Zigeuner, immer hitziger wurden die Tänzer. Mitten im rasenden Wirbel brach die Musik ab, die Tänzer kehrten auf ihre Plätze zurück – müde, aufgelöst, glücklich.

Alda setzte sich wieder neben Aglaia und hob ihr erneut sein Glas entgegen. »Trinken wir.« Sie tat ihm Bescheid, stumm. »Banica«, rief er, »spiel mir: ›Was kann ich dafür, daß das Wirtshaus am Wege liegt?‹« Lied auf Lied aus Aldas Repertoire entlockte der Zigeuner seiner Geige. Er kannte sie von unzähligen Gelagen her. Alle sangen mit, nur Danghu nicht. Zwischen zwei Damen saß er und mühte sich, mit ihnen Konversation zu machen. Es war, als entginge ihm die Stimmung ringsum.

Während der ganzen Zeit hatte Alda den Gestreiften nicht angeblickt. Aglaia, die fühlte, daß sie beobachtet wurde, sagte wie zu sich selbst: »Wirklich, ein widerlicher Kerl, Margaritas neue Akquisition.«

Alda warf einen Blick auf die Uhr.

»Müssen Sie schon gehen?« fragte sie.

»Ihnen will ich es verraten: Ich werde mich englisch empfehlen – ich fahre bald.«

»Wohin?«

Er zögerte kaum merklich. »Nach Hause«, sagte er dann rasch.

»Müssen Sie heute fahren?«

»Ich muß.«

»Darf ich Sie zum Bahnhof begleiten?«

»Sie dürfen.« Als hätte er sich bei einer Unterlassung ertappt, fügte er hinzu: »Das ist wirklich nett von Ihnen.«

»Ich gehe gleich mit«, sagte sie.

»Bleiben Sie noch ein Weilchen sitzen. Ich warte in der Halle.« Als er an Banica vorbeikam, steckte er ihm einige Banknoten zu.

Draußen traf er auf Rananu. »Ich habe meine Koffer in deine Wohnung schicken lassen«, sagte Alda.

»Soll ich dich fahren?«

»Bleib nur, ich werde ein Taxi nehmen. Kann mir dein Diener das Gepäck an die Bahn bringen?«

»Verfüg über ihn.«

Alda streckte Rananu die Hand hin. »Adieu, Alecu, unterhalte dich gut und entschuldige mich bei Margarita wegen meines formlosen Abgangs.«

»Wird gemacht.« Fest umschloß Rananu Aldas Hand. »Lutz – also – Glück auf!« Darauf wandte er sich rasch um und ging in den Saal zurück.

Aglaia trat auf Alda zu. »Joan leiht mir seinen Wagen, ich werde selber fahren.«

Bevor sie aufbrachen, rief Alda in Rananus Wohnung an und bat den Diener, sein Gepäck an den Zug zu bringen und dem Schlafwagenschaffner zu übergeben. Aglaia ließ sich Zeit. Von der Calea Victorei ging es zum Boulevard Elisabeta, wo ein Stoppschild sie zum Halten zwang. »Wann fährt Ihr Zug ab?« vergewisserte sich Aglaia.

»Ja?« war alles, was er sagte. Wo war er mit seinen Gedanken? Sie verzichtete darauf, ihre Frage zu wiederholen. Ihr Mund wurde schmal, ihre Augen starrten über das Lenkrad hinweg. Sie gab Gas, daß der Motor aufheulte und raste den belebten Boulevard hinunter. Als gelte es ein Rennen zu gewinnen oder als hinge das Leben davon ab, fuhr sie, immer rascher, je weniger belebt die Straßen waren. Schon nach wenigen Minuten hielt sie vor dem Nordbahnhof. Alda rührte sich nicht. »Wir sind da, erwachen Sie, Monsieur.«

»Verzeihen Sie, Aglaia, ich bin heute kein guter Gesellschafter.« Sie stiegen aus, und er griff nach ihrem Arm. »Bitte, kommen Sie mit, Aglaia. Noch sechs Minuten. Reichlich Zeit!«

Auf dem Bahnsteig herrschte Gedränge. Aglaia lächelte traurig in den Lärm.

Da rief der Schaffner bereits: »Einsteigen! Bitte, einsteigen!«

»Lutz.«

»Ja, Aglaia.« Sie standen ganz nahe beieinander. »Leb wohl, *ma chère, porte-toi bien!*« Er umarmte sie lachend und küßte sie auf den Mund. Langsam setzte der Zug sich in Bewegung. Alda schwenkte jungenhaft den Hut, sprang aufs Trittbrett und winkte, solange er sie sehen konnte.

Nur eine Minute hatte der Zug gehalten. Alda stand bei seinen Koffern, verwundert, daß der Candomirsche Chauffeur auf sich warten ließ. Da tauchte aus dem Nebel eine Gestalt auf. »Willkommen, Lutz.«

»Du in Person, Radu?« Sie umarmten, küßten einander und gingen dann, jeder einen Koffer in der Hand, zum Auto. »Wie geht es Florica und den Kindern?«

»Danke, ausgezeichnet. Seit einer Woche sind sie bei den Schwiegereltern.«

»Warum bist du selbst gekommen? – Wo ist Rudolf?«

»Das erzähl ich dir später.«

Der Wagen stob davon. Die Straße war ungepflastert, übersät mit Löchern und Pfützen, keinesfalls geeignet für achtzig in der Stunde. Sie schwiegen. Alda betrachtete das angespannte Gesicht des Freundes. Mager, gebräunt von Sonne und Wind, die dunkelbraunen Augen scharf, mutig – Jägeraugen, Reiteraugen unter kräftigen schwarzen Brauen. Wie ein Haiduk sieht er aus, in seinem Pelz mit dem hochgeschlagenen Kragen und der hohen Pelzmütze, dachte Alda.

Das Parktor stand offen. Vor dem zweistöckigen weißen Haus, in dem nur wenige Fenster beleuchtet waren, hielt der Wagen. Gebückt kam der alte Mischu die wenigen Stufen herunter, um Alda vertraulich zu begrüßen. »Willkommen, Coane Lutz.« Wie selbstverständlich machte er sich daran, die Koffer aus dem Wagen zu heben. »Laß nur, Mischu, ich kann das schon«, sagte Alda. Es war fünf Uhr morgens, und die Dienerschaft schlief. Mischu tat nur gelegentlich noch Dienst, heute hatte es ihn nicht im Bett gehalten. Radu Candomir brachte den Wagen in die Garage, und kaum hatte Alda am Kamin in der Halle Platz genommen, trat er schon ein.

»Was ist los, Radu?« Mischu rollte den Teewagen herein, leise, schattenhaft.

»Du mußt dich sehr gewundert haben, als ich dich in Bukarest anrief. Am Telefon konnte ich dir nichts Näheres sagen – auch auf die Gefahr hin, dich zu beunruhigen.«

»Ist es so dringend, Radu? Du hast doch sicher schon gestern gewußt, daß Rudolf nicht fahren kann?«

»Er fährt seit drei Tagen nicht mehr.«

»Ist er krank?«

»Ja – die neue Krankheit.«

»Bitte, sprich deutlicher – was ist los mit Rudolf?«

»Er will den Direktor Regenbogen nicht mehr chauffieren. Wenn Juden im Wagen sitzen, läßt er den Motor nicht an, hat er erklärt.«

»Rudolf? Seit fünfzehn Jahren fährt er Regenbogen in die Fabrik, Tag für Tag.«

»Jetzt regiert eben Herr Hitler, und Rudolf ist ein deutscher Mann.«

»Geh, hör auf! Rudolf ist kein Deutscher, auch kein Pole oder Ruthene oder was sie hierherum sonst alles sind.«

»Rudolfs Mutter ist Polin, sein Vater Ruthene. Er hat nun einmal sein Deutschtum entdeckt. ›Ein daitscher Mann fahrt nicht mit Juden‹, hat er gesagt. Zunächst dachte ich, er ist betrunken.«

»Und du?«

»Ich habe wohl die traurigste Figur gemacht in dieser Angelegenheit. Was bloß mein Vater getan hätte, wenn ihm das passiert wäre? Wahrscheinlich gäbe es keinen Rudolf mehr.«

»Wenn ich mir Coane Jancu vorstelle ...«

»Stell dir lieber mich vor. Ich habe ihn auf die Seite genommen und ihm zugeredet wie einem kranken Gaul. Aber er ist stur geblieben. ›Herr Baron, ein daitscher Mann fahrt nicht mit Juden‹. – ›Rudolf‹, sage ich, ›du bist doch gar kein Deutscher – mir kannst du nichts erzählen. Seit du auf der Welt bist, kenne ich dich. Auch deinen Vater und selbst deinen Großvater kannte ich. Ein Leben lang haben die auf die Deutschen geschimpft.‹ – ›Ich fühl mich halt so, Herr Baron!‹ – Aber das war nicht alles. Er sagte noch etwas, was mir sehr zu denken gibt: ›So ist der Befehl, und bitte, gnädiger Herr, nicht mehr zu fragen. Entweder der Regenbogen oder ich.‹ – Erst wollte ich ihm eine herunterhauen – vielleicht wär's das richtige gewesen –, dann hab ich nur gesagt: ›Holen Sie sich Ihren Lohn, und lassen Sie sich nie wieder auf dem Hof blicken.‹ – Was mich richtiggehend erschüttert hat, war die Reaktion des alten Regenbogen. ›Um Gottes willen, Herr Radu‹, sagt er, ›warum haben Sie Rudolf entlassen? Scherereien werden Sie bekommen. Soviel ist die Sache wirklich nicht wert. Ich werde schon jemanden finden, der mich die paar Kilometer bis zur Fabrik fährt. Auch reiten könnte ich.‹ Der alte Regenbogen reiten, bei seinem Rheumatismus. ›Es sind halt die Zeiten, Herr Radu!‹ Er hatte Tränen in den Augen. ›Den Juden in Deutschland und in Österreich passieren weit schlimmere Dinge, als daß ein Herrschaftschauffeur sie nicht fahren will.‹«

»Und dann?«

»Ich hab den Alten eben selbst nach Hause gefahren. Jeden Tag steht jetzt mein neuer Jagdwagen mit den beiden Schimmeln vor seiner Tür und bringt ihn in die Fabrik. Am liebsten würde ich ihm vier Pferde vorspannen. Aus Protest.« Er hielt inne und griff sich an die Schläfen. »Aber, um dir von diesem Rudolf zu erzählen, hab ich dich nicht hergebeten, Lutz. Es handelt sich um Dringlicheres.«

»Na dann laß hören, Radu.«

»Seit einigen Tagen habe ich einen Gast, du kennst ihn.« Candomir machte Anstalten aufzustehen. »Gleich wirst du ihn sehen – ich höre ihn kommen.«

Alda erkannte den Eintretenden erst, als das Licht der Stehlampe auf ihn fiel. »Anatol!« rief er überrascht. »Ist's möglich?« Anatol streckte ihm die Rechte entgegen. »Sie wundern sich wohl, Lutz, mich hier zu sehen?« Candomir schob einen Sessel herbei. »Ich heiße Bilinsky«, wandte er sich an Alda, bevor er sich in das Polster fallen ließ, »damit Ihnen kein Fehler unterläuft.« Sein schmales Gesicht mit den tiefliegenden müden Augen wirkte wie tot, während die Flügel der leicht nach oben strebenden Nase, der schmallippige Mund und das Kinn, spitz vorstehend, Leben signalisierten. Ein feines, ja leidenschaftliches Gesicht, dachte Alda.

»Tee, Anatol?« fragte der Hausherr.

»Bitte. Mein Gaumen ist ausgebrannt vom vielen Rauchen.«

Candomir schenkte ein. Anatol nahm sich eine Zigarette aus dem Kästchen, und Alda gab ihm Feuer. Seit ihrer Fähnrichszeit in der österreichischen Armee kannten sie sich, aber nie hatten sie einander geduzt, obwohl das unter Kameraden damals üblich gewesen war. Anatol, dem es jetzt gefiel, sich ganz schlicht ›Bilinsky‹ zu nennen, hatte sich höchst selten zum Du bereitgefunden. Ihn bei Candomir zu treffen, war nur im ersten Moment überraschend gewesen. Er war Pole und damit – wie ungezählte andere – Flüchtling. »Sie sind seit ein paar Tagen hier, hat Radu mir gerade erzählt«, begann Alda. »Sind Sie jetzt erst aus Polen gekommen?«

»Er hat Furchtbares durchgemacht«, sagte Candomir.

»Kaum mehr als andere«, wehrte Anatol ab.

»Seine Frau mußte er zurücklassen.«

Anatols Gesicht erstarrte. »Ja, sie ist dort geblieben«, wiederholte er mit toter Stimme.

Candomir sprach hastig weiter: »Deswegen habe ich dich gebeten herzukommen, Lutz.«

»Wie soll ich das verstehen?« gab Lutz zurück.

»Ja, wir müssen Anatol helfen.«

Als wäre er aus einem bösen Traum erwacht, wandte Anatol sein Gesicht Alda zu. »Sehen Sie, Lutz, ich muß mich an jeden Strohhalm klammern. Meine Frau, ich habe sie kurz vor Kriegsausbruch zum letztenmal gesehen. Sie hielt sich damals in Cerawne bei Verwandten auf; das Gut liegt etwa zweihundert

Kilometer östlich von Lwow. Immer wieder habe ich versucht, in Erfahrung zu bringen, was aus ihr geworden ist. Wissen Sie, die Sache ging so wahnsinnig schnell, und ich war zum Schweigen verpflichtet. Als der Befehl kam, über die Grenze zu gehen, war alles verloren. – Befehl«, wiederholte er leise.

»Und«, fragte Alda, »was haben Sie vor?«

»Was ich vorhabe? Das hängt von Ihnen ab.«

»Ja, Lutz, du kannst ihm am ehesten raten, was zu tun ist«, sagte Candomir.

»Ich? Wieso ich?«

Entgeistert blickte Candomir den Freund an. »Wieso du? An wen sonst soll ich mich wenden. Schau, Lutz, Tausende sind herübergekommen – einen Weg muß es also geben. Noch vor wenigen Tagen haben sie Leute über die Grenze gelassen. Warum sollte nicht auch Anatols Frau eine Chance haben?«

Im Stillen macht Alda sich Vorwürfe, daß die Bitte des Freundes ihn kalt ließ. »Wie hast du dir das vorgestellt, Radu? – Und Sie?« Fast brüsk hatte er sich an Anatol gewandt. Der zuckte die Achseln. »Sie sagen, Ihre Frau ist bei Ausbruch des Kriegs in Czerawne gewesen. Liegt da nicht eines der Potockischen Güter?« fragte Alda weiter.

»Ja, meine Frau ist eine Verwandte der Gräfin.«

»Und?« beharrte Alda.

»Als es zum Krieg zu kommen drohte, schrieb ich ihr, sie solle dort bleiben. Ich war zu meinem Regiment eingerückt, zu den Ulanen in Lwow. Wie lange der Krieg dann gedauert hat, wißt ihr so gut wie ich. Und vielleicht habt ihr auch eine Vorstellung von dem Chaos, das ausbrach, als die Russen anrückten? Plötzlich war Jagdsaison, Treibjagd auf alle, die früher eine gehobene Stellung inne gehabt hatten. Ich durfte kein Risiko eingehen, denn ...«

»Ich verstehe«, unterbrach ihn Alda. »Seit Ende August sind Sie also ohne Nachricht von Ihrer Frau. Sie haben keine Ahnung, wo sie sich jetzt aufhalten könnte. Einfach gar nichts wissen Sie – nicht, ob sie in Czerawne geblieben ist oder anderswo Zuflucht gefunden hat – auch nicht, ob sie bei den Deutschen ist oder bei den Russen –.« Candomirs zornige, verzweifelte Blicke, die Einhalt gebieten sollten, Alda schien sie nicht zu bemerken. »Was da unternommen werden kann? Radu, warum machst nicht du einen Vorschlag? Oder wie steht's mit Ihnen, Anatol. Sie kommen doch gerade von dort. Was für Möglichkeiten sehen Sie?«

Anatol richtete sich auf, gerade, fast steif saß er in seinem Sessel. »Ich möchte feststellen, der Gedanke, daß Sie raten oder helfen könnten, stammt nicht von mir.« Und dann, unendlich traurig, mit schleppender Stimme: »Es ist ein Jahr her, daß wir geheiratet haben. Lange mußte ich um meine Frau werben. Nie habe ich jemand so geliebt wie sie, und wenn ich wüßte, daß sie tot ist ... Ich bin jetzt sicher, daß sie mir mehr bedeutet als das Vaterland. Ich hoffe, Sie verstehen, was das heißt.«

Alda nickte. Fast eine Verbeugung machte er. Seine Gedanken gingen eigener Wege. Wäre das nicht eine Gelegenheit gewesen, der Frau, die man liebt, die einem mehr bedeutet als das Vaterland, durch Taten zu beweisen, daß das eigene Leben wenig gilt, wenn es um sie geht? Wieso rettet man die eigene Haut und hofft dann auf Wunder? Weiß er erst jetzt – nachdem er sich in Sicherheit gebracht hat –, in welcher Gefahr die Frau schwebt, die er liebt? – Die drei Männer schwiegen. Eines jeden Schweigen sagte anderes, und Alda fühlte, daß es an ihm war, den Bann zu brechen. »Oft gibt es Situationen, die im ersten Augenblick hoffnungslos scheinen. Später findet sich ein Ausweg. Lassen Sie mich nachdenken. – An welcher Stelle sind Sie eigentlich über die Grenze gegangen, Anatol?«

»Seiner Beschreibung nach«, warf Candomir ein, »muß es zwischen Milije und Banila gewesen sein. Es war in der Nacht, und er hat – so schätzt er – auf dreihundert Meter Entfernung eine hellerleuchtete kleine Fabrik gesehen. Das war wohl die Spiritusbrennerei von Milije. Wie er unbemerkt die Chaussee erreichen konnte, ist mir ein Rätsel. Er erinnert sich nicht, weshalb er den Weg nach rechts eingeschlagen hat, der nach Vischnitza führt. Ohne zu wissen, wohin, ist er irgendwelchen Bauernwagen nachgegangen – und nach Beromet gelangt. Er kann von Glück sagen ...«

»Wenn ich richtig verstehe«, sagte Alda, »konnte er sich von dort aus leicht bis zu dir durchschlagen.« Nach kurzem Nachdenken fügte er hinzu: »Es wäre natürlich interessant zu erfahren, wie Anatol bis zum Czeremosch gelangt ist, und zwar an das polnische, vielmehr russische Ufer.«

Wieder glaubte Candomir, den Vermittler spielen zu müssen. »Könnten Sie Lutz ein paar Anhaltspunkte geben, Anatol?«

Anatol räusperte sich. »Ich gebe zu, meine Flucht muß Ihnen unwahrscheinlich vorkommen, so abenteuerlich wie die vieler meiner Landsleute. Aber ich fürchte, ich muß Sie enttäuschen. Der Marsch von Kolomea bis hierher war eine einmalige Strapaze. Jetzt liegt sie hinter mir. Wenn man mich fragt, wie ich es geschafft habe, die russischen und die rumänischen Grenzwachen zu umgehen, so muß ich passen. Ich weiß es nicht, und ich fürchte, daran wird sich auch in Zukunft wenig ändern.«

Candomir warf Alda einen flehenden Blick zu: Frag nicht weiter, hab Mitleid mit ihm! Alda schlug die Augen nieder. »Ja«, sagte er, »ich will mir die Sache überlegen. Zunächst aber«, er sah auf die Uhr, »will ich mich für zwei Stunden hinlegen – kurz vor sieben. Ich habe kaum geschlafen letzte Nacht.«

»Gut, Lutz«, sagte Candomir, »dann bis gegen neun –.«

Anatol erhob sich schwerfällig. Er nickte Alda zu und ließ sich von Candomir hinausgeleiten.

Später, als Alda sich auf sein Zimmer zurückgezogen hatte, klopfte es, und Candomir trat herein. »Du«, begann der Freund ohne Umschweife, »weißt du eigentlich, wer Anatols Frau ist?«

»Woher soll ich das wissen? Kann uns das nicht gleichgültig sein?«

»Es ist alles andere als gleichgültig, Lutz. Alles andere ...«

Alda war aufgestanden. Forschend blickte er dem andern in die Augen. »Also, wer ist Anatols Frau?«

»Janina«, flüsterte Candomir.

»Nein! Janina, sagst du?«

»Vor dreizehn Monaten haben sie in Paris geheiratet.«

»Janina, um Himmels willen.«

»Begreifst du jetzt, Lutz?« Janina, die einzige Frau, die Candomir je geliebt hat, obwohl er seit Jahren in guter Ehe lebte.

»Weiß Anatol, was zwischen dir und Janina ...?«

»Sicher nicht.«

»Ich werde sie holen, Radu.«

»Lutz, Lutz –.« Seine Stimme versagte.

Alda war wie benommen. Zufall? Wenn Radu wüßte ... Vielleicht könnte er ihm später alles erklären – falls das Vorhaben gelänge, er zurückkäme. »Es hat wenig Sinn, daß wir uns jetzt hinlegen. Wir dürfen keine Zeit verlieren. Ich will so rasch wie möglich meine Angelegenheiten ordnen und dann ...«

»Ja, Lutz, wie du meinst.«

Alda wartete bis Candomir die Tür hinter sich geschlossen hatte, dann klingelte er. Er bat den Diener, ihm den Reitdreß herauszulegen und den Herren zu sagen, sie möchten sich fertigmachen zum Reiten. Das Haus des Freundes war ihm so vertraut, als wären es seine eigenen vier Wände. Kleider für jede Gelegenheit hatte er hier, und bald lagen Breeches, Reitwäsche und ein Lumberjack aus Wolle und Leder bereit. Als Alda, fertig angezogen und gestiefelt, sich im großen Spiegel musterte, wußte er, daß er sich in diesen Kleidern äußerlich nur wenig von einem Gutsangestellten unterschied.

Candomir und Anatol, beide fertig zum Ausreiten, hatten schon mit dem Frühstück begonnen. Alda entschuldigte sich für die offenbare Verspätung und setzte sich, nachdem er ein Ferngespräch angemeldet hatte, zu ihnen an den Tisch. Alle schienen es irgendwie eilig zu haben. Kaum hatten sie ihre Tassen geleert und sich Zigaretten angezündet, als Candomir zu sprechen begann. »Wie ich Ihnen schon angedeutet habe, Anatol, hat Lutz sich bereit erklärt, Ihre Frau herauszuholen. Wenn es einen Menschen auf der Welt gibt, der einer solchen Aufgabe gewachsen ist, so er.«

»O Gott, wie dankbar bin ich euch! – Womit habe ich das verdient.«

»Verzeihen Sie, Anatol«, fiel ihm Alda, der Radus Verlegenheit fühlte, ins Wort, »manchmal hört sich das, was ich sage, schlimmer an, als es gemeint ist. Wichtig sind jetzt wirklich einige Anhaltspunkte. Vor allem – haben Sie ein Foto Ihrer Frau?«

»Gewiß.« Anatol nestelte an einem Hemdknopf und löste ein Medaillon von einem dünnen Kettchen. Aufmerksam betrachtete es Alda. Erst auf stummes Drängen hin reichte er es dem Freund. Anatol war wohl zu sehr mit sich selbst beschäftigt, um den Blick zu bemerken, den die beiden tauschten, als Candomir das Medaillon zurückgab.

»Ausgangspunkt wird also Czerawne sein. Kennen Sie jemanden in dem Ort, den man um Auskunft bitten könnte, falls Ihre Frau sich nicht mehr dort befindet?«

»Es gibt einen Arzt – Feuerberg heißt er.«

»Jude, nicht?«

»Sicher«, sagte Anatol, »stört Sie das?«

»Nicht doch – im Gegenteil.«

»Ich wäre sonst in Verlegenheit. Falls meine Frau in Not geraten ist, hat sie sich bestimmt an diesen Doktor Feuerberg um Hilfe gewandt.«

»Das ist gut. Aber ich muß mich irgendwie legitimieren. Ich brauche etwas, woran sie erkennt, daß sie mir vertrauen darf.«

Anatol dachte nach. »Wenn Sie mit ihr über mich sprechen und sie hat Zweifel, so sagen Sie ›Rêve‹ – sie wird verstehen. Nur wir beide wissen, was das Wort letztlich zu bedeuten hat.«

Ein Glück, daß Candomir hinter Anatol stand. Wieviel Selbstbeherrschung mochte es ihn gekostet haben, sich nicht zu verraten. Wußte Anatol wirklich gar nichts von der Vergangenheit? Alda kannte Janina nur aus den Erzählungen Candomirs. In Paris hatte der Freund sie kennengelernt. Ein armes Fräulein mit klingendem Namen. Sie studierte Musik und wollte Pianistin werden, war, wie Radu sie schilderte, schön und stolz. Ihr Nein war endgültig gewesen; nie hatte er es verwunden. Noch Jahre nach der Trennung behauptete Janina ihren Platz in seiner Erinnerung.

Alda schwieg nachdenklich. Offenbar warteten die beiden Männer auf ein Wort von ihm. Da schrillte das Telefon. Candomir wollte aufstehen, Alda war rascher. »Bleib sitzen, Radu, es ist für mich.« Im Arbeitszimmer schloß er die ledergepolsterte Tür hinter sich. »Bei Rundberg«, hörte er eine Frauenstimme. – »Herrn Karl Rundberg, bitte.« – »Ein Moment«, kam es zurück. Kurz darauf sagte ein verschlafener Bariton: »Ja?« Alda pfiff einige Takte aus der Ouvertüre zur Oper ›Martha‹. – »Und weiter?« – »Mitkommen zum Vater.« – »In Ordnung.« Alda hängte ein und ging zurück zu den anderen.

»Ein guter Einfall von dir, Lutz«, sagte Candomir, »ein paar Schritte reiten.«

»Ein paar Schritte? Wir reiten nach Aldeni.«

»Fein. – Das ist nämlich Aldas Besitz«, kommentierte Candomir, zu Anatol gewandt.

Anatol verneigte sich. »Wenn die Herren mich mitnehmen ...«

»Sie müssen mitkommen, es gibt gewiß auch noch einiges zu besprechen. Essen werden wir bei mir.«

Eine blasse Sonne hatte die Nebel zerrissen. Ringsum herbstliche Kahlheit, nacktes Geäst und bräunlicher Rasen. Der Stallmeister führte bereits zwei Pferde auf und ab. In angemessener Entfernung folgte ihm ein Stalljunge mit einem dritten. Der Hausherr deutete einladend auf einen Eisenschimmel. »Er wird Ihnen Freude machen, Anatol.«

»Danke«, sagte Anatol und streichelte dem Pferd den kräftigen Hals, liebkoste ihm umständlich die Nüstern. Nachdem er den Bügeln die gehörige Länge gegeben hatte, stieg er leicht und weich in den Sattel. Alle drei waren auf die Minute fertig zum Abreiten. Candomir auf einem lehmgelben hochbeinigen Vollblüter, Alda auf einem kastanienbraunen Anglo-Araber. Im Schritt ritten sie durch die Allee aus uralten Buchen. Dieser Stelle des Parks galt Aldas besondere Liebe. Abschied nehmend blickte er zu den entlaubten Kronen hinauf. Seit Jahrhunderten schon ziehen Reiter an ihnen vorbei und noch immer stehen sie, dachte er. Sie werden vielleicht weitere Jahrhunderte leben, mag die Zeit der Herren zu Pferde auch vorbei sein.

Der Park ging in Wald über. Das feuchte, tiefe Herbstlaub machte die Schritte der Pferde fast unhörbar. Das Sattelzeug knirschte, und die Metallringe klirrten leise und melodisch. Ohne daß ein Wort gefallen wäre, nahmen alle drei die Zügel straffer, die Pferde trabten an, kurz und rhythmisch. Nach wenigen Minuten ließen sie die Tiere voll ausgreifen, um dann zu einem verhaltenen Jagdgalopp überzugehen. »Jetzt«, sagte Candomir und schlug eine scharfe Pace an. Die andern hielten mit. Alda rief zu Anatol hinüber: »Hindernis!« Der hatte bereits den Graben entdeckt, das ausgetrocknete Bett eines Baches, und nickte. Jetzt waren sie knapp davor – drei Schenkelpaare berührten drei Pferdeleiber, die sich streckten und in einer Linie durch die Luft flogen. Schon tätschelten Männerhände verschwitzte Pferdehälse, lobten und beruhigten; die Pferde gingen schnaubend in weichem, langem Schritt.

»Schön«, sagte Anatol mit einem tiefen Seufzer. Candomirs junge Augen strahlten. Alda schwieg.

Der Wald gab sie frei, es ging über Feldwege, oft Fußpfade nur. Alda legte einen scharfen Trab vor. Noch gut zwanzig Kilometer waren es bis zu seinem Haus, er wollte dort sein, bevor das Auto aus der Stadt einträfe.

Ein Serpentinenweg führte durch dichten Bestand alter Buchen, Tannen und Fichten, wand sich um den Hügel herum. Schließlich lag ein weiter, noch grüner Rasen vor ihm, in seiner Mitte umstanden Ulmen und Buchen wie Schildwachen ein langgestrecktes einstöckiges Haus. Altmoldauisch mit roten Spitzbogenfenstern und einem breiten, von roten runden Säulen getragenen Vorbau. Fest, wie für die Ewigkeit gebaut und dennoch leicht, schwebend.

»Schön?« fragte Candomir.

»Schön!« bestätigte Anatol.

Sie stiegen die wenigen Stufen zur Terrasse hinauf und traten in eine breite Halle. Sogleich kam ihnen eine Frau entgegen. Sie mochte in ihren Sechzigern sein und war mit der bäuerlichen Tracht dieser Gegend bekleidet. Zur unbestickten breitärmeligen Bluse und dem bis zu den Knöcheln reichenden glockenförmigen blauen Rock trug sie eine schmale Schärpe aus Wolle, rot-blau-gelb gestreift, und ein weißes seidenes Kopftuch. »Guten Tag, Zamfira.« Alda schüttelte seiner Haushälterin die Hand. Die Andeutung eines Lächelns und ein würdevolles »Willkommen, Bojer« waren sein Dank.

Candomirs Händedruck empfing Zamfira mit einer leichten Verbeugung. Auch Anatol, der sich der Feierlichkeit der Begrüßung nicht zu entziehen vermochte, reichte ihr die Hand. Sie führte die Herren in den Salon, dessen Boden mit alten Siebenbürgern belegt war. Der Raum war so groß, daß die Louis-Seize-Möbel sich in ihm zu verlieren schienen. Vor dem massigen Kamin waren schwere Plüschsessel um einen niedrigen Tisch gruppiert. An den Wänden hingen die Familienbilder. Männer, langbärtig mit Haidukenmützen und Bojerenmänteln, breite türkische Säbel an der Seite, trotzig und nachdenklich. Andere im Ornat griechisch-orthodoxer Priester oder in der Uniform hoher Offiziere der kaiserlichen Armee. Frauen in weißen, buntbestickten Mänteln mit den kunstvoll gefalteten Kopftüchern der moldauischen Bojereasa oder in Pariser Toiletten. Aldas Großvater, schwarzbärtig, mit abgründigen Augen, einen versonnenen Zug um den Mund, trug als einziger unter den Aldas bürgerliche Kleidung. Daneben Aldas Vater, blond, lachend, in der Uniform der österreichischen Husaren, und er selbst als Roschior zu Pferde. Mit prüfendem Blick hatte Anatol die Bilder an den Wänden überflogen. Ungezwungen setzte er sich – er wußte sich unter seinesgleichen. Bei ihm zu Hause hingen sie auch so, die Bilder. Ja, die Ahnen – was ist der Mensch ohne sie! Jedenfalls war dies die Botschaft seines Lächelns, als er den Herrn des Hauses einlud, neben ihm Platz zu nehmen. Auch Alda lächelte – ein Lächeln anderer Art. Ich weiß, erst jetzt zähle ich, sagte es.

Zamfira und ein junges Mädchen, gekleidet wie sie, brachten Tabletts mit Flaschen und Gläsern sowie kalten Speisen. »Jetzt«, sagte Candomir gutgelaunt, »kommt ein seltener Genuß. Solchen Schnaps haben Sie sicherlich lange nicht getrunken, Anatol.« Er bat darum, zu Ehren des Gastes von dem dunkelroten Weichselgeist einzuschenken.

Anatol erhob sich und wandte sich betont feierlich dem Gastgeber und Candomir zu: »Ich finde keine Worte, die ausdrücken könnten, was ich fühle. Ich danke euch, daß ihr mir helfen wollt.« Er hob sein Glas, erst gegen Candomir, dann gegen Alda. Sie taten ihm Bescheid. Alda verfiel wieder ins Grübeln. Aus der Hölle soll ich seine Frau retten, und er dankt Candomir dafür. Natürlich weiß er, daß ich es Radu zuliebe tue. Längst hat er erfahren, was war zwischen ihr und ihm. Er kennt Radus Ritterlichkeit, seine Bereitschaft, Opfer zu bringen für Menschen, die ihm nahestehen. Wäre er sonst nicht in Beromet geblieben, bei Medwed, seinem Regimentskameraden, dessen Jagdgast er schon sooft gewesen ist? Selbst wenn er nicht damit gerechnet hat, daß gleich jemand bei der Hand sein würde, die gefährliche Aufgabe zu übernehmen, so ist er doch davon ausgegangen, irgendeiner ließe sich schon kaufen. Wie immer spielt er Komödie, wälzt die Last auf andere ab. Und dazu bringt er Toaste aus. »Zamfira, gegen zwei Uhr werden wir essen. Aus der Stadt kommt Frau Varsany.« Ziemlich laut hatte Alda das gesagt; er wollte verhindern, daß Candomir Anatols Toast erwiderte.

»Ist recht, Bojer.« Mit einem Wink dirigierte Zamfira das Mädchen zu einem Tischchen, auf dem die beiden Tabletts warteten.

»Eine Kleinigkeit noch, Anatol«, sagte Alda beiläufig, »wie pflegen Sie Ihre Frau zu rufen?«

»Ich sagte Ihnen schon, Rêve.«

»Wissen noch andere von diesem Namen?«

»Nein. So heißt sie nur, wenn wir allein sind. Janina ist ihr Rufname.«

Candomir hob sein Glas. »Erfolg!« sagte er.

»Erfolg«, sprach Anatol ihm nach. Es klang wie eine Bitte.

»Erfolg«, sagte auch Alda. Es war eine Frage.

Zamfira erschien und meldete, die Frau Baronin sei eingetroffen. Alda stand rasch auf und trat vor das Haus. Martha verabschiedete sich gerade lachend von dem Mann am Steuer. »Hallo, Martha!«

»Hallo, Lutz!«

Sie blickten einander in die Augen, lächelnd, lachend. Er nahm ihren Kopf zwischen beide Hände und küßte sie sanft auf Stirn und Augen. »Radu ist im Salon und noch jemand. Entschuldige mich, bitte – ich will rasch ein Wort mit Karl sprechen.« Er winkte dem Mann im Auto zu warten und führte Martha in die Halle. Candomir begrüßte sie mit kameradschaftlicher Galanterie. »Ich komme sofort«, sagte Alda. Er trat dicht an den offenen Wagen heran und begrüßte Karl Rundberg mit einem Händedruck. Rundbergs hellblaue Augen lächelten zufrieden, verschmitzt. Sein eckiges Gesicht mit der aufgestülpten Nase, den eingefallenen Wangen, dieses Clowns-Gesicht, war ein einziges Grinsen, als er, die Hand Aldas festhaltend, sagte: »Du hast schön und rasch gearbeitet, Lutz. Auf dich ist Verlaß.«

Alda wehrte ab. »Ich habe kaum was dazu beigetragen.«

»Ich weiß, ich weiß. Die Sigurantza hat Platzer laufen lassen, weil ihr seine Augen gefallen haben. Hat es viel gekostet, Lutz?«

»Kaum der Rede wert. Als mein Mann sich an die Arbeit machen wollte, war Platzer schon entlassen. Irgendeine Dienststelle hat sich eingemischt. Wir sprechen noch darüber. – Ins Haus kann ich dich jetzt nicht bitten: Gäste. Am besten du gehst zu deinem Vater und wartest, bis ich hinkomme. Fahr auf keinen Fall zurück, bevor ich mit dir gesprochen habe.«

»Kommst du nicht mit in die Stadt?«

»Ich glaube nicht«, erwiderte Alda zögernd.

»Gut. – Ich fahre zum Alten.« Er ließ den Motor anspringen. »Bis später!«

Martha saß, als Alda zurückkam, zwischen Anatol und Candomir und unterhielt sich angeregt. Gerade leerte sie ihr Glas. Ihr Gesicht war leicht gerötet.

Anatol kam Alda zuvor, als dieser nachgießen wollte. Plötzlich ein ganz anderer, sprang er auf und holte den gelben Aprikosenschnaps. »Danke«, sagte Martha, und nach einem guten Schluck fügte sie hinzu, »das beste Getränk der Welt! – Waren Sie auch in Bukarest?« fragte sie Anatol.

»Gewiß. Doch ich komme jetzt nicht von dort.«

»Herr Bilinsky ist aus Polen«, sagte Alda.

»Ein Flüchtling?«

»Ja«, sagte Anatol. »Ich bin Flüchtling, und Baron Candomir hat mich aufgenommen.«

»Gut, wenn man Freunde hat.«

»Das ist ein großes Glück, gnädige Frau«, sagte Anatol ernst.

Alda, dem das Thema nicht paßte, bat Martha, nach dem Essen zu sehen. Sogleich erhob sie sich. Wie rasch, wie lebhaft und doch beherrscht ihre Bewegungen waren. Ihr einfaches schwarzes Wollkleid mit weißem Kragen und weißen Manschetten zeugte von solidem Geschmack, von Sinn für diskrete Eleganz. Ihr in der Mitte gescheiteltes, auf beiden Seiten hochgekämmtes Haar war dunkelblond und von metallischem Glanz. In dem braungebrannten länglich-ovalen Gesicht sprach aus graublauen Augen Erfahrung und Wissen. Eine liebenswerte Frau. Alda fühlte sich ihr nahe. Der Gedanke, sich von ihr für unbestimmte Zeit trennen zu müssen, bedrängte ihn diesmal härter als sonst. Sie würde nicht fragen, wie sie noch nie gefragt hatte. Wie immer, wenn er ging, ohne zu sagen, wohin – und wann er wiederkehrte, würde sie sich wieder mit Vermutungen begnügen.

Man saß schon bei Kaffee und Cognac, als der Diener zu Alda trat und ihn aus dem Zimmer bat. In der ›Kanzlei‹, Aldas Arbeitszimmer, erwartete ihn der Pfarrer.

Der hochgewachsene schwere Mann von Anfang Fünfzig, dessen Genießergesicht mit dem koketten Spitzbärtchen nicht zu dem Priestergewand passen wollte, streckte dem Hausherrn beide Hände entgegen. Alda begrüßte ihn wie üblich. »Ich küsse die Hand, Vater.« Wenn es sarkastisch klang, so war dies nicht beabsichtigt.

»Willkommen, Bojer«, erwiderte der Pfarrer. Er verzog sein Falstaffgesicht zu einem Lächeln. »Ein seltenes Glück, Sie in Aldeni anzutreffen.«

Alda bot Zigaretten an, ein Diener brachte, der Sitte gemäß, Wein und Backwerk.

»Ja, sehen Sie, Bojer, ich komme in einer häuslichen Angelegenheit zu Ihnen –« Offenbar wartete er auf eine Frage. Als Alda stumm blieb, fuhr er langsam und befangen fort: »Wissen Sie, meine Pulcheria – ihr Mann, der Hauptmann Grigoriu –, er will nicht bei der Armee bleiben, und da muß ja der Vater – ich hab doch nur diese Tochter – wie gesagt, da muß der Vater für etwas anderes sorgen.«

»Wenn ich irgendwie behilflich sein kann –« Alda hätte die Unterredung gern abgekürzt.

»Sie können helfen, Bojer.«

»Bitte, Hochwürden, was in meinen Kräften steht –.«

Der Pfarrer räusperte sich, leerte sein Glas und schenkte es wieder voll. »Also meine Pulcheria hat noch ihre Mitgift, und Constantin, mein Schwiegersohn, er ist nicht wie die anderen Offiziere – kein Trinker, kein Spieler, verstehen Sie mich, er hat auch gespart.«

Alda wußte, daß Constantin Grigoriu vier Jahre Kommandant eines Grenzpiketts gewesen war – zu einer Zeit, als der Schmuggel von Polen nach Rumänien und umgekehrt geblüht hatte. »Ja, und da liegen mir die beiden in den Ohren, ich soll fragen – weil Ihr Pachtvertrag mit Rundberg am 1. Januar abläuft – ich soll, ich möchte – ob Sie nicht dem Constantin

Aldeni verpachten würden. Wenn Sie das Haus und die Möbel verkaufen wollen, wir würden einen guten Preis dafür bieten.«

Als die Antwort auf sich warten ließ, begann der Pfarrer auf seinem Stuhl hin und her zu rutschen. Von neuem schenkte er sich ein und hob mit einem verlegenen Lächeln sein Glas gegen Alda, der die Geste nicht zu bemerken schien. Der Pfarrer hüstelte und sagte: »Nun ja«, nichts weiter. Trotz seiner robusten Nerven fühlte er, wie geladen die Atmosphäre war. Seine Finger betasteten den steifen Kragen, den er für den Besuch beim Gutsherrn umgelegt hatte, als wollte er sich Luft machen.

Diese Bewegung schreckte Alda aus seinen Gedanken auf. »Nun ja«, sagte er, »das ist eine Sache, die überlegt sein will.« Eigentlich hatte ihm anderes auf der Zunge gelegen, und er wunderte sich, daß er diese nichtssagenden Worte fand.

Der Pfarrer faßte wieder Mut: »Sehen Sie, Bojer, Sie dürfen da keine gefühlsduseligen Bedenken haben« – ein Satz, den er sich eingeprägt hatte, bevor er ins Herrenhaus aufgebrochen war. »Rundberg kann nicht in Aldeni bleiben. Bald wird man keine Juden mehr auf dem Land dulden – vielleicht sogar nicht einmal in der Stadt.«

»Nicht dulden? Und warum nicht?«

»Ach Gott, Herr Alda«, ereiferte sich der Pfarrer, »wissen Sie wirklich nicht, was vorgeht?«

»Was geht denn vor, Hochwürden? Ich kann mein Feld doch verpachten, wem ich will.«

»Daß ein Mann wie Sie so spricht, Herr Alda! Ein Mann, der in der Zeitung schreibt.«

»Deswegen eben«, sagte Alda laut und bestimmt, »weil ich Bescheid weiß. Alles Gerüchte, Hochwürden – Gerüchte!«

»So, Gerüchte? Dann muß ich Ihnen widersprechen. Ich bin besser informiert.«

Alda sah den Pfarrer nicht an. »Kann sein. Alles hängt davon ab, aus welchen Quellen Ihre Informationen stammen, Hochwürden.«

»Aus den höchsten, Bojer, aus den höchsten, glauben Sie mir«, sagte der Pfarrer und schenkte sich ein.

»Und Sie, Hochwürden, Sie sind bereit, den alten Rundberg,

der doch Ihr Freund ist – haben Sie nicht im besten Einvernehmen mit ihm gelebt? –, um sein Brot zu bringen?«

»Tu's nicht ich, tut's ein anderer. Das Hemd ist einem näher als der Rock. Der alte Rundberg ist ein anständiger Mensch. Ein guter Nachbar – aber er ist ein Jud. Was wollen Sie? Man muß mit der Zeit gehen, Bojer. Auch wir Priester haben unsere Weisungen, das heißt ...« Zu spät merkte er, daß er zuviel gesagt hatte.

Es wäre unklug gewesen, den Pfarrer jetzt zu bedrängen. Alda wußte, auch die Geistlichkeit war infiziert. Wie sonst hätte der Mann, dem man nichts Schlimmeres nachsagen konnte, als daß er soff, Karten spielte und den Weibern im Dorf nachstellte, und der zu dumm war, um bei politischen Intrigen mitzuwirken, so sicher auftreten können. Die Konjunktur wollte er ausnutzen. Und die Zeit arbeitete für ihn. Eigentlich war es gut, daß der Pfarrer ihn aufgesucht hatte. Er würde mit Rundberg sprechen; den Ausschlag sollte dessen Meinung geben. »Sie verzeihen, Hochwürden«, sagte Alda und erhob sich. »Ich habe Gäste und muß mich um sie kümmern. Empfehlen Sie mich Ihrer Frau und grüßen Sie Pulcheria von mir. Ich werde mir die Sache durch den Kopf gehen lassen.«

Auf dem Weg zu Rundberg mußte Alda sich eingestehen, daß ihn die Vorstellung, dem Alten könne in seiner Abwesenheit zugesetzt werden, nicht wenig bedrückte. Er wußte, in seiner Geradheit und Offenheit würde Rundberg vor Problemen stehen, denen weder er noch sein gerissener Sohn gewachsen wären. Nun, er würde mit dem jungen Rundberg sprechen, auch wenn ihm, bei Gott, wenig Zeit dazu blieb. – Da lag schon das Pächterhaus vor ihm, und Alda sprang in langen Sätzen den Hügel hinunter. Er klopfte an und trat, ohne die Aufforderung zum Eintreten abzuwarten, in die geräumige Stube. Mit ihren altmodischen Möbeln, den Folianten im Glasschrank, den silbernen Leuchtern und den Bildern an den Wänden sah sie aus wie viele andere Wohnstuben alter Juden, die den Hausrat von ihren Vätern ererbt hatten.

Joschua Rundberg und sein Sohn saßen vor dem Schachbrett. Karl stand auf, auch der Alte wollte sich erheben, doch Alda drückte ihn sanft nieder. Er ergriff seine Hand und schüttelte sie. Rundberg war Witwer; seine Schwester, ebenfalls verwitwet, eine ernste und schweigsame Frau, führte ihm die Wirtschaft. Sie erschien gleich nach Alda mit einem Tablett Erfrischungen und begrüßte den Besucher. Karl schenkte Wein ein und bot von den kleinen Kuchen an. So leise und unauffällig, wie sie gekommen war, hatte sich die Wirtschafterin zurückgezogen.

»Gut, daß Sie da sind, Herr Lutz«, begann Joschua Rundberg, die Hand an dem kurzen, fast weißen Spitzbart, »das heißt« – verbesserte er sich –, »es ist immer gut, wenn Sie da sind. Diesmal kommen Sie allerdings besonders gelegen. Viel zu besprechen gibt es, ich weiß nicht, wo ich beginnen soll.«

»Bevor Sie beginnen, Herr Rundberg – der Pfarrer war bei mir, kann sein, er sitzt noch oben.«

»Ich kann mir denken, weswegen; er will Aldeni pachten.«

»Und das Haus kaufen.«

»Sie wissen also, Herr Lutz?«

»Ja, ich weiß.«

»Es wird Ihnen nichts anderes übrigbleiben, als ihm zu verpachten – wenn Sie sich nicht überhaupt entschließen zu verkaufen. So schwer es mir fällt, ich muß Ihnen zuraten.«

Alda sah den Alten an und wandte den Blick dann Karls grinsendem Gesicht zu. Er verstand: die beiden hatten sich bereits mit dieser Frage befaßt. »Aldeni verkaufen? Schwer, sich das vorzustellen. Sie wissen, Herr Rundberg, wie wenig seßhaft ich bin – aber Aldeni verkaufen ...«

»Herr Lutz, es muß sein, glauben Sie mir. Nicht, daß die Landwirtschaft schlechten Zeiten entgegenginge – im Gegenteil. Aber wollen Sie wirklich mit Leuten, die Räubern und Mördern nachlaufen, gemeinsame Sache machen? Verpachten dürfen Sie auf keinen Fall. Wenn Sie Aldeni halten wollen, dann nur, um es selber zu bewirtschaften. Sie sind ein vorzüglicher Landwirt, ich weiß, und Sie lieben das Land – die Erde. Nur keinen Pächter, keinen von den heutigen!«

Erwartungsvoll blickte er Alda an. Als dieser schwieg, fuhr er fort: »Herr Tomescu will Aldeni kaufen. Einen annehmbaren Preis bietet er. Ich glaube, Sie verstehen, was es für mich bedeutet, Ihnen den Verkauf zu empfehlen, Herr Lutz.«

»Aber der Großvater!«

»Ich habe mich mit ihm beraten«, sagte der Alte schmerzlich lächelnd. »Er ist einverstanden.«

Alda blickte vom Vater zum Sohn. Karl nickte grinsend. »Sie haben recht, die Alten. – Es geht gegen uns Juden, wir müssen auf der Hut sein. Zwischendurch erfährt man auch Dinge, die nicht mit den Juden zu tun haben. Verkaufe, Lutz, und sieh zu, daß du irgendwohin kommst, vielleicht in die neutrale Schweiz oder nach Amerika, weit weg von diesem verpesteten Europa.«

»Wenn ihr dafür seid, werde ich verkaufen. Europa zu verlassen, steht für mich nicht zur Debatte.«

Karl sah seinen Vater an. »Hab ich dir nicht gleich gesagt –?«

»Aber wie machen wir das bloß? Ich muß vielleicht schon morgen verreisen, auf unbestimmte Zeit«, sagte Alda.

»Schon morgen?« Der alte Rundberg war erstaunt, besorgt. »Das geht nicht, so etwas braucht seine Zeit.«

»Ich muß unbedingt verreisen, Herr Rundberg.«

Der Alte sah ihn prüfend an. »Herr Lutz, manches sieht unaufschiebbar aus, und doch findet sich immer eine Möglichkeit, Zeit zu gewinnen. Ich würde mich nie in Ihre Angelegenheiten einmischen – in diesem Fall muß ich es. Vielleicht kann Ihnen die Erfahrung meiner Jahre helfen.«

»Herr Rundberg, ich bin in Eile. Offen gestanden, glaube ich nicht, daß Sie mich morgen um diese Zeit noch hier erreichen können. Und ob ich so bald zurückkomme, ist eine andere Frage.«

»Noch hier erreichen können –?«

Alda blieb stumm.

»Lutz«, sagte Karl Rundberg, kaum hörbar, aber eindringlich. Er wußte, wohin die Reise ging. Dann, zum Alten gewandt: »Frag nicht, Vater. Es läßt sich bestimmt nicht aufschieben. Wichtig ist jetzt einzig, daß Lutz schafft, was er geplant hat.« Er schwieg, starrte zur Decke. Der Mann, der Hunderte von gewagten Schmugglercoups ersonnen und ausgeführt, der stets einen Ausweg gefunden hatte, dachte angestrengt nach. »Ich glaube, es geht doch, Vater«, sagte er nach einer Weile. Als beide ihn fragend anblickten, fuhr er fort: »Das wichtigste ist die Vollmacht. Bei Gericht nutzt sie uns nichts, mit dem Notar ist es eine andere Sache. Ich fahre Lutz nach Czernowitz, das dauert eine halbe Stunde, nach einer weiteren Stunde ist alles erledigt. Wem willst du die Vollmacht geben, Lutz?«

»Deinem Vater natürlich.«

»Heutigentags ist das nicht so natürlich. Vater kann Schwierigkeiten bekommen, ein Nichtjude wohl kaum.«

»Karl hat recht. Ich weiß Ihr Vertrauen zu würdigen, Herr Lutz – ich danke Ihnen dafür«, sagte der alte Rundberg, »wir müssen das einzig Vernünftige tun.«

»Nur Sie werden verkaufen, Herr Rundberg, nur Sie«, beharrte Alda.

»Karl wird Ihnen dabei helfen. – Bitte.«

»Mach dich fertig, Vater – und du, Lutz, kommst am besten mit, wie du bist. Oder willst du zuvor noch einmal ins Haus? Dann mach es kurz. Deine Gäste werden dir schon verzeihen«, sagte Karl.

Die beiden Rundbergs erhoben sich, Alda blieb sitzen. »Nein, Karl, ich fahre heute nicht nach Czernowitz. Laß den Notar nach Aldeni kommen. Onkel Stefan hilft, wenn du ihn darum bittest.«

»Ich kann's zumindest versuchen«, sagte Karl zögernd.

Warum will er nicht in die Stadt fahren? dachte Karl, als er Alda zum Konak begleitete. Erst bei der Anfahrt fragte er, mit einer Kopfbewegung die Richtung andeutend: »Du gehst hinüber, Lutz?«

»Wie kommst du darauf?« versuchte Alda auszuweichen.

»Ich frage, weil ich dir helfen kann – hüben wie drüben.« Alda schwieg. »Auf dieser Seite gibt es Jiwan Bes«, fuhr Rundberg fort, »hinter seinem Garten fließt der Czeremosch. Zwischen den Fünf Eichen und der Spiritusbrennerei. Auf Jiwan ist Verlaß.« Als weder Frage noch Einwand kam: »Wenn du drüben bist – in Snijatyn – David Kligler oder, besser noch, Hersch Birnberg. Ja, Birnberg ist besser. Sein Haus liegt nicht weit vom Bahnhof – ein großes braunes Tor – nicht zu verfehlen. Er kennt dich.«

»Er kennt mich?«

»Na ja, nicht direkt – er weiß nur vom Uden.«

»Vom Uden?« Abwehr lag in Aldas Stimme, ein Zögern. War

»Uden« doch eine Verballhornung des ehrwürdigen hebräischen Wortes ›Adon‹ – Herr …

»Du bist nun einmal ein Herr! Ich wünschte, alle Herren wären wie du. – Mußt du wirklich gehen?«

»Ginge ich sonst?« Alda legte die Hand auf den Türgriff. »Hol jetzt den Notar. Ihr geht besser direkt in die Kanzlei.«

Rundberg nickte. Rasch trat Alda ins Haus. Er blieb einen Augenblick in der Halle stehen und begab sich dann zu seinen Gästen. Sie saßen und tranken Rotwein. »Kommt der Hausherr endlich?« fragte Martha.

»Ihr müßt bitte verzeihen«, er verneigte sich leicht gegen Anatol, »es gab da einiges, was sich beim besten Willen nicht aufschieben läßt.«

»Aber ich bitte Sie, keine Umstände meinetwegen«, wehrte Anatol ab. Alda befürchtete, er könne die heitere Stimmung trüben, die bei seinem Eintreten geherrscht hatte, und schenkte sich ein. »Das schmeckt«, sagte er, »damit spült man seinen Ärger hinunter.«

»Hast du Ärger, Lutz?« fragte Martha.

»Kaum der Rede wert.«

Candomir machte den Vorschlag, nach den Pferden zu sehen, und alle begaben sich zum Stall. Zurück im Salon, von der kalten Herbstluft erfrischt und dem Anblick der Tiere erfreut, hatten sie kaum Platz genommen, als gemeldet wurde, in der Kanzlei warteten, wie es hieß: ›die Herren‹.

Die Vollmacht war rasch ausgestellt. Onkel Stefan, der Notar, hatte alles Nötige mitgebracht. Karl war der eine Zeuge, Candomir der andere. Es hatte Alda Überwindung gekostet, ihn um diesen Freundschaftsdienst zu bitten. Zu seiner Erleichterung hatte der Freund die Schriftstücke unterzeichnet, ohne sie zu lesen.

Natürlich hatte Stefan Dragomiretzchi, genannt Onkel Stefan, es für seine Pflicht gehalten, Bedenken zu äußern. »Ich weiß«, hatte er gesagt, »du wirst dich durch keinen Einwand von deinem Vorhaben abbringen lassen – du bist ein Alda. Ich gehe davon aus, daß du dir in den Kopf gesetzt hast, den Ereignissen vorzugreifen, klüger und rascher zu sein als das Schicksal. Stimmt's, Lutz?«

»Mein Großvater hätte ebenso gehandelt. Nicht ich verkaufe Aldeni – die Zeit tut es. Sie räumt gnadenlos auf mit den Traditionen der Aldas und ihresgleichen.«

»Gut, Lutz«, sagte der Notar bedächtig, »ich kann nur wünschen, daß du unrecht behältst. Schlimm wäre es um uns bestellt, wenn all jene sich irren würden, die nichts unternehmen, weil sie hoffen, am Ende wird doch alles beim alten bleiben.«

Nach der Unterzeichnung der Vollmacht, als sie wieder allein waren in der Kanzlei, sagte Alda zu Karl: »Es gibt noch anderes zu besprechen, aber das wird warten müssen«, und sich dem Alten zuwendend, fügte er hinzu: »Ich will Sie nicht länger aufhalten, Herr Rundberg. Nur noch eines: Was an Geld herausspringt, übergeben Sie Karl. Mit ihm werde ich alles Weitere regeln.« Karl nickte.

»Leben Sie wohl, Herr Rundberg!«

»Sehe ich Sie nicht mehr vor Ihrer Abreise?«

»Ich glaube nicht.«

»Herr Lutz«, Rundberg bemühte sich sichtlich, seiner Erregung Herr zu werden, »ich will nicht in Sie dringen, aber – schon mein Vater hat Ihrer Familie gedient. Ehe Ihr Großvater starb, habe ich ihm in die Hand versprochen, auf Sie aufzupassen. Sie verzeihen, es waren seine Worte. Und nun ...«

»Sie haben es getan, Herr Rundberg. Sie sind ein treuer Freund, waren immer ein ehrlicher Sachwalter.«

»Vater«, sagte Karl und trat ganz nahe an den Alten heran, »Lutz wird allein auf sich aufpassen müssen. Er hat bestimmt seine Gründe, wenn er will, daß niemand erfährt, wohin er geht. Du kennst ihn ja – es muß nicht gefährlich sein.«

»Alles ist jetzt gefährlich«, der Alte flüsterte diese Worte. »Auch Herr Lutz begibt sich in Gefahr. – Was bleibt mir altem Mann anderes übrig, als für Sie zu beten, Herr Lutz – jeden Tag werde ich an Sie denken und für Sie beten.« Gerührt reichte Alda ihm die Hand. Joschua schüttelte sie, während er mit der freien Linken in die Jackentasche griff und ein seidenes Käppchen hervorzog, um es aufzusetzen. Anschließend legte er Alda beide Hände auf den Kopf und sprach das alte hebräische Gebet, dessen »Amen« sein Sohn, die Hand als Schädelkäppchen benutzend, wiederholte. Ehe er dann ohne Wort und Gruß aus dem Zimmer gegangen war, hatte er seinen Fingern erlaubt, Alda liebevoll über die Wangen zu streichen.

Kurz darauf trat Alda, aufgeräumt, wie es schien, in den Salon. Beim Anblick Marthas, die ihm entgegenlächelte, steigerte sich seine gute Laune. Martha hatte sich umgezogen und trug ein Kleid von stumpfem Grün mit spitzem Ausschnitt. Um ihren Hals war eine Perlenschnur geschlungen, ein Geschenk Aldas. Sie saß neben dem Notar, der ihr in altväterlicher Galanterie den Hof machte, und erwiderte mit geduldigem Humor seine Komplimente. Alle hatten Gläser mit Zuica vor sich, die korbumflochtene Flasche war zu gut drei Viertel geleert. »Du kommst gerade recht«, sagte Candomir lachend, während er Alda einschenkte.

»Ich muß mich entschuldigen – wirklich unverantwortlich von mir, euch so lange warten zu lassen.«

»Wir verstehen, daß wichtige Geschäfte Sie abgehalten haben«, sagte Anatol, und kaum vernehmlich, »schuld an allem bin wohl ich.«

Mit einem höflichen Lächeln wehrte Alda ab. »Warum bin ich gerade recht gekommen?« wandte er sich an Candomir.

»Weil der alte Herr sich scharf ins Rennen legt. Wenn ich recht verstanden habe, hat er Martha einen Heiratsantrag gemacht.«

»Verstehen kann ich allerdings nicht, weshalb sie mir einen Korb gibt. Sie ist die erste Frau, bei der mir das passiert«, sagte der Notar.

»Das ist allerhand«, lachte Candomir. »Bist du nicht schon ...«

»Siebzig – ein guterhaltener Herr in den besten Jahren.«

»Dabei Dr. jur. und Dr. phil., Notarius, Oberleutnant der Reserve, Ehrenpräsident des Jagdclubs, Ritter von –, Inhaber hoher Orden et cetera et cetera«, warf Alda ein.

»Hör auf, Lutz, das klingt wie ein Nachruf in der Zeitung«, grollte der alte Herr.

»Wenn Sie diese Litanei nicht lockt, schönste Martha!«

»Und der Ritter von –, bedeutet Ihnen das gar nichts, meine Gnädigste?« ergänzte Anatol.

»Die Heirat mit einem simplen ›Ritter von‹ wäre für mich

eine ausgesprochene Mesalliance. Ich bin eine Varsany de Lakatty et Nemesfalva, mein Vater war kaiserlicher und päpstlicher Kämmerer und Graf. Wenn es mir einfiele, mich Gräfin zu nennen, könnte kein Mensch auf der Welt mir diesen Titel streitig machen.«

Anatol merkte auf. »Ihr Vater hieß Arpad, nicht?«

»Ja«, sagte sie, »kannten Sie ihn vielleicht?«

»Er war Husar?«

»Als es mit der Monarchie zu Ende ging, wurde er Oberstleutnant im k. u. k. Husarenregiment Nr. 3. – Kannten Sie ihn?« wiederholte sie.

Anatol schien die Frage überhört zu haben. Er blickte Martha an. »Ihre Mutter war eine Gräfin Larisch«, fügte er leise hinzu.

»Ja«, sagte sie erstaunt und wurde ernst. Eine Stimmung, die sich auch den andern mitteilte. »Doch keine von den richtigen Larisch. Aus einer Seitenlinie. Der Familienbesitz befand sich in der Nähe von Krakau. Ich habe meine Mutter nicht gekannt. Sie starb bei meiner Geburt.«

Anatol sah an ihr vorbei. »Ihre Mutter war eine richtige Larisch. Die Welt ist klein.« Aus seinem Gesicht sprach Abwesenheit, als er schwieg. Auch die anderen sagten nichts. Alda fühlte sich außerstande, das Schweigen zu brechen. – Die Schlichtheit Anatols war gespielt, das raffiniert Pathetische, das in ihr mitschwang, konnte seine Wirkung indessen nicht verfehlen. Auf Seelenfang war er aus, er brauchte Menschen, die ihm halfen. Candomir hatte er bereits im Netz. Ließ der nicht seinen besten Freund für ihn in die Hölle gehen? Nun wollte er Martha für sich gewinnen. Begehrte er sie, weil sie eine schöne Frau war? Erhöhte es vielleicht den Reiz, daß sie die Tochter eines Magnaten und einer richtigen Gräfin Larisch war? Stellte dies den Trumpf in dem Spiel dar, das er zu inszenieren gedachte? Ging es um die Frau, die er besitzen wollte, oder um den Menschen, der ihm beistehen sollte, weil er Hilfe brauchte, jede Art von Hilfe? Wollte sich der Aristokrat an die Aristokratin oder der *homme à femme* an die *femme* heranmachen? Fragen über Fragen.

Als Zamfira meldete, es sei angerichtet, fühlten alle sich erleichtert. Vom Notar mit Grandezza geführt, ging Martha voran, die drei Männer folgten. Alda als letzter, immer noch in Gedanken und in Sorge um Martha.

Nach Tisch begab sich die Gesellschaft in die Bibliothek, wo der türkische Kaffee serviert wurde. Als der Notar sein Schälchen ausgetrunken hatte, blickte er fragend zu Alda hinüber. Der nickte ihm zu. Daraufhin stand er auf, verbeugte sich vor Martha, reichte Anatol die Hand und deutete bei Candomir eine Umarmung an. Alda begleitete ihn. Währenddessen zog Martha sich zurück.

Zurückgekehrt, klingelte Alda. Wieder brachte der Diener Kaffee, dazu eine Flasche Cognac. »Fein«, sagte Candomir, »Courvoisier – der schmeckt am besten, wenn man viel davon getrunken hat. Ein würdiger Abschluß. *Hai noroc* – also Glückauf, Bruder!« Seine Augen schwammen in Tränen. *»Si la multi ani* – noch viele Jahre!« erwiderte Alda laut und heiter. Herr Rundberg sei zurück, wurde gemeldet. Alda verteilte den Rest der Flasche auf vier Gläser. Er stieß mit Candomir und Anatol an, ohne freilich selber zu trinken. Als sie zum Auto gingen, nahm er zwei der Gläser mit. »Hallo, Karl, schon zurück? – Hier, stoß mit mir an.« Karl Rundberg stieg aus und begrüßte Candomir. Anatol, ein Unbekannter für ihn, bedachte er mit einer stummen Verbeugung. *»Noroc, Bojer!«* sagte er, sein Glas gegen Alda hebend.

»Si la multi ani!« Sie tranken aus. Candomir hatte neben Anatol im Fond des Wagens Platz genommen. Alda ergriff das leere Glas, das Rundberg ihm hinhielt, und beugte sich über Candomir. Er legte seine freie Rechte auf dessen Hand und streichelte sie leicht. *»Are sa fie bine, frate* – es wird gut werden, Bruder.« In einem plötzlichen Impuls zog Candomir die Hand des Freundes an sich. Alda verlor das Gleichgewicht, Glas splitterte. »Herrlich – Scherben bringen Glück! Fahr los, Karl. Auf Wiedersehen, auf Wiedersehen!« Die Hand blutete stark. »Je schwärzer die Wolken, desto schwächer der Regen«, murmelte Alda auf dem Weg ins Badezimmer. Dort bestrich er die Schnittwunde mit Jod und klebte Leukoplast darüber. Als er die Treppe hinaufstieg in den ersten Stock, schien er die Sache bereits vergessen zu haben.

Ein spitzer Schmerz riß Alda aus dem Schlaf. Es war noch früh am Morgen. Die Wunde an der linken Handfläche war verkrustet, doch der Schnitt am zweiten Glied des Mittelfingers sah böse aus und schmerzte heftig. Er hatte mit derlei Verletzungen seine Erfahrungen, kannte die oft quälenden Folgen. Deshalb ließ er aus dem Dorf den Arzt holen.

Schneller als erwartet brachte ihm der Diener eine Visitenkarte. ›Dr. med. Josif Vendrinschi, Oberarzt der Reserve‹ stand auf ihr zu lesen.

»Ist Doktor Schmetterling nicht mehr im Dorf?« wunderte sich Alda.

»Schon seit einem halben Jahr nicht mehr, Bojer.«

Ein schmächtiger Mann in den Dreißigern betrat den Raum, ging mit militärischen Schritten auf den Gutsherrn zu. Ehe er sich verbeugte, schlug er die Absätze zusammen. »Doktor Vendrinschi«, sagte er und hob den pomadisierten Kopf, den ein scharf gezogener Scheitel in zwei genau gleiche Hälften teilte. »Sie haben mich rufen lassen.«

»Nicht eigentlich Sie«, erwiderte Alda höflich, »eher Doktor Schmetterling.«

»Der wohnt jetzt in Czernowitz. Ich bin sein Nachfolger.«

»Wieso habe ich nichts von dieser Veränderung erfahren?« Die Gutsherrschaft hatte ein Mitspracherecht in solchen Dingen – ein altes Abkommen mit der Gemeinde. Obwohl er die Antwort im voraus wußte, fragte Alda, immer noch betont höflich: »Und kennen Sie vielleicht die Gründe dieser ...?«

»Aber Bojer, dafür gibt es heutzutage nur eine Erklärung: Schmetterling ist Jude – für jüdische Ärzte ist kein Platz mehr auf dem Land – hoffentlich bald auch nicht mehr in der Stadt. Jetzt kommen wir dran.«

»Wer ist ›wir‹?«

»Wir Rumänen.«

»Ach ja«, sagte Alda und streckte ihm die Linke entgegen.

Der Splitter war rasch entfernt, und die Wunde wurde verbunden. Der Arzt riet, den Arm für einige Tage in der Schlinge zu tragen.

Alda war kaum anders zumute als tags zuvor bei der Unterredung mit dem Pfarrer. Auch jetzt ließ er sich nichts anmerken und las laut den Namen auf der Karte: »Vendrinschi – aus welcher Gegend stammen Sie? Sie sind Bukowiner, nicht?«

»Gewiß«, erwiderte der Arzt, und ohne auf die Frage näher einzugehen, »die Frau des Pfarrers Domanschi und mein Vater sind Geschwister.«

Nun wußte Alda, wer die Schiebung ins Werk gesetzt hatte. »Dann sind Sie Ruthene, nicht?«

Der Arzt lief rot an. »Ich bin Rumäne, rumänischer Offizier, Herr Alda«, stammelte er.

»Pardon, Herr Doktor!« sagte Alda. »Ich wollte Ihnen nicht zu nahe treten. Für mich persönlich gibt es keine Unterschiede. In meinen Augen sind Rumänen, Ruthenen und Juden gleichviel wert.«

»Da muß ich aber sehr bitten!« Der Doktor Wendrinschi, der sich Vendrinschi schrieb, rang um Fassung.

Wortlos griff Alda nach einem Block, riß einen Zettel ab und schrieb darauf »Tausend Lei«, das Dreifache des üblichen Honorars. Mit den Worten: »Ich danke Ihnen für Ihre Mühe, Herr Doktor« reichte er ihn dem Arzt. »Ich danke Ihnen«, sagte er noch einmal – keine Frage, die Unterredung war beendet.

Sie saßen beim Frühstück. Martha bediente den Invaliden des Hauses mit übertriebener Aufmerksamkeit. »Ein wunderbarer Einfall von dir, der Landaufenthalt«, sagte sie. »Wenn das Wetter gut bleibt, sollten wir am Nachmittag reiten. Ich freue mich darauf. Und morgen ...«

»Morgen bin ich nicht mehr hier«, sagte Alda leichthin.

»Nicht mehr hier? – Du verreist, Lutz?«

»Es ist dringend und wird diesmal vielleicht länger dauern. Inzwischen könntest du etwas unternehmen. Besuch die Zinnendorfs. Das brächte dich auf andere Gedanken. Und die Gräfin würde sich freuen. Felix ist ein feiner Kerl – er wird dir, ich meine, mir, bestimmt nicht gefährlich werden.«

»Zu Tante Agathe, das wäre nett.« Als hätte sie Zeit gewinnen wollen, setzte sie hinzu: »Ich glaube nicht, daß ich zu den Zinnendorfs fahren kann.«

»Warum denn nicht?«

»Bitte, Lutz, ich möchte nicht gern darüber reden.«

»Aber ich muß es wissen. Es geht auch mich an.«

»Gut, ich werde dir reinen Wein einschenken«, sagte sie entschlossen. »Zwischen Tante Agathe und mir ist nicht mehr alles so, wie es war. Versteh mich bitte nicht falsch. Ich habe sie nach wie vor sehr lieb. Sie ist die einzige, der ich mich verwandt fühle. Und sie meint es sicher gut mit mir. – Vielleicht ist gerade dies der Grund für den Mißton in unseren Beziehungen.«

»Wenn du dich klarer ausdrücken wolltest.«

»Tante Agathe findet – kurz, es paßt ihr nicht, daß ich soviel Zeit in deinem Haus zubringe, wir – wenn auch mit Unterbrechungen – zusammenleben.«

»Es paßt ihr nicht? Auf einmal? Ja, was ...«

»Geht sie das an, willst du sagen? Die Sache ist komplizierter. Dabei will ich ihr gar nicht das Recht absprechen, sich in meine Angelegenheiten einzumischen. Sie hat sich längst damit abgefunden, daß ich als Sängerin, noch dazu Jazz-Sängerin, in der Welt herumgereist bin. Immerhin haben sich Leute von Stand solchen Berufen schon zugewandt, als dies noch für ›unschicklich‹ galt. Aus der Not wurde bekanntlich ein Privileg. Daß eine junge, temperamentvolle Frau nicht wie eine Nonne leben kann, versteht Tante Agathe. Vielleicht ist das einer der Gründe dafür, daß sie die Freundschaft mit dir von Anfang an gebilligt hat. Nur – auch wenn sie dich mag und schätzt, meint sie halt ... Wenn ihr auf Reisen seid – schreibt sie –, euch irgendwo auf der Welt trefft und für eine Weile zusammenbleibt – ihr seid selbständige Menschen, könnt tun und lassen, was euch gefällt. Da bist du – schreibt sie – eine Madame X, und Lutz ist ein Monsieur Y – das sei sozusagen das Übliche. Aber so, wie wir es machten, sei es falsch und – wieder ihre eigenen Worte – eine Provokation.«

»Eine Provokation? Die Gräfin nimmt kein Blatt vor den Mund. Aber das interessiert mich wenig. Wichtig ist nur eines: Was du dazu sagst, Martha.«

»Meinst du, wie ich mich dazu stellen würde, mit dir verheiratet zu sein, Lutz? Aufgetaucht ist der Gedanke mehr als einmal. Ich habe ihn immer verworfen.«

»Verworfen?«

»Stört dich das Wort? Also dann: ausgeschaltet – als unmöglich, geradezu schädlich«, sagte sie ruhig.

»Und der Grund? Meinst du nicht, ich hätte ein Recht, ihn zu kennen?«

»Hast du«, erklärte sie sachlich und nahm keine Notiz von seiner Ironie. Sie beugte sich hinüber zu ihm und ergriff seine Hände, die linke mit zarter Vorsicht. »Versteh mich nicht falsch, es klingt paradox: Ich möchte mit dir nicht verheiratet sein, weil ich von dir geliebt werden will.«

»In deinen Augen schließt das eine das andere aus?«

»Lutz, du bist nicht für die Ehe geschaffen. Glaub mir, du kannst nur Freund – nur Liebhaber sein. Was ist schon die Ehe! Ich habe keine hohe Meinung von ihr, selbst wenn ich von den eigenen traurigen Erfahrungen absehe. – Wirklich, Lutz, heiraten sollten nur Erwachsene.«

»Ich denke, ich bin eher zu alt zum Heiraten als zu jung –.«

»Lutz«, sagte Martha mit Wärme, »du bist nicht erwachsen – nie wirst du es sein. Auch mit siebzig nicht. Das ist es ja, was dich so – anziehend macht. Kurz: ich liebe dich zu sehr, um dich zu heiraten.«

»Das ist mir zu hoch –.«

»Komm, du verstehst mich schon. Für die Ehe bist du nicht geeignet. Nur allzu bald würdest du sie als Joch betrachten. Denn du müßtest dich in deinen Entschlüssen nach einem anderen Menschen richten. Was nützt Liebe, was Treue, Kameradschaft? Freiheit und Ungebundenheit, deine Lebenselemente, vermögen sie nie und nimmer zu ersetzen. Ehe ist eben Ehe. Eine Menge starrer Regeln, nach denen es sich zu richten gilt. Du wärst ein stiller Märtyrer, denn nie würdest du dir anmerken lassen, daß du leidest. Doch ich würde es merken und so tun, als merkte ich es nicht, und bald würde es eine Mauer aus lauter Unausgesprochenem zwischen uns geben. Wir würden beide unglücklich sein.«

»Wie klug du sprichst, Martha, wieviel Talent zur Schwarzmalerei du hast!«

»Man kann gar nicht schwarz genug malen.«

Alda stand auf, durchmaß mit bedächtigem Schritt den Raum. Er blieb stehen, es klang eher unsicher, als er begann: »Ich glaube, du siehst mich nicht, wie ich bin, Martha. Ja, mich interessiert, was man ›die andere Seite des Lebens‹ nennen könnte. Sie vor allem hab ich gesucht, nie bin ich ihr ausgewichen, wenn ich ihr begegnete. Ein neugieriger Mensch – das bin ich. Immer will ich wissen, wie es weitergeht und was dahintersteckt. Aber die Neugier, die mich plagt, gilt ›dem andern‹ genauso wie mir selbst, Martha. Wenn irgendein – wie soll ich es ausdrücken? – seelischer oder geistiger Konstruktionsfehler mich nicht widerstandslos gemacht hätte gegen Neugier, Interesse, meinetwegen auch – Mitgefühl, ich wäre ganz wie die anderen: vernünftig. Ich bin es nicht – du hast recht: Vielleicht will ich gar nicht vernünftig werden. – Verstehst du, was ich meine?«

»Ich verstehe, Lutz – nur zu gut«, sagte Martha.

Er wandte sich um und ging an ihr vorbei zur Tür. Auf halbem Weg machte er kehrt und blieb dann wieder vor ihr stehen. »Ja. – Und jetzt? Ich liebe dich, Martha. Ich liebe dich.«

»Und du denkst und hoffst ...« Sie schwieg und forschte in seinem Gesicht.

»Sprich nur weiter, Martha.«

»Du hoffst, Lutz, daß es gut werden könnte?«

Er nickte. »Ja, es würde gut werden – für uns beide.« Er schob seine Hand unter ihr Kinn und hob ihren Kopf an. Die Tränen in ihren Augen rührten und bestürzten ihn. »Martha, kluge, dumme Martha.« Er schloß sie in die Arme. »Was ist so Schreckliches am Heiraten? Hoch und heilig verspreche ich dir: Ich will so sein, wie du mich möchtest.«

»Davor fürchte ich mich ja gerade! Ich will, daß du so bist und bleibst, wie du bist.«

»Keine Haarspaltereien, bitte. Wir heiraten – du bestimmst, wann.«

»Mein Entschluß, die Überlegungen, das alles soll nicht gelten?«

»Aber Martha, ist es nicht auch, was du willst?«

»Ich kenne dich, Lutz. Nun – du bist gewarnt. Ich liebe dich, jedes Mittel soll mir recht sein, mir deine Liebe zu erhalten. So lange wie möglich.«

»Sogar die Ehe?«

»Sogar die Ehe, Lutz. Wir werden heiraten, wenn du zurück bist von deiner – geheimnisvollen Reise.«

»Du willst, daß ich reise?« fragte er erstaunt, fast enttäuscht.

»Unbedingt – uns beiden zuliebe.«

Irgendwie hatte er gehofft, sie werde verstehen und sich

freuen, daß er bereit war zu entsagen – für sie. Aber sie wollte keine Opfer. Er war traurig und erleichtert in einem. »Dann soll es so sein. Wir heiraten, wenn ich zurückkomme. Schreib der Gräfin, bitte um Gastfreundschaft, bis ich aus dem Ausland zurück bin und – wir heiraten.«

»Du bist ein ganz Gerissener!«

»Muß ich's nicht sein?«

»Heiraten werden wir hier.«

»Wenn ich zurückkomme, gehört Aldeni nicht mehr mir. Ich habe Anweisung gegeben, es zu verkaufen.« Es gelang ihm, unbeteiligt zu erscheinen.

Die Gleichgültigkeit erschreckte sie. »Aldeni verkaufen? Warum denn das? Kannst du es nicht mehr halten? Hast du kein Geld, Lutz? Ich habe ...«

»Nicht des Geldes wegen geschieht es. Ich habe andere Gründe.«

Sie wußte, wieviel ihm das Gut bedeutete. In ihn dringen wollte sie nicht. »Gut – wo, das ist wirklich egal. – Lutz, du und ich Eheleute? Ich werde mich nie an den Gedanken gewöhnen.«

Er nahm sie aufs neue in die Arme, küßte sie.

»Deine ganze Philosophie – zum Teufel«, lachte er.

Sie befreite sich. »Wenn du es nur tust, um mich zu demoralisieren, bist du gemein. Einem schwachen Weib so zuzusetzen!«

»Ich kann einfach nicht widerstehen«, sagte er feierlich.

Martha und Alda saßen bei Wermut mit Gin, als Karl Rundberg gemeldet wurde. Das Mahl, das ihm zuliebe aus einer Folge leichter Speisen bestand, hätte nicht fröhlicher verlaufen können. Alda wirkte beschwingt, Martha war eher von nachdenklicher Heiterkeit. Rundbergs sarkastische Glossen trugen ihren Teil zur guten Stimmung bei. Schließlich wurde Champagner serviert. Bevor man anstieß, sagte Alda: »Karl, wir wollen auf das Wohl meiner Verlobten trinken. Martha und ich werden heiraten. Du bist der erste, der es erfährt.«

»Oh«, sagte Rundberg – auf seinem Clownsgesicht verband Grinsen sich mit dem Ausdruck von Überraschung, Freude und Rührung –, »das ist herrlich!« Er war aufgestanden und hob Martha sein Glas entgegen.

Nach dem Kaffee zog Martha sich zurück. Die Männer hätten gewiß noch allerhand zu besprechen.

»Karl«, begann Alda, »vielleicht kannst du mich aufklären. Ein kleiner Zwischenfall nur – fortwährend muß ich daran denken.«

Rundberg sah Alda gespannt an.

»Sag, Karl, kennt mich dieser Motje Platzer – weiß er von meiner Stellung in der Organisation? Hat er eine Ahnung, daß ich der Uden bin?«

»Was fällt dir ein, Lutz! Das ist völlig ausgeschlossen. Er ist Viehhändler, wahrscheinlich hat er hier, wie in anderen Dörfern, mal was gekauft. Hat er dich dabei zu Gesicht bekommen, dann sagt er sich, daß du der Bojer von Aldeni bist. Aber der Uden? Wie kommst du darauf?«

»Seit Platzers überraschender Freilassung frage ich mich, ob sie ihn zum Sprechen gebracht haben. So daß er ihnen mehr nutzen kann, wenn er frei herumläuft. Vielleicht wollen sie ihn als Lockvogel einsetzen. Denn was mir mein Mann über die Intervention von oben gesagt hat ... Einige Stunden, bevor ich erfuhr, daß Platzer frei ist, hat mir Georges, der Portier vom ›Union‹, zugeflüstert, einer von der Sigurantza sei hinter mir her. Siehst du einen Zusammenhang, Karl?«

Rundberg schwieg. Zusammengekauert saß er da und dachte nach. »Mit Platzer hat das nichts zu tun«, begann er. »Auch mit dir nicht. Er ist halt freigekommen, weil jemand von Gewicht interveniert hat, leider. Und was den Informanten betrifft – jedermann wird jetzt bespitzelt. Deswegen brauchst du dir keine Sorgen zu machen, Lutz.«

»Sorgen?« Alda zuckte die Achseln. »Der Gedanke für einen Komplizen von Motje Platzer gehalten zu werden, schmeckt mir nicht. Aber wer im Regen geht, riskiert eben auch, naß zu werden. Welches Amt interessiert sich für Platzer?«

»Das Zweite Büro«, sagte Rundberg.

»Begreif ich nicht.« Alda dehnte die Worte, als wollte er die Erklärung Rundbergs hinauszögern.

»Was gibt es da nicht zu begreifen?« Rundberg blickte zu Boden, wie ein Vorhang hing ihm die grau-blonde Haarsträhne in die Stirn. »Platzer arbeitet für das Zweite Büro. Er bringt

Informationen von drüben. Die Zentrale hätte sich kaum eingesetzt für ihn, wenn er nicht ein wichtiger Mann wäre.«

»Und das gefällt dir nicht, Karl?«

»Ganz und gar nicht«, sagte Rundberg und strich sich die Haare zurück.

»Deswegen mache ich auch Schluß am Czeremosch.«

»Weil Platzer für das Zweite Büro arbeitet? Wenn der Mann ein Agent ist, dann ist das seine Privatangelegenheit – Was hat das mit dem Geschäft zu tun?«

»Eine ganze Menge. – Fast alle, die für uns arbeiten, sind auch Agenten des Zweiten Büros. Das ist bequem, denn sie sind auf dieser Seite – er zögerte – ›gedeckt‹. Der Mann geht hinüber, liefert unsere Uhren ab, bekommt die Dollars und nimmt für das Zweite Büro eine Zeitung, eine Propagandaschrift oder irgendeine Information mit. Er liefert den Beweis, daß er gearbeitet hat. Mehr wird von ihm nicht verlangt. Als bezahlter Agent figuriert er. Nie sieht er Lohn, er verlangt auch keinen, am Schmuggel verdient er genug. Bei vierzig Agenten schlägt das ganz schön zu Buche für gewisse Herren.«

»Wieso stört dich das plötzlich?«

»Ich will nicht, daß Juden mitmachen gegen die Sowjets.«

»Was ist schon der Unterschied?«

»Du weißt so gut wie ich, daß in Rußland die Nationalitäten gleichgestellt sind. Da verbietet das Gesetz den Antisemitismus. Antisemitische Äußerungen oder gar Übergriffe wie zur Zarenzeit werden streng bestraft. – Bitte, hab Verständnis, Lutz, für meinen – wie soll ich sagen? – Pakt mit den Russen. Ich werde denen, die eine ganze Organisation ins Leben rufen, um den Juden den Tod zu geben, nur weil sie Juden sind, nie und nimmer helfen gegen die, deren Henker keine Diskriminierung kennen. Kurz und gut: Wer gegen die Russen arbeitet, ich meine, heute, jetzt, der tut es für die Deutschen. In den Augen eines Juden ist das der Gipfel der Verworfenheit.«

»Du gibst also auf, weil du der Ansicht bist, daß den Deutschen hilft, wer dem rumänischen Zweiten Büro Informationen über die Russen verschafft?«

»Der unumstößlichen Ansicht – du vielleicht nicht, Lutz?« Rundberg sah Alda erwartungsvoll an.

»Offen gestanden, ich bin nicht davon überzeugt, daß Rumänien auf der Seite Deutschlands stehen wird, falls es zu einem Krieg kommt zwischen Deutschland und Rußland.«

»Du hast dich unklar ausgedrückt, Lutz. Du willst wohl sagen, es bestehe – rein theoretisch, versteht sich – die Möglichkeit, daß es nicht zu einem Krieg kommt zwischen Rußland und Deutschland und daß die Rumänen nicht Bundesgenossen der Deutschen werden. Glaub mir, dieser Krieg hat nur dann einen Sinn, wenn er zwischen Rußland und Deutschland geführt wird.«

Mit einer heftigen Handbewegung unterbrach Alda. Auf sonderbare Weise war er berührt. Wie lange war es her, daß er einen anderen ähnliches hatte äußern hören. Sie waren beide – jeder auf seine Weise – kluge und erfahrene Männer, der General Baderescu wie der Zivilist Rundberg. Und er selber? Was hielt er von dem Bündnis zwischen Hitler und Stalin, das, vor kaum vier Monaten geschlossen, den Dingen eine beklemmende Wendung gegeben hatte? Keine Frage, Hitler hatte jetzt freie Hand in Europa. Es gab die Maginotlinie, gewiß – nur – wie lange noch? Denn könnte nicht Hitler, nach der Zerschlagung und Teilung Polens, seine Truppen aus dem Osten abziehen? Bedingung dafür wäre allerdings, daß es beim Einverständnis zwischen den beiden Despoten bleiben, jeder von ihnen sich mit seinem Machtbereich »bescheiden« würde. – Armes Europa! – Seit sechs Jahren riskierte er Freiheit und Leben, um zu helfen und zu retten. Immer wieder hatte er sich nach Deutschland und in die von dessen Soldaten besetzten Gebiete gewagt. Er kannte die Stimmung dort, die Reizworte der Propaganda: Bolschewiki, Plutokraten, Juden ... Von diesen »Schädlingen« gelte es die Welt zu befreien, in ihrer Vernichtung sahen die Vertreter des Tausendjährigen Reiches einen »Auftrag«. Mit den Bolschewiki stets an erster Stelle: Sie waren der Erzfeind. – Und die Russen, die bereit gewesen waren, Deutschland anzugreifen, als dessen Armeen nach Prag zu marschieren drohten, sie hatten das Bündnisangebot Englands abgelehnt und mit den Nazis einen Pakt geschlossen. Streng hielten sich die Partner an die Bedingungen, teilten sich nach einem offensichtlich vorher vereinbarten Schlüssel in die von den Deutschen eroberten Gebiete. Herrschte nicht das beste Einvernehmen?

Warum also ist ein Roman Baderescu oder ein Karl Rundberg davon überzeugt, daß es zum Krieg zwischen Rußland und Deutschland kommen müsse? Waren die Zweifel, die er, Alda, unermüdlich vorgebracht hatte, am Ende bloß dialektische Manöver, um der bitteren Wahrheit nicht ins Gesicht sehen zu müssen? Hatte er vielleicht von Männern, deren Meinung maßgebend für ihn war, nur die eigene Überzeugung bestätigt haben wollen? Ja, wenn dieser Krieg einen Sinn haben sollte ... Der Krieg einen Sinn? Welcher Krieg hätte je einen Sinn gehabt –.

»Ja, Karl«, sagte Alda schließlich, »daß ich hinübergehe – vielleicht tue ich es aus Neugier. Ich will ehrlich sein: Ich habe versprochen zu gehen und war schon wieder bereit zu bleiben. Es gibt Regeln, gegen die man nicht verstoßen darf. – Mach dir keine Gedanken, Karl.« Der Ton war drängend, flehend. »Wenn ich vielleicht nicht fest entschlossen war, jetzt bin ich es, und – bitte, frag nicht weiter!«

Rundberg wollte aufstehen, doch er hielt inne. »Gut, Lutz. Wenn du dich entschieden hast, mußt du gehen. Sie werden dich schon nicht fressen, die Genossen! Ich weiß, du bist ein harter Knochen, du weißt dich deiner Haut zu wehren. – Sprechen wir vom Geschäft.«

»Ja, du hast recht«, beeilte sich Alda, ihm beizupflichten. »Schieß los, Karl.«

»Es trifft sich gut. Alles ist klar; Ware ist keine unterwegs. Dein Anteil macht für das letzte Mal an die vierzigtausend Grüne aus. Ich sorge dafür, daß sie dir in Zürich gutgeschrieben werden.«

»Es muß ganz schön was auf meinem Konto sein.«

»Das hängt allein davon ab, wieviel du in den letzten zwei Monaten abgehoben hast.«

»Dreitausend, eher weniger.«

»Dann kannst du in Zürich über circa hundertfünfzigtausend Dollar verfügen, die vierzigtausend nicht mitgerechnet.«

»Ein Haufen Geld.«

»Bis zu zwölfhundert Prozent haben wir beim letzten Geschäft verdient.«

»Und du gibst auf?«

»Reden wir darüber nicht mehr, Lutz. – Was geschieht mit dem Erlös für Aldeni?«

»Geht auch zu Julius nach Zürich. – Wieviel schätzt du?«

»Zwischen fünfundsechzig und siebzig Millionen.«

»Das heißt?«

»Vorgestern stand der Dollar in Bukarest bei fünfhundert Lei. Auf unsere Valuta wirkt sich die deutsche Freundschaft nicht gerade günstig aus.«

»Das heißt, ich kann für Aldeni, für Grund und Boden, für Wald, Gärten, Häuser und Konak, nicht mehr erzielen als für ein paar Ladungen Nickeluhren?«

»Was wirft denn schon die Landwirtschaft ab? Im besten Fall, bei intensiver Arbeit, sieben Prozent. Mit den Uhren sieht das ganz anders aus. Für eine Uhr, die uns rund zwei Dollar kostet, werden bis zu fünfundzwanzig bezahlt. Doch damit ist jetzt Schluß.«

»Ja, Schluß«, wiederholte Alda mit einem Seufzer der Erleichterung.

»Lutz, ich hoffe, du machst dir keine Gewissensbisse. Das sollst du nicht. Hättest du mitgemacht, nur um Geld zu verdienen – du wärst ein reicher Mann. Du hast dein Geld – wie hat mein k. u. k. Major gesagt? – ›beispielgebend‹ verwendet. Ich weiß Bescheid. Wenn nur alle Reichen mit ihren Einkünften umgegangen wären wie du.«

»Das meinst du nicht im Ernst, Karl.«

»Wieso? – Wir jedenfalls lassen von dem, was wir der Macht abgejagt haben, auch anderen etwas zukommen – sozusagen als Ausgleich auf eigene Faust.«

»Aber Karl«, lachte Alda, »was für Scherze!« Er wurde ernst. »Natürlich fiele es uns viel schwerer ohne dieses ethische Mäntelchen. Sich sagen zu müssen: Ich bin ein Schmuggler, ein Verbrecher – kann schon deprimierend sein.«

»Manchmal denke auch ich so. Dann sage ich mir, der Ewige, Allmächtige – Gott oder wer sonst die Welt erschuf, hatte ganz bestimmt keine Grenzen vorgesehen. Die Menschen haben sie gezogen und – sie sind auch danach. Wo Grenzen trennen, gibt es Schmuggler. Das ist nun einmal so. Beseitigt die Grenzen, und ihr legt den Schmugglern das Handwerk.«

»Du bist also Schmuggler aus Überzeugung. – Wie kommt es, daß dich der Zwischenfall mit Motje Platzer ...«

»Gerade!« unterbrach ihn Rundberg. »Eine Sache, die mich

mit meiner Überzeugung in Konflikt bringt, hänge ich an den Nagel.« Er hielt inne. »Wie gesagt, ich glaube, es ist gut, daß du hinübergehst«, fuhr er langsam fort, »vielleicht, wenn du dort bist, Augen und Ohren öffnest, daß du in Erfahrung bringst, was die Russen wirklich bewegt.«

»Du denkst an das Bündnis mit Deutschland?«

»Und an Hitler und die Nazis. Ich frage mich, was sie zu Hitlers Versprechungen sagen, seinen Schwüren, den Bolschewismus auszurotten. Ja, gut, daß du gehst, Lutz.«

»Du spielst Zweites Büro – ganz privat – Karl«, sagte Alda. »Was hast du davon, wenn du weißt, was die Leute drüben denken und reden? Hat das Volk überhaupt etwas zu melden?«

»Trotzdem«, sagte Rundberg, »wenn du das Risiko schon auf dich nimmst, solltest du die Gelegenheit nicht ungenutzt lassen. Ich jedenfalls bin auf das Ärgste gefaßt und möchte Vorkehrungen treffen.«

»Du meinst – in geschäftlicher Hinsicht?«

»Für Menschen unseres Schlages gibt es jetzt Wichtigeres als Geschäfte.«

»Was soll das heißen, Karl?«

»Ich denke an all die Menschen, die weniger geschickt sind – die hilflosen Opfer von morgen. Sie werden uns brauchen.«

»Was kann der einzelne schon ausrichten«, sagte Alda traurig.

»Viel, eine ganze Menge, glaub mir! Es ist auch unsere Zeit, nicht nur ihre. Schon immer haben wir uns gegen die Macht gestellt. Unsere Schliche, unsere Tricks sind Waffen. Nur selten sind die Mächtigen auch die Klugen, das weißt du so gut wie ich. Längst geht es nicht mehr um Geld, um Gewinn und Prestige – Überleben heißt das Gebot der Stunde. Für uns und all jene Menschen, die, wehrlos und schwach, der Willkür der Mächtigen ausgeliefert sind. Sie brauchen uns, Alda.« Rundberg brach ab. Es war, als wäre ihm peinlich bewußt geworden, wie pathetisch diese Sätze klingen mußten.

Alda blieb stumm. Nur sein Blick signalisierte Verständnis – Einverständnis.

Wie stets waren Aldas Anordnungen knapp, präzise. Alles bedachte er, selbst nebensächlich Erscheinendem trug er Rechnung. Nur selten stellte Rundberg eine Frage. Er würde nach Willen und Auftrag des Freundes handeln. Alda schloß: »Wie gesagt, über die Grenze komme ich ohne Hilfe. Bitte, kündige drüben niemandem meinen Besuch an. Wenn du mir aber eine oder zwei Adressen geben könntest, für den Notfall –.«

»Ja. In Snijatyn Hersch Birnberg, du weißt schon, und in Lemberg Jossel Besselmann, Kilinskiego 8. Prägst du dir's ein? Sie wissen vom Uden.«

Später tranken sie mit Martha Tee. »Karl bringt dich in die Stadt. – Am besten du fährst schon morgen abend«, sagte Alda zu ihr. »Vergiß nicht, alle deine Sachen mitzunehmen.« Worte, leichthin gesprochen, abgeworfen wie Ballast, um den Gedankenflug zu erleichtern.

Um sechs Uhr stand das Auto vor dem Konak. Martha setzte sich neben Rundberg. Alda reichte ihm die Hand: »Auf Wiedersehen.« – »Auf Wiedersehen, Lutz«, sagte Martha, als der Motor ansprang. Der Abschied lag bereits hinter ihr. Die Hand, mit der sie zum Abschied winkte, war bald Aldas Blick entschwunden.

Wieder allein, schrieb Alda einige Briefe und steckte sie in einen großen Umschlag, der Karl Rundberg überbracht werden sollte. Sie würden ins Ausland gelangen, ohne daß die Zensur von ihrem Inhalt erfuhr. Bis kurz vor Mitternacht ruhte Alda, dann verließ er unbemerkt das Haus. Er trug die Kleider, die er am Vortag angehabt hatte, darüber einen kurzen Bauernpelz aus Lammfell und eine hohe Fellmütze. Außer einer Schweinsblase mit Tabak, einem Päckchen Zigarettenpapier und einem primitiven Luntenfeuerzeug trug er nichts in den Taschen.

Am Fuß der Serpentine schlug er den Weg zum Wald ein. Es war neblig und dunkel, doch den Steg, den er suchte, hätte er auch mit verbundenen Augen gefunden. Nach einem halbstündigen Marsch durchs Unterholz setzte er sich auf einen Stein. Er zog den Tabaksbeutel hervor, drehte sich, an der noch immer schmerzenden linken Hand leicht behindert, eine Zigarette und setzte sie in Brand. Als er sich wieder aufmachte, zeigten die Leuchtzeiger seiner Taschenuhr Viertel nach eins. Wenn alles glatt ging, konnte er gegen fünf Uhr morgens auf der anderen Seite sein.

II

Der 28. September 1939 oder Die Katastrophe

Fjodor Iwanowitsch Lawrenenko, der Direktor des Lwower Elektrizitätswerks, saß im Mantel, die langschirmige Mütze auf dem Kopf, an seinem Schreibtisch. Fünfunddreißig Jahre war er ungefähr alt, schlank, mager und hatte den Kopf eines Asketen. In seinem gelblich-braunen Gesicht lagen die Backenknochen ganz oben, beinahe unter den schwarzen Augen, die, von starken schwarzen Brauen überwölbt, sozusagen den Ton angaben. Wenn er, wie jetzt, allein war und vor sich hin grübelte, schloß er die Augen, und sein Gesicht wirkte wie tot; Wangen und Schläfen waren eingefallen und der kräftige Mund zu einem blassen Strich reduziert. Die Hände, klein und von vielen Narben gezeichnet, waren schwärzlich-braun und verrieten nervöse Beweglichkeit, das einzige sichtbar Lebendige an dem scheinbar erstarrten Körper.

Lawrenenko schlug die Augen auf und blickte um sich. Seit Wochen fühlte er sich unbehaglich. Dieses Büro, in dem ihn nur die Bilder von Stalin, Molotow, Woroschilow und Budjonny daran erinnerten, daß er sich im Machtbereich der Sowjetunion befand, war ihm einfach zu vornehm. Für den massiven Schreibtisch, den großen persischen Teppich, die schweren Ledersessel und den gewaltigen Schrank hinter seinem Rücken empfand er nur Haß. Nach Proskurow sehnte er sich zurück, wo er das Elektrizitätswerk geleitet hatte, nach dem kleinen Büro mit dem primitiven Holztisch und den rohen Stühlen.

Sein Unbehagen wuchs noch, als er das Blatt Papier, das er vor sich liegen hatte, in die Hand nahm und aufmerksam durchlas. Zum dritten Mal tat er das jetzt, nur zur Kontrolle, ob er vielleicht doch den einen oder anderen Punkt nicht genau genug bedacht hätte. Wie alles andere hatte er auch denken lernen müssen, nachdem er als Dreizehnjähriger dem Kosakendorf entlaufen war, um sich auf die Seite der Roten zu schlagen. Damals konnte er viel besser reiten und schießen als lesen und schreiben.

Nacheinander hatte er in einem Kohlenbergwerk, einer Schuhfabrik und verschiedenen anderen Fabriken gearbeitet. Als Zwanzigjährigen hatten sie ihn von der Drehbank weg in einen Ingenieurkurs geschickt. Dort war er bald unter den Ersten gewesen. Er avancierte zum Kandidaten der Partei und Ingenieur des Proskurower Werks, das wiederaufgebaut werden mußte; später wurde er ordentliches Mitglied der Partei sowie Stellvertreter des Direktors. Drei Jahre darauf machten sie ihn zum Direktor.

Seit der Flucht war er nie wieder in seinem Heimatdorf gewesen; er wußte nicht, ob seine Eltern und Geschwister noch am Leben waren. Weder durch Sehnsucht noch durch Erinnerung fühlte er sich mit ihnen verbunden. Sein Gott war nach Marx und Engels Lenin gewesen, so wie es jetzt Stalin war. Ihre Lehren kannte er, er glaubte an sie und bemühte sich, nach ihnen zu leben. So hatte er viel öfter gehungert, als er satt gewesen war, und nie mehr an Kleidung besessen, als er auf dem Leib trug. Seit Jahren verheiratet, lebte er allein. Seine Frau war mit dem kleinen Sohn in Proskurow geblieben, wo sie eine leitende Stellung bei der Arbeiterversicherung bekleidete. Natürlich würden beide nachkommen, wenn er eine Wohnung gefunden hätte, hier in Lwow, das jetzt zur westlichen Ukraine gehörte, aber in dem Teil Galiziens lag, der den Sowjets bei der Teilung Polens zugefallen war.

Lawrenenko drückte auf einen der Knöpfe, und sogleich erschien der Diener oder, wie es jetzt hieß, der Kurier. Der hochgewachsene Mann verbeugte sich tief vor dem Direktor und stand danach stramm. Mit einem Kopfschütteln mißbilligte Lawrenenko dieses Gehabe und erteilte dem Mann den Auftrag, die Genossen Fejnhold, Maximenko und Saposchnik zu rufen. »Sofort, Genosse Direktor«, sagte der Kurier auf ruthenisch und ging, den Befehl auszuführen. Verkehrte Welt: Onufrei Nikolysczyn konnte so wenig verstehen, daß dieser ungepflegte, ärmlich gekleidete, selten rasierte Mann, der in Mantel und Mütze hinter dem Schreibtisch saß, der Direktor des Elektrizitätswerks war, wie Lawrenenko den servilen, ewig sich verbeugenden oder strammstehenden Kurier in der neuen Ordnung unterzubringen wußte.

Mark Lwowitsch Saposchnik trat ein, grüßte kurz und setzte sich sogleich. Sein Kopf ähnelte einer länglichen Melone, die sich gegen den Hals zu verbreitert; die Backen, richtige Hamsterbacken, verstärkten diesen Eindruck und ließen den Mund mit den gespitzten Lippen noch kleiner, das schrägabfallende Kinn noch weicher erscheinen. Die Stirn war hoch und schmal, das braune strähnige Haar ungeordnet. Dies verlieh dem Gesicht – nicht ungewollt – einen künstlerischen, geradezu genialischen Zug. Saposchnik, untersetzt, füllig, war fast auf den Tag so alt wie Lawrenenko. Auch seine Karriere ähnelte der des Direktors. Bevor er zum stellvertretenden Direktor des Lwower Elektrizitätswerks aufstieg, war er Direktor des Elektrizitätswerks in Grischino gewesen. Selbst wenn er hier zudem noch die zum Werk gehörende Gießerei und Schweißerei leitete, bedeutete seine jetzige Stellung eine Degradierung. Um sie bemüht hatte er sich, weil er sich von den Ärzten der Bourgeoisie Heilung für seine an Tuberkulose erkrankte Frau erhoffte. Er hatte einen graublauen Anzug an, die Jacke so kurz, daß sie das Gesäß unbedeckt ließ, und die ungebügelte Hose nicht lang genug, um die schadhaften schwarzen Schnürstiefel zu verdecken.

Als nächster trat Maximenko, der ›Planowik‹ – Wirtschaftsplaner, in Lawrenenkos Büro. Breitschultrig und überaus kräftig, steckte er bereits in einem blauen Anzug von westlichem Schnitt. Sein flächiges Gesicht mit der starken Nase und dem großen vollen Mund hätte kindlich gewirkt, wäre da nicht der kurzgeschorene Seehundschädel gewesen. Dunkle, gesunde Hautfarbe ließ das ebenmäßige Gebiß weißer erscheinen, als es in Wirklichkeit war. Maximenko gab sich betont sportlich, war rasch, stürmisch, als rennte er hinter einem Ball her. Lange Zeit war er Gymnasiallehrer und daneben Trainer bei ›Dynamo‹ in Kiew gewesen; später hatte er im Planungsbüro der Zentrale des ›Ukerkomenergo‹ gearbeitet. So hieß der Trust, zu dem alle Elektrizitätswerke der Ukraine zusammengeschlossen waren.

Das Gespräch drehte sich um eher Belangloses, noch war Fejnhold nicht erschienen. Als er lachend eintrat, wurde es still. Der Neuankömmling grüßte freundlich, reichte jedem der Anwesenden die Hand und sagte mit seiner hellen heiteren Stimme: »Dieser Kurier – ich möchte wissen, was er über uns denkt. Meine Kopffbedeckung gäb ich dafür.« Er machte eine tiefe Verbeugung und riß sich dann so energisch zusammen, daß ihm die Mütze beinahe vom Kopf gefallen wäre. Geschickt fing er sie auf und schob sie zurück auf den Hinterkopf. Das blonde Haar wellte sich ungescheitelt über der faltenlosen Stirn. Es war so geschnitten, daß es die kleinen anliegenden Ohren frei ließ und am Hals eine saubere Linie bildete. So gut paßten die Augen zu dem vollwangigen glattrasierten Gesicht, daß man denken hätte können, sie wären eigens dafür gefertigt worden. Fejnhold war so schlank wie langbeinig, er wirkte so breit in den Schultern wie schmal um die Hüften. Unter dem noch gut erhaltenen braunen Ledermantel trug er ein grau kariertes englisches Sportjackett. Wie der Mantel stand es offen und ließ ein weißes ukrainisches Hemd sehen, das am Hals mit Stickereien verziert und von einem seitlich zu knöpfenden Kragen geschlossen war. Unten fiel es über die Hose und wurde von einem breiten Ledergurt zusammengehalten. Die faltigen schwarzen Stiefel bedeckten kaum die Waden unter der Hose aus glattem dunkelblauen Uniformstoff, die fest Bein und Knie umschloß. Arkadij Samuelowitsch Fejnhold mochte achtunddreißig Jahre alt sein, aber aus seinem Gesicht sprachen Unbeschwertheit und der Charme der Jugend. Das Parteikomitee hatte ihn dem Werk als ›Politruk‹, als Leiter der politischen Schulung und Propaganda, zugeteilt. Mehr wußte man nicht von ihm.

Als alle Platz genommen hatten, zog der Direktor die Mütze vom Kopf und legte sie vor sich hin. Mit der Hand über das Stoppelfeld auf seinem Schädel fahrend, begann er: »Heute ist ein Schreiben von der Zentrale gekommen. Sie bewilligen uns eine Farm – einen Hof. Als Grund geben sie an – ich lese vor –: ›weil das Lwower Werk mit seinen Werkstätten an die vierhundert Arbeiter und Angestellte beschäftigt‹.« Er brach ab und studierte den Bogen, der vor ihm lag. Jeder wußte das Schweigen zu deuten.

Saposchnik räusperte sich: »Gut, sehr gut.«

Mit einem *»Da«* nahm der Direktor dies zu Kenntnis und fuhr fort: »Das Komitee ist von der Bewilligung verständigt und wird uns zu allem Nötigen verhelfen. Dies allerdings unter der Bedingung, wir finden Grund und Baulichkeiten und bringen sie in Vorschlag.« Hier legte er der Form halber eine Pause ein. Aber offenbar gab es hierzu nichts zu sagen und nichts zu fragen. »Zunächst einmal wird die Kasse des Werks die erforderlichen Gelder vorschießen. Erst wenn das Komitee die Gründung der Farm bestätigt hat, wird ihr als selbständiger Organisation ein Konto bei der Gosbank eröffnet, und zwar in Höhe von fünfzigtausend Rubel.« Mit einem scharrenden Geräusch schob Lawrenenko den narbigen gelblichen Bogen von sich. »Ja«, wiederholte er dann und blickte sich abwartend in der Runde um.

Warum, zum Teufel, dachte Maximenko, schneiden sie Gesichter wie Katzen, wenn es donnert. Aber so eine Hilfsfarm ... Er konnte den Gedanken nicht zu Ende denken, denn Lawrenenko ergriff erneut das Wort.

»Man hat im Sojus Versuche mit solchen Hilfsfarmen gemacht, doch der gewünschte Erfolg hat auf sich warten lassen.«

»Und diese Versuche haben – wie soll ich sagen? – ein paar Parteilegitimationen gekostet«, warf Fejnhold lächelnd ein. Die volkstümliche Bezeichnung für den Ausschluß aus der Partei ließ sofort eine vertrautere Atmosphäre entstehen.

»Das ist es«, sagte der Direktor. »Seit Jahren werden keine Hilfsfarmen mehr gegründet.«

»Es lohnt sich nicht, sie arbeiten immer mit Defizit«, ergänzte Saposchnik.

»Und nicht nur das«, sagte Fejnhold mit seiner hellen Stimme, »ewig gibt es Streitereien. Jeder fühlt sich bei der Zuteilung übervorteilt, an die Regierungspreise kann man sich nicht halten, und nie wird die Norm erfüllt.«

»Warum also sollten wir ...?« Der Direktor wandte sich direkt an Fejnhold.

Fejnhold nahm die Mütze ab und drückte sie auf sein Knie. Sorgfältig rückte er sie zurecht, damit Schild und Stiefelspitze in eine Richtung wiesen. So sehr war er in sein Spiel vertieft, daß er die Frage des Direktors überhörte. Als Lawrenenko sich ungeduldig räusperte, hob Fejnhold den Kopf und begann zu sprechen. »Ukerkomenergo wird nicht der einzige Trust bleiben, der solche Farmen in der westlichen Ukraine errichten läßt. Wahrscheinlich haben auch die anderen großen Organisationen die Bewilligung bereits in der Tasche. Wenn nicht, kann es nicht mehr lange dauern bis dahin. Man sollte sich also wirklich möglichst bald Grund und Baulichkeiten sichern. Und zwar möglichst nahe der Stadt. Diese Farmen haben wohl praktisch kaum einen Wert, doch verspricht sich die Partei einiges von ihnen« – er machte eine Pause und glättete die Mütze – »als Propaganda nämlich. Man muß den hiesigen Arbeitern etwas Greifbares bieten. Noch ist Winter, bis zur Ernte bleiben weit mehr als sechs Monate«, schloß er für alle unerwartet. Er nahm die Mütze vom Knie, um sie sich mit leichtem Schwung auf den Hinterkopf zu setzen. Dann zog er aus seiner Jackentasche eine längliche Schachtel ›Usbek‹ und bot den anderen davon an. Sogar Maximenko nahm eine, er traute sich nicht abzulehnen. Diesen ›Usbek‹ wohnte erhebliche Beweiskraft inne, viel mehr als mündlichen oder schriftlichen Berichten. Denn sie waren zwar in den Moskauer Läden erhältlich, aber Ausländern vorbehalten. Sonst waren sie höchstens noch den Werchowki, den Oberen, erreichbar. Wenn Fejnhold ›Usbek‹ rauchte, so bewies dies, daß er entweder selber einer der Oberen war oder in engem Kontakt mit ihnen stand. Teil der Propaganda des Propagandisten?

Wieder war es Saposchnik, der das Schweigen brach. »Wenn die Hilfsfarm«, sagte er, und sein spitzlippiger Mund verbreiterte sich, so daß zwei Reihen großer gelber Zähne zu sehen waren, »als Propaganda gedacht ist, so spielt die Bilanz wahrscheinlich kaum eine Rolle. Denn sie wird immer ein Defizit aufweisen. Das bedeutet« – er zögerte – »weniger Verantwortung.«

»Weniger Risiko, willst du sagen«, widersprach Fejnhold. »Weniger Risiko für dich. Das stimmt.«

»Für mich, du hast recht«, sagte Saposchnik und bedauerte, das Gespräch überhaupt begonnen zu haben. Er wußte, daß der Partei gegenüber – und sie war die allerhöchste Instanz – der stellvertretende Direktor für die Leitung der Hilfsfarm verantwortlich war. Das war bereits festgelegt worden, als man im Sojus mit dem Experiment begann. Im stillen hatte er nach den jüngsten Erfahrungen gehofft, diese Anordnung würde geändert. Fejnholds Antwort mußte ihn enttäuschen; dennoch hätte er sich natürlich zurückgesetzt gefühlt, wäre die Aufgabe, die Hilfsfarm zu organisieren und später zu überwachen, einem anderen zugefallen. Durch die neue Verantwortung war er ein viel wichtigerer Mann geworden. Zwei Betriebe hatte er nun zu leiten, außerdem vertrat er den Direktor des Elektrizitätswerks. »Wir werden vierzig Deßjatinen Ackerland mit mindestens zwei bis drei Deßjatinen Obstgarten brauchen, etwa zwanzig Milchkühe und acht bis zehn Pferde«, begann er. »Ich habe vor, mit zehn Säuen und einem Eber zu beginnen. Auch Geflügel werden wir züchten und Gemüse anbauen.«

»Wie ich sehe, hast du dich bereits mit diesen Problemen befaßt«, sagte Fejnhold. »Was du aufgezählt hast, ist die Norm für die Hilfsfarm eines Unternehmens mit vierhundert Arbeitern. Hast du schon einmal eine Farm organisiert?«

»Nein«, erwiderte Saposchnik eifrig, »ich habe darüber gelesen und natürlich auf Parteisitzungen einiges erfahren.«

»Über die Mißerfolge, nehme ich an«, sagte Fejnhold. »Du gehörst also zu denen, die aus Fehlern lernen. Darum rate ich dir – und ich übernehme die volle Verantwortung für das, was ich jetzt sage –, verlange nicht vierzig Deßjatinen, sondern sechzig, sogar achtzig. Sie werden sie dir bewilligen. Beschränk dich nicht auf zwanzig Kühe, nimm so viele, wie du kriegen kannst. Die Bauern, ich meine, die noch nicht enteigneten von ihnen, werden mit Freuden verkaufen, wenn erst einmal die Verordnungen über Schlacht-, Milch- und Zuchtvieh veröffentlicht sind. Auch Pferde werden billiger sein. Kauf, soviel du bekommen kannst. Wir brauchen sie zum Transport auf kurzen Strecken. Was an motorisierten Fahrzeugen produziert wird, das gehört sowieso auf lange Sicht der Armee, und was wir hier gefunden haben, zählt nicht. Kauf, was dir unter die Finger kommt. Für die Leute hier ist ein Tscherwonez noch ein Tscherwonez, und wenn sie für Dinge, die sie nicht verwenden können, Geld bekommen, so werden sie gern verkaufen, *duraki* – Narren.«

Gespannt hatten die drei Männer zugehört. Fejnhold wußte von Neuerungen, die offenbar beschlossene Sache waren. Wie hätte er sich sonst getraut, darüber zu sprechen. Mit jedem Punkt, den Fejnhold aufzählte, hatte Saposchnik sich wachsen gefühlt. Er öffnete den Mund zu einer Frage, Lawrenenko kam ihm zuvor. »Sind fünfzigtausend Rubel nicht zu wenig für ein so ehrgeiziges Programm?« sagte er.

»Fünfzigtausend Rubel sind noch immer eine Menge Geld. Aber darum geht es nicht. Heißt es nicht in dem Schreiben, das Werk solle der Hilfsfarm Vorschüsse bewilligen? Die Summen sind nicht limitiert – oder?«

»Nein, es sind keine Zahlen angegeben«, erwiderte Lawrenenko zaghaft.

»Na siehst du!« rief Maximenko.

Erst Fejnhold vermochte die Bedenken des Direktors endgültig zu zerstreuen. »Das Elektrizitätswerk hat Geld genug, und täglich kommt neues hinzu«, sagte er. »Du begibst dich in keine Gefahr, wenn du für die Anschaffungen der Farm jede beantragte Summe bewilligst. Dem Trust gegenüber bist du durch den Auftrag der Zentrale gedeckt, und die Partei wird dir keine Schwierigkeiten machen. Im Gegenteil. Natürlich wird man Belege für die Ausgaben brauchen.« Er wandte sich an Saposchnik. »Du weißt, wie man das macht? Du kennst doch die Bestimmungen für Ankauf bei Privaten?«

»Daß die Verträge notariell abzusichern sind?«

»Ganz richtig. – Das ist zwar umständlich, aber unumgänglich. So eine Notariatsakte gilt als einwandfreies Dokument. Auch für die Buchhaltung. Es wäre am besten, so rasch wie möglich damit anzufangen«, schloß er.

»Noch heute gehe ich an die Arbeit. Natürlich brauche ich irgendein Fahrzeug und für die Farm einen – Direktor. Ich werde sogleich bei der Partei anfragen. Vielleicht gibt es einen jungen Mann – er kann Mitglied oder Kandidat sein –, der eine Ahnung von Agrikultur hat.«

Fejnhold machte Anstalten aufzustehen und setzte sich wieder. »Such dir irgendeinen Einheimischen, der die Gegend und die Menschen kennt. Mach ihn zum Direktor. Das zahlt sich aus.«

»Einen von hier? Keinen Partiny? Und was ist mit der Verantwortung? Der Mann muß mit Stempel und Siegel umgehen. Schecks unterschreibt er, stellt Leute ein und entläßt sie.« Lawrenenkos Ton war gereizt.

Saposchnik hatte, während Lawrenenko sprach, Fejnhold nicht aus den Augen gelassen. Ihm leuchtete ein, was der Propagandamann über die Leitung der Farm gesagt hatte. Mit einem Hiesigen würde sich bestimmt leichter arbeiten lassen als mit einem der jungen Partinye von auswärts. Nichts als Theorie hatten die im Kopf.

»Ich muß jetzt gehen«, wandte Fejnhold sich an den Direktor, »im Sekretariat werd ich erwartet.« Er war aufgestanden und reichte Lawrenenko die Hand. »Saposchnik hat begriffen, worum es geht. Laß ihn machen, aber vergiß nicht, er braucht Geld. Gib ihm, so viel wie er verlangt.«

»Dann trägt er auch die Verantwortung«, sagte der Direktor, den Händedruck nur schwach erwidernd.

»Das scheint mir nicht so gefährlich«, sagte Fejnhold, während er sich von Maximenko verabschiedete, »wenigstens momentan nicht.« Dann verließ er ruhigen Schrittes den Raum.

Eine Weile blieb es still. Was dieser Fejnhold mit seiner klaren und sicheren Stimme dargelegt hatte, wollte überdacht sein. Mit welcher Selbstsicherheit der Mann auftrat! »Dieser Towarischtsch«, sagte Maximenko beim Hinausgehen, »ein ukrainisches Hemd trägt er –. Ich frage mich, ob er auch Ukrainisch spricht.«

»Was wollte Maximenko sagen?« fragte der Direktor. »Ich habe nicht hingehört«, erwiderte Saposchnik, obwohl er genau gehört und verstanden hatte. »Wichtig ist allein, daß ich Geld bekomme, wenn ich es brauche.«

»Ist es denn schon soweit?« fragte Lawrenenko schwach.

»Ich mache mich gleich an die Arbeit«, sagte Saposchnik.

Allein geblieben, versuchte der Direktor die Eindrücke der vergangenen Stunden zu ordnen. Am längsten hatte er an Maximenkos Äußerung zu kauen. »Was hat dieser Boxer eigentlich sagen wollen?« murmelte er vor sich hin. Es quälte ihn, daß er sich schwer tat mit der Antwort. Sollt er Maximenko holen lassen? Den Gedanken verwarf er, weil er dann die Verbeugungen und das Getue des Kuriers hätte ertragen müssen. Gerade hatte er sich erhoben, um selber zu Maximenko zu gehen, als ihm die Erleuchtung kam. Waren nicht der Boxer und er Ukrainer – wie Saposchnik und sicherlich auch Fejnhold Juden waren? Und wurden nicht ihre Unterhaltungen auf russisch geführt? Fjodor Iwanowitsch Lawrenenko, Nachkomme ukrainischer Kosaken, ertappte sich dabei, wie er nach ukrainischen Worten suchte und sie nicht fand. Nachdem er sich die langschirmige Mütze tiefer in die Stirn gezogen hatte, ging er rasch aus dem Büro. Der Kurier fragte sich, ob die beiden Wörter, die er dabei vor sich hin brummelte, eine Antwort auf seinen Gruß darstellen sollten. Wie »westliche Ukrainer« klangen sie. Daß sie einen bitteren, ja höhnischen Unterton hatten, konnte er nicht wissen.

»Sieh dir das gut an, Starschina – ganz genau«, sagte der Starscheljetnant – der Oberleutnant – und griff nach dem Wasserglas. Er trank es leer, rülpste und sagte: »Stepan Stepanowitsch Nikitin.« Dieses Ritual war sein Probestück. Konnte er nämlich seinen Ruf-, Vaters- und Familiennamen hersagen, war er nicht betrunken. Er nahm ein Stückchen Brot, streute eine Prise Salz darauf und schob es in den Mund. Angewidert spuckte er den Bissen gleich wieder aus und griff nach einer sauren Gurke. Ob sie ihm gleichfalls nicht schmeckte oder er sich bloß eines andern besonnen hatte, jedenfalls füllte er sich ein Glas mit Sechsundneunzigprozentigem, nahm einen Schluck davon und behielt ihn, um den Salzgeschmack zu vertreiben, eine Weile im Mund. Mit einem »Ah!« ließ er die Flüssigkeit dann die Kehle hinunterrinnen. »Hast du dich umgesehen?« wandte sich der Starscheljetnant wieder seinem Untergebenen zu.

»Ich habe mich umgesehen«, sagte der Starschina – der Feldwebel –, dem nicht nur das Sprechen große Mühe bereitete. Er war sichtlich betrunken.

»Und? Doch warte, mein Täubchen, warte! Ich will dir helfen, du darfst keinen Fehler machen. Hier« – er goß das Glas voll – »trink aus!« Der Starschina griff nach dem Glas. Die Kehle, die Speiseröhre, der Magen setzten sich zur Wehr, sie fürchteten sich vor dem ätzenden Brand, doch es gab kein

Entrinnen. Gefaßt ließ er das wasserhelle Naß die Kehle hinunterlaufen. Sein Mund öffnete sich zu einem Laut, der Stöhnen wie Jauchzen hätte bedeuten können. Sachte stellte er das Glas zurück auf den Tisch. Mit Spannung hatte der andere jede Bewegung verfolgt. Als die Hand des Starschina nach einem Stück rohen Speck tastete, rief der Kommandir: »Halt, Rufname?«

»Iwan«, kam es dumpf.

»Vatersname?«

»Jakljewitsch.«

»Und Familienname?«

»Borenko.«

Noch immer suchte die Hand Eßbares. Der Starscheljetnant ließ nicht locker. »Alle zusammen!« kommandierte er.

»Iwan Jakljewitsch Borenko.« Schweißtropfen standen dem Starschina auf der Stirn. Triumphierend und beifallheischend schielte der Starscheljetnant nach seinen Gastgebern. Offenbar waren Antek und Tadek hingerissen. Wassile lächelte.

»Sieh dich um, sieh dich gut um, Iwan Jakljewitsch Borenko«, ermunterte der Starscheljetnant den Starschina, der in unveränderter Starre verharrte. Der Schweiß, der ihm in Strömen übers Gesicht floß, war das einzige Bewegliche an ihm.

»Du hast dich umgesehen?« fragte der Offizier. Es klang zärtlich und lockend.

»Um – ge – sehen.«

»Und was hast du wahrgenommen?«

»Nichts.« Der Starscheljetnant horchte auf. Ein glückliches Lachen lockerte sein knochiges Gesicht, die graublauen Augen leuchteten, der strohblonde Schopf nickte Begeisterung. »Nichts«, wiederholte er. Dann wandte er sich an die anderen: »Nichts! – Habt ihr gehört? Iwan Jakljewitsch Borenko, Starschina, mein Untergebener, Freund, Bruder, Kamerad und Genosse, ist nüchtern, völlig nüchtern. Wie hätte er sonst alle seine Namen richtig hersagen können. Nüchtern wie ein Fisch im Wasser. Hat er nicht meine Befehle befolgt? Ihr wart Zeugen. Genau hat er sich im Zimmer umgesehen, und was hat er gesehen? Nichts!« Er senkte den Kopf, kurz darauf hob er ihn wieder und blickte die drei auf der anderen Seite des Tisches traurig an. »Und euch, Bürger, sage ich und gebe euch mein Ehrenwort: Der Politruk ist ein Schwein – ein Lügner. Seit Wochen erzählt er Märchen – alles Märchen. Wir kommen in ein Land, sagt dieser Lügner, wo es lauter Kapitalisten gibt – nichts als Burshuis. Gutsbesitzer und Fabrikanten, Wucherer und Spekulanten. Diese Blutsauger, erzählt der Politruk, sie fressen und saufen vom Besten, sie schlafen in seidenen Betten, und ihre Häuser sind voll von Teppichen, goldenen Bildern, riesigen Spiegeln.« Er blickte sich um im Raum und lachte höhnisch. »Bürger und Kapitalisten ihr, warum gibt es bei euch nur wackelige Tische und zerbrochene Bänke?«

Antek hatte den Starscheljetnant nicht aus den braunen Augen gelassen. Seine keck aufgestülpte Nase, der leicht geöffnete Mund, alles schien Aufmerksamkeit und Interesse zu signalisieren. Dabei hatte er keine drei Wörter von dem, was gesagt worden war, verstanden. Instinktiv sprach er eine der aufgeschnappten russischen Vokabeln nach. *»Konjetschno«,* sagte er – »natürlich« –, und Tadek, der seinem Gesicht ein entgegenkommendes Lächeln abquälte, wiederholte das Wort, weil er Antek in allem nachahmte.

Nur Wassile, der alles, was der Russe sprach, verstehen konnte, war in der Lage zu antworten. Obwohl er sonst eher schweigsam war, fühlte er sich jetzt zum Reden herausgefordert. Bedächtig nach Wörtern suchend und dabei die ihm unbekannten russischen durch ruthenische ersetzend, sagte er: »Genosse Starscheljetnant, Sie haben natürlich recht. Aber auf eine Kleinigkeit muß ich Sie aufmerksam machen. Nicht jeder in diesem Land ist Kapitalist. Wir drei, zum Beispiel, sind keine Kapitalisten. Wir sind, wie Sie wissen, *prekupcziki* – Einkäufer – beim Fleischtrust und verdienen einhundertsiebenunddreißig Rubel monatlich.«

»Das macht zusammen –«, er versuchte es auszurechnen, gab jedoch bald auf. »Alles egal, bekommt ihr nicht auch Prozente?«

»Ja, das stimmt«, bestätigte Wassile. »Ich frage mich nur, ob ein Starscheljetnant nicht genausoviel oder sogar mehr hat als wir drei zusammen.«

»Jedem nach seiner Leistung!« deklamierte der Offizier. »Oder will einer von euch behaupten, er leistet das gleiche wie ein sowjetrussischer Kommandant?« Lauernd blickte er sich um. Antek und Tadek lachten, unschuldig der eine, der andere eher krampfhaft, ahnungslos waren sie beide. Wassile hob abwehrend die Hand.

»Sagen wollte ich nur«, entgegnete er ruhig, »daß wir alles andere sind als Burshuis. Ehrliche Arbeiter sind wir.«

Der Offizier brach in höhnisches Gelächter aus. »Hast du gehört, Iwan Jakljewitsch« – er kam kaum zu Atem vor Lachen –, »ehrliche Arbeiter – daß ich nicht lache! – Hast du das gehört?« Er stieß den Unteroffizier an.

»Ja«, sagte der Betrunkene und sank langsam zur Seite. Da er am Ende der Bank saß, fiel er zu Boden. Antek und Tadek wollten aufspringen, mit einer gebieterischen Handbewegung hielt der Starscheljetnant sie zurück. »Nicht wichtig, laßt ihn liegen. Keine Kultur hat er – wie alles hier, dieser schmutzige Tisch, die zerbrochenen Bänke.« Sein Blick schweifte über die rissigen nackten Wände, den dreckigen Zementboden, verhielt bedeutungsvoll am Spülstein mit der zersprungenen schmierigen Schüssel, den Möbelstücken, die mehr Stücke als Möbel waren. »Diese ganze Schweinerei. – Ehrliche Arbeiter seid ihr? Von mir aus. Aber in eurer Brust schlägt das Herz von Wucherern und Spekulanten.« Wechselweise blickte er Antek und Tadek an, beide reagierten mit einem leeren Lächeln. Da dämmerte dem Offizier, daß sie nichts von dem verstanden, was er sagte. Aber hatte nicht der andere noch eben Russisch mit ihm gesprochen? Hilfesuchend faßte er Wassile ins Auge, dessen ganze Aufmerksamkeit indessen einer Hunderterpackung ›Egypski‹ zu gelten schien.

Endlich war es Wassile gelungen, sich eine halbwegs intakte Zigarette zu angeln. Er zündete sie an und schob die Packung dem Starscheljetnant zu, der jedoch keine Notiz von ihr nahm. Behutsam fragte er: »Warum glauben Sie das, Bürger Starscheljetnant?«

»Ich glaube das nicht, ich bin überzeugt davon, *grashdanin prekupczik*. Haben wir eine Abmachung, ihr drei und ich? Ja oder nein?«

»Wir haben eine Abmachung«, bestätigte Wassile.

»Und wie lautet sie? Oder habt ihr sie vergessen?« fragte der Offizier höhnisch. »Vielleicht darf ich euch daran erinnern ...«

»Das wäre gut. Wir wüßten dann genau, was Sie meinen. Ich bin dafür verantwortlich, daß Vereinbarungen eingehalten werden.«

»Ausgezeichnet – wunderbar«, sagte der Offizier. Von einer Zeitung auf dem Tisch riß er ein Stück ab, drehte geschickt eine kleine Tüte und füllte sie mit Machorka. Am oberen Ende drückte er das unförmige Gebilde zusammen und setzte es in Brand. Das Papier flammte auf und erlosch. Tief zog der Starscheljetnant den beißenden Rauch in die Lunge, und nachdem er ihn genießerisch ausgestoßen hatte, begann er zu sprechen: »Ich habe mich verpflichtet, fünf Fahrten mit euch zu machen. Stimmt das?«

»Stimmt«, sagte Wassile.

»Haben wir diese Fahrten gemacht? Eure Rinder, Schweine und Schafe, haben wir sie aufgeladen und hergebracht? Haben wir für euch gearbeitet, ja oder nein?«

»Nicht für uns – für den Fleischtrust habt ihr gearbeitet«, wandte Wassile ein.

»Was geht mich der Trust an? Wir haben genau da abgeladen, wo ihr wolltet. Teils beim Schlachthaus, teils ... Aber ist das wichtig? Man macht seine Arbeit, sieht, daß jeder auf seine Kosten kommt.«

Wassile schwieg, als wollte er den Offizier erst ausreden lassen. »Wir haben zweitausendeinhundertzwölf Kilometer zurückgelegt«, fuhr der Starscheljetnant fort. »Glaubt ihr, ein Fünftonner fährt ohne Benzin? Wollt ihr die Rote Armee prellen oder« – er führte das verkohlte Zeitungspapier zum Mund – »glaubt ihr, mit ein oder zwei Litern Schnaps, einem bißchen Speck und ein paar Zwiebeln ist alles erledigt? Habt ihr versprochen, uns nach fünf Fahrten zwei Uhren zu geben? Ja oder nein?« Antek und Tadek flüsterten miteinander. Offenbar ließ der Blinde sich vom Lahmen die Dinge erklären. Der Offizier hatte nur einen Blick der Verachtung für sie übrig und wandte sich endgültig Wassile zu. Dieser *chachol* – Scheißukrainer – verstand wenigstens, wovon die Rede war. »Wo also«, fragte er giftig, »sind die Uhren? Zwei« – er hob Zeige- und Mittelfinger wie zum Schwur und hielt sie direkt vor Wassiles Augen – »Uhren!«

Wassile war nicht zurückgewichen. Fest sah er dem Starscheljetnant ins Gesicht. »Ach«, sagte er ruhig, »die Uhren.« Sein Ton hatte etwas Wegwerfendes, Abschätziges. »Um die Uhren handelt es sich? Die liegen bereit. Aber selbstverständlich –.«

»Bereit – bereit. *Konjetschno*. – Aber wo – wo?«

»Konjetschno«, echoten Antek und Tadek, froh, ein Wort verstanden zu haben.

»Wo, habe ich gefragt«, brüllte der Starscheljetnant.

»Hier«, sagte Wassile mit seiner ruhigen Stimme, »hier sind sie.« Er hatte die Ärmel seiner Wolljacke aufgekrempelt, und an beiden Handgelenken blinkte es: stählerne Uhren mit schwarzem Zifferblatt, goldenen Zahlen und Zeigern, flammend rot das Lederarmband der einen, dunkelblau das der andern.

Falls Wassile ein Überraschung geplant hatte, war sie ihm vollkommen gelungen. Nicht nur starrte der Offizier wie hypnotisiert auf die Uhren, auch Antek und Tadek zeigten Erstaunen. Der Starscheljetnant bewegte die Lippen. Er flüsterte, aber niemand verstand ihn.

»Grashdanin Starscheljetnant Stepan Stepanowitsch Nikitin«, nahm Wassile den Faden wieder auf, »ich verzeihe Ihnen Ihre Worte. Sie haben sich geirrt und uns mißverstanden. Angenommen haben Sie, wir würden Ihnen die Uhren gleich beim Eintritt in dieses Zimmer überreichen. Vielleicht hätten wir das tun sollen. Aber um Mißverständnisse zu vermeiden, wollte ich euch beiden zusammen die Uhren übergeben. Der Bürger Starschina ist inzwischen eingeschlafen, es wird unmöglich sein, ihn zu wecken. Am besten, Sie nehmen jetzt die eine Uhr, und mit der anderen warten wir, bis Iwan Jakljewitsch aufwacht.«

»Wie Sie wollen, Towarischtsch.« Es war das erste Mal, daß der Starscheljetnant Wassile als ›Genosse‹ anredete. Bisher hatte er ihn stets ›Bürger‹ genannt. Für den Mann, der ihm eine Uhr, noch dazu eine so schöne, in Aussicht stellte – daß sie ihm gehören sollte, konnte er noch immer nicht glauben –, war er bereit, seine Überzeugung zu opfern.

Ob Wassile die schmeichelhafte Anrede verstand oder würdigte, war nicht festzustellen. Er löste seine Arme aus der Verschränkung und streckte sie aus. »Wenn wir also nicht auf den Starschina warten wollen, dann bitte, wählen Sie. Als Kommandant haben Sie ein Recht dazu.«

Die Augen des Mannes wanderten nur kurz zwischen den beiden Uhren hin und her. Das war reine Formsache, in Wirklichkeit hatte er sich bereits entschieden. ›Seine‹ Uhr war die mit dem roten Band. »Die rote«, sagte er.

Ohne die Hände vom Tisch zu nehmen, nestelte Wassile an der Schnalle der gewünschten Uhr. Mit einem Klick fiel sie auf den Tisch. Er griff danach und reichte sie dem Starscheljetnant. »Wollen wir nicht versuchen, den Starschina zu wecken, damit auch er auf seine Kosten kommt?« fragte Wassile.

Der Offizier sprang auf. *»Da!«* sagte er in einem Ton, aus dem Gehorsam und Unterordnung sprachen. Obwohl nicht ganz sicher auf den Beinen, stieß er mit einem Ruck die Bank an die Wand. Dann versetzte er dem bewegungslos Daliegenden einen Tritt. »Steh auf, Starschina!« schrie er. Der Mann regte sich nicht. Eine Weile betrachtete ihn der Offizier, die Hände in den Seitentaschen seiner Jacke vergraben. »Ja«, sagte er dann stirnrunzelnd und blickte zu Wassile hinüber: »Vielleicht helfen Sie mir!«

Ein rascher Griff, und der Starscheljetnant hatte sich den Starschina auf die Schulter geladen. Mit seiner Last schlurfte er zur Wasserleitung und bedeutete Wassile, den Hahn aufzudrehen. Dann ließ er den Betrunkenen von der Schulter gleiten und schob seinen Kopf unter den kalten Strahl. Den Körper des Reglosen hielt er so, daß das Wasser ihm bald über den Nacken, bald voll ins Gesicht floß. Der Unteroffizier stöhnte, gluckste und wollte nicht aufhören zu ächzen. Er wehrte sich, doch der Starscheljetnant ließ nicht locker. Sichtlich machte dem die Beschäftigung Spaß. Unter dem Wasserstrahl steigerte sich das Stöhnen seines Opfers zum Gebrüll, zum Hilferuf eines Ertrinkenden. Erst als der Starschina zu sprechen begann, hielt sein Peiniger inne.

Mit den Worten »gehen wir?« richtete der sichtlich Ernüchterte sich auf.

»Du hast es mit einem Male so eilig. Erst hast du dagelegen wie tot und nun willst du davonlaufen.«

»Ich habe die Nase voll von allem, vom Saufen und vom – Fahren.« Angeekelt spuckte er auf den Boden.

»Setzen wir uns«, sagte der andere, schob die Bank wieder an den Tisch und lud Wassile mit einer Handbewegung ein, Platz zu nehmen. Tadek und Antek hatten die ganze Zeit auf ihren Plätzen verharrt und die Erweckung des Starschina bestaunt wie billiges Theater.

»Entschuldigen muß ich mich«, begann der Starscheljetnant. »Wenn man jemandem unrecht tut, gehört sich das so. Ich habe diesen Männern«, richtete er das Wort an den Unteroffizier, »die Gesinnung von Kapitalisten und Wucherern unterstellt. Das hätte ich nicht tun sollen. Ehrliche Männer sind sie, ihr Wort haben sie gehalten. Sieh her, Iwan Jakljewitsch!« Der Offizier schob die Rechte in die Tasche seiner Jacke und zog sie als geballte Faust hervor. Langsam öffnete er sie: Auf dem Handteller lag die Uhr mit dem roten Band – ein Zauberkunststück?

»Was ist das, Iwan Jakljewitsch?«

»Eine Uhr«, kam es wie ein Aufschrei.

»Ja, eine Uhr, und dieser Towarischtsch« – er wies mit dem Kinn auf Wassile –, »hat sie mir übergeben. Für unsere Arbeit. Auch du bekommst eine – nur daß deine ein blaues Armband hat. – Towarischtsch«, drängte er Wassile im Befehlston, »gib dem Starschina seine Uhr!«

Wassile hielt die Uhr bereits in der Hand. Er reichte sie dem Unteroffizier. Der griff nach ihr, faßte sie ins Auge, führte sie ans Ohr. »Sie geht, sie tickt wunderbar.«

Im Raum war es jetzt ganz still. Antek saß, wo zuvor der Starscheljetnant gesessen hatte, und rauchte. Auf einer Treppenstufe hatte Tadek sich niedergelassen. Er saß aufrecht, unbeweglich ruhten seine unförmigen schwarzbehaarten Hände auf den Oberschenkeln. Unter dem groben schwarzen Sweater zeichneten sich deutlich die Muskeln des mächtigen Oberkörpers ab. Sein Gesicht war bläulich-schwarz, die Augen darin von einem schmutzigen Braun. Das linke Lid schien zu klemmen – Folge einer Verletzung oder einfach Gewohnheit? – und unterstellte dem klotzigen Gesicht den Ausdruck von Hinterlist und Grausamkeit. Dazu eine niedrige Stirn, riesige Ohren und ein in der Mitte gebrochenes Nasenbein. Weder der weiche Mund noch das schwache Kinn waren imstande, den Eindruck von Bedrohung zu mildern, ja sie schienen die Gefahr, die von diesem Mann ausging, eher noch zu betonen.

Wassile saß am Ende der Bank und rauchte. Seine Aufmerksamkeit war dem fettigen Stück Zeitungspapier zugewandt, in das der Speck eingewickelt gewesen war. Es stammte aus der ›Iswestija‹. Gerade hatte er eine Meldung der TASS zu lesen begonnen, als ihn die piepsige Stimme Tadeks aufblicken ließ. Kurz hielt er inne, las dann aber weiter: Die Russen waren auf dem Vormarsch in Finnland. – Aber hatte Antek nicht Deutsch gesprochen? So konnten die Worte nur für ihn bestimmt gewesen sein. Während er mit Tadek bloß Polnisch sprach, verständigte er sich mit Wassile auf deutsch, weil er kein Ruthenisch oder Russisch konnte und Wassile nicht Polnisch verstand.

»Du«, sagte Antek, »ich habe mit dir gesprochen.« Kaum hob er die Stimme, er bewegte nicht einmal den Kopf. »Ich frag dich, ob du verstanden hast, was Tadek sagt.« Diese Worte warf er hin mit dem Lächeln eines Mannes, der gerade etwas Spaßiges gehört hat und sich anschickt, es weiterzuerzählen. An Wassiles Haltung verriet nichts, ob ihn interessierte, was Antek ihm über Tadeks Äußerungen berichten wollte. Mit einem gleichgültigen Blick streifte er Tadek und wandte sich wieder der fleckigen Zeitung zu.

»Tadek meint, man müßte dich totschlagen.« Weder Zorn noch Erregung lag in Anteks Stimme. Sie klang hell und freundlich; sein Lächeln, eher nett und schelmisch, paßte gut zu den knabenhaft kecken Augen.

»Tadek will mich totschlagen? Warum denn das?« Es klang nicht sonderlich erstaunt und schon gar nicht interessiert.

»Weil du meinen Befehl nicht befolgt hast.«

»Befehl nicht befolgt? Wer befiehlt wem?« Die Frage hatte nichts Herausforderndes.

»Ich befehle hier. Das müßte dir längst klar geworden sein. Wie lang ist es her, daß wir dich auf der Landstraße aufgelesen haben? Oder erinnerst du dich nicht mehr, daß du am Ende warst, fast verhungert, ohne einen Groschen?« Als Wassile stumm blieb: »Stimmt das etwa nicht?« Antek sprach in ruhigem Ton. Sogar ein Lächeln erschien auf seinem Gesicht, verschwand aber wieder.

»Ja«, sagte Wassile wie nebenbei, »das stimmt.«

»Wir haben dich in die Kompanie aufgenommen. Zu essen hast du bekommen, Quartier und eine Sprawka – einen Arbeitsausweis – vom Fleischtrust. Und all das nur, weil ich den Direktor in der Tasche habe und er macht, was ich ihm sage. Stimmt das?«

»Mhm«, bestätigte Wassile.

»Wir haben gut gearbeitet, prima verdient. Beim Trust sind sie zufrieden. Der Direktor hat seinen Teil abbekommen, dazu Ware zu Regierungspreisen. Unsere Gruppe war die beste. Hast du nicht immer Geld in der Tasche gehabt? Wem verdankst du das?« Antek hielt abwartend inne.

»Was soll die Fragerei? Worauf willst du hinaus?« Wassile schien ungeduldig zu werden.

»Antworten sollst du, nicht fragen – sonst ...«

»Sonst?« Noch immer tat Wassile gelangweilt.

»Sonst werde ich Tadek befehlen, dir die Knochen im Leib zu zerbrechen. Er brennt schon darauf.« Anteks Stirn hatte sich gerötet.

»Interessant«, sagte Wassile und tat, als fände er erst jetzt Zeit, Antek näher zu betrachten. »Du befiehlst – er schlägt tot.« Prüfend glitt sein Blick zu Tadek hinüber. »Du selbst traust dich wohl nicht.«

»Jemand muß die schmutzige Arbeit besorgen. Zu anderem taugt er nicht. Glaub mir, er tut's gern. Ich schaue lieber zu.«

Wassile schwang das rechte Bein über die Bank und starrte abwartend vor sich hin. Offenbar dachte er nicht daran, auf Anteks Drohung zu reagieren.

Was auch immer Antek im Sinn gehabt haben mochte, Wassiles ostentative Gleichgültigkeit gab den Ausschlag. Unvermittelt ging Lächeln in die Fratze der Mordlust über, wandelte sich jedoch wieder zurück, als Antek, ohne Wassile aus den Augen zu lassen, *»na jego!«* – auf ihn! – zischte. Sofort stand Tadek auf und näherte sich Wassile. Er schlurfte, und bei jedem Schritt knickte er ein, als trügen seine Beine nur mühsam die Last des Körpers. Sein Mund stand offen, schwer ging sein Atem. Noch knapp einen Schritt von seinem Opfer entfernt, hob er die Arme – und griff ins Leere. Wassile war von der Bank geschnellt und stand an der Wand. Bevor noch Tadek sich umwenden konnte, war er, hinter dessen Rücken, in die Mitte des Raums gesprungen. Er war bereit, als Tadek sich umdrehte und, die kurzen Finger wie Krallen, auf ihn losging. Rasselnder Atem verschmolz mit wütendem Stöhnen zu einem einzigen schauerlichen Ton. Dann ein dumpf klatschendes Geräusch. Tadek riß die Augen auf – beide Augen diesmal – machte eine Dreivierteldrehung nach rechts und sackte zusammen. Er lag auf dem Gesicht, ein unförmiger Klotz, gefällt von einem Kinnhaken, der auf den Millimeter genau gelandet war. Mit raschem Blick streifte Wassile den Bewegungslosen, während er, über ihn hinwegsteigend, die Hände aneinander rieb wie beim Waschen. Er setzte sich wieder auf seinen Platz, zog die Schachtel zu sich heran und angelte nach einer Zigarette. Antek, der sich während des Kampfes, der höchstens zwei Minuten dauerte, kaum gerührt hatte, wandte den Blick nicht von dem reglos Daliegenden. Ein ungläubiges Lächeln lag auf seinem Jungengesicht. »Ist er tot?« fragte er.

Mit der Antwort ließ sich Wassile Zeit. Er hatte ein Zigarettenfragment gefunden und setzte es vorsichtig in Brand. Nach etlichen raschen Zügen warf er den Stummel auf den Boden. »Tot? Vielleicht für eine halbe Stunde. Er kommt schon wieder zu sich. Und du – nimm sofort die Hand aus der Tasche, sonst ergeht es dir genauso oder noch schlimmer.«

»Du kannst boxen.« Antek holte tief Atem: »Was du nicht alles kannst ...« Die Drohung schien er überhört zu haben.

»Ich kann boxen, ja – und du – die Hand aus der Tasche! Ich weiß auch, wie man mit Messerstechern umgeht.«

Antek gehorchte. Daraufhin ging Wassile um den Tisch herum, trat hinter ihn und fuhr ihm mit der Rechten in die Hosentasche, während seine Linke durch festen Druck zum Stillhalten mahnte. Lächelnd ließ Antek sich gefallen, daß Wassile das große Klappmesser in die eigene Tasche schob. Als wäre nichts geschehen, sagte er: »Es ist das zweite Mal in siebzehn Jahren, daß ich ihn so liegen sehe. Damals gingen sage und schreibe acht auf ihn los. Mit Messern und Prügeln haben sie ihn erledigt. Und heute du – wutsch, wutsch –, und schon liegt er.« Besorgt musterte er den Daliegenden. »Noch immer rührt er sich nicht.« Fast andächtig bewundernd fügte er hinzu: »So geschwind hab ich gar nicht hinschauen können. Wo hast du das gelernt?«

»In Österreich, als ich noch Stallmann war. Nach dem Krieg habe ich beim Grafen Kinsky gearbeitet. Ein Engländer, der dort Trainer war, wollte es mir beibringen. Boxen ist keine Kunst, solange der Gegner nichts davon versteht.«

»Kinsky? War der ein Pole?«

»Ein Tscheche, glaube ich. – Seinen Stall hatte er jedenfalls in Österreich.«

»Warst du lange bei ihm?« Erstaunt blickte Wassile Antek an. Was sollten diese Fragen? »Zwei Jahre«, hörte er sich sagen.

»Hast du da auch Deutsch gelernt?«

»Da und schon früher beim Militär. Gedient hab ich bei den Österreichern.« Wassiles Antworten kamen widerwillig. Aber Antek wollte dies offenbar nicht wahrhaben – seine Maske, das freundliche Lächeln, war gefallen. Er wirkte besonnen, nachdenklich. Wollte er Bestimmtes erfahren? Vielleicht wußte er selber nicht, was. Wassile legte es darauf an, ihn abzulenken. Als erinnerte er sich plötzlich, sagte er: »Ich will dir das mit den Uhren erklären.« Antek deutete eine wegwerfende Handbewegung an. »Warst du nicht deswegen wütend?« Wassile wartete die Antwort nicht ab. »Ich hatte keine Wahl – ich mußte sie ihnen geben«, sagte er.

»Ich weiß genau, weshalb du den Russen die Uhren gegeben hast. Du hattest sie ihnen versprochen, nicht? Den feinen Mann wolltest du spielen, den braven, rechtschaffenen Arbeiter. Was man verspricht, muß man halten und so, das ganze Theater.« Gespannt sah er Wassile an.

»Wieso – Theater? Sie haben ihr Versprechen gehalten – hätte ich dann meines brechen sollen? Verhandelt habe doch ich mit ihnen, die ganze Zeit. Ihr konntet euch nicht einmal verständigen. Schon damals, hinter Kolomea, als du mich aufgelesen hast, wollten sie nicht mehr mitmachen. Überredet habe ich sie, ihnen versprochen: fünf Fahrten – zwei Uhren. Sie sind gefahren, wir haben verdient. Zudem: die Uhren haben mir gehört – oder?«

»Ich habe das nicht so verstanden. Der Kompanie gehören

die Uhren. Sie sind deine Einlage im Geschäft. Vergiß nicht, ich bin der Chef. Was ich sage, wird gemacht. Ich habe bestimmt: keine Uhren für die Russen!«

»Und warum nicht? Was liegt schon an zwei Uhren? Warum sollten wir die Russen hinters Licht führen?«

»Wenn du so sprichst, kann ich dich nur fragen: Warum sollten wir das nicht tun? Was liegt an den Russen? Betrügen sie nicht auch alle und jeden?«

Seine gewohnte Art, sich zu äußern, war das nicht mehr. Mit der gleisnerischen Freundlichkeit in Miene und Sprache war die Maske wohlwollender Herzlichkeit verschwunden. Nackter Haß war an ihre Stelle getreten und dazu etwas Fremdes, was Wassile jetzt zum ersten Mal an ihm wahrnahm.

»Was willst du eigentlich?« fragte Wassile. »Dich haben sie jedenfalls nicht betrogen.«

»Nicht betrogen – mich?« Antek lachte gellend. »Ich hatte geglaubt, du verstehst, aber du bist nichts als ein dummer Bauer. Weißt du, wo ich in die Lehre gegangen bin? Im Zuchthaus, mein Lieber! Vier lange Jahre. Mit neunzehn hinein, mit dreiundzwanzig entlassen. Taschendiebstahl, mein erstes Ding. Weißt du, wer mein Lehrmeister war? Mein Vater. Alles hat er mir beigebracht. Als Dreijähriger bin ich schon Betteln gegangen – und mit fünf hab ich auf dem Markt gestohlen. Wie ich sieben war, bin ich in fremde Wohnungen geschlichen: Wohnt hier die Frau Meier – der Herr Schulz? Keiner hat sich vorstellen können, daß das arme Kind sie ausspähen wollte. In einem Alter, wo andere Kinder sich mit dem Einmaleins herumplagen, wußte ich mich schon nützlich zu machen. Meine Schule war das Zuchthaus. Dort habe ich gelernt. Alles. Ich bin herausgekommen und war fertig. Meine Devise: niemandem und nichts glauben – niemanden und nichts fürchten – nichts und niemanden lieben. – Der Vater hat im Sterben gelegen. Antek, verzeih mir. Hol mir den Pfarrer. Gib mir Wasser. Ich rühr mich nicht. Nicht einmal die Augen drück ich ihm zu. Er ist noch nicht kalt, da bin ich schon abgehauen nach Deutschland. Ich war ein Könner in meinem Fach. Bald hatte ich genug zusammen. Mein Traum – ein Gemüseladen. Den Tadek habe ich mit übernommen. Der gehört mir. Wie ein Hund. Seit bald siebzehn Jahren bin ich sein Herr:« Er stand auf, ging um den Tisch herum und kniete neben dem Bewußtlosen nieder. »Sieh nach, ob noch Schnaps da ist.«

Wassile goß aus Gläsern und Flaschen die Reste zusammen. »Halte seinen Kopf«, sagte er und goß Tadek die Flüssigkeit vorsichtig zwischen die Zähne. Gehorsam schluckte der Erwachende, prustete ein wenig, schlug das eine Auge auf und schloß es sogleich wieder. Dann setzte er sich ohne Hilfe auf und war bald auf den Beinen. Er reckte sich, griff sich mit einem piepsenden Wehlaut an das schmerzende Kinn.

»In einer Woche tut's kaum noch weh, sag ihm das.« Wassile tastete in der Schachtel nach einer Zigarette. Vergeblich. Unwillig gab er auf. Da holte Antek eine neue Packung aus seiner Jackentasche, bot Wassile davon an und bediente sich selbst. »Der ist daran gewöhnt, er ist dir nicht böse«, sagte er, ohne die Zigarette aus dem Mund zu nehmen.

»Wieso ist er mir nicht böse?«

»Weil ich das so will. Ich werde ihm sagen, daß alles in Ordnung ist und wir uns wieder vertragen.« Antek zog den Rauch in die Lunge und ließ ihn langsam durch die Nase entweichen. »Mit dir kann man reden.« Es war Wassile, als ob er ihn verstohlen von der Seite anblickte.

Wassile lächelte, beruhigend. »Ich verstehe schon – ich weiß, was du meinst. Und deine Mutter? Du hast nur vom Vater gesprochen.«

»Die Mutter? Der Vater hat sie kaputt gemacht. Drei Jahre war ich damals alt.

Er hat seine Wut an ihr ausgelassen, hat sie geschlagen, bis sie eines Tages verschwunden war.«

»Hast du von ihr gehört?«

»Gestorben, verdorben.«

»Dein Vater – schlimm muß er gewesen sein.«

»Schlimm? Wie er mich angelernt hat, war er in Ordnung. Kein bißchen streng. Ganz selten hat er mich geschlagen, viel Geduld gezeigt. Ein Fahrrad hab ich gehabt und immer Geld in der Tasche, obwohl er selber richtig wild war auf Geld. Kaum daß er davon gehabt hat, war es schon weg. Er hat gespielt, weißt du. Karten, Würfel, in der Lotterie, auch auf Pferde hat er gewettet. Je mehr Geld, desto höher hat er gespielt und erst aufgehört, sobald kein Geld mehr da war. Wenn er einmal gewonnen hat, dann war er wie ein Kind. Er hat gelacht und mir tausend unnütze Sachen geschenkt. Ja, so war der Alte. Er hat mit dem Glück gerauft. Tag für Tag. Ich hab darüber nachgedacht. Was sollte ich sonst tun im Zuchthaus. Da ist mir erst klar geworden, wer eigentlich schuld war an dem Unglück. Der Vater. Immer nur an sich selber gedacht. Ich hab angefangen zu hassen. Nicht nur ihn – alle und alles. Aber am meisten ihn. Und wie ich herausgekommen bin, war ich entschlossen, ich bring ihn um.«

»Gut, daß das nicht nötig war – ich meine, daß du ihn nicht hast umbringen müssen, er von alleine ...«

»Eigentlich ja – Doch wenn ich ehrlich bin – damals war mir das gar nicht recht. Weißt du, solange man Pläne macht, hat das Leben einen Sinn. Die Aufgaben, die man sich stellt, müssen erledigt werden. Ich hätte ihn umgebracht – sollten sie mich ruhig hängen dafür. Oder lebenslänglich ins Zuchthaus sperren. Es war mir wirklich egal. Aber so! Einen, der sowieso hin ist, nur noch Stunden zu leben hat, wer kann den schon umbringen!«

»Ich verstehe. Dann hast du dein Geld geholt und den Gemüseladen gekauft.«

»Ja, das Geld war noch im Versteck. Aber das Geschäft hab ich trotzdem nicht übernehmen können. Nicht ich.«

»Warum nicht?«

»Das muß von der Behörde genehmigt werden. Ohne Gewerbeschein oder wie das heißt, läuft nichts. Und bei der Polizei haben sie Bescheid gewußt über die vier Jahre hinter Gittern. Sogar mein Bild und die Fingerabdrücke hatten sie von den Deutschen. Du mußt wissen, die lassen einen nicht einfach frei. Der deutsche Bulle bringt dich bis an die Grenze und übergibt dich den andern.«

»Hauptsache, am Ende hast du es geschafft.«

»Ja – mit Tadek als Strohmann. Gut, daß ich auf den gestoßen bin und er eine reine Weste hat!«

»Und mit der ehrlichen Arbeit war's dann doch nichts – oder?«

Antek warf Wassile einen verwunderten Blick zu. »Du verstehst, Towarischtsch, diese Staatsanwälte und Richter – ist alles Unsinn, wenn es heißt, daß sie wollen, unsereiner soll besser werden und anständig. Im Gegenteil. Jedenfalls haben die bei der Polizei recht behalten. Ein Hehler bin ich geworden. Kartoffeln, Zwiebeln, Rüben alle Tage und zwischendurch, vielleicht einmal in Monaten, richtige Ware. Geschnappt haben sie mich nie. Dafür war ich zu schlau.«

»Mhm«, sagte Wassile, »nicht schlecht. Essen, Trinken, Weiber – Geld muß man halt haben! Und siebzehn Jahre hast du das so getrieben? Ist dir das nicht zuviel geworden? Immer dasselbe, für dich und Tadek.«

»Ich habe recht gehabt – und ob ich recht gehabt habe!« Antek senkte den Kopf, abrupt hob er ihn und schlug mit der flachen Hand auf den Tisch: »Glaub mir, ich hab es immer gewußt.«

Erstaunt sah Wassile ihn an. Antek stand auf und setzte sich ans andere Ende der Bank. Irgendwie schien er verlegen zu sein. »Ich hab gleich gesehen, daß du verstehst«, sagte er und zündete sich eine Zigarette an. »Deshalb tut mir leid, was geschehen ist«, fügte er stockend hinzu. »Ich meine, daß ich dir gedroht habe.« Als er fortfuhr: »Aber du hast keine Angst gehabt, nicht ein bißchen«, klang es fast heiter. »Ich hab dich genau beobachtet. Es war prima, wirklich.« Bewunderung lag in seiner Stimme.

»Daß die Sache so gelaufen ist, tut auch mir leid. Ich glaub dir. Nicht nötig, noch mehr Worte darüber zu verlieren.«

»Bist du sicher, daß du begreifst, was dahintersteckt?«

Wassile schwieg, Grund genug für Antek, sich ermuntert zu fühlen und noch schonungsloser aus sich herauszugehen. Ob Wassile sich vorstellen könne, daß er, der Hehler, einmal Sozialist gewesen sei. Ja, im Zuchthaus hätten sie ihn mit dem marxistischen Bazillus infiziert – was hätten sie dort schon sonst zu diskutieren gehabt! Nach seiner Entlassung sei er auf Versammlungen gegangen, habe mitgeredet und mitgesungen. Gern wäre er Parteimitglied geworden, aber sie hätten ihn nicht aufnehmen wollen. Ein Witz: nicht wegen seiner Vergangenheit, sondern seiner Gegenwart als Händler und – Kapitalist.

Trotzdem sei er ihnen willkommen gewesen als Sympathisant. »Glaub mir«, fuhr Antek in vertraulichem Ton fort, »nie hab ich mich gedrückt, wenn es hieß, in die Tasche zu greifen. Nicht zu wenig, auch nicht zu viel geb ich. Damals ist der Hitler noch am Anfang. Einmal versteck ich gut und gern zwanzig Politische bei mir. Dann kommt die Geschichte mit dem Pakt. Hitler und Stalin als Freunde? Viele murren, die meisten bleiben fest: Sind denn Stalin oder die Bolschewiki der Kommunismus? Aber keinem war wohl in seiner Haut.

Dann der 1. September 1939. Die Schlachtschitzen auf ihren schönen Pferden reiten Attacken wie Anno Tobak. Als wären die deutschen Tanks Luft – bloße Attrappen. Wer das Gemetzel überlebt, kommt in Gefangenschaft oder macht sich davon, nach Ungarn oder Rumänien. Platz den Deutschen! hieß es. Als die Russen schließlich ihren Teil verlangten und einmarschierten bei uns, hat das Rennen erst richtig angefangen. Wer was gehabt, was vorgestellt oder irgendwie geheißen hat – weg, nichts wie weg! Gefahren, geritten, gelaufen – über die Flüsse, die Berge, durch die Wälder, und erst da haltgemacht, wo Stalins lange Finger sie nicht haben erreichen können. Und wer den Zug verpaßt hat, bleiben mußte – ab in die Versenkung!«

Aus der Flasche goß Antek sich Wasser ins Glas und trank einen Schluck. Dann zündete er sich erneut eine Zigarette an. Ein paar Züge, und es drängte ihn weiterzusprechen. »Du warst damals wohl noch in deinem Dorf an Pruth oder Dnjestr. Wie es anfing, hast du nicht erlebt. Wir sind durch die Straßen gezogen und waren glücklich. Diese Russen, wie schlau, wie gerissen. Ohne einen Schuß abzufeuern, kriegen sie, was sie wollen. Unsere Retter! Und jeden Tag haben wir neue Wunder entdeckt, sie bestaunt an jedem Soldat, jedem Offizier. Nie sind die Russen müde geworden, uns zu antworten: ›Ja, Towarischtsch, bei uns gibt es alles: Brot und Fleisch, Fett und Butter, Zucker und Schokolade, Äpfel und Zitronen – alles da.‹ Und Kaffee? Kaffee auch, zwei Fabriken in Moskau allein. Und wie steht es mit Kleidung? Oho, soviel du willst. Gehst hinein, Towarischtsch, in unsere riesigen Kaufhäuser und kaufst, was dir gefällt. Und billig, sag ich dir. Keine Wucherer, keine Spekulanten – Du kaufst, Towarischtsch, zu anständigen Regierungspreisen. Schluß mit der Ausbeutung. Und wie steht es mit Arbeit? In der Heimat der Werktätigen muß jeder arbeiten. Wer nicht arbeitet, der soll auch nicht essen, sagt Stalin. Jeder nach seinen Fähigkeiten! Hast du eine Ahnung, Towarischtsch! Zehntausend Automobile bauen wir täglich, zwanzigtausend Traktoren, hunderttausend Tanks und dreitausend Flugzeuge. Ja, stell dir vor, täglich!

Von morgens bis abends haben sie gesungen, ob Sonne oder Regen. Ganze Bataillone marschieren und singen: ›*Jesli sawtra woina* – Wenn morgen Krieg ist, Katjuschka, *Ja druguju stranu nje snajn* – Ich kenn kein anders Land, wo die Seele so frei atmet.‹ Am Anfang war es wunderbar. Doch das hat bald aufgehört. Jetzt beginnt die Arbeit, hieß es. Unsere Leute, ich meine, die von der Partei, sind hingerannt zum Sekretariat, als hätte man dort auf sie gewartet. Jeder denkt, jetzt ist er dran. Wie die begossenen Pudel sind sie zurückgekommen. Bald wußten es alle: Nichts, gar nichts haben sie zu bestellen. Denn das, was unsere Leute sich unter Kommunismus vorstellen ist bei den anderen längst aus der Mode. Marx, Engels, Lenin? Altes Eisen. Nur eines hat es gegeben: *Skasal Stalin* – hat Stalin gesagt. Stalin über alles.

Und die alten Kämpfer? Denen hat es hinten und vorn nicht gepaßt. Den kommunistischen Katechismus im Kopf, haben sie von Kritik und Selbstkritik gefaselt und aufgezählt, was sie alles für die Idee erdulden mußten. Wie man sie im Gefängnis schlug, wie sie hungerten und darbten. Jahrelang. Für die Idee. Die Natschalniki, die Partinye haben sich das angehört und genickt. ›Sehr schön, sehr gut. Diese Burshuis, diese Faschisten, furchtbar!‹ Den Einheimischen war das aber nicht genug. Da ist einem von den Oberen eine glänzende Idee gekommen. ›Towarischtschi‹, sagt er, ›wir sehen, ihr seid ehrliche Kämpfer, eine richtige Avantgarde. Wertvolle revolutionäre Elemente seid ihr, wir haben einen ungeheuren Respekt vor euch und euren Leistungen. Wir sehen nun, ihr wollt mit besonderen Maßstäben gemessen werden. Die Besten seid ihr. Und gerade deshalb muß man euch vor Fehlern bewahren. Neunundneunzigmal gut und einmal schlecht ist hundertmal schlecht, sagt der große Stalin. Ein richtiger Bolschewik darf keine Fehler machen, und ihr wollt doch Bolschewiki, Mitglieder der Kommunistischen Partei der Sowjetunion, werden. Wollt ihr?‹ – ›Und ob wir wollen‹, haben sie geschrien.

›Gut‹, sagt der Natschalnik, ›geht zu euren Genossen und berichtet ihnen, was ich jetzt sage: Wer sich morgen um elf Uhr vormittags mit dem Mitgliedsausweis der Polnischen Kommunistischen Partei vor dem Parteikomitee einfindet und sich zur Umschulung bereit erklärt, der wird sofort angenommen.‹

Etliche hundert sind gekommen. Im Hof der früheren Stadthalterei müssen sie ihre roten Karten abgeben. Lastautos fahren vor, das Begleitpersonal in Uniform, blaugraue Mäntel, rote Tellermützen, die sechzigschüssigen Mandolinen umgehängt. NKWD – du weißt schon, was gespielt wurde. In Reihen, marsch, schnell, schnell! Vierzig Mann auf ein Auto und ab. Vor jedem Wagen zwei Rotkäppchen mit Maschinenpistolen. ›Towarischtsch, wohin fahren wir?‹ Keine Antwort. ›Towarischtsch, meine Frau, mein Kind, meine Mutter weiß nicht, wo ich bin, wohin ich fahre.‹ Keine Antwort. ›Towarischtsch, ich hab nichts zu essen dabei, keine Wäsche, keinen warmen Mantel.‹ Erst da sprechen sie: ›Alles in Ordnung, für alles gesorgt‹, sagen sie. Dann hat die Lokomotive gepfiffen und ab ging's.«

Antek schwieg. Bläuliche Schatten standen schon vor den straßentiefen Fenstern. Tabakrauch, Alkoholdunst und Speisegeruch füllten den Raum. Von der Tür her kam Röcheln, Stöhnen, Pfeifen und zwischendurch in beinahe regelmäßigen Abständen ein winselnder Seufzer. Tadek schnarchte. Wie gekreuzigt lag die riesige Gestalt am Boden und erschien, im Dämmerlicht verschwimmend, noch unheimlicher.

Es wurde dunkler. Die glühenden Pünktchen der Zigaretten warfen einen rötlichen Schimmer auf Gläser und Flaschen. »Du haßt die Russen, Antek? Wegen der Kommunisten, die abtransportiert wurden? Hast du von ihnen je wieder gehört?«

»Nur von einem. Er hat mir die ganze Geschichte erzählt. Bei Kamenez-Podolsk ist er ihnen durch die Lappen gegangen. Dort hat man sie nämlich aufgeteilt: Die einen zum Donbass, das heißt zum Kohlehauen ins Bergwerk, die andern nach Norden in den Urwald zum Holzfällen. Fünf Tage hab ich den

Mann versteckt gehalten. Kaputt nicht so sehr vom Hungern, Frieren, Marschieren oder Sichverstecken wie von Enttäuschung und Haß. Noch keine dreißig und schon acht Jahre Knast hinter sich! Anstiftung zum Aufruhr, staatsgefährdende Umtriebe – das ganze Zeug.«

»Ich versteh. – Und was ist aus ihm geworden?«

»Satt gefressen hat er sich, ausgeschlafen. Ich hab ihm dann ein paar Lumpen geschenkt und zehn Dollar und – husch, ab über die Grenze zu den Deutschen!«

»Zu den Deutschen? Du bist verrückt –.«

»Da wunderst du dich, nicht? Ich kein bißchen. Zu Hitler ist der gelaufen. Ja, mein Lieber. Wenn dem mal ein Natschalnik oder ein Partiny in die Hände fällt! Riemen schneidet er aus seiner Haut.«

»Wieso denn das? Sind doch Freunde jetzt, die Deutschen und die Russen?«

Antek lachte auf. »Freunde! Laß die sich erst einmal in den Haaren liegen! Da bleibt kein Auge trocken. Und sie werden aneinander geraten, so sicher wie das Amen in der Kirche!«

»Kann sein«, sagte Wassile. »Du glaubst jedenfalls, der Mann, der über den San ging, der hat das Richtige getan?«

»Du nicht? Was hätte er denn sonst tun sollen?«

»Wieso haben es diese Leute überhaupt so weit kommen lassen?«

»Was willst du damit sagen, Wassile.«

»Deine Freunde sind zu den Natschalniki gelaufen, um sich über das Unrecht und die Leiden zu beklagen, die ihnen die Burshuis, die Faschisten und Kapitalisten, zugefügt haben. Die Natschalniki haben sich das angehört. Aber es waren für sie Geschichten, mit denen sie nicht viel anfangen konnten. Mancher von ihnen hatte Schlimmeres erlebt. Neu waren diese Dinge für keinen von ihnen, höchstens ein Beweis dafür, daß die Burshuis noch die alten sind. Das war alles, was sie interessiert hat.«

Antek lachte. Ein gutes Lachen war es nicht. »Du zeigst viel Verständnis für die Natschalniki. Mir scheint, du gibst ihnen sogar recht. Was soll ich von dir denken? Mein ganzes Leben hab ich auf den Tisch gelegt. Und jetzt ...«

»Willst du damit sagen, daß ich nicht der bin, für den du mich gehalten hast?«

»Vielleicht.«

»Du bist zu schnell fertig mit den Dingen. – Verstehst du, was ich meine?«

»Nein – überhaupt nicht!«

Wassile runzelte die Stirn. Doch als er sprach, umspielte die Andeutung eines Lächelns seinen Mund. »Du solltest nicht so angeben, Antek.« Es klang nicht wie eine Zurechtweisung, eher wie ein höfliches Ersuchen.

Antek lachte. Ein Lachen, das ehrlich klang und befreiend wirkte. »Wie du das sagst, nein, wie du das sagst! – Also, worauf willst du hinaus?«

»Du hast gesagt, ich hätte Verständnis für die Natschalniki, recht gäbe ich ihnen. Daraus machst du mir einen Vorwurf. Du tust das, weil Verstehen und Rechtgeben eins ist bei dir. In Wirklichkeit ist es aber zweierlei. Ja, die Natschalniki versteh ich. Das ist auch gar nicht so schwer. Mancher von ihnen hat zehn, zwölf, vierzehn Jahre in Sibirien verbracht, Tausende hat er verrecken sehen. Noch vor dem Umsturz. Millionen sind zugrunde gegangen in der Revolution, weil sie für oder gegen das Neue waren. Was zählen da Prügel und Entwürdigung, die paar Jährchen deiner Freunde! Du könntest entgegnen: Sie ziehen an demselben Strang, wollen dasselbe. Glaub mir, das sieht nur so aus. Hast du nicht selbst gesagt, sie sind mit Marx und Engels und mit Lenin gekommen, und für die Partinye war das nichts anderes als altes Eisen? Stell dir vor, man gibt deinen Leuten, ich meine, den ›Hiesigen‹, Posten, wo sie was zu sagen haben. Dann herrscht trotzdem überall nur ein Gesetz: *›Skasal Stalin‹!* Nach dem, was früher war, fragt kein Mensch mehr. Die Folge sind Mißverständnis und Streit. Ehe du dich versiehst, heißt es: Konterrevolution. Und wer fliegt ins Loch? Alle. Aber die Natschalniki an erster Stelle. Sie werden verantwortlich gemacht für das, was geschieht. Kannst du dir vorstellen, daß ›Verantwortung‹ ein furchtbares Wort sein muß für sie? Nach Gefängnis riecht es, nach Zwangsarbeit, Sibirien – Tod. Warum und wozu sollen sie ihre Freiheit, ihr Leben aufs Spiel setzen? Zur Umschulung haben die Natschalniki deine Genossen deswegen geschickt, weil sie nicht lockerlassen wollten, immer wiedergekommen sind. Ihr habt noch Mut? Ihr glaubt noch? Dann wird es Zeit, daß ihr umlernt, auf Bolschewik lernt. Zuerst mürbe gemacht werdet durch Arbeit im Bergwerk, im Urwald – wenn ein Teil von euch dabei draufgeht, um so besser. Müde, kaputte Menschen fragen nicht, ob alles stimmt mit dem ›*Skasal Stalin*‹. Politisch reif, dem Sowjetregime ergeben sein, das heißt nichts anderes als Angst haben. – Und kann man einen hassen, weil er Angst hat? Oder weil er vor lauter Angst auch anderen beibringen will, was Angst ist?«

»Ja, wenn man die Dinge so sieht«, sagte Antek schließlich. »Die ›Hiesigen‹ haben sich halt eingebildet, es wäre auch anders gegangen. Nicht nur, weil fast jeder von ihnen soviel erdulden mußte, glauben sie, sie hätten es besser haben sollen, auch weil sie denken, daß sie mehr wissen, sich auf die ›Wahrheit‹ verstehen.«

»Mehr wissen? Was zum Beispiel?«

»Ja, vieles. Da waren Ingenieure drunter, Professoren und was weiß ich. Nicht, daß sie sich ihre Ideale bezahlen lassen wollten. Ihr Wunsch war, etwas für die Gemeinschaft zu leisten. An die Gerechtigkeit haben sie geglaubt, wollten für sie kämpfen. Ehrlich, Wassile, ehrlich! Und dann kommen diese ›*Skasal Stalin*‹-Leute mit ihrer Angst und lassen sie nicht. Nichts besseres fällt ihnen ein, als diese braven Burschen ins Bergwerk, in den Urwald zu schicken. – Und du denkst, man soll sie nicht hassen.«

Wassile hatte den Kopf in die Hände gestützt. Aufmerksam betrachtete er Antek, der sich in Hitze redete. Auch als der Pole schwieg, nahm Wassile nicht den Blick von ihm. Antek wurde unruhig und lachte nervös. »Du siehst mich an wie der Arzt einen Kranken, wenn er nicht weiß, welche Medizin er ihm verschreiben soll.«

»Stimmt. Nur, daß ich kein Arzt bin. Ein Patient bin ich, geradeso wie du. Meine Medizin habe ich aber schon geschluckt. Ein bißchen hat sie mir geholfen. Gesund bin ich nicht, noch lange nicht.«

»Nur her mit der Medizin, ich schluck alles!« lachte Antek.

Wassile starrte vor sich hin. Stumm.

»Die Medizin«, kam es mahnend.

»Sie heißt: sich abfinden, Antek. Ich bezweifle, daß du das verstehen kannst.«

»Sich abfinden? – Aber soweit war ich doch schon.«

»Verzeih, Antek, ich hab dir's nicht richtig gesagt. Sich-Abfinden ist nicht dasselbe wie Aufgeben. Man muß das alles erleben, muß selber darauf kommen. Dann kann man sich abfinden damit, daß alles Gute und Schöne ins Gegenteil verkehrt wird – sich abfinden mit dem Bösen, das im Menschen steckt wie das Gute. Es ist eben so, daß die Torheit neben der Weisheit, der Haß neben der Liebe wohnt. Hat man einmal erkannt, daß zu jeder Hoffnung die Enttäuschung gehört, dann ist man auf Enttäuschung gefaßt und trägt sie leichter. Und laufen die Dinge wirklich einmal, ganz wie man es sich erhofft hat, ist es das Glück.«

»Hoffen und Harren machen den Menschen zum Narren! – Ich hab's satt, das Warten. Bald werd ich ein alter Jud sein.«

»Warten ist gar nicht so schlecht. Manchmal ist Warten sogar das beste, was man tun kann.«

»Was soll das nun wieder heißen«, brauste Antek auf. »Das beste ist warten? Wirklich, heute redest du wie ein Bauer oder ein Pfarrer und morgen wie eins von diesen gelehrten Büchern. Wo zum Teufel bist du in die Schule gegangen? Doch nicht bei den – Pferden?« Es klang, als hätte Antek endlich seinen sorgsam aufgesparten letzten Schuß abgefeuert.

Wassile lächelte wie in Erinnerung an Schönes, Beglückendes. »Ja, bei den Pferden, das kann man sagen. Wenn die Menschen von den Pferden lernen würden, wäre manches besser.«

»Das ist nicht dein Ernst.«

»Auch unter den Pferden gibt es Luder, die beißen und auskeilen, den Menschen das Genick brechen oder sie zu Tode trampeln.«

»Luder und Verbrecher sind Pferde nur selten. Eines vielleicht unter tausend. Immer ist der Mensch schuld, wenn ein Pferd böse wird. Vermutlich hat er es zu grob angepackt, es geschlagen, ohne daß es Schläge verdient hätte, seinen Stolz verletzt, ihm das Herz gebrochen. In jedem Menschen sieht das Pferd dann seinen Feind und haßt ihn, wehrt und rächt sich.

Aber es muß bloß einer kommen, der Geduld hat, es gut meint. Mit einem freundlichen Wort, einem Streicheln, mit einer Mohrrübe oder einem Stück Zucker macht er aus einem Luder ein frommes Pferd, oft ein viel besseres als die andern. So ist das, Antek.«

»Glaubst du wirklich? Du bist ein Träumer, Wassile. – Was ist mit dem Futterneid? Wenn ein Gaul dem andern das Heu vor den Augen wegfrißt. Das gibt's doch auch bei den Pferden – oder?«

»Futterneid? Den findest du vor allem bei den Menschen. So viele Arten von Neid hat es, daß man sie gar nicht aufzählen kann. Aus Neid geschehen die schlimmsten Dinge.«

»Darüber muß ich nachdenken«, sagte Antek. »Aber ich seh nun einmal, was ich seh, das genügt mir.«

»Was willst du damit sagen, Antek?«

»Weißt du, Wassile, weshalb mir unsere Befreier so verleidet sind? Da ist nicht nur die Sache mit unseren Kommunisten, von der ich dir erzählt habe. Das ist Grund genug, sie zu hassen, und wenn man das sieht wie du, ich meine, das mit ihrer Angst, dann könnten sie einem sogar leid tun. Doch was einen ankotzt an ihnen, ist ihre Gier, ihr Neid. Unsern Chef kennst du. Mit seiner breiten Fresse, dem starren Blick, seinem ewigen ›man braucht‹ und ›man muß‹. Er spricht übrigens nicht schlecht Polnisch. Seine Eltern stammen aus der Lodzer Gegend und sind schon unter Zar Nikolai nach Odessa gegangen. In den ersten Tagen, damals, als die Begeisterung noch groß war, hat er mich auf der Straße angesprochen. Ich, ganz Zuvorkommenheit und Höflichkeit, strenge mich an zu verstehen, was sie wollen. Sie waren nämlich zu zweit. Da beginnt der Dicke auf polnisch, Hunger hätten sie, und nichts in den Restaurants. – Oh, sage ich, wenn Sie mir die Ehre erweisen wollen, zu einem einfachen Essen, einem Gläschen Wodka zu mir zu kommen. – Ich hab von Leuten gelesen, die sind durch die Wüste gewandert. Endlich ein Teich. Da haben sie das Wasser nicht geschöpft und genußvoll getrunken, nein, hineinstürzen sie sich, um zu saufen und zu saufen. Selbst als sie keinen Durst mehr haben, saufen sie weiter. Genau so sind die beiden Russen über das Essen hergefallen. Aufgehört haben sie erst, als nichts mehr da war. Alles weg, ratzekahl. Dann rülpsen sie und sagen: ›*kulturno*‹. Immerzu haben sie das gesagt, als sie sich die Wohnung ansahen. Ich bitte dich, meine drei Stuben! Bald befingern sie die Tischdecke, bald die Federn im Sofa oder den Vorhangstoff. Sie stecken ihre Nase in Schubladen und Schränke, schütteln den Kopf vor lauter Verwunderung. ›*Kulturno*‹, immer wieder ›*kulturno*‹, sagen sie. Es war aber alles andere als *kulturno*, was zurückblieb, als sie weggingen.

Und wie sie fragen! Wer wohnt hier – wieviele Menschen? Und wem gehört das alles? Ich merk bald, daß sie am liebsten dageblieben wären, mich zum Teufel gejagt hätten. Zum Glück ist der Tadek gekommen mit seiner Mutter. Wie sie den Tadek sehen, da sind sie milder geworden im Ton. Du weißt, wie er wirkt, der Riese, der finstere! Und an die Mutter, die Riesendame mit dem Bart und der tiefen Stimme, muß jeder sich erst gewöhnen. Kurz, sie sagen ›*do swidanija!*‹ Unser Dicker bittet mich dann aber, sie bis zur Hauptstraße zu führen, weil sie den Weg nicht wüßten. Du kannst dir denken, daß ich sie im Kreis herumgeführt habe.

Auf dem ganzen Weg hat der eine von ihnen mir zugesetzt, ich soll doch bei ihm arbeiten. Er ist der Direktor vom Fleischtrust, sagt er. Feine Arbeit gibt es da. Zeigen wird er mir, wie gut sich dabei verdienen läßt. Ich gehe hin und nehme den Tadek mit, ich will wissen, ob er nicht lügt. Ob ein Kerl wie er Direktor einer so großen Organisation sein kann. Er war's wirklich, und weil eins wie das andere ist und man ein Dokument braucht, um zu beweisen, daß man arbeitet, sind wir dabeigeblieben. Das war erst der Anfang. Heute Hosen, morgen Schuhe, übermorgen ein Hemd und selbstverständlich eine Uhr. Und jeden Tag natürlich Wodka. Ihr habt doch alles. Wie die Herren lebt ihr, während wir schuften. Wir haben gehungert, damit ihr frei sein sollt, und immer wieder: ›Das will ich‹, ›das brauch ich‹, ›das muß ich haben.‹

Gut, hab ich mir also gedacht – warum nicht das Angebot annehmen? Gearbeitet haben wir nämlich nicht, das Geschäft draußen lief, brachte ein Vermögen. Jeder Mist, jeder Lumpen war seine Rubel wert. Wie wild kauften die Russen. Als es dann immer mehr Uhren gibt, hat man sich gefragt, was mit dem vielen Geld machen. Uhren! Zu Tausenden werden sie ins Land geschmuggelt. Aus Ungarn oder Rumänien, billige Uhren, französische, deutsche, was weiß ich, und die Russen kaufen und kaufen. Was man verlangt, zahlen sie. Als fänden sie ihre Rubel auf der Straße. Der Haken bei der Sache: Die Händler fordern Dollar für ihre Ware. Zunächst war das kein Problem. Die meisten sind froh, die kleinen Leute, weißt du, mit ihren ersparten paar Hundertern, wenn du ihnen die Dollars abkaufst. In Polen hat nämlich jeder Mensch Dollar, das war dort schon immer die Hauptvaluta. Jetzt, unter den Russen, haben sie plötzlich Angst, sie zu behalten. Der staatliche Kurs ist fünf Rubel ein Dollar. Auf zwölf ist er gestiegen, auf fünfundzwanzig, auf sechzig! Natürlich werden die Uhren teurer: So ein bißchen Nickel mit Zifferblatt, Marke ›Lohengrin‹ oder ›Loreley‹, kostet bald einen ganzen Sack Rubel. Mit Nähmaschinen, Schreibmaschinen, Klavieren ist es das gleiche. Richtiggehende Konjunktur.

Darf man so eine Gelegenheit ungenutzt lassen? frage ich. Schon gar, wenn der Natschalnik an dir hängt wie ein Blutegel? Ja, und ganz plötzlich ist es dann still geworden. Keine Uhren, keine Dollar, keine Lumpen, keine Rubel – nichts. Einfach Schluß mit dem Handel. Fast jeder findet irgendwie Arbeit, denn es wird immer gefährlicher, ohne Sprawka – ohne Ausweis – auf die Straße zu gehen. Unsere Organisation hat verlangt, jeder muß seine Norm erfüllen. Soundsoviel in der Woche, soundsoviel im Monat. Die Dörfer durchkämmen, Vieh und Schweine einkaufen, zu Regierungspreisen, versteht sich, und sie anliefern. Und der Natschalnik hat jetzt eine Wohnung, seine Frau ist da mitsamt den drei Kindern. Jeden Tag kommt er mit was anderem. Das ist mir schließlich zu bunt geworden. Mit meinem gängigsten Sacharingesicht sage ich zu ihm, er ist leider im Irrtum, wenn er mich für die Gosbank hält. Ob er wirklich glaubt, daß man von dem Lohn und den Prozenten, die ich nie verdienen werde, alles das anschaffen kann, was er bei mir gesehen hat? – Bei uns, sagt er, verdienen die Prekupcziki – immer dieses ›bei uns‹ und dieses ›bei euch‹ –, soviel sie wollen. Vierzig Prozent für den Trust und sechzig für den Basar, was nichts anderes heißt als Schwarzer Markt. Gut, Natschalnik, das kann ich auch. Wie aber bring ich die Bauern dazu, das Kilo Lebendgewicht für dreiundsechzig Kopeken zu verkaufen –

und wie schaff ich die Ware her? Transport? fragt er. Nur mit der Armee. Die Burschen wollen auch leben, und die Bauern sollen froh sein, wenn wir überhaupt zahlen. Über kurz oder lang wird sowieso alles Kolchos.

Kein Grund zum Freuen. Soll das meine Befreiung sein? frag ich mich. Hab ich darauf gewartet? Bei uns ist alles da, schreien sie. Hier hast du hundertsiebenunddreißig Rubel im Monat, und kauf dir, was du willst!

Vielleicht wäre das alles gar nicht so schlimm gewesen. Obwohl ich genug hatte von den faulen Geschäften, von dem Gefühl, ein Hehler, ja ein Dieb zu sein. Hätt ich so leben wollen, kein Teufel wäre imstand gewesen, mich davon abzuhalten, mich nach Rumänien oder nach Ungarn abzusetzen. Dort zählt Gold, und Steine sind die beste Ware. Mit dem, was ich auf der Seite habe, hätt ich leben können wie Gott in Frankreich. Hab ich denn das wollen? Nein. Jetzt hab ich dazu noch Angst, grad so wie sie. Und – das wär noch immer nicht das Schlimmste. Wenn ich nur nicht auf Schritt und Tritt spüren würde, wie fremd sie uns sind. Wie wir für sie nur existieren, damit sie uns ausnützen – ausbeuten. Wie sie uns beneiden. Um alles. Nichts, nichts ist so schlimm wie ihr Neid, nicht einmal ihre Lügen, ihr ›*skasal Stalin*‹, ihr ›bei uns ist alles da‹. Nicht einmal die Dummheit, mit der sie uns hinters Licht zu führen versuchen. Ich halt das nicht mehr aus!«

Die letzten Worte hatte er geradezu herausgeschrien. Als er weitersprach, dämpfte er die Stimme: »Auch dafür wirst du eine Erklärung haben, Wassile. Ich will sie nicht hören. Nichts will ich mehr verstehen. Ich kann dir's ja sagen, ein anständiger Kerl bist du. Wenn du schon so viel weißt von mir, sollst du auch das noch wissen: Ich war wütend, weil du den Russen die Uhren schon heute gegeben hast. Noch eine weitere Fahrt wollte ich herausholen. Uhren sind knapp geworden. Es kommen keine mehr – deine waren gerade das Richtige. Hast du gesehen ...«

»Keine Uhren mehr?« fragte Wassile, als wäre dies das Wesentliche.

»Wenn ich es dir sage – keine Uhren mehr! Und an Geld liegt ihnen nichts.«

»Wohin willst du denn gehen, Antek?«

»Zum San und dann hinüber. Tadek kommt mit. – Wenn du dabei bist, soll's mich freuen.«

»Du meinst, wir sollen zu den Deutschen?«

»Warum nicht?«

Wassile stand auf, ging mit langsamen Schritten zur Tür, kehrte dann um. Als er vor Antek stehenblieb, hob der den Kopf und blickt mit müden Augen zu ihm auf. »Ich muß dir eine Frage stellen: Wenn du jetzt sterben müßtest und man ließe dir die Wahl zwischen gehängt und erschossen werden – wie würdest du dich entscheiden?«

»Natürlich ist die Kugel der leichtere Tod«, sagte Antek gehorsam.

»Glaub mir, wenn du gehst, hast du den schwereren Weg gewählt. Ich jedenfalls bleibe hier.«

Wieder herrschte Stille. Wassile setzte sich und blickte zu Antek hinüber. Der saß und grübelte. Nach einer Weile begann er: »Und du – warum bist denn du dageblieben? Du hast doch nicht auf sie gewartet wie ich.«

»Ich hätte hinüberkönnen, gewiß hätte ich das. Zurückgehalten hat mich die Neugier. Ja, die Neugier, Antek. Mit eigenen Augen hab ich sehen wollen, ob sie es wirklich so schlimm treiben, wie ihre Feinde behaupten.«

»Und, Wassile? – Wie bei Hitler, oder?«

»Nein, Antek, anders. Ihre Lüge ist schöner, lach nicht – menschlicher.«

Antek wollte aufbegehren. Der Ausdruck der Wildheit in seinem Gesicht schwand so rasch, wie er gekommen war. Dann sagte er: »Ich versteh – Strick oder Kugel«, er lächelte schlau.

»Ungefähr«, kam es zurück.

»Neugierig bin auch ich. Allerdings nicht auf die. Von denen weiß ich genug – aber auf dich! Ja, wirklich. Und wenn du bleibst, muß auch ich bleiben.«

Er stand auf, reckte sich und langte nach einer Zigarette. »Gib mir Feuer«, sagte er gutgelaunt. Nach dem ersten Zug nahm er die Zigarette in die linke Hand. »Wir wollen uns vertragen, Wassile. Weil du der gescheitere von uns bist, sollst du der Chef sein.« Er reichte ihm die Hand. Die Geste hatte etwas Feierliches. Antek wurde verlegen.

Wassile ergriff die Hand und drückte sie. »Nicht der Chef – das ist Unsinn. Wir sind Kameraden, Antek.«

»Fein. Und jetzt wollen wir endlich essen gehen.«

Sie lachten, weckten Tadek und halfen ihm auf die Beine. Draußen im dunklen, stillen Hof mußten sie über Berge von Gerümpel steigen, ehe sie die Offenheit der Straße erreichten. Minuten später bogen sie in einen anderen Hof ein. Wieder Gerümpel, ein richtiggehendes Bollwerk, dann Licht. Sie liefen um den riesigen Haufen herum; wo er sich an den Gartenzaun lehnte, war ein Durchgang. Ein schmaler Steg, gesäumt von winternackten Büschen, führte zu einem ebenerdigen weißgetünchten Häuschen im Schatten alter Obstbäume – Anteks Heim.

Kaum hatten sie den kleinen Vorraum betreten, als die Küchentür sich öffnete und allerlei Düfte ihnen vielversprechend entgegenströmten. Eine riesige Frau füllte den Türrahmen, Panja Jadwiga, Tadeks Mutter, die hier die Wirtschaft führte. »Spät heute«, sagte sie brummig, in der einen Hand die brennende Zigarette, in der anderen ein halbvolles Schnapsglas. Die Männer wünschten ihr einen guten Abend und gingen in die Stube, wo der Tisch schon gedeckt war.

Im Nu hatte Panja Jadwiga die Suppenteller gefüllt, Rübensuppe, sauer und mit knoblauchgewürzten Fleischklößen. Rasch und schweigend löffelten die Männer vor sich hin. Noch ehe sie richtig fertig waren damit, stand Schweinsgulasch mit Kraut und Kartoffeln vor ihnen. In den Gläsern schäumte Okoczimer Bier aus Anteks alten Vorräten. Panja Jadwiga hatte bereits gegessen, sie überwachte die Tafel, füllte nach und tat zwischendurch immer wieder einen Schluck aus ihrem Schnapsglas, das offenbar, wie die brennende Zigarette, ein Teil von ihr war. So saß sie da, ein Koloß von Frau, mit ihrem in der Mitte gescheitelten eisengrauen Haar, das im Nacken von einem Knoten zusammengehalten war, der niederen Stirn, der männlich starken gebogenen Nase und dem großen, von grauem Flaum beschatteten Mund. Makellos ihr starkes Gebiß, eine Phalanx intakter Zähne. Nur selten sprach sie, nie nannte sie ihren Sohn beim Namen, für sie hieß er einfach ›*syn*‹ – Sohn. Aus der Bewegung, mit der sie ihm das Essen reichte, das gefüllte Glas zuschob, sprach Liebe, und in ihren hellblauen

Augen lauerte Kampfbereitschaft. Jeder, der ihren ›*syn*‹ für dumm hielt, sich über ihn lustig machte, würde es mit ihr zu tun bekommen. Antek wurde von ihr betreut, weil er Geduld und Verständnis für ihren Tadek aufbrachte. Und deswegen hatte sie auch diesen Wassile – sie mochte die Ruthenen eigentlich nicht – ohne lange zu fragen in die Hausgemeinschaft aufgenommen. Die wenigen Male, da sie mit ihm sprach, hatte sie es sogar über sich gebracht, Ruthenisch zu radebrechen. Natürlich war ihr nicht entgangen, daß Tadek heute Schwierigkeiten beim Kauen hatte und sich immer wieder mit dem Handrücken das Kinn entlangfuhr. »Gerauft?« knurrte sie.

»Nur zum Spaß, Panja Jadwiga«, beeilte sich Antek zu antworten.

»Mit dem da – aber der ist richtig, Mutter«, setzte Tadek mit seiner Fistelstimme hinzu.

»Jiu-Jitsu oder Boxen?« fragte Panja Jadwiga fachkundig. Anteks groteske Erzählungen von ihrer Vergangenheit als Riesendame im Zirkus waren wohl nicht ganz aus der Luft gegriffen.

»Ein bißchen von allem«, sagte Wassile leichthin. »Wie soll man sonst mit den Riesenkräften in seinen Händen fertigwerden.« Er bemühte sich, Polnisch zu sprechen, auch Tadek sollte ihn verstehen.

»Ist schon gut, Burschen müssen raufen. Wenn sie sich nur nachher wieder vertragen.« Sie stand auf und räumte ab. Man würde sie heute nicht mehr zu Gesicht bekommen.

Nach einem Blick auf die Wanduhr sagte Antek: »Sieben Uhr zwanzig, wir haben noch Zeit.«

»Du meinst wegen der Pässe?« fragte Wassile. »Ja, da können wir langsam tun. Für neun sind wir bestellt, und wenn wir später kommen – was macht's. Die arbeiten durch.«

»Genossen, in zwei Stunden werden wir Sowjetbürger sein. Unser brennendster Wunsch geht in Erfüllung.« Antek lächelte sein bewährtes strahlendes Lächeln.

»Was ist schon der Unterschied?« Zu Konversation schien Wassile nicht aufgelegt zu sein. Er stand vom Tisch auf, setzte sich in den alten Ohrenstuhl am Kamin und schloß die Augen.

Für eine Weile hörte man nur das Knacken von Nußschalen und das Malmen von Tadeks Zähnen. Da kam aus dem Vorraum ein schnarrender Ton. Tadek hielt lauschend inne, Wassile öffnete die Augen. »Sieh nach, wer draußen ist«, sagte Antek zu Tadek. Wassile blickte Antek fragend an, denn der schien ärgerlich zu sein. Da fragte schon eine glatte, höfliche Stimme auf polnisch, ob Herr Antek zu Hause sei, und ein Mann schlängelte sich an Tadek vorbei in die Stube. Vertraulich lächelnd trat er auf Antek zu und streckte ihm die Hand entgegen. »Guten Abend, Genosse!« sagte er mit einer leichten Verbeugung. »Verzeihen Sie die Störung zu so später Stunde. Bei Tag haben wir ja beide keine Zeit, und die Sache ist dringend. Dringend.« Er warf einen raschen Blick auf Wassile.

»Das ist der Genosse Chomniuk, mein Freund«, sagte Antek. »Er arbeitet beim Fleischtrust wie ich – und das ist«, fuhr er zu Wassile gewandt fort, »der Genosse Mermelstein. Übrigens spricht der Genosse Chomniuk Russisch, Ruthenisch und Deutsch.«

»Ah, auch Deutsch? So so, das ist angenehm. – Sie sind Ruthene, Genosse Chomniuk? Wahrscheinlich auch ein alter Österreicher. Wie wir alle.« Er lachte vage. »Aber jetzt macht das keinen Unterschied.« Eine leichte Verbeugung, und er wandte sich wieder Antek zu. »Ich bin nämlich nicht allein, zwei Leute sind mit mir gekommen, Sie verstehen, gute Bekannte, ein junges Ehepaar. Sie haben ein Anliegen – ich glaube, es geht um ein Geschäft. Im Hof warten die beiden. Wenn es ihnen recht ist, rufe ich sie herein. Wir können dann alles in Ruhe besprechen und im Warmen.«

»Bitte, bitte«, begegnete Antek dem Wortschwall. »Holen Sie Ihre Bekannten nur herein, Geschäfte mache ich allerdings schon lange nicht mehr. Tadek, begleite doch den Genossen Mermelstein und führe die Herrschaften herein.«

Mit dem Eifer eines apportierenden Hundes tat Tadek, wie ihm geheißen. Antek ging ins Nebenzimmer, Wassile folgte ihm, auch er wollte seine Stiefel anziehen. »Ich bin gespannt«, sagte Antek, »was Mermelstein mit diesen Leutchen will.«

»Du kennst doch Mermelstein – oder?«

Antek lachte. »Und ob ich ihn kenne! Er hat mich schon mehr als einmal angepumpt früher. Das ist einer von denen, die immer zehnmal so viel brauchen, wie sie haben. Wahrscheinlich will er wieder Geld, der Genosse.«

»War der auch schon früher ein Genosse?«

»Ich erzähl dir später alles, wenn's dich interessiert. – Ich höre sie kommen. Aber du wirst bald selber merken.«

Mermelstein trat als erster in den Raum. Hinter ihm, soweit das bunte, in die Stirn gezogene Kopftuch erkennen ließ, eine noch junge Frau und ein hochgewachsener Mann, der sogleich den Hut abnahm. Tadek beschloß den Zug. Er ließ den Blick über die Ankömmlinge schweifen, als wollte er sie zählen. Antek spielte den Wirt. Nach der Vorstellung – das Paar wurde ihnen als Genossin und Genosse Linham präsentiert – bat er die Besucher, abzulegen und Platz zu nehmen. Wie sie waren, ließen sie sich nieder, und Linham griff so gierig nach einer Nuß, daß man denken konnte, er wolle einem andern dabei zuvorkommen. Ungefähr dreißig Jahre war er alt, groß, massig, mit einem vollen rosigen Gesicht, an dem weiter nichts auffiel als ein mageres Bärtchen, das kaum die Oberlippe bedeckte und die weichen Linien des Mundes noch unterstrich.

Seine Frau mochte jünger sein als er. Das grünseidene Kopftuch hatte sie nach hinten geschoben; es lag lose auf den Schultern, und man sah das rote Haar, das sich über der fahlen Stirn wellte. Ihr schmales Gesicht war blaß, sie hielt die Lider gesenkt, so daß man nur schwer die Farbe der Augen erkennen konnte. Den ernsten Mund mit den farblosen Lippen umspielte ein Zug männlicher Entschlossenheit. Die Jacke aus Waschbärfell reichte knapp bis zu den Oberschenkeln und gab den Blick frei auf einen bis zum Knie gehenden, an beiden Seiten geschlitzten faltenlosen Rock und ein Paar gut gearbeiteter, bis knapp unter die Knie reichender Röhrenstiefel. Sie trug diese Kleidung sichtlich als Zugeständnis an die Lebensumstände, wie überhaupt alle jetzt versuchten, sich als Russen und Arbeiter auszustaffieren. Kurz: diese Frau Linham war gekleidet wie eine Schauspielerin, die in einer Stadt des Westens eine Sowjetbürgerin darzustellen hat. Wer mochte sie sein? Niemand wußte, daß sie, die eigentlich Linkhand hieß, seit Monaten kaum zu atmen wagte – aus Angst, sie könnte dorthin zurückkehren müssen, woher sie gekommen war.

III

Das Mädchen aus dem Souterrain

Frau Mira Linkhand war keine Proletarierin. Nicht länger war sie es, und nie wollte sie es wieder werden. Von tief unten kam sie, aus einem düsteren Loch, das als Souterrain des Hauses Brigittenauerlände 155 in Wiens XX. Bezirk geführt wurde. Der Krieg 1914 hatte ihre Eltern aus einem ostgalizischen *schtetl* in das Ghetto der Hauptstadt verschlagen. Ihr Vater war tüchtig genug gewesen, sein Bettlerdasein hinter der Fiktion einer Hausmeistertätigkeit zu verstecken. Der Tod ihrer Mutter – sie starb an Müdigkeit, aus Unlust am Leben – beraubte ihren Vater des Halts, so daß er ihr einen Monat später nachstarb. Sechs war sie damals und wurde, wie es in solchen Fällen üblich ist, ins Waisenhaus gebracht. Nach der hoffnungslosen Dumpfheit ihrer ersten Kindheit war diese Verpflanzung ein ungeahnter Glücksfall: Sie bedeutete einen entscheidenden Schritt vorwärts.

Als Vierzehnjährige verließ Mira das Waisenhaus mit den besten Wünschen ihrer Betreuer, in der Tasche eine Empfehlung an die Besitzerin eines beliebten, florierenden Hutladens, Frau Adele Kadisch. Die Halbwüchsige lernte »auf Modistin«. Mit demselben zähen Eifer, dem unendlichen Fleiß, die sie als Schülerin an den Tag gelegt hatte, gab sie sich der neuen Beschäftigung hin. So nahm die gutherzige Frau Kadisch sie nicht nur in die Lehre, sie bot ihr auch das Heim, das sie nie gekannt hatte. Keine Arbeit war Mira zuviel, niemals begehrte sie auf, Müdigkeit war ihr unbekannt. Es gab keinen Weg, der ihr zu weit gewesen wäre. Doch auch für sie kam der Tag, da sie einsah, daß Fleiß und Eifer nicht ausreichen im Leben.

Ein Kinobesuch, zu dem eine Kollegin sie eingeladen hatte, entschied über ihre Zukunft. Der Film, in einer der Fabriken Hollywoods hergestellt, gaukelte Millionen junger Mädchen die Erfüllung eines Wunschtraums vor. Das Happy-End: Der Chef, jung und schön, so sportlich wie edel, heiratet die Stenotypistin und führt sie auf sein Schloß, eine mit allem erdenklichen Komfort ausgestattete Villa. Was als Niederschlag in Miras Wunschträumen zurückblieb, war der Gedanke, man müsse Stenotypistin sein, um in jener Lotterie mitspielen zu dürfen, die schöne reiche Männer, schnelle Autos und schicke Villen zu gewinnen erlaubt.

Sie war damals sechzehn und wußte, daß sie keineswegs so schön war wie das Girl im Kino; aber sie hatte auch erkannt, daß ihr junger Körper, ihre goldfarbenen Augen, das rostrote Haar, die wohlgeformten Beine, Reize waren, die mitzählen und sogar im Wert steigen würden. Von ihren erfahreneren und freimütigen Arbeitskameradinnen hatte sie oft genug gehört, daß »manche Männer ganz wild auf Jungfrauen sind, weil diese Kerle sich was drauf einbilden, der erste zu sein.« Eine Äußerung, die sie zu dem Schluß gelangen ließ, daß die Männer nicht so seien wie der Chef im Film und daß der Unberührtheit ein praktischer Wert zukomme. Also sollte eines der Pfunde, mit denen sie wuchern würde, ihre Jungfräulichkeit sein. Sie setzte sich zum Ziel, ›Stenotypistin‹ zu werden, so tüchtig, umsichtig und fähig wie ihr Wunschbild, und dem Mann ihrer Träume als ›Dreingabe‹ die Jungfräulichkeit zu opfern.

Bald zwei Jahre bewegte Mira sich nun in einer Welt, wo jede Überlegung, jeder Handgriff der Verschönerung, dem vorteilhafteren Aussehen galt. Hier triumphierte die Fassade, deren Schmuck nicht zuletzt gerade die Kleider dienen. Freilich konnte Mira kaum verborgen bleiben, daß Kleider nicht nur Lebensinhalt von eitlen Frauen bilden – auch zum Rüstzeug von zielstrebigen gehören sie. Mira besaß viele Kleider. Frau Adeles Töchter hatten sie ihr geschenkt. Nur: sie konnte sie nicht tragen, weil sie ihr nicht paßten. Eine Arbeitskameradin empfahl ihr eine ›kleine Schneiderin‹, eine Tschechin, die ein Genie im Umarbeiten und Abändern war. Ganz wie neu sähen die Kleider dann aus und, was vielleicht wichtiger war, wie auf Bestellung angefertigt.

Durch einen Fund sollten Miras Ersparnisse entscheidende Bereicherung erfahren. Eine Zufallsgabe, wie sie bekanntlich vor allem die Welt des Märchens verschönert, aber bisweilen auch in den prosaischen Zonen des Alltags von sich reden macht. Kurz, in einer der Handtaschen, die ihr geschenkt worden waren, entdeckte Mira einen Lippenstift und dazu Puderdose und Parfümfläschchen. Das kosmetische Trio, wie es häufig genannt wird, war aus einem Metall verfertigt, das wie Gold aussah. Damit nicht genug. Bei einem Gang durch die Innenstadt – von ›Stadtbummel‹ zu sprechen, wäre unangebracht gewesen – zogen die Auslagen eines Juwelierladens Miras Aufmerksamkeit auf sich. Zu ihrer Überraschung befand sich unter den Schätzen, die das Schaufenster offerierte, eine ›Garnitur‹ genau wie die ihr in den Schoß gefallene. Der Verkäufer stand nicht an, der vornehm gekleideten jungen Dame zu versichern, diese entzückenden Dinge, hergestellt von einem der besten englischen Goldschmiede, seien für 2100 Schilling käuflich zu erwerben. Auch was es mit der Punzierung 850 und dem Zeichen des englischen Eichamts auf sich habe, erklärte er ihr. Die offensichtlich erregte Kundin dankte und versprach, bald wiederzukommen. Wieder zu Hause nahm Mira ›ihre‹ Garnitur unverzüglich unter die Lupe und fand ihre Annahme bestätigt. Zum ersten Mal im Leben hielt sie etwas in Händen, was offenbar einen größeren Wert darstellte und dessen Besitz Selbstzweck ist. Sie entschloß sich, die Gegenstände, die ihr zweifellos durch Nachlässigkeit oder Vergeßlichkeit überkommen waren, nicht zurückzugeben. Eine Frist von drei Monaten würde sie sich setzen. Nach dieser Zeit, während der die Tasche, und mit ihr das goldene Trio, ganz offen bei ihren anderen Sachen liegen sollte, wollte sie, wenn niemand sich meldete, an den Verkauf denken.

Bei diesen Überlegungen wurde ihr nicht im geringsten bewußt, daß sie sich auf ein gefährliches Spiel einließ. Daß das Abenteuer auch böse enden könnte, zog sie einfach nicht in Erwägung. Obwohl sie in einer Umgebung aufgewachsen war, wo Nichtachtung der bestehenden Gesetze undenkbar schien, fehlte ihr die Angst, die bei der Unterscheidung von Recht und Unrecht meist das Zünglein an der Waage vertritt. Kurz, sie war amoralisch wie ein Raubtier, dem nichts gegeben ist als die Schärfe seiner Zähne und Krallen, als seine Flinkheit und Sprungkraft, wenn es gilt zu töten, um selber zu überleben.

Längst waren drei Monate vergangen, als bei einer Sonntagsjause, zu der Frau Adeles Töchter mit ihren Männern und Kindern sich eingefunden hatten, Mira aushalf und bei Tisch bediente. Einschläfernd plätscherte das Gespräch dahin, und die einzige, die Freude an diesem Beisammensein hatte, war die Gastgeberin selber. Der Anblick ihrer hübschen Töchter und Enkel erfreute sie stets aufs neue. In einer der vielen Pausen kramte Toni, die jüngere Tochter, Lippenstift und Puderdose aus der Handtasche und richtete ihr Gesicht. Kurz entschlossen deutete Mira auf Tonis schwarz emaillierte Puderdose und sagte: »Ein wunderbares Stück, wie gut der Lippenstift dazu paßt. So eine Garnitur habe ich auch, sieht aus wie Gold. Stellen Sie sich vor: In einer Tasche hab ich sie entdeckt. Wirklich schön – schade, daß ich noch so jung bin. Lippenstift brauch ich keinen, und pudern tu ich mir nur die Nase.« Sie lachte, was ebenso selten vorkam, wie daß sie sich am Gespräch beteiligte. Während sie sprach, hatte sie unauffällig bald die eine, bald die andere Schwester beobachtet. Kein Zeichen von Interesse! Frau Adele war die einzige, die freundlich nickte; wenn die andern ein Lächeln zeigten, so dies bloß ihrer Mutter zuliebe.

In ihrem Zimmer ließ Mira die kühlen glatten Schönheitsförderer durch die Finger gleiten. Für sie waren diese drei Spielzeuge mit ihren edlen, harmonischen Formen nichts anderes als Gold, das soundsoviel wert war, eine runde Summe, der ein bestimmtes Quantum Sicherheit entsprach. Die erste Begegnung Miras mit Gold! Sie sollte sich als entscheidend erweisen.

Schließlich kam der Tag, an dem Mira nicht länger warten wollte. Sie belegte Abendkurse in Maschinenschreiben, Stenographie, Buchhaltung und Korrespondenz. Dazu kamen sechs Stunden wöchentlich Fremdsprachen – Englisch und Französisch. Vier Stunden im Monat galten der Einführung in die Waren- und Währungskunde. Ein gutes halbes Jahr reiche aus, das ehrgeizige Programm zu bewältigen, versicherte man Mira.

Nach den guten Erfahrungen, die sie mit Mira gemacht hatte, ist es wenig verwunderlich, daß Frau Kadisch der Umorientierung ihres einstigen Schützlings mit Wohlwollen begegnete. Sie bestand lediglich darauf, daß dieser nach wie vor in Laden und

Werkstatt mitarbeitete, wenn auch in Zukunft nie länger als bis sechs Uhr abends, da die Kurse um halb sieben begannen. Büroarbeit liege ihr nun einmal, begründete Mira ihren Entschluß. In sechs Monaten schon würde sie Frau Kadisch bei der Buchhaltung und Korrespondenz an die Hand gehen können. Das sei ebenso wichtig wie Hüte machen. Frau Adele war alles recht. Von ihr wurde Mira seit langem nicht mehr im Budget für Arbeitslöhne geführt: Reklame, Werbung, war die Rubrik überschrieben.

Wie zu erwarten gewesen war, kam Mira glänzend vorwärts. Sie verfügte zwar nicht über außergewöhnliches Talent, doch ihr Fleiß und ihre Ausdauer duldeten keinen Vergleich. Selbst sonntags, wenn andere es sich wohl sein ließen, saß sie über ihren Büchern. Zehn Stunden und mehr waren keine Seltenheit. So kam es, daß die Lehrer allen Grund hatten, über das Mädchen zu staunen, das weitaus begabtere mit seinen Leistungen in den Schatten stellte. Bei der Schlußprüfung, einer Art Wettbewerb, erwies Mira sich als unschlagbar und schnitt als Beste ab.

Sie arbeitete nun nicht mehr in Werkstatt oder Laden, sondern ausschließlich im Büro. Still, unauffällig, mit spärlichen Worten und einem Unmaß von Fleiß verwandelte sie Buchhaltung, Kasse, Lager und selbst die Korrespondenz des Hutsalons Adele Kadisch in ein Musterbild von Ordnung, Übersicht und Ökonomie. Herrn Proske, dem alten Buchhalter, der nur ausharrte, um der verehrten Frau Adele die Umgewöhnung zu ersparen, bewies sie, daß seiner Übersiedlung zu seiner jüngsten Tochter nach Baden nichts mehr im Wege stehe. Entschieden in der Sache, aber sanft im Ton verstand sie es, Außenstände, die für Jahre nicht eingemahnt worden waren, in bares Geld zu verwandeln. Es war ganz allein ihre Idee, lästige Ladenhüter in der Werkstatt »aufzubügeln« und sie dann einfach in die Provinz abzuschieben. Nicht nur wurden die Bücher neu angelegt, sie bestand auch darauf, die Lagerbestände zu inventarisieren. Bis zum letzten Meter Band, zur letzten Spule Zwirn oder Seidenfaden wurde alles erfaßt. Nichts fiel unter den Tisch, keine Arbeitsstunde blieb unverplant. Über alles führte Mira Buch, sie schrieb die Briefe, konferierte mit den Lieferanten, gab den Kundinnen geduldig Auskunft, ging zur Bank und verhandelte sogar mit dem Finanzamt. Sechs Monate reichten aus, den Hutsalon Adele Kadisch in ein modernes Unternehmen zu verwandeln. Viel Geld kam herein, weit mehr, als Frau Adele sich erwartet hatte, und das erhöhte nicht nur ihre Anerkennung für Miras Leistung, es vertiefte auch ihren Glauben an diese Aufsteigerin als Glücksbringerin. Zum Jahresabschluß bekam Mira von Frau Adele einen Kontrakt als Geschäftsführerin. Nicht schlecht für eine junge Frau, die kaum die Schwelle der Zwanzig überschritten hat.

Doch diese junge Frau sah und fühlte nicht das Erhebende des Erfolgs, wie sie auch vermied, das Gefühl der Selbstzufriedenheit, das ein Nachlassen der Anspannung hätte bewirken können, in sich aufkommen zu lassen. Nicht gehofft hatte Mira, das Mädchen aus dem Keller, sie hatte – berechnet. Nicht eine Minute hatte sie aufgehört zu lernen, sie wußte und vermochte heute viel mehr, als zur Führung des Kadischschen Unternehmens erforderlich war. Sie sprach, las und schrieb untadelig Französisch und Englisch; doch Wörter waren für sie bloße Vokabeln, die man sich einprägen muß, damit sie Teil des eigenen Wortschatzes werden und man jederzeit darüber verfügen kann. Daß sie froh oder traurig machen, daß sie erheben und trösten können – dafür hatte sie keinen Sinn.

Sie war eben uninteressiert an allem, was sich nicht in Zahlen ausdrücken läßt. Wenn ihr Raffinement und Gerissenheit nicht fremd waren, sie diese Züge geradezu meisterhaft unter Schweigsamkeit, einem berechneten Einsatz von Worten zu verbergen wußte, so war diese ›Beweglichkeit‹ das Ergebnis eingehenden Nachdenkens. Ihrer Umgebung bot Mira das Bild einer verschlossenen jungen Frau, die sich der Schwierigkeiten des Lebens bewußt ist und sich gerüstet fühlt, ihnen zu begegnen. Äußerlich d. h. in ihrer Erscheinung hätte sie allerdings, wie man so sagt, mehr aus sich machen können. Da sie kaum Geld ausgab, fand sich auf der Haben-Seite ihres Sparbuchs eine beeindruckende Summe; aber es war noch lange nicht genug, ihr die Ausführung eines seit langem gehegten Plans zu ermöglichen. Nicht nur gutbezahlte Leiterin des Unternehmens wollte sie sein, auch Teilhaberin. Schon hatte sie entsprechenden Kontakt aufgenommen, doch noch hieß es warten. Nicht nur wegen des fehlenden Kapitals, auch weil Frau Adele zu kränkeln begonnen hatte. Ihr Tod und die anschließende Testamentseröffnung sollten freilich zu einer völlig neuen Situation führen.

Hatte schon niemand mit dem Tod von Frau Adele gerechnet, so stellte der Inhalt ihres Testaments erst recht eine Überraschung dar. Frau Adeles Töchter und deren Männer sahen ihre Erwartungen, was den Umfang des mütterlichen Vermögens angeht, weit übertroffen. Mira indessen gelangte in den Besitz einer ansehnlichen Summe und sah sich somit in den Stand versetzt, ihren Plan zu verwirklichen. Die zweite große Etappe war ihrem Schlußpunkt nahe. Fünfundzwanzigjährig, wohlversehen mit Geld, Erfahrung, Wissen, dem nötigen Ernst und einem ungebrochenen Willen, konnte sie den ersten Schritt zur Selbständigkeit wagen. Sie ging das Risiko ein und bewies den Schwiegersöhnen, daß die Vervielfachung des Einkommens allein ihrer Tätigkeit zu verdanken war. Es gelang ihr, sie davon zu überzeugen, daß die Liquidation des Unternehmens, dem die Verstorbene seit gut zwei Jahren nur dem Namen und Schein nach vorgestanden hatte, ein Fehler gewesen wäre. Jetzt sei der geeignete Zeitpunkt, das Geschäft in ihrem Sinn auszubauen und einer Rentabilität zu erschließen, die das in der Bilanz Ausgewiesene weit übertreffen müsse. Ihre Worte fielen auf fruchtbaren Boden. Kaum hatten sich die Schwiegersöhne vom Schock ihrer Verblüffung erholt, als sie sich mit ›Mamas Waisenmädchen‹ im Büro eines versierten Rechtsanwalts einfanden und sich als die gesetzlich anerkannten Vertreter ihrer Frauen mit Fräulein Mira Rosen auf einen Vertrag einigten, der sie mit dreißig Prozent an der Firma ›Adele‹ beteiligte.

Auch die dritte Etappe ließ sich gut an. Ins sechsundzwanzigste Lebensjahr ging Mira nun. Sie hatte Geld, das Geld brachte, angelegt in einem Unternehmen, dessen hochbezahlte Leiterin sie war. Ein gutes Stück weit hatte sie die Startlöcher hinter sich gelassen, und nie hatte sie sich ihrem Ziel näher gefühlt, jenem Chef im Film, der früher oder später in Erscheinung treten würde. Folglich begann sie, sich auch äußerlich auf diese Sternstunde vorzubereiten. Sie investierte in ihren Körper, genau wie sie es früher für den Geist getan hatte. Massage, Haar- und Gesichtspflege standen auf ihrem Stundenplan wie einst Stenographie, Maschinenschreiben und Fremdsprachen. Nicht lange, und sie zählte zu den Frauen, die so begehrenswert sind, daß kaum noch jemand nach den Gründen fragt. Alle ihre geschäftlichen Neuerungen, insbesondere die Angliederung einer Hutfabrik für die serienmäßige Herstellung von Kopfbedeckungen für Frauen, Mädchen und Kinder, erwiesen sich als einträglich. Trotz verhältnismäßig kleiner Investitionen nahm die Firma ständig zu an Bedeutung und Wert.

Mira suchte jetzt häufiger die Gesellschaft einer jungen Französin, die sie für den Salon engagiert hatte. Angèle war älter als sie und ihr an Erfahrungen voraus. Die zierliche Brünette aus Paris, die gern Wiener Dialektwörter in ihr Französisch einflocht, erfreute sich nicht nur bei den Arbeitskolleginnen großer Beliebtheit. Von den Kundinnen des Hauses wurde sie geradezu angebetet wegen ihres heiteren Charmes und ihrer drolligen Lachlust. Ursprünglich hatte Angèle nur so lang bei Mira wohnen sollen, bis sie eine eigene Bleibe gefunden hätte. Gewöhnung und Sympathie verliehen dem Provisorium Dauer. Da Mira keinen gesellschaftlichen Verkehr unterhielt, sorgte die Freundin für ihn. So lernte Mira, weil es eben ›dazugehört‹, wie man Umgang mit Menschen pflegt, sich in Gesellschaft bewegt oder was von einer gutaussehenden jungen Frau erwartet wird, wenn sie Theater, Konzert, Museum oder eine Bar besucht. Sie schwieg zwar meist, ließ andere reden, aber nichts entging ihr.

Natürlich war auch Miras Beziehung zu den Männern, bei denen sie, wäre sie aufgeschlossener, entgegenkommender gewesen, bestimmt Erfolg gehabt hätte, nichts als Teil eines ›Lernprozesses‹. Sie ließ sich hier und da küssen, es machte ihr auch Spaß, aber sie zog sich zurück, sobald die oberflächliche körperliche Berührung heißere Wünsche weckte. Mochten die Männer denken, sie sei furchtsam, ja gehemmt, ihre Zurückhaltung war nichts anderes als Berechnung. Sie ›zählte‹ auf den Mann, ›rechnete‹ mit ihm, dem sie ›es‹ geben konnte. Geben? Eintauschen gegen etwas, was ihr wichtiger war als ›es‹.

Für mehr als zwei Jahre hatte Mira mit Angèle die Wohnung geteilt. Während dieser Zeit war sie darauf bedacht gewesen, ›alles mitzunehmen‹, was sich einer jungen Frau, die unbehindert von Familie, beschränkten materiellen Verhältnissen oder Fesseln der Konvention an Ablenkung, Zerstreuung oder ähnlichem bietet. Dennoch war sie in jeder Hinsicht ›unberührt‹ geblieben. Nach wie vor gingen die Geschäfte ausgezeichnet. Die Teilhaber, Frau Adeles Schwiegersöhne, hatten völlig darauf verzichtet, von ihren Kontrollrechten Gebrauch zu machen, so daß Mira praktisch als Alleinherrscherin agierte. Allerdings hielten sie es irgendwann für angebracht, sie mit den ehemaligen Besitzern einer ähnlichen, wenn auch weniger großen Firma in Deutschland bekannt zu machen, die angesichts der politischen Veränderungen ihr Unternehmen liquidiert hatten und das freigewordene Kapital im Ausland investieren wollten. Die beiden Deutschen kamen Mira gerade recht. Denn auch sie trug sich mit der Absicht zu verkaufen, wußte dies jedoch geschickt zu verbergen, so daß sie, als die Verträge unterzeichnet wurden, nur auf Zureden ihrer Partner in den Verkauf eingewilligt zu haben schien. Nach Übergabe des Betriebs verfügte die junge Frau über ein bewegliches Vermögen von gut achtzigtausend Dollar. Sie waren auf einer Schweizer Bank deponiert und erlaubten ihr, sich unverzüglich in das sogenannte Privatleben zurückzuziehen. Was lag näher, als sich Angèle anzuschließen, die nach Paris zurückkehren wollte. Zumal sich in der ›großen Welt‹ gewiß auch Gelegenheit böte, nach einer passenden neuen Tätigkeit Ausschau zu halten. Dazu sollte es allerdings nicht kommen: Freddy Linkhand trat in ihr Leben.

Es geschah auf dem Weg nach Deauville, dem Seebad an der Seine-Bucht. Erstmals hatten die beiden Frauen sich dafür entschieden, im Auto zu reisen. Nie hätten sie mit einer Panne gerechnet, schon gar nicht jetzt, wo es ihnen ohnehin pressierte, da die Regatta pünktlich beginnen würde. Als es dann geschah, schlug Angèle vor, den erstbesten vorbeikommenden Autofahrer um Hilfe zu bitten. Bald entstieg denn auch einem eleganten Tourenwagen der einzige Insasse und erklärte nach wenigen Minuten, dem ›invaliden Gefährt‹ sei nicht zu helfen. Ob er seine Dienste anbieten dürfe. Wie das Nummernschild seines Wagens verrate, sei er ein Landsmann.

Dies war der Auftakt zu einer fröhlichen Woche in Deauville. Freddy Linkhand aus Wien nahm im selben Hotel Quartier wie Mira und ihre Freundin. Die Besitzerin hatte dem jungen Mann, der in einem so schicken Wagen vorgefahren war und sich als Freddy Linkhand vorstellte, unverzüglich das beste Zimmer angeboten. Überall in Europa, nein, auf der ganzen Welt, gab es nämlich Linkhands, und einer war so reich wie der andere. Frau Rachelle Linkhand, deren Villa im benachbarten vornehmen Trouville für ihre Bilder, Statuen und Teppiche bekannt war, mochte eine Verwandte dieses Herrn sein. Daß auch er reich sein mußte, das vermochte eine Frau mit sechsunddreißig Jahren Erfahrung im Gastgewerbe auf den ersten Blick zu erkennen.

Keineswegs hatte die Wirtin sich verschätzt. Freddy Linkhand war ein echter Linkhand, einer von den ganz reichen, und auf den ersten Blick ein *beau garçon*. Aber das war nicht alles: Auch als dumm und träge galt er, wenn nicht gar als schlichtweg faul. Es war eine so traurige wie unabänderliche Tatsache, daß er nichts gelernt hatte, wenig, ja, überhaupt nichts wußte. In keiner öffentlichen oder privaten Schule hatte es ihn länger als vier Wochen gehalten. Hauslehrer liefen bald wieder davon, und dies trotz noch so verlockender Gehälter. Auch wenn Freddy sich in drei Sprachen zu verständigen vermochte – er war in französischen und englischen Internaten gewesen und hatte, wie es bei den Linkhands Brauch war, etliche Jahre bei Verwandten in Frankreich, Belgien, England und Amerika verbracht –, so reichte sein Wortschatz kaum wesentlich über den eines Halbwüchsigen hinaus. Nur wenn es um die Lektüre von Kriminalromanen oder Autofachschriften ging, bewies er Zielstrebigkeit. Er tat nichts – es verlangte ihn einfach nicht nach einer Tätigkeit.

Keiner seiner Verwandten und Bekannten, Freunde oder Vertrauten, weder seine Eltern noch seine Kumpel aus dem Domestikentrakt hätten Freddy jetzt wiedererkannt. Ein anderer war er geworden – Freddy Linkhand war *in love*. Bis über die Ohren verliebt in diese ernste junge Frau, die immer häufiger neben ihm saß, fasziniert zusah, wie er lässig und sicher sein Auto steuerte. Meist sprachen sie wenig. Ein simples Frage- und Antwortspiel, bei dem Miras heiserer Alt und Freddys fröhlicher Knabensopran einander ablösten. Nicht etwa, daß sie Konversation gemacht hätten – wenn sie sprachen, sprachen sie wirklich miteinander. So war es gekommen, daß einer vom andern bereits wußte, was er wissen mußte, als sie Deauville erreichten.

Verliebt war auch Mira. Sie wußte, daß ihre Zeit, sich zu verlieben, nun gekommen war. War ihre Rechnung nicht aufgegangen? Mit dem großen X als Wirklichkeit? Programmgemäß sollte denn auch alles weitere verlaufen. Mira und Freddy lagen am Strand in der Sonne, hautnah und gedankenverloren. Obwohl Freddy die Augen geschlossen hielt, sah er den jungen Körper mit den schönen Schenkeln und den langen Beinen deutlich vor sich. Die gutgeformten Brüste, die goldenen Augen und das rostrot flimmernde Haar, das alles lag zum Greifen nahe – in Reichweite. Die junge Frau neben ihm, sie sprach mit ihm, hörte zu, wenn er erzählte – verstand ihn. Alles war wie im Traum und doch – sein Werk. Ganz allein hatte er das geschafft. Er war sicher, daß ihr nichts an den paar Hundertern lag, denn sie besaß selber Geld. Er mochte sie, fand sie hinreißend – es sollte immer so bleiben. Und Mira sah den jungen Mann, seine breite Brust, den stämmigen Körper, das sorglose Jungengesicht, wohlgenährt, gepflegt, unberührt von Stürmen und Kämpfen. Sie dachte, daß sie auch dann gern mit ihm schlafen würde, wenn er nur nicht der Sohn A. L. Linkhands aus Wien wäre. Weil es sich nun einmal so verhielt, weil er, der Traummann, wirklich in ihr Leben getreten war, mußte auch die Rechnung beglichen werden. Summe und Siegel sollte die Hochzeitsnacht sein. Zu diesem Entschluß gelangte Mira Rosen während ihres Flirts, der keiner war, am Strand von Deauville.

Noch zwei Tage, dann wollte Mira nach Paris zurückreisen. Plötzlich stand Freddy vor einem Wall unerfüllbarer Wünsche. Die Frau, mit der er sein ganzes Leben hätte zusammenbleiben mögen, erzählte von ihren Plänen – Pläne, in denen er, Freddy Linkhand, nicht vorkam. Wie bald schon würde er für sie nicht mehr existieren. Gegen diese Bedrohung seines Glücks auf die Barrikaden zu steigen, zog er freilich nicht in Erwägung. Vielleicht daß ihm, ganz flüchtig, einmal der Gedanke gekommen war, ebenfalls nach Paris zu gehen – gab es nicht auch dort Linkhands? –, um in ihrer Nähe zu bleiben. Aber die Trägheit! Und an Worten und Argumenten fehlte es ihm nicht zuletzt deswegen, weil er noch nie im Leben selbständige Entschlüsse hatte fassen müssen. Zum ersten Mal verdunkelte ein Dilemma Freddys kindliche Unbekümmertheit. Er liebte, er sah das Objekt seiner Liebe entschwinden und wußte nichts anderes, als mit der naiven, schmerzvollen und deswegen weinerlich anmutenden Frage ›Und ich?‹ auf sich aufmerksam zu machen.

Mira blickte ihn prüfend von der Seite an. Sie wußte, daß es ihm ernst war, und sie sagte: »Auch mir tut es leid – wirklich.«

Dann schwiegen sie beide, Mira abwartend und Freddy in einer Ratlosigkeit, die sich vielleicht zur Verzweiflung gesteigert hätte, wäre er solcher Gefühle fähig gewesen. »Ich möchte, daß wir zusammenbleiben«, sagte er. Worauf Mira, die auf dieses Stichwort gewartet hatte, ihren Trumpf ausspielte. »Ich habe kein Geheimnis aus meinem Leben gemacht«, begann sie. »Von meinen siebenundzwanzig Jahren habe ich vierzehn gearbeitet. Wirklich gearbeitet, mußt du wissen. Vieles habe ich erreicht, was schwerer wiegt als Erbschaft, Mitgift oder Schenkung, selbst wenn diese, in Zahlen ausgedrückt, hundertmal mehr sein mögen. Ich habe wenig, doch ich kann es vermehren. Niemandem auf der Welt bin ich Rechenschaft schuldig, und mein Brot kann ich überall verdienen. Das ist das eine.« Solcher Reden ungewohnt, machte sie eine Pause, während der Freddy sie bewundernd anstarrte. Noch nie und schon gar nicht aus dem Mund einer Frau hatte er solche Worte gehört. Dann sprach sie weiter. »Der erste Mann, dem ich gehören möchte, bist du. Ich weiß, du willst mich, und einer sogenannten Freundschaft stünde deshalb nichts im Wege. Nur, bitte, versteh mich recht, ich habe – vielleicht unmoderne – Ansichten, Prinzipien, ohne die ich das, was ich erreicht habe, nie hätte erreichen können. Nur dem Mann werde ich gehören, mit dem ich verheiratet bin. Dich kann ich nicht heiraten. Für einen Linkhand bin ich keine Partie. Darum ist es besser, wir denken nicht mehr daran. Wir haben noch zwei Tage, die sollten wir genießen. Es war eine reizende Woche, und ich danke dir dafür. *Infiniment*. In drei Tagen wollen wir dann auseinandergehen und mit guten und anständigen Gedanken uns aneinander erinnern. *Very, very sorry, my dear!*« Und in einem ihrem Wesen fremden Impuls, umarmte sie ihn, preßte ihren Körper an den seinen und küßte ihn zärtlich.

Einfache, klare Worte hatte sie gesprochen. Freddy Linkhand verstand sie nicht. Trotz angespannter Aufmerksamkeit war ihm das Wesentliche entgangen. Die Umarmung und der Kuß, die Berührung mit dem lockenden Fleisch, hatten alles, was ihm ins Gehirn gedrungen war, weggewischt und in seinem Blut Begehren, eine ihm fremde Gier nach diesem so nahen Körper aufgerührt.

»Du willst also weg von mir, für immer?«

»Ich denke, es ist das beste.«

»Das begreif ich nicht. Wenn du mich küßt, liebst du mich doch. Wie kannst du von mir weg wollen, wenn du mich liebst?«

»Weil ich nicht so lieben kann wie die Frauen, die du kennst. Habe ich dir nicht ehrlich gesagt, daß der Mann, dem ich gehöre, mich auch heiraten wird?«

»Aber warum heiraten wir dann nicht?«

»Weil ein Linkhand nur eine Frau aus seinen Kreisen heiraten kann.«

»Aber du bist viel netter als alle Linkhandfrauen, tausendmal netter.« Und nach einer Pause des Nachdenkens: »Selbstverständlich heiraten wir – auch wenn alle sich auf den Kopf stellen –, ich hab genug Geld, glaub mir. Viele Tausende allein von Großmama van Taagen.«

»Tausende – was?« fragte Mira, interessiert, ohne es zu wollen.

Freddy legte den Finger an die Nase. »Schilling sind es sicher nicht. Eher Franken oder Dollar – eins von beiden bestimmt.«

Es gelang Mira nicht, ein Kopfschütteln zu unterdrücken. Wie rührend – herzig, dachte sie bei sich – so hilflos! Was sollte sie mit dieser Auskunft anfangen? Ein Mann, der nicht weiß, wieviel Geld er hat und in welcher Valuta es angelegt ist – das gab es nicht. Waren diese Linkhands so reich, oder war ihr Linkhand tatsächlich gerade so ein ... Sie dachte den Gedanken nicht zu Ende und entschied sich für die bequemere Lösung. Sie würde, käme es so weit, die Wahrheit früh genug erfahren. Dennoch sagte sie: »Ich habe es nicht nötig, mich einer Familie aufzudrängen – nie würde ich das tun. Dich mit deinen Eltern oder Geschwistern entzweien – nie! Ich bitte dich, Freddy, schlag dir das aus dem Kopf. Mir liegt wirklich an dir, deshalb kann ich dich nicht ins Unglück stürzen. – Du willst mich heiraten?«

»Alle hundert Prozent.« Solche Ausdrücke liebte Freddy.

»Dann mußt du bereit sein zu kämpfen, Widerstände zu überwinden. Merk dir, niemand kann mir Schlechtes nachsagen. Alles, was ich besitze, kommt von ehrlicher Arbeit. Vergiß das nicht, Freddy. Ich schäme mich keinen Augenblick, daß ich von unten komme, klein angefangen habe. Ohne Eltern, ohne Familie. Du bist der erste, mit dem ich in diesem Ton spreche, und nun – du bist ein Mann, handle wie einer!« Sie stand rasch auf und rannte ins Wasser. Freddy war sitzen geblieben, verblüfft blickte er ihr nach. Nicht nur sah er ihre Beine, ihre Schenkel, die Kurve der Hüften, er fühlte, diese Frau war ihm bestimmt. Ihre Stärke empfand er, die Macht, die sie über ihn hatte, und er wußte, diese Stärke war von nun an sein Leben.

Was sich in den Wochen und Monaten zwischen der Abfahrt von Deauville und der Hochzeit in Wien abspielte, wäre für jede andere Frau ein Traum gewesen. Mira erfuhr es eher als nicht endende Anspannung. Die geschliffenen Liebenswürdigkeiten dieser zahllosen Linkhands, van Taagens, Digemans, Reybleks und wie sie alle hießen, ihre Artigkeiten und Beweise von Urbanität hielten sie zu sehr in Atem. Sie mußte sich zusammennehmen, Gesehenes und Gehörtes im Gedächtnis speichern, um auch nur die Andeutung entblößender Fehler zu vermeiden. Sie tat das nicht allein aus Eitelkeit, mehr noch Freddys Vater zuliebe. Schon auf den ersten Blick war sie mit ihm durch eine Sympathie verbunden gewesen, die ihrem Wesen ebenso fremd schien, wie sie ihm wohltat. Das war ein Mann! Wie der sie verstand, und wie sie sich fühlte, wenn er mit ihr sprach! Stets wußte er ihr Neues, Interessantes zu sagen. Erst jetzt schien Mira zu begreifen, was Kommerz bedeutet und Geld ist. Was für ein mächtiges Instrument doch eine so weitverzweigte Interessengemeinschaft wie die der Linkhands war! Durch Handel und Geschäft waren sie schon zu Anfang des achtzehnten Jahrhunderts mit Monarchen und Staatsmännern, mit Kirchenfürsten und Gelehrten in Berührung gekommen. Überall auf der Welt gab es Männer von Bedeutung, zu denen sie Beziehungen unterhielten.

›Der Stein‹ war ihr Leben. Der wasserklare oder ins Bläuliche, Rosige, Gelbliche oder Grünliche spielende Diamant, der Smaragd mit seinem warmen, geheimnisvoll grünen Glanz, der Rubin, im dunkelsten Rot an geronnenes Menschenblut erinnernd, der Saphir in wechselndem Blau wie der mittägliche Sommerhimmel oder der im Abendschein ruhende Bergsee – sie waren Mittler und Boten, Bindeglieder zwischen Familien, die durch sie zusammengehalten, zu einem Ganzen verschmolzen wurden. Auch wenn die Linkhands seit Jahrhunderten schon mittaten bei den folgenreichsten Geschäften der Welt: der Stein – immer sprach man von ihm in der Einzahl –, die Beschäftigung, der Handel mit ihm war Tradition bei ihnen.

Mit dem Geschäft hatten sich dessen Regeln und Vorschriften vom Urahn auf den Ahn, vom Vater auf den Sohn vererbt. Da gab es nicht nur einen Code, der ihren schriftlichen Verkehr in wichtigen Angelegenheiten verschlüsselte – neben hebräischen und arabischen enthielt er auch chinesische Schriftzeichen –, bei Telefongesprächen bedienten sie sich sogar einer eigenen Sprache, einem fließenden Gemisch von Wörtern germanischen, romanischen und slawischen Ursprungs. In ihrer Jugend, wenn sie, wie die Tradition es verlangte, einen Teil ihrer Lehrzeit jeweils reihum bei ihren Verwandten verbrachten, hatten die Linkhands sich, von handgeschriebenen Wörter- und Übungsbüchern unterstützt, mit diesem Jargon vertraut zu machen. Weniger an seinem Äußeren erkannte man einen Linkhand als an gewissen spezifischen Details wie der Angewohnheit, den Kopf kaum merklich zur Seite zu neigen, oder schlicht an der Ausrüstung mit energischen, stark geäderten Händen, deren Daumen und Zeigefinger besondere Beweglichkeit aufwiesen.

So mannigfaltig die Liebhabereien der Linkhands auch sein mochten, die Pflege einer bestimmten privaten Neigung – oder sollte man sagen: Liebe? – war ihnen gemein. Sammelte der Pariser Linkhand Saphire, der Antwerpener Rubine, der New Yorker Halbedelsteine – Amethyste und Topase zumeist –, so A. L. Linkhand, der Wiener, Smaragde. Seltene Farben, rare Schliffe, Smaragde, die eine Geschichte hatten, die sich durch viele Jahrhunderte zurückverfolgen ließ. Er besaß eine nicht nur in ihrer Art seltene, auch eine so wertvolle Kollektion, daß sie, wie einer seiner Brüder – halb im Scherz, halb im Ernst – zu sagen pflegte, ein Luxus war, den nicht einmal ein Linkhand sich leisten durfte.

Um so größer war das Erstaunen aller Linkhands, Mira mit dem Dreiunddreißiger zu sehen. Dieser, ein Smaragd von genau dreiunddreißig Karat, war einer der schönsten aus A. L. Linkhands Sammlung. In der Werkstatt von Cartier war er so überaus künstlerisch gefaßt worden, daß das Platin kaum wahrzunehmen war und der märchenhaft schöne Stein, an einem haarfeinen Kettchen hängend, über der Haut zu schweben schien.

Fast jeder der im Salon des ›Meurice‹ zur Gratulationscour angetretenen Gäste, Mann wie Frau, mußte sich erst einmal fassen, ehe er dem als dumm und faul verschrienen Freddy und einer ihnen bis dato völlig unbekannten Mira Rosen die Glückwünsche darzubringen imstande war. Die unbestreitbare Tatsache indessen, daß sie den Dreiunddreißiger trug, wurde als unmißverständlicher Hinweis darauf empfunden, daß sie eine Frau war, mit der man rechnen mußte. Wie abwegig der Gedanke, sie könne eine sein, die man Freddy gab, weil keine andere ihn haben will!

So fielen denn auch die Glückwünsche herzlicher aus, als man ursprünglich geplant hatte. Freddy strahlte wie ein Sechsjähriger, der zu Weihnachten die lang ersehnte Eisenbahn bekommen hat, und Mira verzog die schmalen Lippen zu einem Lächeln, das die Gratulanten – je nach Auffassung, versteht sich – befangen, kalt, nichtssagend, herausfordernd oder gar triumphierend fanden. In Wirklichkeit war Mira benommen – überwältigt. Sie wußte noch nichts von den Pflichten, die sie auf sich genommen hatte, ahnte nicht, wieviel sie für diesen vorletzten Schritt auf dem Weg zum Ziel, für diese Bereitschaft, alle Brücken hinter sich abzubrechen, einmal würde bezahlen müssen.

Die Hochzeit fand im herbstlichen Wien statt und wurde mit Linkhandschem Aufwand gefeiert. Schon Miras Brautzeit hatte sich beträchtlich von der anderer Frauen unterschieden. Für die Beschaffung ihrer Ausstattung brachte sie kaum Zeit und noch weniger Geduld auf. Sie ging zwar zu den Anproben bei den Schneiderinnen, Kürschnern und Schustern und was sonst noch gebraucht wurde, doch folgte sie dabei den Anordnungen Frau Rachelles, der Schwiegermutter, und etlicher Tanten und Cousinen. Ihre Prioritäten waren andere. Sie verfügte über einen Tisch in A. L. Linkhands Büro, wo sie sitzen, ungestört lernen konnte, und zwar mit demselben Fleiß, derselben Hingabe und Konzentration wie vor knapp fünf Jahren in der Handelsschule. Sie war darauf bedacht, alles aufzunehmen, jede Bemerkung, jeden Kommentar sich einzuprägen. So entging ihr nichts von dem, was andere ihr zu sagen hatten, und, allein geblieben, machte sie sich sofort daran, es zu verarbeiten. Es schien, als hätte zur Vervollkommnung und Vollendung ihrer Denktechnik, zur Ausbildung ihres Händlergeistes nur der Umgang mit A. L. gefehlt, seine Kenntnis der Praktiken von fast drei Jahrhunderten. Sie bewunderte ihn, aber sie hätte nicht den Versuch gewagt, laut auszusprechen, was sie empfand, aus Furcht, es könne falsch klingen. Bald genug kannten sie einander, weil er, der mehr als in einem Sinn königliche Kaufmann, und sie, das kleine Mädchen traditionsloser Herkunft, eines gemein hatten: Sie glaubten nicht, sie hofften nicht – sie rechneten. Sie waren Geschwister im Geist und – *amici in numere*.

Schließlich kam der Tag, da man aufhörte, sich über sie zu wundern. Von nun an wurde sie als eine Gegebenheit betrachtet. Sie hatte ihren festen Platz in Firma und in Familie: Sie war eine Linkhand. Eine hübsche und gesunde Frau, die mit Freddy in bester Ehe lebte und – reich war. Sie hatte eigene Konten in Zürich und in New York, auf die Beträge, die sie durch ihre Intervention bei großen Transaktionen verdiente, überwiesen wurden. Was wollte sie mehr?

Spätestens im Jahr 1937 herrschte Einigkeit darüber, daß Mira die wenn auch vielleicht nicht beliebteste, so doch die am höchsten geschätzte Frau im Familienkreis der Linkhand war. Gelegentlich geäußerte abfällige Urteile der Frauen über ihre Unbildung und ihren Mangel an Lebensart stießen auf energischen Widerstand bei den Männern. Der Linkhandsche Zug der Solidarität trat hier klar zutage und stellte die junge Frau in eine Reihe mit Brüdern, Söhnen, Vettern und Neffen. Sie war eben eine der ihren. Alle Linkhands hatten bereits von ihrer Kraft und Tüchtigkeit profitiert, die geschäftlichen Beziehungen waren enger und die Gewinne ansehnlicher geworden. Als eine Persönlichkeit, die mit den Geschäften der Männer zu tun hatte, war Mira vom Nimbus der Unverletzlichkeit umgeben. In der Folge vermied man es auch in Gesprächen von Frau zu Frau, sich abfällig über sie zu äußern, und dies um so mehr, als sie keine anderen Angriffsflächen bot als die längst bekannten unkorrigierbaren Unzulänglichkeiten ihrer Herkunft und Jugend. Ihre Führung als Ehefrau und Herrin des Hauses war tadellos. War auch das leichte Feuer ihrer ersten Verliebtheit längst verraucht, ihren ›Teddybär‹ mochte sie noch immer ganz gern. Er vertrat bei ihr die Stelle, die ›saubere‹ dumme Frauen bei geistig schwer arbeitenden Männern innehaben, wie ein ihr fernstehender Linkhand sich einmal vernehmen ließ. Bei ihm vermochte sie sich physisch zu entspannen, ganz einfach ihre Nerven zu beruhigen. Für das unkomplizierte Liebesspiel, dessen Regeln sich seit der Hochzeitsnacht nicht geändert hatten, genügte er ihr. Mira verschwendete daran ebensowenig Gedanken wie an Freddys geistige Unzulänglichkeit, deren ganzen Umfang sie schon bald erkannt hatte. Sie mußte klug und fleißig sein; Freddy konnte es sich leisten, dumm und faul zu bleiben. Er war schon am Ziel, als er geboren wurde. Schließlich reicht es aus, wenn in der Ehe von zwei Partnern einer sich als Verdiener bewährt. In ihrem Fall waren die Rollen eben vertauscht, und außerdem – was überaus wichtig war – konnte sie den Preis für das, was sie erreicht hatte, jederzeit bezahlen. Längst hatte sie das hereingebracht, was selbst eine wirklich reiche Braut einem klugen und fleißigen Freddy als Mitgift hätte bieten können. Nicht einmal in Gedanken verglich sie ihren Mann mit anderen Männern. Sie wünschte ihn sich nicht anders. Denn wäre Freddy nicht so gewesen, wie er war, hätte sie es kaum bis zur Linkhand gebracht.

Es braucht deswegen nicht zu überraschen, daß Mira die politische Situation nur aus der Perspektive der Wirtschaft beurteilte. Was die Juden in Deutschland unter Hitler auszustehen hatten, nahm sie als Warnung; es vermochte sie kaum innerlich zu berühren. Diese Zurückhaltung brachte sie in Gegensatz zu den anderen Linkhands, denen Pein und Erniedrigung ihrer Glaubensgenossen nachhaltigen Schmerz verursachten. Tat die Familie sich besonders in der materiellen Unterstützung der nach Österreich Geflohenen hervor, so wußte Mira ihr Organisationstalent in den Dienst an der Sache der Verfolgten zu stellen. Ihm verdankten nicht wenige Menschen ihr Überleben, sei es durch Untertauchen in Europa oder durch Auswanderung nach Übersee.

Im Sommer des Jahres 1937 ließ es sich als Glied des Linkhandclans in Österreich noch leben. Selbst wenn wertvolle Bilder und Statuen, die Smaragd- und Teppichsammlungen sich bereits in New York befanden, die Villa mit dem Park auf Miras Betreiben verkauft war und der Wiener Zweig sich auf das Stadthaus beschränkte, saßen A. L. und seine Schwiegertochter noch immer täglich an ihren Tischen und arbeiteten. So war es auch am ersten Tag des Monats Juli, an dem A. L. nach Badgastein verreisen sollte, um – wie er gut gelaunt erklärte – seinen ›Monat abzusitzen‹.

A. L. war dabei, seine private Post zu lesen, und Mira überprüfte Bankabrechnungen des abgelaufenen Monats, als ihr Schwiegervater sie unterbrach und ihr einen Brief reichte. Der Warschauer Linkhand ersuchte – sparsam wie er war, scheute er die Telefonkosten – A. L., einen Grafen Woronewski zu empfangen und ihm zwei Smaragde abzukaufen, alten Familienbesitz. Sie würden billig zu bekommen sein. Die Woronewskis, mit denen er in die ›leidige Waldgeschichte‹ verwickelt sei, sähen sich in Geldverlegenheit, weil ihre Tochter heiraten sollte und eine Mitgift brauchte.

Außerdem bat der Warschauer, Imitationen der Steine anfertigen zu lassen, denn die Geldverlegenheit der gräflichen Familie dürfe nicht augenfällig werden. Man tue gut daran, Verständnis zu zeigen für die allgemeine Erwartung, bei der Hochzeitsfeier ihrer Tochter werde die Gräfinmutter die Smaragde tragen. In einem Postskriptum ersuchte P. R. darum, ihm die Provision gutzuschreiben.

A. L. lächelte Mira zu, als sie ihm den Brief zurückreichte. Sie verzog leicht den Mund und sah ihren Schwiegervater fragend an. »Pauls Sorgen – Grafen, Wälder und Smaragde. Wenn ich nach Badgastein fahre und den Grafen nicht empfange, verzeiht er mir das nie. Dabei wird ihn das Waldgeschäft mit der Zeit ein Vermögen kosten.«

Mira wußte von dem Geschäft. Es war in der Familie oft genug darüber gesprochen worden. Jetzt bilde es den Gegenstand eines Prozesses: P. R. Linkhand und die Gräfin Woronewska gegen den polnischen Staat und dessen oberste Heeresleitung. Da es sich um Smaragde handelte, lag auf der Hand, daß P. R. sich an A. L. in Wien wenden würde. Tatsache war aber auch, daß Mira den allzu vorsichtigen Warschauer nicht mochte. »Du solltest auf jeden Fall heute fahren, Papa, ich kann ja, wenn ich mich nicht auf mich selbst verlassen will, Brandmann bitten, sie unter die Lupe zu nehmen.«

»Nein, nein, ich vertraue dir. – Allerdings will ich sie nur kaufen, wenn sie wirklich schön sind, schon wegen der Scherereien mit den Imitationen. Zum Schleifen muß man sie jemandem anvertrauen, der sein Handwerk wirklich versteht.«

»Perlberg aus Antwerpen ist zu Besuch bei seiner Tochter, gestern hat er sich hier gemeldet. Der tut uns den Gefallen.«

»Der alte Perlberg und Glas schleifen?«

»Es wird schon nicht so schlimm sein – kaum mehr als ein paar Stunden kostet ihn das. Ich nehme an, es sind Cabouchons.«

»Wie kommst du darauf?«

»Wären sie anders geschliffen, hätte P. R. es betont. Wenn er schreibt, seines Erachtens sehr schön in der Farbe und hundert bis hundertfünf Karat beide zusammen –.«

»Moment mal – nicht schlecht! Cabouchons, stimmt. Gleich sag ich dir alles.« Er stand rasch auf und trat an ein bis zur Decke mit Büchern gefülltes Regal. »Wie war doch gleich der Name des Grafen?«

Mira las ihm vor: »Graf Woronewski, Wladislaw mit Vornamen.«

»Gleich habe ich's.« A. L. holte einen schweren Band herbei. Eine Enzyklopädie aller wichtigen Edelsteine, die je durch die Hände der Linkhands gegangen waren, ein Privatdruck mit Illustrationen. Der Alte blätterte, während seine Augen sie überflogen, die Seiten um. »Da, 1815 in Wien, also zur Kongreßzeit. Zwei asiatische, verkauft von Paul Linkhand an Seine Exzellenz den Grafen Miertcyslaw von Woronewski, auf Woronowka, so geschliffen, daß sie zusammengelegt ein Ei bilden, und gefaßt, daß sie einzeln als Ohrgehänge, zusammen als Kollier getragen werden können. Kette aus Dukatengold mit kleinen Smaragden als Bindegliedern ... Modell, Brautschmuck Franz I. mit Meisterzeichen. Die beiden großen Steine haben 107,3 Karat, die Kette wiegt 319 Gramm, feines Gold, und die kleinen Smaragde, sehr schöne indische Ware, machen zusammen 27 Karat aus. Seine Exzellenz bezahlten 115 000 Gulden, 75 000 in gutem Gold und den Rest in Wechseln. – Die Wechsel kannst du ruhig abschreiben. Polnische Grafen pflegten ihre Wechsel nicht einzulösen. Aber ich bin sicher, unser Ahn, nicht direkt, er ist der Urgroßvater vom Amsterdamer, hat schon seinen Schnitt bei den 75 000 gemacht. Sie werden 60 000 rundherum wert gewesen sein. Zieh 5000, nein, zuviel, 3000 für die Kette ab, die wird der Graf behalten wollen, dann bleiben 57 000 Gulden, im Goldwert von heute und in Dollar umgerechnet wären das circa 45 000 Dollar – etwas will der Mensch verdienen, der Warschauer ist auch da –, biet ihm 30 000 und geh höchstens bis 33 – na, weil's ein Graf ist –, 35 000. Das ist, wie Morgenbesser, der alte Gauner, schon seit vierzig Jahren sagt, mein letztes Wort.«

»Ist gut, Papa. Eigentlich habe ich dann nur festzustellen, ob es dieselben Steine sind, und das Geschäft mit dem Herrn Grafen abzuschließen.«

»Sag nicht ›Herr Graf‹ zu ihm«, bemerkte A. L. hüstelnd, »so sagen nur Untergebene – Diener, Beamte. Red ihn ›Graf‹ an, einfach ›Graf soundso‹. Also, wenn der Graf kommt, weißt du, was du zu tun hast. Nach dem Essen, bevor ich fahre, schau ich zu euch hinein. *So long!*«

Nach A. L.s Abreise blieb Mira im Büro, um noch einiges zu erledigen. Der saalartige Raum mit seinen Teppichen, den bis zur Decke reichenden Regalen, den metallenen Schränken, dem Tresor, der eine halbe Querwand einnahm, war ihr inzwischen vertraut; sie fühlte sich wohl an ihrem Tisch und bei ihrer Arbeit. Noch einmal überflog sie den Brief von P. R. und legte ihn, nachdem sie in ihrer winzigen Schrift oben rechts den Vermerk ›30–35 m‹ angebracht hatte, in einen Ordner. Anschließend griff sie nach dem Buch, in dem ihr Schwiegervater die Einzelheiten über Aussehen und Preis des Schmucks gefunden hatte, und prägte sich das Wichtigste ein: Der eine Smaragd sollte um eine schwache Nuance heller sein als der andere – ein gutes Mittel, den Preis zu drücken. Mit dieser Überlegung stellte sie das Buch zurück auf seinen Platz.

Sie hatte Smaragde und Graf vergessen und sich längst ihrer nächsten Arbeit zugewandt, als ihr am Telefon gemeldet wurde, ein Herr Graf Woronewski, empfohlen vom Haus Linkhand, Warschau, wünsche empfangen zu werden. Mira ließ sogleich bitten. Da trat er schon ins Zimmer. Kein alter Herr stand vor ihr, sondern ein junger und ein ›fescher‹ dazu. Den diversen Grafen in Film, Theater oder gewissen Romanen hätte er gut als Modell gedient haben können. Er hatte ›guten Tag‹ gesagt, höflich, mit leiser Baritonstimme, verwundert, eine Dame statt des erwarteten älteren Herrn anzutreffen.

So sehr war Mira in den Anblick dieses Exemplars einer ihr völlig unbekannten Gattung Mann vertieft, daß sie sich erst wieder ihrer Pflichten erinnern mußte. Einen Geschäftspartner hatte sie hier zu empfangen und zu begrüßen. Da sie A. L. Linkhand vertrat, war sie nicht als weibliches Wesen und Dame gefragt, sondern als ›Geschäftsfrau‹, die einem Büro vorsteht. Und der Mann war nichts als ein Graf, und das hieß, wie ihr Schwiegervater noch vor wenigen Stunden erklärt hatte, einer von den großen Herren, die leicht verkaufen, wenn sie *short of cash* sind. Sie erhob sich, streckte dem jungen Mann die Hand entgegen und sagte: »Mira Linkhand.« Während er sich zum Kuß niederbeugte, fügte sie hinzu: »Ich vertrete meinen Schwiegervater. Wir sind informiert. Unser Cousin aus Warschau hat uns ins Bild gesetzt. Bitte«, sie wies mit einer leicht eckigen Bewegung auf einen der Ledersessel.

Der Besucher ließ ihr mit einer natürlichen, doch höflich-galanten Geste, die nicht nur Arm und Hand, sondern der ganze Körper auszuführen schien, den Vortritt. Mira, die sich bislang so gut wie nie um das Äußere bei einem Geschäftspartner gekümmert hatte, beobachtete mit Spannung die Bewegungen dieses ihr erst seit wenigen Minuten bekannten Mannes. Allerdings hinderte sie dies nicht daran, den Gast per Fingerzeichen einzuladen, sich mit Rauchbarem zu versorgen. Dankend griff er zu und gab auch ihr Feuer. Mira, der Konversation ungewohnt, fragte den Grafen, ob er eine gute Reise gehabt habe, ob er Wien von früher kenne, wann er den Warschauer Vetter gesehen habe und ähnliches mehr. Stets antwortete ihr Gegenüber auf zuvorkommende, wenngleich unbeholfene Weise. Selbst bei der Suche nach Worten demonstrierte er jene Wohlerzogenheit, mit der er gewiß schon vertraut war, noch ehe er richtig laufen konnte. Doch ihr war gleichgültig, was er sagte, ob er es richtig oder falsch aussprach. Nur eines wollte sie: diese tiefe harte, vom Kommandieren oder Trinken heisere, diese männliche Stimme hören. Der Graf war Offizier, jawohl, bitte schön, gnädige Frau, Kavallerieoffizier. Selbstverständlich, ein polnischer Edelmann ist immer Kavallerist, natürlich Ulan. Auch er habe bei den Ulanen gedient, in Warschau beim Ulanenregiment Nummer Fünf. Und als er dies sagte, schlug der Graf im Sitzen die Hacken zusammen, als wäre diese rothaarige Jüdin, die nichts an sich hatte, was Rasse oder Zucht verriet, seine Vorgesetzte. Hatte sie nicht gleich zu Anfang betont, sie vertrete ihren Schwiegervater? Das bedeutete, daß in diesem Augenblick viel, vielleicht sogar alles von ihr abhing. Selbst wenn seine Schwester Maria ihre Mitgift erhielte, sobald dieser Prozeß um den Wald einmal gewonnen wäre, galt es jetzt dafür zu sorgen, daß sie nicht im Hemd, sozusagen, in das fürstlich Bolgurskische Schloß einziehen mußte.

Als seine Überlegungen an diesem Punkt angelangt waren, erschien Charles, der Diener: »Madame, einen Meukoff? – Monsieur auch?« Mira trank dem Grafen zu. Leicht ihr Glas erhebend, sagte sie: »Auf ein gutes Geschäft!«, und es kam ihr gar nicht zu Bewußtsein, daß sie kokettierte. Was den in solchen Dingen nicht unbewanderten Ulanen zu dem Schluß führte, daß die Rothaarige scharf auf ihn sei, unter den gegebenen Umständen ein Pluspunkt für ihn.

Er sagte etwas auf polnisch, dann auf französisch und leerte sein Glas zur Hälfte. An ihm wäre es gewesen, das eigentliche Thema anzuschneiden. Mira erwartete es, entschlossen, ihm nach Maß entgegenzukommen. Aber er ließ sich Zeit. Hielt er sich zurück, weil er befangen und unerfahren in Geschäften war, bei denen den Anfang zu machen und den richtigen Ton anzuschlagen auch Leuten vom Fach oft nicht leichtfällt? Wladislaw Graf Woronewski wußte indessen genau, was er tat. Die Stimmung gedachte der Frauenkenner sich anheizen und »einschwingen« zu lassen. Für die Attacke schien es noch zu früh, und so beschloß der Ulan, in leichtem Reisetrab zu bleiben, bis das Signal zum Angaloppieren gegeben würde, und zwar von ihr, der Rotfüchsin. Die hatte jetzt das Kommando, vorausgesetzt natürlich, daß sie den Schwiegervater in allem vertrat, auch in der Schätzung und im Ankauf der Steine. Das einzig Wichtige war das Geld. Er trank sein Glas aus, nicht ohne es mit einer leichten Verbeugung gegen Mira gehoben zu haben, nahm sich eine Zigarette und räusperte sich.

Dieses Räuspern war Mira bekannt. Unzählige Male hatte sie es sich angehört. Es war die Einleitung zu wichtigen Verhandlungen, selbst von erfahrenen, um nicht zu sagen ausgekochten Männern. Für den Mann, der mit ihr am Tisch saß, war dieses Gespräch, wie alle Anzeichen bewiesen, von großer Bedeutung. Sie tat also, was sie sonst nie getan hätte. Sie begab sich eines sicheren Vorteils: den der Unberechenbarkeit des Geschäftspartners, und kam ihm entgegen, half ihm: »Unser Cousin schreibt uns, daß Sie« – jetzt räusperte sie sich, nicht allein, weil sie verlegen war, mehr noch, weil sie den Kampf der zwei Seelen in ihrer Brust verbergen wollte – »ein Objekt hätten, das sie zu verkaufen beabsichtigen. Um Smaragde handelt es sich, nicht?« Nicht gerade geschickt, doch die Ermunterung erfüllte ihren Zweck. Der Graf faßte an seine Brusttasche, vielmehr an eine den Zugriff kühner Taschendiebe abwehrende Sicherheitsnadel, ließ sie aufspringen und brachte ein in rote Seide gehülltes Päckchen zum Vorschein. Umständlich öffnete er es und legte es auf den Tisch: Es enthielt die beiden kunstvoll in mattes Gold gefaßten Smaragde.

In diesem Augenblick verflüchtigte sich jedwede Koketterie: Mira war wieder die Mira, die sie kannte. Sorgfältig prüfte sie Steine und Fassung. Es mußten die im Buch beschriebenen Exemplare sein. Sie ging, als wäre der Graf ein x-beliebiger Makler, zu ihrem Tisch und entnahm einer Lade Lupe und Waage. In wenigen Minuten hatte sie den Unterschied in der Farbe zwischen den beiden Steinen entdeckt und annähernd das Gewicht festgestellt. Sie war an dem Punkt, wo man üblicherweise fragt: *How much?*

Weder die Steine noch die Art der Fassung sprachen sie an. Sinn für Schönheit hatte sie nicht. Smaragde waren Papas Geschäft, vielleicht würde er diese hier für seine Kollektion behalten wollen. Der eine war von seltener Pracht, der andere auch nicht übel, verlor aber, wenn er zusammen mit seinem Zwillingsbruder betrachtet wurde. Wie sie Papa kannte, würde er den ›schwächeren‹ so teuer wie möglich losschlagen und den ›stärkeren‹, der, soviel sie verstand, seine tausend Dollar und mehr pro Karat wert war, für sich behalten. Nun war sie soweit. Eine Zahl, eine Ziffer hatte genügt, sie ganz in die Wirklichkeit zurückzurufen. Der Graf, der ihr an den Tisch gefolgt war, wußte nicht, was er denken sollte, als er den Ausdruck von Sammlung und nüchternem Ernst in ihrem Gesicht bemerkte.

Da blickte sie zu ihm auf, in sein Gesicht, das, nachdenklich und besorgt, ihr zugewandt war. Das erste Mal in ihrem Leben empfand Mira Mitleid. ›Mit-Leid‹ in des Wortes vollster Bedeutung. Sie fühlte mit diesem schönen Mann, dessen Reaktion sie mißdeutete. Er litt nämlich, weil er aus ihrer Tätigkeit und ihrem veränderten Gesichtsausdruck folgerte, daß ein ungünstiger Abschluß oder auch gar keiner zu befürchten war. Sie jedoch glaubte, er leide darunter, ein Stück, das der Familie gehörte, veräußern zu müssen. »Was verlangen Sie für die Steine?« Es lag nichts Aufmunterndes in diesen Worten, schon gar nicht im Ton, obwohl sie bereit war, vielleicht sogar mehr zu bezahlen, als ihr Schwiegervater vorgesehen hatte.

Wann hätte Wladislaw Graf Woronewski mit Frauen zu tun gehabt haben können, die in der Liebe so unerfahren, im Geschäft aber so versiert waren? Diese Rothaarige verstand er jedenfalls nicht. Doch antworten mußte er. »Also wissen Sie, meine Gnädigste, das ist nämlich so: Wir verkaufen die Steine, weil wir Geld brauchen. Eine bestimmte Summe«, beeilte er sich hinzuzusetzen, »und wenn wir diese bekommen, dann gut. Bekommen wir sie allerdings nicht, so hat das Ganze keinen Sinn.«

Mira schien aufzuatmen. »Darf ich fragen, an welche Summe Sie denken?«

»Ich meine«, sagte er, Mut fassend, »wir brauchen hunderttausend Zloty – oder ...« Er wollte sich den Rücken freihalten, vielleicht war die Forderung übertrieben.

Nein, dachte Mira und setzte sich gerade, das sind sie nicht wert. Sie rechnete. Selbst wenn sie den stärkeren mit fünfzigtausend veranschlagte, der schwächere war mit vierhundert p. c. gut bezahlt. Siebzigtausend wäre ein ordentlicher Preis, und um achtzigtausend wollte sie selbst kaufen, nur weil – ja, um Gottes willen, was war denn los mit ihr? Sie rief sich zur Ordnung. Wie sollte sie das A. L. klarmachen? Vor allem, warum wollte sie? Sie hörte sich sagen: »Nein, Graf, ich glaube, Sie haben da zu hoch gegriffen. Wir wissen, was die Steine einmal gekostet haben. Einen annähernden, einen – annehmbaren Preis wollten wir Ihnen bieten.«

Der Graf hatte sich offenbar für vornehme, herablassende Ruhe entschieden. »Ich glaube«, sagte er, »Gnädigste sind im Irrtum. Seit zweihundert Jahren sind die Steine in unserer Familie.«

»Genau einhundertzweiundzwanzig Jahre, seit 1815. Hier in Wien gekauft von Graf Miertcyslaw« – sie sprach den Namen natürlich falsch aus – »Woronewski, mit einer Kette aus Gold und kleinen Smaragden, und gleichfalls bei einem Linkhand.«

»Ja, mit einer Kette. Mama will sie nicht verkaufen«, war alles, was der Graf zu sagen wußte. Herablassend klang es nicht mehr.

»Ich möchte Ihnen entgegenkommen. Es ist für uns kein so wichtiges Geschäft. Hören Sie, bitte, Sie sind kein Geschäftsmann. Wenn ...« Wenn der Warschauer nichts von dem Geschäft wüßte, hatte sie sagen wollen. Sie war in Verlegenheit, fand nicht das passende Wort.

Vielleicht, dachte der Graf, habe ich mich zu dumm angestellt, und sie geniert sich, mir einen Korb zu geben. Was wird jetzt mit Marias Aussteuer? Fünfzigtausend, hat Mama gemeint, braucht man mindestens. »Sie haben recht, meine Gnädigste, ich bin wirklich alles andere als ein Geschäftsmann. Da muß ich mich schon« –

mit einer kleinen, devoten Verbeugung – »auf Klügere verlassen. Wenn hunderttausend Zloty zuviel sind – wieviel könnte man dann für die Steine bekommen? Ich frage das nur so, aus Neugier.«

Mira drehte sich um, sah ihn voll an, so daß er ihren Blick erwidern mußte. Glänzten ihre Augen wirklich wie Gold? War ihm entgangen, daß ihr Mund, der ihm hart erschienen war, weich und zärtlich lächelte? Aber er wußte das Lächeln nicht zu deuten, er verstand nur: »Wir werden die Steine kaufen. Es handelt sich wohl für Ihre wie für unsere Familie eher um eine Gefühlsangelegenheit. Sie brauchen das Geld für einen wichtigen Zweck, und den Linkhands liegt an den Steinen, die einmal durch die Hände ihrer Ahnen gegangen sind. Die hunderttausend Zloty werden wir zahlen.« Das Lächeln wich nicht von ihrem Gesicht, als er sich wieder dem Tisch zuwandte. Ein mißverständliches Lächeln, denn diesmal wollte es sagen: Was bist du für ein Idiot, Wladislaw Graf Woronewski! Sie bemitleidete nicht mehr ihn, sondern sich selber, weil sie, Mira Linkhand, sich in diesen Idioten verliebt hatte.

Ihr methodischer Geist lehnte es freilich ab, einem Gefühl Gewalt über sich einzuräumen. Hier und jetzt ging es um Geschäft, dazu noch um ein gutes. A. L. würde verdienen an dem dummen Ulanen, der ihr leid tat, was in solchen Fällen eigentlich nicht vorgesehen ist. »Wie wollen Sie das Geld? Und wo wollen Sie es?« fragte sie sachlich.

Offensichtlich verstand der Graf die Frage nicht. »Also ich meine, das ist doch, ich bitte schön, klar. Ich überlasse Ihnen die Steine, und Sie geben mir das Geld, und – da ist noch etwas ganz Wichtiges. Ich weiß nicht, ob Sie Bescheid wissen. Pan Linkhand in Warschau ist – informiert ...«

Mira dachte einen Augenblick nach. »Ach, ich erinnere mich, die Imitationen – sofort.« Sie griff nach dem Telefon, der Besucher hörte sie sagen: »Versuchen Sie, ihn zu erreichen.« Wieder ihm zugewandt, sagte sie: »Sie haben hunderttausend Zloty zu bekommen. Ich gebe Ihnen eine Anweisung an das Haus Linkhand in Warschau.«

»Anweisung? Wie, bitte, ist das zu verstehen, meine Gnädigste?« Zu gut war er erzogen, um sein Mißtrauen offen zu zeigen, schon gar nicht einer Dame gegenüber. Zuerst ist ihr der Preis zu hoch, dann will sie ihn zahlen und jetzt. – Die soldatische Gestalt straffte sich in festem Entschluß: »Meine Ansicht ist, sie geben mir das Geld hier.«

Mira war geduldig. Sie würde, wenn möglich, der Laune – was sonst konnte es sein? – des Herrn Rechnung tragen. Woher aber hunderttausend Zloty in bar nehmen? Einen Moment dachte sie nach, dann wußte sie die Lösung: Ein Bankier, der für Frau Adele einst gelegentlich obskure Geldtransaktionen arrangiert hatte, wenn es ihn noch gab, würde er ihr helfen. Der Gedanke, daß derlei Geschäfte für eine Linkhand nicht passend seien, ließ nicht auf sich warten, verflog aber ebenso rasch, wie er gekommen war. Natürlich galt es, den Wünschen dieses Kunden gerecht zu werden – den wahren Grund, weshalb sie es tat, gestand sie sich besser nicht ein.

Bevor sie Weiteres unternehmen konnte, klingelte das Telefon: Perlberg meldete sich. Er sprach Niederländisch, und Mira antwortete in derselben Sprache. Perlberg, dem man anhörte, daß er wenig Neigung verspürte, im Urlaub zu arbeiten und schon gar nicht, das zu tun, was ihm hier zugemutet wurde, ließ sich schließlich überzeugen, daß die Sache einiges für sich hatte und dringlich war. Befinde er sich nicht gerade in Wien? Und sei nicht A. L. Linkhand seit vierzig Jahren einer seiner Auftraggeber? Er erweise ihm jedenfalls einen Dienst, wenn er diese diskrete Arbeit übernehme. Ob er nicht jetzt auf einen Sprung herüberkommen könne. – Ja, sie erwarte ihn im Büro.

Dann hängte sie ein und wollte die Bank anrufen, als das Telefon erneut klingelte. Der Londoner Schwager Lord Godbrooke meldete sich aus Belgrad. Sie sprachen Englisch. In fünfzehn Minuten fliege er nach Wien ab. Er werde zum Souper bei ihnen sein. Papa schon in Badgastein? Eine interessante Angelegenheit habe er mit Mira zu besprechen. *So long*. Jetzt erst konnte Mira den Bankier anrufen. Wer? Linkhand? Von A. L. Linkhand? *Cash?* Wozu? Überweisung – ja. Soviel wie Frau Linkhand wolle. Aber *Cash?* Keine Überweisung, Banknoten? Wird leider nicht zu machen sein. Wer arbeite noch mit *Cash!* Wann denn geliefert werden solle. So rasch wie möglich? Heute? Pause. Dann sagte er: »Mit drei Groschen über dem Kurs und hundert Grünen Kommission verpflichte ich mich. – Aber nicht vor halb zehn heute abend.« – »Geht in Ordnung«, sagte Mira. »Bitte, notieren Sie sich unsere Telefonnummer – rufen Sie an, wenn Sie soweit sind.«

»Sie werden die Zloty um halb zehn Uhr abends haben«, sagte Mira wie beiläufig, zu dem Grafen gewandt. Sie wußte nicht, ob sie sich mehr über sich selbst oder über ihren sonderbaren Geschäftspartner wundern sollte. Hatte sie sich nicht soeben seiner närrischen Laune wegen in ungesetzliche Transaktionen eingelassen? Das Geschäft stand einfach nicht dafür. Aber war denn bei ihr überhaupt noch von Geschäft die Rede?

Der Diener ließ Perlberg ein. Der Schleifer, ein Mann von Anfang sechzig, murmelte einen Gruß. Ganz unzeremoniell drückte er Mira die Hand und bedachte den Graf mit einer Andeutung von Verbeugung. Verständlicherweise war er nicht gerade gut gelaunt. Nach Wien war er gereist, weil er mit seiner einzigen Tochter und deren Mann lebenswichtige Dinge zu besprechen hatte. Er wollte die beiden dazu überreden, zu ihm nach Amsterdam überzusiedeln. Der Schwiegersohn war vom gleichen Fach wie er und würde dort jederzeit Arbeit finden, unbelästigt von Hitler und seinen Anhängern. Nicht die Aussicht auf Gewinn hatte Perlberg bestimmt, Miras Bitte zu entsprechen, eingefunden hatte er sich, weil er das Geschäft mit seinen oft dunklen, rätselhaften Hintergründen kannte und einspringen mußte, wenn A. L. Linkhand seiner bedurfte. Er wußte, daß nicht wenige reiche Leute es vorziehen, die Imitationen ihres echten Schmucks zu tragen und das Original im Safe zu verwahren. Diese Imitationen mochten, was die Arbeit betraf, ausgezeichnet sein, aber sie waren nichts für einen Mann vom Fach. Glas, ja, Glas hatte er noch nie geschliffen. Dergleichen durfte ihm, wenn überhaupt, allein A. L. Linkhand zumuten.

Daß Perlberg die Smaragde auf dem Tisch erblickte, nach dem ihm nächstliegenden griff und mit einer über Jahrzehnte eingeübten Bewegung seine Lupe aus der Tasche holte, war eins. Ans Fenster tretend, wog er den Stein auf der flachen Hand, ließ ihn rollen, das Licht aus verschiedenen Winkeln auf ihn fallen, und erst dann klemmte er dic Lupe vor das rechte Auge: »Gut, Lampe?«

Mira sagte: »Bekannt«, und Perlberg griff nach dem zweiten.

Schließlich raunte der Schleifer, während er den Stein zum anderen legte und mit der Lupe am Auge sich über beide niederbeugte, in einer Sprache, die der Graf nicht verstand – nein, Jiddisch war das nicht; das hatte er in Polen oft genug gehört –, ein paar Worte, zu denen die Rothaarige nickte, um sie dann kurz zu beantworten. Was Perlberg gesagt hatte, lautet in ›Übersetzung‹: »Viel besser, fast tadellos, der erste ist auch prima, nicht so fein in der Farbe.« Mira hatte geantwortet, das sei schon festgestellt, und zurückgefragt, was er vom Umschleifen halte. »Läßt sich machen«, hatte Perlberg gesagt, »ohne großen Verlust an Gewicht.« – »Erst aktuell, wenn der Schwiegervater sie gesehen hat, momentan geht es um die Imitation.« – »Schwere Sache, wegen der Farben, der Nuancierung. Es wird nicht leicht sein, das geeignete Brut d. h. Glas zu finden. Morgen zwischen neun und elf komme ich mit Proben.« – »Wie lange kann es dauern«, fragte Mira, »bis die Arbeit fertig ist? Die Steine müssen nämlich auch noch gefaßt werden.« – »Wenn ich das Glas rechtzeitig bekomme und auch die Scheibe – dann morgen um diese Zeit.«

Mira wandte sich zu dem Grafen, der keine Ahnung hatte, was da verhandelt wurde. »Herr Perlberg« – sie machte eine Handbewegung gegen den Schleifer – »hat die Freundlichkeit, die Imitationen anzufertigen. Keine leichte Arbeit, da die Steine nicht von der gleichen Farbe sind. Nimmt man sie aus der Fassung, zeigen sie wahrscheinlich auch im Schliff Unterschiede. Aber Herr Perlberg ist ein Könner, er wird die Sache bestimmt ausgezeichnet machen –.«

»Der Brut ...«, warf Perlberg ein.

Mira nickte ihm beruhigend zu. Dann blickte sie den Grafen an, der über etwas nachzudenken schien. »Nicht von der gleichen Farbe« hatte er deutlich gehört. Was war damit? Wollte sie ihn für dumm verkaufen? So wie mit der Anweisung an den alten Linkhand in Warschau? Davon verstand er wenig, gewiß, aber farbenblind war er auf keinen Fall. Was hatten sie vor mit ihm? Ganz nahe trat er an den Tisch, nahm die Steine in die Hand, starrte sie an. »Da meine ich, meine Gnädigste, kann doch kein Irrtum möglich sein – der eine ist wie der andere, sie sind beide gleich grün.«

»Sehen Sie, Graf«, sagte Mira, »bei Steinen gibt es Unterschiede. Der Laie bemerkt sie überhaupt nicht, dem Fachmann aber fallen sie sofort auf. Zwanzig Brillanten könnte ich Ihnen zeigen, und sie würden, sie mögen schauen, soviel Sie wollen, keinen Unterschied in der Farbe finden. Gerade diese unsichtbaren Unterschiede, die jeder vom Fach wahrnimmt, machen die Differenz in den Preisen aus. Bisweilen das Doppelte, manchmal sogar das Dreifache. Das soll Sie nicht weiter bekümmern. Bei Ihren Steinen ist auch so ein Unterschied, deswegen wird der eine teurer kalkuliert als der andere. Auf den Gesamtpreis, der interessiert Sie doch, wirkt sich das nicht aus. Der Preis ist bestätigt. Allerdings – die Imitationen möchte ich so haben, daß man nur unter der Lupe erkennt, was sie wirklich sind – Glas.«

Alles, was der Graf hörte: Die Rothaarige hatte den Preis bestätigt. Das hieß für ihn nicht drei, sondern mindestens fünf Tausender. Da würde er sich vielleicht doch den ›Capitan‹ zulegen können, den Fünfjährigen des Majors Jaskulski. Schon jetzt ging er über 1,60, und er versprach viel mehr. Genügte es nicht, wenn er den Gläubigern nur zweitausend in den Rachen warf? Für dreitausend gab ihn Jaskulski her. Ja wenn endlich dieser Prozeß gewonnen wäre! Dann brauchte Mama die Steine nicht zu verkaufen, und man könnte sich die ganze Schererei und die Blamage mit dem Glas ersparen.

»Das verstehe ich schon, meine Gnädigste – Sie haben es so wunderbar erklärt. Aber wann wird der geehrte Herr Perlberg mit seiner Arbeit fertig sein? Ja, wenn wir mit dem Prozeß schon weiter wären, dann hätten wir das alles nicht nötig.«

Jetzt leidet er wieder, dachte Mira. »Alles zu seiner Zeit. Seit langem schon will ich mir die Akten ansehen. Meiner Meinung nach gibt es noch einen anderen Weg als den von Ihrem Advokaten gewählten. Ich werde das mit unserem Cousin besprechen.«

»Danke für die Aufmerksamkeit. Mir scheint, es liegt eher an diesen – demokratischen Richtern. Die reinsten Bolschewisten.«

»Die Angelegenheit steht nicht schlecht für Sie«, sagte Mira beruhigend, »doch darüber sprechen wir später. – Mijnheer Perlberg«, richtete Sie das Wort an den Schleifer, »es bleibt bei unserer Abmachung. Ich bin morgens ab neun im Büro.«

Sie hatte Deutsch gesprochen, damit auch der Graf ihre Worte verstünde. »Einen Moment noch, wenn Sie schon hier sind. Da ist noch eine – Sache –« Mira ging aus dem Raum und kam sogleich mit einem Kuvert zurück. Als sie es auf den Tisch legte, sah der Graf, daß auf die beiden oberen Ecken mit Bleistift Zahlen geschrieben waren. Perlberg, schon im Gehen, trat rasch herzu, öffnete die ›Briwke‹ und sah, nein, roch hinein. »Springmanns Arbeit«, sagte er.

»Stimmt«, antwortete Mira, »vier sind nicht in Ordnung. Papa sagt, es liegt am Stoff; ich meine, sie sind bei der Arbeit angebrannt.« Mira erhob sich, um zur Seite zu treten. Sie blickte Perlberg jetzt über die Schulter. Dem Grafen, der sich erheben wollte, um ihr seinen Platz zu überlassen, bedeutete sie durch ein Kopfschütteln, sitzen zu bleiben. Mit gleichgültiger Miene schlug Perlberg das weiße Papier auseinander, ein ziemlich großes Viereck. Zuoberst lag ein dünnes grünes, ganz durchsichtiges Papier, dann folgte eine Schicht Watte. Auf diese waren, der Graf mußte an sich halten, nicht durch einen Laut oder eine Bewegung Überraschung zu zeigen, Brillanten gebettet, eine Menge fast haselnußgroßer Brillanten, auf die das volle Licht der Nachmittagssonne fiel.

»Schöne Partie«, sagte Perlberg, und, den oberen Teil des Papiers zurückschlagend, las er die Zahlen 45 und 273, das gleiche, was auf dem Umschlag stand. »Sechser«, brummte er, als spräche er mit sich selber, »anständige Arbeit, nur die Colette, Springmanns alter Fehler, offen. Aber sonst gut, recht gut.« Er griff wieder nach seiner Lupe, besah sorgfältig Stein für Stein. Der Graf folgte seinen Bewegungen mit jener Aufmerksamkeit, die sich nichts entgehen lassen will. Auch Miras Gesicht war ernst und gespannt. Zuerst hatte Perlberg von den fünfundvierzig Steinen – der Graf hatte mitgezählt – fünf beiseite gelegt und dann einen, nachdem er ihn besonders lange betrachtet, mit beliebig herausgegriffenen Steinen verglichen und auf den großen Haufen zurückgeworfen. »Die vier sind es«, sagte er, und sie noch einmal ansehend, »sie verderben die ganze Partie, ich bin Ihrer Meinung, Frau Linkhand – angebrannt.« Anschließend legte er die Steine auf die Waage und flüsterte: »25.3, sie könnten ganz gut werden. Nicht so wie diese« – er wies auf das größere Häufchen –, »doch weiß. Sie werden verlieren – aber trotzdem gute Fünfkaräter sein, gute. Ich nehme sie mit nach Amsterdam.«

»In Ordnung«, sagte Mira, »und jetzt wählen Sie, bitte, von den guten den besten. Ich brauche einen wirklich feinen Stein.«

»5.76«, sagte der Schleifer, als er den Stein von der Waage nahm. »Chrystal, sage ich, blauweiß würde ein anderer sagen – hundert Prozent sauber. So.« Er legte ihn zur Seite.

»Besten Dank, Mijnheer Perlberg, morgen sehen wir uns wieder.« Perlberg erhob sich.

»Auf Wiedersehn, Frau Linkhand«, und zum Grafen, »habe die Ehre, Herr Graf, und – es gibt grün und grün.«

Der Graf war aufgestanden, er sagte, nicht ohne Respekt: »Ich habe mich gefreut« und machte eine Verbeugung.

Dann waren Mira und er allein. Sie nahm aus einer Schublade mehrere kleine scharf gefaltete Kuverts und tat die Steine hinein. Dabei unterhielt sie sich mit dem Besucher. »Wo haben Sie sich einquartiert, Graf?«

»Das ist, bitte schön, Traditionssache, meine Gnädigste. Im ›Klomser‹. Die Woronewskis wohnen immer dort, wenn sie nach Wien kommen.«

»Ja, natürlich – ein nettes Hotel.«

»Also vielleicht, bitte schön, nicht so komfortabel, aber dafür alt. Schon mein Großvater ...«

»Ich verstehe. Haben Sie – verzeihen Sie, ich möchte natürlich nicht indiskret sein – noch andere Geschäfte in Wien? Es wird immerhin ein oder zwei Tage dauern, bis die Imitationen fertig und gefaßt sind. Eine Arbeit – sie verlangt die Hand eines Meisters. Der Schmuck wird dann kaum von dem echten zu unterscheiden sein.«

»Ich verstehe einfach nicht«, sagte der Graf lachend, »wozu man für den echten soviel Geld bezahlt, wenn man nicht einmal merkt ...«

Du verstehst eine ganze Menge nicht, mein Schöner, dachte die junge Frau. Geduldig sagte sie: »Das ist eine Sache für sich, Graf. Edelsteine dienen nicht allein als Schmuck. Es würde zu weit führen, wollte ich Ihnen erklären ...«

»Ich weiß, ich weiß«, beeilte sich der Graf. Nach einer Pause: »Da ist noch anderes –« Bei diesen Worten ließ er es bewenden, wenngleich er dachte, Edelsteine gibt es vor allem, damit die Juden daran verdienen. Hätte ich die Hunderttausend bloß schon! Weiß Gott – er sah verstohlen auf die Uhr an der Wand,

Mira folgte seinem Blick, sechs Uhr fünfundzwanzig –, was nicht noch alles dazwischenkommen kann!

Da packte Mira schon die beiden Smaragde in das rote Seidenläppchen und trug sie zusammen mit der ›Briwke‹ zum Tresor. Mit gemischten Gefühlen hatte der Graf ihr nachgeblickt. Jetzt lagen die Grünen im Tresor, und er hatte noch keinen Groschen dafür bekommen. Halb zehn hat sie gesagt. Wenn spätestens um zehn Uhr das Geld nicht da ist, stelle ich dir die Bude auf den Kopf, mein Rotfuchs!

Wieder sah er auf die Uhr. Mira, die mit ihrer Arbeit am Tresor fertiggeworden war, drehte sich um und erhaschte gerade noch seinen Blick. Sie kam lächelnd an den Tisch zurück. Der Graf forschte in ihrem Gesicht, ließ Gestalt und Gang auf sich wirken. Bei Gott, dachte er, sie ist ganz passabel: Das Gesicht nicht übel, gute Zähne, schöne Augen, und das Haar! Auch so der Hals, fein und glatt, und die Ohren – sogar rassig. Hüften und Kruppe soso, ein bißchen viel, doch die Beine wirklich gut. – Kaltblut, nichts von Rasse!

Sie war stehengeblieben, fast unmittelbar vor ihm. »Es ist spät geworden, Graf, und meine Frage, ob Sie noch andres in Wien vorhaben, ist ohne Antwort geblieben.«

»Nicht viel. Vielleicht ein Besuch bei der Gesandtschaft. Die Frau des Gesandten ist eine Verwandte. Außerdem will ich zu einem Sattler. Ich möchte mir was ansehen. Mit ein wenig Glück – ich weiß nicht, ob Gnädigste sich dafür interessieren – findet man noch diese alten Wiener Sättel –.«

»Vielleicht könnte ich Ihnen helfen. Ich reite auch, und von meinem Schwager, der jetzt in New York lebt, besitzen wir eine Menge Reitzeug.«

»Oh«, sagte er und war schon auf den Beinen, »Gnädigste reiten?« Wenn sie ritt, dann, ja dann ... Fast alle Frauen seiner Bekanntschaft ritten, manche ganz anständig, mit Schneid und Geschick, aber die meisten hatten keine Ahnung von Farben und Anweisungen. Diese Rothaarige aber, die warf nur so mit den Hunderttausenden um sich und verstand wahrscheinlich noch mehr von Dingen, zu denen er nie Zugang haben würde. Und sie ritt auch, liebte Pferde. Warum hat sie mir das nicht gleich gesagt! Er war nicht länger Wladislaw Graf Woronewski, ein fröhlicher, glücklicher Junge war er, der in einer fremden Welt einen Spielkameraden gefunden hat.

»Mit meinem Reiten ist es nicht weit her. Ich habe in London zwar einen ausgezeichneten Lehrer gehabt, zu viel mehr als einem bißchen Spazierenreiten langt's allerdings nicht.«

»Die Engländer«, spöttelte er, »zu konservativ, längst überholt. Wer reitet heute noch so wie die – mit der Kandare über der Trense. Die Italiener, meine Gnädigste, das ist der neue Stil. Immer die Kruppe frei. Haben Gnädigste gute Pferde?«

»Zwei stehen im Stall. Meines ist ein Irländer, ich glaube, sechs Jahre alt. Ein – ein Schweißfuchs – gibt es so etwas? Der Ferdl, das ist der Stallmann, nennt das so. Es heißt Happy.«

»Ein Irländer, ein Hunter? Ein echter Hunter?«

»Wahrscheinlich. Mein Schwager, Lord Godbrooke, hat mir das Pferd geschenkt.«

»Also aus England importiert. Dann ist es ein echter.« Andachtsvoll sagte er das, wie der Gläubige, der den Namen eines Heiligen ausspricht.

In Miras Gedankenwelt war kein Platz für Pferde. Dennoch fühlte sie jetzt eine Beziehung zu ihnen. Sie hatte diesen Mann gesehen, wie sie ihn sehen wollte – in seinem Element. Er strahlte vor Eifer und Begeisterung. Wie schön er aussah!

Wladislaw Graf Woronewski, genannt »Wladek«, dachte indessen nicht an die Frau neben ihm – ihrem Pferd galten seine Gedanken. »Könnte ich, meine Gnädigste, diesen oder diese Happy einmal sehen?«

Mira faßte sich. »Aber gewiß. Ich reite fast täglich um acht. Wenn ich morgen zum Stall fahre, könnte ich beim ›Klomser‹ vorbeikommen und Sie mitnehmen.«

»Das ist reizend. Ich danke tausendmal, meine Gnädigste. Ich küß die Hand.« Tatsächlich führte er ihre Hand an die Lippen.

»Ich werde mich jetzt empfehlen, meine Gnädigste, und ...«

»Ich verstehe – doch, bitte, noch einen Moment, Graf. Ich möchte, daß Sie mit meinem Mann bekannt werden. Erlauben Sie mir, daß ich ihn rufe. Bis er kommt, trinken wir noch einen Cognac, oder ich werde besser Tee kommen lassen. Eine späte Stunde für Tee, aber bei uns wird heute sowieso später soupiert. Mein Schwager hat sich angesagt, er ist auf der Rückreise aus Belgrad. –

Wenn Sie nichts Besseres vorhaben, so essen Sie doch mit uns. Bei dieser Gelegenheit können Sie auch Ihre Zloty mitnehmen. Einverstanden?« Sie wartete seine Antwort nicht ab und griff nach dem Telefon. Charles meldete sich. Sie bestellte auf französisch Tee – drei Gedecke, Monsieur sei gebeten, herunterzukommen – und gab letzte Anweisungen für das Souper. Vier Personen – Lord Godbrooke komme und werde über Nacht bleiben.

Obwohl gleich der Tee kommen würde, tranken beide noch einen Meukoff und rauchten. Die ›Chesterfield‹ behagte ihm; auch der Cognac, das schmeckte er, war Spitzenklasse. Als er gerade dabei war, sich einen zweiten einzuschenken, trat Freddy in den Raum. Wenn Mira ihn rufen ließ, brauchte sie meistens eine Unterschrift. Heute sollte er zum Tee kommen, das war sonst nicht üblich im Büro. Miras gute Stimmung schrieb er dem Abschluß eines lukrativen Geschäftes zu. Aber hatte nicht Papa beim Mittagessen einen polnischen Grafen erwähnt? Das wird er wohl sein, dachte er. Rasch waren die Formalitäten erledigt: Darf ich vorstellen …? – Man nahm zwanglos Platz. Freddy balancierte seine Teetasse nicht ungeschickt, streckte artig die Beine von sich und lächelte einnehmend. Als Mira sich vernehmen ließ: »Wir haben mit dem Grafen Geschäfte, er bleibt etliche Tage in Wien und wird heute abend unser Gast sein, auch Milton hat sich angesagt«, wurde sein Lächeln noch gewinnender. »Oh, das freut mich aber wirklich, ein reizender Gedanke.«

Der Graf fand Freddy sympathisch, überdies hatte er Respekt vor ihm. Wenn seine Frau schon so große Geschäfte machte, was war dann erst von ihm zu erwarten. Im Geist verglich er diesen munteren, freundlich lächelnden Linkhand mit dem bedächtigen, altväterlich höflichen Pan Linkhand in Warschau und gelangte zu dem Schluß, daß zwischen Juden und Juden ebenso ein Unterschied bestehe wie zwischen Polen und Polen. Mit diesen Juden ließ sich gewiß gut auskommen.

Mira unterbrach den Grafen in seinen menschenfreundlichen Überlegungen. »Wir werden die Sitzung jetzt aufheben, meine Herren. Ich habe noch Hausfrauenpflichten wahrzunehmen. Sie werden sich umziehen wollen, Graf. Gegen neun Uhr dürfen wir Sie also zum Essen erwarten. Nicht wahr, Freddy, du bringst den Grafen in sein Hotel.«

Der Graf tat sich schwer, seine Verlegenheit zu verbergen. Sein einziges bürgerliches Kleidungsstück war der Anzug, den er trug. Eine Uniform hatte er auf die Geschäftsreise natürlich nicht mitgenommen. Es gab niemanden, bei dem er sich einen Abendanzug hätte ausborgen können. Das mit dem Gesandten war eine kleine Schwindelei gewesen. Gesagt hatte er das nur, um zu imponieren.

»Gnädige Frau, verehrter Herr Linkhand, auf die Ehre und das Vergnügen, heute Ihr Gast zu sein, werde ich wohl verzichten müssen. Es wäre unpassend, wenn ich in dem Anzug bei Ihnen erschiene, den ich jetzt anhabe. Ich trage sonst immer Uniform. Aber auf einer Geschäftsreise, Sie verstehen ...«

Freddy beeilte sich zu sagen: »Selbstverständlich – das ist aber schrecklich schade.«

Mira indessen hatte sich in den Kopf gesetzt, daß dieser Mann heute in ihrer Nähe bleiben solle. Ihn sehen, wollte Sie, seine Stimme hören. Sie sagte daher: »Kein Grund, lieber Graf, auf einen so werten Gast zu verzichten. Außerdem – haben Sie schon vergessen, daß Sie sowieso morgen früh um halb zehn bei uns sein müssen? Auch möchte ich mit Ihnen über Ihren Prozeß sprechen. Halten wir es einfach so wie unsere englischen Freunde. Wäre mein Schwager nicht angesagt, der in diesen Sachen ein bißchen penibel ist ...«

»Oho«, sagte Freddy, »also schon anstrengend, sag ich Ihnen.« Der Pole gefiel ihm: Das war, Gott sei Dank, keiner von denen, die ewig von Transaktionen sprechen.

»Freddy, bitte, geh mit dem Grafen hinauf und laß ihn Gustls Abendanzüge anprobieren. Einer wird sicher passen.«

»Kommen S' schon«, lachte Freddy, »die Engländer machen das auch so. Wenn ich Sie einmal auf Ihrem Schloß besuche ...« Der Graf ließ sich überreden. Er wußte, jetzt hatte er die Hunderttausend so gut wie in der Tasche. Ja, philosophierte der polnische Gast, während er mit Freddy die breite Treppe zum Privattrakt hinaufschritt, es gibt eben Juden und Juden, Jüdinnen und Jüdinnen. Die Rothaarige, das stand fest, war scharf auf ihn. Von allen Vermutungen und Kombinationen, die er an diesem ereignisreichen Nachmittag angestellt hatte, war dies die einzige richtige.

IV

Adel verpflichtet ...

In die Zimmer, die sein Bruder bewohnt hatte, bevor er nach New York übergesiedelt war, führte Freddy den Grafen. Er öffnete Schränke, schob Jacken hin und her, nahm Hosen vom Spanner. »Da«, sagte er, »probieren S' die!« Es erwies sich, daß er recht hatte. Die Jacke saß, die Hose nicht weniger. Auch die Schuhe aus mattem Glanzleder paßten und das Hemd aus weißer japanischer Seide. Freddy vergaß weder Pyjama noch Pantoffel und lotste den überraschten Gast mit sicherer Hand in das anschließende Zimmer.

Was Wunder, daß der Graf kaum zu bemerken schien, wie sein Gastgeber sich mit einem Augenzwinkern entfernte. Da lagen oder hingen Kleider und Schuhe, ganze Schubladen voll, und sie gehörten einem Mann, der nicht einmal hier, sondern in New York zu Hause war. Der Graf, der den Reichtum nicht kannte, der geboren worden war, als seine Familie das eigentlich Nutzbringende, den Boden, schon mit Hypotheken überbürdet hatte, war ärmer als der Sohn eines kleinen Händlers oder Beamten. Dabei hatte sein Vater gelebt wie ein Schlachtschitz: Für Pferde, Frauen, Karten und Saufen gab er Geld mit vollen Händen aus, seiner Familie jedoch ließ er es am Allernotwendigsten zum Leben fehlen. Zunächst hatte man noch im Schloß gewohnt und erleben müssen, wie dessen Säle und Zimmer allmählich leerer und schließlich ganz leer wurden. Die Möbel, Bilder, Teppiche, alles war verkauft, wurde von Gläubigern übernommen. Nach Graf Josefs Tod mußte dessen Familie – Witwe Elisaweta sowie Sohn Wladek und die um sechs Jahre jüngere Tochter Maria – das Anwesen räumen, weil – wie die offizielle Version hieß – die russische Grenze zu nahe war. Die Gräfin konnte von Glück sagen, daß sie mit ihren Kindern bei einer Tante ihres verstorbenen Mannes Unterschlupf fand.

Elisaweta, Wladeks Mutter, eine russische Fürstentochter, hatte eine höchst standesgemäße Erziehung genossen. Sie war und blieb eine große Dame, obwohl sie immer mehr in sklavische Abhängigkeit geriet von der so geizigen wie bösartigen Tante, die mit Tochter, Schwiegersohn und Enkelkindern in dem weitläufigen Schloß lebte. Zusammen mit den Enkeln ihrer Wohltäterin hatte Elisaweta auch den eigenen Kindern beigebracht, was zu lehren ihr gegeben war. Als Zwölfjähriger wußte Wladek alles, was ein junger Edelmann wissen sollte. Er bestand die Aufnahmeprüfung in die Kavallerieschule, wurde mit knapp zwanzig Jahren Leutnant und war vor kurzem, einunddreißig Jahre alt, in den Rang eines Kapitan oder Rittmeisters aufgerückt.

Verbittert, ohne Hoffnung auf Besserung der traurigen Verhältnisse lebte die verwitwete Gräfin ihr unstandesgemäßes Leben. Vielleicht wäre Maria, eine mit gesellschaftlichem Talent – *social graces,* wie es auf englisch heißt – und musischen Gaben gesegnete Schönheit, dem Los einsamen Verblühens anheimgefallen, hätte nicht der des öfteren erwähnte Prozeß sie in den Brennpunkt des Interesses heiratsbeflissener Junggesellen gerückt.

Worum ging es eigentlich in der »leidigen Waldgeschichte« und dem Prozeß, der kein geringeres Ziel verfolgte, als sie zu klären? Nicht leicht zu sagen.

Durch den Bankrott und Freitod eines Geschäftspartners war P. R. Linkhand in den Besitz einer Anzahl von Schuldverschreibungen des verstorbenen Grafen Josef Woronewski, also Wladeks Vater, gelangt. P. R.s Erkundigungen nach dem Wert der Papiere, die dem Inhaber gewisse Rechte auf Teile eines zum einstigen Woronewskischen Besitz gehörenden Waldes einräumten, bestätigten die schlimmsten Befürchtungen. Der Name des Schuldners stand für die Uneinbringlichkeit der vorgeschossenen Beträge. Als P. R. Linkhand der Witwe und ihren Kindern durch seinen Anwalt mitteilen ließ, die seinerzeit an X. X. gegebenen Schuldscheine seien jetzt in seinem Besitz und folglich er Gläubiger der gräflichen Familie, war dies nur der von ihm zeit seines Lebens geübten korrekten Form halber geschehen. Um so mehr überraschte es ihn, als die Gräfin daraufhin dringend um eine Unterredung ersuchte.

Die Formalitäten, die den Empfang ihrer Familie einleiteten, dieses Zeremoniell von telefonischen, schriftlichen und mündlichen Anmeldungen, belehrten die Woronewskis, daß ›dieser Jude‹, was immer sie von ihm denken mochten, ihr Bild von ›den Juden‹ sichtbar Lügen strafte. Sie saßen einem ausgezeichnet gekleideten, vornehm aussehenden Weltmann gegenüber, der ihnen auf ihre Einwendungen mit der Andeutung eines Lächelns und sparsamer Gestik zu verstehen gab, daß da, wo nichts ist, auch der Kaiser sein Recht verloren habe. Das Schreiben des Advokaten sei nicht als Zahlungsaufforderung, sondern lediglich als Benachrichtigung gedacht gewesen. Denn es liege gewiß auch im Interesse der gräflichen Familie, genau darüber Bescheid zu wissen, wer ihre Gläubiger sind. Immerhin wisse er gern, da er Anteile an diesem Wald als Sicherstellung für eine ansehnliche Summe in Händen halte, wo das Objekt sich befinde und ob es überhaupt noch verfügbar sei. Die Quittungen enthielten lediglich den Vermerk: »Die dem Grafen Josef Woronewski in Woronowka gehörenden Waldungen, und zwar ›die Schläge zwischen dem weißen Stein und der Ruine‹.« Ob die Gräfin oder der Herr Oberleutnant – was Wladek damals noch war – vielleicht geneigt wären, ihm diese für einen Geschäftsmann nicht unerheblichen Details zu vermitteln.

Ohne jedwede Regung des Erstaunens oder der Überraschung hatte P. R. diese Auskünfte zur Kenntnis genommen. Den Wald gab es zwar, doch weder die Gräfin, noch ihre Kinder wußten, wo er zu finden war. Zu Lebzeiten von Graf Josefs Vater, also Wladislaws Großvater, habe jene Gegend zu Rußland gehört, und dann, nach dem Krieg, sei es von Woronowka kaum zwanzig Kilometer bis zur polnisch-russischen Grenze gewesen. Ob der Wald jetzt ...? Ja, das wisse sie wirklich nicht. – Vielleicht hätte ein anderer gelächelt oder den Kopf geschüttelt, P. R., der Zeuge unzähliger vergleichbarer Episoden gewesen war, sagte nur, daß er aus kaufmännischen Gründen – die Gräfin, die gnädigste Komtesse und der Graf würden verstehen – dies zu eruieren für unumgänglich erachte. Sollte auch für sie Wissenswertes zutage treten, werde er sie verständigen.

Mutter und Tochter reisten zurück zur Tante, Graf Wladislaw ging weiter seinen staatserhaltenden Pflichten nach. Ungemein erleichtert fühlte sich die Gräfin, denn in einem Punkt war ihr Gewissen nicht ganz rein. Sie ließ ihre schönen und unglücklichen Kinder darben, obwohl sie ihnen leicht hätte helfen können. Über Geld verfügte sie zwar nicht, aber sie nannte einen wertvollen Smaragdschmuck ihr eigen. Das sicherem Versteck anvertraute Kleinod oder vielmehr das, was sie dafür als Kaufpreis erzielen würde, sollte die Gräfin vor der schlimmsten Not bewahren, wenn der Tag käme, an dem der Drache von Tante ihrer nicht mehr bedurfte.

Die Smaragde sind also nicht in Gefahr, dachte sie erleichtert, als sie den Zug bestieg. Natürlich hatte sie heimlich davor gezittert, man könne sie ihr wegnehmen, um die Schulden ihres verstorbenen Mannes damit zu tilgen.

Kaum drei Wochen waren seit ihrem Besuch vergangen, als die gräflichen Woronewskischen Erben die von P. R. Linkhand unterzeichnete Einladung zu einer weiteren Besprechung erhielten. Wieder hieß es, sich auf den Weg zu machen, hoffend – auf Geld, bangend – um die Smaragde.

Nicht wenig hoffnungsvoll klang diesmal, was dieser vornehme korrekte Herr in abgewogenen Worten mitzuteilen hatte. Es gebe den Wald, erfuhren die Aufhorchenden, und zwar in seinen ganzen riesigen Ausmaßen; er liege zur Gänze, auch wenn er stellenweise bis zu neun Kilometer vor der russischen Grenze verlaufe, auf polnischem Boden. Mit anderen Worten: seiner kommerziellen Nutzung stehe nichts im Wege. Die Firma P. R. Linkhand werde selbstverständlich davon absehen, gegen die Erben gerichtlich vorzugehen; dies entspreche nicht den Prinzipien des Hauses. Man werde sich bestimmt gütlich einigen, sobald der gräflichen Familie durch Erschließung der Waldbestände einmal genügend große Summen zugeflossen seien. Momentan sei es wichtig und liege im beiderseitigen Interesse, daß die zweifellos bestehenden Rechte der gräflichen Woronewskischen Familie in formaler Hinsicht erhärtet würden. In Fällen wie diesem sei es angeraten, sich an einen Spezialisten wie Herrn Dr. Manfred Lipowski zu wenden.

Die Nutzbarmachung der Waldungen sei ein ebenso umfangreiches wie schwieriges Projekt, an das sich ein Haus wie P. R.

Linkhand allerdings herantrauen dürfe und sich auch – nach eingehender Prüfung – herantrauen werde. Bis zur endgültigen Erschließung dieser Geldquelle seien fraglos noch erhebliche Investitionen nötig. Um jedoch auf die frühere Unterredung zurückzukommen, im speziellen, auf die Schulden des in Gott ruhenden Grafen Josef Woronewski, so biete sich jetzt ein völlig neues Bild. Denn die Schuldsumme – P. R. nannte eine schwindelerregende Zahl – sei nicht uneinbringlich, sondern durchaus liquidierbar. Die gräflichen Erben seien, wie der Volksmund sagt, ›gutes Geld‹.

»Ich verstehe«, sagte der Offizier jetzt, »Sie haben festgestellt, daß es den Wald gibt.«

»Genau so verhält es sich«, erwiderte P. R.

»Folglich sind wir, meine Mutter, meine Schwester und ich, die Besitzer des Waldes. Wir können ihn also, wenn es uns paßt, verkaufen oder sonst was ...«

»Bestimmt«, sagte P. R., »ohne jeden Zweifel. Wenn Sie nach Erledigung gewisser Formalitäten in den Besitz der Liegenschaft gekommen sind, können Sie mit ihr machen, was Sie wollen – wobei natürlich zu berücksichtigen ist«, hier hüstelte P. R., »daß der auf dem Schuldschein erwähnte Teil ›vom weißen Stein bis zur Ruine‹ – meine Leute haben die beiden Markierungslinien bereits gefunden – sozusagen erst dann Ihr Eigentum wird, wenn die bereits erwähnten Summen beglichen sind.«

»Sie meinen, dieses Stück gehört Ihnen? Bitte schön, was Sie schwarz auf weiß besitzen und unser Vater, Gott hab ihn selig, unterschrieben hat, können wir Ihnen nicht streitig machen. Verkaufen werden wir eben, was uns gehört, und Sie behalten Ihren Teil.«

Es wäre völlig sinnlos gewesen, diesem jungen Mann zu erklären, daß das Waldsegment von ihm, P. R., keineswegs käuflich erworben worden sei, sondern eine Sicherheitsleistung darstelle – wenn auch in sechsfacher, wer weiß, zehnfacher Höhe – für die seinerzeit seinem Vater geliehenen Beträge, und daß nach Verkauf des Objekts den Woronewskis noch immer eine für ihre jetzigen Verhältnisse ungeheure Summe verbleibe. P. R. wollte vermeiden, daß diese drei Unerfahrenen ein Schriftstück unterschrieben, das eine immerhin anfechtbare Hypothek in ein Vielfaches an barem Geld verwandelte. Dergleichen konnte das Haus P. R. Linkhand, Warschau, sich nicht leisten. Dennoch war nicht zu übersehen, daß P. R. nicht auf seinen Schnitt zu verzichten gedachte: Seinen ihm rechtens zustehenden Gewinnanteil wollte er auf jeden Fall haben, aber eben ohne diese drei in seinen Augen wehrlosen Menschen zu benachteiligen. Es war also unerläßlich, ihnen genau zu erklären, worauf es ankam; denn hier mochte ein Geschäft von Linkhandschen Dimensionen winken. »Es handelt sich«, wandte P. R. sich an die Gräfin, »um ein großes, um nicht zu sagen sehr großes Objekt. Einen Wald, Buche und Eiche, dazwischen Schläge von Fichte, in seinen flüchtig errechneten Ausmaßen neunzehntausend Joch, vielleicht noch mehr, der von der nächsten Bahnstation siebenundvierzig Kilometer entfernt liegt. Der Transport der Hölzer wäre mit Pferdefuhrwerk und Lastkraftwagen auf den schlechten Wegen nicht nur zu kostspielig, auch zu umständlich und zeitraubend. Nutzbringend läßt sich der Baumbestand nur auswerten, wenn man, erstens: in allernächster Nähe Sägewerke errichtet und, zweitens: diese mit der Waldung und der nächsten Eisenbahnstation durch eine schmalspurige Bahnlinie verbindet. Ist das klar?« Alle drei nickten.

»Es liegt auf der Hand«, fuhr P. R. fort, »daß Sie, meine Verehrtesten, nicht in der Lage sind, diese unbedingt notwendigen Arbeiten in die Wege zu leiten, weil Ihnen die praktischen Kenntnisse fehlen. Auch müssen gewisse finanztechnische Operationen vorgenommen werden, die außer Erfahrung die Möglichkeit des Rückgriffs auf erhebliche Summen baren Geldes voraussetzen. Ihre Geduld zu strapazieren und Ihnen den Sachverhalt so genau zu erklären, halte ich deswegen für angebracht, weil Geschäfte zu machen nun einmal ebenso gelernt sein will wie Schlachten zu schlagen.« P. R. lächelte väterlich zu dem jungen Offizier hinüber. »Sie müssen also, verehrter Graf, einen Kompagnon suchen, der in die Sache einsteigt und das mitbringt, was Ihnen fehlt: Erfahrung und Geld.«

»Und«, ging der Graf jetzt zur Attacke über, »woher nehmen wir diesen Kompagnon? – Würden Sie, verehrter Herr, vielleicht ...? Sie haben Erfahrung und ...«

»Geld. Das wollten Sie doch sagen, Graf? – Gehen wir davon aus, daß die Bedingungen für ein gemeinsames Geschäft gegeben sind, so dürfen Sie auf keinen Fall von unserem Projekt auch nur das geringste verlauten lassen. Denn« – P. R. Linkhand wurde ernst und bestimmt – »wenn sich herumspräche, daß ich an der Sache interessiert bin, könnte viel verdorben werden. Bitte, lassen Sie sich«, schloß P. R., »das Ganze durch den Kopf gehen. Dazu wird Ihnen der morgige Tag genügen. Übermorgen um zwölf Uhr mittags wollen wir uns treffen, so Sie mit dem Haus P. R. Linkhand in geschäftliche Verbindungen einzutreten beabsichtigen. Sollten Sie es sich doch anders überlegen, genügt ein telefonischer Anruf.« P. R. Linkhand hatte nichts weiter zu sagen.

Dem Grafen jedoch schien ein glänzender Einfall gekommen zu sein. »Wie wäre es, mein Herr, wenn Sie uns ganz einfach ablösten? Ich meine, wenn Sie uns ein Angebot machten für diesen ganzen Wald. Am besten hier auf der Stelle. Sie kaufen den Wald, Sie haben ihn ganz für sich, können mit ihm machen, was Sie wollen.« Mutter und Schwester nickten kaum merklich Beifall. Aus der Seele hatte ihnen dieser kluge Wladek gesprochen.

P. R. entschied sich für einen Ton, den er höchst selten anschlug – bei Geschäften, an denen ihm lag, fast nie. »Sehen Sie, meine Verehrtesten«, sagte er, »Sie haben vom Beruf des Kaufmanns, des Handelsmanns nur eine unklare Vorstellung. Durch Geburt und Erziehung, durch Ihre Tradition und die Aufgaben, die das Vaterland und die Nation Ihnen gestellt haben, liegt er Ihnen fern, zu fern, wie ich bedauernd sagen möchte. Wenn ich, der ich ebenfalls an eine Tradition gebunden bin, die immerhin bald drei Jahrhunderte alt ist, auf Ihren Vorschlag einginge und Ihnen irgendeinen Preis böte, so hieße das, mit dieser Tradition zu brechen. Ein Objekt wie das zur Debatte stehende läßt sich nicht auf den ersten und auch nicht auf den zweiten Blick abschätzen. Ihnen jetzt ein Angebot zu machen, wäre Leichtsinn oder ein Verbrechen. Wir Linkhands sind weder unbedacht noch unfair.« Er richtete das Wort direkt an die Gräfin Elisaweta: »Gnädigste Gräfin, sowohl ihr Fräulein Tochter als auch Ihr Herr Sohn sind schöne junge Menschen, die einer noblen

Familie angehören. Sie werden heiraten; Sie, gnädigste Gräfin, werden Enkel haben. Für diese müssen Sie sorgen. Als Kaufmann rate ich Ihnen: Verkaufen Sie den Wald nicht. Sichern Sie sich, Ihren Kindern und Ihren Enkelkindern ein sorgloses Leben!«

Das verstand die Gräfin. Der Mann wußte, was er sagte, und er sprach von einem Leben ohne Sorgen für sie und ihre Familie. Das war in ihren Augen das Entscheidende. Mit einer Bewegung, die sie als die für Gleichgestellte passende gelernt und andere gelehrt hatte, streckte sie P. R. die Rechte entgegen, und als dieser aufstand und sich über sie beugte, sagte sie: »Ich will mit meinen Kindern alles besprechen. Seien Sie versichert, wir wissen die Bekanntschaft mit Ihnen zu schätzen und – wir vertrauen Ihnen.« Nach einer Pause, die dem feierlichen Moment Raum ließ zu verklingen, fügte sie hinzu: »Das Ganze war zwar nicht ohne Umstände für uns: Wir hatten nicht geplant, über Nacht oder gar für mehrere Tage hierzubleiben, doch – *les affaires sont les affaires!*« Sie erhob sich und wandte sich zum Gehen.

Ob sie sich nicht noch einen Augenblick gedulden könne, sagte P. R. und ersuchte den Grafen, ihm zum Schreibtisch zu folgen. Im Ton eines wohlwollenden älteren Freundes bat er ihn, sich bis zur Zeit der Liquidation aushelfen zu lassen. Zwangsläufig würden dem Grafen gewisse Auslagen erwachsen, mit denen er nicht gerechnet habe. Wie auch immer die gräfliche Familie sich entscheiden werde, er bleibe zu ihrer Verfügung. Nicht ohne zuvor eine entschuldigende Verbeugung gegen den Tisch, an dem die Damen saßen, angedeutet zu haben, hatte P. R. nach dem Telefonhörer gegriffen und eine kurze Anweisung gegeben. Ein Herr im dunklen Rock war erschienen, hatte sich verneigt, ein Kuvert vor ihn auf den Tisch gelegt und war wieder verschwunden. »Hier, Graf«, sagte P. R. Linkhand, »für die ersten Auslagen – zehntausend Zloty, wollen Sie mir das ordnungshalber bestätigen.« Mit der einen Hand schob er dem Offizier die zu unterfertigende Quittung zu, während er ihm mit der anderen das Kuvert übergab. Der Graf unterschrieb und ließ die Scheine in die Tasche gleiten. »Das wäre alles«, sagte P. R. Mit kaum merklichem Stirnrunzeln hatte er festgestellt, daß dieser Graf, so arm er auch war, sich in nichts von anderen Grafen unterschied: Offenbar hielten sie es für unter ihrer Würde, empfangenes Geld nachzuzählen.

So kam es, daß die gräfliche Familie im Konferenzzimmer des Hauses P. R. Linkhand, Warschau, Schriftstücke unterschrieb, die ihr von vier Notaren vorgelegt wurden: Vollmachten, Erklärungen, Bestätigungen, Gesuche. Die Transaktion hatte begonnen. Und nach notarieller Bestätigung des Rechtsanspruchs der Erben sowie Hinterlegung der Erbschaftssteuer wurde die »Gesellschaft zur Exploitation der gräflich Woronewskischen Waldungen« gegründet und registriert.

In keinem der vielen offiziellen Dokumente figurierte das Haus P. R. Linkhand, Warschau. Nur in einem zwischen den Erben und P. R. Linkhand abgeschlossenen und genau klausulierten Vertrag, der P. R. eine Beteiligung von einundfünfzig Prozent an dem Unternehmen sicherte, tauchte der Name Linkhand auf. Als Basis für die Vereinbarung diente die bekannte Forderung und ein in siebenstelligen Zahlen ausgedrückter Investitionsbetrag.

Selbstverständlich drang die Kunde von der materiellen Rehabilitierung der gräflich Woronewskischen Familie bald auch bis in die exklusivsten Salons der Warschauer Aristokratie. Man erinnerte sich früher gepflegten gesellschaftlichen Verkehrs und verwandtschaftlicher Bande; Einladungen ergingen an die Gräfin und ihre Tochter, und sie wurden angenommen. Dies um so mehr, als die Gräfin sich inzwischen in Warschau niedergelassen hatte. Nun erst erfuhr Elisaweta, und noch dazu von Standesgenossen, welche Zauberkraft dem Namen P. R. Linkhand innewohnt. Nicht wenig von der Achtung, ja Verehrung, die man ihr entgegenbrachte, galt der Verbindung mit P. R. Linkhand, dem Nabob. Erst diese Klammer lieferte für die außergewöhnliche Schönheit ihrer Tochter den attraktiven Hintergrund. Es fehlte nicht an Bewerbern, gutaussehenden, eleganten Männern mit großen Namen und so noblen wie kostspieligen Passionen. Alle aber steckten bis zum Hals in Schulden. Rühmliche Ausnahme bildete allein Fürst Roman Bolgurski. Über ihn war die gräfliche Familie eines Sinnes. Er verfügte über einen ansehnlichen Landbesitz mit einem recht anständig geführten Gestüt und außerdem ein Schloß mit gepflegtem Park. Wenn dieser Mann nicht die standesgemäße Partie für Maria war! Wäre die von P. R. Linkhand ausgestreute Saat einmal aufgegangen, könnte sie auf eine Mitgift in Form beachtlicher laufender Einnahmen zählen. Nur, wie so oft – alles kam ganz anders.

Im Ministerium für Nationale Verteidigung unterschrieb nämlich eines Nachmittags ein General, der zwar ein Graf, aber mehr von Ambition als von Kastengeist erfüllt war, das folgenschwere, vernichtende Schreiben, das tags darauf bei der Direktion der ›Gesellschaft zur Exploitation der gräflichen Woronewskischen Waldungen‹ einging. In militärisch knappen Wendungen belehrte es den Empfänger, es sei verboten, in dem Sektor, wo der gräfliche Woronewskische Wald sich befand, Bäume zu fällen. Rechtsgrundlage seien die Beschlüsse der Kommission für Nationale Sicherheit und der Paragraph soundso der Verordnung soundso. Es folgten Zahl, Datum und sonstige Angaben. Vor Übertretung des Verbots werde dringend gewarnt. Der Schlußsatz des Schriftstücks sprach jeder auch im Amtsstil gebotenen Höflichkeit Hohn, zumal er sogar Strafen androhte. Da der Wald noch immer völlig unangetastet war, empfand P. R. den Passus als vergifteten Pfeil, der nicht die gräfliche Familie, sondern ihn persönlich treffen sollte. Gab es die Verordnung, auf die man sich bezog, tatsächlich, mußte er sich auf einen langen, harten Kampf gefaßt machen. Siegreich wäre er nur dann zu beenden, wenn die politische Lage sich grundlegend änderte.

Selbstverständlich fanden, bevor irgendein neuer Schritt unternommen wurde, alle möglichen Beratungen statt. Die Rechtsgelehrten gelangten zu dem Schluß, daß zwar der Staat ein Recht habe, solche Verordnungen zu erlassen, nicht aber irgendein General. Aus formellen Gründen sei der Bescheid anfechtbar, in der Sache selbst freilich ... Was die Verordnung, auf die man sich beziehe, als solche anbelange, so sei sie tatsächlich erlassen worden, und wenn es Aufmarschpläne für das in Frage stehende Terrain gebe, dann allerdings ... Der Rest war vielsagendes Schweigen.

Nicht aber schwieg der Kaufmann Linkhand, der oft schon

die Behörden zu Prozeßgegnern gehabt hatte. Er wußte, daß der Staat, so er seinen Untertanen etwas wegnimmt, dies auch bezahlen muß. Deshalb teilte er dem Ministerium für Nationale Verteidigung mit, die Direktion bestätige den Erhalt des Schreibens, sie weise jedoch darauf hin, daß sie um das Recht, die Exploitation der Waldungen zu eröffnen, mit allen legalen Mitteln kämpfen werde. Unterschrieben hatte die Gräfin, die kaum ahnte, wie nahe sie wieder dem Elend war.

Daß der ›Fall Woronewski‹ beträchtliches Aufsehen erregen würde, war nicht verwunderlich. Der Klatsch blühte, in der Gerüchteküche brodelte es. Die sogenannten nationalen Kreise vermuteten die Hand einer höheren Macht im Spiel. Andere wollten von Geheimabsprachen erfahren haben, wieder andere hüllten sich demonstrativ in Schweigen. Unterdessen debattierten die Juristen und wurde immer unverblümter die Frage wiederholt: Warum heiratet Fürst Roman Bolgurski nicht? Worauf die beiden bloß warten? Schlecht könnte es der Gräfin nicht gehen, spekulierte man. Hatte sie nicht sogar den Smaragdschmuck – bei der Verlobung Marias trug ihn die Gräfin, nicht ohne Skrupel, denn man wisse nie ... – über die schlechten Zeiten retten können? Nein, arm war sie bestimmt nicht.

Als nach einem Jahr die Verlobung noch immer nicht, wie geplant, in die Ehe gemündet war, wollte sich die Gräfin endlich von dem Schmuck trennen. Bolgurski hatte keinen Zweifel an seinen Absichten gelassen. Ja, er liebe Maria und wolle sie so bald wie möglich heiraten. Eine Absichtserklärung, durch die er, ohne es zu wollen, die gräfliche Familie unter Druck setzte. Seine Verlobte fand den Ausweg. Sie verstehe, meinte sie zu Mama, daß es der Familie fürchterlich peinlich sei, sie, eine Woronewski, ohne Trousseau heiraten zu lassen. Aber, frage sie sich, sei da nicht noch der Schmuck? Soviel wie man für eine, wenn auch nicht gerade luxuriöse, aber immerhin respektable Ausstattung und eine nicht zu ärmliche Hochzeitsfeier brauche, werde sich wohl herausschlagen lassen. Außerdem, habe nicht Roman durchblicken lassen, er sei bereit, mit der Mitgift zu warten?

Bevor die Gräfin endgültig ihre Zustimmung zum Verkauf

der Smaragde gab, wollte sie sich, wie sie sagte, mit Herrn Linkhand beraten. Irgendwo im verborgensten Winkel ihres Herzens hoffte sie auf eine andere – wunderbare – Lösung. Vielleicht würde dieser noble Mann, der überzeugt sein mußte, daß die Situation noch zu retten sei, die Woronewskis noch immer gutes Geld seien, einen zarten Wink verstehen.

P. R. war freilich nicht, wie sich allzubald herausstellte, in der seelischen Verfassung, mit dieser Familie noch weitere Geschäfte zu machen. Sie kosteten ihn zuviel. Doch höflich und korrekt, wie er war, verwies er die Gräfin, nachdem er den Schmuck begutachtet hatte, an seinen Vetter in Wien. Der würde die Steine kaufen und ganz bestimmt auch einen ordentlichen Preis dafür bezahlen.

So war es gekommen, daß Wladislaw Graf Woronewski mit einem Köfferchen, das zwar Monogramm und Krone zierten, aber nicht mehr enthielt als zwei Garnituren Wäsche, ebenso viele Paar Socken und ein spärliches Reisenecessaire, im Hotel ›Klomser‹ in Wien abstieg, das Linkhandsche Haus betrat, ein überaus günstiges Geschäft abschloß und zum Souper eingeladen wurde, für das er sich zudem noch nach den Regeln der großen Welt eingekleidet sah.

Wladislaw war Soldat und nahm es ernst mit seinem Beruf. Eher Landsknecht als Vaterlandsverteidiger, wäre er jeder Fahne, auf die er den Eid geleistet hatte, treu geblieben. Er hatte kein Ideal, für das er kämpfen wollte – sein Ideal war das Kämpfen an sich. Nicht jede beliebige Art Kämpfen: von ›oben‹ sollte es sein – ›hoch zu Roß‹. Für anderes als zu Pferde Kämpfen war kein Raum in seiner Vorstellung. Pferde bedeuteten ihm schlichtweg alles. Allerdings erlaubten ihm seine Mittel nicht, eine jener kostspieligen edlen Kreaturen zu erwerben. Aber vielleicht begehrte er sie nicht einmal so sehr, wie er sich an ihrem Anblick erfreute, ihn ihre Existenz begeisterte. Reiten wollte er auf ihnen, sich mit ihnen beschäftigen und sie zu Leistungen erziehen, derer nur sie fähig waren. Nicht langwierigem Studium verdankte er sein Wissen über Pferde – er hatte gelernt, ganz einfach seinem Instinkt zu vertrauen. Hätte er die Gefühle, die er für Pferde hegte, Menschen entgegengebracht, wäre er ein bedeutender Philanthrop geworden. So war er eben ein ›Philhipp‹ und liebte Pferde – alle, ausnahmslos.

Bis zum Souper blieb fast noch eine Stunde Zeit. Ein echter Hunter, ging es Wladek wieder durch den Kopf. Ja, warum nicht? Gut, morgen würde er diesen Happy zu Gesicht bekommen –. Auf einem Tischchen lag ein Photoalbum. Als wäre es für ihn bestimmt, blätterte er darin. Bilder nicht nur von Pferden enthielt es, auch von Reitern, meistens in Uniform, Offizieren der alten österreichischen Armee. Der Graf fühlte sich unter Seinesgleichen. Seinesgleichen? Auf jeden Fall waren diese Photos viel interessanter als Smaragde.

Während der junge polnische Ulanenoffizier, der den Abendanzug eines amerikanischen Timokraten trug, solcherart in ein Photoalbum vertieft war, hatte Mira den Koch angewiesen, dem Geschmack der Gäste Rechnung zu tragen und neben einem englischen auch ein polnisches Gericht in die Speisefolge einzubeziehen. Alsdann rief sie ihren Schwiegervater in Badgastein an. Wie es ihre Gewohnheit war, hielt sie sich nicht bei Selbstverständlichkeiten auf. »Ich habe die Steine gekauft«, begann sie.

»Schön?« fragte A. L.

»Perlberg hat sie gesehen. Gut, sagt er bei einem, noch besser beim anderen.«

Nach einer kurzen Pause: »Kosten?«

»Das hängt davon ab, wieviel du für den 5,76er aus der großen Partie berechnest.«

»Ich verstehe – doch die Partie, wird die nicht darunter leiden?«

»Die schwächeren nimmt Perlberg mit nach Amsterdam zum Umarbeiten. Er sagt, sie werden gut.«

»In diesem Fall, denk ich, siebzehnhundert für den 5,76er.«

»Also ungefähr zehntausend pro Stein? In Ordnung. Und was soll P. R. als Provision bekommen?«

»Hat ein Tausender Platz?«

»Platz genug. – Noch einen Moment, Papa – rund herum siebenundzwanzigtausendeinhundert.«

»Ein gutes Ende billiger, als ich kalkuliert habe. Wird sich die Differenz verdienen lassen, Mira?«

»Wenn du nur die Differenz verdienen willst, Papa, hast du schon verkauft. Frau Mira Linkhand ist die Käuferin. Das wäre aber unfair. Der eine, der größere, ist weit über tausend wert und der kleinere gut vierhundert. Du wirst bestimmt den größeren behalten wollen, wenn du ihn siehst. Er paßt in die Sammlung, Papa, und du bekommst ihn fast umsonst. Dabei habe ich sie um genau das, was der 5,76er kostet, billiger kaufen können. Du verstehst schon: Wir Linkhands sind zwar auf Vorteil aus, aber nicht zum Nachteil unserer Partner.« Ein Zitat, das A. L. gern und oft in den Mund nahm.

»Fein. Du bist eine tüchtige Frau.«

»Danke. Noch etwas, Papa. Bist du über P. R.s Waldgeschäft informiert?«

»Nur so weit, wie er mich vor ein paar Monaten eingeweiht hat. Er sitzt fest damit; ein schönes Stück Geld kostet ihn das. An die genaue Summe kann ich mich nicht erinnern. Ich glaube, große Hoffnung hat er nicht.«

»Wie würde er es aufnehmen, wenn wir, A. L., A. G. und – Lord Godbrooke da mitmachen wollten?«

»Er ist Kaufmann und wird, wenn er pessimistisch ist, nur einen Gedanken haben: zu retten, was zu retten ist. Selbstverständlich wird er auch mißtrauisch werden, wenn wir ihn fragen. Nur – warum sollten wir mitmachen? P. R. ist dort geboren und alt geworden. Er kennt die Verhältnisse. Wenn er keine Hoffnung hat, wozu sollten dann wir sein sinkendes Schiff besteigen?«

»Weil das Schiff gar nicht sinkt. Schon vor Monaten habe ich das gesagt. – Möchtest du mir einen Gefallen tun, Papa? Milton kommt heute zum Abendessen, der Graf auch. Wenn du P. R. jetzt anrufst, ihm mitteilst, daß die Sache mit den Smaragden perfekt ist und ihm die Provision gutgeschrieben wurde, könntest du ihn fragen, ob er uns am Waldgeschäft beteiligen würde.«

»Ist das nicht ein bißchen unüberlegt, Mira?«

»Du hast recht, Papa. Aber das, was du ›unüberlegt‹ nennst, hat seinen guten Grund: Milton ist, wie gesagt, hier – und auch der Graf.«

»Der Graf? – Verzeih, was hat dieser Pole schon zu bestellen?«

»Eine ganze Menge – wenn man ihm das nur klar machen würde!«

»Na gut, riskiert ist damit nichts. Laß mich vorsichtig antippen. Will er, meldet er sich noch heute. Mach's gut. Und danke. Grüß Freddy und Milton und auch – den Grafen.« Er lachte. »Viel Spaß und Erfolg, Mira.«

Während Mira nun, bevor sie sich fürs Abendessen ankleidete, ein Bad nahm und sich herrichtete, wurde sie immer nachdenklicher. Die Einsicht beschäftigte sie, daß sie dabei war, sich in ein Abenteuer einzulassen. Hatte sie nicht bereits im Büro mit dem Gedanken gespielt, den besten unter den fünfundvierzig Steinen dem Grafen als Hochzeitsgeschenk für seine Schwester mitzugeben? Nur um sich selbst die Chance zu geben, anderen Sinnes zu werden, hatte sie noch nichts erwähnt.

Mira – verliebt und im Begriff eine Dummheit zu machen? Mit aller Strenge und Energie rief sie sich zur Ordnung.

Sie mußte die Herrschaft über sich zurückgewinnen. Wollen schafft Kräfte, Wünschen macht schwach. War sie stark genug, sich den Luxus erlauben zu können, schwach zu werden? Sie wußte es nicht. Zum ersten Mal in ihrem Leben hatte sich ihrer ein Gefühl bemächtigt, das sie bei anderen Menschen, im Theater, im Kino, in Büchern wohl wahrgenommen, aber als unglaubhaft abgetan hatte. Nun erfuhr sie am eigenen Leib, was es heißt, wenn Wünschen das Wollen überwältigt und sich als unwiderstehliche Macht erweist.

Wie wäre es sonst möglich gewesen, daß sie, Mira Linkhand, diesem jungen Mann, von dem ihr Schwiegervater und der Warschauer verächtlich sagten, er habe nichts zu bestellen, zehntausend Dollar nachwarf? Sich einzubilden, daß sie aus Vernunft oder aus Gründen der Moral so handle, vielmehr zu handeln vorhabe, wäre Selbstbetrug gewesen. Als Vorwand vielleicht gut genug für A. L. oder dessen Vetter in Warschau, keinesfalls aber für sie selbst. An ›diesem da‹ sollte einmal nicht verdient werden, jedenfalls nicht so viel wie an jedem andern, das war alles. Sie wollte eben einmal anderes empfinden als Befriedigung über ein gutes Geschäft. Um was drehte es sich denn schon bei diesem Abschluß? Das war doch keine Summe, die ins Gewicht fiele, schon gar nicht, wenn man sich nichts vormachte und sie nüchtern an anderen Investments der Linkhand maß.

Mira fand Freddy und den Grafen an der Bar, wo sie in herzerfreuender Eintracht gegenseitige Sympathie begossen. Die Herren sprangen von den Hockern, genauer gesagt, nur der Graf bequemte sich dazu, Freddy zog es vor zu rutschen und kam deshalb später und weniger sicher als der sportliche Pole auf die Füße. Mira trug ein lachsfarbenes Kleid und dazu einen Rubinschmuck, beides abgestimmt auf die Farbe ihres Haars, das die Stirn überbauschte, an den Seiten jedoch so angeordnet war, daß es die Ohren völlig frei und deren Gehänge sichtbar ließ. »Seien Sie willkommen in unserem Haus«, sagte sie nicht ohne Unterton, als sie dem Grafen die Hand reichte. Sie nippte an ihrem Highball und meinte wie beiläufig: »Milton ist schon eingetroffen, wir werden in Kürze zu Tisch gehen können.«

Der Lord trat an die Bar. Lang, hager, graugelb das lange Gesicht mit bleifarbenen gelangweilten Augen hinter großen Brillengläsern. Er sah wohl älter aus, als er war, Anfang vierzig, mit seinem stark angegrauten Haar, das sorgfältig in der Mitte gescheitelt war. Zu der üblichen Konversation, die auf Miras Vorschlag, weil der Graf nicht Englisch sprach und der Lord Deutsch nicht mochte, auf französisch geführt wurde, nahm der Gast aus England kleine Schlucke von seinem Vermouth-Gin.

Nach einigen Minuten wurde die Dame des Hauses am Telefon verlangt. Der asthmatische Bankier war es; er wollte melden, daß ein Paket Polen effektiv zu ihrer Verfügung stehe. Es fehlten noch, wie Frau Linkhand feststellen könne, vier Minuten zur festgesetzten Zeit. Geradezu Kunststücke habe er vollbringen müssen, um den Termin zu halten. Aber ein so angesehenes Haus ... Mira unterbrach und bat, ihr den Preis zu nennen und zu sagen, wie er das Geld wolle.

»Sechzehntausendeinhundert, Kommission und Provision mit einbegriffen, und, wenn möglich, Zürich oder New York.«

»Egal«, sagte Mira, für den Bruchteil einer Sekunde lang befriedigt, daß ihre Rechnung stimmte, »bringen sie mir das Paket in die Privatwohnung.«

»In Ordnung.«

Mira gab Anweisung, den Herrn, der nach ihr fragen werde, in die Bibliothek zu führen. Stets lagen in ihrem Täschchen Scheckbuch und Füllfederhalter bereit, so daß sie den versprochenen Scheck auf der Stelle ausstellen konnte. Kaum hatte sie den intimen Barraum wieder betreten, als ihr zugeflüstert wurde, ein Herr erwarte sie. Auf dem Weg in die Bibliothek durchfuhr es Mira erneut, daß sie etwas tat, was einer Linkhand nicht anstand. Sie hatte, indem sie sich auf diese unsaubere Manipulation einließ, und dazu noch, sozusagen, Auge in Auge mit dem Helfer, einen schweren Verstoß gegen die bei den Linkhands geltenden Gesetze begangen. Unvernünftig, ja gefährlich war es, sich dieser Art von Schiebern in die Hände zu geben. Und das alles wegen der Laune eines jungen Mannes, von dem sie noch vor zwölf Stunden nicht einmal gewußt hatte, daß es ihn gab. Sie fühlte sich erleichtert, daß die Bibliothek nicht hell erleuchtet war und niemand sah, wie der dicke Mann ihr das in Seidenpapier eingewickelte Banknotenbündel überreichte. »Von mir gezählt«, rasselte er und nahm den Scheck entgegen. »Zürcher Volksbank – geht in Ordnung.«

Nachdenklich wog Mira das Bündel in der Hand. Selbst wenn der Dicke den Mund hielt, blieb es noch immer eine peinliche Angelegenheit. Was mochte die Dienerschaft denken? Robert, der ihn eingelassen hatte und jetzt hinausgeleitete? Wie, wenn der alte geschwätzige Mann A. L. einen Wink gab und ihr Schwiegervater Näheres wissen wollte? Was konnte sie ihm sagen? Sie seufzte, zuckte fatalistisch die Achsel. Anders hätte sie nicht handeln können – es gab keine Alternative. Jetzt hieß es noch, dem Grafen das Paket zu übergeben. Es war fünf nach halb, höchste Zeit, zur Gesellschaft zurückzukehren.

Freddy hatte nachgefüllt, und der Lord beantwortete noch immer, höflich Ungeduld und Langeweile überspielend, die Fragen des Grafen nach seinen Erfahrungen mit irischen Jagdpferden. Nicht allein die Tatsache, daß er mit Mira wichtige Dinge zu besprechen hatte, machte den Engländer nervös, auch der Hunger, der sich immer quälender bemerkbar machte. Da war sie endlich! Eine Symphonie in Rot, dachte der Lord, sie wird es nie lernen, so tüchtig sie auch sein mag. – Sie übergab das Päckchen dem Grafen, der über den Pferden die Zlotys vergessen zu haben schien und es nach einer eleganten Verbeugung sofort in die Brusttasche steckte. Keine Frage, nun war die Welt in Ordnung.

Gegen elf Uhr war das Souper zu Ende. Die Gesellschaft trank Kaffee und Cognac in einem weniger großen, gemütlichen Raum. Godbrooke war es gelungen, Mira in einer Ecke mit Beschlag zu belegen und ihr das Geschäft, dessentwegen er in Belgrad gewesen war, in allen Details zu beschreiben. Sie hatte ihm versprochen, darüber nachzudenken. Nun waren ihre Dinge an der Reihe. Vorsichtig deutete sie an, daß sie, P. R.s Einverständnis vorausgesetzt, beabsichtige, sich mit dem Waldgeschäft zu befassen. In großen Zügen schilderte sie es ihm, erklärte ihm die Umstände, die zum Stagnieren geführt hatten, und erwähnte, daß es Mittel gebe, die Sache in Fluß zu bringen. – Wäre das einmal gelungen, winke ein großes Geschäft. Der Lord bekundete zwar wenig Lust, mit P. R. Geschäfte zu machen, Mira fand jedoch Mittel und Wege, seine Bedenken zu zerstreuen.

Allerdings sehe es so aus, scherzte sie, als verspürte P. R. nur geringe Neigung, über seine problematisch gewordenen Rechte mit sich reden zu lassen, denn sonst – sie warf einen Blick auf die Uhr – hätte er sich sicherlich gemeldet. Sie setzte gerade dazu an, Godbrooke in ein neues Projekt einzuweihen, das sich vielleicht mit seinem jugoslawischen verbinden hätte lassen, als Charles sie ans Telefon bat. Sie lud den Lord mit einer Geste, die er keiner anderen Dame nachgesehen hätte, dazu ein mitzukommen. Bestimmt sei das P. R., flüsterte sie und legte eine Eilfertigkeit an den Tag, wie er sie an ihr bislang nicht wahrgenommen zu haben glaubte. Ob sie sich von dem Waldgeschäft einen besonders hohen Gewinn erhoffte? Wie hätte er sich ein anderes Motiv vorstellen, gar daran denken können, daß dieser Graf, der mit Freddy Rommé spielte, der Punkt war, um den Miras Kombinationen kreisten.

Höflich, wie er war, ließ Lord Godbrooke der Schwägerin einen Vorsprung. Als er in das Zimmer trat, war das Gespräch bereits im Gang. Gerade legte Mira P. R. dar, daß Lord Godbrooke und A. L. in das Geschäft einsteigen würden, wenn sich ihre Idee als realisierbar erwiese. Sie bitte P. R. nur, ihr raschestens einen Bericht zukommen zu lassen über die Gründe für die Stagnation. Auch solle er sie über die Rechtslage und die bereits unternommenen Schritte informieren.

P. R. antwortete zunächst ausweichend; Mira wußte, daß er angestrengt nachdachte. Dann versprach er eilends, das Gewünschte zu schicken, fragte noch, was Mira von den Smaragden halte, und legte auf.

Entscheidendes war in diesen Minuten geschehen. Das Telefongespräch bildete den Auftakt zu einem Geschäft, in das Mira Linkhand ihr ganzes Wissen und Können, ihre Klugheit und Gerissenheit, ihre Kühnheit und Skrupellosigkeit einzubringen vermochte. Auch wenn die Sache als solche sie, streng genommen, nur wenig, nein, überhaupt nicht interessierte. Einzig und allein als Mittel zum Zweck diente sie ihr. Zu welchem Zweck? Sicherlich nicht zu dem, der mit Geschäften gemeinhin verfolgt wird: Geld zu verdienen. Täuschte sie damit nicht bewußt, willentlich, diese drei Männer?

Sie saß wieder in ihrer Ecke neben Godbrooke, schweigsam und grüblerisch. Der Lord, im Glauben, sie denke über Geschäftliches nach, bemühte sich, sie in Ruhe zu lassen. Wie oft schon hatte er Nutzen gezogen aus der Überlegtheit dieser jungen Frau. Auch den Blick, den sie jetzt dem sich mit Freddy vergnügenden Grafen zuwarf, bezog er auf P. R.s festgefahrenen Karren, der nach den noch unbekannten Plänen Miras flottgemacht werden sollte.

»Wie lange bleibst du hier, Milton?« fragte Mira.

Godbrooke, der Miras Mangel an Taktgefühl in Kauf zu nehmen gelernt hatte, zuckte dennoch innerlich zusammen. »Ich wollte mit dir einiges besprechen, Mira. Du weißt, dieses Geschäft mit den Jugoslawen –.«

»Gut, Milton. Morgen wollen wir gleich nach Tisch darauf zurückkommen. Ich bin sicher, ich kann dir einen Vorschlag machen. Vielleicht läßt sich etwas kombinieren – ich arbeite gerade an einer interessanten Sache.«

»Bist du morgen vormittag nicht frei, Mira?« fragte der höfliche Lord. Es fiel ihm schwer, seine Enttäuschung zu verbergen.

»Nein«, erwiderte sie mit mehr Nachdruck, als dem Engländer angebracht erschien. »Es tut mir leid. Als du anriefst, hatte ich bereits disponiert. Lauter Termine, die sich nicht verschieben lassen.« Für den Grafen wollte sie morgen Zeit haben, so viel wie möglich. Das war ihr wichtiger als alle Geschäfte und Projekte. »Ich verspreche dir, gleich nach Tisch. Um ein Uhr wollen wir lunchen, dann setzen wir uns zusammen und besprechen alles. Einverstanden, Milton?«

»*Allright*, Mira, und jetzt gestattest du, daß ich mich zurückziehe.«

Kurz darauf verabschiedete sich auch der Graf. Nachdem er sich umgezogen hatte, brachte Freddy ihn zu seinem Hotel. Mit herzlichen Abschiedsworten trennten sie sich voneinander. Als Freddy zurückkam, war Mira bereits eingeschlafen. Jedenfalls schien es so. In Wirklichkeit schlief sie wenig in dieser Nacht. Sie hatte, zum ersten Mal in ihrem Leben, Sehnsucht.

Der Mann, nach dem sie sich sehnte, saß in seinem altmodischen Hotelzimmer am Tisch, vor sich das Paket mit den Zloty. Er dachte an nichts anderes, als daß er sich den ›Kapitan‹ nun ganz bestimmt werde kaufen können.

Am nächsten Morgen hatte Mira wieder ihren Platz in A. L.s Büro eingenommen und ging die eingelaufene Post durch. Sie hatte alle Briefe gelesen, manche sogar zweimal – kaum ein Wort war ihr im Gedächtnis haften geblieben. Sie gab die Bemühung als zwecklos auf und starrte versonnen vor sich hin. Sie liebte und wurde wiedergeliebt. Hatte dieser strahlende Graf sie nicht geküßt? Und waren sie nicht einander in die Arme gesunken, als er ihr in einem stillen Winkel der Krieau aus dem Sattel half?

Miras Zeit war gekommen – ihr Schicksal als Liebende hatte begonnen sich zu erfüllen, wie es so glattflüssig in Romanen heißt. Sie hegte die gleichen Gefühle, verspürte die gleichen Wünsche wie fast jede andere junge Frau, die zum ersten Mal der Liebe begegnet. Auch sie wollte mit dem Geliebten allein sein, irgendwo, ihn in Zärtlichkeit einhüllen, ›alles‹ – was immer das hieß – für ihn tun.

Das Telefon klingelte, entriß sie ihren Gedanken. Perlberg war da mit den Mustern, auch Löwy, der Goldschmied, wartete. Sie mußte mit ihnen reden, ihnen Anweisungen geben. Ihr Alltag, das Geschäft, mahnte sie, verscheuchte Träume, begrub Sehnsucht und Unruhe.

Deren Objekt, Wladislaw Graf Woronewski, saß derweil im Frühstückszimmer des ›Klomser‹, eine Zigarette im Mund, ein Glas Wodka vor sich, und war glücklich. Es war schön gewesen im Prater. Die beiden Pferde, Miras Reitpferd und das des alten Stallmanns, waren von bester Rasse und vorzüglich gewartet. Erstklassig war auch das Reitzeug. Wie die Reitpantalons, die ihm Freddy aus G. G.s Garderobe ausgesucht hatte. Der große Braune, den er geritten hatte, nicht mehr jung, doch tadellos in Gängen und Temperament – und Mira hatte wahrhaftig auf einem echten Irländer gesessen, einem Wallach, mit allen Merkmalen seiner vornehmen Rasse. Ihr Sitz verriet gute Schule, Knie und Ellbogen waren am richtigen Platz. Sie wies zwar nichts von dem auf, was auf ›Klasse‹ schließen läßt, doch, wie sie selbst sagte, zum Spazierenreiten reichte es aus.

So war man eben eine halbe Stunde, bald im Schritt, bald im Trab, geritten, hatte einen kurzen Kanter eingelegt und dann bei den alten Bäumen Rast gemacht. Dort hatte er sie geküßt – oder sie ihn? Wer vermag das genau zu sagen. Jedenfalls mußten sie sich gut verstanden haben, selbst wenn sie beide sich anfangs recht ungeschickt dabei anstellten. Hatte er nicht sofort gemerkt, daß der Rotfuchs scharf auf ihn war. Von mir aus, dachte Wladek. Im Reitdreß sieht sie entschieden gut aus. Wie gepflegt sie ist, wie fein Haut und Haar duften! Er lächelte vor sich hin und prostete sich schließlich vergnügt zu.

Überaus zufrieden war er mit sich, Wladislaw Graf Woronewski, und er sollte es bleiben. Er wurde der Geliebte von Mira Linkhand, die in dieser Zeit Wunder vollbrachte. Selbst P. R. Linkhand, der Skeptische, Zurückhaltende, bezeugte uneingeschränkt Respekt. Denn in knapp vier Monaten hatte zwar nicht er, doch die englische Gesellschaft, die offiziell Teilhaberin der gräflich Woronewskischen Familie geworden war, den Prozeß gegen das polnische Verteidigungsministerium gewonnen. Expertisen, mit berühmten Namen gezeichnet, bewiesen schwarz auf weiß, daß der Wald strategisch eher ein Hindernis als einen

Vorteil darstellte. Von Staats wegen müßte er abgeholzt werden – unverständlich, daß man die Unternehmer noch daran hindern zu müssen glaubte. Die Presse gewisser politischer Lager unterstützte diese These in zielbewußter Kampagne, und lange vor Beginn des neuen Jahres wurde Vision zur Wirklichkeit: Holzfällerbataillone gingen zum Angriff über, vielgattrige Sägewerke nahmen den Betrieb auf, und endlich konnte die neue Feldbahn Bretter und Balken zur Verladestation bringen.

Ende Januar 1938 vermochte Mira ihren Schwiegervater dazu zu bewegen, seine Geschäfte in Österreich zu liquidieren. Sie selbst nahm die schwierige Aufgabe in die Hand und erzielte denkbar günstige Bedingungen. A. L. Linkhand und Frau Rachelle übersiedelten nach Zürich. Das Stadthaus in Wien ging an einen italienischen Konzern. Als im März der ›Anschluß‹ praktiziert wurde und deutsche Truppen in Wien einzogen, erlitten die Linkhands praktisch keinen Verlust. Eine Laune des Schicksals wollte es, daß zur gleichen Zeit das ehemals gräfliche Woronewskische Palais in Warschau zum Verkauf stand. Auf Betreiben Miras erwarb es die Gesellschaft. Ein Teil wurde zum Bürohaus umfunktioniert, der andere der gräflichen Familie als Wohnstätte überlassen. Die Gesellschaften der Gräfin Woronewska, die auf das Gut ihres Schwiegersohns übergesiedelt war und nur die Wintermonate in der Stadt verbrachte, erfreuten sich ähnlicher Berühmtheit wie die Pferde ihres Sohnes. Fünf konnte er sich jetzt leisten; er ritt sie auf praktisch allen *concours hippiques* und führte sie nicht selten zum Sieg. Vom Glück begünstigt fühlte er sich, mit seinen Pferden und mit Mira. Ja, auch mit ihr. Wie seine Ahnen konnte er jetzt leben, wie ein echter Schlachtschitz, und das verdankte er ihr. Außer Pferden hatte er keine kostspieligen Passionen. Keine andere Frau als Mira gab es für ihn. Er liebte sie. Wenn er ihr, der, in seinen Augen, Fremdrassigen, gar nicht Damenhaften und deswegen seiner Vorstellung von Frau und Geliebten Entgegengesetzten, auch am Anfang mit einem aus Zynismus und Neugier gemischten Gefühl begegnet war, so hatte bald die Dankbarkeit alle anderen Regungen verdrängt. Freilich entstand das Gefühl der Verbundenheit nicht zuletzt aus dem Reflex, den ihre Leidenschaft in ihm erzeugte. Zu jung, gesund und naiv, um nicht darauf zu reagieren, wurde er erst in der Beziehung zu Mira zu dem, was man einen idealen Liebhaber nennen könnte. Kurz, sie beglückte ihn und wurde darüber selber glücklich. In ihre Beziehungen mischte sich nichts Geistiges, kein Austausch von Meinungen und Gedanken trübte sie. Die Bande, die sie fesselten, waren, da das Geschlecht, der Trieb sie geknüpft hatte, von so fordernder wie vergänglicher Festigkeit.

Über den Büroräumen hatte Mira sich zwei Zimmer eingerichtet; offiziell wohnte sie mit Freddy im Haus von P. R. Oft kam es vor, daß sie bis in die Nacht im Büro festgehalten wurde. In diese verlängerte Arbeitszeit fielen ihre Schäferstunden mit Wladek, ein Glück, das ein Gutteil seiner Intensität der Heimlichkeit verdankte. Die Gelöstheit, Weichheit, ja Fröhlichkeit, die Mira jetzt an den Tag legte, buchte man mühelos auf das Konto ihrer immer ausgreifenderen geschäftlichen Erfolge.

Am Morgen nach dem glanzvollen Fest, mit dem man J. B.s neunzigsten Geburtstag gefeiert hatte, waren die Linkhands, auch die aus Übersee, im großen Speisesaal von J. B.s Haus in Zürich zusammengekommen. Die Vorhänge blieben zugezogen, gedämpftes elektrisches Licht sicherte diskrete Behaglichkeit. Um zehn Uhr fünf schob ein Diener L. B. Linkhands Rollstuhl herein; das obere Ende des Tisches war für ihn freigelassen worden. Als der Mann den Raum verlassen hatte, war die Familie unter sich.

Leicht klopfte J. B. Linkhand mit dem Bleistift auf die Tischplatte, sofort wurde es still. »Ich möchte euch, besonders den von weit Hergekommenen unter euch, dafür danken, daß ihr weder Zeit noch Mühe gescheut habt, dem ältesten Linkhand zu seinem Geburtstag persönlich Glück zu wünschen.« Er setzte seine Brille auf und ließ die Augen über die Versammelten wandern. »Schön von euch«, fügte er mit seiner schwachen, doch hellen Greisenstimme hinzu. »Das ist eigentlich alles, was ich, J. B. Linkhand, der ich nach menschlichem Ermessen bald zu unseren Vätern abberufen werde, zu sagen habe. Wenn meine Zeit gekommen ist, werde ich ruhig sterben, weil ich die Familie einig weiß und stark in dieser Einigkeit. – Jetzt aber bitte ich euch um Aufmerksamkeit für unsere liebe Mira. Sie hat

Wichtiges mitzuteilen.« J. B. Linkhand nahm die Brille ab und legte sie vor sich auf den Tisch. Er richtete den Blick auf Mira, die ihm gegenüber saß, zur Rechten ihres Schwiegervaters, neben ihrem Schwager G. G. aus New York. Freddy hatte mit etlichen jungen Leuten aus Übersee am unteren Tischende Platz genommen.

Daß Mira sich erhob, war neu. Sonst war sie immer sitzengeblieben, die Augen auf das Papier gerichtet, wo sich gewöhnlich Stichworte und Zahlen häuften. Nichts mehr von Angespanntheit, wie sie früher ihr Gesicht starr, ihre Bewegungen hölzern hatte erscheinen lassen. Sie wirkte sicher, beherrscht. Aus goldfarbenen Augen blickte sie unbefangen auf alle diese Männer, die sie längst als Geschäftspartnerin und Initiatorin anerkannten, als eine Macht in Familie und Geschäftswelt. Miras Stimme, noch immer tief und heiser, war nicht länger gehemmt oder von monotoner Ausdruckslosigkeit. Schwang Geheimnisvolles, Fremdes in ihr? Mira sprach, und alle horchten auf:

»Unser Senior, unser lieber J. B., hat angedeutet, daß ich euch Wichtiges mitzuteilen, vielmehr vorzuschlagen habe. Wenn ich, als eine der Jüngsten – nicht nur an Jahren, auch in der Zugehörigkeit zur Familie – hier und jetzt ein Problem zur Sprache bringe, so geschieht dies deswegen, weil es meiner Überzeugung nach allerhöchste Zeit ist, darüber zu beraten und einen Entschluß zu fassen. Mein Vorschlag mag euch überraschen, ja schockieren; ich bin jedoch sicher, am Ende werdet ihr mir beipflichten.« Sie machte eine Pause, als wollte sie den Versammelten Gelegenheit geben, sich auf Kommendes vorzubereiten. Dann fuhr sie fort: »Ihr wißt, Hitler ist eine Realität, *a bloody reality,* und wir müssen die Konsequenzen ziehen. Welche Konsequenzen?, werdet ihr fragen. Die schmerzlichsten, antworte ich. Ich bin – verzeiht mir, wenn ich es geradeheraus sage – für Liquidation aller Linkhandschen Unternehmen, aller Immobilien, soweit sie sich auf dem europäischen Kontinent befinden. Dies bedeutet nichts geringeres als Transfer aller Kapitalien – teils nach den Vereinigten Staaten von Amerika, teils in gewisse Länder Lateinamerikas – und Bereitschaft zur Gründung von neuen Firmen in Anlehnung an die schon bestehenden der überseeischen Familienmitglieder.«

Die bei den Linkhands geübte Disziplin war sprichwörtlich. Am deutlichsten zeigte sich dies bei Zusammenkünften und Beratungen, wo die Maxime: ›Ausreden lassen!‹ als oberstes Gesetz galt. Jetzt aber wäre mancher von ihnen am liebsten aufgestanden und hätte zum Zeichen des Protestes den Raum verlassen. Ja, dachte der eine oder andere bei sich, was bildet sich diese Hergelaufene eigentlich ein? Woher nimmt sie den Mut, den Linkhands einen so ungeheuerlichen Vorschlag zu unterbreiten? Den Linkhands, deren Heimat Europa ist. Väter, Söhne, Brüder, Vettern, Schwiegersöhne, Schwäger – Europäer und Überseeische – flüsterten miteinander, durcheinander, so daß der Senior schließlich wieder die Brille aufsetzte und kräftig mit dem Bleistift auf die Tischplatte klopfte. Augenblicklich trat Ruhe ein. »Bitte, fahr fort«, sagte er, die Brille abnehmend, zu Mira, und diese sprach weiter, so unbeirrt, als hätte der im Keim erstickte Aufruhr nicht ihr gegolten.

»Ich weiß«, sagte sie, »daß die meisten von euch meine Empfehlung ablehnen, sie sogar weit von sich weisen. Ich kenne ihre Gründe und würdige sie. Die Linkhands sind, mit Recht, stolz auf ihre Tradition, ihre europäische Tradition, die geschaffen wurde in Jahrhunderten und Kriege, ja sogar Revolutionen überdauert hat. Der Kaufmann, der Unternehmer, der Händler muß aus jeder Situation Kapital schlagen. Nur gilt es zu bedenken« – hier machte Mira eine Pause, und ihr Blick traf jene, die am vernehmlichsten protestiert hatten –, »daß der Krieg, der über kurz oder lang in Europa ausbrechen muß, diesen Kontinent nicht nur verwüsten wird, auch seine Traditionen wird er zerstören. Denn hinter ihm stehen Menschen, denen Tradition fremd ist, ja, die deren Feinde sind – Totengräber der europäischen Kultur.«

»Oho!« rief der Amsterdamer, und der Pariser, sonst einer ihrer wärmsten Anhänger, sagte laut *»bêtise«*, der Antwerpener jedoch machte eine Handbewegung, die deutlich ausdrückte, daß nichts so heiß gegessen, wie es gekocht wird. Mancher, der sonst zu ihren getreuen Trabanten gehörte, bewies durch Zuruf oder Geste, daß er Mira diesmal die Gefolgschaft versagte.

Trotz zunehmender Unruhe im Saal fuhr die Rednerin fort. »Erlaubt mir, daß ich euch darlege, wie ich zu diesem Schluß gekommen bin. Zum endgültigen Nein ist noch immer Zeit, wenn ich zu Ende gesprochen habe. Vielleicht hätten die Vorfälle in Österreich noch Argumente zugelassen, die gegen meine Auffassung sprechen; was sich jedoch vor nicht ganz zwei Wochen in der Tschechoslowakei ereignet hat, läßt nichts zu hoffen übrig. Hitler ist in Prag einmarschiert – ein Herzstück europäischer Kultur wurde zur deutschen Kolonie erniedrigt. Die tschechische Schwerindustrie wird von nun an für die Kriegsmaschine der Deutschen arbeiten, fast ohne Blutvergießen ist sie ihnen zugefallen. Kampflos ließ die Welt den Diktator siegen, wieder und wieder, jetzt verfügt er über alles, was er braucht, um die größte und bestausgerüstete Armee Europas aufzustellen. Die Engländer, stets die Verläßlichsten, wenn es um das europäische Gleichgewicht geht, haben eindeutig bewiesen, daß sie keinen Krieg wollen. Am klarsten dadurch, daß sie den Russen, die das Ausmaß der Gefahr erkennen und marschieren wollten, das Bündnis versagten. Schon heute ist Hitler praktisch der Herr Europas. Derselbe Hitler, der unser, der Linkhands, größter Feind ist: Denn wir sind Juden und zudem noch – reich. Er kann sich, ohne mit nennenswertem Widerstand rechnen zu müssen, genauso gegen den Westen wenden wie gegen den Osten. Ich bin sicher, daß er in absehbarer Zeit das eine oder das andere tun wird.

Aber ich richte das Wort nicht an die Linkhands als Europäer, als Patrioten, auch nicht an die Linkhands als die Juden, die sie geblieben sind. Ich wende mich an sie als die Kaufleute, Händler, Bankiers, Unternehmer, die tagtäglich Risiko und Gewinnchance gegeneinander abwägen müssen. Worin, frage ich euch, besteht das Risiko, wenn wir den Schwerpunkt unserer Interessen von Europa nach Amerika verlagern? Auch in der Neuen Welt werden wir moralischen Rückhalt bei Verwandten finden. Als europäische Kaufleute können wir gut und gern dasselbe leisten wie unsere amerikanischen Freunde – ja, vielleicht sogar mehr. Und wer würde uns daran hindern, unser Leben jenseits des Ozeans so einzurichten, wie es die Tradition der Linkhands vorschreibt? Wo immer wir hingehen, werden wir die Linkhands sein – nur nicht im Konzentrationslager oder ...« Sie machte eine Pause, senkte den Kopf, hob ihn gleich darauf wieder und fuhr fort: »Glaubt mir, ich sage das nicht, um euch meinen Willen aufzuzwingen, nicht, weil ich feige bin. Es geht auch nicht darum, daß ich mich in Sicherheit bringen will, mich und meine engsten Familienangehörigen. Das Wort richte ich an euch, weil ich es für unfair gehalten hätte, mit meiner Meinung hinter dem Berg zu halten. Das ist mein Dank, wenn ihr wollt, an die Familie Linkhand, die auch ich jetzt ›meine‹ Familie nennen darf.«

Mira setzte sich, griff nach einer Zigarette, und G. G. gab ihr Feuer. Es war still in J. B.s Speisesaal. Auf eine einladende Handbewegung J. B.s hin erhob sich A. L. Linkhand, früher Wien. »Ich will nichts zu Miras Ausführungen und Vorschlägen sagen«, begann er. »Mir geht es nur darum, euch nochmals daran zu erinnern, welche Rolle Form und Regel für uns spielen. Immer haben wir sie beachtet, und so wollen wir es, euer Einverständnis vorausgesetzt, auch hier und jetzt halten. Bei Beratungen über wichtige Angelegenheiten der Familie Linkhand hat von jeher die Majorität entschieden. Jeder der Anwesenden ist stimmberechtigt. Majorität heißt, wie immer, zwei Drittel der Stimmen.« A. L. Linkhand dachte kurz nach, dann sagte er: »Meine Frage lautet: ›Sind alle Teilnehmer des Familienrats damit einverstanden, daß über Miras Vorschlag abgestimmt wird?‹ Wer dafür ist, soll den rechten Arm heben.«

Was kaum einer der Versammelten erwartet hatte, geschah: Alle hoben den rechten Arm, um die Abstimmung in Gang zu bringen.

A. L. fuhr fort: »Ich freue mich, daß alle sich über die Form einig sind. So will ich euch auch daran erinnern, daß alle Familienmitglieder – und ich meine wirklich: alle ohne Ausnahme – sich dem Mehrheitsbeschluß unterwerfen. Die Entscheidung ist inappellabel. Heute abend um sechs Uhr findet die Abstimmung statt, in diesem Raum.« Er setzte sich. J. B. wandte sich G. G. zu und bat ihn zu klingeln.

Diener erschienen, zogen die Vorhänge auf, und das Licht der Frühlingssonne strömte herein. Kaviar auf Toast und Sherry wurden herumgereicht. Kaum ein Wort fiel, das auf die vorausgegangene Debatte und die bevorstehenden lebenswichtigen Beschlüsse Bezug genommen hätte. A. L. hatte die Form angemahnt, und die Linkhands wußten, wie man sie wahrt. Sechs Stunden hätte man Zeit, sich zu beraten, jeder mit seiner Gruppe, seinem Anhang. Was immer der Ausgang der Abstimmung wäre, dem Votum der Majorität würde man bedingungslos folgen.

Wie die Familientradition es vorschreibt, wurde offen abgestimmt. Der Jüngste, der sechsundzwanzigjährige Sohn des Londoners, E. X. – Edwin Xavier –, las geduldig die Namen von einer Liste, einer Kopie des Originals, das J. B., der Senior, vor sich liegen hatte. Ihm zur Seite saßen rechts A. L., früher Wien, und links P. R., Warschau, dem Alter nach dem Senior am nächsten. Der Bogen J. B.s war Teil der Familienchronik, ein Dokument, das den gewichtigsten der Familie Linkhand zugerechnet wurde.

Jeder der Aufgerufenen hatte vor die Versammelten zu treten und zu erklären: »Ich, Soundso, habe Kenntnis vom Antrag der Mira Linkhand und stimme für bzw. gegen ihn.« Von den hundertdrei Teilnehmern stimmten achtundachtzig für Miras Antrag. Alle aus Übersee waren für ihn, ebenso O. R., früher Berlin; dessen Söhne und Schwiegersöhne, die sich bereits in der Schweiz etabliert hatten, stimmten dagegen. Der Londoner J. C. bat, auch im Namen der Seinen, sich der Stimme enthalten zu dürfen. J. B. machte ihm klar, daß es hier um Interessen der Familie ging, und die Londoner sprachen sich für Miras Vorschlag aus. Es blieb P. R., Warschau, vorbehalten, das Resultat der Abstimmung bekanntzugeben.

Mira erhob sich und dankte denjenigen, die für ihren Antrag gestimmt hatten. Gleichzeitig erklärte sie, daß sie volles Verständnis für die fünfzehn Dissidenten habe. Für den Fall, daß die Zukunft ihr Unrecht geben sollte, bat sie zu bedenken, daß ihr Rat nur dem Willen entsprungen sei, die Familie zu sichern und zu erhalten. »Sobald es wieder ein Europa gibt, in dem Platz ist für die Linkhands, wird nichts uns daran hindern zurückzukehren. Genauso wie uns nichts daran hindern kann«, fügte sie nach einer Pause hinzu, »in unserem neuen Wirkungskreis zu bleiben und wie Linkhands zu leben und zu arbeiten.« Sie ließ die Anwesenden wissen, Optionen für Liquidation, Transfer und Abreise habe sie bereits ausgearbeitet.

Nach zehn Tagen wußten die Linkhands nicht nur, wann sie Europa verlassen würden – am 15. Juli, auf einem Schiff der Gesellschaft, die Lord Godbrooke kontrollierte –, sie konnten sich auch mit dem Gedanken trösten, daß komfortable Häuser sie am Reiseziel aufnehmen würden und ersprießliche Arbeit auf sie wartete.

J. B. Linkhand hatte für Miras Vorschlag gestimmt. Niemand ging allerdings davon aus, daß er auswandern würde. Er traf jedoch Dispositionen, die keinen Raum für Zweifel ließen. Auch er erklärte, Europa verlassen zu wollen, seine Heimat sei nun einmal die Familie. Nur ihre Nähe könne seinem Leben – seien seine Tage auch gezählt – einen Sinn geben. Der Verkauf seiner Liegenschaften, allem voran das Wohnhaus aus dem Jahre 1723, glich einem symbolischen Akt. Den europäischen Linkhands sollte er zeigen, daß J. B., der älteste unter ihnen, der am wenigsten zu befürchten hatte, alles, was ihn faktisch und gefühlsmäßig mit Europa und seiner engeren Heimat verband, hintansetzte, wenn es galt, Familiensinn zu beweisen.

Nach dem 15. April gab es zumindest in Zürich bereits keine Linkhands mehr. Mira blieb auf Wunsch ihres Schwiegervaters noch einige Tage, um sich auszuruhen von der Arbeit, die sie geleistet hatte. Sehnsucht nach dem Geliebten quälte sie und dies um so mehr, als es nichts mehr gab, was sie abgelenkt hätte. Deshalb war sie froh, als Godbrooke sich mit ihr für den 23. April in Warschau verabredete. Es handelte sich darum, gewisse Arbeiten zu forcieren, Dampf zu machen nicht nur beim Holzexport. Die Abschlüsse in Wolle, die mit Lodzer Spinnereien und Webereien getätigt worden waren, erwiesen sich zwar nach wie vor als lohnend, angesichts der politischen Lage hieß es jedoch jetzt, so unauffällig und so günstig wie möglich aus den Geschäften auszusteigen. Mira würde natürlich alles unternehmen, um die Liquidation zu beschleunigen. Allerdings könne sie, wie sie den Schwiegereltern bereits angedeutet habe, nicht mit der Familie reisen, sondern erst Wochen später. A. L. sah das sofort ein. »Du bist eine richtige Kämpfernatur, Mira. Erste beim Vormarsch und letzte beim Rückzug«, hatte er lächelnd gesagt und ihr die Hand getätschelt.

»Danke, Papa. Ich freue mich, wenn du zufrieden bist«, war alles, was sie erwiderte.

A. L. sah sie mit forschendem Blick an. »*Façon de parler* – oder meinst du das wirklich?«

»Ich verstehe deine Frage nicht, Papa. Habe ich dir Anlaß gegeben, an meiner Aufrichtigkeit zu zweifeln?« Ihr Schwiegervater war nun einmal der einzige in der Familie, mit dem echte Sympathie sie verband. Nur ihm fühlte sie sich menschlich nahe. Sie war ihm dankbar, sie mochte und schätzte ihn, und er sollte das wissen.

A. L. Linkhands Gefühle waren indessen nicht so unkompliziert wie die seiner Schwiegertochter. Im Enthusiasmus und dem aus dem Überschwang erwachsenen Selbstbetrug der ersten Zeit hatte er die junge Frau als seine Tochter betrachtet, seine – geistige Erbin. Vieles hatte sie erreicht, aber weniger, doch ›schöner und feiner‹, wäre vielleicht mehr gewesen. Von seinen Söhnen enttäuscht, hatte er in ihr nicht nur die verständnisvolle Gehilfin gesehen, auch die mitfühlende Kameradin.

Es wäre falsch gewesen anzunehmen, A. L. Linkhand hätte seiner Schwiegertochter diesmal nicht zugestimmt, ihre Vorschläge und Pläne nicht gutgeheißen. Das, was sie vorgebracht hatte, stimmte nur zu sehr: Man durfte einfach nicht riskieren, in Europa zu bleiben, wenn auch zu hoffen stand, daß das Blatt sich wenden würde. Doch daß sie – zum ersten Mal, schien es ihm – nicht. nur an die Vernunft, sondern auch an das Gefühl appelliert, daß sie sich dabei gewisser, bislang von ihr verschmähter Phrasen bedient hatte, machte ihn mißtrauisch, stieß ihn ab. Nicht aus Sorge um die Familie war sie mit ihrem Vorschlag an die Linkhands herangetreten – nein, Angst hatte sie ihnen machen wollen. A. L. glaubte, die Motive seiner Schwiegertochter zu kennen: Sie wollte die Linkhands und deren Vermögen retten, weil sie ihrer bedurfte, das Geld und die Menschen brauchte – als Instrument. Nur eines hatte sie im Sinn: voranzukommen. Gelangt man nicht viel leichter ans Ziel, wenn einem ein riesiges Vermögen Basis und Rückhalt bietet?

Worin bestand ihr Ziel? War sie nicht schon angelangt? War aus dem eckigen Mädchen, linkisch und gehemmt, nicht eine freie, sichere und reiche Frau geworden? Eine Frau, die bis ans Ende ihrer Tage nichts anderes zu sein hätte brauchen als eben – Frau?

Natürlich war A. L. die Veränderung in Aussehen und Wesen, in Art und Auftreten seiner Schwiegertochter aufgefallen, und er hatte sich seinen Reim zu machen versucht. Doch eine befriedigende Erklärung fand er nicht. War es der Erfolg – die ganze Serie von Erfolgen? Erfolg kann Befriedigung verschaffen, Sicherheit geben, auch Wandlung herbeiführen, gewiß. Mehr als einmal hat man dergleichen an Männern beobachtet. Nur: ihre Veränderung, diese allen – und ihm, der sie näher als alle zu kennen glaubte, besonders deutlich – wahrnehmbare Metamorphose war am auffälligsten im Bereich des Fraulich-Weiblichen. Aus Mira, der harten, ernsten Mira, die sich jedes Lächeln, jede fließendere Bewegung abquälen mußte, war eine fröhliche, nicht selten verträumt lächelnde junge Frau geworden.

Was also hätte er Mira, mit der er in der Frühlingssonne auf der Terrasse saß, antworten können? Habe ich dir Anlaß gegeben, an meiner Aufrichtigkeit zu zweifeln?, hatte sie gefragt. Ihr von seiner Enttäuschung erzählen? Sie einweihen in seine Befürchtungen – seinen Verdacht?

Väterlich, geradezu greisenhaft in ihrer Banalität war seine Antwort. »Was fällt dir ein, Mira. Du bist und bleibst mein liebes kluges Mädchen. Nein, nein, ich zweifle nicht an deiner Aufrichtigkeit, und ich glaube, ich habe dir das vom ersten Tag an bewiesen. Ich will aufrichtig sein ...« Er unterbrach sich, suchte nach Worten.

»Ja, Papa, sprich dich nur aus«, sagte sie ruhig, fast sanft.

Das half ihm. »Sieh, Mira, ich bin alt, Gustl und Elli sind nach menschlichem Ermessen versorgt. Bloß – was wird aus Freddy, wenn es mich nicht mehr gibt?«

Mira war ehrlich erschrocken. Sie empfand Zuneigung für A. L.; daß er früher oder später sterben würde, daran wollte sie nicht denken. »Was fällt dir ein, Papa?« Mit einer zärtlichen Gebärde legte sie ihre Hand auf die seine, was ihn fremd an ihr anmutete, ihm jedoch wohltat. »Wie kommst du darauf? Sieh dir J. B. an, zwanzig Jahre ist er älter als du!«

»Nur achtzehn, Mira. – Nicht um mich geht es, auch nicht

um J. B. – ich mache mir Sorgen um Freddy. Er liebt dich wirklich, Mira. Soweit er – ich meine – er hängt sehr an dir.«

»Ich weiß, ich mag ihn doch auch.« Sie log nicht, sie mochte ihn tatsächlich, war an ihn gewöhnt. Hatte sie ihm nicht eine Menge zu verdanken? Nun, er störte sie nicht. – Fieberhaft begann Miras Gehirn zu arbeiten. Am Ende? – Der Gedanke, jemand könne hinter das Geheimnis ihrer Liebesbeziehung gekommen sein, war ihr unerträglich. Nein, der alte Mann durfte es nicht glauben. »Was meinst du mit Freddy, Papa? Was beunruhigt dich?«

Prüfend sah er sie an. Sollte er sie verletzt haben? Ihr Benehmen war ganz danach. Hatte sie nicht ihre Hand allzu rasch wieder zurückzogen? »Nicht doch, Mira«, sagte er milde. »Beunruhigt? Nein, so kann man das nicht nennen. Ich sorge mich, Mira, das ist alles. Auch an dich wird die Versuchung herantreten und – offen gesagt: ich fürchte, du könntest Freddy einmal verlassen. Er wäre dann der unglücklichste Mensch auf der Welt.«

»Papa!« Mira fehlten die Worte. Nicht das, was ihr Schwiegervater sagte, überraschte sie, sondern wie er es sagte. Denn jetzt war sie sicher, daß er mehr wußte, als es den Anschein hatte. Anstatt ihr Vorwürfe zu machen, ging er aufs Zarteste mit ihr um. Bat er sie nicht, flehte sie sogar an? Sie forschte in seinem Gesicht: Wieviel wußte der alte Mann? Vielleicht konnte man seinen Verdacht zerstreuen, seine Beweise durch Gegenbeweise entkräften. »Papa«, wiederholte sie erregt, »wie kommst du auf solche Gedanken?« Sie wollte ihn zwingen, die Karten auf den Tisch zu legen. Vielleicht ließ sich das ganze noch durch einen Bluff zu ihren Gunsten entscheiden. Nur mühsam bewahrte sie die Fassung.

Der alte Mann mißdeutete Miras Nervosität, dachte, sie sei gekränkt, beleidigt. War sie deswegen in Aufruhr, weil er ihr Unrecht getan hatte mit seinem Zweifel? »Versteh mich doch, Mira.« Leise, fast zaghaft kamen die Worte. Mira atmete freier. »Die anderen, Elli und Gustl, haben alles: Familie, Kinder, einen Wirkungskreis – Freddy hat nur dich. Sein Leben bist du, ja, und deshalb mache ich mir Sorgen« – seine Stimme klang ganz dünn, fast wie ein Flüstern –, »Sorgen, du könntest ihn einmal, wenn du ...« Er brach ab.

Mira hatte verstanden. Um seinen Sohn ging es ihm, an dessen Glück dachte er. Wenn er auf Vertragsbruch anspielte, so gewiß nicht, um sie dessen zu zeihen – verhindern wollte er ihn. Es fiel ihr leicht zu antworten: »Ich weiß nicht, Papa, wie du auf das alles kommst. – Ich will hoffen, du kennst mich gut genug ...« Sie blickte ihn scharf an und gewahrte dennoch nicht mehr als den Ausdruck von Aufmerksamkeit und der ihm eigenen Höflichkeit. »Natürlich ist mir aufgefallen, daß du beunruhigt bist. Aber Grund zur Sorge besteht wirklich nicht. Du weißt, Papa, große Worte mag ich nicht. Ich sage offen heraus, was ich denke.« Sie wandte sich ihm voll zu und sah ihm in die Augen: »Ich verspreche dir, ich werde Freddy nie verlassen – nie. Bis zum Tode nicht.« Sie streckte ihm die Rechte entgegen, und er nahm sie in beide Hände.

Gerührt, beglückt, sagte er: »Ich glaube dir, Mira.« Denn genau diese Worte hatte er von ihr hören wollen. Ja, beunruhigt war er: als Mensch, als Vater und als – Kaufmann. Gute Worte hatte Mira gesprochen, und ihr Händedruck ... Gibt es einen stärkeren Beweis des ehrlichen Willens unter Kaufleuten als den Händedruck, der ein Geschäft besiegelt? Und waren sie nicht beide Kaufleute, Mira und er?

V

Schiffbruch in Polen

Während im westlichen Europa die Linkhands und die ihnen Nahestehenden nach Miras Plänen ihre Übersiedlung betrieben, während ihre Verwandten und deren Anhang jenseits der Meere die nötigen Vorbereitungen zu ihrer Aufnahme trafen, während die einen sich regelmäßig über Telegraf und Telefon oder durch Reisen über die Fortschritte in den Vorbereitungen zum Exodus der anderen informierten, beendete Mira den letzten Teil der gewaltigen Aufgabe, die sie übernommen hatte: Liquidation der Linkhandschen Interessen im Südosten und Osten Europas. Nach knapp sieben Wochen war in Jugoslawien, Griechenland und Rumänien reiner Tisch gemacht. Sie flog mit Freddy nach Zürich, und von da aus gingen detaillierte Berichte, Aufstellungen und Abrechnungen an die beteiligten Familienmitglieder.

Blieb als letztes – so hatte Mira es gewollt und geplant – Polen. Vor allem das große Unternehmen, das sich längst nicht mehr auf die ›Exploitation von Waldungen‹ beschränkte: Aus dem Holzgeschäft war ein Holzexport geworden. Nach Miras sinnreichem System war Lord Godbrooke, der die Linkhandschen Interessen vertrat, hier in allem führend, und ebenfalls auf Miras Rat hatte man die gräflich Woronewskische Familie, sozusagen als Repräsentantin des polnischen Kapitals, in das Geschäft mit hineingenommen. Mit kaum nennenswerter, im ganzen jedoch ansehnlichen Nutzen abwerfender Beteiligung. Daß ihr Schwiegersohn, der Fürst, als einziger den Umfang des Geschäfts und die Dimensionen des voraussichtlichen Nutzens annähernd abzuschätzen vermochte, war zu erwarten gewesen.

Ihm hatte das Glück gelacht. Eine wunderschöne Frau, die eine echte Dame war und außerdem reich, nicht nur in Zloty, auch umgerechnet in Dollar. Es war unumgänglich, daß der Fürst, der nach Familienbeschluß als Bevollmächtigter der Woronewskischen Erben auftrat, mit Mira in Berührung kam. Er hatte bald erkannt, daß sie ein entscheidender Faktor in der englischen Company war, der ihr Schwager, Lord Godbrooke, präsidierte. Schon das Hochzeitsgeschenk für seine Frau, jener kostbare Brillant, der im Namen des Hauses A. L. Linkhand, Wien, von seinem Schwager überreicht worden war, hatte ihm zu denken gegeben. Der Fürst begriff, daß im Vergleich zu den Riesensummen, mit denen hier hantiert wurde, sein eigener finanzieller Spielraum recht bescheiden war. Andererseits erkannte er, daß seinen Angehörigen, und damit auch ihm, aus für ihn unerfindlichen Gründen ein auffallend großzügiges Wohlwollen entgegengebracht wurde. Er zögerte nicht, die Chance, die sich ihm bot, hinlänglich zu nutzen.

Deshalb hielt er es für angebracht, nicht bei P. R., dem für die Geschäfte mit der gräflichen Woronewskischen Familie zuständigen Linkhand, telefonisch um eine Unterredung zu ersuchen, sondern bei Mira. Sie bat ihn, sie, wenn es ihm passe, am Spätnachmittag, gegen fünf Uhr, in ihrem Büro aufzusuchen.

Nach den üblichen einleitenden Reden kam der Fürst auf den Zweck seines Besuchs zu sprechen. Er beabsichtige, seine und seiner Verwandten Kapitalien in ein industrielles Unternehmen einzubringen, das eng mit der Landwirtschaft zu tun habe. Er trage sich mit dem Gedanken, auf einem seiner Grundstücke, das unmittelbar an der Eisenbahnlinie liege, eine Zuckerfabrik zu errichten. Ob die gnädige Frau den vergleichbaren Betrieb in Chodorow kenne und wisse, wie rentabel er sei. Die Fabrik, die er unweit von Warschau zu bauen vorhabe, werde sich bestimmt als noch rentabler erweisen. Auch an eine große, mit elektrischem Strom angetriebene Mühle denke er – Platz sei für beides ausreichend vorhanden.

Als man bei Einzelheiten angelangt war, legte er der aufmerksam zuhörenden Mira dieses und jenes dar, aber beim wichtigsten Punkt zögerte er. Das einzige, worin er keinerlei Erfahrung habe, sei die Finanzierung solcher Projekte. Es verstehe sich, daß er bereit sei, sich mit allem, worüber er verfüge, zu beteiligen, aber wie sie sich denken könne, sei das zu wenig. Ob die gnädige Frau ihm nicht Fingerzeige geben könne. Worin eigentlich die Prozedur bestehe, wenn man sich mit einer Bank liieren wolle, eine Aktiengesellschaft zu gründen oder gar ausländisches Kapital auf sich aufmerksam zu machen gedenke.

Mira hatte ihren Besucher zu Ende reden lassen und die Zeit genutzt, um zu überlegen. Nicht den Projekten des Fürsten galten ihre Gedanken, sondern dessen Persönlichkeit. Wie gut kannte sie ihn, und wie ließ sich das, was sie über ihn wußte, für ihre Zwecke nutzen. Als er geendet hatte, war ihr klar, wie sie es anpacken würde. »Ihre Pläne, *mon prince,* sind versprechend und haben die notwendige praktische Basis. Sie würden sich auch leicht verwirklichen lassen, denn für ein lohnendes Geschäft Geld zu beschaffen, ist nicht allzu schwer. Schließlich ist Geld dazu da, die Industrie, den Handel, kurz, die Wirtschaft zu fördern. Nur eben: Finanziers, Investoren sind vorsichtig, das müssen sie sein, und die erste Frage, die sie sich stellen, ist stets, ob die Zeit dem zu gründenden Unternehmen günstig sei. Eine Zuckerfabrik oder eine Mühle sind kein Wald, den man über einen längeren oder kürzeren Zeitraum abholzt. Unternehmungen, wie Sie, *mon prince,* sie planen, sind nicht destruktiv wie die Waldsache, sondern konstruktiv, was besagt, sie greifen in die Zukunft. Ich weiß nicht, ob Sie bereits mit ausländischen Investoren Fühlung aufgenommen haben und welche Antwort man Ihnen gegeben hat. Sicher bin ich allerdings, daß Sie bei den Gesellschaften, an denen meine Familie beteiligt ist, mit Ihren Projekten – sie sind bestimmt gut und solide – keinen Anklang finden werden, weil die Zeit leider gegen sie spricht.« Sie schwieg abwartend. Dabei dachte sie, das alles hätte sich auch viel kürzer sagen lassen, wäre es ihr nicht darum gegangen, diesen blutigen Anfänger für ihren Plan zu gewinnen. Nur wenn sie ihm bewies, daß sie ihn ernst nahm, bestand Aussicht auf Erfolg.

Stumm saß er vor ihr, offenbar dachte er nach über Miras Worte. »Sie glauben, meine Gnädigste, daß es zum Krieg kommen wird?« sagte er schließlich.

»Was ich glaube, ist unwesentlich. Es geht um die Befürchtungen Größerer und Klügerer. Ich kenne die Stimmung in Europa.«

»Aber Polen ...«

»Sehen Sie, *mon prince,* ich täte gut daran, meine Ansichten in diesem Punkt für mich zu behalten. Sie sind Patriot und glauben an die Stärke, die Unbesiegbarkeit Ihres Landes. Ich sehe das alles nüchterner.«

Der Fürst starrte Mira an. Die Pläne, von denen er sich soviel versprochen hatte, waren zerronnen. Was lag an ihnen, sagte er sich. Gab es nicht Wichtigeres zu bedenken? Potentielle Investoren seien vorsichtig geworden, zurückhaltend, hieß es. Sicherheitsgarantien verlangten sie. Doch wie stand es mit der Sicherheit seiner Kapitalien? Hatte er nicht die Pflicht, zuerst einmal an sie zu denken – an ihre Rettung?

»Verzeihung, Gnädigste, noch eine Frage muß ich an Sie richten«, sagte er.

»Bitte, bitte sehr.« Mira war mit sich zufrieden.

»Sie haben doch einen ungefähren Überblick über die Reserven unserer Familie, ich meine, meiner Frau und ihrer Angehörigen. Im Vergleich zu den Beträgen, mit denen Sie operieren ...«

»Sagen Sie das nicht, *mon prince,* es sind schon Summen. Außerdem werden Ihre Reserven sich beträchtlich vermehren, wenn das Holzgeschäft liquidiert ist, was ja schon bald der Fall sein wird.«

»Und was könnte geschehen, damit dieses Kapital ...«

»Wollen Sie meinen Rat?«

»Wenn Sie sich die Mühe machen würden ...«

»Sehen Sie, *mon prince*« – Mira gab sich betont sachlich, um sich den Eifer nicht anmerken zu lassen –, »ich kann Ihnen natürlich nicht raten, tun Sie dies oder jenes. Wenn ich mich in Ihrer Situation befände, würde ich allerdings alles, was ich besitze, in ein Land bringen, das nach menschlicher Voraussicht dem Zugriff Hitlers entzogen bleiben wird. – Am sichersten in dieser Hinsicht ist natürlich Amerika.«

Der Fürst fuhr zurück. »Ich verstehe nicht ganz. Meinen Sie, daß ich das Geld oder daß ich vielleicht auch selbst – Amerika? Ich glaube nicht, daß ich jemals dorthin reisen würde, meine Familie schon gar nicht.« Er war auf einmal zugeknöpft, geniert und bereute sichtlich, daß er sich auf die Sache eingelassen hatte.

Mira hatte ihren Besucher im Auge behalten und wußte, was

er jetzt überlegte. Diesen Ballon hatte sie steigen lassen, um sich ein Bild machen zu können. Nein, der Fürst war nicht für Amerika. »Ich weiß, daß die Aversion gegen Amerika zu den Eigenheiten gehört, die Sie mit vielen Ihrer Standesgenossen teilen. Ich begreife das nicht, gerade Sie als Agronom ...«

»Nein, Amerika kommt nicht in Frage«, sagte der Fürst mit Entschiedenheit.

»Sie haben mich«, versetzte Mira achselzuckend, »um Rat gefragt. Bitte, verstehen Sie, daß ich Ihnen nur den Rat geben kann, den ich für gut halte. Wie ich schon sagte: Wäre ich an Ihrer Stelle... Im übrigen bleibt Ihnen noch immer die Schweiz – sozusagen ein Kompromiß. Sie gehört zu Europa und scheint dennoch weniger bedroht zu sein als andere Länder.« Den Fürsten durfte man nicht verärgern. Es lag auf der Hand: Er hätte gern den Unternehmer gespielt, weil Geld ihm mehr bedeutete als seinen Standesgenossen. »Sehen Sie, *mon prince,* jetzt haben Sie mich mißverstanden. In Ihren Augen ist mein Vorschlag mit Amerika eine – Respektlosigkeit. Glauben Sie mir, wer aus dem Studium der Zeit seine Schlüsse zieht, muß so sprechen. Die Stimme der Vernunft ist das. Sollte ich Ihnen zu nahegetreten sein und ich Sie verletzt haben, so habe ich das nicht beabsichtigt. Ich bitte Sie, mir zu verzeihen.«

Der Fürst beeilte sich zu versichern, es bestehe kein Grund zur Beunruhigung. Nur bitte er die Gnädigste zu verstehen, daß das, was die Unterredung ihm an Erkenntnis gebracht habe, weit von dem entfernt sei, was er zu erfahren, wenn nicht gar zu erreichen gehofft habe. Selbst wenn man einer besseren und vernünftigeren Einsicht sich zu fügen bereit sei, könne man sich nicht einfach von dem Boden trennen, auf dem Ahnen und Urahnen gelebt hätten.

Das sehe sie ohne weiteres ein, sagte Mira. Sie wisse aber auch, daß man nicht allzusehr an der Vergangenheit kleben und einem, wenn auch noch so schönen Gedanken, wie die Tradition es ist, die Zukunft von lebenden Menschen opfern dürfe. Der Fürst sei der Mann einer der schönsten Frauen, denen sie, Mira, je begegnet sei. Wahrscheinlich wird er auch ein Kind haben. Sei dies nicht Grund genug, die Zukunft für ebenso wichtig zu halten wie die Vergangenheit?

Roman Bolgurski hatte sein offenes Gesicht mit den hellen blauen Augen Mira zugewandt. Es ging nicht länger um Geld und Besitz allein, er war nunmehr sicher, daß ihm und seiner Familie Gefahr drohte. Und diese rothaarige Jüdin wußte, wo ein rettendes Ufer zu finden war. »Was würden Sie mir also vorschlagen, meine Gnädigste? Ich meine, mit Verlaub, natürlich, außer Amerika?«

»Bringen Sie Ihre Frau und Ihre Schwiegermutter in die Schweiz. Erwerben Sie ein Haus, nicht zu groß, sechs bis acht Zimmer, in einer Stadt mittlerer Größe, und leben Sie mit ihnen dort, bis die Situation in Europa übersichtlich genug ist, daß sich endgültige Entscheidungen treffen lassen. Deponieren Sie Ihr Geld auf schweizer oder, besser noch, amerikanischen Banken. Vielleicht kann ich Ihnen später Winke geben, wie man damit arbeitet und – verdient.«

»Ich danke Ihnen für dieses offene Wort. Aber mein Besitz, der Boden, das Haus, das Gestüt, der ganze Betrieb ...«

»Verkaufen«, sagte Mira.

»Verkaufen?« Der Fürst war sprachlos, wie vor den Kopf geschlagen. Mira schien nicht unvorbereitet auf diese Reaktion. Sie hatte mit Widerstand gerechnet und blieb kühl. Er faßte sich und sagte mit Würde: »Ich glaube, da gehen unsere Ansichten auseinander, gnädige Frau.«

»Bestimmt«, antwortete Mira gleichmütig. »Doch, wie gesagt – Sie wollten einen Rat von mir. – Haben Sie sich erst alles noch einmal überlegt und mit Ihrer Familie darüber gesprochen, vielleicht daß Sie zu einem Entschluß gelangen. Entschlossenheit ist in Zeiten wie diesen das wichtigste. Ich stehe Ihnen natürlich auch weiterhin zur Verfügung.«

»Dank, verbindlichen Dank«, sagte der Fürst, dessen Empörung geschwunden war. Wie konnte diese Frau auch nur ahnen, was ihn und seinesgleichen mit dem Boden verband.

»Es ist gern geschehen. Ich wünschte, Sie behielten recht, *mon prince,* und nicht die Vorsichtigen, Kleinmütigen«, sagte Mira. Bolgurski hatte sich erhoben. Er tat sich schwer, die trübe Stimmung, die ihn überkommen hatte, zu verbergen. »Noch einmal meinen verbindlichen Dank und – wenn ich wiederkommen darf ...«

»Sicherlich, Sie sind mir stets willkommen. Allerdings muß ich morgen verreisen. Vor Ende der Woche werde ich nicht zurück sein.«

Der Fürst verbeugte sich. Kaum war hinter ihm die Tür ins Schloß gefallen, griff Mira zum Telefon und rief Freddy an. Er möge sie zum Essen abholen und danach wieder zurückbringen. Sie habe noch allerhand Dringliches zu erledigen. Später stieg sie zu ihrem inoffiziellen Arbeitszimmer hinauf und ließ das Rouleau zur Hälfte herab – das Zeichen für Wladek, daß er erwartet wurde.

Nachdem Mira alle Angelegenheiten geordnet hatte, blieb in Polen für sie nicht mehr viel zu tun übrig. Sie und Freddy hätten, wäre dies ihr Wunsch gewesen, zusammen mit P. R., seiner Frau und der jüngsten, noch ledigen Tochter, Warschau, und das heißt: Europa, verlassen können. Mira wollte nicht und ließ es deshalb an Mühe und Eifer fehlen. Sie hatte die Hindernisse für ihre termingerechte Abreise von langer Hand aufgebaut und würde sie erst aus dem Wege räumen, wenn es ihr paßte, genau gesagt, wenn die Linkhands Europa verlassen hätten und sie auf sich selbst gestellt wäre. Ohne Familie hieß auch, frei von Kontrolle.

Denn da gab es jemanden, der ebenso wichtig war wie Geld, Geschäft, Familie oder Geld *und* Geschäfte der Familie – Wladek. Ihn wollte sie mitnehmen in das neue Land, das neue Leben. Sie wußte, daß sie kaum eine Chance hätte, dies zustande zu bringen, wenn sie an die Vernunft oder die Angst appellierte wie bei ihren und seinen Verwandten. Deswegen hatte sie sich so nachdrücklich ins Zeug gelegt, als der Fürst, sein Schwager, sich um Rat an sie wandte. Hatte er erst einmal mit der Gräfin und deren Tochter das Land verlassen, war ihr der Sieg über die zu erwartenden moralisch-patriotischen Bedenken Wladeks gewiß.

Als ihr nach einigen Tagen mitgeteilt wurde, Fürst Roman Bolgurski habe dringend darum ersucht, ihn wissen zu lassen, wann Frau Mira Linkhand zurückkomme und ihn empfangen könne, huschte ein triumphierendes Lächeln über Miras Gesicht. Nach einem Blick auf den Arbeitskalender ließ sie den Fürsten für den nächsten Tag um zehn Uhr bestellen.

Freddy, der auf ihren Anruf hin gekommen war, sie abzuholen, fand sie hinter ihrem Schreibtisch. Sie schien ins Grübeln geraten zu sein. Tatsächlich brütete sie über ihren Plänen. Sie wußte, daß der Fürst ihr morgen sagen werde, er habe es sich überlegt und wolle ihren Rat befolgen. Und war, wie gesagt, Bolgurski mit seiner Familie auf dem Weg, mußte sie darangehen, auch Wladek dazu zu bewegen, Polen zu verlassen. Das würde so leicht nicht gehen, doch es mußte gelingen. Was war ihr Leben ohne das Glück, das sie noch vor einer halben Stunde in seinen Armen gefunden hatte!

Tatsächlich kam der freundliche und galante Fürst am nächsten Tag gleich auf den Kernpunkt zu sprechen. Alles habe er sich noch einmal durch den Kopf gehen lassen, und er bitte um Nachsicht für seine Dickschädeligkeit. Zugleich ersuche er die Gnädigste um Verständnis. Er liebe seine Heimat und insbesondere den Boden, auf dem schon seine Väter gelebt und gewirkt hätten. Allerdings sei ihm klar geworden, daß es seine vornehmste Pflicht sei, als Familienvater für die Seinen zu sorgen und sie vor jeglicher Gefahr zu schützen.

Ärztliche Untersuchungen hätten ergeben, daß seine Frau ihrer angegriffenen Lungen wegen dringend eines längeren Aufenthalts in einem Schweizer Sanatorium bedürfe, und dies um so mehr, als bei ihrer fortgeschrittenen Schwangerschaft die Gefährdung das übliche Maß weit übersteige. Ihre Mutter werde sie in der schweren Zeit, der sie entgegengehe, selbstverständlich nicht allein lassen. Und auch er selbst habe das Bedürfnis, in der Nähe seiner Frau zu bleiben. Dank eines Verwandten verfüge er über die besten Beziehungen zum Ministerium des Äußeren. So sei ihm bei der polnischen Botschaft in Bern ein Posten zugesichert worden. Der Verkauf des Gestüts sei ohne Schwierigkeit zu bewerkstelligen und verspreche ansehnlichen Gewinn. Die Ernte sei ausgezeichnet und ebenfalls leicht verkäuflich; für das Haus in Warschau liege ihm sogar bereits ein Angebot vor. Auch die Verpachtung von Boden, Haus und Wirtschaft für die Dauer von fünf Jahren sei so gut wie perfekt. »Doch«, schloß er die Aufzählung, »der Umstand, daß ich das alles in wenigen Tagen habe schaffen können, spricht ebenso für den Optimismus der Käufer wie für meinen eigenen Pessimismus, der allerdings erst von Ihnen, meine Gnädigste, aufgerührt worden ist.«

»Ich bin pessimistisch«, sagte Mira mit besorgter Miene, »leider ist meine Stimmung begründet. Auch wir haben uns zur Liquidation entschlossen, und dies nicht allein in den nach unserer Meinung mehr gefährdeten östlichen Ländern, auch im Westen, und, glauben Sie mir, nicht immer mit Gewinn. Zugegeben, unser Pessimismus ist rein kaufmännischer Natur, aber seine Quelle sind gewisse politische Ereignisse, die sich auch auf die nackte Existenz des Individuums auswirken können. Wenn andere anders kalkulieren, so ist das verständlich. Wann haben schon Menschen gleiche Ansichten über das gleiche Ereignis gehabt! Was Ihren Entschluß betrifft: Ich konnte Ihnen nicht besser raten als mir selbst, und nachdem sich für Sie alles so günstig fügt, gehen Sie in geschäftlicher Hinsicht kein Risiko ein – und das Dekorum ist auch gewahrt.«

Der Fürst verstand den Seitenhieb und errötete leicht. In Wirklichkeit war seine Liebe zum eigenen Boden viel größer als sein Patriotismus. Er fragte bescheiden: »Wie also, meine Gnädigste, werde ich die Beträge aus dem Land bringen, die ich durch Verkauf und Verpachtung flüssig machen konnte? Ganz zu schweigen von den nicht geringen Beträgen, die meinen Verwandten gehören und – wenn stimmt, was Sie sagen – noch gehören werden?«

Mira wäre nicht Mira gewesen, hätte sie die Antwort nicht parat gehabt. Sie zog es vor, sich zurückzuhalten und lediglich dem Fürsten nahezulegen, daß er sich, wenn es soweit sei, an sie wenden möge. Die nötigen Tips werde sie ihm dann schon geben. Am 13. Juli fliege sie nach London, am 18., spätestens am 19., werde sie zurück sein. Da die Zeit dränge, sei es das beste, wenn der Fürst sich inzwischen mit zwei Maklern in Verbindung setze und im privaten Clearing Franken und Dollar auf sein Konto in der Schweiz überweisen lasse. – Bolgurski notierte sich Name und Adresse der beiden von Mira als vertrauenswürdig Bezeichneten und empfahl sich mit höflichem Dank. Es war vereinbart worden, am 20. Juli erneut zu einer Unterredung zusammenzukommen.

Nach ihrer Überholung konnte die ›Blue Ocean‹ gut als Luxusdampfer gelten. Lord Godbrooke hatte jedenfalls nicht gespart und für jeden erdenklichen Komfort gesorgt. Es gab für die zweihundertsiebenundzwanzig Erwachsenen, einhundertdreizehn Kinder und sechsundachtzig Bediensteten, die ihre Brotgeber auf dieser Familienfahrt begleiteten, mehr als genügend Platz. Schon am Tag vor der Abreise hatten nahezu alle sich an Bord eingefunden und ihre Kabinen bezogen. Die Linkhands verließen den Kontinent, an den sie sich noch vor wenigen Monaten mit schier unlöslichen Banden gefesselt gefühlt hatten, froh und frei, in dem Bewußtsein, sich für den richtigen Weg entschieden zu haben.

Als Mira mit Freddy im Hafen von Southampton auf dem Schiff erschien, wurde sie freudig akklamiert. Jeder wußte, daß sie die Initiatorin dieser Reise war, dafür gesorgt hatte, daß der Abschied von Europa in Ruhe und ohne unmittelbare Bedrohung vor sich gehen konnte. Weder Neid noch Mißgunst hatte Mira davon abgehalten, selbst den unerwartetsten Widerstand zu überwinden und die Geschäfte der Linkhands als umsichtige und gewissenhafte Sachwalterin zu führen. Und jetzt blieb sie, die Tüchtige und Verläßliche, zurück, um auch das letzte Glied des europäischen Zweigs dieser gesegneten Familie in die neue Heimat hinüberzuretten. Dies ungefähr war der Sinn von P. R.s Toast beim Abschiedssouper, das am Abend des 14. Juli im einladenden Speisesaal der ›Blue Ocean‹ stattfand. Mit einem ›Auf Wiedersehen in wenigen Wochen‹ hatte Mira für den Applaus gedankt. Am nächsten Tag war das Schiff ausgelaufen. Das Häuflein derer, die ihm nachwinkten, setzte sich zusammen aus J. C. Linkhand, London, nebst seiner vielköpfigen Familie, Lord Godbrooke mit Frau und Kindern und, *last but not least,* Mira und Freddy.

Nach London zurückgekehrt, setzte sich Mira mit dem Schwager zu abschließender Beratung zusammen. Der Lord hieß gut, was Mira bereits verfügt hatte und noch zu unternehmen gedachte. Nicht länger als drei Wochen würde sie für die endgültige Abwicklung der Geschäfte in Polen brauchen und dann ebenfalls über England nach Amerika reisen.

Im Anschluß an diese Besprechung verabredete Mira sich

telefonisch mit ihrem alten Lehrmeister Nachum Fish. Sie würden sich am nächsten Morgen in der Schleiferei treffen, wo Mira vor Jahren den ersten Unterricht von ihm erhalten hatte. Um für dieses seit langem geplante Gespräch den passenden Vorwand zu haben, trug Mira einen Rohdiamanten bei sich, als sie per Taxi – nicht, wie gewöhnlich, mit Freddy – nach Whitechapel fuhr.

Fish, der sie lange nicht gesehen hatte, empfing sie mit Freude und Respekt. Ohne viel zu fragen, führte er sie in sein Büro, eine Art Bretterbude, die an die Werkstatt angeklebt war. Da Tür und Trennwand zur Hälfte aus Glas bestanden, konnte er die arbeitenden Schleifer ständig im Auge behalten. Das Tacken der kleinen Motoren, das Kratzen der Diamanten auf den rotierenden Scheiben und der Gesang der Schleifer verhinderten, daß auch nur ein Wort des Gesprächs, das Mira mit Nachum Fish führte, an unberufene Ohren drang.

Von allen Seiten betrachtete Fish, auf einem Schemel hokkend, das Schädelkäppchen am Hinterkopf, Miras Mineral. Es war, als müßte er erforschen, was sein Inneres barg. Obwohl er seit Jahrzehnten wußte, daß jeder größere Rohdiamant seine Eigenschaften erst enthüllt, wenn er gespalten und oft sogar erst, wenn er die wichtigen Phasen des Schleifens hinter sich hat, war ihm dies zur Gewohnheit geworden. Mira studierte das hagere Gesicht mit dem fast weißen Schnurr- und Knebelbärtchen, die hellblauen scharfen, doch nicht wie Diamanten harten Augen und fand bestätigt, was sie erhofft hatte: Fish war der richtige Mann. »Na ja«, sagte er, der schon seit vierzig Jahren britischer Staatsbürger war, noch immer aber in das Jiddische seiner Kinder- und Jünglingsjahre verfiel, »Sie wissen doch so gut wie ich ...«

»Das möchte ich nicht behaupten, Herr Fish. Es wäre schön, wenn ich wenigstens halb soviel wüßte wie Sie. Wie könnte ich wagen ...« Das kann nicht schaden, dachte sie.

Der Alte öffnete die Tür und rief: »Fingermann! – Ein guter *cleaver,* mal hören, was er zu sagen hat«, wandte er sich an Mira. Fingermann erschien, in Hemdsärmeln, eine Schürze vorgebunden; das rotblonde widerspenstige Haar fiel ihm ins Gesicht. Sein Aussehen erinnerte an das eines Künstlers. »Was sagen Sie dazu?« Fish reichte ihm den Stein. Fingermann besah ihn durch die Lupe. »Ich glaube, man kann hier« – er hielt die Nagelkante seines kleinen Fingers auf einen Punkt – »ansetzen, man muß aber noch studieren.«

»Stimmt«, sagte Fish. »Werden Sie es machen?«

»Leicht«, sagte Fingermann und legte den Diamanten auf die Waage. »Wenn man Glück hat, fällt ein Stück ab von dreißig Karat, auch mehr. Das kann einen schönen Stein ergeben, vierzehn bis sechzehn Karat, und noch einige ganz gute kleinere Steine. Morgen wissen wir mehr.« Mit einem Nicken verschwand er aus dem Büro.

»Einverstanden, Frau Linkhand?« fragte Fish.

»In Ordnung, ich komme morgen mittag vorbei. Aber das ist nicht alles. – Ich habe noch etwas auf dem Herzen. Ich brauche Ihren Rat, Ihre Hilfe, Herr Fish. Ich muß einen jungen Mann aus Polen herausbringen. Er bekommt keinen Paß – Mobilisierung!« Sie warf dem Alten einen um Verständnis werbenden Blick zu.

Nachum Fish begriff nicht. Um einen Paß handle es sich? Wie sie auf ihn komme? Was sie wisse und woher? Der Alte tat natürlich nur so. Man sah ihm an, daß er, auch wenn er mit sich kämpfte, nachgeben würde. »Ich weiß nicht«, sagte er zögernd, »woher Sie Ihre Informationen haben – bei der Thora kann ich Ihnen schwören, daß ich es nicht des Geldes wegen tue. Ich – habe einen – Bekannten –«, er brach ab und sah sie fragend an. »Der Mann, der den Paß braucht, ist Jude und in Gefahr?«

Mira öffnete ihre Handtasche und entnahm dem Seitenfach einen kleinen Umschlag. »Hier, sehen Sie ihn sich an«, sagte sie unbefangen lachend.

Nachum Fish begnügte sich damit, einen flüchtigen Blick auf die unscharfen Paßbilder zu werfen. Mira hatte sie nach einem Foto Wladeks anfertigen lassen, und der Alte verstand sich besser auf Steine als auf Physiognomien. Wen sonst, dachte Fish, als einen Juden empfiehlt sie mir. Er rückte sein Käppchen zurecht. »Welche Sprachen spricht er?«

»Polnisch, Russisch, Deutsch, Französisch und natürlich Jiddisch«, erwiderte Mira leichthin.

»Ich will sehen. – Morgen, wenn Sie vorbeikommen, am

besten in der Mittagsstunde, wissen wir Bescheid über den Stein und ...«

»Ich danke Ihnen, Herr Fish.« Sie verabschiedete sich. Erst als sie draußen war, gönnte sie sich ein Lächeln.

Alles lief wie am Schnürchen. Mit dem Stein, der, wenn er fertig wäre, zusammen mit den kleineren Steinen J. C., London, übergeben werden sollte, und auch mit dem Paß, einem wunderbaren echten belgischen Paß, der mit allerhand nützlichen Visen ausgestattet war und auf den Namen Josef Wandermann lautete. Mit einem Gefühl der Genugtuung verwahrte Mira ihn in ihrer Handtasche, dort, wo gewöhnlich die Schecks untergebracht waren.

Am 20. Juli berichtete Fürst Roman Bolgurski über die Fortschritte in der Abwicklung seiner Geschäfte. Er hatte an Devisen gekauft, was erreichbar gewesen war, und kaufte weiter. Das Gestüt sei schon übergeben, und auch mit dem Betrieb sei es soweit. Bleibe noch ...

Mira verstand. Diese Summe würde erst nach Übergabe an die neuen Besitzer frei und unmittelbar auf das Bolgurskische Konto überwiesen werden. Nein, die Verzögerung brauche den Fürsten keineswegs an der Abreise zu hindern. Gern werde sie sich der Sache annehmen.

Der Fürst hatte sich das anders vorgestellt. Er müsse, sagte er, spätestens am 3. August seinen Posten bei der Gesandtschaft antreten und wolle die Dinge geordnet wissen, wenn er Polen verlasse. Die Gnädigste müsse das verstehen.

Mira verstand, doch sie sagte nicht, was ihr auf der Zunge lag. Daß das Mißtrauen des Fürsten Bolgurski so kleinlich wie lächerlich sei, daß die gräfliche Woronewskische Familie dieses Geld keineswegs eigener Leistung zu verdanken habe. Aber wie hätte sie ihm die Wahrheit sagen können? »Dann bleiben ja noch fast zwei Wochen«, lenkte sie ein. »Ich will sehen, wie weit ich Ihnen und Ihrer Familie entgegenkommen kann.«

Die Wege schienen sich von selbst zu ebnen. Sie verhandelte zwar seit längerem mit einer Interessentengruppe über den Verkauf der Waldbestände sowie der dazugehörigen Industrie- und Transportanlagen, zögerte aber den Abschluß hinaus, um länger in Warschau bleiben zu können. War die Sache endgültig unter Dach und Fach, hatte sie in Europa und schon gar in Polen nichts mehr verloren. In dem Maße wie die Forderungen der Deutschen auf den Korridor an Entschiedenheit zunahmen, wuchs die Nervosität und Ungeduld ihres Schwagers. Diesmal ging es auch England an. Es war höchste Zeit, zu einem Ende zu kommen, selbst auf die Gefahr hin, daß sich nicht so viel erreichen ließ, wie man kalkuliert hatte.

Als ihr der Leiter eines Instituts, das offiziell dem Wirtschaftsministerium angegliedert war, bedeutete, die Regierung sei am Erwerb des Objekts interessiert, schien ihr diese Gelegenheit zu günstig, um Zaudern auch nur vorspiegeln zu dürfen. Erst als das Geschäft perfekt war, informierte Mira die Londoner vom Stand der Dinge. Dem Fürsten Bolgurski indes stellte sie frei, den auf die gräfliche Familie entfallenden Anteil von neunundachtzigtausend Pfund Sterling abzuheben, wie, wann und wo er es wünsche. Auf die postwendend geäußerte Bitte hin, den Betrag in der Schweiz zu deponieren, erteilte Mira telefonisch Lord Godbrooke den Auftrag hierzu. Der Ordnung halber sandte sie der Gräfin Elisaweta Woronewska, der Fürstin Maria Bolgurski, geborene Gräfin Woronewska, und dem Grafen Wladislaw Woronewski mit der Bitte um Bestätigung durch eigenhändige Unterschrift gleichlautende Briefe. Mitgeteilt wurde ihnen darin, daß mit dem auf Fürst Bolgurskis Konto bei der Zürcher Bank von London aus überwiesenen Betrag alle Ansprüche der gräflichen Familie befriedigt seien.

Nur der Fürst verstand den Nasenstüber, den er im Gegenzug für kleinliches Mißtrauen erhielt. Bloße Formalität sahen hingegen die Fürstin und deren Mutter in dem Brief. Nicht einen Gedanken verlor Wladek, der Graf, an den Inhalt von Miras Mitteilung, unverzüglich unterzeichnete er die Quittung. Was interessierten ihn die Finanzmanipulationen der Familie. In seiner Schatulle lagen noch zirka vierzigtausend Zloty. Sollte sich doch Schwager Romek mit den Geldangelegenheiten befassen oder Mira, die immer wieder bewies, wie gut sie es mit ihm meinte!

Am 18. August ließ Lord Godbrooke Mira wissen, daß alle Außenstände eingegangen und die Transaktionen mithin abgeschlossen seien. Die Stunde des Abschieds war gekommen.

Mira bat ihren Schwager, für sie und Freddy die Passage von Southampton nach New York zu buchen. Und Wladek? Sie mußte mit ihm reden, es war keine Zeit zu verlieren.

Schon am 20. war Mira zur entscheidenden Unterredung bereit. Zwei Tage später sollte das Schiff auslaufen, das Wladek mitnehmen würde. Sie hatte an alles gedacht. Für Josef Wandermann war ein Platz gebucht, außerdem lagen Banknoten verschiedener Valuta bereit. Komfortabel sollte er leben können – bis sie wieder vereint wären.

Dann die Enttäuschung: Vergeblich lud das Rouleau am 20. zum Besuch ein. Wladek erschien nicht. Erst am nächsten Tag erfuhr Mira, daß er sich auf Manöver befand und nicht vor Abend zurückkehren werde. Ungenutzt war ein kostbarer Tag verstrichen.

Sie habe noch allerhand im Büro zu tun, sagte sie nach dem Abendbrot zu Freddy. Er möge sie, bitte, gleich dorthin fahren und nicht auf sie warten. Es sei ihr letzter Arbeitsabend in Europa, und manches lasse sich erst jetzt erledigen. Nach Hause fahren werde sie mit dem Taxi. Freddy widersprach nicht, wie immer.

Um halb neun erschien Wladek, jung und gesund, nach guter Seife und Eau de Cologne duftend. Nichts war ihm anzumerken von den Strapazen der letzten zwei Tage. »Endlich«, sagte sie und »komm!« Sie nahm ihn an der Hand, leicht, wie selbstverständlich und gar nicht besitzergreifend oder drängend, einfach so wie einen Spielgefährten, und zog ihn in das kleine Zimmer mit dem Ruhebett. Sie hatte ihre Prinzipien: Das Büro gehörte den Zahlen und Bilanzen, war der Zärtlichkeit feind. In der harten Welt des Geldes hatte Distanz zu herrschen, waren Nähe und Wärme tabu. Daß sie eine Frau war, durfte keine Rolle spielen. Sie, die von unten kam, wußte, daß *peter* und *payroll* besser getrennt bleiben, auch wenn sie inzwischen selbst gegen dieses Prinzip verstoßen hatte.

Dann saßen sie auf dem niedrigen Bett, trotz Vertrautheit der Körper noch immer zunächst ein wenig verlegen. Als müßten sie sich erst zurechtfinden auf dieser Insel im Meer ihres Alltags. War es ein Ritual, was folgte, bloße Routine? Sie spürte, wie warm sein Gesicht war, als er es an ihre Wange legte. Kein Sturm, keine brandenden Wogen, eher sanfter Wellenschlag – Vollzug, wie zwei geübte Esser ihn kennen, die sich hundertmal vorgestellt haben, was sein wird bei Tisch und nun bedachtsam, ja umständlich ans lustvolle Werk gehen. Sein Mund gleitet an ihrem Nacken auf und ab. Sie kann seine schmalen Lippen fühlen, die an ihrem Ohrläppchen verhalten, es küssen und spielerisch an ihm knabbern. Sie wußte, was geschah, sah jedes Detail selbst mit geschlossenen Augen und genoß es. Die wärmenden Gezeiten des Atemstroms kitzeln sie, sie beugt den Kopf vor, von ihm weg, legt ihn dann sanft wieder zurück, bis er auf seiner entblößten Schulter ruht. Wie sehnte sie sich danach, einmal nicht Karyatide sein zu müssen, sondern selber gestützt, getragen zu werden!

So lag es nahe, daß Bilder vor ihr aufstiegen, sie daran dachte, wie sie zum ersten Mal mit ihm ausgeritten war. Voller Bewunderung hatte sein Blick sie umfaßt, war sachverständig an ihr entlanggeglitten, geleitet von den Linien ihres Körpers. Ihr war warm geworden, sie hatte ein forderndes Prickeln zwischen den Beinen gefühlt, ein Kribbeln, für das sie keine Worte fand. Dazu der Geruch der Pferde, erregend und, wie sie fand, abstoßend zugleich. Ihre Augen hätten geglänzt, ihre Lippen seien feucht gewesen, als sie in seine Arme glitt und sich an ihn preßte, wollte sich Wladek später erinnern. So viele ihr noch namenlose, neue Gefühle hatte der Geliebte in ihr geöffnet. Nur gesprochen hatte er nicht. Worte, was sind Worte, war seine ständige Ausrede. Sie wußte längst, daß Worte festlegen, binden – Gefühle nicht. Dennoch war er nicht sprachlos. Wie Kindliches ihm nahelag, so auch kindliche Worte. Verbale Impulse, aufgeklappt wie ein geblümter Paravent aus Silben, hinter dem sie sich, eins ums andere, der Kleidungsstücke entledigen konnten. Wechselseitig erforschen ihre Küsse längst Bekanntes, doch tausendmal neu Ersehntes. Sie öffnet ihre Lippen seinem festen warmen Mund, der sie streift, umschließt, an ihr saugt und weiterwandert. Ihr weiches kräftiges Haar gleitet an seiner Brust entlang, während ihr Mund sich langsam den flachen Bauch hinunter leckt und knabbert. Schauer laufen den beiden über den Rücken. »Gib mir deine Zunge«, flüsterte sie und sucht seinen Mund. Feuchtes Spiel, das Türen aufstößt, Brücke ist ins Bodenlose, so daß sie, mit noch heiserer Stimme als sonst, zu ihm sagt: »Komm jetzt!« und ihn aufnimmt in sich. Sie spürt, wie seine Finger dem Schwung ihrer Wirbelsäule folgen, immer drängender in den Rhythmus sich schmiegend, den der Tanz der Körper zum wiegenden Galopp werden läßt –.

Eine gute Stunde mochten sie solcherart einander genossen haben, zeitentrückt und weltverloren, gebend wie nehmend, beglückt. Als sie nebeneinander lagen, brach Mira das Schweigen mit einem Wort, das eigentlich nicht zu beider Stimmung paßte. »Schade«, sagte sie. Es klang traurig.

»Schade? Was ist denn schade, Rotfuchs?«

Sie schob ihren Arm unter seinen Hals. »Schade, daß ich fort muß, Wladek.«

»Du gehst fort und kommst wieder. Das machst du doch schon seit Jahren so.«

»Wenn ich jetzt gehe, komme ich nicht wieder. Viele Jahre nicht, vielleicht nie.«

»Hör auf, du! Das gibt es nicht –. Ich laß es nicht zu –.«

»Ich weiß, ich würde dir fehlen. – Doch alle sind fort, meine ganze Familie. Was hält mich jetzt noch. Außer dir, Wladek.«

»Darum bleib bei mir. – Fort? Warum denn?«

»Weshalb, denkst du, sind deine Angehörigen weg aus Polen?«

»Das läßt sich nicht vergleichen. Meine Schwester ist krank, Mama muß sie begleiten, ja, und Romek – den schickt das Ministerium. Der hat keine Wahl.«

Mira fühlte, wie Wut in ihr hochstieg. Auch ihm hatten sie das Märchen aufgetischt.

»Und du glaubst das alles?« fragte sie und konnte den Hohn nicht unterdrücken.

Er setzte sich auf und sah auf sie herab. »Du etwa nicht?«

Sie ließ sich nicht beirren. »Wie kann ich es glauben, wenn ich die wahren Gründe kenne.«

»Und die wären?« Er sprang von dem niedrigen Bett. Für einen Augenblick stand er nackt da, dann fuhr er mit solcher Hast in Hemd und Hose, daß es aussah, als hätte die Alarmglocke ihn gerufen. Erregt lief er hin und her.

Mira erhob sich ebenfalls und griff nach den Kleidern. Als der letzte Knopf des bunten Sommerkleids geschlossen war und sie den Kopf hob, begegnete ihr ein wütender Blick. »Du mußt mich nicht so ansehen, Wladek. So gut solltest du mich kennen, ich sage nur, was ich verantworten kann – die Wahrheit.«

»Ist ja gut – aber möchtest du nicht endlich sagen, was du meinst?«

»Was ich meine? Fürst Bolgurski ist mit seiner und deiner Familie abgereist, weil ihm die Situation hier zu gefährlich ist, weil er befürchtet, daß Krieg kommt und ...«

»Genug«, unterbrach er sie heftig. »Ich kann mir das nicht anhören. Doch«, setzte er höhnisch hinzu, »ich möchte wissen, woher du so sicher bist.«

»Das will ich dir gern sagen: Ich habe ihm dazu geraten, und als vernünftiger Mensch hat er meinen Rat befolgt. Euer ganzes Geld hat er auf seinem Konto, ein Vermögen. Wenn er es richtig anlegt, dann hat er ausgesorgt.«

»Ja ja, Geld und wieder Geld. Du willst mir einreden, daß ein Herr wie mein Schwager, ein Aristokrat und Reserveoffizier, sich in die Hosen macht vor einem Krieg, der noch gar nicht erklärt ist, und – weil er sein Geld verlieren könnte? Da haben Sie sich aber geirrt, meine Gnädige.«

»Was regst du dich so auf? Ich war sicher, der Fürst hat euch gesagt, was besprochen wurde. In den letzten Wochen war er öfters bei mir. Er hat meinen Rat gesucht, und ich habe ihm geholfen, besonders dabei, sein Geld in die Schweiz zu transferieren. Das habe ich nur dir zuliebe getan, Wladek. Es geht nicht einfach um eine – Gefälligkeit.«

»Du mußt meine Reaktion verzeihen. – Wenn man solche Anschuldigungen hört!« Er war noch immer erregt. Was Mira ihm erzählte, ging über sein Fassungsvermögen.

»Wie konnte ich annehmen, daß du von alledem nichts weißt? Nicht in die Pläne deines Schwagers eingeweiht bist?« Als er auffahren wollte, suchte sie ihn mit einer Handbewegung zu beruhigen. »Davon gleich mehr.« Sie ging ins Nebenzimmer und kam mit einer Mappe zurück, der sie ein Schriftstück entnahm, um es ihm zu reichen. Es war die Empfangsbestätigung für die letzte Überweisung. Er las sie Wort für Wort, verstand sie jedoch ebensowenig wie vor ein paar Tagen, als er sie unterschrieben hatte.

»Na gut – und was hat das mit der« – er fand das Wort nicht –, »mit der Reise meiner Familie zu tun?«

»Wladek«, sagte sie, »du kennst dich nicht aus in Geschäften. Laß mich dir noch einmal sagen: Dein Schwager hat euer ganzes Geld auf seinem Konto.«

»Und du glaubst, er nimmt sich davon?« brauste er auf.

»Nicht doch! Hätte ich das befürchtet, wäre ich zurückhaltender gewesen. Verlaß dich drauf.«

»Also – du gibst zu – er ist ein Ehrenmann.«

»Bestimmt. Zumindest was die Absicht anbelangt, euch zu übervorteilen, deine Mutter oder dich –.«

»Na, siehst du!«

»Aber er hätte dich informieren müssen. Über seine Reise, ihren Zweck und ganz besonders darüber, was er mit deinem Geld vorhat.«

»Über seine Reise bin ich informiert.«

»Er hat dir genau das gleiche erzählt wie seinen Bekannten oder den Leuten im Ministerium. Hand aufs Herz, Wladek: Wußtest du von einer Lungenkrankheit deiner Schwester?«

Der Graf schwieg betreten. »Solche Sachen kommen manchmal über Nacht«, sagte er dann lahm.

»Da kann ich dich beruhigen, sie ist kerngesund. Willst du ein Attest, das dir bestätigt, daß du's auf der Lunge oder am Herzen hast? Ich kann dir gleich morgen eins besorgen.«

»Das gibt's so einfach wie Semmeln beim Bäcker?«

»Alles kann man kaufen, Wladek.«

Es war nicht zu übersehen, daß er noch immer zornig war. Was hätte Mira tun sollen, ihn zu versöhnen? »Ich weiß, wie dir zumute ist. Aber man muß die Wahrheit sagen und sie auch vertragen. Ich war sicher, du weißt, was dein Schwager vorhat, und bist damit einverstanden.«

Er öffnete den Mund, als wollte er schreien, aber er schloß ihn wieder und schüttelte den Kopf, verachtungsvoll, wegwerfend. »Ich glaube, du bist verrückt!«

»Das hat mir zwar noch niemand gesagt – aber vielleicht stimmt's«, erwiderte sie ruhig. »Trotzdem muß ich dich bitten, mir eine Frage zu beantworten, eine einzige: Wovon willst du jetzt leben, Wladek?«

Er sah sie an, mehr überheblich als erstaunt. Nicht lange, und sein Gesicht wurde leer. Unterwürfigkeit lauerte hinter der Leere. In Geldsachen war sie ihm überlegen. Wenn ihre Frage berechtigt war, gab er besser klein bei. Ein Lächeln gelang ihm, ein so zaghaftes wie klägliches Lächeln. Wenn das mit dem falschen Attest stimmte – und es stimmte wohl –, dann würde es auch mit dem Geld seine Richtigkeit haben. »Wieso – habe ich denn kein Geld mehr, Mira?«

»Soviel ich weiß, hast du« – sie rechnete in Gedanken – »so zirka dreiundvierzig-, vielleicht vierundvierzigtausend Zloty.«

»Nicht ganz vierzigtausend.«

»Wenn du Glück hast, und es läuft dir noch so ein herrliches Pferd wie der Slim über den Weg, hast du fast nichts mehr. Nehmen wir an, es bleiben dir vierzigtausend. Bei einiger Sparsamkeit langt das für fünf, höchstens sechs Monate, und dann, Wladek, von der Gage – oder ...?«

Er wich ihrem Blick aus. »Ich kann meinem Schwager schreiben – ihm telegraphieren. Er muß mir helfen. Es ist und bleibt mein Geld.«

Sie zuckte die Achseln. »Das weiß ich nicht. Was ich weiß: mit dem Schreiben oder Telegraphieren hat es seine Schwierigkeiten. Du mußt verstehen, Wladek: Genau wie sein Geld hätte auch deines gar nicht aus dem Land geschickt werden dürfen, das ist verboten. Wenn du es zurückhaben willst, mußt du bereit sein, auf Fragen zu antworten, die manchmal recht peinlich sind. Ich kann mir nicht vorstellen, Wladek, daß du dieses Risiko einzugehen gedenkst.«

»Nein«, er schüttelte traurig den Kopf. »Dann habe ich eben nichts mehr.«

»Das stimmt nicht, Wladek. In der Schweiz, bei deinem Schwager hast du genug. Dafür hat deine Mira gesorgt. Du hast es schwarz auf weiß. Geld genug, um wie ein Herr zu leben.«

»Aber du sagst doch selbst, daß ich's nicht herschaffen kann. Was habe ich also davon?«

»Wenn dein Geld nicht zu dir kommen kann, gilt keineswegs auch das Umgekehrte.« Sie merkte, daß er nicht begriff, und suchte nach einem Weg, sich ihm verständlich zu machen. Sie nahm seine Hand und streichelte sie. »Paß auf, Wladek. Jetzt wirst du mich verstehen, vielleicht sogar einsehen, daß ich nicht verrückt bin. Ich weiß genau, daß dein Schwager nicht nur sein Geld verschoben hat ...« Sie fühlte, wie er bei dem Wort ›verschoben‹ zusammenzuckte und ihr die Hand entziehen wollte. Natürlich hatte sie sich absichtlich so direkt ausgedrückt und war auch auf die Reaktion gefaßt. Sie hielt seine Hand fest und sprach ruhig weiter: »Also nicht nur sein Geld hat er verschoben, auch deines und das deiner Mutter. Konnte ich annehmen, daß er es ohne dein Einverständnis tat? Bin ich verrückt, weil ich den einzig vernünftigen Schluß gezogen habe: daß du nämlich, genau wie deine Verwandten, zuerst dein Geld hinausschickst und dann selbst fährst?«

»Entschuldige«, er wirkte geknickt, »du bist nicht verrückt, das ist mir so herausgefahren.« Er ergriff ihre Hand und küßte sie. Dann setzte er sich auf das zerwühlte Bett und zog sie zu sich nieder. Sie schmiegte sich an ihn.

»Ich bin dir nicht böse, Wladek, Lieber ...«

»Was soll ich jetzt tun, Mira? Du bist doch so klug – kannst du mir nicht raten?«

»Es gibt, wie gesagt, nur eine Möglichkeit: Du mußt sehen, daß du zu deiner Familie kommst, zu deinem Geld.«

»Ich bin doch kein Zivilist, Mira. Den Gedanken an Urlaub und Paß kann ich mir aus dem Kopf schlagen. Weißt du nicht, was los ist? In höchster Alarmbereitschaft sind wir. Vielleicht sucht man mich bereits. Morgen früh, ja schon heute nacht können wir ausrücken. Die Siebener haben gestern den Marschbefehl erhalten.«

»Und wenn du einen Paß hättest, Wladek, wegfahren könntest –?« Ihr Herz klopfte. Bestimmt wird er ja sagen, dachte sie, befahl sie im Stillen.

»Red keinen Unsinn, Mira. Wenn ich einen Paß hätte, wenn ich, wenn ich ...« Er lachte böse.

»Wladek«, sie drückte ihn fest an sich, »ich kann dich aus dem Land bringen.«

Er antwortete nicht, blieb ganz ruhig. Sie wußte, daß er nachdachte, und zwang ihr Herz zu ruhigen Schlägen. Er sollte nicht merken, wie erregt sie war. Als er sich aus der Umarmung löste, sich mit einer leichten, doch zwingenden Bewegung von ihr freimachte, ließ sie es geschehen. Er erhob sich und tat einen Schritt vorwärts. »Was hast du gesagt, Mira? Wenn du einen Paß hättest – und dann: Ich kann dich aus dem Land bringen. Habe ich richtig verstanden?«

War dieser Mann, der, grau im Gesicht, nach Luft schnappte, ihr Wladek? Sie sah ihn erfüllt von einer Wut, die nichts gemein hatte mit seinem gewohnten, jäh aufflackernden und durch ein Wort, eine Geste zu besänftigenden Zorn. So hatte sie ihn nie gesehen. Er kochte, anders ließ es sich nicht nennen.

»Glaub mir, Wladek, ich will nur dein bestes.«

»Ich will nur dein bestes«, äffte er sie nach. »Du – paß jetzt gut auf: Ich bin nicht Wladek für dich – nicht mehr. Ich bin für dich der Graf Woronewski. Wär ich es nur immer für dich geblieben! Nie hättest du Judenweib dich dann getraut, mir so etwas zu sagen.« Er machte einen Schritt auf sie zu und stand jetzt ganz nahe vor ihr. »Was traut sich die Jüdin dem Herrn Grafen Woronewski vorzuschlagen? Desertieren? Einem polnischen Ulanenoffizier, dessen Urahnen schon Offiziere waren. Auf euch hat noch mein Großvater die Hunde gehetzt, zum Spaß hat er auf euch geschossen. – Wie recht hat doch der Hitler, totschlagen muß man euch –.«

Mira hob den Kopf. Aus seinen Augen starrte sie der Haß an – ein Haß, der mordet. Sie blieb sitzen, ihre Finger krampften sich ineinander. Als wollte sie sich vergewissern, daß dies kein böser Traum sei, verstärkte sie den Druck, bis es schmerzte. Daß diese schauerlichen Worte aus dem Mund von Wladek kamen – ihrem geliebten Wladek! Wenn sie sich fürchtete, dann nicht vor ihm, sondern vor der Rechenschaft, die jetzt von ihr gefordert wurde. Den Vater sah sie, den hausierenden Bettler, den Hund, den der Großvater des Grafen – hatte er ausgesehen wie dieser Wladek, der vor ihr stand, kaum einen Schritt entfernt? – auf ihn hetzte. – Fremd war ihr das tausendmal liebkoste Gesicht geworden, nie gekannt, nur immer gefürchtet in quälenden Alpträumen. Sie hörte sich sagen, ruhig, kalt, jede Silbe betonend: »Der Hitler macht keinen Unterschied – der schlägt alle tot: Juden wie Polacken, auch wenn sie Schlachtschitzen sind und auf Pferden reiten, wie es der Slim ist des Herrn Grafen. Der Herr Graf haben ein gutes Gedächtnis, wenn es um die ehrwürdigen Ahnen geht, und ein schlechtes bei Juden und Jüdinnen, die ihn reich gemacht haben. Gäb's nicht die Jüdin, so wär der Graf ein Hungerleider und hätte keinen Slim.« Sie stand auf, nahm die Quittungen vom Tischchen und legte sie zurück in die Mappe. Ihre Hand stieß dabei an Metallisches, Glattes. Zunächst wußte sie nicht, was es war, dann erinnerte sie sich: ein Zigarettenetui, das aussah wie eine Taschenpistole. Sie hatte es vor langem einmal in London gekauft. Ohne die Hand von dem Spielzeug zu lösen, klemmte sie die Mappe unter den Arm.

Die Augen des Grafen folgten ihren Bewegungen. Der finsteren Miene war nicht anzusehen, ob ihre Worte ihn getroffen hatten. Erst als der Name des Pferdes gefallen war, schien er aufzuhorchen. »Ja, Slim«, beeilte er sich zu sagen, »Slim – ein Haar aus seinem Schweif, was sind hundert rote Jüdinnen dagegen.«

»Ich weiß«, sagte Mira unberührt, und dabei umklammerte sie den Gegenstand in der Mappe, »ich weiß – deshalb ersuche ich den Herrn Grafen, sich zu Slim zu scheren.« Und dann langsam, verächtlich: *»Get out, you bastard!«*

Er verstand die Worte nicht, wie sie selbst nicht verstand, wieso sie sich ihrer gerade in diesem Augenblick bedient hatte. Doch die Verachtung, der Ekel, die ihm aus ihnen entgegenschlugen, trafen ihn. »Was hast du gesagt? Sofort sagst du, was du gemeint hast!« Drohend trat er auf sie zu, so daß sie ihm mit raschem Schritt zur Seite auswich. Die Mappe hielt sie noch immer an den Leib gepreßt.

»Nichts anderes hab ich gemeint, als daß der Herr Graf sich fortscheren sollen – gleich, sofort – sonst« – ohne Eile zog sie das glatte Ding hervor und richtete es auf ihn – »werden der Herr Graf nie wieder auf Slim reiten.« So sicher hielt sie die Spielzeugpistole in der Hand, daß es aussah, als wäre sie ihr Leben lang mit Waffen umgegangen.

Ungläubig starrte der Graf sie an. Erst trat er einen Schritt zurück, dann noch einen, und schon war er an der Tür, die zu ihrem Arbeitszimmer führte. Sein Blick ließ die Waffe nicht los. »Mira, du willst ...«

»Ich werde«, sagte sie eisig. »Herr Graf haben nicht das Recht, eine wehrlose Frau zu überfallen, selbst wenn sie Jüdin ist. In der Tasche befindet sich viel Geld, wichtige Dokumente sind darin, auch Quittungen über verschobene Devisen. Darauf stehen zwei Jahre Gefängnis, Herr Graf. Grund genug, bei der Jüdin nachts einzubrechen.«

Er wich zurück, sie folgte ihm, trieb ihn vor sich her. Weit öffnete sie die Tür, so daß er sich an der drohenden Waffe vorbeidrängen konnte. An der Schwelle rief sie ihm drei Wörter nach. Er verstand sie nicht, und sie selbst hatte sie nur als junges Mädchen gehört: »Drah di, Strizzi!«

Rasch schloß sie die Tür und drehte zweimal den Schlüssel um. In der rechten Hand hielt sie noch immer die Pistole. Sinnend sah sie die Waffe an und warf sie dann auf den Schreibtisch. Durch den Aufschlag sprang der Deckel auf, und die Zigaretten rollten über die Tischplatte. Schade, dachte sie, daß ich ihm nicht gezeigt habe, wovor er ausgerissen ist, und zündete sich eine an.

Sie lehnte am Schreibtisch, bewegungslos, wie lauschend, grübelnd. »Aus«, sagte sie schließlich, ordnete ihr Haar, puderte sich das Gesicht, zog die Lippen nach und ging wieder an die Arbeit. Gut, dachte sie. Sie zog Schubladen heraus, überflog Papiere, warf sie in den Kamin. Wie mechanisch leerte sie die Mappe auf den Tisch – der Paß fiel heraus, der gute belgische Paß auf den Namen Josef Wandermann. Sie öffnete ihn nicht, das Bild wollte sie nicht sehen, schleuderte das kostbare Stück ins Feuer. In die Mappe zurück schob sie sorgsam die Quittungen, zusammen mit dem Geld, den sauber gebündelten Pfunden, Dollars und Franken. Die Briefe, die ihn hätten empfehlen sollen im fremden Land, ihn schützen, die Flammen fraßen sie. Der falsche echte Paß wurde zu Asche. Paß und Bild, Traum, Hoffnung, Wunsch und – zweihundert solide englische Pfund, die der Paß gekostet hatte.

Zweihundert! Eine Zahl – Mira war wieder in ihrem Element. Sie rechnete, überschlug, stellte befriedigt fest, daß diese zweihundert Pfund sich wieder hereinbringen ließen, wenn aus dem Diamant der Brillant würde, der er zu werden versprach.

Sie rechnete und nahm trotzdem wahr, daß vor dem Haus

knatternd ein Motorrad hielt, eine grobe Männerstimme brüllte: »Herr Rittmeister, schnell, schnell!« – daß eine andere, ihr wohlbekannte, vertraut gewesene, zurückrief: »Sofort, ich komme.« Sie hörte Türen schlagen, leichte, sporenklirrende Schritte, dann Knattern, Hupen und – Stille.

Was nun? Mira sammelte die Zigaretten auf, eine nach der andern, tat sie zurück in die Pistole und schob das Spielzeug wieder in die Mappe. Ein Taxi brachte sie zu Freddy. Morgen um diese Zeit würde sie in London sein, und alles läge hinter ihr. Vieles spricht dafür, daß es auch so gekommen wäre, hätte das Schicksal ihr nicht einen Strich durch die Rechnung gemacht.

Bei der Landung auf dem Flugplatz von Lwow, bekannt auch als Lemberg, kam es zu einem Zwischenfall. Nur mit Mühe brachte der Pilot die bescheidene Maschine zum Stehen; zu spät hatte er offenbar zur Landung angesetzt. Die Passagiere wurden durcheinandergerüttelt, einige von ihnen heftig gestoßen und gequetscht. Schreckensrufe, Schimpfworte in verschiedenen Sprachen, auch dann noch, als die Maschine endlich stand. Nur einer schrie nicht, schimpfte nicht – Freddy Linkhand. Bewußtlos war er, rührte sich nicht. Eine erste Diagnose deutete auf Gehirnerschütterung, wahrscheinlich Fraktur eines Schädelknochens. Die sofortige Überführung in ein Krankenhaus war angezeigt.

Miras Lage war nicht beneidenswert. Die Sorge um Leben und Gesundheit ihres Mannes, die Aufregung wegen der erzwungenen Unterbrechung ihrer Reise, die Unkenntnis schließlich der medizinischen Terminologie stellten ihre Nerven auf eine harte Probe. Sie bewahrte Fassung – behielt den Kopf oben.

Ob ihr Mann denn nicht transportfähig sei, insistierte Mira, und ob, wenn sie ein Flugzeug chartere, die Überführung nach London eine ernste Gefahr darstelle.

Selbstverständlich könne niemand die gnädige Frau daran hindern, diesen kühnen Gedanken in die Tat umzusetzen, gab der leitende Arzt zu bedenken; in seinen Augen grenze dies allerdings an gefährlichen Leichtsinn. Zumal nicht ausgeschlossen werden könne, daß die Wirbelsäule in Mitleidenschaft gezogen sei.

Ein Telegramm informierte Lord Godbrooke in London. Ihn telefonisch zu erreichen, war nicht möglich, weil am Abend des 23. August die Fernsprechverbindung zwischen Polen und England für Privatgespräche gesperrt war. Am 23. August des Jahres 1939 war nämlich in Moskau ein deutsch-sowjetischer Nichtangriffspakt abgeschlossen worden. Noch wußten nur wenige Menschen, daß er eine Geheimklausel enthielt, die auf eine Teilung Polens hinauslief. Zwei Todfeinde hatten sich über der Leiche eines schwächeren Dritten geeinigt.

Während Mira sich mit der gewaltigen Last von Sorgen, Befürchtungen und Zweifeln herumschlug, verstrichen erneut kostbare Tage. Presse und Radio wiesen immer unverhüllter darauf hin, daß der Krieg als unvermeidlich galt. Es sei denn, in letzter Minute geschähe ein Wunder. Mira glaubte nicht an Eingriffe von oben, sie nahm die Situation als das, was sie war, nämlich aussichtslos, und erhoffte sich lediglich Aufschub. Die Katastrophe stand unmittelbar bevor. Hatte sie das nicht vorausgesehen, als Hauptfaktor einbezogen in ihre Berechnungen und Pläne? Doch was nutzte ihr dieses Wissen, diese Genugtuung, wenn Freddy im Krankenhaus lag, wort- und bewegungslos, obwohl Ärzte und Schwestern das Erdenkliche taten, ihn der Starre zu entreißen.

Erst ihr zweites Telegramm wurde beantwortet: Am späten Abend des 31. August. Godbrooke riet dringend, sich nach Rumänien oder Ungarn abzusetzen. Noch in derselben Nacht traf Mira Vorkehrungen, mit Freddy, dessen Zustand nach Aussage der Ärzte stabil war, auf rumänischem Gebiet Zuflucht zu suchen.

Der Morgen des 1. September machte jeden Plan zunichte, ließ jeglichen Gedanken an eine Reise mit dem Schwerkranken als Wahnsinnstat erscheinen. Deutsche Tanks rollten über die Westgrenze Polens, deutsche Flieger beherrschten den Himmel über dem Land, einen Himmel, der selten so wolkenlos war wie an diesem Tag. Herrliches Wetter begünstigte die Kampfhandlungen der Deutschen, deren fast unbehinderten Vormarsch.

Am 3. September, dem Tag, da Frankreich und England dem

Deutschen Reich den Krieg erklärten, fiel eine Bombe auf den Haupttrakt des Krankenhauses. Freddy war nicht unter den Toten.

Mira und Schwester Hilda, Freddys Betreuerin, wußten, was ihnen bevorstand, wenn die Deutschen bis nach Lwow vorstießen. Das Schicksal, vor dem Mira andere gewarnt und bewahrt hatte, drohte ihr nun selber. Dennoch stand fest für sie: sie würde Freddy nicht alleinlassen. Wohl würde sie alles unternehmen, um sich zu retten, keinesfalls aber nur sich allein. Sie war mit A. L. Linkhand im Wort. Und sie würde zu diesem Wort stehen – was auch immer geschähe.

Mit jedem Tag wurde offenkundiger, daß Freddy am Leben bleiben werde. Schwester Hilda war die einzige, die sich um ihn kümmerte, denn vom alten Personal versah kaum noch jemand seinen Dienst. Die meisten Ärzte und Schwestern hatten Gestellungsbefehle erhalten, andere es vorgezogen, erst einmal zu Hause abzuwarten. So einigten sich die beiden Frauen auf ein Notprogramm und lösten einander in der Pflege des Kranken ab. Schließlich beschlossen sie aber, das Spital zu verlassen und in Hildas Wohnung Zuflucht zu suchen. Freddy transportierten sie, wie dies innerhalb von Krankenhäusern üblich ist, auf einer fahrbaren Tragbahre. Erst nach Stunden erreichten sie ihr am Stadtrand gelegenes Ziel.

Das in einem Garten versteckte altmodische Familienhaus nahm sie freundlich auf. In einem Zimmer, dessen Mobiliar dem Alter des Hauses entsprach, konnte der Kranke bequem untergebracht werden. Mira quartierte sich im Nebenraum ein. Aus den Vorräten des Spitals hatte Hilda alles zur Pflege des Kranken Erforderliche mitgenommen. Glücklicherweise war auch das Gepäck fast vollständig vorhanden, und selbst Lebensmittel ließen sich auftreiben. Hilda, die auch eine achtjährige Tochter zu versorgen hatte, nahm es auf sich, sie zu beschaffen. Denn noch verfügte Mira über reichlich Geld – noch. Hatte sie, die Reiche, mit ihrer Großzügigkeit die Arme in Versuchung geführt?

Wenige Tage später war Mira morgens in die Küche gekommen, um für den Kranken und sich selber das Frühstück zu bereiten. Auf dem Küchentisch lagen zwei Briefe. Der eine war an ›Mira Linkhand‹ gerichtet, der andere an ›Emilian Mermelstein‹. Eine böse Ahnung beschlich Mira, als sie zu lesen begann. »Hätten Sie ein Kind«, schrieb die Krankenschwester, »Sie würden mich verstehen. So aber werden Sie mich für eine Diebin halten und als Verräterin verfluchen, weil ich Sie im Stich gelassen habe und geflohen bin mit Ihrem Geld. Ich mußte die Gelegenheit nutzen, die sich mir bot, und mich mit dem Kind in Sicherheit bringen. Ohne Geld wäre das nicht gegangen. Da der Zustand Ihres Mannes keine Reise erlaubt, zog ich es vor, Ihnen die Sache zu verschweigen. Für den Schaden, den ich Ihnen zufüge, überlasse ich Ihnen mein Haus und den Garten. Ich hatte sie von meiner Mutter geerbt. Betrachten Sie beides als Ihr Eigentum. Eine entsprechende Erklärung füge ich bei. Für den Fall, daß mein Mann sich meldet, bitte ich Sie, ihm das Schriftstück vorzulegen und den andern Brief zu übergeben. In der Hoffnung, daß Gott Ihnen und Ihrem kranken Mann gnädig Beistand gewährt und Sie trotz allem versuchen, mich zu verstehen – Hilda Mermelstein.«

Für Mira kamen Tage, an denen sie sich nur schwer des Gefühls zu erwehren vermochte, in eine tödliche Sackgasse geraten zu sein. Von den meisten anderen Frauen hätten Ratlosigkeit, Verzweiflung und Hoffnungslosigkeit ihren Tribut gefordert. Nicht von ihr, die zwar ihre Rechnung gemacht, aber noch nicht die Summe gezogen hatte. Die nüchterne, kühle und starke Mira, die ihre Kräfte nicht vergeudete an Vergangenes, Unwiederbringliches. Sie wußte, was sie wollte, und mußte alle Kraft aufsparen für den Moment, in dem sich ihr die, vielleicht einmalige, Chance bot, ihr Ziel zu erreichen.

In erster Linie galt es, Freddy wieder auf die Beine zu bringen, und das schien ihr gelingen zu wollen. Jetzt, am einundzwanzigsten Tag nach seinem Unfall, war er fast ohne Schmerzen, das Fieber hatte nachgelassen. Er stand bereits auf und ging langsam im Zimmer umher. Sie bemühte sich, in seiner Nähe zu bleiben. Nur während sie in der Küche hantierte, blieb er sich selbst überlassen. An Nahrungsmitteln fehlte es nicht. Auch gab der Garten noch allerhand her an Obst und Gemüse. Die beiden lebten unter einem fremden Dach, ohne kaum je einen

Nachbarn zu Gesicht zu bekommen. Die Häuser rundum lagen wie ausgestorben. Eine befremdliche Stille, die an den Nerven zehrte. Am Himmel erschienen keine Flugzeuge, man hörte keine Explosionen. Stille, die den Tod zu bedeuten schien.

Die Deutschen sind wahrscheinlich ganz nahe, dachte Mira, vielleicht sogar schon in der Stadt. Noch ein paar Tage, und sie haben uns entdeckt. Wenn wir Glück haben, ist Freddy dann soweit, daß wir uns einen Unterschlupf suchen oder gar zu Fuß bis zur Grenze durchschlagen können. Für den Fall, daß die Deutschen hier erscheinen sollten, erklärte sie ihm, wie er sich zu verhalten hätte. Sie verteilte die Kleider auf mehrere Schränke, packte das Allernotwendigste für beide in einen Koffer, den sie im Garten versteckte. Von dem wenigen Schmuck, den sie mit sich führte, gab ihr eine Uhr an breitem, mit Brillanten verziertem Platinarmband – Kaufpreis fünftausend Dollar – das nötige Gefühl von Sicherheit. Hilda, an die sie ohne Haß dachte, hatte ihr nur zweihundertfünfundzwanzig Dollar und drei Fünfpfundnoten zurückgelassen. So war Mira ruhig, gefaßt und ließ sich auch nicht aus dem Gleichgewicht bringen, als sie eines Abends – Freddy lag schon im Bett, und sie wusch in der Küche ab – Schritte auf der Veranda hörte. Gleich darauf klopfte jemand an die Tür. Nicht ohne Zögern öffnete sie: Vor ihr stand ein Mann in Uniform und rief: »Hildusia!«

»Nein«, sagte Mira freundlich, »nicht Hilda! Die ist fort. Kommen Sie doch herein.« Emilian Mermelstein war heimgekehrt. Von ihm erfuhr sie an diesem Abend, es war der 18. September, daß der Krieg in Polen zu Ende war. Nicht die Deutschen, sondern ein Voraustrupp der Russen hatte Lwow besetzt. Dank dieser überraschenden Wendung, die sich, wie Mermelstein wußte, daraus erklärte, daß Deutsche und Russen sich nach früher ausgehandelten Plänen in die Beute teilten, war zwar die Gefahr für Leib und Leben gebannt, dafür aber drohte andere, nicht weniger schlimme Gefährdung. Immerhin, eine Atempause war ihnen gewährt: die Zeit, derer es noch bedurfte, um Freddy völlig wiederherzustellen. Ein Dach über dem Kopf hatten sie, auch Geld oder, besser, Geldeswert genug, um zur gegebenen Zeit einen Fluchtplan umzusetzen.

Dennoch eine völlig neue Situation. Mira würde nicht umhin

können, Emilian Mermelstein in ihre Überlegungen einzubeziehen. Unbedingt brauchte sie einen Menschen, der ihr behilflich wäre, und sie überlegte, ob es vielleicht dieser Mann sein könnte, der jetzt, gewaschen und rasiert, mit ihr und Freddy bei Tisch saß. Offenbar bereitete es ihm Vergnügen, von seinen Kriegserlebnissen zu erzählen.

Während Mermelstein sich auf deutsch mit Freddy unterhielt, hatte Mira Gelegenheit, den Mann mit den guten Manieren, der sich selbst in einer ihm fremden Sprache gewandt auszudrücken wußte, in Ruhe zu betrachten. Nur einem scharfen Beobachter wäre aufgefallen, daß das längliche zerfurchte Gesicht dieses Mittdreißigers mit seinen eingefallenen Wangen und dem genießerischen Mund nicht das war, was es vorgab zu sein – die Physiognomie eines netten Menschen. Nur allzu gut verstand es Mermelstein, den feinen Kerl zu spielen – zumindest für eine gewisse Zeit. Seine Versuche zu täuschen, sich Vorteile zu verschaffen, hatten nicht selten Erfolg. Er verfügte über eine angeborene, durch Erfahrung und Routine geschliffene Wendigkeit und besaß eine Frechheit und Verlogenheit, die gefährlich werden konnten, zumal er seine Absichten meist mit einem Schleier von Selbstironie verhüllte. Hilda hatte gewußt, weshalb sie die Gelegenheit zur Flucht nicht ungenutzt vorübergehen ließ.

Hieraus mag es sich erklären, daß der Satz von der »tüchtigen, reichen Frau Linkhand« im Brief seiner Frau sofort bei ihm ein Räderwerk in Gang setzte. Angetan hatte es ihm freilich nicht nur das Geld. War Mira nicht eine gesundes, attraktives Frauenzimmer? Wer gab ihr, was, wie er sich vorstellte, Frauen brauchen wie die Luft zum Atmen? Ihr Mann? Ein Invalide – wer weiß, wie lange noch. Vielleicht, daß diese Frau Linkhand ...? Warum eigentlich nicht?

Wochen vergingen. Von morgens bis abends trieb Mermelstein sich auf der Straße herum. Er nutzte die Chancen der Zeit, paßte sich an. Wenn russische Soldaten singend vorbeimarschierten, blieb er stehen, summte mit; sprachen die Propagandisten zum befreiten Volk, entging ihm kein Wort. Nichts vergaß er am Abend zu Hause zu berichten. Später verkaufte er gebrauchte Kleider, Schuhe, Wäsche, nahm, wo er fand, am liebsten von Freddy und Mira. Er brachte Rubel, massenweise Rubel, und doch nur einen Bruchteil von dem, was er erlöst hatte. An den Linkhands verdiente er gut, fast nie verließen sie das Haus. Man mußte sie nur bestärken in ihrer Scheu vor der Öffentlichkeit. Mermelstein erfand Geschichten von Razzien und Verhaftungen, und zwischendurch erzählte er von Bekanntschaften mit wichtigen Persönlichkeiten, von Verbindungen, die er sich geschaffen habe und die ihnen allen das Leben erleichtern würden.

Es waren Wochen des Zweifels und der Unsicherheit für Mira. In einer Art Zwielicht befand sie sich, lebte aus zweiter Hand. Wie hätte sie Pläne machen sollen, wenn es weder Zeitung noch Radio gab und Information über die Außenwelt einzig die Berichte dieses Mermelstein boten, der nun, ohne daß sie es gewollt hätte, zu ihrem Leben gehörte.

In Mermelsteins Erzählungen war immer öfter ein Name aufgetaucht: Saposchnik, ein großer Natschalnik, ein Mächtiger – sein Freund. Mermelstein hatte ihm verschiedenes zu beschaffen vermocht, ihm gute Dienste erwiesen. Bei jeder Gelegenheit stellte er, der Wendige, seine Beziehungen zum Natschalnik dar als eine Männerfreundschaft, gegründet auf natürliche Sympathie, genährt aus Überzeugungsgleichheit und wechselseitigem Verständnis. Seinen geheimnisvollen Andeutungen war zu entnehmen, daß vor allem sein Vorleben, seine politische Aktivität ihm zu dieser Freundschaft den Weg geebnet hatte.

Dann wurde Mermelstein selber Natschalnik. Zum Einkäufer hatte ihn Saposchnik gemacht. Materialien für die dem Elektrizitätswerk angeschlossene Werkstätte sollte er beschaffen. Als Chef im eigenen Ressort. Untergebene hatte er keine, aber eben auch nur einen einzigen Vorgesetzten, Saposchnik, der ihm in knapp dreißig Minuten klargemacht hatte, worin seine Tätigkeit bestand. Sie war einfach genug, wenn auch zeitraubend und mit allerhand Laufereien verbunden. Brenn- und Heizmaterial, Blei, Kupfer und andere Metalle waren zu ›organisieren‹. Mermelstein werde schon Wege finden, an das Zeug heranzukommen.

Der neugebackene Natschalnik kam nach Hause und spielte

sich auf, als hinge das Funktionieren der Stromversorgung allein von ihm ab. Ungeheure Verantwortung laste auf ihm, ein falscher Schritt könne ihn ins Gefängnis, ja, nach Sibirien bringen. Ein Mann, der Respekt verdiente und den zum Freund zu haben, unbezahlbar war.

Mira tappte im dunkeln, schlimmer noch, sie ahnte, daß die Erzählungen ihres Mitbewohners zum größten Teil auf Erfindung beruhten. Aber war es nicht möglich, daß sie ein Körnchen Wahrheit enthielten? Konnte man, durfte man die Eventualität unbeachtet lassen? So setzte sie seinen Faseleien von Freundschaft und Hilfsbereitschaft ein Höchstmaß an Skepsis entgegen, bemühte sich aber zugleich, hellhörig zu sein, sozusagen zwischen den Zeilen zu lesen. Sie war weit davon entfernt, sich Illusionen über die Russen zu machen. Fände die neue Verwaltung heraus, wer sie und Freddy in Wirklichkeit waren, müßte dies zwar nicht zu ihrer Liquidation führen, ihr Leben könnte sich aber in tausend Tode verwandeln.

Wochen vergingen. Dann häuften sich plötzlich die Schwierigkeiten. Es begann damit, daß Mermelstein mit der Nachricht kam, die Ausstellung neuer Pässe stehe bevor. Als ersten Schritt wolle man Einwohner und Häuser registrieren. Er selber habe nichts zu befürchten, seine Papiere seien in Ordnung. Als jemand, der einen wichtigen Posten bekleide, werde er natürlich anstandslos einen sowjetischen Paß erhalten. »Und wie steht es mit euch?« fragte er besorgt. »Was könnt ihr als Unterlage für eure Pässe vorlegen? Ihr arbeitet nicht – das ist ein Hindernis. Habt ihr denn irgendwelche Dokumente?«

Mira wußte, daß er sich aufspielen, sie quälen wollte. Zugleich fürchtete sie, an dem, was er erzählte, könne Wahres sein. Aber sie ließ sich nichts von ihrer Beunruhigung anmerken. »Natürlich haben wir Dokumente, sogar ausgezeichnete. Englische.«

»Wunderbar! Und wann gedenken Sie abzureisen?« spottete er.

»Sobald es mir paßt«, erwiderte sie kurz.

»Und wohin soll die Reise gehen, wenn ich fragen darf?«

»Das ist meine Sache. – Sie fragen mich aus, als wären Sie nicht Natschalnik beim Elektrizitätswerk, sondern ein Mann vom NKWD.« Sie lächelte zu diesen Worten, als meinte sie es nicht so. »Sind Sie nicht unser Freund? Wie wäre es mit einem Rat?«

Im Nu war er verwandelt. »Natürlich werde ich euch raten, auch helfen will ich euch. Wenn ihr deutsche, österreichische oder tschechische Dokumente hättet, wäre alles viel leichter. Als Juden könnt ihr um Asyl bitten – als einfache Ausländer werdet ihr über die Grenze abgeschoben, noch ehe ihr bis drei zählt. Vielleicht könnte ich durchdrücken, daß ihr in das Arbeitsprogramm aufgenommen werdet. Dann müßt ihr aber auf eure Staatsangehörigkeit verzichten und Sowjetbürger werden. Nicht leicht, aber es könnte, es müßte gehen. Doch so ...« Er brach ab und schien scharf nachzudenken. »Nein«, sagte er, »als Engländer kann ich euch nicht verkaufen. Eine Katastrophe wäre das.« Wieder schwieg er. Erwartete er eine Frage? Mira war vollauf mit dem beschäftigt, was sie gehört hatte. Die Spreu vom Weizen zu scheiden, mühte sie sich. Vergeblich. Mermelstein wurde ungeduldig. »Begreift ihr nicht?« fuhr er fort. »Wenn ihr als Engländer auftretet, hat man in wenigen Stunden festgestellt, wer ihr seid und was ihr in Polen macht. Die Deutschen in Warschau arbeiten eng mit den Russen zusammen. Als Engländer und Kapitalisten seid ihr doppelt gefährdet. Wollt ihr, daß man euch als Spione verhaftet? Rußland steht England nicht freundlich gegenüber. Im Gegenteil. Ich glaube, man muß sich da auf einiges gefaßt machen. Nein, eure Situation ist wirklich schwierig. Nicht auszudenken ...« Wieder verstummte er und warf einen raschen Blick auf Mira, um festzustellen, wie seine Worte gewirkt hatten.

Was für ein Unsinn, dachte Mira. Was der Kerl erzählt, hat weder Hand noch Fuß. Und wie glatt es herauskommt. Dieser Heuchler. Aber – ob nicht was dran ist? »Ob Sie nicht vielleicht zu schwarz sehen in Ihrer Besorgnis um uns?« sagte sie. »Es gibt gewisse Abmachungen, die auch von den Russen respektiert werden. – Jedenfalls – haben Sie einen Vorschlag?« Ein Lächeln gelang ihr, das Bitte und Vertrauen zugleich ausdrückte.

»So müssen Sie mit mir reden, Mira!« rief er pathetisch. »Jetzt verstehen wir uns wieder. Lassen Sie mich nur nachdenken. Wir sind doch Freunde, nicht wahr? – Na also!«

Emilian – Milo Mermelstein zerbrach sich den Kopf, und zwar so offensichtlich, daß er, sooft er erschien, Panik verbreitete. Schatten an den Fenstern gewahrte er, hörte Geräusche, flüsterte, um nicht belauscht werden zu können. Unzählige Menschen schienen aufgeboten zu sein, um ihn, das Ehepaar, das Haus zu beobachten und zu behorchen. Er warnte, beschwor und drohte mit Sibirien, entsetzlichen Foltern, dem Genickschuß. Selbst Freddy wurde von Tag zu Tag trübsinniger, obwohl er kaum erfaßte, worauf dieser Mermelstein hinauswollte. Er sah eine rat- und mutlose Mira, und das genügte. In seiner verstörten Seele entzündete sich die Flamme eines ihm bislang unbekannten Gefühls – Haß.

Eines Tages kam der Natschalnik Mermelstein nach Hause und war wie umgewandelt. Er strahlte, als er ein riesiges Paket auf den Tisch legte. Wodka packte er aus und Likör. Eine Flasche Sekt, Lachs, Gänseleberpastete und ein Büchschen Kaviar. Singend eilte er in die Küche, holte Teller, Gläser und Besteck, deckte den Tisch, trällernd und pfeifend, umarmte dabei Freddy, küßte ihn auf die Stirn, tanzte um Mira herum, haschte nach ihrer Hand, küßte sie, goß Wodka ein. »Esset und trinket, denn morgen sind wir tot«, sang er. »Nein, wir fangen erst an zu leben. Ein feines Leben, ein herrliches Leben, ein Direktorenleben! Prosit!« Er leerte sein Glas, die anderen taten es ihm gleich, erleichtert, mißtrauisch.

»Was ist los, Herr Mermelstein?« fragte Mira und zwang sich zu lächeln.

»Nicht ›Herr‹ Mermelstein«, korrigierte er lachend, »sondern ›Genosse‹, besser noch ›Towarischtsch Direktor‹, ja, ›Direktor Mermelstein‹, zu dienen, Genossin. Aber zuerst austrinken, aufessen diese guten Sachen.« Er schenkte ein, stieß mit ihnen an, zwang sie, das Glas zu leeren. Offenbar hatte das, was der Genosse Direktor vorbrachte, diesmal Hand und Fuß. Denn er reichte, während er lässig an seiner Zigarette zog, Mira einen gefalteten Bogen. »Da, Genossin, so viel Russisch können Sie.«

Mira, die in ihrer Warschauer Zeit ein wenig Polnisch und Russisch gelernt hatte, fand rasch heraus, daß es sich um eine Vollmacht handelte, ausgestellt von der Direktion des Elektrizitätswerks für – es stand wirklich da – den Direktor Emilian

Oswaldowitsch Mermelstein. Kein Zweifel, ein richtiges Dokument, gestempelt, gesiegelt und mit drei Unterschriften versehen. Sie reichte es dem frischgebackenen Direktor zurück und sagte: »Da gratuliere ich aber ganz herzlich.«

Während Freddys Linke einem Stück Konfekt einen herzhaften Schluck Griotte nachschickte, griff seine Rechte über den Tisch: »Gratuliere, Genosse Direktor.«

»Nicht mich – euch müßt ihr beglückwünschen, denn ...« Er beeilte sich, seinen Plan darzulegen. Von allen Rechten, die ihm als Direktor, der selbständig ein Unternehmen leitet, jetzt zustünden, sei das wichtigste, in ihrem Fall das entscheidendste, daß er Arbeitskräfte einstellen und entlassen könne. Er werde sie beide einstellen. Mira als – ja, was sie denn zu bieten habe?

Um was für einen Betrieb es sich handle, wollte Mira wissen.

Einen landwirtschaftlichen. Einen riesigen Gutshof, eine ›Farm‹, auf der alles produziert werden müsse, was zur ›Fütterung‹ von Hunderten von Arbeitern nötig sei.

Von der Landwirtschaft verstehe sie rein gar nichts. Aber eine voll ausgebildete Buchhalterin sei sie. Ob er wisse, welcher Art Buchhaltung die Russen sich bedienten. Sie sei vertraut mit jeglicher Büroarbeit – kenne sie aus dem Effeff.

Fein, er glaube ihr. Er mache Frau Linkhand, lachte er, zu seiner rechten Hand. Auch er verstehe kaum etwas von Landwirtschaft. Wozu auch? Ein Direktor, sagt Saposchnik, braucht nicht mehr zu können als zu organisieren und zu leiten. – Und Freddy?

Ja, Freddy. Vielleicht könne der als Chauffeur arbeiten, oder im Magazin, wo er nicht auffalle.

»Machen wir«, sagte Mermelstein. »Für meine Freunde tue ich alles. Sie verstehen, was gespielt wird? Keine Arbeit – keine Sprawka. Ich nehme an, Sie wissen inzwischen, was das ist? Ein Dokument, das Dokument der Dokumente in der Sowjetunion. Es ist der Beweis, daß Sie arbeiten, daß Ihre Papiere in Ordnung sind. Auf diese Sprawka, die Ihnen Ihr Freund, der Direktor Emilian Oswaldowitsch Mermelstein, ausstellen wird, bekommen sie Ihren ordnungsgemäßen Paß.« Er hob sein Glas gegen Mira und leerte es. »Es ist Ihnen hoffentlich klar, welches Risiko ich eingehe.«

»Wozu hätte man sonst Freunde«, sagte Mira, »das ist hochanständig von Ihnen. Glauben Sie mir, wir werden Ihnen das nie vergessen.«

»Das hoffe ich.« Er sah sie mit schwimmenden Augen an. Hilfesuchend blickte Mira zu Freddy hinüber. Ihr Mann hatte sich sein Glas halb mit dem süßen Weichsellikör, halb mit Sekt gefüllt und trank mit tiefen Schlucken. Dazu brummte er: »Dragoner, Ulanen, Husaren, die schwerere, leichtere, ganze Reiterei – Blut muß fließen, rotes Türkenblut – ha!« Keine Frage, er war betrunken. Nie zuvor hatte sie das an ihm erlebt. Dieser angespannt suchende, doch völlig abwesende Ausdruck in seinem Gesicht war ihr neu. Was fiel ihm ein, sich zu betrinken? Mira rückte ihren Stuhl neben den Freddys. »Nicht so viel trinken, Lieber«, sagte sie, »du hast einen richtigen Schwips. Genug, du bist noch nicht ganz gesund. Es ist besser, wenn du jetzt zu Bett gehst.«

Er stand auf und schob sich, nicht ganz sicher auf den Beinen, an ihr vorbei.

»Das Geschirr muß noch gespült werden«, sagte Mermelstein und vermied ihren Blick.

»Das hat Zeit bis morgen.«

»Komm mit in die Küche«, zischte er.

Schweigend sah sie ihn an.

»Komm«, wiederholte er halblaut.

»Ich will nicht –.«

Er fuhr auf. »Was? Ist das dein Dank? – Eine schlechte Zeit hast du dir ausgesucht zum Nichtwollen.«

Sie verstand die Drohung. »Und wenn schon«, sagte sie achselzuckend.

Er stand auf, steckte Zigaretten und Streichhölzer in die Tasche, rekelte sich und sagte gähnend: »So viel, wie du dir einbildest, ist auch nicht dran an dir. – Na, ich gehe jetzt.«

VI

Ein Königreich für ein Haus

Als sie Mermelstein zwei Tage nicht zu Gesicht bekommen hatte – er ging früh aus dem Haus und kehrte erst spätabends zurück –, wurde Mira unruhig. Tief drinnen fing sie an zu bereuen, ihn abgewiesen zu haben. Doch wie aus der Sackgasse herauskommen? Wenn er nun, in seiner Eitelkeit gekränkt, ihnen einen Tort antat? Was führte er im Schild? Schließlich beschloß sie, aufzubleiben und ihn zu stellen.

Dazu sollte es nicht kommen. Am frühen Nachmittag hörte sie auf der Veranda Schritte und Stimmen. Die eine Stimme erkannte sie als die Mermelsteins, die andere war ihr fremd. Aus der Entfernung klang, was gesprochen wurde, wie Deutsch; bald aber stellte sie fest, daß es Jiddisch war. Die Tür zu Mermelsteins Zimmer wurde geöffnet und zugeschlagen. Dann herrschte – endlose Minuten – Stille, bis erneut Schritte und Stimmen zu hören waren. Die beiden Männer gingen durch die Zimmer, verhielten in jedem ein Weilchen und verhandelten miteinander.

Mermelstein sprach schlecht Jiddisch. Immer wieder versetzte er es mit polnischen Brocken, verballhornte es durch verdrehte und verstümmelte deutsche Wörter. Die Sprache des andern floß frei dahin, sie klang beinahe wie das Idiom, auf das Mira in Warschau oder Lodz bisweilen zurückgriff, um den richtigen Ton zu treffen. Auch wenn ihre Muttersprache das Jiddische war, wie die Juden Galiziens es sprachen, dort, wo sie geboren und wohin sie aufs neue verschlagen worden war, hatte Mira sich bemüht, mit der Erinnerung an ihre Kinderjahre auch die ›Mameloschen‹, deren Sprache, zu verdrängen. In jener Welt, zu der sie aufgebrochen war, sprach man nicht Jiddisch, dort war dieses ›Kauderwelsch‹ verpönt.

Jetzt bewegten sich die Schritte auf dem kleinen Gang, der

zur Küche führte, dann – noch ein Schritt! Mira erstarrte in Angst – öffnete sich die Tür und an dem triumphierend lächelnden Mermelstein vorbei schob sich watschelnd ein langer breiter Pelz mit Fischotterkragen, aus dem eine hohe Mütze herausragte, und machte einen Schritt vor Mira halt. Zwischen Kragen und Mütze bleckten große gelbe Zähne eine Art Lächeln, und eine Stimme grüßte: *»A gutn tog; jich Saposchnik«*, ein Finger stahl sich aus dem Ärmel und tippte an die Mütze. Mira hatte sofort Pelz und Mütze als Freddys einstiges Eigentum identifiziert und schloß daraus, wer der grinsende Hamster war. Sie sagte lächelnd mit ihrer heiseren Stimme: *»A donk; jich bin Mira«* – den Familiennamen verschluckte sie halb –, *»un dos is majn mon.«* Freddy stand langsam auf und machte eine Verbeugung, was der luxuriöse Pelz mit einem Heben der Nasenlöcher quittierte.

»Setzen Sie sich doch«, sagte Mira. Sie sprach Russisch.

Er ließ ihre Aufforderung unbeachtet. »Russisch sprechen Sie?« fragte er gespannt.

»Sprechen – das wäre zuviel gesagt. Ich kann mich verständlich machen.« Das kam so glatt, daß es die Behauptung widerlegte.

»Nitschewo, nitschewo.« Er sagte das rasch hintereinander. *Nitschewo* heißt ›nichts‹, hat aber unzählige Bedeutungsnuancen.

Mira begriff sogleich, daß Platznehmen für Saposchnik jetzt lange nicht so wichtig war wie die Erfahrung, die er soeben gemacht hatte. Nur schwer konnte sie sich erklären, weshalb er Mermelstein diesen vorwurfsvollen Blick zuwarf. Die Situation gab ihr Rätsel auf, zumal der Natschalnik den Kopf so tief einzog, daß man von ihm nur noch die gesenkten Lider wahrnahm. Gerade als das Schweigen unerträglich zu werden begann, tauchte der Kopf aus dem Kragen auf. Saposchnik zog den Pelzmantel aus, nahm die Mütze ab und beförderte beides mit einem Schwung auf das Bankbett. »Heiß«, sagte er, »die Lumpen heizen ein.« Wieder traf Mermelstein ein böser Blick. Er präsentierte sich jetzt in einem blauen Anzug, der vor gar nicht langer Zeit Freddy gehört hatte. Der orangefarbene Pullover stach grell ab von dem stillen Dunkelblau des Anzugs und dem Schwarzgrau des groben ungebügelten und nicht mehr ganz sauberen Flanellhemdes, an dessen umgelegten Kragen eine breite weiß-rot gestreifte Krawatte leuchtete. Sie bewies, daß Saposchnik mutig genug war, sich zum Fortschritt, zur Kultur, zu bekennen. Dank Mermelstein besaß Saposchnik nicht weniger als drei Krawatten aus Freddys Bestand und so viel Übung im Binden und Tragen dieser Symbole von Fortschritt wie Reaktion, daß er auffallend oft ihren Sitz prüfte.

Offensichtlich war er erregt; aber das merkte man nur an dem zappeligen Watscheln seiner Beine und an der Ruhelosigkeit seiner Hände, die bald in der Hose, bald in der Jacke ihren Frieden suchten. Seine Miene zeigte den in vielen Jahren politischer Schulung erworbenen Ausdruck, der unwiderlegbar zu sagen schien: *Wir wissen alles!* Es gibt nur *eine* Wahrheit – unsere!

Mira belächelte diesen Saposchnik nicht im geringsten, selbst wenn er sich in ihrer von Mermelsteins Berichten genährten Vorstellung als gewaltiger Mann darstellte, als einer, von dem Leben und Tod abhängen. Sie empfand die gleiche Erleichterung wie einst, wenn sie im Geschäft einem Experten gegenüberstand, dem sie sich gewachsen wußte. Und neben diesem Gefühl gab es ein anderes: Die Kleider, die um den Besucher hingen, in denen er sich verlor, weil sie nicht die seinen waren, obwohl er sie gekauft hatte, schlugen ihr eine Brücke zu ihm. Hatte nicht auch sie fremde, und dazu noch geschenkte Kleider getragen? Viele Jahre hindurch? Und bewies das nicht, daß er erst jetzt, wie damals sie, richtige Kleider besaß und nur noch nicht den Unterschied erkannt hatte zwischen Kleidern und Kleidern, auch wenn er ein Natschalnik war? Er war es, dafür sprach deutlich seine Sicherheit. Er hatte gelernt, mit Menschen so umzugehen, daß sie ihn respektierten. Genau wie sie hatte er seine Fähigkeiten genutzt. Und genau wie sie kam er aus dem Keller, denn sonst wäre er kein Natschalnik geworden. Beider Jugend war vom Nebel der Armut umdüstert gewesen, und der Wille hatte sie herausgeführt: sie, Mira, in die Sphäre des Reichtums, der sich alles Greifbare und Erreichbare kauft, und ihn in die einer Macht, vor welcher der Reichtum zittert. Ein Quentchen, ein winziger Zipfel dieser Macht war in seiner Hand – genug, mehr als genug, sie zu vernichten.

»Ich merke«, sagte sie leichthin, »Sie wundern sich über mein bißchen Russisch.«

Er sah stirnrunzelnd auf seine Fingernägel. »Warum soll man sich darüber wundern. Russisch ist eine Sprache wie jede andere, und dazu schöner, reicher – oder nicht?«

Sie zog es vor, die Herausforderung zu überhören. »Und mehr als zweihundert Millionen sprechen sie. Eine wichtige Sprache.«

»Wichtig – das stimmt. Doch – für wen und wozu wichtig?« Das klang, als fragte er, was er ohnehin schon wußte und nur neugierig wäre, ob die erwartete Antwort einträfe.

»Man lernt eine Sprache, entweder weil sie einem gefällt, oder weil man eben muß«, sagte sie nüchtern. »Es ist gut, möglichst viele Sprachen zu können, beim Vorwärtskommen nützt es. Meinen Sie nicht auch?«

»Wie viele Sprachen du sprichst – so viele Male Mensch bist du. Wissen Sie, von wem das stammt?« Er hatte sich nicht enthalten können, den bekannten Satz zu zitieren. Auch wenn er sich sagte, daß dieses Eingehen auf ihre Gedanken eine Schwächung seiner Position bedeutete.

»Ein kluger Mann«, erwiderte sie.

»Aber wer?« drängte er, und als sie ihn fragend ansah: »Stalin hat es gesagt – wer sonst?«

»Dann habe ich also recht gehabt«, entgegnete sie lächelnd.

»Natürlich«, sagte er mit einem Anflug von Ungeduld. »Doch – man muß wissen, wozu einer eine Sprache lernt.«

Sie sah ihn verständnislos an. »Wer muß das wissen?« Es klang, als hätte sie ihn gefragt, wie spät es sei. So ganz nebenbei.

Saposchnik war der Situation nicht gewachsen. Er wußte keine Antwort auf eine so einfache Frage und rutschte nervös hin und her. In einem Spiel zu zweit, wie dieses eines war, müssen die Partner den Regeln folgen, und das heißt, ohne deren Kenntnis geht es nicht. Bei dem ›Wir wissen alles‹ hat jeder seinen unauswechselbaren Part. Da ist genau festgelegt, wer fragt und was geantwortet werden muß. Diese Frau verstand das Spiel noch nicht, sie fragte, anstatt zu antworten. Hatte am Ende auch sie dieser lächerlichen Partei angehört, deren kindliche Anhänger sich einbildeten, sie hätten die Revolution vorbereitet, weil sie ein bißchen Prügel oder Gefängnis riskierten? Sein Blick flog zu ihr hinüber. Aus dem gar nicht gefälligen Flanellkittel, dem Kopftuch und den Filzstiefeln hätte man gegebenenfalls auf derartiges schließen könnten – nicht aber aus dem Gesicht, das klug und energisch und doch weiblich anziehend war. Eine Frau war das, ein Mensch, der hart gearbeitet, ein klares Ziel verfolgt hatte. Die hätte gehandelt, und man wäre ihr bestimmt irgendwie begegnet, wäre auch ohne die Tips dieses Mermelstein auf sie aufmerksam geworden.

Nicht in beruflicher Mission war Saposchnik nämlich hier; er gedachte eine Privatangelegenheit zum guten Ende zu führen. Und Mermelstein hatte ihn nicht informiert über einen Punkt, der verhängnisvoll werden konnte: Sie sprach Russisch, diese Mira Soundso. Fände sie in der Suppe, die er, Saposchnik, ihr vorzusetzen gedachte, ein Haar, so konnte er in Teufels Küche kommen. Sie würde kein Blatt vor den Mund nehmen, sie würde Russisch sprechen, und man würde sie anhören und verstehen, weil sie Russisch sprach.

In dem Spiel, das Saposchnik in eigener Sache zu spielen beabsichtigte, ging es um Dinge von solcher Tragweite, daß es sich lohnte, ein bißchen zu mogeln. Es handelte sich um das altmodische Haus, das einst Hilda Mermelstein von ihrer Mutter übernommen und vor ihrem Verschwinden Mira als Gegenwert überschrieben hatte. Allerdings besaß das Schriftstück, in dem sie das bestätigte, mehr symbolischen als amtlich gültigen Charakter. Mermelstein hätte es gewiß anfechten können. Doch wie die Dinge lagen, schien es ihm ratsam, nicht als Anwärter aufzutreten. Zu Recht fürchtete er, daß der Besitz eines Hauses sich beim Vorwärtskommen unter einem dem Privateigentum feindlichen System als hinderlich erweisen könnte. Wichtigtuerei und Liebedienerei hatten ihn jedoch seinem Vorgesetzten Saposchnik versprechen lassen, er werde ihm ganz bestimmt zu einem ›Häuschen mit Garten‹ verhelfen.

Seit der Ankunft in Lwow suchte Saposchnik verzweifelt nach einer Wohnung für sich und seine in Grischino zurückgebliebene Familie. Das Haus, an das er denke, hatte Mermelstein gesagt, sei gerade das Richtige für den Natschalnik. Seine jetzigen Eigentümer kämen als Arbeiter für die Farm in Frage – irgendein Ehepaar –, mit Schwierigkeiten sei da kaum zu rechnen. Denn sie hätten ihn bereits wissen lassen, daß sie jederzeit die Arbeit aufnehmen könnten. Ob Mermelstein ihnen gesagt habe, daß die Farm mindestens zwölf Kilometer von der Stadt entfernt liege? Würde es bei ihrem Entschluß, dort zu arbeiten, auch bleiben, wenn sie das erführen? Die Frau war Buchhalterin, der Mann Chauffeur, beide hatten Berufe, die ihnen, wo sie auch anklopften, Beschäftigung sicherten. Denn, fragte sich Saposchnik, wer werde schon auf die eigene Wohnung, das eigene Haus gar, so ohne weiteres verzichten?

Bisher hatte Saposchnik wenig Grund gehabt, an Mermelsteins Fähigkeiten zu zweifeln. Er war ein ausgezeichneter Aufkäufer oder ›Beschaffer‹, wie man das nannte. Auch den Grund und die Gebäude für die ›Hilfsfarm‹ hatte er beschafft. Das alles war gut. Nur jetzt, wo es um das Haus ging, hatte er offensichtlich versagt. In seinem Bericht war ein wesentliches Detail unerwähnt geblieben, nämlich die Tatsache, daß diese Rothaarige, die weder wie eine Burshuika aussah, noch sich auch nur im entferntesten wie eine gab, auch Russisch konnte.

Saposchnik hatte, wie gesagt, seine Familie in Grischino zurückgelassen, Riwa, seine Frau, und die beiden Kinder, die dreizehnjährige Rajah und den sechsjährigen Boris. Sie wohnten auch dort in einem Einfamilienhaus, das jedoch keinen Vergleich aushielt mit der Behausung, die er gerade besichtigt hatte. Es gehörte nicht ihm, sondern seiner Schwiegermutter, die bei ihnen lebte. Leider noch lebte, wie er gelegentlich sich hinreißen ließ zu bemerken. Denn Ruchele Boim, Riwas Mutter, war der Vulkan, auf dem er tanzte, das Minenfeld, das er täglich neu zu durchwandern hatte.

An dieser Greisin waren Umsturz und Revolution vorübergegangen, ohne auch nur die geringsten Spuren zu hinterlassen. Sie weigerte sich einfach, sie zur Kenntnis zu nehmen. Unter ständiger Bedrohung war sie aufgewachsen, war sie Frau und Mutter geworden; die Mittel, mit denen sich das Ghetto gegen Pogrom und Erpressung zur Wehr setzte, waren ihr vertraut. Nur allzuoft hatte ihr Leben von ihnen abgehangen. Als die

Petljurzi, Petljuras Banden, 1920 die Stadt heimsuchten, hatte Ruchele Eltern, Geschwister, ihren Mann und ihre Kinder im Blut liegen sehen. Auch sie selber war schwer verwundet worden. Wie ihre Tochter Riwa hatte sie überlebt. Ein Wunder, daß Mutter und Tochter wieder auf die Beine kamen. Als sie das Krankenhaus verließen, hatte der Zar bereits abgedankt und Lenin das Ruder übernommen.

Riwa blieb keine Wahl. Sie schlug den Weg ein, der vor ihr lag. Zur Schule ging sie, lernte das Allernotwendigste und wurde vertraut mit dem, was die Partei die Jugend zu lehren für angebracht hielt. Schon als Fünfzehnjährige war sie mit Marek so gut wie verlobt. Der Sohn des Flickschusters Saposchnik hatte bei Petljuras Pogrom Eltern und Geschwister verloren. Wie zehntausend andere elternlose Jungen war er den Roten nachgelaufen. Genau wie sie war er trotz physischer Unzulänglichkeit ein harter, erbitterter Kämpfer geworden, ein Demonteur des Alten: der Reaktion und ihrer Repräsentanten. Bevor er nach Kiew ging, um an einem Ingenieurkurs teilzunehmen, hatte er Riwa geheiratet, die in der Zuckerfabrik von Grischino arbeitete.

Ruchele aber saß an ihrem angestammten Platz auf dem Markt und handelte. Es war der gleiche Platz, den sie schon *›ba Nikolajn‹*, also zur Zeit der Zarenherrschaft, innegehabt und sich durch regelmäßige Zuwendungen an den Pristaw, den Polizeimeister, über Jahrzehnte gesichert hatte. Ihr Mann war Talmudgelehrter und so vollauf der Schrift zugewandt, daß es ganz und gar Ruchele oblag, die Familie am Leben zu erhalten, genauer gesagt, sie zu nähren und zu kleiden. Ob Rot oder Weiß – die Waren, mit denen sie handelte, waren beinahe die gleichen: Sonnenblumen- und Kürbiskerne, Obst, billiges Zukker- und Backwerk, Spiegel, Kämme, ja sogar Taschenmesser. Mehr als die neue Ordnung schränkte bald der immer krasser auftretende Mangel ihre Tätigkeit ein. Schließlich gab es nichts, womit man hätte handeln können. Ruchele verfiel auf die ausgefallensten Mittel, das zum Lebensunterhalt Nötigste für die Familie zu beschaffen. Und so verhielt es sich über Jahre hin. Denn was Riwa heimbrachte, war kaum der Rede wert.

Ruchele Boims Häuschen nahm Mark Saposchnik auf, als er

den Kurs beendet und in Grischino Arbeit gefunden hatte. Sich um die kleine Rajah zu kümmern, war allein Sache der Großmutter, denn Riwa zog es zurück zur Arbeit. Trotz allem war Rucheles Sinnen und Trachten nach wie vor auf Verkaufen gerichtet, und dies, obwohl Privathandel täglich gefährlicher wurde. Nichts entging den Beamten der Miliz, sie konfiszierten die Ware und bestraften unnachsichtig die Gesetzesbrecher. Was Wunder, daß Ruchele auf die Sowjets schimpfte, sie genauso verfluchte wie früher die Leute des Zaren – auch wenn sie fortfuhr zu kaufen und zu verkaufen. In ihrem alten Kopf hatte die Vorstellung, daß sie damit ihren *ejdem* – Schwiegersohn – und ihre Tochter in Gefahr brachte, keinen Platz. Wenn er, wie er ihr zu erklären versucht hatte, nicht mehr ›*lejbele im schisters*‹ – ›Leib, des Schusters Sohn‹ –, sondern ein Beamter und Genosse des Natschalniks der Miliz war, dann sollte er gefälligst seine Stellung und seinen Einfluß nutzen, um ihr Protektion bei den Behörden zu verschaffen. Wäre das nicht vernünftiger, als ständig in sie zu dringen, ihren Handel an den Nagel zu hängen? Tatsache war, daß sie Saposchnik nicht weniger verachtete als seine Parteigenossen, die offenbar nur eines konnten: Zukunftsmusik machen und ehrliche Händlerinnen daran hindern, ihr Brot zu verdienen.

Das Gekeif, mit dem sich die Alte über die veränderten Verhältnisse und den gottlosen Schwiegersohn unermüdlich Luft machte, riß zwar an Saposchniks Nerven, doch er ließ sich, seiner Frau und dem Kind zuliebe, nicht aus der Ruhe bringen und fraß alles in sich hinein. Natürlich bestand trotz Riwas Bemühungen, zwischen Mutter und Mann zu vermitteln, keinerlei Möglichkeit, zu einer Verständigung zu gelangen. Daß die Spannung sich zur Feindschaft auswuchs, als Riwa einen Sohn gebar, wen überrascht es schon.

Für Ruchele Boim, der Tochter und Gattin von Gottesgelehrten, war es einfach unvorstellbar, daß ihr Enkel den durch die Beschneidung symbolisierten Bund mit Jahwe vielleicht einmal nicht schlösse. Andererseits erfüllte den Partiny und Natschalnik Saposchnik, den überzeugten Materialisten und Atheisten, der Gedanke mit Abscheu, sein Sohn könnte Ziel und Mittelpunkt dieser finsteren und schmerzhaften Zeremonie werden, die an dem Opfer einen bleibenden Beweis für die reaktionäre Gesinnung seiner Eltern zurückläßt. Zwei Welten, durch Abgründe getrennt. Saposchnik behielt das letzte Wort: Er floh mit dem Neugeborenen und erschien erst wieder, als der leiblichen Integrität seines Sohnes nicht länger Gefahr drohte.

Nachdem der Natschalnik sich dann um eine Stellung in der okkupierten Zone beworben und sie bekommen hatte, als er sich mit der neuen Umgebung vertraut machte, schien ihm vielleicht zum ersten Mal im Leben, es müsse so etwas geben wie das, was die verlogenen, das Volk verderbenden Schreiber vergangener Epochen als ›Glück‹ bezeichneten. Auf einmal war alles da, was das Herz begehrt, und man konnte es mit Tscherwonzen, Zehnrubelscheinen, kaufen. Eßwaren, Kleider, Möbel – einfach alles. Er gewöhnte sich daran, nicht anders als seine Gesinnungsgenossen, für Fiktionen Realitäten einzutauschen, und sein Gewissen blieb – genau wie ihres – unbelastet bei diesem Betrug. Und regte es sich einmal, so wurde es wieder beruhigt durch die offensichtliche Bereitwilligkeit, mit der von oben Vorschüsse, langfristige Darlehen oder Subventionen herabregneten auf die Partiny, um ihnen Einkäufe zu ermöglichen oder zumindest zu erleichtern. Ein raschelnder Tscherwonzenstrom ergoß sich über die Getreuen und ließ sie – ganz unsozialistisch – profitieren.

Da war so ein Mann wie Mermelstein Goldes wert. Alles konnte er beschaffen, und billig. Warum hätte man zweifeln sollen, als er von dem Haus erzählte? Wenigstens mit Vorbehalt hatte man ihm glauben dürfen. Irgendein Haken würde schon dabeisein! Aber er, Saposchnik, war bereit, dieses Hindernis zu entfernen, mit allen erlaubten Mitteln und, wenn es anging, mit einem Quentchen Dialektik.

Die Besichtigung des Hauses hatte ihn mit einer Risikobereitschaft erfüllt, die ihm neu war. Während er die Zimmer betrachtete, ihre großen Fenster und bequemen Möbel bestaunte, im Badezimmer den Hahn aufdrehte, dachte er an die kranke Riwa, an seine Kinder. In einem Haus wie diesem mußte seine Frau gesund werden. Schon sah er Rajah und Boris im Garten herumtollen: seine Tochter, die der Aufnahme in den Komsomol entgegensah und die, wenngleich körperlich ein wenig zurück, ihre Altersgenossen geistig überragte, und sein sechsjähriger Sohn, sein Liebling, der, gerade *pioner* geworden, die erste Stufe der Parteihierarchie erreicht hatte. Bestand auch wenig Aussicht, daß seine Schwiegermutter, diese geschworene Feindin des Fortschritts, die Zügel aus der Hand geben würde – hier spielte das keine so große Rolle. Denn wer kannte sie schon?

Mit einem gewinnenden Lächeln war Saposchnik in die Küche getreten; es hatte sich verflüchtigt, als gleich zu Anfang des Gesprächs seine Pläne einem unvorhergesehenen, schier unüberwindlichen Hindernis begegneten: Diese Mira sprach Russisch. Statt Lächeln – nachdenklicher Ernst, Groll. Und von diesem Groll zu der Maske ›Wir wissen alles‹ ist es nur ein Schritt. Jetzt aber mußte auch die Maske fallen, heruntergerissen von der schlichten Frage: »Wer muß das wissen?« Denn es gab keine Antwort darauf oder vielmehr, wie er rasch bedachte, es durfte keine geben. Wie leicht konnte diese Antwort zum Fallstrick werden, in dem er sich selber fing! Nein, sagte er sich, Mermelstein ist ein Narr – er hat mir einreden wollen, es sei ein Kinderspiel, und ich bin ein noch größerer Narr, weil ich es ihm erlaubt habe.

Zum Rückzug also blasen? Verzichten und sich so glimpflich wie möglich aus der Affäre ziehen? Vielleicht sollten die beiden besser nicht auf der Farm arbeiten? Wenn sie bloß schon die Sprawka hätten! Dann wären sie gebunden – und daß sie ohne stichhaltige Gründe ihrer Arbeit nicht fernblieben, dafür würde dann er zu sorgen haben. Müßten sie tagtäglich drei bis vier Stunden marschieren, wären sie vielleicht schneller bereit, ihr Haus aufzugeben. Über Miras verfängliche Frage: »Wer muß das wissen?« hinweggehend, sagte Saposchnik deshalb im gönnerhaften Ton des Vorgesetzten: »Es ist leicht einzusehen, daß im Kollektiv die Arbeit nur dann funktioniert, wenn rasche und reibungslose Verständigung gewährleistet ist. Als Buchhalterin sind Sie für die administrative Arbeit verantwortlich wie der Towarischtsch Mermelstein für die technische. Sie führen die Bücher, wissen also, ob Geld für Anschaffungen vorhanden ist, ob man sie machen darf oder nicht, und Ihre Zustimmung muß genauso erwogen und begründet sein wie Ihr Einspruch dagegen.« Er hielt inne, weil ihm bewußt wurde, daß er anderes gesagt hatte, als seine Absicht gewesen war. Mit den Punkten, die er genannt hatte, mußte ihr klargeworden sein, auf welche Schwierigkeiten sie gefaßt zu sein hatte. Sicherlich würde sie das abschrecken.

Es gelang ihr, ein Lächeln zu unterdrücken. Abwägend blickte sie ihn an. »Kompliziert. Natürlich werde ich mein Bestes tun. Ich war früher keine schlechte Buchhalterin. Allerdings gehören die Funktionen, die Sie aufzählen, im allgemeinen nicht zum Ressort der Buchhaltung. Wie gesagt – welche Art von Buchhaltung ist eigentlich in Rußland eingeführt? Interessant, daß die russische Sprache das deutsche Wort übernommen hat!«

»Sagen Sie nicht Rußland, Genossin – sagen Sie Sowjetunion«, wies er sie nicht unliebenswürdig zurecht. Als sie, ohne in Verlegenheit zu geraten, die Belehrung zur Kenntnis nahm, fuhr er fort: »Unsere eigene natürlich, die sowjetische. Ich kann Ihnen, obwohl ich kein Fachmann bin, das gleich erklären. Darf ich um ein Stück Papier bitten?«

Natürlich hatte Mira sofort erfaßt, daß die sowjetische Buchhaltung sich in nichts von der amerikanischen unterschied. Wie es ihre Gewohnheit war, ließ sie ihn ausreden. Auch verzichtete sie darauf, seine Fehler zu korrigieren. Sobald er geendet hatte, bewies sie ihm an einem Beispiel, daß sie verstanden hatte. »Ja, Sie haben begriffen«, sagte er – ohne sich anmerken zu lassen, daß er sie bewunderte –, »und in der Praxis lernt man eine Menge dazu.« Es war ihm nicht entgangen, daß sie auch Russisch schrieb, nicht fließend zwar, denn sie malte die Buchstaben und hatte Mühe, die verschiedenen Zeichen unterzubringen, doch immerhin so, daß sie sich unter den vielen Analphabeten als beachtenswerte Ausnahme profilierte. »Gut, ganz gut.« Er wandte sich zu Mermelstein und fragte ihn auf jiddisch, ob er Siegel und Stempel dabei habe. Dann riß er sorgfältig einen halben Bogen in zwei Teile und begann zu schreiben. Mira erriet, daß es die Sprawka war. »Wie heißen Sie?« fragte er. »Mira, das weiß ich – ich brauche noch den Familien- und den Vatersnamen.«

»Der Vater?« Mira suchte in ihrer Erinnerung. Vergeblich. »Isak«, sagte sie schließlich. »Mira Isakowna.«

Als die beiden Namen geschrieben waren: »Und der Familienname – Linhan, nicht wahr?«

Sie widersprach nicht. Name ist Name, und Linhan war sicherlich besser als Linkhand, das dem Träger zum Verhängnis werden konnte. Käme die Änderung einmal zur Sprache, konnte man sich leicht auf einen Hörfehler herausreden.

Saposchnik stempelte und siegelte das Dokument. Auch Mermelstein mußte unterschreiben. »Jetzt sind Sie in die Gemeinschaft der Arbeitenden aufgenommen«, sagte er und überreichte Mira den Zettel. »Sie werden Ihre Kraft und Ihre Fähigkeiten nicht länger in den Dienst des Kapitals stellen – nur der Allgemeinheit werden Sie noch dienen und damit auch sich selbst. Ich beglückwünsche Sie, Mira Isakowna.« Nicht Bürgerin, nicht Genossin hatte er sie betitelt, sondern mit Vor- und Vatersnamen angeredet, ein Beweis von Vertrauen – Gleichstellung.

»Haben Sie Dank, ich werde gut arbeiten.«

»Dessen bin ich sicher.« Sein Blick ruhte kurz auf ihrem Gesicht und tastete sich dann ihren Körper entlang bis zu den Füßen in den ausgelatschten Pantoffeln hinunter. Eine Frau. – Wie lange war es schon her, daß er eine Frau umarmt hatte! Er verscheuchte qualvoll-süße Gedanken. »Ihr Mann ist Chauffeur? Versteht er Russisch?«

»Nicht ein Wort.« Mira sorgte sich um Freddy.

»Was für Wagen kann er fahren? Personen- oder Lastautos?«

»Beides«, sagte Mira obenhin. »In den letzten Jahren waren es allerdings nur Personenwagen.«

»Das spielt momentan sowieso keine Rolle. Wir haben im ganzen Unternehmen nur ein Auto, einen Lastwagen, und der Chauffeur repariert mehr, als er fährt. Später bekommen wir natürlich aus den staatlichen Fabriken so viele, wie wir beantragen. Ihr Mann kann aber auf der Farm, dem Gutshof, beschäftigt werden. Vielleicht im Magazin, in den Obstplantagen oder in der Gärtnerei, vielleicht auch im Stall. Das wird sich finden. Ein Arbeiter ist er, das sieht man an seinem Körperbau.« Nicht ohne Neid betrachtete er Freddys Athletenschultern. Der Blick glitt ab und blieb prüfend auf den breiten, kurzfingrigen Händen mit den seit Monaten nicht gepflegten Nägeln haften. »Der Mann weiß, was arbeiten heißt.«

»Natürlich«, sagte Mira, und Saposchnik stellte auch für Alfred Arturowitsch Linhan, Magazinverwalter, die Sprawka aus.

Dankend nahm Mira sie entgegen. »Ein kleines Hindernis gibt es allerdings, mein Mann ist noch Rekonvaleszent. Schwere Arbeit wird er vorderhand nicht leisten können.«

»Ich weiß. Das wird auch nicht verlangt. Bis zur richtigen Arbeit dauert es noch eine Weile. Zeit genug, wieder stark wie ein Bär zu werden«, sagte Saposchnik frohgemut. Er hatte allen Grund zur guten Laune. Die beiden waren ihm jetzt unterstellt. Als ihr Chef konnte er von ihnen erwarten, daß sie selbst dann ihrer Arbeit nachgingen, wenn der Arbeitsplatz zwölf, nein, dreizehn Kilometer von ihrer Wohnung entfernt lag. »Schade«, sagte er, »daß sie so viel Zeit verlieren werden, besonders am Anfang, bis alles geregelt ist – ich meine, bis die Karre richtig läuft.«

»Zeit verlieren –? Ich verstehe nicht.« Mira, die Erfahrene, mit allerhand Wassern Gewaschene, mußte einsehen, daß Saposchniks offensichtliche Zufriedenheit nicht allein dem Anheuern zweier Arbeitskräfte zugeschrieben werden konnte. Der Natschalnik nahm die Veränderung in ihrem Gesicht wahr. Sie erschrickt, dachte er, sie weiß, was jetzt kommt. Durchschaut hat sie mich. »Sie müssen«, sagte er, »um acht Uhr auf dem Posten sein, und ihr Mann im Winter um sieben, im Sommer um sechs. Bis zur Farm sind es von hier, ich meine von Ihrem Haus, zirka dreizehn Kilometer. Vielleicht, daß in einigen Monaten oder sogar Wochen Transportmittel zur Verfügung gestellt werden können. Im Augenblick sind wir damit überfordert. Mit anderen Worten, Sie und Ihr Mann hätten täglich einen Fußmarsch von sechsundzwanzig Kilometern zurückzulegen. Bei uns spielt so etwas keine Rolle. Wir haben schon Schwereres auf uns genommen als vier, viereinhalb oder gar fünf Stunden Marschieren. Aber Sie – ich glaube nicht, daß Sie sich so leicht damit abfinden werden.«

Sollte es das sein – nur das? Sie forschte in seinem Gesicht. Worauf wollte er hinaus? Konnte es sein, daß seine Besorgnis echt war, sich nicht anderes hinter ihr verbarg? »Natürlich ist das nicht angenehm, aber haben Sie nicht gesagt, daß Sie und die anderen«, sie stockte, denn ihr war dieses Wort noch nie über die Lippen gekommen, »Genossen viel Schwereres auf sich genommen hätten? Wenn es sein muß, marschieren wir eben – *nitschewo*«, und es gelang ihr wahrhaftig ein Lächeln, ein unbekümmertes, ja forsches Lächeln.

»Schön, Genossin, ich bin wirklich erfreut. Aus Ihnen spricht der richtige Geist – sowjetischer Geist! Menschen wie Sie lieben und brauchen wir. Sie begreifen, daß man arbeiten muß, und« – er nahm Haltung an und zitierte – »Schwierigkeiten sind dazu da, um überwunden zu werden. Stalin hat das gesagt, Genossin Linhan!«

»Ein gutes und wahres Wort. – Ja, mein ganzes Leben lang habe ich gegen Schwierigkeiten gekämpft.« So gut es ging, spielte sie sein Spiel mit, und es wurde ihr dabei gar nicht bewußt, daß sie die Wahrheit sprach.

»Ich weiß – das sieht man, Mira Isakowna! Sie sind eine richtige Arbeiterin«, der Enthusiasmus war nicht einmal gespielt. »Darum wollte ich es Ihnen auch leicht machen.« Er brach ab, mitreißen hatte er sich lassen von den eigenen Worten.

»Leicht machen?« Miras Frage kam in dem ihm schon bekannten kühlen Ton.

Er wurde verlegen. »Ja nun – sehen Sie«, stotterte er, »daß Sie ein Mehr von Anstrengung auf sich nehmen wollen, spricht für Sie. Sie schonen Ihre Kräfte nicht, wenn es gilt, rechtzeitig am Arbeitsplatz zu sein. Einen kapitalistischen Unternehmer würde das gleichgültig lassen. Der würde sich sagen, soll sie doch zwei oder drei Stunden früher aufstehen oder nach der Arbeit noch stundenlang müde und hungrig nach Hause marschieren. Hauptsache, ich bekomme das gehörige Quantum Arbeit für mein Geld – so denkt ein Kapitalist. Wir vertreten eine andere Auffassung. ›Der Mensch ist das Wertvollste, was es gibt‹, das hat Lenin gesagt, unser großer Lehrer, und wir handeln danach. Ihre Kraft ist uns wertvoll. Das muß auch so verstanden werden, daß Ihre Kraft nicht nur Ihnen allein gehört, die Allgemeinheit hat gleichfalls ein Anrecht auf sie. Sie müssen haushalten mit ihr. – Deswegen wollte ich Ihnen, in Ihrem Interesse natürlich, einen Vorschlag unterbreiten.« Saposchnik war mit sich zufrieden, Bedenken hatte er allein wegen des »in Ihrem Interesse«.

»Was Sie da gesagt haben, könnte nicht wahrer sein, Genosse – wie redet man Sie eigentlich an? – Direktor?«

»Ich sage zu Ihnen ›Mira Isakowna‹, nicht? Also sagen Sie zu mir ›Mark Lwowitsch‹. Das ist so üblich zwischen Menschen, die einander vertrauen – und Sie vertrauen mir doch, Mira Isakowna?«

»Bestimmt – ich weiß Ihre Freundlichkeit zu schätzen.« Sie stützte beide Ellbogen auf den Tisch und legte den Kopf in die Hände. Ihr Gesicht kam ihm dadurch ganz nahe, er mußte ihr in die Augen sehen, und die schimmerten wie Gold. Es durchrieselte ihn. Plötzlich nahm Mira den Zug von Melancholie in den Zügen ihres Gegenübers wahr, Sicherheit und Überlegenheit waren wie weggewischt aus ihnen.

Er gab sich einen Ruck, riß sich los von Gedanken und Wünschen, wenngleich in seinen hellbraunen Augen ein Glanz zurückblieb, warm und feucht. »Verstehen Sie mich, das hängt alles von Ihrem freien Willen ab.« Er machte eine Pause. »Sie müssen da selbst entscheiden. Ich meine es gut mit Ihnen. Zum Gutshof gehören, ich glaube, es sind insgesamt einundzwanzig Häuser. Nicht so große wie dieses hier, doch jedes hat einen Garten. Millionen Menschen wären glücklich, könnten sie in solchen Behausungen wohnen. Alle haben mindestens zwei, manche sogar drei Zimmer. Sie könnten wählen, welches Sie wollen. Wenn irgendwelche Reparaturen erforderlich sind, werden sie gemacht. Natürlich auf Kosten der Farm, auf Staatskosten, denn die Häuser gehören dem Staat. Jedenfalls, Sie verstehen ...«

»Nicht ganz.« Mira nahm den Blick nicht von ihm. Der Mann, der jetzt sprach, war gar nicht mehr der Natschalnik. Keine Maske, nichts von Undurchdringlichkeit, Überheblichkeit. Vor ihr saß ein Mensch, der etwas wollte, von ihr wollte und – für sich. Offenbar hängt es von mir ab, sagte sich Mira, liegt es in meiner Hand. – Was erzählt er von Häusern im Dorf, von denen ich mir auswählen kann, welches ich will?

»Sehen Sie, ich bin nämlich dafür verantwortlich, daß alles richtig organisiert wird. Die Norm muß erfüllt werden. Ich möchte – verstehen Sie, Mira Isakowna, Sie sind als Buchhalterin ein Hauptfaktor, Sie brauchen Ihre freie Zeit, zusätzliche Beschwerlichkeiten –« Er geriet ins Stocken.

»Das habe ich begriffen«, sagte Mira, »ich meine nur, daß mir das mit den Häusern nicht klar ist.«

Er hatte jetzt genug vom Wägen und Überlegen. Ruhig und gefaßt sagte er: »Sie können sich eines dieser Häuschen auswählen, falls Reparaturen erforderlich sind, werden sie gemacht. Sie wohnen Ihrem Arbeitsplatz gegenüber, in wenigen Minuten erreichen Sie ihn. Das schlage ich Ihnen vor. Wenn Sie einverstanden sind, fahren wir morgen hinaus und sehen uns die Sache an.«

»Das wäre eine gute Lösung«, sagte Mira.

»Sie würden also aufs Land ziehen?« fragte Saposchnik.

Mira fühlte, daß er das wünschte, und in den wenigen Sekunden, die ihr gegeben waren, über die Gründe dieses Wunsches nachzudenken, konnte sie nur zu dem von Zweifeln und Mißtrauen verdunkelten Schluß gelangen, diesem Saposchnik gehe es um nichts anderes als um die volle Ausnutzung ihrer Arbeitskraft. »Was ist schon für ein Unterschied zwischen der Stadt und einem Dorf, das nur ein paar Kilometer von ihr entfernt liegt?« fragte sie leichthin.

»Das Leben auf dem Land hat auch seine Schattenseiten«, sagte Saposchnik. Er glaubte, sich das leisten zu können, denn sie schien im Prinzip einverstanden. Sollte es nachträglich zu Schwierigkeiten kommen, hatte man sie gewarnt. »Sehen Sie, auch ins Kino will der Mensch gelegentlich. Es gibt herrliche sowjetische Filme.«

»Ach, Kino, das ist nicht so wichtig – aber einkaufen muß man ab und zu. Na, dann heißt es eben laufen.«

»Nicht nötig, gar nicht nötig«, beeilte er sich zu sagen. »Es werden, später natürlich und nur für dienstliche Fahrten, Gespanne dasein. Als Buchhalterin haben Sie oft auf der Bank zu tun und bei der Direktion. Auch Kantinen werden wir einrichten, die müssen aus den Produkten der Farm versorgt werden. Für die Abrechnung sind Sie zuständig, ja?«

Mira nickte, sie verstand, das war normal. Wenn sie schon im Land bleiben mußte, kam es nicht darauf an, wo sie wohnte. Nun, wenn der Hamster will, daß ich draußen wohne, bitte!

»Ja«, sagte sie, »das klingt vernünftig. In welchem Zustand sind die Häuser?«

»Oh«, sagte er eifrig, »es sind ausgezeichnete Häuser aus Stein – vielleicht fehlt hier und da ein Fenster, eine Tür –.«

»Gibt es Licht und Wasser?« fragte sie sachlich.

»Licht, bestimmt! Vergessen Sie nicht, Sie gehören doch dem ›Ukerkommenergo‹ an. Alles ist vorhanden. Mit der Installierung wird morgen begonnen. Das Wasser, sehen Sie, das wird noch eine Weile auf sich warten lassen. Die Rohre werden gelegt, sobald sie geliefert sind – angefordert wurden sie. Inzwischen gibt es herrliche Brunnen bei den Häusern. Wenn man da –.« Er dachte eine Weile nach, dann sagte er entschlossen: »Sie werden Wasser im Haus haben und soviel Sie wollen, ich verbürge mich dafür.«

»So ist ja alles in Ordnung – wann soll es losgehen mit der Arbeit?« fragte Mira. Sie hatte kaum zugehört. Fort, nur fort, selbst wenn sie etliche Wochen ohne Komfort auskommen müßte. War dem Hamster darum zu tun, daß sie nahe bei ihrem Arbeitsplatz wohnte – ihr sollte es recht sein.

»Sie sind einverstanden?« sagte er und holte tief Atem. Das beste Haus sollte sie bekommen! Man würde es ihr herrichten, tipptopp, beschloß er. Bis jetzt war alles gut gegangen – wie weiter? Die Hauptsache stand noch bevor. Er betrachtete aufmerksam die Karos im Wachstuch auf dem Küchentisch. »Und«, fragte er, »was geschieht mit dem Haus hier?«

»Mit diesem Haus?« fragte sie gedehnt. Sie überlegte. Ja, richtig, das Haus gehörte ja ihr. Zumindest hatte sie es, wenn auch unfreiwillig, bezahlt. Was durfte sie sagen, was nicht? War ihr erlaubt, ein Haus zu besitzen? Was konnte jetzt geschehen? Hilfesuchend blickte sie Saposchnik an, aber der schien gedankenverloren zum Fenster hinauszustarren. Weshalb hatte er nach dem Haus gefragt? Wohl nur, um ihr einen Strick zu drehen. Sie durfte kein Haus besitzen, das war es! Sie sagte: »Was liegt an dem Haus hier. Haus ist Haus. Was wir brauchen, ist ein Dach über dem Kopf und Arbeit.« Ein klares Wort, sachlich – endgültig.

Sein Kopf fuhr herum. Was sagte sie da? »Und das heißt?«

»Was heißt was?«

»Ich meine, das Haus hier gehört doch Ihnen. Was gedenken Sie ...?«

»Gut, gut«, sie ließ sich Zeit, mußte nachdenken. »Ja gewiß, gewiß – aber in zwei Häusern kann ich nicht wohnen. Wenn ich aufs Land gehe, dann ...« Sollte er, zum Teufel, weiterreden. Sollte er sagen, was zu tun war.

»In zwei Häusern können Sie nicht wohnen, das stimmt.« Er lachte laut heraus.

»Sehen Sie – Mark Lwowitsch«, sie lächelte, »mit den Gesetzen und Verordnungen Ihres Landes bin ich nicht vertraut. Ich bitte Sie, mir zu raten – bin ich nicht Ihre Untergebene?«

»Sie können, wie Sie selbst sagen, nicht in zwei Häusern wohnen.« Saposchnik zwang sich zur Gelassenheit. »In der Sowjetunion ist der Besitz von zwei Wohnungen nur wenigen gestattet. Auserlesenen, die ihre Kräfte ganz dem Dienst an der Allgemeinheit widmen. Das sind nicht, wie Sie vielleicht denken, die Leute mit den hohen Posten, sondern die Dichter, die Komponisten, die Maler. Außer ihrer ständigen Wohnung bekommen sie vom Staat noch eine Sommerresidenz, wo sie sich erholen und inspirieren lassen können. Wir anderen müssen schon froh und glücklich sein, wenn wir überhaupt eine Wohnung haben.«

»Ist mir klar«, heuchelte sie. »Ich verlange gar nicht mehr. Mit einer Wohnung habe ich genug.«

»Wenn sie also«, sagte er sachlich, »das Häuschen in Jusefuwka, so heißt der Ort, wo unser Gutshof liegt, haben wollen, so müssen Sie das Haus hier zur Verfügung stellen.« Wem, sagte er nicht. Denn in seinem Kopf war unversehens ein Gedanke aufgetaucht.

»Das ist doch selbstverständlich«, erwiderte sie nicht ohne Ungeduld.

»Es ist Ihr eigenes Haus – Sie haben das Recht, es zu verkaufen. Das werden Sie gewiß auch tun, denn vermieten dürfen Sie nicht. Selbstverständlich geht das nicht ohne Notar, ich meine, ohne Kaufvertrag. Sie haben dann Geld, nicht nur, um sich in Ihrem neuen Haus einzurichten, auch auf die Seite können Sie einiges legen, und – für Ihr Vorwärtskommen ist es besser, wenn Sie anstatt im eigenen Haus beim Staat zur Miete wohnen.«

»Mark Lwowitsch, das alles verstehen Sie besser als ich. Ich bitte Sie nochmals, mir zu raten. Wirklich, das einzige, was ich will – in Ordnung sein, ich meine, vor dem Gesetz und bei der Arbeit.« Sie kam aus dem Lächeln nicht heraus. Hätte sie statt in sein Gesicht in den Spiegel gesehen, sie würde sich kaum wiedererkannt haben. In ihrem ganzen Leben hatte sie noch nie so gelächelt. Ein echtes, sozusagen ein gelungenes Lächeln – voll Seele.

Der Natschalnik Saposchnik sah nicht die Angst in ihren Augen – wie auch? Wenn jemand sich fürchten mußte, war er es. Aber auch er war mit einem Mal wie verwandelt. Statt dem ihm wohlvertrauten Gefühl erfüllte ihn Zärtlichkeit, Opferwille regte sich in ihm, der Drang gutzumachen, entstanden aus einem durchaus unzulässigen, verbotenen Reuegefühl. Der Bolschewik Saposchnik erlebte das Wunder der Epiphanie. In seinem Innern vollzog es sich, ohne daß er sich dessen bewußt geworden wäre. Als er wieder zu sprechen begann, die breiten Backen eingefallen, die Stirn zerklüftet, die dunkelbraunen Augen feucht schimmernd, da begriff Mira, daß ihr gegenüber, den Tränen nahe, nicht der Feind saß, der gefürchtete, hinterhältige, ihr nach dem Leben trachtende Feind, sondern ein Mensch, der ihr gut war, bereit, ihr zu helfen. Sie begriff es, ohne sich einen Reim darauf machen zu können, und – blieb wachsam. Auch die Angst kehrte wieder, so daß die kühle, vernünftige, die rechnende und berechnende Mira den Natschalnik Mark Lwowitsch Saposchnik, der nun kein Natschalnik mehr war, sondern nur Marek, des versoffenen Schusters Leib Saposchnik Sohn, einfach reden ließ. Indem sie zuhörte, gespannt, wie es schien, ermunterte sie ihn weiterzureden. Ein Strom, der endlich freie Bahn findet, nachdem die Frühlingssonne ihn vom Eis befreit hat.

Vor Mira entstand das Bild eines Lebens, das sie kannte und doch nicht kannte, da ihr erspart geblieben war, Leben als eine Fratze kennenzulernen, die Überleben zu nennen, bereits an

Übertreibung grenzt. Er erzählte, wie er, um nicht zu verhungern, die Abfallhaufen nach Kartoffel- und Zwiebelschalen abgesucht, Hunden den erbeuteten Knochen abgejagt, den Schweinen ihren sauren Fraß gestohlen hatte. Ob Mira wisse, was ein Pogrom sei? Ob sie von den Schwarzen Hundertschaften gehört habe oder von den Petljurzy – ›*obeji shida, spassaj Rossijan*‹ – ›schlag den Juden tot, rette Rußland!‹ Ob sie sich vorstellen könne, was es für einen Fünfzehnjährigen bedeutet, mit anzusehen, wie ihm Eltern und Geschwister abgeschlachtet werden? Wie einem der Gestank verwesender Leichen in die Nase sticht, wie Erinnerung das Herz versteinert? Bild und Geruch werden eins, unzertrennlich, unvergeßlich, so daß man vielleicht gerade noch die Kraft aufbringt, nicht selber seinem jungen Leben ein Ende zu machen? Erinnerung als Peitsche, die einen hineinjagt in die Soldatenhaufen der Roten, in den Bürgerkrieg. Kaum vermag man das Gewehr zu tragen auf der schmalen Schulter, es kaum zu halten mit den ausgemergelten Armen. Bei Hitze und Frost marschiert man, barfuß, Fetzen statt Kleider am Leib, hungernd und dürstend. Als einer unter Tausenden, ein Kämpfer für die Revolution – Feind aller, die Pogrome machen oder dulden. Ob Mira das verstehe? Daß die Idee einen antreibt, die Hoffnung auf ein besseres, menschlicheres Leben. Daß man wachsam wird und mißtrauisch gegen alles und alle, die dieser Idee Gefahr bringen können? Die Idee ist das Kostbarste, das Höchste und Einzige.

Dann wird aus dem flammenden Redner, dem Bolschewik, dem Natschalnik Saposchnik, der alles der Idee verdankt und ihr deswegen anhängt, der keine andere Idee neben ihr billigt – wie ein Priester, der nur einen Gott kennt und gelten läßt –, dann wird aus Saposchnik, dem Unbeirrbaren, Unerbittlichen, ein kleiner Mark Lwowitsch, der stockend und leise von seinem Leben erzählt, von dem elenden Haus in Grischino, von der kranken Riwa, von den Kindern und der unversöhnlichen Schwiegermutter. Jetzt ist er durch Beruf und Partei an den neuen Ort gebunden; er will sie herkommen lassen, und wenn Mira Isakowna – der Gedanke sei ihm gerade gekommen – dieses Haus nicht behalten wolle oder könne, werde er vielleicht eine gute Lösung finden.

»Das wäre großartig, Mark Lwowitsch«, sagte Mira. »Ich meine, wenn Sie das in die Hand nehmen könnten. Sie sehen, ich möchte in Ordnung sein. Ja, und was Sie mir erzählt haben, ist schrecklich. Eine schlimme Jugend hab auch ich gehabt.« Nie und zu niemandem hatte sie jemals ein Wort darüber gesprochen. Was ihre Kindheit, ihre Jugendzeit ausmachte, war Ballast, Hindernis auf dem Weg, den zu gehen sie sich entschlossen hatte. Der Weg sollte weit wegführen von dieser Qual und Erniedrigung. Jetzt war der Moment, darüber zu sprechen; denn jetzt war es gut, günstig für sie, daß es den Keller gegeben hatte und das Waisenhaus, die Arbeit bei Frau Adele. Von all dem erzählte sie ihm mit ihrer tiefen, heiseren Stimme. Daß sie die Jahre des Erfolgs unterschlug, die Stellung verschwieg, die sie errungen, das riesige Vermögen, das sie für sich und andere aufgehäuft hatte, was machte es schon! In ihrer Erzählung kamen keine Namen vor, sie nannte keine Orte, erwähnte keine Reisen. Sie erzählte und verschwieg, was zu erzählen und zu verschweigen sie für richtig hielt.

Nun, so waren sie quitt, die Kinder aus dem Keller. Denn auch er hatte ihr erzählt und verschwiegen, was zu erzählen und zu verschweigen er für gut gehalten. Nur zum Teil hatte jenes mißdeutete, seelenvolle Lächeln Miras das Eis in Saposchniks Innerem geschmolzen. Die Vernunft, die seit Jahren geübte Disziplin, die zur zweiten Natur gewordene Routine waren dem erlösenden Bekenntnis ins Wort gefallen. Aus der Beichte war ein Stück Propaganda geworden, an deren Schluß die eigenen kleinbürgerlichen Wünsche standen: das Haus und die Möbel.

Hätte dieses Haus für Mira einen Wert dargestellt, so wäre Saposchnik im selben Augenblick, da er es erwähnte, durchschaut gewesen. In seinen Besitz war sie ja ohne eigenen Wunsch und Willen gelangt, sie hatte es bezahlt, keineswegs aber gekauft. Das Haus gehörte für sie zu den Dingen, die man loswerden muß. Gut, daß er es brauchte.

Das viele Herumgerede hatte sie ermüdet. Ob nun dieser Natschalnik gab oder nahm, ihr konnte es gleichgültig sein. Er war eine ›Beziehung‹ – *connection*. Sie mußte sie nur ausbauen, verstärken und sich auf diese Weise eine Position schaffen, die Angriffen widerstand, vor allem von Seiten dieses widerlichen

Mermelstein. Wenn sie arbeitete, wenn man erkannte, was sie zu leisten imstande war, dann wäre sie ihm schon überlegen. Taugte Mermelstein zum Direktor, dann sie, Mira Linkhand, gewiß zur Buchhalterin. Über eine Waffe verfügte sie mit Sicherheit in dem Kampf, der ihr bevorstand: ihre Arbeitskraft. Über nur *eine?* Nur über *diese?* Sie beugte sich vor, sie zwang ihn, sie anzusehen. »Mark Lwowitsch«, sagte Mira leise, »ich stehe jetzt da wie damals als Sechsjährige – mir hilft niemand. Unterweisen Sie mich, zeigen Sie mir, was man tun muß, tun darf und nicht darf. Ich will lernen, Mark Lwowitsch: Wenn ich zu Ihnen komme und Sie bitte – um Rat, um Hilfe, um Schutz – , darf ich das, Mark Lwowitsch?«

»Mira Isakowna, jeder Sowjetbürger hat die Pflicht, einem Menschen, der fleißig arbeitet und guten Willens ist, Unterstützung zu gewähren. Und Ihnen will *ich* helfen. Vertrauen Sie mir – was zu tun ist, werde ich Ihnen zeigen –, und wenn es nötig ist, werde ich Sie – warnen. In acht Tagen wissen Sie Bescheid, und sechs Monate später werde ich, Mark Lwowitsch Saposchnik, der Partei eine neue Kandidatin zuführen – Mira Isakowna Linhan!«

»Sechs Monate? Geht das so rasch?« Bei sich dachte sie, in sechs Monaten wäre sie entweder bei den Linkhands oder – tot.

»Wollen ist alles, Mira Isakowna, Bereitsein. Sie sind aus dem Holz, woraus man die richtigen Bolschewiki schnitzt. Klug, ernst, tüchtig und arbeitsam.«

»Ich will mir Mühe geben, Mark Lwowitsch. – Wann möchten Sie das Haus übernehmen?«

»Sobald Sie sich in Ihren neuen vier Wänden eingerichtet haben, nicht eher. Was soll es denn kosten, mit den Möbeln, meine ich?«

»Sehen Sie«, sagte sie, einem plötzlichen Einfall folgend, »das eilt nicht. Außerdem kennen Sie sich da gewiß besser aus als ich. Ich nehme an, daß es einen staatlich festgesetzten Preis gibt. Hauptsache, wir sind uns einig. Ihrer kranken Frau wird die Übersiedlung in das Haus bestimmt guttun. Die Räume sind groß, trocken und haben viel Sonne. In der warmen Jahreszeit ist der Garten eine Pracht, da kann sie sich draußen hinlegen, dem Spiel der Kinder zusehen –.« Fast in Feuer geriet Mira bei der Aufzählung der Vorzüge.

Er merkte das und schloß daraus, daß sie es gut mit ihm meinte. Sieg auf der ganzen Linie! Dennoch galt es abzuwarten. Er tat so, als dächte er nach. »Morgen, um die Mittagszeit, hole ich Sie ab. Sie werden sich eines von den Häusern auswählen. Ich veranlasse dann alles Nötige zur Instandsetzung. Gleich nachdem Sie sich entschieden haben, fahren wir zum Notar, machen den Vertrag. Bis dahin weiß ich auch, wieviel ich zu zahlen habe. Einverstanden?«

»Klar«, sagte Mira.

»Dann werde ich jetzt gehen.« Er stand auf und schüttelte ihre Rechte. »Bleiben Sie gesund«, sagte er leise, fast zärtlich. Seine Augen suchten die ihren, doch gleich schlug er sie nieder. Als wollte er auf sich aufmerksam machen, hatte Freddy eine Bewegung angedeutet. Kann es sein, daß der stumme Bär eifersüchtig ist? dachte der Natschalnik und streckte ihm die Hand entgegen. *»Do swidanija, towarischtsch Linhan.«* Freddy erhob sich und machte seine Verbeugung. Saposchnik schnuffelte geniert und blickte sich nach Mermelstein um. Der war eingeschlafen. »Lassen wir ihn, ich brauche ihn nicht.« Er schlüpfte in den Pelz, setzte die Mütze auf. »Ich trage das sonst nicht, nur heute, weiß der Teufel, weshalb. Für meine Frau habe ich das gekauft.« Dann watschelte er aus der Küche. Mira begleitete ihn bis zur Verandatür. »Alles Gute, Mira Isakowna«, sagte Saposchnik.

»Ihnen auch, Mark Lwowitsch.«

Er sprang die drei Holzstufen hinunter, und als er um die Hausecke bog, glich sein Watscheln einem grotesken Tanz.

Das Dörfchen war ursprünglich eine Siedlung deutscher Bauern gewesen. Ihre aus Schwaben eingewanderten Urahnen hatten neben dem Boden auch Fleiß, Eifer, Ausdauer und Ordnungsliebe als Erbe hinterlassen. Durch die Arbeit von Generationen war die Siedlung vortrefflich gediehen. Ob Feld, Garten, Haus oder Stallung, alles zeugte von liebender Sorgfalt und praktischem Verstand. Die ehemaligen Besitzer waren nach Deutschland zurückgekehrt. Eine Vereinbarung zwischen sowjetrussischen und deutschen Stellen hatte ihnen erlaubt, ihre bewegliche Habe auf den ›Treck‹ mitzunehmen. Boden und Häuser waren mit Geld abgelöst worden.

Die polnischen und ruthenischen Bauern aus der Umgebung von Jusefuwka hatten sich geholt, was an den eigenen Häusern fehlte oder ersetzt werden mußte, wie Türen, Fenster oder Scheunentore.

Auf der Suche nach Ackerland hatte Mermelstein diese Siedlung ausfindig gemacht und Saposchnik darüber berichtet. Die Formalitäten, die erforderlich waren, sie in Besitz zu nehmen, ließen sich im Handumdrehen erledigen. So ergab es sich, daß das Elektrizitätswerk sich einen aus verschiedenen Anwesen bestehenden Gutshof, die sogenannte ›Hilfsfarm‹, angliederte. Zu ihr gehörten nicht nur dreiundachtzig Hektar ausgezeichneten Bodens sowie zwanzig Hektar Obst- und Gemüsegärten, auch einundzwanzig solide gebaute Häuser, Scheunen und Stallungen. Man brauchte nur instand zu setzen, einzurichten, Vieh anzuschaffen und Arbeitskräfte einzustellen, dann konnte die Produktion anlaufen.

Aber Mermelstein war nicht die Persönlichkeit, die sich Geltung zu verschaffen wußte. Die Leute, die ihn von früher kannten, gingen ihm aus dem Weg, und klopfte er bei Unbekannten an, nahm man ihn nicht ernst, weil er zuviel versprach. Bislang hatte Direktor Mermelstein nur einen einzigen größeren Ankauf zustande gebracht: einen Wagen und zwei Pferde, das einzige Transportmittel der Farm. Es handelte sich um eine ehemalige Mietdroschke, einen Fiaker, mit zum Teil gebrochenen Federn und abgefahrenen Gummirädern. Ein Kuriosum stellten auch die Pferde dar, sowohl jedes für sich als auch im Doppelgespann. Zu Recht hieß es von ihm, es bringe die Laien zum Lachen und die Kenner zum Weinen.

Von seinem ehemaligen Besitzer wurde dieses Gefährt gelenkt; Mermelstein hatte ihn als Kutscher angestellt. Daß Stanislaw Rudnicki jetzt auf der Farm arbeitete, bedeutete keinerlei Gewinn für das Arbeitskollektiv, schon gar nicht in moralischem Sinn. Denn das Schmeichelhafteste, was sich über Stasek sagen ließ, war die Versicherung, er habe seinen Beinamen ›*maczornik*‹ – dieses aus dem Ruthenischen der Ukraine auch ins Jiddische Galiziens und der Bukowina übernommene Wort bedeutet ›Zuhälter‹ oder ›Kuppler‹ – über vierzig Jahre vollauf gerechtfertigt.

Schon in den ›guten Zeiten‹, als dieser Teil Polens zu Österreich gehörte, hatte Stasek sein Geschäft betrieben. Nicht anders war es unter den Polen gewesen. Herrschte Konjunktur, konnte er seine Kunden im eleganten Gummiradler, dem ungarische Jucker oder russische Traber vorgespannt waren, zu den Fräuleins befördern. Mit dem Wandel der Zeiten und Sitten verlor er das viele Geld wieder, das er auf diese Weise verdient hatte. Inzwischen war seine Frau tot und hatten es seine beiden Kinder vorgezogen auszuwandern. Verfallen lag sein Haus; es beherbergte außer ihm und seiner Lebensgefährtin, einem ehemaligen Fräulein, die beiden Pferde, die bis zum Ausbruch des Krieges den einst eleganten Wagen gezogen hatten. Man könnte sagen, daß Stasek seinem früheren Kunden Mermelstein, dem er noch jetzt gelegentlich zu Diensten war, das Gespann angedreht hatte und mit ihm zusammen als Kutscher, *konijuch,* übernommen worden war. ›Stasek Maczornik‹ war jetzt ›Genosse Rudnicki‹, ein Arbeiter, der eine Sprawka und einen Sowjetpaß besaß und fast täglich das Wunder vollbrachte, mit seinen Pferden die Strecke Lwow – Jusefuwka und zurück zu machen.

In Jusefuwka arbeitete eine bunt zusammengewürfelte Gesellschaft an der Instandsetzung der Häuser und Stallungen. Da Mermelstein, wie üblich, versagt hatte, gab Saposchnik selbst die Anweisungen, was ihm erlaubte, besonderes Gewicht auf die rasche Fertigstellung des von Mira ausgewählten Häuschens zu legen. Aus zwei großen Zimmern, einer Küche und einem Keller bestand es. Saposchnik hatte durchgesetzt, daß eine elektrische Leitung nach Jusefuwka gelegt und die Farm an das Stromnetz angeschlossen wurde. Es wäre nun wirklich an der Zeit gewesen, sich um das Inventar zu kümmern, Vieh und Gerätschaften zu beschaffen. Mermelstein zog es vor, die Hände in den Schoß zu legen. Kein Wunder, daß Saposchnik als der Verantwortliche sich Sorgen machte. Was Mira dazu meine? Die junge Frau war erfahren genug, sich zu sagen, daß der Vorwurf, er habe keine gute Arbeit geleistet, verhängnisvoll nicht nur für den Natschalnik werden konnte, auch für sie selber. Sie wußte über diesen Mann, was ihr wissenswert erschien – auch und vor allem, daß er ihr mehr entgegenbrachte als bloße Sympathie. Mit der wachsenden Vertraulichkeit zwischen ihnen war es immer offensichtlicher geworden, welchen Schatz das Haus, das sie ihm überlassen hatte, für ihn bedeuten mußte. Dies um so mehr, als sie bereit war, ihm die Bezahlung – der Kaufpreis war lächerlich klein im Verhältnis zu der Teuerung, die jetzt herrschte – zu stunden, bis seine Familie aus Grischino übergesiedelt wäre.

Miras Haus war fertig geworden. Sie hätte es beziehen können, wären da nicht Hindernisse gewesen. Es war nämlich vereinbart worden, daß auch Möbel und Hausrat Saposchnik überlassen werden sollten. Für Mira und Freddy bedeutete dies nichts anderes, als daß sie wieder ganz von vorn anfangen mußten. Und das war leichter gesagt als getan.

Saposchnik hatte sich verausgabt, seine Kasse war leer und weiterer Vorschuß nicht in Aussicht. Zudem ging das Gerücht, eine überraschend angeordnete Inspektion – manche sprachen von ›Revision‹ – verschiedener Parteizentralen habe aufgedeckt, daß das Natschalstwo – die oberste Besatzungsbeamtenschaft – einen der Auffassung von sowjetischer Einfachheit und Bescheidenheit zuwiderlaufenden Aufwand trieb. Saposchnik hatte sich zunächst nur dadurch zu helfen gewußt, daß er einen Großteil des im ersten Geldrausch Neuangeschafften ins Hinterland schleuste, und zwar zu seiner Schwiegermutter, die es im Handumdrehen versilberte.

Zur Zeit standen die Dinge so, daß er zwar ein Haus mit allem Zubehör gekauft, aber noch keine Kopeke dafür bezahlt hatte.

Mira, die ein Haus bezahlt, aber nicht gekauft hatte, war der Schiebung schließlich auf die Spur gekommen. Dieses Wissen verlieh ihr Macht über Saposchnik, und bedenkenlos würde sie diese Macht ausnützen, falls die Umstände es verlangten. Zugleich folgerte Mira mit der ihr eigenen Fähigkeit zur Berechnung, daß die Macht, die sie über ihn hatte, nur dann ein Mittel von Wert darstellte, wenn er selber am Hebel saß. So durfte es unter keinen Umständen dazu kommen, daß ein Versagen ihn um die Position als stellvertretender Direktor brachte und solcherart vom Schachbrett ihrer Planung eliminierte. Mehr als Grund genug, sich eingehend mit all den Problemen zu befassen, die der Aufbau einer Gutswirtschaft mit sich bringt, und keine Mühe, selbst stundenlange Gespräche nicht, zu scheuen, um mit den sowjetischen Praktiken vertraut zu werden. Daß sie ihr Augenmerk viel eher darauf richtete, wie strenge Verordnungen umgangen als wie sie eingehalten werden können, beweist nur ihre Hellsicht. Schon bald nahm Saposchnik sie für voll, akzeptierte sie als in vieler Hinsicht gleichberechtigte Partnerin.

Nicht im Traum dachte Mira daran, ihren ›Käufer‹ zu mahnen. Das Haus hatte seinen Zweck erfüllt – es hatte ihr Saposchnik, einen momentan einflußreichen Mann, verpflichtet. Sie hatte, was wichtig war, weil sie ihn in Schach halten konnte, Mermelstein den Rang abgelaufen. Saposchnik behandelte seinen ›Direktor‹, wenn er ihn schon nicht fallen lassen konnte, immer ungenierter mit Verachtung. Es lag auf der Hand: Mermelstein leistete nichts, weil er dazu nicht imstande war, zu richtiger Arbeit eben überhaupt keine Beziehung hatte. Die Rubel, die er in den Monaten der Konjunktur mit Kleiderhandel verdient hatte, befanden sich längst in den Händen etlicher von Stasek empfohlener Fräuleins. Er saß auf dem Trockenen, genau wie – Mira, die unbedingt das Allernotwendigste an Einrichtung zu beschaffen hatte. Eine unlösbare Aufgabe, denn weder von Freddys noch von ihren Sachen ließ sich noch Weiteres entbehren. Drei Tage vor dem für die Übersiedlung vorgesehenen Termin stand Mira völlig ohne Geld da. Der einzige Ausweg, der ihr blieb: das Brillantarmband zu verkaufen. Sie gedachte, einige Steinchen aus dem Schmuckstück herauszubrechen, um sie zu veräußern, und sie mußte Mermelstein bitten – einen andern kannte sie ja nicht –, sich um einen Abnehmer zu kümmern. Mermelstein, ein wenig ungehalten darüber, daß sie ihm die Steine nicht anvertraute, doch sicher, an dem Geschäft zu verdienen, hatte sie zu Antek geführt.

»Die Herrschaften sagen doch sicher nicht nein zu einem Schnaps. Kann nicht schaden bei der Kälte.« Antek winkte Tadek, der eilends Gläser und zwei Flaschen, Wodka und Wischinowka, auf den Tisch stellte. Dazu einen Teller Pfefferkuchen, die Frau Jadwiga auf Vorrat gebacken hatte.

»Ja«, sagte Mermelstein, »nach einem Schnaps redet es sich

leichter. Sie haben, Genosse«, wandte er sich an Antek, »nicht viel Zeit. Darum will ich mich kurz fassen. Falls Sie es nicht wissen: Ich bin Direktor des Gutshofs, der zum Elektrizitätswerk gehört, die Genossin ist Buchhalterin, und der Genosse«, er wies auf Freddy, der in kleinen Schlucken den süßsauren Schnaps genoß, »arbeitet als Magazinverwalter.«

»Das alles hat mit unserem Geschäft nichts zu tun«, fiel ihm Mira ins Wort. »Ich möchte Ihnen, Herr – wie ist doch Ihr Name?«

»Gorecki, bitte schön«, sagte Antek beflissen. »Also, Herr Gorecki« – wie absichtlich vermied Mira die von Mermelstein gebrauchte Anrede –, »ich habe vier Steinchen zu verkaufen.« Aus ihrer Handtasche zog sie ein kleines Kuvert und reichte es Antek. Der Pole öffnete die ›Briwke‹, die Mira aus einem Stück weißen Papiers gefaltet hatte, und betrachtete ohne sonderliches Interesse die vier kleinen Brillanten.

»Hübsch«, sagte er. »Nur – ich muß Sie enttäuschen. Der Genosse Mermelstein hat Sie schlecht informiert. Was Wunder, wir haben uns ewig nicht gesehn! Denn ich handle seit langem nicht mehr. Höchstens mit Vieh. Wir sind Einkäufer beim Fleischtrust, meine Freunde und ich.« Er wies auf Wassile, der vor sich hinstarrte, und auf Tadek, der Freddy in einem fort nachgoß und mit ihm anstieß.

Mira hatte aufgehorcht, als von Vieh die Rede war. Sie dachte kaum mehr an den eigentlichen Zweck ihres Besuchs.

»Sie handeln mit Vieh – stimmt das?«

»Ja und nein – zweimal in der Woche fahren wir zum Einkauf, für den Fleischtrust natürlich.«

»Interessant. Vieh läßt sich also auftreiben – auch Milchkühe?«

»Wir treiben auf, was immer wir wollen. Sie werden es nicht glauben – Milchkühe kann man leichter kaufen als Schlachtvieh, weil die Bauern verpflichtet sind, ein gewisses Quantum Milch abzuliefern, und das wollen sie nicht.«

Miras Augen suchten Mermelstein. Der trank Wodka und rauchte. Antek war offenbar nicht interessiert an den Brillanten. Wenn nichts abfiel für ihn, sollten sie ihn in Ruhe lassen. Ob Mermelstein nicht ahnte, fragte sich Mira, wie wackelig der Stuhl war, auf dem er saß? Oder war ihm egal, was mit ihm geschah? Mußte er sich nicht fragen, wieso er an kein Vieh herankam, während dies anderen gelang? Als erinnerte sie sich plötzlich an irgend etwas, richtete sie den Blick auf Wassile.

»Sind Sie nicht auch Viehfachmann?« fragte sie ihn.

Er nahm die Hand vom Schnurrbart und sagte höflich: »Ja, auch von Vieh versteh ich etwas. Warum wollen Sie das wissen, Frau ...«

»Linhan«, sagte Mira rasch. »Ich muß ein ernstes Wort mit euch beiden sprechen.« Zu Antek gewandt, der noch immer die ›Briwke‹ in der Hand hielt, sagte sie nicht ohne Nachdruck: »Sie wollen die Steine also nicht kaufen? Wissen Sie vielleicht, wer Interesse an ihnen haben könnte? Ich brauche Geld.«

»Das tut mir leid«, sagte Antek und gab ihr die Brillanten zurück. »Auch wenn Sie bereit sind, unter dem Preis zu verkaufen, kann ich Ihnen keine Hoffnung machen. Wer legt sich jetzt Brillanten zu! Die Russen? Die brauchen so etwas nicht. Die Einheimischen? Wozu? Außerdem kaufen die Leute, soviel ich höre, momentan gar nichts. Es sei denn Lebensmittel. – Sie verstehen, gnädige Frau ...«

»Ja natürlich«, sagte Mira abwesend. »Doch – was macht man, wenn man Geld braucht – wie ich, zum Beispiel, jetzt?« Gequält lächelte sie. Sie hielt den Kopf sorgenvoll gesenkt, und als sie ihn hob, blickte sie in Wassiles Augen, aus denen mehr Interesse als Teilnahme zu sprechen schien.

»Ja«, sagte Wassile bedächtig, »nicht angenehm. Aber es hängt ganz davon ab, wieviel man braucht.«

»Ich weiß nicht, ob das, was ich unbedingt brauche, viel heißt oder wenig. Ich schätze – fünftausend Rubel.« Mira suchte in seinem Gesicht zu lesen.

Wassile wandte sich von Mira weg zu Antek. Der wies mit einer blitzschnellen Kopfbewegung auf Mermelstein. Wassile sprach nicht weiter. Auch Mira reagierte sofort. Mermelstein war nicht der Mann, den man, bei den jetzt herrschenden Verhältnissen, zum Mitwisser machte. Sie wechselte das Thema. »Mich interessiert, was Sie vom Viehkauf gesagt haben. Vielleicht können Sie uns ein paar Tips geben?«

»Gern«, sagte Antek und wollte gerade zu Erklärungen ausholen, als laute Stimmen ihn übertönten.

»Jetzt paß auf, aber gut, ich lern dir ein herziges Liedel«, schrie Freddy, die Hand an der Flasche mit Wischinowka, Tadek ins Ohr.

»Konjetschno«, sagte Tadek. Nicht ein einziges Wort hatte er verstanden.

»Jetzt paß auf: Husarer, Ulaner, Dragoner, die leichtere, die schwerere, die ganze Reiterei – sing doch mit, Freunderl! Und jetzt – noch amol: Husarer, Ulaner, Dragoner ...«

»Ja siem taki zienmi Drajn«, setzte Tadek einen alten polnischen Schlager dagegen.

»Wart, net dran, Dragoner, *da snidanija*, bist doch net so bleed«, wieherte Freddy. »Komm, noch amol! Husarer, Ulaner, Dragoner, die leichtere, die schwerere, die ganze Reiterei – Blut muß fließen, rotes Türkenblut – ha!«

»Ha – ha – ha«, fistelte Tadek und schlug den Takt auf Freddys Schenkeln. Wahrhaftig, sie verstanden einander.

Lachend hörte Antek ihnen zu. Mermelstein war durch den Lärm aus seinem Dämmerschlaf erwacht und trank mit einem Prosit sein Glas aus.

Als wollte sie um Entschuldigung bitten, blickte Mira hinüber zu Wassile. Der hatte sich Freddy zugewandt und übersah ihren Blick. »Herr Freddy«, sagte er, »vielleicht sollten das Lied wir miteinander singen, ich kenne es. Passen Sie auf!« Beide Hände legte Wassile an den Mund, als bliese er Trompete. Gebannt und begeistert verfolgte Freddy seine Bewegungen. Auch die anderen ließen ihn nicht aus den Augen, außer Mermelstein, der mokant vor sich hin lächelte. »Aufsitzen«, kommandierte Wassile.

»Ja«, sagte Freddy tonlos.

Wieder ließ Wassile ein Signal ertönen.

Diesmal war es Freddy, der das Kommando zum Anreiten gab.

Dann erscholl es aus beider Mund: »Husar, Ulaner ...«, taktgemäß und bis zu Ende. Nicht länger schien es das kindliche, von Freddy unter der Wirkung des Alkohols mehr gelallte als gesungene Liedchen. Wassiles Gesicht zeigte einen abwesenden

Ausdruck, und auch in Freddys Zügen lag ein Ernst, den Mira nie zuvor an ihm wahrgenommen zu haben glaubte. Antek und auch sie selbst waren von dem Lied, das sich geradezu feierlich, fast wie ein Choral anhörte, auf seltsame Weise berührt.

»Oh«, sagte Freddy, »der kann's! So muß man das singen. Ja, so haben sie's gesungen. Woher kennst du dieses Lied?« fragte er Wassile. Freddy sprach klar und überlegt. Seine trunkene Fröhlichkeit war verschwunden.

»Ich habe bei der Kavallerie gedient, in Österreich.«

»Warst du auch bei den Kaiser-Ulanen, vielleicht auch a Offizier wie der Gustl?« fragte Freddy, Tränen in den Augen.

»Nein«, sagte Wassile lächelnd, »Offizier war ich nicht – aber Ulan.«

»Hast du am Ende meinen Bruder gekannt, den Gustl?«

Ehe Freddy weiterfragen oder Wassile antworten konnte, sprach Mira dazwischen. Nicht lauter als sonst, und ihr Ton hatte auch nichts Schroffes. »Genug, Freddy, laß diese alten Geschichten. Zeit, daß wir gehen.« Mit einem Blick bat sie Wassile und Antek erneut um Entschuldigung, dann stand sie auf.

»Ja«, sagte Wassile, »auch wir müssen uns jetzt aufmachen. Unsere Pässe holen. Wenn Sie einen Moment warten wollen, können wir zusammen gehen. Macht euch fertig, Leute«, sagte er zu Antek gewandt.

Mira reichte Wassile die Hand. Fest drückte er sie. Sie begriff, daß er ihr etwas mitzuteilen hatte. Wassile blickte sich nach Mermelstein um, der war erneut eingeschlafen. Leise, summend kam es von Wassiles Lippen: »Morgen nachmittag um fünf Uhr haben Sie das Geld, kommen Sie nur mit Freddy.«

Mira nickte dankbar. Bevor sie noch ein Wort sagen konnte, traten Antek und Tadek zum Ausgehen fertig in die Stube. Sie blieben bei Mira und Freddy stehen, während Wassile ins Nebenzimmer ging. Er kam zurück in einer Lammfelljacke, das derb gegerbte Leder nach außen; auf dem Kopf trug er eine hohe Mütze, die ebenfalls aus Lammfell war.

Tadek hob Mermelstein vom Stuhl und stellte ihn auf die Füße. »Auf ins Bett, mein Herr.«

Mermelstein rieb sich die Augen. »Schon?« gähnte er und blickte sich um.

Im Hof nahmen sie Abschied voneinander.

Rascher als erwartet ging die Abfertigung vonstatten. Es gab drei Schalter, und hinter jedem saß ein Beamter der Miliz. Er nahm die Sprawka und die Fotos entgegen, erfragte die Daten, schrieb sie auf ein Formular und übertrug sie dann in das Paßbüchlein. Die eingeklebte Photographie wurde gesiegelt, der Paßempfänger mußte Formular und Paß unterzeichnen, anschließend bekam er Sprawka und Paß ausgehändigt und war ein Bürger der Sowjetunion. Manche Männer wurden an einen Tisch verwiesen, der an der Seitenwand stand. Ein Beamter saß dort und stellte Militärpässe aus. Auch das geschah ohne jeden Umstand.

Wassile war als erster von den dreien drangekommen. Kaum hatte er die Fragen des Beamten in einem Gemisch aus Russisch und Ruthenisch beantwortet, hielt er bereits seinen Paß in Händen und wandte sich dem Tisch zu, an dem die Militärdokumente ausgefertigt wurden. Gerade war er dabei, dem Beamten auf die Frage nach der Waffengattung, der er angehört habe, Auskunft zu geben, als eine Stimme hinter ihm sagte: »Kavallerie, das ist fein! Ein Reiter!« Er drehte sich nach dem Sprecher um und blickte in ein lachendes, auffallend schönes Gesicht. »Ja«, sagte der Mann – er sprach Ukrainisch, das echte, unvermischte –, »ein Reiter! Das ist etwas Ordentliches!« Dem Beamten nahm er den Militärpaß aus der Hand, las laut: »Wassile Wassiljewitsch Chomniuk – natürlich, ein waschechter Ukrainer« und reichte das Dokument dem wartenden Wassile, der es mit Paß und Sprawka in die Brusttasche seiner Wolljacke steckte. Aufmerksam verfolgte der Mann Wassiles Bewegungen. »So, Wassile Wassiljewitsch, gut aufpassen, nicht verlieren!« lachte er. »Es ist eine große Sache, Sowjetbürger zu sein. Sie dürfen sich freuen!«

»Ja, ich freue mich«, sagte Wassile andächtig. »Hat man einen Paß, weiß man, wohin man gehört.«

»So ist es«, bestätigte der andere. »Sie arbeiten auch schon, nicht wahr?«

»Ich habe immer gearbeitet«, sagte Wassile und musterte den Mann, der hier unzweifelhaft eine leitende Stellung bekleidete, jetzt eingehender. Der stand da, breitbeinig in seinen glänzend gewichsten Stiefeln und den komischen weitausladenden Breeches. Den braunen Ledermantel trug er offen, und die Mütze saß keck auf dem lockigen Blondhaar.

»So gehört sich's«, sagte der Offizier lachend und ließe zwei Reihen blitzender Zähne sehen. »Als was arbeiten Sie denn jetzt?«

Wassile sagte es ihm.

»Da sind Sie vom Pferd auf die Kuh gekommen! Ob das für einen alten Kavalleristen das Richtige ist?«

»Arbeit ist Arbeit. Nicht immer kann man sich das aussuchen.«

»Warum nicht? Bei uns geht das schon! Nur wenn einer von gar nichts was versteht, muß er eine Arbeit annehmen, die schnell gelernt ist. Was können Sie denn am besten?«

»Ich bin mit meiner Arbeit zufrieden. Wir drei« – er wies auf Antek und Tadek, die nebeneinander standen und auf ihn warteten – »arbeiten als Gruppe.«

Der Natschalnik, zweifellos war er einer, warf einen Blick auf die beiden. »Polen?« fragte er. »Sprechen auch Sie Polnisch?«

»Ganz wenig. Ich bin Ruthene, doch wir kommen gut aus miteinander, und unser Direktor ist, scheint's, zufrieden.«

Der Unbekannte zog eine flache Schachtel aus der Tasche und hielt sie Wassile hin. »Zigarette?«

Der nahm sich vorsichtig eine Papirosa und zündete sie an. Nach einem tiefen Zug sagte er: »Gut, sehr gut! Ja, das ist feiner Tabak. Ich bedanke mich.«

»*Nitschewo*«, machte der Natschalnik, »man raucht, was man kriegt. Manchmal schmeckt einem Machorka viel besser. Was ist schon der Unterschied?«

»Wäre kein Unterschied, würden alle Leute entweder nur Machorka oder so schöne Papirosy rauchen«, sagte Wassile.

Erstaunt sah ihn der Natschalnik an, ganz so, als hätte er eine Lektion erhalten. »Sie haben recht, und daß einmal der Tag kommt, wo alle Menschen feine Papirosy rauchen, dafür sorgen wir – die Sowjetbürger: die Arbeiter, die Bauern und die Rote Armee. Stimmt's, Wassile?«

»Stimmt«, sagte Wassile, nach einigem Nachdenken.

»Was für einen Beruf haben Sie eigentlich?« wechselte der Blonde das Thema.

»Ich«, erwiderte Wassile langsam, »hatte mein ganzes Leben mit Pferden zu tun.«

»Auch mit Rennpferden, ich meine, Vollblütern?«

»Beinahe nur mit Vollblütern.«

»Waren Sie Reiter oder bei der Zucht?« fragte der andere gespannt. Er sagte ›*najesdnik*‹, was auch Rennreiter, also Jockey, bedeutet.

»Ich war auch Reiter, als ich zu schwer geworden bin, habe ich im Stall gearbeitet. – Entschuldigen Sie mich, bitte – meine Kameraden warten. Wir wohnen nämlich zusammen und müssen früh aufstehen, Genosse Natschalnik.«

Den schien das wenig zu bekümmern. »Laß sie noch ein wenig warten«, und er winkte den beiden, so daß sie zögernd näher traten. »Setzt euch auf die Bank«, sagte er, als sie nahe genug waren, »ich habe mit Wassile zu sprechen.« Während Antek, der mehr erriet als verstand, was der Mann im Ledermantel sagte, Tadek im Schlepptau, der Bank zustrebte, wandte sich der Unbekannte wieder Wassile zu. »Bei wem haben Sie gearbeitet? Auf staatlichen Gestüten oder bei privaten Besitzern?«

»Wenn man fast dreißig Jahre dieselbe Arbeit tut, wechselt man den Platz ziemlich oft. Wo ich nicht schon gearbeitet habe! Wenn ich das alles aufzählen müßte, oho!«

»Und gab es da Unterschiede?« fragte der Natschalnik.

»Für mich nicht. Arbeiten mußte ich überall. Wenn ich den Platz wechseln wollte, dann nur, um Neues zu lernen. Natürlich bekam ich auch Angebote, wie das so üblich ist.«

Das schien nicht zu sein, was der Natschalnik hören wollte. Offenbar war er auf Menschenfang aus. Man brauchte ›Aktivisten‹ unter den Arbeitern, und der Bauer mit dem Schnurrbart apportierte nicht, obwohl er ganz so aussah, als wäre er nicht auf Rosen gebettet gewesen. Ein Gedanke schien dem Natschalnik zu kommen. Auf seinem Gesicht erschien ein freundliches Lächeln. »Wassile Wassiljewitsch, Sie werden sehen, jetzt ist das anders. Sie möchten es gern mit Pferden zu tun haben – oder?

Ich weiß einen guten Platz für Sie. Zwar keine Vollblutpferde, nur so Pferde zur Arbeit und zum Fahren. Doch Pferde sind Pferde und keine Ochsen zum Schlachten –.«

»Pferde sind Pferde, Genosse Natschalnik, aber ich kann nicht mir nichts dir nichts meine Arbeit hinwerfen –.«

»Lassen Sie das meine Sorge sein. Beim Elektrizitätswerk richtet man jetzt eine Farm ein. Keine große Sache, nur achtzig Deßjatinen Grund. Neben Kühen soll es dort auch zwanzig Pferde geben. Und zwar mit Ihnen als *starsche konijuch* – Natschalnik vom Pferdestall. Sie sind der richtige Mann. Die Kutscher werden Ihnen unterstehen, und Sie haben Gelegenheit zu zeigen, was Sie können.«

Für Wassile bedeutete dies gute Nachricht. Sichtlich freute er sich. Über das ganze Gesicht lachte er und strich sich den Schnurrbart. »Sie meinen das im Ernst, Genosse Natschalnik? Ich komme, selbstverständlich komme ich, nur – hoffentlich läßt mich der Fleischtrust gehen. Sagen Sie, brauchen Sie nicht auch Gärtner? Ich hätte zwei. Sie arbeiten ausgezeichnet. Alles können sie, die zwei.« Er deutete mit einer Kopfbewegung auf Antek und Tadek.

»Gut, sie sollen kommen, die beiden. Ihr zwei geht zuerst zum Fleischtrust und – warten Sie!« Er verschwand in dem Raum hinter den Schaltern.

Antek trat nahe an Wassile heran. »Was will er von dir?«

»Das weiß ich selber nicht«, erwiderte Wassile ernst. »Es sieht so aus, als hätten wir drei neue Posten. Auf einem Hof. Ihr beide werdet als Gärtner arbeiten und ich als – Chef des Pferdestalls.«

»Und der Fleischtrust?«

»Das will er erledigen. Gut, daß wir wegkommen. Ich habe mir schon den Kopf zerbrochen, wie sich das anstellen läßt. Immer mit einem Fuß im Gefängnis und – ohne Transport.«

»Von mir aus. Ist ja eins wie's andere. Woher weiß der Mann, daß wir Gärtner sind?«

»Von mir. Gesagt hab ich es ihm. Du wirst es schon lernen. Über Gärtnerei weiß ich genug. Eine schöne Arbeit das, du wirst sehen.«

Antek sah ihn groß an. »Mensch, du hast ihm einfach gesagt, ich bin Gärtner?«

»Ich wollte mich nicht von euch trennen.«

»Du bist gut, kannst so bleiben, nur ...« Er konnte nicht zu Ende sprechen. Der Natschalnik war zur Gruppe getreten. In der Hand hielt er einen Umschlag, dem er einen beschriebenen Bogen entnahm. »Wie heißt ihr?« Antek nannte seinen und Tadeks Namen. Der Natschalnik trug sie an der freigelassenen Stelle ein.

»So, ihr geht zum Trust, übergebt dem Direktor diesen Brief. Nach eurer Entlassung meldet ihr euch bei der Leitung des Elektrizitätswerks. Dort fragen Sie«, wandte er sich an Wassile, »nach mir. Ich heiße Fejnhold. Und jetzt, gute Nacht!«

Die drei hatten den Heimweg schweigend zurückgelegt. Zu Hause hätte Antek gern Näheres erfahren. Wassile schien seine fragenden Blicke nicht zu bemerken, so tief war er in Gedanken. Endlich hob Wassile den Kopf: »Ja«, begann er, »so wird es am besten sein. Ich fühle mich erleichtert, daß wir von dem Diebsgeschäft wegkommen. Du weißt, der Krug geht so lange zum Brunnen ...«

»Es kommt nichts Besseres nach, Wassile. Wer weiß, was dieser Natschalnik von uns verlangt. So im Handumdrehen jemanden von einer Arbeit wegreißen und zur anderen hinschicken, um zehn Uhr abends – dafür muß es einen Grund geben. Was, zum Teufel, steht denn in dem Brief?«

»Ist doch völlig gleichgültig. Und – was du sagst, stimmt nicht ganz. Für den Direktor vom Fleischtrust waren wir Komplizen, der hatte uns in der Hand – dieser Fejnhold ist neu. Verlangen kann er von uns nur, daß wir arbeiten. Oder?«

»Vielleicht«, und nach einer Pause, »du hast wahrscheinlich recht, Wassile. Es ist besser so. Sag, wie bist du an ihn geraten – oder er an dich?«

»Durch Zufall – hoffe ich. Er hat auf einmal hinter mir gestanden, beim Tisch, wo die Militärpässe ausgestellt werden. Oho und bravo, sagt er, gibt mir eine Zigarette. Anscheinend freut er sich, daß er einen Reiter vor sich hat, dann will er dies und jenes von mir wissen. Er beweist mir, daß bei uns jeder die Arbeit kriegt, die er versteht, und so bin ich *starsche konijuch*, und ihr beide seid Gärtner. Morgen um neun melden wir uns im Elektrizitätswerk beim Genossen ... Wie heißt er nur?«

»Wo sind wir um neun Uhr – im Elektrizitätswerk? Zu dem gehört der Gutshof? Hast du auch richtig verstanden? Erinnerst du dich, was der Mistkerl, der Mermelstein, gesagt hat? Weißt du, wer unser Direktor ist? Er, der Genosse Mermelstein! Und die Rothaarige ist Buchhalterin, und der große dicke Bub, der mit der ganzen Reiterei, ist Magazineur! – Das kann nicht sein, der muß lügen. Nie spricht er ein wahres Wort – alles Schwindel. Die Frau, die sieht allerdings nicht danach aus, als ob sie eine Lügnerin wäre. Hat sie nicht mehrmals nach Milchkühen gefragt? Was sagst du, Wassile?«

Wassile hatte erstaunt zugehört. Was da aus Antek herausgesprudelt war, gab ihm zu denken. Keine angenehme Aussicht, unter diesem Kerl zu arbeiten, dem Antek mißtraute und der auch ihm selbst nicht im geringsten gefiel. Geriet man da nicht vom Regen in die Traufe? »Antek«, sagte er, »mit dem Genossen Mermelstein, wenn er wirklich Direktor der Farm ist, werden wir schon fertig werden. Viel kann er nicht zu sagen haben, wahrscheinlich dient er ihnen nur als Attrappe. Die Frau, glaub ich, ist richtig. Wenn wir drei zusammenarbeiten, kann er uns mit Sicherheit nichts anhaben. Dann tanzt er, wie wir pfeifen. Hat er eine Ahnung von Landwirtschaft?«

»Der hat von nichts eine Ahnung, dieses miese Stück Halbseide. Ich kenn ihn seit langem. Immer schon macht er sich an Leute mit Geld heran, besorgt die schmutzige Arbeit. Hat dann mal einer verspielt ...«

»Das will ich so genau nicht wissen. Ich frage mich, wie die Frau Linhan an ihn geraten ist. Kennst du auch die von früher?«

»Die ist keine von hier, das sieht man. Vor Hitler abgehauen muß die sein. Und ihr Mann, der ist doch ein Kind.«

»Ja«, lächelte Wassile, »ein Kind. Hast du Geld im Haus, Antek?«

»Wozu brauchst du denn Geld, Wassile? Vergiß meine Frage. Natürlich. – Du hast deinen Anteil noch nicht angetastet.«

»Das höre ich gern. Ich brauche fünftausend Rubel.«

Antek warf ihm einen erstaunten Blick zu. »Sogar zehntausend kannst du haben. – Du willst das Geld ...«, er zögerte.

»Ja, ich habe es der Frau versprochen.«

Antek schüttelte mißbilligend den Kopf. »Was bist du bloß für ein Mensch, Wassile. Warum willst du der Frau fünftausend Rubel geben? Gefällt sie dir so gut? Weißt du, wie lange ein *starsche konijuch* arbeiten muß, um soviel Geld zu verdienen?«

»Sie ist in Not, und ich habe es ihr versprochen. Aber eigentlich tue ich es nicht einmal ihr zuliebe.«

»Hat es dir die schwerere Reiterei angetan?« lachte Antek. »Was ist mit diesem blöden Lied, Wassile?«

»Das Lied, das blöde Lied ...« Ein Schatten flog über das Gesicht des andern. Antek begriff, daß Wassile nicht weitersprechen wollte.

»Von mir aus. Du kannst mit deinem Geld machen, was dir gefällt. Nur – hüte dich vor Mermelstein. Wenn der leichtes Geld riecht, wird er scharf. Darum habe ich auch die Steinchen nicht gekauft. In meine Geschäfte will ich ihn nicht einweihen.«

»Das sehe ich ein. Für morgen nachmittag hab ich die beiden bestellt. Sie wissen, daß sie ohne Mermelstein kommen sollen.«

»Das ist schon besser. Mit der Frau läßt sich bestimmt vernünftig reden.«

Es war schon weit nach Mitternacht, als sie sich schlafen legten. Antek und Tadek zogen sich ins Nebenzimmer zurück, Wassile schlief auf dem Sofa.

VII

Danghu oder »Der Gestreifte«

In einer stürmischen Januarnacht des Jahres 1940 wurde Octavian Pradescu, der diensthabende Kommissar der Sigurantza Generala, aus dem Schlaf geklingelt. Kaum hatte er den Hörer abgenommen, als ihm entgegentönte: »Hier Apotheker Protopopescu, Cotroceni, Strada Independentziei 14 – haben Sie?« Dann fuhr die Stimme aufgeregt fort: »Im Haus Nummer 17, das dem Senator Mandrescu gehört, geht Verdächtiges vor. Viele Personen, man hört auch Russisch sprechen – sicherlich eine Verschwörung! Schicken Sie Ihre Leute, ein starkes Aufgebot. Den Herrn Generalinspektor Dumitriu habe ich schon anzurufen versucht. Er ist ein Freund von mir, leider verreist. – Rasch, damit Sie die Kerle erwischen!«

Pradescu kannte das Haus Nummer 17. Daß der Senator Mandrescu seit Monaten im Ausland weilte, wußte er. Auch daß der Herr Generalinspektor verreist war. Wenn dieser – wie hieß er nur? – nun wirklich ein Freund des hohen Chefs war? – Man konnte nie wissen. – Alarm!

Sofort starteten zwei Lastautos, auf dem einen Polizisten, bewaffnet mit Pistolen und Gummiknüppeln, auf dem andern Gendarmen mit Gewehren und Handgranaten. Beamte der Sigurantza fuhren dem Aufgebot in drei Personenwagen voraus. Nach wenigen Minuten hatten sie das Ziel erreicht, eine Quergasse, kaum dreißig Meter entfernt von dem verdächtigen Haus, das, wie man trotz der herabgelassenen Rouleaus sehen konnte, hell erleuchtet war. Im Nu war es umstellt, und sobald die beiden Seitentüren aufgesprengt waren, ergoß sich ein Strom von Polizisten und Gendarmen ins Innere.

Daß es sich keineswegs um eine konspirative Zusammenkunft handeln konnte, erkannten Beamte und Offiziere auf den ersten Blick, während die Gendarmen, tapfere, aber meist naive und mit den Geheimnissen des mondänen Großstadtlebens nur wenig vertraute Bauernburschen, einfach nicht wußten, wie sie das sich ihnen darbietende Bild deuten sollten. Denn da waren mehr oder weniger nackte Männer, die jüngeren, grell geschminkt, hatten Perücken auf, so daß man sie für Mädchen hätte halten können, wäre da nicht anderes gewesen, was eindeutig dagegen sprach.

Gewiß hätte der Leiter der Aktion, ein gewisser Inspektor Barbulescu, die Angelegenheit zur Zufriedenheit aller geordnet. Aber befanden sich da nicht hohe Staatsbeamte unter den Versammelten? Zu oft hatte der dicke Barbulescu erfahren müssen, daß man bei großen Herren mit Gefälligkeiten häufig das Gegenteil dessen erreicht, was in der Absicht liegt. Also beschloß er, ein korrekter Beamter zu sein.

Er tat so, als wäre ihm keiner der Anwesenden persönlich bekannt, und rief die Präfektur vom Sittenamt an. Sein Name genügte, etlichen Beamten Beine zu machen, und eine Viertelstunde später verließen diverse Würdenträger, den Mantelkragen hochgeschlagen, zusammen mit kichernden Strichjungen das Haus, um auf ein Lastauto zu steigen.

Unnötig zu erwähnen, daß sämtliche Teilnehmer des Symposions sich eine Stunde später auf freiem Fuß befanden. Alles verlief vorschriftsmäßig im Sand. Manches allerdings sickerte durch diesen Sand. In der High-Society Bukarests machte bald schon die kuriose Geschichte von der fehlgeschlagenen Revolution die Runde. In diesem Zusammenhang fiel mehr als ein klingender Name, darunter der des kürzlich zum Generalsekretär ernannten Orest Danghu.

Danghu war nicht beliebt, schon gar nicht bei den – ›normal‹ empfindenden – Männern der Kreise, in denen sich zu bewegen ihm seine hohe Stellung ermöglichte. Mit seinem meteorhaften Aufstieg beschäftigten sich mannigfaltige Gerüchte. Eine Stellung, wie sie der Gestreifte, erst einunddreißig Jahre alt, bekleidete, ließ sich nicht allein auf Grund außergewöhnlicher Fähigkeiten erreichen – die Danghu ganz und gar nicht besaß –, man mußte auch vorzügliche Beziehungen haben und sich einer allmächtigen Protektion erfreuen. Wer war dieser Herr Danghu? Keine Bojerenfamilie trug diesen Namen, nie hatte man von einem Minister, einem Archimandriten, einem General Danghu gehört. Hatte ihm seine Zusammenarbeit mit gewissen Kreisen, die an einer engen Allianz mit Deutschland interessiert waren, beim Aufstieg genutzt? Wie war dieser – auch nach Meinung seiner Feinde ›äußerst gutaussehende‹ – Unbekannte in das Ministerium und auf einen Posten gelangt, der sonst Söhnen der allerersten Familien vorbehalten war? Sollte eine Frau dahinterstecken?

Danghu war arm gewesen, als er seine Karriere als Beamter des Innenministeriums begonnen hatte. Jetzt bewohnte er im vornehmsten Viertel, auf der Chaussee, eine Fünfzimmerwohnung, hielt sich Köchin und Diener und fuhr einen ›Horch‹, der, wie man hörbar flüsterte, das Geschenk einer in der deutsch-rumänischen Verbrüderungspolitik oft genannten Persönlichkeit war. Kein Zweifel, der Gestreifte besaß Geld und Einfluß, ja Macht. In eigenem Interesse lag es, sich gut mit ihm zu stellen. Das Ministerium des Innern hatte praktisch das Land in der Hand. Wieviel ließ sich allein schon bei der Erteilung von Einreisevisen und Aufenthaltsbewilligungen für Ausländer herausschlagen! Und was liegt daran, daß sie Juden sind, Hauptsache sie zahlen in harten Dollar.

Danghu war ein Parvenü, der nicht maßhalten konnte und ständig danach trachtete, mit einem Mehr im Gesellschaftlichen aufzufallen. Sprachkundige Spötter attestierten ihm einen *social overkill.* Dabei fühlte Danghu, wenn auch nur dumpf, daß er nie imstande wäre, sein Wesen der sprichwörtlichen Eleganz der reichen, ja selbst der verarmten Bojeren anzupassen und zu lernen, so wie sie zu gehen, zu sitzen oder sich bei Tisch zu benehmen. Mochten sie auch bei ihm antichambrieren und von seiner Gnade abhängen: nie würden sie ihn für voll nehmen, in ihm einen Ebenbürtigen sehen, selbst wenn er in den gleichen Klubs Mitglied war wie die Männer, mit deren Frauen er schlief. Aber er war *en vogue*. Ein paar blaue Stunden mit Danghu galten bei den Damen der Gesellschaft als schick – *fashionable* – und waren für ihn eine Frage des Lebensstils. Seinem nagenden Minderwertigkeitsgefühl vermochten diese *Têtes-à-têtes* allerdings nicht abzuhelfen.

Gut eine Woche nach jenem Zwischenfall in der Strada Independentziei stand der Inspektor Barbulescu vor dem Generalsekretär. Offenbar fühlte sich Danghu nicht im geringsten beschämt, von Beamten und Offizieren in besagter so eindeutigen wie zweideutigen Situation überrascht worden zu sein. Hatte er sich nicht in ausgezeichneter Gesellschaft befunden? Lauter Männer mit gutem Namen und, nicht zu vergessen, ein bißchen Linksabweichung gehörten dazu. Jetzt mehr denn je, wegen der neuen politischen Strömung. Daß dieser Barbulescu sich getraut hatte, eine Gastrunde, die Danghu einschloß, der Sittenpolizei auszuliefern, ging allerdings entschieden zu weit. Nicht nur war der Generalsekretär mit den anderen abgeführt worden, die zuständigen Behörden hatten ihn auch erst entlassen, als der Polizeipräfekt persönlich intervenierte.

Dem großen fülligen Mann war von Furcht nichts anzumerken. Sein volles Gesicht mit der aufsässigen Stupsnase wirkte kaum weniger rot als sonst. Als käme er, um sein Lob zu hören, dachte der Gestreifte, und nicht, um für sein Leben zu bitten. Er ließ Barbulescu erst einmal stehen, dann wandte er sich ihm zu und musterte ihn mit unverhülltem eiskalten Haß. »Na«, sagte er, und seine Stimme entbehrte der üblichen öligen Sanftheit, war grob und hart, »was sich Euer Wohlgeboren geleistet haben – das ist ausgesprochener Bolschewismus! Was haben Sie gottverdammter stinkender Trottel sich eigentlich vorgestellt?«

»Ich habe«, sagte Barbulescu völlig ruhig, »genau nach Vorschrift gehandelt. Sie haben es doch selber so gewollt, sonst hätten Sie nicht telefoniert, Herr Generalsekretär.«

»Wer hat telefoniert? Was faseln Sie da? Sind Sie verrückt oder betrunken? Ich werde Sie einsperren lassen.« Hatte der Kerl wirklich den Verstand verloren?

»Dem Kommissar Pradescu wurde telefonisch mitgeteilt, im Hause Mandrescu finde ein konspiratives Treffen statt. Daher der Alarm und die Festnahmen. Das alles war doch im Sinne des Herrn Generalsekretärs.« Barbulescu lächelte. »Alarm ist Alarm. Zwölf Jahre ist der Kommissar Pradescu im Dienst, da muß er wissen, was er tut. Ich bin der Rangälteste, also leite ich die Aktion. Mir ist das gleich nicht geheuer vorgekommen. Was suchen die Bolschewisten in Mandrescus Haus? Natürlich haben wir die Sache im Nu durchschaut: Eine verschwörerische Zusammenkunft oder vielmehr ›revolutionäre Versammlung‹, wie es offiziell heißt, sieht anders aus.«

»Warum seid ihr nicht – bei des Teufels Großmutter! – sofort wieder abgezogen? Waren Sie nicht der Leiter der Aktion?«

»Zunächst habe ich das tun wollen, dann ist mir klargeworden, daß Ihr Plan anderes vorsah, Herr Generalsekretär.«

»Mein Plan?« Danghu starrte Barbulescu an. Wirklich, der Kerl mußte verrückt sein, selbst wenn er kein bißchen danach aussah. »Sprechen Sie weiter!«

»Alles habe ich durchschaut«, fuhr Barbulescu, selbstzufrieden lächelnd, fort. »Sie haben selbst telefoniert: Erstens, um sich persönlich davon zu überzeugen, wie es mit dem Alarm klappt, wenn der Herr Generalsekretär nicht da ist; zweitens, um den Herren von den anderen Ministerien zu zeigen, daß Dienst nun einmal Dienst ist. Das heißt«, fügte er beflissen hinzu, »die anderen Herren hatten natürlich keine Ahnung, was sich da abspielte. Aber ich – in zwei Minuten war ich im Bild. Darum habe ich so getan, als wüßte ich nicht, wer die Herren sind, und als erkennte ich auch Sie nicht, Herr Generalsekretär.«

Mit der Andeutung eines Lächelns in den Mundwinkeln wandte der Generalsekretär sein schönes Gesicht voll dem dicken Inspektor zu. »Sie sind«, sagte er anerkennend, »ein gerissener Hund. Wie lange arbeiten Sie schon bei der Sigurantza?«

»Seit 1913, Herr Generalsekretär«, sagte Barbulescu und nahm Haltung an.

»Ihre Meinung über die Angelegenheit haben Sie doch für sich behalten?« fragte Danghu streng. »Wenn Sie alles durchschaut haben, wie Sie sagen, dann müssen Sie verstehen, daß ...«

»Ich bitte um Entschuldigung, Herr Generalsekretär, dem Herrn Generalinspektor mußte ich allerdings berichten, sonst hätte ich einen Rapport einzureichen gehabt. Ein Probealarm – wirklich genial, wenn ich mir erlauben darf, Herr Generalsekretär.«

Der Mann, dachte Danghu, mag er nun dumm oder gerissen

sein, der Mann ist Goldes wert. »Nein, kein schlechter Einfall, das sage ich selbst, nur – wenn Sie die Sache durchschaut haben, dann tun das bestimmt auch andere. Irgendwo muß ich einen Fehler gemacht haben. Denken Sie nach, lieber Barbulescu. Bitte ...«

»Schon nachgedacht, Herr Generalsekretär, alles fertig!« jubelte der Dicke. »Das heißt, wenn Sie einverstanden sind –.«

»Lassen Sie hören –! Tun Sie sich keinen Zwang an!«

»Der Herr Generalsekretär braucht sich über das, was die Leute vielleicht reden, keine Gedanken zu machen. Wir von der Behörde, das heißt, die paar Menschen, die es wissen dürfen und sollen, sind ja informiert. Das Volk, die *vox populi,* na ja, da erzählt der eine dies, der andere das, und bald ist ein ganzer Roman daraus geworden. Darum – ich glaube, es ist besser, auch das Publikum erfährt, wie die Sache wirklich abgelaufen ist. Erstens, wegen der Propaganda, die Sigurantza, die Gendarmerie, Offiziere, Beamten – alles auf dem Posten, im Ernstfall und so. – Zweitens, das ganze sozusagen von der gesellschaftlichen Seite, als Rehabilitierung, man kann offenlassen, ob die Herren von den anderen Ministerien davon gewußt haben oder nicht – sollen die Leute ihre eigenen Schlüsse ziehen.« Barbulescu war in Feuer geraten, man merkte, daß er sich gründlich mit der Angelegenheit befaßt hatte.

Danghu fühlte, wie seine Zweifel sich lichteten. Der Bursche war in Ordnung. »Was würden Sie also vorschlagen, lieber Barbulescu?« fragte der Generalsekretär und blickte sein Gegenüber aufmerksam an. Es hatte geklungen, als wüßte er die Antwort im voraus.

»Nicht wahr, *coane,* Sie verstehen.« ›*Coane*‹ klang Danghu viel besser in den Ohren als die höchsten Titel. Das Wort bedeutet nichts anderes als ›Herr‹, aber es war nun einmal Danghus höchster Ehrgeiz, ein Herr zu sein – nicht ein ›*domnul*‹, sondern ein ›*coane*‹. »Man muß das auf die richtige Art publik machen, so unter der Hand – von hinten herum.«

»Übrigens, setzen Sie sich nur.« Danghu wies auf den Sessel vor dem Schreibtisch.

Der Inspektor dankte und nahm Platz. »Ich denke mir das so: Nicht eine von unseren Zeitungen ...«

»Zeitung?« fragte Danghu gedehnt. »So habe ich das nicht gemeint. Außerdem ist das jetzt zu spät.«

»Bitte, hören Sie mich an. Ich kenne mich aus: Fast dreißig Jahre bin ich jetzt bei dem Geschäft. Einer von den linken Zeitungen muß man das stecken. Soll sie sich aufregen, daß die Leute, ich meine, die Polizisten und Gendarmen, trotz Kälte und Schnee mitten in der Nacht wegen solcher Übungen aus dem Bett geholt werden; sollen sie losziehen über die grausamen Befehle, die Rücksichtslosigkeit. Jedoch gerade nur so viel, wie uns paßt – wozu haben wir eine Zensur? Der Artikel, falls er geschrieben wird, kommt sowieso nicht eher in die Zeitung, als bis Sie ihn gutheißen, Herr Generalsekretär. Was können die Zeitungsschmierer Ihnen schon anhaben?«

»Ja und dann?« Danghu ging ein Licht auf.

»Dann«, sagte Barbulescu gedehnt, »ja, dann, wenn die sich ausgeschleimt haben, kommen *unsere* Zeitungen, alle. Sie wissen, *coane,* besser als ich, wie man das macht, mit Pressekonferenzen, offiziellen Verlautbarungen, Erklärungen. Und die Herren Chefredakteure geben ihren Senf dazu – Leitartikel, Kommentare, die sich auf Vaterland und Zivilisation berufen, Beschwörung von Tradition und Notwendigkeit der Abwehr des Bolschewismus. Aufrufe zur Wachsamkeit also. Im Zentrum der Polemik die Frage: Ist so ein Probealarm, egal bei welchem Wetter und zu welcher Stunde des Tages oder der Nacht, zulässig, nützlich – vertretbar oder nicht? Und alles andere ist Nebensache, vergessen, Schwamm drüber – überhaupt nie passiert.«

»Ein Gedankenleser sind Sie, lieber Barbulescu.« Der Generalsekretär war aufgestanden. »So habe ich mir das gedacht.« Er klopfte dem Dicken auf die Schulter. »Die Idee ist nicht schlecht. Aber wie kommen die Artikel in die linken Zeitungen, wenn man da überhaupt von Zeitungen sprechen kann?«

»Verlassen Sie sich auf mich. Ich habe überall meine Leute. Der Artikel wird erscheinen. So wie wir« – er sagte ›wir‹, der Dicke – »ihn brauchen. Den Rest ...«

»Das mache ich schon. Darauf können Sie sich verlassen, Barbulescu. Ein Spaß wird das.«

Auch der Inspektor hatte sich erhoben. In dienstlicher Haltung stand er vor Danghu. »Ich bin glücklich, daß ich Ihnen zu Diensten sein darf, Herr Generalsekretär, und, wenn ich mir erlauben darf: Diesmal werden wir kein Sterbenswörtchen verraten, nicht eher jedenfalls, bis die Operation gelungen ist.«

»Selbstverständlich nicht, auch dem Generalinspektor nicht. Da verlaß ich mich auf Sie, Barbulescu. Gehen Sie gleich los. Sehen Sie zu, daß die linken Artikel so bald wie möglich erscheinen.«

»Zu Befehl, Herr Generalsekretär.« Barbulescu machte eine Verbeugung, und Danghu winkte ihm gnädig zu, statt ihm die Hand zu reichen, wie es sich beim Abschluß eines so wichtigen Bündnisses gehört hätte.

Auf solche Äußerlichkeiten legte Barbulescu indessen keinen Wert. Zielsicher lief er durch Korridore, stieg Treppen hinunter, schob sich an zahllosen kleinen Beamten und Polizisten vorbei, deren devote Grüße – ihn kannten alle – er freundlich erwiderte, und schlug, wieder auf der Straße, den Weg zum Hotel ›Athenée-Palace‹ ein. Stramm und aufrecht trat er ein, ging geradenwegs zum Telefon und führte ein längeres Gespräch. Nicht nur dieses Gespräch, auch alles, was ihm vorausgegangen war, befriedigte ihn in hohem Maße. Aber nie hätte er es sich anmerken lassen.

»Der Alte«, sagte Stefan Rozescu, inzwischen Leutnant, zu Oberstleutnant Rananu, »ist heute in großer Uniform. Das ganze Klimperzeug hat er angehängt. Was hat das zu bedeuten, Alecu?«

»Ein kleines Rendezvous mit Herrschaften aus Deutschland.«

»Wo denn«, fragte er, »doch wohl nicht hier, oder ...?«

»Nein – nicht hier. Beim Kriegsminister! Elf Uhr dreißig, wir beide kommen mit. Steh auf und laß dich ansehen. Ich bin für dich verantwortlich. – Nein«, sagte er, als der Leutnant ungeniert vor ihm posierte, »du bist ein hoffnungsloser Fall, nie wirst du aussehen wie ein Soldat. Der geborene Zivilist.« Rananu lachte.

»Und du, Alecu, siehst immer aus wie ein Soldat, auch als Zivilist.«

»Ich bin eben Soldat.«

»Na siehst du – und ich bin Zivilist. Ein unverbesserlicher Zivilist.«

Der Oberstleutnant sah ihn augenzwinkernd an. »Ja, bei Gott. Kannst so bleiben. – Wie alt bist du eigentlich, Fanica?« wechselte er unerwartet das Thema.

»Gestern bin ich sechsundzwanzig geworden.«

»Gestern? So sang- und klanglos? Oder war ich nicht fein genug für deine intellektuelle Gesellschaft? Du lädst deinen alten Gönner nicht einmal zu einem Glas Sekt ein. Dennoch – *noroc si la multi ani.*«

»Danke, Alecu, danke. Ich habe mir das Feiern versagt und auch die Eltern gebeten, von allem abzusehen. Den Champagner können wir trinken, wenn es dir paßt. Warum kommst du nicht einfach heute nach dem Zirkus mit zum Essen, Alecu? Dann kannst du auch deinen Ärger hinunterspülen und den ...« Rozescu schwieg.

»Sprich's nur aus, Fanica. Ich weiß, was du hast sagen wollen – den Ekel, nicht?« Abwartend blickte Rananu den Freund an. Rozescu hatte sich an den Tisch gesetzt und kramte in seinen Papieren. »Findest du nicht, Fanica, daß es eine Riesenschweinerei ist, was wir jetzt mitmachen? Ich verstehe den Alten nicht.«

Endlich erwiderte Rozescu den forschenden Blick Rananus. »Du sagst es, Alecu. Der Alte, er ist mir ein Rätsel.«

»Daß ausgerechnet er unter denen sein muß, die jetzt in einer Reihe mit dem Gesindel tanzen! Für mich war der Alte das Muster eines Soldaten, eines Patrioten. Ich versteh die Welt nicht mehr, Fanica.«

Rozescu hielt den Kopf gesenkt. »Ich kann es mir nur so erklären«, sagte er schließlich, »der Alte hat gar keinen persönlichen Ehrgeiz. Was den anderen Militärs gewöhnlich die Hauptsache ist, hat für ihn nur Nebenbedeutung – Avancement, Orden und das ganze Drum und Dran. Baderescu liebt das Land, wünscht sich nichts mehr als Ruhe und Frieden. Ein Säbelraßler ist er nicht. – Stimmt das, Alecu?«

»Ich meine schon, Fanica. Ich frage mich nur, woher du das so genau wissen willst.«

»Ich weiß es eben nicht. Du siehst doch, daß ich mich geirrt habe, daß wir beide ... Was der Alte jetzt aufführt, wirft alles über den Haufen. Vielleicht ist auch er der Meinung, daß unser Platz auf der Seite dieser ...«

»Ich weiß schon, welche Farbe du meinst.«

»Ja. Hältst du das für möglich?«

»Möglich? Der Alte war nie Soldat allein, immer auch Politiker. Stets hatte er viel zu sagen, obwohl er sich gern im Hintergrund hielt. Bei der Truppe, beim Generalstab und jetzt bei dieser – schmutzigen Arbeit. Er hat sie sich selbst ausgesucht und wird schon wissen, warum.«

»Du meinst, er weiß, warum er mit den Deutschen geht«, sagte Rozescu traurig. »Aber wenn er auf ihrer Seite ist, dann ...«

»Vielleicht ist es gut für das Land. Obwohl – ich versteh's nicht. Schon 1918, so hab ich mir erzählen lassen, war er nicht für ein ›Großrumänien‹. Mancher hat so gedacht wie er, und es waren nicht die Schlechtesten oder Dümmsten. Na, alles ist ja noch glimpflich abgelaufen. Die neuen Leute faseln von einem Rumänien, das auch die Provinzen jenseits des Dnjestrs einschließen soll. Was weiß ich – Odessa, das Schwarze Meer. – Um jeden Preis wollen sie an dem Geschäft mit den Deutschen verdienen. Um das Land und seine Zukunft scheren sie sich einen Dreck. Sieh dir nur an, wer da um die Deutschen herumtanzt. Hättest du dich früher mit ihnen an einen Tisch gesetzt, ihnen gar die Hand gereicht, Fanica?«

»Und mittendrin – der Alte.«

»Vielleicht unterschätzen wir ihn, verfolgt er ganz andere Absichten«, meinte Rananu hilflos.

»Das glaubst du selber nicht, Alecu. Dennoch: ich gebe zu, daß ich ihn verstehen könnte, wenn er mitmacht, um das Land aus dem Krieg herauszuhalten. Dann ist jedes Mittel recht. Aber mit den Deutschen und ihrem Anhang zu gehen, bedeutet das Gegenteil: Krieg! Einen Krieg, Alecu, den wir auf jeden Fall verlieren werden.«

Rananu schien widersprechen zu wollen. Da klingelte das Telefon. Er nahm den Hörer ab. »Zu Befehl, Herr General!« – »Der Alte ruft uns. Komm! Adjustier dich ein bißchen!« Er zog ihm die Bluse straff und richtete ihm das Koppel. Dann machten sie sich auf den Weg, und ihre Sporen klirrten auf den nackten Fliesen des Korridors.

Mit einem flüchtigen Aufblicken bedeutete General Badescu den beiden, Platz zu nehmen. Er wies auf eine Zeitung, die vor ihm auf dem Tisch lag.

»Du hast mir«, fragte er Rozescu, »eine Stelle rot angestrichen. Warum hältst du sie für so wichtig?«

»Zu Befehl, Herr General, ich habe sie angestrichen aus rein informatorischen Gründen.«

»Wen interessiert schon, was die ›Facla‹ vom Alarm der Sigurantza hält? Ausgemachter Unsinn übrigens das Geschmiere.«

»Darum, Herr General!« sagte Rozescu.

»Wie soll ich das verstehen, lieber Rozescu?« fragte der General gespannt. »Was geht es uns an, wie diese Salonkommunisten über den Alarm denken, obwohl ...«

»Auch Sie wundern sich wahrscheinlich, daß der Artikel die Zensur passiert hat, Herr General«, sagte Rozescu wie nebenbei.

»Allerdings. – Ach so! Ich verstehe. Logisch gedacht, Rozescu, bravo!«

Der General lächelte. Als er fortfuhr, lachte er. »Selbst ein Kadett im ersten Jahr kann sich ausrechnen, was auf den Artikel folgen wird.«

»Ich glaube«, erwiderte Rozescu fast sanft, »das ist nicht so wichtig.«

»Wie meinst du das?« Als der Leutnant sich mit der Antwort Zeit ließ, sah der General Rananu an und fragte ihn lächelnd: »Was will unser junger Mann andeuten?«

»Ein überaus aufgeweckter *jeune homme*, Herr General«, sagte Rananu. »Seit er hier arbeitet, weiß ich erst, was ein Philosoph ist.«

»Ein Philosoph – bei uns? Da will ich nur hoffen, Rozescu ist ein Idealist.«

»Nein, Herr General«, sagte Rozescu leichthin, »ich bin Skeptiker.«

»Du drückst dich vorsichtig aus, lieber Rozescu – du bist ein richtiger Philosoph, der Hengst hat recht.« Das Gespräch nahm die gewünschte Wendung. »Und du, Alecu, du machst dir keine Gedanken? Ich brauche eine ehrliche Antwort.«

»Mit Verlaub, Herr General, eine ehrliche Antwort auf eine – ehrliche Frage?«

»Das heißt, du vermutest Hintergedanken bei mir?«

Langsamer, als es seine Art war, stand Rananu auf. »Herr General, als wir darauf warteten, zu Ihnen gerufen zu werden, haben der Leutnant Rozescu und ich über Sie geredet. Dabei stellte sich heraus, daß uns beide das gleiche wundert und mißfällt, jawohl, Herr General, mißfällt – auch wenn Sie mich degradieren. Uns ist unerklärlich, wie Sie, Herr General, auf Seiten der Deutschen sein können. Wir sind höchst unglücklich darüber. So, jetzt wissen Sie es. Das hätte ich keinem anderen General gesagt, nur Ihnen, Herr General, zu Befehl.«

Der General, der die direkte Herausforderung nicht verstanden oder nicht wichtig genommen zu haben schien, wandte sich, als er zu sprechen begann, nicht an Rananu, sondern an Rozescu. »Na und?« fragte er, als erwartete er, der Leutnant würde Rananus Frage beantworten. Doch Rozescu erhob sich und stellte sich wie unabsichtlich neben Rananu. »Der Herr Oberstleutnant hat auch meiner Meinung, sofern Sie Wert auf sie legen, klaren Ausdruck gegeben.«

»Palastrevolution!« sagte der General milde und schwieg. Als er das Schweigen brach, sprach er mit kaum hörbarer Stimme. »Dies ist nicht die Zeit für lange Erklärungen, noch nicht. Ihr müßt, wenn ihr euch schon getraut habt, so mit mir zu sprechen, eure Schlüsse selber ziehen. Ich glaube, ihr wißt, was – na, wir wollen uns nicht in Einzelheiten verlieren – mit euch geschehen wäre ... Setzt euch«, sagte er lächelnd und wog seine goldene Taschenuhr in der Hand. »Es ist neun Uhr fünfundzwanzig. Ihr habt zwei Stunden Zeit, um euch umzuziehen. Das gilt auch für dich, Rozescu. Tunika, Lackstiefel, Patronentasche, den Kalpak mit Reiherbusch, weiße Handschuhe. Greif dem Philosophen ein bißchen unter die Arme, Rananu. – Außerdem, das ist eine Spezialbitte, wirst du, lieber Rozescu, deinen Vater – oder gehört das in das Ressort deiner Mutter? – um die Paradekalesche bitten?« Gemeint war der Rozescusche Rolls-Royce, im Land gab es nur drei dieser teuren Wagen. »Sagst, der Alte persönlich läßt bitten. Bevor ihr geht, rufst du, Rananu, beim zweiten Garderegiment an und bittest, sie sollen den dicken

Gefreiten, der im Zivilberuf Taxichauffeur ist, in Paradeuniform herschicken. Wie in einer Hollywooder Seifenoper werden wir vorfahren.«

»Zu Befehl, Herr General«, sagte Rananu, und Rozescu wiederholte die Formel, unschlüssig beide, ob sie nun gehen oder bleiben sollten.

Der General wollte ihr Zögern nicht bemerken. »Leute«, begann er mit verhaltener Stimme, »ich habe es nicht leicht. Mehr denn je bin ich angewiesen auf meine Freunde und das Vertrauen, das sie mir entgegenbringen. Begreift ihr endlich? Es gibt Dinge, die man sagen kann, aber nicht sagen darf. Nur soviel: Was ihr auch wahrnehmt, wie der Schein auch sprechen mag – der Alte ist sich treu geblieben. Gerade jetzt, wo ihr, nicht ohne Grund, an ihm irre werdet, ist der Alte mehr denn je er selbst.« Im bekannten sachlichen Dienstton fuhr er fort: »Du, Rananu, bist bei der Konferenz mein Adjutant. Anwesend werden sein von rumänischer Seite der Kriegsminister, der Generalsekretär des Innenministeriums, der Generalinspektor der Sigurantza, ein gewisser General der Elitetruppe sowie ihr beide und ich. Die Deutschen sind vertreten durch den Oberst Freiherr von Dingsda, mir fällt der Name nicht ein, etwas mit ›bingen‹ oder ›dingen‹. Hat im vorigen Krieg dem Informationsdienst angehört und ist Fachmann für die rumänischen Angelegenheiten. Sicherlich ist er jetzt der Chef des Informationsdienstes. Meiner Ansicht nach ist er ein nicht zu verachtender« – der General räusperte sich – »Partner. Dazu noch drei Herren, Zivilisten, nur im Hintergrund, doch nicht leichtzunehmen. Du, Rozescu«, wandte er sich dem Leutnant zu, »bist mein Sekretär und Dolmetscher. Merk dir, ich verstehe nur Rumänisch oder Französisch. Du wirst gut aufpassen und langsam sprechen. Viel Zeit werd ich nämlich brauchen, mir die Antworten zu überlegen. Französisch kann bei den Deutschen nur der Oberst, der Chef; von den anderen, hier sind die Fotos – der wichtigste ist dieser da –, sprechen alle Rumänisch. Wahrscheinlich werden sie auf deutsch konferieren wollen, aus genau denselben Gründen wie ich auf rumänisch. Das wäre alles! Ja« – er zog erneut seine große goldene Uhr zu Rate –, »noch eine Stunde und fünfunddreißig Minuten bleiben euch.

Genau elf Uhr fünfundzwanzig fahren wir von hier ab. Der Prachtwagen muß sogleich hergeschickt werden und der Gefreite auch. Abtreten!«

»Hast du verstanden, Fanica?« fragte Rananu, als sie in Rozescus kleinem Vauxhall auf der Chaussee unterwegs zur Villa waren. Rananu hatte seinen Diener mit der Uniform zu Rozescu bestellt. Sie wollten sich dort umziehen, damit der Philosoph sich unter Rananus wachsamem Auge auch richtig adjustieren könne.

»Du etwa nicht?« fragte der Leutnant, dessen Mund ein ungewohnt junges Lächeln umspielte.

Es war keine eigentliche Konferenz, eher eine Fühlungnahme, die nach zwanzig Minuten beendet war. Der General Baderescu war schon im Begriff, sich mit seinen Begleitern zurückzuziehen, als der Generalsekretär Danghu, im überlangen Cutaway, um den hohen steifen Kragen das sich allzu breit bauschende grauseidene Plastron, ihn anredete. »Ich möchte, Herr General, mit Ihnen eine wichtige Angelegenheit besprechen. Es handelt sich um einen Ihrer Leute, Dumitriu hat die Akte bei sich. Wir haben ausgezeichnete Informationen, die sich, wie ich glaube, auch für Sie als nützlich erweisen könnten. Da wir ja jetzt, sozusagen ...«

»Worum handelt es sich? Ich bin in Eile –«, unterbrach der General brüsk den neben ihm schreitenden Gestreiften.

»Um Alda, Herr General.«

»Alda?« fragte der Alte. »Alda ist doch tot.«

»Sie wissen es also, Herr General? Kennen Sie die Details?«

»Was für Details? Ich habe selbst an den Beisetzungsfeierlichkeiten teilgenommen. Das muß, warten Sie mal, im Jahre 1917 gewesen sein, da war die Bukowina von den Russen besetzt, und ...«

Danghu blieb stehen, entgeistert blickte er den General an. Dieser machte noch einen Schritt und hielt dann, sichtlich ungeduldig, gleichfalls inne. »Von wem sprechen Sie, Herr General?« fragte der Gestreifte.

»Es gibt, das heißt, es gab nur einen Alda. Das war Neagoe Alda, der Bojer von Aldeni, ein großer Nationalist und Patriot.

Vor etwa dreiundzwanzig Jahren ist er gestorben. Mir scheint, Sie kommen ein bißchen spät mit Ihrer Nachricht.«

Danghu lachte. Ein überhebliches, böses Lachen. »Den meine ich natürlich nicht, Herr General. Die Rede ist von Ludovic oder Lutz Alda.« Gespannt wartete der Gestreifte auf die Wirkung seiner Worte.

»Ludovic, Lutz?« fragte der General nicht eben interessiert und machte Anstalten weiterzugehen. »Ach ja, der Schreiber, der Reiter«, sagte er dann. »Richtig, das ist ein – warten Sie mal – ein Neffe oder Enkel von dem alten Alda. Stimmt. stimmt – doch ...«

»Sie kennen Lutz Alda nicht, Herr General?« fragte der Gestreifte mit einem Lauern in der Stimme, das dem scharfen Ohr des andern nicht entgehen konnte.

»Möglich daß ich ihn kenne. Wenn ja, dann bestimmt nicht gut genug, um mich seiner zu erinnern. Seine, sagen wir: schriftstellerischen Leistungen sind nicht so überwältigend, und für Pferde habe ich nichts übrig. Saufen, Karten, Weiber – mein Gott, das ist bei mir so lange her. Sagten Sie nicht, daß er tot ist? Möge er in Frieden ruhen!«

»War er denn nicht einer Ihrer Leute?« fragte Danghu frech, selbst wenn hinter seiner Frechheit deutlich Zweifel und Enttäuschung wahrzunehmen waren.

»Einer meiner Leute? Wenn ich Sie richtig verstehe, meinen Sie, daß Alda mein Agent sei oder war, Herr Danghu? Oder ...?«

»Wenn er nicht für Sie, ich meine, für das Zweite Büro, gearbeitet hat, dann war er ein bolschewistischer Agent. Nur diese zwei Möglichkeiten gibt es.«

»Herr Generalsekretär«, sagte der General, »der Kommunismus ist Ressort der Sigurantza. Unsere Sache ist, wie unsere Freunde das nennen, die Abwehr im militärischen, strategischen Sinn. Leider kann ich mich nicht damit aufhalten, Ihnen Beispiele anzuführen. Selbstverständlich bin ich dankbar für jegliche Anregung und Mitarbeit, aber, wie ich Ihnen schon versicherte, ich habe es eilig. Oberstleutnant Rananu ist Chef dieser Abteilung – Oberstleutnant Rananu!«

»Zu Befehl, Herr General.«

»Der Herr Generalsekretär Danghu oder vielmehr der Herr Generalinspektor Dumitriu will uns in einer Angelegenheit Informationen zukommen lassen. Bitte, bleiben Sie mit dem Herrn Leutnant Rozescu hier und lassen Sie sich alles mitteilen. Sie erstatten mir dann Bericht – sofern Sie es für nötig halten.«

»Zu Befehl, Herr General«, sagte Rananu. Der General legte die Hand an seine Kopfbedeckung und schritt den Stufen zu, während die vier ihm überrascht nachblickten. Alle standen noch da, als Baderescu, bei der Treppe angelangt, sich umdrehte und, als hätte er etwas vergessen, »Leutnant Rozescu!« rief. Zu dem Herbeigeeilten sagte der General, dessen Miene Befehl oder Tadel signalisierte, mit leiser Stimme: »Rananu soll sich ja nichts anmerken lassen. Alda ist nur sein privater Bekannter.« Und laut und streng: »Abtreten!«

Mehr um der peinlichen Stille ein Ende zu machen, als aus wirklichem Interesse wandte Rananu sich an den zurückkehrenden Rozescu mit der Frage: »Was war los?«

»Die Tunika ist zu lang, der Kragen um einen halben Zentimeter zu kurz, der Säbel hängt zu weit herunter, und auch sonst bin ich eine Katastrophe«, antwortete Rozescu gleichmütig.

»Das habe ich mir gedacht.« Rananu lachte. »Meine Herren«, wandte er sich an die andern, »ich bitte um Nachsicht für die kleine Verzögerung. Erlauben Sie mir jetzt, nach einem Raum Ausschau zu halten, wo wir ungestört konferieren können.« Mit den Fingerspitzen berührte er den Rand seiner reihergeschmückten Caciula und schickte sich an loszumarschieren.

»Wenn Sie mir gestatten, so assistiere ich Ihnen, Herr Oberstleutnant«, sagte Rozescu.

»Gut, komm mit«, antwortete Rananu, und sie ließen die beiden Männer allein.

Kaum waren Baderescus Leute außer Hörweite, raunte Danghu aufgeregt dem ihn begleitenden Dumitriu zu: »Unsinn, alles Unsinn – der Alte weiß nichts von der Existenz dieses Alda. Sie werden alt, Inspektor.«

»Woraus schließen Sie das, Herr Generalsekretär?« fragte der leberleidende Dumitriu spitz.

»Ganz dürfen Sie mir die Menschenkenntnis nicht absprechen! Daß dem Alten der Name Alda bekannt ist, steht außer Frage. Nur handelt es sich bei seinem Alda offenbar um den Großvater von unserem.«

»Herr Generalsekretär«, sagte Dumitriu gereizt, »glauben Sie mir, der General Baderescu wäre kaum Chef einer Abteilung geworden, in der die Elite für ihn arbeitet, wenn er nicht zumindest die Fähigkeit hätte, seine Emotionen zu verbergen. Im übrigen muß ich Sie daran erinnern, daß die Nachforschungen in der Sache Alda auf Ihre Privatinitiative zurückgehen und nichts mit dem Büro zu tun haben.« Dumitriu war grün im Gesicht.

Danghu blieb weder Zeit, sich an dem offenkundigen Erregungszustand des Generalinspektors zu weiden, noch um ihm eine seiner gefürchteten Antworten zu geben, denn sporenklirrend näherten sich Schritte. Die beiden Offiziere erschienen und forderten dazu auf, ihnen zu folgen. Als sich die Gruppe in einem kleineren Raum unweit des Eingangs niedergelassen hatte, entnahm Dumitriu seiner Aktentasche eine Anzahl beschriebener Bogen. Offenbar lag ihm daran, dem Generalsekretär möglichst keine Gelegenheit zu einleitenden Bemerkungen zu geben. Unverzüglich setzte er seine Brille auf und begann wie folgt vorzulesen.

»Chef der Abteilung IV der Sigurantza Generala, Eusebiu Zernescu, rapportierte am 28. November 1939 folgendes: Ludovic Alda, Gutsbesitzer aus der Bukowina, wurde heute beobachtet, wie er nach einem längeren Gespräch mit einem hohen Offizier in der Halle des Hotels ›Union‹ mit diesem weggefahren ist. Besagter Alda ist seit langem verdächtig, als Korrespondent für revolutionäre Zeitungen des Auslands zu arbeiten. Zernescu weiß, daß Alda vor Jahren unter dem falschen Namen ›Oscar Groß‹ als bolschewistischer Agent im Beltzer Gefängnis in Haft gehalten wurde, aber ausbrechen konnte. Es liegen Beweise dafür vor, daß Alda in ausländischen Zeitungen eine ganze Reihe von Artikeln veröffentlicht hat, die Namen und Ehre der rumänischen Nation verunglimpfen. Diese und andere Aktivitäten disqualifizieren ihn für den Umgang mit Offizieren, die an maßgeblicher Stelle für den Geheimdienst tätig sind. Sollte sich der Geheimdienst allerdings seiner als Agent bedienen, entfallen diese Einschränkungen zwangsläufig.« Danghu schielte zu Rananu hinüber, der die Caciula nicht abgenommen, sondern so tief in die Stirn geschoben hatte, daß sie die Augenbrauen berührte. Den Säbel zwischen den Beinen saß er da und blickte, ähnlich wie Rozescu, gleichgültig vor sich hin.

»Die Sigurantza«, fuhr Dumitriu leise und eintönig fort, »hielt es für angebracht, sich über erwähnten Alda zu informieren. Es konnte festgestellt werden, daß er noch am selben Abend in die Bukowina reiste und zwei Tage später verschwunden war. Es folgt die Aussage des Pfarrers Domanschi: ›Ich war am Nachmittag des 29. November im Konak und ersuchte Herrn Alda, seinen Besitz meinem Schwiegersohn, dem Hauptmann i. R. Grigoriu, zu verpachten, da der Vertrag mit dem Juden Joschua Rundberg am 1. Januar ausläuft. Alda erklärte, er müsse dringend verreisen und sagte unter anderem, daß er tun und lassen könne, was er will, und daß – seine eigenen Worte – niemand ihn daran hindern könne, seinen Besitz einem Neger, Botokuden oder Juden zu verpachten. Herr Alda‹, sagten Seine Hochwürden weiter aus, ›ist nur selten in Aldeni und hat alle Geschäfte dem Juden Rundberg überlassen. Er lebt in wilder Ehe mit einer Wienerin.‹ Hochwürden Domanschi brachte später in Erfahrung, daß Aldeni, so heißt der Besitz Aldas, an einen Herrn Tomescu verkauft worden ist, und zwar vom Juden Joschua Rundberg, der hierzu eine notarielle Vollmacht vorlegen konnte. Die Dienerschaft, soweit sie bei Herrn Tomescu in Dienst geblieben ist, sagte aus, daß Alda häufig verreise, aber gewöhnlich davon absehe, die Zeiten seiner Abfahrt oder Ankunft bekanntzugeben.

Herr Nae Tomescu, vormals Richter beim Kassationshof in Bukarest, später Advokat, verweigert den recherchierenden Organen jedwede Auskunft.

Den Pächter Joschua Rundberg zu befragen, war nicht möglich, da er vierzehn Tage nach dem Verschwinden Aldas ausgewandert ist. Rundbergs Sohn Karl, Vertreter ausländischer Garnhersteller, gab zu Protokoll, daß er mit Alda gesprochen habe, und zwar zuletzt am Abend des 30. November. Alda, so behauptet Rundberg, habe ihm gegenüber geäußert, daß er verreise, aber weder den Zeitpunkt noch das Ziel genannt. So habe es Alda immer gehalten. Nur dann habe er von sich hören lassen, wenn er Geld brauchte. Doch seit Jahren schon sei auch das nicht mehr der Fall gewesen, weil die neuen Devisenverordnungen ja Geldsendungen ins Ausland unmöglich machten. Seit mehr als zwanzig Jahren komme und gehe Herr Alda, wie es ihm beliebe, d. h. ohne Angabe von Zeit und Ziel. Darüber befragt, ob er wisse, was Alda mit dem Erlös aus dem Verkauf seines Besitzes angefangen habe, erklärte Karl Rundberg, um Geldangelegenheiten habe sein Vater sich gekümmert. Wahrscheinlich sei der größte Teil der Summe zur Begleichung von Aldas Schulden verwendet worden. Über die Höhe des Kaufpreises könne er nichts sagen. Was die Frauensperson anbelangt, mit der Alda zusammenlebte, so weiß Rundberg nur zu berichten, daß sie Martha Varsany heißt und seine Verlobte war. Er habe keine Ahnung, wo sie sich jetzt aufhält.

Der Gemeindearzt von Aldeni, Dr. Josif Vendrinschi, Oberarzt i. R., sagt aus, daß er am frühen Morgen des 30. November zu Alda geholt worden sei, um dessen verletzte Hand zu versorgen. Er hatte, neben mehreren kleinen, eine ernstere Verletzung am Mittelfinger der linken Hand. Ein ziemlich großer Glassplitter mußte entfernt werden. Offenbar hatte Alda nach reichlichem Alkoholgenuß einen Glasbecher in der Hand zerdrückt. Einer diesbezüglichen Anspielung Dr. Vendrinschis habe Alda nicht widersprochen. Bei Gelegenheit des Bandagierens der Hand habe sich ein Gespräch ergeben, in dessen Verlauf sich Alda höchst ungehalten über Abreise und Wohnungswechsel des jüdischen Arztes Schmetterling zeigte, dessen Praxis Dr. Vendrinschi übernommen hat. Auf provokante Weise habe er dem Arzt zugerufen: ›Ich schätz alle gleich – Rumänen, Ruthenen und Juden!‹

Der Soldat des Garderegiments Nummer Sieben, Grigori Posteuca, gibt zu Protokoll, daß er in der Nacht vom 30. November auf den 1. Dezember in der Nähe des Dorfes Serafintza, zirka sechs Kilometer vom polnischen, jetzt russischen Städtchen Horodenka und kaum zweihundert Meter von der Grenze entfernt, Wache gestanden habe. Gegen drei Uhr morgens sei vor ihm eine männliche Gestalt aufgetaucht und habe ihn, als er das Gewehr in Anschlag brachte, durch einen Faustschlag außer

Gefecht gesetzt. Der Mann, der einen kurzen Pelz, eine hohe Pelzmütze und Röhrenstiefel trug, habe ihm das Gewehr entrissen und es ins Gebüsch geworfen. Bei dieser Gelegenheit sei Posteuca aufgefallen, daß die linke Hand des Angreifers bandagiert war. Der Mann im Pelz sei in Richtung Horodenka davongerannt. Der *granicer* Posteuca habe seine Waffe jedoch rasch genug wiedergefunden, um auf den Flüchtigen feuern zu können. Nach seiner Aussage brach der Mann daraufhin zusammen, allerdings bereits auf polnischem beziehungsweise russischem Territorium. Posteuca ist im Zivilberuf Forstgehilfe und gilt als der beste Schütze seines Regiments. Die Leiche zu identifizieren war nicht möglich, weil die russischen Posten zurückschossen.«

Der Generalinspektor schob den Bogen in die Mappe zurück, nahm die Brille ab und sah Rananu erwartungsvoll an. Der Oberstleutnant blickte auf, hielt sich die Hand vor den Mund, um ein Gähnen zu verbergen, und sagte schließlich: »Spannend wie ein Kriminalroman! – Was meinst du, Rozescu?«

Rozescu zuckte teilnehmend die Achseln, und aus seinem Lächeln sprach Hilflosigkeit.

Dumitriu starrte vor sich hin. Hatte Danghus Gesicht soeben noch den Ausdruck von Spannung gezeigt, so war es jetzt vorwurfsvoll dem Generalinspektor zugewandt. Auf den breitbeinig dasitzenden Rananu war der Bericht ohne jede Wirkung geblieben.

»Also meine Herren«, sagte Rananu, nahm seinen Säbel hoch und stand auf, »ich danke Ihnen für die Information, die freilich nicht ganz vollständig ist. Der hohe Offizier, der eine Abteilung im Zweiten Büro leitet, bin ich. Mit mir wurde Alda, der mein Freund ist und bleibt, im ›Union‹ gesehen. Wenn Sie wissen wollen, wo wir dann hingegangen sind – wieso fragen Sie nicht einfach den Generalsekretär?« Mit einer nicht gerade respektvollen Kopfbewegung gegen Danghu: »Wir haben uns im Hause Luceanu getroffen. Und auch mit Ihnen war ich an jenem Tag zusammen, Herr Dumitriu.«

»Ja, ich erinnere mich«, sagte der Generalinspektor zögernd. »Es war meine Pflicht, den Verdacht eines als verläßlich bekannten Beamten ernst zu nehmen und meinen Vorgesetzten zu melden. Sie werden kaum bestreiten können, daß der uns vorliegende Bericht Momente enthält, die für die undurchsichtige Art Ihres ...«

»Freundes, Herr Generalinspektor – Lutz Alda ist mein Freund.«

»Wenn Alda Ihr Freund ist, Herr Oberstleutnant«, sagte Danghu, »sollten Sie sich sowieso mit dem Urteil zurückhalten. Freundschaft trübt den Blick. Und seine Art zu leben erregt nun einmal Mißtrauen.«

»Bei wem?«, fragte Rananu mit einem Seitenblick auf den Gestreiften.

»Bei mir zum Beispiel«, nahm Danghu, um Nonchalance bemüht, die Herausforderung an. »Ich habe keinen Anlaß, an den Worten des Inspektors Zernescu zu zweifeln. Seit Jahrzehnten arbeitet der Mann für uns. Außerdem gibt es den Bericht mit den Aussagen unbescholtener Männer. Daß Ihr Freund Rumänien im Ausland verächtlich gemacht hat, ist nachgewiesen, daß er seine sogenannte demokratische Gesinnung auf widerlich zynische Art bekundet, nicht weniger. – Nun, da unsere Leute ihn endlich zur Strecke gebracht haben, kann er nicht weiter Schaden anrichten. Ich an Ihrer Stelle, Herr Oberstleutnant ...«

»Halt!« rief Rananu scharf. »Von allen Ihren Hypothesen ist die letzte die kühnste. Was heißt: An meiner Stelle? Wie könnten Sie an meiner Stelle sein, Herr Danghu? Dazu fehlen Ihnen gewisse Voraussetzungen. Solange dieses Gespräch im Rahmen dienstlicher Auseinandersetzung bleibt, bin ich gehalten, selbst die Schilderung von Hirngespinsten über mich ergehen zu lassen. Da Sie jedoch nicht davor zurückschrecken, den Ruf meines Freundes zu beflecken, müssen Sie sich darauf gefaßt machen, Konsequenzen zu tragen, wie sie in den Kreisen üblich sind, die Sie seit kurzem frequentieren. Ich stehe ein für den Ruf und die Ehre meines Freundes Ludovic Alda und seiner Verlobten, der Baronin Martha Varsany. Wenn es sein muß, auch mit jeder beliebigen Waffe in der Hand. Nehmen Sie dies zur Kenntnis, Herr Danghu.« Der Oberstleutnant schlug die Sporen zusammen und legte in Habachtstellung zwei Finger an den Rand der Caciula. Es war ein Gruß ins Leere, denn er sah weder

Danghu noch Dumitriu dabei an. Rozescu hatte genüßlich die Bewegungen des Älteren wiederholt; was ihnen dabei an militärischer Forschheit fehlte, glich er durch Akzentuierung weltmännischer Überheblichkeit aus. Beide gingen sporenklirrend aus dem Raum.

Danghu und Dumitriu waren sitzengeblieben. Ersterer mit einem Gesicht, versteinert in Haß und Rachsucht.

»Herr Dumitriu«, sagte der Gestreifte, »Sie werden gut daran tun, Ihren Abschied einzureichen. Noch heute. Wärmstens werde ich ihn befürworten. Sie sind nichts als ein ausgeblasenes Ei.«

»Ist recht, Herr Danghu«, sagte Dumitriu. »Weshalb Sie hinter Alda her sind, interessiert mich nicht. Sie haben sich ungeschickt angestellt und Blößen gegeben. Wollen Sie ihm wirklich eins auswischen, müssen Sie mit größerem Kaliber schießen: Sie hätten entweder warten müssen, bis er wieder auftaucht, oder sich zufriedengeben mit der Version von seinem Tod. Sie haben nicht die geringste Ahnung, wie man seine private Suppe am Feuer der politischen Macht kocht. Auch das will gelernt sein. Genauso, wie mit der Pistole, dem Kavalleriesäbel oder dem Florett umzugehen.« Dumitriu hatte sich erhoben und ging ohne Gruß aus dem Zimmer.

Danghu brauchte Minuten, bis er seine Fassung zurückerlangt und wieder einen klaren Kopf hatte. Nach wie vor kreisten seine Gedanken um Alda. Der Verschwundene beschäftigte ihn noch, als er in seinen viel zu stark auf Taille gearbeiteten Pelzmantel schlüpfte. Ehe er in sein Auto stieg, rief er von einer Telefonzelle aus den Inspektor Barbulescu an. Vielleicht würde der schon morgen Generalinspektor der Sigurantza sein.

Gegen Abend saßen sie wieder beisammen, General Baderescu, Oberstleutnant Rananu und Leutnant Rozescu. Rananu hatte Bericht erstattet und Rozescu dem General hie und da Fragen beantwortet. Dann war nichts mehr zu sagen gewesen. Nach Minuten des Schweigens kam plötzlich Bewegung in den schmächtigen Körper des Generals, auch sein Gesicht entspannte sich. Die beiden Offiziere bemerkten, daß er lächelte, als er nach dem Hörer griff und sich mit dem Generalsekretär Danghu verbinden ließ. Beschwichtigend zwinkerte der General den beiden zu. Dann, noch immer lächelnd, sprach er in geschmeidigem Tonfall in die Telefonmuschel: »Ja, hier Baderescu. Wie geht es, Herr Generalsekretär? Meine Leute haben mir soeben rapportiert. Ja, mich interessiert die Angelegenheit. – Nein, nicht persönlich, nur dienstlich. Seit Monaten bin ich da einer Sache auf der Spur, die auch für Sie von Wichtigkeit sein könnte. Vielleicht sollten wir miteinander reden. Sie würden mich sehr verpflichten, wenn Sie mir eine Aussprache gewährten. Morgen? Warum so lange warten? Ja gut – noch heute. Ich möchte Sie bitten, Herr Generalsekretär, den Herrn Inspektor Zernescu, ja und den Mann, der in der Bukowina recherchiert hat ... Ja, für – sagen wir – sieben Uhr, geht das? Ausgezeichnet. Wo? Wo immer Sie wünschen – natürlich! Also abgemacht: um sieben Uhr bei mir. Ich bitte Sie, den Bericht mitzubringen – ja, es ist, wenn ich mich nicht irre, eine ungemein wichtige Angelegenheit. Das Land wird Ihnen dankbar sein. *La revedere – cu toata stima,* Herr Generalsekretär!«

Der General legte den Hörer auf und blickte von Rozescu zu Rananu. »So wird das gemacht. Ich habe zwar nicht den geringsten Grund, mit dir unzufrieden zu sein, du hast diesen ...« – der General suchte vergeblich nach einer Bezeichnung – »abgefertigt wie ein Offizier und Bojer, bravo Hengst, doch nicht wie der Chef der Abteilung N des Zweiten Büros. Gut, daß er vor dir in die Hosen macht. Glaub mir, Danghu wird sich rächen. Wir können unsere Zeit nicht mit einem Privatkrieg vertrödeln, denn bestimmt wird er irgendetwas in Szene setzen. Ich sorge dafür, daß er sein Bonbon bekommt. Hoffentlich hat er lange daran zu lutschen. Schade, daß ihr nicht dabeisein werdet, ihr könntet eine Menge lernen.« Der General sah auf die Uhr. »Sechs Uhr siebzehn. Aufgepaßt, Leute, ihr habt bis zehn Uhr Ausgang. Die Zeit nutzt ihr dazu, den Koffer zu packen und Zivil anzulegen. Ihr verreist beide. Nach Czernowitz, mit dem Nachtzug um eins. Schickt mir den Major Burda, bevor ihr weggeht. Er wird die Gäste empfangen. Laßt mir die Nummer da, unter der ihr zu erreichen seid. Vergeßt nicht, ihr müßt zusammenbleiben. Nähere Weisungen um zehn Uhr hier. Wo werdet ihr zu finden sein, Alecu?«

»Bei Luceanus, Herr General«, und zu Rozescu gewandt,

»paßt dir das, Fanica? Du kannst mit Aglaia philosophische Gespräche führen, und ich spiele mit Joan Pikett.«

Er schrieb eine Nummer auf einen Fetzen Papier, den der General unter einen Ordner schob. »Ja«, Baderescu blickte Rananu in die Augen, »wart ihr nicht Freunde, du und Lutz? Wie kommt es, daß du gar nicht besorgt oder betrübt zu sein scheinst?«

»Herr General«, sagte Rananu, »ich kenne Alda seit mehr als zwanzig Jahren. Zugegeben, er ist ein Spinner. Aber selbst wenn ich ihn mitten auf der Calea Victorei die rote Fahne schwingen sähe, auch dann, Herr General ...«

»Versteh ich. Nur, wie kannst du so sicher sein?« fragte der General.

»Haben Sie nicht selber, Herr General, gesagt, daß Freundschaft Vertrauen bedeutet? Aber Sie wollen ja nur wissen, warum ich nicht über seinen Tod betrübt bin, wenn nämlich ...« Er sah zu Rozescu hinüber.

Der General begriff. »Wir werden Rozescu in die Angelegenheit einweihen müssen. Allerdings erst um zehn Uhr. Er verdient Vertrauen, der Philosoph. Ihr geht jetzt, und zum Trost will ich dir sagen, lieber Alecu, auch ich glaube nicht an den Meisterschuß des *granicer.* In diesem Sinn – abtreten.«

Sie trafen fast gleichzeitig ein, beide in Zivil, jeder mit zwei Blumensträußen. In einem fast runden Zimmer mit Biedermeiermöbeln bereitete Aglaia auf englische Art den Tee. Die Umgebung, die Wärme, die ganze Szene – alles schien dafür geschaffen, es sich wohl sein zu lassen. Dennoch wollte keine rechte Stimmung aufkommen.

Rananu war zu den Luceanus gegangen, weil ihn die häufige Erwähnung Aldas darauf gebracht hatte. In deren Haus hatte er ihn zum letztenmal gesehen. Wie aufgeräumt er damals gewesen war! Er hatte getanzt und sich von seinem Lieblingszigeuner ins Ohr fiedeln lassen. Wenn nun der Tote an der Grenze wirklich Alda war? Trug dann nicht auch er, Rananu, Schuld an seinem Tod? Den Tip, Alda für die Arbeit im Untergrund zu interessieren, hatte doch er dem Alten gegeben. Den keineswegs zur Sentimentalität neigenden Rananu überkam Traurigkeit, und er wehrte sich nicht, als ihm immer weher ums Herz wurde. Wie auf Verabredung schwiegen alle, und Margarita, die unruhig auf ihrem Stuhl herumrutschte, vermochte sich nicht länger zurückzuhalten. »Was, in drei Teufels Namen, ist in uns gefahren? Was sitzen wir da wie die Ölgötzen? Ihr könnt mir glauben, ich war ehrlich froh, als ihr euren Besuch angekündigt habt. Die Stimmung wird besser, denke ich, denn seit ein paar Tagen ...«

Aglaia fiel der Schwester nervös ins Wort. »Wenn du glaubst, die beiden« – ihr Blick schweifte prüfend von Rananu zu Rozescu – »einweihen zu müssen, so überläßt du das vielleicht besser mir.«

»Du hast recht, ich bringe sowieso kaum einen vernünftigen Satz zustande. Also erzähl du ihnen.«

»Gut.« Aglaia tat sich offensichtlich schwer, ihrer Verlegenheit Herr zu werden. »Seit Tagen schon ist Joan verschnupft. Wegen dieses Danghu.«

»Danghu?« fragte Rozescu. »Man stolpert jetzt oft über ihn. Was war denn los?«

»Es geht um das Fest – Sie erinnern sich bestimmt, Alecu –, damals, als auch Alda dabei war? Ich meine, die Auseinandersetzung mit Lida, diese ekelhafte Geschichte.«

»Natürlich erinnere ich mich«, sagte Rananu ernst. »Ich unterschreibe jedes Wort, das die Prinzessin Haimovici gesagt hat. Aber was hat Joan damit zu tun?«

»Nun, Joan ist ziemlich großzügig. Er weiß, daß es – wie soll ich sagen? – bei uns manchmal recht large, d. h. großzügig zugeht und findet das auch in Ordnung. In diesem Fall macht er sich Vorwürfe und meint, wenn man über die Schnur haut, soll man das unter seinesgleichen tun, nicht in Gegenwart von Gesindel.«

»Unterschreibe ich gleichfalls«, sagte Rananu. »Mit Gesindel meint er sicher den Gestreiften.«

»Ja, Rananu – diesen Danghu. Der hat nämlich herumerzählt – hinter vorgehaltener Hand, versteht sich –, er sei im Haus eines bekannten Bojers bei einem ›Kef‹ gewesen. Zugegangen sei es wie in einem ordinären ...«

»Puff«, sagte Margarita.

»Wie gut es unsere Großväter hatten!« seufzte Rananu. »So

was haben sie totschlagen dürfen, ohne daß ein Hahn danach krähte.«

»Bitte, lassen Sie mich zu Ende erzählen. Und was behauptet dieser Kerl? Eine gewisse Dame habe sich mit einem undurchsichtigen, dem Staat feindlich gesinnten Individuum für Stunden zurückgezogen, um ...«

»Ich verstehe«, sagte Rananu.

»Schön von Ihnen«, sagte Aglaia. »Sie sind intelligent genug, um zu erkennen, wen er meint – Ihren Freund Lutz Alda und mich.«

»Dieser Alda ist sein Komplex«, sagte Rozescu interessiert.

»Was ich bis jetzt erzählt habe«, fuhr Aglaia fort, »ist immerhin nur Tratsch, an den Joan wahrscheinlich keine Gedanken verschwenden würde, hätte die Sache nicht auch finanzielle Einbußen nach sich gezogen.«

»Finanzielle Einbußen?«

»Ich glaube, das werde besser ich dir erklären«, mischte Rozescu sich ins Gespräch. »Von meinem Vater weiß ich, daß Joan den Deutschen viele tausend Hektoliter Wein liefern sollte. Als der Vertrag unter Dach und Fach war, gab Joan Ordre, alles aufzukaufen, was an Wein erreichbar war. Die Vorschüsse der Deutschen und sämtliches verfügbares Kapital wurden in das neue, offensichtlich sichere Geschäft gesteckt. Da Joan selbst nach Berlin gereist war, um den Auftrag perfekt zu machen, und dann länger als geplant in Deutschland zu tun hatte, war er abwesend, als die Marktgesetze den Weinpreis in die Höhe getrieben haben.

Nach seiner Rückkehr lagerte er die riesigen Weinbestände ein und machte alles zur Übergabe bereit. Zu seiner Überraschung erschienen nun deutsche Fachleute, bestanden auf Weinproben und begannen dies und jenes zu beanstanden. Ich kenne mich im Fachjargon nicht aus, Tatsache ist jedoch, daß den Deutschen auf einmal gar nichts mehr paßte, kurz, sie wollten den Wein nicht übernehmen. Luceanu sitzt jetzt auf ich weiß nicht wieviel Hektolitern Wein, die er zum Großteil über dem Marktpreis eingekauft hat.«

»Und?« fragte Rananu naiv.

»Merkst du nicht, Alecu, den Keil hat Danghu da hineingetrieben. Wie sonst wäre Joan auf die Frauen so böse?«

»Der Gestreifte? Was hat der mit dem Weinhandel zu tun?«

»Zum einen ist er Vertrauensmann der Deutschen und dann wird er ihnen ein Histörchen aufgetischt haben.«

»Der? Ja hören denn die Deutschen auf so einen?«

»Das ist es eben, Alecu. Die Gefahr liegt darin, daß Leute wie er am Hebel sitzen. Und für Deutschland gilt das gleiche. Lauter Außenseiter, ja, Asoziale – Bagage. Kein Mensch hatte bis dato von ihnen gehört. Auch Hitler selbst ...«

»Gut – das wissen wir doch, auch wenn ich es niemals verstehen werde. – Zum Gestreiften ...«

»Schrecklich einfach. Unter normalen Umständen hätte man sich ›*capiendae benevolentiae causa*‹ mit ihm einigen können. Aber wie die Dinge ...«

»Was heißt denn das schon wieder?« fragte Rananu zornig.

»Bakschisch«, sagte Aglaia.

»Tatsächlich, er nimmt wie ein blindes Pferd«, sagte Rananu.

»In diesem Fall ist ihm die Rache mehr wert als die Moneten. Zumal ihm das Geld keineswegs verloren geht. Seine Leute werden schon dafür sorgen, daß die Deutschen den Wein kaufen, und daran wird er verdienen. Du kannst Gift darauf nehmen, Alecu«, sagte Rozescu.

»Werde ich tun«, sagte Rananu. »Und das alles soll die Haimovici angerichtet haben?«

»Ich glaube nicht, daß das mit Lida zu tun hat«, ließ sich Aglaia vernehmen. »Joan ist mancherlei zu Ohren gekommen. Danghu meint Alda. Seinetwegen gibt er keine Ruhe.«

»Lutz Alda?« Rananu war sichtlich erstaunt. »Den hat er doch nur ein einziges Mal gesehen, oder ...«

»Sie haben recht, Alecu – ein einziges Mal. Damals, bei dem, was er ›Kef‹ genannt haben soll, hat Alda, Sie erinnern sich, die ganze Zeit neben mir gesessen. Erst von mir hat er erfahren, wer Danghu ist.«

»Was, zum Teufel, ist zwischen den beiden vorgefallen?« fragte Rananu.

»Nichts«, sagte Rozescu. »Gar nichts.« Dann schwieg er, obwohl Rananu und die beiden Frauen ihn gespannt anblickten.

»Nichts?« fragte Rananu. »Was für eine Erklärung ist das?«

»Ja«, antwortete Rozescu ruhig und zündete sich eine Zigarette an, »mit diesen beiden verhält es sich so, daß sie einander hassen müssen. Über Alda denken und sprechen alle gleich, alle mögen ihn, alle vertrauen ihm, sind seine Freunde. Bei Danghu ist gerade das Gegenteil der Fall. Abgesehen von der erotischen Anziehung, von einer gewissen perversen Neugier, die zahlreiche Frauen und, wie man weiß, gewisse Männer für ihn empfinden, ist er allen unsympathisch. Man könnte sagen: Die Prinzipien, die beide verkörpern, schließen einander aus. So daß Alda und Danghu sich gegenseitig hassen müssen. Aldas Haß wird nie oder nur im alleräußersten Fall zum Ausbruch kommen, weil Geschmack, Vernunft, auch sein Ethos ihm gebieten, dem Gegner aus dem Weg zu gehen. Den andern bremsen weder Vernunft noch Ethos, er ist nur zu feige, um zu töten, solange sich das Objekt seines Hasses zu wehren vermag. Jede Gelegenheit wird er nutzen, dem vermeintlichen Feind den Dolch in den Rücken zu stoßen, ihm unbemerkt Gift in den Becher zu tun.« Mit einem ergänzenden »bildlich gesprochen, versteht sich« wandte Rozescu sich dann, um Entschuldigung bittend, an Rananu, der ihm gespannt, aber mit unverhohlener Skepsis zugehört hatte.

»Mir – ich muß schon sagen –, mir ist das unverständlich«, sagte Rananu, »vielleicht ...«

»Doktor Rozescus Theorie«, sagte Aglaia, »leuchtet mir ein. Danghu genügt es nicht, sich mächtig zu wissen; er will auch damit großtun und seine Überlegenheit zeigen. Alles deutet darauf hin, daß jetzt überall in Europa die Danghus an die Macht drängen.«

»Totschlagen müßte man diesen Kerl, einfach totschlagen«, schrie Margarita. »Was seid ihr bloß für Männer! Was haben sie früher mit so einem gemacht? Provoziert und dann um sechs Uhr morgens im Wald von Baneasa abgeknallt oder in der Turnhalle einer Kaserne kaltgemacht. Ja, als es noch Männer gab –«, seufzte sie mit einem Blick auf Rananu.

»Beruhigen Sie sich, Margarita«, sagte Rozescu. »Auch Rananu und ich selbst und bestimmt noch viele andere Männer in Bukarest haben schon an diese Art von Selbsthilfe gedacht. Ganz abgesehen davon, daß dieser Danghu sich nie stellen würde – selbst wenn man ihn auf die eine oder andere Art erledigen könnte, erschiene eben ein neuer Danghu und träte an seine Stelle. Sie wittern Morgenluft.« In ungewohnter Erregung hatte er gesprochen.

»Ausgeliefert den Danghus also?« Margaritas Frage war kaum verhüllte Provokation, Bitte um Bestätigung des Gegenteils. »Sind wir wirklich schon so weit wie die in Deutschland oder Rußland?«

»Wir sind auf dem allerbesten Weg dahin, Margarita«, antwortete Rozescu.

»Ja«, sagte Margarita, »seit ihm die Geschichte mit dem Weingeschäft passiert ist, sagt Joan das auch. Seiner Meinung nach ...«

»Ihr kennt ja sein Faible für den Satz«, fiel Aglaia ein, »›Entweder du heulst mit den Wölfen, oder du wirst von ihnen gefressen!‹ Was haltet ihr von dieser Weisheit, ihr beide?«

»Man kann auch so tun, als heulte man mit den Wölfen, um sie zu fressen, wenn sich Gelegenheit dazu bietet«, versetzte Rozescu, der sich wieder beruhigt hatte.

Margarita hatte offenbar Mühe, ihm zu folgen. »Was willst du damit sagen?« Im Eifer des Gefechts hatte Margarita, ohne sich dessen bewußt zu sein, Rozescu geduzt.

»Meinst du nicht, das liegt auf der Hand, teure Margarita?« erwiderte er freundlich.

»Duzt du mich etwa? Wie kommst du dazu?«

»Nun – hast nicht du damit angefangen? Es wäre doch ungalant von mir gewesen, wenn ich dich dann weiter gesiezt hätte. Und außerdem – sind wir nicht verwandt?«

»Ja, irgendwann im achtzehnten Jahrhundert – eine Entführung mit Happy end. – Ob das wirklich stimmt?«

»So habt ihr's herausgefunden!« rief der Hausherr, der in diesem Augenblick eingetreten war.

Joan Luceanu, kaum mittelgroß, mit Ansatz zum Embonpoint und einem sympathischen Rundgesicht, sorgfältig in der Mitte gescheiteltem Haar und einem gestutzten Lippenbärtchen, lächelte, als er Rozescu und Rananu die Hand reichte. »Es stimmt nämlich, ihr seid verwandt. Selbst wenn mir Rozescu Senior gerade die Leviten gelesen hat, und zwar gar nicht verwandtschaftlich.«

»Was war denn los?« Rozescus Interesse hielt sich in Grenzen.

»Geschäfte, unliebsame Geschäfte – na, wir werden schon darüber hinwegkommen.« Luceanu hätte gern sein Herz ausgeschüttet, aber weder Zeit und Ort noch die Zuhörer schienen ihm dafür geeignet zu sein.

»Habt ihr schon die Abendblätter von heute gelesen?« brach Joan bei Tisch das Schweigen.

»Was ist denn jetzt wieder los?« fragte Rozescu.

»Ein Artikel, gezeichnet mit ›C. P.‹, in der ›Patria‹, die Antwort auf die ›Facla‹. Wegen dieses Alarms vor acht oder zehn Tagen. Na, ihr wißt doch, die Sache, wie sie anstelle von Revolutionären ...«

»Hab ich's nicht gewußt?« frohlockte Rozescu. »Ich sag dir genau, was drin steht in dem Artikel, obwohl ich keine Zeile davon gelesen habe. Also, daß ein Probealarm nützlich und notwendig ist, ein Zeichen der Bereitschaft ...«

»So ähnlich. Ich verstehe nicht – von Probealarm war doch überhaupt nicht die Rede.«

»Darum geht es auch gar nicht. Ist alles Film. Der Gestreifte hat das so eingefädelt, um seine, ihr verzeiht schon, Schweinerei zu vertuschen. Er macht aus seiner Séance, deren Auffliegen peinlicher nicht hätte sein können, eine Staatsaffäre.«

Er kam nicht dazu, der Tafelrunde die erwünschte Aufklärung zu geben. Ein Diener bat ihn ans Telefon, und als er zurückkehrte, hatte man sich bereits auf ein anderes Thema eingelassen. Gerade wollte Rozescu, nach Käse und Obst, bei der köstlichen, die Gemüter beschwichtigenden Süßspeise den Faden erneut aufnehmen, da bat schon Margarita zur Turceasca, dem auf türkische Art bereiteten Kaffee, ins Herrenzimmer. Die Unterhaltung wollte jetzt nicht mehr recht in Fluß kommen.

Als Rananu Anstalten machte, sich zu verabschieden, bat ihn Rozescu, sitzen zu bleiben, er müsse noch mit Joan reden. Bleibe ihnen nicht – flüsterte er ihm zu – mindestens sowieso noch eine Stunde Zeit? Der General habe angeordnet, sie möchten nicht gehen, bevor er anrufe. Danach zog Rozescu sich mit Luceanu zurück.

»Du verzeihst, Onkel Joan, wenn ich mich in deine Angelegenheiten mische. Von Vater weiß ich, was dich drückt. Du hast sicher heute keinen günstigen Bescheid von ihm bekommen.«

»Ja«, gestand Luceanu, »er ist nicht bereit einzuspringen, weil ...«

»Weil – du mit den Deutschen Geschäfte gemacht hast. Er kann nicht vergessen, daß sie ihm vor dreiundzwanzig Jahren den Sohn umgebracht haben. Du erinnerst dich gewiß noch an Jancu. Er soll ein richtiger Rozescu gewesen sein.«

»Und ob ich mich erinnere! Daß sie ihn erschossen haben, war pure Willkür, Fanica.«

»Jetzt weißt du«, sagte Rozescu, und sein klares Gesicht verdüsterte sich, »weshalb er die Deutschen haßt. Was die Sache noch bitterer macht für ihn: Ich bin in seinen Augen kein richtiger Nachfolger, eigentlich gar kein Rozescu, kein Bojer und kein Geschäftsmann, du verstehst. Bei aller Liebe bin ich für ihn eine Enttäuschung. Je älter er wird, desto unversöhnlicher ist sein Haß. Verzeih ihm, daß er ...«

»Ich trage ihm nichts nach. Aber schließlich, Fanica – was haben die Geschäfte mit persönlichen Haßgefühlen zu tun?«

»Nun, mein Vater sieht die Dinge eben anders. Wir sollten nicht versuchen, ihn umzustimmen. Vergebliche Mühe. Er ist auch« – setzte Rozescu lächelnd hinzu – »so reich, daß er sich den Luxus leisten kann, auf gute Geschäfte zu verzichten, wenn er aus seinem Herzen eine Mördergrube machen müßte.«

»Das sehe ich ein«, sagte Luceanu. »Gern bin ich nicht zu ihm gegangen. Mir blieb praktisch nichts anderes übrig.« Ruhig und traurig hatte er gesprochen. Plötzlich flackerte Zorn in ihm auf. »Umbringen müßte man solches Gelichter wie Danghu. Fanica, glaub mir, ich war schon nahe daran.«

»Hör auf, Joan, du schadest dir nur selbst. Wichtig ist im Augenblick allein: Wieviel brauchst du?«

»Gute Frage – Insolvent bin ich natürlich nicht – höchstens im Druck. Den Vorschuß der Deutschen, Waren im Wert von vier Millionen, habe ich zu Geld gemacht und zusammen mit dem, was ich an Reserven besaß und an Krediten aufnehmen konnte, ins Geschäft gesteckt. Das heißt, ich habe es dazu genutzt, Wein zu kaufen. So kommt es, daß ich jetzt massenhaft über Wein verfüge und trotzdem nicht das Monopol habe. Die großen Produzenten wollten einfach nicht länger verkaufen – teils aus Spekulationsgründen, teils weil sie denken wie dein Vater. Daß ich den Wein jetzt nicht auf den Markt werfen kann, um Geld zu machen, das siehst auch du ein, obwohl du kein Geschäftsmann bist. Eine katastrophale Baisse würde ich hervorrufen. Was schlimm ist, ich kriege keinen Kredit mehr bei den Banken, nicht einmal Aufschub, obwohl ich Garantien, Liegenschaften, Unternehmen und so weiter als Sicherheit bieten kann. Sie haben, scheint es mir, einen energischen Wink bekommen. Die Folge ist Angst, schlicht Angst, besonders bei den Juden. Ich bin überzeugt, daß sie sonst nicht einen Augenblick zögern würden, mir Geld zu geben, soviel ich brauche: Nicht allein kreditfähig bin ich, auch kreditwürdig. Das glaubst du mir doch, Fanica?«

»Also wieviel fehlen dir, um aus der Patsche zu sein, *nene* Joan?« fragte Rozescu bestimmt.

»Eine Million Dollar«, sagte Luceanu.

»Bist du deine Verpflichtungen dann los, ich meine, den Deutschen und den Banken gegenüber?«

»Das schon, Fanica – nur, was nützt die Frage? Woher nehmen und nicht stehlen?«

»Setzen wir den Fall, du hättest das Geld, wärest du dann aus dem Schlamassel heraus? Und könntest du mit deinem Wein machen, was du willst? Was ist denn das ganze wert?«

»Was es wert ist und was es gekostet hat, sind zweierlei. Der Wein hat über das Doppelte gekostet von dem, was ich schuldig bin. Nie werde ich zu diesem Preis verkaufen können. Es sei denn ...«

»Glaub mir, du wirst. Deswegen will ich dein Teilhaber werden. Im Ernst. Denkst du, ich frage dich aus, um mir die Zeit zu vertreiben? Paß auf, Onkel Joan, ich gebe, das heißt, ich verschaffe dir die Million – wieviel ist das in unserem Geld?«

»Erschrick nicht, das hört sich bedrohlicher an, als es ist: eine halbe Milliarde. Aber, Fanica, wie willst du ...?«

»Das wirst du schon erfahren. In vierundzwanzig Stunden bin ich dein stiller Teilhaber. Als Gegenleistung erwarte ich von dir, daß du mich fragst, wem du verkaufen sollst. Laß mich nur machen, wenn es soweit ist.«

Luceanu sah den Doktor ungläubig an. »Verzeih, Fanica –

eine Million Dollar ist mindestens fünfhundertmal soviel wie eine Million Lei. Ist dir das klar?«

»Und ob mir das klar ist, *nene* Joan. Wir sind in etwa zehn Minuten – so lange werde ich brauchen, um den Brief zu schreiben – Partner im Weingeschäft. Ich verreise nämlich heute nacht, und es kann ein paar Tage dauern, bis ich zurückkomme. Wenn ich wieder da bin, wird weiter gekauft, soviel wir kriegen können. Du kaufst – hübsch langsam, das ist wichtig –, ich bleibe im Hintergrund. Das gilt auch für den Fall, daß dich Ilie Rozescu fragt, was aber wahrscheinlich nicht der Fall sein wird. Jetzt läßt du mich in Ruhe den Brief schreiben, auf einem neutralen Briefbogen natürlich.«

Während Rozescu schrieb, biß Luceanu einer Zigarre die Spitze ab und nahm sich Feuer. Die Importe war noch nicht richtig im Zug, als Rozescu von seinem Bogen aufsah: »Kennt man dich bei der ›Banca Helvetica‹?«

»Gearbeitet habe ich noch nicht mit ihr. Offen gestanden, weiß ich nicht einmal, welche Art von Transaktion sie finanziert.«

»Unsere, zum Beispiel«, lachte Rozescu. »Hör zu, ich lese dir vor: ›Sehr geehrter Herr Stürzli! Wollen Sie bitte dem Überbringer dieses Schreibens fünf Millionen Schweizer Franken zur Verfügung stellen und mich mit dem Betrag belasten. Ich bitte Sie, dafür Sorge zu tragen, daß das Geld innerhalb von vierundzwanzig Stunden in Empfang genommen werden kann. Da Herr Luceanu die Summe in Lei braucht, ist von dem entsprechenden Wechselkurs auszugehen. Die Empfangsbestätigung wird von mir und Herrn Luceanu unterzeichnet werden. Mit vorzüglicher Hochachtung – Doktor Stefan Rozescu.‹ – Das ist alles, Onkel Joan.«

›Alles‹, echote Luceanu in Gedanken. ›Ja, wenn ich morgen oder übermorgen das Geld wirklich bekäme ...‹

Rozescu überhörte den Zweifel. »Glaub mir, du wirst. Ich muß heute nacht dienstlich verreisen. Morgen abend rufe ich Aglaia an, nicht dich. Sie soll mir sagen, ob Margarita sich wohl fühlt, das heißt, die Sache in Ordnung geht. Bekommt sie einen Schnupfen, na ja, dann hat es eben nicht geklappt, und ihr müßt meine Anweisungen abwarten. – Auf jeden Fall sind wir Kompagnons.«

»Warum tust du das?« fragte Luceanu. »Du bist doch kein Geschäftsmann. Wenn du nun Gott weiß wie lang auf die Abwicklung warten mußt? Fest steht jedenfalls eines: Wenn ich erst einmal aus dem Engpaß heraus bin, kann ich auch kommandieren.«

»Na, siehst du, das sind Worte, die selbst ein Philosoph versteht. – Warum ich das tue? Weil ich Geld verdienen will.«

»Hör mir auf. Wozu brauchst du Geld?«

»Ich werde viel Geld brauchen, *nene* Joan, alle werden wir viel Geld brauchen. Also, abgemacht, ich bestimme, an wen verkauft wird.«

»Tust du, nur du.« Er nahm den kostbaren Brief entgegen, und sie beeilten sich, zur Gesellschaft zurückzukehren.

Mit lauten Rufen empfing sie Rananu. Nur zu gern hätte er gewußt, was die beiden zu besprechen gehabt hatten, doch er stellte keine Fragen. »Ich habe den Artikel gelesen. Das ist hirnverbrannt, Fanica. Übrigens ist da noch eine interessante Notiz. Der Generalinspektor der Sigurantza, Dumitriu, hat seinen Abschied eingereicht. Krankheitshalber, schreiben sie, und sein mutmaßlicher Nachfolger ist ein Inspektor Barbulescu. Was hat das zu bedeuten? Vor ein paar Stunden war Dumitriu noch gesund genug, um Chef der Sigurantza zu sein. Wer ist dieser Barbulescu?«

Obwohl Rozescu für derlei Nachrichten sonst nur wenig Interesse aufbrachte, hatte er aufmerksam zugehört. »Ja, wer ist dieser Barbulescu?« fragte auch er.

»Barbulescu«, sagte Luceanu, »wenn er ein großer Dicker ist, dann solltest du ihn kennen, Alecu. Er stammt aus deinem Dorf, aus Ranesti, und ist der Sohn von Vladimir Barbulescu, du weißt, dem langjährigen Pfarrer, der später zur Klosterverwaltung versetzt wurde.«

»Fünf Söhne hatte der, alle gleich groß und dick. War denn einer von denen bei der Sigurantza? In der Zeitung steht A. Barbulescu – ja, stimmt schon. Puffi, richtig. – Bravo, Generalinspektor der Sigurantza – na, wir sehen ja gut aus!«

»Einer wie der andere«, sagte Rozescu. »Warum nicht der? Was ist mit ihm?«

»Ein Backschischar, der verkauft dir, was du willst«, antwortete statt seiner Luceanu. »Bis jetzt hatte der Mann allerdings nicht allzuviel zu bieten – das wird sich mit einem Schlag ändern. Der paßt zur Garnitur.«

»Sein Vorgesetzter ist der Gestreifte. Ohne dessen Zutun wäre die Sache bestimmt nicht über die Bühne gegangen. Dumitriu gilt immerhin als kultiviert, sogar Hemmungen soll er noch haben. Darum mußte er gehen. – Dieser Gestreifte, ich bleibe dabei ...« sagte Rananu.

»Ceterum censeo«, verkündete Rozescu. Rananu blickte ihn wütend an.

»Ich wollte damit sagen, wie man sich auch dreht, über den Gestreiften stolpert man, und jeder ist der Meinung, man müsse ihn totschlagen«, erklärte Rozescu. – »Dieser Barbulescu ist also korrupt?« wandte er sich an Luceanu.

»Soviel ich weiß, soll er während der Okkupation 1916–18 für die Deutschen gearbeitet haben«, sagte Luceanu. »Nachweisen konnten sie ihm nichts, aber mit seiner Karriere war's vorbei.«

»Dann ist seine Stunde gekommen: Der richtige Mann für die Deutschen und auch für den Gestreiften. Du bist sicher, er hält die Hand auf?«

»Warum ist dir das so wichtig?« fragte Luceanu erstaunt. »Als ob Korruption bei uns neu oder selten wäre. Wer nimmt eigentlich nicht, schon gar heutzutage?«

Rozescu blieb es erspart, die Frage beantworten zu müssen. Erneut bat ihn ein Diener zum Telefon. Als er zurückkam, winkte er Rananu. »Wir müssen gehen, Alecu.«

»Schon? Wie schade!« sagte Margarita. »Es hat gerade angefangen, nett zu werden. Trinken wir noch einen Cognac.«

»Ich habe«, sagte der General, »diesen Kerl in dem Glauben gelassen, ja, sogar noch darin bestärkt, daß sich seine Angaben mit gewissen Informationen decken. Weiß der Teufel, was er gegen Alda hat. Auf jeden Fall haßt er ihn. Eine widerliche Erscheinung, der Gestreifte, und dieser Agent – ja, edle Seelen finden zueinander. Übrigens ist mindestens drei Viertel von dem, was da erzählt wird, schlicht erfunden. Zernescu ist der einzige, der verdient, ernst genommen zu werden. Was der berichtet, hat Hand und Fuß. Es paßt zu dem Bild, das ich mir von Alda mache. Im Vertrauen gesagt, wäre ich ein Journalist –

wahrhaftig, eine fürchterliche Geschichte. Dieser Mariniu war eine Bestie. Anstatt ihn dazu zu verurteilen, lebenslänglich Salz zu hauen, spricht man ihn frei und tut alles, um sein Verbrechen zu vertuschen. So hat das den Herren damals in den Kram gepaßt. Nicht begriffen haben sie, daß sie sich durch diese Idiotie mit einem Massenmörder solidarisch erklärten. Aber das ist ein alter Hut. Man wird Alda, wenn er die Sache abstreitet, nichts beweisen können – vorausgesetzt, er ist überhaupt der Reporter von damals. Gefährlich wird dieser Punkt nur in dem Kontext, den der Gestreifte konstruiert hat. Ich habe ihm angedeutet, daß ich ihm zwar grundsätzlich beipflichte, aber noch auf meine Fasson recherchieren müsse. Dessen ungeachtet bäte ich ihn, mit mir zusammenzuarbeiten. Er möge so liebenswürdig sein, die Sigurantza Czernowitz anzuweisen, sich in diesem speziellen Fall zur Verfügung der Armee zu halten. Gerade für die Recherchen bei Privatpersonen sei dies unerläßlich. Ihr werdet selbstverständlich davon Gebrauch machen. Und jetzt aufgepaßt! Wichtige Aufgaben liegen vor uns. Als erstes muß Aldas Verlobte in Sicherheit gebracht werden. Ihr müßt eruieren, wo sie ist. – Daß wir sie dem Zugriff dieser Bestie entziehen, sind wir Alda schuldig.« Nach einer kurzen Pause: »Wer ist diese Frau eigentlich – kennst du sie, Alecu?«

»Flüchtig, Herr General. Sie ist eine entzückende Frau und sitzt ausgezeichnet zu Pferde, noch alter österreichischer Stil...«

»Jetzt weiß ich es.« Der General schüttelte den Kopf.

»Ich möchte nicht in ihrer Haut stecken«, warf Rananu ein. »Wo mag sie sein? Wenn sie nicht über eine der Grenzen, ich meine, legal, gegangen ist – das ist bestimmt einwandfrei festgestellt, verlaß dich auf die Sigurantza –, dann muß sie sich hier im Land aufhalten. Es ist reiner Zufall, daß man sie noch nicht entdeckt hat. Am Ende ist sie mit Alda hinübergegangen«, schloß er wenig überzeugt.

»Ihr könnt mir glauben, in diesem Fall hätte bestimmt der *granicer* Posteuca darüber berichtet«, sagte der General.

»Herr General!« rief da Rananu.

Auch Rozescu verhehlte nicht seine Überraschung. »Sie meinen – Sie glauben, der Mann an der Grenze, der Mann mit der verbundenen Hand...«

»... war Alda? Das ist so gut wie sicher. Auch, daß die Geschichte sich nicht ganz so abgespielt hat, wie dieser Posteuca behauptet. Ihr müßt jetzt wirklich die Augen offenhalten, Burschen, denn dazu schicke ich euch nach Czernowitz und an die Grenze. Vorher will ich dir, Rozescu, damit du wirklich klar siehst, noch einiges verdeutlichen. Du hast wahrscheinlich schon gemerkt, daß wir beide« – er machte eine Kopfbewegung gegen Rananu – »wissen, daß Alda zu den Russen gegangen ist. Sozusagen inoffiziell, das heißt, nicht als Agent – schon gar nicht als bezahlter –, sondern mir und, verzeihen Sie, seinem Land zuliebe. Ja, ich habe ihn davon überzeugt, daß er gehen müsse. Auf seinen eigenen Wunsch, den ich verstehe und billige, taucht sein Name nirgendwo auf, keine Liste, kein Register enthält ihn. Auf eigene Gefahr ging er, und er wird zurückkehren, das ist sicher. Man muß also die Zeit seiner Abwesenheit nutzen, um die Angelegenheit zu bereinigen und dem Gestreiften jede Möglichkeit zu nehmen, Alda mit legalen Mitteln in die Enge zu treiben. Das Protokoll, das ihr liefert, muß danach sein. Ihr werdet genauestens, mit allem Klimbim, in Gegenwart der Sigurantzabeamten, den *granicer* Posteuca verhören. Wohlwollend, geneigt, ihm zu glauben, um ihn im letzten Augenblick *ad absurdum* zu führen. Nehmt den Posteuca in die Zange, sie hat allerdings wattiert zu sein. Jede seiner Aussagen müßt ihr protokollieren – richtet es so ein, daß bei sämtlichen Vernehmungen jemand von der Sigurantza anwesend ist.« Der General räusperte sich. »Wenn ihr es schaffen könntet«, er sah auf einen Zettel, »mit Karl Rundberg Kontakt aufzunehmen, so wäre das hilfreich. Vielleicht hat der eine Ahnung, wo Martha Varsany zu finden sein könnte. – Weiß der Teufel, wie es zugegangen ist, daß die« – der General machte eine entsprechende Kopfbewegung – »es noch nicht herausbekommen haben. Schließlich ist Popovici kein Polizist und hat, das ist vollkommen klar, in direktem Auftrag Danghus herumgeschnüffelt.«

Rananu wollte eine Frage stellen, Rozescu stieß ihn jedoch leicht mit dem Fuß an. Er hatte den Eindruck, daß der General noch nicht fertig war. Tatsächlich fuhr Baderescu nach der Andeutung von einem Räuspern fort: »Wenn sich die Theorie von Aldas Tod nur aufrechterhalten ließe! Vielleicht beruhigt sich Danghu dann, läßt davon ab, nach Frau Varsany zu forschen. Momentan bin ich für die Angelegenheit zuständig, und zwar offiziell. Das heißt, die Untersuchungen führt das Zweite Büro. – Wer ist Aldas bester Freund, Alecu?«

»Sein Intimus ist Radu Candomir. Kennen Sie ihn, Herr General?«

»Sogar recht gut, seit mehr als zwanzig Jahren. Als sein Vater noch lebte, war ich oft in Candomireni. Wie steht es mit dir, Alecu?«

»Wir sind sogar verwandt, durch seine Frau. Sie ist eine Mirbescu.«

»Verwandtsein hilft uns wenig. Wird er Vertrauen zu dir haben, wenn du ihn um Auskunft bittest? Ich nehme nicht an, daß er eingeweiht ist. Außer uns weiß niemand, wohin Alda gegangen ist. Warum hat er bloß verkauft – seine Zelte abgebrochen? Vielleicht kann uns Radu Candomir einen Tip geben – am Ende weiß er sogar, was mit dem Geld geschehen ist. Hat Alda Schulden damit bezahlt? Und daß sein Pächter ausgewandert ist? Das alles geht die Sigurantza natürlich nichts an. Denkt daran, daß ihr auf Schritt und Tritt beobachtet werdet. Vor allem beim Telefonieren müßt ihr vorsichtig sein. Der Gestreifte traut keinem von euch beiden. Durch deinen heroischen Auftritt heute hast du ihm einen Schrekken eingejagt. Er wird dir am Zeug flicken, wann immer sich Gelegenheit dazu bietet. Und daß er nicht wählerisch ist in seinen Mitteln, das weißt du so gut wie ich.«

Rananu sah den General prüfend an. Er hatte das Gefühl, daß ihm erst jetzt aufging, wie ernst die Situation tatsächlich war. »Ich bin Soldat, Herr General, ich erfülle meine Pflicht, wo immer ich hingestellt werde. Sie geben den Befehl, ich führe ihn aus. Am liebsten wär mir's«, schloß er lächelnd, »Sie befehlen mir jetzt: ›Knall diesen Gestreiften nieder!‹«

Der General sagte leise: »Solange man der Schlange nicht den Schädel zerschmettert hat, muß man ihr aus dem Weg gehen. Die günstige Gelegenheit, Kinder, auf die kommt es an. Ich hoffe nur, ihr seid euch im klaren darüber, wie gefährlich das Spiel ist, auf das wir uns eingelassen haben.« Aus dem General sprach ein sorgenvoller alter Mann.

»Ich habe eine Freundin in Poesti«, sagte Rozescu, als sie das Büro verließen, »für morgen bin ich mit ihr verabredet. Telefon hat sie keines, und ein Brief ist nicht das richtige. Du verstehst, Alecu, ich möchte sie gern wissen lassen, daß wir uns für ein paar Tage nicht sehen werden.«

»Alles klar, Fanica.« Sie standen vor ihren Autos. »Ist sie nett?«

»Mir gefällt sie«, sagte Rozescu kurz. »Ich möchte dich um etwas bitten, Alecu.« Er sah auf seine Uhr. »Es ist zehn Uhr fünfzig, unser Zug geht um eins. Wenn ich mich gleich jetzt auf den Weg mache, erreiche ich Poesti gerade, wenn die Bahn von Bukarest losfährt. Mir bleibt dann noch eine gute Stunde, ihr alles zu erklären.«

»Das dürfte ausreichen«, sagte Rananu leise wiehernd. »Nur, was hat das mit mir zu tun?«

»Ist dein Wagen in Ordnung, Alecu?«

»Tadellos, warum?«

»Würdest du ihn mir für die Fahrt leihen? Auf meinen ist kein Verlaß. Wenn du einverstanden bist, nehme ich dein Auto und starte sofort, während du mit meinem zu mir nach Hause fährst, um meine Koffer und unseren Chauffeur, den Luca, zu holen. Ein Taxi bringt euch beide zur Bahn, Luca kommt mit nach Poesti –.«

»Und von dort kutschiert er meinen Wagen nach Bukarest zurück? *Entendu!* Was tut man nicht alles, um einem verliebten Philosophen zu helfen. Hier sind die Schlüssel – mach's gut!«

»Danke, Alecu.« Schon saß Rozescu hinterm Steuer und gab Gas. Nachdem er die Pietza Victoriei umfahren hatte, lief alles wie am Schnürchen; auf der breiten Chaussee zeigte das Tachometer nie weniger als einhundertzehn, so daß er erstaunt war, als die Bohrtürme von Poesti in Sicht kamen. An einer unauffälligen Stelle nicht weit vom Bahnhof parkte Rozescu; ein Blick auf die Uhr belehrte ihn, daß ihm noch vierundsiebzig Minuten bis zur Abfahrt des Zuges blieben. Der Taxifahrer, der ihn am Bahnhofsplatz aufnahm, hielt seinen Kunden für einen der zahlreichen englischen Ingenieure, die hier beschäftigt waren. Daß als Adresse ein Haus genannt wurde, das ausschließlich von Engländern bewohnt war, bestätigte den Eindruck. Rozescu bezahlte, betrat das Haus durch die Vordertür, um es gleich darauf durch die

Hintertür zu verlassen. Er durcheilte etliche Gärten, bis er vor einer kleinen Villa haltmachte. Nur zwei Fenster waren erleuchtet. Rozescu pfiff das verabredete Signal, und eines davon öffnete sich. Der Kopf eines Mannes wurde sichtbar. Auf englisch sagte Rozescu: »Ich bin's, Danny, schnell, mach auf!«

»Allright«, kam es zurück, und wenig später saß der späte Besucher Davis Linton, seinem Freund und Kommilitonen aus Oxford, im Sessel gegenüber.

»What's up, old chap?« fragte der Engländer.

Rozescu deutete auf die Uhr. »Danny, ich habe genau eine Stunde. Wo hast du dein Auto geparkt?«

»Ungefähr hundert Meter von hier.«

»Komm, machen wir eine Spazierfahrt. Du kannst mich am Bahnhof absetzen.«

In schweigender Zustimmung ging Linton voran. Wortlos stieg er ein und wartete, bis sein Besucher es sich neben ihm bequem gemacht hatte. Rozescu streckte die Beine von sich, schob sich den Hut tief in die Stirn, und als ob dies noch nicht genügte, schlug er den Kragen hoch und verkroch sich in den Mantel.

Langsam fuhren sie durch menschenleere Straßen.

»Paß genau auf, Danny. Bitte, stell mir nur dann Fragen, wenn es gar nicht anders geht. Ich habe wenig Zeit. Kennst du euren Mann vom Intelligence Service? Ich meine, kennst du ihn so gut, daß du mit ihm sprechen kannst?«

»Ein alter Oxforder«, sagte Danny.

»Hört sich gut an. – Alles spricht dafür, daß zwischen den Deutschen und dem Gesindel, das unser Land verkaufen will, so etwas wie ein Pakt zustande gekommen ist. Zumindest haben sie sich in wichtigen Details bereits geeinigt. Weißt du, was das bedeutet, Danny?«

»*Go on,* Steve«, sagte der Engländer leise.

»Du mußt ihm das stecken, deinem alten Oxforder. Man kann an sie herankommen, Danny. Für Geld verkaufen sie einem alles, was man wissen will. Ich nenne dir zwei Namen. Der eine ist Barbulescu – merkst du dir das, Danny? Morgen soll er zum neuen Generalinspektor der Sigurantza ernannt werden. Er ist der Weg – du verstehst?«

»*Go on,* Steve«, sagte der Engländer bloß.

»Er ist der Mann dieses Danghu. – Hast du schon von Danghu gehört, Danny?«

Linton nickte und verminderte das Tempo. »Und – ich soll das dem Mann stecken? Warum? Wenn es so ist, wie du sagst, glaubst du nicht, daß er dann schon alles weiß?«

»Kann sein. Es ist aber auch gut möglich, daß das nicht der Fall ist.«

»Gut, ich glaube dir ... Ich werde tun, was in meinen Kräften steht. Barbulescu, Danghu«, wiederholte Linton die beiden Namen, die aus seinem Mund fremd und komisch klangen.

»Heute ist Mittwoch, nächsten Dienstag müssen wir uns treffen. Nicht hier, nicht bei mir. In Baneasa gibt es einen Reitstall, der gehört einem gewissen ...«

»Ich kenne ihn – Pasta, Nasta oder so ähnlich heißt er.«

»Du leihst dir bei dem ein Pferd. Um zehn Uhr reitest du vom Stall weg, überquerst die Chaussee und biegst in den Waldweg ein. Dem folgst du, bis du an ein Häuschen kommst. Es ist das einzige weit und breit. Dort wartest du auf mich oder warte ich auf dich, je nach dem. Vielleicht sag ich dir dann mehr –.«

»*Allright,* Steve.«

Wieder sah Rozescu auf die Uhr. »Setz mich in der Nähe vom Bahnhof ab. Sieh, bevor du anhältst, in den Spiegel, ob niemand uns folgt.«

Linton nickte. Wenige Minuten später schritt Rozescu, den Mantelkragen noch immer hochgeschlagen, dem Bahnhof zu. Ganz leise pfiff er vor sich hin, wie er die Halle durchquerte und den Perron entlangging. Erst als der alte Luca aus dem Zug sprang, hörte er auf damit.

»Da bin ich, Conaschule.«

»Kommen Sie mit, Luca, ich zeige Ihnen, wo der Wagen steht«, sagte er, und winkte Rananu zu, der komplizenhaft lachend und augenzwinkernd am Fenster des Schlafwagens stand.

»So ernst, so schweigsam, Fanica?« fragte Rananu, als sie einander gegenübersaßen.

»Ich bin ziemlich angeschlagen. – Welches Bett nimmst du, Alecu?«

»Ja, das macht müde«, sagte Rananu und wieherte leise. »In deinem Alter allerdings ...«

VIII

»Ein Vermögen wird Sie das kosten …!«

Nachdenklich legte Inspektor Stanescu, der Chef der Sigurantza in Czernowitz, den Hörer zurück auf die Gabel. Es war schon allerhand, was er soeben im Gespräch mit der Bukarester Zentrale erfahren hatte. Dumitriu war kaltgestellt. Gewiß, man brauchte ihm keine Träne nachzuweinen. Wer aber nun aufrückte – Gott und die Gottesmutter! – Barbulescu Generalinspektor? Wer kannte diesen Mann besser als er, Stanescu, der mit ihm schon zur Schule gegangen war. Nun, auch damit würde man fertig werden. Was war nur los? – Alles ging drunter und drüber. Am liebsten hätte Stanescu sein Abschiedsgesuch eingereicht. Doch niemand konnte von ihm erwarten, daß er die glänzende Konjunktur, die das Durcheinander nach sich zog, ungenutzt lassen würde. Zu verdienen gab's wie noch nie. Jeder kleine Kommissar war ein Herrscher in seinem Reich, tat, was er für richtig hielt, und ließ sich dafür bezahlen. Wozu waren die Fremden und die Juden da? Die Fremden, die in den meisten Fällen Juden waren, und die Juden, die man für Fremde erklärt hatte – Stanescu riß sich los von seinen Gedanken; er hatte sich auf den Auftrag zu konzentrieren, den ihm das Büro in Bukarest telefonisch übermittelt hatte. Unmißverständlich hieß es da, die Sigurantza möge dem B II bei der Aufklärung eines wichtigen Falles zur Hand gehen und dabei scharf, doch unauffällig das Vorgehen der Recherchierenden überwachen. Das Generalinspektorat erwarte einen detaillierten, streng geheimen Rapport. Stanescu wußte Bescheid: Das bedeutete, daß die Czernowitzer Sigurantza, vielmehr die beteiligten Beamten, gleichfalls überwacht würden –.

Es war eine schöne klare und kalte Winternacht, und nur wenige Schritte trennten Inspektor Stanescu von der selbst zu vormitternächtlicher Stunde belebten Strada Jancu Flodor, der früheren Herrengasse. Aus Theater und Kinos strömten die Menschen in Restaurants, Cafés und Bars.

Vor dem ›Café Europa‹ – nicht mehr ›Café de l'Europe‹ wie zu österreichischen Zeiten – standen einige Schlitten, deren Lenker, in unförmige, bis zu den Knöcheln reichende Pelze eingehüllt, sich auf dem Trottoir die in Leder- oder Filzstiefeln steckenden Füße vertraten. Wortlos nahm Stanescu im erstbesten Gefährt Platz und wickelte sich in die schwere Pelzdecke. Im Anfahren fragte der Kutscher *»Derektion?«* und meinte damit nicht die ›Richtung‹, sondern das Gebäude der Polizeiquästur. Er sprach Deutsch, denn er war Jude. Stanescu sagte auf rumänisch *»da«*, und unter Schellengeklingel ging es in scharfem Tempo dem Ziel zu.

Vor der Quästur hielt der Schlitten, und der Inspektor stieg aus. Der Lenker hob seine Peitsche, sagte etwas, das wie »Sie sollen leben!« klang, und wollte gerade wieder anfahren, als Stanescu ihn zurückhielt: »Wart ein bißchen, Moschku!«

Die Pferde standen, und der Kutscher wandte sich, durch den gewaltigen Pelz behindert, mühsam dem Inspektor zu. Nicht Moschku hieß er, sondern Schajeh, stellte das jedoch nicht richtig. Was wog solche Willkür schon dagegen, daß der Mann ein Gratisfahrgast war – wann hätte ein Polizei- oder Sigurantzabeamter je bezahlt und noch dazu einem Juden? – und ihn aufhielt? Also wartete er schweigend.

»Hier«, sagte Stanescu, »ist ein Hunderter. Fahr zum Kommissar Ciobotariu und hol ihn auf die Quästur. Sag, ich erwarte ihn in seinem Büro. Du weißt, wer ich bin?«

»Jeder weiß es.« Der Hunderter gefiel Schajeh nicht; in einen Konflikt stürzte er ihn, dem er nicht gewachsen war. Sollte er ihn nehmen oder zurückweisen? Was war besser? »Herr Chef, ich fahr auch so, ohne Geld«, radebrechte er, »wirklich.«

»Nimm und fahr!«

Schajeh griff nach der Banknote, steckte sie in die Manteltasche, sagte: »Sie sollen leben, Herr Chef!« und zog die Zügel an.

Als er zu seinem Standplatz zurückkehren konnte, war es ein Uhr. Er hatte den Kommissar, der wegen der Störung seiner Nachtruhe in einen Schwall Flüche ausgebrochen war, auf der

Quästur abgeliefert. Das Nachtgeschäft war zum größten Teil verloren, die erste und wichtigste Tour – Fahrgäste aus Cafés und Restaurants – vorbei, und es blieben nur die Bars. Schajeh würde deshalb zur ›Kolibri-Bar‹ fahren und dort auf Kundschaft warten. Vielleicht ließ sich doch noch so viel einnehmen, daß der Ausfall, den trotz seines Hunderters Stanescu verursacht hatte, nicht so fühlbar blieb.

Schajeh verdiente in dieser Nacht dann doch mehr, als er je gehofft hatte. Gerade fuhr er gemächlich die Strada Regele Ferdinand hinunter, als er auf dem Trottoir einen Mann erblickte, der es offenbar recht eilig hatte. Seine Gäule zügelnd, rief Schajeh dem späten Fußgänger zu: »Nach Hause, Herr Rundberg?«

Karl Rundberg kam vom Bridgespiel. Heute hatte es ihm weder Zerstreuung noch Ablenkung gebracht. Wäre er nur schon zu Hause! Obwohl auch dort, wie er sich eingestehen mußte, seit Wochen nicht die Ruhe und der Friede herrschten, die ihm wenigstens seine vier Wände bisher gewährt hatten. Der Anruf des Kutschers hatte ihn aus Gedanken gerissen, die alles andere als freundlich waren. So steuerte Rundberg, den Gruß kameradschaftlich erwidernd, dem Gefährt seines alten Bekannten zu und stieg ein, ohne lange Erklärungen abzugeben. Als nach wenigen Minuten der Schlitten wieder hielt, zog Rundberg eine Fünfhundertleinote aus der Tasche und hielt sie dem Kutscher hin. »Ich habe nur drei Hunderter«, sagte Schajeh in einem Gemisch aus Jiddisch und Deutsch. Er war schwerfällig vom Bock geklettert, hatte den Däumling von der Rechten gezogen und wühlte in seinem Pelz. »Hier«, sagte er, »der mit dem abgerissenen Ohr« – an der Banknote fehlte eine Ecke –, »zählt für drei, was sag ich, für dreißig. Sie sollten ihn einrahmen lassen, Herr Rundberg. Seit einundzwanzig Jahren das erste Mal, daß einer von der Sigurantza bezahlt hat. – Haben Sie vielleicht eine Zigarette, Herr Rundberg?«

Rundberg hielt dem Kutscher die Schachtel hin und bediente sich selber daraus. Mit einem Mal war ihm nicht mehr danach, nach Hause zu gehen. Er wußte, weswegen. Die Erwähnung der Sigurantza hatte wie ein Stichwort gewirkt. Und dies schon gar, seit dieser Schlurf, der überhaupt kein richtiger Sigurantzler war, sich hier herumgetrieben und nach Alda geforscht hatte. Mithilfe etlicher Tausender hatte er ihn zwar für sich einnehmen können, aber eine Erklärung für sein Interesse an Alda zu finden, war ihm versagt geblieben. Was hatte er hier gewollt? Wer hatte ihn hergeschickt? Was suchte er über Alda zu erfahren? »Ja«, ging er auf den Scherz des Kutschers ein, »wer hat Ihnen denn diesen Hunderter gegeben?«

»Der Oberste von allen, Stanescu. – Fragen Sie nicht, bis nach Rosch bei der Schule habe ich ihn fahren müssen.«

»Was macht Stanescu in Rosch bei der Schule?« Während der Kutscher ihm ausführlich Bericht erstattete, fand Rundberg Zeit nachzudenken. »Gut, daß Sie da sind, Schajeh. Wie fahren zur Eisernen Brücke.«

Schajeh zeigte sich nicht im geringsten erstaunt. Während Rundberg unter die Pelzdecke kroch, schwang er sich wie neu belebt auf den Bock und los ging's. Wie der Schlitten in voller Fahrt durch die Nacht glitt, hing nicht nur der Fahrgast seinen Gedanken nach, auch der Kutscher. Was Schajeh durch den Kopf ging, war so einfach wie erfreulich. Rundberg war ein guter Gast, die Fahrt zur Eisernen Brücke und zurück würde ihre drei Hunderter bringen. Schajeh glaubte an ein gerechtes Schicksal. Ein Ausspruch seines Großvaters – möge er sich dort im Gan Eden unter seinesgleichen wohlfühlen! – fiel ihm ein: ›Eine Stunde vor Tag ist noch immer Nacht.‹

Rundbergs Gedanken hingegen waren weder einfach noch erfreulich. Sie drehten sich auch nicht um Konkretes, eher tastend waren sie, aufgescheucht. Stanescu hatte mitten in der Nacht seinen Kommissar rufen lassen, und Rundberg fragte sich, warum er dies mit den Nachforschungen nach Alda in Zusammenhang brachte. Eine Antwort fand er nicht. Vergeblich suchte er seiner Unruhe Herr zu werden und beschloß schließlich herauszufinden, warum Ciobotariu zu so ungewöhnlicher Stunde von seinem Vorgesetzten herbeizitiert worden war. Wenigstens das mußte sich feststellen lassen.

Es ist so gut wie sicher, daß die Nacht draufgeht – lohnt das? Aber wenn das, was ich mir einbilde, wahr ist? Wenn es um Alda geht? Schajeh drehte sich um. »Wo soll ich halten, Herr Rundberg?«

»Vor Eisners Wirtshaus.«

»Ist schon zu«, sagte der Kutscher und wies mit dem Peitschenstiel auf das Haus.

Rundberg antwortete nicht. Erst als er aus dem Schlitten gestiegen war, sagte er: »Es wird eine halbe Stunde oder auch länger dauern. Am besten, Sie fahren in den Hof. Vielleicht geben Sie den Pferden was zu Fressen; nehmen Sie ihnen auf jeden Fall die Glocken ab.«

In tiefem Schlaf schien das Haus zu liegen. Rundberg ging darum herum und klopfte mit dem Fingernagel nach einem bestimmten Rhythmus an ein Fenster. Als Licht anging, stand Rundberg vor der Tür, die sofort geöffnet wurde. Ein untersetzter breitschultriger Mann im langen Nachthemd nahm ihn in Empfang. Ohne Zeit zu verlieren, kroch er ins Bett zurück und griff nach der Zigarettenschachtel. Michael Eisner richtete die blanken Augen, die wie Glasknöpfe in dem gewaltigen Kopf glänzten, fragend auf den späten Besucher. Einen andern hätte der drohende Ausdruck in dem Gesicht mit dem breiten vorstehenden Kinn vielleicht aus der Fassung gebracht.

»Mischa«, sagte Rundberg, »du mußt aufstehen.«

»Ja. Was gibt's?« Eisner ging zu seinen Kleidern und zog sich an, während Rundberg erklärte.

»Stanescu hat heute nacht Ciobotariu rufen lassen. Wahrscheinlich sitzen sie jetzt oben.«

»Ja?«

»Ich glaube, es handelt sich um die Polen. Vielleicht gibt es eine neue Verordnung. Es heißt schon lange, man wird sie in ein Lager stecken oder abschieben. Nehmen wir an, sie werden weggeschickt, dann ist es schwer ...«

»Mhm«, sagte Eisner und trat zu dem in die Wand eingelassenen Waschbecken. Wie geistesabwesend wusch er sich, dann kämmte und bürstete er sein kurzgeschorenes dichtes Haar.

»Kann sein«, sagte Rundberg, »ich irre mich, doch – für alle Fälle, man muß wissen, was gespielt wird. Glaubst du, er erzählt es dir?«

»Probieren kann man's«, sagte Eisner und streifte den Pullover über. Er griff nach der Jacke. »Bis jetzt habe ich alles von ihm erfahren. Weißt du bestimmt, daß er oben ist?«

»Vor vierzig Minuten war er noch mit Stanescu dort. Ich meine, wenn der Chef im Büro ist, jetzt, in der Nacht, und er läßt ihn rufen – begreif doch, Mischa –, geht es um Wichtiges. Selbst wenn es nicht wegen der Polen ist, man sollte es wissen«, setzte er zögernd und nachdenklich hinzu.

»Mhm!« Eisner zündete sich erneut eine Zigarette an.

»Ich hab unten den Schajeh. Wenn du den Kommissar abfängst – wohin willst du mit ihm fahren?«

»›Kolibri‹«, sagte Eisner.

»Gut, ich geh ins ›Korso‹, dort spielen sie sicher noch. Ich bleibe, bis du kommst. Mischa, du mußt herausbringen, was sie heute nacht besprochen haben. Hast du genug Geld?«

»So viel wie ich für den brauche, habe ich, und was er vom Chef gehört hat, erfährst du. Ich hab mein Rezept. Zuerst ein paar Flaschen Wein, dann etliche große Cognacs. Wenn er schwimmt, laß ich mir ›Anna Lugoschana‹ spielen. Das ist sein Lieblingslied, da wird er sentimental und erzählt alles. Wir sind doch Freunde.«

Schajeh hatte, sobald bei Eisner das Licht erloschen war, den Pferden die Futtersäcke abgebunden und das Gespann aus dem Hof geführt. So kam es, daß er bereits auf dem Kutschbock saß, als Rundberg und Eisner in der Tür erschienen. Eisner rief ihm einen Gruß zu. – »Habedehre, Herr Eisner«, erwiderte Schajeh fröhlich.

»Zum ›Korso‹«, sagte Eisner.

»Schon sind wir da«, antwortete Schajeh, als er nach zehn Minuten vor dem Café hielt. Ihn wunderte nicht, daß kein Licht brannte, denn er wußte, daß in den Hinterzimmern noch Betrieb war.

»*Law debirim* – Maul halten, Schajeh«, mahnte Rundberg und stieg aus. Eisner nannte dem Kutscher das nächste Fahrtziel: die Kirche gegenüber der Quästur.

»Ich hab verstanden, Herr Eisner.« Die Pferde zogen an.

Der mittelgroße längliche Raum war mit dicken Rauchschwaden gefüllt. Um einen langen, mit vielfach geflicktem grünen Tuch überzogenen Tisch saßen und standen Männer, Spielmarken vor sich oder in der Hand, und verfolgten gespannt die Offenlegung der Karten. Immer nur zwei Karten fielen, eine links, eine rechts – eine für die Bank, eine für die Pointeure, eine – meine, eine – deine. *Naschiwaschi* – ›Unsere – Eure‹, hieß, wie in allen slawischen Sprachen, das Spiel. Das einfachste, rascheste, erregendste und gefährlichste Hasardspiel der Welt.

Kein Spielkasino war dies, kein internationaler Treffpunkt von Spielern, die einander nicht kennen. Hier wußte einer fast alles vom andern, und allen war bekannt, daß der Bankhalter, ein notorisch reicher Mann, seine Karriere in Argentinien als Zuhälter begonnen hatte.

Sobald Rundberg sich dem Tisch näherte, stand, auf einen Wink des Changeurs hin, ein kleiner Pointeur auf, um ihm seinen Platz zu überlassen. Noch ehe der Gast es sich bequem gemacht hatte, schob ihm der Changeur eine Handvoll Jetons zu und flüsterte: »Fünfzigtausend, Herr Rundberg.«

Rundberg war offenbar heute nicht bei der Sache. Erst das stereotype ›Kann gehn?‹ des Croupiers rief ihn in die Wirklichkeit zurück. »Ja«, sagte er und schob einen Haufen Marken auf das Feld des Buben. Nach drei Schlägen fiel der Bube nach links –.

Gegen fünf Uhr morgens trat Eisner an den Spieltisch. Er war kaum überrascht, als er sah, daß Rundberg zweitausendfünfhundert Dollar und weit über vierhunderttausend Lei in Marken gewonnen hatte. Vom Changeur ließ Eisner sich zehntausend Lei geben und war sie zwei Taillen los. »Mir reicht's – bloß zweimal die Blätter aufgedeckt! Ich habe Wichtigeres zu tun«, sagte er und trank in großen Schlucken seinen schwarzen Kaffee.

Draußen wartete Schajeh. »Ins Dampfbad?« fragte Eisner, als er mit Rundberg das Lokal verließ.

»Ausgezeichnete Idee«, brummte Rundberg, und Schajeh fuhr die beiden in die ›Baia Romana‹.

»Es handelt sich«, sagte Eisner, als er neben Rundberg in der Heißluftkammer saß, »nicht um die Polen, sondern um euren Puriz.«

»Um unseren Puriz? Wen meinst du? – Alda?«

»Laß das Theater, Karl! Ciobotariu hat nur den Mund aufzumachen brauchen, und ich wußte schon. Du hast wahrscheinlich Wind bekommen, daß sie hinter ihm her sind. – Von deinem Vater ist auch die Rede, und ich fürchte, von dir selbst nicht weniger.«

»Erzähl, Mischa.«

»Heute kommen mit dem Bukarester Express Offiziere vom B II – Untersuchung zusammen mit der Sigurantza. Sie wollen herausfinden, wohin Alda verschwunden ist. Von seinem Geld und einer Frau haben sie auch gesprochen. Einer von der Sigurantza Generala, Stanescu, Stratilescu, Ciobotariu als Protokollführer von der hiesigen Sigurantza und die Offiziere vom B II, Bukarest, bilden die Kommission. Das ist alles, was ich weiß.«

»Gut, Mischa. Ich danke dir.«

»Was ist da zu danken? – Aber sag, um was geht es eigentlich?«

»Jedenfalls nicht um mich. Ich bin koscher. Mir können sie nichts anhaben. Aber Alda?«

»Ciobotariu weiß nichts Genaues, er flucht nur. Alda ist doch ein Bojer, hat er gesagt. Nicht das erste Mal, daß sie ihm was anhängen wollen. Ende November hat man schon einmal angefragt, Abteilung IV, du weißt, Boulevard Carol – er hat selber Auskunft gegeben. Gute – vollkommen unpolitisch. Karl, was ist los mit diesem Alda? Wo ist er?«

»Wo ist er? Wo war er immer? Seit zwanzig Jahren – gegangen, gekommen, wieder gegangen – wo ist er?«

»Du stehst dich doch gut mit ihm. Hat er dir nichts gesagt?«

»Warum fragst du? Wenn ich gut mit ihm stehe, und er hätte mir gesagt, wohin er geht, und hätte nicht gewollt, daß ich es weitersage? Vor der Sigurantza ist er nicht ausgerissen. Bevor er weg ist, hat er angedeutet, die Deutschen sind hinter ihm her. Vielleicht hat einer ihn erkannt – in Bukarest. Alda war in Deutschland, viele Male, er hat Leute rausgeholt, vielleicht ...«

»Gut. Wenn du nichts mit der Sache zu tun hast und er sowieso nicht da ist, dann ist es halb so scharf«, sagte Eisner.

»Nicht ganz. Alda wird zurückkommen – ich kenne ihn. Wenn sie in seiner Abwesenheit herausfinden, was die Deutschen hören wollen, dann, Mischa, ist er erledigt. Man muß das Ganze so drehen – ich weiß nicht, ob du kapierst?«

»Nein. Ich bitte dich ...«

»Geduld. Gleich wirst du verstehen. Tatsache ist, sie haben keinen bestimmten Verdacht. Was will plötzlich das B II von ihm? Sie tappen im Dunkeln.« Er blickte Eisner fest in die Augen: »Mischa, Alda ist unser – er ist der Uden.«

Eisner lehnte sich zurück. Ganz langsam, bis sein Rücken die glatte Wand erreicht hatte. Weit streckte er die Beine von sich und stemmte die Fersen in eine der Rillen des Steinbodens, als müßte er dieser Masse von Muskeln und Knochen einen sicheren Halt geben, bevor er sich dem Denken überließ. »Der Uden?« flüsterte er. »Er ist also der Uden? Dann ist er ja unser – ja, dann Karl ...« Er sprang auf die Füße und stellte sich in seiner ganzen massigen Wucht vor Rundberg auf. »Was sitzt du da? Das geht uns alle an! Wenn er der Uden ist, dann muß man ihn heraushauen. Hast du einen Plan, Karl?«

»Einen Plan? Natürlich habe ich einen Plan. Ruf Max, ich brauche alle. In einer Stunde müssen sie da sein, trommelt sie zusammen. Bevor der Expreß aus Bukarest einfährt, ist jeder auf seinem Platz.«

In das Büro der Gutsverwaltung von Candomireni trat eine etwa fünfzigjährige Frau im langen pelzgefütterten Mantel, ein Wolltuch um den Kopf. »Guten Tag«, sagte sie und blieb an der Tür stehen.

Direktor Hasler blickte auf. »Ah, die Frau Gingold – bringt sie der Frost her? Bitte, Platz zu nehmen, wie geht es?« Er reichte ihr die Hand.

»Danke, Herr Hasler.« Sie ließ sich umständlich nieder. »Ich möchte«, sagte Frau Gingold, indem sie die oberen Knöpfe des Mantels öffnete und den Knoten des Kopftuchs lockerte, »den Herrn Baron sprechen. Bitte, es ist dringend. Ich bin eigens aus der Stadt gekommen.«

Hasler nickte, dann nahm er den Telefonhörer, wählte eine Nummer und sprach kurz in die Muschel. Nachdem er aufgelegt hatte, rief er durch die offene Tür, die zur Buchhaltung führte: »Fräulein Berman, bringen Sie, bitte, die Dame ins Arbeitszimmer.«

Nur Minuten konnte es gedauert haben, bis Radu Candomir

durch die Polstertür, die Bibliothek und Arbeitszimmer verband, in den Raum trat. Wie um zu verhindern, daß die Besucherin zu seiner Begrüßung aufstand, setzte er sich rasch neben sie. »Was gibt's, Frau Gingold?« fragte er nach dem üblichen Austausch von Höflichkeitsfloskeln. Schon ihr Mann, der seit fast zwanzig Jahren tot war, hatte in Candomireni Getreide, besonders Hafer und Gerste, eingekauft. »Was kann ich für Sie tun?«

»Hier, Herr Baron.« Sie zog aus einer Tasche, die in das Pelzfutter ihres Mantels eingelassen war, ein Kuvert. Es trug keine Anschrift.

»Für mich?«

»Ja, Herr Baron. Von Rundberg. Ich soll auf Bescheid warten.«

Candomir ging zum Schreibtisch und schlitzte den Umschlag auf. Langsam und sorgfältig tat er es, als wollte er einen Aufschub, Zeit zum Überlegen gewinnen. Vielleicht ahnte er auch, daß der Brief keine gute Nachricht brachte.

Drei dicht mit der Maschine beschriebene Bogen las er, dann stand er auf, blieb einen Moment sinnend stehen und verließ, nachdem er sich entschuldigt hatte, eiligen Schrittes das Zimmer. Schon wenige Minuten später war er zurück. »Ich danke Ihnen, Frau Gingold, und auch Herrn Rundberg«, sagte er. »Bitte, richten Sie aus: ›alles in Ordnung‹. Am besten, Sie wiederholen einfach diese Worte. Verstehen Sie, Frau Gingold?«

»Ja, Herr Baron. Werde ich tun. Wenn jemand fragt, was ich von Ihnen wollte – ein Empfehlungschreiben für meinen Schwiegersohn. Herr Rundberg bittet Sie darum«, setzte sie hinzu. »Und – wenn Sie von ihm etwas wissen wollen, dann, bitte, kommen Sie zu mir in den Laden. Immer nachmittags.« Sie hatte das Kopftuch wieder fester gebunden und den Mantel zugeknöpft. »Ich empfehle mich, Herr Baron.«

»Auf Wiedersehen.« Er reichte ihr die Hand. »Nochmals besten Dank und Grüße an Herrn Rundberg. Wie gesagt, es geht alles in Ordnung, richten Sie ihm das bitte von mir aus.«

Der Bukarester Expreß war beinahe fahrplanmäßig eingetroffen. Rananu und Rozescu wurden vom Chef des B II D 6, dem

Major Tarnovietchi, empfangen. Zwei Soldaten übernahmen das Gepäck und verschwanden damit, während der Major, dem die beiden Offiziere bekannt waren, die Ankömmlinge nach kurzer Begrüßung durch einen Nebenausgang zu den beiden draußen wartenden Schlitten steuerte. Einer war für die Offiziere, der andere für das Gepäck bestimmt.

Die Schlitten fuhren bereits die steil ansteigende Straße zum Stadtzentrum hinauf, als Inspektor Zernescu, der einem Waggon zweiter Klasse entstiegen war, am Perronausgang von Kommissar Ciobotariu angesprochen und gleich zu einem Schlitten geführt wurde. Zernescu würde bei Inspektor Stratilescu wohnen.

Von niemandem empfangen wurde Eugeniu Popovici, der aus dem einzigen Waggon dritter Klasse kam und, ein schmales rotes Köfferchen in der Hand, dem Ausgang zuschlenderte. Er war hungrig und durchgefroren. In den Speisewagen hatte er sich nicht getraut, weil er unbemerkt bleiben wollte, sowohl von den Offizieren des B II als auch von Zernescu. Er reiste im Auftrag des Generalsekretärs Danghu.

Popovici hatte es fertiggebracht, von Zernescu nicht bemerkt zu werden. Sobald er den Alpdruck seiner Anfängerjahre durch den Ausgang hatte verschwinden sehen, schritt er, das rote Köfferchen in der gelbledern behandschuhten Rechten schwingend, rascher aus. Er war noch kein richtiger Polizist, und gelernt hatte er so gut wie nichts. Ein anderer hätte sich vielleicht Gedanken gemacht über einen gewissen Mann, der zwei Stationen vor Czernowitz in den Zug gestiegen und dann zu Jenica ins Abteil gekommen war, um ihm gegenüber Platz zu nehmen. Nachdem er ihm eine Zigarette angeboten hatte, war er auf die unterschiedlichen Witterungsverhältnisse in der Hauptstadt und in diesem nördlichen Winkel zu sprechen gekommen. Jenica, der aus dem kostbaren Pelz, der Persianermütze und der, wie ihm schien, massiv goldenen Dose, die mit Zigaretten der teuersten Marke gefüllt war, den Schluß zog, der Mann müsse wohlhabend sein, hatte höflich Auskunft gegeben. Später verließ der Herr, zum Abschied freundlich grüßend, das Abteil und verschwand in Richtung Lokomotive. Kaum daß der Zug mit einem Ruck zum Stehen gekommen war, hatte er bereits den Fuß auf den Bahnsteig gesetzt. Und so kam es, daß er sich schon am Ausgang befand, als die meisten der Passagiere sich erst anschickten auszusteigen. Im Wartesaal erster Klasse hatte er sich suchend umgesehen und gar nicht beachtet, daß eine Dame in fescher Biberfelljacke mit dazu passender Mütze sich erhob und der Tür zustrebte. Sie erreichte den langen Korridor in dem Augenblick, als er stehengeblieben war, um sich eine Zigarette anzuzünden. Gemessenen Schrittes ging sie an ihm vorüber, und nichts deutete darauf hin, daß sie das Wort, das er gleichsam zu seiner Zigarette sprach, nämlich *›regula‹:* ›Ordnung‹, auf sich bezogen hätte. Als könnte er nicht verstehen, wo der Erwartete blieb, war der Mann dann zurückgegangen zu der Tür, die zum Perron führte.

Zernescu und Ciobotariu waren schon vorbei. Jenica fragte sich, wohin sie wohl gegangen waren. So intensiv war er beschäftigt, ihre Spur zu verfolgen, daß er weder zurück noch zur Seite blickte. Sonst hätte er bemerkt, daß sein Bekannter mit der Pelzmütze, gerade als er an ihm vorüberging, seine kaum angerauchte Zigarette fallen ließ.

Noch immer sah und hörte Jenica nichts; seine Aufmerksamkeit war jetzt ganz in Anspruch genommen von einer attraktiven Dame mittleren Alters, die ihn zu erwarten schien. Forschend betrachtete sie den Näherkommenden. Sein Schritt stockte, er trat auf sie zu und musterte sie, verlegen lächelnd. Da öffnete die Dame den Mund und sagte: »Sind Sie vielleicht der Doktor Jeleriu?«

Jenica, der begriff, daß er das Objekt einer Verwechslung geworden war, hätte nicht er selber sein müssen, um sich die Chance entgehen zu lassen, eine reizvolle Frau näher kennenzulernen. »Ich bin zwar«, sagte er, »Direktor, doch heiße ich leider nicht Jeleriu. Sie gestatten, *conitza,* Popovici ist mein Name, vom Ministerium des Inneren.« Er verbeugte sich und zog rasch, wie er es gesehen und studiert, den gelbledernen Handschuh von der Rechten – eine suggestive Bewegung, durch die sich die Dame gleichsam aufgefordert sehen würde, ihm die Hand zu reichen.

Was auch geschah, mit einem damenhaften Lächeln um den üppigen Mund. »Frau Professor Sandescu«, sagte sie.

Natürlich küßte Jenica die duftende Hand. »Weiß der Direktor, daß Sie ihn erwarten, *conitza?*«

»Eben nicht«, sagte sie hilflos, »ich kenne ihn nicht, und er kennt mich nicht. Es handelt sich um ... Ich wollte ...«

»Ich verstehe. Schade, muß ich noch einmal sagen, daß ich nicht das Vergnügen habe, dieser Jeleriu zu sein. Ich würde alles für Sie tun, *conitza!*« beteuerte er.

Sie schenkte ihm einen Blick voller Dank und Versprechen. »Dann sag auch ich: schade. Galante Männer sind heutzutage rar. Was soll eine arme Witwe machen? Diese Scherereien und Laufereien! Und dabei bin ich im Recht. Herr Direktor, wenn Sie mehr über meinen Fall wüßten ...«

»Vielleicht«, warf sich Jenica in die Brust, »kann ich Ihnen irgendwie behilflich sein? Wir vom Internen haben unsere Beziehungen.«

Die Frau Professor Sandescu sah ihn halb zweifelnd, halb hoffnungsvoll an. »Sie wollen sich wirklich bemühen?«

Jenica legte die Hand auf die Brust. »Ich will und ich werde, *conitza.* So wahr mir Gott helfe! Und um was handelt es sich?«

»Das«, sagte die Frau Professor Sandescu, »läßt sich nicht mit zwei Sätzen erzählen. Wann sind Sie frei, Herr Direktor? Vielleicht hat Sie mir wirklich der Himmel geschickt.«

»Ich bin frei, wann ich will. Bitte, bestimmen Sie!«

»Herr Direktor«, sagte sie zaghaft, »wenn Sie es nicht als Aufdringlichkeit betrachten – ich wohne in der Strade Gradinelor Nr. 11 – einen Moment« – sie zog aus ihrem braunledernen Handtäschchen eine Karte –, »bitte, hier ist Name und Adresse und – wenn Sie mir die Ehre erweisen wollen, heute zum Mittagessen ...«

Auf dem Kärtchen stand: ›Doamna Aurora Ignatiu Sandescu‹, dazu Adresse und Telefonnummer. »Ich danke, ich küsse die Hand«, sagte Jenica galant.

Selbstverständlich hatte der Inspektor Erster Klasse Stanescu wie jeder höhere Beamte seinen Mann. Jonel Christescu hieß er. Ein heiterer, leicht angegrauter fülliger Bonvivant Mitte der vierzig mit lustigen blauen Augen. Er betrieb einen kleinen Manufakturladen, billige Reste, um deren Verkauf sich seine

Frau kümmerte. Fast immer war er unterwegs. Hansdampf in allen Gassen, trank er schon am frühen Morgen Wein in schweren Mengen, sprang ein beim Bridge, spielte gern Poker – nicht zu hoch, versteht sich! – und war beliebt und gern gesehen bei den Damen der halben und auch der großen Welt. Stets zeige er sich bereit, hieß es von ihm, mit nicht zu hohen Beträgen einem Freund – und wer war nicht sein Freund? – aus der Klemme zu helfen. Geld hatte er immer, und es saß locker bei ihm. Er lebte gut, sehr gut. Nicht umsonst hatte er ›*trecere*‹ beim höchsten Sigurantzabeamten der Stadt. Das war kein Geheimnis, durfte keines sein. Denn wie hätten sie sonst verdient, Stanescu und sein Mann Christescu, der ebensogut von Stanescu als »seinem Mann« hätte sprechen können. Eine Beziehung jedenfalls, die sich seit Jahren schon bewährte – so lange immerhin, wie Stanescu »etwas zu verkaufen hatte«. Als Stanescu zum Inspektor Erster Klasse befördert worden war und in der Hauptstadt der neuen, wie es hieß, zum Mutterland heimgekehrten Provinz den Posten des Chefs der Politischen Polizei übernommen hatte, war Christescu ihm gefolgt. Hier öffnete sich ein im Vergleich zur Heimat, dem Regat, viel lukrativeres Betätigungsfeld. Und weder Stanescu noch Christescu waren Männer, die eine Chance verkannt oder nicht ergriffen hätten. Von morgens bis abends war Christescu unterwegs; jedes neue Gesicht fiel ihm auf. Kein Fremder, der nicht bald gestellt und bei dem – mochte er auch ganz in Ordnung sein – nicht ein Loch entdeckt worden wäre. Mit einem größeren oder kleineren Banknotenbündel mußte das Opfer es stopfen. Vorausgesetzt natürlich, es war dazu in der Lage. Handelte es sich nämlich um einen armen Teufel, so half Christescu ihm gratis durch Fürsprache beim Chef, der bald eingesehen hatte, daß ein Geschäft auch der Reklame bedarf.

Jonel Christescu wollte sich gerade auf die andere Seite drehen – seine Frau war schon unterwegs, den Laden zu öffnen –, als das Dienstmädchen Max Duttner in das Schlafzimmer führte, was bewies, daß der Besucher nicht zum ersten Mal das Haus betrat. »Hast du ein Geschäft, Max?« fragte Christescu gähnend.

»Nein, ich bin gekommen, eine Bettschönheit von hundertdreißig Kilo netto zu bewundern. Mach dich fertig, Jonel, du mußt losgehen!«

»Laß hören –.«

»Nichts wirst du hören, bevor du nicht die Hose anhast.«

Nach kurzer Zeit saßen sie am Frühstückstisch. Duttner machte den Gastgeber mit dem Gegenstand seiner Mission vertraut. Das Problem Alda war in den Hintergrund getreten. Es ging um den Erlös für Aldeni, Aldas Gut. Wahrscheinlich hatte irgendein Gläubiger sich hinter die hauptstädtische Sigurantza gesteckt und Märchen erzählt. Recht einfallslos sei das Ganze aufgezogen. Allerdings auch wieder nicht so einfallslos, daß nicht Unannehmlichkeiten entstehen könnten. Um Alda mache er, Duttner, sich keine Sorgen: Ein Bojer ist ein Bojer, nicht? Der wird sich's schon richten. Ganz anders sein Pächter Joshua Rundberg. Zwar lebe der in Palästina, zur Rechenschaft könne er aber trotzdem gezogen werden. Es sei schon ein starkes Stück, mit zweiundsiebzig in Anständigkeit und Ehrlichkeit verlebten Jahren zum Komplizen eines Defraudanten gestempelt zu werden. Und ganz bestimmt würden sie auch Karl, Joshuas Sohn, auf den Leib rücken, falls sie kein anderes Opfer fänden. Gerade das aber wolle Rundberg verhindern, und er, Duttner, komme als sein Fürsprecher und Bevollmächtigter, was das Materielle anbelangt. Ob sich Jonel der Angelegenheit annehmen könne?

Christescu blickte an Duttner vorbei. Statt zu antworten brummte er: »Nicht schlecht, gar nicht schlecht.«

Duttner suchte seinen Blick. »Was meinst du damit?«

»Ich weiß mehr, und es ist anders, als du erzählt hast. In Ordnung kann man etwas nur bringen, wenn man alles weiß. Hab ich recht?« Als Duttner ihn achselzuckend ansah: »Ich habe heute nacht bei Stratilescu gepokert. Kennst du ihn?«

»Kennen? Ich bin ihm schon begegnet. Beim Bakkarat – geschäftlich habe ich nie mit ihm zu tun gehabt.«

»Er ist in Ordnung. Paß jetzt gut auf. Ich frag dich nicht, woher ihr schon Wind habt. Das ist eure Sache. Gestern gegen elf Uhr nachts hat Stratilescu ein Telefongespräch mit Bukarest geführt. Mit Zernescu von der Abteilung IV, wegen Alda. Der ist wahrscheinlich tot.«

»Tot?« Duttner war betroffen. Christescu erkannte sofort, daß das nicht gespielt war. »Wieso tot, Jonel?« Duttner hatte sich gefaßt.

»Ich weiß nur so viel, wie Stratilescu gestern erfahren hat. Zernescu kommt heute zur Untersuchung. Für den Fall Alda ist er zuständig. Schon seit November spürt er ihm nach. Inzwischen hat das Interne die Angelegenheit an sich gezogen. Der Generalsekretär persönlich – hast du von ihm gehört, Max? –, Danghu heißt er.«

Duttner schüttelte den Kopf. »Kenne ich nicht. – Was ist eigentlich los, Jonel?«

»Eine verzwickte Geschichte. Was läßt sich schon aus einem Telefongespräch erfahren! Eines weiß ich mit Sicherheit: von den Rundbergs war nicht die Rede. Stratilescu hätte das erwähnt. Wo ein Jud die Finger drin hat, riechen sie Geld, die Vögel. Nur von Alda hat Zernescu gesprochen – politisch, Max. Und der Bojer ist, wenn stimmt, was die *graniceri* rapportieren, erschossen worden. Noch im November. An der Grenze. Er hat hinüber wollen zu den Russen. Soviel weiß ich von Stratilescu. Zernescu soll das überprüfen. Die glauben wahrscheinlich nicht, was die *graniceri* sagen. – Kennst du diesen Alda näher, Max?«

»Mein Gott, ich weiß, was jeder weiß. Ein Bojer, Jonel, ein feiner Kerl – Rundberg sagt, der beste Mensch auf der Welt.«

»Kann sein. – Und für Rundberg – richt ihm das bitte aus, für den Fall, daß er vernommen wird – soll Alda besser nicht so ein feiner Mensch sein. Zurückhaltung zahlt sich aus.«

»Schön. Wie die Dinge nun einmal liegen, möchtest du ...?«

»Paß gut auf, Max. Wenn es so wäre oder auch nur ähnlich, wie du erzählt hast, dann mit Freuden. Rundberg ist in Ordnung, und wer will nicht verdienen. Aber wenn dieser Alda wirklich mit den Bolschewiki in Verbindung steht oder stand, dann sage ich, Hände weg! Bestimmt werd ich nichts unternehmen. Weder Stanescu noch Stratilescu und schon gar nicht Zernescu rührt auch nur einen Finger. Ihr könnt euch nur in die Nesseln setzen, du und Karl Rundberg.«

»Du bist ein kluger Mann, Jonel. Alle Achtung. Ich kenne Alda allein vom Sehen, gesprochen habe ich nie mit ihm. Dennoch sage ich, mir genügt, was Rundberg berichtet.«

»Nun, man kann sich irren. Ich jedenfalls habe meine Zweifel. – Was will Rundberg eigentlich?«

»Meinst du nicht, das Ganze sieht jetzt noch anders aus? Wenn die Sigurantza wirklich Beweise hat, daß Alda tot ist.«

»Wenn, ja wenn ... In ein paar Stunden weiß ich mehr. Vielleicht braucht man gar nichts zu unternehmen. Wenn – vielleicht ... Wie kann ich jetzt ja oder nein sagen! – Du meinst also, Rundberg weiß nichts davon, daß Alda tot ist?«

»Bestimmt nicht.«

»Gut, Max. Ich hab's mir überlegt. Ich gehe gleich los.« Er sah auf die Uhr. »Der Zug muß eingefahren sein. Komm um zwei zu mir. Vielleicht ...«

In Rundbergs Büro besprachen sie, was Duttner von Christescu erfahren hatte. Rundberg war im ersten Moment wie vor den Kopf geschlagen. »Ich glaub nicht dran, Max. Ich hätte es erfahren.« Er blickte zum Fenster hinaus. »Mit dem Auto zu fahren, wäre nicht das Richtige. Um elf geht der Triebwagen. Dich brauche ich hier, schick mir Schneeweiß. Er sitzt in meiner Wohnung.«

Elias Schneeweiß hatte es so eilig, daß ihm Duttner kaum folgen konnte. »Du brauchst mich, Karl?«

Rundberg setzte Schneeweiß ins Bild. »Schmonzes«, sagte Schneeweiß. »Wenn an der Grenze so etwas passiert wäre, hätte ich es als erster erfahren.«

Rundberg nickte. »Das hab ich mir auch gedacht. Aber es gilt vorsichtig zu sein. Elias, du mußt fahren. Mit dem Triebwagen, soweit sie dich lassen. Du wirst es herausbekommen. Merk dir, es geht um die Nacht vom dreißigsten November.«

»Ich fahre um elf. Aber sag« – Schneeweiß blieb stehen und blickte Rundberg in die Augen –, »du glaubst also, Alda ist über die Grenze gegangen.« Auch Duttner sah gespannt zu Rundberg hinüber.

»Ich glaube gar nichts. Tatsache ist, am dreißigsten habe ich ihn zuletzt gesehen. Am nächsten Tag war er nicht mehr da. Folglich ist er in der Nacht weggefahren. Wenn die – wissen wollen, daß er an der Grenze erschossen worden ist, müssen wir herausfinden, woher sie das haben. Stimmt das?«

Duttner und Schneeweiß nickten. Kaum war Schneeweiß fort, als Emanuel Karfunkel ins Büro trat – Jenicas Reisebekanntschaft. Er warf Mantel und Mütze auf das Sofa, rieb sich die Hände und sagte: »Bestens versorgt, der *sistschik* – direkt zu Rusia gefahren.«

»Direkt zu ihr?« fragte Duttner ungläubig.

»Ich bin ihm nachgegangen. Zuerst hat's ausgesehen, als wollte er beim ›Schwarzen Adler‹ aussteigen. Dann hat er sich's anders überlegt und die Frau Professor nach Hause begleitet.«

»Das heißt«, kommentierte Duttner, »er ist entweder dumm oder gerissen. Kann sein, er hat den Braten gerochen und will sehen, was gespielt wird.«

»Der Mann ist dumm«, sagte Rundberg. »Der riecht nichts. Faul ist er und ein Lügner. Und billig. Wie sie auf den verfallen sind! Wenn der einmal bei Rusia ist, so bleibt er, solange sie will.«

»Was hat er mit der Sache zu tun, Karl?« fragte Duttner.

»Wenn ich das wüßte! Er war schon einmal hier, um zu recherchieren. Hat sich aufgeblasen und getan, als wäre er der Generalinspektor persönlich. Und für fünf Tausender ist er mein Gönner geworden. Wer schickt ihn? Wozu? Was weiß er?« Rundberg hatte laut gedacht. Er ging im Zimmer auf und ab. Die andern folgten ihm mit den Augen. »Ich kann mir nicht helfen, so unwahrscheinlich das auch klingt, er ist für uns die wichtigste Figur auf dem Brett. Max«, wandte er sich an Duttner, »erzähl Mandi, was du von Christescu erfahren hast. Ich brauche jetzt unsern Victor.« Er ging ans Telefon, sagte etwas von Mustern und legte auf.

Duttner hatte inzwischen Karfunkel informiert. Der starrte ihn aus seinen Fischaugen an: »*Narischkeit,* wir hätten das als erste erfahren.«

»Darum ist es gefährlich. Weil da halbe Wahrheit und kindliche Phantasie zusammenkommen. Ich bin überzeugt, dieser – mir hat er sich als Kommissar vorgestellt – ist das erste Mal mit einem Auftrag hergekommen. Wer mag sein Auftraggeber sein? Einer, der was zu bestellen hat. Weshalb kämen sonst die Offiziere vom B II und ein Inspektor aus Bukarest angereist. Dieser Popescu oder Popovici ist der Schlüssel. Man muß herausfinden, wer ihn geschickt hat: das erste Mal und auch jetzt. Was er damals erzählt hat und was er erzählen wird, wenn er zurückkommt. Am besten, man kauft ihn mit Haut und Haar. Der muß ihnen berichten, wie wir das wollen.«

Bevor er weitersprechen konnte, öffnete sich die Tür. Ein Mann, zu dessen kurzem braunen Sportpelz weder der schwarze Edenhut noch die hellgrauen Knickerbocker passen wollten, trat gemächlich ins Büro. »Kalt«, sagte er, sich die Hände reibend, »kalt«, als wäre diese Feststellung der Grund für seinen Besuch. Doch wie nebenbei und ohne jemanden anzusehen, brummte er: »Oberstleutnant Rananu und Leutnant Rozescu, in Zivil, abgestiegen im ›Palace‹, Zimmer elf und zwölf, mit Bad und Telefon. Essen um zwei Uhr bei Major Tarnovietchi vom BJD 6, Strada Marasesti 51. Capitan Sion mit Frau auch. Das ist alles.«

Mathias Fleischer, so hieß der Mann mit dem Edenhut, zuckte die Achseln. »War gar nicht einfach, die Sache. Woher soll ich wissen, wie Rozescu aussieht?« Er setzte sich zu Emanuel Karfunkel aufs Sofa. »Du hast recht, Mates, ich bin durcheinander. Ein Leutnant ist ein Leutnant – und dann noch in Zivil! – Aber sag, wen könnte man zu Tarnovietchi schicken?«

»Platzer«, sagte Duttner und lächelte zynisch.

»Selbst wenn Platzer der richtige Mann wäre, er täte es nicht für uns«, sagte Rundberg. »Der Mann ist sauer, weil die Geschäfte nicht gehen.«

»Mit uns hat das nichts zu tun«, sagte Karfunkel. »Von Schloime Katz weiß ich, Platzer ist mit Ware hinübergegangen und hat sie wieder zurückgebracht. Kein Geld, sagen die Leute, man braucht die Rubel zum Leben. Die Russen kaufen nicht mehr. Bei denen muß jetzt jeder einen Paß haben, auch Militärpapiere und einen Arbeitsausweis. Dazu scharfe Kontrollen. Lebensgefährlich, sagt Platzer. Er sitze zwischen den Stühlen.«

»Nicht ganz«, brummte Fleischer. »Zweitausend Grüne hat er neulich verdient – zwei Leute herübergebracht. In Kolomea übernommen, wie er sagt.«

»Ja, Platzer versteht sein Geschäft. – Also wen schicken wir zu Tarnovietchi?« wechselte Rundberg das Thema.

»Tarnovietchi nimmt«, sagte Fleischer.

»Das stimmt nicht«, widersprach Duttner. »Tarnovietchi gehört nicht zu denen, die sich bestechen lassen. Er ist Bukowiner, ein Pfarrerssohn – anständig.«

»Hat ganz schön Geld gemacht mit der Anständigkeit«, sagte Karfunkel.

»Du scheinst gut Bescheid zu wissen, Max«, sagte Rundberg.

»Beziehungen«, lachte Duttner.

»Also, wie kommen wir an ihn ran«, wandte Rundberg sich an Karfunkel.

Der ließ sich Zeit mit der Antwort. »Rechter kann uns helfen. Mit ihm werd ich reden. Ich weiß schon, wie ich das drehe. Wegen deines Vaters und deinetwegen, werde ich sagen. Da wird er sich nichts dabei denken. Wenn er sagt, daß von euch nicht die Rede war, frage ich ihn, wovon denn.«

»Gut«, sagte Rundberg, »wo triffst du ihn?«

»Laß mich nur machen. Wenn er etwas weiß, erfahren wir es. Und ...« Gerade als er fortfahren wollte, wurde die Tür aufgerissen. Ein schlanker, hochgewachsener Mann im schwarzen Paletot trat entschlossen in den Raum. »Mit aller Hochachtung, Bojeren!« rief er und nahm die Sealmütze ab.

Rundberg sah auf die Uhr. »Mandi, du gehst ins ›L'Europe‹, rufst von dort die Professorin an und fragst, ob das Paket bei ihr ist. Vom ›Lukullus‹ gibst du mir telefonisch Bescheid – zehn heißt ›nein‹, zwanzig ›ja‹. Wenn du was Neues erfährst, kommst du her.«

»Ich weiß alles.«

»Mates, du bleibst bei deiner Sache. Ich muß von jedem Weg wissen und wer der Kleine ist, ob aktiv, ob Reserve, du weißt schon. Ich habe, glaube ich, einen Gedanken. – Und du, Max, gehst nach Hause und legst dich hin. Schlaf ein paar Stunden.«

Inspektor Stratilescu war Junggeselle. Die Wirtschaft führte ihm seine ältere Schwester. Sie hatte es verstanden, die Heiratspläne des viel jüngeren Bruders zu durchkreuzen. Sie vertrat Mutterstelle bei ihm und hatte seinerzeit entschieden, daß er zur Sigurantza ging, anstatt, wie er vorgehabt hatte, zur Armee. Bei der Sigurantza ließ sich immer dazuverdienen, bei der Armee nur unter gewissen Umständen. Im Handumdrehen hatte Dragos Stratilescu gelernt, ›einen Frank zu machen‹, ihn auch zu halten allerdings nie. Weiber und Karten waren seine Passion. Aber Sandra sorgte dafür, daß sein Haus sich sehen lassen konnte, immer tadellos in Ordnung und mit gut beschicktem Tisch. Denn von Essen und Trinken hielt Sandra nicht wenig.

Der alte Freund und Amtskollege des Bruders, Inspektor Zernescu, war ihr seit Jahren bekannt. Wegen seiner soliden Einstellung und sparsamen Lebensführung schätzte sie ihn. Sie hätte ihn nicht freundlicher begrüßen können. Sofort wurde ihm ein ordentliches Frühstück vorgesetzt und im Gästezimmer das Bett gerichtet. Sobald sich Zernescu telefonisch beim Chef der örtlichen Sigurantza gemeldet hatte, nahm er ein Bad und legte sich hin, um den versäumten Nachtschlaf nachzuholen.

Wie üblich kam Dragos Stratilescu mit einiger Verspätung nach Hause, so daß seinem Gast reichlich Zeit blieb, sich auszuruhen. Nach dem Abendessen – Zernescu hatte Sandras Kochkunst mit höchstem Lob bedacht – fanden die Freunde über der Turceasca endlich Zeit, sich gegenseitig ins Bild zu setzen. Auch wenn der Gastgeber bei einigen Gesprächsthemen, wie der neue Kurs, die Absetzung Dumitrius oder die Chancen Barbulescus, kein geringes Interesse an den Tag legte, schien die Mission Zernescus ihn durchaus kalt zu lassen. Ja, Zernescu mußte bald feststellen, daß er in seinen Vermutungen von dem Amtsbruder nicht ernst genommen wurde und es wohl nur der Wahrung des Gastrechts zuzuschreiben war, wenn er sich nicht offen über ihn lustig machte. Um dem alten Freund, dessen Intelligenz und weltmännische Manieren er schätzte und heimlich bewunderte, zu beweisen, wie recht er habe, redete er sich in Hitze. So kam es, daß bald, wie von Stratilescu beabsichtigt, alle Karten auf dem Tisch lagen. Denn einem vor kaum drei Stunden gleichsam zwischen Tür und Angel geführten Gespräch mit Christescu hatte Stratilescu entnommen, daß diese Angelegenheit eine Goldmine zu werden versprach.

Aus erster Hand kannte Stratilescu jetzt den Stand der Dinge. Zu seiner Ehre sei gesagt, er stellte sich nicht nur skeptisch, er war es auch. Denn sobald Zernescu geendet hatte, sagte er ironisch lächelnd: »Du willst mir doch nicht weismachen, daß du diesen Film glaubst? Ich bin einundzwanzig Jahre dabei, Sebi. Also laß es gut sein. Ich frage dich nichts weiter und werde gern tun, was ich kann, um dir zu helfen.« Dann gähnte Stratilescu und stand auf. »Entschuldige, ich muß mich ein wenig aufs Ohr legen. Wenig geschlafen letzte Nacht.«

»Bitte, einen Moment noch, Dragos. Was meinst du mit – Film?«

Stratilescu kniff das linke Auge zusammen und sah den alten Kameraden belustigt an. »Verlangst du im Ernst, daß ich das alles fresse, Sebi?«

»Was alles?«

»Dieses hirnverbrannte Zeug, woraus ihr Bukarester eine Affäre machen wollt. Alda – ich bitte dich, Alda – ein bolschewistischer Agent, Dnjestr, B II, an der Grenze erschossen, weiß der Teufel, was sonst noch? Von mir aus. Wenn du glaubst, damit verdienen zu können, deine Sache. Aber versuche nicht, mir etwas vorzumachen. Was soll das – Auftrag von oben, in der Angelegenheit zu recherchieren? Recherchieren werde ich. Tag und Nacht. Eines sage ich dir jedoch: Wenn der Gestreifte oder gar Barbulescu die Finger drin haben, wird für dich nicht ein löcheriger Bani dabei herausschauen.«

Zernescu saß da mit offenem Mund. »Dragos«, sagte er, als er sich gefaßt hatte, »du bist im Irrtum. Keine Spur von Geschäft. Eine richtige Sache ist das.«

»Keine Spur von Geschäft für dich, meinst du. Wenn es was zu holen gibt – das versteht der Gestreifte und noch besser Barbulescu. – Warum, meinst du, ist Dumitriu gegangen?«

»Was weiß ich? Um den braucht's keinem leid zu tun.«

»Stimmt. Aber zumindest ist er nicht dumm. Er hat einfach nicht mitmachen wollen bei eurem närrischen Zirkus. Schau, Sebi, was liegt mir schon an der Sache. Nur um dich geht's mir. Wir kennen uns nicht seit gestern und sind gute Freunde. Bilde dir nicht ein, der Gestreifte oder Barbulescu glaubt dir den Zimt. Sie wissen oder sie hoffen, daß hier was zu erben ist. Du bist ihnen gut genug, als Werkzeug, Notanker oder so. Wenn man ihnen verkehrt kommt, dann sagen sie einfach: Zernescu, ein alter Beamter, hat den Verdacht gehabt oder gar den Beweis erbracht. Wir hatten keine Wahl, mußten recherchieren lassen. Wenn nichts dabei herauskommt, was verlieren sie? Wer löffelt die Suppe aus? Merkst du denn nicht, daß was dahintersteckt? Was hättest du getan, wenn du Dumitriu gewesen wärst und Zernescu kommt und erzählt dir so eine Geschichte?«

Zernescu saß da mit gesenktem Kopf. Er wußte nicht, was er denken sollte. »Du willst wissen, was ich getan hätte«, sagte er schließlich. »Ich hätte gefragt, warum Zernescu nicht schon damals, gleich nach dem Turnier, seinen Verdacht gemeldet hat. Ja, das hätte ich«, schloß er fest.

»Na siehst du, Schwabule! Du hättest, ich hätte, auch Dumitriu hätte – wir alle hätten gefragt. Glaubst du noch immer, daß er dich und das ganze Zeug ernst nimmt? Jedenfalls scheint es ihm jetzt in den Kram zu passen. Wahrscheinlich hat er sich bei dem Gestreiften einhauen wollen, und nun sitzt du jedenfalls drin.«

»Wieso ich?« fragte Zernescu.

»Zu verdienen ist für dich dabei gar nichts –. Das weißt du doch.«

»Ich hab nicht ans Verdienen gedacht«, sagte Zernescu.

Stratilescu zuckte die Achseln, eine Gebärde, die Unglauben wie Verständnislosigkeit ausdrücken konnte. Zernescu übersah sie.

»Ich bin sicher, dieser Groß und Alda sind ein und dieselbe Person.«

»Mich kannst du nicht überzeugen. Warum soll ich glauben, was niemand glaubt? Paß gut auf, Sebi. Zwei Möglichkeiten gibt es: Die erste ist, du hast einen Bock geschossen; es stellt sich heraus, du hast dich geirrt oder Wind gemacht. Dann hast du Danghu den denkbar besten Vorwand geliefert, dich in die Wüste zu schicken. Nimm aber den für dich günstigen Fall, und Alda ist subversiv, dann hast du ihn jahrelang ruhig arbeiten lassen, ohne zu mucksen. Was für Unheil kann der Mann in dieser Zeit angerichtet haben! Immer mit hohen Offizieren, Politikern oder was weiß ich zusammen, immer unterwegs. Weggefahren, zurückgekommen, hin – her? Wenn das stimmt, teurer Sebi, dann erst ...«

Zernescu spürte die Schweißperlen auf seiner Stirn. »Dieser gottverfluchte Peschte!« stöhnte er.

»Wen meinst du?« fragte Stratilescu erstaunt.

»Diesen Jenica. Er hat Rananu vom B II und Alda zusammen gesehen. Das war das Signal für mich.«

»Wer Rananu ist, weiß ich, und wer Alda, auch – doch wer ist dieser Peschte Jenica?«

»Ein Informant, der schäbigste, den ich kenne. Jetzt ist er Agent Erster Klasse. Andere warten sechs Jahre darauf, befördert zu werden, anständige Burschen, aber der ...«

»Was ist mit ihm?«

»In besonderer Verwendung beim Interne. Auf sein Konto geht die Geschichte von Verschwinden, Verkaufen, Erschießen und so. Er hat den ganzen Mist zusammengeschleppt – verrecken soll er auf der Stelle.«

»Ich verstehe nicht.«

»Was ist da nicht zu verstehen? Ich hab treu und ehrlich dem Dumitriu erzählt, warum und wieso. Er läßt sich diesen Mistkerl rufen, schnappt ihn mir weg, und auf einmal ist der Mann beim Interne, beim Gestreiften, und jetzt können wir alle, das Zweite Büro und die Herren Inspektoren, die Ciorba fressen. Warum bloß hab ich ihn nicht zum Krüppel geschlagen, diesen Hurensohn!«

»Langsam, langsam, Schwabule. Sag, wieso läßt das Interne durch einen untergeordneten Beamten recherchieren, und wieso meldet sich der nicht beim Inspektor?«

Zernescu zuckte die Achseln. »Nicht ich hab ihn geschickt. Das Interne, das heißt, der Generalsekretär.«

Stratilescu erhob sich. Aus seinem Gesicht war jede Spur von Heiterkeit und Ironie verschwunden. Er war wütend und verbarg es nicht.

»Dann schicke ich, Dragos Stratilescu, den Gestreiften auch zum Teufel! Was denkt sich der Scheißkerl eigentlich? So etwas läßt du dir bieten, Sebi? Weißt du, was das heißt? Das ist Rußland. Schlimmer, viel schlimmer. Am Ende ist der Herr Agent in besonderer Verwendung jetzt hier und bespitzelt uns, Sebi. Stanescu hat so was angedeutet. In acht nehmen soll man sich, sagt er. Den Herrn Barbulescu kennt er von früher.«

Kraftlos hob Zernescu die Hand und ließ sie wieder sinken. »Ich find mich da nicht mehr zurecht.«

»Was hast du bloß angerichtet, Sebi. Der will uns weghaben und seine Leute hereinbringen. Ich glaub, der stellt uns ein Bein –.«

»Ich versteh nicht.« Zernescu sprach die Wahrheit.

»Du wirst schon verstehn. Laß nur – ich werde dir das noch erklären.« Der Inspektor Stratilescu, sonst immer um Haltung bemüht, eilte zum Telefon und verlangte dringend den Chef, Stanescu. Anschließend sprach er einige Minuten in Ausdrücken und Wendungen, die für jeden Nichteingeweihten des Sinnes entbehrten. Mit der Aufforderung an Stratilescu, sich, womöglich sofort, mit seinem Gast zu ihm, Stanescu, zu bemühen, endete das Gespräch.

Christescu berichtete, er habe die Fühler ausgestreckt und sowohl mit dem Chef als auch mit einem anderen wichtigen Mann Verbindung aufgenommen. »Das ist alles, was ich weiß, Max. Ich bin nicht sicher, ob ich dir helfen kann. Du mußt einsehen, daß es nicht genügt, wenn Stanescu gut gelaunt ist, da sind auch noch Stratilescu und der Bukarester, und der Kommissar wird gleichfalls ein Knöchelchen lecken wollen. Außerdem – Stanescu ist sicher, daß es hinter den Kulissen jemanden gibt, der die ganze Prozedur beobachtet. Nicht leicht, Max, glaub mir.«

»Wenn es leicht wäre«, antwortete Duttner, »hätte ich mich nicht an dich gewandt. Wirst du bei deinen Leuten etwas ausrichten können?«

»Einen hab ich hoffentlich, und der Chef, wenn er, wie gesagt, nicht allein bleibt, wird sich bearbeiten lassen. Kostet eine Menge, Max. Vier solche Bären – und ich bin auch da.«

»Zum Beispiel?«

»Was heißt ›zum Beispiel‹? Das sind fixe Preise.« Er dachte kurz nach. »Eine Runde – billig bedient, Max.«

Duttner legte die Hand an Christescus Stirn. »Du hast doch kein Fieber, Jonel?«

»Was ist schon eine Million, Max!« erwiderte Christescu ruhig. »Zweitausend Dollar für fünf Männer. Sag Rundberg, soviel muß es kosten und auch, daß ich die Sache noch nicht übernommen habe. Wenn ich aber sagen werde: Es geht in Ordnung – dann ist es auch so.«

Das Mittagessen bei Major Tarnovietchi hatte sich bis gegen fünf hingezogen. Erst als man Anstalten machte, auseinanderzugehen, bat Rananu den Major in ein Nebenzimmer und trug ihm auf, Fühlung mit der Sigurantza zu nehmen. Die an der Untersuchung beteiligten Beamten sollten sich um neun Uhr zu einer Beratung einfinden.

In dienstlicher Haltung hatte der Major die Anordnungen des Oberstleutnants zur Kenntnis genommen. Weder in seiner Uniform noch in seiner Haut fühlte er sich wohl. Da er den Kundschafterdienst nicht schlecht ausgebaut hatte, galt er bei Baderescu als tüchtiger Mann. Seine Agenten waren mit einer gewissen Regelmäßigkeit über den Czeremosch gegangen und hatten gebracht, was sie bringen sollten. In letzter Zeit flossen die Nachrichten allerdings viel spärlicher, und Tarnovietchi hatte das Nachlassen mit der wachsenden Gefährlichkeit des Grenzübertritts begründet. Dennoch nahm der Major die Mitteilung Rananus, der General sei entschlossen, die Fonds aufzustocken, sichtlich mit gemischten Gefühlen auf. Im stillen hatte er gehofft, die Zentrale werde keine höheren Ausgaben bewilligen und er damit eine plausible Erklärung für das Verebben des Informationsflusses haben. Nähme sich der Oberstleutnant nämlich den einen oder anderen Agenten vor, um mit ihm über die Ursachen der Krise zu sprechen, so würde er erfahren, daß nicht einer von ihnen je auch nur einen Bani erhalten hatte, und der Major hätte nichts zu lachen. In diesen Dingen kannte der Alte keinen Spaß.

Trotz aller Diensthöflichkeit hatte der Major bei Rananus Eröffnungen ein ungläubiges Lächeln nicht zu unterdrücken vermocht. Nach seiner Meinung befragt, gab er zu verstehen, der Fall komme ihm wenig glaubwürdig vor. Erstens sei Alda ein Bojer und, wie er wisse, ein Gentleman. Und zweitens ließen sich Vorkommnisse dieser Art nur schwer unter Verschluß halten. Wenn ein Fall, wie der Herr Oberstleutnant ihn schildere, sich an der Grenze ereignet hätte, wäre sogleich bei dem D 6 eine Meldung eingegangen. Selbst wenn der diensthabende Offizier pflichtvergessen und nachlässig genug gewesen wäre, den Vorfall nicht zur Meldung zu bringen, so ändere dies doch nichts daran, daß er, der Major, mindestens viermal in der Woche an der Grenze anzutreffen sei. Völlig ausgeschlossen, daß er davon nichts erfahren hätte.

Das werde sich noch heute herausstellen, meinte Rananu.

Geplant sei nämlich, daß die Kommission – selbstverständlich gehöre der Major ihr an – die Angaben des *granicers* Posteuca an Ort und Stelle überprüfen werde.

Selbstverständlich sei das alles streng geheim, sagte Rananu ernst, und der Major schlug die Hacken zusammen.

Den kurzen Weg zum Hotel ›Palace‹ legten Rananu und Rozescu zu Fuß zurück. Rananu wollte, wie er seinen Leutnant wissen ließ – ohne dabei ein Wiehern unterdrücken zu können –, mit einer Dame, deren Bekanntschaft er in der Halle des Hotels gemacht hatte, Tee trinken, und Rozescu beabsichtigte, die Universitätsbibliothek aufzusuchen. Gegen sieben Uhr werde er zurück sein. Gut eine halbe Stunde verbrachte der Leutnant dann auch im Bibliothekssaal, ehe er einen Stadtplan aus der Tasche zog und eine Straße suchte. Zu seiner Überraschung lag sie ganz in der Nähe. Wieder draußen in der Kälte, wandte Rozescu sich nach links, bog scharf um die Ecke, überquerte eine stille Nebengasse und gelangte, die Stufen eines alten Hauses hinaufsteigend, in einen schwach beleuchteten Gang, an dessen beiden Enden Türen waren. An der einen, gleich links von der Treppe, verkündete eine Visitenkarte: ›Karl Rundberg. Garne en gros‹. Der Besucher hatte schon die Hand gehoben, um anzuklopfen, als Stimmen hinter der Tür zu hören waren und ihn davon abhielten. Kurz entschlossen folgte er dem Gang in entgegengesetzter Richtung. Ein Messingschild mit der Aufschrift: ›Karl Rundberg. Privat‹ bewies ihm, daß er hier richtig war, und er drückte auf den Klingelknopf. Eine etwa fünfunddreißigjährige Frau öffnete und fragte ihn in geschnörkeltem Schriftrumänisch nach seinem Begehr.

Rozescu unterdrückte ein Lächeln, machte eine Verbeugung und sagte: »Gestatten, gnädige Frau, Dr. Stefan –.«

»Eure Herrlichkeit wünschen? Ich bin Frau Paula Rundberg.«

»Verzeihen Sie«, sagte Rozescu, »ich möchte Herrn Karl Rundberg sprechen.«

»Er ist im Büro«, sagte die rundliche Frau, deren veilchenblaue Augen nur wenig zu dem tiefschwarzen Haar passen wollten.

»Ja, ich weiß. Mir scheint, er ist nicht allein.«

»Unter vier Augen wollen Sie ihn sprechen?«

Rozescu hatte Mühe, seine Verlegenheit zu verbergen und das Lächeln, das sich vordrängte, zu unterdrücken. Mit betonter, sich dem Stil seines Gegenüber anpassender Höflichkeit sagte er: »Wenn Sie, gnädige Frau, mir dazu verhelfen könnten –.«

»Bitte, wollen Sie eintreten.« Im Zimmer saß eine junge Frau mit schmalem blassen Gesicht und altmodischer Frisur und strickte.

»Klara«, sagte Frau Rundberg, »ruf Karl, ein Herr ...« Sie hatte das auf deutsch gesagt, und in ihrem steifen Rumänisch wandte sie sich an Rozescu: »Wie war doch der Name?«

»Doktor Stefan.«

»Einfach Stefan? Kennt mein Mann Sie?«

»Ich glaube nicht. Ich bin ihm von einem guten Bekannten empfohlen.«

»Sag, ein Herr Dr. Stefan aus ...« Klara war schon an der Tür.

»Bukarest«, sagte Rozescu und bewies, daß auch er Deutsch verstand, was auf Frau Rundberg sichtlich beruhigend wirkte.

»Nehmen Sie bitte Platz, Herr Doktor«, sagte sie. »Es wird ein paar Minuten dauern, bis mein Mann kommt. Einen Moment.« Sie drückte auf einen Knopf, das Dienstmädchen erschien. In einer Sprache, die wie Russisch klang, sagte sie etwas zu ihm. »Bitte, Herr Doktor, geben Sie dem Mädchen Mantel und Hut. Man sieht, Sie sind Bukarester, Sie hätten sich sonst wärmer angezogen.«

Rozescu setzte sich.

Frau Rundberg schwieg. Als Paraska den Tee gebracht hatte, sagte sie: »Darf ich Ihnen eingießen, Herr Doktor. Tee ist immer gut.«

»Danke«, sagte Rozescu, »gern.« Er nahm sich reichlich Milch, aber keinen Zucker.

»Sie mögen ihn bitter?«

»Ja – englisch.« Er lächelte.

»Sie waren in England?«

»Auch – ich habe dort studiert.«

Frau Rundberg musterte ihn verstohlen. Was war das für ein sonderbarer Gast. Was wollte er von Karl? Sie konnte den Gedanken nicht weiterverfolgen, denn ihr Mann trat ins Zimmer. Rozescu erhob sich und nannte seinen Namen.

»Doktor Stefan, womit kann ich Ihnen dienen?« fragte Rundberg höflich.

»Ich hätte gern ein paar Auskünfte von Ihnen, geschäftlich natürlich. Ich vertrete eine große Firma.«

»Welche, bitte?«

»Das ist momentan noch ... Sie verstehen, Herr Rundberg. Lassen Sie mich zunächst ganz allgemein fragen, ob Sie daran interessiert wären, eine Vertretung für die Bukowina und Bessarabien zu übernehmen.« Er setzte sich und trank einen Schluck aus dem dicken Glas. Rundberg ging um den Tisch herum und ließ sich ihm gegenüber nieder. Seine Frau war aufgestanden. An geschäftlichen Unterredungen nahm sie nie teil. Das war ungeschriebenes Gesetz im Hause Rundberg.

»Ja«, sagte der Hausherr und zündete sich eine Zigarette an, »was führt Sie wirklich zu mir, Herr Dr. Stefan?« Es klang kein bißchen ironisch, auch nicht herausfordernd.

Rozescu blickte Rundberg ins Gesicht. War es das Grinsen, was ihn störte? Es paßte nicht zu den gütigen Augen und der hohen Stirn. »Stefan ist nur mein Vorname«, sagte er. »Doktor bin ich wirklich, und mein Familienname ist Rozescu. Ziemlich bekannt in Ihrer Branche, nicht wahr, Herr Rundberg?«

»Sehr bekannt, Herr Doktor.« Das Grinsen vertiefte sich. »Ilie Rozescu« – er bewegte den Kopf hin und her –, »es ist mir eine große Ehre. Wahrscheinlich ist der Herr Doktor der Sohn? Sie arbeiten in der Firma?« Im Büro saß Duttner; Rundberg war informiert. Seine Annahme, der Leutnant Rozescu gehöre zur Millionärsfamilie hatte sich also bestätigt. – Was wollte er hier?

»Nicht als der Sohn meines Vaters komme ich zu Ihnen, sondern als Leutnant Rozescu – vom B II. Ich nehme an, Sie wissen, was das ist, Herr Rundberg?«

»Was hat ein Vertreter von Garnfabriken mit dem B II zu tun?«

»Eine Menge, Herr Rundberg. Sie haben vor nicht ganz zwei Wochen einem, sagen wir, Beamten Auskunft gegeben über Herrn Alda. Stimmt das?«

»Es stimmt, Herr Doktor – oder soll ich Herr Leutnant sagen?«

»Das ist nicht wichtig – ich überlasse es ihnen.« Auf Rozescus Gesicht erschien ein Anflug von Lächeln.

»Dann sage ich gleich ›Herr Doktor‹ zu Ihnen, denn kein Leutnant, auch nicht ein General, hätte so geantwortet.«

»Oh, der General, der mich zu Ihnen geschickt hat ...«

»Ein General?«

»Ja, Herr Rundberg – ein General und – zu Ihnen. Ich habe den Auftrag, mich mit Ihnen in Verbindung zu setzen. Er ist nämlich fest davon überzeugt ...« Rozescu stockte und sah den andern abwartend an.

»Wovon, Herr Doktor?« Rundberg mochte den Leutnant. Freilich war die Angelegenheit zu ernst, als daß man sich auf persönliche Eindrücke hätte verlassen dürfen. Dennoch war Rundberg bereit, einen hohen Einsatz zu wagen. Es ging um den Freund und um die Frau, die er liebte. Da durfte Angst kein Hindernis sein. Gut, daß die Kinder in Sicherheit waren. Frau und Schwester hätten es leichter, irgendwo unterzuschlüpfen, wenn man versuchen würde, auch sie mit hineinzuziehen.

Trotzdem fuhr er fort: »Ich glaube, Sie nehmen mich viel zu wichtig, Herr Doktor.« Forschend blickte er Rozescu an. »Mehr habe ich wirklich nicht zu sagen, als ich diesem Herrn ...«

»Diesem Herrn? Glauben Sie mir, ich kenne ›keinen Herrn‹ – nur unsere Aufgabe kenne ich. Begreifen Sie doch, Herr Rundberg. Und diese Aufgabe ist ...« Er brach ab. »Ich muß Sie bitten, das B II für einige Minuten zu vergessen. Vielleicht fällt Ihnen das leichter, wenn Sie wissen, daß Oberstleutnant Rananu, der die Untersuchung hier führen wird, ein intimer Freund Aldas ist. Er ist fest davon überzeugt, daß alles, was Alda vorgeworfen wird, nicht der Wahrheit entspricht und ...«

»Ich fürchte, ich werde Ihnen kaum dienlich sein können. Vielleicht, Herr Doktor, sagen Sie mir, was Sie interessiert, oder, besser, fragen Sie mich. Ich verspreche Ihnen, daß ich antworte – wenn ich dazu in der Lage bin.«

»Das ist es ja! Sie müssen davon überzeugt sein, daß Sie antworten dürfen. Wir müssen Alda helfen. Verstehen Sie, er hat einen Feind – einen mächtigen Feind.«

»Kennen Sie Alda, Herr Doktor? Kein guter Mensch kann sein Feind sein.«

»Er ist auch kein guter Mensch. Ein Teufel ist er – dumm, aber gefährlich.«

Rundberg war fast sicher, daß Rozescus Eifer nicht gespielt sein konnte. Ganz gut, wenn das B II Aldas Feind für böse und dumm hält.

»Fragen Sie, Herr Doktor.«

»Gut, passen Sie auf – ich muß weit ausholen. Können Sie sich erinnern, wo Alda in den Monaten Juli bis Oktober 1920 war, Herr Rundberg? Das wäre wichtig.«

»1920. Das ist so lange her. Den Sommer verbrachte er fast immer in Aldeni. 1920 – einen Moment!« Rundberg überlegte. Aha – das war es. Damals war Alda erst im Spätherbst aufgetaucht. Ja, er wußte, was sie wollten. Die Pogrome in der Ukraine. Alda war plötzlich verschwunden. Ja, er hatte Andeutungen gemacht, eine alte Geschichte. Doch wieso hatten sie Kenntnis davon? »Ich bin ganz sicher, daß Alda zur fraglichen Zeit in Aldeni war – ganz sicher. Ja, am 4. November, ich weiß das genau, war Schnitzeljagd beim Grafen Scaghlieri in Cadunesti.«

»Gut, sehr gut. Bei wem, sagten Sie, war die Schnitzeljagd?«

»Beim Herrn Grafen Mastino Scaghlieri.«

»Das war im November, und vorher hat Herr Alda natürlich trainiert – in Aldeni, ab Juli, nicht, Herr Rundberg?«

»Bestimmt, Herr Doktor. Die großen jüdischen Feiertage – Neujahr und der Versöhnungstag, auch das Laubhüttenfest –, Sie wissen, sind immer im Herbst, September, Oktober. Immer hab ich sie bei meinen Eltern verbracht, damals hat meine Mutter noch gelebt, und ich war ledig. Wie gern ich da zugeschaut hab beim Training, sogar an den Namen des Pferdes erinnere ich mich, ›Fat frumos‹, ein Schimmel, Geschenk von Herrn Radu Candomir.«

»Sie haben ein gutes Gedächtnis«, sagte Rozescu dankbar, »das ist überaus günstig. Doch – weil Sie Herrn Candomir erwähnen – hat er an der Jagd teilgenommen?«

»Wie denn nicht? Er wird sich bestimmt erinnern.«

»Hat er vielleicht mit Herrn Alda zusammen trainiert?«

»Auch das wird er nicht vergessen haben, Herr Doktor.«

»Hoffentlich«, sagte Rozescu ohne sonderliche Betonung und ohne Rundberg anzusehen. »Wen könnte man noch als Zeugen bemühen? Ich meine, wer bestätigt uns, daß Alda mit von der Partie war und, wichtiger, vorher dafür trainiert hat?«

»Die Herren, die dabei waren, und der alte Georges. Er wurde von Herrn Tomescu übernommen – der hat Aldeni gekauft. Georges war schon bei Herrn Aldas Großvater in Dienst.«

»Gut, sehr gut. – Das ist alles höchst interessant, Herr Rundberg. Aber noch wichtiger ist die Frage: Warum hat Alda verkauft?«

»Schulden, Herr Doktor.«

»Wenn sich beweisen ließe, daß Schulden beglichen wurden –«

»Ich selbst kenne mindestens zehn Geschäftsleute, denen mein Vater größere Beträge ausgezahlt hat. Bestimmt finden sich noch andere, bei denen er Schulden hatte. Einzelheiten davon kennt nur mein Vater.«

»Und der ist ausgewandert, nicht?«

»Wenn Sie Beweise wollen, in spätestens drei Wochen haben Sie sie.«

»Das wird, glaube ich, nicht nötig sein. Ihr Vater hat verkauft, und die Übergabe erfolgte, als Herr Alda schon abgereist war.«

»So war es, Herr Doktor«, bestätigte Rundberg. Seine Augen blickten müde und traurig.

»Sie standen mit Alda auf vertrautem Fuß?«

»Wir sind zusammen aufgewachsen. Ich bin zwar älter, außerdem ist er Bojer und ich Jude. Allerdings hat mich Herr Alda das nie fühlen lassen.«

»Auch über seine Abreise hat er mit Ihnen gesprochen?«

»Er hat sie erwähnt. Auf Reisen ist er oft gewesen.«

»Das habe ich schon gelesen. In dem Bericht des Beamten.«

»Jetzt verstehe ich. Der Mann, der da recherchiert hat, war also vom B II, darum ...«

»Nein, Herr Rundberg. Der war nicht vom B II. Er wurde – wie soll ich sagen? – nur so hergeschickt. Damals war er noch kein Beamter.«

»Um die Wahrheit zu sagen, dieser Herr Popescu oder Popovici ...«

»... ist eine Kreatur von Aldas Feind. Mit dem B II hat er nichts zu tun.«

»Trotzdem schickt das B II Offiziere her, um eine Untersuchung anzustellen? Und nur auf das hin, was dieser Popovici zusammengelogen hat?«

»Nicht alles ist gelogen. Das ist ja das Schlimme, sehen Sie. Das Zweite Büro muß reagieren, denn es verdankt diese Informationen nicht Popovici, sondern einer hohen Stelle. Ums Recherchieren kommen wir nicht herum, nur daß wir die Sache auf unsere Weise anpacken und nicht, wie der Herr sich das vorstellt. Er will Alda vernichten, Herr Rundberg.«

»Vernichten? Warum?«

»Einfach so«, sagte Rozescu.

»Einfach so? Das ist mir zu hoch, Herr Doktor.«

»Gibt es nicht Liebe auf den ersten Blick? Und warum dann nicht auch Haß. Es war Haß auf den ersten Blick«, sagte Rozescu, als müßte er sich rechtfertigen.

»Kann sein, daß es so etwas gibt, kann sein«, sagte Rundberg nachdenklich. »Wer ist Aldas Feind, Herr Doktor?«

»Der Generalsekretär vom Interne, Herr Orest Danghu.«

»Oh, ein großer Mann! Das ist gefährlich.«

»Ja, wir müssen versuchen, ihm entgegenzuarbeiten. Momentan ist ihm Alda ja nicht erreichbar.« Er machte eine Pause. Rundberg blickte ihn an, mit einer Spannung, die vom Grinsen um seinen Mund auf seltsame Weise akzentuiert wurde. Schließlich fuhr der Besucher fort: »Da ist noch etwas. Aufgebracht hat es Herr Popovici, das B II glaubt nicht daran. Auch der Herr vom Interne nicht, obwohl er gern daran glauben möchte. Er hätte sich damit zufriedengegeben.«

Jetzt rückt er damit heraus, dachte Rundberg. »Ja?« fragte er, als er bemerkte, daß der andere zögerte.

»Es soll nämlich ein Mann – die Beschreibung paßt auf Alda – in der Nacht vom dreißigsten November an der Grenze erschossen worden sein. Ein Mann, dessen linke Hand bandagiert war.«

»Bandagiert – die linke Hand? Dann ...« Die Frage verlor sich in einem Stöhnen.

»Das Detail kann natürlich dazuphantasiert sein, zur Aussage des – Arztes.«

»Ja, das ist gut möglich«, sagte Rundberg, mehr aus Höflichkeit als aus Überzeugung. Wenn doch Schneeweiß schon zurück wäre! Was der kleine Doktor ihm da erzählte, war Theorie. Rundberg sah die Dinge anders.

»Und zudem – was hätte Alda an der Grenze gesucht?« fragte Rozescu leichthin.

»Ja«, wiederholte Rundberg und wurde sich der Blöße bewußt, die er sich gegeben hatte, »was hätte er an der Grenze suchen sollen?«

»Aber wo kann er sein, Herr Rundberg?«

»Hat man das je gewußt, Herr Doktor?«

»Jedenfalls macht das den Fall noch komplizierter. Es ist nämlich bereits festgestellt worden, daß er über keine Grenze gegangen ist – legal, meine ich.«

»Also befindet er sich irgendwo im Lande. Woher soll er schließlich wissen, daß er gesucht wird. Wahrscheinlich hat man auch nie Ernst gemacht mit der Fahndung.«

»Es sieht ganz so aus. Das paßt dem Herrn Danghu besser in den Kram. Vielleicht steht er jetzt auf der Fahndungsliste, zusammen mit seiner Verlobten. Ist nicht auch sie plötzlich verschwunden?«

»Was heißt ›plötzlich verschwunden‹, Herr Doktor?«

»In dem Bericht steht es so. – Wenn man sie aufstöbert, wird sie es nicht leicht haben. Es wäre besser, man fände sie nicht – denkt der General. Gelingt es uns, die wesentlichen Punkte des Berichts zu entkräften, dann hat der Herr Generalsekretär keine Handhabe gegen Alda. Ich meine, wenn er wieder auftaucht.«

»Es findet sich immer etwas.«

»Sicherlich. Aber dann ist Alda da und kann sich wehren – und seine Verlobte schützen. Solange das nicht der Fall ist, müssen dies wir für ihn besorgen.«

»Wir?«

»Ja doch, wir. Der General, der Oberstleutnant Rananu, Sie, Herr Rundberg, und auch ich.«

»Kennen Sie Alda, sind Sie sein Freund?«

»Offen gestanden, kenne ich Alda kaum, aber ich weiß genug von Danghu.«

»Ich verstehe, Herr Doktor.«

»Gut. Ich will versuchen, in Fühlung mit Ihnen zu bleiben. Vielleicht kann ich Sie über manches informieren – besonders, was es mit der bandagierten Hand auf sich hat. Ich weiß, Sie machen sich Sorgen.«

»Ich bin Ihnen dankbar, Herr Doktor.«

»Keine Ursache. – Es war mir sehr angenehm, Herr Rundberg.« Rozescu stand auf und reichte Rundberg die Hand. »Wieviele Ausgänge hat Ihr Haus, und wer wohnt hier außer Ihnen?«

»Sie können durch den Garten gehen. Außer uns gibt es nur noch einen alten Universitätsprofessor.«

»Und was lehrt der?«

»Nichts mehr. Kirchenrecht war sein Fach, und Marmeliuc heißt er. Ihr Alibi?«

»Ja. Sicher ist sicher.«

»Ich nehme nicht an, daß das Haus unter Beobachtung steht. Aber benutzen Sie auf jeden Fall den Hintereingang.«

»Besorgt bin ich nicht um mich. Von Danghus Leuten darf keiner erfahren, daß ich bei Ihnen war.«

»Das liegt auf der Hand, Herr Doktor. Vor den Popovicis muß man sich in acht nehmen.«

»Wer ist Danghu?« fragte am gleichen Abend Duttner, als er mit Christescu beim Wein saß. Gerade hatte er erfahren, die Chancen hätten sich verbessert. Morgen werde man mehr wissen. Erst abwarten, was die vom B II herausfinden. Seine Leute hätte er schon fast soweit, hatte Christescu gesagt. Jetzt blickte er Duttner mitleidig von der Seite an.

»Liest du keine Zeitung oder ...?«

»Erklären sollst du mir, was *nicht* in der Zeitung steht. Also: wer ist Danghu?«

»Ein *soijne jisruel* – ein Feind Israels«, sagte Christescu kurz. »Er macht deutsche Politik. Du solltest Zeitung lesen, Max. Gerade jetzt taucht sein Name überall auf.«

»Ich will nicht mit dir politisieren, dabei kommt nichts heraus. Ausrichten soll ich dir, das Honorar ist bewilligt. Du hast ein leichtes Geschäft.«

»Na bitte, ich hab's gewußt! Ich kenne doch Karl Rundberg. Und so leicht ist mein Geschäft auch wieder nicht! Und kein bißchen ungefährlich. Aber was will man – Rumänien!«

»Was scheint dir denn diesmal so gefährlich?«

»Man muß vorsichtig sein – der Chef ist sicher, daß jemand

vom Interne uns beobachtet.« Jonel Christescu sagte ›uns‹, er zählte sich zur Sigurantza. Er und seinesgleichen bildeten eine durch weit zurückreichende Tradition geheiligte Institution. »Wozu überflüssiges Risiko?«

»Was soll das heißen, Jonel: Das Interne schickt einen Mann, damit er die Inspektoren beobachtet oder die Offiziere vom B II?«

»Der Oberste ist jedenfalls sicher, hier läuft einer herum, der genau wissen will, was vorgeht. Er legt seinen eigenen Bericht vor, unabhängig vom offiziellen, und dann kann das Interne glauben, wem es will. Kapiert, Max?«

»Kapiert, Jonel.« Die Worte galten nicht dem Mann des obersten Chefs der Sigurantza. Max Duttner hatte, als er sie sprach, an Karl Rundberg gedacht, der dem Auftauchen dieses Popescu oder Popovici so viel Bedeutung beimaß. Nur schade, daß er Jonel Christescu über diesen Punkt nicht beruhigen konnte.

Alle schenkten sie ihm Beachtung, ob sie ihn kannten oder nicht, diesem Eugeniu Popovici, vor noch nicht langer Zeit Jenica Cartofor, der mehr erreicht, als er sich erhofft hatte, und festbesoldeter Staatsbeamter war, dem Generalsekretär des Interne direkt unterstellt. Alle nahmen ihn wichtig, er selbst nahm sich jedoch am wichtigsten. So führte er das große Wort beim Mittagessen, das die begehrenswerte Dame Sandescu – Frau Professor, Aurora – ihm zu Ehren gab. Als Gäste waren gewichtige Persönlichkeiten mit ihren Gattinnen erschienen, und er wurde vorgestellt, der Herr Direktor Eugeniu Popovici, einem Generaldirektor Munteanu und einem Bojer Filievici, den die anderen, die bald Rumänisch, bald Deutsch sprachen, mit Herr oder *domnule* Baron anredeten. Die Frau Generaldirektor Munteanu, elegant, vornehm und zurückhaltend, die Frau Baronin – mochten Halsschmuck und Armbänder auch nicht so kostbar sein wie die der Frau Generaldirektor –, jünger, blonder, appetitlich und auch zugänglicher. Jenicas flinker Geist hatte viel in sich aufnehmen müssen, er war informiert, soweit er es sein konnte, denn zu einem Tête-à-tête mit seiner Gastgeberin war es noch nicht gekommen.

Der jovial und gewiß reiche Herr Generaldirektor schenkte ein. Ein Getränk, nicht die gewohnte Zuica – es roch und schmeckte anders. Die Gurgel, die Speiseröhre und die Eingeweide verbrannte dieser Kornschnaps. Den tranken sie hier anstatt Zuica, erinnerte sich Jenica. Wenn dieser Branntwein auch nur dreimal so stark war wie die gewohnte Zuica, ihm schien es, als wäre er es tausendmal. Den Atem verschlug er ihm, trieb ihm die Tränen in die Augen. Doch die anderen, auch die Damen, hatten ihre Gläschen gekippt, sich von den warmen Vorspeisen genommen, und während sie die ersten Bissen aßen, hatte dieser Teufelskerl Munteanu von neuem eingeschenkt, auch ihm, Jenica. »Sie sind unseren Branntwein, den Rachiu, nicht gewohnt, Herr Direktor? Zu stark, ja, die Regatler trinken nur Zuica. Nichts für unser Klima. So ein Schnaps ist das beste. Der zweite geht viel leichter, wie Öl läuft er die Kehle hinunter.«

Zunächst wollte Jenica ablehnen. Er fühlte den Blick der Damen auf sich gerichtet, mit dem Glas in der Hand warteten sie auf ihn. Sich am Ohrläppchen zupfend, sagte Frau Munteanu: »Nötige doch den Herrn Direktor nicht, Victor, am Ende verträgt er keinen Alkohol. Überhaupt die Bukarester ...«

Das durfte Jenica nicht auf sich sitzen lassen. Er kippte, schluckte, würgte – es brannte. Rasch schob er ein Stück von der heißen fetten Mehlspeise nach und fühlte sich in zwei Minuten so wohl wie selten im Leben. Die Feuerprobe hatte er bestanden. Was kann zwölf- oder vierzehnprozentiger Wein einem schon anhaben, wenn man achtzigprozentigen Kornschnaps getrunken hat?

Also aß und trank er, sein Glas wurde nie leer. Jenica erzählte. Großstadtklatsch, politischen und unpolitischen, von Damen, die er nie gesehen, bei denen er ein- und ausging; er nannte bekannte Männer beim Vornamen, zählte ihre Faibles und Laster auf, kurz, überall war er zu Hause. Er hatte die Unterhaltung an sich gerissen, man war gespannt und gebannt, man belachte seine Witze, bewunderte ihn; er war Mittelpunkt, Held, und dabei trank er. Weißen Wein, gelben Wein, roten Wein während des Essens; und zur Turceasca kippte er Cognac und Likör wechselweise, gerade so, wie sie ihm serviert wurden.

»Ja«, sagte der Generaldirektor Munteanu, »das macht eben die Großstadt, aber nicht nur diese allein. Ich bin oft genug in Bukarest, ich weiß, was gespielt wird. Auch die Position muß man haben, die einem zu solchem Verkehr verhilft.«

Position – Verkehr: der Köder erwies sich als unwiderstehlich. »Ja«, sagte Eugeniu Popovici, »als rechte Hand von Orest Danghu, ich brauche Ihnen nicht zu sagen, was das heißt ...«

Achtungsvolles Schweigen breitete sich aus in der Runde. Munteanu prostete der Gastgeberin zu: »Da haben Sie aber Glück gehabt, teuerste Aurora, eine solche Beziehung! Alle Achtung! Orest Danghu! Die Zeitungen sind voll von ihm.«

»Ja, der Alarm«, sagte Jenica nonchalant. »Allerhand los jetzt. Da gibt es, verstehen Sie mich richtig, gewisse Herren, die muß man ...«

»Herr Direktor sind wahrscheinlich im Auftrag des Interne hier«, unterbrach ihn der Baron in seinem Provinzler-Rumänisch.

Der Generaldirektor warf dem Großgrundbesitzer einen strafenden Blick zu. »Dergleichen fragt man nicht, lieber Bruno. Selbstverständlich reist ein so hoher Beamter nicht zum Vergnügen in diese Bärenprovinz – wenn schon, dann lieber nach Sinaia.« Alle lachten.

»Das glaube ich«, rief die Gastgeberin. »Wenn ich meinen Prozeß gewinne, fahre auch ich nach Sinaia, aber nicht allein. Darauf geb ich mein Wort.«

Ein weiterer Grund zum Trinken. Die Gläser wurden geleert, und schon waren sie wieder voll. »Beziehungen – Drähte«, sagte Munteanu, »sind alles.«

Dann trank auch der Direktor vom Interne seinen Cognac und gab ein paar Geschichten zum besten, als Illustration sozusagen zu der von den beiden Herren aufgestellten Behauptung, wonach Beziehungen alles sind. In diesen Geschichten waren die Hauptakteure immer der Generalsekretär Danghu und er. Nur ans Telefon brauche er zu gehen, um bei dem ›Gestreiften‹ zu erreichen, was er wolle. Ja, so nenne man den Herrn Generalsekretär im vertrauten Kreis. O ja, ein schöner, eleganter und reicher Mann, der Gestreifte.

»Natürlich muß man sich eine solche Stellung verdient haben, Herr Direktor. Der Herr Generalsekretär weiß eben, daß er sich auf Sie verlassen kann«, sagte Munteanu eifrig.

»Keine Frage«, bestätigte Jenica, »überhaupt keine Frage. Hätte er mich sonst hierher geschickt? Ich war schon einmal da, vor etwas über einer Woche. Eine ungeheuer wichtige Sache. Ganz auf mich gestellt war ich, und alles hab ich herausgebracht. Jetzt ist hier eine ganze Kommission, Oberste vom B II, Chefinspektoren von der Sigurantza – im Auftrag des Generalsekretärs, und ich überwache die Recherchen.«

»Hier, in Czernowitz, in der Bukowina? Aber Herr Direktor, das kann nicht wahr sein«, sagte Munteanu. Der Baron starrte in sein Glas, und die Damen kicherten. Es war, als hätte die Gesellschaft jegliches Interesse am Thema verloren.

Eine Wende, die Eugeniu Popovici überhaupt nicht gefiel. »Herr Generaldirektor«, sagte er scharf, »ich habe in einer hochwichtigen politischen Angelegenheit in Ihrer Stadt recherchiert. In besonderer Verwendung bin ich hier.« Jenica stolperte mehrfach über seine vom Alkohol schwere Zunge.

»Kein Grund zur Aufregung«, sagte Munteanu und befleißigte sich jener Art von schnoddriger Höflichkeit, mit der man gemeinhin seine Zweifel ausdrückt. »Wirklich kein Grund. Ich hab ja nicht gezweifelt. Als geborener Bukowiner und guter Rumäne hab ich nur gesagt, daß es hier ...«

»Wir in Bukarest wissen gut Bescheid über die geborenen Bukowiner und die guten Rumänen«, sprach der Alkohol aus Jenica.

Das hagere Lebemanngesicht des Generaldirektors verdüsterte sich. »Herr Direktor, als Rumäne, Reserveoffizier und Direktor eines rein rumänischen Betriebes sage ich: Wo Sie hineinschneiden, fließt rumänisches Blut.« Er streckte mit einer gewaltigen Geste den Arm aus. »Ich kann das auf den Bukowiner Rumänen nicht sitzenlassen. Wenn Sie sagen würden, Ruthenen, Polen, Juden – von mir aus! Aber die Bukowiner Rumänen – nein, die sind loyal.«

»Und ich sage Ihnen, daß das nicht stimmt, ich, der Direktor Eugeniu Popovici vom Interne.«

»Dann, Herr Direktor«, Munteanu griff in die Brusttasche und entnahm ihr einige nagelneue Banknotenbündel. Fünf, sechs oder noch mehr. So schnell konnte Jenica sie nicht zählen. Das eine, das vor ihm auf dem Tisch lag, sah er genau. Auch die Banderole – Fünfzigtausend. Hundert Banknoten zu fünfhundert von der Banca Nationala. »Hier«, hörte er Munteanu sagen, »sind fünfzigtausend – nichts ist das, gar nichts. Sie brauchen nur fünfhundert dagegenzusetzen. Eins zu hundert, Herr Direktor! Wenn Sie mir den Namen auch nur eines einzigen Bukowiner Rumänen nennen, der nicht loyal ist, dann haben Sie die Wette gewonnen.«

»Tut mir leid, Sie haben verloren«, sagte Jenica und steckte die Fünfzigtausend ein. Als er sie in seiner Brusttasche fühlte, blickte er sich in der Runde um, erst den Generaldirektor, den einsilbigen Baron, dann die Damen. Keine Erregung war zu bemerken, alle blieben ruhig, als wenn das gar nichts wäre – fünfzigtausend! »Kennen Sie einen gewissen Alda? Ludovic Alda, Bojer, Reserveoffizier, Sportsmann. Kennen Sie ihn? Ein bolschewistischer Agent ist er, direkt mit Moskau in Verbindung. Schon seit Jahren. Darüber wird jetzt Untersuchung geführt, und daß alles mit rechten Dingen zugeht, darüber wache ich. Jetzt wissen Sie alles, Herr Generaldirektor, und auch Sie, Herr Baron, und die verehrten Damen.«

Was nun Jenica Cartofor, der sich in den Direktor, den er vorstellte, so hineingelebt hatte, daß er sich selber nicht mehr wiedererkannte, auch erwartet haben mochte, den Lachsturm, der losbrach, gewiß nicht. Da war nicht nur dieser elegante Generaldirektor, der bisher so lebhaft die Debatte geführt, der lachte, wie Jenica noch nie jemanden hatte lachen sehen und hören; der Baron, der bisher kaum einen ganzen Satz gesprochen, die vornehme, zurückhaltende Frau Munteanu, die Frau Baronin, auch Aurora – sie lachten, sie konnten sich vor Lachen nicht halten.

»Das war aber ein Volltreffer« – Munteanu sprach für alle –, »ein ausgezeichneter Witz, Spitzenklasse! Ja, Bukarest! Ich danke Ihnen – noch so ein Witz, und man kann mich tot hinaustragen. Bravo, Herr Direktor!«

»Was Witz?« fauchte Jenica. »Wer macht hier Witze? Das ist mein Ernst, Sie!«

Wieder lachten die Versammelten, wenn auch nicht wie zuvor.

»Jetzt ist es genug«, bestimmte die Frau Professor. »Ich lasse noch Kaffee kommen.«

»Nichts da Kaffee«, sagte Jenica mühsam und grob, denn er war total betrunken. »Nichts, gar nichts! Nehmt euch in acht, ihr wißt nicht, wer ich bin. Ein Bolschewik ist der Bojer, hab ich gesagt, ja, und der Gestreifte weiß es auch, und Zernescu und Barbulescu. Ja«, würgte er, dann ließ er den Kopf sinken, denn ihm wurde hundeübel.

Munteanu nahm sich seiner an. Zur Tür schob er ihn und durch den Korridor ins Badezimmer. Dort ließ er ihn allein. Als er zur Runde zurückkam, legte er den Finger an den Mund. »Nichts, als wenn nichts gewesen wäre. Rusia« – er sprach Deutsch –, »hast du irgendein Beruhigungsmittel? Er muß schlafen. Bis jetzt ist alles gut gegangen. Wenn er zu sich kommt, weiß er von nichts mehr. Wir sind noch nicht fertig mit ihm. Er darf nicht fort, bevor jemand von unten kommt. Er bleibt hier –.«

»Wo hier?« fragte die Frau Professor. »Du meinst doch nicht hier, in meiner Wohnung?«

»Wo denn sonst? Das ist so abgemacht.«

»Nichts ist abgemacht. Mit *dem* bleib ich nicht allein.«

»Der tut dir nichts, Rusia.«

»Tut mir nichts? Ich kenn den Typ.«

»Was soll geschehen? Unten rechnet man damit, daß du ihn behältst.«

»Du weißt, ich bin da, wenn man mich braucht. Bitte, solange ihr mir Gesellschaft leistet – aber allein, niemals!«

»Nein, Victor, das kann man nicht verlangen von ihr«, sagte Frau Munteanu. »Was hätte das auch für einen Zweck? Wenn er soweit ist, legt man ihn schlafen. Steht er nüchtern auf, kann man mit ihm Karten spielen, und dann ...«

»Du hast recht, Gina. Geld hat er ja – so besoffen war er nicht, es zurückzugeben.« Er sah auf die Uhr. »Bald sechs. Er muß sich jetzt hinlegen. Später versuchen wir's mit den Karten.«

»Was willst du bei ihm holen? Dein Geld?«

»Gewinnen wird er, soviel er will«, sagte Munteanu. Er konnte nicht weitersprechen, denn Jenica trat ins Zimmer. Gelblichgrau, mit schwimmenden Augen. Nicht gut sah er aus, der Chef vom Interne, und er roch noch schlechter. Er ließ sich auf einen Stuhl fallen und blieb kraftlos sitzen. Auf einen Wink Munteanus näherte sich ihm die Gastgeberin.

»Ihnen ist, scheint's, nicht gut, Herr Direktor«, sagte sie sanft.

»Gar nicht gut«, winselte er.

»Die ganze Nacht gefahren und ein bißchen viel getrunken.«

»Zuviel gefahren.« Er versuchte den Kopf zu heben, es gelang ihm nicht.

»Sie werden sich jetzt hinlegen. Ich gebe Ihnen etwas Brom, und in einer halben Stunde sind Sie wieder in Form.«

»Ja, hinlegen«, ächzte Popovici.

Er trank, wenn auch widerwillig, die milchige Flüssigkeit und wurde von den beiden Männern in das Zimmer neben dem Bad geleitet. Kaum hatte sein Kopf das Sofapolster berührt, als er in Schlaf fiel.

»Das war im Programm zwar nicht vorgesehen, ist aber kein Unglück. Während er schläft, können wir uns unterhalten. Poker?«

»Aber solid!« sagte die Baronin. Mary war die Ehefrau von Bruno, Cavaler de Filievici, der eine kleine Landwirtschaft betrieb. Im Hauptberuf war er Mitglied der Rundbergschen Organisation. Sein Besitz lag hart an der früheren polnischen Grenze. Seine Frau, eine blonde Sudetendeutsche, war Vorarbeiterin in einer Textilfabrik gewesen, bevor er sie geheiratet hatte.

»Gut, spielen wir, zum Zeitvertreib«, sagte Frau Munteanu.

»Ich bin dabei«, schloß die Frau Professor sich an. Ihre Karriere hätte Stoff für einen Roman liefern können. Eine dieser Geschichten, die, angeblich vom Leben geschrieben, die Erfindung in den Schatten stellen. Die Stationen: Kindermädchen, Kellnerin, Animierdame, Ehefrau von Professor Sandescu, waren Anlaß zu Spekulation und Bewunderung. Nach einer ruhmreichen Artistenlaufbahn hatte Professor Sandescu die um vierzig Jahre jüngere Rusia geheiratet und ihr dann ein ansehnliches Vermögen hinterlassen. Mit den Ersparnissen und dem Titel ihres Mannes erbte Rusia, nach ihrer Rumänisierung ›Aurora‹, auch dessen Beziehungen zu Rundberg. Sie sollte zu einem nützlichen und vielseitig verwendbaren Mitglied der Organisation werden.

Die Herren trafen fast gleichzeitig ein. Stanescu, der Chef der Sigurantza, war mit seinem Adlatus, dem Kommissar Ciobotariu, erschienen. Ihnen auf dem Fuße folgten die Inspektoren Zernescu und Stratilescu. Major Tarnovietchi begrüßte sie und geleitete sie zu ihren Plätzen am langen Konferenztisch. Gerade hatten sie ihre Ansichten über den zunehmenden Frost geäußert, als Oberstleutnant Rananu und Leutnant Rozescu eintraten. Eine Ordonnanz servierte die Turceasca.

»Meine Herren«, fing Stanescu an und zog aus seiner Aktentasche eine Anzahl mit der Maschine beschriebener Bogen, »ich habe von dem mir übermittelten Bericht des Innenministeriums Abschriften anfertigen lassen.« Er winkte dem Kommissar, der sie an sich nahm und an die Mitglieder der Kommission verteilte. Jedes einzelne Blatt trug, gut lesbar, den Vermerk ›*Secret*‹. »Herr Kommissar Ciobotariu wird den Text vorlesen. Anschließend werden wir mit der Beratung beginnen.«

Mit fester, wenn auch leiser Stimme las der Kommissar den Versammelten vor, was sie am Vortage schon von Dumitriu gehört hatten. Als er die Blätter vor sich auf den Tisch legte, bat Rananu ums Wort.

»Meine Herren«, begann er, »ich möchte, bevor wir mit der Debatte beginnen, feststellen, daß der Mann, gegen den wir die Untersuchung führen, mein Freund ist. Seit über zwanzig Jahren kennen und schätzen wir einander. Er ist Rittmeister der Reserve und entstammt einer angesehenen rumänischen Familie. Dem berühmten Patrioten Neagoe Alda, dessen Enkel er ist, verdankt er seine Erziehung. Selbst wenn sich in mir alles dagegen sträubt, an die Anschuldigungen zu glauben, die hier gegen ihn erhoben werden, kann ich sie als Offizier und Patriot erst dann ehrlichen Herzens zurückweisen, wenn ich sie vorbehaltslos überprüft habe. Ich halte es für meine Pflicht, Ihnen zu versichern, daß sich einzig der Offizier, der Patriot Rananu an der Untersuchung beteiligt. Sollten wir feststellen, daß Ludovic Alda noch lebt, doch sein Vaterland verraten hat, werde ich kurzen Prozeß mit ihm machen. Ich kann nicht der Freund eines Mannes sein, der ein Schurke ist!«

Worte, wie sie Rozescu seinem Vorgesetzten nie zugetraut hätte. Im stillen bat er ihm manches kritische Stirnrunzeln ab. »Der Herr Oberst hat gesprochen wie ein richtiger Rumäne, wie ein Patriot«, sagte Stanescu. »Ich bewundere ihn mehr denn je, weil ich nachempfinden kann, welchen Schmerz es ihm bereitet, so zu sprechen. Auch für uns ist dieser Fall ein schweres Problem: Wie könnten wir glauben, daß ein Mann von Aldas Kaliber imstande wäre, sein Land zu verraten? Darum wollen wir mit der größten Gewissenhaftigkeit die Untersuchung führen und der Wahrheit zum Sieg verhelfen.«

»Wir werden also«, richtete Rananu das Wort an Stanescu, »vor allem feststellen müssen, was es mit den Angaben des *granicers* Posteuca auf sich hat. Mein Vorschlag: fahren wir ins Grenzgebiet, zum Tatort gewissermaßen.«

Der Triebwagen, der die Mitglieder der Kommission an die Grenze bringen sollte, rollte um neun Uhr dreiundvierzig in den Hauptbahnhof von Czernowitz. Unter den wenigen Passagieren, die ihm entstiegen, befand sich Elias Schneeweiß, der, so rasch ihn seine Dackelbeine trugen, dem Ausgang zustrebte. Er sprang sogleich in einen Schlitten und trieb den Kutscher zur Eile an. In scharfem Trab nahmen die Pferde die Steigung, die zur Stadt führt. Erst an der Piatza Fontanei, die den Eingang zum jüdischen Viertel bildete, fielen die Pferde wieder in Schritt. Drei Schlitten, deren Fahrgäste offenbar Soldaten waren, kamen ihnen entgegen. Wegen der Kälte hatte Schneeweiß die Pelzmütze tief in die Stirn gedrückt, den Kragen hochgeschlagen und sich die schwere Decke sich bis zum Hals hinaufgezogen. So konnte er selber kaum erkannt werden, jedoch leicht ausmachen, wer die Leute waren, die in den anderen Schlitten saßen. Stanescu, Stratilescu, Ciobotariu und der Major waren ihm bekannt; und sein wendiger Verstand hatte im Nu nicht nur erfaßt, wer die anderen, die ihm Unbekannten, waren, sondern auch Ziel und Zweck ihrer Reise erraten. Schade um die Nacht, Bojeren, es weht kalt bei Serafintza, kicherte er in sich hinein.

Rundberg war erleichtert über das, was Schneeweiß zu berichten hatte. »Ich bin gleich zu Gerschom Hermelin gefahren und hab mit ihm gesprochen. Er hätte eigentlich von der Sache wissen müssen – nichts hat er gewußt. Aber der Plutonier Craciun, der Zugführer, ist unser Mann. Ich hab gewartet, bis er gekommen ist und dann ein Gespräch mit ihm angefangen. Red ich also mit ihm, hin und her – ich kann ihm doch nicht gleich sagen, um was es geht –, und dann legt er von allein los: Schon bald zwei Monate ist kein Geschäft, nicht das geringste zu verdienen, und er fragt sich, warum man ihm nichts mehr zu tun gibt. Ich sag zu ihm, daß das Geschäft halt nicht mehr sicher ist, weil, erstens: drei sind nicht mehr zurückgekommen, und, zweitens: ein Soldat gerade von seinem Pluton hat auf einen geschossen und ihn getötet. So auf gut Glück hab ich das hingeworfen. Da sagt er, ›*domnule*‹, sagt er, ›ich weiß, du bist ein hochanständiger Mensch, deshalb hör mich an: Du suchst Hufeisen von toten Pferden. Hier an diesem Grenzabschnitt ist noch niemand erschossen worden. Seit dem ersten September hab ich hier die Wache‹, sagt er, ›geschossen wird, das ist schon wahr, aber Tote hat es noch nicht gegeben‹. Drei Kreuze schlägt er und schwört bei seinen Augen, daß alles wahr ist, was er sagt. Ich bin viel ruhiger jetzt und kann besser fragen, und Gerschom bringt Wein und Salami, und wir essen und trinken. Aber die Sache läßt ihn nicht ruhen, den Plutonier. Er fragt mich, wie komm ich auf den dreißigsten November. Alles Unsinn, sagt er, denn er kann es mir beweisen, er hat das Buch. Mit meinen eigenen Augen lese ich: ›Von sechs Uhr abends bis sechs Uhr früh – *fara evinemente*: ohne Zwischenfälle‹, und unterschrieben ist Craciun und Oberleutnant Virgil Popovici, du kennst ihn auch, Karl. Sag ich: ›Bruder Craciun, ein ordentlicher Bursche bist du, kannst den Mund halten, warum horchst du nicht herum beim Pluton, wer was erzählt hat davon, ich meine, daß einer erschossen worden ist in der Nacht vom dreißigsten November auf den ersten Dezember. Wenn das nicht stimmt, dann läßt sich was machen. Es gibt nämlich Leute, die wollen mit Ware hinübergehen oder von dort welche bringen.‹ Kurz, er bekommt lange Zähne und das Wasser läuft ihm im Mund zusammen.

Wie ich später mit Gerschom Derdl beim Spiel sitz, kommt Craciun zurück mit einem *granicer*. ›Das ist der *granicer* Posteuca‹, sagt der Plutonier. Wir laden den Burschen ein zum Essen und Trinken, und langsam, ganz langsam wird alles klar. Vor mehr als einer Woche ist zum Kommandanten vom Pikett, dem Oberleutnant Popovici, einer herausgekommen, ein Bruder oder Cousin aus Bukarest. Der Oberleutnant hat das Gesicht verzogen, als der Besuch vor seiner Tür steht. Er bewirtet ihn zwar, bietet ihm Wein an und Zigaretten, doch wie der Gast über Nacht bleiben will, sagt der Oberleutnant, nein, das geht nicht – Grenzgebiet. Vielleicht kommt Inspektion, und dann heißt es: *vai de capu lui!* Der Oberleutnant hat den Gast zurückgeschickt mit einem Schlitten, der Posteuca muß ihn kutschieren. Sie kommen ins Gespräch miteinander, der Grenzer und der Bukarester. Man fährt eine Stunde vom Pikett bis zur Station, und dort müssen sie noch lange auf den Zug warten. Der Oberleutnant hat dem *granicer* nämlich einen Wink gegeben, er soll warten, bis der Zug abfährt mit seinem Gast. Also gehen sie in den Wartesaal und trinken heiße Zuica. Wie der Mann erzählt, was für ein hoher Beamter er in Bukarest ist, fängt auch der Posteuca zu schwindeln an. Der beste Schütze im ganzen Regiment ist er, und immer muß er vor den bolschewistischen Spionen auf der Hut sein. Einmal hat ihn einer sogar an der Gurgel gehabt. Aber er, der Posteuca, eröffnet das Feuer und trifft ihn. Der Bukarester fragt, ob das nicht in der Nacht auf den ersten Dezember geschehen ist, und der Grenzer, dem das egal ist, weil er es sowieso aus der Luft greift, fragt, woher der Herr Beamte denn das weiß. Da hat der Bruder von dem Popovici gesagt, er weiß noch viel mehr: Der Bolschewik hat eine verbundene Hand gehabt. Dann läßt er ein Viertel Heiße kommen, und der *granicer* sagt, ja. – So war das mit den beiden: Schmieren einander Brei ums Maul, weil ja doch alles egal ist.« Elias Schneeweiß grinste, und Karl Rundberg tat es ihm gleich. Beide lachten, so ausgelassen, daß ihnen die Tränen kamen. Fast hätten sie nicht bemerkt, daß Victor Munteanu die Tür in seiner energischen Art aufgerissen hatte und ins Zimmer gestürzt war.

»Ihr habt's gut, ihr lacht. Ich hab das Lachen für heute schon hinter mir.« Der Direktor berichtete von den Ereignissen der letzten Stunden und Popovicis tiefem Schlaf.

»Vor übermorgen darf er nicht auf die Straße, Victor, und selbst dann nicht vor Mittag. Er kann alles verderben«, sagte Rundberg.

»Weiß ich bereits. Falls er aufwacht, ruft mich Rusia hier an. Bis ich zurückkomme, wird sie ihn schon festhalten können. Anschließend wollen wir versuchen, ihn zum Kartenspiel zu bewegen.«

»Was wollt ihr spielen?«

»Poker, natürlich. Die Regatler spielen Poker.«

Rundberg dachte nach. »Poker? Nicht schlecht. Hat er sich einmal drauf eingelassen, fällt es ihm schwer aufzuhören. Er muß nur die Nacht durchspielen, dann ist er morgen früh müde. Und, bitte, denkt auf jeden Fall dran: Wenn ihr aufbrecht, müßt ihr ihn mitnehmen. Ihr bringt ihn in ein Hotel und geht davon aus, daß er sich zuerst ausschlafen will. Aber nachmittags wird er losziehen und dann ...«

Duttner trat ins Zimmer und nickte Rundberg unmerklich zu: Die Angelegenheit stand günstig. Rundberg seinerseits berichtete ihm von den jüngsten Ereignissen. »Wie lange gedenkst du ihn in Präventivhaft zu halten?« fragte Duttner lachend.

»Lach nicht, Max. Die Sache läuft nicht schlecht, denn auch Elias hat gute Nachrichten gebracht. Aber der Popovici, wenn man den aus den Augen verliert, kann er Zores machen.«

»Dazu wird es nicht kommen. Ich habe ein Gegenmittel.«

Duttner entwickelte seinen Plan, die anderen ergänzten ihn.

Adolf hielt die Bank. Er legte die Karten auf, eine links, eine rechts – eine für mich, eine für dich. Dabei hatte er kaum einen Blick für den Tisch. Unlust quälte ihn, denn eine richtige Partie war das nicht. Nicht ein schöner Spieler, lauter Puzipacken, Springer ohne Courage. Mit den wenigen Jetons wollten sie so lange wie möglich spielen, und wenn sie gewannen, zogen sie gleich ab. Nicht einmal zur Deckung der Spesen reichte es. Wo war Duttner, wo der Baron, wo Munteanu, wo blieben die Leute mit Geld, und wo steckte Rundberg, der gestern die Bank so empfindlich zur Ader gelassen hatte? Gerade als die Taille zu Ende war, trat der Kellner ins Spielzimmer und gab Adolf einen Wink. In einer Art Vorratskammer, zwischen allerlei Dosen und Säcken, wartete ein Mann auf ihn. Es war Knafel, ›Njaf‹ genannt. Den abgeschabten Samtkragen seines dünnen Mantels hochgeschlagen, wandte er Adolf ein maskenhaftes übernächtigtes Gesicht zu und flüsterte hastig: »Bei den Sandescus, Gradinelor 11, große Partie. Ein Bukarester hält die Bank. Der Baron, Munteanu, Duttner und Rundberg pointieren. Ein paar Freunde, auch Damen, ich kenne sie nicht – gewaltige Umsätze.« Dann setzte er hinzu: »Ich habe schon achthundert Spesen.«

»Sofort«, sagte Adolf, »sofort.« Er verließ den Raum, Njaf folgte ihm. »Wart beim zweiten Eingang auf mich, du kriegst ...« Adolf zeigte keine Erregung. Er fühlte sich erleichtert, war froh, daß er des Rätsels Lösung gefunden hatte. Nur, fragte er sich, seit wann spielen die Bukarester Naschiwaschi?

Jenica Cartofor hatte auf Einladung der anderen die Bank übernommen und legte die Karten zum Abheben auf den Tisch. Es wurde angesetzt, und er zog ab. Links, rechts, meine, deine; und auf jedem der Felder lag eine Menge Geld. Das Bild war ideal – jeder Naschiwaschispieler hätte seine Freude daran gehabt –, als es klingelte.

Die Köchin, die gerade Turceasca serviert hatte, ging öffnen. Eine Viertelminute später stand mit vorgehaltener Pistole ein schlanker rotwangiger Mann in der schwarzen Uniform des höheren Polizeioffiziers im Zimmer, hinter ihm, den Karabiner in Händen, drängten sich zwei Polizisten. Der Offizier sagte: »Im Namen des Gesetzes – alle Anwesenden sind verhaftet. Keiner rührt sich!« Er sagte diese Worte nicht, er brüllte sie, der Sekretär der Kriminalpolizei Rosariu, ein berüchtigter und gefürchteter Mann. Auch diesmal bewirkte sein Brüllen Totenstarre. Die Frauen verharrten wie gelähmt auf ihren Plätzen, die Männer, Duttner, Munteanu und der Baron, waren aufgesprungen und standen reglos, und Jenica, der Direktor vom Interne, auf den alle als ihrem Retter den Blick gerichtet hatten, saß da mit gesenktem Kopf, sich in sein Schicksal ergebend. Denn oft genug hatte sich diese Szene abgespielt in seinem Leben; unzählige Male war er, Jenica Cartofor, mitgenommen worden. Aus. Ein schöner Traum war zu Ende.

»Die Damen und Herren werden jetzt mitkommen«, sagte der Sekretär Rosariu in seinem ungeschliffenen Bukowiner Rumänisch, und sofort setzte ein erregtes Schreien ein. Ganz besonders laut gebärdete sich die Frau Professor. Überraschenderweise glaubte sie nicht, sich gegen den uniformierten Vertreter der Staatsgewalt wenden zu müssen – dem in der Hierarchie um einiges höher stehenden Mann in Zivil, dem Direktor vom Interne, galt ihr Protest.

»So sagen Sie doch endlich ein Wort, Herr Direktor«, schrie sie hysterisch. Rosariu blickte die Anwesenden nacheinander an. Der alte Fuchs ließ sich Zeit: Was wurde hier gespielt? »Direktor?« fragte er freundlich.

»Sie werden Unannehmlichkeiten bekommen«, sagte die Frau Professor, »der Herr Direktor Popovici ist nämlich vom Interne, ein Vertrauensmann des Herrn Generalsekretärs Danghu.«

»Ich erfülle nur meine Pflicht, gnädige Frau«, säuselte der Sekretär. Den angeblichen Direktor sah er prüfend an und meinte denkbar höflich: »Ich bitte um ihre Legitimation, Herr ...«

Was für eine Blamage! dachte Jenica. Was würde Aurora von ihm denken? Ob er seine Legitimation und die Marke, die er in der Tasche trug, überhaupt herzeigen konnte?

In den Schlitten, die das Gemeindeamt bereitgestellt hatte, wurden die Mitglieder der Kommission von der Station zum Grenzpunkt befördert. Am Bestimmungsort meldete sich der Oberleutnant Virgil Popovici sofort bei Major Tarnovietchi. Der wußte bereits Bescheid: Telefonisch hatte ihn die D 6 von der Ankunft der Kommission benachrichtigt. Daß ihm unklar geblieben war, welcher spezielle Fall untersucht werden sollte, hatte seinen Diensteifer keineswegs gedämpft. In seinem Quartier an der Grenze wärmten sich die Besucher bei dampfendem Wein und heißer Zuica zunächst einmal auf. Das Verhör zog sich dann allerdings viel mehr in die Länge als die vor Stunden gepflogene gemütliche Unterhaltung des Elias Schneeweiß mit dem Plutonier Craciun und dem Grenzer Posteuca. Dennoch erbrachte es kaum Neues.

Es blieb, was es gewesen war: eine von Zuica beflügelte Aufschneiderei – Lügen über Lügen. Ciobotariu schrieb, Rozescu stenographierte. Seite um Seite füllte sich mit Fragen und Antworten – aber näher kam man der Wahrheit nicht.

Dann mußte nur noch der Oberleutnant Popovici von der Kommission vernommen werden.

»Sind Sie ein Verwandter von Herrn Eugeniu Popovici, Herr Oberleutnant?« fragte Rananu. Die anderen, besonders Zernescu, horchten auf.

Der Oberleutnant wurde verlegen. »Herr Oberstleutnant, ich bitte um Nachsicht – mein Stiefbruder ist er. Ich bin nicht verantwortlich für ihn. Wir stehen nur in lockerer Verbindung. Er ist leider ...«

»Was wollte er von Ihnen?«

»Er brauchte Geld – für die Rückreise. Ich habe ihm tausend Lei geschenkt und ihn gleich zur Bahn gebracht.«

»Weshalb diese Eile?«

»Weil er ständig in den falschen Zug einsteigt. Offen gestanden, er ist ein übler Bursche, Herr Oberstleutnant.«

»Ich danke Ihnen, Herr Oberleutnant.«

Mit den anderen war er bald fertig, der Quästursekretär Titus Rosariu, den alle ›Titi‹ nannten. Sie waren lauter ›Eigene‹. Sie begriffen, eine Angelegenheit wie diese war mit Kosten verbunden, und sie sträubten sich nicht. Rosariu wollte den Vorfall nicht an die große Glocke hängen – in wessen Interesse lag das schon? Weder ihm noch seinem Protegé nutzte es. Außerdem wog der Ledersack ganz schön schwer. In den Augen des Sekretärs das wichtigste. Was ein Verhör hatte werden sollen, löste sich auf in eine freundschaftliche Beratung, die mit einem Kuhhandel endete: ein Drittel für den Herrn Sekretär, zwei für die Leidtragenden.

Doch da gab es noch immer den Bukarester. Stur und apathisch saß er im Vorzimmer auf dem Stuhl, bewacht von einem Schutzmann. Wer war er? Was die anderen da, gleichlautend sogar, ausgesagt hatten, war natürlich Unsinn. Direktor beim Interne, lächerlich! Glaubten Duttner oder gar Munteanu wirklich, sie könnten ihm, Titus Rosariu, vormachen, sie hätten den Schwindel geglaubt?

»Ja«, sagte Munteanu, der den Quästursekretär anscheinend ziemlich gut kannte, »Titi hat recht. Und wenn das nicht stimmt mit dem Direktor – Rusia, ich meine, die Frau Professor Sandescu, ist halt auf ihn hereingefallen. Eine Protektion hat sie sich zu sichern geglaubt, in dieser Erbschaftssache – hörst du, Titi. Auch mein Verdacht erhält damit neue Nahrung –. Wenn der sich nicht auf die Kunst versteht!«

Sofort hatte der Sekretär begriffen, worauf Munteanu anspielte. Auch wenn der Bukarester sich als Amtsperson ausgab, Mißbrauch hatte er keinen getrieben. Wegen Hasardspiels konnte er dem Mann nichts anhaben, wenn er die anderen freiließ. Aber falls dieser Direktor wirklich auf die Kunst verstand, was im Spielerjargon nichts anderes bedeutet, als daß jemand falsch spielt, ja dann ...

»Willst du als Zeuge auftreten, Victor?« fragte Rosariu und kniff dabei ein Auge zu.

»Wozu brauchst du mich? Halte dich an den Sack, Titi, die Karten sind drin. Ist nichts an ihnen, so laß ihn laufen. Findest du die Zinken, überstellst du ihn dem Landgericht. Du hältst dann den Beweis in Händen, daß er sich als Direktor ausgegeben und in die Gesellschaft eingeschlichen hat, um die Kunst zu machen.«

Rosariu langte nach dem Ledersack, der wie ein guter, braver Hund zu seinen Füßen lag. Sechs gezinkte Karten fand er darin.

Dann ging es ans Geldzählen. 365 000 im ganzen: 120 000 für den Sekretär, 240 000 für die Geprellten und je 2500 für die beiden Polizisten.

»Was hast du mit dem Direktor vom Interne vor, Titi?« fragte Munteanu.

»Mit dem?« gähnte der Sekretär. »Gar nichts. Ich sperr ihn ein. Am Nachmittag wird ihn Laurentiu verhören. Morgen um elf oder zwölf seh ich mir das Protokoll an, anschließend werd ich es mir überlegen.« Er gab Anweisung, den Verhafteten in das Polizeigefängnis zu bringen.

»Es ist spät geworden«, sagte Munteanu, als sie das Haus verließen. »Warum gönnen wir uns nicht noch ein Fläschchen?«

»Einverstanden«, sagte Duttner. Auch Rosariu ließ sich dazu überreden mitzukommen.

IX

Gefährliche Spiele: Gift und Gegengift

Wer übernachtet schon gern in Serafintza? Die Mitglieder der Kommission bildeten da keine Ausnahme. Alle waren dafür, nach Czernowitz zurückzukehren. Noch während der Fahrt beschloß man, miteinander essen zu gehen. Danach würde man weitersehen. Warum nicht im Büro des Chefinspektors das Programm für den Nachmittag besprechen?

Da um diese späte Stunde ein Restaurant nicht mehr oder noch nicht wieder offen war, kehrte die Kommission auf Vorschlag Stratilescus in der ›Eremitage‹ ein. Der weißhaarige Osias nahm sie in Empfang und empfahl ihnen einen Tisch. Bis die Herren Platz genommen hatten, wartete er, dann wandte er sich an den großen Schwarzen mit der Frage: »Womit kann ich dienen, *coane?*«

»Wir möchten gut essen und trinken«, sagte Rananu zum Kellner. »Rozescule«, bat er den Freund, »stell du das Menü zusammen.« Dann musterte er die Damen, die an den verschiedenen Tischen saßen. Sie waren als international bekannte Tänzerinnen und Sängerinnen angekündigt, gaben sich aber allzu leicht als Animierdamen zu erkennen.

Als Osias mit der Bestellung abzog, dürfte er ähnliche Gefühle gehabt haben wie die Nacht zuvor Schajeh, der Kutscher. Osias hatte Schajehs Großvater nicht gekannt, doch dessen Wort war auch ihm geläufig, wonach eine Stunde vor Tag noch immer Nacht ist. Er gab dem Kapellmeister einen Wink, und schon ertönten die Klänge von Enescus Erster Rumänischer Rhapsodie.

Der Weg zur Küche führte durch einen schlauchartigen Gang. Rechts und links waren Logen, denen Vorhänge zu Diskretion verhalfen. In einer von ihnen saßen der Sekretär Rosariu, Munteanu und Duttner beim Sekt mit drei Künstlerinnen, von denen die prominenteste Marioara, die Sängerin, war. Sie galt als der Star des Programms und hatte für den Monat ihres Engagements einen Finanzbeamten als festen Freund. Wie man wußte, war er ein großer Verdiener, denn zu seinem Ressort gehörte das Inkasso der Alkoholsteuer. Ansehnliche Summen ließ er im Lokal und bei Marioara. Nicht nur eine gute Sängerin war Marioara, mit einem ansehnlichen Repertoire an rumänischen Volks- wie Zigeunerliedern und französischen Chansons, auch eine noch junge temperamentvolle Frau, die mit Routine und Menschenkenntnis Illusionen in Männern zu erwecken wußte.

Stratilescu, der zu der Sängerin engere Beziehungen unterhielt, hatte die Gesellschaft in der Hoffnung hergeführt, Marioara zu sehen und vielleicht auch ein Rendezvous mit ihr zu verabreden. Ihrem offiziellen Freund konnte er freilich nicht das Wasser reichen. Selbst ein gut verdienender Sigurantzler geriet hier ins Hintertreffen. Marioara war indessen geschickt genug, auch für den lebenslustigen und chevaleresken Inspektor ein paar blaue Stunden zu erübrigen.

Mit sicherem Instinkt hatte Osias erraten, welchem Umstand der späte Andrang guter Gäste zu danken war. Er gedachte, die Gelegenheit zu nutzen und sich erkenntlich zu zeigen. So brachte er die kostbare Cognacflasche und ließ sie, Zeichen besonderen Vertrauens, auf dem Tisch stehen. Dann ging er in die Loge, deren Insassen durch Gang und vorgezogene Vorhänge dem Blick der neu hinzugekommenen Gäste entzogen waren, und machte sich am Tisch zu schaffen, um Marioara einen Wink geben zu können. Sobald die letzten Töne der Rhapsodie verklungen waren, erhob sich die Sängerin und schlenderte zum Orchesterpodium. Mit raschem Blick die Gesellschaft taxierend, warf sie dem Primgeiger ein Wort zu, und schon intonierte der Pianist das Vorspiel des beliebten Schlagers ›*Trenule, trenutzule*‹ – ›Zug, mein kleiner, mein Züglein‹, eines der Glanzstücke aus Marioaras Repertoire. Sie sang dieses Lied und ›*Tzarancutza*‹ – ›Die kleine Bäuerin‹, und dann das französische Chanson ›*J'attendrais*‹, das sich gerade großer Beliebtheit erfreute. Währenddessen waren der Gesellschaft Vorspeise und Wein serviert worden, und alles dies wirkte zusammen, die Stimmung zu heben.

So kam der ›Kef‹ voll in Schwung. Daß der Nachschub an fröhlich machender, zungenlösender Flüssigkeit keine Unterbrechung erlitt, war Rozescus Fürsorge zuzuschreiben. Immer wieder wußte der Leutnant den fragenden Blick des Kellners mit einem kaum merklichen Senken der Augenlider zu beantworten. Schließlich hatte Rananu Marioara gebeten, am Tisch Platz zu nehmen. Champagner wurde gebracht, der Männerkef verwandelte sich, wie Osias es nannte, in eine ›anständige Gesellschaft‹. Wie Wasser schütteten Ciobotariu und Zernescu den Sekt in sich hinein. Selbst der Major, der wußte, daß die beiden Bukarester die Zeche begleichen würden, stand seinen Mann, und dies um so mehr, als er wirklich erleichtert war. Alles war glänzend abgelaufen, seine Position gesichert. Auch die anderen befanden sich in bester Laune, Stanescu und Stratilescu sahen ihren Weizen blühen. Zeigte nicht die Untersuchung unerwartet gute Resultate? Und Rozescu freute sich über Rananus Aufgeräumtheit, denn er kannte die Ursache. Von der Möglichkeit, daß Alda auf der Strecke geblieben war, redete niemand mehr.

Hätte sich nur nicht dort hinten, in der Loge, der Sekretär der Kriminalpolizei, Rosariu, Marioaras erinnert! Solange sie sang, nahm er es hin, daß sie sich entfernt hatte. Schließlich war sie ja zum Singen da. Aber jetzt hörte er sie nicht mehr, und seine Erwartung, sie werde zurückkehren, blieb unerfüllt. Zusehends ungeduldiger wurde er. Sie gefiel ihm, diese Marioara, und er wollte sich das etwas kosten lassen. Durch zahllose Gläser Sekt ermutigt, hatte er die Welt im rosigsten Licht zu sehen begonnen. Leider verstand er sich nur wenig auf die Mentalität einer ›Künstlerin‹: Solange Sekt getrunken wurde, ging sie auf Anspielungen ein; war die Zecherei jedoch vorbei, wäre ihr nicht einmal im Traum eingefallen, vom bloßen Wort zur Tat überzugehen. Wo sie jetzt saß, gab es Männer, die viel eher ihrem Geschmack entsprachen. Da war vor allem Stratilescu, den sie kannte und schätzte. Wäre nicht der Mann von der Alkoholsteuer gewesen, hätte sie zum Favoriten bestimmt ihn gewählt. So mußte er sich eben mit dem guten zweiten Platz begnügen. Die anderen waren Fremde, Bukarester, wie sie gleich erkannt hatte, der große maskuline Schwarze, den sie ›*Colonel*‹ titulierten, und der schlanke Blonde, dem auch die deutlich älteren mit sichtlichem Respekt begegneten. Ja, der wäre eigentlich der Richtige, etwas fürs Herz! Er saß ihr gegenüber, lächelnd, das glatte Jünglingsgesicht gerötet von Sekt und guter Laune. Wie zuvorkommend er war! Liebenswürdig und geduldig gab er Antwort auf noch so läppische Fragen. Ein feiner Junge, ein sauberer, seidener, dachte Marioara und fühlte, wie es sich regte in ihr. Dazu spielten sie noch ihren Tango: ›*Te iubesc*‹ – ›Ich liebe dich‹. Während sie den Refrain sang, blickte sie zu dem Jungen hinüber. Der erwiderte ihren Blick, wie es seine Art war: höflich, nicht zärtlich oder gar begehrlich. Wie war das möglich? Marioara erhob sich, und die letzten Worte des Refrains mehr sprechend als singend verbeugte sie sich – die Musik hatte gerade geendet – mit Grandezza vor dem hübschen Leutnant und sagte: »Da keiner der wohlgeborenen Herren mich zum Tanz auffordert, bin ich so frei –.«

Schon stand der Doktor Rozescu auf, dankte Marioara für die Einladung, legte seinen Arm um sie und tanzte mit ihr den langsamen Walzer, den das Orchester zu spielen begonnen hatte. Osias hatte das Licht auf Blau geschaltet. Nur schwach durchdrang es das Dunkel, das über der Tanzfläche lag, lud ein zu einer ersten, tastender Verständigung dienenden Annäherung.

»*Doamna*«, schmetterte da Rosario, dessen Polizistenblick nichts entging, »von mir waren Sie eingeladen.« Er machte einen Schritt auf das Paar zu, als wollte er es mit Gewalt trennen. Keinen schlechteren Moment hätte der Sekretär für seine Intervention wählen können. Gerade hatte Marioara sich in den Arm des jungen Mannes geschmiegt und in holder Verzauberung ihre Wange bis auf einen knappen Millimeter der seinen genähert. Im Nu verwandelte sie sich in eine fauchende Tigerin. Ohne sich aus der Umarmung zu lösen, blieb sie stehen und herrschte den Kriminalpolizisten an: »Wenn Sie betrunken sind, so gehen Sie besser schlafen. Ich mag nicht, wenn man mich belästigt.«

Marioara wußte, sie konnte sich das leisten. Stratilescus Schützling war sie, und der stand als Inspektor auf der Leiter der Hierarchie um viele Sprossen höher als ein Quästursekretär. Außerdem würde sich ein simpler Polizist nie trauen, sich gegen einen von der Sigurantza zu stellen, nie! Mit andern Worten: während Marioara von der Anwesenheit der hohen Sigurantzabeamten längst unterrichtet war, tappte Rosariu dank Osias Beleuchtungskünsten im Dunkel.

Als nun die Lichter wieder angingen und die illustre Tischgesellschaft sich zu erkennen gab, war der Sekretär zunächst wie erstarrt. Dann nahm er Habachtstellung ein, grüßte und zog sich zurück in die Loge, wo Munteanu und Duttner mit den beiden Kunstjüngerinnen plänkelten. Sie hatten, alle vier, wakker weitergetrunken und empfingen den Sekretär, ohne seiner Betretenheit gewahr zu werden, mit lauten, freudigen Zurufen.

Erst als er sein Glas ausgetrunken und nachfüllen hatte lassen, vermochte Rosariu sich darüber klarzuwerden, welche peinlichen Folgen der Auftritt für ihn haben konnte. Die Zahl seiner Neider und Gegner war groß, und auf dem Kerbholz hatte er auch manches. Allerdings kam er nicht dazu, sich das bittere Ende auszumalen, denn Osias schlug die Logenportiere zurück und sagte mit einer höflichen Verbeugung: »Herr Generalsekretär, der Herr Generalinspektor Stratilescu wünscht mit Ihnen zu sprechen.« Rosariu wollte aufspringen, aber schon wurde ihm von Stratilescu, der Osias auf dem Fuße gefolgt war, nahegelegt, sich nicht stören zu lassen. Da Duttner und Munteanu dem Inspektor vom Spiel her bekannt waren, kam es zu jovialer Begrüßung und der Aufforderung, sich der Runde anzuschließen. Es war nicht Stratilescus Art, sich zu zieren, und ehe er sich's versah, stand ein gefülltes Glas vor ihm.

»Rosariu«, begann der Inspektor nach einem Schluck, »wollen Sie mir einen persönlichen Gefallen tun?«

»Selbstverständlich, Herr Inspektor.«

»Dann entschuldigen Sie sich bei Marioara. Sie ist keine Frau von der Straße.«

Vor Verlegenheit errötete Rosariu »Gewiß, Herr Inspektor, sofort! Ich bitte um Entschuldigung.«

»Nicht mich«, lächelte der Weltmann. »Bei mir sind Sie entschuldigt. Beleidigt haben Sie die Dame und dazu noch vor den anderen Herren – unter ihnen wichtige Leute aus Bukarest –, kein Wunder, daß sie jetzt weint. Die Stimmung, hören Sie ...«

Munteanus Fuß traf Duttners Schienbein. Sie waren im Bild,

sie wußten, wer der Mann war, der die Hand über die Künstlerin Marioara hielt.

Verständlich, daß Rosariu jetzt nur noch einen Wunsch verspürte: die Gesellschaft, in der er sich befand, versöhnlich zu stimmen. Mehrmals versicherte er dem Inspektor, daß er nicht anstehen werde ... Mit fröhlichem Winken begab sich Stratilescu zurück an seinen Tisch. Kaum hatte er wieder Platz genommen, als Rosariu sich vor Marioara verbeugte und sein Sprüchlein sagte. Dank der Fürbitte Rananus und einem ermunternden Blick Rozescus ließ Marioara sich erweichen und reichte dem Sekretär, Verzeihung lächelnd, die Hand. Anschließend trat Rosariu vor den Chefinspektor Stanescu und stammelte auch hier seine Entschuldigung: schwieriger Fall, Nacht durchgearbeitet, die Nerven –. Stanescu lud Rosariu ein, sich zu ihnen zu setzen. Mit was für einem Fall er denn beschäftigt sei?

»Es ist«, sagte Rosariu breit, »Herr Chefinspektor, immer dasselbe. Da hat sich so ein Bukarester Typ eingeschlichen in ein anständiges Haus, die Dame ist Witwe; als Direktor vom Interne hat er sich ausgegeben und die ganze Gesellschaft beim Kartenspiel gerupft. Mit gezinkten Karten –.«

Nur aus Höflichkeit hatte Stanescu gefragt, er dachte nicht daran, nachzuhaken. Nicht so Zernescu, der Polizist aus Leidenschaft. Sein für gewöhnlich schwerfälliges Gehirn, beschwingt durch den in unheimlichen Mengen genossenen Champagner, suchte Zusammenhänge und fand sie. »Wie heißt denn der Mann, Herr Sekretär?« fragte er.

»Er hat sich geweigert, seine Legitimation zu zeigen. Seinen Opfern hat er sich vorgestellt als Eugeniu Popovici, Direktor vom Interne, persönlicher Freund und Vertrauter des Herrn Generalsekretärs Danghu. Wahrscheinlich ist der Name genauso falsch wie seine sonstigen Angaben und die Karten, mit denen er gespielt hat.«

»Einen Moment!« Zernescu hatte das mit so gewaltiger Stimme gesagt, daß nicht nur an der Tafel, nein, im ganzen Lokal Totenstille eintrat. »Wo ist dieser Direktor vom Interne jetzt?« fragte er leiser, noch immer bedrohlich genug.

Rosariu, der sich fürchtete, einen Mißgriff begangen zu haben, flüsterte, fast unhörbar: »Herr Inspektor müssen verzeihen. Beweise für Falschspiel liegen wirklich vor –.«

»Ich frage: Wo ist er?« donnerte Zernescu.

»In Haft«, hauchte Rosariu, »ich kann aber ...«

»Kellner«, wandte Zernescu sich an den in nächster Nähe stehenden Osias, »bring auf meine Rechnung die größte Flasche Champagner und zwei von den größten Gläsern, die ihr habt, rasch!« Mit zauberischer Schnelle war eingeschenkt.

»Ich heiße Zernescu, und für meine Freunde bin ich ›Sebi‹«, sagte der Inspektor, sein Glas hebend.

»Und ich Rosariu, Titus, für meine Freunde ›Titi‹«, sagte der Quästursekretär, der nicht wußte, wie ihm geschah. Dann umarmten, küßten sie einander, das Orchester spielte einen Tusch, und die anderen brüllten so laut Beifall, daß Munteanu und Duttner aus ihrer Loge traten. Was denn los sei, fingen sie Osias ab, der Augen- und Ohrenzeuge gewesen war. »Etwas ain gewisser Aigenius, ain Derektor vom Interne hat gemacht die Kunst. Titi hat ihm gechappt und jetzt frain se sich. Stimmung muß sain, sag ich, Hauptsach is Stimmung.«

Ein ungeheurer Tatendrang überkam Zernescu. »Meine Herren«, sagte er, nachdem sich die Wogen der Begeisterung gelegt hatten, »es ist Zeit, das Programm für den Nachmittag festzulegen. Ich schlage vor, daß wir uns zum Büro des Herrn Chefinspektors begeben. Zuvor möchte ich jedoch meinen Freund Titi bitten, mit mir zum Polizeigefängnis zu fahren. – Kellner!« Die Flasche, die er bestellt hatte, wollte er auch bezahlen.

Schon stand Rozescu neben ihm. »Herr Inspektor«, sagte der Leutnant sanft, »ich muß Sie bitten, das mir zu überlassen. Es war mir eine Ehre, Sie bewirten zu dürfen. Glauben Sie mir das, bitte!« Der Leutnant machte eine kleine höfliche Verbeugung und winkte dann Osias auf die Seite. Auch Zernescu verbeugte sich – und zwar viel tiefer.

Mit dem Füllfederhalter schrieb Rozescu seinen Namen über die Endsumme. »Kommen Sie, bitte, heute um zwei Uhr nachmittags in die Halle des ›Palace‹. Ich wohne dort und werde Sie erwarten«, sagte er höflich zu Osias.

»Danke, ich danke ergebenst.« Osias machte ein verzweifeltes Gesicht.

»Was ist denn, Osias?« fragte Duttner, dem die Leidensmiene des Kellners nicht entgangen war.

»Der Geleimte bin ich. Essen, Trinken, Champagner und zum Schluß – oh!« Er wies auf die Unterschrift. »Geh, lauf ihm nach in der Halle vom ›Palace‹. Meine Glicken.«

Duttner nahm Osias den Zettel aus der Hand. Doktor Rozescu las er. »Wieviel verlieren Sie, Osias, wenn ich die Rechnung auf der Stelle bezahle?«

Überrascht blickte der Kellner den langjährigen Gast an. Dessen Neigung, sich über andere lustig zu machen, kannte er. »Warum haben Sie sich gerade mich ausgesucht, Herr Duttner?«

»Hier, Osias«, sagte Duttner, »sind fünfundzwanzigtausend, gehn Sie nicht ins ›Palace‹. Ich wette mit Ihnen, der junge Mann ist heute abend der erste Gast und bezahlt. Sobald Sie kassiert haben, geben Sie mir das Geld zurück.«

»Von Ihrem Mund in Gottes Ohr. Ein Gentleman sind Sie, Herr Duttner« sagte Osias. Er schob Geld und Rechnung in die Tasche. Sodann beglich Duttner auch die eigene Rechnung. Munteanu schlief fest. Kein Wunder, schon die zweite Nacht! Duttner weckte ihn. »Zeit zum Gehen«, sagte er.

»Sieht gut aus, dein Bekannter«, sagte die Gräfin Zinnendorf. »Wie heißt er?« Martha ging nervös auf und ab. »Ich habe mit dem Herrn nur einmal gesprochen«, antwortete sie. »Radu Candomir hat ihn aufgenommen, er ist ein Flüchtling aus Polen und heißt Bilinsky. Bevor Lutz abgereist ist, war er in Aldeni. Es scheint, er hat Vater gekannt und auch Mutter. Aber was er hier will ...?« Martha sprach den Satz nicht zu Ende.

»Du wirst es erwarten können, Martha. – Meinst du, es ist etwas mit Lutz?« Martha nickte stumm. Sie hatte Tränen in den Augen. »Komm her, mein Kind.«

Die Gräfin stand auf und schloß Martha in die Arme. »Was ist mit Lutz? Zwei Monate bist du hier, und nicht ein Brief? Martha, warum bist du so verzweifelt?«

»Darum, Tante Agathe. Ich habe Angst, und ich sehne mich nach ihm. Zwei Monate!«

»Er muß dir doch gesagt haben, was er vorhat.« Sie schüttelte den Kopf. »Das ist sonderbar.«

»Nichts hat er gesagt, Tante Agathe. Schuld bin ich, er hätte gewiß auf die Reise verzichtet. – Bestimmt ist gefährlich, was er unternommen hat. Ich wollte nicht, daß er sich's anders überlegt, und jetzt ...«

»Verlier nicht den Mut, Martha. Auf Lutz kann man sich verlassen. Noch nie war er wie die anderen.«

»Wenn er bloß schon zurück wäre!«

»Dann feiern wir Hochzeit – richtige Hochzeit mit allem drum und dran und nicht nur so modern –.«

Martha lächelte. »Aber erst muß er wieder hier sein«, flüsterte sie.

Da trat Felix Zinnendorf ins Zimmer, ein magerer, gebeugter Mann. Das dichte graue Haar trug er zur Seite gescheitelt, seine dunklen Augen blickten durch scharfe Brillengläser. Nur schlecht wollten die stark gebogene Nase im faltigen Gesicht und der fast weiße martialische Reiterbart zu dem resignierten Mund über dem weichen Kinn passen. Mutter und Cousine begrüßte er mit einem zerstreuten Nicken, dem er eine allzu formelle Verbeugung folgen ließ. »Wir haben Besuch, erzählt mir Janos – wer ist gekommen?«

»Ein Herr Bilinsky. – Sagt dir der Name was?«

»Bilinsky? Einfach Bilinsky? Es gibt eine Menge Bilinskys.«

Die Gräfin blickte Martha fragend an. »Ich weiß lediglich, daß er ein polnischer Flüchtling ist und eben Bilinsky heißt«, sagte die junge Frau.

»Ah, er ist ein Bekannter von dir, Martha? Wahrscheinlich durch Lutz?« fragte der Graf. »Ja, Lutz kennt eine Menge Menschen. – Und wo ist er, der Herr Bilinsky?«

»Er wollte sich nur ein bißchen restaurieren«, sagte die Gräfin, die Archaismen liebte.

»Woher kommt er?«

»Bei Radu Candomir hält er sich auf. Er kommt wohl direkt von dort.«

»Ich verstehe – lange Reise. – Mutter«, sagte er nach einer Pause, »die Molly frißt nicht. Ob der Tierarzt je herausfinden wird, was ihr fehlt. Willst du einen Blick auf die Stute werfen, oder soll ich den alten Miklas holen lassen?«

Die Gräfin blieb die Antwort schuldig. Offenbar hatte sie gar nicht gehört, was der Sohn über ihren Liebling, die Zuchtstute Molly, berichtete. Zinnendorf machte sich Sorgen. Zumal ihm auch Martha verändert vorkam. Sie war nicht gelassen und heiter wie sonst. Was war geschehen? Sollte der Gast an der veränderten Stimmung schuld sein? Wo blieb dieser Herr Bilinsky übrigens? Janos öffnete die Tür: *»Tessék kérem«* – »Bitte schön«, hörte man ihn sagen, und ein schlanker, vornehm aussehender Mann trat ins Zimmer. Er verneigte sich vor den Damen und beehrte dann den Grafen Felix mit einer Verbeugung, die sich deutlich von der vorigen unterschied. »Graf Zinnendorf? Von Bilinsky.«

»Sehr erfreut. Seien Sie willkommen.« Felix Zinnendorf trat mit ausgestreckter Hand auf Anatol zu und wies dann auf einen Stuhl. »Ich denke, wir setzen uns.« Eingehend hatte er den Gast gemustert, und es war ihm, als hätte er ihn schon früher einmal gesehen. Bilinsky, dachte er, aber der Name sagte ihm nichts. Er klingelte, woraufhin Janos und zwei Mädchen erschienen. Sie brachten Tabletts, auf denen Flaschen, Gläser und Teller mit Schinken, Speck, geräuchertem Fisch, Radieschen, jungen Zwiebeln und grünen Paprikaschoten gefällig arrangiert waren.

»Bitte zuzugreifen«, sagte die Gräfin. »Sie werden gewiß Hunger haben. Wir essen erst um zwei Uhr.«

»Verzeihen Sie, ich glaube nicht, daß ich dann noch hier sein werde. Und wahrscheinlich die Baronin auch nicht.« Er verbeugte sich gegen Martha. »Wir sollen nämlich beide nach Arad fahren – im Auftrag des Herrn Rundberg.«

Beunruhigt blickte Martha den Besucher an. Der schien ihre Befangenheit nicht zu bemerken. Auch das Erstaunen der anderen nicht. Er trank seinen Baratzk zur Hälfte aus und nahm ein Stück paprizierten Speck. »Was ist denn los?« fragte Martha. Ihr Ärger über solche Umständlichkeit war unverkennbar.

Bilinskys Stirn runzelte sich leicht; als er zu sprechen begann, lächelte er jedoch höflich. »Gestern früh gelangte an Baron Candomir – ich bin«, wandte er sich erklärend an die Gräfin und ihren Sohn, »sein Gast – ein Brief von Herrn Rundberg. Sie kennen ihn, Baronin?«

»Ein Freund von Lutz ist er«, klärte Martha die Zinnendorfs auf.

»Ja. Herr Rundberg äußerte die Bitte, ich möge umgehend nach Satul Turnuli fahren und Sie zu einem gewissen Herrn Nagy in Arad bringen.«

»Warum? Was ist geschehen?«

Anatol berichtete. Von Umständlichkeit war jetzt wenig zu merken. Dennoch fühlte sich Martha unangenehm berührt von seiner an Arroganz grenzenden skeptisch-überlegenen Art.

»Eine wilde Geschichte«, sagte der Graf, als Anatol geendet hatte.

»Was hältst du davon, Martha?« fragte die Gräfin.

»Selbstverständlich fahre ich«, sagte Martha. »Habe ich eine Wahl?« Anatols Bericht hatte ihre Angst verstärkt, aber auch neue Hoffnung in ihr geweckt. Sie erhob sich. »Du überläßt uns doch den Wagen, Felix? Und dich bitte ich«, wandte sie sich an die Gräfin, »wenn man nach mir fragt« – sie gab sich sichtlich Mühe, ruhig zu bleiben –, »zu sagen, Lutz hätte mich abgeholt.«

»Abgemacht«, sagte der Graf. Seine Mutter nickte.

»Wer ist Herr Rundberg? – Martha, kennst du ihn?« fragte die Gräfin.

»Rundberg ist Lutzens Freund; wenn diese Bezeichnung nicht zu schwach ist«, sagte Martha. »An seine Anweisungen werde ich mich halten.«

»Was kann Lutz angestellt haben, daß sie hinter ihm her sind?« fragte die Gräfin.

»Mir scheint, was Herr von Bilinsky erzählt, genügt völlig als Erklärung«, sagte ihr Sohn. »Verdächtig ist er ihnen eben. Ob sie Martha etwas anhaben können, weiß ich nicht. Besser ist es auf jeden Fall, man geht ihnen aus dem Weg.« In den vergangenen beiden Jahrzehnten hatte der Graf, dessen Familie seit den Türkenkriegen in Siebenbürgen seßhaft und trotz des deutschen Namens schon Jahrhunderte magyarisch war, reichlich Gelegenheit gehabt, das System der politischen Polizei zu studieren. Graf Felix mochte die Rumänen nicht, und die Sigurantza haßte er.

»Ich werde mich fertigmachen«, sagte Martha. »So bald wie möglich sollten wir fahren.«

Anatol nickte höflich Zustimmung und sagte: »Ich bin gleich soweit.«

Rasch ging Martha aus dem Zimmer, Anatol wollte ihr folgen. »Herr von Bilinsky –«, hielt ihn die Gräfin zurück.

»Sie befehlen, Gräfin?«

»Verzeihen Sie die Frage: Sind Sie Lutz Aldas Freund?«

»Freund?« Anatol dehnte das Wort. »Freundschaft könnte man unsere Beziehung eigentlich nicht nennen. Dafür kennen wir einander nicht gut genug. Wir haben uns seit 1918 nur selten getroffen und auch zuvor nur als Kameraden. Obwohl, ich muß zugeben, er hat sich überaus anständig mir gegenüber verhalten. Wie übrigens auch Candomir. Ja, überaus anständig.«

»Sie kennen ihn also noch aus – österreichischen Zeiten, wenn man so sagen darf«, mischte sich Felix ins Gespräch.

»So ist es. Im Rekonvaleszentenheim am Rosenhügel sind wir uns begegnet. In Wien, wenn Sie sich erinnern, Graf.«

»Wie denn nicht. Bei welchem Regiment haben Sie gedient, Herr von Bilinsky?«

»Bei den Windischgrätz-Dragonern.«

»Bilinsky – bei den Windischgrätz-Dragonern? Die meisten hab ich gekannt. Bei den ...« Der Graf sah Anatol prüfend an. »Da gab es zwei Bilinsky, Ulanen, einen Oberleutnant bei den Achtern und einen Rittmeister bei den Vierzehnern, allerdings ...«

Anatol lächelte. »Bilinsky heiße ich nicht, ich nenne mich nur so«, sagte er leise.

»Möchten Sie das nicht erklären?« fragte die Gräfin. Es klang nicht gerade wohlwollend. Die Überheblichkeit, mit der ihr Gast darauf beharrte, in keinen näheren Beziehungen zu Alda zu stehen, verwischte den günstigen Eindruck, den sein Äußeres auf sie gemacht hatte. Die Gräfin sorgte sich um Martha. Eine so abenteuerliche Reise – mit einem fremden Mann!

Anatol verbeugte sich tief. »Wie Sie befehlen, gnädigste Gräfin.«

Als wollte er ihm Schutz gewähren, trat Graf Felix auf den Gast zu. »Mama, Herr von Bilinsky ist Flüchtling. Ich bin sicher, er hat gute Gründe für sein ... Durch Candomir und Lutz und auch durch Martha ist er hinreichend legitimiert. Du darfst unbesorgt sein, Mama – Martha reist in Begleitung eines Kavaliers.«

Offensichtlich fühlte sich die Gräfin erleichtert. Felix kannte ihn offenbar, wenn auch bloß *par renommée*.

Anatol verbeugte sich. »Was ist schon ein Name! Wenn ich dieses gastliche Haus verlasse, heiße ich sowieso nicht mehr Bilinsky, sondern Alda. Es ist die Zeit, gnädigste Gräfin, die zu solchen Lügen zwingt.«

»Das stimmt«, sagte Graf Felix. »Nein, nicht ganz«, setzte er nach einiger Überlegung hinzu. »Alda sind Sie, wenn ich richtig verstanden habe, bloß hier. Nur vor der Dienerschaft. Doch weiter, ich meine, vor irgendeiner Behörde, bleiben Sie Bilinsky. Ich nehme an, Ihre Dokumente lauten auf diesen Namen. Hoffentlich stellt man Ihnen keine Fragen. Sollten Sie oder Martha angehalten werden, dann ...«

»Um Gottes willen!« rief die Gräfin dazwischen.

»Beunruhige dich nicht, Mutter«, und zu Anatol: »Haben Sie genügend Geld bei sich, Herr von Bilinsky?«

»Zirka zweihunderttausend.«

»Das wird, sollten Sie Pech haben, für den ersten Moment genügen. Martha ist übrigens versorgt.« Der Graf blickte seine Mutter an. »Würdest du mir einen Gefallen tun, Mutter?«

»Ja, bitte.«

»Ich möchte, daß du verreist. Falls diese ...« – er bemühte sich, ein häßliches Wort zu unterdrücken – »herkommen, ist es günstiger, wenn ich allein bin. Du sprichst nicht Rumänisch, und das erbost sie und – vielleicht kann ich mit ihnen alles auf die übliche Weise erledigen, wenn keine Zeugen da sind.«

»Wo soll ich denn hinfahren?« erregte sich die Gräfin.

»Der Expreßzug geht um drei Uhr. Fahr nach Sinaia, Mutter.«

»Zum Wintersport?« fragte die Gräfin sarkastisch. »Und nur, um nicht hier zu sein? Mit ihnen werde ich schon fertig.«

Die Gräfin dachte nach. »Gern tu ich's nicht. Wenn ich nur Zimmer bekomme – so kurzfristig.«

»Du weißt schon, wie das gemacht wird. Gib den Bakschisch, bevor du sagst, was du willst. Außerdem, im ›Excelsior‹ kennt man dich. Es ist nur für kurze Zeit.«

»Gut, ich gehe hinauf«, sie hielt inne, »und die Böschle nehme ich mit. Besser, wenn diese Plaudertasche aus dem Haus ist.« Sie war aufgestanden, hatte Anatol zugenickt und sich entfernt.

Lächelnd blickte ihr der Sohn nach. Dann wandte er sich an Anatol mit der Frage: »Hat Sie außer Janos und den beiden Mädchen jemand von der Dienerschaft gesehen?«

»Ich glaube nicht.«

»Einen Moment!« Der Graf klingelte, und schon trat Janos ins Zimmer.

»Zu Befehl, Herr Rittmeister«, sagte er in Habachtstellung.

»Janos, der Herr Baron Alda«, der Graf wies auf Anatol, »ist um zehn Uhr angekommen und gegen zwei Uhr mit der Baronin Martha weggefahren. Du hast beim Gabelfrühstück und beim Mittagessen bedient. Der Juliska sagst du dasselbe. Kennt sie den Herrn Baron Alda?«

»Nein, Herr Rittmeister. Sie ist erst seit zwei Monaten hier.«

»Wiederholen, Janos!«

Anatol erriet mehr, als er verstand, wovon die Rede war, denn Herr und Diener sprachen Ungarisch. »Abtreten!« kommandierte der Graf, und Janos machte, ohne eine Miene zu verziehen, kehrt. »So, das ist auch erledigt.« Er setzte sich und ließ den Kopf nachdenklich sinken. Gewiß begäbe sich Anatol jetzt auf sein Zimmer, um sich für die Reise herzurichten.

Aber Anatol blieb. »Kennen Sie Herrn Rundberg?«

»Nein – warum fragen Sie?«

»Weil Sie«, sagte Anatol lächelnd, »seine Befehle so eifrig befolgen.«

Der Graf blickte auf. »Meine Cousine tut es doch auch – und dann – das ist das Entscheidende – er ist Lutz Aldas Freund.«

»Sonderbar, da pfeift so ein kleiner Jud, und wir, die Grafen und die Barone – mich selbst schließe ich keineswegs aus –, sind bereit zu tanzen. Rundberg kenne ich nämlich. Wenn ich aufrichtig sein soll, auf mich hat er nicht den Eindruck einer außergewöhnlichen Persönlichkeit gemacht. Mein Gott, ein Jud wie tausend andere.«

»Selbst wenn dem so wäre, Herr von Bilinsky, und auch wenn er nicht Lutz Aldas Freund wäre – in einem solchen Fall würde ich den Rat eines Juden befolgen – sogar blind.«

Erstaunt sah Anatol ihn an. »Ich begreife nicht ...«

»Aus psychologischen Gründen, sozusagen. Gerade weil er ein Jude ist. Juden haben einen ausgeprägten Instinkt für Gefahr. Hätten sie ihn nicht, wären sie vom Erdboden verschwunden. Rundberg hab ich nie gesehen, aber ich kenne ihn, den Typ, meine ich, die Art Juden, wie er einer ist.«

»Ach Gott, jeder Herr hat seinen Juden«, widersprach Anatol.

»Den Juden, den er verdient, Herr von Bilinsky.« Vergeblich hatte der Graf der Zurechtweisung die Schärfe zu nehmen gesucht. Er erhob sich. »Sie werden verzeihen, das Thema ist unerschöpflich, und jetzt ist nicht der Moment für Gespräche dieser Art. Zudem haben wir ja bereits einen Entschluß gefaßt, und, ganz unter uns, mit der Sigurantza ist nicht zu spaßen. Besser auf Kaltes zu blasen, als sich an Heißem zu verbrennen! Ein jüdisches Sprichwort übrigens.« Er sah auf die Uhr. »In einer Stunde werden wir essen. Ich muß noch telefonieren. Sie entschuldigen.« Er verbeugte sich.

Beim Mittagessen sagte Graf Felix: »Ich fahre euch. Zuerst bringen wir Mutter zur Station. Bei Szalontha werden Martha und Herr von Bilinsky in Barinays Wagen umsteigen. Ich habe ihn angerufen, er kommt uns entgegen.« Für Anatol fügte er hinzu: »Er ist unser Verwandter – er fährt euch nach Arad, direkt zu Nagy.«

»Kennst du diesen Nagy?« fragte Martha.

»Gewiß, er ist bekannt in Arad«, sagte Graf Felix, »ein ziemlich wohlhabender Mann.«

»Nagy? Ein Ungar, nicht?« wollte Anatol wissen.

»Adalbert oder auch Béla Nagy ist Jude, sozusagen die rechte Hand des Barons Alt.«

»Wer ist Baron Alt?« fragte Anatol.

»Ein Jude, ich glaube, einer der reichsten in ganz Europa.«

»Ein Baron?«

»Ja«, lächelte Felix, »der Arader ist sogar schon als Baron geboren. In Ungarn gibt es viele jüdische Barone.«

»Ah ja«, nickte Anatol höflich Dank für die Aufklärung, die keine war.

»Froh bin ich, daß du diesen Nagy kennst«, sagte die Gräfin und blickte Martha ermunternd an.

»Wie lauten Rundbergs Instruktionen weiter?« fragte Martha und legte ihre Hand auf die der Tante.

»Wir müssen auf einen Mann warten, der ein Federchen am grünen Hut trägt. Oder auf ein Telegramm wegen zwei Ballen grünen Zwirns. Grün ist, scheint's, die Lieblingsfarbe von Herrn Rundberg«, sagte Anatol.

»Meine auch«, ergänzte die Gräfin. »Grün ist die Farbe der Hoffnung, heißt es.«

»Also trinken wir auf Grün.« Der Graf hob sein Glas. »Es ist auch eine der magyarischen Farben.«

Frau Stefanie Nagy, ›Fifi‹, nahm den Hörer ab. Sie tat das, wie alles, rasch und energisch. »Fifi«, hörte sie die zaghafte Stimme ihres Mannes, »küß die Hand.« – »Und weiter?« Fifi lächelte. – »Also ja, wir haben einen Gast zum Mittagessen.« – »Ist das alles?« – »Beinahe.« – »Was heißt, beinahe?« fragte Fifi streng. – »Rest beim Mittagessen.« – »Wer kommt?« Aber Béla sagte: »Küß die Hand« und legte auf.

Schon als ganz junges Mädchen hatte die Pächterstochter herausgefunden, daß ihre älteren Brüder sich nicht mit den Einkünften aus der Landwirtschaft begnügen wollten. Sie leiteten Warentransporte über gewisse stille Wege, die zu Béla Nagys Lagerräumen in Arad führten. Später machte sie mit. So hatte sie nicht nur Nagy, sondern auch Rundberg, Duttner und Eisner kennengelernt und schließlich eingewilligt, Nagys Frau zu werden.

Nagy entstammte einer wohlhabenden Familie und war als junger Mann in die ›Baron Altschen Betriebe‹ eingetreten. Bald hatte der Baron, der Vater des jetzigen Besitzers, an dem gefälligen und guterzogenen Angestellten einen Narren gefressen. Nagy durfte sich in der Welt umsehen, in englischen und böhmischen Fabriken arbeiten und die Textilfabrikation von der Pike auf erlernen. Fleiß und Sachkenntnis hatten ihn zur verläßlichen Stütze der Erben seines Gönners werden lassen. Er vertrieb die Erzeugnisse der Altschen Industrien und verdiente gut dabei. Da man nie zuviel Geld haben kann, wurde er auch Hauptabnehmer der von der Rundbergschen Organisation vor allem aus Frankreich ›importierten‹ echten Seide. So überaus begehrt war sie und der Zoll, der auf ihr ruhte, so hoch, daß das Geschäft an den Behörden vorbei hohen Gewinn abwarf. Nicht weiter auf fiel das Ganze, weil Fifis Brüder und später auch Fifi selbst als Mittelsleute auftraten und im Auftrag Rundbergs an Nagy lieferten. Ein- oder zweimal im Monat fuhren eben etliche Lastautos mehr in den Hof ein. Allein der Prokurist, der an der Transaktion beteiligt war, wußte, was gespielt wurde.

Als gegen Mittag ein Rosenstrauß abgegeben wurde, zusammen mit einer Karte, auf der lediglich ›vom Tarzan‹ stand, wußte Fifi, wer der Gast war, und freute sich auf seine Gesellschaft. Die Begrüßung mit Mischa Eisner fiel kameradschaftlich herzlich aus. Nach dem Mittagessen berichtete Mischa über den Zweck seines Besuchs. Ohne lange zu überlegen, sagte Fifi ihm ihre Unterstützung zu. Rundberg hatte eine Bitte geäußert – das sollte genügen. Eher zurückhaltend reagierte der Hausherr.

Gegen fünf Uhr nahm Mischa Abschied. Nach Rundbergs Weisung sollte er erst wieder auftauchen, wenn er bestimmte Aufträge erhielte. Die erwartete Dame werde in Begleitung eines Herrn kommen, der weder zu ihr noch zur Organisation in irgendeiner Beziehung stehe. Sogleich traf Fifi, bekannt für ihre Umsicht, die nötigen Vorbereitungen. Die Dame würde im Parterre wohnen, für den Herrn sollte im ersten Stock ein Zimmer gerichtet werden.

Eine Tür war ins Schloß gefallen, und der Knall riß Martha aus dem Schlaf. Sie schlug die Augen auf, ließ sie im Zimmer umherwandern. Ja, sie war wach; vorbei der Alptraum, die Ängste, die Bilder von Flucht und Verfolgung. Martha strich sich mit den Händen über Stirn und Augen, rief sich zurück in die Wirklichkeit. Wie gut es war, wach zu sein! Sie sprang aus dem Bett, ließ das Rouleau hinaufschnellen, öffnete das Fenster. Licht strömte herein, frische Luft füllte den Raum. Draußen standen naß und glänzend die kahlen Bäume, die Wintersonne hatte den Schnee von den Ästen geschmolzen, dünne flinke Rinnsale glitten die Stämme hinab. Als stünde der Frühling vor der Tür, dachte Martha.

Später am Frühstückstisch wußte Fifi zu berichten, sie sei unversehens knapp an Personal geworden. Die Schuld an diesem Mißstand trage der Herr, der mit Martha gekommen sei. *In flagranti* habe nämlich der Chauffeur seine Freundin mit ihm überrascht und dann beide grün und blau geschlagen.

Es war gut, daß Fifi kein Auge für die Wirkung hatte, die ihr Bericht auf Martha ausübte. Zorn, Bitterkeit oder Ekel hätte sie nur schlecht umschrieben. »Das ist mir natürlich furchtbar peinlich«, sagte Martha. »Gestern habe ich diesen Herrn Bilinsky zum zweiten Mal im Leben gesehen. Auf Herrn Candomirs Bitte hat er mich abgeholt und zu euch gebracht. Candomir ist ein Freund meines Verlobten, genau wie Karl Rundberg. Alles Weitere erzähle ich später einmal. Wenn dieser Herr sich mit dem Stubenmädchen einläßt, riskiert er eben, vom Chauffeur verprügelt zu werden. Das muß er mit sich selber ausmachen.«

Herr von Bilinsky ließ sich durch Béla Nagy entschuldigen. Leider müsse er auf das Frühstück verzichten – er fühle sich nicht wohl.

In derselben Nacht, da die Kommissionsmitglieder sich nach Czernowitz auf den Weg machten, erging an die Inspektorate aller transsilvanischen Städte – also auch an das von Oradea Mare – telefonisch der Befehl des Generalinspektorats von Bukarest, die Fahndung nach einer Frau Marfa Varsani einzuleiten. Als Zeugin werde sie benötigt. Barbulescu lächelte über die Bemühungen des Gestreiften, die Affäre – wenn es eine war – hochzuspielen; seine Meinung laut werden zu lassen, hütete er sich jedoch. Er wollte seinen Chef bei Laune halten, denn er plante Großes. Man würde nicht schlecht dabei verdienen.

Barbulescu sagte sich, falls die Gesuchte unterzutauchen gedachte, werde sie sich als Ungarin am ehesten an Landsleute halten. Hatte er sich mit seinen Nachforschungen auch wichtig zu machen gewußt vor dem Gestreiften – in Wahrheit war nichts anderes geschehen als das Übliche, ja, nicht einmal dies. Eine rasch hingeworfene Fahndungsmeldung war, kaum verschlüsselt, per Telefon durchgegeben worden. Daß aus Martha dabei ›Marfa‹ wurde, war wenig verwunderlich. Und wenn Varsany sich dazu noch in ›Varsani‹ verwandelte, hatte das fast etwas Selbstverständliches, da der Buchstabe Y im Rumänischen nicht vorhanden ist.

Sobald der Chef des Inspektorats Oradea Mare – auch Nagyvárad oder Großwardein – die Unterschrift unter der Meldung gelesen hatte, schob er den Zettel mit einer Grimasse von sich. Er kannte Barbulescu: Alles, was von diesem kam, war von vorneherein anrüchig. Daß Dumitriu gegangen war, wußte er bereits, nicht aber, daß Barbulescu Chancen hatte, sein Nachfolger zu werden. Inspektor Tudoratus Pflicht wäre es gewesen, die Meldung dem Fremdendezernat zur Erledigung zu überlassen, doch er verzichtete darauf. Warum? Aus Opposition. Soll er warten, dachte er. Statt dessen holte er Hut und Mantel aus dem Spind und ging in seine Stammbodega. Der Wein befreite ihn nicht nur von seinem Ärger, er brachte ihm auch Klarheit. Hinter dieser Marfa steckte Geld. Als Zeugin wurde sie gesucht – ein Verdacht war nicht einmal angedeutet. Kennen wir, Puffi! Was sie wohl auszusagen hätte? Auf jeden Fall hat es seinen Preis. Diesmal, mein Dicker, hab ich die Vorhand! So überlegte Tudoratu – der zwar seit kurzem erst Inspektor, lange genug jedoch bei der Sigurantza war – und begab sich beschwingten Schrittes ins Büro.

Es war ein Uhr, und die Beamten gingen zum Mittagstisch. Auch Hoinaru, der Chef des Fremdendezernats, machte sich gerade fertig. »Hoinarule«, sagte Tudoratu sanft, als er in das Büro des Beamten trat, »ich brauche die Bände N, O, R und V. Am besten, du gibst mir den Schlüssel. Was soll man das Zeug im Haus herumschleppen. Geh du nur ruhig zum Essen; ich komme schon allein zurecht.« Er lächelte, ganz wohlwollender Vorgesetzter. Das Pferdegesicht des Kommissars umdüsterte sich. »Ich kann gern dableiben und heraussuchen, was Sie brauchen, Herr Inspektor.«

»Aber nein! Ich suche sowieso eine Meldung von gestern; warum soll deine Ciorba deswegen kalt werden? Nur keine Angst, ich mache kein Durcheinander.«

Es gab manches, was der Chef besser nicht sah, dachte Hoinaru. Resigniert überließ er dem andern den Schlüssel.

»Geh nur, bleib gesund – und guten Appetit!«

»Sie sollen leben, Herr Inspektor«, verabschiedete sich der Kommissar.

Natürlich fand der Inspektor im Fremdenregister kein einziges Mal den Namen Varsani. Er kam einfach nicht vor, weder unter den Verdächtigen noch sonstwo. Ob sie vielleicht eine Einheimische war? Marfa Varsani – Rufname und Familienname paßten nicht zusammen. ›Marfa‹ hießen Bäuerinnen in der Moldau-Region oder, besser, in Bessarabien. Möglich schon, daß ein Hiesiger eine Frau von dort geheiratet hatte. Dann müßte sie allerdings unter den Leuten von hier zu finden sein. Auch wenn der Inspektor den Fall als Barbulescus Sache betrachtete, begann er sich mit dem Gedanken vertraut zu machen, ihn den Instanzenweg gehen zu lassen. Deshalb verschloß er die Meldung, die ihm soviel zu denken gegeben hatte, in der Schublade. Nichts überstürzen, sagte er sich. Der Wein bescherte ihm einen guten Einfall. Wenn man den verwirklichen könnte!

Doktor Ronescu, der das Meldeamt leitete, war nicht, was er vorzustellen sich bemühte. Mochte er auch vor undenklichen Zeiten einen Anlauf genommen haben, die Rechte zu studieren. Durchgefallen schon beim Ersten Staatsexamen, hatte er es aufgegeben. Er trank gern, nicht Wein, sondern Baratzk. Jeder wußte, daß er nach einem gewissen Quantum bereit war, unter Tränen zu schwören, er habe noch nie Bakschisch genommen. Das stimmte tatsächlich. Denn wie hätte er Bakschisch annehmen können, wenn ihm dergleichen nie angeboten worden war? Ein Sachverhalt, der ihn zwang, mit seinen kärglichen Bezügen hauszuhalten und, schlimmer noch, sich die eigene Unwichtigkeit einzugestehen. So war in seiner Brust ein mit Haß gepanzerter Ehrgeiz entstanden, der längst nicht mehr im Materiellen seine Befriedigung suchte. Es ging ihm nicht mehr um Geld. Was er sich sehnlichst wünschte: während seiner Karriere als rumänischer Polizeibeamter auch nur ein einziges Mal von so bestimmendem Einfluß zu sein, daß man ihm Bakschisch anbot. Nur so würde er endlich das Minderwertigkeitsgefühl den gehaßten Kollegen gegenüber los werden, die »etwas zu verkaufen« hatten.

Besagten Doktor Ronescu traf Tudoratu, scheinbar zufällig, im Club. Nicht allein, daß der um vieles Jüngere die devote Verbeugung des bisher Unbeachteten wohlwollend zur Kenntnis nahm, er blieb auch stehen, erkundigte sich nach Befinden und Arbeit und lud ihn dann zum Abendessen ein.

Als man miteinander gespeist hatte und der Baratzk schon seine Wirkung tat, sagte Tudoratu: »Ronescule, Sie sind ein erfahrener Mann; ich schätze Sie, darum will ich Ihnen etwas anvertrauen.« Aus der Tasche zog er einen Zettel, gab ihn jedoch nicht aus der Hand. »Das Ganze ist mehr Privatangelegenheit als Dienstsache.« Der Inspektor schwieg und beobachtete, scheinbar uninteressiert und beiläufig, sein Gegenüber.

Worte wie diese hatte der Leiter des Meldeamts noch nie gehört. Weder zu Zeiten der k. u. k. Monarchie noch als königlich rumänischer Beamter. Sie waren genau das, wonach seine Seele seit Jahrzehnten lechzte. So riß er seine kleinen farblosen Augen auf, beugte sich vor und legte die Hände an die Ohrmuscheln, damit ihm ja kein Wort entging. Doch der Inspektor ließ sich Zeit. Der weiße Zettel lag gefaltet zwischen Daumen und Zeigefinger. Jetzt mußte der ›Ungur‹ sprechen. »Danke, Herr Inspektor«, stammelte Ronescu. »Immer zu Ihren Diensten, Herr Inspektor, immer ...«

»Verstehen Sie, *doctore,* es ist eine Kleinigkeit, was ich brauche. Dennoch halte ich es für unumgänglich, daß sich der Sache ein vertrauenswürdiger Mensch annimmt. Vielleicht schaut sogar etwas dabei heraus. Auch für Sie natürlich.« Der Inspektor hatte geendet. Er trank den Rest seines Kaffees und tat einen genußvollen Zug an seiner Zigarette.

Ronescus Gesicht, vor einer Minute noch leer vor Erstaunen, strahlte von Glück. Der Chef des Meldeamts erinnerte an ein Kind, dem der heißeste Wunsch in Erfüllung gegangen ist. »Bestimmt werde ich Sie nicht enttäuschen, Herr Inspektor«, war alles, was er hervorzubringen vermochte.

»Hier ist der Zettel.« Der Inspektor schob ihn zu Ronescu hinüber. »Nein, nicht lesen, stecken Sie ihn ein, Sie haben Zeit. Die Adresse brauche ich, ich persönlich. Beim Fremdendezernat findet sich der Name nicht. Suchen Sie, Ronescule, und wenn Sie fündig werden, morgen um die Mittagszeit bin ich in der ›Bodega Stan‹.« Der Inspektor fuhr sich über das Haar, rückte seine Krawatte zurecht, als er in eher unverbindlichem Ton sagte: »Ich muß jetzt gehen. Tun Sie ihr bestes, Ronescule!«

»Herr Inspektor«, sagte Ronescu am nächsten Tag, »ich kann Ihnen noch keine befriedigende Auskunft geben. Keine Anhaltspunkte. In den Büchern von 1929 bis 1940 gibt es keine Marfa Varsani – weder eine ›sie‹ noch ein ›er‹ findet sich. ›Varsani‹ ist kein rumänischer Name, auch kein deutscher oder jüdischer. Verloren gebe ich die Schlacht allerdings noch nicht, auf keinen Fall. Ich weiß zu wenig, muß noch andere Quellen heranziehen, vorsichtig natürlich. Das wird zwei, drei Tage dauern.«

»Gut, Ronescule. Suchen Sie ruhig weiter und – wenn von meinem Amt die offizielle Anfrage kommt, geben Sie eben Bescheid: hier nicht gemeldet. Es wäre allerdings gut, wenn Sie die Frau finden könnten – vielleicht lohnt es sich.« Tudoratu schloß die Augen und öffnete sie wieder: Es war kein Zwinkern – weit mehr.

»Bestimmt, ganz sicher, Herr Inspektor. Bitte, lassen Sie mir Zeit.«

Ronescu saß wieder an seinem mit Tintenflecken übersäten Schreibtisch und starrte auf den kleinen Zettel. ›Marfa Varsani‹ las er noch einmal. Er hatte das seit gestern viele Male getan und sich vorgenommen, diese Varsani zu suchen und auch zu finden, wenn es sie gab. Eine Varsani mit einem i am Schluß, die Marfa hieß. Der Familienname, wenn man ihn laut aussprach, war ungarisch; doch Marfa – Varsani, Varsani. Ronescu starrte den Zettel böse an. So stand es da, natürlich – diese Zigeuner schreiben ja alles mit i, aber – Varsany, ja, Varsany! Die kannte er, hatte er gekannt. Nicht hier in Nagyvárad. Ronescu, einstmals Ronay, dachte ungarisch. Bei Szalonta hatte es einmal die Barone Varsany gegeben. Nemesfalva oder Karoly oder – und hier? Mein Gott – wann war das noch gewesen? – hier wohnte auch einer. Den Varsany Arpad von den Husaren – wo der nur hingekommen ist? Muß heute ein alter Mann sein, war schon 1912 Rittmeister. Varsany, Varsany – bestimmt gibt's Leute, die mehr über sie wissen als ich. Alte Leute, Ungarn. Soll sich der Inspektor, dieser Zigeuner, darum kümmern, wenn er verdienen will. Verdienen! – Ronescu sprang auf. Verdienen, nein, das soll er nicht. Wenn es hier zu verdienen gab, dann wollte er, Ronay, es ganz allein. Denn viel herumfragen darf er wohl nicht, der Zigeuner, sonst schnappt's ihm jemand weg.

Um zehn Uhr war Ronescu unterwegs. Er tat, was er früher ängstlich vermieden hatte, und bediente sich nur des Ungarischen bei diesem Rundgang. Denn die Leute, mit denen er sich unterhielt, konnten oder wollten nicht Rumänisch sprechen. Um zwölf Uhr wußte er eine Menge, und um ein Uhr, nach seinem Besuch beim Besitzer des Parkhotels, der Jude, aber echter Ungar war, hatte er beinahe alles erfahren, was es über die Varsanys zu wissen gab. Auch über einen Prozeß, der vor acht oder zehn Jahren in Paris stattgefunden hatte und in dessen Mittelpunkt besagter Baron Arpad stand, hatte er einiges gehört. Es hieß, der Rittmeister habe jemanden schwer verletzt. Die Einzelheiten waren dem Hotelier nicht mehr erinnerlich. Am besten, Ronay wende sich an Pasztor Jenö, der früher Journalist gewesen war. Der Mann werde sich bestimmt an alles erinnern.

Genau wie allen anderen gab der Chef des Meldeamts auch Pasztor sein Ehrenwort, daß er nicht dienstlich, sondern rein privat interessiert sei. Die Befragten hatten ihm geglaubt, da man seine Funktion kannte. Auch der alte Pasztor stand nicht an, dem Besucher zu erzählen, was er wußte. Und das war nicht wenig. So zum Beispiel, daß Arpad Varsany ein Cousin der alten Gräfin Zinnendorf sei. Ja, und der Mann, den er in Paris verprügelte, sei sein Schwiegersohn gewesen – ein Rumäne. Er, Pasztor, habe damals – es sind kaum, warte mal, neun Jahre her – einen wunderbaren Artikel geschrieben, und daraufhin hätten die rumänischen Politiker Varsany erledigt. Wieso Ronay das nicht wisse? Ja, Ronay irre sich nicht, Nemesfalva – wie es jetzt heiße, wisse Pasztor nicht – habe dem Baron gehört. Ob es, unterbrach Ronay den Ex-Journalisten, eine Varsany Marfa gegeben habe. – Marfa? Was sei das für ein Name. So hießen doch Frauen bei Tolstoj oder Dostojewskij. – Auch Rumäninnen nennen sich Marfa, widersprach Ronescu. – Pasztorbacsi schüttelte den Kopf, daß die überlangen weißen Haare flogen. Ein Mißverständnis vielleicht: ›Martha‹ statt ›Marfa‹? Martha, natürlich, die Tochter von Arpad habe so geheißen, die Frau des Rumänen. Ein einfacher Name, so ein rumänischer, er falle ihm nur nicht ein. Falls ihm soviel daran liege, müsse er in alten Zeitungen nachlesen. Daß diese Martha ihren Vornamen rumänisiert habe, könne schon sein. Ronay habe doch auch Imre geheißen – wie er sich denn jetzt nenne? Der alte Herr wartete die Antwort nicht ab, denn im Spielzimmer des Clubs, wo das Gespräch stattfand, hatte sich sein Wannak-Partner eingefunden.

Als tags darauf ›betreffend Marfa Varsani‹ die offizielle Weisung der Sigurantza an die Quästur, Abteilung Einwohnermeldeamt, gelangte, unterschrieb Ronescu den Bescheid: ›Hierorts nicht gemeldet‹. Zwei Tage später, gegen sieben Uhr abends, als er den Club verließ, erspähte Ronescu den grauen Plymouth des Grafen Zinnendorf, der vor dem Restaurant Marasesti parkte. Es war kaum anzunehmen, daß der Rittmeister in diesem populären Lokal verkehrte. Wahrscheinlich hatte sein Chauffeur es aufgesucht, um sich einen raschen Imbiß zu gönnen. Tatsächlich saß Pista in der Nähe der Theke, Mütze und Mantel neben sich auf dem Stuhl. Er war ein Nagyvárader und kannte Ronescu. So grüßte er ihn wie eben Chauffeure ihnen bekannte Polizeibeamte grüßen, und zwar auf rumänisch. Doch Ronescu erwiderte auf ungarisch: »Ich habe den Wagen draußen stehen sehen, Herr Kovacs. Ist der Graf in der Stadt?«

»Nein, Herr Doktor. Ich habe den Tierarzt zurückgebracht, ein Pferd ist krank.«

»Das tut mir leid – aber, bittschön, könnten Sie mich mitnehmen? Ich habe mit dem Herrn Grafen und auch mit dem Pfarrer etwas zu besprechen.«

»Warum nicht? Gleich fahren wir. – Zahlen!«

Während der kurzen Fahrt kam Ronescu nicht ein einziges Mal der Gedanke an das Abenteuerliche seines Unternehmens. Er hatte auch nicht einmal eine richtige Vorstellung oder gar einen Plan. Was wollte er eigentlich beim Grafen, wonach ihn fragen?

Als er ihm jedoch gegenübersaß, ging alles glatt. »Herr Graf« – er sprach selbstverständlich Ungarisch –, »ich bitte Sie, mich nicht mißzuverstehen. Wenn ich hier bin, so nur, um Ihnen vielleicht eine kleine Gefälligkeit zu erweisen.«

»Danke, Herr Doktor, sehr verbunden«, sagte der Graf höflich. Er wußte, was der Besucher von ihm wollte, und war nicht beunruhigt. Ronescu war keiner von der Sigurantza. Konnte sein, daß sie sich seiner als Mittelsperson bedienten. Wahrscheinlich sollte er nur das Honorar festsetzen.

Wenn auch die Art, wie Ronescu seine Sache vorbrachte, befremden mochte, im Kern wollte er das, worauf der Graf vorbereitet war. Vom Generalinspektorat wurde Martha als Zeugin gesucht. Ronescu hatte nicht angedeutet, in welcher Angelegenheit. Ob er das überhaupt wußte? Er würde sich sicherlich am Schluß seiner Ausführungen, aus denen deutlich Haß und Verachtung für seine Kollegen von der Sigurantza herauszuhören waren, darauf beschränken, das Honorar zu nennen. Jetzt ist es soweit, dachte Zinnendorf, denn er hörte Ronescu sagen: »Darum, Herr Graf, bin ich hierhergekommen. Man fährt besser, wenn man mit Zigeunern nichts zu tun hat. Erlauben Sie mir, Sie zu warnen. Ihre Frau Cousine ...«

»Wären Sie vor drei, nein, vier Tagen gekommen, Sie hätten sie hier noch angetroffen. Volle zwei Monate war sie bei uns zu Gast. Ihr Verlobter hat sie abgeholt: irgendwelche Einladungen.«

»Herr Graf«, sagte Ronescu, »wenn Sie die Möglichkeit haben, warnen Sie Ihre Frau Cousine. Es ist besser, sie weiß Bescheid.«

»Mein Gott, sie hat doch ihren Verlobten, und der ist Rumäne.«

»Rumäne?« Ronescu dehnte das Wort. Deutlich konnte man seine Verwunderung heraushören. Offenbar hatte diese Martha aus ihren Erfahrungen mit dem einen Rumänen nicht das geringste gelernt. Dennoch beeilte er sich, als Konzession hinzuzufügen: »Es gibt auch anständige Rumänen.«

»Oh, der Verlobte meiner Cousine ist ein höchst anständiger Rumäne. Mein Freund ist er, noch aus der alten Zeit. Seinen Namen werden Sie vielleicht schon gehört haben: Alda heißt er, Ludovic, oder auch Lutz Alda«, sagte der Graf lebhaft.

»Mir scheint ... Ja, gewiß«, sagte der Beamte beflissen, doch unsicher.

Zinnendorf zog ein Schlüsselbund aus der Tasche und trat an den Sekretär, der links neben seinem Schreibtisch stand. Das mittlere Fach schloß er auf, während er überlegte: wieviel? Da hörte er die Stimme Ronescus und drehte sich um.

Ronescu stand wie angewurzelt und starrte durch seine Brillengläser auf irgendeinen Punkt im Raum. Selbstvergessenheit und Trauer sprachen aus seinem Gesicht. »Herr Graf«, seine Stimme hatte etwas kindlich Verzweifeltes, »ich war mehr als zwanzig Jahre Beamter bei den Zigeunern. Alle ihre Verordnungen und Erlasse kann ich auswendig, und nie habe ich auch nur einen Bani Bakschisch genommen. Nie, ich schwöre Ihnen das! Nächsten Monat gehe ich in Pension. Ich will nicht – geben Sie mir keinen Bakschisch«, flehte er. »Ich bin zu Ihnen gekommen von Ungar zu Ungar«, setzte er fast ohne Stimme hinzu. Dann wußte er nicht weiter.

Der Graf wandte sich vom Sekretär weg; die Schlüssel fielen leise klirrend in seine Tasche zurück. Auf den kleinen, dicken Beamten trat er zu, und während er ihm die Hand schüttelte, sagte er: »Schön, Herr Doktor Ronay! Ich danke Ihnen für Ihren guten Willen und noch mehr für die Erfahrung, die ich machen durfte. Von Ungar zu Ungar – das ist gut, ich danke Ihnen!«

Der Leiter des Einwohnermeldeamts wurde zum Nachtmahl eingeladen. Diese Ehre, wußte er, wäre ihm nie zuteil geworden, hätte er Bakschisch genommen. So saß er da, der Ronay Imre, als Gleichberechtigter, Gleichwertiger, trank Baratzk, und ein Diener mit weißen Handschuhen servierte angenehm paprizierte ungarische Speisen. Nach dem Essen plauderte der Graf mit ihm, und dabei fiel sooft der Name Alda, daß er unbedingt in Ronescus Gedächtnis haftenbleiben mußte. Um elf Uhr fuhr ihn Pista nach Hause.

Er bat den Chauffeur, vor dem Club zu halten. Heute gab es dort Musik und Tanz, und es war ihm nicht danach, schon schlafen zu gehen. An der Bar rührte er kaum sein Glas an. Berauscht war er bereits, der Ronay Imre, trunken von der beseligenden Zufriedenheit mit sich selbst. Auf seinem Gesicht lag der Abglanz dessen, was er erlebt hatte. Auch als er in die Glotzaugen Tudoratus blickte, der ihm fragend auf die Schulter klopfte, wich die heitere Leichtigkeit nicht von ihm. Verständlich, daß der Inspektor sich keinen Reim zu machen wußte auf die Würde, mit der ihm der Ungar erwiderte: »Ich werde mich bei Ihnen morgen einfinden, Herr Inspektor, und Bericht erstatten.«

»Sie wissen?« fragte Tudoratu freudig.

»Alles.« Den letzten Trumpf in dem Spiel, das er eigentlich mit sich selber spielte, wollte der Leiter des Meldeamtes noch nicht aus der Hand geben. Sorgfältig mußte der Schlußakkord gesetzt werden. Diesem Zigeuner würde er es schon zeigen. Der sollte den Unterschied kennenlernen zwischen einem korrekten Beamten der alten Schule und dem Gesindel, das sich breitmachte mit seinen Titeln und dabei nur an eines dachte: »Was schaut dabei heraus?«

»Und jetzt können Sie mir nichts mitteilen?« fragte Tudoratu.

»Sie müssen entschuldigen, Herr Inspektor, ich halte es nicht für angezeigt. Bestimmen Sie bitte die Stunde, ich werde mich pünktlich einfinden und Bericht erstatten.«

Mit unterdrückter Wut schluckte Tudoratu die Zurückweisung und sagte: »Morgen um neun, in meinem Büro, *la revedere, doctore*.« Jovial winkend tauchte er unter im Gewühl der Tanzenden.

Am nächsten Morgen, Schlag neun Uhr, trat Ronescu in das Büro des Inspektors. Sein Bericht war kurz und präzise.

Tudoratu, erdrückt von soviel amtlich offizieller Prägnanz in einer Affäre, deren privaten Charakter er wiederholt betont hatte, mußte sich erst fassen, bevor er überhaupt etwas sagen oder fragen konnte. Was der Ungar da rapportierte in seinem schweren Schriftrumänisch, mit dem mühsamen, die Nerven strapazierenden transsilvanischen Tonfall, war zuwenig oder zuviel. Eine Angelegenheit wie diese mußte weicher, sozusagen ›gemütlicher‹, verfolgt werden.

»Setzen Sie sich doch, *doctore* – nicht so hastig! Wir sollten die Angelegenheit in Ruhe besprechen. Rauchen Sie? Bitte!« Er schob Ronescu die Zigarettenschachtel hin. Als beide sich bedient hatten, sagte er: »Gut haben Sie gearbeitet, ausgezeichnet. Wir müssen jetzt überlegen, was sich daraus machen läßt. Sie haben erraten, nicht wahr? Bukarest interessiert sich für jemanden. Für die dort gibt es keine Martha Varsany. Wir indes wissen, wer sie ist. Ich bin sicher, dabei schaut was heraus.«

Tudoratu hatte in seinem Eifer zuviel gesagt. Zwar schmeichelten die Worte des Inspektors dem Leiter des Meldeamts, aber gestern war er Gast eines Grafen gewesen. Das wog schwer und verpflichtete. Nicht ein Wort sollte von dem, was er sich über die Gründe für das Interesse an Martha Varsany zusammengereimt hatte, über seine Lippen kommen. »Herr Inspektor, ich habe mir wirklich den Kopf zerbrochen, mehr kann ich Ihnen einfach nicht sagen. Ich habe Ihren Auftrag ausgeführt, so gut wie das möglich war.«

»Aber ja, sicherlich, doch …« Tudoratu mit seiner ganzen Gerissenheit stand jetzt genau da, wo vor drei Tagen der dumme Ungar gestanden. Er wußte und konnte mit dem, was er wußte, nichts anfangen. Einfach ärgerlich! Hatte er sich dafür mit dem sturen Kerl eingelassen? Wenn der wenigstens das Maul hielt. »Gut, geben Sie mir die Daten.« Er legte den Bericht, ein kalligraphisches Meisterwerk, vor sich hin. »Ich danke Ihnen sehr, Doktor Ronescu.«

Man kann halt nicht jedes Geschäft machen, dachte Tudoratu, als er allein war und den Text noch einmal durchlas. Er holte den Zettel hervor und verglich. Was der Ungar da geschrieben hatte, stimmte. Schade. – Schon hatte er das Blatt in der Hand, um es zu zerreißen, als ihm ein Gedanke kam, ein guter, ja ein ausgezeichneter Gedanke. Wer weiß, am Ende wird Puffi wirklich Generalinspektor. Ob es dann nicht besser wäre … Kurz, vielleicht ließe sich etwas mit dem Bericht anfangen. Ludovic Aldas Verlobte …

»Du wärst wohl froh, wenn es mit dem Besuch ein Ende hätte!« Béla Nagy blickte seine Frau forschend an.

»Ja, wär er nur schon weg, der Mann. Sie dagegen könnte ruhig dableiben, ein ganzes Leben.«

»Ein Mensch ist sie. – Doch jetzt mach dich fertig und bring dem edlen Herrn das Frühstück«, sagte sie, und ihr Ton schlug in Spott um.

Seit dem ›Unfall‹ teilte sich Béla die Betreuung des ›Herrn im ersten Stock‹ mit dem Bürodiener Jozsi. Ilona, die Köchin, hatte sich geweigert, den Gast zu bedienen: Könnte ihr nicht dasselbe passieren wie Elsa? hatte sie gemeint. Gern war Béla für sie eingesprungen. Als seine verständnisvolle, weltmännisch diskrete Art jedoch kalter einsilbiger Höflichkeit begegnete, hatte auch er seine Freundlichkeit zurückgenommen.

Heute brachte Béla ein Telegramm von Rundberg. Der große Ballen wurde angefordert. Das hieß, Tarzan würde kommen und den Gast holen. »Wir sind ihn los«, rief Fifi und schwenkte das Blatt vor Martha, »mit dem Mittagszug fährt er ab, und du bleibst hier, ich meine, wenn du willst!«

»Natürlich will ich, Fifi. Das weißt du doch.« Die Zuneigung der kleinen Frau, mit der sie sich inzwischen sogar duzte, tat ihr wohl; in ihrer Obhut wußte sie sich geborgen, geschützt vor Gefahr und – Versuchung. Versuchung? Über Marthas Gesicht war ein Schatten gehuscht. Wie hätte ihn Fifi bemerken sollen? Tatsache war, daß Martha wußte, wie nahe sie daran gewesen war, sich dem Mann hinzugeben, der sie mit glühenden Worten bestürmt, ihr seine, wie sie dachte, leidenschaftliche Seele entgegengehalten hatte. Angerührt von seiner Einsamkeit – und tief drinnen zermürbt von der eigenen? –, hatte sie ihm helfen, ihn trösten, ihn glücklich machen wollen. War es das, nur das, was sie quälte? Nein, da war noch anderes, die Frage, ob sie, Aldas Verlobte, vom gleichen Kaliber wie Elsa wäre. War sie ihm, im Grunde, nicht genauso entgegengekommen wie die Freundin des Chauffeurs? Nur daß er sich eben den Aufwand an Worten, an schmeichelnder Verstellung beim Zimmermädchen hatte ersparen können. Da war ein Blick, eine Streichelgeste genug gewesen, damit er bekam, was er wollte und was für ihn dasselbe blieb, ob Martha es ihm gab oder Elsa. Ein derbes Quiproquo, bei dem Martha wie durch ein Wunder davor bewahrt worden war, aus den Kulissen zu treten.

»Das ist Herr Eisner, genannt ›Tarzan‹, Karl Rundbergs Freund«, stellte Fifi vor.

Martha erhob sich und reichte dem untersetzten Mann die Hand. »Ich freue mich, Herrn Rundbergs Freund kennenzulernen.«

»Frau Baronin«, sagte Eisner nach einer eckigen Verbeugung, »ich bin der Mann mit der Feder am grünen Hut.« Er hatte den Hut mit aufs Zimmer gebracht.

»Sie sind legitimiert, Herr Tarzan«, lächelte sie.

»Ja«, sagte Eisner und blickte Martha verlegen an, »eigentlich soll ich Sie noch fragen, ob Sie Herrn Bilinsky etwas zu bestellen haben –.«

»Gut, bestellen Sie ihm, bitte, daß ich ihm dankbar bin für seine Umsicht und dafür, daß er mich zur Familie Nagy gebracht hat, und sagen Sie ihm herzliche Grüße.«

»Wird ausgerichtet, Frau Baronin. Ich gehe jetzt zu dem Herrn hinauf, dann komme ich noch einmal vorbei.« Er verbeugte sich und ging. Im ersten Stock klopfte er an, wartete aber die Aufforderung zum Eintreten nicht ab. »Guten Morgen«, sagte er, und als er keine Antwort bekam, noch einmal »guten Morgen. Ich habe ein Telegramm.« Seinen grünen Hut hielt er in der Hand.

Der Körper, dessen Umrisse sich unter der Decke abzeichneten, blieb bewegungslos. Nur ein Büschel dunkelblonden Haars war zu sehen. Eisner wußte, was vorgefallen war. »Herr – Herr Graf«, sagte er, »wir fahren in zwei Stunden nach Candomireni. Jawohl.« Er zog die Verbindungstür fest hinter sich zu. »Ich bin der Mann mit dem grünen Hut und der weißen Feder, und hier ist das Telegramm. Bitte, machen Sie sich fertig. Um ein Uhr siebzehn geht unser Zug.«

»Ich fahre nicht, ich bin krank und will nicht gestört werden.« Die Bettdecke dämpfte die Stimme lediglich, von dem überheblichen Klang nahm sie ihr nichts.

»Sie sind nicht krank, Herr, und selbst, wenn Sie es wären, müßten Sie fahren«, sagte Eisner ruhig.

Keine Antwort. Eisner zündete sich eine Zigarette an, zog einen Stuhl ans Bett und überließ sich, geräuschvoll den Rauch ausstoßend, seinen Gedanken. Der Pan mußte weg, Rundberg wollte es so. Für die Nagys war es einfach zu gefährlich, ihn im Haus zu behalten. Eisner rauchte immer bedächtiger, und als er den Stummel im Aschenbecher zerdrückte, sagte er fast sanft: »Herr Graf, das hat keinen Sinn, dieses Versteckspiel, meine ich. Schade um die Zeit. Um ein Uhr siebzehn müssen wir fahren, stehen Sie auf. Ich werde Ihnen helfen, auch beim Packen.« Dann schwieg er und wartete ein Weilchen. »Wir haben Schlafwagen für die ganze Reise, ich werde mich um Sie kümmern.« Wieder schwieg er, und als keine Antwort kam, fügte er hinzu: »Ich werde Sie pflegen.« Er wartete – keine Antwort. Da faßte Mischa die Bettdecke mit beiden Händen: ein Ruck, und er hatte sie weggerissen und hinter sich auf einen Stuhl geworfen. Blitzschnell richtete sich der Körper auf, so daß die Kompresse vom Gesicht fiel und die Augen sichtbar wurden, grünlich schillernde Augen, die haßerfüllt aus bläulich-gelben Lidern blickten. Über geschwollene Lippen kam es zischend: »Judenfresse, dreckige!«

Was hat die ganze Sache mit Jud oder Nichtjud zu tun, dachte Mischa rascher als gewöhnlich. »Herr Graf, der Feri, ich meine, der Chauffeur, der Sie so zugerichtet hat, ist kein Jude. Ungar und katholisch ist er«, sagte er langsam und verzog sein hölzernes Gesicht zu einem Lächeln. »Hören Sie doch, Rundberg hat telegrafiert. Sie müssen weg von hier, fort aus der Stadt, aus Transsilvanien. Von ihrem, na ja – Duell mit Feri hat er keine Ahnung. Daß dieser grobe Kerl einfach auf einen Grafen loshaut, als wäre der auch ein Chauffeur! Und noch hat er nicht genug, der macht Sie fertig, wenn er Sie erwischt. Diese Ungarn sind hitzig, gelt, Herr Graf?« fragte er gemütlich.

Aus dem verschwollenen Gesicht verschwand die Überheblichkeit. »Soll er sich nur trauen, ich gehe zur Polizei.«

»Gerade das wollen wir verhindern. Auf keinen Fall darf sich die Polizei da einmischen. Ist das nicht auch in Ihrem Interesse, Herr Graf?« Mischa fühlte, daß er mit dem schwierigen Herrn auf dem richtigen Weg war. »Am besten, Sie reisen ab, und zwar so rasch wie möglich. Nachfahren wird er Ihnen nicht, er weiß nicht einmal, wer Sie sind und woher Sie kommen.«

»Verbandstoff«, befahl der invalidierte Liebhaber.

»Wozu?« fragte Eisner naiv.

»Verbandstoff, viel Verbandstoff, wenn ich fahren soll.«

Jetzt, wo er den Pan soweit hatte, wollte Eisner sich nicht mit Fragen aufhalten. »Gut, Verbandstoff, viel Verbandstoff«, sagte er und verständigte Frau Nagy. Die würde schon alles Nötige veranlassen. Tatsächlich, als er später wieder ins Zimmer trat, war der Pan kunstvoll vermummt. Als ob er's gelernt hätte, dachte Eisner. Mull, Leinen und Watte ließen nichts frei außer zwei schmalen Schlitzen für die Augen und einem Mundloch, gerade groß genug, die Zigarette hindurchzuschieben. »Haben Sie noch einen Wunsch?« fragte Eisner.

Der Pan wollte den Kopf schütteln, hielt jedoch inne. »Ja,

melden Sie mich bei der Frau Baronin. Ich habe ihr Wichtiges mitzuteilen«, sagte er.

»Bitte, zu Befehl, ich eile.« Eisner griff nach seinem grünen Hut und ging zur Tür.

Martha hatte, als Eisner ihr den Wunsch Anatols übermittelte, sie vor der Abreise noch einmal zu sprechen, schon die Ablehnung auf den Lippen gehabt, sie aber in letzter Minute unterdrückt. Obwohl sich alles in ihr dagegen sträubte, sagte sie: »Bitte, ich erwarte Herrn von Bilinsky hier.« Es war gewiß vernünftiger so. Die Eskapaden eines ihr beinahe Unbekannten waren dessen Privatangelegenheit. Durch außergewöhnliche Umstände war sie gezwungen, die Gastfreundschaft Fremder anzunehmen. Die gleichen Umstände hatten dazu geführt, daß irgendein Herr Bilinsky ihr Begleiter geworden war. Für sie war und blieb er ein Herr, der ihr durch seine Bemühungen, aus denen ihm leicht Unannehmlichkeiten hätten erwachsen können, einen Dienst erwiesen hatte. Alles andere war peinlich, mehr nicht. Als er ins Zimmer trat, schien sie seine Vermummung nicht wahrzunehmen. »Sie reisen ab, wie ich erfahren habe. Erlauben Sie mir, Ihnen gute Fahrt zu wünschen und meinen besten Dank auszusprechen für Ihre Bemühungen.«

»Nicht der Rede wert«, kam es dumpf zurück.

»O doch – also noch einmal herzlichen Dank.«

»Bitte – bevor ich abreise, möchte ich Ihnen noch etwas mitteilen.«

»Ja?«

»Die – dumme Geschichte, ich meine« – er wies auf seinen verhüllten Kopf –, »sie scheint ernster genommen zu werden, als sie es verdient.«

Martha zuckte verständnisvoll die Achseln.

»Dennoch – pardon« – er deutete eine Verbeugung an – »wünsche ich nicht, daß über diesen Zwischenfall gesprochen wird.« Eine Bitte, vorgetragen in herrischem Ton.

Martha hätte am liebsten gelacht. Sie blieb sachlich. »Ihr Wunsch ist allzu begreiflich. Wenn ich nur wüßte, was ich zu seiner Erfüllung beitragen kann. Nun, Sie sind sowieso bald nicht mehr hier.«

»Es geht mir keineswegs darum, was man hier darüber spricht. – Ich möchte nicht, daß Baron Candomir von der Sache erfährt.«

»Ich selbst werde ihm jedenfalls nichts sagen, und die anderen kennen weder Sie noch Baron Candomir.«

»Der Mann mit der Feder am Hut – ich weiß nicht, wie er heißt – ist genau informiert. Er wird Rundberg einweihen. Dann weiß es auch Baron Candomir. Ich will das nicht!«

Martha bewahrte nur mühsam die Ruhe. »Ich weiß nicht, wie ich das verhindern könnte. Vielleicht sollten Sie mit Herrn Eisner – so heißt der Herr, der Sie begleiten wird – sprechen, ich meine, von Mann zu Mann? Ich bin sicher, er hat Verständnis für Sie und ist diskret.«

»Ich kann nicht von Mann zu Mann mit Rundbergs oder Eisners sprechen –.«

»Nicht?« Es klang verwundert, naiv.

»Nein! Ich will auch nicht.«

»Deswegen soll wohl ich Herrn Eisner darum ersuchen? Nun, ich bin Ihnen Revanche schuldig. Ich werde mit ihm sprechen.«

»Vergessen Sie nicht, durch Ihren Freund sind Sie dem Kreis um Rundberg verbunden. Diese Leute werden eher auf Sie hören als auf mich. Und dies um so mehr, wenn Sie ihnen klarmachen, daß ich weiß, wo Alda ist und von diesem Wissen gegebenenfalls Gebrauch zu machen gedenke. Mir kann nichts passieren – ihm jedoch allerhand! Sie verstehen, gnädigste Baronin?«

»Nein«, sagte sie kopfschüttelnd. »Überhaupt nichts verstehe ich.« Sie hatte nur den Haß in seinen Worten wahrgenommen, der Sinn war ihr entgangen.

»Ganz einfach. Die Sigurantza ist auf der richtigen Spur, und ich könnte ihr ein bißchen unter die Arme greifen, denn ich weiß, wohin Ihr – wohin Alda gegangen ist. Wissen gegen Wissen. Wird gesprochen, worüber ich geschwiegen haben möchte, dann erzähle ich, wovon ich sonst den Mund gehalten hätte.«

»Aha – jetzt weiß ich, was Sie meinen. – Daß Alda gerade Sie ins Vertrauen ziehen mußte! – Nun, das ist jetzt nicht wichtig.

Sie verfügen über die stärkeren Geschütze. Was in meiner Macht steht, soll geschehen. Und jetzt – ich glaube ...«

»Ja, Sie erlauben, daß ich mich zurückziehe, gnädigste Baronin.« Er verbeugte sich. »Schade – doch wenn einen der Durst quält, trinkt man eben auch Wasser. Was nützt es schon, zu wissen, daß Champagner besser schmeckt? Gerade Sie müßten das verstehen. War doch ziemlich lange Ihr Beruf, das Champagnertrinken, meine ich, und natürlich was sonst noch dazugehört.«

Martha blickte stumm vor sich hin. Sie war weder zornig noch entrüstet, nur angewidert. In der Bewegung, mit der sie ihn gehen hieß, lag Ekel.

Als sie später mit Eisner sprach, war sie gefaßt und ruhig. »Herr Tarzan, Sie müssen jetzt gut aufpassen. Was ich Ihnen sage, ist von äußerster Wichtigkeit.«

»Ich paß schon auf«, sagte er und verschränkte die Arme.

»Der Herr Bilinsky – Sie wissen, er ist reizbar, nervös. Lassen Sie ihn auf der Reise nicht allein und erwähnen Sie mit keinem Wort mehr die – Geschichte. Er wünscht das nicht, und wenn ihm sein Wunsch nicht erfüllt wird, kann er uns, ich meine, Herrn Alda ... Sie kennen ihn, Herr Eisner –?«

»Er ist doch der – Freund von Karl Rundberg.« Mischa hatte anderes sagen wollen. Ihm war aber eingefallen, daß die Dame nicht zu wissen brauchte, welche Rolle ihr Verlobter als Chef, als der Uden, spielte.

»Ja, er ist Rundbergs Freund. Wissen Sie, wie die Franzosen sagen, Herr Eisner?«

»Die Freunde meiner Freunde sind auch meine Freunde. Und das stimmt, Frau Baronin.«

»Ganz sicher stimmt es. Herr Bilinsky ist, wie gesagt, in einem fast unberechenbaren Zustand. Er hat gedroht, der Sigurantza alles zu verraten, falls man Herrn Candomir von dem Zwischenfall erzählt.«

Nur zwei Wörter hatte Eisner verstanden. »Verraten? – Sigurantza?« wiederholte er.

»Es war leider nicht mißzuverstehen. Aber – wahrscheinlich will er nur drohen. Jedenfalls werde ich Ihnen zwei Briefe mitgeben, für Rundberg und Herrn Candomir. Und Sie, Sie halten sich zurück, auch wenn es Ihnen manchmal schwerfallen mag.« Sie lächelte ihm zu, kameradschaftlich, ja freundschaftlich.

»Ich versprech's«, lächelte er zurück.

»Ich weiß. – Jetzt schreibe ich rasch die Briefe.« Sie sah auf die Uhr. »Ihnen bleibt noch mehr als eine Stunde. Von hier fahren Sie doch direkt zur Bahn?«

»Ja, ich habe meinen Koffer dabei, wenngleich ...« Er stand auf und trat ans Fenster. Dann sagte er zu Martha: »Wir werden nicht mit der Bahn fahren, das wäre zu riskant. Allein der verbundene Kopf – und das Maul ist noch gefährlicher, Sie verzeihen, Frau Baronin. Schreiben Sie in Ruhe Ihre Briefe. Wir nehmen das Auto.«

»Um Gottes willen! Bei diesen Straßen? Es ist Tauwetter. Wenn Ihnen unterwegs was zustößt –.«

»Ich fahre nicht schlecht und verstehe was von Autos. Die Straßen sind weniger gefährlich als der Mann, den ich transportiere. Wenn wir beide allein sind, kann er reden, soviel er will.«

Während Martha in ihrem Zimmer Briefe schrieb, besprach Eisner mit Nagy die Lage. »Du mußt mir den Wagen geben, Béla. Geht er kaputt, zahlen wir.«

»Nicht allein, daß der Herr krank ist«, gab Nagy zu bedenken, »eine solche Fahrt um diese Jahreszeit! Schon mit der Bahn ist das kein Vergnügen. Du brauchst, wenn alles gut geht, drei Tage. Im übrigen glaube ich, du übertreibst die Vorsicht. Er ist doch ein Herr!«

»Es gibt eben Herren und Herren, solche wie der da – mit der Sigurantza droht er, will alles verraten!«

»Gut, nehmen Sie das Auto, Tarzan. Ich gebe es euch, Alda zuliebe«, sagte Fifi.

Der Inspektor Erster Klasse Axintie Barbulescu saß, von Zweifeln geplagt, in seinem Büro. Die Dinge liefen nicht, wie sie sollten. War es schon schwierig gewesen, den Gestreiften dazu zu bewegen, in der ›bewußten Angelegenheit‹ jazusagen, so stellte er sich jetzt wieder bockig. Zuerst hatte er eine Falle befürchtet. Als dieser Verdacht ausgeräumt war, weil der Inspektor ihm beweisen konnte, daß es sich nur um ein Geschäft handelte, um Geld, das in ungeahnten Mengen geradezu auf dem Tisch liege, hatte er Angst bekommen vor den Deutschen. Die würden, wenn sie die ›rumänischen Schlauköpfe‹ – er meinte sich und Barbulescu – ertappten, kurzen Prozeß mit ihnen machen. Er kenne sie. Nein, er tue es nicht. Was nütze ihm Geld, wenn er tot sei? Der Herr Generalsekretär sehe zu schwarz, hatte Barbulescu gemeint, die Deutschen seien hier nicht bei sich zu Hause, sie würden sich hüten, den Mund aufzumachen und außerdem – hunderttausend Pfund Sterling oder zumindest annähernd diese Summe –, da lohne es sich bestimmt, ein Risiko einzugehen. Daß ihm eine Prämie in Aussicht gestellt worden war, deren Höhe sich nach dem Grad der ›Brisanz‹ des ›Materials‹ richten sollte, hatte der Inspektor Erster Klasse wohlweislich verschwiegen. Kein Teufel könne darauf kommen, wie er, Barbulescu, das Ganze eingefädelt habe.

Gestern hatte der Gestreifte endlich Bereitschaft signalisiert. Und ausgerechnet jetzt, drei Stunden vor den entscheidenden Ereignissen, mußte der Bericht der Sigurantza über den Fall Alda eintreffen und den Gestreiften außer Rand und Band bringen. Nichts, rein gar nichts erreicht! Als ob Barbulescu es nicht gewußt hätte. Ein Riesenstoß Protokolle, aber nichts steht drin. Getobt hatte der Gestreifte, geheult vor Wut. Alle seien bestochen. Schweine, korrupt bis auf die Knochen. Am besten, man stellte sie gleich an die Wand!

Barbulescu hatte gewartet, bis der Sturm sich legte. Tatsächlich beruhigte sich der Verrückte. Er bat den Inspektor, sich den Fall noch einmal vorzunehmen. Vielleicht finde sich irgendwo ein schwacher Punkt, der einem erlaube, diesen gottverfluchten Alda zu erledigen. Barbulescu hatte sich in die Brust geworfen und gesagt: »Verlassen Sie sich auf mich, *coane,* ich finde einen Weg.« Er hatte auf Alda geschimpft, so wie es dem Gestreiften gefiel, und war glücklich, als er zum eigentlichen Thema übergehen konnte: den Dokumenten.

In diesem Augenblick mußte der Teufel interveniert und den Beamten mit der Anfrage des Tribunals Czernowitz hereingeführt haben. Ein gewisser Eugeniu Popovici, seiner Legitimation nach Agent Erster Klasse, sei eingeliefert worden mit Beweisen, daß er sich als Direktor ausgegeben hatte, um in einer privaten Gesellschaft falschspielen zu können. Das war neues Öl in die Flammen der Wut. Die Antwort an das Tribunal ging expreß ab und beileibe nicht mit dem Wortlaut, den der Beamte vorgeschlagen hatte. Habe sich unter betrügerischen Vorspiegelungen in den Beamtenstab eingeschlichen – sei ein Individuum, das wiederholt mit dem Gesetz in Konflikt kam: exemplarische Bestrafung empfehle sich!

In der Erwartung, der Gestreifte habe seinen Zorn inzwischen an dem Informanten abreagiert, schlug Barbulescu das dringliche Thema von neuem an. Hierdurch geriet der Gestreifte noch mehr in Wut, und eine Flut von Beschimpfungen, Verdächtigungen und Flüchen ergoß sich über das Haupt des Inspektors.

Jetzt saß Barbulescu wieder in seinem Büro und zermarterte sich das Hirn. Die Hoffnung auf den großen Coup war zuschanden, vernichtet von einem hysterischen Trottel, einem schwulen Zigeuner.

Nun, wenn nichts daraus werden wollte, mußte man die Leute verständigen. Ein so wichtiger Mann läßt sich nicht an der Nase herumführen. Wer weiß, vielleicht kommt wieder eine Gelegenheit, bei der man mit einem verläßlicheren Partner zu tun hat als dem Gestreiften. Barbulescu griff nach Hut und Mantel, um sich zu ihrem Verbindungsmann zu begeben. Selbstverständlich würde er dem nicht sagen, daß aus der Sache nichts geworden sei – eine Verzögerung eben. Da klingelte das Telefon. Der Herr Generalsekretär meldete sich. »Gegen zwei Uhr verreise ich, am Abend bin ich zurück. Ich muß dem Herrn Minister Bericht erstatten. Wollen Sie mich, bitte, gegen neun aufsuchen. *La revedere!*« Kaum hatte Barbulescu aufgelegt, als erneut das Telefon klingelte. Kommissar Hoinaru vom Inspektorat Oradea wünschte den Herrn Inspektor zu sprechen. Noch während Barbulescu sich anhörte, was ihm der Leiter des Einwohnermeldeamts zu berichten hatte, wurde ihm ein Brief übergeben. Fast abrupt beendete Barbulescu das wenig ergiebige Telefonat, um sich dem Schreiben Tuderescus zuzuwenden. Gerade wollte er zum Hörer greifen, um dem Generalsekretär von dessen Inhalt Mitteilung zu machen, als er unvermittelt die Hand wieder zurückzog. Nein, so ein Idiot wäre er nicht! Die

Nachricht, daß Alda, den er als Vaterlandsverräter bei den Russen wissen wollte, mit seiner Verlobten im Land herumkutschierte, mußte den Gestreiften vollends um den Verstand bringen. Weiß der Teufel, vielleicht ließ er es sich noch im letzten Augenblick einfallen, die vordringliche Angelegenheit links liegen zu lassen, um sich aufs neue an fixe Ideen zu verlieren.

Nein, mein Lieber, jetzt tust du, was Puffi will und was Geld bringt. Für deine Verrücktheiten hast du Zeit, wenn alles erledigt ist. Der Brief, sowieso an ihn persönlich adressiert, wanderte in seine Tasche. Kann er nicht eingetroffen sein, als der Herr Generalsekretär bereits auf Reisen war?

Um zwei Uhr saß Barbulescu schon wieder hinter seinem Schreibtisch. Wenn alles glattgegangen war, würde der Gestreifte schon bald das Geld in seiner Mappe haben. Ein angenehmer Gedanke, der nur getrübt wurde durch die Nachricht von Aldas Auftauchen im Land. Wie er Danghu kannte, würde der eine Meute von Spitzeln auf die Spur des Gesuchten ansetzen und sich, hatte er ihn gestellt, in einen Krieg einlassen, den er verlieren mußte. Alda war nichts anzuhaben, er konnte auf Freunde, Verwandte zählen, denen man so leicht nicht beikam. Keine Frage, der Gestreifte war nicht stark genug, er würde sich noch mehr Feinde machen, eine ganze Clique, die über Macht genug verfügte, einen Mann zu erledigen, der vor allem von den Deutschen gestützt wurde und sonst überhaupt keinen Anhang hatte. Kurz, die Parole hieß jetzt: Nur nicht die Nerven verlieren!

Der Inspektor rieb sich die Hände. Auf einen Schlag ein ganzes Vermögen. Vielleicht brachte der Gestreifte heute sogar das Dekret der Ernennung zum Generalinspektor mit. Selbst wenn der Besuch beim Minister nicht der eigentliche Zweck der Reise war, sondern ein – Vorwand. Unweit von der Villa des Ministers lag nämlich das Haus, in dem das Geschäft zum Abschluß gebracht werden sollte. Aber der Brief aus Oradea! Führt nicht eigentlich das B II die Untersuchung? Natürlich war es das B II. Laß ihn glücklich werden, den Alten, mit dem Fall Alda. Der braucht kein Geld. Darum kriegst du die Nachricht, Alter, und ich habe bei dir einen Stein im Brett.

Nun hatte der General auch die letzte Seite des umfangreichen Reports gelesen und schüttelte unmerklich den Kopf. Er griff nach dem Hörer und befahl Rananu und Rozescu zu sich. Als sie eintraten, lief er im Zimmer auf und ab. »Ja«, sagte er, zum Schreibtisch gehend, »was kann man da mehr sagen, als daß es ein guter Bericht ist – ein zu guter.« Baderescu wurde ernst. »Ihr habt das vortrefflich gemacht, Leute. Hoffentlich gibt der Herr Generalsekretär sich damit zufrieden. Ich allerdings habe noch ein paar Fragen.« Rasch blickte der General auf einen Zettel. »Wie oft habt ihr mit diesem Karl Rundberg gesprochen?«

»Ein einziges Mal«, sagte Rananu.

»Gilt das auch für dich?«wandte Baderescu sich an Rozescu.

»Ich habe Herrn Rundberg dreimal gesehen und zweimal mit ihm gesprochen. Das eine Mal allein, das andere in Gegenwart von Herrn Candomir«, sagte Rozescu ruhig.

»Der Reihe nach«, befahl der General und kümmerte sich nicht um Rananus erstauntes Gesicht.

»Das erste Mal habe ich ihn unter Beachtung aller Vorsichtsmaßregeln in seiner Wohnung aufgesucht; das zweite Mal traf ich ihn zufällig, da war er in Gesellschaft des Herrn Candomir.«

»Wirklich zufällig?«

»Nur so kann ich das nennen.«

»Erzähl mir von der zweiten Begegnung.«

»Wir hatten, als wir von der Grenze zurückkamen, Hunger und Durst und sind, da es spät war, in ein Nachtlokal gegangen. Es gab da einen Zwischenfall, der, wie mir scheint, erwähnenswert wäre – aber das gehört wohl nicht zur Sache, Herr General. Kurz, als man aufbrechen wollte und ich die Rechnung verlangte, bemerkte ich, daß ich nicht genug Geld bei mir hatte. Also signierte ich nur und bat den Kellner, mich am nächsten Tag im Hotel aufzusuchen. Dort würde ich ihm das Geld geben. Er kam nicht und ...«

»Er kam nicht?« fragte der General erstaunt. »Ein Kellner, der eine Rechnung nicht kassieren kommt?«

»Die Zeche zu prellen, war nicht meine Absicht. Deshalb ging ich gegen acht Uhr abends in das Lokal, um zu bezahlen. Zu meiner Überraschung schien es, als ob außer dem Kellner niemand da wäre – der Betrieb beginnt in solchen Lokalen immer erst spät –, doch wie ich mich im Raum umsehe, entdecke ich Rundberg. In Gesellschaft eines Herrn befand er sich.«

»Und dieser Herr war Candomir?«

»Jawohl, Herr General.«

»Und da hast du Candomir genauso zugesetzt wie zuvor Rundberg?« fragte der General.

»›Zugesetzt‹ ist vielleicht nicht das richtige Wort – Verzeihung, Herr General.«

»Herr General, Sie gestatten, daß ich dem Herrn Leutnant eine Frage stelle«, ließ Rananu sich jetzt vernehmen. »Herr Leutnant, ich erfahre erst heute, daß Sie Candomir getroffen haben. Warum haben Sie mir das nicht gemeldet?«

Rozescu stand auf. »Ich bitte um Entschuldigung, Herr Oberstleutnant. Ihre Frage ist berechtigt. Ich hatte die Absicht, Sie von dem Vorkommnis zu informieren. Es schien mir dann aber richtiger, darauf zu verzichten – aus psychologischen Gründen.«

Rananu war aufgebracht, und Rozescus Worte waren nicht danach, ihn zu beruhigen. Den belustigten Ausdruck im Gesicht des Generals bemerkte er nicht. »Lassen Sie die Psychologie aus dem Spiel und erklären Sie uns Ihr Verhalten.«

»Zu Befehl, Herr Oberstleutnant. Sie haben bei dem ersten Zusammentreffen mit den Herren von der Sigurantza ausgezeichnet gearbeitet – wenn ich mir ein Urteil erlauben darf –, ausgezeichnet! Und dies deshalb, weil Sie echt waren. Ja, alles war echt. Nicht zuletzt dadurch, daß Sie aus Ihren Zweifeln kein Hehl machten, versicherten Sie die anderen Ihrer Unparteilichkeit. Das war richtig. Hätten Sie gewußt, daß Herr Candomir, der ja sozusagen unser Zeuge war, informiert ist, wären Sie nicht mehr so gespannt auf seine Aussagen gewesen. Sie hätten sich vielleicht verdächtig gemacht durch ihre Sicherheit und die anderen auf den Gedanken gebracht, daß der Zeuge Candomir doch nicht einwandfrei ist. Die Herren von der Sigurantza neigen von Haus aus zum Zweifel.«

»Das ist mir nicht ganz klar«, sagte Rananu mit einem Blick auf den General.

Baderescu nickte ihm zu. »Ich verstehe ihn, aber dich auch, Alecu.« Von einem seiner Leute hatte der General die Nachricht erhalten, daß Rananus auffallender Wagen in Ploesti gesichtet worden war. Und zwar ausgerechnet in der Nacht, als die Offiziere nach Czernowitz gereist waren. Da er sich die Sache nicht zu erklären vermochte, hatte er an Verwechslung gedacht.

»Kann sein, er hat recht«, räumte Rananu ein.

»Du hast dich also in der ›Eremitage‹ zu den Herren gesetzt und dich mit ihnen unterhalten«, nahm der General den Faden wieder auf. »Hast du bei dieser Gelegenheit auch von Oskar Groß gesprochen?«

»Jawohl, Herr General. Da war Herr Candomir zum Telefon gegangen, um anzurufen, daß er erst später nach Hause komme.«

»Hast du Rundberg den Tip gegeben?«

»Welchen Tip, Herr General?« Rozescu schien verwundert.

»Na den –.« Er nahm das Protokoll zur Hand. »Hier – ›Inspektor Zernescu: Kennen Sie einen gewissen Groß? – Zeuge Rundberg: Ich kenne dreißig und mehr dieses Namens. – Zernescu: Vielleicht auch einen Oskar Groß aus Wien? – Zeuge: Nein. – Zernescu: Versuchen Sie sich zu erinnern! – Von Oskar Groß, angeblich aus Wien, von Beruf Journalist, haben Sie also nie gehört? – Zeuge: Gehört? Gehört habe ich den Namen schon. – Zernescu: Wann, in welchem Zusammenhang? – Zeuge: Ich möchte das für mich behalten, es handelt sich um eine Familienangelegenheit. – Inspektor Stanescu: Sie sind gehalten, uns alles zu sagen, was Sie wissen. Das gibt es nicht: 'Ich möchte das für mich behalten.' (Zu Zernescu) Fahren Sie fort, Herr Inspektor. – Zernescu: Was heißt 'Familienangelegenheit'? Um welche Familie geht es? – Zeuge: Die Familie Alda. Ich habe das zufällig erfahren. – Zernescu: So sprechen Sie doch: Was hat die Familie Alda mit Oskar Groß zu tun? – Zeuge: Ich kann darüber nichts aussagen, Herr Alda würde das nicht wollen. – Zernescu: So, das würde Herr Alda nicht wollen? Vielleicht weil er selbst der Herr Groß ist. – Zeuge: Der Herr Alda? Der weiß nichts von Oskar Groß. Woher sollte er von ihm wissen? – Inspektor Stanescu: (zum Zeugen) Herr, Sie müssen sagen, was Sie wissen. (Zu Zernescu) Sie entschuldigen, Herr Inspektor. (Wieder zum Zeugen) Wir führen hier keine Privatunterhaltung. Sagen Sie, was Sie über Oskar Groß wissen. – Zeuge: Jawohl, Herr Chefinspektor. Oskar Groß ist, sozusagen, ein Bruder des Herrn Alda. – Zernescu: Wieso das? Und was heißt 'sozusagen'? Reden Sie endlich, wie sich das gehört. – Zeuge: Bitte, wenn es sein muß. Oskar Groß ist ein Sohn von Aldas Vater, und der ist im Jahr 1900 tödlich verunglückt. – Zernescu: Was wollen Sie damit sagen? – Zeuge: Daß der Herr Baron Alda verunglückt ist? – Zernescu: Nein, daß der Oskar Groß sein Sohn ist. – Zeuge: Ganz einfach. Der Herr Baron Alda, Herrn Ludovic Aldas Vater, war österreichischer Husarenoffizier, und er hatte, natürlich, noch bevor er verheiratet war, ein Fräulein in Wien. Dieses Fräulein war die Mutter von Oskar. Der alte Herr Neagoe, der Bojer von Aldeni, hat davon erfahren und sich nach dem Tod seines Sohnes um seinen Enkel gekümmert. Ich weiß es von meinem Vater; regelmäßig hat der Geld nach Wien geschickt. – Zernescu: Das Fräulein, die Dame, meine ich, hat 'Groß' geheißen? – Zeuge: Nein, 'Groß' hat ihr Mann geheißen, ein Herr aus Rumänien, aus Botoschani, der hat das Fräulein geheiratet und den Sohn adoptiert. Gelebt haben sie in Wien. Im Jahr 1925 ist der Herr Groß gestorben, und die Frau ist mit ihrem Sohn ausgewandert. Mein Vater hat einen Brief bekommen von der Frau Groß, daß sie nichts mehr braucht für den Sohn, weil er ihren Mann beerbt hat, und daß sie auswandern nach, einen Augenblick, ach ja, Tampico. Da hat sich mein Vater mit mir beraten, ob er Herrn Alda alles erzählen soll. – Zernescu: Und was habt ihr beschlossen? – Zeuge: Der Herr Lutz braucht nichts davon zu erfahren. – Zernescu: Sie glauben also, Herr Alda hat von der Existenz des Oskar Groß nichts gewußt? – Zeuge: Keine Ahnung hat er gehabt.«

Der General, der halblaut vorgelesen hatte, blickte auf. Er schien vergessen zu haben, daß den beiden Offizieren bereits bekannt war, was Karl Rundberg über Oskar Groß ausgesagt hatte. Sein Blick richtete sich auf Rananu. »Was sagst du zu all dem, Alecu?«

»Eine großartige Lösung, Herr General. Der Mann am Dnjestr war gar nicht Lutz Alda, sondern Oskar Groß aus Wien. Kein Wunder, daß Zernescu sich geirrt hat. Schließlich haben sie den gleichen Vater, ihrer Ähnlichkeit eignet also beinahe etwas Selbstverständliches.«

»Diese glatte Lösung war von Rundberg beabsichtigt. – Und wie steht es mit deiner Meinung, Rozescu?«

»Ich glaube schon, daß Alda am Dnjestr war und, als er erwischt wurde, sich als Oskar Groß ausgegeben hat. Daß er mithin von Oskar Groß wußte, ihn kannte und sich folglich die Ähnlichkeit mit ihm zunutze machte. Und daß Karl Rundberg sich – gelinde gesagt – nicht streng an die Wahrheit gehalten hat, als er aussagte, Alda hätte nichts von der Existenz seines Halbbruders gewußt.«

»Stimmen kann beides«, sagte der General und blätterte nachdenklich im Protokoll. Die Geschichte von Aldas Halbbruder, der nach Tampico ausgewandert und wieder nach Wien zurückgekehrt ist, um Journalist zu werden, dachte er, liegt auf der gleichen Linie wie der Fingerzeig vom Training vor der Fuchsjagd, gerade zu der Zeit, als Alda in Oknitza oder Belz – oder wie das Nest in Bessarabien sonst heißt – eingesperrt war. Candomir hat die Story verbreitet und Rundberg dabei die Regie geführt. Gewiß hatte er auch an der Grenze die Hand im Spiel. Sprechen nicht die Aussagen des *granicer* Posteuca und des Oberleutnants Popovici dafür? »Hast du«, wandte der General sich schließlich an Rozescu, »bei Rundberg den Verdacht erwähnt, Alda könne der Mann sein, der an der Grenze erschossen wurde?«

»Ja, habe ich«, sagte der Leutnant ohne Zögern. »Er war entsetzt, als er hörte, der Erschossene habe eine verbundene Hand gehabt. Ehrlich entsetzt und traurig.«

»Und wann hast du ihm das erzählt?«

»Eine Stunde oder so, bevor wir zur Grenze fuhren.«

»Ihr habt den Triebwagen genommen. Warum nicht das Auto?«

»Wegen der Schneefälle waren die Wege in schlechtem Zustand, stellenweise konnte man sie nicht einmal mit dem Schlitten befahren.«

»Das sehe ich ein«, sagte der General. Wieder fragte sich Rananu, weshalb wohl Baderescu wissen wollte, was sowieso im Protokoll erwähnt war, dazu noch mit genauen Zeitangaben. Die nächste Frage des Generals verwirrte ihn vollends.

»Was hältst du von der Aussage des Chaim Eisner?«

»Chaim Eisner?« fragte Rananu. »Wer von ihnen war das?« wandte er sich an Rozescu.

»Der alte Mann, einer der Gläubiger!«

»Verzeihung, Herr General. Da sind zwölf Männer und eine Frau aufmarschiert, Aldas Gläubiger, lauter Juden. Die haben dort ganz andere Namen als bei uns im alten Regat.«

»Kann ich mir denken. Also wir sprachen von Chaim Eisner, neunundsechzig Jahre alt, Gasthaus- und Realitätenbesitzer. Er sagt aus, wie übrigens fast alle anderen, daß nicht Alda, sondern Joschua Rundberg ihr Schuldner war. Hier, ich lese vor: ›Chefinspektor Stanescu: Haben Sie gewußt, für wen das Geld war? – Zeuge Eisner: Für wen leiht ein Pächter Geld, wenn nicht für seinen Bojer? – Stanescu: Beantworten Sie die Frage, wie sie gestellt wurde. Haben Sie gewußt, für wen das Geld war? – Zeuge: Sicher. Wozu braucht ein alter Mann wie Joschua Rundberg Geld? – Stanescu: Das heißt also, Sie haben Rundberg geliehen, weil Alda mit seinem Besitz garantiert hat? – Zeuge: Ich habe Herrn Alda nicht einmal gekannt. Herrn Rundbergs Wort hat mir genügt. – Stanescu: Warum haben Sie dann auf Bezahlung gedrängt? War Rundberg damals gut gewesen, so doch auch jetzt. Euretwegen hat Herr Alda verkaufen müssen. Zuerst habt ihr ihn ausgewuchert und dann um seinen Besitz gebracht. – Zeuge: Niemand hat gewuchert, und niemand hat gedrängt. Solange Joschua Rundberg der Pächter war, lief die Garantie. Er hat nach Palästina auswandern wollen, wer hätte garantieren sollen? – Stanescu: Wie denn das? Der Besitz ist doch geblieben, und Herr Alda hätte bestimmt geradeso bezahlt, wie es sein Pächter getan hat. Wäre er nicht zahlungswillig gewesen, hätte auch Rundberg nichts ausrichten können. – Zeuge: Niemand hat etwas gesagt von nicht zahlen wollen. Ein Alda zahlt. Ich habe noch den seligen Herrn Baron Alda, den Großvater von dem Herrn, gekannt. Damals war eine andere Politik. – Stanescu: Was soll das heißen? – Zeuge: Der Herr Alda hat eine Politik gemacht gegen die Juden, aber er ist ein Herr und hat nicht wollen, man soll sagen, er macht Politik gegen die Juden, weil er ihnen Geld schuldet. Also hat er bezahlt, und niemand kann sagen, daß er seine Politik 'Geldes wegen' macht.‹«

Der General legte das Schriftstück zurück auf den Tisch. Die Brille schob er hoch und rieb sich die Augen. »Na, Burschen, was meint ihr zu diesen Aussagen?«

»Was so ein alter Jud alles daherredet! Wer hört schon auf so einen Blödsinn«, sagte Rananu.

»Und du Rozescu, hältst auch du es für Blödsinn?« Der General nahm den Blick nicht von den Blättern, die vor ihm lagen.

»Es handelt sich um eine Finte, Herr General, glaube ich. Dieser alte Eisner ist eine Figur. Schade, daß Sie ihn nicht zu Gesicht bekommen haben, mit seiner großen Nase und dem Prophetenbart!«

»Ich kann ihn mir vorstellen«, sagte der General ironisch. »Ich kenne ihn.«

Rananu verstand nicht, Rozescu schwieg. »Gut«, sagte der General leise, »gut. Doch wie er mit der Zeit ausgekommen ist, das möchte ich gern wissen.«

Wieder verstand nur Rozescu. Gerade öffnete er den Mund, um etwas zu sagen, als das Telefon klingelte. Baderescu nahm den Hörer ab. »Ja, sofort«, sagte er im Auflegen. »Draußen wartet ein Kommissar von der Sigurantza. Sieh mal nach, was los ist, Rozescu.«

»Zu Befehl, Herr General.« Der Leutnant kam mit einem Brief zurück, gerichtet an den General persönlich. Erstaunen und Erschrecken wechselte auf dessen Gesicht, als er ihn las. Er erhob sich und trat vor die große Generalstabskarte, wo er studierte, flüsternd rechnete. Dann ging er zurück an den Tisch. Zahlen warf er auf ein Blatt Papier, notierte sich Daten, die er aus dem Protokoll heraussuchte.

»Ja«, hörte man jetzt endlich seine Stimme. Ein Unmaß von Enttäuschung lag in diesen zwei Buchstaben. »Ja«, wiederholte er und räusperte sich. »Alda ist im Land, er ist gar nicht hinübergegangen.«

»Das ist nicht möglich«, sagte Rozescu.

Der General zuckte die Achseln. Mit einer Handbewegung wies er auf das Schreiben, das vor ihm auf dem Tisch lag. »Da«, sagte er leise, »nimm und sieh selbst. Am besten, du liest laut, Rozescu.«

»Sehr geehrter Herr General«, hieß es in dem Brief. »Ich habe die Ehre, Ihnen das beiliegende Schreiben zu übermitteln. Vor zwei Stunden wurde es mir durch Spezialkurier zugestellt. Da das B II die Untersuchung im Fall Alda führt und zudem Herr Generalsekretär Danghu verreist ist, halte ich es für ratsam, es raschestens in Ihre Hände gelangen zu lassen. In der Hoffnung, Ihnen einen Dienst erwiesen zu haben, zeichne ich (für den Generalinspektor) A. Barbulescu, Inspektor Erster Klasse.« Mit einem kaum merklichen Zögern legte Rozescu das Blatt aus der Hand.

»Setz dich erst mal«, sagte der General, »was jetzt kommt, wird dich umwerfen. Da hilft dir keine Philosophie.«

Rozescu nahm Platz und las: »An den Herrn Inspektor Erster Klasse Axintie Barbulescu in Vertretung des Generalinspektors. – Hochverehrter Herr Inspektor. Ich nehme Bezug auf Ihren telefonischen Auftrag betreffend Ausforschung einer gewissen Marfa Varsani und teile Ihnen noch einmal mit, daß es keine Frauensperson dieses Namens gibt. Wie amtlich und auch außeramtlich festgestellt, hat sie nie in Oradea Mare existiert. Weder eine Marfa noch eine Varsani. Jedoch habe ich in der Annahme, daß Ihnen, hochverehrter Herr Inspektor, die Feststellung wichtig ist, weitergeforscht und dabei entdeckt, was ich mich Ihnen mitzuteilen beeile: Es gibt eine Martha Varsany, eine Baronin. Sie ist die Nichte der Agathe Zinnendorf, die eine Gräfin ist. Sie war zirka zwei Monate bei dieser zu Gast auf dem Gute Satul Turnuli, Eigentum des Grafen Felix Zinnendorf, 43 Kilometer von Oradea Mare. Am 30. dieses Monats, um die Mittagsstunde, ist die Baronin Martha Varsany mit ihrem Verlobten, Herrn Ludovic Alda, aus Aldeni, Bukowina, von Satul Turnuli abgereist. Wer Herr Alda ist, wissen Sie wie jeder gebildete Rumäne. – In der Hoffnung, Ihnen einen Dienst erwiesen zu haben und daß Sie sich dessen bei Gelegenheit erinnern werden, zeichne ich als Aurel Tudoratu, Inspektor, m. p.«

Rananu brach das Schweigen mit einem gequälten Ausruf: »Nein, ich begreif das nicht. Ich nicht!«

»Aber ich schon –«, sagte Rozescu zögernd und zunächst unsicher. »Ja« – seine Stimme gewann an Festigkeit – »ich glaube – nein, ich begreife.« Er blickte den General an.

»Und was soll das heißen, Rozescu?« fragte Baderescu.

»Auch das geht auf das Konto von – Rundberg, Herr General.«

»Stimmt nicht, leider – ich hab nachgerechnet: Mit der Zeit kommt das nicht hin. Nein, nicht Rundberg steckt dahinter, sondern, fürchte ich, der alte Mann mit dem Bart, Eisner, Chaim Eisner. Deutsche Politik macht der Herr.«

»Wer?« rief Rananu. »Doch nicht – Lutz Alda? Aber Herr General!«

Der General sah ihn scharf an. »Was weißt du von ihm?«

»Natürlich, wenn Sie so fragen! – Ich habe jedenfalls keine Erklärung, Herr General.«

»Ich bitte Sie, mir eine Frage zu beantworten: Hat Lutz Alda Ihnen versprochen hinüberzugehen?«

»Das hat er.«

»Dann ist er gegangen, und wenn sie ihn nicht erwischt und erledigt haben, ist er drüben. Wäre er zurück, so hätten als erster Sie ihn zu Gesicht bekommen. Ganz bestimmt. Und dies« – er wies auf den Brief, den Rozescu noch immer in der Hand hielt – »ist schlicht Bluff.«

»Wie kommt es, daß du deiner Sache so sicher bist, Alecu?«

»Ich kenne Lutz Alda. Für ihn gebe ich meinen Kopf zum Pfand.«

»Es kann schon«, sagte der General tonlos, »einen Kopf kosten, wenn die Dinge nicht so liegen, wie du glaubst, Alecu. Und du, Rozescu, was hast du zu sagen?«

»Auch wenn der Herr Oberstleutnant aus seinem Gefühl heraus spricht, was er sagt, überzeugt mich.« Verlegen brach Rozescu ab.

»Ich weiß nicht, ob Sie, Herr General ...«

»Sprich nur weiter.«

»Ich kenne Herrn Alda nicht persönlich. Doch drei Männer, die zählen, bringen ihm uneingeschränktes Vertrauen entgegen: der Herr Oberstleutnant, Candomir und Rundberg. Und noch etwas: Die Aussage des alten Eisner stammt nicht von ihm selbst, sie gehört zur Rolle, die Rundberg mit ihm einstudiert hat.«

»Du meinst, Rundberg hat ihm vorgeschrieben, Alda als Nazi hinzustellen?«

»Sicher. Die Sigurantza verdächtigt ihn, russischer Agent zu sein. Wie kann dieser Verdacht besser entkräftet werden als durch den Hinweis, auch Alda sei, wie eben viele, einer, der deutsche Politik macht. Das wird den Herren von der Sigurantza glaubwürdiger erscheinen, als daß der Bojer Alda ein Bolschewik ist.«

»Also auch hier glaubst du an Rundbergs Regie?« fragte der General.

»Ich bin überzeugt, Herr General, daß Rundberg seine Hand im Spiel hat. Genau wie die Verleumdung oder der Verdacht, Alda arbeite für die Russen, ein Gegengift verlangt, so auch die Annahme, daß er das Land heimlich verlassen hat. Wenn er in Satul Turnuli war, so ist er im Land. Mit dieser Tatsache stürzt der ganze, ohnehin schwache Bau der Indizien in sich zusammen. Der Sigurantza, vielmehr dem Gestreiften, paßte es ausgezeichnet in den Kram, daß Alda verschwunden ist, unbekannt, wohin. Das ist doch das Hauptindiz!«

»Richtig«, sagte Baderescu. »Alda ist mithin nicht hier, aber Rundberg will die Sigurantza glauben machen, daß er im Land ist. Er hat es darauf angelegt, daß sie davon erfährt, oder ...« Der General hielt inne und schüttelte den Kopf. »Nein, ich fürchte, ich kann dieser talmudischen Spitzfindigkeit nicht folgen, ich nicht.«

»Ich gebe zu, daß man sich schwer damit tut, wenn man nicht mit Rundberg gesprochen hat. Nur aus den Akten kennen Sie ihn, Herr General«, beschwichtigte Rozescu.

»Rundberg, Rundberg und wieder Rundberg«, machte der General seiner Erregung Luft. »Hexenmeister und Prophet, nicht zu reden von seinen anderen Eigenschaften!«

»Es bleibt uns wohl nichts anderes übrig, als uns mit der Annahme zu begnügen, daß Rundberg die Entwicklung der Dinge vorausgesehen hat.« Der General starrte vor sich hin. »Oder aber er hat, gewarnt durch das Auftauchen dieses Informanten, in Erfahrung gebracht, daß die Kommission nach Czernowitz kommen und der Sache nachgehen werde. Anders kann ich mir das alles nicht erklären. Aber selbst wenn ich mich dieser Lesart anschließen wollte, hätte ich Schwierigkeiten mit deiner Theorie, wonach die Nachricht von Aldas Auftauchen in

Satul Turnuli durch Rundberg in Umlauf gebracht worden sei.« Der General schüttelte den Kopf. »Nein, das kann nicht stimmen, das traut sich einfach niemand.«

»Warum sollte sich das niemand trauen?«

»Weil die Sigurantza keinen Spaß versteht in diesen Dingen.«

»Felix Zinnendorf ist Ungar; er schert sich den Teufel um die Sigurantza, wenn er Alda helfen kann«, sagte Rananu mit Bestimmtheit.

»Du kennst Zinnendorf, Alecu?« fragte der General.

»Er ist Rittmeister der Reserve bei den Fünfern in Timisoara, außerdem züchtet er Pferde.«

»Warum würde Graf Zinnendorf sich für Alda ein Bein ausreißen – zumal wenn er sich dadurch selber in Gefahr bringt?«

»Weil Alda auch für ihn schon einiges riskiert hat. Ich weiß es von Zinnendorf, nicht von Alda.«

»So, ja dann – Ich danke dir, Alecu. Gut, belassen wir es dabei. Gesiegt hat also Karl Rundberg aus Czernowitz! Und damit, wie gesagt, Schluß für heute.«

Ilie Rozescu, ein hochgewachsener, gut gekleideter Mann, dem man seine siebenundsechzig Jahre nicht ansah, schritt seinem Sohn entgegen, umarmte ihn und küßte ihn auf beide Wangen. Als sie dann auch noch einander die Hände geschüttelt und Platz genommen hatten, sagte der Vater ohne Umschweife: »Stefan, ich muß unbedingt mit dir reden. Es ist höchste Zeit, daß wir offen über einiges sprechen, was uns gemeinsam angeht. Ich habe mich – und das konnte ich dir beweisen – damit abgefunden, daß du dein eigenes Leben lebst. Glaub mir, ich sehe ein, daß du den Weg gehen mußt, den du dir gewählt hast. – Ich bin stolz auf dich.« Aufmerksam betrachtete er seine Zigarre, zog an ihr und stieß bedachtsam den Rauch aus. »Ich will, das heißt, wir, Mama und ich, wollen auf dich stolz bleiben, Stefan – und wir fürchten, daß ...«

»Papa«, sagte Doktor Rozescu, »verzeih, wenn ich dich unterbreche. Was du sagen willst, weiß ich. Hättest nicht du dieses Gespräch gesucht, so wäre ich damit gekommen. Das Thema wäre dasselbe gewesen.«

»Du weißt also, um was es sich handelt? Desto besser!«

»Ja, Papa. Dir paßt nicht, daß ich beim B II arbeite, weil das Gerücht umgeht, General Baderescu halte es mit den Deutschen.«

»Ganz richtig. Zumal ich das Wort ›Gerücht‹ in diesem Fall für zu schwach halte.«

»Die Tatsache der Entrevue beim Kriegsminister.«

»Bei der Rozescus Sohn in Paradeuniform mitgewirkt hat.«

»Der Kriegsminister ist der Vorgesetzte des Generals, und der General ist der Chef der Abteilung, in der ich arbeite. Wir, der General, Rananu und ich, sind Soldaten, die Befehlen gehorchen. Kaum zwanzig Minuten hat das Treffen gedauert, von dem die Rede ist. Nicht ein einziges Wort ist dabei gefallen, das mit Politik zu tun gehabt hätte. Diese zwanzig Minuten beim Kriegsminister haben nichts zu sagen, Papa.«

»Willst du mich zum besten halten, Stefan?« fragte Ilie Rozescu streng.

»Aber Papa! Ich möchte nur, daß du klar erkennst, um was es sich handelt. Bitte, glaub mir und leg mir keine Steine in den Weg. Ich habe Pläne und möchte sie verwirklichen.«

In der leisen Stimme des Sohnes lag etwas, was Ilie Rozescu beruhigte und zugleich erschreckte. »Du mußt Vertrauen zu mir haben«, sagte er, »und offen mit mir sprechen.«

»Ich bin fest davon überzeugt, daß der General selbst das Gerücht lanciert, er paktiere mit den Nazis. In Wahrheit ist er ihr entschiedener Gegner – in seinen Augen bedeutet das Bündnis mit ihnen eine Katastrophe.«

»Und?«

»Mit keinem Wort hat der General bislang erwähnt, was er vorhat. Er läßt uns – Rananu und mich, und da ist noch einer, der zur Zeit außer Landes ist – aber nicht einen Augenblick im Zweifel darüber, daß er die Pläne der anderen zu durchkreuzen gedenkt.«

»Stefan« – Ilie Rozescu war ernst fast streng geworden –, »was ihr tut oder zu tun beabsichtigt, ist äußerst gefährlich.«

»Beruhige dich, Papa.« Stefan ergriff die Hand des Vaters und zog sie an seine Brust. »Du schätzt die Situation falsch ein. Nur Umsicht und Klugheit können vor Gefahr schützen.«

»In meinem Sinne wäre es, du ließest dich so bald wie möglich beurlauben. Daß du dann nicht mehr in den Dienst zurückzukehren brauchtest, dafür würde ich schon sorgen. Mach weiter an der Universität, Stefan, verreise von mir aus –.«

»Papa, ich bin doch kein Abenteurer.« Doktor Rozescu erhob sich. »Der Krieg gegen die Kultur, gegen die Freiheit hat begonnen. Du mußt mich verstehen, Papa.«

»Ich habe Angst, Stefan.« Ilie Rozescu legte die Hände auf die Schultern seines Sohnes. »Die Nazis – was man von ihnen hört und sieht –, ich hasse sie! Ich habe keine klare Vorstellung davon, was du vorhast, aber offensichtlich geht es gegen sie. Das muß mir genügen, und wenn ich dir helfen kann ...«

»Du kannst, Papa, und ob du kannst! Vor allem dadurch, daß du Baderescu hilfst. Er darf nicht isoliert bleiben – gesellschaftlich, meine ich. Einmal in der Woche kommt er in den Club, zum Bridge. Lade ihn dazu ein, in deiner Partie mitzuspielen. Vermeide jedes Gespräch über Politik; kommt dir aber einer deiner Freunde – ich weiß, sie sind alle mehr oder weniger gegen die Deutschen – mit Verdächtigungen gegen ihn, dann lenke sie ab, wechsle das Thema. Versuch einfach, die Sache zu verharmlosen, scheue nicht vor Platitüden zurück. Nur absolut Verläßliche dürfen die Wahrheit über den General erfahren, Papa.«

»Das ist gar nicht so schwer, wie es scheint. – Was könnte ich sonst noch tun?«

»Man wird später natürlich Geld brauchen, Papa.«

»Ich werde verfügbar sein. Und wenn es soweit ist, wird dies auch für andere gelten.«

Ilie nahm den Arm seines Sohns, und sie gingen miteinander in die Halle. »Schlafen kann ich noch nicht – ich möchte für eine Stunde in den Club.« Er sah auf die Uhr. »Viertel nach zehn. Dionis wird sich schon hingelegt haben.«

»Darf ich dich hinbringen, Papa?«

X

Schmähliches Ende einer Karriere

Eigentlich hatte Doktor Rozescu nicht mit in den Club kommen wollen. Der Einladung seines Vaters war er gefolgt, weil er Luceanu zu begrüßen gedachte, dessen Wagen er am Straßenrand erspäht hatte.

Fast allen, die da saßen, Generälen, Senatoren, Industriellen oder Großgrundbesitzern, war Ilie Rozescu bekannt. Ob sie ihn liebten oder nicht, ob sie seine Freunde waren oder Freundschaft nur heuchelten, sie riefen ihm Grüße zu. Denn Ilie Rozescu war unter den Reichen der reichste, unter den Erfolgreichen der erfolgreichste, und – was nicht weniger zählte – unter den guten alten Namen trug er einen der ältesten und besten. Während Ilie Rozescu sich zum Bridge niedersetzte, ging sein Sohn hinüber ins kleine Spielzimmer. Ein Diener hatte ihn davon verständigt, daß Luceanu dort anzutreffen sei.

Als Luceanu den Leutnant erblickte, legte er die Karten auf den Tisch und streckte ihm freudig die Hand entgegen. »Willkommen, Fanica! Schön, daß man dich wieder einmal sieht. Das ist«, wandte er sich an die anderen, »Doktor Stefan Rozescu, Ilies Sohn.«

»Es ist also alles in Ordnung, Joan?« fragte Rozescu später, als die beiden an der Bar standen.

»Perfekt«, erwiderte Luceanu und strahlte übers ganze Gesicht. »Ein Prachtkerl, dieser Bankier Stürzli! In zwei Tagen war alles erledigt. Der Wein gehört uns, Fanica. Was mich besonders freut, sie haben sofort geschaltet bei der Handelsgesellschaft, als ich sagte: Eine Hand wäscht die andere – nimmst du nicht meinen Wein, dann nehme ich auch nicht deine Rasierapparate, Nähmaschinen oder Uhren. Sollen die anderen jetzt sehen, wie sie ihr Zeug an den Mann bringen.«

»Sie werden es loswerden, Joan«, sagte Rozescu sachlich. »Allerdings, besser ist es, wir haben nichts mit ihnen zu tun.«

Rananu betrat den Raum, hinter ihm ein Diener, der auf Luceanu zueilte. »Zwei Damen wünschen Sie zu sprechen.«

»Um Gottes Willen!« Luceanu sah auf die Uhr. »Sag, ich komme sofort.« Und als der Diener sich zum Gehen gewandt hatte, murmelte er: »Jetzt hab ich mich richtig verspätet. Margarita und Aglaia – was erzähle ich ihnen?« Kurz entschlossen sagte er zu Rananu und Rozescu: »Ihr kommt mit, Kinder, allein bin ich zu schwach – dieses Donnerwetter!«

Margarita wartete im Damensalon, nervös trat sie von einem Fuß auf den anderen. Ihre Schwester hielt sich abseits und studierte die Bilder an den Wänden. Als Rananu und Rozescu schließlich den diskret erhellten Raum betraten, schien Margarita ihren Mann zunächst nicht zu bemerken. Doch so groß war ihre Freude, die beiden Freunde hier anzutreffen, daß sie darüber ihren Zorn vergaß. Auf ihre temperamentvolle Art erwiderte sie die Begrüßung und reichte beiden die Wange zum Kuß. Erst dann winkte sie ihrem Mann kameradschaftlich zu.

Aglaia hatte sich umgewandt und trat auf die Gruppe zu. »Hallo, Cousin«, sagte sie forsch und reichte Rozescu die Hand.

Er nahm sie und küßte sie galant. »Meine liebe Cousine –.«

»Dank für die Blumen«, sagte sie.

»Blumen? – Verzeih, wenn ich das zugebe: Ich habe dir keine Blumen geschickt. Es hätte sich gehört – *sorry,* ich bin wirklich nicht dazu gekommen.«

»Schon gut. – Nicht du? Wer sonst könnte mir Blumen geschickt haben, so ohne Brief, ohne Karte?« Sie runzelte die Stirn.

»Du hast gewiß noch andere Verehrer, Aglaia.«

»Nicht daß ich wüßte. – Dazu noch meine Lieblingsblumen – Veilchen.« Sie sah ihn ernst an. »Verehrer? – Ich mag das Wort nicht, Stefan.«

»Ich werde es nicht mehr gebrauchen und dich trotzdem verehren.«

»Daran werde ich dich nie hindern.« Sie schloß sich den anderen an, die inzwischen Platz genommen hatten.

»Ihr habt bestimmt Hunger«, sagt Luceanu. »Man speist hier viel besser als in einem Restaurant.«

Beim Essen kam, wie immer, wenn Rananu mit von der Partie

war, die Rede auf Pferde. Von dem Freund gehänselt wegen seiner Vorliebe für ›verstaubte Schmöker‹, bekundete Rozescu die Absicht auszureiten.

»Ausreiten, du?« Rananu war wie aus dem Häuschen. »Und dazu noch ganz allein? – Warum nimmst du deine Cousine Aglaia nicht mit, du Egoist?«

»Auch ich möchte das gern wissen, Stefan. Warum lädst du deine Cousine Aglaia nicht dazu ein?« fragte Aglaia streng.

»Wirklich, du solltest sie, wenn es geht, auffordern mitzukommen«, stimmte Luceanu bei.

»Ihr seht mich zerknirscht und verzweifelt«, spielte Rozescu das Spiel weiter, »obwohl ich eine überzeugende Erklärung anzubieten habe.« Und zu Aglaia: »Ich bin, seit ich das Glück deiner Bekanntschaft habe, *ma très chère cousine,* kein einziges Mal geritten. Auch habe ich nicht gewußt, daß du reitest, und außerdem habe ich nicht zu hoffen gewagt, daß du Wert darauf legst, mit mir zu reiten. Sollte das jedoch der Fall sein ...«

»Es ist der Fall, *cher cousin«,* sagte Aglaia.

»Dann werden wir morgen reiten – vorausgesetzt, ich finde ein Pferd, das würdig wäre, dich zu tragen. Doch halt – ich kenne einen ritterlichen Offizier, er nennt einen Schimmel sein eigen, der alle Schimmel des Landes in den Schatten stellt. An ihn will ich mich wenden: Herr Oberstleutnant ...«

»Daß dich ...? Den Pluto, meinst du? Bitte, warum nicht?« Rananu konnte sich schlecht verstellen. Es schmeckte ihm überhaupt nicht, daß sein Lieblingspferd von jemand anderem geritten werden sollte. Einen plausiblen Grund, Rozescu die Bitte abzuschlagen, hätte er schwerlich gefunden. Niemand bemerkte, wie wenig begeistert Rozescu von der Wendung der Dinge war. So gern er sonst mit Aglaia ausgeritten wäre, an diesem Vormittag konnte er sie nicht brauchen. Aglaia war jedoch beglückt.

»Wie bin ich dir dankbar, Stefan, für diese Einladung«, sagte Aglaia, als die Pferde aus dem Trab in Schritt fielen. Ihr sonst blasses Gesicht war leicht gerötet, ihre schwarzen Augen blitzten, und ein Lächeln signalisierte Wohlbefinden, ja Heiterkeit.

»Ich freue mich, daß dir unser Ausritt gefällt, Aglaia«, sagte

Rozescu. »Du reitest übrigens vorzüglich.« Er nahm die Zügel in die Rechte, und mit der Linken tätschelte er Amurath den Hals. Dabei warf er einen verstohlenen Blick auf die Uhr: fünfundzwanzig vor zehn. Linton war sicher schon unterwegs. Wie sollte er sich bloß mit ihm verständigen? Sie hatten fast das Ende der Chaussee erreicht. Hier gab es keine Wohnhäuser mehr, nur kleine Kneipen, deren Kundschaft vorwiegend aus Leuten bestand, die in den Stallungen arbeiteten. Ganz in der Nähe lag die Rennbahn. Auch der Miet- und Pensionsstall des Major Nasta war kaum mehr als ein paar hundert Meter entfernt. Man konnte schon deutlich das Gebäude und die vor der Einfahrt parkenden Autos erkennen.

Amurath hob den Kopf und wieherte, wie immer, wenn er Pferde sah oder witterte. Aus den Ställen ringsum kam Antwort. Inzwischen lag Major Nastas Stall knapp vor ihnen. Rozescu hatte bereits hinter einem weißen Mercedes mit einer deutschen Nummer Lintons schwarzen Austin erblickt. »Wir reiten den Weg nach rechts, Aglaia«, sagte er, die Zügel hochnehmend. Zumindest wird er mich sehen können, dachte er, während sie antrabten. Bald hatten sie den Waldrand erreicht, und diesen entlang ging es im Canter. Aglaia sang zu Plutos weichen, rhythmischen Sprüngen. Amurath zerriß sich vor Leidenschaft und Feuer, jeder Nerv an ihm war glühender Wunsch loszurasen, doch er blieb, von Kreuz und Schenkeln gehalten, neben seinem weißen Bruder, der unbeirrt und gewissenhaft die Füße gebrauchte, wie es ihn menschliche Geduld gelehrt hatte.

»O Stefan!« rief Aglaia, als die Pferde wieder in Schritt fielen. »Wie gut das tut! Alles ist weg, die schlechte Laune, die Unzufriedenheit, die Gespenster – die Blumen, schon wieder, heute morgen. Ich mag solche Überraschungen nicht. Aber jetzt ...«

»Fein«, lachte Rozescu. Auch ihm hatte der rasche Ritt wohlgetan. Der Anblick der glücklichen jungen Frau verstärkte das gute Gefühl und versöhnte ihn mit der Lage, in die sie ihn, ohne es zu ahnen, gebracht hatte.

Sie bogen nach links in einen Waldweg ein, und wieder schielte Rozescu auf seine Uhr. Fast ein Viertel nach zehn. Wenn Linton bloß gewartet hatte! Er blickte zu dem Häuschen hinüber. Nichts war zu sehen, doch Amurath hob den Kopf und wieherte, ein untrügliches Zeichen, daß sich ein Pferd in der Nähe befand. Auf fast zwanzig Schritte hatten sie sich genähert. Amurath schielte und wieherte; für Rozescu stand fest, daß Linton da war. Wahrscheinlich will er nicht gesehen werden, sagte er sich. Was tun? Blitzschnell griff Rozescu nach dem linken Bügelriemen, ein Ruck, und das Ende glitt aus der Schnalle. Erleichtert spürte er, wie der Riemen länger wurde. Wenige Schritte vor dem Häuschen fiel der Bügel zu Boden. »Pech!« sagte Rozescu.

»Was ist passiert, Stefan?« Aglaia blickte zu ihm herüber.

»Oh, nichts von Bedeutung. Mit dem Bügelriemen stimmt was nicht.«

Er hielt an, sprang aus dem Sattel und schob den Zügel über Amuraths Kopf. »Ich muß unbedingt den Bügel suchen.« So energisch er auch am Zügel zog, Amurath rührte sich nicht vom Fleck.

»Ich finde ihn schon, Stefan.« Aglaia machte Anstalten zu wenden.

»Ach, laß doch, Aglaia. Ich schaff's allein«, lachte er. »Reit bitte weiter, sonst macht mir Amurath Schwierigkeiten, er hat seine Mucken.« Wieder zog er am Zügel, Amurath stemmte die Vorderfüße in den Boden und wollte nicht von der Stelle. »Arabische Dressur, was willst du? Bitte, Aglaia, bieg gleich nach rechts ab, ich hole dich schon ein.«

»Gemacht«, sagte Aglaia gehorsam.

Rozescu zog den Zügel wieder über Amuraths Kopf, wie ein Hündchen folgte das Pferd seinem Herrn. Im Nu waren sie an der Stelle, wo der Bügel lag. Während Rozescu ihn aufhob, warf Amurath den Kopf zurück, spitzte die Ohren und wieherte. Da kam leise und eindringlich gepfiffen das Signal. Rozescu vergewisserte sich, daß niemand in der Nähe war und ging hinter das Haus. Dort, inmitten des Gestrüpps, stand Linton und drückte den Kopf seines Pferdes gegen das brüchige Gemäuer.

»Hallo, Steve«, grüßte er, »ich halte meinem Gaul das Maul zu, damit er nicht wiehert.«

»Hallo, Danny. Hindernisse, mit denen ich nicht gerechnet habe.« Er machte den Bügel wieder fest. »Neuigkeiten, Danny?«

»Eine Menge. Gestern abend war ich mit dem Oxforder zusammen eingeladen. ›*I am extremely grateful*‹, hat er gesagt – war ausgezeichnet, mein Tip! Ich soll herzlich danken und …«

»Du glaubst also, alles schon erledigt – sie haben verkauft?«

»Wie käme der Oxforder sonst dazu, so zu reden?«

»Dann bin ich zufrieden. Du hörst wieder von mir, Danny. Wenn dich Alice zum Rendezvous bestellt, dann bin ich Alice. Bleib noch ein Weilchen hier, Danny. In diesem Sinn *bye-bye*. – Komm, Amurath.«

Er schwang sich in den Sattel, ein leiser Druck, und Amurath stob davon. Kaum eine Minute später erblickte Rozescu den Schimmel. Er mäßigte das Tempo und ritt an Aglaias Seite. »Bitte, entschuldige mich, Aglaia«, sagte er.

»Alles in Ordnung?«

Sie trabten an, der Wald hörte auf, und links von der Straße öffnete sich ein weites, ebenes Feld, durch das sich quer ein Karrenweg zog. Im Galopp ging es diesen entlang, bis die Chaussee und die Stallungen sichtbar wurden. Wie von selbst schienen die Pferde jetzt in Schritt zu fallen.

»Braver alter Pluto!« Aglaia tätschelte dem Pferd den Hals.

»Du tust gut daran, Pluto vor Rananu nicht alt zu nennen. Das verzeiht er dir nie. Pluto ist wie Wein, sagt er. Je älter, desto besser. Vernarrt ist Rananu in das Pferd.«

»Und das verstehst du nicht, Stefan? Du bist wohl noch nie in etwas vernarrt gewesen, nicht in ein Pferd und auch nicht …«

»Vernarrt? Bist du's denn gewesen?«

»O ja, Stefan. In ein Pferd und auch sonst –.« Ihr Lachen klang nicht echt.

»Muß ein herrliches Tier gewesen sein, wenn du in es vernarrt warst, Aglaia«, sagte er freundlich.

»Das schon – die Polka …« Sie schwieg.

»Polka? Von der hab ich schon gehört. Als von Bucur die Rede war, Aldas bestem Pferd. Ist deine Polka vielleicht Bucurs Mutter, Aglaia?«

»Alda hat die Stute von meinem Onkel gekauft. Schon vor vielen Jahren –. Sag, was ist mit Alda? Wo ist er? Hört Rananu von ihm?« Sie machte sich am Zügel zu schaffen.

»Alda?« fragte er. »Irgendwo in Transsylvanien, bei Verwandten seiner Verlobten soll er sein.«

»Seiner Verlobten? Alda ist verlobt?«

»Lange schon. Jetzt soll's ernst werden mit Heiraten und so, heißt es.«

»Ernst werden mit Heiraten?« Nach einer kurzen Pause: »Ja, Heiraten ist eine ernste Sache.«

Ein einziges Auto stand noch vor der Einfahrt zu Nastas Stall, der weiße Mercedes. An den Schlag gelehnt wartete ein hochgewachsener Mann im Reitanzug, der den sich Nähernden bewundernd entgegenblickte. Plötzlich ging ein Ruck durch seinen Körper, die Absätze schlugen zusammen, der rechte Arm schnellte hoch, doch die künstlich anmutende Erstarrung löste sich in einer höflich-weichen Verneigung: Aus dem zackigen römischen Gruß wurde ein vertrauliches Winken.

Rozescu verbarg sein Befremden über diese Andeutung von Intimität. Den Grüßenden kannte er. Bei der Begegnung im Kabinett des Kriegsministers hatte er ein paar Worte mit ihm gewechselt. Aber was war mit Aglaia? Totenblässe lag auf ihrem Gesicht, ihre Lippen zuckten. »Ist dir nicht gut, Aglaia?«

»Gar nicht gut, Stefan«, flüsterte sie.

»Nicht schlappmachen, Aglaia. Am besten, wir legen eine Verschnaufpause ein. Dort drüben gibt es eine Wirtschaft, wir sind gleich da.« Sie bogen zu einem kleinen Haus ein. ›*La Joceul*‹ – ›Zum Jockey‹ stand in schwarzen Lettern auf dem grünen Blechschild.

Ein junger Mensch lief herbei, um die Pferde zu versorgen. Rozescu war aus dem Sattel gesprungen und ganz nahe zu Aglaia hingetreten. »Komm, leg ruhig die Arme um meinen Hals.«

Auf der Veranda erschien der Wirt. »Bitte einzutreten. Der *conitza* ist nicht gut, vielleicht legt sie sich einfach einen Augenblick hin. Gleich bringe ich Zuica oder, besser, Cognac, ja, Cognac.« Aglaia ließ sich aufs Sofa fallen, Rozescu nahm ihr den Hut vom Kopf und streifte ihre Handschuhe ab. Ihre eiskalten Hände behielt er in den seinen und rieb sie vorsichtig. Da erschien schon wieder der Wirt mit einem Tablett, darauf zwei Cognacflaschen und ein Siphon, eine geöffnete Büchse mit

Anchovis sowie Oliven, weißes Brot und Butter. »Die wahre Medizin!« sagte er. Er schenkte die Achtelgläser halbvoll. »Das hilft, *conitza,* gegen alles hilft das.«

»Da«, sagte Rozescu. Er hielt Aglaia das Glas hin. Sie streckte die Hand danach aus, ließ sie kraftlos sinken. »Aglaia«, sagte der Leutnant besorgt. Behutsam legte er seinen Arm um sie, stützte sie auf und führte ihr das Glas an die Lippen.

»Gut«, sagte sie leise und lehnte sich an ihn. So saßen sie ein Weilchen. »Noch einen Schluck Cognac, Stefan, und eine Zigarette.« Sie versuchte zu lächeln: »Der warme Wind – er hat zuviel auf einmal gebracht.« Sie griff nach dem Glas. »Trink mit mir, Stefan.« Sie stieß mit ihm an, und sie tranken aus.

»Du hältst mich doch nicht für beschwipst oder gar hysterisch?«

»O nein, ich war nur erschrocken, Aglaia. Schön, daß du jetzt wieder obenauf bist!«

»Obenauf, ich?« In ihren Augen standen Tränen. »Ich bin untendurch, Stefan. So unglücklich, wie nur eine Frau sein kann.«

»Ich will mich nicht in dein Vertrauen drängen, Aglaia«, sagte er zaghaft. »Wenn ich nur wüßte, was dich bedrückt, vielleicht könnte ich dir helfen.«

»Mir helfen? Der Gedanke allein tut schon gut.« Sie setzte sich ihm gegenüber auf den Stuhl und sah ihm ins Gesicht, in dieses glatte, helle Jünglingsgesicht mit den verträumten Augen.

»Das Rätsel der Veilchen ist gelöst«, begann sie. »Der Mann, der bei dem weißen Auto stand, ja, der mit dem mißglückten Faschistengruß, muß sie geschickt haben.«

»Das war doch ...«

»Der Baron Hartzfeld, ein Deutscher aus dem Baltikum. Bis vor zwei Jahren mein Freund, Geliebter – oder Verlobter, wenn dir das lieber ist, Stefan. Wir hatten vor zu heiraten und ...«

»Und?«

»Ganz einfach: Herr Rosenberg hat's nicht erlaubt. Minderwertige Rasse und so. Zwar keine, wie es bei ihnen heißt: Nichtarierin, doch Slawin von der Mutter her. Sie war Russin, meine Mutter. Auch bei meinem Vater gibt es Unklarheiten: War er rumänischer oder slawischer Abstammung, der General und Vizegouverneur Odanowicz? Selbst hier lautete das Verdikt auf minderwertig. Ein anderer hätte vielleicht die Heiratserlaubnis bekommen, nicht aber Hugo Hartzfeld – zum ›*inner circle*‹ gehört er.«

»Ich versteh nicht – dieser Baron Hartzfeld, er hat dich doch sicher geliebt?«

»Geliebt? – Kann sein, daß er mich geliebt hat. Zwei Jahre und länger hab ich es wohl geglaubt. Ja, ich bin vernarrt gewesen in diesen Hartzfeld. Brieflich hat er mir dann mitgeteilt, daß er tief bedauere, nicht dem Zug seines Herzens folgen zu dürfen. Höhere Gewalt und so –.«

»Wie bist du ausgerechnet an ihn geraten? Aglaia?«

»Durch Wowa, Russe und Fürst, der tagsüber an der Zürcher Technischen Hochschule studierte und abends oder, besser, nachts als Gigolo, als Eintänzer, wenn du das lieber hörst, das nötige Geld verdiente. Gute Freunde waren wir. Kurz vor seinem Abschluß überraschte mich Wowa oder Fürst Wladimir Krupenski mit dem Vorschlag, ihn nach Rußland zu begleiten. Sobald er sein Diplom in der Tasche hätte, werde er den Koffer packen. Ja, den Bolschewiki werde er sich anschließen, warum denn nicht? Im Grunde sei ich doch Russin. Wenn ich ihn heiraten wolle, nichts stehe dem im Wege. Wir könnten dann zusammen in die Heimat zurückkehren.«

»Du hast ihn wohl allein fahren lassen –.«

»Ja, gefahren ist er – aber nach Baltimore, mit einer reichen Amerikanerin, die sich in ihn verliebt hatte. Du kannst dir schon denken, wie und wo.«

»Arme Aglaia! – Wie bist du denn an Hartzfeld geraten – oder er an dich?«

»Eines Abends hatte Wowa ihn angeschleppt. Lange bevor er mit seinem Antrag kam. Später hab ich erfahren, daß Hartzfeld in der Schweiz für die Nazipropaganda tätig war. Exilrussen sollte er für Deutschland mobilisieren. Mit der Parole: ›Hitler hilft allen, die gegen die Bolschewisten sind‹, suchte er sie auf seine Seite zu ziehen. Am ersten Abend waren Wowa und Hartzfeld ein Herz und eine Seele, am nächsten hat sich Wowa gelangweilt, und bei der dritten Zusammenkunft hat der Russe sich über die Phrasen des Deutschen lustig gemacht. Wie ich bewundernd zugeben muß, nahm Hartzfeld das in tadelloser Haltung. Er ist sympathisch und sieht ausgezeichnet aus.«

»Das stimmt. Wäre dem nicht so, hätte man ihn kaum für seine Mission ausgewählt.«

»Das«, sagte Aglaia stirnrunzelnd, »müßtest du mir schon näher erklären.«

»Der Baron Hartzfeld hat für das Propagandaministerium gearbeitet. Was konnte seinen Auftraggebern gelegener kommen als die Entstehung einer intimeren Beziehung zwischen ihrem Agenten und einer schönen jungen Frau aus den Kreisen, zu denen sie sich einen Draht wünschten. – Verzeih mir, Aglaia, wenn ich dich verletze«, unterbrach er sich.

»Sprich nur weiter, Stefan.«

»Wie es so oft geschieht im Leben, hat das Gefühl der Einsamkeit dich in seine Arme getrieben. Du hast es ihm leicht gemacht, seine Mission zu erfüllen.«

»Du meinst, es ist ihm nur darum gegangen?«

»Am Anfang, bestimmt. Daß er sich später in dich verliebt hat, Aglaia, ist nur allzu verständlich.«

»Er hat mich geliebt – willst du sagen?«

»Wie konnte er denn anders? Aber was ist schon so eine Liebe wert! Er hat sich zurückrufen lassen, als die Beziehung zu dir nicht mehr zweckdienlich war. Zudem bist du, sozusagen, nur eine halbe Russin, rumänische Staatsbürgerin, lebst nicht im Exil und hast kaum ein Interesse daran, Rußland den Bolschewiki zu entreißen. Freundin oder Geliebte konntest du sein, aber eine Ehe mit dir hätte einen brauchbaren Mann weniger bedeutet. Darum war deine sogenannte rassische Minderwertigkeit das gewünschte Haar in der Suppe. Der Befehl lautete auf Abbruch aller Beziehungen, und Hartzfeld gehorchte. Zur Belohnung für seinen fraglosen Gehorsam wurde er mit höheren und verantwortungsvolleren Aufgaben betraut.«

»Ja, ich weiß – was sind schon Frauen! Und für die Nazis sowieso.« Sie schüttelte sich.

»Du darfst nicht verallgemeinern, Aglaia. Außerdem – wenn du ehrlich bist –, einige Zeit warst du glücklich mit ihm.«

»Ich war es«, sagte sie wehmütig.

»Das ist viel, du solltest die Erinnerung daran bewahren.«

»Ich hatte mich wohl mit allem abgefunden. An Hartzfeld denke ich schon seit über einem Jahr nicht mehr wie an einen Mann, für den ich Liebe empfinde. Und, Stefan« – sie starrte auf den Tisch –, »mein Schlappwerden vorhin, kann sein, daß sein Anblick der Grund war. – Aber da war noch anderes.«

»Ja, Aglaia?«

»Deine Nachricht, daß Alda eine Verlobte hat und bald heiraten wird. Ja.« Sie griff nach ihrem Glas.

»Was ist zwischen dir und Alda?«

»Zwischen mir und Alda? – Nichts!« Es klang bestimmt. »Nur, höchstens, daß ich ihn« – ihre Stimme wurde leiser – »liebe.«

»Und er, liebt er dich auch, Aglaia?«

»Nein, er liebt mich nicht. Nicht so viel« – sie schnippte mit den Fingern –, »wie ich jetzt weiß. Gar nichts hat er für mich übrig.«

»Erlaube mir die Frage: Was ist zwischen Alda und dir vorgefallen?«

»Nichts. Habe ich es dir nicht schon gesagt?«

»Du liebst ihn, und er weiß es nicht?«

»Er wollte es nicht zur Kenntnis nehmen, obwohl ich es ihm gesagt und auch gezeigt habe. – Du machst es mir schwer, Stefan«, stöhnte sie.

»Ich weiß. Es muß sein. – Du kennst ihn schon lange?«

»Mein Gott, kennen! Ich hab ihn dreimal im Leben gesehen. Das erste Mal, als er ›Polka‹ kaufte, draußen auf dem Gut in Bessarabien. Noch blutjung war ich damals, und er besuchte meinen Onkel. Wir haben im selben Haus gewohnt. Alda hat mich überhaupt nicht gesehen. Elf Jahre ist das schon her. Weil er mir ›Polka‹ geraubt hatte, mußte ich ihn hassen. Jedenfalls sah ich das als junges Mädchen so. Dann hab ich mich in ihn verliebt, in Constantza, zwei Jahre später, beim Concours. Da ritt er die ›Polka‹, und ich saß auf der Tribüne. Wieder ließ ich ihn nicht aus den Augen. Ja, und bei Margaritas Kef im November bin ich ihm wiederbegegnet. Du weißt, als es zu dem Auftritt mit dem Gestreiften und Lida kam.«

»Ja, und da hat er ...«

»Was hat er? Ich versteh nicht. Er? – Sicher, er ist gekommen – aber nicht meinetwegen.«

»Und?«

»Er war unruhig, auf dem Sprung, gar nicht da. Höflich wie immer, sehr freundlich, manchmal onkelhaft und auch ein bißchen läppisch. Er ist mir ausgewichen. Jetzt seh ich das und weiß auch, warum. Seiner Verlobten wollte er nicht untreu werden, der Spießer.«

»Nein«, sagte Rozescu ernst, »er ist kein Spießer. Ein Gentleman ist er. Ich kenn ihn kaum, weiß aber eine ganze Menge über ihn. Es paßt zu dem, was du mir von ihm erzählt hast. So mußte er sich verhalten, ganz so. Dir zuliebe. Weil es dir ernst war und er wußte, daß er dir nicht geben kann, wonach du dich sehnst. Er nahm nicht, was du zu schenken bereit warst, weil er ein Ehrenmann ist. Damit hat er dir bewiesen, daß er dich achtet.«

»Achtet – was weißt du von Frauen, Stefan«, sagte sie böse. »Das sind veraltete Begriffe, ja.«

»Verzeih, Aglaia, aber ich glaube, veraltet ist eher deine Auffassung. Du läßt dich von Sentimentalitäten leiten, die nicht in die Zeit passen.«

»*It's a fact,* ich bin unglücklich – und wie! Was hat das mit der Zeit zu tun?«

»Viel«, sagte er eifrig. »Hast du nicht unter der Zeit zu leiden gehabt, unter ihrer fürchterlichsten Erscheinung – bist du nicht mißbraucht worden?«

»Was willst du sagen?«

»Ich erklär's dir. Was war denn die Episode mit Hartzfeld anderes als eine Zeiterscheinung. Sie haben mit dir Schindluder getrieben, nicht anders als sie es mit Millionen von Menschen tun. Und das alles, weil eine Handvoll Desperados von Machtrausch erfüllt ist. Warum, glaubst du, hat dir Hartzfeld Blumen geschickt und dich heute so vertraulich gegrüßt? Hast du darüber einmal nachgedacht?«

»Ach«, sagte sie wegwerfend, »Gefühlsduselei, was sonst. Hier zu tun hat er, die Erinnerung fordert ihren Tribut, und er schickt mir meine Lieblingsblumen. Ob er meine Adresse zufällig erfuhr oder sich die Mühe nahm, sie festzustellen, ist doch gleichgültig. Warum soll er mich nicht grüßen, wenn er mich sieht? Schließlich sind wir nicht im Bösen auseinandergegangen. Vielleicht liebt er mich sogar noch irgendwie.«

»Und du, Aglaia, bist du deiner so sicher? Nichts von Sentimentalität, von Liebe?«

»Für den Baron Hartzfeld? – Wirklich, was weißt du von Frauen, du Philosoph! Ich liebe Alda, obwohl er eine andere liebt und mich nicht will.«

»Ich glaube dir, Aglaia, und bitte dich, auch mir zu glauben. Dein Gefühl für Alda ist der beste Schutz gegen diesen Hartzfeld, der es wieder auf dich abgesehen hat, dich mißbrauchen will, genauso wie früher. – Tu ich dir sehr weh, Aglaia?«

»Sprich nur weiter!«

»Baron Hartzfeld ist nach Bukarest abkommandiert worden, um wieder Fühlung mit dir aufzunehmen. Du sollst ihm dabei helfen, Zugang zu den feinen Leuten zu finden. Im Archiv der Nazis bist du nichts als eine Nummer. Sie halten Ordnung; und der Baron hat Selbstvertrauen, er glaubt, der Wirkung seiner Person sicher sein zu können. Mit der vernarrten Levantinerin wird er im Handumdrehen fertig, der nordische Gott.«

»Schon bald soll er eines anderes belehrt werden.«

»Was hast du vor, Aglaia? Wenn er sich dir nun persönlich nähert?«

»Ich empfang ihn nicht. Sollte er mir Briefe schreiben, laß ich sie ungeöffnet zurückgehen.«

»Glaub mir, das wäre nicht das richtige. Die Rollen zu vertauschen, würde ich dir raten. Hat der Baron dich für seine Zwekke mißbraucht, so tust du jetzt dasselbe. Laß ihn nur ruhig kommen, sei freundlich zu ihm, aber unnahbar. Eine schwierige, begehrenswerte Aglaia, eine ganz andere als die, die er kennt – er ist ja nunmehr für dich auch ein anderer Mann. Kokettier mit ihm, halt ihn hin mit halben Versprechungen, bring ihn durcheinander!«

»Kann ich denn das?« Sie lächelte.

»Und ob du's kannst! Führ ihn am Gängelband und bleib kühl. Je mehr damenhafte Abwehr von deiner Seite, desto hitziger wird er werden. Hauptsache, du bist bereit zu diesem Manöver.«

»Bereit? – Welche Frau wäre das nicht. Wir sind so rachsüchtig. Wenn ich nur wüßte, wozu das alles gut ist! Und vergiß nicht, Joan ist schlecht zu sprechen auf die Deutschen. In seinem Haus werde ich Hartzfeld wohl kaum empfangen können.«

»Darum kümmere ich mich. Joan läßt mit sich reden.«

»Ja, gerade vor dir hat er Respekt. Weiß Gott, was mit dir ist!« Sie blickte ihn forschend an.

»Aglaia, was ich dir vorgeschlagen habe – es dient einem höheren Zweck. Das muß du dir stets vor Augen halten, ja?«

»Ich beginne zu verstehen. Du hast mich, sozusagen, als Agentin angeworben – stimmt's? Du bist doch ein Romantiker, Stefan!«

»Nein, Aglaia. Ein Gegner der Nazis bin ich. Nicht allein aus dem Gefühl heraus, auch aus Vernunftsgründen und aus Überzeugung.«

»Gut, das ist schließlich deine Sache. Aber eines ist mir noch immer nicht klar – du mußt schon verzeihen, Stefan. Es heißt, dein General sympathisiert mit den Nazis –.«

»Bald wird es auch heißen«, sagte Rozescu mit einem Anflug von Lächeln, »Aglaia Odanovici sympathisiert mit den Nazis? Meinst du nicht? Vorausgesetzt natürlich, daß sich die Beziehungen zwischen dem Hause Luceanu, vielmehr zwischen Aglaia Odanovici, und dem Baron Hartzfeld so entwickeln, wie ich es voraussehe –.«

»Was willst du damit sagen, Stefan?«

»Daß man Widerwärtigkeiten dieser Art auf sich nehmen muß. Zu deinem Trost: In gewissen Kreisen ist es jetzt schick, Sympathie für die Deutschen zu zeigen. Also machen wir die Mode mit. Mit diesen Hinweisen mußt du dich vorderhand begnügen. Du übernimmst eine wichtige Aufgabe, Aglaia; ich bin fest davon überzeugt, du hast das Talent, sie zu erfüllen. Dein Platz ist auf unserer Seite!«

»Ich weiß, Stefan«, sagte sie und reichte ihm die Hand.

Als sich Rozescu im Büro an den Schreibtisch setzte, klangen ihm die Worte von Aglaias Anruf noch im Ohr. Veilchen waren abgegeben worden, diesmal mit einem Brief. Aglaia hatte Hartzfeld zum Tee gebeten. Rozescu konnte ein zufriedenes Lächeln nicht unterdrücken. Rananu, der ihm gegenübersaß, wieherte leise. »Dein Ausritt mit Aglaia scheint dir Spaß gemacht zu haben.« Bevor der Leutnant antworten konnte, befahl der General die beiden zu sich.

»Leute«, sagte er, »mit der Angelegenheit Alda sind wir keineswegs fertig. Gerade hab ich Besuch gehabt, zu Hause. Barbulescu war bei mir, ganz heimlich und ziemlich konsterniert. Erst heute hat Danghu den Bericht richtig gelesen. Auf die Nachricht hin, daß Alda im Land ist, soll er außer Rand und Band geraten sein. Auf Barbulescu ist er wütend, weil der die Information über Aldas Besuch in Satul Turnuli an das B II weitergegeben hat, bevor er selber davon erfuhr. Kurz, Barbulescu soll allen Inspektoraten und Subinspektoraten in Transsilvania den Auftrag erteilen, Alda und seine Verlobte zu verhaften und der Bukarester Zentrale vorzuführen.«

»Hat Barbulescu das getan?« fragte Rozescu.

»Gerade deswegen war er bei mir. Alles will er versucht haben, den Gestreiften von seinem Vorhaben abzubringen. Ich werde euch schon zeigen, wie man Untersuchungen führt, hätte Danghu geschrien.«

»Aber das kann er nicht machen, Herr General!« rief Rananu.

»Du meinst, er darf nicht? Wozu der Mann imstande ist, das kann unsereiner kaum ermessen. Tatsache ist nun einmal: Mag auch Alda seinem Zugriff entzogen sein – aber seine Verlobte ... Wer weiß, was sie aussagen wird, wenn diese Folterknechte sie unter Druck setzen.« Der General schwieg, seine Hände tasteten die Tischkante entlang.

»Und Barbulescu?« ließ sich Rozescu vernehmen.

»Er bat mich um Rat und Unterstützung. Ihm paßt die Sache nicht. Er scheint nicht gekauft zu sein. Zugeben muß ich, daß ich für einen Augenblick auch hier an Rundbergs Einfluß gedacht habe. Es ist etwas anderes. Er fürchtet, daß Danghu sich, und so auch ihn, in die Klemme bringt. So dumm ist Barbulescu nicht. Er hat schon gemerkt, daß es dem Generalsekretär nur um seinen Haß und die Befriedigung seiner Rachegelüste geht. Alda jedoch, meint Barbulescu, sei nicht irgendwer. Er will den Haftbefehl gegen ihn und Frau Varsany so lange wie möglich zurückhalten. Inzwischen soll ich auf Danghu Einfluß nehmen.«

»Einen Moment, wenn Sie gestatten, Herr General«, sagte Rananu.

»Danghu wird kaum auf ihren Einwand hören. Selbst wenn man einen triftigen Grund für eine Unterredung finden könnte. Aber er ist nicht der Höchste im Interne. Nehmen wir einmal an, der Minister würde die Angelegenheit für abgeschlossen erklären und jede weitere Nachforschung verbieten –.«

»Der Minister ist krank«, sagte der General, »Danghu vertritt ihn.«

»Wenn Sie, Herr General, ihn besuchen würden – schließlich konferiert auch der Gestreifte mit ihm – und bei ihm die Einstellung der Untersuchung aus, sagen wir, taktischen Gründen zu erwirken suchten?«

»Du meinst, ich soll zu ihm hinfahren?« Der General dachte nach. »Kein schlechter Vorschlag. Probieren muß ich's. Ja, dann wäre dieser gottverfluchte Gestreifte isoliert, denn ohne die Sigurantza kann er nicht viel aufstecken. – Wer fährt mich?« Er erhob sich und blickte die beiden nacheinander an.

»Ich werde Sie fahren, Herr General«, sagte Rozescu. »Es trifft sich gut, daß das Verdeck an meinem Wagen heruntergeklappt ist.«

Wenige Minuten nach vier hielt Rozescus Auto vor der Villa des Ministers. Beim Aussteigen sagte der General: »Ich gehe allein hinein. Sollte ich dich brauchen, laß ich dich rufen.« Kaum war die Haustür hinter dem Besucher ins Schloß gefallen, begann Rozescu zu wenden. Langsam schob sich der Wagen zurück, doch wenige Zentimeter vorm Nachbarhaus blieb er im weichen Boden stecken. Rozescu stieg aus, um die Kalamität in Augenschein zu nehmen. Dabei fiel sein Blick auf das metallene Namensschild: ›Archibald Whitecliff‹. Er sprach den Namen vor sich hin, während er in den zweiten Gang schaltete und vorsichtig Gas gab. Kaum stand er wieder vor dem Haus des Ministers, als auch schon der General erschien und langsam auf den Wagen zuschritt. Wortlos nahm er neben Rozescu Platz. Erst als sie in die Hauptstraße einbogen, sagte er: »Nichts.«

»Der Minister sperrt sich?«

»Abgelehnt hat er, bevor ich noch richtig erwähnen konnte, weswegen ich kam. So krank ist er gar nicht. Er läßt den Gestreiften machen, was er will. Der Generalsekretär verfügt über alle Vollmachten, er will ihn nicht desavouieren. Das alles wäre nicht so schlimm, müßte ich nicht befürchten, daß er ihm von meiner Intervention berichtet. Aus Angst, es könnte ihm von anderer Seite zugetragen werden. Dann hätte der Gestreifte eine gefährliche Waffe in der Hand.«

»Ja, wenn der Minister die Zusammenhänge errät und Danghu verständigt –. Weiß man eigentlich Näheres darüber, wie der Minister zu Danghu steht, Herr General?«

»Bis vor kurzem hatte der Minister nichts als Schulden, jetzt ist er ein wohlhabender Mann. Die Villa gehört ihm auch noch nicht lange –.«

»Interessant.« Rozescu gab Gas. »Es war ein Fehler, Herr General, aber er mußte gemacht werden. Die Gefahr ist nun größer geworden.« Nach einer Pause des Nachdenkens: »Sollte man nicht Zinnendorf verständigen? Damit er fest bleibt und Frau Varsany ermahnt, sich verborgen zu halten. Er muß ja nicht wissen, wohin sie gefahren ist.«

»Versuchen kann man es, obwohl eigentlich kaum noch Zeit dazu bleibt. Selbst wenn man's schafft – glaubst du, er wird dem Verhör standhalten? Das ist nicht nur eine Frage der moralischen Widerstandskraft.« Rozescu warf einen Blick auf die Uhr, fünf nach fünf. Sie waren bereits in der Stadt, noch zehn Minuten, und man würde wieder im Büro sitzen, würde erneut beraten und wieder keine Lösung finden. Rozescu bog von der belebten Calea Victoriei ab in eine Seitengasse. Unweit eines Taxistandes hielt er an. »Einen Moment, Herr General.« Besorgt sprang er aus dem Wagen und hob die Kühlerhaube hoch. »Tut mir leid, Panne«, rief er. »Nehmen Sie bitte ein Taxi, bei mir kann's dauern – wahrscheinlich liegt's an den Zündkerzen.«

»Force majeure!« sagte der General und stieg aus. Rozescu wartete, bis das Taxi um die Ecke verschwunden war, dann holte er aus dem Kofferraum einen Overall und zog sich im Wageninneren um. Als er sich wieder ans Steuer setzte, sah er wie ein zünftiger Automechaniker aus. Er fuhr um einige Ecken und hielt dann vor einem Schreibbüro. In gebrochenem, mit deutschen Brocken untermischtem Rumänisch erklärte er der Angestellten, er müsse dringend etwas schreiben.

»Wir haben leider niemand, der Deutsch kann, aber ...«

»Danke, nicht weiter schlimm, ich schreibe selbst, wenn ich nur eine Schreibmaschine ...«

Nach fünf Minuten war der Brief getippt und im Umschlag. Die junge Frau nahm die Bezahlung entgegen, ohne den Kunden weiter zu beachten. Draußen kämpften bereits die Straßenlaternen mit dem Tageslicht. Durch Seitengassen fuhr Rozescu bis vor die Kirche an der Piatza Madse, dort hielt er an und wartete. Erst als die Zeiger seiner Uhr auf fünf nach halb standen, näherte er sich langsam dem Luceanuschen Haus. Gerade wurde das Tor geschlossen, hinter dem Gitter schimmerte der weiße Mercedes. Rozescu bog jedoch nach rechts ab, kurz darauf noch einmal und hielt schließlich in einem Gäßchen, dessen linke Seite aus der Mauer des Luceanuschen Anwesens bestand. Weit und breit kein Mensch zu sehen. Schon war der Leutnant auf die Mauerkrone geklettert und sprang in den Garten. Die Lampe bei der Anfahrt warf gelbes Licht auf das hellgraue Pflaster und ließ den weißen Lack des Autos golden erscheinen. Wie der Prinz im Märchen bist du vorgefahren, in der goldenen Karosse, schöner Hugo, dachte Rozescu, der unter den kahlen Bäumen nur spärliche Deckung fand. Er duckte sich und schlich zum Auto. Die Tür zum Fond war unverschlossen. Auf dem Sitz lag ein Buch. Rozescu schlug es auf, die deutsche Ausgabe eines Werks von Anatole France. ›Die rote Lilie‹ entzifferte er und lächelte. Wenn das dein Führer und seine Paladine wüßten! Er konnte nicht widerstehen und blätterte in dem Roman. Obwohl es ihm schwer fiel, einzelne Buchstaben auszumachen, erschien plötzlich vor seinen Augen der Satz: »Eroberer kommen mir samt und sonders vor wie Irre.« Ja, murmelte er, das ist gut und schob den Brief so zwischen die Blätter, daß er an der Seite herausragte.

»Wär's abgetan, wenn es getan, dann wär's am liebsten schnell getan«, zitierte er lächelnd und machte sich auf den Rückweg. Als er jedoch, vor dem B II angelangt, hinter Rananus Buik den schwarzen Horch Danghus stehen sah, kehrte der Ernst zurück.

Rananu saß nicht an seinem Schreibtisch. Rozescu hob den Hörer ab und wählte. »Ja?« hörte er die Stimme des Generals. –

»Ich melde mich zurück, Herr General. Bitte, rufen Sie mich, wenn Sie einen Augenblick für mich erübrigen können«, sagte er dringlicher, als es sonst seine Art war. – »Das trifft sich gut. Bitte, komm gleich!« sagte der General. Rozescu spürte, als er im Zimmer des Generals die Tür hinter sich schloß, die Feindseligkeit, die von dem Mann ausging, der, die Beine übereinandergeschlagen, eine Pose aufreizender Überlegenheit zur Schau stellte.

»Nimm Platz«, sagte der General leise und wies auf einen Stuhl. »Der Herr Generalsekretär wünscht Aufklärung über gewisse Punkte im Protokoll.«

»Vom B II?«

»Ja«, sagte der General. »Die Sigurantza ist zwar genauso stark oder noch stärker an der Untersuchung beteiligt gewesen, aber wir stehen nicht an ...«

»Zu Befehl, Herr General, soweit ich mich erinnere, liegt dem Kommissar Ciobotariu, der als Schriftführer fungiert hat, im großen ganzen der gleiche Text vor wie mir. Bevor die beiden Exemplare von den Kommissionsmitgliedern unterzeichnet wurden, sind sie miteinander verglichen worden.«

»Aufeinander abgestimmt«, höhnte Danghu. »Wir werden ohne das B II den Fall untersuchen und Licht in die Angelegenheit bringen, obwohl sich diese Abteilung alle Mühe gibt, das zu verhindern. Daß Sie, Herr General, persönlich bei meinem Chef interveniert haben, über meinen Kopf hinweg, ist ein Beweis, ein deutlicher und – gefährlicher ...«

Rozescu blickte den General an. Dessen Lächeln wurde überlegen und spöttisch. »Ersparen Sie sich Erklärungen, Herr Danghu – unsere Zeit ist begrenzt –, Sie wissen, die Arbeit erdrückt uns.«

»Was –?« Es war ein Ächzen der Wut.

»Ja, Sie haben richtig verstanden. Das B II ist an Ihren Plänen nicht interessiert. – Herr Oberstleutnant, begleiten Sie den Herrn Generalsekretär bitte zum Ausgang«, befahl der General.

Danghu sprang auf. Die weiße Strähne hing ihm ins Gesicht. »Na, wartet nur! Euch werde ich alle erledigen! Ihr – unter einer Decke steckt ihr mit diesem Alda – Bolschewisten seid ihr allesamt, verratet das Land, verkauft es!«

Rozescu erhob sich und, an Danghu vorbeiblickend, sagte er mit ruhiger Stimme: »Wir haben es auf uns genommen zu untersuchen, wer verraten und verkauft hat, Herr Danghu. Und zu sonderbaren Resultaten sind wir gelangt. Sie werden früher von diesen Untersuchungsergebnissen erfahren, als Ihnen lieb ist. – Wir sind, wie Sie gehört haben, sehr beschäftigt, Herr Danghu.«

Rozescu geleitete Danghu in den Vorraum, wo ein Unteroffizier ihm in den Mantel half, und ging dann mit ihm zum Auto. Bevor der Generalsekretär einstieg, fragte ihn der Leutnant auf seine uninteressierte Art: »Sprechen Sie eigentlich Englisch?«

Bildete sich Rozescu nur ein, daß Danghu auf diese Frage hin zusammengezuckt war, er unwillkürlich den Fuß wieder zurückgesetzt hatte?

»Was sollte das, Rozescu?« fragte der General, als ihm der Leutnant die Szene schilderte.

»Notwehr, Herr General – dieselben Mittel, mit denen er uns die Hölle heiß macht, dazu nutzen, ihn ein bißchen zu jagen, in schiefes Licht zu bringen – in falschen Verdacht von mir aus.«

Der General musterte Rozescu streng. »Deutlicher«, befahl er.

»Er ist korrupt wie andere musikalisch, und hat nicht die geringsten Skrupel, denn er glaubt an gar nichts. Ohne mit der Wimper zu zucken, verkauft er, was er zu verkaufen hat.«

»Du meinst also, er hat etwas verkauft? Und was glaubst du, wird jetzt geschehen?«

»Er wird, wenn er Ursache hat, uns zu fürchten, entweder mit uns zu paktieren versuchen: Tu mir nichts, ich tu dir nichts! Oder aber, nach bewährtem Rezept, schreien: Haltet den Dieb! Eine Kraftprobe, Herr General!«

»Paktieren – mit dem? Nie! Außerdem, wer weiß, auf was man sich da einläßt. – Kraftprobe? – Komm her, Rozescu, und schreib auf: ›An den Generalstaatsanwalt. Ansuchen um sofortige Erlassung eines Haft- und Hausdurchsuchungsbefehls gegen den Generalsekretär im Ministerium des Innern, Orest Danghu, da dringender Verdacht besteht, daß wichtige Staatsgeheimnisse, besonders militärischer Art, einer fremden Macht übermittelt wurden. Gezeichnet et cetera.‹ Bitte, setz dich gleich hin und tipp's. – Du fährst«, fuhr er, zu Rananu gewandt, fort, »wenn ich unterschrieben habe, mit dem Brief zum Generalprocuror, er wird keine Schwierigkeiten machen. – Aufs Kriegsministerium gehe ich selbst. Kraftprobe!«

Vor der Residenz des Generalsekretärs hielten wenige Minuten nach neun zwei Autos. Im Handumdrehen formierte sich der Zug: Drei Offiziere bildeten die Vorhut, dann kamen zwei Kriminalbeamte und hinter diesen Militärprocuror und Procuror. Den Schluß bildete ein Mann in schäbigem Anzug, ohne Hut und Mantel.

Major Burda vom B II drückte auf den Klingelknopf, und fast gleichzeitig wurde geöffnet. »Schon?« Der Diener, ein älterer Mann, sagte: »Gott sei dank, ich habe gerade telefoniert – dort.« Er wies auf eine Tür, die halb offenstand. In seinem Arbeitszimmer auf dem Teppich vor dem Schreibtisch lag der Generalsekretär Orest Danghu lang ausgestreckt. Die weiße Haarsträhne hing ihm ins Gesicht, doch das Loch in seiner Stirn vermochte sie nicht zu verdecken. Der Gestreifte war tot. Allem Anschein nach hatte er Selbstmord begangen.

Im Verlauf der Untersuchung stellte sich heraus, daß Danghu nicht Hand an sich gelegt hatte. Erschossen war er worden, und der Mörder hatte einen Selbstmord vortäuschen wollen. Dabei war er ohne Sorgfalt vorgegangen. Der Schuß war aus zu großer Entfernung – etwa zwei Meter, dem Experten zufolge – abgefeuert worden. Fabrikmarke und Nummer der Pistole waren weggefeilt. Außerdem ergaben die Ermittlungen noch Folgendes: Es hatte geklingelt, und wie üblich war der Diener öffnen gegangen. Ein Mann, den er nie zuvor gesehen hatte, drängte sich wortlos an ihm vorbei ins Haus. In einer Sprache, die der Diener nicht verstand, doch als Französisch erkannte, hatte der Fremde etwas zu dem Generalsekretär gesagt, worauf dieser den Diener um ein Medikament schickte, das nur in der Apotheke unweit der Präfektur erhältlich war. Die Besorgung hatte knapp fünfundvierzig Minuten in Anspruch genommen. Als der Diener an die Tür des Arbeitszimmers geklopft und keine Antwort erhalten hatte, trat er ein. Sein Herr lag tot auf dem Teppich.

Die Haussuchung förderte zunächst nur pornographische

Bilder zutage. Der Safe hinter dem indischen Seidenteppich stand offen und war leer. Ein niedriger, massiger Schrank schien nichts zu enthalten als zahllose Seidenpyjamas in den buntesten Farben. Der kleine Mann im schäbigen Anzug beschnupperte und beklopfte den Schrank und bat, ihn noch einmal öffnen zu dürfen: Der Klopfton auf der linken Seite sei anders als der auf der rechten. Aufs neue wurde der Schrank ausgeräumt, und tatsächlich entdeckte der Spezialist im Innern eine Feder, mit der sich die linke Seitenwand öffnen ließ. Was sich den Blicken der Anwesenden darbot, war erstaunlich. Da lag, gebündelt und gehäuft, ein Vermögen in Dollar und dazu ein Paket mit neuen englischen Hundertpfundnoten, nach der Zählung genau dreiundachtzigtausend Pfund Sterling.

Dem Kommuniqué, das in den Morgenblättern erschien, war zu entnehmen, daß der Generalsekretär des Innenministeriums, Orest Danghu, in seiner Wohnung ermordet aufgefunden worden war. Die Polizei sei dabei zu recherchieren. Das Signalement des mutmaßlichen Mörders paßte auf jeden etwa vierzigjährigen Französisch sprechenden Mann in dunklem Paletot und mit schwarzem Hut.

General Baderescu las die Nachricht um sieben Uhr morgens in seinem Büro, Rananu und Rozescu saßen ihm gegenüber. »Na«, sagte er, die Brille in der Hand, »das war eine rasche Lösung. Dein Schuß ins Blaue hat ins Schwarze getroffen, Rozescu.«

»Ein Glück nur«, kommentierte Rananu, »daß keiner von uns wirklich geschossen hat. Fast hätte ich es vor Ihren Augen getan, Herr General. Aber sag mir, Rozescu, wem verdanken wir den Schuß?«

»Es ist kaum zu bezweifeln, daß Danghu im Auftrag der Deutschen liquidiert worden ist.«

»Erklär mir das, Philosoph«, bat Rananu.

Der General mischte sich ein. »Der Mann, der ihn aufgesucht hat, ist sicherlich ein alter Praktiker. Nachdem Danghu gestanden hatte, daß er für die Engländer arbeitet, sollte er ihm nahelegen, sich selbst zu erschießen. Aber ein Feigling wie Danghu würde das nie tun. Die Zeit drängte, jeden Augenblick konnte der Diener zurück sein. Danghu mußte getötet werden.«

»Wie siehst du es, Rozescu?«

»Für mich ist dieser Mord nicht nur Strafe, auch Drohung – Terror. Über Danghu wurde wegen Verrats die Todesstrafe verhängt. Die Pistole neben der Leiche ist ein Wink für die Behörden, dem Volk zu erzählen, es handle sich um Selbstmord. Da man die Masse auf seine Seite ziehen will, würde Mord die falschen Zeichen setzen. Zumal die Behörden sowieso alle Hände voll zu tun haben mit der Bekämpfung der ›Greuelpropaganda‹, wie sie das nennen.«

»Sie haben darauf bestanden, Herr General«, ergänzte Rananu, »daß die Zeitungen schreiben, Danghu sei ermordet worden.«

»Das war für das Volk«, entgegnete der General mit einem Seitenblick auf Rozescu. »Glaub mir, bereits heute weiß ganz Bukarest, was sich abgespielt hat.«

»Ja«, bestätigte Rozescu. »Es wird viel geredet werden, und das ist, meine ich, gar nicht so schlecht.«

Nagys Telegramm an Rundberg hatte gelautet: »Kolli per Achse via Bistritza abgegangen.« Das war nicht mißzuverstehen. Eisner hatte mit dem polnischen Herrn die Reise im Auto angetreten. Das mußte seinen Grund haben. Rundberg atmete auf, als Eisner bei ihm vorfuhr.

»Was war los, Mischa?« fragte Rundberg nach der knappen Begrüßung.

»Da, lies den Brief, der ist für dich bestimmt; der andere ist für Candomir.«

»Warum hast du ihn nicht dem Baron übergeben?« fragte Rundberg, während er den Umschlag aufriß.

»Keine passende Gelegenheit. Lies zuerst, den Rest werde ich dir erklären.« Er ging zum Schrank, holte die Cognacflasche und schenkte sich ein.

»Die Baronin schreibt, vor Bilinsky muß man sich in acht nehmen, er ist nicht vertrauenswürdig.« Rundberg legte den Brief auf den Tisch. »Man soll ihm seinen Willen tun oder zumindest sich so stellen. Er hat gedroht, die Sache zu verraten.«

»Ja, das stimmt.«

»Was ist passiert? Erzähl endlich, was los war.« Als Eisner geendet hatte, sagte Rundberg: »Eine widerliche Geschichte! Gefährlich, du hast recht, auch wenn ich nicht glaube, daß dieser Pan eine Ahnung hat, wo Alda ist. Aber er weiß genug, um Zores zu machen. Wir sind alle in Gefahr, ich werde ...« Er hielt inne. »Es war nicht recht von dir, Candomir den Brief vorzuenthalten. Warum eigentlich?«

»Ich hab gedacht, es ist besser, du weißt, um was es sich handelt. Wenn du dann der Meinung bist, man soll dem Baron den Brief geben, so tust du es eben.«

»Was heißt das: Wenn ich der Meinung bin? Den Brief muß ich ihm geben.« Er schwieg und starrte vor sich hin.

»Hätte ich Candomir den Brief ausgehändigt, wäre er vielleicht wütend geworden und hätte Bilinsky zur Rede gestellt. Am Ende hätte er ihn sogar vor die Tür gesetzt, weil er so einen Dreckskerl nicht unter seinem Dach haben will. Und dieser Pan, was macht er? Rennt in seinem Zorn gleich zur Sigurantza und spuckt aus, was er weiß. Stimmt's, Karl? Was hilft deine ganze Chochme? Wenn ich mir vorstelle, wie du gearbeitet hast, bis die Geschichte im Lot war!«

»Vorgestern nacht sind sie abgefahren. Prima Protokoll. Dein Vater war eine Glanznummer.«

»Mein Vater? Was hat der damit zu tun?«

»Laß dir das von ihm erzählen. Du hast jedenfalls recht, Mischa: man hätte den Baron vorbereiten müssen. Hm!« Er dachte kurz nach. »Ich glaube, ich kann das in Ordnung bringen.«

»Candomireni!« Schajeh wies mit der Peitsche nach vorn. Die ersten Häuser des Dorfes wurden sichtbar.

Rundberg schlug den großen Schlittenpelz zurück und stand auf. »Beim dritten Haus rechts steige ich aus. Und Sie, Schajeh, Sie fahren zum Knauer in den Hof. Füttern Sie und nehmen Sie auch selber etwas zu sich, und – wenn man Sie fragt, mit wem Sie gekommen sind, dann wissen Sie es nicht. Ich habe hier ein paar Kunden, die mir Geld schulden; wenn die erfahren, daß ich im Dorf bin, ist keiner zu Hause. Klar, Schajeh?«

»Natürlich. Ich fahre nicht zum Knauer, ich hab hier einen

Onkel. Bei dem stell ich die Pferde unter, auch zu essen krieg ich, soviel ich will. Wenn Sie mich brauchen …«

»Ich weiß, wo das ist. Wenn ich fertig bin, komm ich hin. Ist besser so.« Schajeh knallte mit der Peitsche und fuhr davon.

Auf einem ausgetretenen Fußpfad ging Rundberg in die Richtung, aus der sie gekommen waren. Ein Karrenweg führte über freies Feld zu dem Wald, in den der Candomirsche Park auslief. In der Allee mit den alten Buchen schritt Rundberg rascher aus und erreichte bald die offene Manege. Radu Candomir und er erblickten einander fast gleichzeitig.

»Guten Morgen, Herr Baron.« Rundberg lüftete seine Pelzmütze und streifte, Candomir gleich, den rechten Handschuh ab.

»Warten Sie einen Augenblick, da kommt er schon!« Ein Stallmann führte ein Pferd am Zügel, in der linken Hand hielt er Longe und Peitsche. »Sehen Sie ihn sich an – ein Sohn von Bucur, im November war er drei Jahre, ein fertiges Pferd.«

»Schön, Herr Baron, wirklich schön.« Es war ein Honigschimmel, Mähne und Schweif gelblich weiß. »Ja, Bucur – und die Mutter?«

»Meine Oglinda. Ja, er ist nobel, wenn er bloß eine andere Farbe hätte –! Ich stell mir vor« – er gab dem Stallmann einen Wink –, »Sie haben mir Wichtiges mitzuteilen. Was gibt's, Herr Rundberg?«

Rundberg zog Marthas Brief aus der Tasche. Der Baron runzelte die Stirn, als er bemerkte, daß das Kuvert keine Aufschrift trug. »Für mich? Von wem denn?«

»Von Frau Martha.«

»Ah! – Aber vielleicht sollten wir lieber ins Haus gehen. Ich nehme an, es sind keine angenehmen Nachrichten.«

»Sie haben recht, Herr Baron. Ich glaube, den Inhalt zu kennen. Auch mir hat Frau Martha einen Brief geschrieben.«

»Es ist ihr hoffentlich nichts zugestoßen! – Ist sie in Sicherheit?« Candomir blieb stehen und sah Rundberg forschend an.

»Momentan noch – wir gehen wirklich besser ins Haus. Es ist nicht ratsam, daß ich hier gesehen werde, Herr Baron, schon gar nicht von Herrn von Bilinsky.«

»Bilinsky liegt übrigens im Bett, krank. Die Reise hat ihn

furchtbar mitgenommen. Wir mußten den Arzt kommen lassen. Keine Kleinigkeit, im Auto von Arad bis hierher. Der Unfall hätte schlimme Folgen haben können.«

»Ja.« Das war alles, was Rundberg sagte.

Sie saßen im Arbeitszimmer. Candomir hatte Marthas Brief gelesen. »Was, um Gottes willen, ist passiert, Herr Rundberg?«

»Herr von Bilinsky hat gedroht, er wird der Sigurantza verraten, wo Alda sich befindet, falls man nicht tut, was er will. Zwar glaube ich nicht, daß Lutz jemanden in seine Pläne eingeweiht hat, aber selbst ein falscher Hinweis kann schwerwiegende Folgen haben.«

»Nein!« Candomir suchte nach Worten. »Er weiß, wo Lutz ist. Wie kann er nur – das wäre doch ...«

»Er weiß?« Rundbergs Gesicht war eine grinsende Totenmaske. »Und woher, Herr Baron?«

Candomir sprang auf. Er lief zum Fenster und wieder zurück zu Rundberg. »Wir dürfen nicht den Kopf verlieren. – Das macht doch keinen Sinn ...« Er brach ab.

»Können Sie mir sagen, wieso Herr von Bilinsky weiß, wo Lutz ist und – wissen Sie es auch?«

»Ich – nein!« Candomir schüttelte heftig den Kopf.

»Herr Baron«, sagte Rundberg mit fester Stimme, »ich weiß, wo Lutz ist. Es würde mich nicht wundern, wenn auch Sie wüßten, daß er – hinübergegangen ist. Sie sind sein Freund – nur, woher weiß es Herr von Bilinsky?«

Candomir sah Rundberg dankbar an. Er hatte ihn davor bewahrt, das dem Freund gegebene Wort zu brechen. Dann setzte sich der Baron dem Besucher gegenüber, so nahe, daß sich fast ihre Knie berührten. »Es ist gut, daß Sie's wissen«, sagte er, »und Sie sollen auch erfahren, wieso Herr von Bilinsky eingeweiht ist. Lutz ist ihm zuliebe hinübergegangen –.«

»Herr Baron«, sagte Rundberg mit einer Strenge, die seinem Wesen fremd war, »Sie werden mir anvertrauen müssen, was der Zweck von Lutzens – Reise ist. Darauf muß ich bestehen. Wie kann ich mir sonst ein Bild davon machen, was gespielt wird?«

»Lutz ist gegangen, Herrn von Bilinskys Frau zu suchen und sie, wenn er sie findet, herüberzubringen.«

»Das«, sagte Rundberg nach einem Augenblick beklemmender Stille, »will mir nicht in den Kopf. Nein, einiges stimmt da nicht.« Er verstummte. »Nein«, schüttelte er dann heftig den Kopf, »Lutz riskiert sein Leben, um eine Frau zu retten, und der Mann dieser Frau droht, ihn der Sigurantza zu verraten. Macht das Sinn für Sie?«

Gequält rieb sich Candomir die Stirn. »Steht es denn wirklich fest, daß er gedroht hat – kann es sich nicht um ein Mißverständnis handeln? Wie ist es überhaupt dazu gekommen?«

»Ihnen muß ich wohl alles erzählen – eigentlich wollte ich es nicht. Aber zuviel steht auf dem Spiel.«

Candomir hatte Rundbergs Bericht mit wachsender Erleichterung angehört. »Das ist es also?« Er lächelte. »Kavalierspech! Herr von Bilinsky war gereizt, gekränkt, und da hat er sich eben dazu hinreißen lassen, etwas zu sagen, was mißverstanden werden konnte. Ist das so schwer zu verstehen?«

»Ich sehe die Dinge anders, Herr Baron. Ob ein Zusammenhang besteht zwischen dieser Affäre und der Drohung, mag dahingestellt bleiben. Worauf es ankommt: Herr von Bilinsky hat gedroht, dafür gibt es Zeugen.«

»Und selbst wenn? Im Zustand der Überreizung kommt manches Wort über die Lippen, das besser ungesagt bliebe. Und sie vergessen, daß auch das Schamgefühl Menschen rasend machen kann. – Er soll nie erfahren, daß ich weiß, was tatsächlich vorgefallen ist. Damit ist jede Gefahr ausgeschaltet.«

Fast mitleidig sah Rundberg ihn an. »Kann sein, ich habe keine richtige Vorstellung von Kavalieren. Die Kavaliere, die ich kenne, hätten nie mit der Sigurantza gedroht. Vielleicht hätte der eine oder andere draufgehauen, geschossen oder was weiß ich, doch denunziert hätte er bestimmt nicht.«

»Sie haben recht, Herr Rundberg«, sagte Candomir kleinlaut. »Aber lassen wir das! Meinen Sie nicht auch, wenn wir ihm keinen Anlaß geben …?«

»Was heißt Anlaß? Morgen, übermorgen oder nächste Woche läßt er sich etwas Neues einfallen, und dann droht und erpreßt er wie zuvor. Er ist, weil die Situation es mit sich brachte, zum Glied in einer Kette geworden – dünner Draht zwischen hartem Stahl.«

»Sie übertreiben, Herr Rundberg.«

»Glauben Sie mir, ich bin nicht gekommen, Herrn von Bilinsky bei Ihnen anzuschwärzen. Sie mußten gewarnt werden. Es war ein Fehler, daß ich den Herrn bat, nach Satul Turnuli zu fahren, obwohl ich ihm nicht traute.«

»Sie haben ihm nicht getraut? Was wußten Sie denn vor einer Woche von ihm?«

»Eigentlich wollte ich das nicht erwähnen. Nun, es ist sicher besser, Sie wissen alles. – Lesen Sie bitte diesen Brief.« Rundberg reichte Candomir das Schreiben, das er aus der Tasche gezogen hatte.

Der Baron las und gab das Blatt zurück. »Sie riskieren da nichts, Herr Rundberg«, sagte er steif und erhob sich. »Ich habe Herrn von Bilinsky empfohlen, also für ihn gebürgt. Herrn Halser werde ich bitten, Ihnen noch heute das Geld zu überweisen.«

»Sie haben, Herr Baron«, sagte Rundberg kühl, »zwar den Brief gelesen, aber nicht auf das Datum geachtet. Schon vor einem Monat ist er angekommen.«

»Ich habe das übersehen, stimmt. – Weshalb ist das Datum so wichtig?«

»Wenn ich mich um das Geld gesorgt hätte, wär ich schon vor einem Monat bei Ihnen gewesen.«

»Warum sind Sie nicht gekommen?«

»Weil ich Herrn von Bilinsky Zeit lassen wollte, seine Angelegenheiten zu ordnen. Auch er muß schließlich davon verständigt worden sein, daß das Geld nicht ausgezahlt wird.«

»An dem Tag, als er nach Oradea fuhr, hat er so etwas erwähnt, ich erinnere mich genau. Eine Benachrichtigung habe er zwar nicht erhalten, doch wenn nicht gezahlt worden wäre, hätten sie sich bestimmt gemeldet, hat er gesagt. Ihre Ansicht, Herr von Bilinsky habe sich in dieser geschäftlichen Angelegenheit inkorrekt verhalten, kann ich nicht teilen, Herr Rundberg«, schloß er förmlich.

Rundberg wollte nicht verstehen. »Die Firma Julius Zwick in Zürich erfreut sich der allerbesten Reputation. Herr Zwick ist ein guter Bekannter von Lutz. Die Gräfin Elisaweta Woronewska hat Zwick an ihren Schwiegersohn und Vermögensverwalter, den Fürsten Roman Bolgurski, verwiesen, und dieser erklärte, eine Gräfin Janina Woronewska sei ihm nicht bekannt. Von Forderungen, die sie an ihn oder, vielmehr, an seine Schwiegermutter zu stellen berechtigt sei, wisse er nichts.«

»Damit ist nicht das geringste gegen Herrn von Bilinsky bewiesen. Seine Frau ist eine geborene Gräfin Woronewska, eine Nichte der Gräfin Elisaweta, und somit genauso am Erbe ihres Großvaters beteiligt wie die Gräfin oder deren Kinder. Ein großes Vermögen, von dem der Gattin des Herrn von Bilinsky mehr als ein Viertel hätte zufallen müssen, da ein Erbberechtigter, der Sohn der Gräfin, gefallen ist.«

»Wenn ich Sie richtig verstehe, hat Herr von Bilinsky einen nicht bestätigten Anspruch, beziehungsweise eine erst gültig zu machende Forderung seiner Frau eskomptiert.«

»Ich bin in der Terminologie des Geldwesens nicht so bewandert, Herr Rundberg«, sagte Candomir kühl. »Übertreiben Sie nicht, Herr Rundberg! Wie können Sie einen Zusammenhang sehen zwischen dieser Geldsache und einer Äußerung, die aus Wut oder Scham gemacht wurde? Kann sein, Herr von Bilinsky ist in seiner Unerfahrenheit oder Leichtgläubigkeit anders vorgegangen als ein Geschäftsmann. In gutem Glauben hat er bestimmt gehandelt. Beruhigen Sie sich, ich weiß« – er legte die Hand auf Rundbergs Schulter –, »Sie haben Angst. Aber diese Angst ist unberechtigt.«

»Angst?« Rundberg straffte sich und sah Candomir ins Gesicht. »Ja, Herr Baron, ich habe Angst. Und es gibt einen Zusammenhang. Ich kann ihn nur nicht erkennen. Wir müssen«, sagte er entschlossen, »mit dem Herrn von Bilinsky sprechen.«

»Gut, Herr Rundberg, warum nicht? Gehen wir zu ihm hinauf.«

»Ich danke Ihnen. Ich werde mit Herrn von Bilinsky vorsichtig umgehen.«

Anatol lag im Bett. Er legte das Buch aus der Hand, als Candomir eintrat. Sonderlich erstaunt schien er nicht, ihn in Begleitung von Rundberg zu sehen. »Guten Tag, Anatol«, grüßte Candomir, »wie fühlen Sie sich?«

»Danke, es geht.« Anatol erwiderte Rundbergs Verbeugung mit der Andeutung eines Nickens.

»Sie verzeihen, wenn wir Sie stören«, sagte Candomir höflich. »Herr Rundberg hat Ihnen Wichtiges mitzuteilen.«

»Ich wüßte nicht ...« Bilinsky richtete sich im Bett auf und wandte das Gesicht dem Besucher zu. Er trug keinen Verband mehr. Breite Pflaster verdeckten die Verletzungen und verwandelten die impertinent angeekelte Miene in eine groteske Grimasse. »Offen gestanden, ich habe die Nase voll von Rundberg und Konsorten.« Er ließ sich in die Polster zurückfallen, behielt jedoch Rundberg im Auge.

Als gälten diese Worte gar nicht ihm, zog sich Rundberg einen Stuhl heran und setzte sich. »Nehmen Sie nur Platz, Herr Baron«, forderte er Candomir auf, und zu Bilinsky gewandt sagte er: »Sie müssen schon verzeihen, wenn ich bei Ihnen vorspreche, obwohl Sie leidend sind – Geschäft ist Geschäft. Sie werden das verstehen. – Hier, Herr von Bilinsky, dieser Brief ist aus Zürich gekommen.« Er trat ans Bett und reichte, nicht ohne sich zu verbeugen, Anatol das Schriftstück.

»Na und?« Mit einer verächtlichen Bewegung warf Anatol den Brief Rundberg vor die Füße.

Rundberg hob ihn auf und steckte ihn in die Brusttasche zurück. »Nichts«, grinste er, »die Sache hat sich erledigt. Herr Baron Candomir erklärt sich nämlich bereit zu zahlen, was Ihnen zu dem Betrag fehlen sollte. Sie haben bestimmt nicht alles ausgegeben, der größte Teil des Geldes muß noch vorhanden sein. Zweieinhalb Millionen Lei, ein Vermögen ist das in Rumänien.«

»So eine Frechheit! – Radu, wie können Sie in Ihrem Hause solche Anpöbelungen dulden?«

»Es tut mir leid, Anatol. Ich habe nicht ganz verstanden, worauf Herr Rundberg hinaus will. – Möchten Sie nicht deutlicher werden?« wandte er sich streng an Rundberg.

»Herr von Bilinsky weiß, was ich meine. Für eine Frechheit hält er es, wenn ich mein Geld zurückverlange. Von mir aus! Ich werde ihm einen anderen Vorschlag machen. Mag Herr von Bilinsky die Summe als Honorar behalten. Für Leistungen, die er erbracht hat oder noch erbringen wird. Die ausgestandenen Strapazen, die Angst und ähnliches. Als Schmerzensgeld sozusagen.« Rundberg hatte das mit der gewohnten Sachlichkeit vorgebracht. Er schien Candomirs wachsendes Befremden nicht zu bemerken und blickte ohne Spannung auf den im Bett Sitzenden.

»Und als Schweigegeld?« sagte Anatol, zu Candomir gewandt. »Aber zuwenig, viel zuwenig, lieber Radu. Ich bitte Sie, lumpige fünftausend Dollar.«

»Kann sein, es ist zuwenig. Wieviel haben Sie sich vorgestellt, Herr von Bilinsky?« fragte Rundberg unbeirrt weiter.

»Hören Sie jetzt auf!« befahl Candomir streng. »Ich müßte Sie sonst bitten – alles hat seine Grenzen, Herr Rundberg.«

»Stimmt, Herr Baron«, pflichtete Rundberg bei, als ginge ihn die Mahnung nichts an. Zu Anatol sagte er: »Sie haben verstanden, Herr von Bilinsky, alles hat seine Grenzen. Nennen Sie den Betrag, um den Sie sich zu schweigen verpflichten würden – doch, bitte, übertreiben Sie nicht.«

»Fünfundzwanzigtausend Dollar.«

Candomir saß da wie vom Schlage gerührt. Rundberg hatte kein Auge für ihn. »Viel Geld, Herr von Bilinsky«, sagte er. »Ich glaube nicht, daß ich das schaffen kann. Fünfzehntausend biete ich Ihnen. Als Anzahlung mögen Sie die Fünftausend behalten, und wenn Sie bis Aldas Rückkehr den Mund halten, kommen noch zehntausend dazu. *Cash!*«

»Aber – aber«, ächzte Candomir, »was geht hier vor?«

»Sie verstehen nicht, lieber Radu? Wie sollten Sie auch. Rundberg weiß, daß ich alles durchschaut habe. Er ist ja der Stellvertreter Ihres sauberen Freundes Alda, des Retters und Helfers, des bolschewistischen Agenten Alda, des Chefs der ganzen Bande.«

»Sie sind verrückt, hören Sie auf!« Candomir war aufgesprungen und stand drohend vor dem Bett.

Ruhig blickte Rundberg von einem zum andern. Dann sagte er: »Echauffieren Sie sich nicht, Herr Baron, da kann man nichts machen. Jedes Geschäft hat sein Risiko. – Das ist Ihr letztes Wort, Herr von Bilinsky, fünfundzwanzigtausend Grüne?« Als Candomir in sichtbarer Verzweiflung Anstalten machte, den Raum zu verlassen, bat Rundberg: »Bitte, bleiben Sie, Herr Baron, Sie wissen noch nicht alles.«

»Nein, ich weiß offenbar gar nichts. Alle sind verrückt geworden, Anatol. So erklären Sie mir doch«, flehte er.

»Was ist da zu erklären, Radu? Der Mann, dem Sie Ihre Liebe und Ihr Vertrauen geschenkt haben, steht im Sold unserer Todfeinde. Ein Bolschewist ist er. Sie werden doch nicht im Ernst glauben, daß er gegangen ist, meine Frau zu retten. Ein passender Vorwand, ein Alibi, das ihm der Himmel beschert hat.«

»Also für fünfundzwanzig wollen Sie schweigen? Für immer?« sagte Rundberg grinsend.

»Ich schweige«, sagte Anatol nicht ohne Würde, »nicht für Geld, sondern dem Herrn Baron Candomir zuliebe. Das Geld ist eine Kontribution – Bolschewistengeld. Sie haben mir mehr geraubt, viel mehr.«

»Das heißt, auch dem Herrn Baron Candomir zuliebe würden Sie schweigen, und das heißt weiter, selbst für den Fall, daß Sie das Geld nicht bekämen. Haben Sie das nicht auch so verstanden, Herr Baron?« fragte Rundberg naiv. »Oder meint es Herr von Bilinsky anders?«

»Ich verstehe nichts, gar nichts«, schrie Candomir.

Rundberg stand auf und nahm sich eine Zigarette aus Candomirs Dose, die offen auf dem Tisch stand. Da er dabei Anatol den Rücken zukehrte, konnte er Candomir, vom andern unbemerkt, blitzschnell zuzwinkern. »Es ist allerdings«, fuhr er dann gemächlich fort, »eine Frage, ob der Herr Baron mit Ihrem Schweigen einverstanden sein wird. Wie ich ihn kenne, wird er es sich nicht nehmen lassen wollen, selber Anzeige zu erstatten. Er haßt die Bolschewisten, und ihn kann man nicht kaufen – Pech für uns alle, Herr von Bilinsky.«

»Baron Candomir wird Alda nicht verraten, und ich gleichfalls nicht, die ganze Bande nicht.« Er war seiner Sache sicher. »Sie haben keine Ahnung, was ein Freund ist, auch nicht, wie sehr man auf den eigenen Ruf bedacht sein muß.«

»Wie recht Sie haben, Herr von Bilinsky, wie gut Sie kombinieren! Sie erhalten also fünfundzwanzigtausend US-Dollar, in Banknoten zu hundert, fünfhundert und tausend, und zwar folgendermaßen: heute zehntausend und fünfzehntausend an dem Tag, an dem Alda zurückkommt.« Hier wollte Anatol ihn unterbrechen, doch unbeirrt fuhr Rundberg fort: »Allerdings darf sich die Rückkehr nicht länger als bis zum ersten März dieses Jahres verzögern. Ist Herr Alda bis dahin da, so werden

Ihnen die restlichen fünfzehntausend ausbezahlt. Sie sollen bei Herrn Baron Candomir deponiert bleiben. Einverstanden, Herr von Bilinsky?«

Mit einer höflichen Handbewegung gegen Candomir sagte Bilinsky: »Wenn Baron Candomir bestätigt ...«

Candomir rang nach Luft. Vergeblich mühte er sich zu sprechen.

Rasch erhob sich Rundberg. »Selbstverständlich ist der Herr Baron einverstanden. Wie denn nicht? Schon wegen des ›Rufes‹, nicht wahr, Herr Baron?« Er faßte Candomir fest ins Auge, und wieder erfolgte ein blitzschnelles Zwinkern.

»Ja, sicher!« stieß Candomir hervor.

»Alles in bester Ordnung!« Rundberg trat händereibend zu Anatol. »Also, bitte, und jetzt, es ist schade um jeden Augenblick, geben Sie mir die Lei, soviel Sie noch haben. Ich schätze, es sind weit über zwei Millionen.«

»Aber warum denn das? Sie legen einfach fünftausend dazu, und die erste Rate ist bezahlt.«

»Das sind verschiedene Konten, Herr von Bilinsky. Ich müßte dann zwar nur zwanzigtausend beschaffen, doch glauben Sie bitte nicht, die ließen sich aus dem Ärmel schütteln. Meinen ganzen Kredit werde ich in Anspruch nehmen müssen. Bei solchen Geschäften ist nämlich Anzahlung üblich, zur Deckung eventueller Kursdifferenzen, anders als zwischen uns beiden. Ich brauche Ihre Lei. Also, bitte, es ist schade um die Zeit.«

»Ich verstehe Sie nicht.« Anatols Mißtrauen war unverkennbar.

Rundberg gab sich gekränkt. Es war das erste Mal während der Unterredung, daß er Erregung zeigte. »Sie werden nicht etwa Bedenken haben? Wir sind in Ihrer Hand.«

»Das stimmt allerdings.« Anatol ging zum Wandschrank und nahm ein Köfferchen heraus. Von seinem goldenen Halskettchen löste er einen winzigen Schlüssel. »Hier, es fehlen nur etwa dreihunderttausend Lei.«

»Alle Achtung, Herr von Bilinsky, Sie waren wirklich sparsam«, lobte Rundberg. »Sechshundert Dollar ziehe ich Ihnen also ab. Strenge Rechnung, gute Freunde. – Sie werden bis zur endgültigen Abwicklung unseres Geschäftes hier bleiben, Herr von Bilinsky. Im Hause des Herrn Baron.« Als dieser eine nicht mißzuverstehende Geste machte, wiederholte Rundberg: »Im Hause des Herrn Baron. Der besseren Überwachung wegen.«

»Überwachung? Was ist das für eine neue Frechheit? Ich gebe Ihnen mein Ehrenwort –.«

»Ehrenwort? Bei dieser Art von Übereinkommen eine recht schwache Garantie. Was soll ich mit Ihrem Ehrenwort anfangen? Bin ich für Sie etwa ein Herr? Wir werden das gleich festlegen: Sie bleiben hier, Sie schreiben nicht, telefonieren nicht; auch dürfen Sie das Haus nur auf Sichtweite verlassen. Einer unserer Leute wird Sie ständig im Auge behalten. Sie kennen ihn, Herr von Bilinsky, er ist mit mir gekommen und in Rufweite – Feri, der Chauffeur des Herrn Nagy aus Arad.«

»Das ist ja ...!« ereiferte sich Anatol.

Ohne die Stimme zu heben oder eine Miene zu verziehen, fuhr Rundberg fort: »Ja, er gehört zur Bande, der Feri. Anweisen werden wir ihn, Sie bei der erstbesten Bewegung, die ihm verdächtig vorkommt, zu erledigen. Sie können mir glauben, mit Vergnügen wird er das tun. Er hat, behauptet er, eine private Rechnung mit Ihnen zu begleichen. Nun, Sie werden mich, hoffe ich, noch heute wiedersehen. Ich empfehle mich Ihnen.«

Rundberg nahm das Köfferchen unter den Arm und machte einen Bückling. Für Candomir hatte er ein respektvolles Neigen des Kopfes. »Herr Baron, wir wollen Herrn von Bilinsky nicht länger stören, er hat Ruhe nötig.« Als sie draußen waren, ergänzte er grinsend: »Ich hoffe, Sie sind mit mir zufrieden. Bin ich nicht vorsichtig mit ihm umgegangen?«

»Und was weiter?« fragte Candomir. Sie saßen wieder im Arbeitszimmer. Rundberg war erschöpft. »Wir werden uns schon was einfallen lassen«, sagte er.

»Ich dachte, Sie hätten einen fertigen Plan, Herr Rundberg?«

»Nicht immer helfen Pläne, Herr Baron, wenigstens in solchen Fällen nicht. Was hätten mir die besten Pläne genützt, wäre mir im allerletzten Augenblick nicht eingefallen, dieses – Experiment zu machen. Er hat seine Chance wahrgenommen, er wollte zu Geld kommen.«

»Und ist dazu gekommen«, sagte Candomir bitter.

Erstaunt sah Rundberg ihn an. »Ach, Sie denken, ich gebe Herrn von Bilinsky fünfundzwanzigtausend Dollar?«

»Ich sehe keine andere Lösung. Selbstverständlich bin ich bereit ...«

»Einem Erpresser Geld zu geben? Nein, Herr Baron, auf keinem Fall. Zudem hab ich ihm alles weggenommen. Wie Sie selbst sahen, war es nicht leicht.« Er wies auf das Köfferchen, das neben ihm stand, und zog aus der Außentasche seines Jacketts eine Brieftasche: »Hier!«

»Wieso?«

»Während er mit Ihnen sprach. Geschwindigkeit ist keine Hexerei. Ohne Geld und Legitimation ist er hilflos. Bitte, schließen Sie das Portefeuille weg.«

»Nein, ich rühr dieses Ding nicht an.« Candomir schwieg und sah zu, wie Rundberg die Brieftasche einsteckte. »Mir genügt, was ich gehört habe. Ja, Herr Rundberg« – er stand entschlossen auf –, »alles übrige überlassen Sie getrost mir.«

»Bitte, Herr Baron –.« Rundberg zwang sich zu einem leichten, wegwerfenden Ton.

Candomir blickte zum Fenster hinaus. Als spräche er mit sich selbst, sagte er dann: »Ja, aus dem Hause kann ich ihn nicht weisen, denn sein erster Weg wäre zur Sigurantza. Aber ihm erlauben hierzubleiben, an meinem Tisch zu sitzen, mit meiner Frau, mit meinen Kindern –? Gut, daß sie wenigstens jetzt nicht hier sind. Übrigens wollte ich heute zu ihnen nach Bukarest fahren.«

»Weiß die *domnitza,* was hier vorgefallen ist?«

»Nein. Sie ist mit den Kindern fortgegangen, als die starken Fröste eingesetzt haben.«

»Halb zwölf« – Rundberg überlegte –, »kennt die *domnitza* den Herrn Oberstleutnant Rananu oder den Herrn Leutnant Rozescu?«

»Rananu ist ihr Verwandter; wir sind mit ihm befreundet.«

»Gut. Bitte, melden Sie ein Blitzgespräch an. Sagen Sie Ihrer Frau, daß Sie erst morgen reisen können. Sprechen Sie vom Wetter, von der Wirtschaft, und zwischendurch bitten Sie sie einmal und später ein zweites Mal: Sie soll den Herrn Oberstleutnant – sie nennt ihn doch beim Vornamen? Wird die *dom-*

nitza wissen, wen Sie meinen, wenn Sie nur den Vornamen erwähnen?«

»Sie wird verstehen – er hat einen Spitznamen.«

»Gut, dann nur den Vornamen und den Spitznamen! Die *domnitza* soll ihn gleich anrufen und ihm sagen, er möchte sich mit Ihnen in Verbindung setzen, auf der Stelle, bitte. Um ein Pferd handle es sich, um den Sohn von Bucur und der Oglinda. Er ist doch Kavallerist, der Herr Oberstleutnant?«

»Ja, aber ...«

»Bitte, Herr Baron, nicht fragen«, flehte er und wies auf den Apparat. Achselzuckend ging Candomir zum Telefon. Als er nach dem Gespräch den Hörer aufgelegt hatte, sagte er: »Meine Frau wird alles daransetzen, Rananu zu erreichen. Was versprechen Sie sich davon?«

»Wenn Sie den Herrn Oberstleutnant dazu bewegen können, daß er und eventuell auch Herr Leutnant Rozescu noch heute hier erscheinen, dann haben wir gewonnen.«

»Falls wir uns rechtzeitig verständigen, bin ich beinahe sicher, daß er kommt. Und was soll er hier?«

»Am Telefon können Sie das natürlich nicht sagen. Höchstens, daß er unbedingt herkommen soll, sich ein Pferd holen – sein Pferd, bitte, nicht zu vergessen, Herr Baron, und daß es gut wäre, wenn er den Doktor mitbrächte. Was er auch einwendet, was er fragt, Sie antworten, er solle den Zwei-Uhr-Expreß nehmen. Der Doktor muß mitkommen«, wiederholte er, »ich hoffe, er wird schalten, der Herr Oberstleutnant – der Leutnant, ja, der würde gleich verstehn.«

»Ich glaube, auch ich fange an zu verstehn.« Candomir schwieg, dann lachte er. »Ja, das wäre ein Ausweg. Gut, Karl Rundberg, sehr gut! Dafür haben Sie einen Cognac verdient, einen ganz großen.« Dem Diener, der einschenkte, sagte Candomir, Herr Rundberg bleibe zum Mittagessen.

Kaum hatten sie ausgetrunken, als das Telefon klingelte. Für Minuten ging das Gespräch hin und her. Aus Candomirs Worten erriet Rundberg, daß Rananu gerade im Begriff gewesen war, sich schlafen zu legen. Immer dringlicher wurde der Ton des Barons. Offenbar war ein Hindernis zu überwinden. Candomir ließ nicht locker. Endlich legte er auf. »In Bukarest ist ein Mord geschehen, anscheinend ein politischer. Der Kabinettschef oder der Generalsekretär vom Interne soll erschossen worden sein.«

»Wer ist erschossen worden?« Rundberg erblaßte. »Jemand vom Interne? Wie heißt er?«

»Danghu. – Aber was geht Sie das an?«

Rundberg starrte vor sich hin. »Tot«, flüsterte er. »Ich weiß, man soll nicht jauchzen über den Untergang seiner Feinde. Mein Vater sagt das immer, und auch, daß Gott weiß, was Er tut.«

»Wieso ist Danghu Ihr Feind?«

»Ich kenne ihn gar nicht. Der Feind von Lutz war er. Gehaßt und verfolgt hat er Lutz. Der Verdacht gegen ihn, Untersuchung, Schrecken, Verwirrung, Verzweiflung, alles geht auf Danghus Haß zurück.«

»Warum hat er Lutz gehaßt?«

»Aus dem Instinkt heraus, so hat mir's der junge Doktor erklärt. Wie es Liebe auf den ersten Blick gebe, so auch Haß. Zuerst hab ich's gar nicht verstanden, weil ich nicht hassen kann.«

»Und – den Herrn dahinten im Bett, hassen Sie den auch nicht, Herr Rundberg?«

»Nicht die Spur, ich habe mich nur gewehrt. Er war gefährlich.«

»War? Ist er es nicht mehr?«

»Nein, ich glaube kaum. Auch wenn man ihm unbedingt das Handwerk legen muß. Ein nur zu willkommenes Werkzeug von Danghus Haß wäre der Herr geworden. Unvorstellbar, was er hätte anrichten können. Aber jetzt ... Alles, was er wollte, war leicht zu Geld kommen.«

»Sie sollen nicht so sicher sein, Herr Rundberg, er haßt ...«

»Haß, der sich in einer runden Summe ausdrückt? Nein, Herr Baron, ich glaube nicht an Bilinskys Haß. Einen Plan hat er sich zurechtgelegt. Mißlingt dieser Plan, wird er in seiner Wut Unheil anrichten. Aber Sie können sicher sein, bei ihm läuft alles auf Geld hinaus. Haß will nur vernichten, nicht profitieren.«

»Und Sie wollen ihn nicht profitieren lassen.«

»Sein ganzes Denken war darauf gerichtet, zu Geld zu kommen, und das Opfer sollten Sie sein, Herr Baron.«

»Ich, wieso ich?«

»Sie, nur Sie, Herr Baron. Für ihn haben Sie zwei Vorteile: Ihre Freundschaft mit Lutz und Ihr ›Ruf‹. Sie sind reich, Sie können sich's was kosten lassen. Wär ich nicht mit ins Spiel gekommen, so hätte er Ihnen das auf eine, sagen wir, salonfähigere Art beigebracht. Dem Juden Rundberg gegenüber braucht er kein Blatt vor den Mund zu nehmen. Ganz deutlich ist er geworden. Jetzt wissen Sie, woran Sie sind.«

»Ja«, sagte Candomir düster, »ich weiß, woran ich bin. Was werden Sie Rananu erzählen, wenn er kommt?« Zaghaft fügte er hinzu: »Vielleicht ist es gar nicht mehr nötig, daß er kommt, und auch nicht der junge Doktor, wie Sie ihn nennen. Es ist noch Zeit, unter einem Vorwand könnte ich das Ganze abblasen.«

Offenbar war Candomir anderen Sinnes geworden. Als er begriffen hatte, daß sich das Problem mit Hilfe der beiden Offiziere lösen ließ, war er ihm für diesen Einfall dankbar gewesen. Nicht gerechnet hatte er jedoch mit den Peinlichkeiten, die er in Kauf würde nehmen müssen. Stünde er, ein Mann von Stand, nicht jetzt vor der Notwendigkeit, Erklärungen zu geben und Enthüllungen zu machen? Rundberg hatte ihm gezeigt, daß die Angelegenheit durch Danghus Tod ein anderes Gesicht bekommen hatte. Vielleicht ginge es ohne das B II, denn schließlich sollten die beiden Offiziere in amtlicher Eigenschaft hier erscheinen. Tatsache war, daß Candomir vieles nicht wußte. Nicht, zum Beispiel, warum Alda seinen Besitz verkauft hatte, nichts oder nur wenig von Rundbergs Arbeit hinter den Kulissen. Er hatte seinen Part zugeteilt bekommen und, genau wie die anderen, gespielt. Ohne Zögern hatte er es auf sich genommen, falsch auszusagen, denn es ging um den Freund und die Frau, die dieser liebte. Daß Bilinsky mitmachte, hatte er veranlaßt. Candomir war Aldas Freund, aber deswegen noch lange nicht aus Aldas Holz geschnitzt. Von den Traditionen seines Standes abzuweichen, war ihm nicht möglich. »Sie scheinen«, sagte er nach einer Pause, »nicht einverstanden zu sein mit meinem Vorschlag.«

»Wenn Sie, Herr Baron« – Rundberg sprach betont langsam –, »Ihr Vorhaben ausführen würden, wäre das ein Fehler. Ich weiß, was Ihre Bedenken sind – glauben Sie mir, sie sind unbegründet. Sie zählen gar nicht im Vergleich zu dem, was uns droht, wenn wir dem Erpresser zeigen, daß wir ihn fürchten.«

»Was, zum Teufel, wollen Sie den beiden erzählen, wenn sie kommen?«

Rundberg verlor nicht die Geduld. »Damit, daß Sie die beiden Herren hergerufen haben, beweisen Sie nicht nur, wie vernünftig Sie sind, Sie geben auch zu verstehen, daß Sie sich bemühen, korrekt zu handeln. Sie sind ein Bojer, eine Stütze der Moral, der Legalität. Decken Sie einen Erpresser, so stellen Sie sich auf die Seite des Verbrechens.«

Schweres Geschütz war das. Eigentlich traurig, daß einen erst ›ein Jud‹ darauf bringen mußte, was ›ein Herr‹ in einem solchen Fall zu tun hat. Recht hatte er, der Jude Rundberg. Candomir atmete auf. »Wir werden den Stier bei den Hörnern packen, Herr Rundberg. Auch mir liegt das mehr.«

»Sicher«, grinste Rundberg.

Bei Anbruch der Dunkelheit ging Rundberg ins Dorf, um den Kutscher aufzusuchen. Er sei, sagte er, mit dem Inkasso noch nicht fertig, und sie würden, anstatt noch einmal herzukommen, lieber über Nacht bleiben. Schajeh könne sich unbesorgt schlafen legen.

Candomir saß vorm Radio, als Rundberg wieder ins Zimmer trat. »Ich habe mit dem Tee auf Sie gewartet. Nachtmahl gibt es erst, wenn die Herren kommen.« Ruhig und heiter wirkte er, sein Entschluß hatte ihm die gewohnte Haltung zurückgegeben. Sie tranken Tee, plauderten, rauchten und erwähnten mit keinem Wort den Vorfall.

Als das Schellengeklingel der ankommenden Schlitten zu hören war, ging Candomir den Gästen entgegen. Rananu und Rozescu saßen im Fond des Schlittens; der Kutscher teilte sich den Bock mit einem Soldaten.

»Ich habe«, sagte Rananu nach herzlicher Begrüßung, »auf Anraten des Leutnants den Roschior mitgebracht. Falls ich das Pferd kaufe, wird er den Transport überwachen.«

Weder Rananu noch Rozescu zeigte sich überrascht, als er Rundberg erblickte. Begrüßte Rananu ihn unter Beachtung aller Höflichkeitsregeln, so brachte ihm Rozescu ungezwungene Herzlichkeit entgegen, was Candomir mit Erleichterung zur Kenntnis nahm. Bei Tisch sprach Rozescu mit Rundberg über Garn, Zwirn, Wolle, über die wirtschaftliche Lage; von keiner Seite kam eine Frage oder auch nur eine Andeutung über den Zweck der Reise. Nun saß man bei Cognac und Kaffee, Zigaretten waren angezündet, der Diener hatte sich entfernt, und alle schwiegen. Candomir ging zur Tür und drehte den Schlüssel um. »Es handelt sich«, sagte er, die beiden Offiziere fest anblickend, »um folgendes: Ein Herr aus Polen, den ich schon lange kenne und vor etwa zwei Monaten, nachdem er über den Czeremosch gekommen war, in mein Haus aufnahm, hat heute vormittag – Herr Rundberg war dabei – behauptet, Lutz Alda sei ein bolschewistischer Agent, Chef einer ganzen Bande von Agenten. Und Herr Rundberg« – Candomir vergaß nicht, höflich den Kopf gegen diesen zu neigen – »fungiere sozusagen als sein Stellvertreter. Wenn man sich nicht dazu bereit finde« – er räusperte sich –, »ihm einen gewissen Betrag zur Verfügung zu stellen, werde er bei der Siguranțza Anzeige erstatten. Ich habe es vorgezogen, dies selber zu tun, und zwar bei euch. Ihr seid doch kompetent?«

Überraschend schnell hatte Rananu sich von seinem Erstaunen erholt. Gutgelaunt sagte er: »In Sachen Alda – immer! Nur – der Herr, wer er auch sei, hat Pech. Mit seinen Neuigkeiten kommt er zu spät. Der Mann, der einen Sack Gold dafür gegeben hätte, ist tot. Warne ihn, Radu, deinen Polen – der Zug ist raus. Verzeih, anstatt zu weinen, lach ich lieber. Was wollen sie eigentlich von Lutz?«

»Es handelt sich«, ließ sich Rozescu vernehmen, »in diesem Fall nicht um Alda, sondern um Geld.« Und zu Candomir: »Habe ich richtig verstanden, er versucht, euch zu erpressen?«

»Das liegt wohl auf der Hand.«

»Klug hast du gehandelt, Radu. Das B II ist zuständig. Wir werden den Fall untersuchen – laß ihn erzählen, was er will. – Setz dich an den Tisch und schreib ein paar Worte – ungefähr das, was du gerade erzählt hast. Und du«, wandte er sich an Rozescu, »hol mir meine Aktentasche.«

Als er das Blatt aus Candomirs Hand genommen hatte und zu lesen begann, stutzte er bei dem Namen ›Fürst Anatol Zbyschko Guwinski‹. »Fürst Guwinski?« wiederholte er fragend.

»Ja, Bilinsky hat er sich hier genannt. In Wirklichkeit heißt er Guwinski. Seit fünfundzwanzig Jahren kenne ich ihn.«

»Komm her, Fanica. Mir scheint, wir haben eine Überraschung für den Alten. Hier, füll das Formular aus! Radu wird, glaub ich, einen Orden bekommen.«

Wenige Minuten später standen alle drei, Oberstleutnant,

Leutnant und Roschior, marschbereit in der Bibliothek. »Zeig mir das Zimmer, Radu«, sagte Rananu.

»Es ist das gleiche, in dem du wohnst, wenn du hier bist«, sagte Candomir.

Noch hatte sich die Tür nicht hinter dem Trio geschlossen, als Candomir kopfschüttelnd zu Rundberg sagte: »Haben Sie mitbekommen, um was es geht?«

»Nein. Ich vermute, Herr von Bilinsky nennt sich nicht ohne Grund so. Denn wie ist einer ein Fürst und degradiert sich sozusagen selbst? Wenn ich mir vorstelle – ein Fürst! Ich fürchte, er wird weder die Zeit noch die Geduld aufbringen, über Alda und das, was er sich zusammenphantasiert hat, zu berichten – denn es geht jetzt um seine eigene Haut.«

»Um so unerklärlicher finde ich sein Verhalten.«

»Inzwischen ist es erklärlich. Geld hat der Fürst gebraucht. Was kann er sich von Ihnen schon pumpen, hat er gedacht, und lange wird er hier nicht bleiben. Eines Tages muß das Inkognito gelüftet werden. Also baut er vor. Zuerst erzählt er Ihnen von der Erbschaft seiner Frau. Denn wie sollen Sie dem Fürsten – wie heißt er nur? – nicht glauben! Fünfundzwanzig Jahre kennt man sich, das ist keine Kleinigkeit, und er war wer, sicher war er wer, das sieht man ihm an. Ich bin ja aufgewachsen neben Herren. Man bekommt eine Nase dafür, eine so feine Nase, daß man bald besser unterscheidet, wer ein Herr ist und wer nicht, als selbst ein Herr. Der Fürst – ob Sie das verstehn? – ist kein Herr. Bei Bedarf spielt er ihn. Hereinfallen kann nur ein Herr auf ihn, unsereins niemals!«

»Ja, die Juden sind scharfe Beobachter, das haben sie den Herren voraus.«

»Verzeihen Sie«, sagte Rundberg, »ich bin vom Thema abgewichen.«

»Was tut's. Ich wüßte wirklich gern, wie Sie den Fall jetzt einschätzen.«

»Nun, die Angelegenheit hat eine unerwartete Wendung genommen – hoffentlich zum Guten«, antwortete Rundberg. Er lehnte sich im Sessel zurück und schloß die Augen.

Da hörten sie sporenklirrende Schritte, die Offiziere traten ein. »Wann geht der nächste Zug nach Bukarest?« fragte Rananu.

»Der hält um sieben Uhr fünfunddreißig morgens in Adancata –. Aber möchtest du mir nicht sagen ...?«

»Noch nicht, Radule«, beschied ihn der Oberstleutnant und setzte sein Dienstgesicht auf. »Sieben fünfunddreißig – das ist kein Expreßzug. Erst am Spätnachmittag kämen wir da an. Das paßt mir nicht.«

»Um drei Uhr morgens geht der ›Fulger‹ von Czernowitz ab, der frühere Warschau-Bukarest-Expreß«, ließ sich Rundberg vernehmen. »Allerdings hält der nicht in Adancata. Sie müßten ...«

»Danke, Herr Rundberg, danke sehr. Er wird halten, dann sind wir noch am Vormittag in Bukarest. Fanica, du telefonierst mit Tarnovietchi: Er soll das ordnen. Zwei Abteile brauchen wir. Wenn es keinen Schlafwagen gibt, dann erster Klasse.«

»Zu Befehl!« sagte Rozescu. Er machte keine Anstalten, den Befehl auszuführen. Als Rananu ihn fragend anblickte: »Ich halte es für keine gute Idee, von hier aus zu telefonieren.«

»Wirst du das Postamt finden?«

»Wenn Sie erlauben, Herr Doktor, führ ich Sie hin«, sagte Rundberg leise.

»Danke, Herr Rundberg. Am besten, wir gehen gleich los.«

Sobald sie aus dem Zimmer waren, beugte sich Rananu zu Candomir und sagte: »Momentan kann ich dir nicht mehr sagen, als daß von Alda überhaupt nicht die Rede war. Zwar hat er nichts zugegeben, doch mein ganzes Leben will ich Mamaliga fressen, wenn ich mich vertan habe. Eine harte Nuß hat er dem B II zu knacken gegeben. Freilich war das lange, bevor ich dazugestoßen bin. Unser Major Burda kennt deinen Fürsten persönlich. Er war der Mann, der – weißt du, Radu, bei aller Freundschaft, ich spreche ungern über dienstliche Angelegenheiten –«

»Wie gut ich das verstehe, lieber Alecu.«

»Soviel jedoch – klug hast du gehandelt, Radule, indem du uns riefst. Darauf war er keineswegs gefaßt, der Pan. Dabei ist er sicher, daß nicht du uns gerufen hast. Selbst wenn mein Verdacht sich nicht bestätigt – er muß vorhalten, bis Lutz endlich auftaucht.«

»Darauf wollen wir trinken, Hengst.« Er schenkte ein.

»Ja, Lutz soll leben!«

»Leben soll er«, tat ihm Candomir Bescheid. Er hätte nicht zu erklären vermocht, wieso es mit einem Mal für ihn feststand, daß auch Rananu wußte, wohin Alda gegangen war.

Um vom Thema abzulenken, fragte Rananu: »Was Florica von einem Pferd erzählt hat, war bestimmt nur ein Vorwand, oder?«

»Das schon, aber das Pferd gibt es. Ein Prachtgaul –.«

»Kann ich ihn sehen?«

»Du möchtest wirklich?«

»Was für eine Frage!« Sie gingen in den Stall.

Als sie zurückkamen, trafen sie Rozescu und Rundberg in angeregtem Gespräch an. Der Leutnant meldete seinem Vorgesetzten, der Auftrag sei ausgeführt. Der Zug werde halten, und auch wegen der beiden Abteile werde der Major Tarnovietchi die nötigen Schritte unternehmen.

»Danke, Fanica, und Ihnen, Herr Rundberg«, sagte Rananu. »Auch ich war inzwischen nicht faul. Ein Pferdchen habe ich mir angesehen. Schade, daß ich es nicht kaufen kann. Keine Zeit, mich damit abzugeben; außerdem ist mir der Gaul zu bunt, du verzeihst schon, Radu.«

»Was hat denn das Pferd für eine Farbe?« fragte Rozescu.

»Ein Honigschimmel – mit einem fabelhaften Pedigree, hochnobel, der Vater Bucur. Aber eher etwas für eine Dame –.«

»Bucur?« unterbrach ihn Rozescu lebhaft. »Bucur, aus dem Belami und Polka?«

»Ja, genau.« Rananu schüttelte den Kopf. »Wieso bist du auf einmal so begeistert, Philosoph?«

»Wenn Herr Candomir die Absicht hat, das Pferd zu verkaufen, dann würde ich es gern nehmen«, sagte Rozescu.

»Sicher wird er verkaufen, dazu hat er uns ja herbestellt, nicht, Radule?« lachte Rananu. »Alles andere war schließlich Nebensache. Sag, warum willst du das Pferdchen kaufen?«

»Um dich zu entlasten, Alecu. Damit du nicht noch einmal tausend Ängste auszustehen hast wegen Pluto.«

»Für Aglaia also.« Er drohte ihm mit dem Finger und wieherte leise. »Ja, die jungen Leute.«

»Stimmt«, sagte Rozescu, ohne verlegen zu werden, »für sie. Sie wird sich sehr freuen – ein Enkel der Polka. Und der Preis, Herr Candomir?«

»Wir haben einen Experten hier.« Candomir deutete auf Rananu. »Was kostet jetzt ein gutes Offizierspferd, Alecu?«

»Offizier? Pferd? Erstens ist er kein Offizier, sondern ein Philosoph, zweitens ist das nicht irgendein Pferd, sondern ein Bucursohn, und drittens heißt der Philosoph Rozescu. Rupfen muß man den, daß die Federn fliegen!«

»Wenn es gar nicht anders geht«, lachte der Leutnant.

»Rupfen kann ich nicht«, tat Candomir verzweifelt.

»Wenn Sie gestatten, Herr Baron«, mischte Rundberg sich ins Gespräch, »helfe ich Ihnen als ehrlicher Makler. Ich habe das Pferd gesehen und kenne seinen Stammbaum.«

»Ich bin Ihnen sehr verpflichtet, Herr Rundberg«, sagte Rozescu.

Mit einem Blick dankte ihm Candomir. »Ich auch. Wir wollen uns ganz auf Sie verlassen.«

»Dann«, begann Rundberg sachlich, »schlage ich vor: So ein Pferd hat früher zwölfhundert Goldkronen oder auch Goldfranc gekostet. Zweihundertvierzig Dollar in Gold waren das. Nach dem offiziellen Kurs von New York, 1937, dreihundertsechsunddreißig Papierdollar, das sind, nach dem Kurs der schwarzen Börse in Bukarest von gestern, zirka hundertsiebzigtausend Lei. Das wäre es wert. Man muß aber in Betracht ziehen: erstens, daß die Nachfrage nicht im richtigen Verhältnis zum Angebot steht, und zweitens, daß die Kaufkraft des Lei übermäßig groß ist. Der Preis beträgt hunderttausend Lei, meine Provision nicht mit inbegriffen.«

Mit offenem Mund hatte Rananu zugehört. »Schlag mich tot, ob ich das begriffen hab, doch der Preis stimmt ungefähr. – Und du, Radu?« Als Candomir den Kopf schüttelte: »Vielleicht du, Fanica?«

»Jedes Wort«, lachte der. »Wenn Ihnen der Preis nicht zu niedrig ist, Herr Candomir ...«

»Einverstanden, das Pferd gehört Ihnen, die Provision zahle ich. So ist das üblich.«

»Nein, ich«, beharrte Rozescu lachend.

»Der Wohltätigkeit sind keine Grenzen gesetzt«, entschied Rundberg. »Jeder der Herren legt zehn Prozent auf den Tisch und ... Einen Augenblick, ich bin gleich zurück.«

Inzwischen schenkte Rananu ein. »Der kennt sich aus«, sagte

er lachend, »verdient, wo er kann. Von mir aus – aber gleich zwanzig Prozent?«

Bevor noch die anderen ein Wort entgegnen konnten, trat Rundberg wieder ins Zimmer. Drei Bündel Banknoten hielt er in der Hand. »Ich werde mir erlauben«, sagte er mit einer Verbeugung gegen Rozescu, »die Summe für Sie vorzustrecken.« Als Rozescu dankend nickte, fuhr er fort: »Hier, Herr Baron« – er nahm zwanzig Banknoten zu fünfhundert aus einem Bündel, ehe er es ihm zusammen mit einem weiteren, vollständigen Bündel reichte –, »macht neunzigtausend.« Während er die zehntausend einsteckte, holte er gleichzeitig Anatols Brieftasche heraus und erleichterte sie nochmals um fünfzigtausend, die er Rananu gab: »Hier, das gehört dem Herrn – Gast.«

»Dem – aha.« Verständnislos blickte Rananu von Rundberg auf die Brieftasche.

»Herr Rundberg«, erklärte Candomir, »hat vorsichtshalber die Brieftasche – sichergestellt. Damit ist der Herr zunächst einmal ohne Dokumente –.«

»Gut, gut«, lobte Rananu. »Mithin ist das sein Geld, die fünfzigtausend?«

»Nein –.« Hilfesuchend blickte Candomir zu Rundberg.

»Man muß gerecht sein, Herr Oberstleutnant«, sagte Rundberg, »ohne ihn wäre das Geschäft zweifellos überhaupt nicht zustande gekommen. Der Herr Baron hat verkauft, der Herr Doktor erwirbt ein ausgezeichnetes Pferd – ob es ihn nun zehntausend mehr oder weniger kostet, das zählt nicht –, ja, und ich – bei mir hat er eigentlich noch ein großes Guthaben.«

»Ich verstehe«, sagte Rozescu, »der Fürst soll nicht ganz ohne Geld bleiben. Immerhin wird er für einige Zeit ohne Kontakt mit der Außenwelt leben müssen –.«

Rananu sah auf die Uhr. »Radule, für halb drei, bitte, zwei Schlitten; und du, Fanica, gehst jetzt hinauf und sagst ihm, packen soll er.«

Eine Weile dauerte es, bis Rozescu zurückkehrte. »Ziemlich renitent gibt er sich, der Herr. Das würde peinliche Folgen für uns haben, droht er. Als das ohne Eindruck auf mich blieb, hat er sich auf Vorstellungen verlegt. Zu meinem Bedauern könne ich ihm nicht helfen, sagte ich und da ...« Rozescu lachte.

»Und da?« Der Oberstleutnant wurde ungeduldig.

»Entschuldigung – es war zu lustig.«

»Lustig?«

»Ja. Er habe den Eindruck, daß der Oberstleutnant, so dienstlich und korrekt er sich auch gebe, mit sich reden lasse. Da ich offensichtlich auf gutem Fuß mit ihm stünde, könnte ich ihm doch einen Wink geben. Stell dir vor, was er allen Ernstes vorgeschlagen hat: Wir drei – du, Alecu, er und – ich – sollten eine Gesellschaft zur Ausbeutung der beiden Herren hier gründen. Offenbar ließen sich Candomir und Rundberg nur allzu leicht schröpfen. Eine einmalige Chance, in seinen Augen. Was hältst du von dem Vorschlag?«

Rananu war blaß geworden. »Über so etwas lachst du? Warum hast du das Schwein nicht über den Haufen geschossen? Bist du ein Offizier? Heißt du Rozescu?«

Candomir beruhigte ihn. »Wenn jemand weiß, wie dir zumute ist, dann ich, Alecu. Ich habe gleichfalls geglaubt, eine andere Lösung gibt es nicht. Herrn Rundberg bin ich dankbar, daß ...«

»Der ist auch so ein – Philosoph wie Rozescu«, ereiferte sich Rananu. »Ich pfeif auf die Philosophie! Hier« – er trat an den Tisch, auf dem neben der Aktentasche die Pistolen lagen, und riß eine aus ihrem Futteral –, »hier, das ist meine Philosophie! Ich knall ihn nieder, den Schweinehund. Und du?« funkelte er Rozescu an, »was hast du ihm geantwortet?«

»Ihm? Nichts. Dem Roschior hab ich gesagt, mit der Uhr in der Hand soll er dafür sorgen, daß der Mann in genau fünfzehn Minuten mit Anziehen und Packen fertig ist.«

»Das war alles?«

»Der Roschior ist überaus kräftig und intelligent. Sofort hat er geschaltet. Du kannst dich darauf verlassen, die Frist wird eingehalten.«

Als das Schellengeklingel der vorfahrenden Schlitten zu hören war, schienen alle aufzuatmen. Rananu machte eine beschwichtigende Handbewegung. »Ihr bleibt besser noch einen Augenblick sitzen«, sagte er. »Euch braucht er nicht zu sehen. – Leb wohl, Radule.« Er umarmte den Freund, dann reichte er Rundberg die Hand. »Es hat mich wirklich gefreut, Herr Rundberg, Ihre nähere Bekanntschaft zu machen. Alles Gute wünsche ich Ihnen.«

Jetzt nahm auch Rozescu Abschied von den beiden.

XI

Potemkin ganz anders

Die Versammlung war auf sieben Uhr abends anberaumt gewesen. Als sie endlich begann, waren die meisten Arbeiter müde und schläfrig. Erster Punkt auf der Tagesordnung waren die drei ›Deserteure‹ von Kraftwerk II. Gerade als die Aussprache beginnen sollte, hatte sich jedoch Genosse Krszanowski zu Wort gemeldet und wissen wollen, warum in dieser Woche die Butterration ausgeblieben sei. »Wo ist die Butter?« war im Nu zum Schlachtruf geworden und versetzte Direktor Lawrenenko in Rage. Der Stallmeister, Genosse Chomniuk, hatte die Wogen zu glätten versucht. Auch zu der Frage der Deserteure hatte er sich geäußert. »Deserteure«, schloß er seine Ausführungen, »sind nirgendwo auf der Welt gern gesehen. Wer hat schon Vertrauen zu ihnen! Wohin sie auch kommen, sie werden behandelt wie Dreck. Was für ein elendes Leben! Ich glaube deshalb, es ist wirklich besser zu bleiben, wo man ist.« Man hatte ihm Beifall geklatscht, seine Sympathie bekundet. Und Wassile hatte nicht einmal gelächelt. Seine schwieligen Hände waren unentwegt damit beschäftigt gewesen, den graublonden Schnurrbart zu drehen.

Jetzt befand man sich auf der Heimfahrt. Den leichten Wirtschaftswagen mit hausgefertigtem ledernen Doppelsitz zogen zwei halbschwere braune Stuten. Die Nacht war neblig und naßkalt, ungefedert holperte der Wagen über das schlechte Pflaster. Nach einer Fahrt von nicht ganz einer Stunde, an leerstehenden kleinen Gehöften vorbei, schimmerten die Lichter von Jusefuwka auf. Gleich am Eingang des Dorfes brachte Wassile die Pferde zum Stehen, und Baczinski, der Hufschmied, verabschiedete sich.

Vor dem Büro hielt der Wagen erneut. Mira stieg ab und sagte zu Wassile und Antek: »Könnt ihr auf einen Sprung hereinkommen, es gibt da einiges zu besprechen.«

»Gern. Ein Weilchen noch«, sagte Wassile, »erst muß ich abschirren; außerdem will ich warten, bis die restlichen Gespanne zurück sind.«

»Ich habe sowieso noch zu arbeiten«, sagte Mira, schon im Gehen.

Antek folgte Wassile in den Stall, sah zu, wie er die Pferde mit einem Strohwisch trockenrieb und ihnen Heu in die Raufen steckte. Als sich Wassile auf die niedrige Stallbank setzte, tat Antek es ihm gleich. »Warum hast du dich so angestrengt, diesen Schubiak herauszuhauen? Überhaupt warst du die Glanznummer des Abends – Du solltest dich bei ihnen anstellen lassen, als Propagandaredner.« Mißmutig spuckte er den Zigarettenstummel in die Abflußrinne.

»Was hätte es uns genutzt, wär ich Mermelstein nicht zu Hilfe geeilt? Er hätte den Zwischenfall Saposchnik in die Schuhe geschoben. Mermelstein wäre versetzt worden, und Saposchnik hätte seinen Rüffel abgehabt. Sie hätten einen neuen Direktor eingesetzt, und in alles würde der seine Nase stecken. Glaub mir, hinter manches wäre er gekommen, wovon dieser Schubiak nie erfahren wird. Saposchnik hätte sich einschüchtern lassen und jeden Tag Inspektion gemacht. Ich bin sicher, er zerbricht sich sowieso den Kopf, wie wir es schaffen.«

»Ja, diese Mira ...«

Wassile nickte und drehte seinen Schnurrbart. »Gut hat sie das ganze organisiert, darum klappt's auch. Aber für wie lange? Wenn mir das mit den Kühen nicht eingefallen wäre ...«

»Und – wo ist die Butter hingekommen?«

»Du weißt doch, der Präsident vom Trust in Kiew war hier. Bevor er wieder weggefahren ist, sagt Saposchnik zu Mermelstein, wenn möglich, soll man ihm ein bißchen Butter mitgeben. Natürlich hat er gemeint, zwei oder drei Kilo. Mit seinem Leibkutscher kommt Mermelstein angefahren, geht direkt hinunter in die Molkerei, dort steht die Butter fertig gepackt für die Kantinen. Die ganzen einundfünfzig Kilo schnappt er sich, und schon ist er weg. Der Präsident hat zehn oder fünfzehn Kilo mitgenommen, auf keinen Fall mehr, und acht Rubel fünfundachtzig pro Kilo bezahlt. Nur fünf Kilo hat Mermelstein zurückgebracht. Einunddreißig Kilo Butter macht über tausend

Rubel, das weißt du, Antek. Auch wenn er den offiziellen Preis an die Kasse abgeführt hat, achthundert sind ihm geblieben –.«

»So einfach geht das?«

»Ja, Mermelstein fährt den Kiewer zur Bahn, dann meldet er Saposchnik, daß er ihm die Butter mitgegeben hat, sechsundvierzig Kilo.«

»Weiß er, was er damit riskiert?«

»Mermelstein ist ein Narr – als ob Saposchnik ihm das glaubt. Nur, was kann der machen? Soll er etwa beim Präsidenten in Kiew anfragen, wieviel Butter man ihm zugesteckt hat?«

»Haben wir nicht noch Butter in Reserve – schwarze, sozusagen, Wassile? Vernünftiger wäre es doch, wir liefern den Kantinen ihre Rationen, und lassen es nicht drauf ankommen, daß man uns unliebsame Fragen stellt.«

»Und was sagen wir Saposchnik, woher die Butter kommt?«

»Der – stimmt, der darf's ja auch nicht wissen. Verzwickte Geschichte – wenn das nur nicht einmal schiefgeht, Wassile!«

»Hast du einen besseren Vorschlag?« Er zuckte die Achseln. »Aber ich glaube, so wie Mira es anstellt, ist das Risiko gering.«

»Die hat Grütze im Kopf. Zehn Männer steckt sie in die Tasche. Dabei macht sie kaum den Mund auf.«

Wassile antwortete nicht, die Wagen rumpelten in den Hof. Es galt, die Leute noch schnell für die Arbeit morgen einzuteilen. Anschließend ging Wassile mit Antek ins Büro. Mira blickte kaum von ihren Büchern und Rechnungen auf, als die beiden Männer eintraten. »Sofort«, war alles, was sie sagte. Das fast weiße Licht der Glühbirne ließ ihr in den letzten Monaten gealtertes Gesicht noch älter erscheinen. Mit Bewegungen, aus denen Gewohnheit sprach, räumte sie schließlich Bücher und Papiere in die Schubladen, schloß ab und steckte die Schlüssel in ihre Handtasche. »Nach elf«, sagte sie, »wir müssen morgen um sieben in die Stadt, Wassile.«

Wassile nickte. »Kreisel hat das Fleisch schon gerichtet. Was für die Bürokantine vorgesehen ist, können wir mitnehmen. Geben Sie mir die Lieferscheine für die Kutscher.«

»Hier«, sagte Mira und reichte ihm die Zettel. »Ich habe da auch eine Notiz für die Wandzeitung.« Sie gab Wassile drei sauber getippte Viertelbogen. »Die in dieser Woche ausgefallenen Butterrationen werden durch Schweinefett ersetzt. Antek, sagen Sie bitte Sewczinski, er soll ein Schwein mehr schlachten. So, das wäre momentan alles.« Sie schwieg, dann sagte sie: »Eine Zigarette, bitte.«

Antek hatte noch immer ›Egypski‹. Er hielt auch Wassile die Packung hin und bediente sich dann selber. Eine Weile rauchten sie schweigend. »Wir haben Glück gehabt heute«, sagte Mira schließlich. »Gut, daß dir das mit den trächtigen Kühen eingefallen ist. Wir dürfen nicht vergessen, es Kornhaber zu sagen, damit auch er Bescheid weiß.«

Natan Kornhaber war der Obermelker, ein Jude nahe den Sechzig. Die meisten Kühe des Guts waren sein Eigentum gewesen. Anstatt sich enteignen zu lassen, hatte er sich mitsamt lebendem und totem Inventar in das *chosaistwo* ›übernehmen‹ lassen. Für beide Teile ein großer Gewinn, denn für Kornhaber waren selbst die offiziellen Preise, die ihm gezahlt wurden, angesichts der Umstände gefundenes Geld. Außerdem berechtigte ihn seine Sprawka als Stallarbeiter zu einem offiziellen Paß.

So war Kornhaber heute ein *rabotnik* genau wie Ruben Meerblum, der früher eine Butterfabrik betrieben hatte. Auf Kornhabers Anraten war er mit seinen Maschinen, nachdem er sie sich hatte bezahlen lassen, auf das Gut übergesiedelt. Einer der großen ausbetonierten Keller in der Nähe der Stallungen war geräumig genug, als Fabrikationsort für Butter zu dienen.

Überhaupt die Keller! Diese geräumigen, für die Ewigkeit gebauten Keller der Kolonisten. Sie wurden zu Fabriken, dienten als Magazine, Vorratskammern. Die besten Arbeiter des Werks hatten ihren Stolz darein gesetzt, eine moderne Licht- und Kraftanlage zu schaffen. Auf Versammlungen und in den Wandzeitungen war ihnen oft genug gepredigt worden, daß es ›ihr‹ Gutshof sei. Alles, was hier erzeugt werden würde, sollte ihnen, nur ihnen, den Arbeitern, zugutekommen.

Sie hatten schon ihre Vorteile von der ›Farm‹, die Arbeiter, selbst wenn kaum die Hälfte dessen, was hier produziert wurde, in ihre Hände gelangte. Alles andere wurde verkauft, im freien Handel, schwarz, um es geradeheraus zu sagen. Es ging an die Spekulanten, die das Erzeugte, begehrt von allen, mit gehörigem Profit weiterverkauften. Es gab sie nach wie vor, die Burshuis, zu Tausenden lebten sie noch in der Stadt. So vielen auch die Flucht gelungen war und so viele man schon ›umgesiedelt‹ hatte, viel mehr waren geblieben und lebten in großen Wohnungen, die immer leerer wurden.

Darauf, daß sie keine Wahl hatten, kaufen mußten, war Miras so kühner wie einfacher Plan aufgebaut. Entstanden war er in einem Gespräch mit Saposchnik, aus dem Mira hatte schließen müssen, daß wachsende Defizite unumgänglich waren, die Farm also nicht funktionieren konnte, wenn man sich strikt an die Vorschrift, sprich: das Gesetz, hielt. Die Frage, rein theoretisch aufgeworfen, brachte Erleuchtung und Erleichterung: Was mit eventuellen Überschüssen geschehen solle, hatte sie gelautet. Überschüsse? Oh, die dürften an andere Organisationen abgegeben, ja, für den Fall, daß dergleichen als Abnehmer nicht in Frage kam, sogar auf dem freien Markt verkauft werden. Dabei war natürlich nur an Frischobst, Gemüse oder andere leicht verderbliche Produkte gedacht gewesen. Mira hatte Wassile und Antek auf ihre knappe und verständliche Art dargelegt, daß man, um sich zu halten, Überschüsse erzielen müsse, und ihnen einen Plan entworfen, wie man dies schaffen könne. Durch Antek war Kornhaber dazugestoßen, durch diesen, wie gesagt, dann Meerblum. Meerblum hatte seinen Schwager Wagner, der früher Fouragelieferant der Armee gewesen war, als Magazinverwalter angeworben. Sobald das nötige Fuhrwerk vorhanden war, füllten sich die festgefügten, nun wieder völlig instandgesetzten Scheunen mit Tausenden von Säcken Hafer, Gerste oder Mais aus geheimnisvollen Beständen. In die Nachbardörfer war Wassile gegangen und hatte in seiner bäurisch-bedächtigen, vertrauenerweckenden Art junge Bauern für die Umsiedlung nach Jusefuwka gewonnen. Mit ihren Frauen, den eigenen Gespannen und dem ganzen Hausrat kamen sie, um die hergerichteten Häuser zu beziehen, denn die waren besser als ihre eigenen. Sie erhielten Geld für ihre Gespanne, ihre Pflüge und Eggen, die Häckselmaschinen und Rübenschneider. Die Männer wurden meist Kutscher, die Frauen Melkerinnen. Allesamt lebten sie nicht schlecht, denn in der Kantine, die Mira als erstes eingerichtet hatte, in dem früheren Gemeindehaus, gab es täglich reichliche Mahlzeiten für billiges Geld. So verdienten sie und sparten die Rubel, denn was hätten sie sich dafür kaufen sollen?

Vierunddreißig Pferde bekam Wassile gleichsam als Geschenk. Nur etwa drei Kilometer von Jusefuwka entfernt lag ein Pferdespital der Roten Armee. Wassile ließ dort, wenn Not am Mann war, Pferde der Farm beschlagen. Sechs Rotarmisten erwiesen sich als wahre Meister in dieser Kunst und erledigten das Geschäft im Handumdrehen. Eines Tages kam Wassile mit dem Kommandanten ins Gespräch über dessen vierbeinige Patienten. Wie um ihm am Exempel zu demonstrieren, führte ihn der Offizier durch den Garten aufs freie Feld, wo frierend und zitternd bis auf die Knochen abgemagerte Pferde standen. Als wären sie ganz ohne Hoffnung, ließen sie die Köpfe hängen, apathisch und offenbar dem Tode näher als dem Leben. »Läuse«, erklärte der Kapitan. »Salben, Tinkturen, nichts hat genützt. Sie vermehren sich zusehends. Schade, gute Pferde, polnische Artilleriepferde, und einige von ihnen sind wirklich erstklassig!«

»Nichts anzufangen mit ihnen, Genosse Kommandant?«

»Wenig. Soll ich sie dir für euer *chosaistwo* schenken?« lachte der Russe.

»Geschenkt dürfen wir sie nicht nehmen, aber vielleicht kaufen wir sie. Wieviel wollt ihr haben für sie?«

Man verständigte sich auf dreiundfünfzig Rubel pro Pferd. So viel, wie das Fell nach dem Tarif bewertet wurde.

Am nächsten Morgen erschien Wassile mit seinen Leuten und einem Wagen, der beladen war mit trockenem Holz, Reisig und gewaltigen Töpfen. Obenauf lag ein Sack, gut halbvoll mit einer staubartigen Masse. Um die Mittagszeit hatten die zehn Männer ihre Arbeit beendet, und die Läuse waren verschwunden. Gleich nach der ersten Waschung mit der schwarzbraunen Tinktur, die in den großen Töpfen brodelte, war das Wunder vollbracht gewesen. »Nicht ein Läuschen mehr«, schüttelte der Kapitan, den Scheck in der Hand, den Kopf. Dann sah er in die Töpfe – er sog den Geruch ein und stutzte. »Das ist doch ...«

»Ein Geheimnis, Genosse Kommandant – Ihnen will ich es verraten: Machorka.«

Der Erwerb der Pferde sollte zum Anlaß für den ersten Zusammenstoß zwischen Mermelstein und Wassile werden. Rudnicki, der Wassiles Kaufentschluß nicht akzeptieren wollte, hatte sich hinter Mermelstein gesteckt und ihn aufgehetzt. Der Direktor erschien im Stall und fing beim Anblick der elenden Klepper an zu toben; ja, er drohte sogar mit Anzeige und machte Mira für die, wie er sich ausdrückte, »Verschwendung« verantwortlich. Mit einem Trick müsse sie ihn dazu gebracht haben, den Scheck zu unterschreiben.

Tatsächlich zögerte Mermelstein nicht, Saposchnik auf äußerst gehässige Weise über den Pferdekauf Bericht zu erstatten. Einfach über seinen Kopf hinweg hätte Mira oder, besser, der Stallmeister gehandelt. Von dem Gehörten beunruhigt, kam Genosse Saposchnik vier Tage später zur Inspektion auf das Gut, zufällig zur selben Zeit, als der Leiter des Pferdespitals sich im Stall aufhielt. Der Kapitan, der die Tiere sauber vor ihren Krippen stehen und mit Appetit fressen sah, hielt mit seiner Anerkennung nicht hinter dem Berg. Er erzählte Saposchnik von der Wunderkur, die der Stallmeister vor seinen Augen mit Tabakstaub vollzogen hatte. Glücklicherweise vergaß er nicht hinzuzufügen, daß das Elektrizitätswerk an der Armee fünfzigtausend Rubel verdient habe, denn das würden die Pferde in spätestens drei Wochen wert sein, wenn nicht gar noch mehr.

Wo Tauben sind, fliegen Tauben hin. Baczinski, der Hufschmied und Wagenbauer, richtete sich eine Werkstatt ein; in einen Raum daneben zog der Sattler ein, ein kleiner, dicker Mann, der den ganzen Tag arbeitete und dazu sang. Nicht lange, und die Kutscher bekamen Besuch aus den Heimatdörfern, zeigten ihre Häuser, die Kantine, die Stallungen; es sprach sich herum, daß sie ein erträgliches Leben führten, und da die Zustände auf dem flachen Land immer unerträglicher wurden, stießen ständig neue *rabotniki* hinzu. Der Magazinverwalter Wagner brachte einen seiner früheren Geschäftsfreunde, einen Schweinezüchter, und auch dieser hielt bald darauf mit lebendem und totem Inventar seinen Einzug. Wenige Tage später wurde in einem Haus mit großem Keller die Wurstfabrik installiert und in der Scheune ein Schlachthaus eingerichtet.

Die Häuser waren alle bewohnt. In den Ställen standen dreiundfünfzig gutgenährte Pferde und hundert Kühe, über zweihundert Schweine gab es in den Koben; die Butterfabrik arbeitete, die Wurstfabrik sogar in zwei, manchmal in drei Schichten. Im Obstgarten beschnitt Antek mit seinen beiden Gehilfen, Tadek und Freddy, die Sträucher und Bäume, und in der Gärtnerei hatte man gerade damit begonnen, Frühbeete anzulegen.

Ein musterhafter Betrieb, jeder kannte seinen Platz und füllte ihn aus, alles lief wie am Schnürchen, und, was das Wichtigste war – es drohte kein Defizit.

Wie schaffen sie das nur? Lawrenenko wollte es von Saposchnik wissen. Die Natschalniki der großen Organisationen, denen ebenfalls ›Farmen‹ bewilligt worden waren, zerbrachen sich den Kopf, denn sie kamen nicht vom Fleck. Ja, wie schafften sie das nur –?

Saposchnik hatte die Antwort bereit: »Am Transportgeschäft liegt das. Fünfundzwanzig Gespanne sind tagtäglich von morgens bis abends unterwegs. Mit allen möglichen Organisationen hat die Gutsverwaltung Verträge geschlossen, im Rahmen der geltenden Tarife, versteht sich. Tausende von Rubel bringen die Gespanne, es bleiben Überschüsse, die ausreichen zum Ausgleich der Differenz, die sich, momentan noch, bei der Produktion von Nahrungsmitteln und der Versorgung der Kantinen ergibt. Wichtigster Faktor ist allerdings der Geist, der auf dem Gutshof herrscht. Ordnung, Sparsamkeit, Reinlichkeit überall. Die Arbeiter sind zufrieden, sie arbeiten gern, und so gut wie keiner hat bis dato seinen Platz verlassen. Zusehends steigert sich die Produktivität, und das Elektrizitätswerk hält weitaus die Spitze unter den Organisationen, was Versorgung der Arbeiterschaft betrifft.« Das war Saposchniks Erklärung, sie stimmte zum Teil, und den Fragern genügte sie. Wenn auch nicht ihm selber. Irgendwo, sagte er sich, lag da ein Hund begraben. Wozu ihn ausgraben? Ihm genügte das sichere Gefühl, daß niemand auf dem Gut – Mermelstein ausgenommen – in die eigene Tasche wirtschaftete. Auch hatte er keine Illusionen darüber, daß nicht wenige der Gutsarbeiter die jetzige bescheidene Existenz dazu zu benutzen suchten, ihr früheres parasitäres Leben zu verbergen.

Ähnliches dachte Mira, als sie mit den beiden Männern auf

die Straße trat. Schweigend gingen sie bis zu ihrer Wohnung, nach kurzem Gruß trennten sie sich.

Antek und Wassile hatten noch ein gutes Stück bis zu dem Häuschen, das sie mit Tadek bewohnten. Es war das kleinste und wohl adretteste in der ganzen Siedlung. Tadek, der es tadellos sauber hielt, schlief bereits, als sie eintrafen. In der Küche brannte noch Feuer, ein großer Topf heißes Wasser stand auf dem Herd. Sie zogen die Stiefel aus und verloren keine Zeit, sie zu putzen. »Kaputt«, sagte Antek auf Wassiles Schuhwerk deutend. »Ich habe noch ein Paar Stiefel, ganz neue. Die kannst du haben. Erinnere mich morgen daran.«

»Danke, Antek. Ich kann mir auch welche kaufen, aber ...«

»Aber?«

»Es könnte auffallen, wenn ich neue Schuhe anhabe.«

»Auffallen?«

»Ja, doch. Woher nimmt ein *konijuch* mit monatlich kaum zweihundert Rubel in der Lohntüte das Geld für neue Stiefel? Glaubst du, sie wissen nicht, wieviel man dafür hinblättern muß? Überhaupt deine – viel zu elegant!«

»Schönes Leben, das«, Antek war verstimmt. »Glaub mir, so kannst du nicht länger herumlaufen. Was willst du machen?«

»Morgen werde ich mich an Saposchnik wenden. Es gibt Werkstätten, wo sie Schuhe anfertigen. Ein Arbeiter bin ich, ich will Stiefel zum offiziellen Preis kaufen. Schließlich habe ich einen Anspruch darauf.«

»Saposchnik wird sich totlachen, nur für die Oberbonzen sind die Werkstätten da.«

»Barfuß kann ich nicht laufen – vielleicht bewilligt er mir einen Vorschuß.«

»Bestimmt! Überhaupt nach deinem Erfolg als Redner und so.«

Wassile schwieg. Antek begriff, daß der andere seine Ruhe haben wollte. Er wusch sich ebenfalls, dann gingen beide ans Rasieren. Als sie ihre Apparate sauber machten, sagte Antek: »Die Rasierklingen sind bald aufgebraucht. Gilette gibt es kaum noch, und die anderen sind entsetzlich.«

»Weißt du nicht, daß die Direktion eine Frisierstube und eine Sanitätsstation einrichten will?«

»Wird sicher genehmigt werden. Dann muß aber auch Maniküre dazukommen.«

»Maniküre?«

»Das weißt du noch nicht? Die Melkerinnen müssen manikürt sein, neuester Befehl von oben – aus hygienischen Gründen. Und weiße Kittel und Hauben sollen sie tragen. Daß den Kühen vor dem Melken Euter und Schwanz mit irgendeiner Lösung gereinigt werden, ist ja noch verständlich!«

»Ja, der Fortschritt!«

»Jedenfalls hat uns das noch gefehlt zu unserem großen Glück«, höhnte Antek.

»Du bist doch nicht unzufrieden, Antek? Ich hab dir zugesehen bei der Arbeit – sie gefällt dir, scheint's.«

»Ja, die Arbeit gefällt mir. Nur, wenn ich mir vorstell, ich hätt mich so abgeplagt, früher, bei den verfluchten Burshuis – Millionär wär ich geworden. Statt dessen steh ich in einem fort mit anderthalb Beinen im Gefängnis.«

»Nichts wird so heiß gegessen, wie es gekocht wird, Antek. Im Knast landen die Dummen und die Pechvögel. Kannst mir glauben, drüben« – er machte eine vage Handbewegung –, »ist's auch nicht besser.«

»Das hab ich heute schon einmal von dir gehört – Dreck verloren, Dreck aufgehoben. Wie hast du das gemeint, Wassile?«

»Bei den Deutschen kann es auch nicht besser sein.«

»Du weißt manches, sogar vieles, Wassile, aber keineswegs alles«, fuhr Antek auf. »Ich meine, schlechter als im Zuchthaus kann's nirgends sein – und das hier ist Zuchthaus.«

Er brach ab und blickte Wassile von der Seite an. Als der Stallmeister, die löcherigen Stiefel in der Hand und die Kleider über dem Arm, stumm aus der Küche ging, folgte er ihm.

Vor der Tür seines Zimmers sagte Wassile: »Gute Nacht, Antek. Schlimm genug, daß wir so bald wieder aufstehen müssen.«

»Gute Nacht, Wassile. Kannst beruhigt sein, ich lauf schon nicht davon. Es ist sowieso alles Scheiße.«

Der leichte Wagen rollte über die Landstraße. Rechts vom Weg lagen, eben wie ein Tisch, die Felder des Gutshofs. Fetter schwarzer Boden, dampfend im Nebel, getränkt vom Schneewasser. Wassile zog den Geruch der Erde tief in die Lungen, er sah zum Himmel hinauf, wo hinter grauen Wolkenmassen die Sonne stand. Die Peitschenschnur tanzte, eher Liebkosung als Aufforderung, auf der prallen Hinterhand des Deichselpferdes. Die Braunen liefen im dezenten Reisetrab, der haushälterisch mit dem Atem umgeht und die Füße schont. Als sie sich der Stadt näherten und das schlechte Pflaster begann, fielen die Pferde wieder in Schritt. Mira, die neben dem Kutscher saß, sagte: »Ich muß mit Ihnen sprechen, Wassile. Eine ganze Weile schon gehe ich mit diesem Gedanken um«, sie stockte, »vielleicht sogar seit damals, als ich Sie kennengelernt habe und Sie mir das Darlehen gaben, Sie oder Antek. Es tut mir leid, daß ich erst einen kleinen Teil davon abbezahlen konnte. Die Steine sind noch da –.« Sie war verlegen. »Falls Sie sie wollen –?«

Wassile lachte. »Brillanten – ja, ich denke schon seit langem daran, mir eine Krawattennadel oder auch Frackknöpfe zu bestellen.« Er hielt den Blick auf seine ramponierten Stiefel gerichtet. »Würden gut zu diesen Latschen passen. Ich brauche keine Brillanten und auch kein Geld, Mira. Machen Sie sich nicht unnötig Sorgen – sind wir nicht Kameraden?«

Sie zeigte sich nicht erstaunt, daß er an Dinge rührte, die ihm eigentlich hätten unbekannt sein müssen. »Sind wir Kameraden, Wassile?« Mit einer Spannung sah sie ihn an, die sich ihm beinahe körperlich mitteilte.

»Aber sicher«, sagte er leichthin. Als nähmen die Schlaglöcher auf der Straße seine ganze Aufmerksamkeit in Anspruch, blickte er vor sich hin. Dabei brummte er: »Die leichtere, die schwerere ...«

Wie immer, wenn sie in seiner Nähe war oder auch bloß an ihn dachte, hatte Mira ein Gefühl der Ruhe und Geborgenheit. Wie er da saß, mit seinem Schnurrbart, der den Mund fast ganz verdeckte, die blaugrauen Augen auf den Weg gerichtet, die Zügel leicht in den schwieligen Händen – ein Bauer wie die anderen auch, und doch von ihnen verschieden. Er arbeitete wie sie, aber unverdrossener, intensiver, auch sicherer, bestimmter. Er ging, saß, sprach so wie die anderen, die sich seiner Autorität wie selbstverständlich unterordneten. Das eigentliche

Geschäft der Farm, das Transportunternehmen, war ihm zu verdanken, und nicht ein einziges Mal hatte er auch nur darauf angespielt, daß der Erfolg auf das Konto seiner Erfahrung, seines Weitblicks und seiner Energie ging. Sie hatte ihm auseinandergesetzt, weshalb es unerläßlich sei, mehr zu erzeugen, als an die Arbeiter abgegeben wurde. Ohne sie mit Fragen zu bestürmen, begriff er, und ohne daß er es nötig gehabt oder einen Vorteil daraus gezogen hätte, steckte er seinen Kopf in die Schlinge. Er hatte mitgeholfen, den Plan auszuarbeiten und zu verwirklichen. Sechzig Prozent der Produktion des Hofs – Butter, Fleisch und Wurstwaren – gingen auf geheimen, mit Bedacht gewählten und sorgfältig überwachten Umwegen an die ›privaten‹, ein Vielfaches des staatlichen Preises zahlenden Konsumenten. Die Überschüsse deckten die Differenz, sprich: das Defizit, das zur Lieferung an die offiziellen Abnehmer, die Arbeiter und Beamten des Werks, gehörte. Eingeweiht in dieses Spiel waren nur Wassile, Antek, Kornhaber, Meerblum und der Magazinverwalter Wagner. Wagner und Panja Jadwiga blieben die einzigen, die mit den Zwischenhändlern Kontakt pflegten. Es war ein gefährliches Unternehmen, das unendlich viel Umsicht und Geschicklichkeit erforderte. Neben der offiziellen Buchhaltung waren noch andere Bücher zu führen. Selbstverständlich wußte Mira es immer so einzurichten, daß ihre Abrechnungen bis auf die Kopeke stimmten. Kornhaber mußte beim Melken so lavieren und changieren, daß selbst den Melkerinnen jede Übersicht über die gewonnenen Mengen abging; und selbst Meerblums Helferinnen hätten nie zu sagen vermocht, wieviel Butter, Käse oder Rahm die Molkerei lieferte.

Schwierigster Posten in Miras Rechnung war die Wurstfabrik, die mit Hochdruck arbeitete, das Drei-, oft sogar das Vierfache des eigenen Bedarfs erzeugte und hohe Gewinne abwarf. Die kluge Buchhalterin hatte sich einen Spielraum gesichert, indem sie darauf bestand, daß stets ein variierendes Quantum in Reserve gehalten wurde. Zu Tauschzwecken und ähnlichem. Man verstand das ›oben‹ und billigte es. Dies um so mehr, als einmal wöchentlich auch an gewisse, von Parteifunktionären frequentierte Büfetts, deren Preise leicht, wenn auch kaum nennenswert und mehr der Form halber, über dem Üblichen lagen, ansehnliche Lieferungen feiner Wurstwaren gingen – ein Umstand, welcher der Leitung des Werks und insbesondere Saposchnik übrigens hohe Anerkennung eintragen sollte. Verständlicherweise war Mark Lwowitsch deshalb nicht wenig daran gelegen, den Betrieb am Leben und leistungsfähig zu erhalten und ihn vor jeglichem widrigen Wind zu schützen. Viel besser und gründlicher als seine Untergebenen wußte er, welch schwache Brise genügt, die Gunst der Oberen so radikal hinwegzufegen, als hätte sie nie bestanden, und an ihre Stelle das eiserne Regiment von Doktrin und Dogma treten zu lassen. In diesem Sinn hatte auch Mira ihre Leute instruiert, so daß alle ihr Äußerstes gaben. Kurz, boten der Gutshof und seine Betriebe keine Angriffsflächen, dann mochten sich die Mächtigen geneigt zeigen, auch der Existenz der Burshuis eine gewisse Berechtigung zuzubilligen. – Mira war natürlich nicht so gefährdet wie die anderen, die ›Hiesigen‹. Es sei denn, es wäre Mermelstein eingefallen zu plaudern. Doch der hatte sich mitschuldig gemacht, als er sich für sie und Freddy so nachdrücklich einsetzte.

Wie fast alle die anderen auf der Farm arbeitete Mira, bedrängt von der Angst vor Entdeckung, in dem Wahn, durch ihre Leistung könne sie ihre Unentbehrlichkeit beweisen und solcherart verhüten, der ›Umsiedlung‹ oder richtiger ›Deportation‹ anheimzufallen. Gleich ihnen fragte sie nicht nach der Zahl ihrer Überstunden, erhob sie keinen Anspruch auf freie Tage, schuftete sie für den Gutsbetrieb, zäh, bedingungslos, weil er ihr etwas versprach, was das A und O von allem war: die Chance zu überleben.

So brachte Mira Verständnis auf für diejenigen, die sich fürchteten, weil sie sich selber fürchtete. Dieser Wassile jedoch blieb ihr ein Rätsel. War er immer schon gewesen, was er jetzt war? Ein Arbeiter in fremden Diensten, immer im Stall, bei den Pferden. Eigentlich wußte er mehr als jeder andere Bauer, den sie kannte, sicherlich weitaus mehr als die Kutscher des Guts, die gleichfalls Bauern waren. Wie rasch er Geschäftliches erfaßte, wie ruhig und sicher er sprach, überhaupt, wie verläßlich er war! Verläßlich – ja. Das war es: Man konnte ihm vertrauen. Doch weshalb machte er mit? Wenn er dabei verdient hätte, wenn ihm an Geld gelegen wäre? Bauern lieben Geld. Ihm war das Geld gleichgültig, er verachtete es, mehr als einmal hatte sie das beobachtet.

Ja, Wassile – es war gut, daß es ihn gab! Selbst wenn es nirgendwohin führte, über ihn nachzudenken. Er war nicht wie die anderen. Von denen wußte man, was sie zu geben imstande waren. Sie waren Posten in einer Rechnung. Für ihn aber galt dies nicht –.

Sie hatten jetzt das Zentrum der Stadt erreicht und fuhren an überfüllten Trambahnen und hastenden Fußgängern vorüber. Alle waren sie unterwegs zu ihren Arbeitsplätzen; keiner wollte zu spät kommen. Mira sah auf die Uhr, es war wenige Minuten vor acht. »Wassile, halten Sie vor dem Textiltrust. Ich muß unbedingt zweihundert Meter Leinen haben.«

»Für die Arbeitskittel? Haben Sie eine Wurst oder ein richtiges Stück Speck in der Tasche?«

Mira nickte. »Das auch. Aber ich habe noch ein weiteres Mittel. Wenn Sumkin mir den Stoff verweigert, verlängere ich den Kontrakt nicht mit ihm. Er soll dann sehen, woher er Fahrzeuge bekommt für seinen Transport.«

»Gut, und – vergessen Sie nicht, wir müssen mit der Aussaat beginnen, Mira.« Da hielten sie schon vor dem Gebäude des Textiltrusts. »Vielleicht geschieht noch ein Wunder. Ich komme dann gleich in die Direktion. Warten Sie so lange auf mich, wir fahren zur Bank und von dort direkt zu Panja Jadwiga.« Sie stieg über das Fußbrett auf die Deichsel, um von dort abzuspringen. Daß sie sich dabei auf Wassiles Schulter stützte, wirkte fast wie eine Demonstration. »Also, in einer guten Stunde. Lassen Sie das Fleisch in Ihrer Gegenwart wiegen und vergessen Sie die Quittung nicht. Auf Wiedersehen, Wassile!«

»Auf Wiedersehen!« Wenige Minuten später fuhr Wassile in den Hof des Direktionsgebäudes, schulterte die Säcke mit dem Fleisch und stieg ins Souterrain hinunter. Priesner, der Leiter der Kantine, hatte früher ein kleines Gasthaus besessen. Zusammen mit der Einrichtung war er ›übernommen‹ worden.

Er wog das Fleisch, zeigte sich zufrieden und schrieb die Quittung. »Stimmt wieda amol.« Wassile steckte den Zettel ein, nahm die leeren Säcke unter den Arm und machte sich auf den Weg zu Saposchnik.

Der Direktorstellvertreter empfing ihn mit gebührender Freundlichkeit. »Was gibt's auf der Farm, Genosse Chomniuk?«

»Nichts als Arbeit, Genosse Saposchnik. In eigener Sache komme ich zu Ihnen – mit einer Bitte.«

»Einer Bitte? – Worum geht es?«

»Um Stiefel«, sagte Wassile.

Saposchniks Augen wanderten zu Wassiles Stiefel, in deren Betrachtung sie eine Weile versunken blieben. Es war, als bedürfte es solcher Prüfung, um festzustellen, ob die Wünsche des Stallmeisters berechtigt wären. Der Natschalnik schüttelte leicht den Kopf. Es war keine Verneinung, eher eine Geste der Verlegenheit über soviel Naivität. Stiefel? Woher sollte man Stiefel nehmen? »Schreiben Sie ein Gesuch. An mich. Ich werde es befürworten und weiterleiten. Das ganze wird ein Weilchen dauern, doch ich bin sicher ...« Wessen er sicher war, das zu sagen, brachte Saposchnik nicht fertig. Faustdick wäre die Lüge gewesen – und die Wahrheit? Wie sie erklären? »Bei uns ist alles da!«

»Ich bedanke mich, Genosse Saposchnik.« Erfreut lächelte Wassile. Als hätte er die neuen Stiefel schon an, dachte Saposchnik.

»Hier, Papier und Füller«, er machte den Stuhl frei, »setzen Sie sich und schreiben Sie.«

»Genosse Saposchnik« – Wassile saß am Schreibtisch, das Papier vor sich, in der Hand den Füllfederhalter des Natschalniks –, »ich habe noch nie ein Gesuch geschrieben. Wie macht man das?«

»Schreiben Sie: An den Direktorstellvertreter und so weiter. Ich bitte um Zuteilung von soundso und darunter Ihren Namen, so gut Sie eben können. Ein *konijuch* ist kein Professor, jeder weiß das.«

Buchstaben für Buchstaben malte der Stallmeister auf das bräunliche, hinten bedruckte Blatt. Sie waren nicht alle gleich groß, und sie schlossen sich auch nicht brüderlich zusammen, diese Buchstaben. Bald hingen sie in der Luft, bald klammerten sie sich aneinander. Saposchnik stand am Fenster und rauchte. Den braven Wassile hatte er nicht abgewiesen, ihn nicht enttäuscht. Wassile durfte hoffen. Eingeflößt hatte er ihm die Medizin, die man seit Jahrzehnten Millionen und Abermillionen von Menschen verabreichte. Sie hieß: *budjet* – es wird schon!

»Auch Lawrenenko wird den Antrag befürworten, gehen wir gleich zu ihm – kommen Sie, Genosse.«

Während Saposchnik sich mit Lawrenenko im Flüsterton unterhielt, stand Wassile diskret in einer Ecke des luxuriösen Büros. Worüber die beiden sprachen, konnte er nicht hören; er hatte jedoch den Eindruck, daß sich Lawrenenko dagegen wehrte, Saposchniks Bitte zu erfüllen. Offenbar wollte Lawrenenko vor diesem Wassile, der ihm gut gefiel, die Seifenblase nicht platzen lassen. Wenn er sich noch einen Funken Glauben bewahrt hatte, so durfte er, gerade er, nicht enttäuscht werden. »Wassile Wassiljewitsch«, sagte der Direktor, »treten Sie näher. Bitte, nehmen Sie Platz.« Er räusperte sich. »Ich mache Ihnen einen Vorschlag: Sie bekommen ein Darlehen. – Was kosten jetzt im – hm, Basar – ordentliche Stiefel?«

»Viel, Genosse Direktor.«

»Mehr als vierhundert?«

»Um vierhundert sind schon welche zu haben, polnische natürlich.«

»Also gut. Sie bekommen ein Darlehen von vierhundert Rubel, in zwei Jahren können Sie das abbezahlen. Nicht schwer, Wassile! Jeden Monat ein paar Rubel, das merkt man kaum. Wird Ihnen gleich vom Lohn abgezogen, einverstanden? Ihr Antrag läuft selbstverständlich trotzdem weiter. Wenn Sie dann an die Reihe kommen, haben Sie eben zwei Paar Stiefel.«

»Ich bedanke mich, Genosse Direktor.«

»Schreib du das Gesuch für ihn, Mark Lwowitsch.« Lawrenenko erhob sich. Fast gleichzeitig öffnete sich die Tür, strahlend trat Fejnhold ein. Er nickte Lawrenenko und Saposchnik zu und wandte sich unmittelbar an Wassile.

»Ich habe den Wagen gesehen und Sie schon überall gesucht, Wassile Wassiljewitsch. Hier stecken Sie also – wie geht es Ihnen?«

»Gut, Genosse Fejnhold, sehr gut sogar.« Wassile machte eine Kopfbewegung gegen den schreibenden Saposchnik. »Ich bekomme Geld«, sagte er und lachte über das ganze Gesicht.

Rasch war Fejnhold ins Bild gesetzt. Sein Lächeln wich nachdenklichem Ernst. Als er den Mund öffnete, lächelte er bereits wieder. »Mark Lwowitsch, du wirst mit Wassile Wassiljewitsch noch einiges zu besprechen haben, nehme ich an. Geht inzwischen in dein Büro, ich bin gleich bei euch.«

Saposchnik hatte verstanden. Er erhob sich und winkte Wassile, zusammen verließen sie den Raum.

Die vergangenen Nächte hatte Saposchnik am Bett seiner kranken Frau verbracht. Hoffnung hatten ihm auch die hiesigen Ärzte nicht gemacht. Aufseufzend warf er sich in einen Sessel. »Setzen Sie sich, Genosse Chomniuk – schweres Leben – Sie wissen, meine Frau – Tuberkulose.« Er mußte mit jemandem über seinen Kummer sprechen.

»Ja, ich weiß. Und die Ärzte?«

»Zu spät, sagen sie. Man hätte viel früher mit der Behandlung beginnen müssen.«

Nachdenklich drehte Wassile seinen Schnurrbart. »Ja, das ist eine schlimme Krankheit. Sie sollten«, sagte er langsam, »Doktor Feuerberg um Rat fragen.«

»Feuerberg? Wo arbeitet der?«

»Das weiß ich nicht. Nur seinen Namen kenne ich. Spezialist für Lungenkrankheiten soll er sein.«

»Ich schreib's mir auf, für alle Fälle.«

Dann hingen beide ihren Gedanken nach. Wenn die Erwähnung des Arztes, der Spezialist sein sollte, in Saposchnik einen Funken Hoffnung angefacht hatte, so erweckte sie bei Wassile ein ungutes Gefühl. Einem blitzhaften Einfall folgend, hatte er seelische Not für seine Zwecke mißbraucht. Was ihm, dem *konijuch,* nicht gelingen konnte, mußte der *partiny* schaffen: herauszufinden, ob Doktor Feuerberg sich überhaupt im Bereich der ›Westlichen Ukraine‹ aufhielt. Denn trotz kaum überwindlicher Hindernisse hatte sich Wassile bis ins Dorf Czerawne durchgeschlagen, dort aber lediglich in Erfahrung zu bringen vermocht, daß der Arzt wenige Tage nach dem Einzug der Russen verschwunden war. Dem katholischen Pfarrer verdankte er diese Auskunft. Was Hochwürden sonst noch zu erzählen gewußt hatte, war Wassile nicht wichtig erschienen, auch wenn es ihm jetzt wieder durch den Kopf ging. Daß nämlich Doktor Feuerberg, vom Pfarrer geleitet, den Weg des

Heils eingeschlagen habe oder daß er, der Pfarrer, sich glücklich schätze, der Kirche einen Mann zugeführt zu haben, der wegen seiner menschlichen und beruflichen Qualitäten einen großen Gewinn für sie darstellte. Doktor Feuerberg sei ein bedeutender Arzt, der an der Gattin des früheren und mit Gottes und der heiligen Jungfrau Hilfe auch künftigen Besitzers des Landguts Czerawne ein Wunder vollbrachte. Er habe ihre kranken Lungen geheilt, obwohl weit bekanntere Ärzte das für unmöglich hielten.

Das Erscheinen von Mira und Fejnhold im Büro riß Wassile aus seinen Grübeleien.

»Ich möchte dich bitten«, sagte Fejnhold zu Saposchnik, »mir für etwa eine Stunde den Wagen zu leihen.«

»Selbstverständlich.«

»Dann kommen Sie, Wassile Wassiljewitsch, wir fahren gleich los.«

»Nehmen Sie mich mit, falls es in die Stadt geht?« fragte Saposchnik.

»Ich muß aufs Sekretariat«, sagte Fejnhold.

»Ich auch.«

»Wenn Sie erlauben, fahre ich bis zur Gosbank mit«, ließ sich Mira vernehmen.

»Konjetschno!« sagte Fejnhold.

Auf der Gosbank war Mira bald fertig. Sie hatte sich das Wohlwollen eines Angestellten, eines ›Hiesigen‹, durch kleine Zuwendungen von Naturalien gesichert. Wenn er ihrer ansichtig wurde, rief er laut: *»elektrostanzija!«* Sie meldete sich ebenso laut, und die Menge vor dem Schalter machte ihr achtungsvoll Platz. Auch heute war sie nach wenigen Minuten wieder draußen und überlegte, was zu besorgen sei, als sie sich plötzlich von fünf, sechs lachenden jungen Männern in der einfachen Uniform der Rotarmeekommandeure umringt sah. »Und was wünscht ihr, Genossen?« fragte sie.

»Nitschewo«, sagte einer, »wir sind hier fremd und wollen Sie einladen, Bürgerin, mit uns ins Restaurant zu gehen oder vielleicht auch ins Kino, ins Theater – *nado she guljat* – man muß sich doch amüsieren!«

»Seh ich ein«, sagte Mira, obwohl sie nicht das geringste Einsehen für das Vorhaben der jungen Leute aufbrachte. »Aber, Genossen Kommandeure, ich kann nicht mitmachen – die Arbeit, ihr wißt. Wenn ich meinen freien Tag hätte, dann gern. Dank für die Einladung.« Der Reihe nach reichte sie ihnen die Hand. »Auf Wiedersehen, Genossen!«

»Auf Wiedersehen, Genossin!« Mira ging weiter, entschlossenen Schrittes, aber nicht so rasch, daß sie nicht noch deutlich den Ausruf eines der jungen Soldaten verstanden hätte: »*Shal – choroschaja baba* – schade – ein Prachtweib!« Die drei Worte klangen in Mira nach. Sie lächelte noch, als sie sich plötzlich vor einem großen Laden stehen sah, auf dessen Firmenschild die Wörter ›*Salon de beauté*‹ nur leicht übertüncht waren. ›*Parikmacherskaja No. 3*‹ hieß es jetzt in kyrillischen Lettern. Sie trat, als wäre der Laden ihr Ziel gewesen, sicher und unbekümmert ein, und als der für Etablissements dieser Art typische Duft sie umfing, vertiefte sich ihr Lächeln.

Mit gründlich gewaschenem, gewelltem und im Nacken verknotetem Haar verließ Mira die verführerische Lokalität. Sie war manikürt und pedikürt, und in der Tasche trug sie einen aus ›alten Beständen‹ stammenden Lippenstift sowie eine sündhaft teure Flasche Eau de Cologne.

Ohne eine Spur von Gewissensbissen über die verlorene Zeit hatte sie sich im Spiegel betrachtet und festgestellt, daß ihr eine andere Mira entgegenlächelte als die, an deren Anblick sie sich in den vielen Monaten der Sorge und Arbeit gewöhnt hatte. Es war ein Bild, das der Mira von einst – wann war das überhaupt gewesen? – ähnlicher sah als der Mira von vor zwei Stunden. Sie war zufrieden.

Es war, als sie auf die Straße trat, elf Uhr und höchste Zeit. Wassile würde sicherlich schon ungeduldig auf sie warten. Zum Glück war es nicht weit von hier zu Anteks Stadthäuschen. Panja Jadwiga öffnete auf das vereinbarte Signal hin. »Kommst spät heute«, brummte sie und griff wieder nach ihrem Gläschen.

»Ist Wassile schon dagewesen?« Mira sprach Polnisch mit Panja Jadwiga.

»Nein, noch nicht. – Ich muß weg. Wie stehts mit frischer Ware?«

»Brauchen Sie Nachschub?«

»Jeden Tag mehr. – Willst essen? Was Vernünftiges?«

»Ich warte lieber auf Wassile. Jeden Augenblick muß er da sein.«

»Schnaps?«

»Schnaps? Ja, gern.«

»Komm in die Küche.« Mira tat wie geheißen. »So, hier ist Schnaps, in der Bratröhre sind Koteletts.« Sie band die Schürze ab. »Ich gehe. – Heißes Wasser, willst baden?« erinnerte sie sich.

»Konjetschno!« Bei allen auf dem Gut kursierte, grassierte das Wort. Am meisten übrigens bei Tadek und Freddy, für die es die Brücke zur Freundschaft gebildet hatte.

»Konjetschno!« gab Panja Jadwiga in tiefem Alt zurück und machte sich auf den Weg. Als sie nach drei Stunden zurückkehrte, hatte Mira Gesellschaft. Wassile saß ihr gegenüber, und sie waren ins Gespräch vertieft. Ihrem scharfen Blick entging nicht, daß Wassile neue Stiefel trug. »Wie ein Moskal«, brummte sie verächtlich und deutete auf die weichen faltigen Schäfte.

»Man nimmt, was man kriegt, Panja Jadwiga. Polnische sind halt billiger.«

Panja Jadwiga ließ sich auf einen Stuhl fallen und labte sich an Alkohol und Nikotin. Mit einem nochmaligen Blick auf das Schuhwerk sagte sie: »Bauer bleibt Bauer.« Dann öffnete sie behende die oberen Knöpfe ihrer Bluse und zog ein umfangreiches Bündel Zehntscherwonzen-Noten hervor. »Da – genau achttausenddreihundert. Drecksgeld!« Das Gläschen in der einen Hand, die Zigarette in der anderen, marschierte sie in die Küche.

Seinen Schnurrbart drehend hatte Wassile ihr nachgeblickt. Auch als sie die Tür hinter sich ins Schloß zog, verharrte er in dieser Stellung. Mira erhob sich und trat hinter seinen Stuhl. Sie nahm seinen Kopf in die Hände und zog ihn an ihre Brust. Mit ihren Lippen strich sie ihm über Stirn und Augen, leicht und zärtlich.

Wassile ergriff ihre Hände und küßte sie. »Setz dich auf

deinen Stuhl, Mira – jeden Augenblick kann die Riesendame zurückkommen.«

»Was tut's.« Gehorsam setzte sie sich wieder hin, stützte den Kopf in beide Hände und sah ihn an. »Hast du ihn schon lange, den Schnurrbart, Wassile?«

Ohne sie anzublicken, sagte er: »Mir kommt's vor, als hätte ich ihn schon immer gehabt. Warum? Gefällt er dir nicht?«

»Gefallen?« Sie schüttelte den Kopf. »Das hat nichts mit Gefallen zu tun.«

Er trat ans Fenster und blieb dort schweigend stehen. Dann drehte er sich um zu ihr. »Wir müssen fahren, Mira. Steck das Geld weg.«

Das Geld blieb liegen. »Und ich? Gefalle ich dir, Wassile?«

»Du bist eine Frau, nach der sich die Männer umdrehn, Mira.«

Choroschaja baba, ging es ihr durch den Kopf. »Soll das heißen, daß ich dir gefalle, Wassile? Du, ich – ich glaube« – ihre Stimme wirkte noch heiserer als sonst –, »nein, ich weiß es: Ich liebe dich, Wassile.«

»Wirklich, Mira?« Er lächelte sein gewohntes Lächeln. »Dann ist es gut.« Er trat nahe an sie heran, schob seine Hände unter ihre Achseln und hob sie sachte zu sich empor, um sie fest auf den Mund zu küssen. »Gut«, wiederholte er und summte »Von der Liebe spricht man nicht«, die Worte eines Tango, eines neuen sowjetischen, den kürzlich ein Rotarmist in der Kantine gesungen hatte.

»Das ist falsch, Wassile – natürlich muß man von ihr sprechen –.«

»Und jetzt« – er lachte und küßte sie noch einmal – »müssen wir losfahren, Saposchnik wartet.«

»Unser Wassile trägt Stiefelchen – ein Oberst oder ein Parteisekretär könnte ihn um sie beneiden!« sagte Maximenko mit einem zähneblitzenden Lächeln. Bloßes Staunen oder auch Neid? Jedenfalls nickte Saposchnik stumm zu diesem Kommentar. »So, Mira Isakowna«, sagte er, »vielleicht kommen Sie mit in mein Büro. Sie auch, Genosse Chomniuk. Ausgezeichnet, daß Sie dabei sein können, wenn wir den Plan besprechen. Eigentlich müßte Mermelstein hier sein – wo steckt er bloß?« Er wartete die Antwort ab, sein Blick war auf die Wandzeitung gefallen. »Sehr gut, vernünftig«, sagte er, nachdem er die Ankündigung gelesen hatte. »Wird es auch gehen, Mira Isakowna? Es sind immerhin einundfünfzig Kilo Fett.«

»Wenn ich die Gespanne nicht für anderes freistellen muß, kann ich die Differenz einbringen. Durch Überstunden natürlich. Werden sie allerdings für die Aussaat gebraucht ... Täglich setzen wir mehr als neunhundert Rubel zu.«

»Ich weiß, ich weiß.« Saposchnik machte eine Pause, um das Schriftstück, das ihm Maximenko gereicht hatte, aufzublättern. »Der Plan für die Farm. Eigentlich müßte Mermelstein ihn unterschreiben. Der ist verantwortlich dafür, daß er erfüllt wird. Na, sicherlich kommt er noch vorbei. Auf jeden Fall ist es gut, daß Sie informiert sind, Mira Isakowna. Sie können ihn dann einweihen. – Pawel Pawlowitsch, erklär du der Genossin den Plan.«

»Hier ist Punkt für Punkt aufgeführt, was zu leisten ist.« Er reichte das Dokument Mira, die es sogleich zu studieren begann. Es lag auf der Hand, daß ein Soll gefordert wurde, das nie erfüllt werden konnte. Alles war reine Theorie. Im ersten Augenblick wußte die Buchhalterin nicht, ob sie lachen oder wütend werden sollte. Dennoch sagte sie ruhig: »Der Plan ist nicht vollständig, Genosse Maximenko. Das Wichtigste wurde vergessen.«

»Vergessen? Nichts ist vergessen. Alles entspricht genau den Vorschriften, die das Volkskommissariat für Landwirtschaft erlassen hat, und gilt für die ganze Ukraine.«

»Nein, Sie haben versäumt, im einzelnen anzugeben, welche Menge von was für einem Futter benötigt wird, damit die geforderten Leistungen erzielt werden können. Wenn der Plan verlangt, daß eine Kuh pro Tag mindestens achtundvierzig Liter hochwertige Milch gibt, muß man ihr auch das entsprechende Futter zuteilen. Außerdem ist in Rechnung zu stellen, daß nur Kühe auserlesener Rassen imstande sind, dieses Soll bei bester Fütterung zu erfüllen. Wenn ein Pferd täglich soundsoviele Kilometer unter vorgeschriebener Belastung zurücklegen soll, so muß es auch das entsprechende Quantum Kraftfutter verzehren. Wir haben in drei Monaten insgesamt 812 Kilo für 359 lebende Tiere zugeteilt bekommen, das sind täglich nicht einmal 260 Gramm pro Kopf. – Der Plan ist nur dann vollständig, wenn die unumgänglichen Investitionen, vor allem die laufenden Kosten für Erhaltung und Reparatur, mit einkalkuliert sind. Das heißt, es ist unbedingt anzugeben, was wie und zu welchem Preis beschafft werden kann.«

Verständnislos starrte Maximenko sie an. Dann wandte er sich an Saposchnik: »Der Plan muß morgen um zwölf Uhr, vom Direktor des Guts unterschrieben, gestempelt und gesiegelt, an die Parteileitung gehen.« Als fiele ihm plötzlich Wichtiges ein, sagte er zu Mira: »Sie, Genossin, tragen als Buchhalterin natürlich keine Verantwortung. Das ist Sache des Direktors. Er muß unterschreiben. Ob er den Plan erfüllt oder nicht, geht nur ihn an.«

Das stimmte, Einwände vorzubringen, war sinnlos. Die Verantwortung trug der Direktor. Das wußte Mira, nicht aber, wie sie die drohende Gefahr abwenden sollte. Denn der Schubjak würde seinen Namen unter eine Verpflichtung setzen, die schlicht unerfüllbar war. In der kurzen Zeit ihrer Tätigkeit hatte Mira zwar auch gelernt, daß hier heißer gekocht als gegessen wurde – die Planer bauten gern in die Luft, spielten mit Zahlen, Daten, Statistiken und kümmerten sich einen Teufel um die Wirklichkeit –, doch bei der gewissenhaften Buchhalterin saß der Respekt vor Verträgen und Unterschriften zu tief, als daß sie in diesem absurden Plan nur die leere Formalität zu sehen vermocht hätte. Hinzu kam, daß jeder ›Plan‹ nur so lange bloße Formalität blieb, wie es denen ›oben‹ genehm war. Bei passender Gelegenheit würde er hervorgeholt werden und der Anlaß sein für Anklage wegen Sabotage.

Natürlich erkannte auch Wassile die Gefahr und zögerte nicht einzugreifen. »Wenn ich richtig verstehe, hat der Genosse *planowik* gesagt, allein der Direktor trägt die Verantwortung. Das stimmt schon. Aber sind nicht wir, ich meine, die Arbeiter, mitverantwortlich dafür, daß der Plan erfüllt wird? Denn nur, wenn jeder sein Soll leistet, ist dies möglich. Darum muß der Genosse *planowik* einsehen, daß es unsere Pflicht ist, auch in Betriebsangelegenheiten ein Wort mitzureden.«

Mit solchen ›Feinheiten‹ hatte der Genosse *planowik* allerdings nichts zu tun. Nicht seinem Gehirn war der Plan, den er vorlegte, entsprungen – er war das Ergebnis der Aneinanderreihung von Zahlen und Daten, die ein anderer, viel Höherer, vorgenommen hatte. Lediglich abgeschrieben oder vielmehr abschreiben lassen hatte er das ganze. Aus den Worten des Stallmeisters sprach indessen der dem Funktionär vertraute Geist. Er mußte Verständnis zeigen, ob er es nun aufbrachte oder nicht, mußte Worte sagen, die nichtssagend genug waren. Warum also die Sache nicht einfach mit einem *nitschewo* beenden?

Inzwischen war Maximenko aus dem Zimmer gegangen und hatte die anderen ihren Gedanken überlassen. Zwar sagte sich Saposchnik, daß das Wort ›*nitschewo*‹ den ›Hiesigen‹ gegenüber nicht unbedingt ein glücklicher Griff wäre, er hütete sich jedoch, den Planwirtschaftler, diesen jungen Hund, der besser bei seinen Bällen und Keulen geblieben wäre, zurechtzuweisen. Dies um so mehr, als er ahnte, daß die Buchhalterin, die er als seine Entdeckung, ja seine Schülerin und in gewissem Sinne sogar seine Vertraute ansah, schon Einblicke gewonnen hatte, die das Spiel erleichterten. Auch der Stallmeister war verständig und verläßlich. Zur Genüge hatte er das bewiesen. Und zweifellos war er ein wichtiger Mann. Wahrscheinlich konnte er selber gar nicht ermessen, was die Stiefel an seinen Beinen bedeuteten. Woher sollte er auch wissen, daß Fejnhold ihretwegen mit dem Parteisekretär für die ganze Westliche Ukraine konferiert hatte? Lawrenenko, der Zeuge des Telefongesprächs gewesen war, hatte Saposchnik davon berichtet. Chomniuk war Fejnholds Entdeckung; Fejnhold protegierte ihn, und daß dessen Protektion Gewicht hatte, bewies nichts überzeugender als die Stiefel. Denn es konnte vorkommen, daß ein *konijuch* sein ganzes Leben vergeblich darauf wartete, aus einer der Werkstätten, die ausschließlich für die *werchowki* – die Oberen, arbeiteten, zum Regierungspreis ein Paar Stiefel geliefert zu bekommen. Und dieser von Fejnhold begünstigte *konijuch* Chomniuk hatte nicht nur Stiefel erhalten, auch Strümpfe, zwei Hemden und eine Mütze mit breitem Schild, weil er in der warmen Jahreszeit nicht länger seine Lammfellkappe tragen konnte. Alles zusammen kostete dreiundachtzig Rubel, wobei die Reparatur seiner alten Stiefel im Preis mit einbegriffen war. Nicht Anerkennung für schon Geleistetes bedeuteten diese kostbaren, den Bedürfnissen des Bauern angepaßten Kleidungsstücke – sie waren Vorschuß, Versprechung, Lockung und sprachen eine für Eingeweihte von der Art des Natschalniks Saposchnik verständliche Sprache: Wir sind da – für jene, die tun, was von ihnen verlangt wird.

Eines aber war sicher: Erfüllte dieser *konijuch* die Hoffnungen, die man in ihn setzte, dann bliebe er kein ›Pferdeknecht‹. In jene Sphären würde er entrückt werden, wo sich zur Legende verflüchtigt, daß man Pferde geputzt, Dünger gefahren, den Stall gemistet hat. Denn ›bei uns‹ ist das kein Hindernis, im Gegenteil. Je niedriger die Herkunft eines Menschen, desto rascher sein Aufstieg, vorausgesetzt, er besitzt die entsprechenden Fähigkeiten. Und dieser Wassile hatte seine Brauchbarkeit unter Beweis gestellt. Hatte er ihm, Saposchnik, nicht auch den Doktor Feuerberg empfohlen, der, wie sich sogleich herausgestellt hatte, tatsächlich ein Spezialist war, ein Chirurg, und dazu noch stellvertretender Direktor des einzigen Lungensanatoriums der Stadt? Eine Stellung, die ein ›Hiesiger‹ nie bekleidet hätte, wäre er nicht einwandfrei gewesen. Deswegen, und weil das Gespräch über den leidigen Plan weiterzuführen zwecklos wäre, sagte Saposchnik: »Sie wissen, Genosse Chomniuk, ich habe diesen Doktor Feuerberg bereits ausfindig gemacht. Es stimmt, er ist ein Spezialist. Hier« – er holte einen Zettel aus der Tasche –, »das ist die Adresse des Spitals. Telefonisch war er nicht zu erreichen, vielleicht wenn ich ihn persönlich aufsuche … Ich möchte ihn bitten, gleich mitzukommen. Sie wissen, ich wohne ziemlich weit weg.«

»Ich fahre Sie, Genosse Saposchnik. Bestimmen Sie, wann«, sagte Wassile mit Wärme.

»Haben Sie Dank, Genosse. Also morgen um fünf Uhr nachmittags! – Noch ein Wort zur Frühjahrsaussaat: Höchste Zeit, damit zu beginnen« – er warf einen Blick zu Mira hinüber –, »aber es gibt Schwierigkeiten – die Gespanne. Wir brauchen sie für anderes. Wenn sich« – er stockte –, »wenn sich ein Traktor auftreiben ließe –«

»Ja, ein Traktor!« rief Wassile aus.

»Siebzig Kilometer von hier liegt eine Traktorenstation. Ganz in der Nähe von« – er zog ein Stück Papier aus der Tasche und vergewisserte sich – »Chodorow. Wenn dort ein Traktor frei wäre, vielleicht ...«

Er suchte nach Worten. »Das ist nämlich so: Einen Traktor von ihnen anfordern können wir nicht. Die Station gehört nicht zu unserem Rayon.« Er räusperte sich. »Wenn man sich mit dem Natschalnik einigen würde, diplomatisch, sozusagen in kameradschaftlichem Einvernehmen, bei einem halben Liter oder auch bei einem ganzen –.«

»Ich werde hinreiten«, sagte Wassile, »das geht schneller, als wenn ich mich mit dem Lastauto über schlechte Straßen quäle.«

»Ausgezeichnet!«

»Wie sagten Sie, Genosse Saposchnik, heißt das Dorf?«

»Soniewicze.«

»Soniewicze –.« Wassiles Stimme klang anders als sonst. Nicht daß dies dem Natschalnik aufgefallen wäre. Er war überzeugt, der Stallmeister werde sich schon zu helfen wissen und schrieb sogleich die *komandirowka* aus – den erforderlichen Sonderausweis –, ohne den kein Arbeiter oder Angestellter sich von seinem Arbeitsort wegbegeben durfte.

»Was ist mit diesem Soniewicze, Wassile?« wollte Mira wissen, als Saposchnik draußen war.

»Ach, alte Geschichten.« Soniewicze – ein Name, der Erinnerungen in ihm geweckt hatte. So lebendig, als wäre es gestern gewesen: Nimm sechs Ulanen, hatte sein Rittmeister gesagt – sie lagen damals in Chodorow –, und reit los mit ihnen. Bei Soniewicze biegst du ab, da gibt es eine Abkürzung. Halt die Augen offen und reit, soweit es geht. Paß auf dich und deine Leute auf, Fähnrich. Abtreten! – Bis vor Lemberg, zu jener Zeit hieß die Stadt noch so, war er auf dem Erkundungsritt gelangt, acht Kosaken hatte er mitgebracht und einen Tausendguldenschuß durch den linken Oberarm. Selbst die Große Silberne wurde ihm für den Ritt zuerkannt. Soniewicze. Das Gut hatte einem Fürsten Baranicki gehört – viele Jahre später war er dessen Gast gewesen. Und morgen reitet der *konijuch* Wassile hin, um bei dem Natschalnik mit Hilfe eines halben oder auch ganzen Liters ... Na gut, und schließlich – warum nicht?

Es war kurz nach acht Uhr, als Wassile sein Pferd vor der *traktornaja stanzija* – der Traktorenstation, zum Stehen brachte. Das Hoftor stand offen, sechs Traktoren konnte er sehen, aber keinen Menschen. Er ritt in den Hof hinein und band sein Pferd am Wrack eines Bauernwagens fest.

»Guten Morgen«, rief eine Stimme, und ein Mann sprang von der Veranda herunter in den Hof. Aufmerksam betrachtete er Wassiles Pferd. In seinen Mongolenaugen lagen Liebe und Sehnsucht, und von seinen nervigen kleinen Händen ging Zärtlichkeit aus, als sie Mähne und Hals, Stirn und Nüstern des Pferdes kraulten und streichelten. »Ein Pferdchen, was für ein Pferdchen«, gurrte er. »Kluge Ohren hat es – wie heißt es denn?«

»Golodnej – der Hungrige«, erwiderte Wassile. »Der Hengst gefällt Ihnen, Genosse?«

»Sehn Sie das nicht? – Ich, Bruder«, sagte der Mann, »bin Tscherkesse und du?«

»Ein ›Hiesiger‹.«

»Arbeitest du in der Kolchose oder auf dem Gestüt? Du hast eine gute Hand mit Pferden. Führ den Hengst ruhig in den Stall« – er wurde verlegen –, »Platz gibt's genug, aber nichts zu fressen.«

»Ich hab dabei, was er braucht«, sagte Wassile und wies auf einen Sack, der hinten am Sattel festgeschnallt war.

Der Traktorist nickte. »Kommst wohl von weit?«

»Ein ganzes Ende. Das Gut, auf dem ich arbeite, liegt zwölf Kilometer von Lwow entfernt. Es gehört zur dortigen *elektrostanzija.*«

»Da bist du schon früh weggeritten – hast du hier zu tun?«

»Ja, hier, gerade hier. Mit dem Natschalnik der Station möchte ich sprechen.«

»Der Natschalnik bin ich«, sagte der Tscherkesse.

»Das trifft sich gut. Ich bringe das Pferd in den Stall, anschließend reden wir miteinander.« Wassile lächelte.

»Ja, du kommst dann ins Haus, Tee trinken. Hast du gefrühstückt?« lächelte der Tscherkesse zurück.

»Ich habe mein Frühstück mitgebracht.«

Später saßen sie am Tisch, in einer Stube, die dem Natschalnik und seinem Stellvertreter als Büro und Wohnraum diente. Wassile erfuhr sogleich, daß Wolodja, so hieß der Stellvertreter, sich zum Direktor der Kolchose begeben hatte, um mit ihm den Arbeitsplan für die Traktorenstation zu besprechen. »Sie haben noch kein Saatgut, weißt du.«

Wassile nickte. »Und wir haben zwar Saatgut, aber keinen Traktor.«

Der Natschalnik stand vor dem Primuskocher und starrte vor sich hin. Er schwieg. Als das Wasser kochte, holte er aus dem Schrank eine angerissene Teepackung, eine Papiertüte mit Zukker, einen halben Laib Brot, ein Gefäß mit graugrünen Salzgurken und eine Konservendose, in der ein viereckiges Stück rohen Specks steckte. Das alles stellte er auf den Tisch zu der großen Blechkanne. »Einem Gast muß man ein starkes Getränk anbieten«, sagte er, als er den Tee aufgoß.

Wassile legte die in ein sauberes Tuch gewickelte Wurst dazu. »Wir wollen, wenn du erlaubst, bevor wir den Tee trinken, mit etwas Kräftigerem anstoßen.« Aus seiner Feldflasche goß er Wodka in die Blechbecher.

Seinen Gastgeber schien die Flasche mehr zu interessieren als ihr Inhalt. Er nahm sie in die Hand und stellte sie nach genauer Betrachtung wieder auf den Tisch. »Ausländische Arbeit, praktisch. So etwas können wir noch nicht herstellen, aber das wird kommen, sei überzeugt, Brüderchen. Also« – er nahm seinen Becher in die Hand –, »Gesundheit!« Mit einem Ruck goß er den Wodka hinunter und aß einen Bissen Brot. Als Wassile ihm nachschenken wollte, schob er die Hand über den Becher. »Genug. Auch Wolodja trinkt gern. Er braucht's, du verstehst, er ist arm.«

»Arm?« Zum ersten Mal hörte Wassile dieses Wort von einem Arbeiter der Sowjetunion auf einen andern angewandt. Er hielt im Aufschneiden der Wurst inne und blickte den Tscherkessen fragend an.

»Ja«, sagte sein Gastgeber, »er ist ein guter Junge und ein prima Arbeiter. Aber die Weiber, du weißt; er war viermal verheiratet, und mit allen Frauen hat er Kinder. Insgesamt sieben, und keines ist älter als sechs Jahre. Er ist selber noch ein Kind, wirst ihn ja sehen. Jetzt ziehen sie ihm von seinem Lohn für sieben Kinder Unterhaltszahlungen ab. Du kannst dir ausrechnen, was ihm bleibt. – Bist du verheiratet, hast du Kinder?«

»Nein, weder Weib noch Kind.«

»Eine Frau und Kinder sollte man haben. Ich bin verheiratet. Meine Kinder sind beide in Moskau, meine Frau, ja – die lebt in Tiflis. Es ist gut, verheiratet zu sein, wenn die Frau in Tiflis ist und man selber in der Ukraine, meinst du nicht?«

»Ja«, sagte Wassile lachend, »so kann man's aushalten«, und schob dem Traktoristen die Wurst zu.

»Wo bekommt man solche Wurst?« fragte der Mann. »Das ist eine feine Sache.« Er roch an einer Wurstscheibe: »Hm, ausgezeichnet!« und biß hinein. »Gut – im Basar gekauft?«

»Nein, Genosse, machen wir selbst – auf unserer Farm.«

»Farm? Wirklich? Na, siehst du, alles geht, wenn man nur will. Jahrelang haben sie sich herumgequält mit diesen Farmen. Nie ist Vernünftiges dabei herausgekommen. Und jetzt machen sie solche Wurst. Ah!« Wieder biß er ein Stück von der Scheibe ab. »Nicht einmal Nikolai hat besser gegessen. Und auch auf keinem besseren Pferd hat er gesessen als du, Brüderchen. Wie heißt du eigentlich?«

»Wassile.«

»Wassile, gut. Ich heiße Grischa –.«

Gerade als der Chef der Traktorenstation zur Sache kommen wollte, trat ein schlanker junger Mann ins Zimmer. Obwohl er geradezu zerlumpt aussah, war ihm eine gewisse Eleganz nicht abzusprechen.

»Das ist Wolodja, mein *zamestitel*«, sagte der Tscherkesse, »und das ist mein Freund Wassja.« Die Männer reichten einander die Hand. »Hier, Wolodja, ich habe schon gefrühstückt, nimm meinen Stuhl.« Er setzte sich aufs Bett. »Wassja hat eine Wurst mitgebracht, die erzeugen sie auf ihrem Gutshof. Doch trink zuerst einen Schluck.«

Wolodjas Stirn glättete sich. »Woditschka«, sagte er zärtlich und nahm den vollen Becher, »du hast einen braven Freund, Grischa. – Gesundheit, Wassja!« Er trank genießerisch aus und griff nach Brot und Wurst. Plötzlich hielt er im Essen inne und betrachtete das Stück, das er in der Hand hielt. »Das bedeutet Leben«, sagte er, »Wodka und Wurst.« Er musterte Wassile von Kopf bis Fuß, sein

Blick blieb an den Stiefeln haften. »Du bist«, fragte er, »wohl der Leiter der Farm? Sicherlich Mitglied der Partei? Mich haben sie für ein Jahr ausgeschlossen – noch fünf Monate.«

»Da siehst du, Wassja«, sagte Grischa, »die vielen Weiber –. Trotzdem ist er ein guter Junge.«

»Ich bin«, sagte Wassile unbeirrt, »nicht der Leiter der Farm, ich bin *starsche konijuch*. Auch Mitglied der Partei bin ich nicht.«

Das Mißtrauen Wolodjas war unverhohlen. »Nicht der Leiter der Farm, nicht Mitglied der Partei und trägst solche Stiefel, spendierst Wurst und Wodka – hast wohl alles im Basar gekauft? Von hundertsiebenundachtzig Rubel im Monat –.«

»Der Wodka ist im Basar gekauft, aber als er noch billiger war. Die Wurst erzeugen wir selbst – auch für unsere Arbeiter. Und die Stiefel, Genosse, habe ich gestern gekauft. Im Promtorg zusammen mit drei Paar Socken, zwei Hemden und dieser Mütze. Alles zusammen hat siebenundachtzig Rubel gekostet.«

»Und du bist ein Stallmeister? Schönes Märchen.«

»Es gibt«, sagte Grischa, »Stallmeister und Stallmeister, Wolodja. Du weißt noch nicht alles.«

»Ich weiß genug, Grischa – zuviel weiß ich«, sagte Wolodja giftig.

»Dann behalt es für dich und beleidige nicht ehrliche Menschen. Wenn Wassja das erzählt, wird es schon stimmen.«

»Man redet viel, wenn der Tag lang ist, und wenn man Ärger hat, kommt es eben so heraus«, lenkte Wolodja ein. Er sah Wassile schalkhaft an: »Viel Ärger hat man, Wassja, wenn du wüßtest –.«

»Ärger gibt es überall und immer, nichts geht so glatt, wie man möchte«, sagte Wassile bedächtig.

»Ja, das stimmt. Und der eigene Ärger reicht völlig, man soll sich nicht auch noch fremden aufladen.« Und zu seinem Chef sagte er: »Nikiforijuk weiß sich keinen Rat: Sie haben ihm mitgeteilt, in vierzehn Tagen erst gibt es Saatgut. Wie lange solche vierzehn Tage dauern können, weiß jeder. Ist es dann soweit, wollen sie alles auf einmal angebaut haben, der übliche Zimt. Inzwischen können wir auf den Traktoren Balalaika spielen.«

»Angenehm ist das nicht, weder für Nikiforijuk noch für

uns«, sagte Grischa ernst. »Und andere halten alles bereit, nur die Traktoren fehlen ihnen, um ihr bißchen Land umzubrechen.«

»Wer ist ›andere‹?«

»Nun, die auf der Farm, wo Wassja arbeitet.«

»Was können die schon groß haben«, meinte Wolodja wegwerfend.

»Immerhin dreiundachtzig Deßjatinen«, sagte Wassile.

Er kramte Zigaretten aus der Tasche. Als alle drei rauchten, sagte er: »Ich habe Grischa schon von unseren Sorgen erzählt – vielleicht könnt ihr uns helfen.«

»Ach«, sagte Grischa, »eine Kleinigkeit ist das. Nur, Wassja, du mußt bedenken, Lwow liegt nicht in unserem Rayon. Wie heißt eure Farm?«

»Jusefuwka.«

»Einen Moment, ich hole die Karte.«

»Der Ort liegt ca. dreizehn Kilometer südöstlich von Lwow.« Wassile nahm Wolodja die Karte aus der Hand. »Ungefähr hier.« Mit dem Fingernagel bezeichnete er einen Punkt.

»Dein Freund ist der einzige *konijuch* im ganzen Sojus, der eine Karte lesen kann«, kommentierte Wolodja. »Verstehst du, Grischa, zwölf Kilometer südöstlich von Lwow, südöstlich!«

Grischa wußte nichts zu erwidern. Auf seine verhaltene Art sagte Wassile: »Ich habe viereinhalb Jahre bei den Österreichern gedient und bin Unteroffizier geworden. Ohne Kartenlesen geht das nicht.«

»Siehst du, Wolodja«, sagte Grischa freudig, »warum soll es keinen *starsche konijuch* geben, der mehr weiß, als er wissen muß? Wenn er nicht ein tüchtiger Mensch wäre, hätten sie ihn nicht hergeschickt.«

»Weiß ich, ob sie ihn hergeschickt haben?«

»Nun gut – damit Ordnung herrscht und dieser Quengler Ruhe gibt«, suchte Grischa zu vermitteln. »Du hast bestimmt deine *komandirowka,* Wassja. Ein Dokument müssen wir sehen; wir wollen doch einen Vertrag abschließen.«

»*Konjetschno*«, sagte Wassile und brachte Paß, Sprawka, Militärpaß und zum Schluß seinen Sonderausweis zum Vorschein. Die beiden stürzten sich auf die Dokumente.

»Na ja«, gab Wolodja klein bei, »es ist, scheint's, alles in bester Ordnung.«

Grischa zog seinen *zamestitel* am Ärmel. »Laß jetzt gut sein, Wolodja. Wassja ist schon richtig. Am besten, wir machen gleich den Vertrag, dreiundachtzig Deßjatinen.« Er ging zum Schrank und holte ein Formular, das Wolodja ausfüllte. Grischa und Wassile unterschrieben es.

»Fahr gleich los, Wolodja«, sagte Grischa. »Die Richtung kennst du, am besten du fragst noch einmal unterwegs.«

Schon standen sie im Hof. Wolodja war inzwischen auf den Traktor geklettert und fuhr an. Vor dem Tor stoppte er. »He, du, Wassja, gib mir noch ein paar Zigaretten«, schrie er lachend. Wassile reichte ihm die Hälfte seines Vorrats.

»Wir wollen«, sagte Grischa, als Wassile sein Pferd aus dem Stall holte, »bei Nikiforijuk vorbeischauen. Es ist gut, wenn er dich sieht, und – du mußte ihm nicht sagen, wo euer Gut liegt. Daß es nicht zu unserem Rayon gehört, braucht er nicht zu wissen.«

»Komm, Golodnej«, sagte Wassile und führte das Pferd am Zügel. Reiten wollte er nicht, während Grischa zu Fuß neben ihm herging.

»Warum heißt er Golodnej – ›der Hungrige‹?« fragte der Tscherkesse. »Ein komischer Name.«

»Als wir ihn vom Pferdespital kauften, war er total heruntergekommen und hatte immer Hunger. Soviel man ihm auch aufschüttete, er fraß alles, und noch immer war er hungrig. Und darum heißt er ›der Hungrige‹«, schloß Wassile.

»Genau wie die Menschen, Bruder«, sagte Grischa. »Ja, der Hunger! Von euch hier hat keiner eine Ahnung, was Hunger heißt! Wenn du sie gesehen hättest, halb gestorben, mit geschwollenen Bäuchen, zu Tausenden und Abertausenden. Sie haben sich geweigert, in die Kolchose zu gehen, die Bauern. Ja Bruder – ist der Bauer zufrieden und gesund, dann ist es auch der Staat. Endlich hat die Partei das begriffen. Der Bauer, auf ihn muß man sich verlassen können, denn auch den Krieg führt der Bauer. Der beste Soldat, wer die Heimat, den Boden zu verteidigen hat.«

»Krieg?« fragte Wassile. »Gegen wen sollen wir Krieg führen?«

»Du bist noch nicht lange Sowjetbürger, Wassja. Du verstehst das nicht. Du arbeitest auf deinem Hof, hältst dein Zeug in Ordnung. Das andere wirst du noch lernen und auch verstehen. Alle führen Krieg gegen uns, alle. Wir, Bruder, wollen keinen Krieg, wir können keinen gebrauchen. Doch er kommt, er muß kommen, und dann werden wir sehen!«

Das große schmiedeeiserne Tor hing schief in den Angeln. Kahle Bäume säumten die schmutzige Straße. Vor der Anfahrt lag Gerümpel. Verfaulte Bretter, Kisten ohne Deckel und Boden versperrten den Aufgang zur Treppe. An Fenstern und Türen waren die schmutzigen Glasscheiben zerbrochen, viele fehlten. »Hier kann man nicht rein«, sagte Grischa. Sie gingen um das weitläufige einstöckige Gebäude herum. Nirgends war ein Mensch zu sehen, kein Hund schlug an. »Da«, sagte Grischa, »binde dein Pferd an diesen Baum. Wir wollen nachsehen, wo Timofej Porfyrowitsch steckt.«

Schließlich spürten sie den Direktor der Kolchose auf. Er saß hinter einem vergoldeten Louis-Seize-Damenschreibtisch auf einem ungestrichenen Küchenstuhl und kaute an einem Federhalter. So mit sich selbst beschäftigt war er, daß er ihren Gruß nur mit einem Murmeln quittierte. Grischa ging auf ihn zu, nahm ihm den Federhalter aus der Hand und sagte: »Was mühst du dich mit der Schreiberei ab! Fahr nach Stanislawa, du mußt deine Sache selbst vertreten. Wenn du nicht mit der Faust auf den Tisch haust, wirst du nichts erreichen.« Der Direktor der unter dem Namen ›*Pobeda*‹ – ›Sieg‹ registrierten Kollektivwirtschaft schob sich die Mütze noch tiefer ins Genick und musterte aus hellbraunen Kinderaugen den Traktoristen.

»Du hast recht, Grigorij Michailowitsch, schreiben nützt nichts. Was soll ich denn verlangen? Saatgut? Und wenn ich das hätte? Mit wem, frag ich, mit wem soll ich die Aussaat besorgen? Nichts hab ich und niemanden, keinen Menschen. Alle fort, in die Stadt oder über die Grenze. Sie haben Angst vor der Kolchose, sie gehn lieber als Schwarzarbeiter oder hinüber« – und als ob er Wassile erst jetzt erblickte –, »wer ist dieser Genosse?«

»Das ist«, sagte Grischa, »mein Freund Wassja. Auf einem Gut, einer Farm arbeitet er, nicht weit von hier. Er hat einen Traktor gemietet. Wolodja ist schon fort. Nur für zwei oder drei Tage – die haben wenig.«

»Traktor – Wolodja ist schon fort«, wiederholte der Direktor. Dann schwieg er, blickte Wassile an und wieder Grischa. »Das heißt also, daß man arbeitet, daß man pflügt und – das willst du doch sagen, Grigorij Michailowitsch?«

»Sie arbeiten, und wie sie arbeiten! Aber wart einmal, koste – diese Wurst machen sie.« Aus der Tasche zog er den Rest der Wurst und reichte ihn dem Direktor. »Vorher aber trink einen Schluck.« Er schraubte die Feldflasche auf: »Hier!«

Der pausbackige Natschalnik roch an der Flasche, hob sie gegen seine Gäste und trank. Als er sie absetzte, war sie dem Geräusch nach fast leer. »Kommt, bitte, beide mit! Im Club sind Stühle«, sagte er schluckend, und zu Wassile: »Du mußt mir ein paar Fragen beantworten.«

»Bitte«, sagte Wassile. Aus der Tasche seiner Wolljacke zog er eine riesige Nickeluhr, ein Geschenk von Antek: »Es geht auf elf, ich bin in Eile.«

Im Club gab es ein Podium mit einem Tisch und drei Sesseln. Dorthin steuerte der Natschalnik seine Gäste. »So«, sagte er, als sie saßen, »jetzt können wir reden.«

»Ich muß sie nochmals bitten«, ermahnte ihn Wassile, »sich kurz zu fassen. Die viele Arbeit und ...«

»Das gehört dazu«, schnitt ihm der Natschalnik das Wort ab. »In einem landwirtschaftlichen Betrieb arbeiten Sie also, wie Grigorij Michailowitsch gesagt hat. Was für eine Organisation ist das? Wozu braucht sie einen Traktor und wieso erzeugen Sie Wurst? In wessen Auftrag?«

Stirnrunzelnd sah der Traktorist den Direktor an und sagte zu Wassile: »Du kannst ihm ruhig Auskunft geben, er ist nicht so schrecklich, wie er sich macht.«

»Gern«, sagte Wassile. Dann berichtete er von der Farm, gerade soviel, wie er für richtig hielt. Gespannt hörten ihm die beiden zu. Als er geendet hatte, fragte der Direktor den Traktoristen: »Du verstehst das, Grigorij Michailowitsch?«

»Was ist da zu verstehen?«

»Ich will abwarten, was Wolodja erzählt, oder – ich danke Ihnen, Genosse«, sagte er zu Wassile.

»Do swidanija.« Wassile reichte Grischa die Hand.

»Ich gehe mit dir, Wassja.« Grischa griff nach der Feldflasche, doch der Direktor war rascher. Er umklammerte sie und trank den Rest aus.

Wassile prüfte Gurt, Bügelriemen und Satteltaschen. Nach einem letzten Blick auf das verkommene Haus und den riesigen leeren Hof wandte er sich Grischa zu, der dem Pferd die Stirn kraulte. »Alles Gute, Grischa!«

»Alles Gute, Wassja. Solche wie dich brauchen wir.«

Erst als er den Weg erreicht hatte, der zum Wald führte, hielt Wassile sein Pferd an und blickte noch einmal zurück auf das Haus. Zwei Menschen in zweiundzwanzig Zimmern, hatte der Natschalnik gesagt. Haß, Hohn und Genugtuung klangen aus den Worten. Was hättest du, Natschalnik, für ein Gesicht gemacht, wäre dir gesagt worden, daß ich als Gast der einstigen Besitzer, als ihresgleichen in diesen Zimmern gegessen, getrunken, geschlafen habe? Daß ich in dem großen Salon, wo früher die Bilder der Ahnen und der Helden ihrer Nation hingen, getanzt habe mit eleganten und verführerischen Frauen? Würdest du, Grischa, braver Tscherkesse, dann auch noch sagen: Solche wie dich brauchen wir?

XII

Doktor Feuerberg wird helfen

»Genosse Chomiuk«, sagte Saposchnik, »ich werde nicht mitkommen können – Parteisitzung. An Doktor Feuerberg habe ich einen Brief geschrieben, den werden Sie ihm geben. Meine Bitte werden Sie ihm vortragen. Ihnen gelingt ja rein alles.«

»Gern, Genosse Saposchnik – ich fahre gleich hin.«

»Ich hole Lawrenenko, Sie setzen uns dann ab.«

Eine halbe Stunde später hielt der Wagen vor dem Spital. Das Tor war geschlossen. Schon um vier Uhr sei Doktor Feuerberg gegangen. Ganz in der Nähe wohne er. Die zweite Gasse rechts, das dritte Haus auf der linken Seite. Ein Häuschen mit einem Garten, keine Nummer, auch kein Schild, nichts.

Wassile klopfte. Es dauerte ein Weilchen, bis er Schritte hörte. Die Tür öffnete sich zu einem Spalt. Ein schlanker, magerer Mann wurde sichtbar. Vierzig Jahre mochte er alt sein. »Guten Abend«, sagte Wassile freundlich, »wohnt hier Doktor Feuerberg?« Er hatte sich Mühe gegeben, Polnisch zu sprechen. Der Magere lächelte, und das veränderte sein ernstes hageres Gesicht.

»Ich bin Doktor Feuerberg«, sagte er.

»Dann ist dieser Brief für Sie.«

»Sie sind wohl kein Pole?« fragte der Arzt und nahm zögernd den Brief entgegen. Er schien unentschlossen. Dann sagte er auf russisch: »Kommen Sie bitte herein« und öffnete die Tür. Wassile lachte: »Sie sind aber auch kein Russe.«

»Nicht wahr, das merkt man gleich.« Sie lachten beide. Wassile stellte seine Peitsche in die Ecke und hängte seine Mütze an den Kleiderrechen neben dem Spiegel, wo bereits ein blauer Damenmantel hing. Inzwischen hatte der Doktor eine Tür geöffnet. »Bitte, treten Sie ein!«

»Wir können«, sagte Wassile, als er im Zimmer stand, »auch Deutsch sprechen, Herr Doktor.«

»Es gibt keine Herren mehr, Herr – wie war Ihr Name, bitte?« sagte Feuerberg auf deutsch mit einem weichen polnischen Akzent.

»Wassile, ohne Herr, Herr Doktor. Ich bin, wie Sie sehen, ein Kutscher.«

»Kutscher? Ich wollte, auch ich wäre es, Wassile. Ein gesunder Beruf ist das.« Noch immer hielt er den Brief in der Hand und betrachtete die Adresse. »Die Adresse kann ich lesen, sogar schreiben könnte ich sie. Ich habe schon einige Übung im Schreiben meines Namens. Wenn Sie mir vielleicht mitteilen könnten, was in dem Brief steht – ungefähr wenigstens.«

»Ich kann es – im wesentlichen, wie gesagt.«

»Das wäre wunderbar. Dann brauche ich nämlich nicht meine Frau zu wecken. Gerade hat sie sich hingelegt, vor einer Stunde ist sie von der Arbeit gekommen. Meine Frau kann Russisch – ja, *sie* kann.«

Wassile informierte den Doktor über den mutmaßlichen Inhalt des Schreibens. »Sie sollten sich der armen Frau annehmen, Doktor Feuerberg«, schloß er.

»Aha!« Der Arzt zog die Augen bis auf zwei schmale Spalte zusammen, kleine Fältchen bildeten sich. Gleich darauf öffnete er sie ganz weit, und die Fältchen verschwanden. Es war schwer zu sagen, welches eigentlich das Gesicht des Arztes war – das faltige, verächtliche oder das glatte, im Lauschen angespannte. »Aha!« sagte der Doktor Feuerberg: »Na ja! Ich werde wohl mit Ihnen fahren müssen, Kutscher Wassile, obwohl ich es nicht sollte. Ist es nicht unehrlich und verlogen, wenn ich Sie begleite, diese Genossin – wie heißt sie? – Saposchnik untersuche? Wenn ich mich als Arzt aufspiele und vorgebe, dies alles hätte einen Sinn? Ich muß es tun, Sie wissen schon, ich muß lügen und betrügen, weil man's von mir verlangt. – Können Sie Russisch lesen?«

»Es geht.«

»Dann übersetzen Sie mir den Brief. Ich muß genau wissen, was drinsteht. Ihr Direktor ist Parteimitglied?«

Wassile nickte.

»Dann hat er wahrscheinlich auch eine Empfehlung von einem Ober ...«

»Hat er«, sagte Wassile.

Der Doktor riß den Umschlag auf. »Es ist immer dasselbe. Sie glauben, daß sie einem Angst machen müssen. Als ob ein Arzt nicht glücklich wäre, wenn er helfen kann! Bitte, lesen Sie, Sie sonderbarer Kutscher.«

Wassile las und übersetzte Wort für Wort. Das Gesicht des Doktors veränderte sich, und bei der Erwähnung der Empfehlung eines höchsten Vorgesetzten lächelte er. Er stand auf und ging, die langen kräftigen Finger schlenkernd, im Zimmer auf und ab. »Ich weiß, was wir tun. Zuerst werden wir zum Spital fahren, vielleicht kann ich ein Bett frei machen – eine Patientin ist nämlich gerade gestorben, ein siebzehnjähriges Mädchen.«

»Sie wollen Frau Saposchnik aufnehmen?«

»Das ist das einzige, was ich für sie tun kann. Ihr das Sterben erleichtern, ihr und ihrer Umgebung. Fahren wir, Wassile.«

Eine halbe Stunde dauerte es, bis Doktor Feuerberg, einen Zettel schwenkend, sich wieder in den Wagen setzte. »Es war ein harter Kampf«, sagte er, »*otschered* – der Reihe nach – Sie wissen schon.« Als sie kurz darauf vor seinem Häuschen anhielten, stieg er aus, blieb aber stehen, um verwundert den Wagen zu betrachten. »Eine vornehme Kutsche«, sagte er. »Es fährt sich angenehm, und alles so sauber und gepflegt. Sie sind ein guter Kutscher, Wassile. – Vielleicht sollten wir meine Frau mitnehmen, das würde ihr guttun, ein bißchen frische Luft, meinen Sie nicht auch?«

Als sie eintraten, tönte ihnen Gesang entgegen. »Meine Frau«, sagte der Doktor. »Sie hat gut geschlafen – sie singt.« Leicht klopfte er an eine Tür und wartete mit sichtlicher Spannung auf die Aufforderung einzutreten. Der Gesang brach ab. »Jeanne, *écoute*« – der Doktor sprach Französisch –, »wir haben Gelegenheit, eine wunderbare Spazierfahrt zu machen. In einem eleganten Wagen mit herrlichen Pferden und einem einmaligen Kutscher – *vraiment unique*.« Die Männer gingen zurück in das Zimmer, wo sie vorher gesessen hatten, um zu warten. Nicht lange, und Jeanne erschien.

Wassile saß in einem Winkel, von der sich öffnenden Tür verdeckt. Die Frau, die auf den Mann zuging, konnte ihn nicht wahrnehmen. Er jedoch sah sie. Nur von hinten allerdings, nur die schlanken Beine in den gestopften Seidenstrümpfen, die schmalen Füße in ausgetretenen Schuhen. Er sah den bis knapp über die Kniekehlen reichenden grünlichen Rock, die dicke hellbraune Strickjacke und darüber das Hinterhaupt mit dem nach russischer Art kurzgeschnittenen Haar. Die singende Stimme hörte er und wußte, daß sie es war: Janina.

»Jeanne«, begann der Doktor, »ich fahre zu einer Patientin. Es wäre schön, wenn du mitfahren könntest. Hier« – er deutete auf den Kutscher – »das ist Wassile, er hat einen Wagen.«

Langsam drehte die Frau sich um. »Ah!« – Wassile, der sich inzwischen erhoben hatte, trat einen Schritt vor und verbeugte sich – *»Wy Russkij?«*

»Njet«, sagte Wassile und sah ihr voll ins Gesicht. Es war Janina, kein Zweifel. Auch wenn ihre Züge kaum mehr an die strahlende Madonnenglorie erinnerten, zu der die Miniatur an Anatols Halskettchen sie verklärt hatte. Vergeblich hielt er nach jenen Merkmalen Ausschau, denen Radus verliebte Ergüsse galten. So wie er sie prüfend angesehen hatte, ohne daß es sie gestört hätte – sie mochte es gewohnt sein, daß man sie länger und gründlicher betrachtete als andere Frauen –, musterte sie ihn nun auf selbstverständliche Weise. »Ich bin erfreut, Ihre Bekanntschaft zu machen, Wassile.«

Sie hatte Russisch gesprochen. Wassile ergriff ihre Hand, um die Andeutung eines Kusses darauf zu hauchen und sagte: »Es ist mir eine große Ehre.«

Nicht ohne Verwunderung hatte Doktor Feuerberg das Begrüßungszeremoniell der beiden verfolgt. *»Mais oui –«*, war alles, was er sagte.

»Du wirst deine Tasche brauchen, ich bringe sie dir«, sagte Jeanne.

»Danke, *chérie*«, gab Feuerberg zurück. Als sie aus dem Zimmer war, meinte er zu Wassile: »Sie sprechen doch hoffentlich nicht auch Französisch, Kutscher Wassile?«

»Ich muß Sie enttäuschen, Doktor.«

»Das habe ich mir gedacht.«

»Seit ewigen Zeiten treibe ich mich in Europa herum. Bald hier, bald da. In meinem Beruf kommt man mit vielerlei Menschen zusammen.«

»Und der ist, Wassile?«

»Pferde, immer Pferde, Doktor. Nur Pferde.«

»Kutscher, immer Kutscher? Das ist aber schon lange nicht mehr modern.«

»Nein, Doktor. Reiter, immer Reiter. Vollblut, wenn Sie den Unterschied kennen. Galopp und Springen. Ich bin Reiter, Trainer und Stallmann gewesen, mehr als zwanzig Jahre, in verschiedenen Ländern, daher ...«

»Aha – na ja! Nichts für ungut, Wassile.«

Jeanne kam mit der Tasche zurück. Während der Doktor die Instrumente einpackte, sagte er: »Unser Wassile, er versteht übrigens auch Französisch – ist ein großer Pferdemann gewesen. Ganz Europa kennt er – und immer bei Pferden, *tu écoutes,* Jeanne?«

»*Et alors* – sind nicht auch wir in Europa herumgekommen und leben jetzt hier? Schicksal, mein Lieber. Wer verliert darüber noch Worte. – Wie lange wird die Fahrt dauern?« wandte sie sich wieder Wassile zu.

»Ich denke, Sie werden in zwei Stunden zurück sein. Es sei denn, die Untersuchung zieht sich in die Länge.«

»Immerhin zwei Stunden. – Du solltest essen, bevor wir fahren, Léon.«

»Essen, meinst du, sollte ich? Und du, *chérie?* Und Freund Wassile?«

»Natürlich«, sagte Jeanne, »ich mache uns rasch einen Imbiß zurecht.«

»Da ist«, Wassile räusperte sich, »da ist noch ein Auftrag, den ich beinahe vergessen hätte.« Er lief zum Wagen und brachte ein Paket. »Wir erzeugen diese Sachen auf unserer Farm.«

Der Doktor schüttelte den Kopf. »Aha – na ja! Kurz gesagt, Sie bestechen mich.«

»Bestechen? Nein, davon kann keine Rede sein. Eine ganz offizielle Gabe ist das, ordnungsgemäß verbucht, wenn Sie dieser Hinweis beruhigt. Den Auftrag hat der Genosse Saposchnik der Farm schriftlich erteilt; er hat alles bezahlt und trägt die Verantwortung. Das Paket betrachtet er, hm, als Honorar. Es sollte Sie nicht stören, Doktor.«

»Soso, das geht auf sein Konto – dann ist ja alles in Ordnung.« Achselzuckend legte Feuerberg das Gabenpaket auf einen Stuhl. Jeanne nahm es und verschwand damit.

Nach kurzer Zeit hörte man sie singen: »Zu Tisch! Freunde, zu Tisch, zu Tisch, zu Tisch!«

»Das ist ausnahmsweise keine eigene Komposition«, spottete der Doktor.

»Meyerbeer«, sagte Wassile gedankenlos.

»Ja, ›Die Hugenotten‹. Was man so alles bei den Pferden lernt!«

»Warum nicht? Haben Sie etwa nur Medizin studiert?«

Das Zimmer, in dem sie saßen, enthielt nichts außer einem Tisch, vier verschiedenen Stühlen und einem großen dreitürigen Schrank. Von dem »Honorar des höchst ehrenwerten Natschalniks« hatte Jeanne *›ham and eggs‹* zubereitet. Auf einem Teller lagen Butter und Käse, in einer abgestoßenen Steingutkanne zog der Tee.

»Das ist geradezu fürstlich«, sagte der Doktor. »Richtiger Schinken, richtige Eier. Sogar Butter, wenn ich meinen Augen trauen darf.«

»Ja, das gibt es, wie du siehst«, sagte Jeanne.

»Und die Patienten – keine Butter, kaum Milch. Schämen sollten wir uns, hier zu schlemmen.«

»Iß und werde nicht melancholisch«, sagte Jeanne und schob ihm ein Butterbrot zu. »Du wenigstens mußt am Leben bleiben, sonst haben die Kranken nicht einmal einen Arzt. Übrigens, bei den Liebesgaben lag ein Zettel.«

»Ja«, sagte Wassile verlegen, »der Empfang muß bestätigt werden. Für die Buchhaltung.«

»Ist das nicht ...?« Jeanne runzelte die Stirn.

»Nein, gar nicht gefährlich. Die ›Lieferung‹ erfolgt im Auftrag unseres obersten Chefs, sein Name steht auf der Quittung.«

»Stimmt«, sagte Jeanne und aß weiter. Dabei vergaß sie nicht, dem Doktor immer wieder mundgerechte Bissen zuzuschieben. Statt Zucker gab es zum Tee Konfekt, das leicht nach Petroleum roch.

»Ich lasse das alles so stehen«, sagte Jeanne. »Abwaschen werde ich, wenn wir zurückkommen.«

»Ich helfe dir«, sagte der Doktor.

Es ging schon auf elf, als Wassile in die Chaussee einbog, die nach Jusefuwka führte. Die braven Braunen legten sich ins Geschirr, sie wollten an die Krippe. Der Mann, der die Zügel hielt, ließ sie laufen. Er war müde, unendlich müde. Ein schwerer Tag war das gewesen. Seit vier Uhr morgens auf den Beinen; der lange Ritt, die hastige Arbeit im Stall und dann gleich wieder auf den Bock –. Da kamen schon die Häuser von Jusefuwka in Sicht. In der Wurstfabrik wurde gearbeitet, im Häuschen gegenüber, wo Wassile wohnte, brannte noch Licht. Sicherlich wartete Antek auf ihn. Aus der Kantine tönte Gesang herüber. Das Büro war gleichfalls beleuchtet. Dort saß Mira noch über den Kontobüchern. Er war gerade beim Abschirren, als Metro, einer der Kutscher, ein altes Jagdgewehr über der Schulter, in den Stall trat. Er lehnte die Schußwaffe an die Wand, zog seinen wollenen Serdak oder Bauernmantel aus und übernahm wortlos Wassiles Arbeit. »Danke, Metro, ich bin wirklich müde. Schwerer Tag –.«

»Wann nicht?« Der junge Bauer hängte die Geschirre an ihre Haken und rieb die Pferde trocken.

Wie es seiner Gewohnheit entsprach, ließ Wassile den Blick die Stände entlangwandern. »Wo sind die beiden Schimmel?« fragte er.

»Iwan ist mit dem Direktor in die Stadt gefahren«, sagte Metro.

»Nach Feierabend gibt es kein Gespann. – Gute Nacht, Metro. Nochmals Dank für die Hilfe.«

»Nichts zu danken. Gute Nacht, Wassile.«

Auf der Straße wartete Mira. »Ich habe deine Stimme gehört«, sagte sie.

»Ja, Mira.« Sie nahm seine Hand und tat so, als schmiegte sie sich an ihn. So gingen sie langsam weiter. »Ich bin müde wie der Hund eines Bettlers«, sagte Wassile.

»Armer Wassile – mußt du dich wirklich so abschuften?«

»Aber jetzt werde ich schlafen – wie ein Stein.« Sie standen vor dem Haus, in dem Mira wohnte.

»Gute Nacht, Mira.« Er legte seine Wange an die ihre. »Ich weiß nicht, wie ich nach Hause komme«, lachte er, »so müde bin ich.«

»Und ich wollte dich bitten, auf einen Sprung hereinzuschauen. Ich habe mit dir zu reden. Es ist wichtig!«

Aus ihrer Stimme hatte Besorgnis geklungen. »Was ist los, Mira?«

»Mermelstein«, sagte sie. »Freddy hat er sich aufs Korn genommen. Jetzt fahren sie Mist für die Frühbeete, Tadek und Freddy. Antek hat in der Wurstfabrik Ware übernommen und eingeteilt, anschließend wollte er in die Stadt.« Gegen ihre Gewohnheit schweifte sie ab, als widerstrebte es ihr, den Kern der Sache bloßzulegen.

»Was will er von Freddy?« fragte Wassile.

»Er hat«, Mira stockte, »Freddy beschimpft und bedroht. Soviel Unflat, o Gott! Freddy hat es kaum verstanden – was er mir erzählt hat, genügt. Die ganze Blase werde er hochgehen lassen, diese Hurengesellschaft. Die ›rote Hur‹ vor allem – damit meint er mich, Wassile.«

»Mach dir nichts draus, Mira«, versuchte Wassile sie zu beruhigen.

»Man muß sich hüten, ihn zu unterschätzen, Wassile. Es ist nicht nur sein böses Maul – wie soll ich dir das erklären? Ich habe jedenfalls erfahren, daß er bei Kornhaber und Meerblum Schulden hat, Schulden – erpreßt hat er sie. Um Tausende geht es, Wassile.«

»Laß mich darüber nachdenken, Mira –. Reden wir morgen darüber – ja?« Er drückte ihr die Hand.

»Ich begleite dich ein Stück, Wassile. Ich muß sowieso noch einmal in die Wurstfabrik«, setzte sie rasch hinzu. Schweigend gingen sie bis zu dem Häuschen, in dem Wassile untergekommen war. »Schlaf gut und ...« Sie sprach den Satz nicht zu Ende und überquerte die Straße.

Ohne sich noch einmal umzudrehen, ging Wassile ins Haus und legte sich schlafen.

Zur gewohnten Stunde erwachte er. Heute sollte die Arbeit mit dem Traktor beginnen. Schlaftrunken und benommen ging er in die Küche, wo Antek und Tadek schon beim Frühstück saßen.

»Iß jetzt ordentlich«, sagte Antek und schob ihm die Pfanne mit dem gebratenen Speck zu. Schweigend aßen sie. Wenig später standen sie auf der nebligen Straße. Mit den Augen suchte Tadek den Morgendunst zu durchdringen. Plötzlich steckte er zwei Finger in den Mund und stieß einen gellenden Pfiff aus. Fragend blickte Wassile auf Antek.

»Zuneigung, Liebe – nenn's, wie du willst. Wahrscheinlich hat Tadek seinen Freund Freddy ausgemacht.« Antek blickte suchend umher. Da sagte Tadek bereits: *»Do widzenia«* und setzte sich in Trab. Die Schaufel geschultert, war Freddy stehengeblieben und ließ Tadek herankommen. Sie begrüßten einander und bogen in einen Pfad, der den Weg zur Gärtnerei abkürzte.

»Die kommen, scheint's, gut miteinander aus«, sagte Wassile.

»Tadek hat mich gerade in sein Notprogramm eingeweiht. ›Wenn dieser Mermelstein den Freddy nicht in Ruhe läßt‹, sagt er, ›wird er kaltgemacht!‹ Er hat sich das schon zurechtgelegt. Mit der Spitzhacke eins über den Kopf und ab in die Grube, die sie für irgend etwas ausgehoben haben. Kein Hahn werde nach ihm krähen, und fehlen werde er auch niemandem, der Mermelstein.«

»Das sagt er hoffentlich nur so«, meinte Wassile.

Antek lächelte. Wassile kannte dieses Lächeln allzu gut.

»Ich hab mir hin und her überlegt, ob ich's dir sagen soll, Wassile. Es ist besser, du weißt es. Du kannst dann vorsichtiger sein.« Er räusperte sich, fühlte sich sichtlich nicht wohl in seiner Haut: »Ich hab's von dem Weibsstück, mit dem der Rudnicki zusammengelebt hat. Die alte Vettel weiß, daß du ihrem Liebsten bei seinem Krach mit Saposchnik den Arm gebrochen hast. Schuld bist du auch, daß er im Gefängnis gelandet ist, sagen sie. Wahrscheinlich hat sie's von Mermelstein. Jetzt liegt die ganze Zunft auf der Lauer nach dir.«

»Zunft? Was für eine Zunft?«

»Stell dich nicht so, Wassile! Seit mehr als vierzig Jahren betätigt Rudnicki sich als Kuppler –.«

»Das gibt es auch jetzt noch?«

»Alles gibt es. Wohin sollen sie denn verschwunden sein, die Dirnen und Zuhälter?«

»Aber sag, warum erzählst du gerade mir das alles?« sagte Wassile.

»Einen Augenblick, Wassile, da ist noch mehr. Während Mermelstein sich mit einem der Fräuleins vergnügt, fährt Rudnicki Kunden zu den anderen. Und weißt du, wie? Mit der Equipage des Werks.«

»Schwer zu glauben, daß er das wagt.«

Antek tippte sich an die Stirn. »Bist du wirklich so naiv? Was bietet denn mehr Sicherheit als so ein Gespann! Wer anderes kann drinsitzen als ein großer Natschalnik. Der Rudnicki hat seine Stammkunden, die vertrauen ihm. Seit Jahren schon bedient er sie. Leute mit Geld.«

»Du hast davon gewußt, Antek?«

»Bist du verrückt? Gestern nachmittag hab ich's erfahren. Sie suchen dich, Wassile, und wenn sie dich erwischen ...«

»Dann geht's ihnen wie Rudnicki. Ich werde mit mehr als einem von ihnen fertig«, sagte Wassile. »Wichtiger ist, was spielt Mermelstein für eine Rolle?«

»Vorderhand ist er der Natschalnik, der seine dunklen Geschäfte macht und das Geld bei den Weibern läßt. Außerdem bezahlt er den Schnaps und bringt was Gutes zum Fressen mit. Ohne Rudnicki zählt er nicht viel, ohne das Gespann, mein ich. Wenn mich nicht alles täuscht, werden sie Mermelstein als Lockvogel benutzen. Der wird dich ihnen in die Hände liefern, ohne daß er es vielleicht selber will oder weiß. Und dann ...«

»Und dann?«

»Wassile«, erhitzte sich Antek, »wenn sie hinter dir her sind, dann hilft kein Boxen und auch kein Jiu-Jitsu. Die nehmen das Messer oder den Revolver und – machen dich hin, Wassile!«

»Dann«, sagte Wassile ruhig, »bin ich eben hin.« Er lächelte. »Ist das nicht egal?«

»Die Frage ist, wem? Dir vielleicht – mir nicht!«

»Na, na, Antek, beruhige dich. Ich nehme mich schon in acht, aber um eines bitte ich dich: Du mußt Tadek unbedingt klar machen – keine Gewalt, kein böses Wort! Nur genau merken soll er sich, was für Schimpfworte Mermelstein gebraucht, und nichts antworten, gar nichts. Auch Freddy. Ruhig weiterarbeiten und ihn bellen lassen, soviel er will. Erledigen werden wir ihn, ohne daß er merkt, woher es kommt. Wir müssen gescheiter sein als er. Wichtig ist, daß du dich umhörst. Wieso hat Rudnickis Freundin dir das alles anvertraut, Antek?«

»Das«, sagte Antek leise, »wirst du kaum verstehn, Wassile. Für sie gehöre ich zur Zunft. Sie kennt mich noch von damals und sagt sich: Wer mal bei der Zunft ist, der bleibt dabei. Und« – es kam langsam und stockend – »wenn du es nicht wärst, Wassile ...«

»Ich danke dir, Antek, sehr –.«

»Hör auf mit der Dankbarkeit, du hast doch ...« Er konnte den Satz nicht zu Ende bringen. Wolodja hüpfte laut singend in den Hof. Über die Deichsel eines Wagens sprang er Wassile direkt in die Arme.

»Gruß, *starsche konijuch*.« Er hielt ihn umarmt und klopfte ihm auf den Rücken. »Ein Prachtkerl bist du, eure Farm ist das Paradies. Wer ist denn der Genosse, mit dem du sprichst – der Direktor vielleicht?«

»Nein, Wolodja, das ist der starsche ogrodnik.«

»Wunderbar!« Er streckte Antek die Hand entgegen. »In der Mittagspause will ich mir die Gärtnerei ansehen, ja?«

»Da«, brummte Antek und lächelte dazu sein gewohntes Lächeln. Dann sagte er: *»Rabota* – Arbeit«, tippte an seine Mütze und ging davon.

»Wo sind die Leute, die mit mir gehen? Ist alles eingeteilt? Wo ist der Direktor – geht er mit aufs Feld?«

»Mach du nur deinen Traktor fertig.«

»Alles fertig, Wassja. Der hat, was er braucht, ich auch. Bei euch kann man's aushalten, da wird's einem nicht zuviel.«

»Freut mich, daß es dir gefällt. Einen Moment, ich schau nur, wo Iwan bleibt. Er kennt die Schläge.« Wassile ging in den Stall. Die Schimmel, mit denen Iwan fuhr, lagen auf der Spreu, müde und schmutzig. Und dabei sollten sie heute die Anfuhr des Saatguts besorgen. Wassile fühlte Wut in sich aufsteigen. Er eilte aus dem Pferdestall, an Wolodja vorbei, über den Hof, in den Kuhstall. Die Melkerinnen waren schon bei der Arbeit. Als Kornhaber den Besucher erkannte, ging er ihm durch die Stallgasse entgegen. »Guten Morgen, Kornhaber«, sagte Wassile, »wo ist denn die Paraska?«

»Da kommt sie gerade«, der kleine Mann mit den verschreckten Augen zeigte auf eine Frau um die Dreißig, die mit dem vollen Melkeimer näher kam.

»Wo ist Iwan?« fragte Wassile kurzangebunden.

Die Frau stellte den Melkeimer auf den Boden und zupfte ihr Kopftuch zurecht. »Iwan schläft«, sagte sie, nahm den Eimer auf und wollte an Wassile vorbei weitergehen.

»Ich möchte dich um einen Gefallen bitten«, sagte Wassile. Fragend sah sie ihn an. »Iwan muß aufstehen. Er ist der einzige, der sich auskennt. Mir zuliebe, Paraska, weck ihn. So geht das eben mit der Feldarbeit.«

»Feldarbeit, Wassile, Feldarbeit? Was ist Feldarbeit? Die ganze Nacht vor einem Haus stehen, in der Stadt, ist das Feldarbeit? Mit diesem Scheißkerl herumfahren? Der schnarcht jetzt, der Herr Direktor, bis in den Tag hinein –.«

»Hab ich ihn zum Direktor gemacht? Wenn die Arbeit nicht geschafft wird, wer hat die Scherereien? Wir, Paraska, wir alle. Ich bitte dich, weck Iwan. Inzwischen werde ich alles richten – einspannen, aufladen. Nur zu fahren braucht er. Geh, Paraska« – er nahm ihr den Eimer aus der Hand –, »wie gesagt, mir zuliebe.«

»Nur weil du bittest, Wassile.« Sie wollte noch etwas sagen, aber Wassile war bereits verschwunden.

Auf einem umgestülpten Eimer vor dem Pferdestall saß Wolodja und pfiff vor sich hin. »Gleich fertig – mir fehlen zwei Leute.« Wassile stürzte sich in die Arbeit. Die beiden Stuten, mit denen er immer fuhr, waren im Nu gestriegelt und geputzt. Schon hatte er ihnen die Arbeitsgeschirre übergeworfen, tränkte sie an der Pumpe und spannte sie vor den schweren Ackerwagen. »Bald, Wolodja, kommt der Mann. Ich fahre schon los und hole das Saatgut.« Vor dem Magazin hielt er und lud Zentner um Zentner auf den Wagen. Zwischendurch warf er Wagner ein paar Sätze zu. »Später, später, keine Zeit jetzt, Wagner«, wiederholte er. Er fuhr hinaus auf die Straße, wo Iwan schon wartete, verschlafen, fröstelnd. »Ich weiß, Iwan – Wir reden noch darüber. Ich danke dir, daß du aufgestanden bist. Bis Mittag arbeitest du, dann zeigst du Metro, was zu machen ist, und legst dich schlafen.«

»Schon recht, Wassile. Wenn ich schon auf bin, dann arbeit ich auch durch. Sag, du hast lieber deine Pferde eingespannt?«

»Ja, deine sind zu müde. Sie nehme ich dann zum leichten Wagen, wenn ich in die Stadt fahre. So können sie sich noch eine Weile ausruhen.«

»Was haben die gearbeitet, die armen Viecher, über zwanzig Stunden. So eine Schweinerei, Wassile!«

»Das wird sich ändern, verlaß dich drauf. – Wolodja?« schrie er. »Komm, wir sind fertig. – Nimm die beiden Jungen von der Schmiede mit, Iwan, sie wissen Bescheid.«

Wassile ging zurück in den Pferdestall, mistete die Stände aus, striegelte und putzte die beiden Schimmel und wusch sich anschließend an der Pumpe die Hände. Sieben Uhr dreißig. Der Tag hatte kaum begonnen, aber die Müdigkeit zog bereits an seinen Gliedern. Gut, daß soweit alles im Lot war. Sogar eine halbe Stunde Zeit hatte er noch.

Kurz darauf trat Wassile zu Mira ins Büro. »Guten Morgen, Wassile«, sagte Mira von ihrer Arbeit aufblickend. »Spät sind wir dran heute.«

»In der Stadt soll ich erst um neun Uhr sein. Du weißt, ich bringe Saposchniks Frau ins Krankenhaus. Wenn ich da eine halbe Stunde später komme, macht's auch nichts. Bist du soweit?«

»In ein paar Minuten –. Setz dich inzwischen.«

»Was ich dir noch sagen wollte – weil doch sowieso heute Zahltag ist: Bezahl Mermelstein nicht eine Kopeke aus, behalte, was er zu bekommen hat, als Abzahlung auf seine Schulden. Laß ihn überdies eine Quittung unterschreiben für die Ausfahrt gestern. Sieben Stunden, zwei Pferde, Nachttarif, und für den Kutscher Überstunden, auch Nachtarbeit. Rechne das aus bis auf die Kopeke. Das ist das eine. Sprich mit Wagner, Meerblum und Kornhaber und bring ihnen bei, daß sie sich verdächtig und strafbar machen, wenn sie ihm Geld geben. Auf dich werden sie hören. Wenn Mermelstein grob wird, ich meine, hier, im Büro, wenn er auch nur ein lautes Wort spricht, läßt du dich sofort telefonisch mit Saposchnik verbinden. Erzähl ihm, was du willst. Auf jeden Fall muß Mermelstein den Eindruck gewinnen, daß du dich beschwerst. Auch die Melkerinnen sollen sich über Mermelstein beklagen. Wenn er gehörig Angst kriegt, wird er kuschen.«

»Man muß es jedenfalls versuchen, so geht das nicht weiter. Saposchnik wartet nur auf den rechten Augenblick. Trotzdem werd ich den Eindruck nicht los, daß auch er sich vor Mermelstein fürchtet –. Alles Weitere besprechen wir später. Ich bin in zehn Minuten fertig.«

»Inzwischen werde ich einspannen.«

Als sie den Bereich der Siedlung verlassen hatten, stieg Mira zu Wassile auf den Bock. »Wassile, wir müssen weg von hier.«

Wassile blickte geradeaus. In faulem Trab zottelten die Gäule. Nur das Aufschlagen der Eisen war zu hören, auf seinen Gummirädern rollte der Wagen fast lautlos. »Ich höre, Mira«, sagte er, und als es still blieb, »wohin willst du?«

»Über die Grenze – nach Rumänien.«

»Nach Rumänien? Und zu wem? Hast du dort Verwandte oder Freunde?«

Mira lächelte. »Nicht alles hab ich dir erzählt, Wassile. Du weißt nicht, wer wir sind oder waren. Das ist auch nicht wichtig. Haben wir's erst einmal nach drüben geschafft, sind wir alle Sorgen los. Warst du schon in Rumänien, kennst du das Land?«

»Ziemlich gut. Ich habe dort gearbeitet, bei verschiedenen Herren.«

»Kennst du Ilie Rozescu?«

»Ich weiß, daß er schwer reich ist. In Rumänien ist das kein Geheimnis.«

»Genügt es, wenn ich sage, daß mir Rozescu jeden Kredit gewährt, jede Summe gibt, die ich verlange? Ich habe einen Schwager in London. Der Sohn seiner ältesten Schwester hält sich in Rumänien auf. Irgendeine Petroleum-Gesellschaft ... Danny Linton ist Steve Rozescus Freund. Steve war oft in London bei – ach, Wassile, wären wir schon in Rumänien!«

»Steve ist kein rumänischer Name«, sagte Wassile.

»So nennt ihn auch nur Danny. Sie waren zusammen auf der Schule, in England. ›Steve‹ heißt natürlich ›Stefan‹ – Doktor Stefan Rozescu. Danny befindet sich sicher noch in Rumänien, wir sind ja beinahe verwandt. Ich wünschte, wir wären dort, Wassile! Glaubst du, es gibt eine Möglichkeit?«

Wassile drehte lächelnd seinen Schnurrbart. »Warum sollte es die nicht geben? Man muß sich nur gehörig umschauen, Mira.«

»Und wirst du das tun, Wassile?«

»Ich versprech es dir, doch ...«

»Wenn jemand es schaffen wird, Wassile«, sagte sie freudig, »dann du –.«

Von der Seite sah er sie an. Ja, sie war schön. Er legte den linken Arm um ihre Schultern, beugte sich nieder zu ihr und küßte sie auf den Mund.

Saposchnik öffnete Wassile die Tür. »Wir sind fertig«, sagte er. Seine Frau saß, schon im Mantel, in dem großen Polstersessel.

»Kommen Sie, Genossin, ich werde Sie tragen«, sagte Wassile, und bevor sie etwas einwenden konnte, hielt er sie schon auf den Armen. Vorsichtig brachte er sie zum Wagen.

»Danke, Genosse«, sagte sie, als er ihr die Decke über die Beine breitete. Neben ihr nahm Saposchnik Platz. Wassile sprang auf den Bock, und die Pferde zogen an.

Sie mußten lange warten, ehe die Aufnahmeformalitäten erledigt werden konnten. Obwohl Doktor Feuerberg alles geordnet hatte, machte die Angestellte im Aufnahmebüro Schwierigkeiten. Gewiß, Doktor Feuerberg habe die Patientin außerhalb der Reihe zugelassen, aber er sei eben doch nur der Stellvertreter des Direktors. Die Frau sprach fließend Russisch und war wohl Flüchtling aus Kongreßpolen. Glücklicherweise erschien Doktor Feuerberg gerade in dem Augenblick, als Saposchnik zu der Überzeugung gelangt war, daß es wohl besser wäre, seine Frau wieder nach Hause zu nehmen. Wassile, der auf dem Korridor wartete, erblickte den Arzt als erster und berichtete ihm, was vorgefallen war. Noch ehe er ausgeredet hatte, war Doktor Feuerberg auf dem Weg ins Aufnahmebüro, wo er der Angestellten bedeutete, daß er die Verantwortung übernehme. Er sprach Polnisch und gab seine Anweisungen ohne weitere Erklärung. »Zimmer 16, Bett 5. Alles ist vorbereitet, bringen Sie die Patientin herein«, wies er Saposchnik an. Wassile ging und holte Riwa, die sich nun ruhig von ihm tragen ließ. Kein Wort sprach der Natschalnik. Es war ihm nicht anzumerken, ob der bürokratische Kleinmut ihn verletzte. Erst als Riwa auf dem Rollbett lag, wandte er sich der Frau vom Aufnahmebüro zu und sagte: »Sie machen schlechte Arbeit, Bürgerin.«

Doktor Feuerberg geleitete die beiden Männer zurück zur Pforte. »Wir werden sie morgen durchleuchten, wenn ...«

»Sie wollen sagen, wenn Sie Strom haben. Es ist nicht unsere Schuld – zuwenig Fachleute. Bald wird sich das bessern, wir haben um Spezialisten angesucht. Auf Wiedersehen.« Der Arzt reichte Saposchnik die Hand. Bevor Wassile auf den Bock stieg, flüsterte Feuerberg ihm zu: *»Si vous pouvez – demain soir.«*

»Auf Wiedersehen« sagte Wassile laut auf russisch.

Kaum hundert Meter waren sie gefahren, als eine Frau ihnen zuwinkte. Ihre Baskenmütze berührte fast die Augenbrauen, und eine Brille trug sie mit unförmigen schwarzen Gläsern. Die schweren Schnürstiefel ließen ihren Gang schleppend erscheinen. Nur die Bewegung der Arme hatte Wassile an Jeanne erinnert. Er hielt an und fragte Saposchnik, ob es ihm recht sei, wenn sie die Frau des Doktor Feuerberg mitnähmen. Alsdann rief er: »Kommen Sie, Genossin, Sie können mitfahren.«

»Zur Arbeit?« erkundigte sich der Natschalnik. Es war schon zehn Uhr.

»Ja«, erwiderte Jeanne.

»Wo arbeiten Sie, Genossin?«

»Im Konservatorium, Klavierunterricht gebe ich.«

»Aha – dann verstehe ich. – Schöne Arbeit, Kulturarbeit«, sagte Saposchnik.

Vor dem Gebäude des Parteikomitees ließ Saposchnik halten. »Fahren Sie die Genossin Feuerberg ruhig bis zum Konservatorium, Chomniuk«, sagte er, als auch Jeanne aussteigen wollte.

»Ich danke, Genosse.«

Die Pferde zogen wieder an. »Wann müssen Sie bei der Arbeit sein?« wandte Wassile sich um zu seinem Fahrgast. »Und wo befindet sich das Konservatorium?«

»Eine Stunde hab ich noch Zeit. Das Konservatorium liegt ganz in der Nähe. Warum fragen Sie?«

»Ich muß mit Ihnen sprechen. – Es ist wichtig.« Vor einem Tor in einem stillen Gäßchen hielt Wassile an. »Steigen Sie aus und warten Sie, bitte, hier auf mich. In fünf Minuten bin ich wieder da.«

Jeanne kletterte vom Wagen, und Wassile fuhr davon. Zu Fuß kehrte er durch das Tor zurück, vor dem sie wartete. »So, jetzt können wir sprechen, doch – wenn es Ihnen nichts ausmacht, nehmen Sie, bitte, die Brille ab.«

»Ein Requisit – es gehört zu meiner Ausrüstung.« Sie ging neben ihm her über das holprige Pflaster.

»Verzeihen Sie, ich muß Ihnen in die Augen sehen können. Nur so weiß ich, ob ich weiterreden darf.«

»Was kann es denn schon sein?« fragte sie müde. »Gutes bestimmt nicht –.«

»Sie werden selbst ermessen, ob das, was ich Ihnen zu sagen habe, Gutes bedeutet. Schlechtes ist es auf keinen Fall. Bitte, haben Sie Vertrauen zu mir. Schaffen Sie das?«

»J'ai confiance en vous«, sagte sie.

»Et moi aussi en vous«, dankte er ihr ernst. »Kennen Sie Radu Candomir?«

Ihr Schritt stockte. Sie blickte zu Boden, dann sah sie ihn von der Seite an. Offenbar hatte sie sich schnell wieder gefangen. Während sie weitergingen, sagte sie: »Ich kenne ihn. Er ist mir eine liebe Erinnerung, eine meiner liebsten. Aber das liegt viele Jahre zurück.«

»Radu Candomir hat mich beauftragt, nach Ihnen zu forschen und Ihnen zu helfen.«

»Woher weiß er, daß ich hier bin?«

»Ihr Mann ist bei ihm. Von ihm hat er erfahren, daß Sie sich zuletzt in Czerawne aufhielten. Ein Doktor Feuerberg könne Auskunft über Sie geben. Aber in Czerawne waren weder Sie noch Doktor Feuerberg zu finden. Nur durch einen Zufall habe ich Sie entdeckt.«

»Mein Mann, sagten Sie? Wie kann mein Mann Radu Candomir in Rumänien um etwas bitten und zugleich hier sein?«

»So kommen wir nicht weiter, Jeanne«, sagte Wassile vorwurfsvoll. »Sie müssen Vertrauen zu mir haben. – Doktor Feuerberg ist nicht Ihr Mann. Ich bin informiert.«

»Was soll das heißen? Natürlich ist Doktor Feuerberg mein Mann. Wir sind sogar zweimal verheiratet, einmal katholisch und einmal sowjetisch« – sie lächelte –, »doppelt genäht, hält besser.«

»In welcher Beziehung, wenn ich fragen darf, stehen Sie dann zum Fürsten Guwinski?«

»Ach der –«, sagte Jeanne ohne sonderliche Bewegung.

»Wenn Sie es genau wissen wollen: Er ist meine schlimmste Verirrung. Ja, ich war mit ihm verheiratet. Drei Monate, von denen zwei die fürchterlichsten meines Lebens sind. Übrigens habe ich es auch sonst nicht gerade leicht gehabt.«

»Wie soll ich das verstehen, Janina?«

Sie bedachte ihn mit einem Lächeln. »Sie sagen ›Janina‹ zu mir – ich heiße so. Radu hat mich ›Janina‹ genannt, seit damals beinahe niemand mehr.«

»Anatol nennt Sie ›Rêve‹.«

»Sie wissen allerhand, Wassile.«

»Das ist das Kennwort, das mich bei Ihnen einführen sollte. Es würde Ihnen sagen, daß Anatol Sie ruft und Sie mir vertrauen dürfen.«

»Wenn irgend etwas auf der Welt mich mißtrauisch machen kann, so ist es die Tatsache, daß Ihr Erscheinen mit diesem Mann zusammenhängt. Merken Sie sich das, Wassile! Kennen Sie denn Anatol überhaupt?«

»Wie ich weiß, hat er bei der österreichischen Kavallerie gedient und war unter den jungen Offizieren damals eine der glänzendsten Erscheinungen.«

»Sie sagen es – glänzende Erscheinung! Nur – was sich dahinter verbarg, Wassile! Waren auch Sie Offizier, vielleicht sein Kamerad?«

»Nein – ich war kein Offizier, ich habe bloß bei Herrn Candomir gearbeitet. Viele Jahre. Er fühlte sich mir eng verbunden. Nur ihm zuliebe habe ich es übernommen, Sie ausfindig zu machen. Nur ihm zuliebe –.«

»Ja, er ist einer, für den man Dinge tut. Radu – ein nobler Mensch, ein guter Freund.«

»Aber Sie haben ihm zuliebe nichts tun wollen, Janina.« Wassile lächelte.

»Sie meinen, weil ich ihn nicht geheiratet habe? Wie konnte ich – ich habe ihn doch nicht geliebt. Wie unglücklich wäre er geworden, hätte er eines Tages herausgefunden, daß ich nur versorgt sein wollte. Denn das wäre es wohl gewesen. Gott, wie arm war ich damals! Und dann« – sie hielt inne –, »ich kannte schon Léon, meinen Mann. Nur war mir noch nicht bewußt, daß ich ihn liebe. Nicht richtig – Sie wissen schon, Wassile.«

»Sicher. Nur, wie war es möglich, daß Sie – verzeihen Sie mir, Jeanne – zwischendurch mit Anatol verheiratet waren? War das nicht erst ...?«

»Vor etwa einem Jahr haben wir uns scheiden lassen, in Krakau. – Oh, ich war fasziniert von ihm. Sagten Sie nicht selbst, er sei eine glänzende Erscheinung? Warum soll eine Frau nicht auf ihn hereinfallen? Léon war nicht in Paris. Ich war so allein, so weit von ihm, mein Vater war gerade gestorben. Es war wie ein Traum – *un rêve*«, wiederholte sie. »Dann das Erwachen, scheußlich. Da gäbe es viel zu erzählen, aber ich muß zur Arbeit. Pünktlichkeit – Sie wissen. Morgen abend kommen Sie zu uns, nicht wahr, mein Mann hat es Ihnen ausgerichtet. Dann erzählen Sie uns weiter, Sie sonderbarer Kutscher. *Au revoir, Wassile.*« Sie reichte ihm die Hand. Während er sie drückte, sagte sie: »Ich gehe zu meinen Virtuosen, und Sie machen, daß Sie zu Ihren Pferden kommen!«

»Ja, Janina, *demain soir je viendrai chez vous. Au revoir!*«

Er eilte durch die Gassen und Höfe und wußte nicht, daß in seiner Eile Sehnsucht war, Mira wiederzusehen, sie zu umarmen. So war er erleichtert, als nicht Panja Jadwiga, sondern sie ihm öffnete. »Wo ist die Riesendame, Mira?«

»Fort, vor kaum zehn Minuten. – Wo warst du, Wassile?«

»Bei einer schönen Frau«, neckte er sie.

»Genau das solltest du nicht, Wassile. Und wenn, dann erzähl's mir besser nicht«, sagte sie bestimmt.

Er nahm sie in die Arme und küßte sie.

Wassile war schon um vier Uhr morgens auf den Beinen. Wurst, Schinken, Speck und Fleisch gingen an die Kantinen und auch an private Abnehmer. Die Säcke waren plombiert und mit Etiketten versehen, auch die beiden mit den Waren für den schwarzen Markt. Die ›Frachtdokumente‹ trug Wagner bei sich. Wenn der Wagen unterwegs angehalten werden sollte, konnte keine Kontrolle ihnen etwas anhaben. Bis jetzt war das zwar noch nie der Fall gewesen, aber ihre Vorsicht hatte nicht nachgelassen, auch Wagners Angst nicht. Seine Zähne schlugen hörbar aufeinander, wenn aus dem Morgennebel ein Milizionär auftauchte. Hatten sie endlich die beiden Säcke bei Panja Jadwiga abgeladen und fuhren mit der ›koscheren‹ Ware weiter, war Wagner wie ausgewechselt. Er lachte, erzählte Witze, und nicht selten machte er sich über sich selber lustig. »Schauen Sie mich gut an, Wassile. Vielleicht haben Sie schon Narren gesehen, aber einen wie mich bestimmt nicht. 1937 hat mein Bruder uns besucht, aus Kansas City – wissen Sie, wo das liegt? In Amerika. ›Komm mit‹, sagt er, ›was sitzt du in Jurop, wartest, der Hitler soll dich abschlachten? Bei uns bist du in Sicherheit, und *business* gibt's genug‹. Sag ich, ich Narr: ›Bruderleben, geh du zu deine *business,* für mich liegt Amerika hier‹. – Wie gefällt Ihnen mein Amerika, Wassile?«

»Ja, Amerika –. Wo es die Gangster gibt. – Sind wir beide denn nicht auch Gangster?«

»Wie das Amerika, so seine Gangster! Nur, was haben wir davon? Arbeiten wie Neger, in Angst und Schrecken, und wenn man uns erwischt – Sibirien. Vorgestern abend ist ein Transport abgegangen, über dreitausend, heißt es.«

»Wenn wir unsere Sache weiterhin gut machen, wird man keinen von uns wegschicken.«

»Ja, wenn –. Aber läßt man uns denn? Feste Vereinbarungen müßte man halt mit ihnen treffen können. Soundsoviel liefern wir zu Regierungspreisen für das Werk, und der Rest geht sie nichts an. Aber so? Bestimmt kommt der Tag, wo sie uns ertappen. Haben wir den *soine* – den Feind, nicht im eigenen Haus?«

»Sie meinen Mermelstein?«

»Gerade den. Miras Vorschlag ist nicht gut, ich hab einen besseren. Kornhaber und Meerblum sind einverstanden. Wenn wir drei zu seinen Gunsten auf den Lohn verzichten, dann kann er an die fünfzehnhundert Rubel kassieren. Damit läßt sich ganz gut leben. Und saufen und huren muß er nicht jeden Tag –.«

»Sie sollten sich an Miras Anweisungen halten. Völlig falsch ist es, sich mit ihm einzulassen. Wenn er Sie zu erpressen versucht, drohen Sie ihm mit Anzeige. Es heißt, er ist Ihnen Geld schuldig?«

»Fragen Sie nicht so dumm, Wassile. Geld schuldig? Er sagt nicht einmal, leihen Sie mir. Ich will – ich brauche – geben Sie mir, heißt das bei ihm. Sehen Sie denn das nicht, Wassile? Er hat uns in der Hand – im Nu sind wir erledigt, alle drei.«

»Und er mit, falls er sich wirklich traut, denen oben mit so was zu kommen. Bildet ihr euch etwa ein, die wären heurige Hasen und kauften euch das Märchen ab, daß ihr einmal Arbeiter oder Angestellte wart? Aber unser Gutshof arbeitet vorzüglich, besser als alle anderen, ich weiß das, und solange nicht von ganz oben der Befehl dazu ergeht, wird euch nichts passieren. Kommt er freilich, dann hilft uns nichts und niemand.«

»Kann schon stimmen, nur ...« Sein Schalksgesicht war zerquält: »Woher wissen Sie das so genau, Wassile?«

Wassile zog die Zügel an. »Ausgerechnet hab ich mir das, Genosse Wagner«, lächelte er.

»Ausgerechnet – ist gut. Rechnen Sie weiter! – Halt, ich bin jetzt da.« Als Wagner auf dem Trottoir stand, sagte er: »Ich muß meinen Leuten melden, daß sie die Ware abholen können. Amerika, Wassile, Amerika!«

Wassile fuhr zum Werk II. Unterwegs lud er vier Arbeiter auf. Die Säcke auf dem Wagen gaben Anlaß zu Vermutungen. »Was kriegen wir denn heute?« fragte ein älterer Arbeiter.

»Lauter gute Sachen, Wurst und Speck, sechshundert Gramm für jeden. Die Verheirateten kriegen außerdem ein halbes Kilo Fleisch.«

»Und Butter?« fragte ein anderer und lachte.

»Übermorgen gibt's Butter, zweihundertfünfzig Gramm, für die Verheirateten vierhundert.«

»Bravo, Wassile! Ein Leben ist das, in Saus und Braus!«

»Lach nicht, die anderen haben gar nichts«, sagte der Alte. »Es ist eine große Hilfe. Kauf das mal auf dem Basar, dann wirst du sehen, was es kostet.«

»Ich will leben wie ein Mensch.«

»Vergiß das! – Halt mal einen Augenblick, Wassile. Da läuft unser Ingenieur, wir wollen ihn mitnehmen.«

Der Mann im hochgeschlossenen Paletot, mit sauberen Stiefeln und tief in die Stirn gezogener Mütze ging weiter, ohne Notiz davon zu nehmen, daß der Wagen angehalten hatte. Als ihn ein Arbeiter anrief, machte er, ohne sich umzudrehen, eine ablehnende Handbewegung und beschleunigte seinen Schritt.

»Ich hab's gewußt«, sagte ein Arbeiter, »der fährt nicht mit.«

»Was hat er denn?« wollte ein anderer wissen.

»Du fragst mich zuviel. Den ganzen Tag steckt er bei den Maschinen. Sprechen tut er nur, wenn er unbedingt muß. Aber sie sagen, er ist tüchtig.«

»Partei?«

»Nein – das Gegenteil, glaub ich. Rudnjenko, der Maschinenmeister von Werk I hat erzählt, acht Jahre soll der Mann gesessen haben. War angeblich einmal ein Weißer.«

»Und wie steht es mit der Verantwortung?«

»Die liegt bei Sassnikow, dem Oberingenieur mit dem Leninorden.«

»Der ist doch nie da, und von der Arbeit versteht er rein gar nichts. Wofür hat er den Orden?«

»Bestimmt nicht für die Arbeit im Elektrizitätswerk. Taucht hier und da auf, unterschreibt was und sagt zur Büroarbeiterin: Ich bin im Parteikomitee, wenn man mich braucht. – Aber niemand braucht ihn, der Stumme macht alles.«

Wassile beeilte sich mit dem Abladen der Lieferung. Als er wieder ins Freie trat, wäre er fast mit dem Stummen zusammengestoßen. Die Entschuldigung hatte der andere mit einem Nikken quittiert. Für einen Augenblick starrten sie einander ins Gesicht, dann sprang Wassile auf den Wagen und fuhr aus dem Hof. Der Ingenieur bog um die Ecke.

Solange er sich auf dem Werksgelände befand, ließ Wassile die Pferde im Trab gehen. Es war, als wollte er fliehen. Wer war dieser Mann, den die Arbeiter den ›Stummen‹ nannten? Er mußte dieses Gesicht irgendwo, irgendwann einmal gesehen haben. Nach innen gekehrte, tote Augen wie diese vergißt man so schnell nicht wieder. Dazu das Raubvogelprofil. Wo ist er mir nur über den Weg gelaufen, quälte sich Wassile. Die beiden Braunen zockelten durch die morgenleeren Gassen, sie kannten den Weg und hielten, ohne dazu aufgefordert worden zu sein, vor dem Eingang von Werk I. Wassile, aus seinen Gedanken gerissen, trug die Säcke in die Kantine. Er übernahm gerade die Quittungen, als der Maschinenmeister Rudnjenko – vor einem Monat aus Schitomir hierher versetzt – in den Saal trat. »Guten Morgen, Wassile«, grüßte er, »gut, daß ich dich treffe. Meine Frau ist gestern angekommen, jetzt wird's ernst.«

»Ich gratuliere«, sagte Wassile. »Ich muß das gleich notieren.

Du bekommst dann ein halbes Kilo Fleisch und auch mehr Butter.«

»Schön – ich danke dir. Weißt du eigentlich, daß ich noch immer im Hotel untergebracht bin? Und jetzt mit einem kleinen Kind, wie soll das gehen? Hast du einen Tip für mich? Es brennt wirklich –.«

»Glück hast du. Auf halbem Weg nach Jusefuwka gibt es ein Häuschen, das wäre was für dich. Ist aber ziemlich beschädigt.«

»Das macht nichts. Du wirst sehen, wie ich es herrichte. Wird man viel Material brauchen? Ist ein Garten dabei und – du weißt schon?«

»Alles ist da, Dimitri Alexejewitsch, alles, aber in ganz schlechtem Zustand. Und Material? Wenn Saposchnik dir die Genehmigung gibt, dann findest du auf der Farm genug, was du brauchen kannst.«

»Mir gibt er sie, verlaß dich drauf. – Irgendwann komm ich dich mal besuchen mit meiner Alten. Einstweilen Dank.« Er reichte Wassile die Hand.

»Gern geschehen. Schreib mir auf einen Zettel, daß du für deine Frau die Zulage beanspruchst. Für die Buchhaltung brauche ich das, ja?« Während Rudnjenko mit Schreiben beschäftigt war, sagte Wassile: »Was ich dich noch fragen wollte – weißt du vielleicht, ob der Ingenieur von Werk II verheiratet ist? Seine Frau – ist sie hier?«

»Sassnikow ist verheiratet und hat zwei Kinder«, sagte Rudnjenko.

»Das weiß ich. Den andern meine ich, der ist schon mindestens sechs Wochen hier. Wenn sich herausstellt, daß er zuwenig bekommen hat, beschwert er sich am Ende.«

Rudnjenko reichte ihm den Zettel. »Der beschwert sich nicht, der hält das Maul. Dem würde ich auch keine Wurst geben und keine Butter, eher schon Zyankali – ihm und noch vielen anderen.«

»Du möchtest den – wie heißt er nur? – vergiften?«

»Wenn's nach mir ginge – lauter Schlangen, Wassile.«

»Was hat er denn angestellt?« Wassile lächelte ungläubig.

»Um das zu verstehen, muß man von Anfang an dabeigewesen sein wie ich. Dieser Kirilow – weiß der Teufel, ob er so heißt – ist ein Weißer gewesen und geblieben, er und Tausende andere. Wenn sie auch hundertmal gut arbeiten, im Grunde sind sie unverbesserlich. Glaub mir, sie warten nur darauf, daß sie uns das Messer in den Rücken stoßen können.«

Bedächtig schüttelte Wassile den Kopf. »Dann ist mir ein Rätsel, wieso man sie einstellt.«

»Sie werden eben gebraucht, sie können arbeiten. Es geht ums Aufbauen, Produzieren – da muß jeder ran. Aus ihren Winkeln, aus den Gefängnissen und Lagern, sogar aus dem Ausland hat man sie geholt. Aber wir werden mit allen Feinden fertig, mit allen, verlaß dich drauf! Ich gehe jetzt an meine Arbeit, aber sag, wann kannst du uns mitnehmen, Wassile?«

»Übermorgen bringe ich Butter; ich werde um die gleiche Zeit hier sein wie heute.«

»Gut, und was ich dir erzählt habe, du weißt schon, das behältst du für dich. Mit dir kann man reden, Wassile.«

Als Wassile später vor dem Stall ausspannte, tat er es, wie alles andere, langsam und mißmutig. Es quälte ihn, daß er nicht darauf kam, wo er diesem Kirilow, oder wie er sonst heißen mochte, begegnet war. Nur in einem anderen Lager konnte es gewesen sein – aber wann, bei welcher Gelegenheit? Wassile hatte sich gedankenverloren an die Krippe gelehnt, als Mermelstein in der Stalltür auftauchte. »Ich muß in die Stadt fahren, Chomiuk«, sagte er, »spannen Sie ein!«

»Tut mir leid, ich habe keine Pferde«, sagte Wassile.

»Ich sehe vier und brauche nur zwei.«

»Zwei sind, wie Sie sehen, krank, und die anderen haben heute schon über vierzig Kilometer hinter sich.«

»Ich befehle Ihnen, einzuspannen«, schrie Mermelstein. »Sie werden mich fahren.«

»Welche befehlen Sie?«

»Die beiden Braunen, mit denen Sie immer fahren.«

»Das müssen Sie mir schriftlich geben. Und die Buchhalterin wird gegenzeichnen, sonst trage ich die Verantwortung allein. Außerdem – tut mir leid, zum Fahren habe ich keine Zeit, ich muß mich um den Traktor kümmern.«

»Traktor? Was für ein Traktor?«

»Ein roter, ringsum hat er einen schwarzen Streifen.«

»Was geht hier eigentlich vor? Ich weiß nichts von roten Traktoren. Was soll er überhaupt, dieser Traktor?«

»Na, was schon!« Wassile machte sich an den Pferden zu schaffen.

Mermelstein trat neben ihn. »Warum verweigern Sie mir diese Gefälligkeit?«

»Ich erweise keine Gefälligkeiten, ich erfülle Aufträge. Wenn ich die Verantwortung nicht übernehmen kann, muß ich mich absichern. Geben Sie mir einen schriftlichen Auftrag, und ich fahre mit Ihnen, wann und wohin Sie wollen.«

»Sie werden diese Sturheit noch bereuen, Sie ...«, drohte Mermelstein und wandte sich zum Gehen.

Eine Viertelstunde später war Wassile mit der Stallarbeit fertig und auf dem Weg ins Büro. An der Tür hielt er an, denn Mermelstein stand, die Hände in den Hosentaschen, vor Mira und redete auf sie ein. »Ich wollte Sie fragen«, unterbrach Wassile, »ob Sie das Gespann noch brauchen oder die Pferde für anderes eingesetzt werden können.«

»Ich fahre nicht, und Sie machen, daß Sie hinauskommen«, fauchte Mermelstein.

»Sofort, ich muß nur der Genossin Buchhalter noch die Quittungen übergeben. Hier –.«

»Was sind das für Quittungen?«

»Wir haben heute Wurst und Fleisch an die Kantinen geliefert«, antwortete Mira, ohne von ihrer Arbeit aufzublicken.

»So schmeißen Sie das Geld zum Fenster hinaus«, höhnte Mermelstein.

»Darf ich um meinen Lohn bitten, Genossin«, sagte Wassile. »Ich bin gestern nicht dazu gekommen, ihn abzuholen.«

»Ja, bitte. Hier ist Ihre Abrechnung. Fünfzehn Tage und vierunddreißig Überstunden.« Sie zählte das Geld vor ihn auf den Tisch, achtlos schob er es in die Tasche.

»Überstunden – was für Überstunden? Das gibt's nicht, das unterschreib ich nicht«, brüllte Mermelstein.

»Sie haben schon unterschrieben, vor drei Tagen«, sagte Mira.

»So«, ließ sich da Wassile vernehmen, »ich versorge die Pferde und geh aufs Feld, zum Traktor.«

»Bleiben Sie hier«, schrie Mermelstein. »Ich will jetzt endlich wissen, was für ein Traktor?«

»Sie haben doch unterschrieben – ein Traktor für die Frühjahrsaussaat«, sagte Mira geduldig.

»Ich weiß von nichts. Was geht hier vor?«

Wassile trat an ein Regal. Ein paar Broschüren zog er heraus und reichte sie Mermelstein. »Da steht alles drin, alles über Frühjahrsaussaat und Traktoren.« Erst als er draußen war, bemerkte Wassile, daß er in der Hand ein Heft hielt. Er mußte es auf dem Regal entdeckt und mitgenommen haben. Die bildgeschmückte Titelseite zog seinen Blick auf sich, und er blieb stehen. ›Kiew‹, stand in großen Lettern über dem Bild. Da wußte Wassile auch schon, weshalb ihm der Mann mit der Geiernase bekannt vorgekommen war. In Kiew war es gewesen, vor zweiundzwanzig Jahren, bei einem Empfang, den der General Skoropadski, der Hetman der Ukraine, den deutschen und österreichischen Offizieren der Okkupationsarmee gegeben hatte. – ›Sieh dir bloß diese Nase an‹, hatte Oberleutnant Alex Römer gesagt und diskret auf einen Mann in der farbenfrohen Suite des Regenten der Ukraine gedeutet, der sich in seiner russischen Hauptmannsuniform höchst vorteilhaft ausnahm. ›Was ist das für eine Sprache, die Sie sprechen, Herr Leutnant‹, hatte der Geiernasige in korrektem Deutsch gefragt, als sie einander vorgestellt wurden. – ›Manchmal nennt man's Ukrainisch, manchmal Ruthenisch.‹ – ›Interessant! Wenn's Ukrainisch wäre, dann wüßte ich einen einträglichen Posten für Sie. Der Hetman der Ukraine sucht einen Lehrer; er kann nämlich nicht Ukrainisch. Was sind Sie für ein Landsmann, Herr Leutnant?‹ – ›Was soll ich denn sein? Österreicher halt!‹ – ›Daß wir es nur bleiben – Sie ein Österreicher und ich ein Russe.‹ Vier Monate später war alles zerstoben. Der Hetman der Ukraine saß irgendwo als Flüchtling in Deutschland, der Leutnant war kein Österreicher mehr, und der Hauptmann mit dem Geierschnabel …

Er ist es, ich weiß es! Wassile sprach mit sich selbst. Er stand im Hof, an den Wagen gelehnt, und hatte keine Lust abzuschirren. Der Teufel soll das alles holen! Er ging in die Gärtnerei und brüllte: »Tadek, Freddy, nehmt euch die Pferde!« Dann machte er sich auf den Weg. Neben ihm ging die Vergangenheit, der Hauptmann mit dem Geierschnabel. Nicht der Stumme, denn Wassile hörte ihn sprechen. ›So wären wir also angelangt, Herr Leutnant, das ist mein Rußland – und wo ist ihr Österreich? Sie haben mich erkannt? Ich Sie auch. Ich habe meinen Platz, bin an ihn geschmiedet – doch Sie, was suchen Sie hier, Herr Leutnant? Hatten Sie nicht einmal ein 'Von' vor dem Namen? Die werden schon noch draufkommen, dann geht's Ihnen schlecht –. Gelernte Ingenieure gibt es nie genug, die brauchen sie, die bringen sie nicht länger um, sie lassen sie sich zu Tode arbeiten. Doch Kutscher gibt's viele, zu viele. Von mir wissen sie alles, ich kann sie nicht mehr belügen. Sie aber haben gelogen, denn wie wären Sie sonst bei ihnen Kutscher geworden? Ich werde ihnen stecken, daß Sie kein Kutscher sind, sondern ein Leutnant mit einem Von vor dem Namen. Damit beweise ich ihnen, daß ich nicht ihr Feind bin. Sie werden mich dann freier atmen lassen, denn sie haben Verständnis für Verrat – und sie belohnen ihn auch.‹

›Tun Sie's doch, Hauptmann Geierschnabel, mir können Sie keine Angst einjagen. Tun Sie's nur, dann geschieht wenigstens etwas. Ich habe es sowieso satt, das Kutscherspielen. – Noch immer weiß ich fast nichts von ihnen, den neuen Herren, ich will endlich ergründen, wie sie wirklich sind. Verraten Sie mich nur, Hauptmann Geierschnabel!‹

›Narr, abenteuerlicher Narr! Sie spielen mit Ihrem Leben, riskieren den Kopf – wofür? Haben Sie nicht Freunde und eine Frau, die Sie lieben?‹

»O Gott, Martha«, sagte Wassile laut, »Martha.«

Und Mermelstein? Der war schlecht gelaunt. Bei allen hatte er sein Glück versucht und nirgends mit Erfolg. Nicht einmal sein Lohn, die lausigen paar Rubel, hatte ihm das rote Weibsstück ausbezahlt. Kornhaber hatte ihm geschworen, nicht eine Kopeke mehr zu besitzen, Meerblum war mit dem Sprichwort gekommen, daß sich selbst ein Brunnen leerschöpfen läßt. Nur Wagner hatte angeboten, ihm die letzten zwölf Rubel, sein ganzes Vermögen, zu überlassen. Na, er würde schon noch abrechnen mit ihnen. Am schärfsten aber mit diesem Wassile. So ein Bauerntölpel!

Aber dazu kam es nicht. Denn Mermelstein wurde »in Anbetracht seiner organisatorischen Fähigkeiten«, wie es in ›Befehl Nr. 167‹ hieß, »der Kollektivwirtschaft Pobeda als Direktorstellvertreter zugeteilt«. Die Warnungen Saposchniks hatten sie in den Wind geschlagen. Die Oberen waren davon überzeugt, daß der Natschalnik »Vorbehalte nur deswegen anmeldet, weil er Mermelstein nicht hergeben will«.

Wassile ritt zur Stadt. Bei der Schmiede bog er von der Chaussee auf einen Feldweg ab und trabte los. Jetzt, da er allein und ungestört mit seinen Gedanken war, ergriff das Bild des Stummen, die Drohung, die der Mann darstellte, von neuem Besitz von ihnen. Wie, wenn er schon gemeldet hatte, was er über den *konijuch* wußte? Wenn sie schon hinter ihm her waren, die mit den roten Tellermützen, die Arbeiter des Volkskommissariats für Innere Angelegenheiten, des NKWD? Wenn sie bereits in Jusefuwka auf ihn warteten, um ihn in Gewahrsam zu nehmen?

Nun, warum es darauf ankommen lassen? Sei klug, einmal im Leben, sagte er zu sich selbst, dieses eine Mal nur! Nimm deinen Gaul zwischen die Schenkel, reit los, fort, so weit, wie dich seine Füße tragen. Was zögerst du, Wassile? In zweimal vierundzwanzig Stunden kannst du zu Hause sein, in Sicherheit, Wassile! Dann bist du nicht mehr Wassile. Und sie – sie hier? Mira, die kluge Mira, die dich liebt, dir vertraut; Antek, der an dich glaubt, der nie einen Freund gehabt hat außer dem *konijuch* Wassile; und die verschreckten Juden, die ewig vor Sibirien zittern und denen du Mut zusprechen mußt; die Melkerinnen und Kutscher, die sich auf dich verlassen; die Farm, für die du geschuftet hast. Hast du sie nicht mit aufgebaut, hast du nicht gesät, warum sollst du nicht ernten? Bei uns erntet, wer sät – auch wenn Potemkin dazu lacht.

Wassile ritt nicht zur Stadt hinaus; er blieb auf dem Weg, der zum Spital führte. Beinahe wäre er an dem Häuschen, das sein Ziel war, vorbeigeritten, hätte Jeanne, die an der Tür stand, ihm nicht zugerufen: »Hallo, Reitersmann!«

Wassile sprang vom Pferd: »*Je vous salue, madame!*«

»*Soyez le bienvenu, camarade* – was für ein herrliches Geschöpf! Kommen Sie in den Hof, da gibt es Platz genug.« Sie öffnete die Tür zum Vorgarten und schritt voraus. »Hier«, sagte sie eifrig, »unter dem Dach, ja. Oh, das ist ein Feiner – Vollblut, zweifellos. Ich kenn mich aus. Wie kommt der zu Ihnen?«

»Er ist mein Leibroß, später wird er decken, in wenigen Wochen.«

»Diese schweren, ordinären Stuten? Schade.«

»Dem macht das nichts aus«, lachte Wassile. »Werden ganz gute Pferde sein, seine Kinder.«

»Sicher, doch ich hätte ihm eine edle Braut gewünscht – Vollblut. Oder?«

»Ich habe nicht den Eindruck, daß ihm soviel daran gelegen ist.« Er lachte. »Ja, er ist ein Vollblut und kommt auch aus einem hochvornehmen Stall. Sehen Sie her, Jeanne.« Sie trat neben ihn. Es war inzwischen dämmerig geworden. An der Kruppe des Pferdes, ganz tief auf der linken Hinterbacke, war der Gestütsbrand gerade noch zu erkennen. Eine Fürstenkrone, links von ihr ein lateinisches R und rechts ein B. »Ich hab mir schon den Kopf zerbrochen, wofür das stehen mag.«

»Ich kann es Ihnen sagen.« Jeanne studierte sorgfältig die Zeichnung. »Einen Augenblick«, sagte sie, »ich bin gleich wieder da.« Sie eilte ins Haus und kam mit einem Briefbogen zurück. »Sehen Sie, Wassile, dieselben Initialen und genauso angeordnet.«

»Offensichtlich«, sagte Wassile.

»Der Hengst stammt aus dem Gestüt des Fürsten Roman Bolgurski«, sagte Jeanne, »die Welt ist klein. Aber jetzt gehen wir besser ins Haus, mein Mann wird schon ungeduldig geworden sein.«

»Wo steckt ihr solange?« fragte der Doktor und klappte sein Buch zu. Er erhob sich und begrüßte Wassile wie einen alten Bekannten. »Jeanne hat sich, scheint's, wieder in ein Pferd verliebt.«

»Setz dich und sei, bitte, ein Weilchen ruhig –. Sie auch, Wassile. Können Sie Polnisch? Lassen Sie nur, ich übersetze gleich. Der Brief war nämlich der Anfang vom Ende. Sie werden bald alles verstehen. Er ist adressiert an den Fürsten Anatol Guwinski, der Absender ist, wie Sie sehen, Fürst Roman Bolgurski.«

»Hochfeudal«, spottete der Doktor, »aber was drin steht ...«

»Wort für Wort Lug und Trug«, ergänzte Jeanne. »Hören Sie jetzt endlich zu, Wassile? Also: ›Ich beeile mich, Ihren Irrtum aufzuklären. Wie ich Ihrem Schreiben entnehme, sind Sie der Meinung, daß Ihre Gattin als Tochter und Erbin des in Paris verstorbenen Grafen Basil Woronewski Anspruch hat auf einen Teil des Vermögens meiner Schwiegermutter, der Gräfin Elisaweta, und ihrer Kinder, meiner Frau Maria und meines Schwagers Wladislaw. Davon kann keine Rede sein. Der in Ihrem Schreiben erwähnte Wald war schon zu Lebzeiten des Grafen Josef, des Vaters meiner Frau und Bruders Ihres weiland Schwiegervaters, bis zum allerletzten Zweig mit Hypotheken und Schuldverschreibungen an das Haus P. R. Linkhand, Warschau, überlastet. Die Gesellschaft, die den damals Woronewskischen Besitz und außer diesem noch viele andere, größere Komplexe exploitiert, ist eine englische, welche die Familie Woronewski aus finanztechnischen oder politischen Gründen aufgenommen hat, wobei alte private Beziehungen zum Hause P. R. Linkhand fördernd und ausschlaggebend waren. Als Repräsentant der Familie bin ich der einzige, der auch Kapital in das Unternehmen investiert hat, was sich jederzeit beweisen läßt, sollte es zu einem Prozeß kommen. Ich bedaure, Sie enttäuschen zu müssen, und bitte Sie, mich meiner unbekannten Cousine – auch meine Verwandten hatten bisher keine Ahnung von ihrer Existenz – zu empfehlen. Ich verbleibe mit etc. etc., Unterschrift.‹ – Das ist natürlich grob gelogen von dem Herrn Roman Bolgurski. Der Wald hat noch meinem Großvater gehört. Von seinen drei Söhnen war jeder erbberechtigt. Außerdem gibt oder gab es in Paris noch einen Onkel Cyril.«

»Bring das nicht durcheinander, Jeanne. Wassile zweifelt bestimmt nicht einen Augenblick daran, daß das Recht auf deiner Seite ist. Oder, Wassile?«

»Gewiß nicht – aber sagten Sie nicht, der Brief sei der Anfang vom Ende gewesen? Welcher Anfang von welchem Ende, Jeanne?«

»Von – Rêve, Wassile. War das ein Erwachen! Ich habe allerdings nicht so lange dazu gebraucht wie andere Gräfinnen. Daß der Fürst Guwinski mich nur geheiratet hat, weil es was zu erben gab, war mir bald klar. Von dem Wald und dem großen Vermögen wußte er natürlich. Wie hat er mich in Paris umworben! Zu Füßen hat er mir gelegen, zum Dichter ist er geworden. Derselbe Mann, der mir fünf Wochen nach der Trauung sagt, ich sei eine Bettlerin. Ob ich allen Ernstes geglaubt hätte, er lädt sich eine obskure Emigrantin auf den Hals, nur weil sie ein hübsches Lärvchen hat. Wenn ich ihm nicht Vollmacht gäbe, einen Prozeß gegen die Woronewskis anzustrengen, könne ich mich zum Teufel scheren – jawohl, Wassile, der Fürst Guwinski!«

»Einen Augenblick, Jeanne«, sagte Wassile, »einiges scheint da nicht zu stimmen. War nicht Guwinski reich?«

»Schon für seinen Vater galt das nicht mehr. Er selber hat verstanden, den Schein aufrechtzuerhalten, obwohl er faktisch nichts besaß. Die Güter verschuldet und er ewig auf Reisen. Eine glänzende Erscheinung, gesellschaftliche Talente, ein Vermittler in diskreten Angelegenheiten, geschickt und bewandert im Anspinnen von Intrigen, auch politischen.« Sie brach ab und schien zu grübeln. Eine Weile war es ganz still, dann sagte sie: »Wenn ich bloß wüßte, was ihn auf den Gedanken gebracht hat, mich suchen zu lassen, mir zu helfen –.« Wieder brach sie ab.

»Wußte Anatol von Ihren Beziehungen zu Candomir?«

»Gewiß, wie auch nicht? Alles hab ich ihm erzählt« – sie errötete leicht –, »ich wollte ihm zeigen, daß ich von all denen, die mich einmal umworben haben – es waren nicht so wenige –, ihm den Vorzug gab.«

»Ich verstehe. – Von Candomir war wohl oft die Rede zwischen Ihnen beiden?«

»Ja, ziemlich oft.«

»Anatol wußte also, daß Candomir um Sie geworben, Sie verehrt und geliebt hat?«

»Ja, doch!«

»Das ist ein Punkt, der festgehalten werden muß. – Mit anderen Worten: Sie haben sich von ihm abgewendet, als Ihnen klar war, daß die große Leidenschaft materielle Gründe hatte. Warum haben Sie ihm eigentlich die Prozeßvollmacht, die er von Ihnen haben wollte, nicht gegeben?«

»Aus Stolz«, ließ ihr Mann sich vernehmen.

»Nein, aus Gemeinheit«, widersprach Jeanne. »Ich wollte ihm heimzahlen, daß er mich aufs bitterste enttäuscht hat.«

»Sie blieben bei Ihrer Weigerung, und er reichte die Scheidung ein. Ja?«

»Fürst Guwinski ließ mich mittellos zurück. Abgesehen davon, daß mir das Geld für eine Fahrkarte zurück nach Paris fehlte, wollte ich auch nicht in das Milieu zurück, das ich hinter mir gelassen hatte.«

»Und da«, fiel der Doktor ein, »als meine Frau so allein und verlassen war, kam ihr ein wunderbarer Einfall, der allerbeste ihres Lebens. Sie wußte mich in Czerawne – wie weit war das früher schon von Krakau! –, schickte mir ein Telegramm, und wenige Stunden später stand ich vor ihrer Tür.«

»Er wollte sich nicht einmal meine Geschichte bis zu Ende anhören. Einpacken und mitkommen, hat er kommandiert. Noch am gleichen Abend war ich in Czerawne Gast seines Freundes, des hochwürdigen Herrn Dobrowolski, der uns auch zusammengegeben hat, sobald ich wieder frei war.«

»Sie waren also nicht Gast Ihrer Verwandten, der Gräfin Potocka?« fragte Wassile.

»Wie kommen Sie darauf?« Jeanne schien nicht wenig verwundert. »Ich kenne die Gräfin Potocka nicht einmal, habe sie nie gesehen.«

»Aber ich«, sagte Doktor Feuerberg. »Ich bin, wie Sie wissen, Chirurg, Lungenspezialist. Als ich in einem Pariser Krankenhaus als Erster Assistenzarzt arbeitete, wurde mein Chef, eine Kapazität, dringend nach Krakau gerufen, zu einer vornehmen, wohlhabenden Patientin. Aber er hatte sich die rechte Hand verstaucht, unter keinen Umständen war sie zu gebrauchen. Da hat er mich geschickt, der Herr Professor. Zum Glück war es kein Problem, das kleine Geschwür an ihrer Lunge zu entfernen. Der Graf konnte sich's leisten, mich zur Nachbehandlung dazubehalten, auch für die Begleitung nach Czerawne und die weitere Betreuung. Als ich mich in dem Städtchen niederließ, hat er mir geholfen. Nach Paris zurückzukehren, verspürte ich nämlich nicht die geringste Lust. Ich schrieb meinem Chef und versuchte ihm die Sache zu erklären. Auch Jeanne schickte ich einen Brief. Sie hat dann meine Habseligkeiten auf den Weg gebracht, meine Bücher –.«

»Wir sind alte Freunde, Léon und ich, müssen Sie wissen,

Wassile. Fünfzehn, nein, sechzehn Jahre schon. Auch wenn wir uns oft gestritten haben, kamen wir immer wieder zusammen.«

»Ja«, sagte der Doktor, »eine lange Krankheit ist der sichere Tod – und jetzt sind wir, wie gesagt, verheiratet.«

»Guwinski hat das gewußt?« fragte Wassile.

»Ganz sicher«, sagte Jeanne. »Ich habe dem Advokaten, der die Scheidung betrieb, meine Adresse mitgeteilt. Außerdem hat Léon mich zur Schlußverhandlung begleitet. – Habe ich Ihnen nicht erzählt, Wassile, daß wir zweimal geheiratet haben?«

»Ja, jeder ist nach seiner Fasson selig geworden«, ergänzte Feuerberg.

»Warum sind Sie«, fragte Wassile lächelnd, »auf die andere Fasson eingegangen?«

»Aus Gründen der Opportunität. Meine Frau hat schreckliche Angst vor Hitler. Immerfort hetzt er gegen die Juden, und sie fürchtet, daß er noch ganz Europa erobert. Da hat sie sich das mit dem Pfarrer ausgedacht. Sie haben sozusagen einen neuen Menschen aus mir gemacht. Im Namen seines Gottes und der Kirche, deren treuer Diener er ist, nahm der gute alte Herr diverse Eintragungen in die Kirchenbücher vor. So wie ich jetzt vor Ihnen stehe, bin ich, pardon – habe ich perfekte Dokumente als katholischer, wie es heute heißt: ›Vollblutarier‹.«

»Ja, Guwinski hat gewußt, daß ich mit Léon verheiratet bin«, sagte Jeanne.

»Gut, aber ich verstehe nicht – was bezweckte er eigentlich damit, daß er mich ...«

»Ich glaube, den Kopf zerbrechen sie sich umsonst. Zu raffiniert lügt Anatol«, unterbrach ihn Jeanne.

»Vielleicht sollten Sie meinem talmudischen Geist eine Chance geben, Wassile«, sagte der Arzt. »Schon als Zwölfjähriger war ich ein fertiger Dialektiker –.« Sein Gesicht spannte sich, er stützte die Ellbogen auf und nahm das Kinn in beide Hände. »Also: ein Lügner ist er, immer und in allem lügt er. Er ist nicht Jeannes Mann und behauptet, es zu sein, weil es zu seinem Vorteil ist. Er mißbraucht Güte und Anstand. Keineswegs hat er damit gerechnet, daß der Ritter Candomir seinen Getreuen aussenden wird, um Jeanne zu retten. Auch von dem Kutscher Wassile hat er nichts gewußt. Das war Candomirs Idee. Kann der Fürst opponieren, wenn Candomir sie suchen und retten lassen will? ›Wo ist Ihre Frau?‹ fragt Candomir. ›In Czerawne, bei der Gräfin Potocka.‹ Wo soll sich die Fürstin aufhalten, wenn nicht bei der Gräfin? Die Lüge muß rund sein, dann rollt sie leichter. Der Kutscher Wassile, denkt der Fürst, wird er denn überhaupt bis nach Czerawne gelangen? So groß ist die Wahrscheinlichkeit nicht. Kommt er hin, sind die Potockis nicht da. Ist nicht die Gräfin mit den Kindern in die Schweiz gefahren? Und war der Graf nicht schon am 3. September in Ungarn? Sucht also Wassile den Doktor Feuerberg und findet mit ihm natürlich Jeanne, Janina. ›Frau Fürstin‹, sagt der Kutscher Wassile, ›Ihr hoher Gemahl hat mich ausgesandt, Sie zu retten.‹ Was sagt Jeanne, Janina? ›Mein hoher Gemahl ist der Doktor Feuerberg, und ich bin keine Fürstin.‹ Was muß sich Wassile denken? Aus Angst will sie nicht zugeben, daß sie eine Fürstin ist. Eine Doktorsfrau in Czerawne ist besser als eine Fürstin in Sibirien. – Wassile bringt oder schickt die Nachricht: Die Fürstin Guwinski ist nicht da oder will nicht da sein. – Trauer und Verzweiflung, doch das Leben geht weiter. Das ist eine Möglichkeit.« – Nach einer kleinen Pause fuhr der Doktor fort: »Oder aber – und das ist die zweite Möglichkeit – Wassile findet den Doktor nicht und auch nicht die Fürstin. Nichts liegt näher als das! Wassile berichtet: nicht gefunden. Trauer und Verzweiflung, doch das Leben geht weiter. – Und die dritte Möglichkeit?« Der Doktor sprach sehr langsam: »Wassile findet den Doktor und seine Frau Jeanne. Sie erkennt die Chance, sieht den Ausweg aus einem qualvollen Leben. Was tut sie? Den Juden Feuerberg läßt sie und geht mit dem Kutscher Wassile. Der bringt sie auf das Schloß mit dem Park, den Dienern und den Pferden. – Denn dazu sind Sie ja gekommen, Wassile. – Dies alles, denkt der Fürst Guwinski, muß selbst einer Frau wie Jeanne eine Lüge wert sein. Auch als meine Frau kann sie ihrem treuen Ritter Candomir schöne Augen machen. Und was soll ich dagegen haben, wenn es sich dabei gut leben läßt? – So ist das, meine Lieben, ich kenne diesen Fürsten Guwinski genau, obwohl ich ihn nur ein einziges Mal zu Gesicht bekommen habe. Steht denn nicht geschrieben: An ihren Taten sollt ihr sie erkennen?«

Jeanne saß da, reglos, und blickte zum Fenster hinaus. Vor sich hin starrend, drehte Wassile seinen Schnurrbart, und der Doktor beobachtete bald seine Frau, bald den Gast. Auch diesmal brach Jeanne das Schweigen. »Das hast du gut gemacht, Léon *chéri*«, lobte sie ihn lächelnd. »Jetzt wissen wir es. Doch denken und reden macht hungrig. Ich bringe eine kleine Stärkung.« Sie erhob sich und ging hinaus.

Die beiden Männer blieben schweigend sitzen, verlegen, wie es schien. Als Jeanne belegte Brote, eine Flasche und Gläser auf den Tisch stellte, stand Wassile auf und ging ihr zur Hand. Der Doktor schenkte ein, hob sein Glas zuerst seiner Frau, dann Wassile entgegen. *»A votre santé!«* sagte er, und sie tranken den roten Weichselschnaps auf einen Zug.

»Gut«, sagte Wassile und stellte das leere Glas auf den Tisch. Von neuem goß der Doktor ein. Geradezu andächtig aßen sie von den Broten, und Jeanne kommentierte: »Noch immer von dem Segen, den der Natschalnik über uns ausgeschüttet hat.«

»Ja«, sagte der Doktor, »oder von meinem Honorar. – Die Frau Saposchnik wird bald sterben.«

»Keine Rettung?« fragte Wassile.

»Keine, ich hab es gewußt, auch ohne die Röntgenbilder – eine noch junge Frau.« Er griff nach seinem Glas. »Manchmal weiß man, wozu Alkohol gut ist.« Er trank aus, stand auf und ging in dem kleinen Raum auf und ab. Jeanne hielt die Lider gesenkt, und um ihren Mund spielte ein schmerzlich ironisches Lächeln.

Der Doktor setzte sich wieder hin. »Wir wollen nun«, begann er, »nachdem wir eine Erklärung für die Handlungsweise des Fürsten gefunden haben, auf Wesen und Zweck Ihrer Mission eingehen. Sie sollen ihr, so hat mich meine Frau informiert, im Namen Ihres Auftraggebers, des Herrn Candomir, Hilfe und Rettung antragen –. Stimmt das?«

»Ja, das stimmt«, sagte Wassile kurz, bemüht, sich nicht anmerken zu lassen, wie unbehaglich ihm zumute war.

»Diese Hilfe oder Rettung kann nichts anderes bedeuten, als daß Sie meine Frau aus dem Machtbereich der Sowjets fortbringen in eine Umgebung, wo Mittel und Einfluß des Barons ihr ein angenehmes Leben sichern. Jeanne, *chérie,* das ist deine große Chance. Wassile scheint mir der richtige Mann zu sein, die Gefahr des Grenzübertritts auf ein Minimum zu beschränken. Sie würden meine Frau begleiten?«

»Es gehört zu meinem Auftrag, für ihre Sicherheit zu sorgen, Doktor Feuerberg«, sagte Wassile ruhig. »Doch ich möchte, bevor Sie weitere Fragen stellen, auf etwas hinweisen: Was für Ihre Frau gilt, das gilt auch für Sie. Herr Candomir war falsch informiert. Von den veränderten Verhältnissen hatte er keine Ahnung. Sie werden ihm willkommen sein. Mit aller erdenklichen Freundlichkeit wird er ihnen begegnen. Ich verbürge mich dafür«, ein Lächeln huschte über sein Gesicht, »jawohl!«

»Das klingt gut, zu gut, lieber Wassile.«

»Warum läßt du ihn nicht ausreden, Léon?« wies Jeanne ihren Mann zurecht.

»Ja«, sagte Wassile, »ich verstehe Ihre Bedenken, Doktor. Sie wollen einem Mann, an dessen Gefühlen für Ihre Frau Sie kaum zweifeln können, nicht verpflichtet sein. Sie möchten ihm nicht danken müssen, ihm nicht und nicht Ihrer Frau. Nur, sie sollten die Situation sehen, wie sie in Wirklichkeit ist. Mag auch Radu Candomir Ihre Frau geliebt haben, heute ist er verheiratet, hat zwei Kinder und lebt in einer glücklichen Ehe. Was Candomir tut, geschieht aus Achtung vor den Träumen seiner Jugend.«

»Dann ist er ein Romantiker –.«

Es war offensichtlich, daß Wassile mit diesem Mann, der keinen Ausweg sah, genauso fühlte wie mit dieser Frau, die ihren Manne liebte. »Léon, *chéri*«, sagte Jeanne nach einer langen Minute inneren Kampfes, »natürlich bleiben wir hier.«

Das Gesicht des Arztes glättete sich. »Ich danke dir, meine Gute!« Er blickte Wassile ins Gesicht. »Sie haben gehört. Was die Frau will, das will Gott, sagt man in Frankreich. Wir bleiben also.« Er seufzte erleichtert.

»Léon ist Kommunist«, erklärte Jeanne, »trotz allem.«

»Trotz allem«, wiederholte der Doktor. »Jeanne meint nämlich, man müsse aufhören, es zu sein, wenn man dies alles miterlebt. Daß da noch anderes ist« – er machte eine weit ausladende Geste –, »nimmt sie nicht wahr.«

»Ja«, sagte Jeanne lächelnd, »alles, was man einwendet, widerlegt er einem.«

»Ihre Frau hat recht«, sagte Wassile, »Sie sind ein Bolschewik, Doktor Feuerberg. Zunächst dachte ich, Sie seien ein Bourgeois, der sich mit Zittern und Zagen und dem berüchtigten Stein im Herzen in eine verhaßte Situation fügt. Erinnern Sie sich nur an Ihre ersten, hm, kritischen Äußerungen –.«

»Ich habe zu Ihnen gesprochen, als wären Sie meines Sinnes. Kritik ist durchaus etwas Erlaubtes, Empfehlenswertes –.«

»Anbefohlenes. Kritik und Selbstkritik – oder ist die Reihenfolge anders? – sind leere Begriffe, Papier. Wer traut sich schon zu kritisieren?«

»Wer sich eben traut. Sie zum Beispiel haben eine Ausstrahlung, die Mißtrauen gar nicht aufkommen läßt. Ob das die Erklärung ist? Ich bereue nicht, Sie verkannt zu haben, bedaure nur, daß Sie ein anderer sind als der, für den ich Sie gehalten habe.«

»Und wofür halten Sie mich jetzt?« fragte Wassile. Zu prompt, wie er sich im stillen vorwarf.

»Für den treuen Diener Ihres Herrn – für so etwas wie eine antiquierte Erscheinung.«

»Antiquiert? Wie du auf alles deine Etiketten klebst! Warst du je ein Herr oder ein Diener? Wenn du auch nur ahntest, wieviel Menschlichkeit in der Beziehung zwischen Herr und Diener atmen kann!« Jeanne hatte das lauter gesagt, als es ihre Art war.

Den Doktor schien das nicht zu kümmern. »Ich bin einer von denen, die dagegen kämpfen, daß es auf der Welt Herren und Diener gibt. Wenn wir die Herren abschaffen, gibt es auch keine Diener mehr.« Zu Jeanne gewandt, setzte er immerhin hinzu: *»Pardonne-moi, Jeanne!«*

»Sie irren, Doktor«, sagte Wassile ruhig, »immer wird es Herren und Diener geben, nur daß sie in der neuen Terminologie anders benannt werden. Die Begriffe wechseln, die Sachen bleiben. Das gilt auch für die Treue, Doktor. Wenn es die nicht mehr gäbe – entsetzlich! Weil Sie vorhin sagten: ein *treuer* Diener seines Herrn – oder haben Sie bloß zitiert?«

»Zitiert habe ich, denn ich erkenne die Treue von Mensch zu Mensch nur so lange an, wie sie nicht die Treue zur Idee behindert. Wird sie zum Ballast, muß sie über Bord geworfen werden.« Daß der Doktor meinte, was er sagte, die Härte seiner Züge verriet es. Sein Gesicht war straff und entschlossen, während Jeannes Miene eher leer wirkte. Bewegungslos saß sie da, mit gesenkten Lidern.

»Das ist natürlich nur Theorie, Doktor.« Wassile zwang sich zu einem ungläubigen Lächeln.

»Nein«, sagte Jeanne tonlos und schüttelte traurig den Kopf.

»Jeanne kennt meine Überzeugung«, sagte der Doktor. »Ich habe sie nicht im unklaren gelassen – obwohl ich natürlich weiß, ohne Konzessionen geht es nicht. Selbst Marx rät zu Kompromißbereitschaft. Und Lenin sagt, daß wir in Sackgassen umdenken lernen. Aber soweit brauchen wir nicht zu gehen. Selbst wenn Dogmen fallen, bleibt die Idee in ihrem Kern bestehen. Nur das ist wichtig.«

»Wichtig«, wiederholte Wassile nachdenklich. »Sollte man meinen. Doch wieviel von der Idee bleibt, ob sie noch wiederzuerkennen sein wird – bei diesen Pakten und Bündnissen –.«

»Aha!« Der Doktor rief es beinahe triumphierend. Als hätte er nur auf diesen Einwand gewartet. »Das ist es also – der Pakt! Sie reden genau wie die anderen, Wassile. Immer wieder kommen sie auf den Pakt zu sprechen, wenn sie den Bolschewiki eins auswischen wollen.« Der Doktor erhob sich und stellte sich, als wollte er eine Ansprache halten, in die Mitte des Zimmers. »Sehen Sie, dort« – er deutete auf das Fenster – »ist Feuer, und hier« – er reckte den Arm gegen die Tür – »ist Wasser. Und da« – er zog mit dem Fuß einen imaginären Strich – »ist eine Wand. Keine aus Eisen, keine dicke Mauer, eine dünne Holz- oder, besser noch, Papierwand. Kann sie Feuer von Wasser scheiden oder Wasser von Feuer? Entweder das Feuer verzehrt die Wand, oder das Wasser reißt sie weg. Dann mischt sich Feuer mit Wasser. Ist das Wasser stärker, löscht es das Feuer aus. Oder das Feuer wird das Wasser zum Verdunsten bringen, und es wird weiter schwelen, neue Nahrung finden, wieder hoch auflodern. – Doch das verdunstete Wasser wird hochsteigen, sich zu Wolken sammeln, die sich in ungeheuren Gewittern, in ewigen Wolkenbrüchen entladen und mit ihren Wassermassen so lange das Feuer überfluten, bis es endlich aufhört zu brennen. Die anderen, die Nazis, die Faschisten, die Reaktion, sind das Feuer, und wir, die Bolschewiki, das ganze russische Volk, überhaupt alle, die an den Fortschritt glauben, sind das Wasser. Und, Wassile, die dünne Wand, das ist der Pakt. Ein Notbehelf, gerade soviel wert, um minutenlang das Wasser vom Feuer fernzuhalten, von dem dummen Feuer, das nicht weiß, daß immer neue Ströme dem Wasser zufließen, während es selbst nur künstlich geschürt und erhalten wird. So ist das, Wassile«, sagte der Doktor und setzte sich wieder auf seinen Stuhl.

»Ja, Doktor, ein Bild, und ich will versuchen, es so zu sehen, wie Sie es gemalt haben. Denn auch ich kämpfe gegen das Feuer, kämpfe bis zum letzten ...«

»Tropfen Wasser«, lachte der Doktor. »Darauf wollen wir trinken, Genosse Kutscher!«

»Ganz in meinem Sinn, Genosse Doktor.« Wassile schenkte ein.

»Ich fahre mit«, sagte Antek am nächsten Morgen – Wassile war gerade dabei einzuspannen –, »die Fenster für die Frühbeete hätten längst geliefert werden müssen. Höchste Zeit, daß wir fertig werden.«

»Beeil dich«, sagte Wassile, »wir fahren gleich, da ist auch schon Mira.« Er setzte sich auf den Kutschbock, Antek wartete, bis Mira im Wagen Platz genommen hatte, und ließ sich dann neben ihr nieder.

»Alles zur Zeit fertig«, verkündete er, nicht ohne Stolz, den anderen. »Stellt euch vor: Feldarbeit hundertdreißig Prozent, Gemüse dreihundert Prozent.«

»Dreihundert? Wieso?«

»Ja«, intervenierte Mira, »statt der vorgeschriebenen vierzig hat Antck hundertzwanzig Frühbeete angelegt. War nicht einfach, das Saatgut aufzutreiben – nur die Glasfenster fehlen noch.«

»Danke, Mira«, sagte Antek höflich.

»Du bist ein richtiger *stachanowetz*.« Wassile wandte sich rasch den Pferden zu, damit Antek sein Lächeln nicht bemerkte.

»Aus den Händen reißen werden sie uns das Gemüse – Frühgemüse, weißt du, wie gefragt das ist?«

»Und auf den Basar kann man damit gehen, ganz offen«, sagte Mira. »Machen Sie nur, Antek, alle werden bei der Arbeit helfen.«

»Schon gut, Mira. Jedenfalls bringt das Tausende. Täglich frische Ware – Radieschen, Kopfsalat, Zuckererbsen, Spargel. Augen werden sie machen, die Burshuis – und jeden Preis dafür zahlen.«

»Ja, die Burshuis«, sagte Wassile und drehte sich lachend um zu den beiden im Fond, »ihr Appetit ist ein Segen für die Farm. Ein Glück, daß sie überhaupt noch Geld haben.«

Sie hatten das Stadtzentrum erreicht. Antek stieg aus. »Wann fährst du zurück, Wassile?«

»Gegen drei, schätz ich. Wo willst du warten: bei Panja Jadwiga oder an der Tramstation?«

»Wenn ich keine frühere Fahrgelegenheit finde, dann bei mir zu Hause. Schaut halt herein.«

Als sie allein waren und durch stillere Gassen fuhren, drehte Wassile sich zu Mira um und sagte: »Wie fühlst du dich, Mira?«

»Besser, Wassile«, antwortete sie, »leichter!«

»Weil du Mermelstein los bist?«

»Ach der! – Weiß man denn, was nachkommt? Eine Weile wird's ja so gehen, aber dann? Saposchnik hat gesagt, es verstößt gegen die Vorschrift, daß der Buchhalter zugleich Kassierer ist. Das kann zu Scherereien führen. Zum Glück haben sie gestern nicht danach gefragt. Man muß einen Kassierer einstellen. Wer weiß, ob er schaltet – ich meine, ob er die Sache durchschaut und mitmacht! Auch ohne Direktor werden wir auf die Dauer nicht bleiben. Diesmal nehmen sie keinen ›Hiesigen‹, sagt Saposchnik.«

»Eine Weile schleppen wir's noch, und dann …«

»Und dann, Wassile?«

»Geduld, Mira! – Ich sag dir, ich hab angefangen, mich umzuschauen.«

»Bist du deswegen gestern fortgeritten ohne ein Wort und erst spät nach Hause gekommen –?«

Als hätte er die Unruhe, die in ihrer Frage lag, nicht wahrgenommen, sagte Wassile: »Nur noch ganz kurze Zeit, Mira. Ich tue alles, daß du hier rauskommst. Es wird klappen, das ist so gut wie sicher.« Während Mira zu Saposchnik ging, stieg Wassile zur Kantine hinunter. Vielleicht gab es dort wieder einmal eine Tasse Kaffee, die diesen Namen verdiente.

Als die Buchhalterin mit dem Natschalnik aus dem Büro trat, saß Wassile bereits wieder auf dem Kutschbock. »Bitte, zur Bank«, sagte Mira.

Vor der Bank fragte Wassile: »Wird's lange dauern?«

»Eine Weile schon«, sagte Saposchnik.

»Dann warte ich besser an der Ecke dort.« Mit dem Peitschenstiel wies Wassile die Richtung. »Hier ist Halteverbot.«

Gegenüber einer Reihe von Bücherständen fand sich Platz für den Wagen. Nichts als alte Bücher, brummte Wassile, der nähergetreten war, und weit und breit kein Käufer. Ein zerknitterter *bouquiniste* mit einem weißen Bärtchen begrüßte ihn auf polnisch. Als er den Kunden unter den deutschen Büchern kramen sah, fragte er ihn auf deutsch nach seinen Wünschen. »Ich habe schon – hier, das möchte ich.« Wassile hielt Schillers *Wilhelm Tell* in der Hand, ein dünnes Heft aus Reclams Universalbibliothek. »Kostet?« Ohne den Kommentaren des Alten Beachtung zu schenken, zahlte er und ging wortlos zurück zu seinem Wagen. Als Mira und Saposchnik um die Ecke bogen, sahen sie ihn gedankenverloren die Pferde tätscheln.

»Jetzt zum Notar«, sagte der Natschalnik. Vor dem Hause, in dem das Notariat untergebracht war, hieß es erneut, sich in Geduld fassen. Wie immer fuhr Wassile in seine ruhige Seitengasse, um sich und den Pferden ein wenig Ruhe zu gönnen. Da es bei dem Notar gewöhnlich länger dauerte, setzte er sich hinten in den Wagen und begann in seinem *Tell* zu lesen. Ein Beobachter hätte annehmen müssen, daß er das Werk studierte und sich dabei Notizen machte. Doch nicht vom Buch zum Zettel wanderte sein Stift, sondern in genau umgekehrter Richtung. Für jeden andern unverständliche Wörter las Wassile vom Zettel ab und unterstrich dann gewisse Stellen in dem Heft. Er schien erleichtert, daß er mit der Arbeit fertig war, als seine Fahrgäste zurückkehrten. Nächstes Fahrtziel war das Parteikomitee, wo Saposchnik abgesetzt zu werden wünschte.

Mira hatte noch in der Tischlerei zu tun. Die Holzrahmen für die Mistbeete waren endlich fertig, und sie wollte Antek bei der Übernahme behilflich sein. Gerade dies jedoch sollte sich als nicht so einfach erweisen. Der Leiter der Werkstatt, ein noch junger Mann, weigerte sich, mehr als vierzig Rahmen herauszugeben, und wies die Quittung Miras über den Empfang von hundertundzwanzig zurück. »Mach ich nicht, Genossin. Das ist gegen die Vorschrift.«

Mira wandte sich zum Gehen. »Komm«, sagte sie zu Wassile, der ihr ins Büro gefolgt war und schweigend rauchte. »Saposchnik müssen wir holen. Soll er sich mit dem Genossen unterhalten.« Falls sie sich eine Wirkung von diesen Worten erhofft hatte, sah sie sich getäuscht. Nichts. Der Mann spielte mit seinem Lineal und zeigte ein Gesicht, wie es gleichgültiger nicht hätte sein können. Als aber Wassile zu sprechen begann, langsam und bedächtig, änderte sich seine Haltung. »Wozu Saposchnik?« sagte Wassile. »Wir gehen gleich zum Genossen Taraschenko. Gestern hat er die Beete besichtigt und angeordnet, daß sie bis morgen unter Glas zu sein haben. Vierzig Rahmen sind für hundertzwanzig Beete zuwenig. Sofort müssen wir Meldung machen. Auf Wiedersehen!« Noch hatten sie die Tür nicht erreicht, als sie schon die Stimme des Leiters vernahmen: »He, Bürger! Nicht so schnell! Kommt zurück und übernehmt, bei des Teufels Großmutter, eure verfluchten Rahmen!«

Wie Mira und Wassile dann das Büro verließen, geleitete der Mann sie hinaus auf den Hof. Wassile sagte: »Wir bedanken uns sehr, Genosse Direktor.«

»Nichts zu danken«, gab der in geradezu freundschaftlichem Ton zurück. »Ich habe nur eine Rechnung glattstellen wollen. Eure *elektrostanzija* hat uns gestern den Strom abgestellt. Meine Wohnung ist völlig dunkel, nicht einmal kochen kann meine Frau. Kein Strom – keine Rahmen! – Dann eben ein andermal!« Er ging zurück in sein Büro.

Im Stadtzentrum stieg Mira aus; sie hatte noch Besorgungen zu machen. In zwei bis drei Stunden werde sie bei Panja Jadwiga sein. Wassile fuhr gleich hin. Als er ins Haus trat, kam ihm Antek entgegen. Es war, als hätte der auf ihn gewartet. »Ich bin froh, daß du kommst. Unbedingt muß ich mit dir allein sprechen.«

»Was ist denn los?«

»Paß jetzt gut auf, Wassile. Ich komme von Rudnickis Freundin. Es ist beschlossene Sache – sie machen dich kalt. Nicht unterbrechen!« schrie er Wassile an, als dieser Anstalten machte, ihn zu beruhigen. »Ausreden lassen! Für gestern hatten sie ein Ding geplant. Sie wollten ein Magazin ausräumen: Schokolade, Zigaretten, Schnaps. Alles war fertig, Mermelstein hatte fest zugesagt – ein Wagen war ihnen also sicher. Der Kutscher hätte zum Trinken eingeladen werden sollen, sie wollten ihm ein Schlafmittel geben. Dann wären sie losgefahren, wieder zurückgekommen, hätten abgeladen, und weder Mermelstein noch dem Kutscher wäre das geringste aufgefallen.«

»Zu schön, um wahr zu sein«, kommentierte Wassile.

Antek strafte ihn mit einem wilden Blick. »Mermelstein ist nicht gekommen, und der Beschützer seiner Herzensdame – er heißt Jusek, ein ganz gefährlicher Bursche, er geht mit dem Messer besser um als du mit den Pferden – ist zur Farm hinausgeradelt. Auf halbem Weg begegnet er dem Auto mit den Natschalniki. Kannst dich erinnern, der Chauffeur hat eine Mütze aufgehabt wie ein Milizionär? Jusek erkennt Mermelstein und berichtet den anderen, daß er verhaftet ist. In Rudnickis Schaluppe hat die Sitzung stattgefunden, und den Vorsitz hat der neue Chef der Bande geführt. Russe ist er und heißt Ossip, und gegen ihn ist der Jusek ein Waisenknabe. Die Alte sagt, alle zittern sie vor ihm, die Brüder, er hat ein Herz wie ein Tiger. Sie weiß, daß er schon mehr als einen umgelegt hat. Und jetzt kommt das Tollste: Stell dir vor, was sie sich ausgetüftelt haben! Wenn du an Rudnickis Verhaftung schuld bist, so mußt du auch Mermelstein verpfiffen haben, und wahrscheinlich weißt du auch, wohin er immer gefahren ist, und wirst weiter nachschnüffeln. Ossip sagt, er erledigt dich, weil du ein Spitzel bist, auch aus Wut über das vermasselte Geschäft, wahrscheinlich aber nur, weil er ein Mörder ist aus Passion. So was gibt's, glaub mir, Wassile.«

»Ich weiß, Antek«, sagte Wassile. »Warum hast du der Alten nicht klargemacht, wie die Sache steht? Sie braucht es ihm nur zu sagen, und außerdem kann er sich jederzeit davon überzeugen.«

»Ich hab nicht gewartet, bis du mir das aufträgst, Wassile. Doch weiß ich, ob sie kapiert hat, daß Mermelstein versetzt worden ist? Weil er ja so tüchtig ist! Ich hab ihr versprochen, ich bring ihr seine neue Adresse.«

»Dieser Mermelstein, was für Scherereien man seinetwegen hat«, sagte Wassile.

Antek sah ihn mit einem wütenden Kopfschütteln an. »Ist das alles, was du zu sagen hast?« fauchte er.

»Was willst du denn noch hören? – Ich verspreche dir, mich in acht zu nehmen. Soll ich vielleicht zur Miliz laufen, Anzeige erstatten?«

»Nein, natürlich nicht. – In die eigene Hand mußt du die Sache nehmen. Wenn du dich nicht selbst schützt ... Deswegen, Wassile, ich bitte dich, tu's mir zuliebe, steck die Pistole ein. In Jusefuwka hab ich sie versteckt. Ich zeig dir, wie man sie trägt, daß niemand es merkt.«

»Auch mir zuliebe«, sagte Wassile und klopfte Antek auf die Schulter, eine Geste, die ihm sonst fremd war. Anders vermochte er seine Rührung über Anteks Fürsorge nicht zu verbergen. »Gut, Antek, ich paß schon auf. Jetzt geh ich erst einmal in die Stadt. Inzwischen ...« Er grüßte militärisch und machte sich auf den Weg.

Das Haus Nr. 8 war eine Mietskaserne. Die Stiegenaufgänge machten einen unsauberen und verwahrlosten Eindruck; so trüb waren die Treppenfenster, daß ständig Dämmerlicht herrschte. Zweimal schon war Wassile Tür für Tür die einzelnen Stockwerke durchgegangen. Ohne Erfolg. Kein Namensschild half ihm auf die Spur. So beschloß er, vor dem Haus auszuharren, bis ein ›Hiesiger‹ von vertrauenswürdigem Aussehen es verließe oder beträte. Eine gute Viertelstunde hatte er vielleicht gewartet, als ein Junge – er mochte fünfzehn oder sechzehn Jahre alt sein –, einen Bücherpacken unter dem Arm, das Trottoir entlangkam und in Haus Nr. 8 verschwand. Rasch ging Wassile ihm nach. An der Treppe holte er ihn ein. »Verzeihen Sie, junger Mann«, sagte er auf russisch, »ich suche jemanden in diesem Haus. Früher hat diese Straße doch Kilinskiego geheißen, nicht?«

»Ja, das war die Kilinskiego, und das Haus ist Nr. 8. Ich kenne jetzt nicht mehr sämtliche Leute, die hier wohnen. Aber wenn es jemand von früher ist und – er wohnt noch hier?« Der Junge lächelte. Obwohl er fließend Russisch sprach, verriet der Tonfall den Einheimischen. Auch seine Kleidung wies darauf hin.

»Der Name ist Besselmann«, sagte Wassile mit gedämpfter Stimme, »Jossel, wenn Sie ihn kennen, junger Mann?«

»Oh, Jossel Besselmann?« Der Angeredete senkte den Kopf, als müßte er sich erst besinnen. Sein Blick blieb an Wassiles Stiefeln haften, dann setzte er sich in Bewegung und glitt langsam den Körper entlang bis hinauf zum Schnurrbart. »Sind Sie von hier?« fragte er.

»Natürlich«, sagte Wassile.

»Warum sprechen Sie dann nicht Polnisch?«

»Polnisch kann ich nicht gut, ich bin Ruthene.«

Das Knabengesicht verschloß sich. »Einen Jossel Besselmann kenn ich nicht.« Der Junge machte Anstalten, die Stufen hinaufzusteigen.

Wassile sagte: *»B'li pachad«,* was auf hebräisch »keine Angst, junger Mann!« heißt.

»Ejn li pachad – ich habe keine Angst«, kam es erstaunt zurück. »Aber – warum sagen Sie das Wort und wissen nicht einmal, wem Sie es sagen?« fragte der Junge streng.

Lachend wies Wassile auf das Schreibheft, das auf dem Bücherpacken des Jungen zuoberst lag. »Da steht doch Arje Besselmann. Kennen Sie das Wort nicht, schadet's nicht – kennen Sie es, so kann es nur nützen.«

»Stimmt: Eins zu Null für Sie! Sie brauchen mir nichts weiter zu erzählen. Ich weiß, wer Sie sind. Kommen Sie mit.«

»Ich bin Wassile.«

»So nennen Sie sich – ich habe gesagt, ich weiß, wer Sie sind.«

Im ersten Stock schloß er eine Tür auf. Der Gang, den sie betraten, war, das erkannte man trotz der Dunkelheit, völlig leer. »Arje?« hörte man eine Frauenstimme.

»Ja, ich bin's. Ist Vater schon zu Hause?«

»Jeden Augenblick muß er kommen.« Die Mutter, noch immer unsichtbar, sprach Jiddisch mit ihrem Sohn.

»Wir haben einen Gast, Mutter.« Er öffnete die Tür zur Küche. Eine Frau stand am Herd und drehte sich nach den Eintretenden um.

»Guten Tag«, sagte Wassile auf deutsch.

»Guten Tag«, erwiderte die Frau ebenfalls auf deutsch. Zu ihrem Sohn sagte sie ganz leise auf jiddisch: »Was für ein Gast? Sieht aus wie ein Moskal und spricht Deutsch?«

»Er ist *mejwn schel diber* – er versteht, was man spricht, unser Mensch.«

»Ja? Wie heißt er? Wer ist er?«

»Wassile«, sagte der Junge und bedeutete dem Gast: »Kommen Sie herein, der Vater wird bald da sein.«

In dem Zimmer, das groß und hell war, schien das spärliche Mobiliar sich zu verlieren. Arje ging nach nebenan und holte Zigaretten, ›Egypski‹. »Bitte, wenn Sie rauchen möchten?« sagte er auf russisch.

»Danke.« Wassile bediente sich, und Arje gab ihm Feuer. »Sie rauchen wohl noch nicht?«

»Wahrscheinlich werde ich nie rauchen. Mein Vater raucht für zwei und hustet für drei – da hören Sie ihn schon.« Geräuschvoll hatte ein Schlüssel sich gedreht, Türen waren geöffnet und zugeschlagen worden. Keuchendes Husten hatte alle Geräusche übertönt.

»Aber rauchen muß er«, sagte Arje zornig.

»Er sollte wirklich nicht rauchen.«

»›Wer lange hustet, lebt lange‹, sagt der Vater.« Der Junge ging zur Tür, öffnete sie und rief: »Vater!«

Der mittelgroße Mann mit Backenbart war Jossel Besselmann; die Sportmütze verlieh ihm ein sonderbar fremdes Aussehen. Er mühte sich, den Husten zu unterdrücken, was ihm ebensowenig gelang, wie die Tränen zu trocknen, die ihm dabei aus den Augen rannen. Als der Husten endlich aufhörte, schluckte er und sagte: »Man könnte meinen, ich huste –.«

»Laß die Schmonzes, Vater, und setz dich. Da ist ein Mann, der mit dir sprechen will.«

»Schulem alejchem«, sagte Besselmann und streckte Wassile die Hand entgegen.

Wassile drückte sie und sagte: *»Alejchem schulem.«*

»Er ist kein Jude«, sagte Arje.

»Und wenn er kein Jude ist, darf man ihm nicht Schulem geben, ha? Hast nicht gehört, er antwortet ganz schön.«

»Ja«, sagte Arje, »er antwortet schön.« Und Wassile anblickend, bat er: »Sprechen Sie mit dem Vater Deutsch. Er kann und ich auch.«

»Ja«, sagte Besselmann, »welcher Jud kann nicht Deutsch? Woher kommen Sie, und was führt Sie zu mir?« Er nahm die Mütze ab, unter der er ein Samtkäppchen trug, das entschieden besser zu seinem Gesicht paßte. Und sobald er mit zwei raschen Handbewegungen das Haar, das hinter die Ohren zurückgekämmt war, nach vorn gezogen und zu Schläfenlocken gedreht hatte, war er ein Jude, ein Chassid. »Die Genossen mögen diese Frisur nicht, aber zu Hause, wissen Sie, bin ich der Natschalnik.«

»Mein Vater arbeitet«, sagte Arje rasch, »als Uhrmacher, bei einem *artjel,* einer Werkstättenvereinigung.«

»Wer schickt Sie?« fragte Besselmann ernst.

»Karl Rundberg aus Czernowitz.«

»Ich kenne keinen Karl Rundberg, und Czernowitz ist weit.«

»Dann«, sagte Wassile, »werde ich gehn. Wenn Sie Rundberg nicht kennen ...«

»Hab ich denn gesagt, ich kenne Rundberg nicht? Nur einen Karl kenne ich nicht.«

Verwundert schüttelte Wassile den Kopf. Zuerst musterte er Besselmann, konnte dessen Miene aber nicht deuten. Dann fiel sein Blick auf Arjes lachendes Gesicht.

»An meinen Vater muß man sich erst gewöhnen. Ohne Dreh geht's bei ihm nicht. Er will nur wissen, ob Sie Rundberg so genau kennen, daß Sie vielleicht seinen jüdischen Vornamen wissen«, sagte Arje.

»Seine Eltern haben ihn ›Chajim‹ gerufen.«

»Das meine ich! Chajim. Das stimmt, und ...«

»Bläst du schon wieder auf Kaltes, Vater?« unterbrach ihn sein Sohn.

»Ja«, erwiderte Besselmann, »ich blase und werde immer blasen! Denn heißt es nicht: ›Besser auf Kaltes blasen, als sich an Heißem verbrennen‹? ›Meinen‹ reicht nicht aus, man muß auch ›wissen‹!«

»Du hast recht, Vater, doch was weiß der *chawer*, der Freund und Genosse Wassile, von solchen spitzfindigen Chochmes?«

»Und dazu heißt er noch ›Wassile‹!« Besselmann blickte seinen Gast scharf an. »Wassile – soll sein! Aber die Zeit ist ...«

»Ich versteh und bin Ihnen nicht böse. Nur, *meine* Zeit ist kurz bemessen.«

»Sie haben sich aber bis jetzt viel Zeit gelassen, *chawer* Wassile, und auf einmal brennt's bei Ihnen. Dreimal hat Chajim schon angefragt, ob Sie sich bei mir gemeldet hätten.«

»Ob *ich* mich gemeldet hätte? Wie kommt er dazu?«

»Er macht sich, scheint's, Sorgen um Sie. Übrigens schreibt er nicht von einem Wassile, doch jetzt weiß ich, daß er Sie meint. Auch in Snijatyn hat er sich erkundigt, bei ...« Der Name war ihm offenbar entfallen.

»Bei Birnberg?«

Erleichtert seufzte Besselmann auf, sein Sohn lachte schadenfroh. »Ja«, sagte er, die Schläfenlocken drehend, »bei Birnberg. Der ist sogar hierhergekommen, um nachzufragen, ob sich nicht jemand gemeldet hätte. Für ihn bedeutet so eine Reise keine Kleinigkeit, er ist nämlich nicht koscher.«

»Hat Rundberg nicht angedeutet, weshalb er beunruhigt ist?«

»Seien Sie kein Wassile, *chawer*. – Braucht er denn zu sagen, weshalb? Ist nicht genug, daß er beunruhigt ist? Wenn Birnberg schon herkommt, muß Chajim ihn davon überzeugt haben, daß es dringend ist. Er will wissen, ob Sie überhaupt noch leben. Wahrscheinlich« – er sah sein Gegenüber prüfend an – »sind Sie ihm eine wichtige Person. Chajim wartet auf Nachricht von Ihnen oder auch über Sie.«

»Genau deshalb habe ich Sie aufgesucht. Ich will Rundberg ein Wort zukommen lassen. Geht das?«

»Es geht, es geht nicht, geht es nicht? Wenn von dort her, warum dann nicht auch von hier hin?«

»Man kann, *chawer* Wassile«, schnitt Arje seinem Vater das Wort ab.

»Er hat entschieden, der *chuzpenik* – der Frechling –, soll er weiter verhandeln – ich red nicht mehr.«

Nicht im geringsten war Arje eingeschüchtert. »Wenn Sie Rundberg einen Brief schicken wollen, hat er ihn in drei Tagen, und morgen in einer Woche halten Sie die Antwort in der Hand. Außerdem – wenn Sie Geld brauchen?«

»Geld brauchen –«, mischte sich der Alte ein. »Na, wie gefällt Ihnen mein Rothschild? Eine Million, zwei Millionen Dollar, ha? Aber zehntausend oder zwanzigtausend sind auch Geld, oder ist das nichts? – Sie können jedenfalls mit uns rechnen –.«

»Nicht Rubel – Dollar«, sagte Arje.

»Na ja, wer rechnet schon in Rubel?« bestätigte Besselmann. »Allerdings lebt Arjes reiche Schwester nicht hier, sondern in New York.«

»Ja, in New York«, echote Arje, »aber kommt es darauf an? Hauptsache ist doch, sie zahlt, wenn sie den Auftrag erhält.«

»Ich werde«, versuchte Wassile der zeitraubenden Debatte ein Ende zu machen, »wohl kaum Geld brauchen. Sollte sich die Notwendigkeit ergeben, wird es sich kaum um große Summen handeln. Jedenfalls ist es beruhigend zu wissen, wohin man sich wenden kann. Wahrscheinlich hat auch die Beförderung der Nachricht ihren Preis. Wer besorgt das?« fragte er scheinbar uninteressiert.

Besselmanns Blick schweifte von Wassile zu seinem Sohn und von diesem zurück zu Wassile. Verwunderung, Frage und Befehl in einem. Vergeblich. Arje schien sich nicht darum zu scheren. »Vielleicht kennen Sie ihn, Motje Platzer heißt er und kommt ein-, manchmal zweimal in der Woche«, sagte er.

»Rundberg hat mir von ihm erzählt. Wenn der nichts riskiert!«

»Nicht ganz so gefährlich«, meinte Arje wegwerfend. »Er ist auf beiden Seiten gedeckt. Dort ist er zu Hause, und hier hat er Papiere. Er verdient gewaltig – Menschenschmuggel. Ich kenne den Weg. Motje ist nicht billig: tausend Grüne pro Kopf. Andere machen es billiger, aber die sind nicht so zuverlässig. – Wenn ich hinüber will, brauch ich niemanden, ganz allein geh ich. Von Hersch Birnbergs Haus bin ich in höchstens zwei Stunden in Rumänien.«

»Dann frag ich mich«, sagte Wassile halb im Scherz, »weshalb ihr nicht geht?«

»Was erwartet die Juden denn in Rumänien?« fragte Besselmann. »Hier kann man wenigstens untertauchen, und dafür, daß man Jude ist, wird man nicht bestraft. Dort aber treiben sie's mit jedem Tag ärger. Man malträtiert Juden, sogar aus dem fahrenden Zug wirft man sie. Die Deutschen gewinnen die Oberhand, und die *gaslunim*– die Bösewichter –, lassen es sich wohl sein.«

»Man braucht ja nicht dort zu bleiben«, sagte sein Sohn leise und blickte zur Seite.

»Ich weiß, ich weiß!« rief Besselmann, »Auf nach Erez Jisruel, das ist es, was dir vorschwebt.«

»Und warum nicht nach Palästina?« fragte Wassile erstaunt. »Rundbergs Vater wollte auch hingehen.«

»Er ist schon lange dort und Chajims beide Kinder gleichfalls«, sagte Arje wehmutsvoll.

»So?« fragte Wassile, »davon hatte ich keine Ahnung.«

»Jeschieh Rundberg ist ein alter Mann. Um dort zu sterben, ist er gegangen. Das darf man, das ist sogar Vorschrift – aber leben wird man dort erst, wenn der Meschiach kommt. Er ist noch nicht da«, sagte Besselmann feierlich.

»Ich will nicht warten, bis er kommt«, sagte Arje finster.

Vielleicht hätte sich das Gespräch noch weiter zugespitzt, wäre nicht Besselmanns Frau erschienen und hätte gesagt: »Zu Tisch, bitte – wie bald müßt ihr wieder fort.«

»Vielleicht«, sagte Besselmann zu Wassile, »machen Sie uns die Ehre und essen mit uns. Gute Sachen, Gott sei Dank! Ein Huhn läßt sich noch immer auftreiben.«

»Ich danke für die Einladung – doch gegessen habe ich bereits. Einen Brief möchte ich schreiben, und dazu brauche ich – ein altes Mathematikheft, wo noch zwei oder drei Seiten leer sind. Haben Sie so etwas, Arje?« Und als das Gewünschte vor ihm lag: »Bis Sie gegessen haben, bin ich fertig. Guten Appetit!«

Er zog, sobald er allein war, den *Tell* aus der Tasche und begann, den angestrichenen Wörtern und Sätzen folgend, Rechenexempel aufzustellen, Brüche, Proportionen, Gleichungen, wie sie das Heft enthielt, wobei er sich bemühte, seine Ziffern denen Arjes anzugleichen. Als er fertig war, riß er die Deckel vom Heft, fügte auf irgendeiner Seite in Ziffern die Anleitung hinzu, und als Vater und Sohn wieder ins Zimmer traten, war der *Tell* in seiner Tasche verschwunden, und er selbst saß und rauchte. »Hier, das geben Sie, bitte, Motje Platzer. Falls er erwischt wird, soll er sagen, das Heft ist für – hm, Sie wissen schon. Drüben besteht sowieso keine Gefahr mehr.«

»Sie brauchen sich keine Gedanken zu machen, in acht Tagen haben Sie Antwort!« sagte Besselmann.

»Hoffentlich, und – sollte mir etwas zustoßen – ich möchte, daß Rundberg es erfährt –.«

»Was soll Ihnen denn zustoßen?« fragte Besselmann besorgt. »Ist etwas nicht in Ordnung mit Ihnen? Ich könnte Ihnen auch eine Sprawka beschaffen oder einen Paß.«

»Ich arbeite, habe, was ich brauche, und bin in Ordnung. Natürlich kann man nie wissen –.«

»Im Notfall erreichen Sie mich«, sagte Arje lebhaft, »immer über Schule Nr. 12. Dort soll man nach mir fragen.«

»Dasselbe Wort?« fragte Wassile.

»Nein«, erwiderte Arje schroff, »ich habe mein eigenes: *›rak kach‹.*«

»Rak kach«, wiederholte Wassile, *»rak kach* – auch Hebräisch? Was heißt das?«

»Nur so!« sagte Arje stolz.

»Nur so, wie mein Sohn will, Arje Besselmann. Ostern wird er sechzehn.«

»Nur, wie wir wollen – wir, die Sechzehnjährigen. Du wirst es schon noch verstehn, Vater.«

»Kann sein.« Wassile nahm Abschied von Jossel Besselmann. Sein Sohn war aus dem Zimmer gegangen und mit einer Hunderterpackung ›Egypski‹ zurückgekehrt.

»Erlauben Sie mir, *chawer* Wassile, die russischen sind nicht so gut.«

»Danke, ich nehme sie gern an. Auf Wiedersehn, Arje, *rak kach.*« Er drückte dem Jungen die Hand.

»Rak kach«, bestätigte Arje feierlich.

Als Wassile gegangen war, strich der Vater sich mit der feuchten Bürste die Schläfenlocken hinter die Ohren, der Sohn nahm Schulbücher und Hefte unter den Arm. Gemeinsam schritten sie die Stufen hinunter. Bevor sie aus dem Haustor traten, umarmten sie einander. Auf dem Trottoir blieb Arje stehen. »Vater«, sagte er, »hast du darüber nachgedacht, wer dieser Wassile ist?«

»Wer wird er schon sein? Wassile eben, Chajims Mann. Was braucht man da viel zu klären.«

»Dieser Wassile ist nicht einfach Wassile, Vater. Ich weiß, wer er ist – der Uden!« Arje drehte sich um und ging raschen Schrittes davon.

»Der?« Gern hätte Jossel Besselmann seinen Sohn zurückgerufen, doch es war höchste Zeit, wieder zur Arbeit zu gehen.

Am Spätnachmittag wurden die Mistbeetfenster gebracht. Kaum konnte Antek seine Freude bändigen. »Hundertzwanzig Rahmen, mein Lieber, ein Rekord – wir schlagen alles!« Seine gute Laune hatte jedoch noch andere Gründe. Es hatte ihn nicht im Hause gehalten, und am Vormittag war er fortgegangen, um Jusek zu treffen. Dieser war jetzt davon überzeugt, daß Mermelstein nicht verhaftet, sondern zu einer anderen, besseren Arbeit geschickt worden war. Nun würden ihm, das hatte Antek einflechten können, nicht nur Pferdegespanne, ja selbst Last- und Personenwagen zur Verfügung stehen. Hatte nicht Jusek ihn selbst im Auto gesehen? »Das ist, glaube ich«, sagte Antek zu Wassile, »in Butter, doch sicher ist sicher. Den Revolver wirst du ein Weilchen bei dir tragen. Wer weiß, ob dieser Ossip sich überzeugen lassen will. Trotzdem: mir ist jetzt leichter.«

Abends auf dem Weg nach Hause eröffnete Wassile einer skeptischen Mira. »In einer Woche weiß ich Bescheid. Wenn es geht, wie ich hoffe, bist du bald alles los, Mira.«

»Wir, Wassile, nicht ich«, korrigierte ihn Mira, »denn ohne dich hat es keinen Sinn.«

»Laß gut sein, Mira. Werde nur nicht nervös, und laß dir ja nichts anmerken.«

»Darauf kannst du dich verlassen.«

Als Wassile sich auszog, fiel das blaßgelbe Heft, der *Tell*, auf den Boden. Er hob es auf und hielt es eine Weile unschlüssig in der Hand. Sein erster Gedanke war, es zu vernichten. Dann fiel ihm ein, daß er es noch brauchen könnte, und er beschloß, es aufzubewahren, weil auch Rundberg sich sicherlich des *Tell* als Schlüssel bedienen würde. So schob er das Heft zwischen die Bücher und Broschüren, die auf einem Stapel in der Ecke lagen. Übertriebene Vorsicht? Er mußte über sich selber lachen. Das bin ja gar nicht mehr ich, dachte er. Sie haben mich untergekriegt. Ich bin ganz so, wie sie mich haben wollen, gehorsam, geduckt, vorsichtig. Ich blase – verehrter Genosse Besselmann, Sie haben recht – auf Kaltes.

Antek saß am Tisch. Er blickte von dem Buch auf, in dem er herumgeblättert hatte. *Historische Miniaturen* war der Titel. »Sachen sind das«, rief er, »das mußt du lesen! Toll, diese Geschichte von der Katharina und dem Potemkin –.«

»Ach ja, Potemkin – der war nicht nur ein hervorragender Staatsmann, auch ein tüchtiger General und ein vernünftiger Kolonisator.«

»Schöner Kolonisator! Hat einfach Kulissen hingestellt, wie im Theater, und die Kaiserin im Schlitten daran vorbeikutschiert. Aus der Ferne hat er ihr alles gezeigt, ihr eingeredet, daß es lauter Bauernhöfe – wie steht's nur im Büchel? –, blühende Dörfer sind – die Potemkinschen Dörfer!«

»Ich stell mir vor, das hat er nicht als Kolonisator gemacht, sondern als Staatsmann, als Minister einer launischen Herrscherin, die auch noch seine Geliebte war. Wahrscheinlich wird die gemeint haben, es genügt, wenn sie befiehlt, Kolonien sollen geschaffen werden. Potemkinsche Dörfer gab es schon viele Jahrhunderte vor Potemkin, es gibt sie heute, und es wird sie so lange geben, wie irgendeiner, der die Macht hat, andere zwingen will, etwas zu schaffen, wozu sie nicht imstande sind.«

»Wenn man das so sieht, ist fast alles auf der Welt Potemkin.«

»Glaub mir, gäb es keine Katharina, die Unmögliches von ihren Untertanen verlangt und der man's dann vorschwindeln muß, einfach aus Angst, dann bräuchte man auch keinen Potemkin.«

»Einfach aus Angst«, wiederholte Antek. »Ja, alles ist Potemkin! Unsere Farm hier auch. Wenn sie draufkommen, wie wir es schaffen, dann sind wir dran!«

»Solange es ihnen in den Kram paßt, besteht keine Gefahr. Doch morgen schon kann der Wind aufkommen, der die Kulissen umwirft.«

»Potemkin –«, wiederholte Antek und fuhr fort, »aber hol sie der Teufel! Soll ich mir darüber den Kopf zerbrechen? Als ob unsereiner was ändern könnte.« Dann, ärgerlich: »Wenn ich höre, wie die anderen Farmen nicht vom Fleck kommen und fast gar nichts schaffen, paßt es mir überhaupt nicht, daß wir so gut arbeiten. Bestimmt beneiden und hassen sie uns und wünschen uns zum Teufel.«

»Stimmt haargenau, Antek. Ich gehe jetzt schlafen. Morgen ist Buttertag. Wenn ich zurück bin, helfe ich dir bei den Frühbeeten. Gute Nacht!«

»Moment noch, Wassile.« Antek zog, nachdem er die Tür versperrt und sich überzeugt hatte, daß das Fenster dicht verhängt war, eine Pistole aus der Tasche. »Hier«, sagte er, »gar nicht groß. Hat auf der flachen Hand Platz. Du mußt sie einstecken. Kann wirklich sein, daß du sie brauchst.«

Wassile fuhr gerade aus dem Hof, als Freddy ins Büro trat. »Wir sind fertig mit den Frühbeeten, Mira«, sagte er strahlend. An seinen Schuhen und Kleidern, selbst an seinen Händen, klebte schwarze Erde.

»Fein!« Mira blickte von ihrer Arbeit auf. Sie konnte sich beim Anblick ihres Mannes nicht eines Kopfschüttelns erwehren. So müßte ihn eine geborene van Taagen sehen, dachte sie. Sie sagte: »Hier ist der Schlüssel, geh, wasch dich gründlich und zieh was Sauberes an. Ich habe noch zu arbeiten. Du kannst mich später abholen.« Freddy rauchte eine Zigarette, dann machte er sich auf den Weg.

Als er den Schlüssel ins Schloß steckte, hörte er hinter sich eine Männerstimme: *»He, grashdanin!«* Ein Mann in wattierter Jacke, eine Militärmütze auf dem Kopf, sprang vor dem Häuschen vom Fahrrad. Die beiden Wörter hatte Freddy verstanden, nicht aber, was der Mann sonst sagte oder fragte. Er erriet auch nicht, was der Radfahrer meinte, als er auf Antek wies, der sich auf der anderen Straßenseite müden Schrittes seiner Wohnung näherte. Freddy nickte dem Fremden zu und sagte freundlich: *»Konjetschno.«*

Sogleich sprang der Mann wieder aufs Rad, und Freddy ging ins Haus. Er hatte gerade die Schuhe abgestreift, als ihn ein sich wiederholendes kurzes peitschenartiges Geräusch aufhorchen ließ. »Was so ein Traktor für komische Geräusche macht«, murmelte er vor sich hin, »ganz anders als ein Auto.« Auch der

Metzger Kreisel, der im Schlachthaus gerade das Werkzeug säuberte, hörte das zweimalige Knallen, und auch er dachte sofort an einen Traktor. Neugierig geworden lief er hinaus auf die Straße. Nichts zu sehen. Schon wollte er zurück ins Haus, um sich zu waschen, als er auf der andern Straßenseite Antek am Boden liegen sah. Er rannte hinüber, wollte ihm auf die Beine helfen, doch zu seinem Entsetzen stellte er fest, daß er sich um einen Toten bemühte.

Der Traktorist Wolodja war der einzige, der ruhig Blut bewahrte. Vielleicht hatte er ähnliches schon erlebt und wußte, wie man sich in solchen Fällen zu verhalten hat. Antek war mit zwei Schüssen in den Rücken getötet worden. Mira, die als eine der letzten von dem Vorfall erfuhr, faßte sich rasch und sorgte dafür, daß Wolodjas Anordnungen befolgt wurden. Freddy hatte ihr von dem Radfahrer erzählt. Sofort erriet sie den Zusammenhang. Würde die Miliz davon erfahren und hätte Freddy Rede und Antwort zu stehen, könnte es zu Komplikationen kommen, denen er keineswegs gewachsen wäre. So blieb sie mit ihm zurück, während Wolodja die Direktion alarmierte. In aller Strenge schärfte sie Freddy ein, die Sache mit dem Radfahrer für sich zu behalten. Nur Wassile sollte wissen, was wirklich vorgefallen war. Für ihren nüchternen Verstand war Anteks Tod eine Tatsache, mit der es sich abzufinden galt. Ihm war nicht zu helfen, selbst wenn sie den Täter aufspürten. Aber Freddy war noch am Leben –.

Beinahe zwei Stunden dauerte es, bis die Milizionäre und mit ihnen Saposchnik, Lawrenenko und Fejnhold am Tatort eintrafen. Wenige Minuten, nachdem sie vom Lastwagen gesprungen waren, brachte Wassile seine schweißtriefenden Pferde zum Stehen. Als die Leute, die inzwischen herbeigeeilt waren, ihn sahen, bildeten sie eine Gasse, und er ging zu der Stelle, wo der tote Freund, noch immer mit dem Gesicht zum Boden, im nassen Straßengraben lag. Wassile kniete nieder, hilflos starrte er auf die beiden Blutflecke an Anteks Jacke. Fejnhold trat neben ihm, legte ihm die Hand auf die Schulter und sagte: »Kommen Sie, Wassile Wassiljewitsch, die Genossen von der Miliz müssen ihre Pflicht tun.« Er führte ihn zurück zum Wagen. »Sie waren mit ihm befreundet, nicht? Ein guter Arbeiter, schade um ihn.«

Wassile nickte nur und nahm die Zigarette, die Fejnhold ihm anbot. Während er schweigend rauchte, wurde die Leiche auf den Wagen gehoben, mit dem er gekommen war. »Zur Gärtnerei«, sagte Fejnhold. Wassile hatte sich soweit gefaßt, daß er die Zügel selber in die Hand nahm. Kreisel setzte sich neben ihn. »Man muß unbedingt die Kugeln finden, Wassile. Wer kann ihn bloß umgebracht haben – am hellichten Tag?«

»Jeder hat Feinde«, sagte Wassile.

Mira hatte die Lohnlisten in die Kantine gebracht, wo die Arbeiter sich versammelt hatten. Wolodja rief ihre Namen auf und teilte sie in so viele Gruppen ein, wie Milizionäre vorhanden waren. Die Vernehmung konnte beginnen. Allen wurden die gleichen Fragen gestellt, und alle kamen mit den gleichen Antworten. Gorecki war ein fleißiger, ja ehrgeiziger Arbeiter gewesen. Nie hatte er sich mit jemandem gestritten, fast immer war er guter Dinge und zum Scherzen aufgelegt gewesen. Frauen war er stets mit Höflichkeit begegnet, von irgendeiner intimeren Bindung war nichts bekannt.

Vernommen wurde auch Wassile. Lawrenenko und Saposchnik saßen mit ihm am Tisch, Fejnhold stand an die Wand gelehnt und rauchte. Im ersten Impuls hatte Wassile alles, was er wußte, aussagen wollen, dann war es ihm gelungen sich zu fangen und, was wichtiger war, zu beherrschen. Hatte Antek nicht erst gestern gesagt: »Die Miliz? Frag sie, wen sie schon erwischt hat. Wenn du dich nicht selber schützt, dann schützt dich niemand.« Antek hatte ihn beschützt und war selber ein Opfer geworden. Nein, nicht die Miliz! Wer weiß, wohin sie den Karren lenken, wo er am Ende steckenbleibt. Sich wehren, ja, aber allein, und – strafen.

»Sie haben mit Anton Antonitsch Gorecki zusammengewohnt?« fragte der Natschalnik, der die Untersuchung leitete.

»Ja.«

»Wie lange?«

»Seit wir zusammen arbeiten. Wir waren früher beim Fleischtrust. Er, der Genosse Tadeus Sembrinski und ich haben uns die Wohnung geteilt.« Der Natschalnik fing an, sich Notizen zu machen, ließ aber bald davon ab. »Was war Gorecki für ein Mensch?«

»Er hat gern gearbeitet. Die Obstbäume waren zur rechten Zeit beschnitten, und statt vierzig Mistbeete hat er hundertzwanzig angelegt. Gerade heute war er damit fertig geworden.«

»Hundertzwanzig Beete?« Der Natschalnik blickte Saposchnik und Lawrenenko fragend an. Beide nickten bestätigend. »Die dreifache Norm!« sagte er bewundernd, »wirklich schade!« – Er nahm die Mütze ab und kratzte sich am Hinterkopf. »Genosse Chomniuk, Sie sind ein ernster und zuverlässiger Mann, hören Sie gut zu und versuchen Sie sich zu erinnern. Was war Gorecki für ein Mensch – ich meine, was wissen Sie von früher über ihn, wie war er – politisch?«

»Ich kann Ihnen«, sagte Wassile langsam, »nur sagen, was er mir erzählt hat. Eine unglückliche Kindheit und Jugend hat er gehabt. Die Mutter tot, der Vater hat sich nicht um ihn gekümmert. Erst spät hat er angefangen zu lernen. Ja, und politisch, seit er richtig denken konnte, war er gegen die Burshuis, gegen ihre Beamten und Geistlichen. Verfolgte hat er unterstützt, hat Beiträge in die Fonds gezahlt, und wenn die politische Polizei hinter Revolutionären her war, hielt Gorecki manchmal zehn und auch mehr bei sich versteckt. Und heute, da hat er sich so gefreut, daß er vor der festgesetzten Zeit fertig war – sogar eine Runde hat er spendiert.«

Eine Weile blieb es still. Schließlich sagte der Natschalnik zu Fejnhold: »Weißt du jetzt, wo der Hund begraben liegt, Arkadij Samuelowitsch?«

»Ich glaube, ja«, erwiderte Fejnhold und schloß sich dem Natschalnik an, der den Raum verließ. Auch Lawrenenko und Saposchnik erhoben sich und gingen. Wassile blieb noch kurz, dann brach auch er auf.

Im Speisesaal waren die Milizionäre mit ihrer Arbeit beinahe zu Ende gekommen, als der Arzt erschien. Dem Natschalnik übergab er zwei Kugeln und beeilte sich, seinen Bericht zu Papier zu bringen. »Neun Millimeter«, sagte der Mann zu den andern, »nicht unser Kaliber. Das hab ich gewußt.« Er trat ganz nahe an Fejnhold heran. »Es sind die gleichen«, hörte Wassile ihn sagen.

Nachdem die Milizionäre ihren Chefs die unterschriebenen Protokolle abgeliefert hatten, rief Saposchnik Mira und Wassile zu sich. »Wir haben beschlossen, daß Gorecki hier auf der Farm begraben wird, am besten hinter der Gärtnerei. Suchen Sie einen geeigneten Platz aus, Genosse Chomniuk. Morgen um fünf Uhr nachmittags findet das Begräbnis statt. Alle Wagen sollen bei Werk I warten. Mira Isakowna, Sie werden aufnehmen, was Gorecki besessen hat. Fertigen Sie eine Liste davon an, die Sachen müssen im Magazin verwahrt werden. Hat er Verwandte?«

»Nein«, sagte Wassile, »außer Sembrinski und dessen Mutter, mit denen er seit siebzehn Jahren zusammengelebt hat, soviel ich weiß, niemanden.«

Um zehn Uhr fuhr das Auto mit den Milizionären und den Natschalniki davon. Die Arbeiter waren in der Kantine geblieben. Wassile saß mit Mira und Wagner in einer Ecke. Baczinski trat an den Tisch. »Wenn Sie mir ein paar Bretter herausgeben, mache ich gleich den Sarg«, sagte er zu Wagner.

»Das hat noch Zeit«, schaltete Wassile sich ein. »Sie müssen zuerst zu Tadek fahren. Ich habe nicht die Kraft, ihm zu sagen, was passiert ist.«

»Tadek?« fragte Wagner.

»Ja, der ist in der Stadt bei seiner Mutter.«

»Gut. Ich werde es tun.«

Als sie allein waren, sagte Mira: »Nimm es dir nicht so zu Herzen, Wassile. Bleib heute nacht nicht allein – komm zu uns. Ich hab dir auch was zu erzählen.« Er sah sie fragend an. »Später.«

»Komm, Wassile«, bat Mira leise und dringlich. Es war Zeit zu gehen. Freddy hatte sich bereits auf den Weg gemacht.

Als sie nach Hause kamen, lag Freddy im Bett und schlief.

Mira erzählte Wassile, was Freddy gesehen und verschwiegen hatte. Sofort erriet Wassile, wer Anteks Mörder war. Der uniformierte Radfahrer mußte Ossip gewesen sein.

Sie saßen und rauchten, müde und zugleich überwach, so daß an Schlaf nicht zu denken war. Dann brachte Mira belegte Brote und einen Krug Milch. Sie aßen, tranken, und wieder rauchten sie. Als wollte sie den Freund von seinem Kummer ablenken, erzählte Mira aus ihrem Leben. Sie, die sonst immer so zurückhaltend gewesen war, begann zu sprechen. Wenn für den zurückhaltenden Wassile noch viele Einzelheiten ihrer Existenz und ihres Schicksals im Dunkel lagen, so wurde ihm jetzt, da er den Zusammenhang erfuhr, immer klarer, wie sie, die so gar nicht zu den Linkhandschen Frauen paßte – manch eine kannte er sogar persönlich –, zu dieser Familie gekommen war. Sie sprach in ihrer gewohnten Art, nichts beschönigte sie, und sie prahlte auch nicht mit ihren Erfolgen und ihrem Reichtum. »Glaub mir, Wassile«, schloß sie, »ich kenne mich aus mit Menschen, du könntest es weit bringen. Du bist tüchtig, intelligent und energisch. Du lernst in Wochen, wozu andere Jahre brauchen. Wenn wir erst draußen sind ...«

Wassile schwieg. Was hätte er sagen sollen? Belügen wollte er sie nicht, nein, sie nicht. Und die Wahrheit? Wozu sie damit belasten? Trug sie an den eigenen Sorgen, der eigenen Angst nicht schwer genug? Nein, ich bleibe besser Wassile – Wassile Chomiuk ist hier das einzig Richtige. Und ob wir uns jemals wiederbegegnen werden, wenn du von hier fort bist, Mira Linkhand?

Auf dem Sofa in der Küche hatte Mira ihm das Nachtlager gerichtet. Es war nach Mitternacht, als er sich endlich niederlegte. Träumte er? Nein, es war wirklich Mira. Lautlos hatte sie die Tür hinter sich geschlossen, den Riegel vorgeschoben und war zu ihm unter die Decke geschlüpft, um die Wärme mit ihm zu teilen. Begütigend legte er eine Hand auf ihre Hüfte und – schlief ein.

Als Wassile um vier Uhr morgens ins Freie trat, schlug ihm kalter Regen ins Gesicht. Im Pferdestall machte er sich gleich an die Arbeit. Er tränkte und fütterte die beiden braunen Stuten, mit denen Wagner zur Stadt fahren sollte, um Tadek zu holen. Sicherlich würde auch Panja Jadwiga mitkommen.

Wagner hatte es eilig, sein Gespann war als erstes abfahrbereit. Die beiden Füchse wurden hinten an den Wagen gebunden. »Lassen Sie die Pferde bei Baczinski, er soll sie möglichst bald beschlagen. Auf jeden Fall müssen Sie bis zur Schmiede im Schritt fahren. Und das Wichtigste: Bemühen Sie sich, Tadek den Tod Anteks so schonend wie möglich beizubringen.«

Einer nach dem andern fanden sich die Kutscher ein, tränkten, fütterten und putzten ihre Pferde, dann gingen sie in die

Kantine. Wassile kümmerte sich um Golodnej, der schon unruhig zu werden begann. Als der Hengst versorgt war, überzeugte er sich durch einen Blick über die Bretterwand, daß außer ihm niemand im Stall war. Aus der Mauer unter der Krippe zog er zwei Ziegelsteine heraus, griff in das Loch und holte sich die Pistole. Wie die Munition war sie in einen Lappen gewickelt. Wassile wog das Paket in der Hand und legte es in das Versteck zurück. »Ich werde euch noch brauchen«, murmelte er.

Die Wagen waren aus dem Hof gerollt. Wassile stand an der Stalltür und blickte in den Regen. Gern hätte er geraucht, aber die Zigaretten waren ihm ausgegangen. Vielleicht wäre Mira schon auf und würde ihm aushelfen.

Sie öffnete, bevor er noch angeklopft hatte. Als hätte sie auf ihn gewartet. »Ohne Frühstück sind Sie gegangen!« sagte sie vorwurfsvoll.

Da steckte Freddy den Kopf zur Tür herein. »Hallo, Wassile!« rief er freudig.

»Guten Morgen – hast du Zigaretten?«

»Eine ganze Menge.« Er brachte eine Handvoll. »Daß du auch für später welche hast«, lachte er.

»Danke. Mach dich fertig, Freddy. Tadek kommt bald aus der Stadt. Es wird gut sein, wenn du ihn erwartest.«

»Zieh mich eh schon an – der Tadek, *konjetschno.*«

»Du sollst nicht immer ›*konjetschno*‹ sagen, Freddy«, tadelte Wassile. Mira zog ihn am Ärmel. »Ja doch«, sagte er nervös.

»Ich meine, Sie sollten jetzt etwas Warmes trinken«, sagte sie und ging voran in die Küche. Sie rückte ihm einen Stuhl zurecht. »Du weißt doch, er versteht dich nicht – vergebliche Liebesmüh. Jeder kann übrigens sehen, wie sehr du dir zu Herzen nimmst, was geschehen ist – es nagt an dir.«

»Du hast recht, Mira. Fragen – der Zweifel –«, sagte er gequält.

»Hab Geduld, Wassile.« Sie wandte sich dem Herd zu. Beide schwiegen, bis Freddy in die Küche kam.

»Freddy«, sagte Wassile, »wenn du gefrühstückt hast, gehst du in meine Wohnung und wartest, bis Tadek kommt. Sicherlich wird ihn seine Mutter begleiten.«

»Ja, die Panja Jadwiga.«

»Und – Freddy, dem Tadek erzählst du lieber nichts von dem Radfahrer, hörst du?«

»Ja, mach ich.«

»Was hast du denn gedacht, Freddy, daß dich der Russe fragt, du weißt schon, der Radfahrer von gestern?«

»Nix.« Freddy verzog das Gesicht zu einem verlegenen Grinsen.

»Hör jetzt gut zu, Freddy. Vielleicht hat der Mann etwas gesagt, was wie ›An-ton‹ geklungen hat?« Wie die Russen betonte er das Wort auf der zweiten Silbe. »An-tón, Freddy«, wiederholte er.

Freddy dachte nach. »Bestimmt nicht, Wassile. Eher.« Ratlos schüttelte er den Kopf. »Bitte, paß gut auf, Freddy, hat's vielleicht geklungen wie *›kon-ijuch‹ – ›konijuch‹?«*

»*Konijuch?* – Ja, ich könnt beschwören, daß er's gesagt hat.« Er wurde unruhig. »Gib mir den Schlüssel, ich geh jetzt, auf Tadek warten.« Wassile ließ ihn ziehen. Mehr war aus ihm nicht herauszubekommen.

Miras Gesicht war eine Maske. »Du meinst, daß er dich hat töten wollen, Wassile?«

»Nicht doch! Es ist nur, weil ich nicht klug daraus werde.«

Ihre Züge entspannten sich. »Auf Freddys Worte darfst du nichts geben. Er ist halt so. Hier ist warmes Wasser und Freddys Rasierzeug, ja, und ...« Sie ging aus der Küche und kam mit einer Hose über dem Arm zurück. »Deine ist an den Knien durch, Wassile. Die hier hat Freddy nie getragen, er ist dicker geworden.« Sie reichte ihm das Kleidungsstück. Es war aus dunkelgrauem Cord, und auf dem Schildchen innen am Bund stand ›Poole, London S. W.‹

»Das kann ich nicht annehmen, Mira.«

»Ich schenk dir doch nichts, Wassile. Hast du vergessen, daß ich dir über dreitausend Rubel schulde? Warum nimmst du die Hose nicht einfach als Anzahlung? Wieviel verlangt man heute für so etwas?«

»Für diese Art Hose? Die ist unbezahlbar. Poole in London – die hat gut und gern ihre fünf Guinees gekostet.«

»Kann sein«, sagte sie, ohne ihr Erstaunen zu verraten. »Warst du schon in England, Wassile?«

»Mehr als einmal – bei Rennen, Jagden, Pferdeauktionen. Mit meinem Patron natürlich. – Ist meine Hose wirklich am Ende?«

»Ganz bestimmt!«

»Na, sie hat lange genug gehalten. Ich hab sie übrigens in Wien gekauft.«

»So? Vielleicht –.« Sie brach ab. »Ich muß zur Arbeit, Wassile. Gegen neun Uhr möchte ich in die Stadt fahren.«

»Du wirst dich bis zehn gedulden müssen. Vorher hab ich keinen Kutscher. Ich bleibe heute hier. – Ja, und die Hose – in Rubel umgerechnet – ich denke achthundert –.«

»Ich bitte dich, achthundert!«

»Mindestens. Gut zwanzig Dollar? Das ist sie bestimmt wert!«

»Sag« – sie brach ab und sah ihn an –, »du rechnest in Dollar? Hier?«

»Alle rechnen so.«

»Gut, doch Hose ist Hose. Das hat mit Dollar nichts zu tun. Streit dich, bitte, nicht mit mir über so etwas, Wassile. Kaum daß wir uns kannten, hab ich mir schon Geld ausgeliehen bei dir. Und du stellst dich hin und rechnest!«

»Das ist etwas anderes, Mira. Aber wir bringen das schon in Ordnung. Ich gebe zu, daß ich dringend eine Hose brauche. Wenn jemand neugierig wird, dann hab ich sie Freddy abgekauft, weil sie ihm nicht paßt. Um sechzig Rubel, sechzig, vergiß nicht, und sag auch Freddy Bescheid. Jetzt gib mir, bitte, eine alte Rasierklinge, ich will das Schildchen heraustrennen – sicher ist sicher.«

Zusammen mit Mira verließ Wassile das Haus. »Ich muß noch den Platz suchen für Anteks Grab«, sagte er. Er vermied den Weg durch die Gärtnerei, an den Beeten vorbei. Ganz hinten, wo Fliederbüsche die Beete gegen das freie Feld abschirmten, stand ein alter wilder Birnbaum. Seine weit ausladenden Äste waren noch kahl und troffen vom Regen. Hier, unter diesem Baum, würde er gut liegen, Antek, sein Freund.

Unter dem Vordach der Schmiede warteten bereits, frisch beschlagen, die Füchse. Auch der Sarg war fertig. Auf zwei Böcken stand er, unförmig, schwarz lackiert, in der Nähe der Esse. Baczinski hatte sich viel Mühe gegeben. Da vernahm Wassile auch schon Wagengerassel, das näher kam. Als das

Gefährt vor der Schmiede hielt, sah er, daß Tadek, der große, schwere Mann, wie ein Kind an Panja Jadwigas Brust lag. Mit beiden Händen hielt die mütterliche Frau ihn umfaßt. Wassile ergriff die schwarzbehaarte Hand, die sich anfühlte wie die Klaue eines Urtiers, und streichelte sie. »Sei ruhig, so wein doch nicht, Tadek, der Antek ...« Die Stimme versagte ihm. Tadek hob den Kopf und blickte ihn an, fistelnd sagte er: »Wassile, Bruder ...« Dann ließ er den Kopf zurückfallen an die Brust seiner Mutter. Wassile ging nach vorn, wo Wagner mit geröteten Augen nervös und ungeduldig mit den Zügeln hantierte. »Fahren Sie zu unserem Haus, Wagner. Sagen Sie Freddy, er soll sich um Tadek kümmern.«

Noch immer hatte Wassile nicht die Zeit gefunden, sich zu waschen. Er kam einfach nicht dazu. Wurde er nicht zu Hause gebraucht? Durch Regen und Morast stapfte er und fühlte, wie er mit jedem Schritt müder und trauriger wurde.

Wie er sich so, in verdreckten Stiefeln und schadhaften Kleidern, dahinschleppte, *war* Wassile ein Schwerarbeiter – er brauchte ihn nicht länger, wie noch vor wenigen Monaten, zu spielen. Nicht Alda war er, sondern Chomniuk, einer von Hunderttausenden, Millionen Wassiles.

Im Haus schienen sich die Menschen zu drängen. Vor Wassiles Zimmer standen der Pfarrer und der die Rolle des Ministranten versehende Kirchendiener; sie sprachen mit gedämpfter Stimme lateinische Worte. Die Tür zum gegenüberliegenden Raum stand offen, auf den Böcken aus der Tischlerei ruhte der Sarg. Baczinski, seine beiden Gehilfen und der Sattler knieten mit gefalteten Händen, und an Anteks Bett standen Panja Jadwiga und einige Frauen. Sie hatten den Leichnam gewaschen und waren dabei, ihn anzukleiden. Ein Anblick, bei dem Wassile erschrak. Die Vorstellung, ein ›Zugereister‹ könne eintreten und Zeuge der Zeremonie werden, setzte ihm plötzlich mehr zu als der Schmerz um den ermordeten Freund. Rasch lief er zurück zur Haustür, verriegelte sie und bedeutete Baczinski, unter keinen Umständen dürfe geöffnet werden. Dann ging er in die Küche. Freddy saß am Boden, dicke Tränen rannen ihm übers Gesicht, und Tadek lag ausgestreckt, den Kopf auf Freddys Knie, und wimmerte.

»Los, Leute, an die Arbeit – *rabota!*« sagte Wassile.

Tadek hob den Kopf, und Freddy hörte zu weinen auf. Aus dem Verschlag holte Wassile Schaufeln, und sie machten sich auf den Weg zur Gärtnerei, um für Antek das Grab auszuheben. Ein »schönes und bequemes« Grab, wie Freddy zu seinem Freund Tadek sagte.

Im Hof bat Wassile die beiden zu warten, er wolle noch einen Blick in den Stall werfen. Jurko war gerade dabei, die Pferde einzuspannen. Wassile stieg die wenigen Stufen zum Büro hinauf, um Mira wissen zu lassen, daß der Wagen gleich bereit sei. »Ich fahre nicht«, sagte sie. »Saposchnik hat angerufen, sie wollen eine Trauerfeier veranstalten. Mit dem Auto sollen die Leute vom Werk zu uns herausgebracht werden. Sie kommen mit allem Nötigen, um den Club zu dekorieren. Dorthin will er den Sarg gebracht haben –.«

»Dorthin«, wiederholte Wassile und ging, um Jurko zu sagen, er könne sie jetzt zurückfahren. Unterwegs fiel ihm ein, daß man auf keinen Fall vergessen durfte, die beiden Diener der Kirche in die Stadt zurückzubringen. Er kletterte zu Jurko auf den Bock, und während Freddy und Antek mit dem Werkzeug einstiegen, gab er dem Kutscher die nötigen Instruktionen. »Merk dir, du fährst nur bis zur Tramstation. Kommt jemand vom Werk, dann weißt du nicht, wer die beiden sind. In meinem Auftrag handelst du.«

»Verstanden«, nickte Jurko.

Der Tote lag im Sarg, festlich gekleidet, mit gefalteten Händen. Alle im Zimmer knieten. Rasch, fast gehetzt sprach der Pfarrer die Totengebete, die er am Grab nicht sagen durfte. Sein *›Requiem aeternam dona eis, Domine‹* klang wie das Treuebekenntnis einer Gruppe Verschworener. Als letztes schlug er das Kreuz über die Versammelten und begab sich in Wassiles Zimmer, um sich umzukleiden.

Die Männer paßten den Deckel auf den Sarg, schlugen die Nägel ein. Wassile geleitete Pfarrer und Ministrant zum Wagen, zog das Verdeck so weit wie möglich herunter und spannte das Spritzleder so fest, daß sie praktisch unsichtbar waren. »Fahr zu, Jurko«, sagte er und ging ins Haus zurück.

Die Trauerfeier im Club sollte zu einem denkwürdigen Ereignis werden. Nachdem Lawrenenko und Fejnhold gesprochen hatten, wurde Wassile aufgefordert, im Namen der Gutsarbeiter ›das Wort zu ergreifen‹. »Wir nehmen Abschied von dir, Antek, wir Arbeiter der Farm«, begann er, der Kutscher. »Wir haben dich geschätzt und geliebt, denn du warst es wert. Dein Leben war schwer, dein Kampf ehrlich. Du hast das Unrecht erkannt und es gehaßt, denn du wolltest das Gute und das Wahre. Nach ihm hast du gestrebt, dafür gearbeitet und gekämpft. Ein Freund, ein Kamerad warst du. Nun hat dir ein Mörder das Leben geraubt. Du kannst nicht mehr kämpfen, nicht mehr arbeiten, niemandem mehr nützen und helfen. Dennoch ist die Erinnerung an dich eine Kraft, die über das Grab hinaus wirkt. Immer werden wir an dich denken, dir stets unsere Liebe bewahren und, Antek, wir werden dich rächen.«

Anschließend hatten Lawrenenko, Maximenko, Fejnhold und Saposchnik sich den Sarg auf die Schultern geladen und ihn in feierlichem Zug hinaus zum Grab vor dem alten Birnbaum getragen. Später hieß es, Totenstille habe geherrscht, als die Natschalniki selbst zu den Schaufeln griffen, um dem Toten eine allerletzte Ehre zu erweisen.

XIII

Ein Sonderauftrag für Genossen Wassile

Beinahe zwei Stunden dauerte es, bis alle Trauergäste in die Stadt zurückkehren konnten. Viele hatten die Gelegenheit genutzt, die Einrichtungen der Farm zu besichtigen. Jetzt warteten sie, bis die Reihe zur Rückfahrt an sie kam.

Wassile versorgte Golodnej und spannte die Füchse vor den Fiaker. Panja Jadwiga mußte heimgebracht werden. Da er es für besser hielt, nicht auf der Straße anzuhalten, fuhr er in den Hof hinter dem Häuschen, wo er und die andern wohnten.

Mit ihrem Sohn und Freddy saß Panja Jadwiga noch am Küchentisch. Sie tranken roten Schnaps und rauchten. »Eine schöne Leiche«, brummte Panja Jadwiga. »So viele Menschen, Musik, Reden, aber – ohne Pfarrer, ohne Kreuz und Kerzen, nicht einmal Glocken. Zum Glück ...«

»Dem Antek ist das egal, Panja Jadwiga.«

»Sag das nicht«, murmelte sie feindselig, »das ist nicht egal.« Sie leerte ihr Glas und schenkte sich von neuem ein.

Wassile sagte nichts mehr. Eine Zigarette zündete er sich an und ging aus der Küche. Nebenan war Mira damit beschäftigt, sich die wenigen Habseligkeiten zu notieren, die Antek hier zurückgelassen hatte. »Was wird aus den Büchern?« fragte sie und deutete auf den Stoß in der Ecke.

»Ach, wirf sie zum übrigen – das« – er griff sich das bunte Bändchen der *Historischen Miniaturen* – »möchte ich behalten, zum Andenken.«

»Entschuldige«, sagte er dann und ging in sein Zimmer, wo er sich aufs Bett warf. Besorgt war Mira ihm gefolgt. »Ich will mich ein paar Minuten ausruhen, Panja Jadwiga muß noch nach Hause gebracht werden. Wenn ich nur nicht unterwegs vom Bock falle.«

»Wie du das aushältst –.«

»Keine Wahl, Mira.«

»Ja, ich weiß. Und jetzt wird alles noch schwieriger werden – Die Arbeit in der Gärtnerei ohne Antek –!« Sie sprach nicht weiter.

Wassile hatte sich aufgesetzt. Etwas sagen wollte er, unterließ es jedoch und griff sich mit einer hastigen, nervösen Bewegung an die Stirn. »Ach«, meinte er dann ruhig und freundlich wie immer, »wir werden es schon schaffen, Mira.«

Sie forschte in seinem Gesicht, und als sie nichts mehr von dem, was sie so erschreckt hatte, darin wahrnahm, sagte sie nur: »Ja, Wassile.«

Da klopfte es an die Haustür, sie blickten einander an. »Wer das wohl sein mag? – Geh in die Küche«, flüsterte er Mira zu, »sie sollen den Schnaps wegräumen.« Auf Zehenspitzen schlich Mira aus dem Zimmer. Erst als sie die Küchentür hinter sich zugezogen hatte, ging Wassile zum Eingang. »Wer ist da?« fragte er, bevor er den Riegel zurückschob.

»Machen Sie nur auf, Wassile Wassiljewitsch.« Fejnhold stand draußen.

Wassile führte ihn in sein Zimmer und wies auf einen Stuhl. »Noch immer in Jusefuwka, Genosse Fejnhold?«

»Ja, wie Sie sehen.« Er lachte. »Zurückgekommen bin ich. – Kaum waren wir losgefahren, da entdecke ich, daß ich meine Schlüssel verloren habe. Genau dort, wo ich ins Auto eingestiegen bin, lagen sie am Boden.«

»Da haben Sie wirklich Glück gehabt«, sagte Wassile.

»Ja, aber jetzt – wie komme ich in die Stadt? Ich bin natürlich gelaufen. Die Genossen haben eine wichtige Sitzung und konnten nicht warten. Sie werden mich doch wohl nicht die zwanzig Kilometer zu Fuß gehen lassen, Wassile Wassiljewitsch?«

»Nur zwölf sind es, Genosse Fejnhold«, sagte Wassile. »Keine Sorge, ich bringe Sie in die Stadt. Dann kann ich vielleicht die Mutter des Genossen Sembrinski mitnehmen. Sie haben doch nichts dagegen?«

Fejnhold dachte kurz nach, dann sagte er mit halbem Mund: »Von mir aus.«

Wassile schlüpfte in seinen kurzen Pelz. »Gleich fahren wir, Genosse Fejnhold«, sagte er und ging auf die Straße, um von dort in den Hof zu schleichen. Leise öffnete er die Küchentür und winkte Mira zu sich. »Es ist Fejnhold, er hatte seine Schlüssel verloren. Jetzt will er, daß ich ihn in die Stadt bringe. Bereite Panja Jadwiga darauf vor, daß er mitkommt. Ich muß so tun, als müßte ich erst den Wagen holen. In einer Viertelstunde bin ich soweit.«

Mira ging zurück in die Küche, Wassile setzte sich in den Wagen. Weshalb war Fejnhold gekommen? Die Geschichte mit dem verlorenen Schlüssel nahm er ihm nicht ab. Längst hielt die Müdigkeit, die ihm in den Gliedern saß, auch Kopf und Herz im Griff. Eine dumpfe Gleichgültigkeit erzeugte sie, gegen die sein Wille vergeblich ankämpfte. So saß er, die Beine von sich gestreckt, den Kopf in das Lederpolster des Wagens gepreßt, und starrte zum nächtlichen Himmel hinauf.

Nach einer Weile kroch er fröstelnd aus der Kutsche, zündete die Kerzen in den Wagenlaternen an und fuhr vor das Haus. »Es kann losgehen, Genosse Fejnhold«, sagte er, ins Zimmer tretend.

»Wo ist die Frau?« fragte Fejnhold.

»Schon draußen.«

»Wo wird sie sitzen?«

»Im Fond.«

»Gut. Dann komme ich mit auf den Bock. Während der Fahrt unterhalte ich mich gern. Sie spricht wahrscheinlich sowieso nicht Russisch.«

»Nein, kein Russisch. Doch wenn Sie bei mir sitzen, kann der Sohn sie begleiten. Nur Polnisch versteht er.«

Panja Jadwiga und Tadek warteten vor der Kutsche. »Einsteigen«, sagte Wassile.

Der Wagen hatte gerade die letzten Häuser von Jusefuwka hinter sich gelassen, als Fejnhold fragte: »Sind Sie sicher, daß die beiden nicht Russisch können, Wassile Wassiljewitsch?«

»Kaum zehn Wörter. Außerdem sind sie vollauf mit sich selber beschäftigt.«

»Und Sie, Wassile Wassiljewitsch, empfinden sie keinen Schmerz um Gorecki?«

»Er war mein Freund. Wie sollte ich nicht um ihn trauern?« Die Pferde wichen furchtsam einer Wasserlache aus, die im

Schein der Wagenlaternen aufglänzte. Wassile schnalzte beruhigend mit der Zunge. »Ja, Genosse Fejnhold, um den ist's schade.«

»Tote kann man nicht wieder lebendig machen, aber ...« Fejnhold verstummte und wartete. Auch Wassile schwieg, Pferde und Weg nahmen seine ganze Aufmerksamkeit in Anspruch. »Aber«, ließ der andere sich wieder vernehmen, »rächen muß man sie. Haben Sie das nicht heute gesagt, am Grab? Der Genosse Potapenko ist ziemlich beeindruckt gewesen. Er... – wie haben Sie das gemeint, Wassile Wassiljewitsch – ›wir werden dich rächen‹?«

»Wie ich das gemeint habe? – Das kann ich nicht sagen.«

»Verstanden hab ich das so: Wenn jemand meinen Freund totschlägt, dann muß ich das dem Mörder mit gleicher Münze heimzahlen –.«

»Ein Mißverständnis!« unterbrach ihn Wassile. »Das hab ich nicht gemeint, Genosse Fejnhold. Da sind noch viele andere, die nicht dulden wollen, daß man Wehrlose hinterrücks erschießt.«

Wassile nahm die Zügel fester, die Füchse hoben die Köpfe und trabten scharf an. Er ließ sie laufen. Ein heftiger Wunsch nach Bewegung, nach Geschwindigkeit hatte sich in ihm geregt. Belebt vom feuchten Wind, war er nicht länger müde und gleichgültig. Frisch und klar fühlte er sich, wußte seine Muskeln geschwellt und sein Herz gestärkt.

»Fahren Sie langsamer, wir haben Zeit.« Das war nicht der Ton, den Fejnhold für gewöhnlich ihm gegenüber anschlug. Er hatte weder etwas von freundschaftlichem Zureden noch von einem Befehl. Fejnholds Worte klangen vielmehr, als wäre der Sprecher gestört und forderte Ruhe, um darüber nachzudenken, wie sich Unvorhergesehenem begegnen lasse. Wassile gehorchte. Ein beruhigendes ›O-ha‹, dem ein summendes Pfeifen folgte, und schon gingen nicht nur die Pferde ruhig, auch Fejnholds aufgescheuchte Gedanken sammelten und ordneten sich. »Nehmen wir einmal an«, begann er tastend, »Sie fänden heraus, wer Ihren Freund in den Rücken geschossen hat, wären Sie dann bereit zu töten?« Es klang zweifelnd.

»Den Mörder töten? – Den Tod hat er gewiß verdient. Aber ich?«

»Ganz sicher verdient er den Tod«, sagte Fejnhold mit Nachdruck, und nach einer Pause ergänzte er zögernd und wachsam: »Der Gärtner war nicht sein einziges Opfer. Von dreien wissen wir: ein Weber, ein Metallarbeiter und jetzt ...« Wieder schwieg er. »Morgen können Sie es sein oder irgendein anderer guter Arbeiter. Das war nicht einfach ein Mord!«

Verstohlen blickte Fejnhold über die Schulter in den Fond des Wagens und vergewisserte sich, daß Tadek noch immer schlief. Ganz leise fuhr er fort: »Wir müssen die guten Arbeiter schützen und die Mörder strafen. Jedenfalls haben Sie gesprochen wie ein richtiger Sowjetmensch, Wassile.«

»Was kann ich schon ausrichten!«

»Sie können, gerade Sie können! Wenn Sie nur wollen, Wassile Wassiljewitsch, wenn Sie den Mut dazu haben.«

Wassile schüttelte den Kopf. »Was soll das heißen?«

»Nehmen wir an, Sie bekämen den Kerl zu fassen, würden Sie dann ...?« Fejnhold sprach kaum hörbar.

»Aber ich weiß nicht einmal, wer es ist – und womit auch? Mit den Fäusten gegen Pistolen, oder was das sonst war?«

»Eine deutsche Mauser war es. Alle drei Opfer sind mit derselben Waffe getötet worden und durch Schüsse in den Rücken.«

»Eine deutsche – wer weiß, woher er sie hat. Es war halt Krieg in diesem Land.«

»Er ist ...« Fejnhold sprach den Satz nicht zu Ende. Statt dessen setzte er von neuem an. »Seine Aufgabe ist es, Verwirrung zu stiften, indem er wahllos Arbeiter umlegt.«

»Ein einzelner Mann?«

»Kann sein, er hat Verbrecher um sich gesammelt, Feinde der Gesellschaft.«

»Das ist gut möglich, Genosse Fejnhold. Aber was hat das mit mir zu tun? Was kann denn ich ausrichten gegen eine ganze Bande?«

»Viel, alles – wenn Sie nur wollen. – Wollen Sie, Wassile Wassiljewitsch?«

»Ich weiß wirklich nicht, wie Sie sich das vorstellen?«

»Sie können, Wassile! – Und jetzt fahren Sie los. Potapenko, der Präsident des Parteikomitees, erwartet uns.«

In der Nähe der Gasse, von der aus Anteks Häuschen leicht zu erreichen war, hielt Wassile. Er sprang vom Bock und half Panja Jadwiga, Tadek auf die Beine zu bringen. Dabei raunte er ihr zu, sie möge warten, er komme zurück. Anschließend fuhr er mit Fejnhold weiter.

Kaum eine halbe Stunde nahm die Instruktion in Anspruch. Ein Kreuzfeuer von Blicken. Wassile gegenüber saß Potapenko, rechts ein noch junger Uniformierter mit gelben Metallsternen auf den Achselstücken, links Fejnhold. Hinter Wassile, an die Wand gelehnt, stand ein Mann, westlich gekleidet, dunkelgrauer Anzug, Krawatte, Halbschuhe. Die Mütze mit dem langen Schirm saß so tief in der Stirn, daß sie die Ränder der Brille berührte. Von betonter Sachlichkeit waren Potapenkos lapidare Sätze. Sie schlossen nicht nur Widerspruch aus, auch Fragen. Der Mörder ist ein Saboteur, Feind des Volkes, des Regimes. Unschädlich muß er gemacht, möglichst lebendig gefangen werden. Potapenko fragte: »Sie kennen Ihre Aufgaben, Genosse?«

Ohne die Antwort abzuwarten, winkte er dem Mann in Uniform. Der gab Wassile einen Zettel, auf dem Telefonnummern und Namen standen. »Nur im Notfall anrufen! Setzen Sie alles daran, ihn lebend in die Hände zu bekommen. Gerade das ist wichtig.« Hierauf entnahm er einer Aktentasche mehrere Pistolen und legte sie vor Wassile hin. Auf die kleinste, einen sechsschüssigen Browning deutend, sagte er: »Die ist die beste, hat Platz in der Tasche. Da sind zwei Reservemagazine und hier« – er holte zwei gesiegelte und gestempelte Schriftstücke hervor – »ihre Papiere.« In eines der Formulare trug er die Nummer der Pistole und die Anzahl der ausgehändigten Patronen ein. »Das wär's.«

»Wann fangen Sie mit der Arbeit an?« fragte Potapenko.

»Ich habe schon angefangen«, erwiderte Wassile und erhob sich.

Erst als er wieder auf dem Kutschbock saß und die Pferde durch schlecht beleuchtete Straßen lenkte, kam er dazu, sich über das Ausmaß des Erlebten klarzuwerden. Im Hof hinter Anteks Häuschen hielt er an und löschte die Laternen.

Dann saß er im Fond des Wagens und starrte hinauf in den

schwarzen Himmel. Warum wollten sie ihn, gerade ihn, fragte er sich. Hatten sie nicht Tausende, die geübt waren in diesem Geschäft? Wo sie doch sogar schon wußten, wer der Mörder war.

Sind sie etwa draufgekommen, daß du ein besonderer Wassile, ein – ›sonderbarer‹ Kutscher bist? Dann hast du deine Rolle nicht gut gespielt. Du hättest untertauchen müssen, einer von Tausenden sein, ein Wassile eben und nichts Besonderes, Sonderbares. Was ist geschehen, daß ich hier im Wagen sitze und nicht ein noch aus weiß?

Du mußt ihre Befehle befolgen, *starsche konijuch* Wassile Wassiljewitsch Chomniuk, wohlversehen mit Sprawka und Sowjetpaß, du – ein Sowjetbürger, Sowjetmensch. Zu gut hast du deine Rolle gespielt – du bist Wassile, ein besonderer Wassile, den sie ausersehen haben für besondere Aufgaben.

Aber ich – nein, *ich bin nicht Wassile!*

Ich war Wassile, ich bin's nicht mehr, und ich will es nie mehr sein!

Er sprang aus dem Wagen, daß die Federn krachten und die dösenden Gäule beunruhigt die Köpfe hoben.

Dann saß er bei Panja Jadwiga in der Küche, trank Schnaps und rauchte. Beide schwiegen und hingen ihren Gedanken nach. Plötzlich stand Panja Jadwiga auf, verschwand in ihr Zimmer und kam mit einem Brief zurück, den sie Wassile reichte. »Hier, von Antek«, brummte sie. »Damals hab ich vergessen, ihn dir zu geben. Dann war es sowieso zu spät.«

»Von Antek?« – ›An Wassile Chomniuk‹, stand in sauberer, schülerhafter Schrift auf dem Umschlag. »Liebster Freund Wassile«, hieß es in dem Brief. »Ich gehe Jusek suchen, damit ich ihm alles erkläre. Mit so was darf man nicht spaßen, Du begreifst das nicht, denn Du kennst diese Sorte Mensch nicht. Ich habe Angst, sie werden Dich umbringen, und das darf nicht sein, weil Du mein Freund bist. Also gehe ich, und weil ich die Biester kenne und weiß, man kann leicht dabei hinwerden, wenn einer wild wird, und vielleicht werde ich's, darum schreib ich Dir und sag Dir, wo das Versteck ist. Alles gehört Dir, aber Du sollst es so einteilen, daß auch für Tadek und Panja Jadwiga was bleibt. Das Haus und alles kriegen sie, Du brauchst es nicht.

Vom Gold und von den Steinen sollst Du Dir mehr nehmen, besonders die beiden Rubine, da war einmal eine hohe Belohnung drauf, aber das ist schon lange her. Vielleicht willst Du doch von hier fortgehen, so ist das am besten – das und Dollars. Nimm Dir alle, und die Rubel laß Tadek und der Panja Jadwiga. Ich zeichne Dir auf, wie Du das Versteck findest, und grüße Dich, Dein treuer Freund Anton Gorecki.« – »Dein treuer Freund Antek«, flüsterte Wassile und starrte dabei Panja Jadwiga mit so wilden Augen an, daß sie erschrocken das Schnapsglas abstellte.

»Anteks Testament«, sagte Wassile. »Wir sind seine Erben, Panja Jadwiga, Sie, Tadek und ich. Antek ...«

»Ein feiner Kerl war er«, fistelte Tadek, der aufgewacht war.

»Das war er ganz gewiß, der Antek.« Wassile stand auf. »Haben Sie eine Ahnung, wo die Frau Rudnicka wohnt, Panja Jadwiga? Weißt du es, Tadek?«

Tadek wollte den Kopf schütteln, hielt aber mitten in der Bewegung inne. »Rudnicki? Du meinst die vom Stasek?«

»Ich weiß. – Was ist los mit ihr? Was hat sie damit zu tun? Sag!« befahl Panja Jadwiga.

»Kennen Sie einen gewissen Jusek?«

»Jusek? Ja, Jusek, er hat ihn umgebracht.« Tadek sprang auf und griff nach seiner Mütze.

»Setz dich wieder hin«, sagte Wassile. »Gut, daß du ihn kennst. Nicht Jusek hat ihn umgebracht – Ossip soll der Mörder heißen, ein Russe.«

»Wo ist er?« wollte Tadek wissen.

»Das weiß Jusek, den müssen wir finden«, sagte Wassile zu Panja Jadwiga.

»Das werden wir! Kommt, Leute!« Sie stand auf und holte ihre Lederjacke.

Stockdunkel die Nacht, die Straßen leer, wie ausgestorben. Panja Jadwiga ging voran, an der Hand Tadek, der kaum mit ihr Schritt zu halten vermochte. Ihnen folgte Wassile. »Dort«, sagte Panja Jadwiga, mühsam den Baß dämpfend, und reckte den Arm ins Dunkel, »noch fünfzig Schritt.« Sie war stehengeblieben. Wassiles Blick folgte Panja Jadwigas Hand. Nichts zu sehen.

»Kannst du mit einer Pistole umgehen, Tadek?« fragte er.

»Er hat sein Messer«, erwiderte statt seiner Panja Jadwiga. »Ich kann schießen, doch ich brauche das Ding nicht. Krieg ich ihn nur in die Hände –.«

»Der andere, der Ossip, hat eine Pistole, eine gefährliche. Mit den Händen läßt sich da nichts ausrichten. Hier, Panja Jadwiga«, er zog den kleinen Browning aus der Hosentasche.

Zögernd nahm sie ihn und tastete mit den Fingern nach der Sicherung. Dann steckte sie die Waffe entschlossen in die Seitentasche ihrer Lederjacke. »Und du?«

Wassile nickte.

»Gut, du hast dich vorgesehen. Ich gehe voran, du hinter mir, und Tadek bleibt ein paar Schritte zurück.« Sie ließ die Zigarette in den Morast fallen. »Los!« kommandierte sie. Dreißig Schritte mochten sie gegangen sein, da blieb sie stehen. Erst als er gegen sie stieß, merkte es Wassile. Sobald Tadek heran war, sagte sie: »Laßt mich mit ihr reden, mit der werd ich fertig, die sagt mir alles. Ist Jusek da, paß gut auf, der wird leicht wild und ist rasch mit dem Messer. Er sticht links und wirft auch – mach ihn nicht kalt, sonst kommen wir vielleicht nie an den Russen.«

»Richtig, Panja Jadwiga«, sagte Wassile, »und – wenn wir den Russen finden, lassen Sie mich. – Erst wenn er mich umgebracht hat ...«

Panja Jadwiga antwortete nicht gleich, dann brummte sie böse: »Mit so was macht man kurzen Prozeß. Wer ihn kriegt, der macht ihn kalt. Ihr bleibt hier, bis ich euch rufe.« Lautlos glitt sie davon. Tadek probierte sein Klappmesser aus, während Wassile die Pistole lockerte. Schließlich zog er die Waffe heraus, um sie zu entsichern und wieder zu sichern, und schob sie an ihren Platz zurück. Kalte feuchte Luft drang ihm durch das Hemd. Ihn fröstelte, aber er achtete nicht darauf, so sehr fühlte er sich befreit in seiner Entschlossenheit.

Wassile und Tadek standen nahe beieinander, die brüchige Wand des Häuschens in Reichweite, und warteten. Da glaubte Wassile ein Geräusch zu hören. Er legte das Ohr an die Lehmwand und erhaschte ein Rascheln, leise, gedämpft, als bewegte jemand sich vorsichtig auf einem Lager aus Maisstroh.

»Kennst du den Weg, Tadek? Dann geh voran«, wisperte Wassile, »die Mutter ...«

Tadek tastete sich an der Mauer voran, hinter ihm ging Wassile. Sie erreichten den Eingang und schlüpften in den Vorraum. Der Boden war hart und trocken, festgestampfter Lehm. »Rechts, eine Tür«, flüsterte Tadek, und schon riß Wassile sie auf. Die kleine Petroleumlampe, die in einer Ecke auf dem Boden stand, ließ nur die Umrisse der am Tisch stehenden Frau erkennen. Panja Jadwiga hatte, als die Tür aufgegangen war, den Kopf gewandt und die beiden erkannt. Jetzt drehte sie sich wieder der Frau zu. »Toiska, wo ist Jusek?« fragte sie.

»Wie soll ich das wissen?« antwortete eine von Nikotin und Alkohol zerstörte Stimme.

Wassile hatte sich im Raum umgesehen. Ein breiter Diwan, über den Pferdedecken gebreitet waren, ein Tisch und Stühle, ein schiefer Küchenschrank in der Ecke, das war alles. Die Fenster waren mit Brettern vernagelt, und noch eine zweite Tür gab es, die offenbar in einen Nebenraum führte.

»Du willst es nicht sagen, du willst nicht?« Eine klatschende Maulschelle folgte Panja Jadwigas Worten, dann noch eine, und Toiska lag stöhnend am Boden. »Steh auf, Miststück. Wenn du nicht das Maul aufmachst, brech ich dir das Genick. Wo ist Jusek, frag ich.«

Im Schloß drehte sich ein Schlüssel, gleichzeitig wurde ein Riegel zurückgeschoben: Ein Mann sprang in die Mitte des Zimmers. »Hier ist Jusek, Panja Jadwiga. Was wollen Sie von ihm?« Er war nicht darauf gefaßt gewesen, im Raum noch jemanden anzutreffen. Seine Linke fuhr in die Tasche des kurzen Überrocks.

»Laß das Messer, wo es ist«, sagte Wassile ruhig.

»Wer bist du?« näselte Jusek. Tadek, der nur einen Schritt hinter ihm stand, streckte die Arme aus und legte ihm seine furchtbaren Pranken um den Hals.

»Nimm die Hände aus der Tasche, sonst bist du erledigt«, fistelte er. Sofort gehorchte Jusek. Wassile nahm das Klappmesser und den Schlagring an sich. »Laß ihn los, Tadek«, sagte er.

»Was wollt ihr von mir? Und wer bist du, Schnauzbart?« fragte Jusek frech, als wäre er Herr der Situation. Er war eine drahtige Erscheinung und bewegte sich fast mit Grazie. Sein Gesicht, soweit Wassile es bei der schlechten Beleuchtung erkennen konnte, war hager und linker Hand durch eine tiefe Narbe verunstaltet. Vom Haaransatz bis zum Kiefer reichte sie und verlieh ihm einen verwegenen Ausdruck.

»Zum Fragen sind wir da«, brummte Panja Jadwiga. »Besser, du riskierst keine Schnauze, Jusek!«

Von ihr blickte Jusek zu Tadek, dann zu Wassile. »Drei gegen einen, schlechte Aussichten.« Er zuckte die Achseln. »Was wollt ihr wissen?«

»Warum habt ihr Antek umgebracht?« fragte Wassile, noch immer ruhig.

Jusek riß den Kopf herum. Seine Linke legte sich über Mund und Kinn, als wollte er sie verbergen. »Wen umgebracht? – Antek? Davon weiß ich nichts, gar nichts.« Er schüttelte den Kopf.

Wassile setzte sich ihm gegenüber. »Aber daß er den Wassile hingemacht hat, den Kutscher, das weißt du?«

Jusek hob den Kopf, blickte gespannt. »Wer bist du, Schnauzbart? Kein Pole jedenfalls.«

»Ich bin Wassile.«

Toiska, die zitternd und stumm dagesessen hatte, zischte: »Wassile – das ist er, Jusek, er hat Stasek ...« Sie stand auf. »Du Hundesohn hast ihn ...«

Jusek machte einen Schritt auf sie zu. »Du sollst jetzt dein Maul halten, sonst schlag ich dich tot!« fauchte er sie an. »Keinen Mucks, hast du verstanden?« Und zu Wassile, ohne Zeichen von Erregung: »Dummes Weibsstück, sie weiß nicht, was sie redet, und – dich versteh ich schon gar nicht.«

»Laß das Theater, Jusek, es nützt dir nichts. Antek ist tot, ermordet. Wer ihn umgebracht hat, wird dafür büßen. Mir machst du nichts vor. Antek war bei dir, du hast ihm versprochen ...«

»Nichts hab ich versprochen. Bei mir war keiner –.«

»Hör auf mit dem Getue. Auch wenn ich dir jeden Knochen einzeln brechen muß – ich krieg heraus, wo Ossip ist. Das ist alles.«

»Bist, scheint's, ein Spezialist im Knochenbrechen, Rusnjak. Nur – ich kenn keinen Ossip, ich nicht.«

Tadek hatte sich Jusek wieder genähert, ihn am Genick gepackt. Doch Jusek entwand sich ihm, ließ sich fallen und schnellte wieder hoch. »Mit dir werd ich fertig, du Kloß, auch ohne Messer«, sagte er verächtlich und setzt sich wieder hin. »Kurz und scharf: Was willst du wissen, Rusnjak?«

»Wo ich Ossip finde, mehr nicht.«

»Da kannst du lange warten. Ich bin nicht Antek, ich verpfeif keinen. Kannst gleich anfangen mit Knochenbrechen, oder besorgt das der Tadek?« Er drehte sich langsam um. »Worauf wartest du?« höhnte er, »los, brich mir schon das Genick!«

In Tadeks Händen zuckte es. Flehend blickte der Riese zu Wassile, doch der schüttelte den Kopf. »Laß ihn, den Komödianten, quatscht nichts als Mist. – Ich komm auch ohne dich zurecht, Jusek. Das Genick brechen soll dir dein Chef, der Moskal. Falls dich nicht dein Glück verläßt, und ich erwisch ihn vorher.«

»Den – erwischen? Daß ich nicht lache! Mit zwanzig von deiner Sorte wird der fertig, der – oh.«

»Weil er die Mauser hat? Was du dir einbildest!«

»Wenn du das schon weißt. – Ich sag dir, der traut sich auch zu schießen.«

»Ja, in den Rücken.«

Das war offenbar zuviel für Panja Jadwiga. »Was soll das dumme Gerede?« Sie warf die Zigarette auf den Boden und trat wuchtig darauf.

»Schluß jetzt, Wassile!« An der Brust, ganz oben am Hals, packte sie Jusek und riß ihn hoch. »Hör jetzt gut zu, du lausiger Zuhälter, ich geb dir zwei Minuten. Wenn du nicht sagst, wo dieser Ossip steckt, dreh ich dir den Hals um, klar?«

Ohnmächtig vor Zorn stand der Mann, bemüht, Haltung zu bewahren. »Sie, Panja Jadwiga?« Er lächelte. »Sind auch Sie unter die Spitzel gegangen? Das hätte ich nie von Ihnen gedacht.«

Panja Jadwiga zog ihn ganz nahe an sich heran, er balancierte auf den Zehenspitzen. »Du«, bellte sie ihm ins Gesicht, »jetzt sprichst du endlich, wie's sich gehört.« Sie ließ locker. »Sag, was du zu sagen hast.«

»Der« – er wies mit dem Kopf auf Wassile – »ist ein Spitzel bei den Russen.«

Sie stieß ihn von sich, gerade so weit, daß er in Reichweite blieb, dann gab sie ihm zwei Maulschellen. »Dein Giftmaul kenn ich.«

»Lassen Sie ihn ausreden, Panja Jadwiga.« Wassile legte seine Hand auf ihren Arm. Jusek sank auf den Stuhl. Er stützte den Kopf in die Linke und legte die Rechte wie einen Schirm vor die Augen. Es sah aus, als wäre er zusammengebrochen und wollte sich sammeln. Sein Blick richtete sich auf Toiska – ein Befehl. Wassile erhaschte ihn und begriff. Langsam erhob er sich und öffnete weit die Tür zum Vorzimmer. »Zuviel Rauch hier«, sagte er und nahm wieder Platz. Toiska war aufgestanden und drückte sich an die Wand. Anscheinend von niemand beachtet, schlich sie hinter Panja Jadwigas Rücken hinaus ins Freie. Jusek konnte nur schwer seine Befriedigung verbergen. Mit einem hämischen Lächeln blickte er Wassile ins Gesicht. Und als hätte der nur auf diese Geste gewartet, setzte er ihm mit aller Kraft die Faust unter das Kinn. Jusek sackte zusammen und glitt vom Stuhl. »Rasch, Tadek, schleif ihn hier hinein«, sagte Wassile und stieß mit dem Fuß die Tür zum Nebenzimmer auf. »Du paßt auf ihn auf, macht er nur einen Mucks, gibst du ihm den Rest. Panja Jadwiga, Sie stehen hier, von der Wand gedeckt. Wenn ein Mann in Uniform das Zimmer betritt, schießen Sie auf ihn – nicht warten, gleich schießen!« Er beugte sich zu Jusek hinunter, neben dem Tadek mit offenem Klappmesser hockte. »Nicht rühren darf er sich«, wiederholte er laut. »Ein Wort nur, und du schneidest ihm die Gurgel durch. – Panja Jadwiga, Sie halten sich bedeckt, bleiben im Dunkeln.«

Dann glitt Wassile zum Küchenschrank in der Ecke und kauerte sich nieder. Es war so still, daß er Tadeks Atem aus dem Nebenzimmer hören konnte. Dann näherten sich schleichende Schritte, mit unendlicher Vorsicht tasteten sie sich voran. Zwei Schüsse fielen, die Kugeln schlugen in die Wand, und eine andere Pistole antwortete. Ein Schrei und das dumpfe Geräusch eines Falles. So überraschend, wie es eingesetzt hatte, war das Feuer wieder verstummt. Wassile sprang auf und erreichte den Ausgang gerade noch rechtzeitig, um die ins Dunkel eintauchende Toiska zurückzuholen. Er schob sie ins Zimmer, wo Panja Jadwiga vor dem in einer Blutlache liegenden Uniformierten stand. Der Schein ihrer Lampe fiel auf ein noch junges Gesicht, schmal, mit eingefallenen Wangen und einem vollen Mund. Die russische Militärmütze war zurückgerutscht, und weißblondes Haar quoll unter ihr hervor.

»Nicht glauben könnte man's, wenn das Ding nicht hier läge«, murmelte Panja Jadwiga und berührte mit dem Fuß die Mauser. »Ist er hin?«

Wassile beugte sich über den Getroffenen. Dessen Herz schlug nur noch schwach. »Hin«, sagte er, »wir sollten machen, daß wir fortkommen.«

Tadek stieß Jusek ins Zimmer. »Was tun wir mit den beiden?« fragte Panja Jadwiga.

»Erledigen«, fistelte Tadek.

Panja Jadwiga hielt den Kopf gesenkt. Ihre Hände waren in den Taschen der Lederjacke vergraben. »Geben Sie mir die Pistole, Panja Jadwiga«, sagte Wassile sanft. »Bitte.«

Zögernd reichte Panja Jadwiga ihm die Waffe. »Es wird niemand mehr erledigt, Sohn.« Sie starrte zu Boden. »Genug. Was soll mit ihnen geschehen, Wassile?«

»Bindet sie. Man wird sie schon finden – wenn sie Glück haben. Im Stall gibt es sicher einen Strick oder eine Kette, Tadek. Komm, geh schon!«

An der Tür, die noch immer offen stand, verhielt Tadek den Schritt. Er drehte sich um, sah hilfesuchend erst Wassile, dann seine Mutter an. Begütigend nickte Panja Jadwiga ihm zu. Gerade wollte er den Fuß über die Schwelle des Vorraums setzen, als heller Lichtschein auf ihn fiel. Motoren dröhnten, Bremsen quietschten, Menschen sprachen laut und aufgeregt durcheinander. »Hier war's« – »Wo?« – »Ja, von hier!« – »Ich hab's gehört – von diesem Haus kam's!« Drei, vier, acht Männer, blaugraue Tellermützen auf dem Kopf, Pistolen oder Karabiner in der Hand erschienen in der Tür. Einer von ihnen, den gewaltigen, langläufigen Revolver in der einen, die Blendlaterne in der anderen Hand haltend, schrie: »Ein Rotarmist!« Schmerz und Drohung lagen in den beiden Worten. »Abführen – alle!«

Sie standen mit dem Gesicht zur Wand, die Gewehrmündungen kaum eine Handbreit von ihrem Rücken: beide Frauen und, nach einem Meter Zwischenraum, die Männer, Jusek, Wassile und als letzter Tadek. Alles war so schnell gegangen. Erst hatten die Milizionäre das Haus umstellt, dann die Tatverdächtigen darin festgenommen und zum Lastwagen geführt. Kaum ein Wort war gefallen, weder Fragen noch Antworten gab es. Als wären die Männer und Frauen von ansteckender Krankheit befallen, hatte keiner sie angerührt. Den Weg hatten ihnen allein die Gewehrkolben gewiesen, deren Sprache unmißverständlich war.

So standen sie nun, die Hände auf dem Rücken gekreuzt – ein Milizionär hatte es ihnen vorgemacht – und warteten. Wassile lehnte den Kopf an die Wand; das gab ihm Halt. Müde war er, die Knie drohten ihm einzuknicken, und die Rippen schmerzten von den Kolbenstößen der Milizionäre.

Irgendwo ging eine Tür, ein Stuhl wurde gerückt. Hinter der Bretterwand, die den Raum teilte, rief eine Männerstimme: »Der erste!«

Ein Milizionär sagte »Sie!« und stellte sich neben Tadek. Wassile hörte Tadeks schwere, schlurfende Schritte.

Das Verhör hatte begonnen. Obwohl der Mann hinter der Wand leise sprach, verstand Wassile jedes Wort. »Ihre Dokumente«, hörte er ihn sagen, und dann blieb es ein Weilchen still. Später meldete sich Tadeks Fistelstimme. Zum Schluß hieß es ganz deutlich: *»Nje ponimaju«* – »Ich verstehe nicht« und »Abführen – der nächste«.

»Vorwärts!« sagte der Milizionär, und Wassile setzte sich in Bewegung. Der Beamte an dem Tisch hinter der Bretterwand sagte: »Ihre Dokumente« und blickte dabei ins Leere.

Paß, Sprawka, Militärpaß und die beiden Schriftstücke holte Wassile aus der Tasche. Der Beamte griff nach Paß und Militärpaß, dann nach der Sprawka, öffnete eins nach dem andern, verglich die Daten und übertrug sie in ein Buch. »Was ist das?« fragte er, als er fertig war, und wies mit dem Federhalter auf die beiden Papiere.

»Lesen Sie, bitte«, sagte Wassile leise, doch mit Nachdruck in der Stimme. Dabei legte er den Finger an die Lippen und machte eine Kopfbewegung gegen die Wand. Als der Beamte nicht begriff, wiederholte er flüsternd: »Warum lesen Sie nicht endlich?«

Aber der Blick des Mannes hinter dem Tisch galt nicht Wassile, sondern dem Milizionär, der jetzt neben dem Verdächtigen stand. Was geht hier vor? schien er zu fragen. Wassile fühlte, daß er sich nicht beirren lassen durfte, denn der Beamte war kein Partner in dem Spiel, das jetzt gespielt werden mußte. Er hatte keine Wahl: Auch wenn er müde, zerschlagen, kaum noch einer Bewegung fähig war, mußte er die Fäden in der Hand behalten.

Endlich hatte der Beamte die Schriftstücke entfaltet, zunächst das eine, dann das andere. Einmal und noch einmal las er sie. Stempel und Unterschriften studierte er Buchstaben für Buchstaben. Er nahm Paß und Sprawka, hielt sie nebeneinander und verglich, dann blickte er den Mann, der vor ihm stand, mit aufgerissenen, erstaunten Augen an: »Das sind Sie, aber ...«

»Sie sollen«, flüsterte Wassile streng, »nicht so laut sprechen. Die anderen geht das nichts an. Schicken Sie mich zurück, und melden Sie alles dem Natschalnik, und« – er griff in das Täschchen oben am Hosenbund – »man soll diese Nummer anrufen.« Den Zettel mit den Telefonnummern legte er vor den Mann hin. »Den Genossen Potapenko, ja, den Vorsitzenden, haben Sie gehört?« Und zu seinem Bewacher sagte er: »Sie führen mich zurück. Und noch etwas: Lassen Sie meine Leute und mich am Boden sitzen, erlauben Sie, daß wir rauchen, und kümmern Sie sich nicht darum, wenn ich mit einem der Verhafteten spreche. Es ist wichtig, daß Sie auch die anderen das wissen lassen, klar?«

Der Vernehmungsbeamte stand langsam auf. Während Wassile sprach, hatte er bald ihn, bald den Milizionär angeblickt. »Ja, aber ...«

Der Milizionär hängte das Gewehr um und griff nach den beiden Dokumenten und dem Paß. »Wo ist die Pistole?« fragte er schließlich.

»Hier.« Wassile holte den kleinen Browning hervor und dachte dabei an Anteks glattes Ding, das noch irgendwo in Rudnickis Bude liegen mußte. Die beiden Männer stürzten sich auf die Waffe und verglichen die Nummern.

»Stimmt«, sagte der Milizionär. Der Beamte nahm Dokumente und Waffe an sich.

»Tu, was er sagt. Ich gehe zum Natschalnik.«

»Dann nimm auch das mit«, flüsterte Wassile und reichte ihm die beiden Magazine, das Messer und den Schlagring. »Und du«, sagte er dem Milizionär ins Ohr, »laß dir nichts anmerken. Führ mich jetzt zurück. Halt dein Gewehr, wie sich's gehört.«

Wassile hatte sich schon zum Gehen gewandt, als der Milizionär ihn am Ärmel zupfte: »Wer hat den Rotarmisten umgebracht?« flüsterte er.

»Er ist kein Rotarmist und auch nicht tot«, gab Wassile zurück.

Der Milizionär, ein kleiner Mann mit einem harten, schlauen Gesicht, zeigte unverhohlen seine Freude. »Kein ... – Oh! Aber wer ist er?«

»Das gerade will ich erfahren. – Komm, gehen wir endlich!«

»*Wperjod* – vorwärts!«, brülle der Milizionär, das Gewehr im Anschlag.

Eine oder zwei Minuten später standen sie an der Wand, genau wie vorher.

Wieder verging einige Zeit. Dann hörte Wassile die Kommandostimme des kleinen Mannes mit dem harten, schlauen Gesicht: »Alle umdrehn!« Offenbar hatten die andern nicht verstanden, sie rührten sich nicht. »Setzt euch!« Wassile ließ sich auf den Boden gleiten; jetzt taten sie es ihm gleich. Nur Panja Jadwiga blieb stehen. Sie lehnte sich nicht einmal an die Wand. Neben den am Boden Sitzenden wirkte sie wie ein Turm. Jusek hatte sich nahe an Wassile herangeschoben. Mit gesenktem Kopf saß er da und flüsterte. Zunächst verstand Wassile nicht, was er wollte.

»Haben die Pistole bei dir erwischt, was?«

Wassile hab den Kopf, sein Mund war jetzt an Juseks Ohr: »Dein Messer auch.«

»Kannst uns alle herausreißen, Rusnjak.« Wassiles Kopf hatte sich wieder gesenkt.

»Sag, du hast gewußt, er ist kein Russe.« Wassile stützte das Kinn auf die Knie. Jusek deutete die Geste richtig, er wisperte weiter: »Von drüben gekommen, hörst du?«

Wassile hob den Kopf, sein Mund war nahe an Juseks Ohr: »Wozu?«

»Dazu, dummer Bauer ...«

Wassile lehnte sich an die Wand. »Darf man rauchen, Genosse Milizionär?«

»Ich – euer Genosse?« Der Mann packte sein Gewehr fester, als wollte man ihn angreifen. »Raucht, von mir aus!« Zu dem Milizionär, der vor Panja Jadwiga stand, sagte er: »Bring Babuschka einen Stuhl!« Der ist in Ordnung, dachte Wassile erleichtert.

Es dauerte lange, eine Stunde, zwei – ob sich wohl jemand um die Pferde kümmert, fragte sich Wassile –, dann ging jenseits der Bretterwand die Tür. Man hörte Schritte. Zwei Männer, stellte Wassile fest. »Fall du nur nicht um, Rusnjak«, raunte Jusek. Gleichzeitig rief eine Stimme: »Wassile Wassiljewitsch Chomniuk!«

Außer dem Vernehmungsbeamten von zuvor war jetzt ein Mann anwesend, der eine einfache Uniformbluse, eine blaue Hose und kurzschäftige Stiefeln trug. »Gehen wir«, sagte der Uniformierte leise, ohne den Blick zu heben. Der Milizionär bedeutete Wassile, daß er gemeint sei. Sie traten durch die zweite Tür und durchquerten mehrere leerstehende Räume. Der Mann schien sich um Wassile, dem jeder Schritt, den er machte, weh tat, nicht zu kümmern. Erst vor einer eisernen Wendeltreppe blieb er stehen und sagte: »Gehen Sie voran!«

So mitgenommen war Wassile, daß er sich am Geländer festklammern mußte, als er, Schritt für Schritt, die Treppe hinaufstieg. »Ich habe Schmerzen«, entschuldigte er sich, doch der andere verzog keine Miene. Endlich waren sie oben. Der Uniformierte sagte: »Geradeaus die Tür!« Es war ein einfenstriger, von einer Glühbirne schwach erhellter Raum, leer bis auf ein mit Wachstuch überzogenes Sofa. »Warten Sie hier!« sagte der Mann und verschwand im Nebenraum.

Wassile setzte sich aufs Sofa und betastete die schmerzenden Rippen. Trotz der Schwellungen schien nichts gebrochen zu sein. Jetzt eine Zigarette! Er suchte in seiner Tasche – dabei schlief er ein.

Wie lange er geschlafen hatte, ob Stunden oder nur Minuten, war ihm nicht erinnerlich. Auch wußte er nicht, ob ihn ein Geräusch oder eine Berührung geweckt hatte. Als er die Augen aufschlug, stand der Mann, der ihn hergebracht hatte, vor ihm und sagte mit ausdrucksloser Stimme: »Hier hinein!«

»Ja.« Wassile war hellwach und öffnete die Tür.

In dem übermäßig hell erleuchteten Raum befand sich ein großer Tisch, an dessen einem Ende Potapenko und Fejnhold saßen, an dem anderen der Mann, der ihm Ausweis und Pistole übergeben hatte. An der Wand, dem Tisch gegenüber, stand der Graugekleidete mit der Mütze, deren langer Schirm bis zu den Brillenrändern heruntergezogen war.

Hinter dem Tisch, genau in der Mitte, saß ein Mann, der an einen Buddha erinnerte. Das weiße Gesicht mit den fetten Backen quoll aus dem festanliegenden Kragen und ließ das Kinn unmäßig breit erscheinen. Auch die leicht gekrümmte Nase, eingebettet in das weiche weiße Fleisch der Wangen, trat genausowenig hervor wie die schmale kurze Oberlippe, die sich hinter der schweren wulstigen Unterlippe zu verstecken schien. Bis zu den Brauen war seine Stirn von einem Wulst sich ringelnder schwarzer Haare bedeckt.

Wassile war an der Tür stehengeblieben. Keiner der fünf Männer regte sich, Gefahr ging von ihnen aus. »Guten Abend«, sagte er und wartete. Da alle außer dem fetten Mann ihre Kopfbedeckungen aufbehalten hatten, verzichtete er darauf, die Mütze abzunehmen. Als kein Laut die Stille durchbrechen, kein Auge sich ihm zuwenden wollte, zog Wassile ostentativ seine große Uhr aus der Tasche. »Oje, schon nach vier, die Pferde ...« murmelte er und schüttelte vorwurfsvoll über sich selbst den Kopf. »Genosse Fejnhold, ich muß darum bitten, daß man mich bald gehen läßt, die Pferde ...« Als bemerkte er die Verlegenheit nicht, die seine Bitte zu bewirken schien, fuhr er fort: »Ich hatte nicht damit gerechnet, daß ich so lange bleiben würde.« Sich gegen die Tür lehnend holte er tief Luft und fügte hinzu: »Und dann habe ich ...«

»Das ist nicht so wichtig.« Die gläserne Stimme gehörte dem dicken Mann am Tisch. »Es geht jetzt nicht um Pferde.« Der Ton enthielt nichts Persönliches – nicht einmal Menschliches.

Mit einer Gebärde der Ratlosigkeit wandte Wassile sich an Fejnhold: »Sie auch, Genosse Fejnhold?« Der Politruk erwiderte nichts, er blickte nur zu Potapenko und dem Dicken hinüber. »Der Genosse Fejnhold ist von unserer Organisation, aber Sie kenne ich nicht.« Wassile lächelte dem Mann am Tisch zu.

Dessen Miene und Haltung blieben unverändert, nur an Daumen und Zeigefinger der rechten Hand war eine rasche Bewegung wahrzunehmen, so als prüfte er einen Stoff oder zerriebe etwas. – Er ist nicht so ruhig, wie er erscheinen möchte, der Buddha, registrierte Wassile und fragte sich: Warum? Was ist passiert?

»Ich bin Natschalnik, NKWD, westliche Ukraine, Bürger – die Verantwortung für die Pferde übernehme ich.« Daumen und Zeigefinger hatten das Tempo ihrer Bewegungen gesteigert. Potapenko schob die Mütze ins Genick und rieb sich die Stirn.

»Oh –!« Es klang wie Anerkennung. »Nur – es geht nicht allein um die Verantwortung. Seit acht Stunden sind die Pferde im Geschirr, sie müssen versorgt werden. Wenn ich schon hierbleiben muß, um Bericht zu erstatten, der Genosse Sembrinski und seine Mutter können entlassen werden und sich um die Pferde kümmern. Sie ist übrigens bereits siebzig. – Beide haben mir sehr geholfen.« Er blickte abwartend von einem zum andern, besonders Fejnhold sah er ermunternd an, als hinge alles von ihm ab.

»Kommen Sie her, Bürger. Treten Sie an den Tisch.« Das Glas in seiner Stimme hatte einen Sprung.

»Das geht leider nicht, Genosse Natschalnik. Ich muß mich anlehnen – meine Rippen ... Gibt es denn nicht noch einen Stuhl?«

Der Dicke warf dem Mann mit dem Messingstern einen Blick zu. Der stand auf und stellte seinen Stuhl so hin, daß er sich genau gegenüber dem des Natschalnik befand. »Setzen Sie sich.« Wassile dankte und setzte sich umständlich. »Sie haben«, sagte der Natschalnik leise, »um neun Uhr dreißig den Auftrag bekommen, stimmt das?«

»Ich habe nicht auf die Uhr gesehen. – Verzeihen Sie, wenn ich nur wüßte, ob jemand nach den Pferden sieht. Ich bitte Sie, die beiden nach Hause zu schicken. Ich muß meine Gedanken sammeln – was ich zu berichten habe, ist wichtig. Das kann ich nicht, wenn ich mich um die Pferde sorge.«

An Wassiles Ohr dröhnte plötzlich eine Stimme. Er zuckte zusammen. Der Mann im grauen Anzug hatte sich an ihn herangeschlichen. »Sei du nicht so schlau, *konijuch*. Laß das

Theater mit den Pferden! Sprich, wenn man dich fragt, sonst ...«

Er stand hinter Wassile, jede Silbe kam wie ein Schuß und tat dem Trommelfell weh.

Mühevoll erhob sich Wassile: »Schrei mich nicht an. Wer du bist, weiß ich nicht – ist auch egal. Du irrst, wenn du denkst, ich bin dein Diener. Wir sind hier in der Sowjetunion und nicht bei den Faschisten. Gebrüllt wird bei denen.« Er hob die Stimme: »Droh mir nicht, sag ich dir – ich fürchte mich nicht. Ein Arbeiter bin ich und tue meine Pflicht, wie man mich's gelehrt hat.« Zu den anderen sagte er, während er sich wieder hinsetzte: »Ich bitte um Entschuldigung.«

Dann Stille. Nichts deutete darauf hin, daß es soeben zu diesem Auftritt gekommen war. Der Brüller stand wieder an seinem Platz, der Mann mit dem Messingstern hielt den Kopf geneigt, Potapenkos stechende Augen blieben versteckt, und Fejnhold saß da mit übereinandergeschlagenen Beinen und blickte den Dicken immer wieder fragend an. Der Natschalnik hielt den Blick zunächst auf Wassile geheftet, senkte ihn aber dann. Mit einer hastigen Bewegung griff er in den Kragen seiner Jacke, öffnete ihn und nach ihm das Hemd. Ein Laut wurde vernehmbar, eine Art Prusten oder Kichern, das sich über die vorlaute Unterlippe hervordrängen wollte, aber den Weg versperrt fand und deshalb den Erstickungstod starb. *»Nu da«,* sagte er und besah dabei seine Hand.

Wassile zog seine Schlüssel aus der Tasche und legte sie vor Fejnhold auf den Tisch. »Hier, der Schlüssel zur Futterkiste ist dabei – es ist höchste Zeit. Man muß sie dem *konijuch* Iwan übergeben, das Futter soll er austeilen. Das Gespann kann Wagner in den Stall bringen. Ich bitte darum – weil mir keine Wahl bleibt.«

Die Schlüssel lagen vor Fejnhold. Der Politruk blieb jedoch bewegungslos sitzen, mit starrem Gesicht. Wassile wandte den Kopf zum Natschalnik: Na, sag ihm schon, du siehst doch, er traut sich nicht; bist ja, scheint's, der Stärkste hier.

Der Dicke blickte den Mann im grauen Anzug an. Da er, so kombinierte Wassile, weder zu Potapenko noch zu Fejnhold ein Wort gesagt hatte, mußten sie als mitschuldig gelten, als Komplizen. Alle, auch der mit dem Messingstern und der bebrillte Brüller, Statisten zwar nur, hingen aneinander wie Eisenspäne, festgehalten vom selben Magneten und bestrebt, immer neue Teilchen anzuziehen. Zum Schuldigen wollte der Dicke aber ihn machen. Keinen anderen Weg, kein anderes Mittel kannte er als das Spiel: ›Wir wissen alles!‹ – Die erste Runde war für ihn verloren: Der Bauer hatte sich nicht einschüchtern lassen. Zurückgelehnt saß Wassile auf dem Stuhl und drehte seinen Schnurrbart. Der Mann, der ihn hergebracht hatte, fand sich wieder ein. »Erklären Sie ihm das Nötige«, sagte der Dicke.

»Fährt er selber?«

»Sagen Sie ihm das Nötige«, wiederholte er, und die beiden Finger rieben sich aneinander. In aller Ruhe erläuterte Wassile dem Mann, was zu geschehen habe. Unbefangen, als stünde er im Stall und gäbe seine Anweisungen.

Darauf erneut das Prusten, das sich in Kichern fortsetzen wollte. »Sie haben um neun Uhr dreißig den Auftrag bekommen, stimmt das?«

»Es kann stimmen, von der Farm sind wir vor acht aufgebrochen.«

»Wohin sind sie gefahren, nachdem Sie den Auftrag erhalten hatten?«

»Zur Wohnung der Mutter des Genossen Sembrinski. Er ist Gärtner und wollte von mir mitgenommen werden.«

»Und?«

»Wir haben gegessen, auch getrunken, und dabei haben wir uns unterhalten.«

»Worüber?«

»Darüber«, sagte Wassile ruhig.

»Den beiden haben Sie erzählt, daß Sie mit der Verfolgung betraut sind?«

Auf Wassiles Gesicht erschien ein beinahe mitleidiges Lächeln. »Halten Sie mich für blöd?«

Die Finger fanden keine Ruhe. »Sie sollen antworten, wie sich's gehört.«

»Kein Wort hab ich davon erwähnt.«

»Sondern?«

»Ich habe mir gedacht, es wäre ganz gut, wenn ich einen oder gar zwei Helfer bei dem Unternehmen hätte. Nichts gab es, woran ich mich halten konnte. Eigentlich wußte ich nur, daß er sich irgendwo in der Lyczakowa bei der Infanteriekaserne herumtreibt. Die Sembrinskis sind einfache Menschen. Mein Sonderausweis kommt doch vom NKWD – für die ist das Polizei, und vor der haben sie noch von früher her Angst. Hätten sie erfahren, daß der Kutscher ein Polizist ist, wär ich ihnen verdächtig gewesen.«

»Und geholfen hätten sie Ihnen dann nicht?«

»Das kann gut sein.«

»Bei uns muß jeder jedem helfen.«

»Ich weiß das und versteh es auch, der Genosse Fejnhold hat mir alles erklärt. Für die beiden wäre das zu hoch gewesen. Mir hat genügt, daß sie den Mörder hassen.«

»Sie selbst hassen den Mörder nicht?«

»Ich hasse jeden Mörder und schon gar einen, der meinen Freund umgebracht hat.«

»Sie wollten ihn also liquidieren, und Sie hätten es auch getan, wenn Sie nicht mit seiner Verfolgung betraut worden wären?«

»Ich habe nur gesagt, daß ich den Mörder hasse. Vom Hassen bis zum Töten ist es ein ganzes Stück!«

»Sie sollen auf meine Fragen antworten. Haben Sie an Rache gedacht, haben Sie die Absicht gehabt, ihn zu töten, Sie persönlich?«

»Nein.« Wassile wußte selber nicht, ob er die Wahrheit sagte. »Ich hab ihn nicht getötet. Aufgepaßt hab ich, daß er lebendig gefaßt wird – das war mein Auftrag. Ich weiß genau: wie die Miliz gekommen ist, war er noch am Leben.«

Der Buddha hob die Hand zum Kinn, nahm die Falte zwischen Daumen und Zeigefinger, zog daran und ließ sie zurückschnellen, mehrere Male. Dann richtete er seinen Blick auf den Mann mit dem Messingstern: »Hol dir einen Stuhl.« Zu Wassile sagte er: »Sie haben an Goreckis Grab gesprochen?«

»Ja, der Genosse Fejnhold hat mich dazu aufgefordert.«

»Erinnern Sie sich, was Sie gesagt haben?«

»Was man am Grab eines Genossen so sagt – daß er ein guter ...«

»Ich meine Ihre Schlußworte: ›Wir werden dich rächen!‹«

Wassile horchte auf. Wenn sie sich ausgeknobelt hatten, ihn damit festzunageln, so würde er es schwer haben. – Irgend etwas stimmte nicht, und er sollte als Sündenbock dienen. Heraushalten wollten sie sich aus der Sache, doch – das wußte er – sie brauchten ein Geständnis, bevor sie ihn endgültig zum Schweigen brächten. Alle sind sie gegen dich! Alle! Er blickte zu Fejnhold hinüber, ganz offen, und dabei lächelte er: »Das hat mir der Genosse Fejnhold« – er suchte das Wort – »vorgehalten. Ihm ist das auch aufgefallen: Wir werden dich rächen. Ja, das habe ich gesagt.« Fejnholds Miene blieb unbeweglich.

»Sie hatten also die Absicht, sich zu rächen?«

»Sie meinen, weil ich das gesagt habe?« Wassile lächelte breit.

»Sie sind hier nicht im Club. – Sie meinen, das waren nur Phrasen?«

»Phrasen? Ich habe gesagt: ›wir‹, das stimmt – aber nur, weil es mir plötzlich über die Zunge gerutscht ist. Ich hab es oft gehört – bei ähnlichen Anlässen.«

»Was soll das heißen: ›bei ähnlichen Anlässen‹?«

»Ja, noch an der Front. In Italien. Vielleicht wissen Sie nicht, ich war Soldat. Wenn wir Gefallene begruben, mußte immer ein Offizier eine Rede halten. Jedesmal hat sie geendet: Wir werden euch rächen. Und jetzt, wie ich die Fahnen und die Uniformen seh und mir dazu Gorecki mit zwei Schußwunden im Rücken vorstelle, da war mir auf einmal, als wär ich an der Front und man würde einen Kameraden begraben. Die Worte sind mir einfach so in den Sinn gekommen. Wenn ich ganz ehrlich sein will – gedacht hab ich mir nicht viel dabei.«

»Nicht viel dabei gedacht?« Der Buddha verfiel in Brüten. Im Zimmer wurde es still. Es war ganz so, als hielten die Männer den Atem an. Der mit dem Messingstern – er hatte am Tischende Platz genommen – sprach als erster wieder. »Und als man Sie fragte, wann Sie mit der – Arbeit beginnen, erinnern Sie sich?«

»Ja, der Genosse Vorsitzende hat mich gefragt – ich war schon im Weggehen. Das meinen Sie doch?« Wassile lächelte.

Der Dicke nahm keine Notiz von diesem Lächeln. »Das meine ich.« In der gläsernen Stimme schwang ein Unterton von Unsicherheit. »Was haben Sie geantwortet?«

»›Ich habe schon begonnen!‹ war meine Antwort.«

»Auch dabei haben Sie sich nichts gedacht?«

Wassile lachte, bäuerlich schlau. »Gedacht hab ich mir manches, und es hat sogar gestimmt! Aber ob ich Ihnen das so erklären kann« – er drehte nachdenklich den Schnurrbart und beugte sich vor –, »ist eine andere Frage. – Sie« – zuversichtlich sah er den Dicken an –, »Sie werden das ganz sicher verstehen.«

Dessen Hand griff nach der Fleischfalte unter dem Kinn; das leise Prusten verlor sich auf der Unterlippe. »Sprechen Sie!«

»Als der Genosse Vorsitzende mich das gefragt hat, wußte ich, wie ich es anzustellen hätte, an den Saboteur heranzukommen. Das heißt, gewußt hab ich's noch nicht, aber einen Plan hatte ich mir zurechtgelegt – mir etwas ausgerechnet, Sie verstehn?« Sein bärtiges Gesicht strahlte vor Zufriedenheit.

»Ausgerechnet? Was soll das heißen?«

»Sie entschuldigen, Reden ist nicht meine Stärke. – Aber schon wie die Sache mit Rudnicki passiert ist, Sie wissen doch ...«

»Wer ist Rudnicki?«

»Der Kutscher, der den Genossen Saposchnik und die Buchhalterin beschimpft hat. Mit dem Messer ist er auf mich losgegangen.«

»Ich weiß, doch was hat dieser Rudnicki mit – damit zu tun?«

»Viel«, sagte Wassile.

»Wieso?«

»Ich habe nachgedacht: Wie traut sich so ein Mann, einen Natschalnik in seinem Büro zu beschimpfen, das Messer zu ziehen? Er war nicht betrunken, das hab ich auf den ersten Blick erkannt. Dem muß jemand was erzählt haben, und er hat Flausen in seinem dummen Kopf gehabt. Der war bearbeitet, der Rudnicki – zu ihm hat einer gesagt: Laß dir nichts bieten von diesen Bolschewiki und Juden – wenn dir mal einer verkehrt kommt, dann stoß ihm nur richtig Bescheid! Darum hab ich gesagt, daß ich schon bei der Arbeit bin. Nachdenken ist auch Arbeit, besonders für einen, wie ich es bin. Wo ich ihn suchen muß, hab ich gewußt – gewußt –, das ist zuviel gesagt.« Wassiles Gesicht war ernst. »Ich meine, ich habe einen Plan gehabt.«

»Was war der Plan?«

»Jemanden zu suchen, der den Mörder kennt – einen, der seinem Befehl gehorcht wie der Rudnicki. Nur so konnte ich an ihn herankommen. Gestern hab ich jedenfalls viel mehr gewußt als damals, wie das mit Rudnicki passiert ist, kann ich sagen. Die Genossen haben mich aufgeklärt. In seiner Rede hat der Genosse Vorstand ganz deutlich gesagt, daß der Mörder gekauft ist von unseren Feinden –.«

»Was haben der *ogrodnijk* und seine Mutter damit zu tun?«

»Ach, beinahe gar nichts. Wie wir so hin und her reden, erwähne ich, ich tät gern mit der Frau vom Rudnicki sprechen. Zufällig wissen die beiden, wo sie wohnt, und sind mitgegangen. Ja, und dann haben wir ihn auch erwischt – das war nicht leicht!«

»Wen haben Sie erwischt?«

Wassile lehnte sich zurück. »Den Saboteur, der Gorecki und die beiden ermordet hat. Lebend hab ich ihn erwischt, wie mein Auftrag war.«

Der Dicke sah ihn an, dann sagte er langsam: »Sie haben auf einen Rotarmisten geschossen und ihn schwer verletzt. Keinen Saboteur, keinen Mörder.« Er zog die Schublade auf und entnahm ihr die Mauser und ein grünes Büchlein. Beides legte er vor sich hin. »Kennen Sie das?«

»Die Pistole? Aus der hat er geschossen.«

»Geschossen hat er, ja. Aber sind Sie und die anderen etwa getroffen worden? Schwer verwundet ist nur er. Nein, Bürger, so war das nicht«, sagte der Dicke. »Die Pistole ist ein deutsches Fabrikat und der Mann ein *wojenny* – ein Rotarmist.«

Nur mit Mühe unterdrückte Wassile eine Geste der Zurechtweisung. »Gorecki ist mit dieser Waffe getötet worden, die Projektile sind noch da. – Der Mann ist kein Rotarmist.«

Der Dicke nahm das grüne Büchlein und schlug es auf. Ein Foto wurde sichtbar. »Hier«, sagte er, »Ossip Pawlowitsch Faberow.«

»Das beweist nichts.« Wassile sagte das ruhig und sachlich.

»Was heißt das?«

»Der Mann ist kein Rotarmist – er ist von drüben.« Warum, zum Teufel, sind sie alle so überrascht? Oder tun sie nur so?

Kann es sein, daß sie nicht gewußt haben? Da soll einer sich auskennen. Wenn man nur wüßte, wovor die Angst haben – der Buddha auch. Wie die Finger arbeiten, bald wird er an seine Wamme greifen.

»Auf einen Rotarmisten haben Sie geschossen, Sie geben es selber zu.«

Zwecklos, dachte Wassile. Da steckt etwas dahinter, was ich nicht ergründen kann. »Woher wollen Sie denn wissen, daß er ein Rotarmist ist?«

Der Dicke wies auf das grüne Büchlein.

Ein echter Ausweis also. »Aber er lebt doch. Man kann ihn fragen, morgen, übermorgen. – So stellen Sie uns doch einander gegenüber, immerhin waren fünf Menschen im Zimmer. Geschossen hat er. Ohne Anlaß. Er war es, der Gorecki umgebracht hat und die anderen vorher auch. Bestimmt war er es.«

Kein Wort, keine Bewegung. Alle saßen da, wie versteinert. – Wenn dieser Ossip nun wirklich ein Rotarmist wäre? Was spricht dagegen außer der eigenen Vermutung und Juseks Behauptung: kein Rotarmist, kein Russe? »Da unten sitzt ein Mann, der kann mit Sicherheit sagen, daß er kein Rotarmist ist, sondern einfach ein Saboteur, ein Mörder«, sagte Wassile. Wieder kein Wort. Alles umsonst, dachte Wassile.

»*Wot*«, sagte der Dicke leise und warf dem Mann an der Tür einen Blick zu. Der schien nur auf ein Zeichen gewartet zu haben. Er erhob sich und verließ den Raum. Wassile spähte zu Potapenko und Fejnhold hinüber. Mit seinen stechenden Augen blickte Potapenko zwischen halbgeschlossenen Lidern irgendwohin. Aber aus Fejnholds hübschem jungen Gesicht sprachen Bestürzung und Gram. Wassile wußte, das hatte mit dem Blick des Dicken zu tun. Er hörte den Mann mit der Brille einen Namen rufen, betont unbeteiligt. Jetzt werden sie mich holen, dachte er.

In der Türöffnung erschien der Mann, der ihn hierhergebracht hatte. An ihm vorbei drängten sich drei Rotarmisten, ein Kapitan und zwei Unteroffiziere; ein vierter in Zivil, der nicht zu ihnen zu gehören schien, blieb an der Tür stehen. Der noch junge Kapitan schob seine Tellermütze zurück und stellte sich breitbeinig vor den Natschalnik hin. »Sie sind der Natschalnik?« fragte er den Dicken. »Hier, meine Papiere und das Protokoll! Es handelt sich um die Schießerei von heute nacht. Wir haben« – er wies mit dem Daumen hinter sich auf die beiden Unteroffiziere –, »festgestellt: Der Mann ist kein *wojenny;* der Armee hat er nie angehört, zu keiner Zeit. Nur Stiefel und Mütze stammen vom Militär, die anderen Kleidungsstücke nicht. Außerdem – er versteht nicht einmal Russisch. – Sie müssen mir bestätigen, daß Sie das zur Kenntnis genommen haben.« Die Zurechtweisung war deutlich herauszuhören. »Der Oberst wundert sich, daß er alle Informationen über die Angelegenheit dem Zufall zu verdanken hat. Wenn es sich um Rotarmisten handelt, sind wir unbedingt sofort hinzuzuziehen.«

Wassile war darauf gefaßt, daß der Dicke jetzt das Soldbuch aus der Schublade holen werde. Nichts dergleichen geschah.

»Wir waren«, sagte er, »mit der Untersuchung noch nicht fertig.«

»Dauert eben zu lange«, bemerkte der Kapitan lakonisch und zündete sich eine Zigarette an.

Unbewegten Gesichts reichte der Dicke Papiere und Protokoll zurück und erhob sich. »Gehen wir in mein Büro!« Das galt dem Offizier. »Die anderen warten hier. Er auch.« Er warf Wassile einen kurzen Blick zu und ging mit weichen, schaukelnden Schritten zur Tür. Die drei Rotarmisten und der schweigsame Beamte folgten ihm.

Als hätte er auf diesen Augenblick gewartet, sagte der Mann im grauen Anzug: »Der Armee paßt das nicht.« Mit einem Blick stach Potapenko nach ihm. Wassile wurde das Gefühl nicht los, daß der Brüller von vorhin sich auf die Zunge biß.

Der Mann, der mit den Rotarmisten zusammen eingetreten war, holte eine Zigarette hervor, suchte nach Streichhölzern und fand keine. Er trat zu Wassile und fragte mit Grabesstimme: »Streichholz?«

»Bitte!« sagte Wassile und gab ihm Feuer.

Neben Wassiles Stuhl war der Mann stehengeblieben. Mit gemessenen Bewegungen führte er die Zigarette zum Mund und stieß geheimem Rhythmus folgend den Rauch aus. Gerade als er den Stummel zerdrückte, kam der Dicke zurück, ging zum Tisch und setzte sich: »Professor, was haben Sie zu berichten?«

Der Mann im langen Überrock sah den Dicken nicht an, über Wassiles Kopf hinweg starrte er durch den Kneifer zur Tür. Nachdem er sich ausführlich geräuspert hatte, begann er: »Der junge Mann, mit dem ich mich im Krankenhaus unterhielt, ist meiner Meinung nach kein Russe. Er gebraucht Ausdrücke, wie sie vor zwanzig Jahren im Schwange waren. Nur die ganz Alten bedienen sich heute dieser Sprache. Über seinen Geburtsort kann er keine Auskunft geben. In Tomsk, behauptet er, geboren und aufgewachsen zu sein. Aber keine einzige Straße, keinen Platz kennt er. Anzunehmen ist, daß er die russische Sprache erst spät erlernt hat. Möglich auch, daß er von russischen Eltern stammt, die im Ausland leben. Das ist alles.«

»Liegt ein schriftlicher Bericht vor?« Der Dicke griff sich an die Speckfalte am Hals, und ein Prusten war zu hören. Wortlos zog der Professor ein bräunliches gefaltetes Blatt Papier aus der Tasche und legte es auf den Tisch.

»In Ordnung«, sagte der Natschalnik, als er fertiggelesen hatte; der andere ging ohne Gruß und Wort. An ihm vorbei traten zwei Männer ein. Beide trugen die Uniform des NKWD, mit Kapitansabzeichen auf den Achselstücken.

»Ja?« fragte der Dicke.

»Er wird bestimmt überleben«, begann der eine. »Die Verletzung am Hüftknochen ist nicht schwer.« Zu seinem Kameraden, der neben ihm vor dem Tisch mit dem Natschalnik stand, sagte er: »Leg ihm die Fotos vor!«

Aus der Kartenmappe, die ihm am Riemen vor der Brust hing, holte der Mann eine zusammengefaltete Zeitung. Zwischen den Blättern lagen Fotos. »Sie sind noch feucht«, kommentierte er und breitete sie auf dem Tisch aus. Wassile gelang es, einen Blick auf die Bilder zu werfen. Zwei davon zeigten Ossip, wie er mit geschlossenen Augen dalag, eines seinen blutigen Hinterkopf; doch drei waren Aufnahmen eines Hakenkreuzes. Die Felder in den vier ›Haken‹ waren beschrieben und auch darüber und darunter befanden sich Schriftzeichen. Sie waren jedoch zu verschwommen, als daß er sie aus dieser Entfernung hätte lesen können.

Der Natschalnik blickte von einem Photo zum andern. Einzig das Hakenkreuz schien ihn zu interessieren. »Swastika – was besagt die Schrift? Wo habt ihr das gefunden?«

»Eine auffallend große Tätowierung, unter der linken Brust«, erwiderte der eine, der offenbar der Sprecher war.

»Tätowierung? Ein Finne? Ist nicht auch bei den Finnen das Hakenkreuz eine Art Hoheitszeichen? – Und die Schrift?«

»Die Schrift ist ganz bestimmt nicht Finnisch«, meinte der Kapitan.

»Sondern –?« Als die Antwort ausblieb, schwieg der Dicke. Dann wandte er den Kopf in die Richtung, wo Potapenko und Fejnhold saßen, und sagte: »Arkadij Samuelowitsch, du bist sprachkundig, möchtest du dir das nicht anschauen?«

Es war das erste Mal, daß der Natschalnik einen der beiden direkt anredete, und Wassile hätte gern gewußt, wie sie reagierten. Sie waren jedoch von den beiden Offizieren verdeckt. Die Stimme des Dicken klang verändert, biegsam, irgendwie menschlicher. Natürlich, einrenken wollte er die Sache, er war auf Verständigung aus, da er ins Hintertreffen geraten war. Der Parteivorstand – und mit ihm sein Mann: Fejnhold – hatte wieder Oberwasser.

Potapenko sagte streng: »Diese Angelegenheit liegt jetzt in den Händen des Volkskommissariats für Innere Angelegenheiten. Die Partei lehnt jede weitere Verantwortung ab. Wir haben geholfen, so gut wir konnten, das steht wohl fest. Unsere Leute haben ausgezeichnete Arbeit geleistet. Den Bericht erwarte ich nicht später als morgen um zwölf Uhr. Es versteht sich, daß ich wünsche, auch weiterhin auf dem laufenden gehalten zu werden, bis ...« Als das Prusten einsetzte, fügte er hinzu: »Arkadij Samuelowitsch und Sie, Genosse Chomniuk, ihr kommt mit mir.« Er stand auf, fast gleichzeitig mit ihm Fejnhold, der auf den sich langsam erhebenden Wassile zutrat.

»Kommen Sie, Wassile Wassiljewitsch«, sagte er. Seine sonst helle und klare Stimme war leise, wie heiser. Er schob die Hand Wassile unter den Arm, als müßte er ihn stützen. »Es ist doch nichts gebrochen?«

»Bis zur Hochzeit ist alles wieder gut«, zitierte Wassile ein altes ruthenisches Sprichwort und lächelte dabei. Es lag ihm daran, Fejnhold zu beruhigen. Der erwiderte denn auch, ein wenig mühsam zwar, das Lächeln. Er wollte etwas sagen, aber der Dicke kam ihm zuvor.

»Fjodor Fjodorowitsch«, sagte der Buddha, den schweren Kopf wiegend, »ich glaube nicht, daß dieser Fall nur den NKWD angeht. Uns alle betrifft er. – Ich bin Tschekist und muß mich an die Vorschrift halten. Wenn sich herausgestellt hätte, daß er Rotarmist ist ...«

Wassile hatte den Disput mit angehört und sich gewundert, daß er so ungeniert vor ihm geführt wurde. Entweder gingen sie davon aus, daß er sowieso keine Gelegenheit mehr haben würde, über das Vorgefallene zu sprechen, was nichts anderes hieß, als daß er auf die eine oder andere Art verschwände, oder aber sie zählten ihn schon dazu, was auf andere Weise gefährlich war. Gingen die beiden Oberbonzen im Bösen auseinander, dann mußte es Opfer geben. Späne würden fallen, und Wassile wollte nicht, daß Panja Jadwiga, Tadek und er selbst unter diesen Spänen wären. Was also tun? Die Bewegung, die er machte, und die Worte, die er sprach, wirkten spontan und naiv. Er trat an den Tisch und ergriff unbekümmert eines der Fotos mit dem Hakenkreuz. »Finne?« sagte er. »Das ist doch ein Deutscher. Steht da nicht ganz oben ›Lang lebe Hitler‹?« Er hatte die drei Wörter in korrektem Deutsch gesprochen. »Sprechen so die Finnen?«

»Das ist Deutsch? – Woher wissen Sie das?«

»Der Genosse Chomniuk spricht, liest und schreibt Deutsch und auch Rumänisch. In seinem Lebenslauf steht das«, sagte Fejnhold sachlich.

»Lebenslauf?« Der Dicke deutete auf die Fotos der Tätowierung: »Und das ist Deutsch?«

Potapenko musterte Wassile streng: »Können Sie das lesen?«
Wassile räusperte sich und sagte ruhig: »Wenn ich ein Vergrößerungsglas hätte –.«

»Ein Vergrößerungsglas«, wiederholte der Dicke. Spöttisch sollte es klingen. Der Brüller raste davon, mit einer gewaltigen Lupe kehrte er zurück.

»Ich bitte um Bleistift und Papier«, sagte Wassile höflich. Der mit dem Messingstern beeilte sich, ihm das Gewünschte zu reichen.

Wassile schrieb langsam, bemüht um ungelenke Schrift. Nicht leicht machte er es sich, auch den anderen nicht. Das Gesicht des Dicken, das er nun ganz nahe vor sich hatte, zerfloß in Schweiß; Potapenko und Fejnhold atmeten hörbar; die Spannung der Galerie hinter ihm grenzte an Folter. Als er es geschafft hatte, las er den Text langsam und laut: »Hängt ihn an den Galgen, den Strick hat er verdient – das Volk und auch die Raben, die warten längst auf ihn. – Erst wenn er baumelt in der Luft – sind wir erlöst vom schwarzen Schuft.« Wassile legte Lupe und Bleistift aus der Hand.

»Können Sie das auf russisch sagen, Genosse Chomniuk?« ließ Potapenko sich vernehmen.

»Ich glaube schon«, erwiderte Wassile und drehte seinen Schnurrbart. Wort für Wort übersetzte er dann. Wo er das russische Wort nicht fand, behalf er sich mit einem ruthenischen. Eine ganze Weile dauerte es, bis er fertig war. Ja, er hatte sich weit vorgewagt und viel mehr Wissen gezeigt, als ein *konijuch* haben durfte. Sollte er mit Erklärungen kommen? Nein, das hätte ihn noch verdächtiger gemacht.

»Genug«, sagte Potapenko mit einem stechenden Blick auf den Dicken, »genug für einen Finnen. – Auch dir ist wohl klar« – er senkte die Stimme –, »was hier gemeint ist, welcher Schwarze hängen soll, Genosse Natschalnik?«

»Ich werde«, sagte der Dicke schwach, »noch eine genaue Übersetzung anfertigen lassen. Wer weiß, was das wirklich zu bedeuten hat.«

»Das kannst du – mir genügt das hier. – Arkadij Samuelowitsch, nimm die beiden Blätter an dich«, sagte Potapenko. »Und du«, wandte er sich an den Dicken, »gib jetzt den Auftrag, daß die Leute, die dem Genossen Chomniuk geholfen haben, entlassen werden. Lange genug hat man sie ja festgehalten. Sowjetisch ist das nicht, Genosse Natschalnik.«

»Ja.« Der Dicke winkte den Brüller zu sich heran. »Wie heißen die Leute?«

»Jadwiga und Tadeus Sembrinski«, erwiderte Wassile kurz.

»Sind es nicht vier im ganzen?« fragte der mit dem Messingstern. Die ersten Worte, die er sprach.

»Ja, vier«, wiederholte der Dicke.

»Nur diese beiden haben mir geholfen«, sagte Wassile und hatte ein flaues Gefühl im Magen.

»Und die beiden anderen?«

Wassile faßte sich. Niemand durfte ermessen, welchen Kampf er soeben mit sich gekämpft hatte. Ruhig und bedächtig war seine Antwort: »Die andern haben ihm« – er wies mit dem Kinn auf die Fotos – »geholfen. Das ist Rudnickis Frau und sein Freund, und – es gibt, ich bin davon überzeugt, in der Stadt noch manch einen, der dazugehört. Vielleicht sagen die beiden, wer sie sind und wo sie wohnen. Man müßte sie unschädlich machen« – nicht ohne Mühe stand er auf –, »sonst wird noch mancher Unschuldige hinterrücks erschossen oder – erstochen werden. – Ich bitte um meine Dokumente, wenn sie hier sind.« Niemand bemerkte die Verzweiflung in Wassiles Gesicht, hörte den Seufzer, den er ausstieß. Der Dicke zog die Schublade auf und legte Wassiles Papiere auf den Tisch.

Mit einer höflichen Verneigung sagte der Stallmeister, wie es unter Dörflern beim Abschied üblich ist: »Ich wünsche euch alles Gute.«

Krank fühlte sich Wassile. Tadek versorgte ihn; wann immer sie konnte, kam Mira. Sie sprachen fast nicht miteinander. Wassile hielt die Augen geschlossen, war zu müde, um den Mund aufzumachen. Der Arzt war bei ihm gewesen. Die Mattigkeit und Schwäche würden bald behoben sein. Wenn das überraschende Auftauchen des Mannes, der in der fraglichen Nacht die Schlüssel und einen Zettel mit Anweisungen überbracht hatte, auch für nicht geringe Unruhe sorgte, so hatte die Rückkehr von Wassile und Tadek nur einige Stunden später genügt, die Gemüter wieder zu beruhigen. Wassile, hieß es, sei vom Kutschbock gefallen, als sein Wagen bei Dunkelheit mit dem Vorderrad in einen Graben geriet. Tadek und Panja Jadwiga war von Wassile eingeschärft worden, über die Ereignisse der fraglichen Nacht strengstes Stillschweigen zu bewahren.

Fast täglich kam Fejnhold vorbei. Lawrenenko und Saposchnik ließen sich gelegentlich sehen, und immer wieder erschienen Leute vom Werk, um sich nach dem Befinden des *starsche konijuch* zu erkundigen.

Wassile aber lag und grübelte. Zwar hatte der Schmerz nachgelassen, die Gedanken quälten ihn jedoch mehr denn je. Von wie vielen Seiten hatte er das Leben kennengelernt, es durchschaut oder sich von ihm blenden lassen – und immer war er der Vogel, dessen Gefieder weiß bleibt wie Schnee, selbst wenn er sein Nest in den Sumpf baut. Nun aber war er, der Freie, zum Werkzeug geworden, ein Spitzel, Killer im Dienst eines Systems, das ihm mit jedem Tag unheimlicher wurde.

Was wäre geschehen, wenn man an Ossip, oder wie er sonst hieß, nicht die Tätowierung entdeckt hätte? Das Hakenkreuz, das sich der Totschläger in die Haut hatte stechen lassen wie zahllose andere auch, denen man einhämmerte, daß Strick und Messer, Kugel und Fackel die einzigen Mittel wären, die Welt umzuschaffen im Sinne des neuen Herrenmenschentums.

Wie viele Male schon hatte sich Wassile das, was er in jener Nacht durchzumachen gehabt hatte, ins Gedächtnis gerufen. Mochten auch alle, Natschalniki und Obernatschalniki, Marionetten sein, die der vielleicht größte aller Puppenspieler, die Angst, führte, die Marionette, die der Buddha war, gehorchte einer anderen Hand. Bis zuletzt hatte dieser Mann nicht wahrhaben wollen, daß der Mörder ein Saboteur war, ein Faschist, ausgeschickt, Verwirrung zu stiften durch Meuchelmord. Und wenn er sich so starrköpfig verhalten hatte, dann nur deshalb, weil ihm Stärkere als er den Rücken steiften. Es gab also Genossen, die in dem Pakt mehr sahen als eine Wand aus Papier, ja, die sogar an ihn glaubten und bereit waren, mit den Nazis gemeinsame Sache zu machen. Verhindern hatte der alte Tschekist wollen, daß ein neuer Beweis für die Unehrlichkeit des Bundesgenossen geliefert wurde. Potapenko, wie alle seines Schlages Gegner des Pakts, hatte das Spiel diesmal gewonnen. Schon morgen konnte er freilich der Verlierer sein!

So blieb diesem Wassile, für den Leben nichts anderes war als Erleben, der niemals sich selbst aufgab, als einziger Fluchtweg nur wieder die Selbsterniedrigung. Nach der verlorenen Schlacht floh er auf dem Umweg über schmerzvolle Erkenntnis zurück in die Existenz, die er sich gewählt hatte. Er wurde wieder, was zu sein er vorgegeben hatte – Wassile.

Wassile Chomniuk, der *konijuch,* war jedoch ein Bauer mit

robusten Nerven. Nicht daliegen konnte er und sich abquälen mit Grübeleien. Als Arbeiter war sein Platz im Stall, bei den Pferden. Nach neun Tagen Krankenlager stand er also auf und meldete sich zurück.

Arbeit – es gab sie in Fülle, und das war gut. Wohltuend auch die Freude, mit der ihn alle begrüßten. Mira war beglückt, ihn wieder auf den Beinen zu wissen, und dazu noch, wie sie auf den ersten Blick wahrnahm, anregender und lebhafter denn je. Seine Krankheit, die unerklärliche Apathie hatten sie mit Sorge erfüllt, sie daran erinnert, wie viel er ihr bedeutete. Als er nun vor ihr stand, blaß, doch mit dem gewohnten Lächeln, traten ihr Tränen der Freude in die Augen. Sie ergriff seine Hand und schmiegte ihre Wange hinein. Bevor es aber zum Gespräch zwischen ihnen kommen konnte, stürzte Wagner ins Büro und küßte Wassile auf beide Wangen: »Gott sei Dank, Wassile, daß Sie wieder auf sind. Wie ich mich gesorgt habe!« Dann berichtete er, was sich in den letzten Tagen so alles abgespielt hatte. Ja, er selber hatte den Kutscher machen müssen, um die offiziellen und inoffiziellen Lieferungen pünktlich zu erledigen. »Können Sie sich vorstellen, was ich ausgestanden habe, wenn ich vier- oder fünfmal an einem Tag angehalten wurde? Erst seit gestern hat es sich beruhigt, nicht mehr so viele rote, blaue, grüne Mützen auf der Straße. Wie's angefangen hat, das hätten Sie sehn müssen, Wassile! Razzien, Verhaftungen Tag und Nacht. Jetzt scheint's aufzuhören, gut, daß Sie da sind, Wassile.«

Deutlich zeigte Lawrenenko seine Zufriedenheit, als Wassile sich bei ihm zurückmeldete. Auch Saposchnik, sonst gemessen und reserviert, strahlte über sein Hamstergesicht. Als letzten suchte Wassile dann Fejnhold auf.

»Wassile Wassiljewitsch«, rief Fejnhold, als Wassile eintrat. Er stand auf und lief ihm entgegen. »Das freut mich aber! Schon wieder an der Arbeit, so ist's richtig. Gut, daß Sie gesund sind – wirklich schon alles in Ordnung?«

»Lange genug gefaulenzt, Genosse Fejnhold. Die Arbeit hat mir gefehlt – nein, es geht mir nicht schlecht.«

Erst als Wassile bereits die Klinke in der Hand hatte, meinte Fejnhold, der wieder in seine Papiere vertieft schien: »Was ich Ihnen noch sagen wollte – Igor Borissowitsch ist nicht mehr hier. Seine Stelle wurde neu besetzt. – Sie haben übrigens gut gearbeitet, Wassile Wassiljewitsch, ausgezeichnet.«

Wassile, der den Namen Igor Borissowitsch zum ersten Mal hörte, wußte zwar gleich, daß der Buddha damit gemeint war, er tat jedoch so, als fragte er sich, von wem die Rede sei. Nach geraumer Pause sagte er: »*Nu da,* Genosse Fejnhold, jeder arbeitet, wie er kann. – Auf Wiedersehn!« Gerade wollte er die Tür öffnen, als sie von draußen aufgestoßen wurde. Eine junge Frau marschierte ins Zimmer und blieb in betont strammer Haltung vor dem Tisch stehen. Sie schwenkte ein Blatt Papier und meldete: »Genosse Natschalnik, hier ist mein Lebenslauf!« Während Fejnhold den Bogen entgegennahm, fügte sie in vertraulicherem Ton hinzu: »Du müßtest meine Biographie eigentlich schon auswendig kennen, Arkaschka.« Sie griff nach der Zigarettenschachtel auf dem Tisch und bediente sich.

Wassile, den dieser Auftritt so überraschte, daß er stehengeblieben war, besann sich darauf, daß er hier nichts mehr zu suchen hatte. Noch einmal sagte er: »Auf Wiedersehn« und wollte gehen. Fejnhold rief ihn zurück. »Die Genossin Obadjewa wird auf der Farm arbeiten, als Kassiererin. – Das ist Genosse Chomniuk – er kann Sie im Wagen mitnehmen, Genossin.«

Die junge Frau nahm die Zigarette aus dem Mund und faßte Wassile ins Auge. Den Rauch ausstoßend, sagte sie: »Ja, Genosse, wir können gleich fahren.« Das war also die von Saposchnik angekündigte Kassiererin. Keine Frage, die Tatsache, daß sie keine ›Hiesige‹ war, würde nicht Mira allein beunruhigen. Und sie würde zwangsläufig auch eine Änderung der Arbeitsmethoden auf der Farm nach sich ziehen. Von Erleichterung konnte keine Rede sein.

»Wohnen werden Sie wahrscheinlich draußen, Genossin?« fragte Wassile auf dem Flur.

»Ja, wenn ich dort Quartier finde ... Wie weit liegt denn die Farm von der Stadt entfernt?«

»Von dem Punkt, wo wir stehn«, sagte Wassile lächelnd, »nicht ganz dreizehn Kilometer.«

»Besser also, ich wohne draußen. Einen Augenblick, ich hole nur meine Lumpen aus der Kantine. Dann können wir losfahren. Nein, noch nicht, ich muß zuvor den *zamestitel* sprechen. Ein paar Minuten können Sie sicher warten.«

»Bitte. Ich bin im Wagen, er steht im Hof.«

Nach zehn Minuten schleppte sie einen großen Koffer an. Als sie ihn mit Schwung auf den Wagen beförderte, klang es hohl. »Ist das nicht ein bemerkenswerter Koffer? Der Inhalt ist allerdings alles andere als bemerkenswert.« Sie kletterte auf den Wagen und brachte dabei geschickt ihre Reize zur Geltung.

Wassile entging zwar nicht, was für ein sonderbarer Vogel sein Fahrgast war, aber weder Worte noch Gedanken verlor er darüber. Ihm war mit der Aufforderung, die Genossin auf die Farm mitzunehmen, ein Strich durch die Rechnung gemacht worden, und allein daran dachte er. Noch zwei wichtige Wege hatte er zu erledigen vorgehabt: zu Panja Jadwiga und zu Besselmann. Was tun? Schweigend lenkte er das Gefährt über das löchrige Pflaster. Als er in die Chaussee eingebogen war, ließ er die Pferde laufen.

»Wie wär's mit einer Zigarette, Onkelchen?«

»Gern.«

Nach dem ersten Zug sagte sie: »Keine ›Usbek‹.«

»Hauptsache, es raucht.«

»Sag das nicht – überhaupt rauche ich Papirosy viel lieber als Zigaretten.«

»Immer mag man das lieber, was man nicht hat«, sagte Wassile.

»Da mag man aber eine ganze Menge lieber, Onkelchen.«

»Mhm.«

»Zum Beispiel gibt es unzählige Dinge, die ich lieber täte, als Geld zählen und Ziffern schreiben. Rechnen kann ich gar nicht gut.«

»Unsere Buchhalterin ist ziemlich tüchtig. Bei der werden Sie einiges lernen.«

»Nichts werde ich lernen!« Es klang ehrlich. »Im Kurs hab ich auch nichts gelernt.«

»Nichts gelernt? Was soll dann diese Arbeit?«

»Ich war Studentin, aber Universität, das ist nichts für mich. – Wie heißt du eigentlich? Mein Name ist Tatjana Nikolajewna, besser Tanja.«

»Sehr erfreut. Chomniuk, Wassile Wassiljewitsch, heiße ich.«

»Wassja!« rief sie.

»So nennt mich niemand. Wassile, das hör ich am liebsten.«

»Ich gebe den Menschen die Namen, die mir passen«, erklärte sie und schnitt eine Clownsgrimasse. »Eigentlich wollte ich ja Tänzerin werden. Das ist besser als Sängerin. Weißt du, wenn man singt, darf man weder rauchen noch trinken.«

»Ja, das schadet«, nickte Wassile. »Doch wie war das mit dem Tanzen?«

»Ich hab mir den Knöchel gebrochen – hier!« Sie hob den linken Fuß auf das Wagenbrett und deutete auf die Stelle. Sie hatte schöne Beine und trug gute, neue Seidenstrümpfe, die nicht zu den Schuhen mit den abgetretenen Absätzen passen wollten. »Es ist nie richtig zusammengewachsen. Man hätte, so sagen die großen Spezialisten« – sie verzog den Mund –, »es noch einmal brechen müssen. Ganz krumm wollte ich nicht werden, deshalb verzichtete ich lieber. Ich habe gut getanzt, bestimmt besser als gerechnet.«

»Das glaub ich dir«, sagte Wassile, »aber man lernt auch rechnen, wenn man will.«

»Wenn man muß. – Nimmt die Buchhalterin es sehr genau? Was kann ich dafür, daß man mich herschickt, Onkelchen!«

»Sie wird dich schon nicht beißen.«

»Im Kurs hab ich jedenfalls kaum was gelernt.«

»Ich werd ein gutes Wort für dich einlegen«, lachte Wassile. Sie fuhren bereits durch Jusefuwka, und bald hielt der Wagen vor dem Haus, in dem sich das Büro befand. »Hier – ich nehm schon den Koffer.« Er war wirklich leicht.

Wassile klärte Mira kurz auf. Natürlich sprach er Russisch. »Ich gehe«, sagte er abschließend, »in den Stall, leider muß ich noch einmal rasch aufs Feld reiten.« Mira nickte: Sie hatte verstanden, er wollte sie allein sprechen.

Nach einer halben Stunde, Golodnej war schon gesattelt, kam sie in den Verschlag. Wassile stand neben dem Pferd. Hastig küßte er sie und lugte dabei über die Bretterwand. »Komm«, sagte er und nahm das Pferd am Zügel, »es braucht uns niemand hier zu sehn. Ich muß in die Stadt. Eine wichtige Sache. Mach mir irgendein Dokument, damit ich mich ausweisen kann, falls sie mich vielleicht anhalten. Du weißt doch.«

»Nach einer Bandsäge kannst du dich umsehn. Ich schreib gleich den Antrag für den Metalltrust. Du willst wegen ...«

»Ja, ich hoffe, daß ich dir schon heute gute Nachricht bringen kann.«

»O Wassile, allein der Gedanke ... Ich geh jetzt und hol dir den Zettel.« Im Nu war sie zurück. »Hier! Was sagst du zu der Neuen?« Man sah ihr die Besorgnis an.

Er zuckte die Achseln. »Schwer zu beurteilen. Vorsicht ist immer am Platz. Sie ist so gar nicht – sowjetisch, eine kleine Komödiantin.«

Weiter sagte er nichts, um Mira nicht zu beunruhigen.

»Mir ist übrigens auch einiges aufgefallen. Vor allem, wie kommt es, daß sie als Buchhalterin bei uns arbeiten soll, obwohl sie von Tuten und Blasen keine Ahnung zu haben scheint?«

»Aber dumm ist sie nicht?«

»Ich fürchte, eher zu gescheit.«

Sie standen schon auf der Straße. Wassile schob den Fuß in den Bügel, und als er sich auf das Pferd schwang, erinnerte ihn der leise Schmerz in den Rippen an die jüngsten Ereignisse. Kaum saß er im Sattel, begann Golodnej sich wie ein Kreisel zu drehen. Sofort nahm Wassile ihn fest zwischen die Schenkel. Der Hengst stutzte, seine Ohren spielten nervös, und in einer prachtvollen Lançade schleuderte er seinen Körper durch die Luft. Mira schrie auf. »Was ist das, Wassile?« fragte sie tonlos, als das Pferd, den Hals gebogen und mit dem Hufe scharrend, wieder stand.

»Der Frühling, Mira«, sagte Wassile lachend und ritt davon.

Das Pferd, das Wassile im Hof anband, war klatschnaß. Auf Umwegen war er hergeritten, trotzdem hatte er es in kaum mehr als einer halben Stunde geschafft. Er holte Lappen und Decken aus dem Haus, rieb Golodnej trocken und deckte ihn gut zu.

Panja Jadwiga verlor keine Zeit, Wassile einen Imbiß zu bringen und Schnaps einzuschenken. Dann setzte sie sich zu ihm: »Bist schon ganz gesund, Wassile?« Als er nickte: »Gut. Was macht Tadek?«

»Arbeitet, Panja Jadwiga, mit Freddy. Ich helfe ihnen ein bißchen.«

»Gut. Schwer für ihn ohne Antek.«

»Für jeden von uns, Panja Jadwiga.«

»Wenigstens ist der Moskal hin. – Aber daß sie uns laufen haben lassen? Verstehst du das, Wassile?«

»Sie haben selber nach ihm gefahndet. Antek war nicht der einzige, den er umgebracht hat. Darum, Panja Jadwiga.«

Nach einer Pause sagte sie: »Sind alle fort – geholt von ihnen. Wahrscheinlich hat der Jusek sie verpfiffen oder das Miststück, die Tojska.« Panja Jadwiga schwieg und wartete, was Wassile noch sagen würde.

Er hatte genug. »Panja Jadwiga« – das Sprechen fiel ihm schwer – »da ist Anteks Brief – sein Testament. Er muß etwas geahnt haben. Verstehen Sie Deutsch, Panja Jadwiga, ein wenig vielleicht?«

Schweigend nahm sie ihm den Brief aus der Hand, las ihn und legte ihn dann auf den Tisch. Sie leerte ihr Schnapsglas und zündete sich eine frische Zigarette an. »Es gibt nicht viele, wie Antek war.« Sie sprach Polnisch. »Weißt du, wo das Versteck ist?«

»Hier.« Er zeigte ihr die Skizze auf der letzten Seite.

»Versteh ich nicht«, brummte sie, »und du?«

»Wir werden sehn. Kommen Sie, Panja Jadwiga.«

Sie folgte ihm, die Zigarette im Mundwinkel, hinter das Haus. Dort, in einer Ecke des Hofes, gab es eine verfallene Bude, die früher wohl ein Stall gewesen war und jetzt als Abladeplatz für Gerümpel diente. Sie schoben eine zerbeulte Badewanne zur Seite und räumten die Bretter weg, auf denen sie gestanden hatte. Eine Vertiefung zeichnete sich ab, die mit Erde und Steinen aufgefüllt war und sich im Handumdrehen freilegen ließ. Fast einen halben Meter lang war der metallene Koffer, der zum Vorschein kam, und nur leicht angerostet. Sie schleppten ihn in die Küche.

Als wahre Schatztruhe entpuppte sich das Behältnis. In ihm lagen neben vier Bündeln, jedes zu zehntausend Rubel, in einem Ledersäckchen beinahe sechstausend Dollar, außerdem zweihundert Goldmünzen, Sovereigns, Napoléons und Louisdors, vier Goldbarren und mehrere dünne Stangen Gold. Daneben enthielt der Koffer eine Menge goldener Fassungen von Ringen, Broschen, Nadeln sowie goldene Uhrgehäuse. In mehreren Pillenschachteln fanden sich kleine Brillanten, bunte Edelsteine, lose Perlen, und in einer blau emaillierten goldenen Puderdose lagen die beiden Rubine, jeder fast so groß wie eine Haselnuß.

»Sie erinnern sich, was in dem Brief steht, Panja Jadwiga?«

»Die roten Steine hat er gemeint?« wich sie seiner Frage aus. »Nimm sie! Auch hier den Beutel und von dem Gold. Halbehalbe?«

»Die roten Steine behalte ich als Andenken, und von den Dollars will ich nur die Hälfte, der Rest gehört Ihnen und Tadek. Das Gold, die Rubel, das Haus und überhaupt alles.«

»So steht's aber nicht im Brief«, brummte sie und griff nach dem Glas.

»Ich hätte auch das nicht genommen – aber ich brauch es! Das heißt ...«

»Du willst abhauen, Wassile?« In ihrem Gebrumm lag Beängstigung.

Er blickte ihr voll ins Gesicht und lächelte beruhigend. Worum es ihr ging, wußte er – wer würde auf Tadek aufpassen? »Noch lange nicht. Aber vielleicht brauch ich einmal Geld, und Antek hat's so gewollt, Panja Jadwiga. – Wenn Sie können, machen sie den ganzen Kram zu Geld. Ich meine, es ist besser, Sie haben Dollars ...«

»In Ordnung, Wassile. Also nimm dein Zeug und laß mich das Ding wegschaffen.« Sie lud sich den schweren Metallkoffer auf die Schulter, als wäre er ein Pappkarton, und trug ihn in die Kammer, wo sie Anfeuerholz, Gemüse und Kartoffeln aufbewahrte. »Da schaust du, Wassile, ja, mein Junge«, sie sprach Deutsch, »Elmira, die stärkste Frau der Welt, die große Nummer, Zirkus und Varieté! Busch, Renz, Henry, Kludsky, Medrano, Paris – Sarrasani, Wintergarten, Ronacher – warst vielleicht noch gar nicht auf der Welt, du ...« Sie führte ihr Glas zum Mund und zog dann heftig an der Zigarette.

Wassile blickte sie aufmunternd an. »Und?« fragte er.

»Was und?« brummte sie böse. »Ein Kerl natürlich! Fänger am

Trapez unter der Kuppel. Wir heiraten, ich werde schwanger. Er läuft einer nach, sie ist mit dressierten Hunden aufgetreten, so Kroppzeug, zweite Nummer. Ich erwisch die beiden. Sie hat abhauen können, aber er hat drei Wochen später den Schirm zugemacht.« Der Haß eines halben Jahrhunderts tobte in ihrer Stimme.

»Und was war mit Ihnen, Panja Jadwiga?«

Sie schwieg und überlegte. Schließlich sah sie ihn von der Seite an und schüttelte den Kopf, als wunderte sie sich über sich selbst. »Mußt alles wissen, Rusnijak?«

»Nein«, sagte er verlegen und griff nach seiner Mütze.

»Trink noch einen, hier!« Sie schenkte beide Gläser voll und nahm einen Schluck. »Ich bin ins Gefängnis gekommen.«

»Ja, Panja Jadwiga?«

»Was ja?« Sie schien erzürnt. »Was ja? – Drei Jahre, mildernde Umstände. Es waren nur zwei Jahre und vier Monate, den Rest haben sie mir geschenkt, wegen guter Führung. Das war in Graz, Österreich. Achtzehnhundertachtundneunzig bis neunzehnhunderteins. Der Tadek ist dort geboren. – Nachher ...«

»Nachher war's schwer«, sagte Wassile.

Mit gesenktem Kopf saß sie da. »Nirgends ein Engagement, die Zeitungen waren ja voll von dem ›Artistenmord‹ gewesen. Bei den richtigen Artisten gelten strenge Gesetze. Gewalttätigkeit wird nicht geduldet. Ich bin herumgezogen – Jahrmärkte, kleine Städte, Dörfer. Im grünen Wagen, immer mit Tadek. Irgendwann hab ich dann nicht mehr wollen oder können und bin nach Hause gegangen, nach Ziemnawoda. Mutter tot, beide Brüder in Kanada, und der Vater säuft. Sein Stück Feld schon versoffen, nur noch der Garten. Was hab ich geschuftet! Zu Hause und bei fremden Leuten – wegen Tadek. Mir hätt's nichts gemacht, doch ... Komm, trink, Wassile.« Wassile trank aus und steckte sich eine Zigarette an. Er vermied es, Panja Jadwiga anzusehen. Die Erinnerung schlug Wellen in ihr. Wütend hatte sie ihr Gläschen auf den Tisch geknallt und wie abwesend die Zigarette ausgedrückt. »Der Tadek ist sechzehn, kommt in die Lehre, bald dies, bald jenes, nirgends hält er durch, verprügelt heute die Gesellen, morgen den Meister. Ihm gehn halt immer gleich die Gäule durch. In einem fort muß ich wiedergutmachen, manchmal kostet's Geld, aber ich will nicht, daß er ins Gefängnis kommt.« Sie hielt inne und griff wieder nach Flasche und Schachtel. Diesmal schenkte sie nicht ein, sondern schob beides mit verächtlicher Gebärde von sich. »Du weißt, was ich meine, Wassile?«

»Sicher, Panja Jadwiga.«

»Beim Militär haben sie ihn nicht genommen, wegen des einen Auges. So sind wir beide zusammengeblieben den ganzen Krieg über – du weißt ja, wie's war mit Lwow: einmal die Österreicher, das andere Mal die Moskalen – waren andere als die jetzt –, aber uns ist's nicht schlecht gegangen. Dann war's polnisch – was hab ich damit zu tun? Die Sorgen mit Tadek reichen mir. Schlechte Gesellschaft. Trotzdem – er ist ein guter Sohn, du weißt, was ich meine, Wassile?«

»Sicher, Panja Jadwiga. – Und dann hat Antek ihn kennengelernt, und sie haben beide im Gemüseladen gearbeitet. – Da ist alles besser geworden, nicht?«

»Ja – Antek. Du hast ihn nicht so gekannt wie ich. So viele Jahre haben wir unter einem Dach gelebt. Nie ein lautes Wort, immer höflich. Die Bande hat ihn respektiert. Er war klug – und zu Tadek wie ein Bruder. Jetzt hat er uns sogar einen Koffer dagelassen, uns versorgt. Der beste Mensch, dem ich je begegnet bin.« Sie angelte sich die Flasche und schenkte ein. »Und Tadek«, fuhr sie fort, »arbeitet. Das ist gut. Das einzige Gute bei den Moskalen. – Du mußt auf ihn aufpassen, Wassile, wie der Antek es getan hat.«

»Wird schon nichts passieren, Panja Jadwiga, Sie können beruhigt sein.« Er trank ihr zu und lächelte dabei.

»Auf dich kann man sich verlassen, Wassile«, sagte sie und tat ihm Bescheid.

Er stand auf. »Ich will noch nach dem Pferd schaun, Panja Jadwiga, dann muß ich auf einen Sprung in die Stadt.« Er sah auf die Uhr. »Ich komme gerade recht. Hab was zu besorgen für die Farm.«

Auch sie hatte sich erhoben. »Einen Augenblick«, sie ging an den Küchenschrank. »Hier«, sagte sie, »deine Kanone. Du hattest sie unter den Schrank geschoben. Gleich nachdem wir wieder frei waren, bin ich zu Tojskas Haus gegangen und hab sie mir geholt.«

Sie trat an den Herd und machte sich dort zu schaffen. »Kann sein, es gibt noch andere, die glauben, daß du ein Spitzel bist, Juseks Freunde, oder ...«

»Die mögen glauben, was sie wollen. Tun Sie, bitte, das Ding ins Versteck. Ich brauch's nicht. Wenn sie einen hinterrücks erschießen wollen, hilft's sowieso nicht. Das Ding hat seine Schuldigkeit getan. Auf Wiedersehn, Panja Jadwiga.«

Er ging in den Hof, steckte Golodnej eine Brotrinde ins Maul und ritt los. Wenn er die Tram nicht vor der Mittagspause erreichte, könnte er höchstens noch mit einem Stehplatz rechnen.

Die Familie Besselmann hatte sich gerade zum Essen hingesetzt, als Wassile anklopfte. »Wo haben Sie so lange gesteckt, *chawer* Wassile?« fragte Arje. »Gut, daß Sie da sind. Schon vor vier Tagen ist Post für Sie eingetroffen.«

»Ja«, sagte der Vater, »Sie haben Nachricht – hier!«

Scheint sicher zu sein, der Weg, wenn Karl Briefe schickt, dachte Wassile und wollte den Umschlag aufreißen. Da bemerkte er, daß er offen war. Der Brief war weiß und glatt, ohne einen Buchstaben – offenbar ein leeres Blatt Papier. Keiner der Anwesenden war überrascht.

»Milch oder Alkohol?« fragte Arje sachlich.

Wassile ging zum Fenster, hielt den Bogen gegen das Licht, beschnupperte ihn und sagte kurz: »Alkohol.«

Arje brachte die Flasche und ein Gummischwämmchen; mit einigen Tropfen Alkohol feuchtete Wassile es an und strich damit über das Papier. »Man muß es vorher besoffen machen, sonst spricht es nicht«, sagte Vater Besselmann.

»Ja. – Wie geht's, wie steht's, *chawer* Besselmann?«

»In den letzten Tagen haben sie wieder einen Haufen Menschen verfrachtet – Sondertransport. Keine Politischen, eher so Leute ...« Er blickte zu Arje hinüber, der fasziniert beobachtete, wie sich allmählich die Schrift abzeichnete.

»Ja, ich habe gehört – Unterwelt«, sagte Wassile und überspielte Besselmanns Verlegenheit.

»Juden sind nur wenige dabei.« Besselmann räusperte sich. »Eigentlich bloß einer, den ich kenne. Wir sind da so einige, die versorgen die zur Deportation Vorgesehenen mit dem Nötigsten: ein bißchen Geld, Nahrungsmittel, Decken. Manche werden einfach von der Straße mitgenommen. Diesmal aber, Seinem lieben Namen sei es gedankt, nur einer, und um den, das muß ich schon sagen, ist es nicht schade.«

»Wohl ein Bekannter von Ihnen?« fragte Wassile mehr aus Höflichkeit.

»Der Mann kommt aus guter Familie. Sein Vater war Arzt, tot seit mindestens zehn Jahren. Mermelstein der Name. Ich weiß, man soll niemandem Schlechtes nachsagen, aber was hat mir seine Schwiegermutter, die Frau Rachmut – möge sie bei ihresgleichen dort sein! – nicht alles vorgejammert! Jetzt ist er dabei, bei all den ...« Wieder blickte er zu seinem Sohn hinüber.

Arje bemerkte den Blick gar nicht. »Fertig, *chawer* Wassile!« rief er freudig.

Wassile war nicht bei der Sache. Was Besselmann erzählt hatte, beunruhigte ihn. Müßten sich nicht aus Mermelsteins Aussage neue Verwicklungen ergeben? Sicher hatte Jusek ihn hineingezogen. Wie kam es, daß er Bedauern fühlte für den Schubjak, der allzu hart bestraft wurde. – Doch da war Karls Brief, den Arje ihm hinhielt.

Das Papier war bedeckt mit winzigen Schriftzeichen. Alles Wichtige wurde mitgeteilt in Worten und Wendungen, die, selbst wenn der Brief einem Unberufenen in die Hände gefallen und die Schrift zutage getreten wäre, wie der vertrauliche Bericht eines Arztes an seinen Kollegen hätte erscheinen müssen. Behandlungsmethoden verschiedener Krankheiten, Medikamente wurden genannt. Heilungsmöglichkeiten vorgeschlagen, wie zum Beispiel Luftveränderung bei Röteln. Doktor Rolint habe auf persönliche Empfehlung des Schreibers die Stangmannsche Behandlung übernommen – ›*stânga*‹ heißt ›links‹ auf rumänisch, ›*mâna*‹ ›die Hand‹ –, berechtigt seien die Aussichten auf günstigen Verlauf der Krankheit. Sollte aber normale Behandlung bis in ca. drei Wochen zu keinem Erfolg führen, empfehle sich Intervention des Kollegen Bringer, der mit seinem Verfahren überraschende Ergebnisse erzielt habe. Der Patient Sany sei körperlich auf der Höhe, doch es häuften sich seelische Depressionen, die leicht durch die Luceanische Methode zu beheben wären. Der Kollege sei jedoch abwesend. Man nehme an, er befinde sich zur Erholung in den Bergen, obwohl die Internisten behaupteten, er sei zu Studienzwecken im Ausland. Darüber brauche jedoch nicht mehr debattiert zu werden, da Professor Streif, der Chef der Internen Abteilung, verstorben sei. Wie das jedoch bei Wissenschaftlern, und schon gar bei jenen von der Internen, öfters der Fall sei, könne es geschehen, daß sowohl die Luceanische Methode als auch deren Verfechter beziehungsweise dessen Abwesenheit auf die Tagesordnung gesetzt würden.

Nur ein Absatz blieb zunächst unklar. Darin ging es um die Heilung des Patienten Rad von der Tollischen Krankheit durch *recoare*. – Als Wassile den Brief zum zweiten Male gelesen hatte, war ihm klar, daß mit *recoare,* rumänisch: ›Kühle‹, nur ›Knast‹ gemeint sein konnte, denn so hieß das Gefängnis scherzhaft beim Volk.

Mit dem Hinweis, bei richtigen Instruktionen sei dieses Rezept durchaus ungefährlich, schloß das Schreiben. Es war gezeichnet von dem kollegial grüßenden Doktor Charles Grinser und lieferte den Beweis nicht nur, daß Doktor Grinser bei Humor war, auch daß es einen so gut wie sicheren Weg gab, den Doktor Bringer zu führen wußte.

»Gut«, sagte Wassile laut und ging zum Ofen. Das alkoholgetränkte Papier flammte sofort auf.

»Sie sind zufrieden, *chawer* Wassile?« wollte Arje wissen.

»Und wie, mein Lieber! Ich kann Ihnen beiden nicht genug danken.«

»Auch wir haben Nachricht«, sagte Besselmann senior. »Sie sind akkreditiert, ohne Limit.«

»Danke. Zunächst einmal will ich geben, nicht nehmen. Hier« – er zog das Bündel Dollar aus der Tasche – »sind dreitausend. Zweitausend behalten Sie: Vielleicht werden in etwa drei Wochen zwei Personen mit Platzer, pardon, Bringer gehen. Tausend jedoch, bitte ich sie, in Rubel umzuwechseln. Ich werde Sie wissen lassen, was damit geschehen soll, und – noch was. Sie haben vorhin den Sohn von Doktor Mermelstein erwähnt – hat ihm Ihr Komitee geholfen?«

»Jude ist Jude, *chawer* Wassile! Auch er ist versorgt. Er bekommt, was ihm zugedacht ist, in den Waggon. Wir haben, hm, unsere Beziehungen. Vielleicht wundern sie sich, daß wir so gut informiert sind. – Morgen um fünf Uhr geht der Transport ab.«

»Dann bitte ich Sie, legen Sie auf meine Rechnung noch fünftausend Rubel zu der Gabe für Mermelstein. Gut wäre es, wenn man für ihn noch zusätzlich warme Unterwäsche, ein Pelz, Decken, Filzstiefel und Konserven auftreiben könnte. Was immer zu haben ist.« Als Besselmann sich erstaunt zeigte, fügte Wassile hinzu: »Bitte, ich fühle mich dazu verpflichtet.«

»Wie Sie wünschen, *chawer*.«

»Danke. Wir verrechnen das dann – ich muß jetzt laufen, *rabota!*«

Arje holte seine Bücher und begleitete ihn.

Auf der Straße sagte Wassile: »Wenn ich innerhalb von drei Wochen nicht zu Ihnen komme, dann bringen Sie die Rubel, die Ihr Vater für die Dollar eintauscht, zur Genossin Feuerberg. Sie ist Klavierlehrerin am Konservatorium und arbeitet, glaube ich, von elf bis fünf. Janina ist ihr Vorname. Machen Sie ein anständiges Paket. Sagen Sie zu ihr – Sie müssen unbedingt unter vier Augen mit ihr sprechen –, sie solle es erst zu Hause öffnen, es sei von Wassile. Und – Sie sagen ihr auch, wenn sie sonst etwas braucht oder in Not gerät, daß sie sich an euch wenden kann. Falls ihr Geld vorgestreckt wird, es geht auf Rundbergs Rechnung. – In Ordnung, Arje?«

»Ken, Adoni!«

»Was heißt das?«

»Jawohl, mein Herr – auf hebräisch.«

»Es gibt keine Herren, Arje«, sagte Wassile lachend.

»Wer weiß?« lachte Arje zurück.

Als Wassile in den Hof ritt, erblickte er Mira. Sie kam aus dem Pferdestall und konnte es kaum erwarten, daß er absaß. »Gott sei Dank, daß du da bist, Wassile«, sagte sie, »stell dir vor, wir haben einen neuen Direktor!«

»Schon?«

»Du warst gerade losgeritten, da ist er eingetroffen. Wie, bist du ihm nicht begegnet? Er ist zu Fuß hergekommen.«

»Ich mußte noch auf dem Feld vorbeischauen.«

»Nach dir hat er schon gefragt.«

»Er wird es erwarten können«, murmelte Wassile. »Was ist er für einer?«

»Fünfundzwanzig Jahre alt, Kandidat der Partei, acht Jahre zur See gefahren. Jedes zweite Wort ist ›*nitschewo*‹, und er hält den Weltrekord im Spucken. So was hab ich nicht für möglich gehalten. Jetzt sitzt er in der Kantine bei der Obadjewa. Sie bewundert ihn, und er glaubt's. Erzählt von Stürmen und Fischzügen, und sie sagt: ›bemerkenswert‹ und er immer wieder ›*nitschewo*‹ und spuckt. – Was soll nur werden?«

»Ist er denn so gescheit?« fragte Wassile mit einem Anflug von Lächeln. Es gefiel ihm, wenn Mira aufgebracht war. »Übrigens, allerhöchstens drei Wochen noch – wirst du's schaffen?«

»Wassile«, flüsterte sie, »o Gott, wenn's nur ...«

»Mit zirka neunzig Prozent Sicherheit, Mira.«

»Wären's auch nur zehn – riskiert muß es werden. Und wenn du dabei bist ...«

Wassile bückte sich und tastete Golodnej die Sprunggelenke ab. Mira sollte sein Gesicht nicht sehen. Vor ihr wollte er sich nicht verstellen. Die Depressionen des Patienten Sany, die Doktor Grinser in seinem Bericht – sicherlich nicht ohne Grund und Absicht – erwähnt hatte, verstärkten seine Sehnsucht. Er würde, wenn es soweit war, einen andern Weg gehen müssen als Mira. Bis dahin jedoch wollte er bei ihr bleiben, ihr beistehen. War sie erst einmal auf der andern Seite, würde die Erinnerung an ihn von neuen Eindrücken und Erlebnissen überdeckt werden. Wassile spähte im Hof umher – es war sonst niemand da. »Traust du dich, das Pferd zu halten, Mira? Ich will eine Gießkanne holen.«

»Ich bin doch einmal Reiterin gewesen.« Bereitwillig griff sie nach dem Zügel.

»Sprich zu ihm, erzähl ihm was!« Wassile eilte davon und war gleich wieder zurück. »Halt ihn noch ein bißchen.« Er füllte einen Eimer mit Wasser und goß es vorsichtig Golodnej über die Füße. Ruhig ließ sich's der Hengst gefallen. »Das wär's!« Wassile nahm Mira die Zügel aus der Hand und sagte: »Hast dir das Pferd noch nie richtig angesehn, Mira – vor allem sein schönes Monogramm. Hier –.«

»Einen Augenblick«, sagte Mira und bückte sich, um den Brand genau zu studieren. Als sie sich aufrichtete, war sie blaß. »Ich kenne das Monogramm.«

»Ja? Dann mußt du eine Expertin sein: Das ist der Gestütsbrand des Fürsten Bolgurski. Er besitzt oder, besser, besaß Güter bei Warschau.«

»Warschau«, flüsterte sie kaum hörbar. In ihr arbeitete es. »Wie alt ist das Pferd?« fragte sie dann ruhig.

»Meiner Schätzung nach fünf Jahre, ein Prachtgaul, Mira.«

»Ich weiß, ich weiß – bring ihn in den Stall. Ich warte hier an der Pumpe, bis zu wiederkommst.«

Während Wassile absattelte, dachte er daran, wie erregt Mira sich gezeigt hatte. Was war mit dem Monogramm? Schon seit Janina das Haus Linkhand in Warschau erwähnt hatte, trug er sich mit dem Gedanken, bei Mira vorzufühlen. Er wollte wissen, was für eine Bewandtnis es mit der Erbschaft hatte. Anatols Vorgehen würde dann besser zu verstehen sein. Mira konnte ihm sicherlich Auskunft geben.

»Komm, Wassile«, sagte Mira, als er aus dem Stall trat, »du mußt den Direktor begrüßen. Sicherlich sitzt er noch in der Kantine bei der Obadjewa. Quartier müssen wir auch noch für die beiden machen. Er bekommt das Zimmer, in dem Mermelstein gewohnt hat – und sie? Vielleicht, wo die Köchinnen wohnen, da ist noch ein Zimmer frei.«

»Warum legen wir sie nicht einfach zusammen?« scherzte er und, ernst werdend, fügte er hinzu: »Übrigens Mermelstein – es hat ihn erwischt.«

»Erwischt?«

»Nun, Wagner hat doch von den Razzien und Deportationen erzählt. Hast du nichts davon gemerkt?«

»Schon! Wie ist er bloß da hineingeraten? – Komm jetzt.« Beim Tor blieb sie stehen. »Wassile, Pferde bedeuten dir wohl viel?«

»Ja, viel.«

»Ich muß dir etwas erzählen. Komm heute abend vorbei, ja? Und frag jetzt nicht, warum.«

Im Speisesaal der Kantine waren die Kassiererin und der Direktor die einzigen Gäste. Sie stand an die Wand gelehnt, und er saß, durch die ganze Breite des Raums von ihr getrennt, rittlings auf einem Stuhl und fuchtelte mit den Armen. Ruderbewegungen, ein Schiff im Sturm oder sonst etwas Nautisches schien er ihr zu demonstrieren. Die runde Bootsmannsmütze saß schief auf dem kurz geschorenen Kopf, und die Ärmel des blauen Sweaters mit großem Rollkragen waren bis zu den Ellbogen hinaufgerutscht. Vor lauter Tätowierungen sah man kaum etwas von der Haut, die sich über kräftigen Muskeln spannte. »So war das, Tatjana, nicht leicht, aber – *nitschewo!*« schloß er und spuckte seiner Zuhörerin knapp vor die Fußspitzen.

Zwar hatte der einstige Matrose Mira und Wassile kommen sehen, aber zunächst dachte er nicht daran, seinen Bericht zu unterbrechen. Begrüßung und Vorstellung verliefen dann ernst und würdevoll. Der neue Direktor entwickelte der Buchhalterin und dem *starsche konijuch* auf der Stelle sein Programm. Die Führung des Betriebs würde so lange keine Neuerungen erfahren, wie ihm noch der rechte Überblick fehlte. Auf gewisse Punkte sei allerdings dessen ungeachtet ab sofort besonderes Gewicht zu legen: auf Disziplin, Hygiene – *gigijena* – und politische Erziehung. Als der neue Direktor – er hieß Ignat Iljitsch Gorbatenko, eine Pause machte, sagte Wassile: »*Nu da,* ich muß jetzt zur Arbeit, die Genossin Buchhalter wird Ihnen Ihr Quartier zeigen.«

»Ja«, sagte Mira, »auch Sie, Genossin Obadjewa, müssen wissen, wo Sie wohnen.«

Wassile ging zu den Frühbeeten. Eine gute Stunde arbeitete er mit Tadek und Freddy; das gab ihm Gelegenheit, auf die beiden beruhigend einzuwirken. Von der Gärtnerei ging Wassile zum Stall, um die Gespanne zu erwarten, die jeden Augenblick eintreffen mußten. Er wollte die Kutscher vorbereiten und zur Vorsicht mahnen, aber zu seiner Überraschung machte sich der Direktor bereits, eine Liste in der Hand, im Stall zu schaffen.

Vor der Futterausgabe sagte Wassile laut: »Herhören, Leute! Der Genosse, der hier steht, ist der neue Direktor der Farm, sein Name ist Gorbatenko, Ignat Iljitsch.«

Auch wenn die Kutscher die Neuigkeit ohne Akklamation zur Kenntnis nahmen, ließ sich der Direktor keineswegs die Gelegenheit entgehen, das Wort zu ergreifen. »Genossen, ich bin, wie ihr gehört habt, der neue Direktor und, damit ihr es gleich wißt: ich achte auf drei Dinge ganz besonders – Disziplin, *gigijena* und politische Schulung.« Er spuckte aus und wollte weitersprechen, wäre nur seine Pause nicht so lang gewesen. Wassile hatte schon mit dem Schlüssel auf das Meßgefäß geklopft, Lärm breitete sich aus, und eine Schlange bildete sich. Die Kutscher hatten Muße, ihren neuen Chef in Ruhe zu betrachten. Natürlich wußten die meisten von ihnen, was das Wort ›Disziplin‹ bedeutet, aber von *›gigijena‹* hatten nur wenige gehört. Und ›politische Schulung‹ war für sie sowieso nur ein Schlagwort. Wassile würde ihnen schon sagen, wie sie sich zu verhalten hätten. Vorderhand schütteten sie ihren Gäulen den Hafer auf und achteten darauf, daß kein Pferd dem anderen etwas wegfraß.

Inzwischen schritt Ignat Iljitsch Gorbatenko schaukelnd, mit vorgestemmten Knien wie bei schwerer See, durch die Stallgasse und verglich, was er sah, mit seiner Liste.

»Fünf Abteilungen zu zehn Pferden«, sagte Wassile, »in der letzten ist nur Platz für vier. Die beiden Mistpferde stehen, wie Sie sehen, separat, und der Hengst hat seinen Platz hinter der Wand. Keines fehlt. Also, siebenundfünfzig zusammen.«

»Also siebenundfünfzig zusammen«, wiederholte der Direktor, *»prawilno!«* Er sah noch einmal auf seine Liste. »Und wo sind die Kühe, hundertundein Stück?«

»Kühe? Das gehört ...« Wassile sprach nicht zu Ende. Kornhaber würde den Fragen des Seemanns nicht gewachsen sein. Wer weiß, was diese Inspektion für Folgen haben konnte! Er sagte: »In einem anderen Stall. Es ist gerade Melkzeit. Gehn wir!«

Im Kuhstall waren die Melkerinnen bei der Arbeit. Bald hörte man schmeichelnde oder beruhigende, bald tadelnde Worte. Kornhaber, von der Einsetzung eines neuen Chefs offenbar schon verständigt, hatte sich an das äußerste Ende des Stalls verzogen. Gorbatenko verlor keine Zeit: »Wer ist hier der Starsche?«

»Genosse Kornhaber!« rief Wassile laut. Dann noch lauter: »Ruhe, Leute, der Genosse ist der neue Direktor der Farm.«

Gorbatenko unterbrach ihn. Ihn einzuführen war zu wichtig, als daß ein anderer es hätte übernehmen können. Er wartete aber damit, bis Kornhaber erschien. »Sie sind hier verantwortlich?« fragte er streng und musterte den Obermelker grimmig. Kornhaber verstand nicht und sah Wassile an. Als der ihm zunickte, sagte er: *»Da.«* – »Und was ist das?« höhnte der Direktor und deutete auf die Kuhfladen am Boden.

»Mist.« Eine Frauenstimme, so laut, daß sich Gorbatenko scharf umwandte.

»Ich spreche mit dem *starsche korownik.* Er hat zu antworten. – Also, warum liegt hier Kuhdreck herum?« fuhr er Kornhaber an.

»Weil die Kühe gerade geschissen haben.« Es war dieselbe Frauenstimme.

»Wer hat das gesagt?« Gorbatenko machte einen Schritt in die Richtung, aus der die unmißverständliche Auskunft gekommen war. Da niemand sich meldete, drehte er sich wieder zu Kornhaber. »Keine *gigijena,* keine Disziplin. Sie sind verantwortlich. Jetzt bin ich hier Direktor. So was darf nicht vorkommen!« Er wies auf die Fladen. »Schweinerei, das muß anders werden!« Er spuckte aus, und ohne sich weiter um die anderen zu kümmern, ging er an das Ende des Stalles und machte sich daran, die Kühe zu zählen.

Inzwischen sprach Wassile dem verängstigten Kornhaber Mut zu: »Kopf hoch«, und in die Richtung, aus der die Stimme gekommen war, sagte er: »Sei vorsichtig, Waselina!«

»Starsche korownik!« ertönte aufs neue Gorbatenkos Stimme. Kornhaber wollte laufen, Wassile hielt ihn zurück: »Langsam und nicht einschüchtern lassen!« Dann folgte er Kornhaber zum Direktor. »Sie müssen auf strengste *gigijena* achten, ich mache sie persönlich dafür verantwortlich! Morgen zähle ich weiter. Daß mir keine Kuh fehlt!« Selbstzufrieden schaukelte er durch die Stallgasse davon.

Draußen sagte er zu Wassile: »Dieser *starsche korownik* ist ja ein *shid!«*

Wassile horchte auf. Es war das erste Mal, daß er Zeuge wurde, wie ein ›Zugereister‹ sich dieser Bezeichnung bediente. Es gab nur *›jewrei‹;* wer *›shid‹* sagte, machte sich des Antisemitismus verdächtig und kam vor den Richter. »Ja«, sagte er langsam und betont, »der Genosse Kornhaber ist ein *jewrei.*«

»Gespuckt auf ihn!« Gorbatenko illustrierte seinen Ausspruch. Allerdings traf das Geschoß nicht Kornhaber, auf dem Regendach des Kellereingangs landete es, gut sechs Meter entfernt.

Die rüden Worte des neuen Direktors gaben Wassile zu denken. Er brummte etwas von dringender Besorgung und ging rasch davon.

Spät am Abend, Freddy schlief schon, saß Wassile bei Mira im Zimmer. Sie sprachen über die Ereignisse des Tages. »Diese Obadjewa«, sagte Mira, »ich weiß nicht, was ich von ihr halten soll. Sie ist ganz anders als die ›Zugereisten‹, die ich bisher kennengelernt habe. Die Sachen, die sie trägt, sind nicht neu, aber gut und für sie gearbeitet. Das Kostüm, die Bluse ... Entweder genießt sie entsprechende Protektion, oder man hat sie strafweise ... – oder ...«

»Man hat sie speziell zu uns geschickt, und nicht nur als Kassiererin«, ergänzte Wassile.

»Genau das wollte ich sagen. Aus Charkow kommt sie. Mit dem Flugzeug. Die Obadjewa hat einen – Auftrag. Weiß Gott, worin der besteht. Sie ist eine Informantin, Wassile.«

»Das sind alle – dazu ist man verpflichtet.« Eine Weile dachte er nach. Dann sagte er: »Beunruhige dich nicht, Mira. Die Bücher sind in Ordnung. Den freien Handel stellen wir ein. Hast du Überschüsse?«

Sie nickte. »Sechsundvierzig Schweine und etwa siebentausend Rubel. Die Zuweisung ist auch schon da. Zweihundert Zentner Futtermittel zu Regierungspreisen. Einen Monat, auch mehr, können wir regulär arbeiten.«

»So lange dauert's gar nicht, bis du drüben bist – ich bin sicher, Mira. Aber die anderen? Wagner, Meerblum, Kornhaber und der eine oder andere Kutscher.« Mira sah ihn verwundert an, doch sie sagte nichts. »Du mußt nämlich wissen, der Direktor ist – na, es scheint, er mag die Juden nicht.«

»Wie kommst du darauf?«

Wassile erzählte, was geschehen war. Als er geendet hatte, sagte sie: »Daß er ein Antisemit ist – sie sind's alle mehr oder weniger. Daß er's aber zeigt und sogar ausspricht.«

»Ja, das ist es. Da bleibt noch die Möglichkeit, daß er ein Provokateur ist. Du weißt, was ich meine?«

»Der? Den hätten sie ausgesucht?« Mira schüttelte heftig den Kopf. »Das glaub ich nicht. Er mag die Juden nicht und geht davon aus, daß auch du sie nicht magst. Er geniert sich eben nicht vor dir. Oder ...«

»Oder?«

»Zuerst muß ich dich etwas fragen, Wassile.« Sie machte eine Pause.

»Du traust dich nicht?« Er lächelte ihr zu.

»Empfindest auch du Haß und Verachtung gegenüber den Juden und – Jüdinnen?«

»Aber Mira – was fällt dir ein? Hab ich Anlaß gegeben zu der Annahme – mein Benehmen, oder sonst?« Er lächelte nicht mehr.

»Nein, nein«, sie schüttelte den Kopf, »im Gegenteil!«

»Also – ein für allemal, Mira: Für mich gibt es keinen Unterschied.« Es klang ungewohnt bestimmt.

»Nicht, Wassile, nicht so! Bitte nicht! – Wie soll ich es dir sagen – es läßt mir keine Ruhe. Seit heute nachmittag, seit ich das Zeichen gesehen habe, du weißt, das Monogramm von Bolgurski.« Sie tat sich schwer, ihm die Zusammenhänge zu erklären, und suchte angestrengt nach Worten. »Es war tot, ganz so, als wär's nie gewesen, und seit ein paar Stunden quält es mich – deinetwegen, Wassile.«

»Verzeih, Mira – wie soll ich das verstehn?«

In ihrem Blick lag Angst, aber auch Zweifel, wie er sie nie an ihr wahrgenommen hatte. »Ja«, sagte sie, leise, aber nachdrücklich, »ich muß dir alles sagen.«

Und Mira erzählte. Alles, von ihrer ersten Begegnung mit dem Grafen Woronewski bis zu der Szene, die das Ende ihres Traums von Liebe gewesen war. »Ich bin sicher: das Pferd mit dem seidigen braunen Fell und der kohlschwarzen Mähne, mit dem Schweif, aus dem ein Haar mehr wert ist als hunderttausend rote Jüdinnen, ist – Slim. Ja, Golodnej heißt – Slim.«

Wassile nickte stumm. Dann fragte er: »Wäre das damals eine richtige Waffe gewesen, hättest du geschossen, Mira?«

Sie sah ihn verwundert an. »Ob ich geschossen hätte? Nein,

oder vielleicht doch. Aus enttäuschter Liebe – nur weil ich seinen Haß gefühlt habe, seinen Hohn. Ich glaube, seit damals erst weiß ich, was es heißt, gehaßt zu werden, nur weil man Jude ist.«

»Ach«, sagte Wassile wegwerfend, »sein Haß war gerade so viel wert wie seine Liebe. Verzeih mir, wenn ich dir vielleicht weh getan habe.«

»Ich weiß, daß seine Liebe nichts wert war«, entgegnete sie. »Doch der Haß, muß er nicht schon immer in ihm gewesen sein, dieser Haß gegen die Juden? Wie hat er mich hunderte Male umarmen, mir Kosenamen geben, von mir alles annehmen können, meine Liebe und meine Sorge für ihn? Das ist mir unbegreiflich, Wassile.«

Er nahm ihre Hand und streichelte sie. »Ja, es ist unfaßbar, Mira. Das gibt es nun einmal, und dich hat es eben getroffen.« Er hätte ihr viel mehr erzählen können, wäre er nicht der *konijuch* Wassile gewesen. »Und wie viele erleben das Gegenteil, gerade jetzt, Mira. Wie viele Männer halten fest zu ihren jüdischen Frauen, wie viele Frauen zu ihren jüdischen Männern. Leid, Not und Entbehrung nehmen sie auf sich, um zusammenzubleiben. Mach dir keine Gedanken darüber, Mira. Nicht alle sind wie der Herr Graf.«

»Du bestimmt nicht! Ich muß dir Abbitte leisten. Ich habe beobachtet, wie du mit Pferden umgehst, wie du sie liebst und schonst! Dann diese Begegnung mit Slim. Du bist mir so verwandt mit ihm vorgekommen, und plötzlich hat mich die Angst gepackt, daß du vielleicht ... Ob er überhaupt noch lebt? Und wie kommt dieses Pferd zu den Russen?«

Es klang bestimmt, als er sagte: »Man kann die Pferde lieben und trotzdem mehr noch die Menschen. Da hat eines nichts mit dem anderen zu tun. Ich bin ja auch kein Graf, sondern eben Wassile. – Zudem: hier war doch Krieg, kann sein, er ist in Gefangenschaft. Bei den Deutschen oder bei den Russen. Wer weiß, vielleicht ist er auch über die Grenze.«

»Du bist mehr wert als hunderttausend Grafen, Wassile«, sagte Mira, als wollte sie für sich das Fazit ziehen.

»Es gibt auch ganz anständige Grafen. Ich kenne einige. Aber bleib du besser die kluge Mira, die sich nicht mit unnützen

Gedanken abquält.« Er nahm sie in die Arme und küßte sie. Dabei blieb es.

Der neue Direktor wurde zu einer richtiggehenden Plage. Da seine Einsetzung aus Gründen, die nur den Dunkelmännern der Bürokratie bekannt gewesen sein dürften, noch nicht öffentlich bekannt gegeben worden war, mußte er zunächst auf den Außendienst verzichten. Mit dem Schlachtruf ›*gigijena*‹ steckte er in alles ihm Erreichbare Nase und Hände. Nach wie vor fuhr Mira regelmäßig zur Stadt. Sie nahm die Obadjewa mit und führte sie geduldig in ihren neuen Pflichtenkreis ein. Wann immer Mira ihr etwas erklärte, legte Tanja Zerknirschung und Verzweiflung an den Tag. Allein, sie waren zu übertrieben, um glaubhaft zu wirken.

Bereits innerhalb weniger Tage hatte Gorbatenko es zu allgemeiner Unbeliebtheit gebracht. Durch seine grenzenlose Unwissenheit und Unbildung fiel er den Leuten auf die Nerven. Es war nur eine Frage der Zeit, daß sein grober, befehlshaberischer Ton, seine unverschleierte Mißachtung der ›Hiesigen‹ und seine Gehässigkeit Wagner, Meerblum und, ganz besonders, Kornhaber gegenüber zu offenem Widerstand herausfordern würden.

So geriet der neue Direktor immer mehr ins Abseits, und je lauter er schrie, desto weniger hörte man auf ihn. Weder bei Saposchnik noch bei Fejnhold verlor Wassile ein Wort über Gorbatenko; andererseits schien keiner von beiden daran interessiert zu sein zu erfahren, was Mira oder Wassile über dessen Fähigkeiten dachten. Die Tatsache, daß in dem neuesten ›Prikas‹, sprich: ›Tagesbefehl‹, von der Neubesetzung noch nichts erwähnt war, schien für sich selber zu sprechen. Jedenfalls war eine Versammlung angekündigt, die mit einem Vortrag über aktuelle Ereignisse eingeleitet werden sollte.

Gorbatenko ließ bekanntgeben, daß sämtliche Arbeiter der Farm bei Vortrag und Versammlung anwesend zu sein hätten. Erst nachdem Mira und Wassile mit Engelszungen auf ihn eingeredet und ihm die Umstände erklärt hatten, sah er widerstrebend ein, daß sich das nicht machen ließ. Immerhin erschienen die Arbeiter in stattlicher Anzahl, verschliefen mit offenen Augen den Vortrag, der den jüngst erfolgten Einfall der Deutschen in Norwegen und Dänemark, ihren Sieg über die englischen Truppen und die Flucht des Königs Haakon nach London kommentarlos streifte, über die Kolonialpolitik kapitalistischer Länder sich jedoch breit ausließ. Daß sich der vortragende Parteimann streng an die von Marx aufgestellten Thesen hielt, versteht sich von selbst. Nachdem er unter Applaus abgezogen war, eröffnete Lawrenenko die eigentliche Versammlung. Punkt eins bildeten die Vorbereitungen zur Feier des Ersten Mai. Dazu gehörte auch die leistungsmäßige Klassifizierung der Arbeiter. Im Verein mit der Belegschaft sollte vom Arbeitsleiter festgestellt werden, wer schlecht, gut, ausgezeichnet arbeitete oder gar die Norm so weit überschritten hatte, daß ihm der Ehrentitel ›Stachanowetz‹ zuerkannt werden konnte.

Sobald die Aussprache eröffnet worden war, meldete sich als erster der Mechaniker Krszanowski zu Wort. Ein klassenbewußter Arbeiter sei er, führte er in seinem mit russischen Brokken, Schlagwörtern meist, untermischten Polnisch aus, und selbstverständlich auch ein Gegner von Religion und Kirche. Deshalb fühle er sich verpflichtet, Wassile Chomniuk zur Anzeige zu bringen. Nicht allein, daß der *starsche konijuch* durch eine Geschichte von Pfarrern und Rabbinern bewiesen habe, daß es ihm an Klassenbewußtsein mangele, er sei auch dafür verantwortlich, daß zur Einsegnung der Leiche des kürzlich verstorbenen Obergärtners Gorecki ein Pfarrer bestellt und dazu noch mit der Equipage transportiert worden sei.

Richtig verstanden hatten den Redner eigentlich nur die Polen, wie ihre deutlichen Äußerungen des Mißfallens zu beweisen schienen. Lawrenenko, der mehr ahnte als wußte, wovon die Rede war, beriet sich flüsternd mit Saposchnik. Wassile blieb ruhig sitzen, drehte seinen Schnurrbart und sah unbewegt zum Podium empor. Währenddessen wurde das Murmeln drohender und sprach aus den Blicken, die den zufrieden lächelnden Krszanowski trafen, immer unverhüllter die Feindseligkeit.

Der Unruhe bereitete Wassile ein Ende, indem er sich zu Wort meldete. Mit sichtlicher Erleichterung forderte Lawrenenko ihn zum Sprechen auf. »Der Genosse Krszanowski hat mich angeklagt, weil der katholische Priester und sein Gehilfe mit einem Gespann der Farm befördert wurden. Wenn ich gegen die Ordnung verstoßen oder Verbotenes getan habe, muß ich selbstredend bestraft werden.« Lawrenenko war einen Augenblick ratlos, dann tat er das Klügste, was zu tun war: Er erklärte die Versammlung für geschlossen.

Nach und nach leerte sich der Saal; Lawrenenko und Saposchnik verharrten auf ihren Plätzen. Als Wassile, der sich unter den letzten befand, an ihnen vorüberging, winkte ihn Lawrenenko zu sich. Nachdrücklich, doch nicht unfreundlich forderte er ihn dazu auf, ihm das Vorgefallene zu erklären. »Niemand von der Farm hat den Pfarrer bestellt«, versicherte Wassile. »Eine Greisin, die Gorecki wie ihren Sohn liebt und die sich kein Begräbnis ohne Priester vorstellen kann, hat ihn mitgebracht und bezahlt. Ich habe nicht den Pfarrer und den Kirchendiener mit dem Wagen zurückgeschickt, sondern zwei alte Männer, die ich nicht zwölf Kilometer durch den Regen laufen lassen wollte. Übrigens kann ich mit gutem Gewissen erklären, daß sich Gorecki gegen jegliche kirchliche Zeremonie gewehrt hätte. Tatsache ist außerdem, daß ich selber seit einundzwanzig Jahren keine Kirche betreten habe –.« Der Direktor und sein Stellvertreter schienen sich daraufhin zufriedenzugeben.

Als Lawrenenko, Saposchnik und Wassile anschließend durch den unbeleuchteten Flur schritten, hörten sie Stöhnen. Beim Schein eines Zündholzes entdeckten sie Krszanowski, mehr liegend als sitzend auf den Stufen, die zum Keller führten. Den Kopf hielt er an die Wand gelehnt, anscheinend unfähig, sich zu rühren. Sie stellten ihn auf die Beine und geleiteten ihn zu einem Stuhl. Der Pole war übel zugerichtet. Zwei Vorderzähne fehlten ihm, das Nasenbein war verletzt, und er spuckte Blut. Dazu klagte er lautstark über schmerzende Rippen. Soviel man seinem Bericht entnehmen konnte, war er auf dem dunklen Gang plötzlich von mehreren Männern eingekeilt, zur Kellertreppe hin abgedrängt und dann zusammengeschlagen worden.

»Sie werden den Genossen Krszanowski nach Hause bringen, Genosse Chomniuk«, ordnete Lawrenenko an. Wo er denn wohne, wollte Wassile wissen.

»An der Endstation der Linie Sechs, ganz nahe der Chaussee nach Jusefuwka«, zischte der Mechaniker durch die Zahnlücke im Oberkiefer. Damit war klar, woher seine Informationen stammten. Sicherlich hatte er, als Antek begraben wurde, seinen freien Tag gehabt und zufällig herausgefunden, wer die Passagiere des Luxusgefährtes waren.

Noch lange nicht acht zeigte die Uhr, als Wassile am nächsten Morgen in den Hof des Direktionsgebäudes einfuhr. Noch ehe er vom Wagen springen konnte, trat der Kurier auf ihn zu und teilte ihm mit, daß der *zamestitel,* also Saposchnik, ihn dringend zu sprechen wünsche.

»Wir müssen«, begann Saposchnik, nachdem er Wassile aufgefordert hatte, Platz zu nehmen, »über ein paar Dinge sprechen. Noch gestern habe ich mit dem Direktor eine Unterredung gehabt, und wir sind zu dem Entschluß gelangt, daß die Sache mit Krszanowski genau untersucht werden muß. Die Verantwortung tragen wir, und Ruhe wird der Mann bestimmt nicht geben. Immerhin haben sie ihm die Zähne eingeschlagen! So geht das nicht!« schloß er vorwurfsvoll. »Das ist nicht sowjetisch.«

»Aber gewiß, Genosse *zamestitel*«, erwiderte Wassile förmlich. »Allerdings glaube ich nicht, daß ich Ihnen jetzt mehr sagen kann. Die Dinge haben sich genauso abgespielt, wie ich es schilderte. Wenn ich Strafe verdiene, werde ich sie eben auf mich nehmen.«

»Nicht davon ist die Rede. Sie haben keineswegs gegen das Gesetz verstoßen, auch wenn es natürlich nicht angeht, daß Sie jemandem, der nicht zum Betrieb gehört, ein Gespann zur Verfügung stellen. Doch zur Sache selbst: Wir erziehen die Masse nur zum Atheismus, zu beten verbieten wir niemandem. Auch ›bei uns‹ gibt es noch alte Leute, die dem, was ihnen Popen oder Rabbiner erzählen, Glauben schenken. Laß sie! Dabei noch unterstützen sollte man sie allerdings nicht. Und das haben Sie getan, Genosse Chomniuk.«

»Ich habe bereits zugegeben, daß das ein Fehler war. Aber ...« Er gab sich wie ein lerneifriger Schüler.

»Darum, Genosse Chomniuk, darum! Weil wir überzeugt sind, daß Sie das Zeug haben zu einem richtigen Sowjetmenschen, müssen wir Sie belehren. Lassen Sie mich Ihnen sagen, daß Sie für eine besondere Ehrung in Aussicht genommen sind:

Bei der Klassifizierung sollen Sie den Titel ›Stachanowetz‹ erhalten. Das ist übrigens keine Kleinigkeit – man wirft ›bei uns‹ nicht damit um sich. Ärgerlich, daß jetzt diese dumme Sache dazwischenkommt! Es handelt sich ja nicht nur um Ihren Fehler mit dem Pfaffen, da ist auch noch die Geschichte mit Krszanowski.« Er schwieg und sah Wassile forschend an. Der drehte seinen Schnurrbart und starrte, nachdenklich von Reue und Zerknirschung, vor sich auf den Boden.

Auch als er sagte: »Das tut mir leid. Sie wissen, ich bin nicht schuld daran, daß er Prügel bezogen hat und ...« blieb er bei dieser Haltung. Zu Ende sprechen konnte er freilich nicht. Lawrenenko und Fejnhold waren eingetreten. Nach der Begrüßung wollte Saposchnik von Fejnhold wissen, ob ihm bekannt sei, was sich gestern während und nach der Versammlung zugetragen habe. Natürlich sei er informiert, sagte Fejnhold. Er lege jedoch Wert darauf, Näheres vom Genossen Chomniuk selbst zu erfahren. Wassile berichtete kurz. Als er geendet hatte, sagte Fejnhold ernst: »Dieser Krszanowski hat den Vorfall ganz sicher nur zum Vorwand genommen, um sich für den Verweis zu rächen, den er wegen der Butter bekam. Um auf der Versammlung das große Wort führen zu können, hat er sich die Sache aufgehoben. Das Richtige wäre gewesen, sofort Anzeige zu erstatten. Zum Glück ist das Vergehen nicht allzu schlimm, doch die Prügel nachher – die stehen in keinem Verhältnis zum Vorhergegangenen.« Er schwieg sichtlich verärgert.

Weiß der Teufel, weshalb sie aus dem dummen Schneeball eine Lawine machen, dachte Wassile. Bedeutete das noch mehr Komplikationen? Kämpfe, Lügen – neue Widerstände? Er verfügte weder über die nötige Geduld noch über die Nerven. Laß es kommen, wie es will – ich bin wieder am Nullpunkt angelangt. Ein Gefühl der Wehrlosigkeit, ja der Unterlegenheit überkam ihn. Fejnhold, der ihn im Blick behalten hatte, bemerkte die Veränderung. Er erhob sich und fragte, während er zum Telefon ging, nach Krszanowskis Adresse. Man hörte ihn mit dem Leiter des Ambulatoriums sprechen. Ja, bitte, sofort einen Arzt zu Krszanowski schicken, ihn im Notfall ins Krankenhaus bringen. Es sei wichtig. Auch daß ein Bericht über die Art der Verletzungen an die Direktion der *elektrostanzija* geschickt werde. Fejnhold hängte ein und sagte zu Wassile: »Warten Sie auf mich in meinem Büro.« Noch während Wassile sich entfernte, begann die Beratung.

Bereits zehn Minuten später erschien Fejnhold wieder. »Ich werde die Angelegenheit schon ordnen, obwohl der Überfall ... Darüber aber später.« Sein gewohntes Lächeln war zurückgekehrt. »Wichtiger ist für mich: Wie stehen Sie zu Kirche und Religion? Glauben Sie, was die Pfaffen erzählen?«

Wassile hatte sich noch nicht wieder ganz gefangen. »Nein«, sagte er kurz.

»Und warum nicht? Lawrenenko behauptet, Sie waren seit einundzwanzig Jahren in keiner Kirche? Warum gerade so lange nicht?« Er hielt ihm die Zigarettenschachtel hin. Während Wassile Feuer gab und auch sich eine Zigarette anzündete, dachte er nach. Er wollte dem Verhör, das sich anbahnte, auf jeden Fall die Spitze abbrechen, und das konnte er nur, wenn er die Antwort bot, die weitere Fragen überflüssig machte. Eine richtige Wassile-Antwort mußte es sein. »Im Krieg habe ich mir Gedanken darüber gemacht«, sagte er bedächtig. »Da waren doch Feldkuraten, so Pfarrer in Uniform, katholische und orthodoxe, überhaupt von jeder Glaubensrichtung. – Gut, hab ich mir gedacht, die beten und predigen, und bei den Feinden auf der anderen Seite der Gräben, da stehn auch solche Feldkuraten, in anderen Uniformen zwar, aber die beten und predigen dasselbe. Auch wenn es in einer anderen Sprache geschieht, gelten sie dem gleichen Gott. Wie kann dieser Gott nur zulassen, daß ein Kind das andere totschlägt, wo alle Menschen seine Kinder sind? Ich war damals noch jung, aber ich habe eingesehen, daß da etwas nicht stimmt mit Gott und seinen Geistlichen. Wahrscheinlich lügt er genauso wie seine Diener, hab ich mir gesagt. – Ja, und wie dann in Rußland die Revolution ausgebrochen ist, da haben überall auf der Welt die Geistlichen gebetet, Gott solle nicht zulassen, daß die Zerstörer des Glaubens und der Kirchen siegen. Hat er sie etwa erhört? Ich habe mir gesagt, man muß sich ohne ihn behelfen.«

»Richtig, Wassile Wassiljewitsch, richtig! Kluge Männer haben ja auch bewiesen, daß es keinen Gott gibt.«

»Um zu verstehn, was ein Kluger sagt, darf man selber nicht

dumm sein. – Darum, Genosse Fejnhold, so einer wie Sie oder der Genosse Saposchnik, der gelernt und begriffen hat, kann sich hinstellen und den anderen sagen: So und so verhält sich das. Unsereiner ist dazu nicht imstande. Gleich wird man ihn fragen: Woher willst du das wissen, du dummer Bauer? Mit dem Glauben ist das so eine Sache: Gerade die einfachen Menschen werden oft ganz wild, wenn man sie davon abbringen will. Manchmal schlagen sie einen sogar deswegen tot. Ja, Genosse Fejnhold.«

»Das stimmt, Wassile Wassiljewitsch, das wissen wir.« Fejnhold war zufrieden. Auch zu seinem freundschaftlich vertraulichen Ton hatte er zurückgefunden, als er das Thema wechselte. »Ich werde mir die Angelegenheit mit Krszanowski durch den Kopf gehen lassen. – Übrigens, Sie könnten uns helfen, Wassile Wassiljewitsch. Wenn Sie in Erfahrung brächten, wer ihn verprügelt hat. – Ein bißchen herumhorchen auf der Farm, in den Büros und Maschinenräumen – jeder Arbeiter ist ein Tschekist. Gerade Sie kommen überall hin. Es geschieht ja auch in ihrem eigenen Interesse. Ich will einfach nicht, daß Ihr Name im Zusammenhang mit dieser dummen Geschichte genannt wird.«

Wassile nickte verständnisvoll – wie einer, der mit von der Partie ist.

Für Fejnhold war die Angelegenheit erledigt. Wußte er sie nicht in den besten Händen? Zufrieden lächelnd, griff er wieder nach der Zigarettenschachtel und bot auch Wassile daraus an. Aber der *starsche konijuch* wollte sich verabschieden – die Arbeit! »Sie müssen noch ein Weilchen hierbleiben«, hielt Fejnhold ihn zurück. Er sah auf die Uhr: »ein paar Minuten noch.«

»Bitte, vor der Bank warten die Genossinnen Buchhalter und Kassierer auf mich. Ich soll sie nach Jusefuwka bringen.«

»Die werden sich schon zu helfen wissen, Wassile Wassiljewitsch. – Wissen Sie eigentlich, daß der frühere Direktor, der Mermelstein, umgesiedelt wurde?«

»Umgesiedelt? Was heißt das, Genosse Fejnhold? Er war doch bereits umgesiedelt, von Jusefuwka nach Soniewicze.«

»Wo er jetzt hingefahren ist, dauert die Reise ein bißchen länger. Mit einer Prostituierten hat man ihn erwischt, bei einer Razzia.«

Wassile zeigte sich verwundert. »War er nicht Junggeselle? Vielleicht hat er keine andere kriegen können?« sagte er naiv.

Fejnhold lachte. »Daß man ihn deswegen umgesiedelt hat, bezweifle ich. Er war schwarz, ohne Komandirowka, in die Stadt gekommen. Die vom NKWD haben bei Nikiforijuk angefragt. Sie sollen Mermelstein nur schicken, hat der geantwortet – so weit wie möglich. Er brauche ihn sowieso nicht. – Der Gute hat wohl nicht allzuviel von seiner Sache verstanden, was, Wassile Wassiljewitsch?«

»Ein Direktor halt – wohin hat man ihn denn geschickt?«

»Dort leben auch Menschen, sie arbeiten, und wie! Ich selbst habe zwei Jahre im Norden zugebracht, sehen Sie!« Er hielt ihm die linke Hand hin: Kleiner Finger und Ringfinger waren verkrüppelt. »Erfroren, auch fast alle Zehen.« Es klopfte, Fejnhold sagte: *»Da!«* Herein trat ein Mann, er mochte Mitte der Dreißig sein. Einem flüchtigen Betrachter hätte seine Erscheinung nichts Auffälliges geboten. Wassile allerdings, dem es zur Gewohnheit geworden war, aus Äußerlichkeiten Schlüsse zu ziehen, entdeckte an ihm manches, was zum Nachdenken einlud. Dies um so mehr, als er genügend Zeit hatte, ihn sich anzusehen. Fejnhold war aufgestanden und prüfte die Papiere des augenscheinlich ihm Unbekannten.

»Das ist«, begann er das Gespräch, »der Genosse Iwantschiuk. Er spricht Rumänisch, aber er will mir nicht glauben, daß auch Sie es können.«

Wassile lächelte breit und wandte sich erwartungsvoll Fejnholds Besucher zu.

Jetzt kam es darauf an, sich auf seinen Prüfer einzustellen und mit einem slawisch gefärbten Rumänisch aufzuwarten.

»Wo haben Sie Rumänisch gelernt?« kam Iwantschiuk zur Sache. »Sind Sie vielleicht Bessarabier oder Bukowiner?«

Wassile sagte nachsichtig: »Weder – noch« und erzählte von einem Dorf Owsjechleb, das durch die Grenzregulierung zwischen Rumänien und Polen entzweigeschnitten worden war. Über Nacht habe man ihn zum polnischen Untertan gemacht. Dagegen sei der Gutshof, auf dem er schon als Schuljunge arbeitete, später rumänisch geworden. – Mit den Pferden des alten Baron Bogusiewitsch sei er als Fünfzehnjähriger zu den Rennen nach Bukarest gekommen, also lange bevor die Bukowina zu Rumänien gehörte, und später, im Krieg, sei er bei einem Regiment gewesen, das fast nur aus Siebenbürger Rumänen bestand. Ja, und nach dem Krieg, da sei das Gut an die beiden Söhne gegangen, der eine war Pole, der andere aber Rumäne geworden, und in Wirklichkeit seien sie Ukrainer gewesen. Als Wassile gewisse Orte in Siebenbürgen erwähnte, wohin er mit dem Bruder seines Brotherrn zum Pferdekauf gekommen sei, lenkte sein Prüfer, nicht eben geschickt, das Gespräch zurück auf Ortschaften in der Bukowina, besonders deren nördlicher Hälfte. Wassile war auf der Hut. Seine langatmigen und schwerfälligen Ausführungen schienen genau das zu sein, was sein Gegenüber von ihm erwartete.

»Haben Sie irgendeiner politischen Organisation angehört?« fragte Iwantschiuk schließlich.

»Niemals«, sagte Wassile wahrheitsgemäß.

»Können Sie auch Rumänisch schreiben und lesen?«

»So gut wie Ruthenisch, glaube ich.«

Der Prüfer zog ein bedrucktes Blatt aus der Tasche, die Stalinsche Konstitution in rumänischer Sprache, wie Wassile bald erkannte. »Lesen Sie laut und übersetzen Sie ins Rumänische oder Russische, wie es Ihnen paßt.«

Wassile las aufmerksam, eher schleppend. Selbstverständlich unterliefen ihm Schnitzer, auch nach der Bedeutung schwieriger Wörter fragte er. Als er geendet hatte, warf Fejnhold dem Prüfer einen fragenden Blick zu. Iwantschiuk nickte.

Er erhob sich, reichte Wassile die Hand und sagte: *»Pobatscheno«*, was auf ukrainisch wie ruthenisch ›auf Wiedersehn‹ heißt. Fejnhold begleitete seinen Besucher hinaus auf den Flur und kehrte sichtlich befriedigt zurück. »Gut, Wassile Wassiljewitsch«, sagte er.

»Na«, meinte der Prüfling aufstehend, »der Genosse Iwantschiuk kann's viel besser. Ich hab das alles ja nur so aufgeschnappt, mit dem Ohr, Sie wissen schon, Genosse Fejnhold!«

»Na sicher! Und jetzt sollten Sie keine Zeit verlieren und die beiden Frauen abholen.«

Nur die Kassiererin traf er an vor der Bank. Sie setzte sich neben ihn. Die Buchhalterin sei des langen Wartens überdrüssig geworden und mit der Tram zur Direktion gefahren. Wassile mußte also noch einmal zurück, um sie zu holen und zu beruhigen. Wahrscheinlich war ihr sein langes Ausbleiben verdächtig erschienen. Er fuhr rascher, als er es den Pferden sonst zumutete. Vor dem Eingang des Direktionsgebäudes wartete Mira mit Saposchnik. Der Natschalnik sprang aufgeregt in den Wagen. »Bitte, Wassile, fahren Sie so schnell wie möglich zum Krankenhaus. Meine Frau ... Doktor Feuerberg hat angerufen.«

Es wurde eine schweigsame Fahrt. Als sie zwanzig Minuten später hielten und Wassile mitgehen wollte, lehnte Saposchnik ab: »Fahren Sie nur zur Farm – genug Zeit verloren!«

»Warum hat's heute so furchtbar lange gedauert?« fragte Mira später.

»Wahrscheinlich wegen der Vorbereitungen zum Ersten Mai«, nahm Tanja die Antwort vorweg.

»Ja«, bestätigte Wassile, »davon war die Rede.« Er war der Kassiererin dankbar für ihre Diskretion. Wie beunruhigt wäre Mira gewesen, hätte er auch nur andeutungsweise die wahren Ursachen seiner Verspätung erwähnt. Vor der Schmiede hielt Wassile an. »Wenn es euch nichts ausmacht, geht bitte das letzte Stück zu Fuß. Am Wagen muß was repariert werden – ich will keine Zeit verlieren. Nicht böse sein!« Tanja zog eine Schnute und stieß einen übertrieben tiefen Seufzer aus. Dann wandte sie sich mit Mira zum Gehen.

Wassile winkte Baczinski zu sich heran. »Daß sich keiner von euch verrät! Schärf ihnen ein, sie sollen die Klappe halten. Die ›oben‹ sind ganz durcheinander wegen der Abreibung. Alle können wir im Gefängnis landen oder ziemlich weit weg von hier, kapiert?«

Der Schmied fragte nicht, er sagte auch nichts. Er nickte nur und beugte sich über Wassiles Vorderrad, als untersuchte er es. »Fahr unters Vordach, ich muß mir das genauer ansehn, da ist eine Schraube locker.« Während er mit Hammer und Schraubenschlüssel herumhantierte: »Ein Schwein, der Krszanowski. Seine Mutter ist eine fromme Katholikin, seine Schwester und er selber gehen sogar zur Beichte. Jetzt auf einmal sagt er vom Pfarrer, er ist ein Verbrecher. Die Prügel hat er verdient. Auch hinter den Weibern ist er ständig her, der Saukerl. – Fertig, du kannst fahren«, beendete der sonst wortkarge Schmied seine Rede.

»Genossin Buchhalter«, kommandierte inzwischen im Büro

der Direktor, während er eine Broschüre aus der Schublade zog, »legen Sie mir die Listen mit den Milcherträgen der letzten Monate vor.«

Wortlos schob ihm Mira die Statistiken über den Tisch und wandte sich wieder ihrer Arbeit zu. Ein ansehnlicher Stoß war es, denn sie hatte es sich nicht verdrießen lassen, für jede Kuh ein eigenes Blatt anzulegen und dieses täglich zu ergänzen. Abgesehen davon, daß keine einzige der nützlichen Wiederkäuerinnen das von ihr obrigkeitlich geforderte Quantum von 28 bis 30 Litern pro Tag je geliefert hatte, war von der reduzierten Norm noch ein guter Teil für die Erzeugung der frei zu veräußernden Butter subtrahiert worden. Für den Fall einer Kontrolle lag eine durchaus plausible Erklärung bereit: Die überaus mangelhaften ›offiziellen‹ Futterlieferungen, die nicht im entferntesten genügt hätten, die Kuh auch nur am Leben zu erhalten. Da Mira wegen des neuen Leiters und der Aussicht auf baldigen Abgang den freien Handel eingestellt hatte – übrigens sehr zur Erleichterung aller am Produktionsprozeß Beteiligten –, waren auch die Erträge automatisch in die Höhe gegangen, wofür es ebenfalls einen nicht weniger einleuchtenden Grund gab: die Zuweisung von Futtermitteln zu lächerlich niedrig gehaltenen Regierungspreisen und damit die Möglichkeit, die Rationen zu erhöhen.

Nun, Mira war nicht für die Milcherträge, sondern lediglich für deren genaue Buchung verantwortlich. Überdies hatte sie bei Saposchnik aus ›Deckungsgründen‹ wiederholt die Tatsache des Futtermangels betont. Bei Inspektionen durch hohe, ja höchste Parteifunktionäre hatte die Farm im allgemeinen gut, ihre Milchwirtschaft sogar besonders gut abgeschnitten. Deswegen ließ es sie ziemlich kalt, als der Direktor unter dröhnendem Lachen mit der Faust auf den Tisch schlug und brüllte, daß er gefunden habe, »wo der Hund begraben liegt.« Auch als er die *shidowskaja rabota* – die jüdische Arbeit – und den *shidok* Kornhaber mit ungehemmter Freude kritisierte, runzelte sie kaum die Stirn. Nicht so die Kassiererin. Tatjana Nikolajewna sagte nicht »bemerkenswert«, wie sonst immer, wenn der Direktor sich produzierte, sondern zeigte sich von einer völlig anderen Seite. »Was Sie gerade geäußert haben, Bürger, ist Provokation, Antisemitismus, ein Verstoß gegen die Stalinsche Konstitution, von der bereits ein Pionier Kenntnis hat. Von Ihnen, einem Kandidaten der Partei, wird nicht nur erwartet, daß Sie sie kennen, nein, Sie müssen sie sogar ganz genau kennen. Sie sollten wissen, daß ich gegen Sie Anzeige erstatten muß. – Genossin Buchhalter, ich bitte um ein Blatt Papier. Auch Sie sind zur Anzeige verpflichtet. Ja, verpflichtet – ist Ihnen das klar?«

Worte, die Mira in Unruhe versetzten. Nicht die ›Komödiantin‹, der sie wegen ihrer Undurchsichtigkeit mißtraute, hatte sie gesprochen, Ton und Sachlichkeit der Form waren die einer echten ›Zugereisten‹. Wenn Mira die Unwissenheit und Unfähigkeit Tanjas ohne weiteres in Kauf nahm, nicht einmal Verachtung für sie aufbrachte, so fühlte sie sich doch abgestoßen von ihrem Wesen und mehr noch von ihrer Art, Wassile ganz unverhüllt Avancen zu machen. Mira durchkostete – das erste Mal im Leben – das peinigende Gefühl der Eifersucht, und weil ihre Verschlossenheit ihr nicht erlaubte, sich Luft zu machen, fraß sie es in sich hinein und litt doppelt. – Mit der Aufforderung, sich ihrer Anzeige gegen den Direktor anzuschließen, stürzte die Kassiererin Mira in ein Dilemma, dem die Buchhalterin, so es je aufgetaucht war, bislang immer auszuweichen gewußt hatte. Um nicht als Beschwerdeführende und Anklägerin auftreten zu müssen, wäre sie bereit gewesen, noch viel Bitteres wort- und klaglos hinzunehmen als die rüden Äußerungen des bramarbasierenden Matrosen. Nun, die Würfel waren gefallen, die Kassiererin hatte den Weg gewiesen, der kein Zurück kannte und ins Ungewisse führte. Was hatte diese sonst konfuse und – wenn Mißtrauen und Eifersucht ausgeschaltet werden könnten – unbedingt drollige und lebenslustige Person vor? An wen wollte sie sich mit der Anzeige wenden? Und, vor allem, was würde daraus entstehen? Mira bekam es mit der Angst zu tun – sie fürchtete, das sowjetisch korrekte Vorgehen der Kassiererin könnte einen Stein ins Rollen bringen, der in seinem unberechenbaren Lauf auch die Farm, diese mühsam aufgebaute, mit allen geistigen und physischen Kräften gehaltene und erhaltene Fassade, zum Einsturz bringen würde. Während ihre Blicke verstohlen von dem gar nicht eingeschüchterten, vergnügt spuckenden und ›*nitschewo*‹ grunzenden Direktor zu der in die Abfassung ihrer Beschwerdeschrift vertieften Kassiererin wanderten, wünschte sie sehnlichst Wassile herbei.

Der *starsche konijuch* jedoch ritt im Schritt Raine und Gräben entlang, ließ sich die Frühlingssonne ins Gesicht scheinen und erfreute sich am Anblick der grünenden Felder. Die Saat war aufgegangen, die schmächtigen Halme badeten in der linden Luft, saugten Nahrung und Kraft zum Wachstum aus der fetten schwarzen Erde.

Wie schon früher, wenn er sich von Zweifel und Gram zermürbt fühlte, hatte es ihn hinausgezogen zu Flora und Fauna, zu den weichen Formen und sänftigenden Gerüchen der Erde. Auch jetzt hatte er Trost bei ihr gefunden, neue Zuversicht und Hoffnung aus ihrem Atem geschöpft, aus ihrem Gleichmaß, ihrer Geduld.

Während Ignat Iljitsch breitbeinig, die Hände tief in den Hosentaschen, am offenen Fenster stand und sich in ballistischen Übungen erging, beendete die Kassiererin ihr Schreiben. Sie überlas es und fragte dann Mira: »Sind Sie fertig, Genossin Buchhalter?«

Noch nicht einmal begonnen hatte Mira. »Ich habe in der Abfassung von so etwas keine Erfahrung. – Wenn Sie mir Ihren – Brief zeigen würden?«

»Mein Brief geht an eine andere Adresse. Aber ich mache das gern für Sie – Sie brauchen nur ihren Namen darunter zu setzen.«

»Danke«, sagte Mira.

»Am besten Sie schreiben: ›Ich, die Unterzeichnete, teile mit, daß der Direktor und so weiter heute um 10.35 Uhr in meiner Gegenwart *shidowskaja rabota* und *shidok* gesagt hat – Unterschrift‹.« Sie überlas das fertig Geschriebene. »Fehlt nichts. Wir fahren gleich.« Zum Direktor, der noch immer am Fenster stand, sagte sie: »Ich brauch einen Wagen – in die Stadt muß ich.«

Ohne sich umzudrehen, erwiderte Gorbatenko: »Ich bin kein *konijuch,* und der *starsche* ist aufs Feld geritten. Wenn er zurückkommt, werde ich ihm verbieten, sie zu fahren. Das kleine Stück können Sie laufen. Selbst ich als Direktor komme zu Fuß hierher.«

Die Kassiererin erwiderte nichts. Der Direktor setzte sich an seinen Tisch und las weiter in der Broschüre. Um zwölf Uhr begann Mira aufzuräumen, und als sie fertig war, verließ sie das

Büro. Tanja folgte ihr. Auf der Straße sagte sie kurz: »Bis später!« und setzte sich in Bewegung. Mira ging in die Gärtnerei und holte Freddy zum Essen ab. Einziger Gast in der Kantine war der Direktor. Die wenigen anderen, die mittags dorthin zum Essen kamen, hatten es meist eilig, weil sie sich zu Hause noch für ein Weilchen aufs Ohr zu legen gedachten.

Als Wassile gegen ein Uhr in den Hof ritt, war Mittagsruhe – Mittagsstille. Er versorgte Golodnej und machte sich auf den Weg zur Kantine. Eine Frau winkte ihm zu. Es war Mira, die an der Haustür stand und nach ihm Ausschau gehalten hatte. Aus ihren Bewegungen schloß er, daß etwas vorgefallen war.

Was sie ihm im Haus, am Küchentisch, zu berichten hatte, mußte nachdenklich stimmen. Miras Besorgnis hatte triftige Gründe. Wie leicht konnte die Obadjewa durch ihre Beschwerde das Kind mit dem Bade ausschütten. Um Mira nicht zu ängstigen, tat er jedoch, als nähme er die Sache auf die leichte Schulter. »Übrigens«, sagte er, als er nach seiner Mütze griff, »geht's weiter oben für gewöhnlich recht langsam zu. Sicherlich wird sie sich an die Partei wenden. Bis die beschließen, ob sie Schritte unternehmen oder nicht, dauert's. Vergiß nicht, sie haben nicht nur ihn! Also – *otschered!* Wenn er drankommt, bist du ...« Er stieß einen lustigen Pfiff aus und lachte.

Von seiner offensichtlich guten Laune angesteckt, lachte sie mit: »Wir, Wassile!« Sie nahm seinen Kopf zwischen die Hände und küßte ihn. – Freddy schlief nebenan seinen festen Kinderschlaf.

»Ja, wir, Mira – ich komme mit. Ob gleichzeitig, das weiß ich nicht.« Als ein Schatten über ihr Gesicht huschte, setzte er hinzu: »Glaub mir, nicht ich arrangiere das. Der Mann führt nicht mehr als zwei Personen auf einmal. Freddy wird ohne dich nicht gehen, stimmt's? Außerdem – das kostet Geld, eine ganze Menge. Gewöhnlich zahlt man's auf dieser Seite, bei euch will er's auf der andern nehmen. Er kennt mich von früher – für ihn hab ich mich einmal verbürgt. – Du hast doch Geld, ich meine – drüben? Und auch für mich, Mira?«

»Um wieviel geht es, Wassile?« fragte sie. Es war ihr anzumerken, daß sie sich schwer tat mit dem, was er ihr gerade gesagt hatte.

»Tausend Dollar pro Person. Viel – oder?«

»Ach – als ob's darum ginge! Ich hab ein Brillantarmband,

das hat fünftausend gekostet. Vielleicht nimmt er's und bringt uns alle drei hinüber. Frag ihn jedenfalls, Wassile. Ich geb's dir, und du zeigst es ihm.«

Gescheiter Antek, dachte Wassile wehmütig. Aber er sagte: »Das ist keine Frage des Geldes, um Technisches geht es. Ich glaube auch nicht, daß mein Mann das geringste von Brillanten versteht. – Ich gehe bestimmt hinüber, Mira, wenn es das ist, was dich quält.«

»Nur das, Wassile!«

»Dann sprich, bitte, nicht mehr darüber! – Pack zwei leichte Koffer mit dem Allernotwendigsten. Und kein Wort zu Freddy! In spätestens fünf Tagen bringe ich eure Sachen in die Stadt. Am besten morgens, mit der ersten Fuhre. Ihr macht euch wie üblich nach der Arbeit auf den Weg. Fragt dich jemand, sagst du, ihr geht ins Kino oder ins Bad. Damit wirklich nichts auffällt, fahrt ihr mit einem der Militärwagen, die täglich um diese Zeit Brot holen. An der Station steigt ihr in die Tram. Ich gebe dir die genaue Adresse, auch das Kennwort, wenn es soweit ist. Auf der anderen Seite bringt man euch gleich nach Czernowitz zu sicheren Leuten. Von dort kannst du Rozescu anrufen. – Rumänien, Mira, warst du schon einmal dort?«

»Ja«, sagte sie unwillig. »Und was wird aus dir?«

»Ich komme mit dem nächsten Schub, bald nach euch. – *Otschered!*« sagte er und lachte. »Du hast mein Wort, Mira!«

»Ich werde mich um dich sorgen, Wassile.«

»Wärst du bloß schon soweit.« Er stand auf.

Sie stellte sich wie unabsichtlich vor die Tür. Als er die Hand auf die Klinke legte, umfing sie ihn und küßte ihn heftig auf Mund und Augen. »Wassile«, flüsterte sie heiser, »Wassile, ein Leben ohne dich – ich kann es mir nicht vorstellen.« Sie ließ sich auf einen Stuhl fallen und merkte nicht, daß er ihr zuwinkte und davonging.

Unweit seiner Wohnung traf er Tadek, der ihm entgegengelaufen war. »Der Direktor«, piepste der Gärtner aufgeregt, »er sucht dich überall. Wo steckst du?«

Gorbatenko erschien gerade am Eingang zur Wursterei. »*Starsche konijuch,* wo zum Teufel treiben Sie sich herum?« brüllte er.

Wassile zog seine Riesenuhr aus der Tasche. »Es fehlen noch fünfzehn Minuten zu drei, Genosse Direktor.«

»Sie mit Ihrer Uhr! Der *zamestitel* des Parteivorsitzenden hat angerufen – Tarastschenko –, die Kutsche muß sofort zum Parteikomitee – sofort, sage ich!«

»Sofort?« fragte Wassile. »Gut, ich gehe einspannen. Rufen Sie an, sagen Sie ihm, daß der Wagen in einer Stunde dort ist. Man soll unten warten, denn ich kann die Pferde nicht ohne Aufsicht lassen.«

»Nitschewo«, sagte der Direktor, und sie zogen beide los.

Nur die Kassiererin wartete vor dem Seiteneingang, als das von den Füchsen gezogene Gefährt im Sackgäßchen hielt. Das Gespann bot einen distinguierten Anblick, und sie würdigte dies auf ihre eigene Art. Mit weitausholenden Bewegungen raffte sie eine imaginäre Schleppe und bestieg nicht ohne Grandezza das noble Gefährt. Nachdem sie sich in übertrieben steifer Manier hingesetzt hatte, schlug sie die Beine übereinander und legte, die Bewegung mimend, mit der man sich ein Monokel ins Auge klemmt, das Gesicht in die blasierten Falten eines Roué des Ancien régime. Während Wassile lachte, erhob sich Tanja unbekümmert im fahrenden Wagen und verkündete: »Ich hab ihn umgetauscht, den Matrosen. – Fahr rascher, Wassinka, damit wir aus der Stadt hinauskommen.« Dann setzte sie sich wieder und vertrieb sich die Zeit damit, den Passanten huldvoll zuzuwinken. Nach und nach verloren sich die Häuser hinter ihnen, Grund für die Kassiererin, auf den Kutschbock zu klettern und mit gespielter Strenge eine Zigarette zu fordern. Als Wassile ihr Feuer gegeben hatte, sagte sie »bemerkenswert!« und trällerte als Operndiva eine Arie aus ›Pique dame‹. Leichtfüßig trabten die Füchse jetzt über die trockene breite Straße; eine maßvolle Nachmittagssonne verteilte ihr Gold auf all das frische Grün ringsum. So offenkundig genoß Wassile Bild und Bewegung, daß Tanja ihn beifällig betrachtete und sagte: »Schön, nicht, Wassinka? Kaum zu glauben, daß die Menschen, die soviel Schönheit sehen, dumm und schlecht bleiben und sogar einander totschlagen!« Sie seufzte, und es klang echt.

»Ja, die Menschen«, sagte Wassile, ohne den Kopf zu drehen.

»Sieh dir nur den Gorbatenko an, diesen idiotischen Spucker. Aus lauter Dummheit läuft er Amok. Weißt du, was das ist?«

»Amok? Nein.«

Sie gab ihm eine populär gehaltene Erklärung. Pflichtschuldig wunderte er sich und fragte sie, was das mit dem Direktor zu tun habe.

»Mit seiner dummen Prahlerei provoziert er die Leute. Als ob er nicht genau wüßte, wohin das führt!«

»›Großes Wasser – vielerlei Fische‹, heißt es.«

»Überlaß die Sprüche anderen, Wassile! Fische haben wenigstens ein Gutes: Sie sind stumm. – Glaub mir: Die eigene Zunge ist des Menschen größter Feind!«

»Recht hast du«, lachte er. »Aber sag, hast du nicht auch so einen Feind im Mund?«

»Im schönen Mund – nicht so, Wassile?« fragte sie lauernd und zugleich sich zierend. »Ach, bei mir ist das nicht so wichtig, mich nehmen sie nicht ernst.« Als beabsichtigte sie, ihm ein Geheimnis anzuvertrauen, blickte sie sich finsteren Gesichts nach allen Seiten um und flüsterte ihm ins Ohr: »Mich halten sie für plemplem.« Dabei deutete sie mit gestrecktem Finger auf ihre Stirn. »Ein bißchen weniger da oben macht die Dinge oft leichter, verstehst du, Wassja?«

»Ich? – Nein.«

»Na eben!« fauchte sie gereizt.

Er ließ die Pferde im Schritt gehen. »Wenn ich mir's überlege – du hast zur Buchhalterin gesagt, jeder ist dazu verpflichtet, ich meine, er muß Anzeige erstatten, wenn er jemanden sprechen hört, so mit« – er kämpfte um das Fremdwort – »Provokation und Antisemitismus, nicht?«

»Zeit, daß du es lernst und – weil du Sprüche so zu lieben scheinst – friß, sonst wirst du gefressen!«

»Ja, muß ich dich dann auch anzeigen? Ich kann ja nicht wissen, daß du – entschuldige, plemplem bist, oder –?«

»Merkt man denn das nicht gleich?« Sie lachte und wurde wieder todernst.

»Wenn du noch nicht drauf gekommen bist, dann mußt du mich natürlich anzeigen. Du mußt! Was willst du überhaupt gegen mich vorbringen?«

»Naja, du sprichst nicht immer wie eine richtige Sowjetbürgerin, manchmal klingt es ganz wie – Provokation.«

»Dann sollst du dir das nicht so lange überlegen. – Friß, sonst wirst du gefressen«, wiederholte sie und lachte.

»Was weiß man! – Ich überlege lieber erst, ehe ich mich auf so etwas einlasse. – Meinst du nicht, es wäre besser, du läßt einfach das Spiel und – provozierst nicht? Wozu ist das schon gut? Einmal triffst du einen, der nicht überlegt. Er läuft hin und zeigt an, dann sitzt du drin. Oder du stößt auf einen, der genauso spricht wie du, es aber ernst meint. Dann mußt du Anzeige erstatten – man ist ja dazu verpflichtet.«

»Ist man, schon sich selber zuliebe. Denn sieh mal, Wassile, hätte ich ihn nicht angezeigt, den Matrosen, und nicht die Buchhalterin dazu angehalten, es zu tun, dann könnte es leicht passieren, daß er uns anzeigt. Es ist nicht immer ganz echt, wenn einer so daherredet. Manchmal tut er's nur, weil er feststellen will, wie der andere darauf reagiert. Wenn man sich nicht richtig verhält, keine Anzeige erstattet, dann wird man angezeigt, eben weil man nicht angezeigt hat. – Kapiert, Wassile?«

Energisch schüttelte er den Kopf. »Nein, nichts hab ich kapiert. Wozu wäre das auch gut. Nein, Tanja, ich glaube, du bist wirklich ...«

»Plemplem. – Gib mir eine Zigarette!«

Wassile hob die Zügel an, und die Füchse fielen in Trab. Nicht für lange, denn am Straßenrand stand Rudnjenko und winkte. Als der Wagen hielt, reichte er Wassile die Hand. Vom Fahrgast nahm er keine Notiz. »*Wot*«, sagte er, »dir muß man ja auflauern, wenn man dich sehn will. Kommst du nicht für einen Augenblick ins Haus?«

»Danke«, sagte Wassile, »leider geht das nicht.« Mit einem Seitenblick auf Tanja fügte er hinzu: »Ich muß unsere Kassiererin zur Farm bringen und dann Futter ausgeben. Die Gespanne müssen schon vorbeigekommen sein. Hast du sie nicht gesehen?«

»Die Gespanne? Ja doch. Dann geht's natürlich nicht. Wenn du nichts dagegen hast, fahr ich mit, ich brauch einen Rat.«

»Steig ein, Dimitrij Alexejewitsch, du kannst mit irgendeinem Rotarmisten zurückfahren.«

»Ausgezeichnet! Dann hol ich Wanka, einen Augenblick!« Er lief ins Haus.

»Der Maschinenmeister von Werk I«, erklärte Wassile.

»Wer sonst kann es sein.« Tanja war böse wegen der Störung. Da trat schon Rudnjenko, das Baby auf dem Arm, aus dem Tor, hinter ihm seine voluminöse Frau. *»Rebjonok!«* – ein Baby – jubelte die Kassiererin und streckte dem Kind hinter Wassiles Rücken die Arme entgegen. Als Wanka das nicht bemerken wollte, sprang sie vom Bock und ging auf Rudnjenko zu. »Ein Junge, och – *molodjetz,* wie alt ist er denn?« sprudelte sie hervor, nahm die kleinen Hände und küßte sie. »Geben Sie ihn mir, Sie wollen sowieso mit Wassile sprechen. Setzen Sie sich zu ihm, ich paß schon auf, ich ...« Rudnjenko hielt ihr zögernd das Kind hin.

Der Maschinenmeister setzte sich neben Wassile, und während der Fahrt trug er ihm vor, was er auf dem Herzen hatte. Er wollte ein Stück Boden, das an seinen Garten grenzte und brach lag, nutzbar machen. Was Wassile dazu meine? Jetzt habe man doch den neuen Direktor. – »Wenn er sich auf Saposchnik berufen könnte, sähe die Sache schon anders aus«, meinte Wassile. Was an ihm liege, werde jedenfalls geschehen.

»Du glaubst, der neue Direktor wird Schwierigkeiten machen?«

Offenbar war Tanja dem Gespräch der beiden Männer gefolgt, denn sie mischte sich ein: »Nein, er wird keine Schwierigkeiten machen«, erklärte sie. »Übrigens war Saposchnik gerade im Sekretariat. Der Arzt meint, seine Frau wird die Nacht nicht überleben.«

Wassile hielt an und drehte sich um. »Ist es schon soweit?«

Vor dem Büro stiegen die beiden aus. Tanja küßte Wanjka noch einmal herzhaft ab und reichte ihn seinem Vater. »Ich werde ihn besuchen kommen«, sagte sie zu Rudnjenko und hüpfte, ohne seine Antwort abzuwarten, die Stufen hinauf. Langsam fuhr Wassile in den Hof, spannte rasch aus und führte die Pferde in den Stall. Rudnjenko folgte ihm, und als Wassile fertig war, begleitete er ihn zur Einfahrt. Ja, dieses Stück Boden – ob Wassile ... Nein, ohne Saposchniks Anweisung Pferde zu bekommen, sei unmöglich. Und selbst wenn er sich einverstanden erkläre, Schwierigkeiten werde es auf jeden Fall geben. Der Direktor ...

»Wenn ich mich morgen frei machen kann«, sagte Rudnjenko, »geh ich zu Fjodor Iwanowitsch. Der gibt mir schon einen Wisch, das Recht dazu hat er. Saposchnik möchte ich jetzt nicht mit dem Kram belästigen. Hat Sorgen genug –.«

»Kennst du seine Frau, Dimitrij Alexejewitsch?«

»Ich war Maschinenmeister in der Zuckerfabrik von Grischinow. Bis die wieder lief, wie wir da arbeiten mußten! Und sie – zart wie eine Pflanze war sie. Dazu die kranke Lunge. Keiner von uns hat's leicht gehabt, Wassile. Und jetzt setzt man einen Rotzlöffel wie diesen Matrosen ins fertige Nest! Mit seiner Dummheit macht er uns kaputt. Bei der nächsten Parteiversammlung bring ich das vor. Hier muß einer her, der seine Sache versteht – so einer wie du, Wassile.«

»Es gibt bessere, glaub mir!«

»Ich kenne so gut wie keinen. – Du willst nicht Direktor werden, Wassile?«

»Direktor, ich? Ich taug nicht dazu, bestimmt nicht.«

»Du mit deinem Bauernschädel! Ich weiß, was ich sage. – Was ist denn, kommt kein Wagen heute?« – Als hätte er es mit diesen Worten herbeigerufen, tauchte ein Gespann auf. Auf Wassiles Winken hielt es. Der Rotarmist rückte zur Seite und machte Rudnjenko bereitwillig Platz.

Wassile überquerte die Straße; er wollte in die Kantine. Am Fenster des Büros stand Mira: »Soeben kam ein Anruf – Saposchniks Frau ist gestorben. Schon morgen um vier Uhr findet das Begräbnis statt. Wer abkommen kann, soll sich auf dem jüdischen Friedhof einfinden. Um zwei Uhr muß ein Wagen die Leiche vom Krankenhaus abholen. Der Sarg soll hier angefertigt werden.«

Die Arbeit auf der Farm war getan. Dabei war es viel später geworden als sonst. Wenn auch nur wenige dem Begräbnis beigewohnt hatten, so waren doch die Kutscher mit ihren Gespannen in der Stadt geblieben, um für die Trauergäste verfügbar zu sein. Gegen Abend kamen sie zurück. Im Büro war niemand mehr, weder die Kassiererin noch der Direktor. Selbst Gorbatenko hielt sich nicht, wie inzwischen des öfteren, im Kuhstall auf – auch ihn riefen heute andere Pflichten: die Versammlung. Da das Häuschen, das Kornhaber mit seiner Frau und den Meerblums bewohnte – beider Kinder waren erwachsen und lebten in der Stadt –, gut einen halben Kilometer von der Farm entfernt lag, erschien der Obermelker als letzter im

Kulturheim. Es war, als hätte der Direktor mit dieser Unpünktlichkeit gerechnet. Er warf ihm strafende Blicke zu und scheuchte ihn in die letzte Reihe, wo der kleine Mann sich neben Meerblum setzte und hinter den breiten Rücken der Kutscher Schutz suchte. Meerblum, der Leiter der Käserei, hatte den Betrieb unterbrechen und die Milch in den Kannen stehenlassen müssen. Weniger die Aussicht, mit seinen müden und widerwilligen Gehilfen bis nach Mitternacht arbeiten zu müssen, verstörte ihn, als vielmehr der Gedanke, daß viele Hunderte Liter Milch verderben könnten und ihm vielleicht die Schuld in die Schuhe geschoben würde.

Alle hatten noch beim Essen gesessen, als die Sirene heulte und der Direktor in den Speisesaal trat, um in seiner gewohnten Art anzuordnen, daß sie sich unverzüglich im Kulturheim einzufinden hätten. Die Sirene, hatte man ihnen eingeschärft, rufe nur, wenn es sich um ganz Wichtiges, ja Lebensbedrohendes handele. Deswegen waren selbst die wenigen, die sich an diesem Abend nicht in der Kantine aufhielten, atemlos herbeigeeilt. Als sie erfuhren, daß es um nichts weiter als eine Versammlung ging, verfluchten sie den Direktor.

Der aber hatte sich offenbar etwas Besonderes einfallen lassen. Sogleich schritt er zum Appell. Die Buchhalterin mußte die Lohnlisten verlesen, jeder der Aufgerufenen hatte die Hand zu heben. Er sah ihn fest an und zwang ihn solcherart, die Hand so lange hochzuhalten, wie sein Blick auf ihn gerichtet blieb. So gründlich erfolgten Aufruf und Inspektion, daß sie über eine Stunde in Anspruch nahmen. Mehrere Minuten verweilte Gorbatenko allein bei Kornhaber. Endlich fragte er: »Alle?« Mira sagte: *»Da«* und er darauf: *»Nu da.«* Dann legte er seine Mütze vor sich auf das Pult und stürzte sich in eine Ansprache, die, wie es schien, nie enden sollte. Alles, was er in den vergangenen siebzehn Tagen beobachtet hatte, kam darin vor, methodisch gesammelt, aber in Unsinn verkehrt. Die Wirkung seiner Worte war, dem jeweiligen Temperament entsprechend, unterschiedlich. Die Kassiererin wand sich auf ihrem Stuhl, als unterdrückte sie den Ausbruch eines Wein- oder Lachkrampfs. Mira jedoch, nüchtern und pessimistisch, wandte kein Auge von dem Seemann, der, selbstzufrieden brüllend, alles, was mit unsäglicher Mühe von ihr und den anderen aufgebaut worden war und was mit unablässiger körperlicher und geistiger Anstrengung in Gang gehalten wurde, in seinem grenzenlosen Unverstand zunichte machte. Der Humor, über den Tanja zu verfügen schien, fehlte der Buchhalterin.

Nicht so Wassile. In einer der letzten Reihen saß er unter seinen Kutschern und lächelte. Der brüllende Hampelmann amüsierte ihn. Unversehens verschwand das Lächeln aus seinem Gesicht, floh den bärtigen Mund und die wachen Augen. Ernst trat an seine Stelle, Besorgnis, denn der entrückte Matrose legte den Finger an eine Wunde, die bislang sorgsam von allen Beteiligten verdeckt worden war.

Ignat Iljitsch Gorbatenko hatte die Broschüre mit dem Bericht des Volkskommissariats für Landwirtschaft aus der Tasche gezogen und sie aufgeschlagen vor sich hingelegt. In ihm war genau festgehalten und durch Statistiken und ähnliches belegt, wieviel Milch eine Kuh zu geben verpflichtet sei. Umständlich verglich der Direktor die Zahlen des Berichts mit den in der Statistik der Buchhaltung für Januar 1940 aufgeführten, in die er sich so mühevoll vertieft hatte. Jeder, der Ziffern lesen könne, legte er dar, verstehe, um was es gehe. Wenn im Bericht gedruckt stehe, der Ertrag müsse 28 bis 30 Liter betragen, und die Kuh Nr. 5 habe nur 13 gegeben und oft auch weniger, dann liege da ein Hund begraben. Er, der Direktor, habe diesen Hund ans Licht gebracht, und es sei ein leichtes nachzuweisen, daß Kornhaber Millionen Liter Milch gestohlen, Meerblum sie zu ebenso vielen Kilogramm Butter verarbeitet und die Buchhalterin, mit ihnen unter einer Decke, dies durch falsche Eintragungen in die Bücher gedeckt habe. Wenn ihnen noch niemand auf die Schliche gekommen sei, er, Ignat Iljitsch Gorbatenko, lasse sich nicht an der Nase herumführen. Er werde die drei und alle die anderen, die ihnen dabei geholfen hätten – wer, das werde sich schon herausstellen –, vor den Richter bringen. Das sei seine Pflicht, seine Aufgabe als Direktor und Sowjetbürger – *nitschewo!* Er schickte sich nun an, zum eigentlichen Zweck der – wie sich später herausstellte – vom Parteikomitee für den heutigen Tag anberaumten Versammlung zu kommen: der Klassifizierung. Alles Bisherige war nur Einleitung gewesen.

Es lag auf der Hand: Was er zu erreichen suchte, war die Eliminierung der beiden Juden aus dem Arbeitsprozeß. Bekamen sie das Prädikat *›plocho‹* – ›schlecht‹, so würden sie zu Freiwild, zu sicheren Kandidaten für die nächste ›Umsiedlung‹, denn sie waren ja ›Hiesige‹. Nun, es sollte ihm nicht gelingen. Die Menschen vor ihm ließen sich nicht gefügig machen und für seine Zwecke einspannen. Wie hätte er auch dieses für ihn so wichtige *›plocho‹* erreichen sollen, wenn die da unten seinen Vorschlag nicht mit der Mehrheit ihrer Stimmen rechtsgültig machten? Nur wenn dieses ›schlecht‹ protokolliert war, wurde es unauslöschlich – schicksalhaft.

Wie gesagt, dazu kam es nicht. Bevor er noch daran ging, den Versammelten die Prozedur des Abstimmens ins Gedächtnis zu rufen, marschierten sie in den Saal – die *werchowki:* voran Fejnhold mit seinem Siegfriedslächeln, hinter ihm langsam, steinernen Gesichts Tarastschenko, von diesem beinahe verdeckt, Saposchnik, ja, er, dessen Frau vor wenigen Stunden begraben worden und der direkt zur Parteileitung gefahren war, und als letzter, über die auf die Nasenspitze gerutschte Stahlbrille äugend, Rudnjenko.

Ehe Gorbatenko ein erklärendes Wort sagen konnte, begann Saposchnik: »Genossen, es trennen uns nur noch wenige Tage vom Ersten Mai, dem Feiertag aller Arbeiter. Bei uns in der Sowjetunion herrscht, wie ihr wißt, der Brauch der Klassifizierung der Arbeit. Ihr habt bei der vorigen Versammlung gehört, was diese Klassifizierung bedeutet und wie dabei vorgegangen wird.« Aus der Tasche zog er eine Liste und rief auf: »Anastasiuk, Iwan Iwanowitsch, *konijuch.* Hat die Norm um dreizehn Prozent überschritten. Sehr gut hat er gearbeitet. Ich schlage das Prädikat *›otlitschno‹* vor. Wer dafür ist, soll die Hand heben.« Er selbst hob sie, die Versammelten ebenfalls, weil Wassile sie gehoben hatte. So ging es weiter, Norm erfüllt: ›gut‹, überschritten: ›sehr gut‹, ohne ›schlecht‹, bis zu Chomniuk, Wassile Wassiljewitsch.

Hier erhob sich Tarastschenko und sagte: »Genossen, der *starsche konijuch,* Wassile Wassiljewitsch Chomniuk, ist zu besonderer Ehrung vorgesehen. Nicht nur hat er seine Norm um mehr als hundert Prozent überschritten, er hat außergewöhnliches Organisationstalent bewiesen und, was das wichtigste ist, echt sowjetischen Kollektivgeist. Der *starsche konijuch* Wassile Wassiljewitsch Chomniuk verdient den Titel ›*stachanowetz*‹. Wer dafür ist, soll die Hand heben.« Er hob sie, Saposchnik und Fejnhold ebenfalls; Rudnjenko drohte Wassile lächelnd mit dem Finger; Gorbatenko spielte unschlüssig mit seiner Mütze, die anderen hoben ausnahmslos die Hand und sahen zu dem unbewegt dastehenden Wassile hin. – Die Hände senkten sich und die Abstimmung ging weiter. Schließlich kam Kornhaber an die Reihe. Der *starsche korownik,* führte Saposchnik aus, habe die vorgeschriebene Norm nicht erreicht. Selbst wenn einiges zu seiner Entlastung angeführt werden könne, die Tatsache mangelnder Initiative sei nicht zu übersehen. Darum solle ihm das Prädikat ›gut‹ gegeben werden –. Wer dafür sei, solle die Hand heben. Er hob sie und mit ihm alle anderen. Allerdings, fügte er dann hinzu, werde es unumgänglich sein, die Leitung der Milchwirtschaft umzubesetzen. Ohne Kommentar wurde Meerblum für ›gut‹ befunden, während Mira nach Tarastschenkos einführenden Worten zur ›*stachanowka*‹ erklärt wurde. Ihr Mann, Alfred Arturowitsch, und Tadeus Karlowitsch Sembrinski wurden ›*otlitschniki*‹, wie übrigens alle Frauen und Männer bis auf Wagner, der, als letzter, nur die Klassifikation ›gut‹ erhielt.

Es war elf Uhr, als die Versammlung geschlossen wurde. Außer den *werchowki* blieben im Speisesaal zurück Rudnjenko, Mira, Wassile und Gorbatenko, mit dem sich Tarastschenko in eine Ecke zurückzog. Als der Seemann am Tisch erschien, wo die anderen inzwischen Platz genommen hatten, wirkte er kleinlaut und zurückgenommen. Tarastschenko hatte offenbar auf die konterrevolutionären, von Mira und der Obadjewa zur Anzeige gebrachten Äußerungen das Hauptgewicht gelegt. Jedenfalls schien Gorbatenko zunächst vor sich hin zu grübeln, bis er plötzlich die Broschüre herauszog, wie um anhand von Zahlen zu beweisen, daß ihm Unrecht geschehen sei. Rudnjenko wollte grob werden, Wassile stieß ihn mit dem Fuß an. Nur zu gut hatte er erkannt, daß es den Natschalniki weniger darum ging, den dummen, unbelehrbaren Kandidaten der Partei aufzuklären, als vielmehr sich selbst vor dem Stunk zu bewahren, den der Direktor anzurichten vermochte, falls er sich ungerecht behandelt fühlte. Wenn er die Kühe der Farm zum Anlaß nahm – und er hatte keinen andern –, dann konnte das nicht nur für manchen der im Kuhstall Beschäftigten böse Folgen haben. Darum wandte sich Wassile, lerneifrig und bescheiden, an Gorbatenko: »Würden Sie mir, Genosse Gorbatenko, eine Auskunft über Schnellboote geben?« Gorbatenko nahm den Köder an und ließ sich, in Fachausdrücken schwelgend, aus über Bauart, Leistungsfähigkeit und Schnelligkeit verschiedener Typen. Beispielsweise wollte Wassile wissen, was geschähe, wenn auf hoher See Treibstoff oder Kohle knapp würde. – Das dürfe einfach nicht passieren. Sollte es freilich doch einmal dazu kommen, dann müsse eben gespart werden, bis ein Hafen erreicht sei. Und das Tempo, ob man das verringern müsse. Natürlich, sagte der Seemann wie beiläufig. Wassile hörte aufmerksam zu – die anderen außer Mira auch. Als er nach Gorbatenkos Ausführungen kommentierte: »Sehen Sie, genauso ist das mit den Kühen«, war man nicht wenig erstaunt.

Der Direktor faßte sich als erster. »Sie sind zwar ein *stachanowetz,* aber für dumm verkaufen können Sie mich nicht! Ich weiß, was ich weiß«, und er schlug mit der Faust auf die Broschüre, »da steht's gedruckt, schwarz auf weiß, *nitschewo.*« Er spuckte aus.

»Sie haben es doch selbst zugegeben – erinnern Sie sich nicht? Es gibt Schiffe unterschiedlicher Bauart, stimmt das?« Als Gorbatenko und die anderen nickten: »Das sind die verschiedenen Rinderrassen; und wenn ein Schiff knapp an Treibstoff bleibt, macht es weniger Knoten. Bei den Kühen ist das Futter der Treibstoff. Weniger oder schlechteres Futter, weniger Knoten, will sagen, weniger Milch oder auch gar keine. – Warum haben Sie nicht die letzten Statistiken studiert, Genosse Direktor? Da haben wir mehr Treibstoff gehabt, das heißt, mehr Futter, und deswegen gibt es auch mehr Milch, und die Arbeiter kriegen beinahe doppelt soviel Butter. Stimmt das etwa nicht, Genosse Saposchnik oder Genosse Rudnjenko?« Beide nickten. Wie vor den Kopf geschlagen sah Gorbatenko zuerst sie, dann Taraschenko und zuletzt Wassile an. Natürlich begriff er – aber es zugeben? Da kam ihm eine Idee. »Das Schiff hatte aber auch einen anderen Kapitän, *nitschewo!*« sagte er und spuckte aus.

Daß der neue Kapitän sich relativ schnell in der Landwirtschaft zurechtgefunden habe, sei er ohne weiteres bereit zuzugeben, sagte Wassile. Schade nur, daß soviel Energie ins untaugliche Objekt investiert werde. Was seien schon achtzig Deßjatinchen Land für soviel Umsicht und Ausdauer. Fejnhold lächelte, kaum merklich, Tarastschenko erhob sich mit starrer Miene. Auch die anderen machten Anstalten zu gehen. Als er Gorbatenko die Hand reichte, sagte der Stellvertreter des Vorsitzenden zu ihm: »Du kommst morgen um halb acht Uhr früh zum ›*Oblispolkom*‹ – dem Gebietsexekutivkomitee. Am besten du bringst deine Sachen gleich mit: Du gehst nach Stanislawa zum landwirtschaftlichen Sektor und wirst eingeteilt als *zamestitel* bei der Kolchose Pobeda. Die hat an die zweitausend Deßjatinen, vierhundert Kühe sind vorgesehen. Hier aber« – er wandte sich Saposchnik zu – »wird der Genosse Chomniuk *zamestitel*.« Als Saposchnik einen Einwand vorzubringen suchte, wehrte er ab mit den Worten: »Ich weiß, es gibt diesen Posten nicht offiziell – du bleibst sowieso verantwortlich. Ich werde das schon hinkriegen.« Er ging, und die anderen folgten ihm.

Auf dem kurzen Weg zum Auto fragte Fejnhold: »Zufrieden, Wassile Wassiljewitsch?«

»Immer. – Was will man mehr, als in Ruhe arbeiten, Genosse Fejnhold!«

»Gibt es was Neues?« Er hatte die Stimme gedämpft.

Nicht weniger leise antwortete Wassile: »Schon. – Morgen werde ich Ihnen sagen, was ich herausgefunden habe.«

»Gut, sehr gut!« – Inzwischen waren sie zu den anderen gestoßen. Tarastschenko, Fejnhold und Saposchnik hatten im Fond Platz genommen. Rudnjenko unterhielt sich noch mit Wassile, bis der Chauffeur den Motor anließ. Er freue sich darauf, an die Arbeit zu gehen. Die Formalitäten werde er gleich morgen erledigen – der *starsche konijuch* sei ja jetzt *zamestitel*.

Wassile nickte. Wie hätte Rudnjenko merken sollen, daß er ihm gar nicht zuhörte. Die Gedanken des neuernannten *zamestitel* waren woanders: Fejnhold hatte nämlich zu Tarastschenko gesagt: »*Ein* Diwan muß verkauft werden.« Und Tarastschenkos Antwort war gewesen: »Sogar mehrere.« Dann war das Auto davongefahren.

XIV

»Wirst zufrieden sein, General!«

So angestrengt Wassile sich den Kopf zerbrach – er fand keine Erklärung für das, was Fejnhold mit ›Diwan‹ gemeint haben konnte.

Verstehen ließ sich noch, daß von Tanjas und Miras Anzeige gegen Gorbatenko kein Aufhebens gemacht wurde. Denn vielleicht hatten sie darüber noch nicht beraten und begnügten sich mit dem mündlichen Verweis, den Tarastschenko ihm erteilt hatte. Aber was war mit seinen reaktionären und konterrevolutionären Äußerungen? Sollten die am Ende erst viel später, bei der endgültigen Aufnahme in die Partei vielleicht, als Minuspunkte aufs Tapet kommen? Gorbatenkos offen und grob bekundeter Antisemitismus wurde eben nicht so ernst genommen wie das Verhalten des Buddha. Möglich auch, daß die Kräfte, die ›pro Hitlerdeutschland‹ eingestellt waren, inzwischen über soviel Einfluß verfügten, daß man sie nicht provozieren wollte wegen des bißchen *›shid‹* eines kaum ernst zu nehmenden Schreiers. Anstatt ihn zu bestrafen, hatte man ihm das Maul gestopft und seiner dummen Eitelkeit geschmeichelt. Gut so.

Was aber hieß: ›Diwan verkaufen‹? Nicht einen, sogar mehrere. Fejnholds Äußerung, zynisch und beängstigend in ihrer lapidaren Sachlichkeit, und Tarastschenkos unmißverständliche Antwort – was mochten sie bedeuten? Wen fragen? Wer konnte Auskunft geben? – Nur jemand von ›oben‹ – Saposchnik? Der würde sich nie hinreißen lassen zu einer Erklärung, die ihn kompromittieren könnte. Und Fejnhold? Entweder würde der von alleine sprechen, so *en passant,* wenn es ihm paßte, oder aber auf Fragen heikler Natur einfach nicht antworten – es sei denn mit einer nichtssagenden Floskel. Vielleicht die Obadjewa? Sie war Parteimitglied und oben zweifellos viel eher zu Hause als in der ihr zugewiesenen Arbeit. Angesichts der Umstände hatte ihr Wort viel, erdrückend viel Gewicht. Ihr gegenüber Neugier an den Tag zu legen, wäre gewagt. Weiß der Teufel, was für Schlüsse sie ziehen würde, die undurchsichtige Tanja.

So saß Wassile in seinem langen Bauernhemd auf der Bettkante und grübelte. In die Enge fühlte er sich getrieben und, da ihm der Sinn der offenbar schwerwiegenden Äußerung unzugänglich blieb, auf beschämende Weise ausgeschlossen. Nichts Gutes war zu erwarten – das fühlte, wußte er. Endlich kroch er unter die Decke.

Kein gliederlösender, reinigender Schlaf. Ein mißfarbener Kreisel wollte nicht aufhören, sich in seinem Kopf zu drehen. Di-wan, Di-wan – zwei langgezogene Silben, als runde schwarze Tropfen fallen sie ins Unterbewußtsein, vervielfältigen sich, wirbeln durcheinander, werden zu Bildern: gefällige Ruhebetten, schmiegsame Teppiche, groteske Zeichnungen, bedrohliche Farben, Turbane mit rotstrahlenden Agraffen, blitzende Krummsäbel, geschwungen von unsichtbaren Händen, alsdann Trompetengeschmetter, Pferdegewieher, Gelächter – eine wilde Kakophonie, aus der sich schneidend ein Signal löst: Aufsitzen! – Wassile fuhr hoch. Hellwach war er. Ein Griff, und in dem kleinen Raum war Licht – wie in seinem gequälten Gehirn.

Als Wassile fertig angezogen war und auf die Uhr blickte – halb vier –, glaubte er zu wissen, was es mit dem Diwan auf sich hatte. Bloße Ahnung, genährt von Bildern, Geräuschen, hatte feste Konturen gewonnen, wurde Sprache und Sinn. In der Gestalt des uralten Witzes von Feiglstock, dem der Rabbi den Rat gibt, den Diwan zu verkaufen. Warum? Auf ihm hat er seine Frau mit dem Buchhalter *in flagranti* ertappt. Sich von der Frau scheiden lassen, kam nicht in Frage, sie würde sonst ihre Mitgift aus dem Geschäft ziehen. Den Buchhalter entlassen, das ging gleichfalls nicht, er wußte zuviel, konnte auspacken. Was also sollte Feiglstock tun? Der Rabbi wußte die Lösung: Weg mit dem Diwan!

Warum, fragte sich Wassile, als er im Morgengrauen unterwegs zu Wagner war, bin ich so sicher, daß Fejnhold die Pointe der alten Anekdote zitiert hat? Und wenn es stimmt, warum beunruhigt mich das? Vielleicht hat er anderes gemeint? – Es ist schon so – Opfer brauchen sie. Aber hatte der sonst gutinformierte Wagner nicht erzählt, daß bis Mai keine Deportationen stattfinden sollten? Je größer die Worte, desto kleiner das Versprechen! Bis Mai, hieß es. Weit war es nicht mehr bis dahin.

Wen von der Farm würden sie auf die Reise schicken? Wer waren die Diwane, die man verkaufen mußte? Wassile spürte die Nässe des taufrischen Grases und fragte sich, warum das Vieh nicht auf der Weide sei. Dafür zu sorgen, war doch Sache Kornhabers, des Obermelkers, dem es an Initiative fehlte. Ja, auch wenn sie ihn als ›gut‹ klassifiziert hatten, seine Tage waren gezählt –.

So lag wohl auf der Hand, wen Fejnhold mit dem Diwan meinte.

Aber Tarastschenko hatte gesagt: mehrere. Wer waren die anderen? Wen hatte Gorbatenko im Anschluß an Kornhaber genannt? Wer hatte die ›gestohlene‹ Milch zu Butter verarbeitet? Der behäbige, doch unermüdliche Meerblum, der seine fast neuen Maschinen um ein Butterbrot hergegeben hatte, genau wie Kornhaber seine Kühe – und Wagner die von ihm gehorteten Futtermittel!

Das waren sie – die Diwane, die verkauft werden mußten. Waren sie nicht die auffälligsten *burshuis* der Farm? Ihr Vermögen und ihre Arbeit hatten den Gutsbetrieb möglich gemacht, ihn getragen und erhalten, und jetzt.

Bis Mai wird nicht deportiert, und noch ist nicht Mai. Außerdem – bin ich hier. Solange Mira nicht jenseits der Grenze ist, kann ich nicht fort. Aber stärker noch als seine Gesinnungstreue war Wassiles Wille zu helfen. Auch ihnen, den dreien: Wagner, Meerblum und Kornhaber. Der *starsche konijuch* beschleunigte seinen Schritt, obwohl ihn höchstens noch zweihundert Meter von Wagners Häuschen trennten. Diese Suppe will ich euch versalzen, *werchowki!* dachte er.

Bereits Viertel nach vier hatte Wassile den überraschten Wagner aus dem Bett geholt. Sobald Meerblum und Kornhaber zu ihnen gestoßen waren, erörterten sie die Lage. Zehn Minuten vor sechs zeigte die Uhr, als Wassile sich in der Kantine zum Frühstück niedersetzte. Anschließend ging er, wie üblich, in den Stall. Erst wenn seine Beförderung im Tagesbefehl erwähnt und damit ›offiziell‹ wäre, würde er die Rolle des *zamestitel* übernehmen.

Zu seinem Nachfolger hatte er Michajlo Jeremczuk bestimmt. Der älteste und umsichtigste unter den Kutschern war er.

Gegen acht machte Wassile die Kutsche zur Ausfahrt bereit. Mira und die Kassiererin mußten in die Stadt, Mira auf die Bank, Tanja zur Direktion. Plötzlich stürzte aus dem Kuhstall eine Melkerin und schrie: »Der Alte ist umgefallen, er stirbt!« Wassile fand Kornhaber auf einer Strohschütte, wo er sich vor Schmerz krümmte. Mit Hilfe der Melkerinnen bettete er ihn auf den Rücksitz des gefederten Wagens und brachte ihn eilends in das Ambulatorium, das für die Farm zuständig war. ›Nierensteine‹ diagnostizierte der diensthabende Arzt, ein ›Hiesiger‹, und überstellte Kornhaber als dringenden Fall dem Krankenhaus der Bolnitza Nr. 4, Chirurgische Abteilung, wo er für die Operation vorgemerkt wurde. Zu oft habe man den längst fälligen Eingriff hinausgeschoben. Unter den gegebenen Umständen war diese Entwicklung ein wahrer Segen, denn das Krankenhaus galt als tabu, auch für die gar nicht zimperlichen Leute des NKWD.

Stumm nahm Saposchnik die Meldung von dem Vorfall entgegen und beauftragte Wassile, einen tüchtigen Nachfolger oder, besser, eine Nachfolgerin in Vorschlag zu bringen. Die Wahl des *zamestitel* fiel auf die ›große‹ Maria. Außerdem ließ der oberste Chef ihn wissen, daß zwei neue Gärtner eingestellt worden seien; schon morgen nähmen sie die Arbeit auf. Da es an guten Gärtnern hier fehle, kämen sie von auswärts.

Wie üblich begrüßte Fejnhold den Genossen Chomniuk mit geräuschvoller Fröhlichkeit. Wassile berichtete ihm, was er über Krszanowski – der übrigens nicht ins Spital aufgenommen, sondern nur versorgt und in häusliche Pflege entlassen worden war – in Erfahrung hatte bringen können. Offenbar seien die Prügel keineswegs als Strafe oder Drohung gedacht gewesen, nicht als Aktion von Wassiles Kameraden und auch nicht als Kundgabe religiösen Eifers, sondern als Rache eines gekränkten Gatten oder Liebhabers. Höchst fraglich sei es, ob sich der Gewalttäter aus der Masse all derer würde herausfinden lassen, denen Krszanowski Hörner aufgesetzt habe.

Sichtlich erleichtert nahm Fejnhold den Bericht Wassiles entgegen. Ja, dergleichen komme natürlich auch ›bei uns‹ vor, wenngleich wesentlich seltener als in der kapitalistischen Welt.

Nachmittags um drei Uhr traf sich Wassile, wie verabredet,

mit Wagner und Meerblum im Magazin. Der Plan mußte bis ins Detail durchdacht sein, keine Eventualität durfte übersehen werden. Geduldig legte Wassile dar, was er sich überlegt hatte. Dem schwerhörigen Meerblum schrie Wagner es ins Ohr. Demnach sollte Stichtag der erste Mai sein. Da Meerblum es eilig hatte, blieb Wassile noch ein Weilchen mit Wagner zusammen. »Warum«, fragte er, »läßt sich Kornhaber jetzt plötzlich operieren? Hat er nicht immer eine schreckliche Angst vor dem Eingriff gehabt?«

»Wegen seiner jüngsten Tochter tut er's. Seit drei Jahren macht er Schlimmes mit ihr durch. Sie ist, müssen Sie wissen, eine überzeugte Kommunistin. So jung sie ist, bei den Polacken hat sie zweimal gesessen. Jetzt studiert sie, ist beim Komsomol – und noch immer nicht kuriert. Wegzugehen, ohne sich von ihr zu verabschieden, das bringt Kornhaber nicht über's Herz. Ihr zu sagen, was er vorhat, traut er sich nicht, weil die Meschuggene hinlaufen und ihre Eltern anzeigen könnte. – Sie glauben mir nicht, Wassile?«

»Warum soll ich Ihnen nicht glauben? – Na, mindestens für drei Monate hat er jetzt Ruhe, und dann – er ist schon sechzig!«

»Ungefähr. Irgendwie wird er es schon hinkriegen. Die Sprawka bleibt ihm doch?«

»Wenn er Glück hat, bewilligen Sie ihm einen Invalidenschein. Dann ist die Kontrolle nicht mehr so streng. Irgendwo muß er unterkriechen. Zu arbeiten braucht er nicht mehr, glaub ich. Vielleicht sollte er, wenn es soweit ist, anderswohin gehen. Sagen Sie das seiner Frau! Hat er nicht noch weitere Kinder?«

»Ja, einen Sohn und eine Tochter, auch Enkel gibt es. Gott muß ihm helfen.«

Wassile nickte und macht sich auf zum Stall. Er versorgte seine Pferde, und als die Kutscher einfuhren, übergab er den Schlüssel Michailo Jeremczuk. Mochte der schon heute das Futter ausgeben. Er selber ging in die Kantine und holte sich sein Essen. Bald nach ihm erschienen Mira, die Obadjewa, Tadek, Freddy und hinter diesen Rudnjenko. Allesamt steuerten sie auf seinen Tisch zu, und die Obadjewa verbeugte sich: »Die Gratulanten«, sagte sie. Mit einer burschikos herausfordernden Geste fügte sie gleich darauf hinzu: »Wie wär's, Genosse *zame-*

stitel, wenn du einen halben Liter auf den Tisch stelltest? – Du hast doch nicht vor, dich zu drücken?«

»Bestimmt nicht«, lachte Wassile und bat Mira, ihm eine ›Sonderration‹ Wodka zu bewilligen.

Als sie ausgetrunken hatten, sagte Rudnjenko: »Ich komme direkt aus der Stadt. Den Auftragsschein von Saposchnik hab ich der Buchhalterin schon gegeben. Zehn Pud Maiskörner werden wohl genügen? Und ein Gespann für einen Tag? Morgen hab ich frei.«

»Die Genossin Buchhalter schreibt dir eine Anweisung für den Lagerverwalter, und ich bringe dir das Saatgut noch heute vorbei. Wenn du willst, zeig ich dir, wie's gemacht wird. Gepflügt hast du wohl schon lange nicht mehr.«

»Noch nie hab ich das«, gestand Rudnjenko. »Aber meine Frau weiß, wie's geht, sie kommt vom Land. Trotzdem, wenn du uns helfen willst.«

»Gern, noch gut drei Stunden Licht.«

Sofort ließ sich da die Obadjewa vernehmen. Sie wolle mitfahren, sagte sie, um Wanka zu besuchen. Wassile ging, spannte ein und holte das Saatgut aus dem Magazin. Nach Feierabend zu Rudnjenko zu fahren, hatte er zwar vorgehabt, aber keineswegs, um ihm bei der Arbeit an die Hand zu gehen. In der Stadt gab es Wichtiges zu besprechen, und er hatte die Gelegenheit zu einem Abstecher nutzen wollen. Von Rudnjenkos Haus war es nicht weit bis zur Tramstation, und während Rudnjenko mit den Pferden arbeitete, könnte er, Wassile, kurz Besselmann aufsuchen. Es galt nämlich, das Programm für den Ersten Mai festzulegen, die Flucht Meerblums, Wagners und ihrer Frauen vorzubereiten. Nun wollte die Kassiererin mitfahren, und der Plan fiel ins Wasser.

Alle hatten sie es eilig. Noch ehe der Wagen im Höfchen hinter seinem Haus zum Stillstand kam, machte ein ungeduldiger Rudnjenko sich bereits an die Arbeit. Auch die Obadjewa verlor keine Zeit. Anjuta mit dem Kind auf dem Arm erblicken und ihr entgegenstürzen war eins.

Nach der ersten Furche, die der Pflug unter seinen Händen gezogen hatte, schüttelte Rudnjenko verzweifelt den Kopf: »Ich bin ein Stümper – da muß es einen Trick geben.«

Seine Frau lachte ihn aus und nahm ihm den Pflug aus der Hand. Es ging ausgezeichnet. »So was muß man im Blut haben, Alter! Das lernt man nicht bei den dummen Maschinen. Bist halt ein Stadtmensch.« Und durch nichts ließ sie sich von der Arbeit ablenken. Wassile hielt sich an Tanja, die für Wanka ein Liedchen samt Text improvisierte. Als sie dann zu tanzen begann, ein Quodlibet aus steifer Gavotte, graziösem Menuett, fließendem Walzer, klopfendem Charleston und Blackbottom à la Josephine Baker, konnte Wassile nicht umhin, sie zu bewundern. Er wußte genau, daß diese Vorführung nicht allein der Belustigung Wankas galt. Unter Tanzen und Singen hatte sie sich ganz nahe an ihn herangeschoben, und sich in den Hüften wiegend und Step markierend sang sie jetzt nahezu akzentfrei: ›*I've got you under my skin*‹. »Weißt du, was das heißt, Wassile?« fragte sie ohne Atem.

»Das ist Englisch. Ich erkenn's, oft genug hab ich es gehört. Du sprichst Englisch, Tanja?«

»›*Skin*‹ heißt ›Haut‹«, lachte sie überlaut.

»Dummes Zeug – versteh ich nicht«, sagte Wassile.

»Kein dummes Zeug, Genosse *zamistitel.*« Sie berührte ihn fast, so nahe war sie gekommen, erhitzt und heftig atmend. Wanka, dem der Tanz viel Spaß gemacht hatte, forderte sie, mit beiden Händchen ihre Nase umklammernd, krähend auf weiterzumachen. Aber sie war nicht länger in Stimmung. Als das Kind sein stupsnasiges rundes Gesicht verzog, suchte sie es durch Singen zu beruhigen. »Hör zu, mein Goldener, was der Genosse *zamestitel* spricht«, sang sie, »dieser blöde *zamestitel* nennt dummes Zeug, was wir hier sagen.« Plötzlich wurde sie ernst, und mit einem Blick auf das in die Arbeit vertiefte Ehepaar murmelte sie: »Die haben jetzt was zum Liebhaben. – Warum wissen sie nicht, die Narren, daß man nichts liebhaben darf?«

Mit dem ersten Gespann fuhr Wassile am nächsten Morgen in die Stadt. Jeremczuk hatte er aufgetragen, sich später im Büro zu melden. Vielleicht brauche ihn eine der beiden Frauen. Er selbst werde sich gegen neun Uhr in der Direktion einfinden.

Lange vor acht Uhr war Wassile in der Kilinskiego. Um nicht

die Aufmerksamkeit des Hausverwalters und der zur Arbeit eilenden ›Zugereisten‹ auf sich zu lenken, trieb er sich zunächst, den Eingang im Blick, auf der Straße herum. Wenn Besselmann oder sein Sohn das Haus verließen, müßte er sie sehen. Tatsächlich erschien nach wenigen Minuten Arje, unter dem Arm seinen Bücherpacken. Wie von ungefähr schloß er sich ihm an und erzählte ihm von seinem Plan.

»Erster Mai, nicht schlecht! Platzer kommt allerdings früher. Ob er so lange warten kann?« gab Arje zu bedenken.

Nicht Platzer habe er im Sinn gehabt, berichtigte Wassile. Der komme nur für die beiden anderen in Frage, von denen schon früher die Rede gewesen sei. Die vier Leute, um die es jetzt gehe, sollten Hirsch Birnberg anvertraut werden. Die Frage sei nur, ob er sie hinüberschicken könne.

»Kleinigkeit – wer sind sie, kennen Sie sie, *chawer* Wassile?«

Wassile nannte die Namen. Nur Wagner war Arje bekannt. »Elieser Wagner? Mit Getreide hat er gehandelt, Vater kennt ihn. In Ordnung. Sagen Sie ihm, er soll heute zum Abendgebet, Sie wissen, dem Mincha-Maariw, in der kleinen Klaus sein und mit Vater sprechen. Kennt er das Wort?«

»Nein – und ich werde es ihm auch nicht sagen. Ihr Vater soll sie zu Rundberg dirigieren. Wenn ihr Geld nicht ausreicht, ich stehe gut für sie.«

»Wird alles gemacht, *chawer* Wassile.« Vor ihnen tauchte das Gebäude der Schule Nr. 12 auf, und nach flüchtigem Gruß trennten sie sich.

Auf dem Weg zur Direktion kam Wassile an der Werkstätte des *Promtorg* vorbei. Müßten seine Stiefel nicht schon seit ewigen Zeiten repariert sein? Er trat ein, und – o Wunder! – sie lagen staubbedeckt, doch besohlt und geflickt in einer Ecke. »So lange wie die werden Ihre neuen bestimmt nicht halten«, sagte der *zawjedujuschtschij*, ein ›Hiesiger‹. »Qualitätsarbeit – ein Meisterwerk!« – »Hab ich gebraucht gekauft«, sagte Wassile. Da es kein Papier gab, erstand er auf der Straße eine ›Prawda‹, um sie hineinzuwickeln.

Die Unterredung mit Saposchnik zog sich in die Länge. Für den Arbeiterfeiertag mußte das Programm festgelegt werden. Am liebsten hätte der Natschalnik die Belegschaft samt lebendem Inventar vorbeidefilieren lassen. Mit Geduld und Selbstverleugnung gelang es Wassile, ihm klarzumachen, daß der Transport von Kühen in die Stadt nicht nur unendlich zeitraubend ist – auch gefährlich. Es handle sich um Milchkühe, deren Hufe weich und verletzlich seien. Den Steinen der Landstraße wären sie keineswegs gewachsen und schon gar nicht dem Pflaster der Stadt. Bereits beim Weideauftrieb, der heute beginne, komme es immer wieder zu Zwischenfällen. Nicht nur dies begriff Saposchnik, auch daß endlich ein Stier für die Farm angeschafft werden müsse. Daß es hier eine Lücke zu füllen galt, war ihm übrigens schon mehrmals vorgetragen worden. Auf den *›sektor‹* sei eben kein Verlaß, meinte er, schon ewig liege dort ein Gesuch vor. Ja, wenn man ›privat‹ einen Stier erwerben könne, das Geld werde sich beschaffen lassen. – Kein Problem, versicherte ihm Wassile. Wagner habe einen Bekannten oder Verwandten, der im Kolomeaer Rayon als *starsche prekuptschik* – erster Einkäufer des Fleischtrusts – arbeite. Dem kämen oft junge gesunde, gutrassige Stiere unter. Wagner sei zwar geschickt, doch kein Kenner, während Meerblum über die nötigen Sachkenntnisse verfüge. Wenn die beiden beim Aufmarsch entbehrlich wären, könnten sie sich vielleicht am Ersten Mai ein wenig umsehen.

Sie müßten nicht dabeisein, nein, es gehe auch ohne sie, meinte Saposchnik. Aber ob es zu verantworten sei, daß die beiden in einem fremden Rayon ... Na ja, ein Zuchtstier sei wichtiger als Schlachtvieh, er wolle es schon auf seine Kappe nehmen und den beiden die Komandirowka und die *dowerennost* – die Beglaubigung – ausstellen. Wieviel Zeit sie brauchten? Zwei Tage müßten allenfalls genügen. Auf der Farm könnte man sich inzwischen behelfen. Immerhin – vielleicht trieben sie einen ordentlichen Stier auf. Dann wurden noch weitere Punkte des Festprogramms besprochen.

Wassile verabschiedete sich von seinem Chef und stieg zur Kantine hinunter, wo inzwischen große Ereignisse ihre Schatten vorauswarfen.

Es hieß, als Priesner, der einstige Gastwirt, den Mann erblickte, habe er instinktiv nach der Flasche gegriffen, um sie festzuhalten. Wodka gab es nämlich nur in der Kantine zu kaufen, in ganz kleinen Mengen. Dieser Wohlstand war Wagner zu danken, dem es gelungen war, einen großen Posten zu einem kaum nennenswerten Preis zu besorgen. Wer allerdings ganze Flaschen erstehen wollte, brauchte einen ›Bonus‹ oder ›Bezugschein‹.

»Do geistert, vastehen S' mi«, sagte Priesner, nach Luft ringend, »aner herum, kenn ehm net, wor scho hait par mol do herinnet, varlangt in aner Tour Woditschka von mia. I sog allweil, ich hob ka, er vasteht net odar wüll net vastehn – jetzt füacht i mi, er dawischt uns grod beim Tschechern« – lauschend hielt er inne –, »da kummt er scho, dera Schleicher. – Setzen S' eahna, Wassile, i bring eahna a Mülli. – Trinken S' gern Mülli? – I net, und wan S' mi derstessn!« Durch die Tür hinter der Theke verschwand er in die Küche. Wassile, der nicht wußte, wie ihm geschah, setzte sich folgsam auf einen Stuhl.

Priesners Gehör, scharf geworden in der Angst vor Überraschung, hatte nicht getrogen. Wie war es bloß möglich, fragte Wassile sich später, daß der alkoholfreie Getränke meidende Kantinenwirt den ›Schleicher‹ hatte hören können. Denn er selbst wurde seiner erst gewahr, als er im Türrahmen erschien. Lang, vornübergebeugt, mit nacktem stengelgleichen Hals, auf dem der Kopf wippte, als wäre er willkürlich aufgesetzt und führte ein Eigenleben. In dem lederbraunen Gesicht über einem breitlippigen Mund thronte eine gerötete, unförmig geschwollene Nase und unter dieser winkte ein Bürstchen, das seinen schwachen Bestand aus den Haaren ergänzte, die den Nasenlöchern entwuchsen. In Tränen schwammen die hervorquellenden farblos blauen Augen, wie dies nicht selten bei Gewohnheitstrinkern der Fall ist. Der Mann trug einen fast neuen Anzug aus graubraunem sackstoffartigen Material. Die am Halse geschlossene Jacke und die weitbeinige Hose hörte man förmlich knistern. Zu diesem Anzug kamen ganz neue blaue Leinenschuhe mit noch weißen Gummisohlen. »Kein Wodka!« krächzte er. Es klang, als fragte er und gäbe sich selbst Antwort. Dabei schob er seine Mütze in den Nacken und fuhr sich mit der erdfarbenen Hand über die verschwitzte Glatze.

»Milch«, sagte Priesner und wies auf das Glas, das er gerade vor Wassile hingestellt hatte. An Verständnis für die Qual des andern fehlte es ihm nicht, aber er hatte Angst. Schnaps verabreichte er grundsätzlich nur den ganz wenigen Gästen, die ihm als unbedingt vertrauenswürdig galten. Mit den Augen suchte er Wassiles Rat und Beistand. Dem sonderbaren Fremden war die Geste nicht entgangen. »Sag ihm doch, du Milchtrinker«, wandte er sich näher tretend an den Kutscher, »sag ihm, er soll mir ein Tröpfchen Wodka verkaufen.«

»Milch ist auch gut.« Wassile nahm vorsichtig einen Schluck.

Der Fremde setzte sich an seinen Tisch. »Gut für Kinder und stillende Mütter. Ich bin weder Kind noch Mutter – man sollte glauben, das gilt auch für dich. Du siehst aus wie ein Mann und trinkst Milch!« Er schluckte und ließ den Adamsapfel hüpfen, dann schüttelte er sich.

»Mir schmeckt's«, sagte Wassile.

»Mir nicht«, krächzte der Glatzköpfige, »mir schmeckt Wodka, und er hat welchen – du bist kein ›Hiesiger‹?«

»Doch ich bin ein ›Hiesiger‹.«

»Dann mußt du wissen, wo es Wodka gibt. Geld habe ich. Komm, wir trinken einen halben Liter, ich lade dich ein.«

»Arbeit, Genosse.«

»Arbeit, Genosse«, äffte der andere ihn krächzend nach. »Ohne Wodka kann man nicht arbeiten. Arbeit – wo ist denn überhaupt die Farm von der *elektrostanzija?*«

»Ich bin der Leiter – Sie sind wohl der neue Gärtner?«

»Ja – der Gärtner bin ich.« Mit flackerndem Blick fuhr er fort: »Auch Polnisch kann ich. Ich komme aus Kamenetz, dort kriegt man Wodka im Basar.«

»Hier auch, kostet aber. Wenn Sie auf der Farm arbeiten, können Sie in der Kantine jeden Tag hundert Gramm kaufen, ganz billig – Regierungspreis.«

»Hundert Gramm kaufen – nicht viel, aber besser als nichts. Wie wär's, wenn Sie mir Ihre Ration abträten, Sie sind doch Milchtrinker. Oder haben Sie schon, hm, disponiert? Ich zahle mehr, doppelt, dreifach, wenn Sie wollen. Sie müßten sehen, wie ich dann arbeite. – Gehn wir jetzt, ja?« insistierte er.

»Haben Sie sich schon gemeldet?«

»Beim Politarbeiter und auch beim *zamestitel*. – Kommen Sie! Ist es weit?«

»Wenn wir Glück haben, nimmt uns ein Wagen von der Farm mit. Noch ein zweiter Gärtner soll kommen.«

»Ich weiß, aus Bar – wo der Hundesohn nur bleibt? Los, gehn wir, *zawjedujuschtschij!*« Er erhob sich.

»Wo ist Ihr Gepäck?«

»Gepäck – mein Gepäck? Wozu brauch ich Gepäck? – Gepäck?« Er schüttelte den Kopf über den ›Hiesigen‹.

Als Wassile und der ›Schleicher‹ aus dem Haus traten, bog das Gespann der Farm gerade in die Gasse ein. Außer Jeremczuk saß nur Mira im Wagen. »Da«, sagte Wassile, »Geduld ist alles.«

»Gehört zur Farm, der Wagen? Wird hoffentlich nicht zu lange hier warten? Ob wir nicht lieber laufen?«

»Nein.« Der Wagen hatte angehalten. »Der neue Gärtner«, stellte Wassile vor.

Mira beachtete den Mann kaum. »So kurz wie möglich will ich es machen. Dann fahren wir nach Hause.« Mit dem Gärtner ging Wassile zurück in den Hof.

Es dauerte ziemlich lange, bis Mira wieder erschien. Mit ihr kam ein junger Mann, die langschirmige Mütze keck auf dem Hinterkopf. Er trug eine Brille und schielte nicht wenig. »Der andere Gärtner«, sagte Mira kurz. Sie war erregt. Die Falte zwischen den Brauen, die sich auch während der Heimfahrt nicht glätten wollte, signalisierte Besorgnis. Die beiden Gärtner saßen vorn beim Kutscher. Mira hatte Wassile, gleich als sie losfuhren, mit dem Fuß bedeutet, daß er sich auf wichtige Eröffnungen gefaßt machen könne. Also schwieg auch er.

Im Büro händigte Mira den Neuen die von Saposchnik unterschriebenen Ausweise aus. Der Wodkafreund hieß Benderski, der junge Theoretiker Tschalew. Benderski bezog Quartier in der Direktion, und Tschalew wurde das Bett des verstorbenen Obergärtners zugewiesen. So hatte es dessen Nachfolger ausdrücklich verlangt. Kandidat der Partei war er und hatte die Landwirtschaftsfachschule in Miletopol absolviert.

In der Gärtnerei machte Wassile die beiden neuen Arbeiter mit ihren Kollegen bekannt. Tschalew, der nicht das geringste von Frühbeeten verstand – seine *spezialnost* waren Obstbäume, denen er sich auch sogleich zuwandte –, überließ es Benderski, sich sachkundig mit dem Gemüse zu befassen.

Sobald sich Gelegenheit dazu bot, nahm Wassile den sichtlich nervösen Wagner auf die Seite und berichtete ihm von dem Gespräch mit Besselmann. Dabei erfuhr er, daß Kornhaber am dritten Mai operiert werden sollte – *otschered!* Im Büro bestätigte ihm dann Mira, daß Saposchnik ihr die Papiere, d. h. Reise- sowie Beglaubigungsdokumente für Wagner und Meerblum übergeben hatte. Der Natschalnik habe übrigens angeordnet, daß die Farm zum Ersten Mai doppelte Rationen an die Kantinen und an das Parteibüfett liefern müsse. Angesichts der Wärme wäre es gut, wenn Wassile ein paar Fuhren Eis besorgen könnte.

Das Gespräch war in der Hoffnung geführt worden, die Obadjewa werde sich langweilen dabei und das Feld räumen. Aber die Kassiererin wich ihnen nicht von der Seite. So verließen die drei zusammen das Büro. Gern hätte Wassile Mira nach Hause begleitet. Daran war jetzt nicht zu denken. Also ging er in die Kantine. Die Kassiererin schloß sich ihm an, setzte sich zu ihm und holte sich wie er Brot, Wurst und Tee. Das Mahl würzte sie mit dem gewohnten Durcheinander, bald todernst, bald übermütig lachend. Es war unverkennbar, daß ihr Interesse allein ihm galt. Oft schon hatte er sich Gedanken darüber gemacht. Sicherlich bestand ihre Mission darin, den *werchowki* Details über Menschen und Vorfälle zu liefern, wobei er ganz oben auf der Liste stand. Wie lange würde die Aufpasserei – aus irgendwelchen Gründen hatte er Hemmungen das Wort ›Bespitzelung‹ zu gebrauchen – noch dauern? Mira war in zwei Tagen ›fällig‹. Er selbst würde nur abwarten, bis sie und ihr Mann jenseits der Grenze waren. Nicht auszuschließen war allerdings, daß er noch hierbliebe, bis Wagner und Meerblum sich abgesetzt hätten, und sich erst dann aus dem Staub machte. Sein Plan war jedenfalls fertig.

Während die Kassiererin in ihrem Redestrom dahinschwamm, wurde ihm zunehmend klarer, daß das Interesse der Obadjewa eine Gefahr bedeutete. Hinzu kam noch Miras Nervosität, die zweifellos in dem Gespräch mit Saposchnik ihre Wurzel hatte: Nicht eine ruhige Minute blieb ihnen! Als ihm dann Tadeks laute Stimme die erzwungene Einquartierung ins Gedächtnis rief, fühlte er sich von Unannehmlichkeiten und

Störungen umstellt. Seine Geduld war erschöpft, er hatte nicht länger die Kraft, Auswege zu ersinnen und Schlupflöcher zu erkunden. – Plötzlich merkte er, daß die Obadjewa ihn erstaunt anblickte. Offenbar hatte sie etwas gesagt, was so wichtig war, daß sie zumindest eine Frage erwartet hätte. Höflich bat er sie um Entschuldigung. Obwohl niemand sich in ihrer Nähe befand, dämpfte sie die Stimme. »Nimm dich in acht vor dem jungen Gärtner! Er gefällt mir nicht«, sagte sie ernst. »Der verfolgt hier andere Ziele als Ertragssteigerung.« Als er abwehrte, insistierte sie: »Glaub mir. Ich kenne mich aus in solchen Dingen.«

Ungläubig lächelte er. »Mich in acht nehmen? Von welchen Zielen spricht die kluge Tanja? Er ist halt jung und hitzig, wahrscheinlich auch ehrgeizig.«

»Ich bin eine Närrin. Das weiß niemand so gut wie ich. Aber was kann ich dafür? Ich muß es dir sagen, nur dir – hörst du? Jedenfalls, sei auf der Hut vor ihm. Gerade weil er jung und hitzig ist. Erfolg will er haben – aber nicht bei Zwiebeln und Radieschen oder Obstbäumen! Dazu ist er ein Idiot, was die Sache noch schlimmer macht. Jedenfalls bitte ich dich, mir zu glauben. Also paß gut auf und – laß dir nichts anmerken!«

Wassile hatte aufmerksam zugehört, sagte aber scheinbar gleichgültig: »Ich begreif das nicht, Tanja. Aber ich versprech dir, ich will aufpassen, auch wenn ich nicht weiß, worauf.«

»O du Rindvieh«, sagte sie mit einer Grimasse, die Weinen wie Lachen bedeuten konnte, und kratzte sich, wie sie es bei Gorbatenko gesehen hatte, am Hinterkopf. Sie blies dabei eine Haarsträhne, die ihr ins Gesicht gefallen war, mit schiefem Mäulchen fort und wiederholte: »Du bist ein Rindvieh, *zamestitel,* ich stemple, siegle und unterschreibe es dir. Nun, ich werde schon auf dich aufpassen. Dir wird nichts passieren, und wenn ...« Sie stand auf, und schon war sie zur Tür hinaus.

Wassile blieb noch ein Weilchen sitzen. Dann ging er durch den Hinterhof der Kantine in die Gärtnerei und von dort zu Miras Haus. »Was hat die Obadjewa von dir gewollt?« fragte Mira, als er sich gesetzt hatte.

»Vor dem Gärtner warnt sie mich«, antwortete Wassile leichthin.

»Doch nicht etwa vor diesem Tschalew? Den find ich am wenigsten verdächtig – was kann er dir anhaben? Sie soll dich lieber vor sich selber warnen, die Spionin!«

Wassile begriff und lächelte. »Vor ihr sind wir gewarnt, Mira« – er streichelte ihr beruhigend die Hand –, »nicht so wichtig. Lange dauert's sowieso nicht mehr.«

»Das darf es nicht, Wassile, denn ...« Sie sprach nicht weiter.

»Was ist los, Mira?«

»Wenn ich richtig verstanden habe, will Saposchnik mich heiraten.«

»Ein Heiratsantrag? Hat der es eilig! Aber – du bist doch schon verheiratet!«

»Scheidung sei im Sojus kein Problem, hat er mir, wenn auch durch die Blume, zu verstehn gegeben. Außerdem: es sei ungesetzlich, daß Ehepaare im selben Betrieb arbeiten.«

»Im ganzen sind siebzehn Ehepaare auf der Farm beschäftigt.«

»Ja, das hätte ich ihm sagen können. Ich habe getan, als verstünde ich nicht ganz, wie er sich das vorstellt. Zum Glück ist dann der neue Obergärtner gekommen. Was soll, um Gottes Willen, werden, wenn er sich die Sache mit der Heirat ernstlich in den Kopf gesetzt hat?«

»Reg dich nicht auf, Mira! – In drei Tagen seid ihr fort, und noch etwas: Du kannst mir glauben, Saposchnik ist nicht der Mann, der Herzensangelegenheiten zuliebe Ungesetzlichkeiten begeht. Bitte, laß dir deswegen keine grauen Haare wachsen, Mira.« Er zog sie zu sich heran und legte den Arm um sie. »Schon in der Nacht vom neunundzwanzigsten auf den dreißigsten bist du nicht mehr hier. Spätestens am dritten Mai bin auch ich drüben. Du wirst erstaunt sein, wie rasch der Mensch vergißt!«

»Wenn ich nur sicher sein könnte, Wassile, daß du wirklich hinübergehst.«

»Ich werde, Mira, bestimmt werde ich! Und jetzt, verzeih, muß ich nach dem Rechten sehen. Solange ich hier bin, darf ich nichts riskieren. – Später werde ich in die Stadt fahren oder reiten, wegen des Eises, und du mußt daran denken, Geld für den Stier aufzutreiben.«

»Schon erledigt«, lachte sie. »Wann wollen sie denn fahren?«

»Ich denke, am dreißigsten abends. Man legt keinen Wert auf ihre Teilnahme am Aufmarsch.«

»Kann ich mir denken.«

»Adieu, Mira.« Auf demselben Weg, den er gekommen war, lief er zurück.

An der Schwelle zu seiner Wohnung kam ihm der neue Obergärtner entgegen. »Wo bleiben Sie, Genosse?« fragte er.

Wortlos musterte ihn Wassile von Kopf bis Fuß. Seine Hände waren dünn, weich und unbehaart, die mattweißen Hände eines Kranken. Alles andere als Gärtnerhände. Die Brille verlieh dem Vogelgesicht den Ausdruck einer hämischen und neugierigen alten Frau. »Warum wollen Sie das wissen, Genosse?« fragte Wassile und blies langsam den Rauch seiner Zigarette von sich.

Tschalew nahm die Brille ab und versuchte seinem Gesicht einen Zug von Strammheit und Entschlossenheit zu geben. »Meine Sache«, sagte er kurz.

»Dann wird es auch Ihre Sache bleiben«, sagte Wassile und ließ den Blick ins Zimmer schweifen. Tadek lag auf dem Bett, offenbar war er wach, denn er blickte bald auf Wassile, bald auf den neuen Arbeitskollegen. »Tadek, bevor du zu den Beeten gehst, mußt du die beiden Gehilfen aus der Schmiede holen, auch Radecki wird mithelfen.«

»Ich war bereits dort. Sie kommen, und später auch Baczinski«, fistelte Tadek. »Der alte Säufer versteht sein Geschäft, doch der Professor hat in seinem Leben noch kein Mistbeet gesehn.«

»Was ist das für eine Sprache, die ihr hier sprecht?« fuhr Tschalew dazwischen.

»Polnisch.«

»Ihr müßt Russisch sprechen oder – Ukrainisch.«

»Ich weiß genau, was ich muß. Nichts haben Sie zu bestimmen und schon gar nicht, in welcher Sprache man sich zu verständigen hat. Im Sojus kann jeder sprechen, wie es ihm paßt.« Und zu Tadek gewandt, fuhr er fort: »Ich komme um drei Uhr nach und helfe euch ein bißchen. Gut, daß wenigstens der Alte von Tuten und Blasen eine Ahnung hat.«

»Konjetschno«, fistelte Tadek, drehte dem Obergärtner die Kehrseite zu und war eingeschlafen.

Wassile ging in seine Stube und schloß die Tür hinter sich. Ein fremder Geruch schlug ihm entgegen. Jemand Fremdes mußte hier gewesen sein. Das Bett war unberührt. Ein Blick in den Spind belehrte ihn, daß alles lag und stand wie zuvor. Er öffnete das Fenster und streckte sich aufs Bett. Noch eine gute Stunde blieb ihm, Zeit genug für ein Schläfchen.

Ein Tag ging dahin und noch einer, ausgefüllt weniger mit handfester Arbeit als mit Planen und Besorgen. Ständig galt es, etwas aufzutreiben. Zum Nachdenken kam Wassile nicht. Dazu ließ er es nicht kommen. Wagners und Meerblums Frauen hielten sich bereits in der Stadt auf – das zum Leben Notwendige trugen sie in der Einkaufstasche mit sich herum –, während ihre Männer mit den Vorbereitungen zum Ersten Mai beschäftigt waren. Gut ging die Gartenarbeit voran. Jeder, der abkommen konnte, packte mit an. Fast über Nacht hatte sich der alte Säufer eingearbeitet und wie selbstverständlich das Kommando übernommen. Einen Bogen um die Beete machte der Obergärtner; so es nicht anders ging, zählte er die Obstbäume, bestimmte Gattung und Alter. Meistens jedoch blieb er einfach verschwunden, und keinem schien das weiter aufzufallen.

Mira fuhr nicht in die Stadt, und als Saposchnik sich am Nachmittag des achtundzwanzigsten April einfand, um nach dem Stand der Arbeiten zu sehen, wußte Wassile es so einzurichten, daß er nie mit ihr allein blieb. Vielleicht wäre dies gar nicht nötig gewesen, denn der Natschalnik hatte es eilig, wieder fortzukommen. Sobald Wassile und Mira, die mit ihm in der Räucherei gewesen waren, wieder allein waren, schlenderten sie der Kantine zu, um die viel wichtigeren Vorbereitungen für den morgigen Tag zu besprechen. Die Mittagspause würde Wassile dazu nutzen, in die Stadt zu fahren und die beiden Köfferchen fortzuschaffen; das sei unauffälliger als am Morgen, wenn alles auf den Beinen ist. – Der Mann, der das Paar über die Grenze bringen werde, erwarte sie bereits. Geregelt sei alles. Freddy sollte von Mira erst in der Stadt, kurz vor der Abreise, informiert werden, damit er sich seinem Intimus Tadek gegenüber nicht verriete. Aufmerksam hörte Mira zu. Nach einer Pause sagte sie: »Daß ich ohne dich gehen muß –.«

»Es ist besser so, Mira. Der Wirbel wäre zu groß, wenn wir alle drei auf einmal verschwänden. Denk bitte daran: Nicht ich habe hier zu bestimmen.«

»Natürlich sehe ich das ein, Wassile. Aber komm wenigstens bald nach! Wo du mich drüben findest, weißt du: bei Linton in Ploesti, nein, besser bei Rozescu, dort wirst du alles erfahren.«

Als sie sich in der Kantine nach einem Tisch umsahen, fiel ihnen auf, wie angeregt sich die Obadjewa mit dem Obergärtner Tschalew unterhielt. Das Gesicht der Obadjewa verriet diesmal nichts von Langeweile, Ironie, Spott oder übertriebenem Ernst. Sie war – oder spielte sie so überzeugend? – gesammelt, ganz Ohr, durchaus interessiert an dem, was der Parteikandidat Tschalew ihr darlegte.

»Was sagst du zu den beiden?« fragte Wassile und sah Mira lachend an.

»Wer nichts besseres gesehen hat ...« Sie zuckte die Achseln.

»Sie unterhalten sich ausgezeichnet, findest du nicht auch?«

»Ich sehe, daß die Frau dir nachläuft und sich vor dir produziert. Dich meint sie, Wassile, nur dich.«

»Was du dir wieder einbildest.«

Mira überhörte die Zurechtweisung und sagte, ohne ihm ins Gesicht zu blicken: »Ich mache mir Sorgen um dich, Wassile. Wie soll ich weggehen und dich hier zurücklassen? Diese Obadjewa ist eine Gefahr. Vielleicht findest du doch einen Weg mitzukommen.«

»Mira, bitte, sei vernünftig! Ganz bald schon werd ich auf der andern Seite sein. Übermorgen, vielleicht sogar morgen – hast du alles vergessen?«

Mira schüttelte stumm den Kopf, ihre goldfarbenen Augen füllten sich mit Tränen.

Am nächsten Morgen ging Wassile mit Tadek zum Frühstück in die Kantine. Seitdem der Tod Anteks ihre häusliche Gemeinschaft zerstört hatte, hielten sie es so. Der Obergärtner Tschalew war, in seine Decke gehüllt, die Jacke als Kopfpolster, noch auf dem Bett liegengeblieben. Er ging eigener Wege. Gestern war er erst lange nach ihnen heimgekommen. Bis zum offiziellen Beginn der Arbeit blieb noch eine Stunde Zeit.

Wassile hatte die Melkerinnen aufgefordert, das Vieh gleich nach dem Melken auf die Weide zu treiben. Heute und morgen sollten sie ihre Kühe begleiten, um Wiesenblumen zu pflücken und Tannenreisig zu holen für die Kränze und Girlanden, mit denen sie Pferde und Wagen am Ersten Mai schmücken würden. Es dauerte eine gute Weile, bis die Tiere aus dem Stall getrieben und auf der Straße in Marsch gesetzt waren.

Mit den drei Gärtnern machte sich Wassile daran, den großen Hof zu säubern. Gerade als sie den ersten Schubkarren beladen hatten, erschien Tschalew. »Was machen die Gärtner hier?« fragte er grußlos und nieste.

Auf polnisch piepste Tadek: »Zerspring!«, Freddy sagte: »Prosit!«, und Wassile rief fröhlich: »Guten Morgen, Genosse. Sie vertragen, scheint's, unser Klima nicht.«

»Meine Sache«, er nieste noch mehrmals. »Ich frage, warum die Gärtner nicht bei der Arbeit sind.«

»Wen?« fragte Wassile, der wußte, woher das Niesen des Parteikandidaten rührte. Zusammen mit der Stiefelwichse hatte er gestern einige Päckchen Niespulver aufgetrieben und den Inhalt zwischen seine Sachen gestreut. Offensichtlich hatte Tschalew seine Nase zu tief in Schrank und Bett des *starsche konijuch* gesteckt und dabei das tückische Pulver auf die Schleimhäute bekommen. – Tanja hat recht, er ist hinter mir her. Bloß – was will er, wer schickt ihn?

Inzwischen war der Obergärtner zu Atem gekommen und schneuzte sich ohne Zuhilfenahme eines bourgeoisen Taschentuchs. »Die Gärtner müssen bei ihrer Arbeit bleiben, Saubermachen ist nicht ihre *spezialnost.*«

»Meine auch nicht«, konterte Wassile. »Bei der Landwirtschaft muß man es halt nehmen, wie es kommt. Sie sind so mit Bäumezählen beschäftigt, daß Sie nicht merken, was hier los ist. Wenn's brennt, hat die Gärtnerei Vorrang. Weiterzählen können Sie im Herbst. Sie werden jetzt den Gärtnern helfen.«

»Wer? Ich? – Ha, nicht meine« – wieder mußte er niesen –, »nicht meine *spezialnost.*«

»Dann werd ich noch heute um einen *starsche* ansuchen, der sich auch auf Gemüseanbau versteht. Darauf ist die Farm nun einmal spezialisiert. Hören Sie: sofort legen Sie bei den Beeten mit Hand an. Schadet Ihnen nicht, wenn Sie was lernen, Sie sind noch jung.«

Ob es wohl ein gutes Zeichen sei, fragte Wassile sich später, als er in der Gärtnerei einem ganz ungärtnerischen Obergärtner begegnete, der so widerwillig wie ungeschickt Handlangerdienste leistete. Nein, gewiß nicht.

Im Büro traf Wassile Buchhalterin und Kassiererin wie üblich bei der Arbeit an ihren Tischen an. Tanja verschloß gerade ihre Lade. »Ich gehe heute allein in die Stadt, die Buchhalterin bleibt hier. Kannst du mich nicht mitnehmen, Wassile?« fragte sie.

»Leider hab ich keine Zeit; ich muß nach den Kühen sehen. Aber Jeremczuk wird dich fahren. – Morgen sind Radieschen und Zwiebeln an die Kantine zu liefern – denk dran, Genossin Buchhalter«, sagte Wassile.

»Sagen Sie mir nur, um wieviel es sich handelt, die Preise sind schon festgesetzt«, erwiderte Mira. »Meerblum und Kreisel sollen sich dranhalten.«

»Sich dranhalten, ist alles!« Die Obadjewa schlüpfte in ihre Jacke und setzte sich mit einer an Tschalew erinnernden Bewegung die Baskenmütze auf.

»Komm mit, Wassja«, sagte sie, »und gib Jeremczuk den Auftrag.« Obwohl der neue *starsche konijuch* bereits Bescheid wußte, begleitete Wassile die Obadjewa in den Hof. Sie hatte ihm gewiß etwas mitzuteilen. Draußen flüsterte sie, sich vorsichtig umblickend: »Ich hab ihn schon, den Tschalew!«

Wassile tat erstaunt. »So gut gefällt er dir?«

»Bist ein Rindvieh, *zawjedujuschtschij*«, sagte sie mitleidig, und in plötzlich verändertem forciert lustigen Ton fuhr sie fort: »Gefallen? Das ist kein Ausdruck – gefallen. Verliebt bin ich in ihn, und du weißt – Liebe ist keine Kartoffel! – Du magst doch Sprüche, nicht?«

»Na, vielleicht hat er sogar von Liebe mehr Ahnung als von Kartoffeln. Von ganzem Herzen wünsch ich dir das.«

»Du allerdings hast von Kartoffeln bestimmt mehr Ahnung als von Liebe, Wassja. Man sollte es nicht für möglich halten! Warst nie verheiratet, hast nie ein Mädchen gehabt – was, zum Teufel, hast du immer gemacht?«

»Verheiratet war ich nicht, und Mädchen hab ich gehabt.

Aber jetzt, das mußt du einsehen, fehlt die Zeit, sich eine zu suchen. Kommt's, so nimmt man's.«

»So nimmt man's.« Sie blickte ihn ratlos an und schüttelte dabei den Kopf. »Nimmt man's«, wiederholte sie ruhiger. Jeremczuk knallte mit der Peitsche. »Ich komme, ich komme schon!« rief sie. »Nimmt man's«, sagte sie noch einmal, den Fuß schon auf dem Wagen.

»Was ist zu nehmen«, fragte Jeremczuk, der glaubte, sie spräche mit ihm.

»Was kommt«, erwiderte Tanja todernst. »Fahren Sie schon los!«

Wassile blickte dem Wagen nach, bis er fast außer Sicht war, und ging dann wieder ins Büro. »Hast du sie weggeschickt, Mira?« fragte er.

»Ja, sie muß Geld holen für den Stier. Tausend Rubel, dazu zweihundert für den Transport. Du gibst es ihnen dann –.«

»Sicherlich nicht mehr du, Mira. – Hast du an alles gedacht?«

»Ja – fertig.« Sie sah zu ihm auf. »Hier ist auch alles in bester Ordnung. Wer immer herkommt, wird's nicht schwer haben. Ich glaube nicht, daß jemand merkt, was wir alles unternommen haben, um den Laden in Schwung zu bringen und, wichtiger noch, in Gang zu halten. Wenn die Überschüsse allerdings aufgebraucht sind, müssen Löcher entstehen. – Wie sie die dann stopfen wollen ...«

»Sie werden's schon schaffen! – Tut es dir leid um die Farm, Mira?«

Sie musterte ihn erstaunt, nachdenklich. »Leid? – Man hat, weiß Gott, gearbeitet und hat's nicht schlecht gemacht. Du weißt so gut wie ich, daß man es viel besser hätte machen können. Hätten sie uns nur gelassen! Wie schwer war's manchmal! Wenn du nicht gewesen wärst –.« Ihre Augen füllten sich mit Tränen. »Die Farm, das bist du, darum ...«

»Nicht, Mira, bitte nicht! Warum weinen? Morgen atmest du frei.« Er blickte zur Tür, lauschte, ob niemand käme und nahm ihren Kopf zwischen die Hände, um sie auf Stirn, Augen und Mund zu küssen. »Bitte, nimm dich zusammen, Mira. Jetzt die Nerven zu verlieren, wäre schlimm! Mittags bringe ich eure Sachen in die Stadt, und jetzt reite ich zu den Kühen.«

Länger als geplant hielt Wassile sich auf der Weide auf. Dabei sah er auch nach den Frauen, die Blumen pflückten und Tannenzweige holten. Es war, als wollte er Zeit gewinnen. Gegen halb zwölf ritt er zurück. Schon von weitem bemerkte er, daß Unvorhergesehenes geschehen sein mußte. Arbeiter redeten aufeinander ein, gestikulierten. Im Hof führte Tadek das große Wort. Als er Wassile in die Einfahrt biegen sah, lief er ihm entgegen. »Wassile, Bruder«, seine Stimme überschlug sich. »Fredziu, Mira, arretiert. Zwei Automobile – Fredziu weg!« Er deutete in Richtung Stadt und faßte sich verzweifelt an den Kopf. »Jesus Maria, Fredziu, Bruder!«

Wassile sprang eilends vom Pferd. Sofort wurde er mit Fragen bestürmt und mit Auskünften überschüttet. Jeder erzählte eine andere Version des Vorfalls und offerierte eine Meinung dazu. Nur Tschalew hielt sich abseits, beobachtete und schwieg. Krächzend und knarrend sagte Benderski bald auf russisch, bald auf polnisch: »Ruhe, Leute, er kann euch doch nicht verstehn.« Erst als Wassile »Ruhe!« donnerte, stellte sich der gewünschte Erfolg ein. Nun war es möglich, präzise Fragen zu stellen und sich ein ungefähres Bild zu machen. Etwa eine Viertelstunde nachdem Wassile weggeritten war, hatten zwei Automobile vor dem Büro gehalten. Drei Uniformierte und zwei ›Zivilisten‹ – einer von ihnen war der kleine Grauhaarige gewesen, der bei Anteks Begräbnis Polnisch sprach – entstiegen ihnen und gingen sofort ins Haus. Ungefähr eine halbe Stunde blieben sie dort. Hierauf hatten sich der kleine Grauhaarige und zwei Uniformierte in die Gärtnerei begeben, wo alle an den Frühbeeten arbeiteten. Sie forderten Freddy auf mitzukommen und gingen mit ihm und Mira in die Direktion. Ein Uniformierter, anscheinend der Starsche, und die beiden Zivilisten hatten sie begleitet. Erst nach gut einer Stunde kamen sie wieder heraus. Mira und Freddy waren jetzt gut gekleidet, und jeder trug einen Koffer in der Hand. Es war ihnen nicht viel Zeit geblieben, sich von den Arbeitern zu verabschieden. Mira sei blaß gewesen und habe Tränen in den Augen gehabt; ihr Mann soll laut geweint haben, als sich die Automobile in Bewegung setzten.

Äußerlich wirkte Wassile völlig ruhig. Wenn ihn auch manches sonderbar anmutete – die legere Art der Verhaftung, der

Abschied und der komfortable Transport –, die Aufregung der anderen hatte auch ihn angesteckt, und er befürchtete, genau wie die anderen, das Schlimmste. Laut werden ließ er nichts.

Langsam glätteten sich die Wogen, die Leute erinnerten sich an ihren Hunger und strebten zur Kantine. Schließlich befanden sich außer Wassile nur Tadek und Benderski noch im Hof. Gebrochen lehnte Tadek an der Hauswand, Benderski hatte ihm die Hand auf die Schulter gelegt. Als könnte er nicht länger widerstehen, schlich der Obergärtner zu Wassile und krächzte: »Ich will mein Leben lang Milch trinken, wenn man diese Leute einkassiert hat. Eine Verhaftung war das nicht, da kenn ich mich aus. Was es war, kann ich nicht sagen. – Der Podgorski, der kleine Graue, der ist vom *Spez-Odjel*, vom Geheimdienst. Alle Sprachen spricht er, ein gebürtiger Jekaterinowslawer, und der Starsche, der kommt bestimmt aus Moskau. Weiß Gott, was sie von Fredziu und seiner Frau wollen, aber Verhaftung war das nicht.« Er schluckte.

Tadek hatte nicht viel mehr verstanden als den Namen Fredziu – so hatte er Freddy getauft – und hob den Kopf. »Fredziu – jetzt ist der auch nicht mehr da«, und er stieß einen Fluch aus, den seine in der Erregung und Verzweiflung noch dünnere Stimme um jeden drohenden Klang brachte.

»Fluch nur, Tadek, aber nicht so, daß andere es hören. Du weißt, wenn sie dich dabei erwischen ...«

»Psiakrew cholera!« schimpfte Tadek vor sich hin und verband den Fluch mit den Namen verschiedener Natschalniki, darunter dem des Obergärtners.

»Hol mir einen Eimer aus dem Stall, Tadek«, unterbrach ihn Wassile. Ohne Murren machte sich der finstere Riese auf den Weg.

»Was meinen Sie, Benderski?« fragte Wassile den ›Schleicher‹ und ›Anarchisten‹.

»Sie sollten, *zawjedujuschtschij,* unbedingt oben melden, was sich hier abgespielt hat. Auch der Kantine muß Bescheid gesagt werden, wegen der Ration.« Wassile führte das Pferd zur Pumpe, während er nachdenklich zuhörte. »Und der andere Zivilist, der war sicher kein Russe. Nein, der Anzug und die Krawatte, überhaupt alles, das war keiner von den Unsrigen – ein Fremder, sag ich Ihnen, *zawjedujuschtschij*. Was sucht ein Fremder bei einer Verhaftung? Und wie steht's mit den Rationen?«

»Tadek«, sagte Wassile, überzeugt und erleichtert, »fahr nach der Arbeit mit einem Militärwagen in die Stadt, besuch die Mutter und bring Benderski einen Liter von dem Roten mit. – So was haben Sie schon lange nicht getrunken, Genosse Benderski.«

Von Wassiles guter Laune angesteckt und beruhigt, sah Tadek seinen verklärt lächelnden Kollegen an. »Ich fahr, ich bring. Was glaubst du, Bruder Wassile, ist mit Fredziu geschehen?«

»Nichts Schlimmes, Tadek, du kannst beruhigt sein.« Er zog Golodnejs Bauchriemen fester und setzte den Fuß in den Bügel.

»Wohin reitest du schon wieder?« piepste Tadek.

»Melden«, sagte Benderski. »Er ist ein kluger Mann, der *zawjedujuschtschij*. Komm in die Kantine, mein Junge.«

Wassile ließ Golodnej die Zügel schießen. Zeit zum Überlegen wollte er haben. Ja, Benderskis Vermutung hatte vieles für sich. Rozescu und Linton, vielmehr die von ihnen alarmierten Linkhands in England und Amerika, konnten es dank ihrer Verbindungen geschafft haben, Mira und Freddy hinter dem Eisernen Vorhang hervorzuholen. Mit der Nachricht, die er Rundberg zukommen ließ, hatte Wassile nicht zuletzt den Zweck verfolgt, den Verwandten des Paares ein Zeichen zu geben. Das war er Gustl Linkhand, seinem alten Freund und Kameraden, schuldig. Nun war der allergünstigste Fall eingetreten. Ergründen zu wollen, welche Mittel ihn herbeigeführt hatten, wäre bloße Zeitverschwendung gewesen. Am besten, man hielte sich an die Weisheit des alten Mazedoniers, wonach goldbeladene Esel die höchsten Mauern übersteigen.

Wassile verlangsamte das Tempo. Der Hengst war aufgewärmt, Flocken flogen ihm vom Maul, und er ging am langen Zügel in weitem, raumgreifendem Schritt. Lobend klopfte ihm Wassile den Hals und dachte wehmütig an die bevorstehende Trennung. Der Abschied von ihm würde nicht leicht sein.

Saposchnik war noch im Büro. Entgegen seiner gewohnten Art machte Wassile kein Hehl aus seiner Erregung. Nur kurz grüßte er und berichtete, was sich ereignet hatte. Dabei verzichtete er darauf, eine eigene Meinung zu äußern – er war ja nicht

Zeuge gewesen –, sondern gab wieder, was man ihm erzählt hatte. Es werde behauptet, daß man die beiden verhaftet und abtransportiert habe. Saposchnik wurde blaß; als er sich erhob, suchten seine Hände Halt an der Schreibtischkante. »Eine Minute«, sagte er heiser und verließ das Zimmer.

Zehn Minuten später kehrte er mit Lawrenenko zurück. Beide nahmen sie Wassile gegenüber Platz. Sie schwiegen. Hatten sie nichts zu sagen? Vielleicht trauten sie sich nicht. Die Macht, der sie sich unterwarfen, um ein, wenn auch noch so winziges, Teilchen von ihr zu werden, duldete nun einmal keine Fragen. *»Da«,* sagte Saposchnik schließlich, und es klang kaum anders als sonst; ein leises *»Nu da«* kam von Lawrenenko. – »Was denkst du, Fjodor Iwanowitsch? Möglicherweise können wir uns zur Aushilfe einen Buchhalter vom Werk ausleihen, bis die Stelle wieder besetzt ist?«

»Ich denke, man wendet sich am besten an das Komitee. Nach dem Fest vielleicht. Inzwischen sollten sie beide – ich meine, der Genosse Chomniuk und die Kassiererin – notieren, was hinausgeht.«

»Buchhalter haben sie bestimmt keinen, man wird sich für einen ›Hiesigen‹ entscheiden müssen.«

»Nach dem Fest«, sagte Lawrenenko. Zu Wassile gewandt fügte er hinzu: »Es ist gar nicht so schwer, Wassile Wassiljewitsch! Nur daran denken, alles sorgfältig zu wiegen und genau aufzuschreiben. Zwei, drei Tage, dann werden wir schon jemand aufgetrieben haben.«

»Bestimmt werde ich mir Mühe geben, Genosse Direktor. Geradestehn kann ich aber nicht dafür. – Einen Gärtner brauch ich auch, nein, zwei, unbedingt zwei Gärtner.«

»Wieso zwei?« fragte Saposchnik. »Mehr als drei Gärtner sind nicht vorgesehen.«

»Das weiß ich, aber der Genosse Tschalew ist kein Gärtner, sondern Spezialist für Obstbäume. Von Gemüse hat er keine Ahnung, sagt er.«

»Das gibt es doch nicht«, wandte Lawrenenko erstaunt ein. »Was heißt das, von Gemüse hat er keine Ahnung?«

Wassile zuckte stumm die Achseln. Gerade wollte sich Lawrenenko hilfesuchend Saposchnik zudrehen, als die Tür aufging und Fejnhold eintrat, hinter ihm die Obadjewa. »Na«, sagte er lachend zu Wassile, »Sie sitzen ja da wie der Hirte ohne Flöte! Die Buchhalterin hat man Ihnen weggenommen und dazu noch einen Gärtner. Nicht leicht, *zawjedujuschtschij* zu sein, Wassile Wassiljewitsch.« Die Obadjewa hatte sich gleich hingesetzt und blickte gleichgültig zu Wassile hinüber. »Ihr habt es also schon erfahren«, sagte Fejnhold zu den anderen und nahm ebenfalls Platz. »Sie sind fort, fliegen wohl schon« – er blickte auf seine Uhr –, »Charkow, Moskau, Stockholm und von dort New York – ja, Genossen!« Triumphierend sah er sich im Kreis um, als wollte er sich an der Wirkung seiner Worte weiden. Einzig Wassile tat ihm den Gefallen, sich zu wundern. Von den andern hatte er es anscheinend gar nicht erwartet, denn er fuhr fort: »Paliew persönlich ist gekommen, Spezial-Avion, hat sie abgeholt, bringt sie bis zur Grenze – ja, meine Lieben! Das soll uns einer nachmachen! Podgorski erzählt, beide haben beim Abschied geweint – schade, waren gute Arbeiter. Nun, kein Mensch ist unersetzlich. Glück auf die Reise, schönen Schnee für die Schlittenfahrt!« Er zog eine Packung ›Usbek‹ aus der Tasche und bot allen davon an.

»So ist das?« fragte Wassile.

»Was haben Sie geglaubt?« lachte Fejnhold.

Den warnenden Blick der Obadjewa hatte Wassile gerade noch rechtzeitig auffangen können. Gemächlich antwortete er. »Ich habe geglaubt, was die anderen erzählt haben, denn ich war bei den Kühen auf der Weide, als man sie holen kam – zwei Automobile. Die Leute glaubten«, er lachte, »sie sind verhaftet worden, und ich Ochse auch. Aber«, sagte er in ernsterem Ton, »da war doch der *starsche ogrodnik,* der Genosse Tschalew dabei. Als Parteikandidat muß er sich auskennen, nicht? Ihn hab ich als ersten gefragt, was er davon hält, und er hat – wissen Sie, was er geantwortet hat? – ›meine Sache!‹ Wie soll man das verstehen, Genosse Fejnhold?«

Eine kleine Falte erschien zwischen den vollen Brauen Fejnholds, verschwand aber sogleich wieder. »Versteht er was von Gärtnerei, der Tschalew?«

»Nein«, sagte Saposchnik, »der Genosse Chomniuk hat gerade zwei Gärtner angefordert, weil Tschalew behauptet, nur auf

Obstkultur spezialisiert zu sein. Für Gemüse ist er nicht zuständig.«

Fejnhold nickte und wandte sich rasch einem anderen Thema zu. »Man muß die Arbeiter der Farm aufklären. Auf keinen Fall darf man sie in dem Glauben lassen, zwei Leute, die so vorzüglich gearbeitet haben, seien verhaftet worden. Warum auch? Das ist nicht gut, nicht gesund. – Genossin Obadjewa, Sie werden das heute besorgen, und der *zawjedujuschtschij* wird übersetzen. Kann sein, daß ich auch selber komme. Wann ist denn eigentlich Schluß mit der Arbeit auf der Farm?«

»Eine richtige Versammlung wollen Sie abhalten, Genosse Fejnhold? Wir haben viel viel Arbeit, Sie entschuldigen, ich meine, wenn man gleich nach dem Essen den Leuten, die sowieso in der Kantine sind – Sie wissen schon, man muß die Girlanden und die Kränze fertig machen; es soll alles schön werden am Ersten Mai. – Ist's Ihnen recht, wenn ich Ihnen den Wagen schicke, sagen wir um sechs? Dann sind Sie um sieben bei uns. Wohin wollen Sie ihn haben, Genosse Fejnhold?«

»Ins Parteikomitee, Wassile Wassiljewitsch – aber kommen Sie selbst.«

Wie ein routinierter Turner schwang Fejnhold sich auf den leichten Wirtschaftswagen und nahm neben Wassile Platz. »Hab ich bei Maximenko gelernt«, lachte er, »*fisikultura,* sehr wichtig.«

Im feierabendlichen Gewühl der Straße – die meisten Betriebe schlossen um sechs Uhr – galt es, äußerst vorsichtig zu fahren. So brauchten sie eine gute Weile, bis sie die Station erreichten, von wo ab die Chaussee freie Fahrt erlaubte. Zum Plaudern fühlte sich Wassile nicht aufgelegt. Schuld an seiner Mißstimmung war ein neuer Zwischenfall auf der Farm. Tadek war mit Tschalew aneinandergeraten; bezeichnenderweise ging es um einen Baum. Der Obergärtner hatte nämlich den wilden Birnbaum an Anteks Grab entdeckt und als überflüssig fällen lassen wollen. Wie zu erwarten gewesen war, sah der durch Freddys Verlust arg mitgenommene Tadek in diesem Eingriff eine Verletzung des Andenkens seines geliebten Antek. Zu allem Überfluß hatte Tschalew ihn aufgefordert, mit Hand anzulegen. Als der *starsche* ihn anwies, an einem schon eingeritzten Strich die Säge anzusetzen, packte Tadek das Werkzeug und stapfte zu den Beeten zurück. Der Obergärtner war ihm nachgerannt und hatte kein Ohr für Benderskis vermittelnde Erklärung gehabt. Alles *burshujskaja sentimentalnost,* nichts als bourgeoise Sentimentalität, mit der jetzt ein und für allemal Schluß sei. Da Tschalew auf Fortsetzung des pietätlosen Vernichtungswerks bestand, schleuderte Tadek ihm ein in höchsten Tönen gefisteltes ›*psiakrew cholera*‹ entgegen. Auf der Stelle habe der Kandidat sich umgedreht und sei verschwunden. Da anzunehmen war, daß er Anzeige erstatten würde, erwog Wassile, sich der Hilfe Fejnholds zu versichern.

Der Mühe, das Gespräch auf Tadek zu bringen, enthob ihn der Politruk selber. »Was halten Sie von dem neuen Obergärtner?« fragte Fejnhold unvermittelt.

»Von Gärtnerei versteh ich nicht viel«, erwiderte Wassile. »Nur meine ich, bei einem so kleinen Betrieb läßt sich Obstkultur höchstens am Rande betreiben. In dieser Jahreszeit zum Beispiel gibt es da kaum was zu tun. Heute vormittag hat der Mann ein bißchen bei den Beeten gearbeitet, aber nach dem Essen wollte er den Baum an Goreckis Grab fällen. Und wie er sich dabei angestellt hat!« Dann erzählte Wassile, was sich mit Tadek abgespielt hatte. »Das Schimpfen muß man sich abgewöhnen, auch wenn's schwerfällt«, schloß er.

»Was hat er denn gesagt?«

»Eine Dummheit halt: ›Hundsblut und Cholera‹. Drei Wörter, die keinen beleidigen! Nur Luft macht man sich damit. – Wenn einer es aber nicht versteht ...«

»Dann muß man es ihm eben erklären.«

»Gewiß. Aber er war schon weggerannt, einfach so. – Wie ist das eigentlich, Genosse Fejnhold? So gebrannt hat's wohl nicht, daß er die Arbeit hinwerfen mußte. Da macht es wenig Unterschied, daß sie zu nichts gut war, im Gegenteil! Ein *stachanowetz* war der Gorecki. Die Arbeiter der Farm wollten sogar sammeln für eine Tafel mit dem Bild von Stalin, und darunter hätte gestanden, daß hier einer liegt, der ein guter Arbeiter war und so – und an dem Birnbaum hätte man sie befestigt, die Tafel. Darf man doch – oder nicht?«

»*Konjetschno!* Wird auch geschehen, die Tafel kommt, und am Birnbaum wird sie aufgehängt. Verlassen können Sie sich drauf – eine prächtige Tafel. Nicht die Arbeiter werden sammeln, das darf man bei uns nicht – bezahlen wird schon das Kollektiv, seien Sie ohne Sorge! – Aber dieser Tschalew ...« Wie abwesend blickte er Wassile an, worauf er sagte: »Gorbatenko war ein Idiot, das ist erwiesen – nur ein Idiot, nichts weiter!« Er verfiel in Schweigen. Erst knapp vor Jusefuwka begann er wieder: »Sie sind der *zawjedujuschtschij*, Wassile Wassiljewitsch, das Kommando führen Sie. Bei der Arbeit muß der Obergärtner Ihre Anordnungen befolgen, das gilt auch für den Birnbaum. Im übrigen soll er mitarbeiten, so gut er kann. Starsche kann er nicht sein, einem andern Gärtner unterordnen darf man ihn auch nicht – verzwickte Sache! – Naja, nicht so wichtig! Aber noch was: Wohnen Sie nicht mit ihm zusammen? Es wäre gut zu wissen, was für ein Vogel er ist – ich meine –, Sie wissen schon!«

Der Wagen hielt vor der Kantine, Fejnhold sprang ab, und als er sich dem Eingang zuwandte, sagte er leise: »Passen Sie gut auf, Wassile Wassiljewitsch«, und mit dem gewohnten strahlenden Lächeln fuhr er fort: »Der Vogel kommt vielleicht aus einem fremden Nest.«

Raschen Schrittes entschwand er in die Kantine, während Wassile in den Hof fuhr. Auszuspannen und die Pferde zu versorgen überließ er einem der Kutscher. Abgeschirrt wurde nicht, denn Fejnhold mußte zurückgebracht werden. Während Wassile über den Hof schlenderte, suchte er seine Gedanken zu ordnen. Was bedeutete das alles? Tschalew hatte den Auftrag festzustellen, was mit ihm, Wassile, los war. Seine wiederholten Suchaktionen erlaubten keinen Zweifel. Und ihm selbst wurde zugeflüstert, er solle gut aufpassen, denn »der Vogel kommt vielleicht aus einem fremden Nest«. Aus welchem Nest? Als Wassile die Klinke der Kantinentür niederdrückte, war er zu einem Entschluß gelangt: Wenn Wagner und Meerblum in Sicherheit waren, dann – ab über die Grenze!

In der hinteren Hälfte der Kantine wanden die Leute währenddessen unter Benderskis Leitung aus Tannenzweigen und roten Bändern Girlanden, banden Kränze und Sträuße aus grünem Laub und Frühlingsblumen.

Fejnhold setzte sich zu der Obadjewa und Wassile an den Tisch. Das Essen schlang er hinunter, und er zog bereits an einer Zigarette, als die beiden anderen noch kaum mit ihrer Mahlzeit begonnen hatten. Schweigsam war er geworden, nachdenklich. Erst als sie Tee tranken, fragte er: »Wo sind denn die beiden Gärtner? Weder Tschalew noch Sembrinski sehe ich.«

»Wo Tschalew steckt, weiß ich nicht. Sembrinski ist mit mir gefahren, saubere Wäsche holen. Zurückkommen wird er mit einem Militärwagen«, erwiderte Wassile.

»*Nu da*«, sagte Fejnhold zur Kassiererin, »kannst anfangen. Laß sie ruhig weiterarbeiten, steh auch nicht auf. Erzähl ihnen einfach, du weißt schon.«

Es entging Wassile nicht, daß Fejnhold den offiziellen Ton und die förmliche Anrede, deren er sich immer im Umgang mit der Obadjewa befleißigte, fallengelassen hatte. Offenbar war er in den Kreis der Vertrauten einbezogen worden. Ein Gedanke, den Wassile nicht weiterverfolgen konnte, weil die Obadjewa mit ihrer lauten burschikosen Stimme »Genossen und Genossinnen!« in die Gesellschaft hineingerufen hatte und er übersetzen mußte. Wie er jedoch gleich nach den ersten Sätzen erkannte, konnte ihm das nie gelingen. Die Kassiererin gab nicht etwa Erklärungen, einen Sketch führte sie vor, und man brauchte ihr Leningrader Russisch nicht einmal zu verstehen. Aus ihrer Mimik und Gestik erfuhr man alles: Da saß Mira über ihren Büchern, schrieb und rechnete und dachte an nichts als ihre Zahlen, und da war Freddy, der sich bald mit Schaufel und Harke, bald mit der Gießkanne zu schaffen machte. Im fernen Amerika bangten die Eltern, sehnten sich nach Sohn und Schwiegertochter, flehten die Sowjetmacht an, ihnen doch bald ihre Kinder zurückzuschicken. – Gesuche wurden verfaßt und gelesen, Telefone klingelten, Gespräche fanden statt und Befehle waren zu hören. Dann brummten Propeller, Flugzeuge starteten, in denen Natschalniki saßen mit gestempelten und gesiegelten Papieren. Schon landete die Maschine in Lwow, Autos hupten, rollten zur Farm, und die beiden Linhans, die nicht wußten, wie ihnen geschah, mußten Abschied nehmen vom Land der Freiheit, der Gleichheit und des Fortschritts. Bald würden sie auf dem Schiff sein und der Ungewißheit entgegenfahren. Ein Land nähme sie auf, dessen Menschen, gebeugt unter das Joch des kapitalistischen Systems, der Befreiung harrten, und Mira und Alfred würden ihnen unter Tränen der Sehnsucht erzählen, wie gut, wie schön sie es gehabt hatten in der Sowjetrepublik, auf der Farm der *elektrostanzija!*

»Alles klar?« wandte sich Fejnhold in seinem Schriftukrainisch an die Versammelten. Ein freudiges *»Da«* erschallte und erledigte die Übersetzung. Die Obadjewa stieß Wassile an mit dem Fuß. »War's vielleicht nicht so, *zawjedujuschtschij?«* fragte sie, und in ihrem Blick lag soviel Spott, daß der Angeredete die Provokation besser nicht bemerkte. »Ja, mein Teurer, eine Geschichte erzählen, das muß gelernt sein.«

Wassile präsentierte sein erstauntes Bauerngesicht. »Gelernt sein?«

»Ja«, sagte sie – eine ganz andere jetzt als vor Sekunden, bitter und sarkastisch –, »jedem nach seinen Fähigkeiten, nach seinen Leistungen!«

»Wenn wir gleich zurückfahren könnten, Wassile Wassiljewitsch«, bat Fejnhold, »ich muß noch ins Komitee. Arbeit – Erster Mai.«

Es sollte allerdings viel später werden. Gerade war Wassile aufgestanden, um einen von den Jüngeren nach dem Wagen zu schicken, als drei Milizionäre, der jüngste mit den Abzeichen des Unterleutnants und alle mit großen Pistolentaschen an der rechten Seite, in den lärmenden Saal traten. »Wer ist hier der Starsche?« fragte laut der Unterleutnant.

»Gehen Sie, Wassile Wassiljewitsch, ich komme schon, wenn Not am Mann ist«, flüsterte Fejnhold.

»Guten Abend«, sagte Wassile, als er vor den Milizionären stand.

»Sie sind der Starsche hier?« fragte der Kommandant. Seine Untergebenen hatten den Gruß erwidert, er jedoch nicht.

»Ich bin der *zamestitel.«*

»Nu da – hier arbeitet«, er sprach leise, »ein«, er sah auf einen Zettel, den er aus der Tasche gezogen hatte, »ein Gärtner, Tadeus Karlowitsch Sembrinski. Ihn suchen wir.«

»Er ist nicht hier«, sagte Wassile, der gleich beim Erscheinen der Milizionäre erraten hatte, um was es ging.

»Was heißt das? – Wo ist er?« fragte der Unterleutnant.

»Um sechs Uhr abends ist er mit seiner Arbeit fertig, und bis halb sieben Uhr morgens kann er machen, was er will. Sie glauben doch nicht, daß ich jeden frage, was er mit seiner freien Zeit anstellt. Ich bezweifle, daß er es mir sagen würde.«

»Also, dann kommen Sie mit, Bürger«, sagte der Milizionär leise.

»Wohin?« fragte Wassile um so lauter, und Fejnhold erhob sich und trat auf die Gruppe zu. Die Obadjewa folgte ihm.

»Was ist los?« fragte er den Unterleutnant freundlich.

Dessen Amtsmiene blieb unverändert. »Meine Sache!«

»Auch meine«, sagte Fejnhold ruhig. »Unser aller Sache«, fügte die Obadjewa hinzu. »Ich bin der politische Arbeiter der *elektrostanzija*«, sprach Fejnhold weiter. »Ich muß wissen, was los ist. Wenn es sich um einen von der Organisation handelt, sind Sie verpflichtet, mir Auskunft zu geben. Ihnen ist das bekannt, sonst hätten Sie ihren Grad nicht erreicht. – Hier, meine Dokumente.« Er hielt ihm die Parteilegitimation hin. Das gleiche tat die Obadjewa.

Der Unterleutnant nahm die Papiere entgegen, studierte sie und reichte sie zurück. »Ich soll ...«

Fejnhold unterbrach ihn. »Nicht hier, im Büro wollen wir weitersprechen. Kommen Sie mit, Wassile Wassiljewitsch.«

Draußen sagte der Unterleutnant: »Ich soll den Gärtner Sembrinski verhaften. Das ist mein Auftrag.«

»Der Gärtner Sembrinski ist nicht hier – und wie lautet Ihr Auftrag weiter?« Als der Unterleutnant schwieg, insistierte Fejnhold: »Zeigen Sie mir, bitte, Ihre Dokumente und den Haftbefehl.«

Fejnhold überflog die Papiere, die ihm der Milizionär gereicht hatte. »Tut mir leid. Erstens ist hier nur von ›Sembrinski‹ die Rede und zweitens: Sie gehören doch zum Stalin-Rayon – die *elektrostanzija* ist Lenin-Rayon. Sie hätten denjenigen, der die Anzeige erstattet hat, auf den Irrtum aufmerksam machen müssen. Besser als ich sollten Sie das wissen.«

»Die Anzeige ist nicht bei mir erstattet worden«, erwiderte der Unterleutnant, »sondern beim Natschalnik. Ich führe nur einen Auftrag aus.«

»Den *zawjedujuschtschij* anzuhalten, wenn Sie den Gärtner nicht finden?« fragte Fejnhold leichthin. Der Milizionär zuckte die Achseln und schwieg. Fejnhold drängte nicht auf Antwort, die Kurbel des Telefonapparates setzte er in Bewegung. Schon in verhältnismäßig kurzer Zeit war die Verbindung hergestellt. Als ein Name fiel, horchte der Unterleutnant gespannt auf. Jovial begrüßte Fejnhold dessen Chef und wies ihn auf den von seiner Dienststelle begangenen Formfehler hin. Allem Anschein nach wurden am anderen Ende des Drahtes Einwände erhoben, denn das Gespräch ging ziemlich lange hin und her. Zuguterletzt gelang es dem Politoffizier, seinen Partner davon zu überzeugen, daß die ›Akte‹ über Sembrinski, gegen den der Obergärtner und Parteikandidat Tschalew Anzeige wegen ›Beschimpfung der Mutter‹ erstattet hatte, an die Miliz des Lenin-Rayons abzugeben sei. Er, Fejnhold, bei dem die Anzeige schon seit sechs Uhr vorliege, hätte das auf jeden Fall getan, wenn auch nicht wegen Beschimpfung der Mutter, die nach genauer Prüfung der Sachlage gar nicht erfolgt sei, sondern wegen ›Hundsblut und Cholera‹, was, wenn überhaupt, eine Beleidigung viel schwächeren Grades sei und keine sofortige Verhaftung bedinge. Wie übrigens auch der von Tschalew behauptete Fluch nicht! Durchs Telefon wurde dem Unterleutnant von seinem Chef die Beendigung der Amtshandlung befohlen, und die Milizionäre machten sich wieder auf den Weg.

Die andern waren noch ein Weilchen sitzen geblieben. Schließlich erhob sich Fejnhold und gab das Zeichen zum Aufbruch. Auf der Straße blieb er stehen. »*Nitschewo*«, sagte er mit einem Seufzer, »besser man weiß, woran man ist.« Zur Obadjewa gewandt, meinte er: »Du hast, scheint's, recht gehabt, Tanja.« Er ging weiter, verhielt aber nach ein paar Schritten. »Hören Sie, Wassile Wassiljewitsch: Morgen früh um acht soll Tschalew sich bei mir melden.«

Mit gutem Gewissen konnte Wassile den aufgescheuchten Tadek beruhigen. Nichts werde ihm passieren, nur müsse er sich davor hüten, erneut mit Tschalew zusammenzustoßen. Am besten, er schlafe heute nacht nicht zu Hause. In Benderskis Stube gebe es noch ein zweites Bett. Gesprächsstoff hätten sie ja, meinte Wassile und wies auf die Tüte, die Tadek in der Hand hielt. Der Riese zeigte Einsicht, er gehorchte und schloß sich Benderski an.

Fast alle waren schon gegangen, als die Obadjewa und Wassile endlich aufstanden und die Kantine verließen. Ein Stück Weges hatten sie gemeinsam, und schweigend legten sie es zurück. Vor ihrer Haustür wollte sich Wassile von Tanja verabschieden, doch sie sagte: »Ich begleite dich ein Stück, eine wunderbare Nacht.«

Als sie Wassiles Häuschen erreicht hatten, brach die Kassiererin das Schweigen. »Paß jetzt gut auf, Wassja«, sie lehnte sich an den Zaun. »Bleib bei mir stehn – so. Du gehst jetzt hinein. Ist Tschalew zu Hause, knipst du das Licht an, knipst es aus und wieder an – ganz schnell. Ist er nicht da, kommst du wieder. Ich warte hier – *dawai!*« Fragen wollte er stellen, unterließ es und tat, wie ihm geheißen. Tschalew war nicht da, und Tanja gab ihm genaue Instruktionen. »Bleib hier stehn, schau nach rechts und links. Wenn du ihn kommen siehst, gehst du pfeifend auf das Haus zu, pfeifend – hast du gehört?«

»Ja, aber ...«

»Ich werde drin sein. Welches ist sein Bett, wo liegen seine Sachen?«

»Was hast du vor – darfst du denn das?«

»Ich weiß, später erklär ich dir's.« An den Zaun geduckt lief sie zur Haustür und verschwand. Wassile hielt Ausschau. Nach links in Richtung Stadt und nach rechts zur Farm hin. Licht brannte in keinem der Häuser, der Mond schien und tauchte alles in helles Silber.

So mochte er eine halbe Stunde gewartet haben, mit geschärften Sinnen, den Blick bald hierhin, bald dorthin richtend. Zwang mußte er sich antun, sich nicht in Gedanken zu verlieren, nicht nachzulassen in seiner Aufmerksamkeit. Endlich erschien die Obadjewa wieder. Sie hielt sich vorsichtig im Schatten von Wand und Zaun. »Fertig«, flüsterte sie. »Komm ein Stück mit, ich sag dir ...« Sie unterbrach sich und lauschte in Richtung der Stadt. »Ein Motor, hörst du nicht?«

Er horchte. »Ja, es ist ein Auto«, bestätigte er erstaunt.

»Entweder bringt es Tschalew oder – sie holen dich«, raunte

sie erregt. »Spring ins Haus, leg dich angezogen ins Bett! Ich bleib hier – wollen sie dich holen, so halt ich sie auf. Du wirst mich sprechen hören. Sagen werde ich zu ihnen, daß ich Tschalew gesucht habe, um ihm Fejnholds Auftrag zu überbringen – dann flitzt du zum Kücheneingang hinaus und rennst, was du kannst. Versteck dich gut und komm drei Stunden später in die Gärtnerei, bei den Beeten werd ich auf dich warten. – Ist's Tschalew allein, fährt er bestimmt nicht mit dem Auto bis vors Haus, sondern steigt früher aus. Los, beeil dich, er muß dich drinnen antreffen – da sind schon die Scheinwerfer!«

Mit drei Sätzen war Wassile an der Tür, versperrte sie von innen, zog den Schlüssel ab und warf sich aufs Bett. Die Decke über den Kopf gezogen, lag er und horchte, ob das Motorengeräusch nicht näher käme. Nichts – endlose Minuten nichts. Erst nach einer Viertelstunde drehte sich leise der Schlüssel im Schloß der Haustür. Man hörte Schritte, nochmaliges leises Drehen eines Schlüssels, Türen wurden vorsichtig geöffnet und ebenso sanft ins Schloß gedrückt und – nichts weiter.

Reglos, mit geschlossenen Augen, als schliefe er, lag Wassile viele Stunden. Tief atmend wie ein entspannt Ruhender, horchend, ob verdächtige Geräusche sich näherten, vom schmalen Gang her, an dem die Stube des Feindes lag. – Feind? Warum Feind? Was weiß ich von ihm? Kenn ich seine Absichten, weiß ich, wer ihn ausschickt und wozu? – Du hast, scheint's, recht gehabt, Tanja, hatte Fejnhold gesagt. Tanja, die ihn von Anfang an warnen will: Wassja, Wassinka, dummer *zawjedujuschtschij,* Rindvieh du, Wassile du! – Wovor hat sie gewarnt, was weiß sie? Zuviel hat sie dir schon gesagt, zuviel gezeigt. Wer weiß, was sie damit will. Ob sie's nicht soll, nicht muß, ob das nicht alles dazugehört – überhaupt Spiel ist? – Was für ein Spiel, wozu wird es gespielt, wer spielt mit, was ist der Einsatz – wer ist es? – Wieder horchte Wassile. Nichts Verdächtiges – nein. Der Tag dämmerte. Wassile fühlte es, obwohl noch immer stockfinstere Nacht herrschte in dem Raum mit den dichtverhängten schmalen Fenstern. Wach durfte er jetzt sein, Licht machen, das Fenster öffnen, sich bewegen und – rauchen.

Frisch und kühl strömte die Luft herein. Am grauen Himmel verblaßten die Sterne. Drei Uhr fünfzehn. Wassile legte sein

Bettzeug zum Lüften aus und entdeckte dabei Schmutzflecken am Rand des Lakens. Kurz entschlossen zog er es ab und legte ein frisches auf. Dabei bewegte er sich leise, doch nicht zu leise – mochte der andere wissen, daß der *zawjedujuschtschij* schon auf war, der heimliche Leiter der Farm. Viel Arbeit gab es heute, am dreißigsten April, einen Tag vor dem Ersten Mai. In der Räucherei fingen sie um vier an und in der Molkerei nicht viel später – wegen der Doppelrationen zum Festtag.

Wassile machte Feuer im Herd, stellte Wasser auf für Tee und kümmerte sich dann um seine Kleider, Freddys Hose und den alten, schwer mitgenommenen Lumberjack aus Wolle und Leder. Ab und zu horchte er – würde er es sich je im Leben wieder abgewöhnen können, dieses Horchen? –, ob sich im Hause nichts regte.

»Genug«, sagte Wassile vor sich hin und schleuderte die Zigarettenkippe weg, »genug! Ich mach, daß ich wegkomme von hier, ich renn, was ich kann.« Gleich darauf wurde ihm klar, daß er keineswegs rennen würde, denn er wollte, er mußte wissen, was gespielt wurde. Mitspielen wollte er, um es zu erfahren, seinen Part hatte er schon – ein gefährliches Spiel!

Er wusch und rasierte sich, trank viel heißen Tee, ging leise zurück in seine Stube, richtete das Bett und vergaß nicht, das frische Laken zu zerknüllen. Dann die Matratze umgedreht – wie schwer sie ist? Oder doch nicht? Überspannt bin ich, überanstrengt vom vielen Horchen – nein, da ist etwas mit der Matratze, es knistert leise. Schon ist er an der Tür: der Riegel! Ruhe, Wassile, Ruhe!

Die schwieligen Finger tasten den Stoff ab, drücken das Roßhaar zusammen, da!, sie gleiten die Nähte entlang, da! Die Naht ist frisch, genäht mit der Hand, der Nadel. Wassile greift nach dem Rasierapparat, löst die Klinge – aber nein, nicht hier – jeden Augenblick kann er kommen, Tschalew, der Mann mit den schielenden Augen. Zum Fenster wirft Wassile die Matratze hinaus, springt ihr nach, schleppt sie durch den Garten zum Pferdestall. Golodnej hat ihn gewittert und wiehert leise. Wassile öffnet den Verschlag, wirft seine Last in die Ecke und bedeckt sie mit Stroh. Draußen zündet er sich eine Zigarette an, zieht den Rauch tief in die Lungen. Du hast, scheint's, recht gehabt, Tanja, hört Wassile Fejnhold sagen. Tanja denkt er, während er zurückläuft, Tanja wird jetzt allein sein. Die Frauen, mit denen sie zusammenwohnt, sind schon in der Kantine. Unversperrt die Küchentür, ein schmaler Gang, ein Zimmer rechts, eines links – die Tür zum linken ist zu. Hier schläft Tanja. Wassile klopft an. »Tanja, ich bin's, Wassile.«

»Ja«, hört er sie sagen, »komm nur herein, es ist offen.«

Nach zwei Minuten weiß sie alles. »Los, Wassinka, mein kluger Wassinka, lauf und bring die Matratze her. Nein – wohin nur?«

»Kennst du den Birnbaum bei Goreckis Grab?« Sie nickt. »Komm dorthin. Bring – nein, ich hol das Ding schon. Unterm Birnbaum, Tanja!« Er geht ins andere Zimmer, holt Nadel und Faden.

Sie ließ ihn nicht warten, übernahm alle Arbeit. Als wenn sie immer nur das getan hätte, dachte Wassile. Eines nach dem andern zog sie heraus: Broschüren, Flugblätter, Zeitungen. Westliches Propagandamaterial gegen Sowjetrußland, gegen die Bolschewiki, gegen Lenin, Stalin und die anderen. »Idioten – alte Tricks, niemand frißt das mehr. Schnee von gestern. Sieh nur, Wassja, 1923, hier, das neueste, 1927. Trotzdem genug, daß es dich deinen schönen Schnauzbart kosten könnte, mein Kluger, irgendwo, wo's sehr heiß oder sehr kalt ist, Wassinka, du gescheiter Ochse, du! – So, nichts mehr.« Sie stopfte das Roßhaar zurück.

»Näh's zu, Tanja. Kannst du überhaupt nähen?«

»Natürlich kann ich! – Wozu?«

»Näh nur, ich erzähl dir derweil.«

Als sie mit dem Nähen fertig war, kannte sie Wassiles Plan. »Wozu die Umstände, er ist sowieso erledigt. – Wunderst du dich gar nicht, was er von dir will?« Sie blickte von ihm zur Matratze, an der nichts mehr die vollzogene Operation verriet.

»Du hast mich ja gewarnt vor ihm. Weiß der Teufel, was er gegen mich hat. Erledigen will er mich eben.«

»Er will – wer ist er schon! Ihn wird man bald los. Aber nicht immer wird Tanja bei dir sein, und auch Arkadij Samuelowitsch nicht. Er meint's gut mit dir, ehrlich. Übrigens, ehrlich ist er immer, er – na ja, dazu bist du noch zu dumm.«

Mit den ›konterrevolutionären Schriften‹ unter dem Arm sagte sie: »Verstau du die Matratze, und dann reite zu Arkadij Samuelowitsch« – sie nannte ihm die Adresse, nicht weit von der Direktion –, »sag, ich komme nach, mit Tschalew.«

Eine halbe Stunde später stieg Wassile im Hof des Hauses, wo Fejnhold wohnte, vom Pferd. Nach zehn Minuten wußte der Politruk alles. »Gut, daß Sie so klug waren. Tanja kennt sich aus. Bis zum Abend wird alles erledigt sein. Reiten Sie zurück, Wassile Wassiljewitsch.«

Jeremczuk hatte schon eingespannt, als Wassile aus dem Pferdestall trat. Tschalew stand beim Wagen und wartete auf die Obadjewa. Mit Miras großer Aktentasche erschien sie und setzte sich neben den Kutscher, den Rücken der Fahrtrichtung, das Gesicht Tschalew zugewandt.

Gegen zwölf Uhr hielt Wassile mit Wagner und Meerblum die letzte Besprechung ab. Der Wagen, der den Kantinen die restlichen Rationen brachte, könnte sie mitnehmen in die Stadt, wo sie zunächst abwarten sollten. Alsdann war es Zeit für den *starsche konijuch,* sich in die Kantine zu begeben. Gerade wollte er die Straße überqueren, als ein Lastwagen vor dem Büro hielt. Außer der Obadjewa, Fejnhold und Tschalew entstiegen ihm fünf Männer. Drei in Uniform, rote Tellermützen, und zwei in Zivil. Fejnhold winkte Wassile zu sich herüber. »Das ist Chomniuk«, sagte er laut, »kommen Sie mit uns, Bürger!«

Wassile, durch den amtlichen Ton gewarnt, trat näher. Er grüßte und wartete. »Wir sollten vielleicht zuerst ins Haus gehen«, wandte sich Fejnhold an einen der Männer in Uniform.

Im Büro, wo gestern noch Mira gearbeitet hatte, begann ein anderer Uniformierter sogleich, Wassile zu verhören. Schon als sie Paß und Sprawka verlangten, um die Daten zu überprüfen, wußte Wassile, daß man ihn angezeigt hatte. Nachdem seine Personalien aufgenommen worden waren, sagte einer der beiden Zivilisten: »Gegen Sie liegt eine Anzeige vor« – er zog einen beschriebenen Bogen aus der Tasche und las laut vor –, »daß Sie im Besitze konterrevolutionärer Propagandaschriften ausländischer Herkunft sind. Stimmt das?«

»Ich weiß nicht, was Sie meinen«, sagte Wassile.

»Sie besitzen Schriften, die sich gegen den Sojus, die Sowjetmacht, die Partei und verschiedene führende Personen des Zentralkomitees richten«, erklärte der Beamte geduldig.

»Alle Bücher, die ich besitze, habe ich hier gekauft. Sie sind alle in Moskau erschienen: die Geschichte der Partei, Bücher von Marx, von Lenin und Stalin und auch etliche Romane von Tolstoj und Ehrenburg, ja – und ein Drama von Friedrich Schiller, ›Wilhelm Tell‹. Manche sind in russischer und manche in deutscher Sprache. Alle sind erlaubt, alle. – Ich kann sie bringen, und Sie werden sich davon überzeugen«, setzte er hinzu.

»Nicht nötig«, sagte der Beamte. »Wo haben Sie diese Sachen?«

»In meiner Wohnung.«

»Dann fahren wir gleich hin.« Auf dem Lastwagen mußte Wassile zwischen zwei Uniformierten Platz nehmen. Fejnhold, der ihm gegenübersaß, sprach kein Wort, keines Blickes würdigte er ihn.

Zu zwei Stößen geordnet lagen die Bücher auf dem Tisch. Die deutschsprachigen trugen auf russisch den Vermerk: ›Veröffentlicht vom Verlag für fremdsprachige Literatur, Moskau.‹ Allesamt, außer dem ›Tell‹. »Was ist das?« fragte der Beamte und griff nach dem Heft.

»Hab ich auf der Straße gekauft, nicht weit vom Theater.« Der Zivilist blätterte in dem Büchlein, lesen konnte er die Schrift nicht. »Was bedeuten diese Striche?« fragte er.

»Hab ich mich auch schon gefragt«, sagte Wassile lächelnd. Ohrfeigen hätte er sich können wegen seiner Nachlässigkeit. »Gebraucht hab ich das Buch gekauft, an einem Stand, wie ich Ihnen schon sagte.«

Die Obadjewa nahm dem Beamten das Heft aus der Hand. »Friedrich von Schiller«, las sie laut. »Zugelassen«, erklärte sie und legte es zurück auf den Tisch.

»Konjetschno«, sagte der Beamte. »Haben Sie keine anderen Bücher?« wandte er sich wieder an Wassile.

»Nein.«

Tschalew, der mit den Uniformierten und Fejnhold im Gang stehengeblieben war, drängte sich vor. Jetzt kam der Clou, wußte er, denn die Durchsuchung begann. Langsam und methodisch nahmen ein Uniformierter und ein Zivilist sie vor.

Zuerst der Spind – Hemden, Unterwäsche, Strümpfe, Stiefel, bis auf die nackten Bretter, die abgetastet und abgeklopft wurden wie die Wände oder der Boden, der zum Glück zementiert war. Blieb nur das Bett, ein breites Holzbett. Polster, Decke, Laken, nichts, was nicht genauestens abgetastet worden wäre. Nur die Matratze war jetzt noch zu untersuchen. Sie hatten sie sich bis zuletzt aufgespart. Wassile fragte sich, ob sie ahnten, daß sie den gestrigen Tag suchten. Denn aus Fejnholds und der Obadjewa Verhalten ließ sich nichts schließen. Dann nahmen sie sich die Matratze vor. Abgegriffen, abgetastet, abgehorcht und auch – abgerochen wurde sie, bevor man sie an der Schmalseite aufschlitzte. Eine Handvoll Roßhaar nach der andern wurde ihr entrissen, und Tschalew begann Blut zu schwitzen. Man sah ihm an, daß er seinen Augen nicht traute.

»Fertig«, sagte der Beamte zu Fejnhold und erhob sich.

Fejnhold nickte. »Wer wohnt im andern Zimmer?« Die Frage richtete er direkt an Wassile.

»Der Obergärtner und Sembrinski.«

»Vielleicht ...«, brummte Fejnhold und ging in die andere Stube. Die Leute des NKWD folgten ihm. Die Obadjewa flüsterte Tschalew etwas zu. Nichts Erfreuliches offenbar, denn er zuckte verzweifelt die Achseln.

Tadeks Bett war im Handumdrehen durchsucht, zum Glück enthielt es keine Matratzen. Auch bei seinen Sachen fand sich nichts Geschriebenes oder Gedrucktes. Zu Wassiles Überraschung wandten sie sich dann Tschalews Spind und Bett zu. Mit einer hilflosen Geste wies der Obergärtner sie auf ihren ›Irrtum‹ hin. »So ist die Regel«, war alles, was der Leiter der Aktion antwortete. Öffnen mußte Tschalew auch sein Köfferchen, dessen Inhalt durch ein viel zu großes Vorhängeschloß vor fremdem Zugriff gesichert war. Außer einer langen Hose, einer Badehose und Büchern wurde nichts gefunden. Beim Durchblättern von Lenins Schriften fiel allerdings eine Anzahl dünner, mit lila Maschinenschrift bedeckter Blätter auf den Boden. »Hektographiert«, kommentierte der Natschalnik. Er überflog das Geschriebene, und während er es in die Tasche steckte, meinte er zu dem vor Bestürzung gelähmten Tschalew: »Haltet den Dieb – eine alte Methode.«

»Das gehört nicht mir. Wie es hineinkommt, weiß ich nicht«, setzte sich der Obergärtner zur Wehr.

»Aber ich«, sagte der NKWD-Mann. »Alle erzählen sie mir das gleiche.«

Die Suche ging weiter. In der Küche, im Keller, auf dem Dachboden. Aber man fand nichts. Es war fast drei Uhr, als der Leiter der Aktion sagte: »Fertig – beide kommen mit!« Er wies auf Wassile und Tschalew.

Alles, was ihm gehörte, hatte Tschalew mitnehmen müssen; Gutes schien das nicht zu bedeuten. Er saß stumm und erledigt zwischen zwei Uniformierten. Auf der Fahrt sagte Fejnhold zu Wassile: »Mit dem Auto wird man Sie zur Farm zurückbringen, damit Sie nicht zuviel Zeit verlieren.« Die Bemerkung sollte ihn beruhigen. Dem gleichen Zweck diente auch der Rippenstoß, den die Obadjewa ihm versetzte, als man in dem Hof, an den er sich nur allzugut noch erinnerte, aus dem Lastauto stieg. Ein Zimmer im ersten Stock nahm die Gesellschaft auf. Alles ging jetzt zügig. Im Nu war das Protokoll aufgesetzt, Fejnhold und die Obadjewa unterschrieben es: Durchsuchung Wassile Chomniuk – nichts Verdächtiges. Bei Obergärtner Tschalew Schriften konterrevolutionären Inhalts gefunden. – Das war alles.

Nicht alles, nein. Denn Fejnhold, die Obadjewa und Wassile begaben sich nicht zum Ausgang, nicht in den Hof, wo das Auto wartete, das Wassile zurück auf die Farm bringen sollte, sondern hinauf in die dritte Etage. Gesprochen wurde nichts. Erst vor einer Tür, an der er den Schritt verhielt, sagte Fejnhold: »Sie brauchen keine Angst zu haben, Wassile Wassiljewitsch.«

Der Uniformierte blickte von seiner Zeitung auf. »Ja«, sagte er, »man wartet auf euch, geht hinein.« Fejnhold näherte sich der Tür rechts. Sie war gepolstert bis auf eine schmale Leiste, an die er klopfte. »Nicht nötig«, sagte der mit der Zeitung. »Man erwartet Sie.«

Hintereinander betraten sie den Raum. Zu dem Mann am Schreibtisch sagte Fejnhold: »Maxim Danilowitsch, das ist der *zamestitel* unserer Farm.«

»Das ist er also!« Der Natschalnik machte eine einladende Geste: »Nehmt bitte Platz!« Langsam und in salbungsvollem Ton sprach er, wie auch seine ganze Erscheinung trotz der militärisch geschnittenen Jacke Sanftheit ausstrahlte. An einen Geistlichen erinnerte er, und es war Wassile, als müßte er gleich mit den Worten beginnen: ›Geliebte Gemeinde, Brüder und Schwestern –‹. Doch nichts dergleichen sagte er. Statt dessen fragte er Fejnhold nach irgendeinem Kolja, und ob es sicher sei, daß er morgen zur Feier komme. Man könne damit rechnen, wenn er nicht im letzten Moment abgehalten werde, meinte Fejnhold.

Damit begann ein Gespräch über diesen ›letzten Moment‹, an dem sich auch die Obadjewa beteiligte. Eine gute Weile dauerte es. Alsdann griff der Pastor nach dem Hörer, säuselte etwas ins Telefon, hörte sich mit frommer Geduld die Antwort an, legte auf und fragte sanft: »Sie haben in Rumänien gearbeitet? Würden Sie mir erklären, was für ein Feiertag der zehnte Mai ist?«

Wassile konnte nicht so tun, als wüßte er nicht, daß die Frage ihm galt. Er mußte sein erschrockenes Erstaunen bemeistern. Was ist das nun wieder? fragte er sich. Was geht sie der zehnte Mai an – was wollen sie hören? Die Verlegenheit, mit der er seine Unwissenheit zu erkennen gab, war gut gespielt. »Sie nennen es den Tag der Unabhängigkeit. Große Paraden finden statt, meistens Militär, auch die Schulen und Sportvereine marschieren mit.«

»Viele Menschen dabei?«

»Nur einmal hab ich's erlebt. Da sah es aus, als wären alle auf den Beinen.«

»Wovon hängt das ab?«

»Vom Wetter?«

Alle lachten, am lautesten Fejnhold. »Bei Regenwetter gibt's also keine Unabhängigkeit?«

»Als ich dabei war, hat's nicht geregnet.«

Wieder lachten sie. Der Pastor sagte: *»Nu da«* und blickte dabei zur Tür. Dann zog er eine Uhr aus der Tasche und legte sie vor sich auf den Tisch. »Elf Minuten«, klagte er mit sanfter Stimme, »Pünktlichkeit.«

Mitfühlend schüttelte die Obadjewa den Kopf.

»Ist Czernowitz eine große Stadt – wie viele Einwohner?« fragte der Pastor.

»Ich habe«, sagte Wassile ruhig, »nicht in der Stadt gearbeitet, sondern immer nur auf dem Land. Aber dort gewesen bin ich einige Male. Es gibt große Häuser, eine Trambahnlinie, viele Automobile, schöne Geschäfte und Restaurants, aber so groß wie Lwow ist Czernowitz nicht, glaub ich.«

»Haben Sie Bekannte dort?«

»In der Stadt? Überhaupt keine!« Worauf will er hinaus, der falsche Pastor? Wassile blickte vor sich hin, nicht nach rechts zu Fejnhold und nicht nach links zur Obadjewa. Auch nicht auf den Fragesteller, dessen Gesicht einzig mit der Botschaft der Sanftmut aufwartete. Da war mir der Buddha schon lieber, dachte er.

»Aber ...« Der Sanfte sprach nicht weiter. Ein Uniformierter betrat den Raum. Ohne Gruß, ohne eine Miene zu verziehen, legte er eine Anzahl beschriebener Bogen auf den Tisch. Der Natschalnik sagte milde: »Mit siebzehn Minuten Verspätung – Pünktlichkeit!«

»Tut mir leid.«

Der Pastor rieb sich die Hände. »Ich rufe, wenn ich Sie brauche.« Der andere verschwand. »Genosse Chomniuk« – er schlug die Augen auf und blickte Wassile voll an –, »wissen Sie, was eine Kartenskizze ist?«

»Jawohl.«

»Woher?«

»Beim Militär gelernt.«

»Aha – gut.« Er nahm das Blatt Pauspapier, das zuoberst auf dem Stoß lag, und besah die mit grüner Tinte gezeichnete Skizze. *»Nitschewo«* – es klang resigniert –, »Genosse Chomniuk, lesen Sie einmal diese Karte.«

Wassile nahm das dünne Blatt vorsichtig in seine verarbeiteten Hände und betrachtete es eingehend. »Nicht schwer«, und nach einem Weilchen, »doch ...«

»Was – doch?« fragte der Natschalnik. Wassile erhob sich, legte die Skizze auf den Tisch und deutete auf eine Linie. »Wenn das die Hauptchaussee ist, dann liegen zwischen ihr und der anderen Chaussee viele Dörfer und sogar ein Städtchen – die sind nicht eingezeichnet.«

»Konjetschno.« Der Natschalnik schenkte ihm einen segnenden Blick. Dann wandte er sich an Fejnhold: »Klar«, klagte er,

»man kann sich auf niemanden verlassen. Keiner versteht seine Sache.« Auf die Karte blickend setzte er hinzu: »Mhm, ich sehe. – Setzen Sie sich, Genosse Chomniuk.« Er besah sich die mit Maschine geschriebenen Blätter, las hier eine Zeile, dort einen Absatz. »Gut«, sagte er abschließend und griff nach einem gestempelten und gesiegelten Viertelbogen. »Hier – Wassile Wassiljewitsch Chomniuk – das ist für Sie. Sollte Sie von den Arbeitern des NKWD jemand anhalten – nur in dem Fall –, zeigen Sie ihm dieses Dokument.« Er räusperte sich. »Außer mir hat niemand das Recht, Sie nach Ihren Personalien zu fragen.« Sanftes, frommes Lächeln begleitete seine Worte.

»Ich bedanke mich, Genosse Natschalnik«, sagte Wassile.

»Arkadij Samuelowitsch wird Sie instruieren«, sagte der Natschalnik und reichte einem nach dem andern die Hand.

Am zweiten Mai gegen neun Uhr morgens saßen die Obadjewa und Wassile im Büro und sortierten Lieferscheine. »Er müßte eigentlich schon hier sein, der Buchhalter«, sagte Tanja gähnend. Erst nach Mitternacht war sie aus der Stadt zurückgekehrt.

»Ja«, bestätigte Wassile und schrieb Zahlen auf ein Blatt. »Es wäre schon gut, wenn er käme. Mein Fall ist diese Arbeit nicht.«

»Aber eher noch als meiner.« Sie schob die Papiere von sich. »Fjodor Fjodorowitsch hat gestern gesagt, die Farm war das Beste vom ganzen Aufmarsch. Freu dich, *zawjedujuschtschij!*«

»Tu ich ja auch. War schön, nicht?«

Sie gähnte herzhaft. »Zigarette!« – Er gab ihr eine. »Feuer!« kommandierte sie lässig und blickte grimmig auf die Zettel. Er rieb geduldig ein Streichholz an, dann schrieb er weiter Zahlen nieder. Sie erhob sich und trat an seinen Tisch. »Sag mir mal, was denkst du über die Sache mit Tschalew?«

»Ich? Gar nichts. Ich werde nicht gescheit daraus. Ein Narr. Jetzt sitzt er selber drin. Was haben sie denn bei ihm gefunden?«

»Keine Ahnung – wer zerbricht sich schon den Kopf darüber!« Sie wandte sich zum offenen Fenster. Die Straße lag leer und still im Sonnenschein. Aus dem Molkereikeller drang das leise Surren der Kühlung.

Auch Wassile stand auf. »So, ich hab in der Gärtnerei zu tun, dann geh ich in die Molkerei. Wenn du mich brauchst ...«

Erst als er bereits die Hand nach der Türklinke ausstreckte, sagte sie, ohne die Zigarette aus dem Mund zu nehmen: »Wofür, zum Teufel, sollte ich dich brauchen?«

»Du bist mit dem linken Bein aufgestanden, Tanja. Leg dich während der Mittagspause ein wenig hin.«

»Meine Sache«, sagte sie, warf die halbgerauchte Zigarette aus dem Fenster und streckte ihm die Zunge heraus.

»Tschalews Worte – nur daß der Obergärtner wohl keine so hübsche Zunge hat wie du.« Er hatte die Tür geöffnet und winkte ihr lachend zu.

Mit einem Sprung war sie bei ihm und packte ihn am Jackenzipfel. »Jetzt bleibst du erst einmal hier, ja?« Sie schloß die Tür und versetzte ihm dabei einen Rippenstoß. »Setz dich, ich will mit dir reden – und wenn's mich den Hals kostet.«

»Deinen schönen Hals«, lachte er und nahm Platz. »Aber mach's kurz, Tanja, ich hab eine Menge zu tun.«

»Das spielt jetzt keine Rolle.« Ein paarmal ging sie auf und ab, dann blieb sie vor ihm stehen. »Was du über mich denkst, möcht ich wissen, Wassja.«

»Weißt du, mir gefallen solche wie du, Tanja. Erzählst, machst Theater und bist gescheit – plemplem, aber gescheit. Was du alles weißt! Hast viel gelernt und bist noch so jung.«

»Und daß ich hier neben dem Kuhstall sitze, mich mit blöden Fleisch- und Milchabrechnungen herumplage, das wundert dich nicht?«

»Schon. – Aber was sollst du anfangen, wenn du nicht mehr tanzen darfst? Haben es dir nicht die Ärzte verboten? Ich weiß, wie das ist, wenn man sich mal was bricht. Bei Pferden ...«

»Hör mir damit auf! Von Pferden und Kühen will ich jetzt nichts wissen, von Butter und von Wurst – kein Wort mehr! – Wenn einer zuviel von etwas spricht, will er, daß man's ihm glaubt. Ich kenn mich aus, Wassile.«

Er sah sie belustigt an. »Du vergißt, der *zawjedujuschtschij* hier bin ich. Besser, du springst nicht so um mit mir. Ich kann halt nur über das reden, wovon ich was versteh. Du brauchst ja nicht hinzuhören.«

Angespannt studierte sie sein lächelndes Gesicht. »Ich weiß, daß einer vor lauter Gescheitheit dumm sein kann. – Daß einer aber vor lauter Dummheit gescheit ist, das hab ich nicht gewußt. Jedenfalls bis jetzt nicht.«

»Zum Lernen ist's nie zu spät.«

»Ich soll lernen, von dir soll ich lernen? Was, bei des Teufels Großmutter, soll ich denn noch lernen? Ich kann genug, zuviel, glaub mir! Aber du, ich meine ...« Sie sprach nicht weiter. Er fragte nicht, blickte auf die Uhr. »Mach mich nicht nervös; du kommst schon noch rechtzeitig!« schrie sie, wurde sogleich aber wieder ruhig und freundlich. »Wassinka, glaub mir, ich mein's gut mit dir – ehrlich.«

»Ich weiß, Tanja. Ich hab's ja gesehn, bei Tschalew. Sicher wär ich in des Teufels Küche gekommen, wenn du mir nicht geholfen hättest.« Er streichelte ihre Hand. Eine fleischlose Hand mit schmalen, langen Fingern.

Sie duldete es. Als er innehielt, ließ sie nicht los. »Des Teufels Küche – wie du das sagst! Weißt du wirklich nicht, was gespielt wird?«

»Wirklich nicht, obwohl ... Natürlich hab ich mir Gedanken gemacht – wie du in Tschalews Zimmer gingst, und wie du plötzlich Angst hattest, daß sie mich holen kommen. Sonst wär ich wirklich ein Ochse. Nur: was ich nicht weiß, das macht mich nicht heiß!«

»Nicht weiß, nicht heiß – du mit deinen Sprüchen! Heiß war es, und heiß ist es noch, Wassja. Sie haben dich und lassen dich nicht los! – Wenn ich nur wüßte, warum sie so versessen sind auf dich. Was, zum Teufel, hast du denn bei den Pferden und Kühen anstellen können, daß du ihnen so wichtig bist? – Sag, traust du dich, mir zu antworten, wenn ich dich frage? Traust du dich? Du darfst, glaub mir!«

»Ob ich mich trau? Ich versteh nicht, was willst du denn wissen, Tanja?«

Sie ging zum Fenster und blieb dort stehen. Da kam Motorengeräusch von der Straße, vor der Einfahrt hielt ein schweres Lastauto. »Ein Militärauto und drauf eine Kuh«, sagte sie.

»Der Stier!« rief Wassile freudig. »Komm mit, Tanja.« Schon war er zur Tür hinaus. Achselzuckend, kopfschüttelnd folgte sie ihm.

Es war der Stier. Kohlschwarz, aber mit einer ›weißen Weste‹, stand er auf der Ladepritsche, festgebunden an die Seitenwand. Außer den beiden Rotarmisten war kein menschliches Wesen zu sehen. Nicht Meerblum, nicht Wagner – Wassiles Erstaunen gut gespielt. »Wo sind denn unsere Arbeiter?« fragte er den Fahrer.

»Bist du der Starsche?« erkundigte sich der andere, ein Unteroffizier, der daneben saß.

»Ist er«, sagte die Obadjewa munter.

»Wir bringen den Stier – aus Gefälligkeit. Von Arbeitern wissen wir nichts. Übernehmt ihn, wir müssen weiter.«

»Ja, sofort, aber ...« Er wollte Fragen stellen, doch der Rotarmist ließ den Motor aufheulen. Ein Geräusch, das jedes Wort verschlang. Wassile konnte nur mit der Hand in den Hof deuten. Das Auto fuhr hinein und wartete, bis Benderski und Tadek aus der Gärtnerei kamen. Es war nicht leicht, den Bullen, gereizt durch die Autofahrt, wie er war, auf festen Boden zu bringen. Wassile schaffte es beinahe allein, während die Rotarmisten sich mit Tanja unterhielten. Als dann die Ladewand wieder hochgeklappt war, meinte Wassile: »Sollte man nicht fragen, Tanja, wo die beiden geblieben sind?«

»Schon gefragt. Ich habe auch die Quittungen.«

Der Wagen rollte aus dem Hof, während Wassile und Tadek das Tier in den Verschlag am andern Ende des Kuhstalls führten. Als Wassile zurückkam, stand Tanja, zwei Zettel in der Hand, noch immer da. »Wieder zwei weniger«, sagte sie.

»Was heißt das?« fragte Wassile.

»Beunruhige dich nicht, *zawjedujuschtschij,* sie sind verschütt gegangen.«

»Verschütt? Ein Unfall?« Wassile wußte nun, es hatte geklappt.

»Diese Idioten haben ihre Frauen mitgenommen, ohne Dokumente, wie zu einem Ausflug. Wie konnten sie sich nur in einem fremden Rayon herumtreiben! Angehalten – alle vier! Genaueres wird sich schon herausstellen«, sagte sie gelangweilt. »Nicht weiter wichtig!«

»Woher hast du deine Informationen?«

»Die Rotarmisten ...«

»Waren die denn dabei? Wie ist das passiert? Man muß sich doch darum kümmern – ich reit gleich zu Saposchnik.«

»Was kann denn der machen? Glaubst du vielleicht, der reißt sich ein Bein aus wie du? Erhält er eine Anfrage, beantwortet er sie – wenn nicht, wird er keinen Finger krümmen. Es hat die Dokumente unterschrieben, oder? Dann wird er sicher auch das Maul halten.«

»Aber ...«

»Kein ›Aber‹, Wassinka. Sie haben eben Pech gehabt.« Als sie seine Ratlosigkeit bemerkte: »Na, laß nur, ich telefoniere schon mit Saposchnik.«

»Ja, Tanja. Und woher wissen es die Rotarmisten?«

»Es hat ihnen einer gesagt, ein gewisser Iwan Iwanowitsch Iwanowitsch«, lachte sie. »Du bist aber naiv! Die werden was erzählen! Schön von ihnen, daß sie den Stier gebracht haben.«

»Schön! Alles kann ich allein machen jetzt. Magazin, Molkerei, Buchhaltung – wie soll ich denn das schaffen?«

»Alles wird sein, *zawjedujuschtschij*. Du hast ja mich, ich werde dir schon helfen«, lachte sie. »Na, komm ins Büro –«

Er ging neben ihr her, ratlos, kopfschüttelnd, und dabei freute er sich, daß die gerissene Tanja kein Haar in der Suppe gefunden hatte. Was sie ihm über Saposchniks Verhalten erzählte, war ganz in seinem Sinne. Gerade darauf hatte er seinen Plan gegründet. Gelungen, und ich selbst, ich bin bald, sehr bald nicht mehr hier. – Im Büro stellte sie sich wieder ans Fenster, und Wassile wußte, sie würde wieder mit Fragen kommen. »Ruf, bitte, an, Tanja, es dauert sowieso ewig, bis man Anschluß bekommt.«

»Wetten, daß nicht?« Die Wette hätte sie verloren, denn bis sie mit Saposchnik sprechen konnte, verstrichen beinahe zehn Minuten. Fast keine Zeit nahm allerdings das Gespräch in Anspruch. Sie berichtete kurz, wurde dabei zweimal unterbrochen. Der Stier war da, die Quittungen auch – in Ordnung. »Siehst du, der regt sich gar nicht auf«, sagte sie, als sie auflegte.

»Aber ich. Mir fehlen fünf Arbeiter – wie soll ich's nur schaffen?« Die Frage war noch nicht verklungen, da klopfte es – kaum zu glauben – an die Tür, und herein trat ein dürres Männchen in Knickerbockern, Sportstrümpfen, dicksohligen Schnürstiefeln, einen bunten Pullover unter dem abgetragenen braunen Sportjackett. In der Hand hielt er eine Baskenmütze, und unter seinen linken Arm war eine Aktentasche geklemmt. Schon auf den ersten Blick war klar: ein ›Hiesiger‹. Seine große Glatze umgab ein Kranz brandroter Haare, zu denen die wuchtige Hornbrille auf der höckerigen Nase eine Art Sockel bildete. »Doktor Weidenfeld – Genosse Direktorstellvertreter Ingenieur Saposchnik hat mich eingestellt.«

»Sie sind wohl der neue Buchhalter?« fragte Wassile und reichte dem Mann die Hand. »Mein Name ist Chomniuk, der Leiter der Farm bin ich; die Genossin ist Kassiererin und heißt Obadjewa. – Sie sind Buchhalter von Beruf, Genosse?«

»Ja, das bin ich«, sagte er atemlos und seine Mausaugen liefen hin und her. Er bemühte sich, Russisch zu sprechen, doch es blieb Polnisch.

»Was für ein Doktor sind Sie, Genosse?«

»Doktor der Rechte und der Wirtschaftswissenschaften, Absolvent der Wiener Handelsakademie, ich bitte sehr.« Wassile übersetzte Tanja die Auskünfte des Doktor Weidenfeld.

»Wunderbar!« Tanja spielte Begeisterung. »Dann kann er ja bestimmt rechnen. Hier«, sie deutete auf die Quittungen, »das können Sie gleich zusammenrechnen.«

Der Doktor nickte, verbeugte sich. »Gewiß, gern, bestimmt – Aber vielleicht will der Genosse Direktor mir zuerst die Bücher zugänglich machen!«

Wassile legte dem Doktor zweier Fakultäten die Bücher vor und zeigte ihm die Kartei. »Ausgezeichnet, ganz außerordentlich«, murmelte der Neue nach einer ersten Inspektion. »Ja, wunderbar. Eine Freude ist das!« Auch er war erleichtert. »Noch heute werde ich alle Nachträge vornehmen. Der Genosse Ingenieur Saposchnik hat mich informiert.«

»Ich hoffe, Sie finden sich zurecht«, sagte Wassile. »Unsere frühere Buchhalterin war äußerst gewissenhaft.«

»Ein Genie!« rief Doktor Weidenfeld, ohne seine Mausaugen von den Büchern zu lösen.

Wassile wandte sich zur Tür. »Ich muß jetzt zurück zur Arbeit.«

»Ich gehe mit, vielleicht kann ich dir helfen.« Helfen? – Tanja war überall im Wege, mit ihrer Ungeduld fiel sie ihm auf die Nerven. Die beiden Frauen in der Molkerei hatten bisher nur unter Meerblums Anleitung gearbeitet, aber offenbar viel von ihm gelernt, so daß man mit einem Gehilfen auskommen würde. Wassile prüfte den Stand der Arbeit, sparte nicht mit Rat oder Zuspruch, und die Obadjewa machte ihre Witze dazu. Doch im Magazin, wo er das Futter zuwog, schwieg sie. Noch für gut drei Wochen reichten die Vorräte, stellte er fest – was dann? »Wie lange kann das dauern mit Meerblum und Wagner, was glaubst du, Tanja? Soll man warten oder andere anfordern?«

»Saposchnik wird das schon machen, zerbrich dir nicht seinen Kopf, Genosse Direktor.«

»Aber irgend etwas muß geschehen. – Noch heute werd ich mit Saposchnik sprechen.«

Sie schwieg und beobachtete, wie er einen Sack nach dem andern auf die Waage hob und das Gewicht notierte. Erst als er fertig war, sagte sie leise: »Lange wirst du das nicht mehr machen, Wassja.«

»Hoffentlich«, erwiderte er. Er wußte, wie sie es meinte.

»Es wäre besser, sie ließen dich dabei. Du liebst diese Arbeit!«

»Ich versteh mich halt drauf.«

»Anscheinend verstehst du dich auch auf anderes, aber ...«

»Ich muß noch in die Gärtnerei«, unterbrach er sie.

»Ich gehe mit«, sagte sie traurig. Bei den Beeten legten die beiden Gehilfen des Schmieds und der Sattler mit Hand an. Sie taten es gern, denn niemand erhob Einspruch, wenn sie sich bei der Arbeit unterhielten. Außerdem wußte Benderski eine Menge zu erzählen. »Alles in Ordnung«, sagte Wassile und wollte wieder ins Büro.

»Wenn du mir den Baum zeigen könntest, den Tschalew fällen wollte.«

Er sah auf die Uhr. »Warum?«

Sie erwiderte nichts. Schweigend gingen sie bis zu Anteks Grab.

»Er war dein Freund, nicht?«

»Das war er. Ja, ich hab ihn wirklich gemocht. Ihn hättest du kennen müssen! Ein feiner Kerl, schade um ihn. Und ein Arbeiter, *stachanowetz!*«

»Hab ich übrigens alles schon gehört.« Sie deutete auf die

Kerben und Einschnitte, die von Tschalews Aktivitäten zeugten. »Sein Einfall war das nicht«, sagte sie mehr zu sich selbst.

»Dumm genug war er jedenfalls. Mit der Handsäge, ich bitte dich!«

»Handsäge oder nicht, gar nicht dumm. Du begreifst bloß nicht – anscheinend wirklich nicht?«

»Was ist da nicht zu begreifen?«

Sie ging langsam zu den Fliederbüschen und dann zwischen ihnen hindurch auf die Wiese. »Wassile«, rief sie, »komm doch her!« Er folgte ihr, sie setzte sich ins Gras und lud ihn ein, sich neben ihr niederzulassen. »Ich bin keineswegs neugierig, das darfst du nicht glauben«, sagte sie. »Ich muß nur wissen.«

Er lachte. »Nicht neugierig, du willst nur wissen?«

Sie blieb ernst. »Du verstehst ganz gut, was ich meine. Du vertraust mir nicht und vielleicht sogar zu Recht. Nur, wenn du nicht sprichst, kann auch ich nicht sprechen – was ich zu sagen habe, ist sicher wichtig.«

»Dann sag's halt! – Nur, was sollte ich schon wissen!«

»Und denken bei all dem, was passiert? Aber Wassile! – Und was hältst du von dem Papier, das dir Maxim Danilowitsch gegeben hat?«

»Ich finde, das war anständig von ihm. Da kann nicht länger Hinz und Kunz kommen und mich wegen jeder Kleinigkeit anhalten. Sicher ist er ein großer Natschalnik, Tanja.«

Verachtung und Mitleid lagen in ihrem Blick. »Ein großer Natschalnik, ja, ein großer! – Warum er dir das Papier gegeben hat, gerade dir, darüber machst du dir keine Gedanken, was?«

»Na, ich bin doch ein *stachanowetz,* also bin ich gut angeschrieben oben. Wenn morgen wieder so ein Tschalew aufkreuzt und mir etwas in die Matratze schiebt ...«

»Maxim Danilowitsch – natürlich, der kümmert sich darum, ob du ein *stachanowetz* bist!«

»Erlaube mal, davon versteh auch ich was!«

»Unsinn! – Gib mir eine Zigarette.«

»Du wirst jetzt nicht rauchen, Tanja. Gehn wir in die Kantine – ich habe Hunger.«

»Eine Zigarette, bitte!« Als er ihrem Wunsch nicht nachkam, griff sie nach ihrer Tasche. Zum Spaß hielt er ihr die Hände fest, erst die eine, dann die andere. Sie rauften ein bißchen – alles im Scherz –, und dabei kamen sie einander immer näher, ganz nahe – zu nahe.

»So lautet die Vorschrift«, schloß Saposchnik seine Rede. »Läßt man sie laufen, gut; tut man das nicht, dann hilft auch keine Intervention. Das ist Sache der Miliz, die trägt die Verantwortung dafür. Wenn sie nicht bis morgen kommen, wird man eben einen Starsche für die Molkerei und einen *magazintschik* einstellen.«

Halb im Gehen sagte Wassile: »Auch ein Gärtner fehlt und zwei Kutscher.«

»Ja nun ... Einen Augenblick, Genosse Chomniuk! Weil Sie von Gärtnern sprechen ...« Er wühlte in seinen Papieren. »Hier, eine Vorladung für Tadeus Karlowitsch Sembrinski. Siebenter Mai, Gericht Nr. 8, neun Uhr abends. Sie wissen, wo das ist. Nicht weit von ...«

»Ich weiß. – Das heißt also, daß wir unter Umständen nicht einen, sondern zwei Gärtner brauchen.«

Saposchnik schüttelte den Kopf. »Keine gravierende Sache, die Geschichte mit Tschalew. Trotzdem: besser, Sie gehen mit – als sein Natschalnik. Guter Arbeiter, der Sembrinski?«

»Ausgezeichneter Arbeiter.« Wassile verabschiedete sich. Schief gegangen, sagte er sich. Ich muß mir was anderes einfallen lassen. Er hatte gehofft, Saposchnik wäre dafür zu gewinnen, ihn auf die Suche nach Wagner und Meerblum zu schicken. Aber nicht die geringste Neigung dazu zeigte der *zamestitel.* Warum bloß nicht? Sie waren doch gute Leute. Würde ihr Beitrag zur Normerfüllung nicht fehlen? Oder war es gleichgültig, wer ›umgesiedelt‹ wurde? Wen würden sie sich an Stelle der drei *burshuis* holen? Am Ende stimmt es gar nicht, daß die drei für den ›Transport‹ vorgesehen waren, und ich habe falschen Alarm gegeben. Gut, die zwei sind drüben – doch Kornhaber? Heute soll er operiert werden – immer hat er sich dagegen gesträubt. Wenn nur alles gut abläuft! Wassile stand im Hof und grübelte. Wie komme ich ohne Papiere zur Grenze? Eisenbahn ist ausgeschlossen, nicht einmal eine Fahrkarte gibt es ohne *komandirowka*. Und ohne Fahrkarte? Vielleicht mit Rotarmisten trampen? Ja, wenn man Nikitin finden könnte! Ob der überhaupt noch hier ist? Früher, zu Anfang, war alles viel leichter: Einfach ansprechen konnte man die Leute. – Ich muß unbedingt fort, am besten gleich jetzt. Reiten vielleicht? Zweihundertfünfzig Kilometer, zwei Tage oder drei. Wenn sie mich erwischen, erwartet mich noch eine Extrazulage wegen Diebstahls. – Zu Fuß? Gut fünf Tage – und ich bin nicht Meerblum oder Wagner, mich werden sie suchen. Sie brauchen mich. Wozu eigentlich? – Egal. Ja, so dumm bin ich nicht, Tanja. – Du hast ganz recht, wenn du mir nicht glaubst. Warum willst du's auch so genau wissen? Und wie kommt es, daß du's nicht weißt? Heißt das, daß sie's auch dir nicht sagen? Du gehörst doch zu ihnen. – Natürlich sollst du mir auf den Zahn fühlen. Wer kennt sich aus – wer? Du bist gefährlich, kluge Tanja – wer hat dich geschickt? – Nein, nein, nein! Ich will nicht mehr – nur eines will ich noch: fort! Zurück über den Czeremosch – zweihundertfünfzig Kilometer! Besselmann? Nächste Tour, ja, Platzer, tausend Grüne pro Kopf, verläßlich, ganz sicher. – »Wassile Wassiljewitsch!« Fejnholds helle Stimme war es. »Jetzt seh ich Ihnen schon eine ganze Weile zu. Sie stehen vor dem Pferd, schütteln den Kopf, zucken die Achseln – mit wem reden Sie – mit sich oder dem Pferd?«

»Dem Pferd, Genosse Fejnhold – ich habe zuviel um die Ohren, zuviel für einen Menschen. Nicht einmal ein Pferd kann das aushalten«, lachte Wassile.

»Kommt alles in Ordnung. Ich weiß, Sie brauchen dringend Leute auf der Farm. Saposchnik wird schon Abhilfe schaffen.«

»Ja. – Alles Gute!« Wassile schob den Fuß in den Steigbügel.

Bei der Einfahrt erwartete ihn erneut Fejnhold. Der ist aber flink, dachte Wassile. Was er nur will? »Ich«, sagte der Politruk und lachte, »das heißt, Sie haben die Anzeige gegen Sembrinski erstattet. So ist die Vorschrift. Passieren wird ihm übrigens nichts. Podgorski ist dabei, Sie kennen ihn, den *perewodotschik?*«

»Den Dolmetscher – ja, Genosse Fejnhold.«

»Übersetzen wird er.« Er zwinkerte. »Ordnung muß sein!«

»Konjetschno«, sagte Wassile fröhlich und nahm die Zügel hoch. »Ich danke Ihnen. Alles Gute.«

»Eine Minute noch! Am fünften, so gegen sechs Uhr abends, warten Sie auf mich. Sie wissen, Parteikomitee, Seiteneingang.«

»Ist recht, Genosse Fejnhold!«

»Viel Glück dann, Wassile Wassiljewitsch.«

Tadek begriff nicht, wieso er aufs Gericht sollte. Tschalew war nicht mehr da, und außerdem hatte er ihm ja nichts getan. Wegen *›psiakrew cholera‹*? Wassile bemühte sich, es ihm zu erklären. Ohne Erfolg. Sollte Benderski sein Glück versuchen. Gleich nach Feierabend fuhr Tadek mit einem Militärwagen in die Stadt. Seine Mutter wollte er um Rat fragen. Hoffentlich versteht Panja Jadwiga, um was es geht, dachte Wassile. Er teilte das Futter aus, sah im Pferdestall nach dem rechten, blieb eine Weile bei den Melkerinnen und überzeugte sich, daß auch in der Molkerei alles ordentlich zuging. Erst als er über den Hof zur Einfahrt lief, merkte er, wie müde und hungrig er war. Rasch einen Bissen essen und dann gleich schlafen gehen! – Vielleicht schon seine letzte Nacht auf der Farm! Morgen um diese Zeit könnte er schon an der Grenze sein. Mit Besselmann, Vater und Sohn, waren inzwischen alle Details besprochen. Platzer werde ihn ›bringen‹. Nur das genaue Datum, die Stunde und der Punkt waren noch zu bestimmen. Das ›Zeichen‹ allerdings kannte Wassile bereits. »Hundertundein Prozent«, hatte Arje beim Abschied gesagt. Gut, daß du noch glaubst, Arje. Ich war so wie du und – bin es ziemlich lange geblieben. – »Genosse Direktor«, hörte er die Stimme des Buchhalters neben sich.

»Ja?«

»Ich habe«, sagte der kleine Doktor, »alle Nachträge aufgearbeitet und bin auf dem laufenden.«

»Ausgezeichnet. Sie hätten sich aber nicht so zu hetzen brauchen. Wie kommen Sie denn nun nach Hause? Militärwagen fahren nicht um diese Zeit. Ich werde Sie wohl mit einem Wagen der Farm heimbringen lassen müssen.«

»Oh – das ist zu liebenswürdig! Wie dürfte ich das erwarten? Ich kann ja auch bis zur Station ...«

»Sie wollen den Weg doch nicht zu Fuß machen? Kommen Sie mit in die Kantine. Ich esse einen Bissen, dann fahr ich Sie selbst.«

»Ausgezeichnetes Essen«, sagte Weidenfeld, als sie nach Tisch in den Hof traten.

»Und billig. – Sie sollten Ihre Hauptmahlzeit hier einnehmen, Doktor Weidenfeld.«

»Hm – ja, man könnte, allerdings!« Nach einer Pause fuhr er fort: »Ich glaube nicht, daß es geht. Wissen Sie, Genosse Direktor, ich habe Familie, allerdings nur Frau und Mutter – meine beiden Söhne sind bei der polnischen Armee und wohl jetzt in deutscher Kriegsgefangenschaft. Mhm – wir essen immer miteinander. Sie warten auf mich – einmal am Tag will man halt zusammen sein. Gerade für meine Mutter ...«

»Das sehe ich ein«, sagte Wassile. War es nicht sonderbar, daß er, der *starsche konijuch,* besser als jeder andere verstand, wie weit Stil eben auch Halt bedeutet?

Rasch spannte er ein. Beim Losfahren bemerkte er, daß er die Peitsche vergessen hatte. Als er aus dem Stall zurückkam, stand Tanja neben dem Wagen.

»Du fährst noch fort, Wassile?«

»Ja, ich bringe den Genossen Weidenfeld zur Tramstation.«

»Du bringst – ah so. *Nitschewo.* Ich fahre mit.« Sie setzte sich zu ihm. »Du wirst«, begann Tanja, »dich noch einmal richtig verbrennen mit deiner Freigebigkeit.«

Wassile schwieg und wandte seine Aufmerksamkeit den Pferden zu. Noch mehrere Male versuchte Tanja, ein Gespräch in Gang zu bringen. Vergeblich. An der Station stieg Weidenfeld aus und empfahl sich mit Verbeugungen und Dankesworten. Auch wieder mit zurückfahren wollte Tanja. Nur um die frische Luft sei es ihr gegangen, erklärte sie. Wassile war gerade dabei umzuwenden, als er seinen Namen rufen hörte. Es war Panja Jadwiga; in Lederjacke und Filzhut winkte sie ihm zu. Tadek kam zum Wagen gelaufen. »Die Mutter fährt mit, Wassile. Sie will mit dir sprechen.«

»Ist gut, kommt nur – guten Abend, Panja Jadwiga.« Tanja saß schweigend und rauchte, bis der Wagen in Jusefuwka hielt.

Sobald er die Pferde versorgt hätte, wollte sich Wassile bei Tadek mit Panja Jadwiga treffen. Er wünschte Tanja gute Nacht. Statt seinen Wunsch zu erwidern, sagte die Kassiererin fast barsch: »Ich habe noch mit dir zu reden.«

»Morgen, Tanja – ich bin hundemüde, und Sembrinskis Mutter wartet auf mich. Allein deswegen ist sie hergekommen.«

Die Kassiererin hielt ihn am Arm fest. »Was ich dir zu sagen habe, ist vielleicht wichtiger. Komm mit mir.«

»Morgen, Tanja.« Er schüttelte den Kopf. »Die alte Frau kann ich nicht enttäuschen. Das mußt du einsehn. Wenn sie sogar in der Nacht herauskommt ...«

»Na ja«, sagte Tanja traurig, »von mir aus. Euer Gespräch wird ja einmal ein Ende nehmen. Ich warte auf dich.« Noch ehe er antworten konnte, war sie davon.

Panja Jadwiga saß mit Tadek in der Küche. Roten Schnaps tranken sie und rauchten. »Was erzählt Tadek?« brummte die Riesin. »Dieser Prozeß – was soll das?«

»Prozeß? – Dummheit, Panja Jadwiga.«

»Nicht gut, wenn man mit denen in Berührung kommt. – Hol dir ein Glas, Wassile.« Nachdem sie ihm eingeschenkt hatte, befahl sie: »Erzähl, was los ist.«

»Nichts, gar nichts, Panja Jadwiga. Er wird hingehen und eine Verwarnung bekommen, vielleicht auch eine Geldstrafe, ein paar Rubel.«

Panja Jadwiga sah an ihm vorbei. »Ich will, daß du ihn begleitest, Wassile. Ich – bitte dich.« Sie begann Deutsch zu sprechen. »Alles hab ich getan, um ihn herauszuhalten. Was er auch angestellt hat, bei seinen Raufereien, immer war ich da. Noch nie hat er mit Polizei und Gericht zu tun gehabt. Und jetzt – bei den Moskal, wegen ›*psiakrew cholera*‹ – denen ist ja egal, warum und wofür. Die schicken ihn weiß Gott für wie viele Jahre ins Gefängnis. Das darf nicht sein, Wassile!« Sie kippte ihr Gläschen und schenkte sich von neuem ein.

»Wenn ich dabei bin, was kann ich ihm nützen?«

»Ich habe dich – gebeten, Wassile, und ich will dein Wort, daß du mit von der Partie bist. Deshalb bin ich gekommen. Er hat gesagt, wenn du mit ihm gehst, kann nichts passieren.« Sie trank und rauchte. Als er schwieg, fragte sie: »Warum willst du nicht, Wassile?«

Ja, dachte Wassile, auch Saposchnik hat gesagt, es wäre gut, wenn ich anwesend wäre, als sein Natschalnik. Gerade das will ich aber nicht mehr sein. Sie müssen das einsehen, verehrte

Riesendame. Ich mag nicht mehr – ich haue ab. »Ich könnte ihm nur schaden, Panja Jadwiga«, sagte er.

»Das weiß ich besser. Er muß wissen, daß du da bist. Antek hätte ihn nicht im Stich gelassen. Dein Wort will ich, daß du mit ihm gehst.« Sie streckte ihm die Hand hin. »Du begleitest ihn, Wassile?«

Er schlug ein. »Sicher, Panja Jadwiga – wenn Sie es wünschen!« Du hast recht, Tanja, ich bin ein Ochse! Er trank seinen Schnaps, dann noch weitere, und als es Zeit zum Schlafengehen war, bot er Panja Jadwiga sein Bett an. Er könne in Wagners oder Kornhabers Wohnung übernachten, die Schlüssel habe er.

So ging er wieder über die Straße und haderte mit sich. Was half es? Er würde Wort halten. Sie hatte gefühlt, die Panja Jadwiga, daß er dabeisein müsse, wenn ihrem Tadek nichts passieren sollte. Denn ohne ihn – wenn er nämlich gar nicht mehr da war – würde Tadek, gerade er, mit dem er so viele Monate unter einem Dach gewohnt hatte, der Sündenbock sein. Es würde heißen für *›psiakrew‹*, aber in Wirklichkeit ...
»Du sprichst mit dir selber, Wassinka?« Tanja stand plötzlich vor ihm, wie aus der Erde gewachsen.

»Ein Ochse zum andern, Tanja.«

»Wohin gehst du, Wassile?«

»Hast du nicht gesagt, du wartest auf mich?«

»Mir ist die Zeit zu lang geworden. Auf dem Weg zu dir war ich.«

»Warum eigentlich? Was ist denn so dringend?« Sie standen vor ihrem Haus.

»Komm hinein«, sagte sie ernst. Er blickte sich um. »Was suchst du?«

»Niemand braucht zu sehen, daß ich zu dir gehe – in der Nacht«, brummte er.

»Und wenn's jemand sieht?« Sie waren schon in dem Zimmer, das Wassile so gut kannte. Seit Abreise der Linkhands wohnte Tanja in deren Häuschen.

»Dann wissen es morgen alle auf der Farm.«

»Und wenn schon?« fragte sie erstaunt. »Wen geht das was an?«

»Wenn es dir nichts ausmacht – ich hab nur gemeint …«

»Was denn?« Sie schüttelte den Kopf. »Ach« – sie lachte –, »spucken wir drauf!«

Zu Wodka lud sie ihn ein, stellte eine Flasche Likör auf den Tisch. Sie rauchten, tranken, lachten und scherzten, und es wurde die sonderbarste Nacht mit einer Frau in Wassiles ereignisreichem Leben. Worte, Küsse und wieder Worte, wieder Küsse. Mehr nicht. Küsse sind Fallstricke. Zwar berührte er ihren Körper, schmiegte sich an sie wie sie sich an ihn, aber eher wie ein Verschworener die Nähe eines anderen Verschworenen sucht, nach Halt tastend, Halt gewährend, verbunden durch Wissen. Als der Morgen graute und Wassile das Haus verließ, hatte er manches erfahren – und glaubte es.

Die Tochter des Universitätsprofessors Obadjew war drei Jahre alt gewesen, als der Vater 1917 von der *Ochrana* zu Tode gefoltert wurde. Von der Mutter, einer Französin, erzogen und unterrichtet, hatte sie Begabung genug bewiesen, um zum Universitätsstudium zugelassen zu werden. Von der Universität ging sie zum Ballett und später zum Theater. Nirgends Befriedigung, ewig unerfüllte Wünsche. Bis Alexej – Aljoschinka, ein Ingenieur – in ihr Leben trat. Drei Jahre lag das zurück. Tanja war schwanger, im siebenten Monat, als Aljoscha verhaftet wurde. Im großen Schauprozeß Jagoda wurde er mitangeklagt und mit einigen Tausenden – unschuldig, wie sich später herausstellte – liquidiert. Tanja erlitt eine Frühgeburt und wollte nicht länger leben. Der Mutter zuliebe machte sie weiter. Oder tat so, als lebte, als arbeitete sie. Nicht einmal hassen konnte sie. Wen auch oder was? Das ist die Revolution. Unblutige Revolutionen gibt es nicht. Es trifft, wen es trifft. Dann tauchte Fejnhold auf, Arkadij Samuelowitsch, Arkaschka. Nein, kein Mann wie andere Männer – weiß der Teufel, man hat gar nicht das Empfinden, daß er ein Mann ist. Aus Idee und Aktion besteht er, ist von seiner Sache überzeugt, ja besessen. Er kennt keine privaten Gefühle. Alles hat er schon gemacht, überall im großen Rußland gearbeitet. Rotgardist, Partei, ›Spez‹, NKWD – alles kennt er.

Tatjana Nikolajewna, hat er, der Arztsohn, dessen Eltern in Sibirien zugrunde gingen, gesagt zu ihr, man muß seine Fähigkeiten in den Dienst der Idee stellen. Es gelang ihm, sie zu überzeugen. Oder war sie einfach zu gleichgültig, sich zu sperren? Warum nicht eine ›Spez‹ werden? Sogar zur *stachanowetz* hat sie's gebracht. Bei den Menschen – wie er, Wassile, bei den Pferden. Ist sie nicht eigens für ihn geholt worden? Gerade war sie aus dem Ausland zurückgekehrt. Oh, sie kennt sich aus in Europa, spricht Englisch und Französisch, kann tanzen und Schabernack treiben wie eine richtige *burshujka,* Wassile hat's ja gesehen. Auch mit Männern – warum sind sie bloß so dumm! – verstehe sie umzugehn. Im Bett verrät man alles. Verraten haben die meisten, gebüßt für ihre Vertrauensseligkeit. Im Gefängnis, in Sibirien oder – im Keller. Ja, bei Wassile war es, ist es anders. Nie hat sie verstanden, was die oben eigentlich von ihm wollen. Niemand hat es ihr gesagt – war nicht wichtig. Nur wissen hat man wollen, ob er wirklich so ist, wie er scheint – ob er nicht andern was vormacht. So oder so hätte sie das herausfinden sollen. Was Wassile dazu sage? Nun, es sei eben ihre *spezialnost.* Leid habe er ihr getan, der Ochse, weil ... Was natürlich gegen die Vorschrift war. Keine privaten Gefühle! Aber sie habe sie eben gehabt – was könne man da schon machen.

Sie wolle nicht, daß es ihm auch so gehe wie den zahllosen anderen. Nein, ihm nicht! Das dürfe nicht sein. Sie habe gleich gemeldet, er sei ein Ochse und tauge zu nichts anderem als zum Umgang mit Pferden und Kühen, zur Garten- und Feldarbeit. Intelligenz – nicht der Rede wert. Kann sein, daß sie gerade so einen brauchen wie ihn – oder aber, daß sie überzeugt sind, er verstehe sich nicht nur auf Pferde und Kühe. Reden sie denn darüber? – Da war die Sache mit Tschalew. Erledigen wollte ihn der, und das beweist, daß auch andere von Wassile wissen und ihn wichtig nehmen. Denn Tschalew sollte Wassile so unmöglich machen, daß sie ihn nicht mehr halten könnten. Nicht Potapenko, nicht Maxim Danilowitsch, nicht Fejnhold. Auch Fejnhold nicht, der viel zu sagen hat. Er hält und protegiert Wassile. Nicht aus Sympathie oder Freundschaft – das gibt es nicht. Doch Fejnhold, das sei bekannt, gehört zu denen, die gegen die Deutschen sind. Also kann Tschalew nur von Leuten geschickt worden sein, die für die Deutschen sind. Das hat

Tanja kombiniert. Für sie jedenfalls bestehe kein Grund zum Zweifel, obwohl es sich natürlich auch anders verhalten könne, wer weiß? Wer kenne sich denn noch aus! Das ist eben das System. Wenn es so ist, wie sie glaubt, wie sie fürchtet, dann wird Wassile auch ein ›Spez‹ werden – oder er ist es bereits. Die Dokumente hat er ja. Es sei nur eine Frage der Zeit, daß sie ihn einsetzen, irgendwo, in gefährlicher Mission. Davor fürchtet sich Tanja, denn ...

Wassile hatte zugehört, mit ungläubigem Gesicht, lächelnd, ganz wie Wassile, der dumm-schlaue *starsche konijuch,* der es eben besser weiß, und – hatte nichts dazu gesagt. Was auch? Er war gerührt und dankbar, aber er zeigte es nicht. Oder doch? Vielleicht hat sie es gefühlt – war sie denn nicht eine Frau? Und hat er denn nicht wenigstens ihre Küsse erwidert?

Bis vor ihr Haus fuhr Wassile die sorgenvolle Panja Jadwiga. »Paß auf, daß Tadek nichts passiert«, sagte sie beim Abschied. Anschließend ging es weiter zur Schule Nr. 12, wo Wassile auf Arje wartete. Um nicht aufzufallen, machte er sich am Wagen zu schaffen. Eine Radkappe entfernte er, hantierte mit rostigem Werkzeug. Sobald Arje aus dem Tor trat, winkte er ihn zu sich, als bäte er um Hilfe. Arje begriff sogleich. »In Ordnung«, flüsterte er. Schon im Gehen berichtete er mit knappen Worten, daß man wieder von Umsiedlung spreche.

Für Wassile war es dann höchste Zeit, sich auf den Rückweg zu begeben. Fast Mittag war es. In der Kantine saß Tanja mit dem Buchhalter. Sie tranken Tee, aßen Wurst und Käse und unterhielten sich. Mit Weidenfeld war eine bemerkenswerte Veränderung vor sich gegangen. Von Tag zu Tag wurde er ungezwungener und selbstsicherer. Er war damit beschäftigt, Inventur zu machen. Auch mit dem Katalog seiner Pflichten nahm er es pedantisch genau. Mochte er! dachte Wassile und erhob sich, um nach Hause zu gehen. Einige Stunden Schlaf gönnte er sich, dann ritt er aufs Feld. Ohne nennenswerte Aufregung ging der Tag zu Ende. Die Nacht verbrachte Wassile mit Tanja. Sie dürfte sich nur wenig von der vorherigen unterschieden haben – ein Ende ohne Wagnis des Anfangs.

Zur verabredeten Stunde stand Wassile mit dem Wagen im

Sackgäßchen vor dem Seiteneingang. Fejnhold ließ nicht lange auf sich warten, und sie fuhren zu ihm nach Hause. Wie immer scherzte er mit Wassile. In seinem Zimmer lud er Wassile ein, am Tisch Platz zu nehmen. Er holte eine Liste der Farmarbeiter und legte sie vor ihn hin. »Sie kennen diese Leute doch alle ziemlich genau, Wassile Wassiljewitsch?«

»Gute Arbeiter, Genosse Fejnhold. Ich habe lange genug mit ihnen zu tun gehabt.«

»Es geht um ihre Zuverlässigkeit.«

»Ein Dieb ist nicht unter ihnen, ganz bestimmt nicht.«

»Das ist nicht die Frage – von politischer Zuverlässigkeit spreche ich.«

»Politische Zuverlässigkeit? Was kümmern sich diese Leute um Politik?«

»Beklagt sich keiner, daß er's jetzt schwerer hat als früher?«

»Nicht einen kenne ich auf der Farm, der unzufrieden wäre. Ich bitte Sie, fast jeden Tag Fleisch, in Steinhäusern wohnen – wissen Sie, wie es den Bauern hier früher ging? Täglich sechzehn, siebzehn Stunden Arbeit. Und wie haben sie gelebt! Das ganze Jahr Mais, magere Sauermilch, Gerstenbrot, höchstens zu Ostern und Weihnachten Fleisch. Zehn Monate im Jahr sind sie barfuß gelaufen.«

»Alle, Wassile Wassiljewitsch?«

»Die allermeisten, Genosse Fejnhold.«

»Die auf der Farm sehen mir nicht danach aus. – Kennen Sie welche von früher?«

»Ich brauch nicht jemanden zu kennen, um Bescheid zu wissen. Lange genug hab ich auf Gütern gearbeitet.«

»Sie meinen, es sind keine Kulaken dabei?«

»Kulaken? Ich weiß, was das heißt. Glauben Sie mir, auf der Farm arbeitet keiner, der mehr gehabt hätte als eine Bude mit Strohdach und ein Gärtchen.«

»Keiner von ihnen war früher reich?«

»Reich?« Wassile lachte. »Fragen Sie die Männer doch selbst, ob sie es wieder so haben wollen wie früher. Nein, Genosse Fejnhold, auf der Farm gibt es nicht einen einzigen Kulaken!«

»Sie sind unser Vertrauensmann. Was das heißt, wissen Sie –. Die Verantwortung tragen Sie!«

»Für alle, die auf der Farm arbeiten, Genosse Fejnhold, für alle – das heißt, für alle, die jetzt da sind – steh ich gerade. Ständig beobachte ich sie bei der Arbeit. Die Kutscher sind alle in Ordnung. Kein Kulak. Auch von den Handwerkern war keiner früher besser dran als heute. Ein paar Leute gibt es allerdings schon, die nicht so recht in unseren Rahmen passen. Ich habe mir gleich gesagt, das sind keine Arbeiter, obwohl ich inzwischen zugeben muß – auch sie haben eine Menge geleistet.«

»Wen meinen Sie?«

»Na ja, die drei halt: Wagner, Meerblum und Kornhaber. – Kornhaber wird sowieso nicht mehr arbeiten können, er ist erledigt. Aber die anderen beiden, ich tu's nicht gern – die Miliz wird sie ja entlassen! Es ist besser, wenn sie nicht mehr zurückkommen zu uns. Sehen Sie, das sind keine Arbeiter. Auch wenn sie sich angestrengt haben. Wir werden uns behelfen. Im Kuhstall kommt man schon zurecht, in der Molkerei auch, da brauchen sie keinen *starsche,* viel eher noch eine Arbeiterin. Aber im Magazin fehlt ein Mann, ein ordentlicher, älterer, der mit der Waage umgehn und rechnen kann.«

»Sie hängen wohl an der Farm, Wassile Wassiljewitsch?«

»An der Farm hängen?« Es gelang ihm gut, verlegen zu erscheinen. »Wie meinen Sie das, Genosse Fejnhold?«

»Na, ob's Ihnen leid tun würde, wenn Sie wegmüßten?«

»Warum sollte ich wegmüssen? Ach, Sie meinen, wenn ein Direktor kommt. Mir macht das nichts aus. Ich kann gern wieder als *konijuch* arbeiten – nur bleiben möcht ich auf der Farm. Von Anfang an war ich dabei. Ist was nicht in Ordnung mit dem Betrieb?«

»Darum geht es nicht. Bei uns – wissen Sie, Wassile Wassiljewitsch –, bei uns setzt man die Menschen da ein, wo sie der Gemeinschaft ihr Bestes geben können. Sie verstehen?« Wassile nickte stumm. Fejnhold lachte. »Man kann sich das nicht so aussuchen. Na, in Ihrem Fall hab ich ein gutes Gefühl. Sie erfüllen bestimmt unsere Erwartungen. Ich fahre mit in die Stadt. Auf der Farm bleibt – vorderhand – alles beim alten.«

»Ist mir alles recht!« Wassile nickte zufrieden. Auf der Fahrt zum Parteikomitee hielt sich Wassile zurück, obwohl er dem *spez-natschalnik* gern manche Frage gestellt hätte. Auch so wußte er bereits eine Menge und hatte Stoff genug zum Nachdenken. Für ihn war die Debatte gänzlich ohne Reiz, denn sie mußte nun einmal in der Wassile-Manier geführt werden. Immerhin, die Methode hatte sich bewährt. Er konnte davon ausgehen, daß die Arbeiter der Farm zunächst einmal sicher waren. Was Arje gesagt hatte, stimmte also. Es wurde ›umgesiedelt‹. Hatte nicht Wagner zu wissen behauptet, erst im Mai wären wieder Transporte fällig? Nun, es war Mai, und Wagner war in Sicherheit. Wirklich in Sicherheit?

Der siebente Mai war gekommen. Vierundzwanzig Stunden waren inzwischen vergangen, und Wassile hatte es kaum gemerkt. Um sieben Uhr abends fuhr er mit Tadek in die Stadt. Den Wagen ließ er im Hof bei Panja Jadwiga. Sie würden das letzte Stück Wegs zu Fuß zurücklegen. Wie sooft hatte Tadeks Mutter schwer geladen; trotzdem bestand sie darauf, mit zum Gericht zu gehen.

Da saß neben einem Mann mit langem blassen Gesicht, aus dem stur, schläfrig und unendlich gelangweilt bläuliche Augen blickten, eine Frau, deren fettig glänzende Zöpfe sich fest um den Kopf schmiegten. Im runden gesunden Gesicht eine Himmelfahrtsnase, um den breiten Mund ein gutmütiges Bauernlächeln, das in dem Maße milder zu werden schien, wie das Vergehen der Vorgeladenen zu strengerer Bestrafung einlud. Vor den beiden auf dem Tisch lag ein Buch, dünn und unscheinbar, das Gesetzbuch. Eine Preisliste, in der alles Wissensnotwendige enthalten war. Kein Vergehen oder Verbrechen, dessen sich ein Sowjetbürger schuldig machen kann, blieb dort unerwähnt, und gleich daneben fand sich das Strafmaß angegeben, das dafür zu verhängen war. Jahre, Jahre, viele Jahre. Und zwischendurch auch Monate, Wochen, Tage oder lediglich Lohnabzüge. Unpünktlichkeit, unentschuldigtes Fernbleiben von der Arbeit, Beschädigung von volkseigenem Werkzeug oder Maschinen waren die am häufigsten vorkommenden Vergehen. Eine halbe Stunde zu spät zur Arbeit – sechs Monate Gefängnis. Höhere Gewalt? Nebensächlich. Diebstahl – zwei Jahre. Widerrechtliche Aneignung von Volkseigentum – sechs Jahre. – Podgorski, der kleine Grauhaarige, erschien und ging schnurstracks zum Richtertisch. ›*Psiakrew-cholera*‹ war offenbar nicht aufgeführt im Buch. Ein kurzes Hin und Her erst zwischen dem Dolmetscher und dem ›Gericht‹, dann zwischen der Bezopften und dem Gelangweilten – ein Tageslohn für den Fonds zur Unterstützung politischer Gefangener im Ausland. Nichts weiter.

Panja Jadwiga nahm ihren Sprößling in Empfang, und Hand in Hand stapften sie zum Ausgang. Gerade schickte Wassile sich an, ihnen zu folgen, als plötzlich Jeanne Feuerberg vor ihm stand. Totenblaß war sie. »O Wassile!« schluchzte sie. Während sie erzählte, klammerte sie sich an seinen Arm. Vor drei Tagen war Doktor Feuerberg verhaftet worden. Wegen Diebstahls, hieß es. Er war angeklagt, eine Injektionsspritze und fünf Ampullen Morphium entwendet zu haben. Angezeigt hatte ihn der Leiter des Hospitals. Ein Racheakt. Die Angestellte, Wassile kenne sie, die sich damals, bei der Aufnahme von Saposchniks Frau, quergelegt hatte, war seine Geliebte gewesen. Auf Saposchniks Anzeige hin mußte sie entlassen werden. Als Beweis diente allein die Tatsache, daß Spritze und Ampullen fehlten. Über einen Schlüssel zum Schrank verfügte nicht nur Doktor Feuerberg, auch der Direktor. Um zehn Uhr sollte Léon den Richtern vorgeführt werden.

Wie schwer es Jeanne fiel, zusammenhängend zu erzählen! Wassile fühlte ihre Verzweiflung und hörte sie sagen: »Léon ist krank, er hält's nicht aus, nicht das Gefängnis, nicht die Schande und auch nicht die Enttäuschung, o Wassile!« Was sollte er bloß tun? Auch er war verzagt und ratlos. Die Stunde im Gerichtssaal hatte ihn belehrt, daß Doktor Feuerberg keine Chance hatte. Eine hohe Strafe – Jahre, viele Jahre – war ihm sicher.

»Haben Sie sich einen Verteidiger genommen?«

Jeanne nickte. »Es besteht keine Hoffnung – der Artikel lautet auf vier bis sieben Jahre – o Gott!«

In diesem Augenblick kam Podgorski vorbei. Wassile ließ Jeanne stehen und lief ihm nach. Was ist da schon zu verlieren? dachte er.

Auf der Straße wartete Panja Jadwiga mit Tadek auf ihn. »Geht nach Hause, ich habe noch zu tun«, suchte er sie loszuwerden. Sie hätten Zeit, sagten sie. An der Tramhaltestelle holte Wassile den Dolmetscher ein. »Guten Abend, Genosse«, grüßte er, »Sie erinnern sich an mich?«

»Wie denn nicht? Dreck verloren, Dreck aufgehoben.« Lachend reichte er ihm die Hand. »Na, sind Sie zufrieden? Den Gärtner hat man Ihnen nicht weggenommen.«

»Ich danke Ihnen, Genosse – er ist ein prima Arbeiter.«

»War nichts Schlimmes. Jeder von uns schimpft mal, und was hat der Gärtner schon gesagt!« Die Tram näherte sich, Podgorski wollte sich verabschieden. Wieder streckte er die Hand hin.

Wassile ergriff sie und hielt sie fest. »Ich habe eine Bitte – damit Sie mich verstehn, muß ich Ihnen rasch etwas erzählen.«

»Ja?« Podgorski ließ die Tram abfahren. »Ist es so dringend?«

»Vielleicht, vielleicht auch nicht. Wissen Sie, alles was ich bin, verdanke ich Genosse Fejnhold – er hat mich instruiert. Aber ich bin noch ein Anfänger. Ich sage mir, besser, ich erzähle Ihnen, bevor es zu spät ist. Denn ich bin sicher – was hier passiert, ist nicht sowjetisch.« Der kleine Grauhaarige lächelte.

»Ich höre«, sagte er.

Wassile hatte sich vorgenommen, Feuerbergs Geschichte auf seine bewährte Art zu servieren. Zu seiner eigenen Überraschung fiel er jedoch aus der Rolle und zeigte echte Entrüstung, als er den Dolmetscher über die Persönlichkeit Feuerbergs aufklärte. Nicht nur ein begeisterter Kommunist sei er, auch ein großer Arzt, glücklich, im Sojus zu arbeiten und zum Aufbau der neuen Gesellschaft beizutragen. Kein Blatt nahm Wassile vor den Mund, er bot seine ganze Beredsamkeit auf. Mit einer Deutlichkeit, die nichts zu wünschen übrig ließ, schilderte er den Fall und seine Hintergründe.

Der kleine Grauhaarige hatte ihn geduldig zu Ende reden lassen. Wortlos drehte er sich um und ging zurück zum Gerichtsgebäude. Bevor sie eintraten, fragte er: »Waren Sie nicht schon bei Maxim Danilowitsch?«

»Doch«, erwiderte Wassile überrascht, »aber nicht in dieser Angelegenheit.«

»Kein Unterschied«, lächelte der andere.

Wassile kam nicht dazu, über die Worte des Kleinen nachzudenken, denn Frau Jadwiga war in ihrer ganzen Länge und

Breite aufgetaucht. »Komm schon, Wassile«, rief sie, »was treibst du dich mit den dreckigen Moskal herum?« Ihr schwarzer Hut saß schief, und aus der Tasche ihrer Lederjacke ragte der Hals einer Flasche.

»Gehen Sie nach Hause, und du, Tadek, kümmere dich bitte um die Pferde.« Das Ende von Panja Jadwigas Rede mußte der Dolmetscher mitbekommen haben, auch wenn er sich nicht das geringste anmerken ließ. Erst als sie den ersten Stock erreicht hatten, fragte er beiläufig: »Die alte Säuferin ist wohl die Mutter des Gärtners?«

»Ja.« Wassile lächelte. »Vor lauter Freude hat sie sich wohl einen angetrunken.«

»Soll vorkommen.«

Auf einer der Bänke saß Feuerberg, neben sich einen Milizionär. In einiger Entfernung stand Jeanne mit einem Mann in Stiefeln und Militärhose. Zu dieser soldatischen Kleidung trug er ein zweireihiges schwarzes Jackett, aus dem eine knallrote Krawatte leuchtete.

»Bleiben Sie hier«, sagte Podgorski leise. Mit einer Kopfbewegung gegen Feuerberg fügte er hinzu: »Das ist wohl der Arzt? – Ich will sehen, was sich machen läßt.« Wassile nickte Feuerberg zu und stellte sich in Jeannes Nähe.

Sogleich ging sie auf ihn zu. »Das ist der Advokat. Sein Möglichstes will er tun. Gott sei Dank, daß ich Ihr Geld hatte. Wie hätte ich ihn sonst bezahlen sollen, Wassile! Obwohl – Hoffnung habe ich keine. O Gott – Léon!«

»Den Mut nicht verlieren, Jeanne. Auch ein Arbeiter der Farm ist heute freigekommen. Deswegen war ich hier. Dabei wollte es der Zufall, daß ich einen Natschalnik getroffen habe, einen großen Natschalnik, vielleicht ...«

»Aber sie lassen einen ja nicht einmal reden. Der Advokat hat mir's erklärt – das Urteil ist praktisch fertig.«

»Den Mut nicht verlieren, Jeanne!« wiederholte er und blickte zu Feuerberg hinüber. Dessen Gesicht war zerknittert wie seine Kleider. Wassile zuzunicken, hatte er sich kaum getraut. Dann erschien Podgorski. Er winkte den Advokaten zu sich heran und zog ihn in eine Ecke. Fünf Minuten mochte ihr Gespräch gedauert haben. Erst an der Tramstation sagte Podgorski zu Wassile: »Ich habe die Richter aufgeklärt. Bei uns ist es keinesfalls so schlimm wie bei den *burshuis*. Mit dem Gefängnis, meine ich. Den Leninorden kann einer bekommen, selbst wenn er Jahre hinter Gittern zugebracht hat. Manchmal erkennt man erst in der Haft, was ein Mensch wert ist. Nicht in jeden kann man hineinkriechen, und unsere Gesetze sind nun einmal streng. So muß es sein, nicht wahr, Genosse?« Diesmal versäumte Podgorski die Tram nicht.

Kurz war die Verhandlung über den Fall Feuerberg. Der Advokat wies hin auf die fehlenden Beweise für das dem Arzt angelastete Verbrechen, und der Angeklagte wurde freigesprochen. Feuerberg umarmte seine Frau und in seiner Freude auch Wassile. »Ich hab's ja gewußt! Wie glücklich ich bin! Das ist eben Gerechtigkeit. Was sagen Sie dazu, Freund Wassile?«

Jeanne wollte ihn aufklären. Durch einen leichten Druck auf ihren Arm hinderte Wassile sie daran. Wahrscheinlich ist sie jetzt ganz sicher, dachte er, daß ich dazugehöre. Nur, stimmte es denn nicht? – Er lud den Doktor und seine Frau ein, ihn zum Wagen zu begleiten. Er könne sie dann heimbringen. Jeanne setzte sich neben ihn, der Doktor neben Tadek, der sogleich von seinem Verbrechen zu erzählen begann. Wassile sprach mit Jeanne leise Russisch. Er bat sie, ihren Mann nicht wissen zu lassen, wie es zu dem Freispruch gekommen sei. »Es ist mir klar«, sagte sie, »daß Sie das nicht wollen und – vielleicht auch, warum Sie es nicht wollen.«

»Ich möchte einfach nicht, daß er den Glauben verliert. Würde ihm die Wahrheit nicht arg zusetzen?«

»Ja«, sagte sie. »Und zudem würde das Bild, das er sich von Ihnen gemacht hat, ins Zwielicht geraten. Sie müssen nämlich wissen, Wassile, daß er einen schweren Kampf mit sich gekämpft hat. Es wäre seine Pflicht, meinte er, Anzeige gegen Sie zu erstatten, und dies trotz seiner Sympathie für sie. Sie arbeiteten gegen den Sojus, wenn Sie Sowjetbürger zur Flucht veranlassen –.«

»Und warum hat er es nicht getan, Jeanne?«

»Warum? Ich hab ihn überzeugt, ihm erklärt, daß es gewisse Beziehungen zwischen Menschen gibt wie eben die Ihre zu Candomir, die ... Daß Sie ein wertvoller Mensch sein können, auch wenn Sie ein treuer Diener Ihres Herrn sind.«

»Er hat sich wirklich überzeugen lassen?«

»Nicht ganz, nein, nicht ganz. – Aber, jemanden anzuzeigen, wissentlich ins Unglück zu bringen, liegt ihm nicht. Es ist unvereinbar mit seiner ganzen Art –.«

»Dann wird er nie ein richtiger Bolschewik werden«, lachte Wassile. »Die Treue zur Idee ...«

»Wird er nicht«, unterbrach sie ihn und lachte gleichfalls. In ernstem Ton fuhr sie dann fort: »Wie haben Sie es geschafft, Wassile?«

»Mit der Wahrheit. Nichts als die Wahrheit hab ich erzählt. Dem kleinen Natschalnik. Haben Sie ihn nicht gesehn?«

»Und er hat Ihnen geglaubt und sogar geholfen?«

»Sie waren Zeugin!«

Sie seufzte tief. »Ja, ich glaub's, ich muß es glauben. Würde ich zweifeln – dann wäre es das Ende.«

»Nicht zweifeln, bitte, nicht! Ich will es mir einrichten, daß ich morgen oder übermorgen abend zu Ihnen komme. Vielleicht kann ich dann alles erklären, Sie beruhigen. Sie vertrauen mir doch, Janina?«

»Janina!« Sie sah ihm lächelnd in die Augen. »Ja, ich habe Vertrauen zu Ihnen. Kommen Sie übermorgen. Denn morgen wird Léon wahrscheinlich Nachtdienst haben.«

»Also übermorgen.« Der Wagen hielt.

»Gute Nacht, Freund Wassile!« rief Feuerberg.

»Gute Nacht, Doktor!«

»Auf übermorgen, Wassile«, sagte Jeanne.

Übermorgen, das war der neunte Mai. Es sollte ein furchtbarer Tag werden. Tadek hatte frei, war zur Mutter gefahren und über Nacht geblieben. Spätestens um acht hätte er zurück sein müssen, und um elf war er immer noch nicht da. Mehrmals war Wassile, obgleich er alle Hände voll zu tun hatte, in die Gärtnerei gelaufen, um nachzusehen. Die Obadjewa und der Buchhalter waren bereits um sieben weggefahren, da sie mit den Kantinen abzurechnen hatten. Ginge auch Wassile jetzt fort, wäre niemand verfügbar, der kompetent Auskunft erteilen könnte, falls irgendein Berufener oder Unberufener an die Tür klopfte. Zwar mußte er heute unbedingt die Besselmanns aufsuchen, um definitiv Tag, Stunde und Punkt der ›Abreise‹ festzusetzen, doch das war erst für die Mittagspause geplant. Es war, als er sich entschloß, in die Stadt zu reiten, noch eine Stunde bis dahin. Er hielt es für das beste, Benderski zu bitten, er solle jedem, der sich nach ihm erkundigte, einfach sagen, er befinde sich auf einem Inspektionsritt. Der Gärtner folgte ihm in den Hof. »Sie sind beunruhigt, *zawjedujuschtschij?*« krächzte er.

»Wie kommen Sie darauf?« fragte Wassile ungeduldig.

»Nun wegen den Sembrinskis – ich merke das. Auch ich denke, Gutes kann es nicht sein – vielleicht ist die Mutter krank.«

»Vielleicht«, sagte Wassile.

Er mußte sich Klarheit verschaffen. Als er sein Pferd wie üblich im Hof hinter Panja Jadwigas Haus festbinden wollte, bemerkte er zwei Männer, ›Zugereiste‹, die sich an der Eingangstür zu schaffen machten. Offenbar hatten sie gerade eine Latte darüber genagelt. Was auf dem großen Zettel zu lesen stand, konnte sich Wassile zusamnmenreimen, auch ohne näher zu treten: Das Haus sei Staatseigentum und unterstehe der Häuserverwaltung des Lenin-Rayons. Panja Jadwiga war also abgeholt worden. Es wäre sinnlos gewesen, den beiden Männern Fragen zu stellen. Selbst wenn sie etwas wüßten, würden sie den Mund halten.

Und Tadek? Warum hatte der nicht sofort Kontakt mit ihm aufgenommen? Wurde auch er ›umgesiedelt‹?

Saposchnik wollte gerade zum Essen gehen, als Wassile in sein Büro trat. »Da sind Sie ja, Genosse Chomniuk! Ich habe die ganze Zeit versucht, Sie zu erreichen.«

»Ich hatte auf dem Feld zu tun und dann – ich muß Anzeige erstatten: Sembrinski hat gestern seinen freien Tag gehabt. Noch immer ist er nicht zurück.«

»Ja, Sembrinski. Deswegen wollte ich mit Ihnen sprechen.« Er deutete auf einen Stuhl. »Setzen Sie sich.« Er selber blieb stehen. »Sembrinski – er wird umgesiedelt.«

»Umgesiedelt?«

»Ja, vor zwei Stunden haben wir die Nachricht erhalten. Mit seiner Mutter. Wir werden noch einen Gärtner anfordern müssen.« Er hatte bereits die Türklinke in der Hand. »Ich habe Hunger.«

Wassile ging hinter ihm her. An der Treppe, die zur Kantine hinabführte, sagte er nur: »Daß die Gärtner auch bald kommen, Genosse Saposchnik.«

»Wird sein, wird alles sein«, sagte Saposchnik und watschelte die Stufen hinunter.

Vor dem Gebäude hielt ein Wagen der Farm. »Ihr seid noch in der Stadt?« fragte Wassile den Kutscher Jeremczuk.

»Der neue Buchhalter ist halt nicht die Mira, bei dem dauert's. Auch die *moskal* – überall muß man auf sie warten. Gerade sind wir angelangt. Weiß Gott, wie lange sie hier zu tun haben. Beinahe drei Stunden hab ich in Werk II gewartet. – Hast du schon gehört, Wassile, von der Textilfarm haben sie vier geholt. Sibirien. Sie verschicken wieder.«

»Auch Tadek ist dabei«, sagte Wassile und machte sich am Sattel zu schaffen.

»Tadek? Wieso er? Wegen des bißchen ›*psiakrew cholera*‹?«

»Vielleicht, wer kennt sich aus?«

»Glaubst du, du hättest was tun können, Wassile?« Jeremczuk war der vernünftigste und verschwiegenste unter den Kutschern. »Wir wissen«, sagte er langsam, »daß du uns hältst. Alle sind sich klar darüber, Wassile.«

»Ich? Sag das nicht, Michailo. Ihr haltet euch selbst, und daß ihr früher nicht um Tagelohn gearbeitet habt, wen geht das etwas an? Stimmt's?«

»Das ist's eben. Du kannst mit ihnen reden, dir glauben sie. Wenn du nicht wärst ...«

»Nicht so wichtig. Du wirst den Hengst hinten an den Wagen binden. Ich hab noch zu tun in der Stadt.«

»Wird gemacht. Soll ich dich nicht später abholen? Sag nur, wann.«

»Nicht nötig. Ich weiß nicht, wie lange es dauert. Heim komme ich schon auch so.« Er zog ein Päckchen aus der Satteltasche und steckte es zu sich. »Wiedersehn, Michailo.«

Langsam ging er, als hätte er eine Last zu tragen. Es war tatsächlich so, wie Jeremczuk gesagt hatte: Er ›hielt‹ die Arbeiter der Farm – wäre er weg, würden sie beim nächsten oder übernächsten Mal umgesiedelt werden. Aber selbst wenn er bliebe, was würde das ändern? Wäre überhaupt jemand imstande zu helfen? Er war schon einige Häuser weiter, als er Stimmen hinter sich hörte. Die Obadjewa sprach ziemlich laut mit Fejnhold. Sie war es auch, die ihn anrief: *»Zawjedujuschtschij!«*

Wassile gab sich einen Ruck. Sie brauchten ihm nicht anzusehen, wie unglücklich, wie abgekämpft er war. »Ja?« Er drehte sich langsam um und sah geflissentlich auf die Uhr. Fejnhold reichte ihm die Hand. Die Obadjewa blieb abwartend stehen.

»Die Telefonistin ist ganz durcheinander, so oft habe ich nach Ihnen gefragt«, sagte Fejnhold lachend.

»Im Büro war keiner. Ich hatte auf dem Feld zu tun, dann bin ich hergeritten. Höchste Zeit, Anzeige zu erstatten, daß Sembrinski nicht zur Arbeit erschienen ist.«

»Sembrinski wird umgesiedelt.«

»Das hat mir gerade der Genosse *zamestitel* mitgeteilt – woher nehme ich jetzt den Gärtner?« Sorgenvoll schüttelte er den Kopf.

»Wird sein, Wassile Wassiljewitsch. Nicht so wichtig. – Ja, die Sembrinskis – eine richtiggehende Schlacht soll es gewesen sein. Die beiden hätten sich gegen die Arbeiter des NKWD zur Wehr gesetzt. Um ein Haar wäre auf sie geschossen worden.«

»Was Sie nicht sagen! Die Alte war wohl wieder angeschickert. Jetzt hat sie's erwischt!«

Fejnhold stutzte, dann sagte er lachend: »Ja, das ist der Lauf der Welt.« Rasch setzte er hinzu: »Die Frömmigkeit hindert sie offenbar nicht, zu saufen und mit den Fäusten auf die dreckigen *moskal* loszugehen.«

»Wer kann schon in einen Menschen hineinkriechen. – Ihr Sohn war jedenfalls ein guter Arbeiter. Jetzt hab ich nur noch einen einzigen Gärtner.« Als Fejnhold schwieg, fuhr er fort: »Vielleicht findet man in der Stadt ein paar Leute. Vor dem Basar stehen immer welche herum. Benderski könnte ihnen zeigen, wo's lang geht.«

»Ja, Benderski« – als hätte er Bitteres geschluckt –, »arbeitet er gut?«

»Von Gärtnerei versteht er nicht wenig. Er trinkt halt gern«, setzte Wassile hinzu. Offensichtlich wollte der Natschalnik mehr über den alten Säufer hören.

»Und spricht viel und dummes Zeug«, sagte Fejnhold.

»Er singt auch, glaube ich, und tanzt ziemlich gut. Ach, der ist nicht wichtig«, mischte sich die Obadjewa ins Gespräch. »Du hast in der Stadt zu tun, Wassile?«

»Ja. Jeremczuk nimmt das Pferd mit zurück.« Er blickte auf die Uhr, es war bald eins.

»Auch wir müssen weiter«, sagte Fejnhold.

Zusammen gingen sie zur nächsten Tramhaltestelle. Als Wassile sich verabschieden wollte, sagte die Obadjewa leichthin. »Ihr bekommt eine neue Kassiererin. Ich fahre morgen. Andere Arbeit. Nicht schade um mich, was, Wassile?« Unter Tränen lächelte sie.

Fejnhold war vorausgegangen. Er verhielt den Schritt. »Wird sein, alles wird sein. – Wann sind Sie wieder auf der Farm, Wassile Wassiljewitsch?«

»Wie gesagt, ich muß mich nach ein paar Gelegenheitsarbeitern umsehen. Bis wir die Gärtner bekommen – zuviel, Genosse Fejnhold.«

»Kommt auch anders, kommt ganz anders!« lachte Fejnhold. »Gegen sechs werden Sie wohl zurück sein?«

»Sicher. Ich krieg bestimmt einen Wagen.«

Sie verabschiedeten sich endlich voneinander und gingen getrennter Wege.

Bis zu Besselmanns Wohnung war es nicht mehr weit. Wassile hatte genug von der ewigen Vorsicht. Als er das Haus vor sich sah, eilte er geradewegs auf es zu, trat entschlossen ein und sprang die Stufen hinauf. Oben blieb er dann jedoch wie versteinert vor der Tür stehen. Im Halbdunkel des Flurs leuchtete der weiße Zettel. Nationalisiert. Auch Besselmanns waren auf dem Transport.

Mechanisch griff Wassile nach einer Zigarette. Kaum hatte er sie angezündet, hörte er Schritte auf der Treppe. »Wen suchen Sie, Genosse?« fragte ein Mann, der Sprache nach ein ›Hiesiger‹. Wassile hielt sich im Halbdunkel des Flurs.

»Sie sind der *upradom?* Hier soll eine Wohnung freigeworden sein. Wissen Sie, welche es ist?«

»Sie stehen genau vor ihr«, radebrechte der Mann und musterte Wassile. »Schickt Sie die Häuserverwaltung?«

»Wird sein«, brummte Wassile. »Sie haben mir fürs erste nur die Adresse gegeben. Passen Sie auf, Bürger« – er bot ihm eine Zigarette an und ließ sie ihn an der seinen anzünden –, »ich bin der Direktor vom Fleischtrust. Sie können sich darauf verlassen, daß ich mich Ihnen erkenntlich zeige. Sagen Sie einfach, die Wohnung ist schon vergeben.« Aus der Tasche zog er einen Fünfzigrubelschein. »Wie viele Zimmer?«

»Zwei große und ein kleineres, ordentlich gehalten.«

»Wer hat hier gewohnt?«

»Ein Jud mit Frau und Sohn. Waren früher ziemlich reich – ist nicht schade um sie. In die Hölle mit ihnen, *psiakrew cholera!*«

»Haben sie nicht gearbeitet?«

»Gearbeitet hat der Alte. Der Sohn ist noch in die Schule gegangen. War eine richtige Judenfresse.«

»Sie sollten, Bürger«, sagte Wassile und war ganz Natschalnik, ernst und streng, »nicht schimpfen. Vorgestern haben sie einem Arbeiter zwei Jahre aufgebrummt wegen dieses Schimpfworts. Wissen Sie, daß Sie ein Konterrevolutionär sind – ein Antisemit, der sich dazu noch bestechen läßt?«

Mit offenem Mund starrte ihn der Mann an. Wassile ließ ihn einfach stehen und verließ das Haus in dem guten Gefühl, dem Denunzianten gewaltige Bauchschmerzen verursacht zu haben.

An der nächsten Straßenecke mußte er sich an eine Wand lehnen, so übel war ihm. Was nun? Durch Besselmanns Verschwinden hatte er seine wichtigste Verbindung verloren. Wie sollte er nun an Platzer herankommen? Er kannte ihn doch gar nicht. Wassile wollte darüber nicht nachdenken. Was ihn mehr bedrängte, war die Sorge um Arje. Armer Junge! Wenn er ihm nur helfen könnte! Ihn wenigstens noch einmal sehen, ihn trösten, ihm zuwinken. – *»Burshuiskaja sentimentalnost«*, sagte Wassile laut, ohne sich dessen bewußt zu sein.

Er merkte auch kaum, daß er sich in Trab setzte, und der Richtung wurde er erst gewahr, als das Gebäude der Polizeidirektion vor ihm auftauchte. Was will ich hier, was kann ich ausrichten? Vielleicht – was liegt daran? Was können sie mir anhaben? Lüge ich mich heraus, gut, wenn nicht ... *»Propusk* – Passierschein!« rief der Milizionär und streckte den Kopf aus dem Fenster der Bretterbude im Toreingang.

»Ich suche«, sagte Wassile, »einen Starschina. Vielleicht kennst du ihn. Aus demselben Ort wie ich kommt er. Er heißt...«

»Ich bin neu hier. Fast alle sind am Bahnhof – Umsiedlung«, sagte der noch junge Mann und zog eine Zigarette aus dem Paket, das der Besucher ihm hinhielt.

»Dann brauche ich gar nicht erst zu suchen. Der wird sicher mit dabei sein, guter Arbeiter. Na ja, weiter nicht schlimm.« Wassile ging und wußte jetzt wenigstens, daß man sie direkt in die Waggons verladen hatte. Mit der Tram fuhr er zum Bahnhof. Der Eingang zur Halle war bewacht, jeder, der hineinwollte, mußte sich ausweisen. Ob die Transporte wirklich von hier weggehen, fragte sich Wassile. Wird mir jemand Auskunft geben? Er beobachtete das Kommen und Gehen: lauter ›Zugereiste‹.

Wassile lief zum Güterbahnhof. Auch dort stand ein Doppelposten. Er zeigte seine Papiere und wurde durchgelassen. Vor einer Lagerhalle erblickte er ein Gespann der Farm und erkannte Jurko. Wassile winkte und ging zu ihm hin. »Was machst du hier, Wassile?« fragte Jurko.

»Letzte Nacht haben sie Tadek geholt. Noch einmal sehen möchte ich ihn. Hast du eine Ahnung, wo der Zug steht?«

»Tadek auch? Daß sie der Teufel ...! Genau kann ich dir das nicht sagen – dort unten muß es sein. Miliz ist hinmarschiert, eine ganze Kompanie.«

»Ob hinter dem Zaun eine Straße vorbeiführt?«

»Ich glaub schon. Aber sicher werden sie Posten aufgestellt haben.«

»Wollen wir's versuchen, Jurko?«

»Wenn du willst, Wassile.« Jurko wendete und fuhr um die Lagerhäuser herum auf die Straße. Nach fünfzehn Minuten Fahrt, immer an einem hohen Bretterzaun entlang, hielt er an. Wassile kletterte auf den Rücken eines der Pferde und hatte nun freie Aussicht. Er sah den Zug, eine unabsehbare Reihe von Güterwagen, davor eine Kette Bewaffneter. An einem Tisch saßen Männer mit roten oder blauen Tellermützen, Papiere vor sich. »Dreh um, Jurko«, sagte Wassile, und als sie wenige Minuten gefahren waren, »halte hier, aber ganz nahe am Zaun. – So.« Wieder stieg er auf den Rücken des Pferdes. »Fahr zurück«, rief er, schwang sich über das Hindernis und ließ sich zwischen die Melden fallen. Offenbar hatte man ihn nicht bemerkt. Die Hand am Hosenschlitz, richtete er sich langsam und vorsichtig auf, nestelte an seinen Kleidern und ging geradenwegs auf den Tisch zu. Während er sich eine Zigarette anzündete, beschleunigte er den Schritt, und als er nahe genug war, schien er in geschäftiger Eile. Ehe ihm jemand eine Frage stellen konnte, rief er in forschem Ton: »Wer ist hier der Starsche?« Ein Rotbemützter erhob sich. Wassile machte drei, vier Schritte vom Tisch weg, und der andere folgte ihm. »Ich brauche einen von denen!« Mit einer Kopfbewegung in Richtung der Waggons und ohne den Transportleiter – er trug die Abzeichen des Starscheljetnants – zu Wort kommen zu lassen, hielt er ihm das Papier entgegen, das ihm der ›Pastor‹ ausgehändigt hatte.

»Naja«, sagte der NKWD-Mann. »Wie heißt er?«

»Noch ein Junge, fünfzehn oder sechzehn Jahre. Einiges erfahren will ich noch von ihm, bevor ...«

Der Uniformierte blickte verwundert. »Ich hole ihn«, sagte er unterwürfig. »Wie sagst du, daß er heißt?«

»Arje Besselmann, wirst du dir das merken, oder soll ich dir's aufschreiben?«

»Ich merk mir's schon. Besselmann – Junge sind nur wenige dabei«, sagte er eifrig. »Buchstabe B muß gleich nach der Lokomotive kommen.«

Wassile blickte ihn ernst an. »Ich warte hinter dem Zug und ...« Rasch legte er den Finger an den Mund.

»Versteht sich.« Der Starscheljetnant eilte davon. Wassile ging um den Zug herum. Hier, auf der Rückseite, waren die Waggontüren versperrt, Wachen gab es nicht. Nach zehn Minuten erschien Arje, hinter ihm der Offizier. Das Gesicht des Knaben strahlte, als er Wassile erblickte. Der gab sich alle Mühe, fremd und gleichgültig dreinzuschauen, so daß auch Arjes Gesichtsausdruck sich veränderte. »Es tut mir leid, eine Weile wird es dauern. – Wann fahrt ihr?« Er sah auf die Uhr.

»Es heißt, zwischen acht und neun.«

»Zeit genug.«

»Sag mir Bescheid, wenn du fertig bist.« Der Offizier ging zurück an den Tisch. Wassile war mit Arje allein.

»Woher wissen Sie, Wassile? In der Nacht haben sie uns geholt.«

»Ein Unglück – wie trägt's der Vater? Und die Mutter?«

»Vater hält sich – doch die Mutter – sie ist krank.«

»Habt Ihr genug Kleider, Decken, auch Geld?«

»Es geht. Die Leute waren anständig – sie haben gewartet. Bettzeug konnten wir mitnehmen und Pelze, auch fünftausend Rubel.«

»Aber dein Vater hat doch ›Beziehungen‹ gehabt?«

»Vielleicht will er nichts riskieren? Es scheint, sie haben die Norm nicht erfüllt, sonst nimmt man keine Jungen. Schön von Ihnen, Wassile, daß Sie gekommen sind. – Wie haben Sie das bloß geschafft?«

»Mut, Arje! Ich hol Sie raus.«

»Mut?« Er lächelte. Seinem Gesicht verlieh dies einen Zug von Männlichkeit und Überlegenheit. »Auf mich kommt's nicht an. Ich riskiere alles – aber die Eltern. Wer wird Ihnen dann beistehen?«

»Glauben Sie nicht, daß es ihnen leichter um Herz ist, wenn sie wissen, ihr Sohn ist hiergeblieben?«

Arje dachte nach. Er schüttelte den Kopf. »Leichter – kann sein. Doch wie werden sie's erfahren? Und wenn man uns erwischt? Auch Sie sind dann dran, Wassile!«

»Wir kommen schon durch, Arje – *rak kach!*«

»Rak kach!« Er hatte Tränen in den Augen. »Nicht hören wollen hat der Vater. Werden sie schicken, werde ich gehn – erinnern Sie sich, Wassile? – Die Strapazen werden sie nicht überleben!« jammerte er.

Der NKWD-Offizier spähte um die Ecke des Waggons. Was der Mann vom *Spez* wohl wollte? Als er den Jungen weinen sah, nickte er befriedigt. »Immer weinen sie!« murmelte er.

»Nitschewo«, sagte Wassile und ging zu ihm hin. »Wo ist der nächste Ausgang?«

»Rechts von der Lokomotive, zweihundert Schritte etwa. Ein Posten bewacht ihn. Willst du den Jungen mitnehmen?«

»Man muß es probieren.« Wassile tat so, als sollte Arje seine Worte nicht hören, und der Mann fühlte sich geehrt von soviel Vertrauen. »Aber vielleicht schaff ich's auch hier«, schränkte er komplizenhaft ein, um Arje anzuherrschen: »Wann hast du ihn das letztemal gesehen?«

Arje schüttelte den Kopf. »Ich kann mich nicht erinnern«, schluchzte er.

»Wirst dich schon erinnern, komm schon!« Arje folgte, und sie gingen langsam in Richtung Lokomotive. Wassile tat, als redete er auf den Jungen ein.

»Nein, ich kann die Eltern nicht allein lassen, Wassile. Was werden sie denken, wenn ich nicht zurückkomme. Diesen Schlag überleben sie nicht.«

»Wir finden schon einen Weg, sie zu verständigen. Hier sind Papier und Bleistift! Ein paar Worte genügen. Daß Sie frei sind und zu Chajim gehen.«

Einen Moment zögerte Arje. Dann schrieb er. Wassile konnte es nicht lesen, es war Hebräisch.

»Welcher Waggon ist es?« fragte er.

»Der fünfte von der Lokomotive.« Als sie dort angelangt waren, blickte sich Wassile um. Weit und breit kein Mensch auf dieser Seite. Nur Gleise und verstreut einzelne Waggons.

Auf einen von ihnen deutete Wassile: »Darin können Sie sich verstecken. Ich hole Sie, sobald ich kann.« Auf Wassiles Klopfen erschien ein Gesicht am vergitterten Waggonfenster, eine Hand nahm den Zettel entgegen. Wortlos hatte sich das ganze abgespielt. Wassile ging zu dem Waggon zurück, in dem Arje verschwunden war. »Alles erledigt, kommen Sie.« Noch immer war niemand auf dieser Seite zu sehen. Sie entdeckten eine Lücke im Bretterzaun und standen bald auf der Straße. »Wissen Sie, wo wir sind, Arje?«

»Hier war ich noch nie. Der Bahnhof muß dort sein.« Er wies in nördliche Richtung.

Wassile sah auf die Uhr. Halb vier. Sie kamen an kleinen verfallenen Häusern mit verwilderten Gärten vorbei. Niemand schien hier zu wohnen. »Traurige Gegend«, sagte Wassile.

»Wer weiß, wo die Menschen, die in diesem Viertel gelebt haben, hingekommen sind«, sagte Arje. Dann verstummte er.

Auch Wassile schwieg. Es gab vieles zu überdenken. Vor allem mußte ein Weg gefunden werden, Arje an die Grenze zu bringen. Zu Birnberg.

Endlich sah man wieder Menschen. Unzweifelhaft ›Hiesige‹. »Gehen Sie jemanden fragen, wo wir uns hier befinden, Arje.«

Im Nu war Arje wieder zurück. »Ich weiß schon. Wenn wir dort die steile Gasse hinaufgehen, haben wir noch ungefähr eine halbe Stunde bis zum Zentrum.«

»Los, Arje!« Als sie oben waren, kam Wassile die Gegend bekannt vor. Nicht weit von hier mußte das Krankenhaus liegen, in dem Doktor Feuerberg arbeitete. Vielleicht ließ sich Arje für einen Tag bei den Feuerbergs unterbringen. Aber was sollte er dem Doktor erzählen? Wie würde der unbeirrbare Kommunist sich verhalten? Sie hatten keine Wahl? Es war Viertel vor fünf – er mußte zur Farm zurück. »Kommen Sie, Arje, nicht weit von hier wohnt Frau Feuerberg. Sie haben ihr einmal Geld gebracht, erinnern Sie sich? Vielleicht können Sie die Nacht über dort bleiben.«

»Gut, Wassile, sie ist in Ordnung.«

Wenige Minuten später klinkte Wassile das Pförtchen auf. Nur ein paar Schritte waren es bis zur Haustür. Der große weiße Zettel hob sich scharf ab vom dunkelbraunen Lack. Obwohl Wassile wußte, was auf ihm geschrieben stand, trat er näher: Nationalisiert. Unterstellt der Häuserverwaltung des Dshershinski-Rayons. Blaß im Gesicht, mit geballten Fäusten stand Wassile vor der Notiz. Verzweifelte, ohnmächtige Wut erfüllte ihn. Immer wieder blickte Arje ihn von der Seite an. Zaghaft streichelte der Junge schließlich seine Hand. »Kommen Sie, Wassile, da hilft nichts.«

»Nein, da hilft nichts«, stöhnte Wassile. Sie gingen und wußten nicht, wohin.

Die Straße fiel steil ab und machte plötzlich eine Biegung. Von hier aus konnte man den Weg durch die Felder nehmen und würde irgendwann zur Farm gelangen. »Los, Arje, Sie dürfen ihnen nicht noch einmal in die Hände fallen. Komm, mein Junge.« Es lag fast so etwas wie Zärtlichkeit in Wassiles Stimme.

»Ja, Wassile.«

»Die Leute sind ganz durcheinander«, sagte Jurko und rieb mit einem Strohwisch die Pferde trocken.

»Was haben sie?« fragte Wassile, aus seinen Gedanken gerissen. Jurko blickte nicht von der Arbeit auf. »Angst. Hätte ich nicht zwei kleine Kinder ... Wer kann denn so leben? – Hast du Tadek gefunden, Wassile?«

»Nein, war nicht ranzukommen.« Wassile hatte ein schlechtes Gewissen. »Sag allen – niemand hat mich am Bahnhof gesehen, ja?«

»Darauf kannst du dich verlassen, Wassile.«

»Für ein paar Monate ist jetzt wieder Ruhe.«

»Ruhe?« Das Zeichen zum Futterholen wurde gegeben, Jurko nahm den Eimer auf. »Ruhe, die gibt's bei ihnen nie. Ständig hat man Angst. Du nicht, Wassile?«

»Wer nicht? Was hilft's. Auch daran gewöhnt man sich, du siehst ja.«

Wie immer zu dieser Stunde hatte Wassile im Stall nach dem rechten gesehen und wollte zum Molkereikeller hinuntergehen. Da kam der Buchhalter in den Hof gerannt. »Telefon, Genosse Direktor!«

Wassile ließ sich Zeit. Was wollen sie schon wieder, dachte er grimmig, als er den Hörer aufnahm. Es war Tanja: »Sei so gut, *zawjedujuschtschij*, raff meine Klamotten zusammen und wirf sie in den Koffer! Möglich, daß ich sie nicht mehr abholen kann. Der Schlüssel zum Haus liegt in meiner Schublade. Ich muß noch heute fahren. Bist so gut, ja? Bleib gesund, alles Gute, mein lieber Ochse!« Sie lachte. – »Alles Gute, Tanja, alles Gute und Dank!« Dann hörte er nur noch das Klicken.

Zuerst lief er zum Magazin. Aus dem Bündel mit Anteks Sachen nahm er einiges heraus und warf es in einen Sack, den er im Gebüsch hinter der Gärtnerei versteckte.

In Tanjas Schrank fand sich manches, was früher Mira gehört hatte. Wassile holte das blaue Emaildöschen aus der Tasche und steckte es in einen von Tanjas Schuhen – ein Andenken. Für einen Augenblick wog er die Rubine in der Hand. In weiße Watte gebettet, glänzten und strahlten sie. Heute erinnerten sie ihn an große, schwere Blutstropfen. In dem kleinen Versteck unter seinem Hosenbund wären sie sicher. Dann verschnürte er den Koffer und ging in die Kantine, in der bereits reger Betrieb herrschte. Hastig aß er. »Was geschieht mit Tadeks Ration«, hatte die Frau am Ausgabeschalter gefragt.

»Geben Sie her, ich bezahle sie.« Man schob sie ihm zu, ohne ihn dabei anzusehen. Was sie sich wohl denkt, ging es Wassile durch den Kopf, als er sich auf den Weg machte.

Die meisten Arbeiter mußten bereits zum Essen gegangen sein. Denn die Straße zur Gärtnerei, wo Wassile den Sack holen wollte, lag völlig verlassen. Zu Hause erwartete ihn ein hungriger Arje. Während der Junge Tadeks Ration aufaß und Tee trank, packte Wassile Wäsche und Mundvorrat in einen Rucksack. »Paß jetzt gut auf, Arje.« Er zeichnete ihm die Marschroute auf ein Stück Papier. »Hast du in Chodorow, Burstyn oder in Stanislaw Bekannte, Verwandte?«

»Überall.« Arje dachte nach. »In Burstyn wohnt Mendel Rosenblum.«

»Geh zu ihm – ja, zu Mendel Rosenblum. Vielleicht hole ich dich in ein oder zwei Tagen. – Wie lange wirst du brauchen?«

»Oh, ich bin gut zu Fuß. – Wie viele Kilometer sind es?«

»Bis Chodorow an die sechzig. Vielleicht auch mehr. Ich bringe dich, so weit ich kann.«

»Kommen Sie doch mit, Wassile.«

»Das fiele auf. Sofort würden sie mich suchen. Nein, du mußt allein gehen. Hier, für alle Fälle, dreihundert Rubel, mehr hab ich nicht. – So, jetzt streifst du noch Anteks Arbeitskluft über und dann los –.«

Sie hielten sich hinter den Häusern. Etwa dreißig Meter nach der Schmiede überquerten sie die Chaussee und gelangten zu einem Pfad. »In einer halben Stunde kommst du an einen kleinen Bach. Dort versteckst du dich im Gebüsch. Wenn ich bis zum Anbruch der Dunkelheit nicht bei dir bin, gehst du weiter bis zum Gleis. Den Weg kannst du nicht verfehlen. Verstanden, Arje? Also, eine Stunde, vielleicht auch ein wenig mehr.« Er drehte sich um und lief zurück.

Wieder auf der Farm, begab Wassile sich sofort zum Stall. »Du bleibst im Hof«, sagte er zu Jeremczuk. »Wenn man nach mir fragt, der Hengst hat Koliken, hörst du, Michailo?«

»Ja – du bringst ihn in Schweiß.«

»Bleib auf jeden Fall. Und der Buchhalter soll, falls jemand anruft, die gleiche Auskunft geben.« Er zog den Sattelgurt fest an.

Auf dem Pfad, den er vor einer Stunde mit Arje gegangen war, ließ Wassile den Hengst laufen. – Am Bach trat der Junge aus dem Gebüsch. »Bist du schon einmal geritten, Arje?«

»Oho!«

»Gut. Sitz hinten auf und halt dich an mir fest.«

»Wie bei den Indianern.« Nur in den ersten Minuten war Golodnej ungehalten über die zusätzliche Belastung. Alsdann lief er wie eine Uhr. Zehn Minuten Galopp, fünf Minuten Schritt, beinahe zwei Stunden. Bis zum Bahngleis. »So«, sagte Wassile. »Du folgst dem Weg bis zum Wald.« Er studierte den Himmel. »Wenn du Glück hast, regnet's. Immer hier weiter bis nach Soniewicze. Umgeh das Dorf, bleib immer auf dem Pfad, bis du wieder auf das Gleis stößt. Da bist du bereits in Chodorow und von dort ...«

»Ich komme schon durch, Wassile.«

»Glück auf die Reise, Arje.«

Er umarmte und küßte ihn. »Los!«

»Auf Wiedersehen, Wassile!« Arje fiel ihm um den Hals.

»Ja. Auf Wiedersehen!«

Schweißbedeckt war das Pferd, auf dem Wassile in den Hof einbog. Zehn Uhr. In der Stalltür erschien Jeremczuk. »Ich kümmere mich um ihn. Der Buchhalter hat nach dir gefragt, schon mehrmals. Geh nur, Wassile!«

»Ja. Führ ihn herum, bis er trocken ist, Michailo. Danke.«

Erleichtert atmete Weidenfeld auf, als er Wassile erblickte. »Diese Nummer sollen Sie anrufen, Genosse Direktor. Ich glaube, es ist die Genossin Kassierer. Auch ein Genosse hat nach Ihnen gefragt, schon zweimal. Wenn mich nicht alles täuscht, der gleiche, bei dem man den Lebenslauf einreicht.«

Fröhlich sagte Tanja: »Behalte bitte meinen Koffer bei dir, *zawjedujuschtschij*. Jemand wird kommen und ihn abholen. Ach – einen Moment noch, Arkadij Samuelowitsch will mit dir sprechen – hier! – Was macht das Pferd, Wassile Wassiljewitsch?« – Nicht anders als sonst klang Fejnholds Stimme. – »Geht's ihm besser? Das würde mich freuen. – Legen Sie sich bald schlafen! Alles Gute – auf Wiedersehen.«

»Danke, Doktor Weidenfeld. Jeremczuk fährt Sie später zur Tram. Gegessen haben Sie hoffentlich?«

»Danke, habe ich, sehr liebenswürdig.«

Wassile holte Tanjas Koffer und ging nach Hause. Als erstes vergewisserte er sich, daß von Arjes Sachen nichts mehr da war. Überflüssige Sorge, dachte er, während er die Küche und sein Zimmer unter die Lupe nahm. Wenn sie ihn gesucht und bei mir vermutet hätten, wären sie schon erschienen. Arje kommt bestimmt durch. Aber ich, was suche ich noch hier? – Ist ja alles nicht wahr, was ich Arje erzählt habe und – auch mir selber. Er sah auf die Uhr – zehn Uhr vierzig! Jetzt fahren sie schon: Panja Jadwiga und Tadek, Besselmann und seine Frau, und Janina und Léon Feuerberg! Nicht denken, nicht daran denken!

An nichts denken – auch nicht an den Anruf Fejnholds. Zeit zum Schlafengehen, Wassile? Du rufst mich ans Telefon – nur um mir das zu sagen?

Kaum lag Wassile unter der Decke, als an die Vordertür geklopft wurde. Schon? dachte er und ging öffnen. Erwartet hatte er Fejnhold, doch nicht den andern, der mit ihm kam. Der ›Pastor‹ war es, Maxim Danilowitsch persönlich. »Tanjas Koffer wollen wir holen«, sagte Fejnhold und lachte.

»Alles fertig«, sagte Wassile. Der ›Pastor‹ war in Wassiles Stube getreten. Ob das Fenster gut schloß, prüfte er, und die Decke davor auch dicht machte. Beruhigt setzte er sich. Im langen Bauernhemd stand Wassile und wartete mit verschränkten Armen. »Ich konnte nicht wissen, daß Sie den Koffer selber abholen würden. Sonst wäre ich aufgeblieben.«

»*Nitschewo, nitschewo*«, säuselte der ›Pastor‹. »Wenn Sie den Tisch freimachen könnten ...«

»Vielleicht sollten wir ins andere Zimmer gehen, ein großer Tisch steht dort, und der ist ganz frei.«

»Es geht schon.« Der Besucher blickte zum Fenster. »Und wenn Sie die Haustür abschließen wollten –.«

Als Wassile zurückkam, lagen seine Bücher auf dem Bett. Er holte für Fejnhold einen Stuhl und schlüpfte in die Hose. Dann saßen sie, und Maxim Danilowitsch erklärte ihm die ›Arbeit‹, die auf ihn wartete. Nicht länger als zwanzig Minuten sprach er. Leise, salbungsvoll, oft sich räuspernd. Er stellte keine Fragen und erwartete auch keine. »Machen Sie sich fertig, Sie kommen gleich mit«, schloß er.

»Wohl am besten, ich ziehe meine alten Stiefel an«, sagte Wassile, »in den neuen darf ich mich drüben nicht zeigen. Schade drum! Auch eine andere Mütze brauche ich.«

»Auf jeden Fall«, sagte der ›Pastor‹. »Wie sehen denn die Stiefel aus?« Wassile zeigte sie ihm, und er nickte. »Gut. – Eine Mütze?« Er dachte nach. »Werden wir finden. Nehmen Sie inzwischen Ihre alte.«

Maxim Danilowitsch ging, Fejnhold blieb. Wassile zog sich vollends an, ergriff Tanjas Koffer und nahm seinen kurzen Pelz unter den Arm. Als sie draußen waren, fragte sein Begleiter: »Was geschieht mit dem Schlüssel?«

»Wohl am besten, Sie nehmen ihn an sich.«

Fejnhold steckte ihn in die Tasche. »Ich werde«, sagte er, »morgen Ihre Sachen zusammenpacken und bei mir verwahren.«

»Vergessen Sie die Stiefel nicht, Genosse Fejnhold.«

»Bestimmt nicht, Wassile Wassiljewitsch.«

Irgendwo vor Jusefuwka wartete das Auto. Der ›Pastor‹ hatte sich neben den Chauffeur gesetzt. Sie fuhren zu Fejnhold. »Du nimmst jetzt Chomniuks Mütze und bringst eine andere in derselben Größe, eine von hier«, sagte der ›Pastor‹.

Nach knapp einer Stunde kehrte der Politruk mit einem Karton zurück. »Er hat mir mitgegeben, was er vorrätig hatte.« Drei Mützen waren es, alle mit breitem Schild. Aber auch Hüte lagen dabei. Wassile wählte einen aus Plüsch, von giftgrüner Farbe. Er paßte.

»Fertig«, sagte Maxim Danilowitsch und erhob sich. Er sah auf die Uhr. »Ihr könnt fahren.«

Gegen sechs Uhr erreichten sie Snijatyn. Unterwegs hatten sie kaum miteinander gesprochen. Wassile tat, als schliefe er. Nachdenken wollte er, sich klarwerden über die Lage. Fragen durfte man nicht. Wozu soll er über den Czeremosch? Warum soll er in einem der Dörfer zwischen Pruth und Sereth Arbeit nehmen, dort bleiben bis … Ja, ›bis‹ – das hatte er ihm nicht verraten, der ›Pastor‹.

Den Pelz unter dem Arm, den scheußlichen grünen Hut in der Hand, ging Wassile neben Fejnhold durch die morgenleeren Straßen. »Warum setzen Sie den Hut nicht auf, Wassile?«

»Der paßt für drüben, nicht für hier, Genosse Fejnhold.«

»Genau wie die Stiefel.« Fejnhold lachte.

»Ja, mir tut's leid um sie, waren so bequem.«

»Die gehen nicht verloren, nichts geht verloren. Ich hebe alles für Sie auf.«

»Aber wie komme ich zu ihnen – wenn's zu regnen anfängt? Ich hab jetzt doch nur die, und die sind schon so alt und ...«

»Bis es richtig regnet, haben Sie wieder die neuen Stiefel. Früher, viel früher, mein Ehrenwort, Wassile!« Er lachte. »Jetzt – Tee trinken.«

»Vielleicht am Bahnhof, da gibt es sicher ein Restaurant.«

»Probieren kann man's.« Sie stiegen ins Auto und fuhren zum Bahnhof. Wassiles Augen suchten das Haus mit dem braunen Tor. Nicht weit vom Bahnhof – du kannst es nicht verfehlen, hatte Karl Rundberg gesagt. – Hersch Birnberg, wenn man ihm Nachricht zukommen lassen könnte wegen Arje! Ob er überhaupt noch da ist? Das Haus mit dem braunen Tor – er fand es nicht.

Im Restaurant gab es noch nichts. Zurück zum Auto. »Fahren wir zum Komitee, dort öffnet das Büfett schon um halb acht.« Sie fuhren hin, warteten ein Weilchen, bekamen ein reichliches Frühstück. Dann saßen sie, rauchten und unterhielten sich. »Sie drücken, die Stiefel«, sagte Wassile. »Die Füße sind nicht mehr an sie gewöhnt. Schade, daß ich die anderen nicht anziehen durfte.«

»Maxim Danilowitsch hat das gleich verstanden.« Er dachte nach. »Drüben können Sie sich ein Paar kaufen. Geld werde ich Ihnen geben – später. In ein paar Wochen haben Sie Ihre Stiefel, bestimmt, Wassile Wassiljewitsch.« Er stand auf. »Ich gehe nur telefonieren.«

Wassile saß allein und dachte über die Stiefel nach. Wieso könnte er sie in ein paar Wochen haben, wenn er dort bliebe bis – ja bis? Wie kämen die Stiefel dann zu ihm? Jemand müßte sie ihm bringen. Wer? Wie würde man ihn finden? In einem der Dörfer zwischen Pruth und Sereth. Aber gibt es dort nicht viele Dörfer?

Fejnhold kam zurück. »Nicht mehr lange, Wassile Wassiljewitsch.« Ungeduldig blickte er bald zur Tür, bald auf die Uhr.

Ein Mann trat ein, ging zur Theke, holte sich Wodka, Speck und Brot. Obwohl noch andere Tische frei waren, setzte er sich zu ihnen. Ohne Gruß. Er kippte den Wodka hinunter, biß in den Speck, kaute hastig und vollmundig. Schließlich sagte er: »Um zehn Uhr fünfundvierzig.«

»Doch nicht bei Tag?« fragte Fejnhold leise. Der andere schüttelte den Kopf. Schon kaute er wieder, man sah seine breiten weißen Zähne. Rund und blatternarbig war sein Gesicht, die kleinen grauen Augen blickten verschlagen.

»Alles klar«, sagte er heiser. »Vor Mitternacht ist er drüben.« Er biß ein großes Stück Speck ab und sagte kauend: »Kommt mit auf die *stanzija*. Im Ort braucht man ihn nicht zu sehen.« Dann erhob er sich.

Die *stanzija* oder Station lag ungefähr drei Kilometer vom Städtchen entfernt. Einsam auf einer Anhöhe thronte sie, mitten im freien Feld. Uniformierte waren zu sehen, grüne Tellermützen auf dem Kopf. Anscheinend war der Blatternarbige der Natschalnik. Er führte sie in ein großes Zimmer, dessen breite Fenster offen standen. Nichts als unbebautes Feld war zu sehen. »Können Sie mit einem Fernglas umgehen?«

»Probiert habe ich es noch nie.«

Der andere nickte. Als hätte er diese Antwort erwartet, sperrte er einen Schrank auf und entnahm ihm ein altes Zeiss-Glas, wie man es auf der Jagd benutzt. »Versuchen Sie es einmal. An der Schraube hier drehen Sie, bis Sie deutlich sehen.«

Zögernd griff Wassile nach dem Glas. Er probierte ein paarmal, schüttelte den Kopf. Erst nach einem Weilchen sagte er: »Jetzt, jetzt sehe ich richtig gut.« Er setzte das Glas ab, betrachtete es von beiden Seiten: »So erkennt man nichts, anders herum alles: ein Haus, einen Garten, und das, was sicher der Czeremosch ist.«

»Ist es wirklich«, nickte der Natschalnik. Zu Fejnhold gewandt kommentierte er: »Ein kluger Mann.«

»Das ist er, unser Wassile«, sagte Fejnhold stolz und lachte. »Mein Mann!«

»Sehen Sie jetzt genau hin«, wies der Blatternarbige ihn an. Wieder nahm Wassile das Glas vor die Augen. »Ein bißchen nach rechts, noch ein bißchen – ja, jetzt müssen Sie es haben. Was sehen Sie?«

»Meinen Sie die Bäume?«

»Ja. Wie viele Bäume sehen Sie?«

Wassile zählte. »Fünf – Eichen sind es.«

»Stimmt. Schauen Sie rechts von den Eichen – was sehen Sie?«

Wassile schaute und sagte: »Ein Haus mit einem Kamin, man sieht sogar den Rauch.«

»Stimmt. Und links von den Bäumen?«

»Ein kleines Haus mit einem Garten, viel kleinere Bäume, wahrscheinlich Obstbäume.«

»Gut. So – und jetzt passen Sie auf: Was Sie gesehen haben, das ist die andere Seite.«

»Ich verstehe.«

»Richten Sie das Fernglas noch einmal auf das Haus mit dem Garten – ja?«

»Und?«

»Erkennen Sie das Flüßchen?«

»Ja, genau.«

»Beinahe dem Haus gegenüber – auf dieser Seite – ist eine Grube. – Sehen Sie sie?«

»Ja, eine tiefe Grube.«

»Tief genug. – Hören Sie jetzt gut zu: Zu dieser Grube wird man sie führen. Sie legen sich so hinein, daß Sie das Häuschen im Auge behalten können. Dann warten sie, bis Sie eine kleine Flamme sehen – von einem Streichholz.« Der Natschalnik postierte sich vor Wassile. »Jetzt bin ich das Haus – Sie liegen und schauen. Und jetzt«, er riß ein Streichholz an, »sehen Sie genau her zu mir – eine Flamme!« Er bewegte das brennende Streichholz von rechts nach links. »Das ist das Signal. Sie kriechen aus der Grube und hinunter zum Wasser. Es ist nicht tief, geht kaum bis zum Knie. Auf der anderen Seite ist gleich der Garten. Ein Mann erwartet Sie. Sie sagen: ›*nasch brat*‹ – ›unser Bruder‹, er antwortet: ›*bes wapros*‹ – ›ohne Frage‹. Bis morgen früh wird er Sie versteckt halten, dann bringt er Sie in ein Städtchen, Wischnitza. Das ist alles.«

»Leicht«, sagte Wassile.

»Ja«, sagte der Natschalnik, sah Fejnhold an und nickte. Er führte sie in ein Zimmer mit Bett und Sofa.

»Sie können sich hinlegen, Wassile Wassiljewitsch. Schlafen Sie auf Vorrat, ich muß noch ins Sekretariat. Gegen Abend komm ich zurück«, sagte Fejnhold.

»Ja, die Stiefel muß ich unbedingt ausziehen. Sie drücken. Wenn ich bloß schon meine anderen hätte!«

»Wird sein, alles wird sein!« lachte Fejnhold und ging.

Wassile streifte die Stiefel ab und, den Pelz als Kopfpolster, legte sich hin. Schlafen – ja, das war jetzt das beste. Nicht denken, wozu auch, was nutzt es? Beim Einschlafen war ihm, als hörte er Karl Rundbergs Stimme: Geh zu Jiwan Bes, zwischen der Brennerei und den fünf Eichen, hinter seinem Haus fließt der Czeremosch. Ja, auf Bes konnte er sich verlassen.

Gegen sechs weckte ihn Fejnhold. »Ausgeschlafen?« fragte er. »Sie werden Hunger haben.«

»Habe ich«, lachte Wassile. Heißen fetten Borschtsch gab es, Schweinefleisch und einen halben Liter. Der Natschalnik aß mit ihnen. Dann ging er, und Wassile blieb mit Fejnhold zurück. Die Stiefel hatte er nicht angezogen. »Sie sehen, Genosse Fejnhold, ich bleibe in Strümpfen, solange es geht. Vielleicht heißt es morgen marschieren. Wenn ich bloß meine anderen Stiefel hätte!«

»Ich habe es Ihnen versprochen, Wassile, Sie kriegen sie. Ich bringe sie Ihnen.« Er lachte.

»Ich bin kein kleines Kind, Genosse Fejnhold. Drüben werde ich mir ein Paar beschaffen. Ich hab ja dort schon gearbeitet, und Beschäftigung finde ich auch jetzt, beim *pomeschtschik* natürlich.«

»Gut, sehr gut. Aber nur vor dem Sereth. Sie haben gehört, was Maxim Danilowitsch angeordnet hat.«

»Gehört schon, aber nicht begriffen, Genosse Fejnhold.«

»Sie halten sich genau an den Auftrag. Begreifen werden Sie später – vielleicht in fünf oder sechs Wochen.« Er zwinkerte. »Ja, wir sehen uns bald wieder, Wassile, und – hier, wissen Sie, was das ist?«

Wassile nahm das Päckchen, entfernte das Papier. »Klar weiß ich – Dollar, amerikanisches Geld.«

»Stimmt. Nehmen Sie nur, stecken Sie's ein.«

Wassile schob die Scheine zurück. »Nicht gut, Genosse Fejnhold. Stellen Sie sich vor, die erwischen mich drüben und finden Dollar bei mir. – Dort ist das viel Geld, von früher weiß ich das. Was soll ich erzählen, woher ich es habe? Besser wären Lei – tausend oder fünfzehnhundert sind genug. Auf der anderen Seite haben sie die Sigurantza. Mit der ist nicht zu spaßen.«

»Ich weiß – ist uns alles bekannt.« Fejnhold schob nachdenklich die Dollar in die Tasche. »Lei – vielleicht kann ich welche beschaffen.« Er verließ den Raum, war aber gleich zurück. »Hier, dreitausend, was kaufen Sie sich schon dafür! Stiefel bestimmt nicht.«

»Nein – doch wenn ich meine wiederbekomme – Sie selber sie mir sogar bringen wollen«, zwinkerte er. »So angezogen sein wie heute dürfen Sie dann aber nicht! Nicht diese Stiefel und schon gar nicht diese Mütze! Da schnappt Sie die Sigurantza in der ersten halben Stunde.«

Laut lachte Fejnhold auf. »Wenn ich komme, ist Feierabend mit Sigurantza.« Er verließ das Zimmer.

Wassile öffnete das Fenster zum Hof. An einem langen Tisch putzten Grenzsoldaten ihre Waffen und sangen die Melodie aus dem Lautsprecher mit. Die Musik brach ab, und eine Frauenstimme berichtete das Neueste aus dem Ausland: In England ist Churchill mit der Kabinettsbildung beauftragt worden. – Deutsche Truppen haben die Grenzen zu Belgien und den Niederlanden überschritten. Belgier und Holländer leisten Widerstand. – Nichts als die Tatsache, kein Kommentar. Dann setzte wieder Marschmusik ein, und die Soldaten sangen mit. »*Moskwa moja* – mein Moskau!« sangen sie. Ein Gefühl der Mutlosigkeit überkam Wassile, er ließ sich auf einen Stuhl fallen. Bilder des Schreckens zogen, mit Musik untermalt, an ihm vorüber. Zerfetzte Leiber sah er, rauchende Trümmer. Granaten explodierten, Kanonendonner erfüllte die Luft, dazwischen Todesschreie. – In die Unverwischbarkeit des Erlebten drängte sich die Vision des Kommenden: »... haben die Grenzen überschritten.«

Sogleich werde auch ich die Grenze überschreiten, eine Grenze, die bald keine mehr ist. Denn der Bundesgenosse erhält seinen Anteil. Für Holland und Belgien nur das bißchen Bukowina? Und Bessarabien? War es nicht russisch gewesen?

Fejnhold trat ins Zimmer, hinter ihm der Natschalnik. »Wodka, Wassile Wassiljewitsch?« – »Danke, gern.« Fejnhold reichte ihm die Hand. »Bleiben Sie gesund, alles Gute und viel Erfolg.«

»Alles Gute«, und schon war Fejnhold verschwunden. »*Nu da*«, sagte der Natschalnik, »ich werde Ihnen jetzt die Augen verbinden.«

Eine halbe Stunde dauerte der Marsch. Die Binde saß nicht ganz fest: Der Mann, der ihn führte, trug keine Uniform. »Legen Sie sich auf den Boden«, sagte er schließlich, »mit dem Gesicht nach unten. – So, ja.« Er entfernte den Stoffstreifen. »Bleiben Sie liegen bis ich ... – Jetzt«, hörte Wassile die Stimme seines Begleiters und hob den Kopf. Nur ein Schritt vor ihm war die Grube. Idioten, dachte er und kroch hinein. Dann lag er und lugte über den Rand. Ganz nahe rauschte der Czeremosch. Kaum dreißig Schritte trennten ihn von seiner Heimat. Für wie lange noch seine Heimat? Fünf, sechs Wochen – ich bring Ihnen die Stiefel – Schluß mit der Sigurantza. Ja, ich habe wichtige Nachrichten, Alter. Wirst zufrieden sein, General Baderescu. Wirst du es wirklich? – Sie kommen, schon marschieren sie, und ich bin ihre Vorhut. Wie viele solcher wie mich haben sie wohl schon geschickt?

Von der andern Seite tönte ein Bauernlied herüber. Eine junge kräftige Stimme sang:

»Sieh, das Mädchen blickt voll Zorn!
Mußt ich sie denn nicht verlassen?
Im Herzen einen gift'gen Dorn;
Ich glaub, ich werd sie ewig hassen.«

»Ich glaub, ich werd sie ewig hassen«, wiederholten viele Stimmen im Chor. Ewig hassen – Burschen, junge Männer – wozu das alles? Wir haben geglaubt, nie wieder, nie wieder wird es sein.

»Wie war ich ihr immer treu,
Und wie hat sie mich betrogen!
Mit Tudor sich vergnügt im Heu,
Der Teufel hätt sie hingezogen!«

»Der Teufel hätt sie hingezogen« – ja, der Teufel! Mit dem Handrücken wischte sich Wassile über die Augen: Tränen! Sie netzten seine schwielige Hand. – Schwielen an den Händen vergehen, aber die Schwielen auf der Seele – Seele? – *burshuiskaja sentimentalnost!* Es gibt keine Seele. Doch, doch – es gibt sie! Wie sonst litte man, weil andere leiden? Woher der Wille, der Zwang zu helfen?

»Gib mir, Herrgott, siebenhundert Schafe,
Und ich steig hinauf zum grünen Stein.
Wenn auch ohne Mädchen ich dann schlafe –
Mit siebenhundert ist man nicht allein.«

»Ist man nicht allein – nicht allein.« Ja, sie warten auf dich, die Frau, die Freunde, Karl und all die Schwachen, Hilflosen. Sie brauchen dich, die Opfer der Gewalt und ihrer Macht. Und zögert Wassiles Fuß, mischt Alda sich ein: Denn nie sind die Mächtigen so klug, wie sie glauben zu sein.

»Ist man nicht allein –«

Da flammte das Streichholz auf.

Personenverzeichnis

Lutz Alda, Gutsbesitzer in der Bukowina
General Baderescu, Chef des Zweiten Büros
Alecu Rananu, Oberstleutnant im Zweiten Büro, Aldas Freund
Doktor Stefan Rozescu, im Zweiten Büro
Orest Danghu, ›Der Gestreifte‹, Sekretär im Innenministerium
Dumitriu, Chef der Sigurantza (Geheime Staatspolizei)
Zernescu, Inspektor in der Sigurantza
Eugeniu (Jenica) Popovici, Spitzel (Informant)
Radu Candomir, Großgrundbesitzer in der Bukowina, Aldas Freund
Anatol von Bilinsky, polnischer Flüchtling
Martha Varsany, Aldas Freundin
Joschua Rundberg, Aldas Pächter
Karl Rundberg, Joschuas Sohn, Aldas Freund
Margarita Luceanu
Joan Luceanu, ihr Mann
Aglaia Odanovici, Margaritas Schwester

<table>
<tr><td>Fjodor Iwanowitsch Lawrenenko, Direktor
Mark Lwowitsch Saposchnik, Direktorstellvertreter
Pawel Pawlowitsch Maximenko, Planowik, Wirtschaftsplaner</td><td>} Elektrostanzija Lwow</td></tr>
<tr><td>Arkadije Samuelowitsch Fejnhold, Politruk</td><td></td></tr>
<tr><td>Antek
Tadek
Wassile</td><td>} Einkäufer beim Fleischtrust Lwow</td></tr>
</table>

Panja Jadwiga, Tadeks Mutter
Mira Rosen, verehelichte Linkhand
Freddy Linkhand, ihr Mann
A. L. Linkhand, Freddys Vater, Finanzmann
Graf Wladislaw Woronewski, polnischer Offizier
Fürst Roman Bolgurski, Woronewskis Schwager
Hilda Mermelstein, Krankenschwester
Emilian Mermelstein, ihr Mann
Riwa, Saposchniks Frau
Ruchele Boim, Riwas Mutter

Inspektor Barbulescu, ›Puffi‹, Sigurantza, Zentrale Bukarest

<table>
<tr><td>Stanescu</td><td rowspan="2">Sigurantza Czernowitz</td></tr>
<tr><td>Stratilescu</td></tr>
<tr><td>Gräfin Agathe Zinnendorf</td><td></td></tr>
<tr><td>Graf Felix Zinnendorf, ihr Sohn</td><td></td></tr>
<tr><td>Eisner, Mischa</td><td rowspan="2">Karl Rundbergs Leute</td></tr>
<tr><td>Duttner</td></tr>
<tr><td>Bela Nagy, Großhändler</td><td></td></tr>
<tr><td>Fifi Nagy, seine Frau</td><td></td></tr>
<tr><td>Feri Dohani, Chauffeur bei Nagy</td><td></td></tr>
<tr><td>Elsa, Stubenmädchen bei Nagy</td><td></td></tr>
</table>

<table>
<tr><td>Potapenko, Parteisekretär</td><td></td></tr>
<tr><td>Tarastschenko, Stellvertreter des Parteisekretärs</td><td></td></tr>
<tr><td>Rudnjenko, Maschinenmeister</td><td></td></tr>
<tr><td>Dr. Leon Feuerberg, Arzt in Lwow</td><td></td></tr>
<tr><td>Jeanne (Janina)</td><td></td></tr>
<tr><td>Gorbatenko, Direktor</td><td rowspan="9">auf der Hilfsfarm
der Elektrostanzija</td></tr>
<tr><td>Rudnicki, Kutscher</td></tr>
<tr><td>Wagner, Depotverwalter</td></tr>
<tr><td>Kornhaber, Obermelker</td></tr>
<tr><td>Meerblum, Käserei-Leiter</td></tr>
<tr><td>Priesner, Leiter der Kantine</td></tr>
<tr><td>Tatijana Obadjew, Kassiererin</td></tr>
<tr><td>Tschalew, Obergärtner</td></tr>
<tr><td>Benderski, Gärtner</td></tr>
<tr><td>Besselmann, Rundbergs Geschäftsfreund</td><td></td></tr>
<tr><td>Arje, Besselmanns Sohn</td><td></td></tr>
</table>

Zeit der Handlung: 28. November 1939 bis 10. Mai 1940.

Nachbemerkung

Obwohl sich der vorliegende Roman bei seiner Erstveröffentlichung 1961 sofort als Bestseller erwies, fühlte der Autor sich veranlaßt, schon bald mit den Vorarbeiten für eine »Ausgabe letzter Hand« zu beginnen. Angesichts der »epischen Breite« des Werks bestanden seine Eingriffe vorwiegend in Verknappungen und Glättungen. Leider wurde die Arbeit nicht zu Ende geführt. Sie konnte jedoch als Grundlage für diese von Otto F. Best im Sinne des Autors ergänzte Fassung dienen.

Die eingangs angeführten Verse der »Mit-Bukowinerin« Rose Ausländer: »Bukowina III«, finden sich in R. S. *Gesammelte Werke in sieben Bänden*, hrsg. von Helmut Braun, Bd. 4: Im Aschenregen die Spur deines Namens. Gedichte und Prosa. Frankfurt am Main: S. Fischer 1984.